LA TERRE PROMISE

John Jakes

LA TERRE PROMISE

Roman

PRESSES DE LA CITÉ

Laurédit inc.

Titre original : *Homeland*
Traduit de l'américain par Alexis Champon et Jacques
Martinache

© John Jakes, 1993
Publié avec l'accord de l'auteur c/o Rembar & Curtis, 19 West 44th Street, New York, NY 10036 USA
© Charles Strouse pour la partition musicale de *Ragtime Rose*
© Presses de la Cité, 1994, pour la traduction française
ISBN : 2-258-00091-2

A mon grand-père,
William Carl Retz,
né à Neuenstadt-am-Kocher, en 1849
mort à Terre Haute, Indiana, en 1936.

Il existe une photo de lui, âgé,
toujours élégant avec sa belle impériale blanche,
assis dans la lumière mouchetée
un petit garçon sur les genoux.
Je me souviens de ce jour, ou d'un semblable ;
la lumière du soleil, un exemplaire d'*Argosy*
à la couverture jaune vif près de lui.
Mon grand-père adorait les belles histoires.

A sa mémoire, de tout mon cœur.

Note de l'auteur

Ce livre est le premier tome d'un cycle qui raconte l'histoire d'une famille américaine emportée dans la tourmente du XXᵉ siècle.

On ne peut comprendre notre siècle si on ignore tout du précédent. Ce roman s'efforce donc de présenter un tableau de la vie quotidienne aux États-Unis entre 1890 et 1900, décennie au cours de laquelle cette jeune et naïve nation commence à prendre conscience de sa puissance et à l'utiliser.

La famille Crown habite à Chicago parce que cette ville représentait, et représente toujours, la quintessence de l'Amérique. Il y a longtemps que je voulais décrire le melting-pot de cette cité bouillonnante où je suis né et où j'ai grandi.

Le deuxième thème du récit, qui me tenait lui aussi à cœur, est l'immigration. Mon grand-père maternel, à qui ce livre est dédié, fut l'un de ces émigrants ; il est arrivé à Castle Garden vers 1870. La jeune Allemande qu'il épousa à Cincinnati était aussi une immigrante. Les racines de ma famille sont en Allemagne, où mes cousins vivent encore à Aalen, ville d'où mon grand-père émigra. L'Allemagne, qui nous a fait subir les horreurs totalitaires du XXᵉ siècle, a aussi fourni le groupe d'immigrés le plus important du XIXᵉ siècle. Des gens robustes, de bons Américains, qui surent rester loyaux même quand ils étaient déchirés.

Mon grand-père et sa famille prospérèrent en Ohio et en Indiana. Toutes les histoires d'immigrés ne se terminent pas aussi bien. Le boulanger de la Wuppertal, un personnage mineur mais significatif de ce récit, n'était pas une exception à l'époque.

Car, dit-il, j'étais un étranger dans un pays étrange.

L'Exode, 2.

Et, sans foyer, près de mille foyers je me tenais.

William Wordsworth.

Toutes les familles heureuses se ressemblent ; chaque famille malheureuse a sa manière d'être malheureuse.

Léon Tolstoï.

Premier Allemand : « J'ai de la famille en Amérique. »
Deuxième Allemand : « Tout le monde a de la famille en Amérique. »

Anonyme, vers 1900.

PREMIÈRE PARTIE

BERLIN

1891-1892

Ici, sur nos rivages battus par l'Océan, aux portes du levant,
   se dressera, puissante et majestueuse,
Une femme brandissant une torche,
   dont la flamme
Est la foudre captive
   et son nom
Mère des exilés.

> *The New Colossus*, d'Emma
> Lazarus, écrit pour réunir des
> fonds afin de terminer la statue
> de la Liberté, 1883.

1

Pauli

« Où est mon pays ? se demanda-t-il. Où est mon foyer ? Pas ici, en tout cas. »

Sur l'étroite étagère fixée au-dessus de son petit lit, il prit une feuille de papier toute froissée à force d'avoir été manipulée.

C'était une carte du monde arrachée à un livre qu'il avait acheté d'occasion avec le peu d'argent qu'il pouvait se permettre de gaspiller. D'ailleurs, il n'avait acheté le livre que pour la carte.

Il s'y plongea, aussi libre qu'un dieu survolant le monde à la recherche d'une terre d'élection. Il adorait Berlin, pourtant ces derniers temps il s'y sentait prisonnier.

Il était rentré chez lui à minuit, épuisé par sa journée de travail, et s'était pelotonné sous son vieil édredon. Mais, incapable de trouver le sommeil, il étudiait la carte. Il était près de deux heures du matin et tante Lotte n'était pas encore de retour. Elle était sans doute sortie faire la fête avec un de ses *Herren*[1]. Sa tante l'inquiétait. Autrefois douce comme un ange, elle se montrait à présent brusque et irritable, comme si elle ne l'aimait plus, comme si elle ne supportait plus sa présence. Elle buvait de plus en plus. Quand il était parti au travail ce matin, il l'avait vue se cogner aux meubles à deux reprises.

Sa chambre était minuscule et sans confort, une véritable cellule. Il y avait tout juste assez de place pour son lit, une vieille armoire dont le pied cassé avait été remplacé par un cube de bois, un tabouret bancal sur lequel trônait la lampe à pétrole. Un pot de chambre était posé dans un coin, près du coffre à jouets. La pièce se trouvait au bout de l'appartement en sous-sol ; il n'y avait même pas de fenêtre.

Sa chambre était souvent froide, presque toujours humide. Tante Lotte se plaignait de son désordre, indigne d'un bon Allemand. Elle critiquait aussi sa tenue. Il avait une allure débraillée, sa chemise

---

1. Messieurs.

sortait de son pantalon, ses poches étaient bourrées de vieux crayons, de morceaux de craie, de bouts de papier sur lesquels il griffonnait ses pensées, de cailloux, de biscuits ou de bonbons qu'il oubliait de manger et qui s'émiettaient, fondaient et s'aggloméraient en un magma collant.

Les études l'ennuyaient, il n'avait plus mis les pieds à l'école depuis un an, bien qu'elle fût obligatoire. Mais comme personne ne se souciait de lui...

Il caressa pensivement la carte, et pointa un doigt au centre de l'Amérique, là où vivait son oncle.

Comme souvent la nuit, des questions pénibles l'assaillirent. Des questions sans réponses, profondément enfouies, qu'il gardait pour lui. D'un geste las, il reposa la feuille de papier sur l'étagère.

Il s'appelait Pauli Kroner.

Il avait treize ans.

La pluie tambourinait sur la vitre ruisselante ; des éclairs zébraient le ciel. Pauli contemplait la vitrine du grand magasin Wertheim, sur Leipzigerstrasse ; les étalagistes avaient disposé des vêtements masculins et féminins autour d'une merveilleuse mappemonde multicolore. Le globe et son axe de cuivre étaient fixés sur un socle de bois richement travaillé.

Les mers et les continents semblaient receler de profonds mystères, des aventures merveilleuses surgies des rêves les plus fous. Si seulement Pauli avait eu assez d'argent pour s'offrir une telle mappemonde !

Une main frappa sa nuque.

— Ne t'appuie pas sur cette vitrine, *Lump*[1] !

Pauli se retourna et se trouva nez à nez avec l'imposant portier de chez Wertheim, engoncé dans son grand manteau trempé de pluie aux épaulettes dorées assorties de galons.

— Je regardais, c'est tout, protesta Pauli.

— Eh bien, va regarder ailleurs si j'y suis ! On ne veut pas que les vagabonds dans ton genre traînent par ici, ça fait fuir la clientèle.

— *Es wird überall nur mit Wasser gekocht !* s'exclama Pauli.

C'était un vieux proverbe signifiant littéralement : « Partout on fait la cuisine à l'eau. » Pauli voulait dire par là qu'il ne valait pas moins qu'un autre.

— Ah oui ? fit le concierge. T'es donc un bon client ? T'as de l'argent à dépenser ? Allez, file avant que j'appelle la police !

Pauli fusilla le bonhomme du regard. Ce dernier n'en fut pas plus impressionné pour autant. Il ne savait que trop ce qu'était Pauli : un rien-du-tout.

Pauli enfouit ses mains dans ses poches et disparut sous la pluie, la tête basse.

---

1. *Lump* : va-nu-pieds, gredin.

Peu de temps après, un dimanche matin, Pauli se rendit au Tiergarten, un bloc de papier bon marché sous le bras. La veille, à son retour du travail, il avait trouvé tante Lotte d'une humeur massacrante et pestant contre les messieurs qui se faisaient bien rares pour un samedi soir. Elle éclusait son énième *Apfelwein* de la journée et avait du mal à articuler. Elle dormait encore quand il était parti ce matin-là ; ses ronflements sonores l'avaient suivi jusque dans la rue.

Pauli traversa le Tiergarten d'un pas alerte. On lui donnait bien plus que ses treize ans. Il ne serait jamais beau mais il avait des yeux bleus, vifs et chaleureux, une carrure robuste et virile. Le sang de l'Allemand du Sud coulait dans ses veines ; il y avait sans doute des rouquins dans la famille car ses cheveux châtains prenaient parfois des reflets auburn. Quand il était content de lui, il rayonnait d'une fierté et d'une assurance qui attiraient tous les regards.

Le grand jardin était vert et brumeux en ce matin d'été. Pauli se hâta vers un vieil homme qui s'était assoupi sur l'herbe d'un tertre, son chapeau de paille et sa pipe en écume de mer posés à côté de lui. Son ventre proéminent se soulevait comme une montagne sous sa veste. Pauli s'agenouilla à distance respectable, lissa la première feuille de son bloc, et fouilla dans ses poches à la recherche d'un fusain. Il lécha d'un coup de langue la miette de chocolat qui en maculait l'extrémité, puis hésita.

Il était tendu par la crainte de rater son esquisse de l'homme endormi.

Il commença à grands traits, mais après quelques coups de fusain, il gribouilla son travail. Les proportions étaient mauvaises. Sa main n'arrivait pas à traduire ce que son œil lui dictait. Pauli pesta contre lui-même et déchira la feuille, qu'il froissa. Le vieil homme se réveilla, s'assit sur son séant et le dévisagea. Pauli rougit. Il se releva vivement et s'enfuit en abandonnant la feuille froissée en boule derrière lui.

Pourquoi insister ? Il aurait tant voulu reproduire les merveilleux sujets que lui offrait la nature, mais il manquait cruellement de talent. Il avait beau s'escrimer, le résultat restait désespérant. Il avait parfois l'impression de n'être bon à rien.

Fin juillet, dans la lueur dorée de la nuit tombante, Pauli se planta de nouveau devant le grand magasin Wertheim, sur la Leipzigerstrasse. Le portier n'était pas en vue.

Pauli regardait une vieille dame en noir sortir du magasin quand soudain un barbu surgit de la foule, renversa la vieille dame et lui arracha son filet à provisions. Il en sortit deux boîtes de thé, jura, puis s'enfuit dans la direction de Pauli.

Ce dernier n'hésita pas une seconde, il fonça ; l'homme ne réussit pas à l'éviter et trébucha. Pauli agrippa l'ourlet effiloché de son long manteau et le fit tomber. La tête du voleur heurta violemment le pavé.

Le portier apparut, ignora Pauli, et se précipita pour aider la vieille dame à se relever. Il la raccompagna dans le magasin.

A demi assommé, le voleur esquissa un geste, mais Pauli s'assit sur lui. Deux inspecteurs du magasin surgirent et empoignèrent l'homme par le collet. Pauli se releva et épousseta ses vêtements. Des badauds s'attroupèrent, d'aucuns pointant un doigt accusateur vers le voleur.

Les policiers arrivèrent. Ils insistèrent pour que Pauli les suive au poste.

— Mais j'attends un ami, protesta-t-il.

L'ami en question était Tonio Henkel, dont le père possédait une confiserie prospère sur Unter den Linden.

— On vous embarque, pas de discussion.

Un policier le prit par le bras sans ménagement.

On l'emmena dans une pièce aux murs jaune sale, ornée de l'inévitable lithographie du Kaiser Guillaume II.

Deux inspecteurs au visage sévère le bombardèrent de questions.

— Ton nom ?

— Pauli Kroner.

— Ton âge ?

— Quatorze ans, le mois dernier. Le 15 juin.

— Ton adresse ?

Il donna en rechignant son adresse à Müllerstrasse. Les inspecteurs échangèrent un regard entendu. Ils connaissaient bien ce quartier ouvrier. Presque un bidonville.

Pauli passa une demi-heure angoissante à répéter son histoire. Soudain, une sonnerie de téléphone retentit. Un inspecteur alla répondre. Lorsqu'il revint, son expression avait changé du tout au tout.

— On dirait que tu as aidé une dame très importante, Frau Flüsser, la belle-mère du directeur adjoint du grand magasin. Elle demande que tu te présentes chez elle, demain matin à neuf heures tapantes. Je crois qu'elle veut te récompenser. Je vais te donner son adresse.

Pendant qu'il la notait sur un bout de papier, l'autre inspecteur caressait la tête de Pauli.

— *Ein scharfsinniger Junge*, fit-il.

« Il est futé, ce garçon. »

Étonné et réjoui, Pauli sortit du commissariat comme une bombe et fonça vers Unter den Linten.

— Il a vraiment dit que tu étais futé ? demanda Tonio Henkel.

Pauli et lui étaient assis à une table, au fond de la *Konditorei* Henkel.

— Je te le jure, affirma Pauli avec une moue de fausse modestie.

Il fourra un autre chocolat dans sa bouche et le croqua en trois bouchées.

Tonio sourit. Sa tête était trop grosse pour son corps frêle ; son large front bombé dodelinait. Pauli et Anton Henkel étaient rapidement devenus amis à la *Grundschule* que Pauli avait quittée à Pâques l'année précédente, à la fin de sa septième année. En cinquième année, on ne l'avait pas orienté vers l'*Oberschule* où l'on envoyait les meilleurs éléments. Cela signifiait qu'il ne recevrait pas l'éducation supérieure du *Gymnasium* ; tante Lotte n'avait que peu protesté quand il avait décidé d'arrêter ses études ; ils avaient trop besoin d'argent.

Le départ de Pauli n'avait pas affecté son amitié avec Tonio. Il aimait la gentillesse et le bon caractère de son camarade.

— Quand je suis arrivé au Wertheim et que je ne t'ai pas vu, déclara Tonio, je me suis inquiété.

— C'était pas de ma faute, dit Pauli en dévorant un autre chocolat avec son efficacité coutumière.

Il jeta un coup d'œil à l'horloge murale. Presque dix heures. Mieux valait rentrer s'il voulait se réveiller à l'heure le lendemain.

— Quand dois-tu rencontrer la vieille dame ? demanda Tonio.

— Demain matin, à neuf heures.

— Qu'est-ce qu'elle te donnera, à ton avis ? Tout ce que tu lui demanderas ?

— Oh ! ça m'étonnerait !

— Un billet pour l'Amérique, peut-être ? plaisanta Tonio.

— Alors, ça ! Je voudrais bien ! Bon, faut que je file ; tante Lotte connaît mes horaires. Elle va se demander pourquoi je suis en retard.

Tonio l'accompagna à la porte, sa grosse tête inclinée ployant sous son propre poids.

— Au fait, comment ça va l'école ? demanda Pauli.

Tonio répondit avec réticence.

— L'école ? Eh bien... euh... j'ai une mauvaise nouvelle.

Pauli s'arrêta sur le seuil. Les tilleuls qui bordaient les trottoirs se balançaient dans le vent ; d'élégants attelages filaient sur les pavés. La soirée était fraîche, balayée par un vent froid qui soufflait de la mer Noire. Pauli remarqua une lueur de peur inhabituelle dans le regard de son ami.

— Tu sais que les docteurs nous examinent chaque semaine pour voir si on ne montre pas de signes de maladie ou de lenteur d'esprit. (Pauli acquiesça.) Aujourd'hui, je suis passé à la visite et... euh, je suis renvoyé. Ils vont m'envoyer dans une école spéciale. En fait, il paraît que c'est plutôt comme un camp. J'y partirai à l'automne. Le docteur a dit qu'il était désolé, mais que c'était nécessaire.

— Mais, Tonio, c'est horrible !

Quand on renvoyait un élève de l'école à cause d'un handicap physique ou mental, c'était sans appel. Comme l'avait déclaré un jour un médecin pendant sa visite : « C'est le seul moyen de sélectionner les meilleurs éléments. C'est la nouvelle politique allemande. »

Pauli n'appréciait guère cette nouvelle politique. Sans doute était-ce la raison de son vif intérêt pour le pays où son oncle avait émigré des années auparavant.

— Je suis sincèrement désolé, Tonio.

— Moi aussi. Mais ne t'inquiète pas. Je me débrouillerai.

Pauli donna une tape amicale à son ami, et le quitta.

Ses talons claquaient sur le pavé. Des feuilles sombres virevoltaient dans la brise ; les rues résonnaient des rires et des conversations animées des passants, des voix rauques et des chopes entrechoquées dans les tavernes de bière. On entendait au loin la mélodie grinçante d'un *Leierkasten*, un orgue de Barbarie, qu'un chanteur de rue transportait sur un chariot à deux roues. Pauli pensait à son rendez-vous du lendemain, il trouvait la nuit magique et pleine de promesses. Pour la première fois depuis longtemps, il se sentait réconcilié avec Berlin.

Pourquoi pas, d'ailleurs ? C'était une des plus grandes villes du monde. Un million et demi d'habitants peuplaient ses vieilles rues, créant un brouhaha constant mais aussi une impression d'énergie et de puissance. Le bruit des carrioles et des voitures à cheval ne cesserait qu'au petit matin.

Les vieux habitants l'appelaient « Athènes sur la Spree ». A cause de la fumée, de la poussière et de son irrésistible expansion industrielle, Rathenau, le magnat de l'électricité, la nommait « Chicago sur le Spree ». Tante Lotte l'affublait de noms moins flatteurs. « Un merdier misérable », par exemple.

On voyait de tout dans les rues. Des femmes élégantes et des bohémiens dépenaillés, des voyageurs, des officiers, des hommes d'affaires, des Juifs avec leur barbe, leurs papillotes et leur long manteau noir. Pauli n'avait jamais adressé la parole à un Juif, sauf à ceux qui tenaient une boutique. On voyait aussi de vieux Junkers descendus de leurs propriétés, arrogants, secs et minces comme les cigares onéreux qu'ils affectionnaient. Le père de Tonio prétendait que les Junkers gouvernaient la nouvelle Allemagne impériale. Il disait que Bismarck, le « chancelier de fer », avait rappelé au pouvoir le sabre et le grain : les militaires et les propriétaires terriens. Il prétendait que leur influence était bénéfique, et il approuvait la volonté de Bismarck d'armer l'Allemagne pour en faire une grande puissance.

Oui, à Berlin le spectacle était partout, mais Pauli n'était plus certain d'avoir envie d'y vivre. Il pensait de plus en plus souvent à l'Amérique, à Chicago surtout, et à l'oncle qu'il n'avait jamais rencontré. Un riche brasseur.

En outre, il détestait son travail aux cuisines du Kaiserhof, le célèbre hôtel de luxe. Là, il lavait le carrelage, vidait des tombereaux d'assiettes sales et des seaux de restes malodorants tout en évitant les coups de poing et les coups de pied des chefs irascibles. Il travaillait parfois le jour, parfois le soir, mais les corvées restaient les mêmes. Sa seule compensation consistait à passer quelques rares minutes avec Herr Trautwein, le chasseur, un solide célibataire qui ne manquait pas une occasion de se glisser dans le lit des clientes.

C'était aussi un passionné des inventions technologiques de toutes sortes, et il discourait sans fin sur le nouvel âge de la mécanisation qui illuminerait le monde au cours du siècle à venir.

Dans la Müllerstrasse, les éboueurs — des femmes — faisaient claquer les couvercles des poubelles. Quelqu'un se pencha à une fenêtre pour se plaindre du bruit. Des relents de détritus empestaient la rue. Seule odeur engageante, celle qui parvenait de la *Brauerei* Norddeutsche, à quelques pâtés de maisons de là, et qui atténuait la puanteur entêtante des excréments et des ordures.

La cloche de l'église catholique sonna le quart. Pauli dégringola les marches qui menaient à l'appartement en sous-sol qu'il partageait avec tante Lotte et ses innombrables *Herren*. Autrefois, avant que tante Lotte ne prenne la décision de distraire les *Herren*, un coin du salon était réservé à un ou deux *Schlafburschen*, des rentiers de passage qui y dormaient la nuit derrière un rideau. Maintenant, les hôtes se rendaient directement dans la chambre de Lotte.

Pauli entra. L'appartement était petit, le plafond bas en plâtre peint, oppressant. Les inévitables rideaux de dentelle jaunie masquaient les rares fenêtres. Des meubles sombres encombraient le salon. Pauli y trouva tante Lotte dans sa plus belle robe à fleurs, en compagnie de son visiteur, un Américain qui venait tous les six mois.

— Tu es en retard, remarqua tante Lotte. Où étais-tu passé ? Tu m'as l'air encore plus débraillé que d'habitude.

Lotte était une belle femme de quarante-trois ans aux formes généreuses, avec des cheveux auburn aux boucles serrées, des yeux bleus très clairs et un pied bot. Malgré sa chaussure gauche, munie d'une semelle d'une dizaine de centimètres d'épaisseur, tante Lotte éprouvait toutes les peines du monde à marcher sans boiter. Pauli était persuadé que son pied bot l'avait privée de la belle vie qu'elle méritait. Et pour ne rien arranger, elle était têtue, indépendante et fière, ce qu'il comprenait difficilement, vu son handicap pénible.

Décontenancé, il ne sut par où commencer.

— Eh bien ? fit Lotte en agitant sa coupe. J'attends tes explications.

— J'ai été retenu au commissariat...

— Au commissariat ! Seigneur, qu'as-tu encore fait ?

— Laisse-le s'expliquer ! intervint l'hôte.

Il se leva pour se verser une coupe de champagne, breuvage qu'il ne manquait jamais d'apporter à chaque visite. Phil Reynard parcourait l'Europe pour vendre des machines à coudre Globus. Il était grand et dégingandé malgré une bedaine prononcée, et il se teignait les cheveux pour leur garder leur lustre châtain. Son allemand était excellent.

— Explique-toi donc, et fais vite ! dit tante Lotte.

Pauli narra sa mésaventure.

— Pas mal, pas mal, pouffa Reynard. Tu as été récompensé ?

Tante Lotte emplit à nouveau sa coupe.

— Bon, je crois que tu as bien agi, concéda-t-elle. Mais il n'empêche que tu aurais pu être blessé. A l'avenir, ne te mêle plus des histoires de voyous, Pauli. Autre chose. Demain, si on te laisse choisir ta récompense, demande de l'argent. Maintenant, file au lit et laisse-nous.

Pauli traversa le long couloir sombre qui menait à sa chambre. Là, il alluma la lampe à pétrole — l'appartement n'avait pas encore l'électricité — puis il ferma la porte et mit le loquet.

En ôtant sa veste, il se demanda avec tristesse pourquoi sa tante avait changé à ce point. Jusqu'à l'année dernière, elle s'était montrée affectueuse et tolérante. Puis un changement s'était opéré. Il n'en comprenait pas la raison, mais c'était un fait ; cela se voyait sur son visage, au teint éclatant autrefois, d'un gris presque cadavérique maintenant.

Il contempla sa misérable chambrette, et posa les yeux sur la collection de souvenirs qui ornait le vieux papier peint comme des guirlandes de fleurs.

C'étaient surtout des cartes postales provenant de pays lointains. Le Sphinx d'Égypte, un Chinois en pousse-pousse sur la Grande Muraille de Chine, les dômes meringués de Moscou, un cow-boy américain sur son cheval, une formation rocheuse baptisée El Capitan dans une contrée d'Amérique nommée Yosemite Valley. Lorsque la légende était rédigée en anglais, tante Lotte lui traduisait le texte. Grâce à la nature internationale de son commerce, Lotte connaissait des bribes de plusieurs langues. Pauli ne se lassait pas de contempler les photographies.

Épinglé à l'aide de deux punaises, le drapeau noir, rouge et or de la révolution avortée de 1848 surplombait des banderoles rouges, blanches et bleues, vestiges d'une soirée diplomatique à l'hôtel. Elles symbolisaient l'Amérique et lui rappelaient son oncle.

Il s'efforçait de ne pas trop penser à son désir de le rejoindre là-bas, conscient de l'absurdité d'un tel rêve. A côté des cartes postales et des souvenirs, un rectangle de carton écorné aux tons sépia symbolisait ce rêve. C'était une image en deux parties, un cadeau d'un des *Herren* de sa tante, un gros Américain qui essayait de vendre d'énormes électrodynamos pour concurrencer Siemens-Halske. On y voyait l'étrave d'un paquebot entrer dans le port de New York et les immeubles se profiler à l'arrière-plan. Devant, une magnifique statue se dressait sur un îlot rocheux. Elle brandissait la flamme de la liberté, et tenait une large tablette dans sa main gauche. Elle avait un beau visage volontaire orné d'une couronne de rayons. C'était la première chose que voyaient les immigrants, et le gros Américain lui avait expliqué que cette statue symbolisait « la Liberté qui éclaire le monde ». Elle avait accueilli des millions d'immigrants ; l'accueillerait-elle lui aussi s'il entreprenait la longue traversée ?

Il se moqua de son rêve ridicule. Comment paierait-il son voyage ? Il arrivait à peine à survivre au jour le jour, et se brisait les reins à transporter des tonnes d'*Ochsenfleisch*[1] au Kaiserhof pour gagner sa maigre pitance.

Il finit de se déshabiller, éteignit la lampe et se glissa sous son mince édredon. Les nuits devenaient fraîches. Il pensait trop au lendemain matin pour être capable de se détendre. La poussière qui filtrait de son oreiller avachi le fit éternuer ; il se rassit brusquement. Lorsqu'il se recoucha, il fut dérangé par les bruits qui provenaient de l'autre chambre à coucher. D'abord la faible toux de tante Lotte, puis les craquements et grincements familiers du lit, suivis des grognements sonores du représentant en machines à coudre. Pauli avait suffisamment traîné dans les rues pour apprendre ce que les hommes et les femmes faisaient ensemble, bien qu'il n'eût encore aucune expérience personnelle de la chose. Il avait entendu dire que les femmes aimaient cela, mais qu'elles n'avaient pas le droit de l'admettre. Assurément, tante Lotte n'y prenait pas de plaisir. D'ailleurs, plus rien ne semblait lui faire plaisir.

---

1. Viande de bœuf.

2

Charlotte

Lotte Kroner contemplait la photo dont le cadre doré scintillait à la lueur de la flamme vacillante de la lampe. Le portrait qui trônait sur la table de chevet représentait une adolescente aux traits fins et réguliers, avec d'épais cheveux brillants dont Lotte savait qu'ils étaient roux. C'était sa fille illégitime, celle dont elle refusait de parler à Pauli malgré l'avalanche de ses questions.

Elle tira l'édredon vers elle. Raccommodé et reprisé à plusieurs endroits, il faisait partie de son trousseau, de même que tout le linge qu'elle utilisait encore. Puis elle se redressa et cala son dos sur l'oreiller. Reynard remua et ronchonna, mais elle n'y prêta pas attention. Elle avait d'autres soucis en tête, notamment au sujet de son neveu. Il lui restait bien peu de temps pour le mettre sur les rails d'un avenir solide. Bien peu de temps.

Comme pour lui rappeler cette réalité, une brûlure lui râpa la gorge. Elle porta un poing à ses lèvres pour étouffer une quinte de toux, et le spasme passa.

Le visage de Pauli la hantait, surtout son regard blessé quand elle lui parlait avec dureté. Elle aurait préféré ne pas se montrer désagréable. Elle l'adorait. Ses mots cruels et ses regards méchants faisaient partie d'une stratégie délibérée pour instaurer une distance entre eux. Il ne comprenait pas pourquoi, bien sûr. Comment aurait-il pu ?

Une autre image familière se glissa dans ses pensées. Les morceaux d'une charmante soupière en porcelaine bleu-gris que ses amis d'enfance avaient cassée devant sa porte la veille de ses noces. Pour *Polterabend*, la tradition voulait que l'on cassât de la vaisselle afin d'empêcher le démon *Poltergeist* de jeter une malédiction sur le mariage. Pour le bien que cela lui avait fait ! Depuis, Lotte considérait la soupière brisée comme le symbole de sa vie ratée.

La ville d'Aalen, située à quelque quarante kilomètres de Stuttgart, dans l'État de Wurtemberg, n'avait guère changé depuis les temps lointains où elle abritait le détachement de cavalerie romaine qui gardait la frontière de l'empire.

Les racines de la famille Kroner plongeaient profondément dans cette petite contrée d'Allemagne, perchée sur les contreforts verdoyants du Jura souabe. Les Souabes étaient et avaient toujours été un peuple ombrageux, farouchement indépendant, dur au travail et économe à l'excès.

C'était du Wurtemberg et de la proche Bavière, traditionnels foyers de contestation, que les flammes révolutionnaires avaient embrasé Paris en 1848 avant de déferler sur toute l'Allemagne.

Thomas Kroner, le père de Lotte, possédait à Aalen un petit hôtel et une brasserie dans la Radgasse — la rue de la Roue. Meneur révolutionnaire de son quartier, il avait participé aux manifestations du pays de Bade dès la première heure.

Au même moment, un parlement national se constituait à Francfort. Après avoir procédé à quelques réformes et tenté d'unifier les multiples petits États allemands, le parlement avait sombré. Les délégués n'avaient pu s'entendre sur les frontières de la nouvelle nation, pas plus que sur la désignation d'un chef. Quand on lui offrit la couronne d'une Allemagne constitutionnelle, le roi de Prusse déclara qu'il ne toucherait pas à un « diadème extrait de la fange et de la lie, de la déloyauté et de la trahison ».

Encouragée, la classe des propriétaires terriens, les Junkers, durcit sa position et le parlement fut dissous. Au printemps suivant, le Wurtemberg se souleva de nouveau. Le grand-duc demanda l'aide de la Prusse et, sous le commandement du prince héritier Guillaume, deux corps d'armée marchèrent sur le Bade. Le 23 juillet 1849 vit la capitulation des révolutionnaires et la fin d'un grand espoir, celui d'une nouvelle nation, démocratiquement unifiée, et symbolisée par le drapeau tricolore. Les aristocrates avaient gagné. Découragés et amers, menacés d'emprisonnement ou de mort, les « hommes de 1848 » fuirent en Amérique par centaines.

Thomas Kroner était l'un des meneurs du soulèvement. Il avait quatre enfants et une femme, Gertrud (Retz de son nom de jeune fille). Il devait aussi songer à son commerce. C'est pourquoi, malgré le danger, il refusa de s'enfuir et même de se cacher. Il fut arrêté, jugé et pendu trois jours avant Noël.

Charlotte Kroner était le troisième enfant de Thomas et Gertrud. Pendant la détention de son père, son frère aîné, Alfred, fut également arrêté et détenu dans une cellule pendant quarante-huit heures. Il avait neuf ans.

Des geôliers sadiques le rouèrent de coups et lui brisèrent la jambe gauche. La fracture ne se résorba jamais convenablement. Handicapé à vie, Alfred connut une existence misérable, gagnant à peine de quoi survivre. Et, probablement en contrecoup de ce traumatisme, il devint un farouche partisan de l'autorité et de l'État monolithique qui émergeait peu à peu en Allemagne.

Lotte elle-même naquit avec un pied déformé. En grandissant, elle se prit à penser avec amertume que le destin, l'histoire — voire quelque pouvoir maléfique — avait estropié presque tous les membres de la famille Kroner. Lotte était bien décidée à tout faire pour qu'aucune calamité ne vienne abîmer le cœur et l'âme de son neveu.

La mère de Lotte était morte en 1853. En 1861, Alfred, son frère aîné, épousa Karoline Wissen, une jeune fille d'Aalen qui ne lui donna pas d'enfants.

En 1871, après la rapide défaite des Français dans la guerre franco-prussienne, le nouvel empire allemand fut proclamé à Versailles, dans la galerie des Glaces. Ce fut l'ère de Bismarck, le « chancelier de fer ». Il jeta les duchés guerriers et les fiefs pilleurs des multiples petits États allemands dans la fournaise du nationalisme, les enflamma grâce à la victoire sur Napoléon III, les martela sur l'enclume de sa volonté et parvint à créer le IIe Reich.

Karoline, la femme d'Alfred, mourut en 1873 alors que naissait la nouvelle Allemagne unifiée. Alfred se remaria bientôt avec Pauline Marie Schönau, qui lui donna un fils, Pauli, le neveu de Lotte. Alfred mourut peu après.

Lotte avait deux autres frères. Josef, le cadet, était la fierté de sa vie. Il avait quitté Aalen de sa propre initiative en 1857 alors qu'il n'avait que quinze ans. Il avait traversé l'Océan et rejoint la métropole américaine de Cincinnati où une colonie d'Allemands s'était installée. Dans l'Ohio, Josef fit preuve d'une grande habileté dans la brasserie, métier dont il avait appris les rudiments dans son enfance. Il prit part à la sanglante guerre de Sécession qui porta un coup mortel à l'esclavage des Noirs. La guerre finie, il se maria et s'installa à Chicago, ville encore plus importante que Cincinnati. Chaque Noël, il envoyait des cadeaux à Lotte et écrivait des nouvelles de sa famille sur un papier à lettres de luxe. Il fit modifier son nom, prit la citoyenneté américaine et devint un véritable Américain, dans tous les sens du terme. Il élevait ses trois enfants sous le patronyme de Crown.

Le benjamin, Gerhard, était boulanger de son état. Lorsque la famille vendit l'hôtel et la brasserie pour payer ses dettes, il choisit de rester à Aalen. Pieux, absolument dénué d'ambition, il cuisait son *Brot* et ses *Kuchen*[1] dans un isolement dédaigneux. Pour Gerhard, Lotte était immorale et Josef avait cessé d'exister depuis qu'il avait renié l'Allemagne. Lotte n'avait pas revu son jeune frère depuis vingt ans ; elle ne voulait plus avoir affaire à lui. Dans son esprit, elle n'avait plus de famille à Aalen.

Le mariage de Lotte avec un ébéniste du village voisin s'était brisé aussi rapidement que la porcelaine bleu-gris de *Polterabend*. Son mari, un solide gaillard catholique, était fermement convaincu qu'une femme devait consacrer sa vie aux trois K : *Kinder, Küche, Kirche*. Les enfants, la cuisine, l'Église. Quand Lotte montra qu'elle avait

---

1. Son pain et ses gâteaux.

une autre conception de l'existence, il se servit de ses poings pour imposer sa loi. Une nuit, après onze mois de mariage, Lotte pansa ses blessures, fit ses valises, prit la patache pour Stuttgart, et partit sans jeter un regard derrière elle.

Stuttgart n'était qu'une étape, Berlin seul l'intéressait. Attirée par la grande vie, elle se mit à fréquenter des hommes riches. Ils l'invitaient au restaurant ou à l'Opéra en échange de ses faveurs, qu'elle n'accordait qu'avec parcimonie. Christine naquit d'une de ces unions passagères.

Malheureusement, Lotte n'avait ni le physique ni l'état d'esprit pour faire carrière dans la profession de courtisane. Forcée de subvenir à ses besoins et à ceux de son bébé, elle fut réduite à travailler en usine, ce qu'elle détestait. Non sans raison : si un homme trimait comme un esclave pour un salaire de dix-huit ou vingt marks par semaine, une femme touchait quarante à cinquante pour cent de moins pour le même travail.

Avec l'âge, Lotte s'aperçut qu'elle ne parviendrait pas à élever sa fille correctement. Christine était une enfant d'une beauté éblouissante. C'était aussi une forte tête. Quand elle eut dix ans, Lotte la plaça comme domestique dans une famille prospère et respectable, à Ulm, au sud d'Aalen. Elle pria pour que la fillette ne soit ni trop belle ni trop obstinée afin de rester à leur service. Mais elle ne sut jamais ce qu'elle devint, car, comme elle le faisait aujourd'hui avec Pauli, elle s'était employée à convaincre Christine qu'elle ne l'aimait pas, pensant ainsi faciliter son intégration dans son nouveau foyer. Ce fut après le départ de Christine que Lotte se mit à boire.

L'avenir de Lotte s'assombrissait. Elle refusait obstinément de se livrer à un *Stift*, une institution charitable accueillant les malheureuses qui avaient échoué dans leur mission de femme : se marier, avoir des enfants et entretenir un foyer. Elle refusait avec la même vigueur de se remarier, sachant pertinemment que les Allemands ne recherchaient en réalité qu'une servante qu'ils habillaient du nom honorable d'épouse. Peu avant de la ranger définitivement dans la catégorie des femmes perdues, son frère Gerhard lui avait écrit pour lui proposer de venir s'installer chez lui à Aalen, avec sa femme et sa progéniture grandissante. Non merci. Lotte savait trop à quoi menait ce genre d'arrangement : ambiance déplorable, célibat forcé, indépendance troquée contre une chambre minuscule et des corvées quotidiennes. Mais c'était surtout l'idée de devenir un objet de pitié pour le restant de ses jours qu'elle ne pouvait supporter.

Ainsi, entre deux emplois rebutants, Lotte noua nombre de liaisons fastidieuses qui la conduisirent tout naturellement au métier qu'elle exerça par la suite.

Elle n'arpentait pas le trottoir, c'était bien trop dégradant. Grâce à des pourboires et des pots-de-vin distribués à bon escient dans les grands hôtels, elle fit la connaissance de visiteurs étrangers d'un certain standing. Ils l'emmenaient au théâtre et dans les cafés, et elle les « distrayait » ensuite dans son appartement en sous-sol. C'est ainsi qu'elle survécut.

Aux commerçants et aux voisins, elle se présentait comme Frau Kroner, une veuve souabe qui vivait de ses rentes. Personne ne lui fit jamais l'injure de mettre sa parole en doute. L'épicier joua même le jeu jusqu'au bout, s'inquiétant parfois de la sûreté de ses placements financiers. En retour, elle inventait de nouveaux mensonges.

Le père de Pauli mourut en 1881, quatre ans après sa naissance, et sa mère succomba en 1885. Gerhard, sans doute échaudé par les échecs et les tares des membres de la famille, prétendit que sa maison était trop petite pour recevoir Pauli. Le Jour de l'an 1886, Pauli Kroner, âgé de huit ans, arriva à la *Bahnhof* de Berlin avec une pauvre valise contenant ses quelques hardes.

Il présenta à Lotte une lettre dans laquelle Gerhard lui expliquait sèchement qu'il n'avait pas jugé bon de contacter Josef en Amérique et qu'il confiait Pauli à ses bons soins. Lotte détecta une joie malveillante derrière les mots de Gerhard.

Peu importe ; elle accepta avec plaisir de s'occuper de Pauli. Elle aimait sa compagnie, sa vitalité et sa bonne humeur. Bien sûr, elle réalisa vite qu'elle ne pouvait lui offrir une existence agréable. A l'école, on le traitait comme un pauvre. On lui donnait ses livres de latin et d'allemand pour qu'il n'ait pas à les payer. On lui donnait aussi un petit déjeuner fait de pain et de lait en hiver, et un ticket gratuit pour aller aux bains municipaux une fois par semaine. Lotte voyait bien que cette charité blessait Pauli, et elle rêvait d'une meilleure vie pour lui.

Hélas ! il lui restait peu de temps. Lotte le constatait tous les matins dans son miroir. Elle maigrissait, ses cheveux viraient au gris, et son carnet de rendez-vous comprenait chaque mois de moins en moins de *Herren*. Bientôt, inévitablement, elle devrait frapper à la porte de l'hôpital de la Charité.

Elle étouffa une autre quinte de toux, puis se pencha pour attraper le napperon de la table de chevet. Ses doigts se crispèrent sur la vieille dentelle. Elle présenta le napperon devant la lampe et contempla sans ciller la tache de sang.

Non, il ne lui restait plus beaucoup de temps.

3

Pauli

La vieille dame logeait dans une villa en briques d'une rue tranquille de l'*alte Westen*, le Vieil Ouest, près du Tiergarten. Là résidait une bourgeoisie aisée qui préférait ne pas étaler ses richesses, contrairement à ceux qui habitaient les appartements au luxe ostentatoire du Nouvel Ouest, un quartier en pleine expansion sur le Ku'damm.

En proie à une vive agitation, Pauli se présenta devant la porte trois minutes avant neuf heures. Il avait revêtu sa plus belle veste et sa culotte neuve, après avoir pris soin de vider ses poches. Toutefois, une tache de charbon maculait le revers de sa veste en dépit de ses efforts pour l'effacer.

Un maître d'hôtel à la mine sévère répondit à son coup de sonnette. Il le conduisit à travers de vastes pièces encombrées de meubles massifs et sombres. Il y en avait tant que Pauli se crut un instant dans le palais d'un noble.

Installée dans un fauteuil en osier, la vieille dame l'attendait, une canne noire à gros pommeau d'argent en travers des genoux. Sa robe était bigrement impressionnante ; des mètres et des mètres de soie noire. Cernés de rides profondes, ses yeux marron pétillaient de vivacité.

— Le jeune monsieur, madame, annonça le maître d'hôtel, puis il se retira.

— Bonjour, mon petit, lança la vieille dame. Viens t'asseoir près de moi. Nous prendrons des rafraîchissements.

Une bonne parut comme par magie, portant sur un plateau d'argent une assiette de *Lebkuchen*, des gâteaux au miel en forme d'étoile, de lion, de cœur, d'éléphant — il y avait même un ou deux soldats —, un pot en étain rempli de bière à la mousse onctueuse et du thé. La vieille dame versa du rhum dans sa tasse de thé et but une gorgée de *Teepunsch*.

— Je suis Frau Flüsser, et toi, tu es mon bienfaiteur. Les policiers m'ont dit que tu t'appelais Pauli.

— Pauli Kroner. (Il s'éclaircit la gorge.) Oui, madame.

Il prit le pot d'étain dans sa main gauche, posa l'assiette sur son genou droit, et s'aperçut avec effroi qu'il risquait à tout moment de renverser l'un ou l'autre, si ce n'est les deux.

— Tu as fait preuve d'excellents réflexes et de beaucoup de courage quand ce coquin a essayé de me voler. Tu mérites une récompense. Sais-tu que mon gendre, Otto, est le directeur adjoint du Wertheim ?

Pauli acquiesça.

— Je lui ai parlé de toi. Tu pourras choisir ta récompense parmi les articles du magasin, à condition que le prix soit raisonnable. As-tu une idée de ce que tu veux ? Des envies ?

Pauli réfléchit.

— Avez-vous des globes terrestres ? demanda-t-il.

— Pardon ? Parle plus fort, je suis un peu sourde.

— Des globes terrestres. Je voudrais un petit globe. J'aime regarder les différents pays du monde et imaginer à quoi ils ressemblent.

— Un globe, fit-elle. C'est un curieux choix, mais je crois que nous pourrons le satisfaire. Je vais téléphoner à Otto ce matin même. Où doit-on te l'envoyer ?

— Müllerstrasse, dit-il avec gêne, et il précisa le numéro.

— C'est là que tu habites ?

— Pour l'instant, oui. Je vis avec ma tante Charlotte.

— As-tu l'intention de vivre ailleurs, plus tard ?

— Oui, c'est mon vœu le plus cher.

— Où aimerais-tu habiter ?

— Je ne sais pas.

— Tu n'as aucune idée ?

— Peut-être à Chicago, chez mon oncle. C'est pour cela que j'aimerais avoir un globe. Je pourrais bien voir toute l'Amérique.

Frau Flüsser s'illumina.

— Ah, l'Amérique ! Quel pays merveilleux ! A ta place, j'envisagerais sérieusement la question. Mon frère Felix vit à Saint Louis, ma nièce Waltraud aussi. Il y a beaucoup d'Allemands à Saint Louis. J'irais moi-même si je n'étais pas si vieille.

Elle jeta un coup d'œil à la montre en or qui pendait sur sa poitrine opulente.

— Je veillerai à ce qu'on te livre le plus vite possible ta récompense afin que tu puisses poursuivre tes recherches. (Un élan de tendresse adoucit son visage ridé.) Je te suis infiniment reconnaissante pour ton aide courageuse. Tu peux m'embrasser, si tu veux.

Pauli se leva et l'embrassa sur la joue en regrettant qu'elle ne soit pas sa grand-mère.

— Au revoir, Pauli Kroner.

— Au revoir, Frau Flüsser.

— Si tu ne te sens pas chez toi à Berlin, je te souhaite de te trouver un foyer, où qu'il soit.

— Merci, je le souhaite aussi.

— Crois-moi, quand tu l'auras trouvé, tu le sauras. Un signe t'en avertira. Quand j'avais neuf ans, mon père était maître de chapelle à Luchow. Il fut un jour affecté dans une église de Berlin. Le matin de notre arrivée, il y avait de magnifiques nuages dans le ciel. L'un d'eux avait une forme de harpe. Mon père jouait merveilleusement de la harpe, et j'adorais le son de cet instrument. En voyant ce nuage, j'ai compris que Berlin serait ma ville et que j'y vivrais toujours. C'était mon signe. Un jour, toi aussi tu recevras un signe.

Elle lui envoya un baiser.

Pauli sourit et bomba le torse. Il quitta Frau Flüsser et ne la revit plus jamais.

Ce soir-là, après le travail, il eut hâte de raconter son entrevue à Lotte.

— Un globe terrestre ! s'exclama-t-elle en le dévisageant à travers la fumée d'une de ses cigarettes françaises. Quel choix stupide ! Je t'avais dit de demander de l'argent. Tu as déjà assez de cartes et de photos pour tapisser un palais. Tu veux devenir un célèbre *Herr Doktor Professor* de géographie, ma parole ! C'est pas demain la veille.

Elle vacilla jusqu'au placard où elle rangeait sa bouteille de schnaps.

Frau Flüsser tint parole. Wertheim livra le globe dans une boîte entourée d'un ruban argenté. C'était un joli petit globe en bois peint de couleurs vives. Il reposait sur un support à quatre pieds en bois verni.

Pauli jeta sa carte en papier et débarrassa une étagère. La nuit, il ôtait le globe de son socle et l'étudiait en détail. Il le faisait tourner et posait un doigt rêveur sur un point, puis sur un autre. Son regard s'arrêtait de plus en plus souvent sur l'Amérique, avec ses vastes plaines, ses lacs bleus, ses montagnes ocres. Son doigt était comme aimanté par un point situé sous un étroit lac bleu. C'était l'emplacement de Chicago, là où vivait son oncle.

Un beau jour, des affiches inhabituelles couvrirent les kiosques et les murs de la ville :

Beginn der 1. Vorstellung
am 24. August
— Dem Original und Einzigen —
Buffalo Bill's
WILD WEST

— Tu vas y aller ? demanda Tonio.

Pauli sauta sur l'occasion de changer de sujet. Tonio n'avait cessé de parler de l'école spéciale où il devait entrer quelques semaines plus tard. Sa misérable tête semblait encore plus grosse que d'habitude.

— Je n'ai pas assez d'argent, répondit Pauli.

Ils étaient assis à une table, au fond de la *Konditorei* Henkel.

— Papa a dit qu'il m'y emmènerait. Il te paiera peut-être une place.

— Non, ce serait de la charité. T'inquiète pas, je trouverai bien un moyen d'aller voir les cow-boys et les Indiens, tu peux me faire confiance.

Le jour où arrivait la troupe du Far West, Pauli se réveilla à cinq heures du matin. Il s'habilla en deux minutes, fourra une casquette écossaise dans sa poche, prit son matériel à dessin et sortit sur la pointe des pieds. Reynard était à nouveau de passage ; Lotte et lui avaient fait du bruit jusqu'à une heure du matin.

Pauli gravit quatre à quatre les marches qui menaient dans la Müllerstrasse. Un brouillard glacial estompait les toits des immeubles qui bordaient la rue.

Il fonça dans Wöhlertstrasse et courut d'une traite jusqu'au *Rangier- und Güterbahnhof*, la gare de marchandises et de triage à l'est de la Pflugstrasse. De loin, il entendit les wagons s'entrechoquer et une locomotive à vapeur siffler.

Il traversa une bande de terre envahie de mauvaises herbes et arriva au bord de la première voie ferrée. Un train de marchandises d'une longueur invraisemblable qui se mettait en branle l'empêcha de traverser la voie. Il repéra un wagon ouvert, glissa son papier à dessin dans sa ceinture et courut le long du train puis, quand il jugea le moment opportun, il agrippa la poignée de la porte et se hissa dans le wagon.

Il fit coulisser la portière du côté opposé, sauta en marche et s'affala sur le gravier. Il se releva d'un bond, et s'épousseta. Mis à part un accroc au genou de son pantalon, il n'avait rien. Il y a toujours un moyen de contourner un obstacle quand on le veut vraiment.

Il s'élança pour traverser les deux voies suivantes. A son grand désappointement, il vit que le train spécial était déjà en gare. Mais il venait sans doute d'arriver car le déchargement n'avait pas encore commencé.

Il était long de dix-huit wagons plus la locomotive. Plusieurs wagons étaient décorés de grandes fresques aux couleurs criardes qui représentaient des cow-boys, pistolet au poing, des Indiens qui brandissaient en hurlant des tomahawks multicolores, une diligence poursuivie par des Peaux-Rouges, et bien sûr la vedette du spectacle : juché sur son magnifique étalon cabré, Buffalo Bill saluait, son chapeau à la main. C'était héroïque et éblouissant : le cheval, le chapeau, la moustache et la barbiche taillée en pointe de Cody, tout ce blanc immaculé étincelait sous les rayons du soleil qui perçaient la brume.

Finalement, Pauli n'était pas trop en retard. Des débardeurs en chemise à carreaux commençaient seulement à poser une rampe métallique à l'extrémité de la dernière voiture. Pauli oublia tout, Müllerstrasse, tante Lotte, le pauvre Tonio.

Les abords du train grouillèrent bientôt d'activité. Les débardeurs firent coulisser les portières des wagons à bestiaux et ôtèrent les bâches qui recouvraient les wagons plats chargés de véhicules solidement arrimés.

Le train était agencé selon un ordre rigoureux ; le wagon de queue transportait les chevaux et les fardiers, qu'on devait décharger en priorité. Venaient ensuite les voitures plates, puis les autres wagons à bestiaux. Pauli y aperçut des chevaux de selle, des mules, trois bisons hirsutes et Isham, l'étalon blanc du général Cody ; la forte odeur qu'ils répandaient l'enivra. Il nota que les voitures des passagers, portant le mot « Pullman » sur leur flanc, s'ouvraient par l'arrière et non sur le côté.

Les débardeurs criaient des ordres et des jurons en anglais, langue dont Pauli connaissait quelques rudiments grâce à la fréquentation d'hommes tels que Reynard. Il remonta le train en prenant soin de rester à l'écart des manœuvres, mais il faillit bousculer un homme à la peau cuivrée et aux longues tresses noires. Un Indien ! Il portait un costume, un col dur et un chapeau de soie.

Pauli le salua hardiment. L'Indien se renfrogna puis leva une main, paume ouverte. Pauli l'imita en souriant. L'Indien éclata de rire et lui donna un tape amicale.

Pauli s'arrêta un instant devant une voiture de passagers qui portait l'inscription : « Le Far West de Buffalo Bill et ses intrépides cavaliers — Grande tournée européenne. » Un homme de haute taille à la chevelure blanche ébouriffée sortit du wagon en chancelant. Le colonel Cody ! Il était célèbre dans le monde entier ; Pauli le reconnut tout de suite.

Il se recula d'un pas. Précaution inutile, le colonel l'ignora. Cody portait de vieilles bottes, un pantalon taché et un simple tricot de corps. Ses bretelles tombaient sur ses hanches. Il se dirigea vers l'arrière du train en agitant une bouteille de whisky et en vociférant des ordres. Sa tenue débraillée et sa conduite grossière déçurent fortement Pauli.

Un personnage un peu plus noble apparut quelques instants après : une petite femme à l'air endormie qui tenait en laisse un caniche. C'était Fräulein Annie Oakley, célèbre tireur d'élite. Pauli l'avait vue sur les affiches.

Une locomotive tira les wagons vides. Pauli admira l'efficacité de la manœuvre, mais le colonel ne semblait pas partager son enthousiasme.

— Attachez donc les chevaux de trait, nom de Dieu ! hurla-t-il, sa bouteille brandie au-dessus de sa tête. On est en retard.

Pauli ne comprit pas tous les mots, mais le sens général ne lui échappa pas.

On amena des chevaux le long du wagon plat et on les attela au premier chariot afin qu'ils le tirent sur la rampe métallique, guidés par les débardeurs. Puis les hommes conduisirent l'attelage à l'écart pour décharger le véhicule suivant, une rutilante diligence laquée dont le sauvetage était le clou du spectacle. Pauli l'avait lu dans le programme qui circulait à l'hôtel. Il n'avait toujours pas assez d'argent pour s'offrir l'entrée du parc d'attractions qu'on venait d'installer à l'angle de l'Augsburgerstrasse et du Ku'damm, mais il avait maintes fois imaginé la scène : la terrifiante attaque des Indiens et l'arrivée de la cavalerie.

Pendant que le déchargement se poursuivait, Pauli alla ouvrir la portière d'un wagon en stationnement sur la voie adjacente et s'assit sur le rebord dans l'intention de faire quelques croquis. Son regard s'arrêta sur le portrait de Buffalo Bill. Voilà ce qu'il lui fallait. Il commença avec un crayon bleu d'outremer.

Soudain, une silhouette parut à l'angle du wagon. Un homme l'observait. Son regard semblait brûler d'un feu intérieur. Pendant un court instant, Pauli eut l'effrayante sensation que les yeux de la Mort se posaient sur lui.

L'homme était de haute taille et très maigre, avec un long visage étroit et de grandes dents blanches. Sa peau avait la couleur des flocons d'avoine ; sans doute fuyait-il le soleil. Il avait bien dix ans de plus que Pauli. Il portait de méchantes lunettes à monture de métal doré, avec des verres de la taille d'un pfennig. Ses vêtements étaient misérables : un col crasseaux, une cravate maculée de taches de graisse, une tunique tombant jusqu'aux genoux et un chapeau melon qui avait connu des jours meilleurs. Il portait une demi-guêtre grise à sa chaussure droite, une blanche à sa gauche. Sa main droite aux doigts jaunis par la nicotine tenait un mégot allumé.

Malgré sa pauvreté flagrante, l'homme s'approcha de Pauli d'un air suffisant et le dévisagea avec un certain mépris, comme si Pauli n'était qu'un va-nu-pieds.

Il s'adossa au wagon avec une nonchalance arrogante, tira de rapides bouffées sur son mégot et jeta un œil sur le croquis de Cody.

— Très mauvais ! décréta-t-il.

— Ah, vous êtes critique d'art ? rétorqua Pauli, prêt à la contre-attaque.

— Non, journaliste. Mais je sais reconnaître un mauvais dessin quand j'en vois un, de même que je reconnais un mauvais fromage à son odeur.

L'homme parlait allemand avec un accent indéfinissable.

Pauli ne le crut pas.

— Pour quel journal travaillez-vous ? demanda-t-il, soupçonneux.

— Pour tous ceux qui achètent mes articles. Je suis journaliste indépendant. A Zurich, la semaine dernière, j'ai entendu appeler cela *free lance*. Intéressant ce terme. Je voyage, j'observe, je prédis... ce n'est pas une sinécure de prédire, surtout si le prophète n'annonce pas le paradis sur terre. Plusieurs prophètes de l'Ancien Testament ont payé leur prophétie de leur vie, tu sais. Je ne compte pas les fois où j'ai été obligé de quitter une ville en catastrophe. Je suis venu à Berlin parce que je pensais y trouver de la matière pour mes articles.

— Vous êtes étranger....

— Pour vous, oui, fit l'homme avec un sourire de mépris et de jouissance en même temps. Mon nom est Mikhail Rhoukov. C'est du moins ainsi qu'on m'appelle en Russie. Ici, vous diriez Michael, je suppose.

Il sortit une autre cigarette qu'il alluma avec le mégot de la précédente.

— Ils sont bizarres ces Américains, non ? Je te parie qu'ils vont conquérir le monde. Ça ne me déplairait pas qu'ils exportent leur démocratie dans mon pays. Ah, on vit une drôle d'époque, tu ne trouves pas ? Les vieux systèmes, les vieilles mœurs, l'ordre ancien, tout cela disparaît dans le sang et le feu. L'anarchie relève la tête. Le drapeau rouge du socialisme flotte dans le ciel. Les tsars et les rois tremblent, le prolétariat est en marche... Ça devient enfin excitant !

— Je ne connais rien à tout ça, fit Pauli d'un ton volontairement hostile.

Rhoukov lui décocha un regard brûlant.

— Je ne cherchais qu'à bavarder amicalement, déclara-t-il.

— Oh ! c'est comme ça que vous vous y prenez ?

— Jeune effronté ! s'esclaffa le Russe. Tu me plais.

— Fort bien, alors fichez-moi la paix ! riposta Pauli chez qui l'ennui avait remplacé la peur.

Malheureusement, il s'était fait un nouvel ami ou du moins un nouveau compagnon, qu'il le voulût ou non. Rhoukov extirpa de sa tunique un calepin en piteux état et griffonna quelques lignes avec un crayon.

Pauli descendit de son perchoir et se dirigea vers le train. Le Russe le suivit. Pauli aurait préféré que cet importun se cherchât un autre ami.

Entendant parler allemand, Pauli tourna la tête et vit avec surprise un groupe de six officiers près de la rampe métallique. Parmi eux, quatre hommes plus âgés arboraient la bande rouge des officiers supérieurs sur leur pantalon *feldgrau*, le gris de l'uniforme militaire. Leur tunique était ornée d'épaulettes et de galons rouges.

Les deux plus jeunes, des lieutenants, portaient le pantalon gris et la tunique bleu foncé d'un autre régiment. Pauli ne réussit pas à identifier leurs insignes. Il s'approcha, mains dans les poches, l'air dégagé. Cinq des officiers écrivaient avec application dans des carnets doublés de cuir et surveillaient l'heure sur leur montre à gousset.

De près, Pauli reconnut l'insigne métallique des lieutenants. Ils appartenaient au nouveau régiment mécanisé, le plus moderne de l'armée. Tous deux portaient le *Pickelhaube*, le casque à pointe des Prussiens.

— J'ai entendu parler de ces types, remarqua Rhoukov à l'oreille de Pauli. Ils suivent Herr Cody partout en Allemagne pour étudier ses méthodes. Quelle arrogance, hein ?

Pauli songea que le Russe ne manquait pas de toupet pour critiquer l'arrogance d'autrui. D'ailleurs, les officiers allemands, surtout les Prussiens, étaient toujours arrogants parce qu'ils étaient vénérés dans tout le pays et craints dans toute l'Europe à cause de leur discipline de fer.

L'officier en chef, un gros *Brigadegeneral*, examinait le train à travers un monocle.

— J'ai lu des rapports sur cette manière de procéder, mais je n'ai jamais eu l'occasion de l'observer de près. Ils travaillent vite.

— Et comme vous pouvez le remarquer, mon général, chaque élément est déchargé dans un ordre précis, dit un colonel aux épaules voûtées. Ils suivent un plan écrit pour le chargement et le déchargement. Je l'ai eu entre les mains. Tout est noté, jusqu'aux coffres personnels des acteurs, avec leur emplacement. C'est une merveille d'efficacité.

— Il est surprenant que des Américains soient capables d'un tel esprit méthodique. C'est très impressionnant.

— Peut-être que Büffel Bill est allemand, suggéra le colonel.

Les officiers s'esclaffèrent, mais pas avant que le général n'ait ri.

Un jeune lieutenant du régiment mécanisé tapota son carnet.

— Ils ont vingt-huit minutes de retard sur l'horaire, annonça-t-il.

Accoudé à un signal d'aiguillage, Pauli étudia l'homme. Il était de taille moyenne, mince et musclé, mais il n'avait pas un physique particulièrement frappant. Le visage arrondi, le nez banal, les pommettes parsemées de taches de rousseur. Toutefois, ses yeux, des yeux gris, froids et durs, étaient ceux d'un chef. Sa joue gauche était zébrée d'une cicatrice en forme de crochet. Sans doute l'avait-il reçue à Heidelberg, dans une *Burschenschaft*, une de ces confréries d'étudiants d'élite qui encouragent leurs membres à se mesurer régulièrement dans des duels au sabre. Une cicatrice était une marque de prouesse, un honneur.

Le jeune officier sortit d'une poche un étui en or et le présenta à ses supérieurs. Les deux généraux prirent une cigarette et le lieutenant leur offrit du feu.

— Vingt-huit minutes, murmura le général en soufflant la fumée. Un manque certain de rigueur.

— Nous ne les avons pas vus arriver, remarqua le colonel. Le train était peut-être en retard.

— Il n'avait que six minutes et demie de retard, dit le lieutenant. J'ai vérifié.

— Imaginez que l'artillerie arrive sur le champ de bataille avec un retard pareil ! fit le général. Lieutenant von Rike, allez vous informer, je vous prie. Trouvez, si vous le pouvez, les raisons de leur retard.

Le lieutenant porta la main à son casque en claquant les talons, puis pivota. Pauli fit un pas de côté, mais trop tard. L'officier, qui regardait le train, ne vit pas Pauli et buta sur lui.

— Je suis désolé... s'excusa Pauli.

Le lieutenant s'empourpra. Il sentait fort le tabac, comme Rhoukov. Il agrippa Pauli par le col et l'expédia au sol. Un caillou pointu entailla la joue du garçon, qui se mit à saigner.

— A l'avenir, fais plus attention, espèce d'abruti !

Piqué par l'insulte, Pauli faillit bondir, mais Rhoukov s'interposa.

— Vous êtes injuste, déclara-t-il. Ce gosse vous a heurté par accident.

Le lieutenant toisa Rhoukov.

— Nous n'avons pas de leçons à recevoir d'étrangers crasseux, tonna-t-il.

Bien qu'original, Rhoukov ne manquait pas de courage.

— Vous auriez pourtant besoin de prendre quelques leçons de courtoisie, j'en ai peur, répliqua-t-il. Vous devez des excuses à ce garçon.

— Des excuses ? Quand le jour viendra, nous nous occuperons des types de votre espèce. Écartez-vous !

Il poussa Rhoukov et s'éloigna.

Le journaliste aida Pauli à se relever sous le regard désapprobateur des autres officiers. Rhoukov leur adressa un rictus de mépris, puis leur tourna le dos.

— Merci, dit Pauli en essayant de mettre un peu d'ordre dans ses cheveux ébouriffés.

— De rien.

— « Quand le jour viendra... » Qu'est-ce qu'il voulait dire ? Ça avait l'air important dans sa bouche.

— Oh ! ma foi oui, c'est important ! J'ai même entendu Jour avec un J majuscule dans sa bouche. C'est le jour qui hante l'esprit de tes compatriotes, leur fameux jour de gloire qui viendra, croient-ils, quand ils puniront leurs ennemis et conquerront les territoires qu'ils s'imaginent mériter. Viens, éloignons-nous.

Tout en parlant, Rhoukov le guida à l'écart des officiers.

— Quelle bande de fats ! Vois un peu les rêves qui dansent dans leurs crânes orgueilleux. Les invincibles Chevaliers teutoniques dans leurs châteaux prussiens qui élèvent des faucons noirs pour chasser et tuer. L'empereur Barberousse qui dort sous la montagne, prêt à se réveiller et à prendre le commandement à l'heure précise où l'Allemagne aura besoin d'un sauveur. Quel tissu de conneries ! L'ennui, c'est que le Kaiser et l'armée y croient. Vous autres Allemands, vous êtes embourbés dans les mythes. Le mythe de supériorité ; le mythe de la grandeur de la guerre, de la noblesse de la mort. Sans parler des nymphes de Wagner, de l'or magique, et des héros sublimes qui baisent leurs propres sœurs. Je te demande pardon, j'espère que tu n'es pas trop jeune pour un tel langage.

— J'en ai entendu d'autres.

Pauli décida que le bougre avait du répondant, malgré son aspect miteux. A l'évidence, il savait des tas de choses sur les Allemands et sur l'Allemagne, du moins le prétendait-il. Il aimait aussi s'écouter parler.

Rhoukov alluma sa troisième cigarette.

— Retiens bien ce que je te dis, les mythes détruiront l'Allemagne... si les Allemands ne détruisent pas le reste du monde avant. On aura un peu de répit, parce qu'ils commenceront par se venger des Français. Je parle du haut commandement allemand, bien sûr. Des généraux et de leur plus fidèle alliée, l'aristocratie. Je ne te mets pas dans le lot. Tu es peut-être un piètre artiste, mais tu m'as l'air d'être un brave gars.

— Trop aimable.

Le sarcasme de Pauli amusa le Russe.

— T'es un petit dur, on dirait. Où habites-tu ?

— J'en sais rien, jeta Pauli. J'ai pas envie d'en parler.

Pour la première fois, Rhoukov fut pris de court, ce qui ne manqua pas de réjouir Pauli.

Le lieutenant von Rike revint, la démarche raide. Il leur adressa un regard furieux au passage.

— Ils ne sont pas responsables du retard, expliqua-t-il à ses supérieurs. C'est la faute du chef de gare qui n'a pas fourni la locomotive de rechange à temps.

Rhoukov rangea son calepin.

— J'en ai assez vu, dit-il. J'ai de quoi écrire une ou deux pages. Au revoir, mon ami.

Ils échangèrent une poignée de main.

— Nous nous reverrons, affirma Rhoukov.

Et il s'éloigna vers la tête du train. En passant devant Fräulein Oakley, il porta la main à son chapeau melon. Curieux bonhomme. Sa vison de l'avenir était bien inquiétante.

L'activité autour du train accapara un instant l'attention de Pauli ; quand il se retourna, Rhoukov s'était volatilisé.

Quel drôle de personnage ! Au début, Pauli l'avait trouvé agaçant. Maintenant, il regrettait son départ. Une étrange intuition lui disait qu'ils se rencontreraient de nouveau un jour ou l'autre.

Pauli retourna s'asseoir sur le rebord du wagon, mais il abandonna le dessin. Le *Brigadegeneral* et ses hommes reprirent leur observation. On avait déchargé tous les chariots et on les avait alignés, prêts pour la parade. On sortait maintenant les chevaux, les ânes, les bisons, les cerfs et les élans.

La matinée était bien entamée. Un soleil pâle pointait au-dessus de la fumée qui montait des cheminées des affreuses baraques en ciment derrière la gare. Le colonel Cody n'était plus là, mais Fräulein Oakley promenait toujours son caniche en compagnie d'un homme vêtu d'une veste à franges. Pauli le reconnut, c'était le mari de Fräulein Oakley, Butler, le tireur d'élite. Un petit groupe d'Indiens discutait ; ils portaient tous des pantalons de toile bleue et des vestes ordinaires. C'était fort décevant.

Soudain, l'attention de Pauli fut accaparée par quatre élégants touristes, deux hommes et deux femmes qui approchaient en devisant.

L'un d'eux tenait à la main une petite boîte noire. Pauli descendit de son wagon pour mieux profiter du spectacle.

— *Engländer*, dit le général.

— *Nein, mein General. Mit Respekt, Amerikaner.*

Le colonel ajouta quelques mots, et les officiers s'esclaffèrent.

L'homme à la boîte noire arborait un haut-de-forme et un pardessus à col de velours, son compagnon, une veste de sport et une culotte de golf écossaise avec des guêtres de toile blanche. L'une des femmes était terne, mais l'autre força l'admiration de Pauli avec sa robe rouge vénitien et sa toque de même couleur agrémentée d'un oiseau gris. L'homme en tenue de sport s'agenouilla à ses pieds pour brosser l'ourlet de sa robe, maculé de poussière, pendant que l'autre, penché au-dessus de sa boîte noire, visait l'Indien au chapeau de soie. L'Indien glissa sa main gauche sous le revers de sa veste, à la mode de Napoléon, et leva la main droite.

Le compagnon de Fräulein Oakley s'approcha du photographe et lui posa une question. Pauli crut entendre le mot « Américain ».

Le touriste acquiesça vigoureusement, puis se présenta. Son nom ressemblait à Jasper ou Jaster. Plutôt Jaster.

Le colonel Butler et le touriste échangèrent une poignée de main. Le tireur d'élite s'intéressait à la boîte noire. Pauli capta les mots « George Eastman Kamera ».

— C'est un Kodak, dit Jaster.

Kodak était certes un mot étrange, mais Pauli l'avait déjà entendu dans la bouche de Herr Trautwein. Le chasseur de l'hôtel se vantait de posséder un appareil photographique Kodak. Le nom avait un son tranchant facile à retenir.

La femme de Jaster le pressa de montrer l'appareil à Butler, et ce dernier le lui tendit avec une certaine réticence. Butler l'examina, puis siffla, admiratif, en le soupesant.

Jaster, prétextant vouloir lui montrer combien il était facile de prendre un cliché, reprit le boîtier des mains de Butler. Il parlait avec force gestes si bien que Pauli comprit l'essentiel des explications. Il suffisait d'appuyer sur le bouton pour obtenir une photographie. C'était magique, enthousiasmant.

Jaster fit comprendre par signes qu'il voulait prendre une photographie de Butler avec sa femme. Le colonel parut flatté. Il héla Fräulein Oakley, qui les rejoignit, traînant toujours son caniche en laisse. La Frau Jaster posa ensuite avec les artistes, puis Butler et Fräulein Oakley s'excusèrent. Les touristes reprirent leur déambulation au milieu des animaux, des chariots, des cow-boys coiffés d'immenses chapeaux, le cou ceint de foulards multicolores ; ils croisèrent douze hommes en uniforme bleu de l'armée des États-Unis et quatre Cosaques bottés et coiffés d'une toque de fourrure. Les Indiens reparurent en jambières et chemise de peau, le visage peinturluré, leurs plumes ondulant dans le vent.

Pauli suivit les touristes, aussi fasciné par l'authentique Kodak que par la troupe de Buffalo Bill. Il ignorait comment fonctionnait un appareil photo, mais il savait ce qu'on pouvait en tirer : les merveilleuses prises de vue qui tapissaient sa chambrette. Un appareil photo permettait de faire entrer le monde entier chez des gens ordinaires, comme tante Lotte et lui.

Pauli se souvint avec regret qu'il était attendu au Kaiserhof à sept heures et demie. Comment avoir l'esprit à vider des seaux ou à frotter le carrelage quand on avait vu tant de splendeurs ?

La femme de Jaster voulut une photographie des officiers allemands. Jaster se planta à trois mètres d'eux. Quand ils remarquèrent soudain sa présence, le général fit un geste sec.

— Hé, vous ! lança-t-il en allemand. Pas de photographies de militaires en service.

— Qu'est-ce qu'il dit ? demanda le sportif.

Jaster abaissa son appareil photo, mais sa femme le tapota d'un doigt ganté. Elle ne tolérait pas qu'il capitule si facilement.

Les officiers semblaient nerveux. Pauli ne comprenait pas pourquoi ils refusaient qu'on les photographiât, et il mit leur hostilité sur le compte de leur morgue coutumière. Leurs grognements et leurs regards furieux ne parurent pas décontenancer Jaster, qui se prépara à prendre le cliché.

— Qu'on l'arrête ! ordonna le général.

Le lieutenant von Rike enfouit son carnet dans sa poche et se proposa.

— Donnez-lui une bonne leçon, ajouta le général.

Le lieutenant se rua sur Jaster et lui arracha l'appareil des mains. Frau Jaster poussa un cri d'effroi.

Son mari plongea pour récupérer son bien. Von Rike l'esquiva avec aisance, puis se recula vivement et ouvrit le boîtier d'un geste brusque. Pauli vit avec indignation le lieutenant en tirer un long ruban de papier noir, puis jeter l'appareil et le briser à coups de talon. Frau Jaster gémit.

Jaster était furieux. Bien qu'il accusât vingt ans de plus que le lieutenant, il serra les poings et lui décocha une droite sans hésitation. Von Rike s'attira les applaudissements de ses collègues en évitant tranquillement le coup. Lorsque Jaster tenta une seconde fois de le frapper, le lieutenant lui ôta son haut-de-forme d'une pichenette et lui assena un coup de poing en plein front. L'Américain perdit l'équilibre et tomba à genoux.

Son devoir accompli, von Rike retourna auprès de ses supérieurs. Le général resta de marbre mais le colonel fut plus démonstratif.

— Beau travail, lieutenant ! s'exclama-t-il sobrement.

— Merci, mon colonel. Le meilleur remède contre l'entêtement est encore celui que prescrit Sa Majesté : un coup de poing bien expédié.

Le général acquiesça en s'esclaffant, puis fit signe aux Américains de déguerpir. Herr Jaster jura et protesta pendant que ses amis l'aidaient à se relever. Il voulut reprendre le combat, mais ils l'en empêchèrent. Quelques instants plus tard, on vit les quatre touristes disparaître derrière une cabine d'aiguillage.

Pauli remonta sur son perchoir. Les officiers s'éloignèrent à leur tour, les lieutenants à distance respectable de leurs supérieurs. Pauli remercia le ciel de ne pas être obligé de devenir soldat. Il n'aurait certes pas apprécié de recevoir des ordres d'une tête brûlée qui s'amusait à détruire les biens d'autrui et à frapper les gens.

Le colonel Cody sortit de son wagon, resplendissant. Il portait des bottes montantes, une culotte de cheval, un manteau en daim à franges orné de perles indiennes et de plumes, un foulard et un sombrero. Monté sur Isham, il trotta le long de la parade en vociférant des instructions. Il avait l'air en colère.

La fascination de Pauli pour le spectacle du Far West s'estompa pour se focaliser sur l'objet qu'il évitait de regarder franchement de crainte qu'un autre l'aperçoive : le boîtier noir ! Brisé, cassé, mais un véritable appareil photo tout de même. Abandonné, là, sur le gravier...

Avec des claquements de fouets et des crissements d'essieux, la cavalcade se mit en marche en direction de l'avenue Unter den Linden où aurait lieu la parade matinale. La bouche sèche comme de la cendre, Pauli jeta des regards inquiets à la ronde, puis sauta au bas du wagon et courut jusqu'à l'appareil photographique, le ramassa vivement et s'enfuit à toutes jambes. L'appareil ne fonctionnait plus, mais il n'en restait pas moins un trésor rare.

Pauli sentait bien qu'il était en retard. Il courut et marcha alternativement jusqu'à l'arrêt du tram, pressé d'arriver au Kaiserhof pour montrer son trophée à Herr Trautwein.

Il était seize heures quand il put se glisser hors de la cuisine et filer à la cabine du chasseur. Herr Trautwein s'extasia.

— Oui, c'est un vrai Eastman, un Kodak numéro Un, comme le mien ! Une pure merveille ! Je ne sais pas si tu t'en rends compte. Il pèse moins d'un kilogramme, et prend cent photographies par rouleau de film. L'appareil est déjà chargé quand tu l'achètes. Quand le rouleau est terminé, tu envoies le tout en Amérique — je l'ai déjà fait deux fois ! —, on développe tes photos, on recharge la boîte et on te la réexpédie. Tu connais le slogan d'Eastman ? « Vous pressez sur le bouton, nous nous chargeons du reste. » Et c'est vrai. La photographie, mon petit, c'est l'art du XXᵉ siècle. Dommage que tu n'aies pas trouvé un appareil en état de marche.

— Qu'est-ce que j'aimerais en avoir un, un jour ! dit Pauli.

Le slogan le fascinait. « Vous pressez sur le bouton... » Il songea à ses cartes postales et à son incapacité à dessiner les merveilles qu'il voyait. La photographie était peut-être la solution pour qui n'avait pas de talent. Un doigt ferme suffisait.

Ce soir-là, il quitta l'hôtel à huit heures et demie. Oubliés les humeurs et le comportement bizarre de tante Lotte, l'impression pénible qu'elle ne l'aimait plus, qu'elle ne voulait plus de lui. Une euphorie l'habitait qui chassait tout le reste.

Il trouva sa tante en peignoir, assise dans le salon comme un enfant perdu, une chope de bière vide à la main. Ses yeux étaient rouges.

— Qu'est-ce qui se passe, tante Lotte ?

— Rien, *Liebchen*. Tout va bien.

Elle détourna vivement la tête.

— Je vois bien que ça ne va pas.

Il approcha un tabouret et s'assit à côté de sa tante.

— Dis-moi ce qui ne va pas. Je veux que tu me le dises.

— Herr Reynard, fit-elle en se cachant les yeux.

— Il t'a battue ?

— Non, il ne m'a pas touchée, il... oh ! Pauli...

Elle lui ébouriffa tendrement les cheveux en sanglotant.

— Comment t'expliquer ? C'est tellement sordide.

Il posa ses mains sur les genoux de sa tante, et la sentit trembler.

— Si, vas-y.

Tante Lotte maîtrisa son chagrin.

— Pauli, sais-tu ce que « consomption » veut dire ?

— Oui, je l'ai lu dans les journaux. C'est une maladie.

— Une maladie terrible, Pauli. Elle détruit les poumons, elle te ronge, elle te dévore. Eh bien, je l'ai attrapée. Je le sais depuis un an. J'ai longtemps hésité à t'en parler, mais maintenant, je n'ai plus le choix. Je ne veux pas que tu tombes malade. Tu dois quitter cet appartement avant qu'il ne soit infecté de microbes. Et puis, à cause de ma maladie, beaucoup de choses vont mal, tu comprends.

Elle se leva, prit un paquet de cigarette françaises et en alluma une.

— Ce soir, après dîner, comment dire ? Herr Reynard a voulu m'embrasser. J'ai eu un nouveau spasme, le pire de tous. J'ai taché l'oreiller. Herr Reynard était dégoûté. Il m'a insultée et il est parti sans me laisser un seul mark. Il a dit qu'il ne reviendrait jamais, que je devais me faire hospitaliser, qu'il me dénoncerait dans les hôtels et les cafés fréquentés par des voyageurs de commerce. Bientôt, plus aucun *Herr* ne voudra plus de moi. Alors, tu vois...

Elle aspira une bouffée.

— Il faut que nous trouvions une solution pour toi.

Un silence pesant s'abattit sur le salon. Pauli sentit que quelque chose de capital allait se produire.

— Il est hors de question que tu retournes à Aalen, chez ton oncle Gerhard. C'est un homme stupide à l'esprit étroit. Il est aussi hors de question que tu te retrouves à la rue. Ce à quoi je pense, Pauli... ce à quoi je pense...

Elle lui caressa la joue.

— Je crois qu'il faut que tu ailles en Amérique.

— En Amérique !

— Pourquoi pas ? C'est un pays neuf où tout le monde peut réussir. Des centaines de milliers d'Allemands s'y sont déjà installés, et d'autres y partent chaque semaine. N'oublie pas que nous avons un parent à Chicago, mon frère Josef, le brasseur. C'est un homme riche. Je lui écrirai ce soir même, et je prierai pour qu'il réponde favorablement à ma lettre. C'est que, vois-tu, je ne suis pas en bons termes avec ma famille.

Pauli en devinait la raison. Sans doute, les membres de la famille connaissaient-ils son commerce avec les *Herren*...

Il était aussi excité que déchiré. La maison de son oncle ressemblait peut-être à celle dont il avait toujours rêvé, mais d'un autre côté, comment se résoudre à abandonner sa tante malade ?

— Je ne peux pas te quitter alors que tu...

— Bien sûr que tu peux ! Tu es presque un adulte, tu es vif et fort, tu es capable de faire le voyage tout seul. Ton oncle l'a bien fait. L'idée d'aller en Amérique te paraît si terrible que ça ?

— Oh, non ! Ça fait longtemps que j'ai envie de voir l'Amérique.

— Je te parle d'y vivre. Pour toujours. Crois-tu que tu pourrais ?

— Oui, je pense. Je ferai de mon mieux pour être heureux, pour faire honneur à mon oncle...

— Il faut que tu y ailles. Il n'y a pas d'autre solution. Je vais écrire à Josef, et à partir de maintenant nous allons économiser le plus petit pfennig pour t'acheter un billet. Je me suis renseignée sur le prix de la traversée depuis Hambourg. Environ cent cinq marks pour un billet de troisième classe sur un bon bateau. Cela fait... voyons... dans les vingt-quatre dollars américains.

— Cent cinq marks ! Mais c'est une fortune, tante Lotte !

— Oui, pour des gens comme nous, c'est beaucoup d'argent. Ça nous prendra des mois pour amasser une telle somme, un an peut-être.

— Je travaillerai dur, promit Pauli. Je ferai le plus d'heures supplémentaires possible.

— Dans ce cas, tu pourras peut-être partir plus tôt que je ne le pensais. Mais peu importe le temps que ça prendra, j'en profiterai pour t'apprendre tout l'anglais que je connais.

— Et l'américain ? Tu pourras aussi me l'apprendre ?

Lotte rit de bon cœur.

— Oh ! Pauli ! Les Américains parlent anglais. Enfin, pas tout à fait. L'américain est plus imagé, plus argotique. C'est comme de l'anglais, en plus épicé.

— Alors, c'est décidé ?

— Oui Pauli, c'est décidé. Tu iras en Amérique. Tu y seras bien, tu verras. Tu y seras très bien.

Pauli ferma les yeux, un frisson le parcourut quand il imagina l'arrivée à New York. La statue de la Liberté semblait déjà l'attendre et elle l'accueillerait, lui personnellement.

La réponse arriva à la fin de l'automne. c'était une lettre couverte d'une belle écriture, en bon allemand, sur un papier de qualité qui portait un en-tête élégamment gravé : Jos. Crown, Michigan Avenue, Chicago, USA, surmonté d'une couronne dorée.

Ma très chère sœur,

Quel bonheur d'avoir de tes nouvelles ! J'espère que ma lettre te trouvera en bonne santé. Nous allons tous bien, et les affaires prospèrent. En réponse à ta demande, oui, j'approuve chaleureusement ton idée. Que Pauli vienne vivre avec nous puisqu'il ne peut plus rester chez toi. Qu'il arrive dès que possible. Tu espères qu'il embarquera au printemps ou à l'été prochain, nous partageons cet espoir et nous l'attendons avec impatience. Ilsa, les enfants et moi-même l'accueillerons de notre mieux ; nous subviendrons à ses besoins, nous veillerons avec soin à son éducation et à son installation dans sa nouvelle patrie. Je suis sûr qu'il ne sera pas déçu par l'Amérique, et j'espère que son nouveau foyer lui plaira.

Affectueusement,
Josef.

L'année suivante, en 1892, un matin de printemps, Pauli prit un tramway tiré par des chevaux et descendit au terminus, dans la banlieue de Charlottenburg. De là, il longea la Spree jusqu'à Spandau.

Il distingua bientôt les baraquements en bois qui entouraient le grand pré du camp spécial. Des garçons et des filles erraient çà et là d'une démarche indolente, d'autres étaient mollement avachis dans des chaises longues peintes en blanc. Le cœur de Pauli se serra en voyant leurs visages tristes et sans vie ; certains étaient horribles, la bouche pendante et l'œil vide, d'autres avaient des crânes démesurés.

Il trouva Tonio au soleil, près d'une baraque. Son ami était blanc comme de la pâte à pain, et son front semblait encore plus bombé que dans son souvenir. Tonio reposait dans une des lourdes chaises longues en bois. Il ne leva pas la tête en reconnaissant son ami, il se contenta de l'incliner légèrement et de lui sourire.

— Salut, Pauli.

— Salut, Tonio. Comment vas-tu ?

— Bien. C'est gentil de venir me voir. C'est tellement loin de la ville ici.

— C'est sans doute ma dernière visite. Je pars bientôt... pour l'Amérique. Je vais vivre chez mon oncle Josef.

— Oui, je sais. Mon père me l'a dit quand il est venu dimanche. Tu as de la chance.

— Je t'ai apporté quelque chose, dit Pauli en lui tendant un sac en papier.

— Qu'est-ce que c'est ?

Tonio essaya de se redresser, mais il n'y arriva pas. Résigné, il sortit du sac un tortillon de pain saupoudré de sel.

— Des *Kringeln*. Ceux que je préfère.

Il mordit une bouchée et la mastiqua. Un filet de salive coula au coin de ses lèvres.

— Tonio, est-ce que... comment te sens-tu ici ?

— Oh ! les sœurs nous traitent bien ; les docteurs sont gentils. On nous explique tous les jours que quand chacun reste à sa place, personne n'entrave le développement des autres. C'est la nouvelle méthode allemande.

Pauli était écœuré. Si c'était ainsi que les Allemands traitaient leurs compatriotes, il était soulagé de partir. L'exclusion que subissaient Tonio et ses compagnons d'infortune lui rappelait étrangement les commentaires de Rhoukov sur l'armée allemande, et sur son bellicisme.

Cinq minutes plus tard, il fit ses adieux à Tonio, qui pleura. Pauli n'avait qu'une hâte : fuir ce camp dont la tristesse lui était insupportable.

Pauli décrocha ses cartes postales et ses photographies, et les empila soigneusement dans la vieille armoire vide où il ne restait plus que le coffre où étaient rangés ses jouets d'enfant. Il avait mis quatre objets de côté : le drapeau en papier de la révolution — rouge, or et noir —, le globe terrestre du Wertheim, l'appareil photo cassé, qu'il conservait précieusement malgré son piteux état.

La quatrième chose était une sorte de talisman : la carte pour stéréoscope de la statue de la Liberté. Il la verrait bientôt de ses propres yeux.

Il ouvrit la valise d'occasion que tante Lotte venait de lui acheter, posa délicatement le drapeau, le globe et le Kodak sur les quelques habits qu'il avait enroulés autour d'une grammaire anglaise et du livre qu'il étudiait depuis des mois, *Englisch für Reisenden* (L'anglais pour les voyageurs).

Sur le point de quitter sa chambre, il revint sur ses pas, rouvrit l'armoire, prit la carte postale qui représentait le Kaiser Guillaume II posant, raide, avec l'impératrice et leurs enfants. Après une courte hésitation, il déchira la carte et éparpilla les morceaux sur son lit.

Aux yeux de Pauli, cet acte de courage était la seule chose à faire pour quelqu'un qui partait vers une nouvelle patrie, où il trouverait un vrai foyer, enfin.

Puis, dans un mauvais anglais, il articula une sorte d'incantation, peut-être même une prière :

— Amérique. Chicago. Bonjour, oncle Josef. Je suis votre neveu Pauli.

4

Charlotte

C'est dans le brouhaha de la Zoo Bahnhof de Berlin, embrumée par la vapeur des machines, qu'ils se firent leurs adieux.

Comme il avait l'air jeune et fort ! Crâne, volontaire et plein d'espoir, là, sur le quai de la gare, avec son regard franc, sa tenue débraillée, comme toujours. Son ticket de troisième classe pour Hambourg dépassait de sa poche de poitrine. Une autre poche était déformée par la pomme qu'elle lui avait donnée en plus de quelques sucreries. Il s'était peigné, mais le vent avait ébouriffé ses cheveux. Il avait l'air si jeune ; il n'avait aucune idée des traquenards et des infortunes que la vie lui réservait. Et elle n'avait nulle intention de lui en dresser le tableau.

Elle priait pour qu'il réussisse mieux qu'elle, grâce à la tutelle de son riche frère et grâce à toutes les promesses de ce pays neuf que n'encombraient pas les archaïsmes de l'Ancien Monde. Maintenant que Pauli partait, Lotte débordait d'amour pour lui. Oui, d'un amour égal à celui qu'elle éprouvait pour sa fille, Christine. Malgré tous ses défauts, elle avait réussi à élever le garçon. Cela la réconfortait et apaisait quelque peu sa culpabilité d'avoir abandonné sa fille.

Rongée d'inquiétude, elle n'avait quasiment pas fermé l'œil de la nuit. On disait que des deux côtés de l'Océan, d'abominables personnages s'attaquaient aux immigrants. Il y avait aussi des rumeurs de choléra et de variole à Hambourg.

Ce matin, une épée de feu lui avait labouré la poitrine. La douleur empirait. Elle avait dû se faire violence pour se lever, faire une rapide toilette, se laver la tête, rincer ses cheveux au henné — une folie qu'elle pouvait à peine se permettre — puis revêtir ses plus beaux habits, un tailleur brodé de soie et un bonnet de dentelle orné de roses artificielles, d'un chic très français mais passé de mode depuis dix ans. Une impulsion venue des profondeurs de sa conscience l'avait poussée à fouiller dans ses tiroirs jusqu'à ce qu'elle trouve le rosaire de ses années de mariage. Elle l'avait enfoui dans son réticule, puis elle s'était enveloppée dans sa cape en loden gris foncé. Pauli lui avait demandé pourquoi elle portait sa cape par un temps aussi chaud ; elle l'avait rabroué, plutôt sèchement.

— Je veux que tu te conduises bien dans ta nouvelle patrie, déclara-t-elle au milieu du tumulte de la gare. Tu emportes avec toi le meilleur de l'Allemagne. Nous sommes un vieux peuple, tu sais, travailleur, appliqué, intelligent, efficace. Mais nous aimons aussi la vie, les chansons, la nature ; nous composons de la grande musique et de beaux poèmes.

Malgré sa douleur, son teint grisâtre qu'aucun fard ne parvenait à dissimuler, elle se sentait exceptionnellement sentimentale et tolérante.

— Cela dit, tu vas devenir américain. Je veux que tu sois un bon Américain, mais n'oublie jamais tes origines. C'est le moment de quitter Berlin. La clique des militaires me fait peur. Ces gens-là répandent des idées dangereuses. Je ne crois pas que les Américains soient un peuple de guerriers, mais quoi qu'il en soit, sois prudent. Surtout, fais attention à ton argent, et ne perds pas la lettre de ton oncle Josef.

Le chef de train siffla et des employés commencèrent à fermer les portières. La séparation se fit dans la hâte. Après une brève embrassade et des adieux précipités, elle l'accompagna jusqu'à son wagon de troisième classe où il se cala entre une nonne et un petit homme las aux allures d'employé de bureau. Au tintement d'une cloche. Les grandes roues d'acier gémirent, la vapeur fusa dans une énorme gerbe blanche et la locomotive s'ébranla, lui arrachant Pauli pour toujours.

En sortant de la gare, elle s'aperçut qu'il pleuvait. Une pluie tiède, une pluie d'été.

Elle glissa une enveloppe dans la fente d'une boîte aux lettres. La lettre était destinée à sa fille, Christine, qu'elle avait abandonnée. « Pour son bien. » Elle se répétait ce mensonge depuis des années tout en sachant qu'elle l'avait placée — dans une bonne maison, certes — pour pouvoir vivre sa vie comme une égoïste qu'elle était. Elle ne lui avait pas écrit depuis des années. Il était grand temps. Elle avait conservé l'adresse de ses patrons, à Ulm. Elle pria pour qu'ils fassent suivre son courrier, au cas où elle les aurait quittés.

Elle alla jusqu'à l'avenue Unter den Linden, puis fit quelques pas sous les arbres ruisselants. Dans un café, qu'elle choisit pour sa modeste *Speisekarte*, elle dépensa ses derniers marks. Elle soupa légèrement de *Wurst*, de pain de seigle noir, d'œufs durs, arrosés d'un délicieux verre de vin de Moselle, suivi de trois verres de *Weissbier*, la forte bière blanche que des millions d'Allemands préféraient à la bière blonde. Ce soir, elle avait besoin d'alcool pour se donner du courage.

Comme la lumière déclinait, elle marcha jusqu'à la Schlossplatz et s'arrêta pour admirer la statue héroïque du Grand Électeur. Elle monta sur le pont qui enjambait la Spree. Le silence tombait sur

Berlin, étouffant la laideur et les bruits stridents de la ville. Il ne pleuvait plus que par intermittence, pas suffisamment pour transpercer ses vêtements ; en fait, c'était presque agréable.

Elle se pencha au-dessus du parapet, les yeux fixés sur la rivière. Des reflets mouvants scintillaient comme pour l'attirer.

Elle plongea une main dans son réticule, trouva le rosaire. Le contact des perles la réconforta. Elle implora le pardon pour ce qu'elle s'apprêtait à faire. Elle n'avait pas subitement recouvré sa foi en Dieu, mais elle voulait partir en paix avec elle-même.

Elle pensa avec un pincement de cœur au train qui fonçait dans la nuit vers Hambourg. Dieu merci, son frère Josef avait répondu favorablement à sa demande. Non que cela la surprît ; outre qu'il était riche et intelligent, Josef avait toujours été généreux. Quant à cette pourriture de Gerhard, il pouvait bien brûler en enfer, si tant était que l'enfer existât.

Elle se réjouissait d'avoir mis Pauli sur de bons rails. Il était jeune, astucieux, il ne se décourageait pas facilement ; peut-être trouverait-il un meilleur foyer que celui, misérable et sordide, qu'elle lui avait offert. De là, il démarrerait une existence nouvelle et heureuse.

Quant à elle... ma foi, elle ne se sentait pas si mal grâce au vin et à la *Weissbier*. En fait, c'est avec une certaine sérénité qu'elle contemplait les petits cercles que faisaient les gouttes de pluie dans la Spree. Elle serra son rosaire dans sa main.

Elle aspira une grande bouffée d'air pur, et découvrit avec un ravissement d'enfant que la Spree était son amie ; la Spree était accueillante ; la Spree résolvait tous ses problèmes.

— Bon voyage, Pauli, murmura-t-elle dans la nuit.

DEUXIÈME PARTIE

L'ENTREPONT

1892

Vers l'océan je m'en vais,
Aux vagues mon sort je remets,
L'esprit brisé n'irai plus,
Enchaîné ne serai plus,
En moi souffle encore un peu de vie.
L'Amérique m'accueille !
Dans le pays lointain je vivrai.

Poème de Jacob Gross, immigrant allemand, 1885

5

Pauli

— Qui veut changer ses marks ? J'offre les meilleurs taux₁ Tu
auras besoin de dollars sur le bateau, mon garçon. Alors, qu'en dis-
tu ?

Pauli leva les yeux de son livre de grammaire anglaise. Fatigué et
tendu, il était assis sur l'aire d'embarquement depuis le petit matin,
au milieu de six ou sept cents voyageurs. Dans les rayons du soleil
déclinant, l'ombre gigantesque du bateau à vapeur s'étendait sur le
quai, tel un drap funéraire. Pauli craignait que ce ne fût un présage.

Apporté par l'Elbe, un vent chaud et moite s'engouffrait dans le
port. On se serait cru en août. Le fleuve empestait atrocement. Pauli
avait même vu des excréments humains flotter sur l'eau. Comme
tout le monde, il était nerveux à cause des rumeurs de contagion.
Pendant trois jours et deux nuits, il avait été parqué dans les
baraquements crasseux de la compagnie maritime réservés aux
immigrants. Il y avait réellement une épidémie de choléra en Russie,
d'ailleurs Pauli avait été l'un des derniers immigrants allemands à
prendre un train normal. On utilisait dorénavant des trains scellés.

Sur le quai, les passagers de troisième étaient entassés les uns sur
les autres, comme ils l'avaient été dans les baraquements et comme
ils le seraient dans l'entrepont. L'Amérique n'attirait pas que des
Allemands, mais aussi des Autrichiens, des Roumains, des Russes,
des Polonais, dont une forte proportion de Juifs de ces pays. Tous
ces voyageurs étaient miteux mais habités par la même folle
espérance. Ils parlaient toutes sortes de langues incompréhensibles,
dont l'une ressemblait vaguement à l'allemand ; Pauli devina qu'il
s'agissait du yiddish. Ils transportaient leurs maigres trésors dans
des havresacs, de vieilles valises, des paniers d'osier ou des taies
d'oreiller nouées par des bouts de ficelle. Les uns étaient plaisants,
d'autres repoussants, comme ces deux jeunes Allemands, grands et
blonds, qui parlaient haut, déshabillaient les femmes du regard et
se chamaillaient comme de jeunes chiots.

L'homme qui s'était adressé à Pauli s'approcha davantage.

— Alors, mon garçon, combien de marks veux-tu échanger ?

Il avait l'air respectable, mais un œil attentif aurait discerné son col graisseux et ses manchettes élimées. Pauli se souvint d'avoir vu des cabines dans le hall de la compagnie, ornées de pancartes indiquant : *Bank Wechsel und Passage Geschäft*. L'homme n'était certes pas un banquier.

— Aucun, dit Pauli. Ils n'acceptent que des marks à bord. Je me suis renseigné.

— Petit futé ! dit une voix près de lui. Si tu confies ton argent, tu peux lui dire adieu.

Des rires éclatèrent. L'homme cracha sur le quai avant de s'esquiver prestement.

Une bouffée de nostalgie envahit Pauli. Il fut pris d'une terrible envie de foncer à la gare et de tout abandonner, son rêve fou, l'Amérique, tout. Dans son souvenir, sa chambrette ne lui paraissait plus si sordide. Au moins il s'y sentait en sécurité.

« Ne fais pas l'idiot », se dit-il.

Ah, s'il pouvait se débarrasser de cette affreuse odeur qui lui collait à la peau ! La compagnie prenait des mesures d'hygiène draconiennes pour les passagers de troisième classe. Après un examen médical superficiel, on les avait vaporisés avec un produit pharmaceutique nauséabond : dans les cheveux, sous les aisselles, les aines, partout. On les avait ensuite rassemblés puis conduits dans les baraquements où ils avaient dormi à même le sol.

Non seulement Pauli sentait mauvais, mais il avait faim. A part une pomme, il n'avait rien mangé depuis le matin ; le trognon était encore dans sa poche, oublié. Dans les baraquements, on leur servait du thé et du pain le matin, du thé, du pain et une affreuse saucisse à midi, du thé et du pain le soir. Et il fallait payer chaque repas. Pauli ne mangeait qu'une fois par jour. Il avait hâte de prendre un vrai repas à bord où la nourriture était, disait-on, excellente et abondante.

Il essaya de se remettre à l'anglais. Pas facile.

L'anglais était une langue bigrement compliquée. Certains mots ressemblaient à l'allemand — *Wein* et *wine* —, mais d'autres avaient la même prononciation pour une orthographe et un sens différents, comme *too* et *two*, par exemple [1]. C'était à devenir fou. Le *tu* n'existait pas, mais le plus troublant était la place du verbe. En anglais, il se trouvait quelque part au milieu de la phrase, et non à la fin, à sa juste place. Comment réussirait-il jamais à parler une langue aussi étrange ?

Il referma le livre en soupirant. Il aurait tout voulu apprendre plus vite ! Toutefois, il prenait d'autres leçons, et pas des plus agréables.

A la descente du train, il s'était attendu à trouver les Hambourgeois accueillants et désireux d'aider leurs compatriotes en partance pour un pays lointain. Quelle erreur ! Si les Hambourgeois se montraient

----

1. *Wein, wine* = vin. *Too* = aussi ; *two* = deux.

amicaux, c'était pour mieux dissimuler leurs véritables intentions : profiter de la naïveté des voyageurs pour les escroquer.

Pauli avait rencontré un *Neuländer* beau parleur et sournois comme une anguille, un de ces « hommes du Nouveau Monde » contre lesquels on l'avait mis en garde dans le train. Les *Neuländer* agissaient pour le compte d'une compagnie maritime ou d'un employeur outre-Atlantique. La plupart d'entre eux n'avaient jamais mis les pieds en Amérique.

Le *Neuländer* lui avait glissé une brochure dont la couverture représentait la statue de la Liberté peinte en or, la tête auréolée d'un halo scintillant. A l'arrière-plan apparaissaient des immeubles gigantesques surplombés d'énormes diamants.

— Vous avez votre billet, jeune homme ?

— Oui.

— Vous avez un travail en Amérique ? Sinon, je peux vous en offrir un à Baltimore...

Pauli se mit à rire.

Le *Neuländer* serra les dents,

— Qu'est-ce qu'il y a de si drôle, crénom ?

— Ça ! fit Pauli en agitant la brochure. Vous me prenez pour un plouc ? Je suis de Berlin, moi !

— Et alors ?

— La statue n'est pas en or. Attendez, j'ai une photo, je vais vous montrer.

Et il s'était mis à fouiller dans sa valise, mais le *Neuländer* lui avait grossièrement rétorqué qu'il pouvait se torcher avec sa photo avant de lui arracher la brochure des mains et de disparaître.

Incroyable ! Des Allemands qui escroquaient d'autres Allemands ! Il avait espéré mieux de ses compatriotes, et du monde en général.

Depuis quarante ans, l'immigration posait un véritable problème à l'Allemagne. Elle avait divisé des familles entières, détruit l'économie de nombreuses contrées, elle était même devenue un enjeu politique. Tante Lotte avait dit à Pauli que des centaines de milliers d'Allemands s'étaient déjà expatriés et que la tendance était loin de s'inverser. En contemplant les immigrants qui encombraient l'aire d'embarquement, Pauli prenait pleinement conscience de la réalité du phénomène.

Les voyages en Amérique ne se terminaient pas toujours bien. Pauli l'avait appris d'un voyageur plein d'amertume qu'il avait rencontré dans la salle des billets, une demi-heure après l'arrivée du train. En attendant de faire poinçonner son billet, Pauli avait entamé la conversation avec l'homme assis à côté de lui sur le banc.

— Vous allez en Amérique, monsieur ?

— Non, je rentre chez moi, dans la vallée de la Wuppertal. Mon frère doit venir me chercher avec le prix de mon billet de train. Je reviens d'Amérique.

Le voyageur n'était pas très âgé, mais son visage était marqué comme celui d'un vieil homme et la lassitude se lisait dans ses yeux.

— Et vous, vous partez ? avait-il demandé.

— Et comment ! avait répondu Pauli avec un vigoureux hochement de tête.

— Des milliers de gens y courent, mais des centaines rentrent à quatre pattes. On s'est bien gardé de vous le dire, hein ? J'ai vécu à Saint Louis pendant douze ans, douze ans de calvaire. Je suis boulanger. Il y a beaucoup de boulangers en Amérique. Beaucoup trop. Je gagnais à peine de quoi vivre. Une nuit, à Pâques, ma boutique a été complètement pillée et dévastée. Ce jour-là, j'ai décidé que je rentrerai chez moi. J'ai détesté chaque heure que j'ai passée en Amérique.

— Je suis navré que ça se soit mal passé pour vous, monsieur, mais tout le monde dit que c'est un pays merveilleux.

— Oh ! que non ! D'abord, les gens sont tous différents, ils viennent de partout, pas moyen de s'y retrouver. On jette ses traditions à la poubelle comme on vide de l'eau de vaisselle. Et puis on détruit tout là-bas ; on détruit des immeubles vieux de dix ans, on démolit des quartiers entiers pour construire des boulevards, on démolit quiconque a une idée originale. Au début, on croit que tout est merveilleux, mais on découvre vite que la réalité n'a rien à voir avec le rêve qu'on a imaginé. Saleté et désespoir, voilà la réalité de l'Amérique. Si j'étais à votre place, je m'épargnerais les désillusions ; je courrais me faire rembourser mon billet.

— Impossible. Des parents m'attendent à Chicago.

— Dans quelques années, vous reviendrez, vous pouvez me croire.

Pauli s'était esquivé sous le premier prétexte. Il aurait préféré ne jamais avoir rencontré le boulanger de la Wuppertal.

Le jour déclinait. Les bruits du port — les puissantes sirènes des paquebots, celles, stridentes, des remorqueurs et les sifflets des chalands — s'estompaient peu à peu.

Une cloche retentit sur le pont du navire. Des exclamations fusèrent, un attroupement se fit. Pauli sauta sur une caisse d'emballage pour mieux voir : on avait retiré la corde violette qui barrait l'accès à la passerelle des passagers de première. Des hommes et des femmes richement vêtus montaient à bord avec leurs enfants qui riaient et gesticulaient.

Un tapis habillait les marches de la passerelle de première, qu'un vélum aux rayures vert menthe protégeait du soleil. La passerelle de l'entrepont, toujours remontée contre le flanc avant du navire, était étroite et délabrée. L'écoutille de l'entrepont était ouverte, mais on ne pouvait embarquer tant que la passerelle ne serait pas descendue. Pauli se rassit.

Il portait sous sa chemise une ceinture en toile que tante Lotte lui avait confectionnée. Il y avait caché la lettre de son oncle et dix-huit marks. Pour se remonter le moral, il prit la lettre et relut les phrases chaleureuses qu'il connaissait pratiquement par cœur. Soudain deux marins à la peau tannée par le soleil parurent à l'écoutille.

Obéissant aux ordres d'un homme longiligne et émacié, en uniforme bleu foncé et casquette à galons, les deux marins détachèrent la passerelle de l'entrepont qui bascula sur le quai en grinçant. Autour de Pauli, on bondit, on poussa des cris perçants, on se bouscula pour être le premier à monter à bord. Pauli fut emporté par le flot sans avoir le temps de ranger sa lettre.

— Pas si vite ! Pas si vite ! Reculez ! aboya le steward en allemand.

Il n'était plus protégé de la cohue que par la corde effilochée qui barrait l'accès à la passerelle.

— Et alors ! hurla une voix furieuse. Quand est-ce qu'on embarque ?

— Quand je vous le dirai.

Les étrangers s'agitèrent avec force cris pour faire signe au steward qu'ils ne comprenaient pas. Méprisant, il leur tourna le dos et vérifia sa liste des passagers.

— Julius... Margaretta... Je vous en supplie pour la dernière fois, ne partez pas.

Pauli se retourna et vit un homme qui implorait un jeune couple. Des papillotes pendaient sous son chapeau noir.

— Rentrez à la maison avec moi, vous ne survivrez pas à la traversée. Vous savez ce qu'on raconte sur ces bateaux. L'obscurité, l'air vicié, les microbes, la nourriture non kascher... Peu en réchappent.

Sa lettre à la main, Pauli dévisagea avec effroi le Juif aux yeux de braise. Le vieil homme répéta :

— *Peu en réchappent.*

Pauli frissonna, puis il fut de nouveau poussé en avant. Lorsque le steward détacha enfin le cordage et s'avança sur le quai, l'embarquement s'effectua rapidement. Pauli essayait toujours de ranger la lettre dans sa ceinture quand il fut projeté au pied de la passerelle.

— Nom de famille ? demanda le steward.

— Kroner.

L'homme vérifia sa liste, un œil sur la main de Pauli qui fourrageait sous sa chemise.

— Ça va, montez ! ordonna le steward avec un mouvement du menton.

Pauli s'élança, portant sa valise d'une main tout en essayant frénétiquement de rentrer sa chemise dans son pantalon de l'autre. Piètre début.

« Peu en réchappent... »

Pauli gravit la passerelle et plongea dans la gueule noire de l'écoutille.

Le bateau s'appelait le *Rheinland*. Il transportait cent vingt-cinq passagers en première et deuxième classe, et neuf cents dans l'entrepont. Il appartenait à la compagnie du Cerf-Volant, dont l'emblème ornait les drapeaux, les pavillons et l'uniforme de l'équipage.

L'entrepont était situé à l'avant du bateau, là où la chaîne de l'ancre et les hélices faisaient un bruit infernal. Le steward et deux jeunes marins aux allures de voyous en assumaient la responsabilité.

Les émigrants furent divisés en deux groupes, les couples d'un côté et tous les autres de l'autre ; mais les quartiers étaient les mêmes pour tous : deux cales immenses munies de petits hublots qui ne s'ouvraient pas. Les cales étaient équipées de couchettes à armature métallique, cinq en hauteur et trois en largeur. Chaque couchette possédait une mince paillasse et une couverture trop légère. Pauli se précipita pour choisir la meilleure, celle de la rangée extérieure, en bas, mais il s'aperçut bien vite qu'elle ne valait pas mieux que les autres car on ne pouvait s'y asseoir sans se cogner la tête.

On avait lavé à grande eau les planchers de l'entrepont et désinfecté les cales, mais les détritus jonchèrent bientôt le sol et l'air ne tarda pas à empester les émanations corporelles.

La compagnie vantait sa « nourriture excellente et abondante », mais là aussi, la réalité se révéla quelque peu différente. Ce soir-là, avant même qu'on ne remorque le bateau hors du port, la cloche retentit et les passagers se ruèrent vers les longues tables du réfectoire. L'« excellent » repas s'avéra être une soupe de pommes de terre tiédasse, un plat de harengs marinés dans une huile douteuse, et du pain noir rassis. Pauli engloutit son dîner encore plus vite que d'habitude.

Le steward circulait parmi les tables et s'enquérait du bien-être des passagers en se frottant les mains d'un air onctueux.

— Et la bière ? s'insurgea un garçon aussi blond que son frère, assis à côté de lui. Vous disiez qu'il y avait de la bière, je m'en souviens très bien.

— Il y en a autant que vous voulez, affirma le steward.

C'était aussi vrai du vin et de l'eau potable, mais il fallait payer. Pauli décida de s'en passer et de se désaltérer au robinet des toilettes pour hommes. Lorsqu'il s'y rendit, il grimaça à l'odeur qui montait des lunettes en fer sur lesquelles, autant qu'il pouvait en juger, il fallait uriner dans un sens, et déféquer dans l'autre. Quatre cuvettes métalliques équipées de robinets étaient alignées en face des lunettes. Il ouvrit un robinet et but dans ses mains. Il recracha la première gorgée. L'eau était salée.

Il trouva le steward au pied d'un étroit escalier métallique.

— Monsieur, s'il vous plaît. Où trouve-t-on de l'eau potable ?

— Il y en a tant qu'on veut. Venez me voir quand vous en voulez. Vous pouvez payer, pas vrai ?

Il glissa une main décharnée à la taille de Pauli et pinça la ceinture de toile.

Pauli se recula vivement et partit en courant. Le rire du steward le poursuivit jusque dans le hall malodorant.

Le *Rheinland* largua les amarres à minuit. Pauli fut réveillé par les sirènes des remorqueurs, le claquement des haussières, le fracas de l'ancre, et les cris d'affolement des passagers.

Sur la couchette contiguë à la sienne, un homme se frappait la poitrine en gémissant dans une langue qui ressemblait à du russe. Juste au-dessus, une femme geignait comme une pleureuse à un enterrement. Ces lamentations étaient reprises par d'autres, et les cris redoublèrent quand les moteurs commencèrent à vibrer. Pour couronner le tout, la cale était sombre ; seules de faibles ampoules perçaient l'obscurité comme autant d'étoiles lointaines dans une nuit sans lune. L'air empestait. Quelqu'un avait lâché un vent putride.

Pauli se couvrit la tête avec son sac de voyage et essaya de se rendormir. Il resta éveillé pendant des heures.

L'aube apporta un peu de répit ; un nombre limité de passagers put sortir sur l'étroit pont d'avant. Essayer de les y caser tous était aussi vain que de vouloir rassembler la population de Berlin sur la place d'un village.

Pauli, grâce à son agilité, réussit à se faufiler près du bastingage. Il se laissa fouetter par le vent et emplit ses poumons d'air pur. Sur le pont, certains jouaient aux cartes, d'autres lisaient, d'autres encore scrutaient l'horizon avec inquiétude. Une famille répétait la scène de l'arrivée en Amérique. Le père tenait le rôle de l'officiel qui braillait des questions aux enfants, les tâtait, les pinçait, puis examinait leurs yeux. La plus jeune des filles pleurait. A Hambourg, Pauli avait entendu parler du redoutable médecin examinateur, l'« oculiste », qui refoulait des centaines d'émigrants. Les autorités américaines ne plaisantaient pas avec les questions de santé.

Les voyageuses de troisième classe portaient des foulards et des tabliers de couleurs vives qui contrastaient avec les toilettes raffinées mais ternes des passagères de première. Celles-ci, rassemblées deux ponts au-dessus, juste sous la timonerie, observaient les émigrants, les montraient du doigt, leur jetaient des petits pains entamés, ou même quelques pfennings. Ces aumônes donnaient lieu à de farouches empoignades. Les deux frères aux cheveux blonds bousculaient les autres sans ménagement pour s'emparer de la manne. Ils personnifiaient le genre d'Allemands que Pauli détestait. En outre, il était mortifié que les riches puissent le regarder de haut, au sens littéral aussi bien que symbolique.

Une autre famille attira son attention. Elle était composée de la mère, une petite femme corpulente, de ses deux filles de même gabarit, et d'un garçon d'un ou deux ans de moins que Pauli. Ce dernier était frêle, avec un teint pâle, des yeux bleus rieurs, le sourire prompt, et des cheveux noirs hérissés d'épis. Il jouait des morceaux entraînants sur un vieil accordéon avec une extraordinaire dextérité. Sa gaieté et sa bonne humeur tranchaient avec la tristesse et la misère qui semblaient accabler sa mère et ses sœurs. Pauli se rapprocha du garçon dans l'espoir d'entamer une conversation, mais en entendant les sœurs parler une langue étrangère, il abandonna.

Cette nuit-là, une tempête se leva et l'entrepont se transforma en enfer.

En une journée, les relents de désinfectant s'étaient évaporés et la cale empestait de plus en plus. Des odeurs d'urine et d'excréments parvenaient des toilettes, mais pas seulement, car les malades et les rustres se soulageaient dans les recoins, sous les escaliers, ou carrément sous leur couchette.

Le *Rheinland* se mit à rouler et à tanguer violemment. Pauli avait l'impression que son estomac montait et descendait, et sa bouche avait un goût de bile acide. Il s'étendit sur le dos. Peine perdue, la tête lui tournait.

Sur une couchette voisine, un homme pleurait ; d'autres appelaient à l'aide, ou priaient à haute voix. La tempête se fit plus violente, des coups de tonnerre éclatèrent et l'immense coque du navire se mit à résonner.

— A l'aide ! A l'aide, je meurs ! gémit en allemand une femme au-dessus de Pauli.

— Attendez, j'arrive, s'empressa ce dernier.

Il empoigna le montant et escalada la couchette. Il avait réussi à se hisser jusqu'à elle quand elle eut un haut-le-cœur. Il reçut des gerbes de vomi en pleine figure, et vomit à son tour.

Lorsqu'il redescendit sur le sol gluant, la femme clama qu'elle se sentait beaucoup mieux. Nauséeux, vomissant tripes et boyaux, Pauli se rua aux toilettes. Dans la pénombre, il ouvrit à tâtons un robinet et lava le plus gros à l'eau salée.

— Si vos amis et vous voulez dormir au propre, il faudra nettoyer. Vous voulez des serpillières ? J'en ai autant qu'on en veut.

C'était Herr Blechman, le steward, adossé à la porte. Il ne portait que son pantalon d'uniforme et un tricot de corps miteux.

— N'est-ce pas à vous de nettoyer, *Herr Steward* ?

— Pas avant l'aube, *Neunmalkluger* (Monsieur Je-sais-tout).

— Ça va, j'ai compris. Combien ?

— Disons un mark.

Pauli ne voulait pas marchander avec l'homme, il ne voulait pas non plus payer ce tarif de voleur, mais il ne pouvait pas dormir dans le vomi. Il paya donc le mark et reçut en échange deux bouts de chiffon avec lesquels il nettoya sa couchette et le sol alentour.

Puis, il s'étendit, l'estomac au bord des lèvres, et se força à penser à la photo du port de New York, à Buffalo Bill, à la lettre de son oncle avec la couronne d'or gravée sur le papier pour se convaincre que ce qui l'attendait valait bien quelques heures de cauchemar.

Le lendemain, le beau temps revint, et la mer redevint calme. Les passagers essayèrent d'ouvrir les hublots, mais ils étaient scellés. « C'est la politique de la compagnie », rétorqua le steward quand on le questionna.

Pauli s'aperçut qu'il avait le pied marin, ce qui lui permit de sortir sur le pont chaque fois que l'occasion se présentait. Il ne se lia avec personne, par timidité surtout. En milieu de matinée, un homme corpulent, sans doute un Hongrois, s'assit à côté de lui. En mauvais allemand, il lui proposa une partie de cartes. Il parlait à voix basse, empestait l'ail, et ne cessait de poser sa main sur la cuisse de Pauli comme par inadvertance.

— Je ne sais pas jouer ! s'exclama Pauli avant de s'enfuir à toutes jambes.

Par la suite, il emporta son Kodak sur le pont et fit semblant de prendre des photographies. Il n'avait jamais connu une solitude aussi pesante. Il aurait bien voulu parler avec quelqu'un, mais c'était trop dangereux.

Un passager qui occupait une couchette voisine de la sienne l'intriguait. C'était un vieil homme maigre à l'allure distinguée, avec une belle chevelure argentée et une moustache fournie. Il était vêtu de façon bizarre : un pantalon bleu roi avec un galon blanc le long de la couture, un manteau militaire vieux rose, doté d'épaulettes et de brandebourgs bleu roi. Le manteau était sale et râpé, ce qui n'empêchait pas le bonhomme de le porter avec superbe. Pauli n'arrivait pas à imaginer qu'un régiment, aussi fier fût-il, pût choisir de telles couleurs.

Le vieil homme ne quittait pas une petite boîte en bois qu'il nettoyait avec un grand mouchoir avant de s'asseoir. Quand il ne contemplait pas la mer, il crachait sur ses bottes craquelées et les astiquait avec son pouce. Finalement, la solitude de Pauli eut raison de sa peur.

— Je ne voudrais pas être indiscret, monsieur, mais je vous ai vu nettoyer cette boîte jour après jour. Vous aimez tellement la propreté que vous pourriez être allemand.

Le vieil homme s'esclaffa.

— Oui, du côté de ma mère. Et toi, d'où viens-tu ?

— De Berlin. Je m'appelle Pauli Kroner.

— Berlin, dis-tu ? Voyez-vous cela ! J'ai travaillé neuf ans au Kaiserhof, sur le trottoir, à siffler les taxis, porter les bagages, accueillir les grands de ce monde.

— Incroyable ! s'exclama Pauli. Moi, j'y ai travaillé aux cuisines. Et nous ne nous sommes jamais rencontrés !

— C'est parce que tu restais confiné au sous-sol. Et puis, ça fait déjà dix ans que j'en suis parti.

Ils rirent tous deux. C'est ainsi que Pauli fit la connaissance du vieux Valter, Silésien de naissance, chasseur d'hôtel de son état, ce qui expliquait son accoutrement. Valter avait été portier dans les plus grands hôtels à Paris, Bruxelles, Varsovie, Madrid. Il se vantait de parler neuf langues. Il se rendait chez son second fils dans une petite ville de Pennsylvanie.

Le temps changea encore. Un après-midi, des nappes de brume se
levèrent vers quatre heures, et deux heures plus tard, le *Rheinland*
s'enfonça dans un épais brouillard cotonneux. Toute la nuit, le
hurlement sinistre et terrifiant de la monstrueuse sirène retentit.
Pauli pria pour que la côte américaine se dessine à l'horizon, mais
on ne la verrait pas avant une bonne semaine.

Le brouillard ne se leva que dans la matinée du lendemain. Pauli
descendit dans l'entrepont se laver le visage à l'eau froide. Il aperçut
la silhouette de Herr Blechman errer entre les couchettes, scrutant
les valises et les ballots d'un air louche. Pauli remonta quatre à
quatre avant que le steward ne le voie.

Un coin de ciel bleu perçait entre les nuages. Le vieux Valter était
absent. Pauli reconnut quelques passagers, parmi lesquels les deux
frères allemands et les deux jeunes filles de seize ou dix-huit ans
qui voyageaient avec le petit joueur d'accordéon.

Les deux demoiselles étaient rondes comme des barriques de bière.
La plus âgée avait des bajoues et une moustache naissante. L'autre
était presque jolie, avec une poitrine bien dessinée et des yeux
expressifs. Elles jouaient aux cartes avec les deux frères qui,
visiblement, ne s'intéressaient qu'à la plus jeune.

Pauli fut scandalisé de voir les deux rustres échanger des coups
de coude et des regards égrillards. En faisant semblant de prendre
des photos, Pauli pouvait les observer sans attirer l'attention.

Le plus costaud murmura quelque chose à l'oreille de la plus jolie
des deux sœurs. Elle sursauta et laissa tomber ses cartes. Le vaurien
éclata de rire et plaqua sa main sur la poitrine corsetée de la fille.
Sa sœur était pétrifiée.

Pauli décida de ne pas s'en mêler. A côté des deux frères, il n'était
qu'un avorton, et les rares voyageurs présents sur le pont regardaient
délibérément ailleurs. Mais ce fut plus fort que lui, il ne put
s'empêcher de se rapprocher du groupe, les mains moites malgré la
fraîcheur de l'air marin.

— ... J'aime pas spécialement la viande kascher, mais quand on a
faim, on peut pas faire le difficile, raillait le garçon avec un accent
bavarois. Allez, *Jüdin*, détends-toi ! T'es trop coincée ! Je suis pas un
mauvais bougre. Moi c'est Franz, et mon frère, c'est Heinrich. Franz
et Heinrich Messer.

Terrorisée, l'autre sœur recouvra enfin l'usage de la parole et se
lança dans une interminable tirade dans sa langue. Le deuxième
frère fut plus abrupt.

— Tu nous les brises avec ton yiddish, aboya-t-il.

— C'est du polonais, Heine, rectifia Franz. Du moins, on dirait.

Pauli tournait autour de Franz, agrippé à son Kodak — il le
camouflait en partie afin que les deux voyous ne s'aperçoivent pas
qu'il était cassé.

— Hé, qu'est-ce que tu fais, petit merdeux ? tonna Heinrich.

— Je vous prends en photographie pour le capitaine.

Les frères Messer lorgnèrent sur l'appareil d'un œil surpris, et
même inquiet.

— C'est une de ces boîtes à images ?

— Oui, et ça montrera au capitaine que vous embêtez ces demoiselles.

Le mensonge était grossier ; les passagers de troisième classe ne
voyaient jamais le capitaine. Mais les deux Bavarois étaient tellement
bêtes qu'ils le gobèrent.

— T'as entendu son accent ? fit Heinrich. Encore un de ces
bêcheurs de Berlinois.

Les Berlinois méprisaient les Bavarois, qu'ils considéraient comme
des paysans paresseux.

— Un jeune couillon de fouille-merde. Excusez-nous, les filles, on
revient tout de suite.

Là-dessus, Franz Messer pivota et tenta de frapper Pauli de sa
main en forme de battoir. Pauli vit la crasse sous ses ongles. Il
s'apprêtait à payer le prix de son intervention, une bonne correction,
au mieux...

— Cela suffit, messieurs ! dit une voix sévère aux accents martiaux.

Pauli soupira de soulagement en voyant le vieux Valter approcher.

— Quand vous aurez fini d'ennuyer les demoiselles et de menacer
les plus petits que vous, commença le portier qui agitait sa boîte
sous le nez de Franz, je vous ferai voir de quel bois je me chauffe !

Les Messer décochèrent au vieil homme un regard incendiaire,
avant de remarquer que certains passagers s'étaient approchés, et
que Herr Blechman les observait, bras croisés, près d'une écoutille.

— Viens, Heine ! décida Franz en agrippant son frère par le bras.
On réglera ça plus tard. Et toi, petit con, lança-t-il à Pauli, tu ne
perds rien pour attendre !

Les Messer partis, les deux sœurs sautèrent au cou de Pauli et
l'inondèrent de paroles incompréhensibles.

— Ces demoiselles sont les sœurs Wolinski, traduisit Valter. Voici
Mira Wolinski...

Celle qui avait eu droit aux attentions des Messer, la plus jolie, fit
gauchement une révérence.

— ... et voici Renata. Elle désirent te remercier de tout leur cœur.

Les deux sœurs se lancèrent dans de longues explications.

— Leur mère, Slova Wolinski, voudra aussi te remercier, traduisit
Valter. Hélas ! elle reste allongée sur sa couchette, elle est malade.
Leur frère joindra ses remerciements aux leurs. Ils viennent de la
région de Lodz, en Pologne.

— Je suis heureux d'avoir pu les aider, déclara Pauli.

Mais il savait que son intervention le condamnait à passer le reste
de la traversée dans la peur. Les Messer étaient certainement du
genre rancunier.

Cependant, l'événement eut un côté positif. Pauli échappa à la
solitude et fit la connaissance du jeune joueur d'accordéon, Herschel
Wolinski.

Ils formèrent vite un trio inséparable : Pauli, le jeune Polonais, d'un an son cadet, et l'ancien portier, qui faisait office d'interprète. Leurs interminables conversations l'amusaient beaucoup.

— J'adore l'Amérique, déclara Herschel. Je ne l'ai jamais vue, mais je l'aime déjà.

C'était deux jours après l'incident, par une matinée sans nuages que rafraîchissait un léger noroît.

— Tu ne peux pas savoir depuis combien de temps on prépare ce voyage. C'est dur pour de pauvres Polonais, et encore plus pour des Juifs.

— Vous étiez persécutés ? s'enquit Pauli.

— Oh ! on a l'habitude ! En dix mille ans, on finit par s'y faire, c'est ce que répétait toujours le rabbin.

Herschel avait la chance d'avoir une bonne nature et une énergie débordante. Ses yeux bleus pétillants étaient toujours à l'affût ; il s'émerveillait de tout et faisait partager son enthousiasme à son nouvel ami. Pauli ne pouvait s'empêcher de sourire à la vue de ses mèches noires hirsutes qui pointaient dans six directions différentes.

Pauli, qui n'avait jamais rencontré de Juifs, était fasciné par les Wolinski. Bien sûr, il ne voyait pas souvent Slova, la mère, car elle était malade depuis le départ de Hambourg à cause de l'air putride et de la mauvaise nourriture.

— Elle pleure nuit et jour, soupira Herschel. Elle dit que pour partir sans papiers et marcher jusqu'à Hambourg, il fallait qu'on soit bêtes à manger du foin.

— Vous avez marché tout le trajet ?

— Oui, avec des dizaines d'autres. Des milliers de Juifs quittent la Pologne et la Russie comme ça. Tout le monde sait que l'Amérique est un pays merveilleux.

Herschel joua alors un air entraînant sur son accordéon, une marche, sans doute. Adossé au bastingage, ses cheveux argentés balayés par le vent, Valter l'écouta en bourrant sa pipe.

— C'est une chanson de la guerre de Sécession, expliqua Herschel. Un de nos cousins vivait en Amérique. Il était horloger dans un village appelé Buffalo. (Il prononçait *Boffla*.) Il est venu nous voir en 1887, l'année avant sa mort. C'est lui qui m'a appris cette chanson. Les soldats la chantaient quand ils ont délivré les esclaves noirs ; elle s'intitule *Marching Through Georgia*.

Il prononçait *Marzin zhrou Zhor-zhia*. Pauli était aux anges, tout lui plaisait, la musique, l'air salé, le tangage du bateau.

Quand Herschel eut terminé la chanson, il lui demanda :

— Tu as été triste de quitter l'Allemagne ?

— Pas tellement. J'aime bien mon pays, mais je n'avais pas de vrai chez-moi. J'ai hâte d'être en Amérique.

— Moi aussi, renchérit Herschel, le regard perdu sur l'azur limpide.

— Tout sera mieux, en Amérique.

— Pour sûr, acquiesça Herschel, et il entama un morceau mélancolique, une berceuse sans doute. C'est moi qui l'ai composé, déclara-t-il.

— C'est joli.

— Je compose tout le temps. Un jour, quand j'aurais moins de soucis, j'écrirai des chansons. A propos de l'Amérique, il faudra que tu travailles là-bas, tu sais.

— Oui, je sais.

— Il n'y a rien de mal à faire carrière dans un hôtel, déclara Valter entre deux bouffées de pipe.

— A condition de travailler dehors, sur le trottoir, pas dans les cuisines, remarqua Pauli. Je trouverai un travail qui me plaira...

Sans réfléchir, il brandit son appareil photo.

— Un métier nouveau, un métier scientifique. Prendre des photos, par exemple.

— On peut gagner de l'argent avec ça ? s'étonna Herschel.

— Je n'en sais rien.

— Moi, je ne sais pas ce que je ferai, avoua Herschel. Mais de toute façon, je suis sûr que ce sera passionnant. Je veux devenir un vrai Américain, je suis même prêt à prendre un nom américain.

— J'y ai pensé, moi aussi. D'ailleurs, mon oncle l'a fait ; il s'appelait Josef Kroner et il est devenu Joseph Crown. Tenez, je vais vous montrer.

Il posa le Kodak, sortit sa chemise de son pantalon, déboutonna sa ceinture de toile d'où il tira la lettre.

Herschel caressa la couronne gravée d'un geste presque religieux.

— Ton oncle doit être drôlement riche ! s'exclama-t-il.

— Oui, assez.

La flamme qui brûlait dans les yeux de Herschel s'éteignit soudain.

— Donc tu as un garant en Amérique ?

— *Ein Bürge*, oui. Oncle Joseph. Il s'est battu dans la guerre dont tu parlais. Il a aidé les Nordistes à libérer les esclaves noirs. Peut-être même qu'il a chanté la marche que tu nous as jouée.

— Moi, je n'ai pas de garant, déclara Herschel avec tristesse. C'est beaucoup plus dur quand les autorités nous interrogent à l'arrivée. Maman ne voulait pas partir à cause de ça, justement. A force, j'ai réussi à la convaincre, mais maintenant elle regrette de m'avoir écouté.

Le vieux Valter tira bruyamment sur sa pipe, puis il toucha le bras de Pauli.

— A ta place, je rangerais cette lettre, conseilla-t-il. Non, ne te retourne pas.

— Qu'est-ce qu'il y a ?

— Ce damné steward nous observe. J'ai peur qu'il n'ait repéré ta ceinture.

Pauli reboutonna sa ceinture et arrangea sa chemise.

— Oh ! il sait que je l'ai depuis Hambourg !

— Possible, mais il discute avec un type, et j'ai l'impression qu'ils parlent de toi.

— Qui est-ce ?

— Comment s'appelle-t-il déjà ? Ce ne serait pas Franz ?

Pauli se raidit, mais ne se retourna pas. Herschel ne quitta pas les deux tristes individus des yeux.

— Ça y est, dit-il. Ils sont partis. Parlons plutôt de l'Amérique.

6

Herschel

Ils étaient en mer depuis cinq jours déjà. La traversée durerait entre huit et dix jours, selon les conditions météorologiques. Le beau temps s'installa. On ne pouvait quasiment pas circuler sur le pont tant il était bondé. Herschel emporta son accordéon dans un coin ensoleillé et joua des airs pour Pauli. Bientôt, Valter posa sa pipe, planta ses poings sur ses hanches et se mit à danser avec une agilité stupéfiante pour un homme de son âge. D'autres l'imitèrent et les passagers de première classe s'attroupèrent le long du bastingage du pont supérieur pour assister au spectacle, le commenter et l'applaudir.

Herschel jouait gaiement. La musique habitait son âme meurtrie par la vie. Bien qu'il fût encore très jeune, c'était lui qui avait réussi à persuader sa mère et ses sœurs que l'Amérique était leur seul espoir.

Il repensa à son enfance (à quatorze ans, il se considérait presque comme un adulte).

Le *shtetl* dans lequel il vivait avec sa famille était situé à la périphérie de Lodz. Comme beaucoup de quartiers réservés aux Juifs, c'était un endroit misérable, surpeuplé, où les petites maisons de bois s'entassaient dans le plus grand désordre le long de sentiers tortueux et boueux.

Le père de Herschel tenait une échoppe sur la place du marché. C'était un homme triste aux épaules tombantes qui manquait cruellement d'ambition. Il s'y connaissait en tapis, mais comme il en vendait peu, il avait tendu une corde à l'arrière de son échoppe et y pendait des chemises bon marché qui partaient comme des petits pains. En remontant dans ses premiers souvenirs, Herschel revit son père en train de marchander avec un client. La place grouillait d'échoppes et d'étals où l'on trouvait de tout, des oignons, des pommes de terre, du poisson et la viande sanguinolente à l'odeur fade. Peu à peu Herschel s'était mis à détester cette misère. Il ne supportait pas l'idée d'avoir à passer sa vie à vendre des tapis, des harengs, des bottes, ou des côtelettes de veau.

D'autres forces avaient également influencé sa décision de partir. Lorsqu'il eut six ans, son père l'enveloppa dans un châle de prière et l'emmena à l'école religieuse. Le *melamed* l'assit sur un banc, raide comme une statue, et prononça la longue et solennelle formule de bénédiction l'intronisant comme nouvel étudiant de la Torah. Il mit l'accent sur les merveilleux bienfaits qu'il retirerait en apprenant les *mitzvot*, les six cent treize commandements qu'un bon Juif se devait d'observer. Herschel fut consterné. Six cent treize commandements ? Jamais !

Néanmoins, il aurait probablement suivi la route qu'on lui traçait si deux événements n'avaient pas changé sa vie : la mort de son père et une visite en famille à Varsovie six mois après ce décès.

Ils se rendirent à Varsovie, malgré les réticences de sa mère, pour voir l'oncle Moritz, le mouton noir de la famille, le frère du père de Herschel. Lorsqu'il était jeune homme, Moritz avait fui le *shtetl* pour devenir acteur. Acteur ! Il avait appris la comédie dans une des troupes les plus célèbres d'Europe, la compagnie du duc de Sachsen-Meiningen. La mère de Herschel, Slova Wolinski, gémissait qu'il s'agissait d'un métier de mécréant. En fait, l'oncle Moritz s'était converti au christianisme pour trouver plus facilement des engagements. Catholique pratiquant, père de quatorze enfants, il avait acquis une grande célébrité. La vue de l'oncle Moritz dans le rôle d'Othello le Maure, le visage grimé de noir, et qui arpentait la scène en déclamant sous les lampes au calcium, devait marquer pour toujours le jeune Herschel.

Après la représentation, l'oncle Moritz avait accueilli les Wolinski dans les coulisses, un endroit fascinant peuplé de femmes à demi nues qui sentaient bon la poudre et riaient pour un rien. L'oncle Moritz les avait ensuite emmenés chez lui, et Herschel en avait profité pour lui parler de son envie d'émigrer en Amérique.

— C'est une bonne idée, vas-y, conseilla l'oncle Moritz en prenant l'enfant sur ses genoux. Tu comprendras à quel point c'est une bonne idée quand tu seras grand, mais sache tout de même ceci : la Pologne est malade, l'Europe entière est infectée par une épidémie qui pourrait s'appeler « C'est la faute des Juifs ». La Bourse chute ? Les Juifs ont spéculé. Notre armée subit une défaite ? Les Juifs ont vendu des secrets militaires. Les Juifs font ci, les Juifs font ça, c'est toujours la faute des Juifs. Pourquoi ? Il y a plusieurs raisons. Les Juifs sont typés, les Juifs sont intelligents, rusés et pleins de ressources, les Juifs réussissent souvent — quand bien même devraient-ils embrasser la bague du pape pour y arriver, ajouta-t-il avec un clin d'œil. Tu vois, c'est une maladie bien pratique. Si tu veux rester juif, pars. Je suis sûr que l'Amérique n'est pas contaminée.

C'est ce jour-là que Herschel prit sa décision.

C'était plus facile à dire qu'à faire.

Herschel commença à mener campagne auprès de sa mère dès la mort de son père. Il aurait sans doute échoué à la convaincre s'il ne s'était ménagé l'appui de Mira et de Renata — et celui de l'oncle Moritz qui, alarmé par l'épidémie de choléra asiatique, leur avait envoyé juste assez d'argent pour entreprendre le voyage. Des foyers d'épidémie s'étaient déjà déclarés en Europe, et l'oncle Moritz avait prévenu les siens que le choléra avait gagné Kiev et Moscou à partir d'un pays mystérieux nommé Afghanistan. L'été venu — le choléra était plus actif par grande chaleur — l'oncle Moritz craignit qu'il ne se propage vers l'ouest. La mort était fulgurante. *On se met à table en bonne santé et on est mort au dessert*, leur écrivit-il. *Partez ! Seule ma carrière et mes nombreuses responsabilités m'empêchent de me joindre à vous.*

Herschel alla à Lodz. Il endura les longues attentes dans les courants d'air et les rebuffades des employés de bureau, il dormit sous des couches de journaux dans une ruelle infestée de rats afin d'obtenir les papiers nécessaires. Il finit par les avoir, et la famille prit la route avec dix-huit compagnons de voyage, tous déterminés à rester soudés pour affronter les dangers de la route. Ils marchèrent sous le soleil et sous la pluie, sur des chemins poussiéreux et dans la boue, luttant contre la fatigue, la vermine, la faim, traversant des rivières glacées, subissant des tempêtes de poussière, une averse de grêle et même une attaque de chiens sauvages.

En approchant de la frontière de la Prusse-Orientale, un fermier les mit en garde contre les patrouilles militaires. En raison de l'épidémie, la Prusse avait fermé ses frontières.

Accablés, ils débattirent pendant deux jours de ce qu'il convenait de faire. Espérant un miracle, Herschel fut l'un des rares à plaider pour la poursuite du voyage.

Le miracle vint en la personne de deux contrebandiers. Pour un prix exorbitant, ils proposèrent de guider les émigrants en évitant les postes de garde.

Une nuit de pleine lune, les contrebandiers les conduisirent au bord d'une rivière et les prévinrent :

— C'est le gué le plus facile, mais il passe près d'un poste de garde polonais. Or l'armée coopère avec les Prussiens à cause des risques d'épidémie. Avancez en silence.

Les émigrants traversaient le courant glacé quand ils entendirent un cavalier approcher au galop.

— Dépêche-toi, maman ! s'écria Herschel, dans l'eau jusqu'aux genoux.

Il agrippa sa mère pour l'aider à franchir le gué, mais elle trébucha et tomba dans l'eau.

— Halte ! hurla le cavalier.

Suivi un claquement sonore ; la balle fracassa la lune qui se reflétait sur l'eau et elle explosa en milliers de gouttelettes d'argent. Slova Wolinski éclata en sanglots ; d'autres crièrent en implorant Dieu. Bien que frêle, Herschel s'aperçut que la peur lui donnait une force herculéenne : il empoigna sa mère sous les bras, la tira hors de l'eau, puis la hissa sur la berge pendant que les balles ricochaient autour de lui. Tous les émigrants traversèrent sains et saufs.

Trempés jusqu'aux os, tremblants de peur et de froid, ils se rassemblèrent sur l'autre rive. Le cavalier ne les poursuivit pas. Les contrebandiers les guidèrent alors à travers un bois touffu pour éviter le premier poste de garde allemand.

Là, les deux compères les quittèrent et ils durent poursuivre leur route seuls. Ce fut encore plus difficile qu'avant, car ils étaient épuisés, affamés et terrifiés.

L'arrivée à Hambourg, des jours et des jours plus tard, n'améliora pas le sort de la famille Wolinski. Que ce soit dans les baraquements ou sur le quai, il fallait se tenir constamment sur ses gardes. Herschel avait été prévenu contre les employés véreux, les porteurs, les médecins pervers qui tentaient d'abuser des jeunes filles. Il surveilla si bien Mira et Renata qu'elles finirent par s'en plaindre, mais personne ne s'avisa de les ennuyer, à part un solide porteur qui menaça de frapper Herschel parce qu'il refusait son offre.

Restait maintenant à entrer sur le sol américain, une rude épreuve en perspective. Dans la cale, Herschel prêta attentivement l'oreille aux récits que les uns et les autres faisaient de la réception qui les attendait à New York. Les autorités pouvaient se montrer capricieuses, elles refoulaient tel ou tel par lassitude ou parce que sa tête ne leur revenait pas. Il y avait surtout les médecins, réputés pour déceler la maladie la plus bénigne ou la plus légère difformité. Le légendaire oculiste était le plus redouté. Il était à l'affût d'une affection appelée trachome, une sorte de conjonctivite fort répandue.

Herschel imagina diverses ruses pour tromper les autorités ou pour les amadouer. Il avait confiance. Mais sa confiance le quitta subitement quand Herr Blechman annonça qu'on accosterait à Long Island dans quarante-huit heures. Le moment fatidique était proche.

Il remarqua que son nouvel ami s'inquiétait autant que lui. Comme Herschel, Pauli brûlait de vivre en Amérique. Bientôt, très bientôt, ils sauraient si on les y autoriserait.

7

Pauli

Comme le *Rheinland* approchait des côtes américaines, Pauli s'aperçut que les frères Messer ne le quittaient plus des yeux. Il y en avait toujours un pour surveiller ses faits et gestes. Pauli savait qu'ils s'intéressaient surtout à sa ceinture, dont l'odieux steward leur avait certainement parlé. Pauli évitait soigneusement de s'isoler, seul moyen de leur échapper.

De plus, il était malade et dormait mal. Il souffrait de crampes d'estomac et de troubles digestifs. Comme beaucoup, il était devenu mélancolique et irascible. Des querelles idiotes éclataient sans arrêt entre les passagers. Ils se bousculaient sans vergogne aux heures de repas ou pour aller aux toilettes. D'aucuns en étaient venus aux mains. Pour Pauli, il était clair qu'ils arriveraient en Amérique épuisés et fourbus, hors d'état d'affronter l'épreuve qui les attendait.

La veille du jour tant attendu, un vent violent se leva et la mer devint particulièrement agitée. Pauli ne put avaler la moindre bouchée de nourriture. A contrecœur, il acheta une bière au steward. La puanteur, la chaleur suffocante et l'air enfumé de la salle à manger lui donnaient la nausée. Oserait-il s'aventurer sur le pont ?

Herr Blechman, absorbé dans son livre de comptes, ne prêtait pas attention à lui. Pauli cherchait les Messer du coin de l'œil. Ils étaient à leur place habituelle et se conduisaient en mufles, comme toujours. C'étaient les seuls passagers qu'un brin d'énergie habitait encore. Pauli décida de tenter sa chance.

Il s'arrêta à sa couchette pour prendre son Kodak. Arrivé sur le pont, il fut soulagé de le trouver désert.

Le vent lui éclaircit les idées et le revigora. Le paquebot fendait les vagues sous un ciel étoilé. Au-dessus, tel un château illuminé, le pont des riches semblait le narguer plus que jamais. Les passagers des classes supérieures n'avaient pas besoin de passer par le contrôle médical. « Il est réservé à ceux de l'entrepont, avait expliqué Valter. L'Amérique ne veut pas s'encombrer de pauvres. »

Pauli s'assit contre le bastingage. Là, il but sa bière à petites gorgées. Le liquide tiédasse calma ses crampes d'estomac, et il se sentit aussitôt mieux.

Il commença à jouer avec son appareil photo; il s'imaginait qu'il était un photographe célèbre payé des fortunes pour prendre des clichés de la Voie lactée quand il entendit un léger cliquetis métallique, puis des bruits de pas. Il se retourna brusquement. Deux hautes silhouettes bouchaient l'horizon étoilé.

— Tiens, le voilà, Heine. Regarde où il se cachait.

— Exactement là où Blechman nous a dit qu'on le trouverait.

Heinrich Messer donna un coup de pied à Pauli.

— Alors, petit merdeux, tu croyais pouvoir nous échapper ?

Pauli se leva d'un bond, mais les deux frères lui barrèrent le chemin et il dut reculer contre le bastingage.

— Blechman nous a raconté que tu lui avais acheté de la bière, dit Franz.

— Oui, la voilà, dit Heinrich en ramassant la bouteille, qu'il vida d'un trait. Hmmm, ça fait du bien, j'avais soif !

Il jeta la bouteille vide par-dessus bord.

— Il paraît que tu l'as payée avec l'argent que tu caches dans ta ceinture. Tu ne peux pas nous prêter quelques marks ? On en aura rudement besoin, la vie est chère à New York à ce qu'on dit.

— Je n'ai plus d'argent, mentit Pauli en rougissant.

— Sans blague ? ricana Franz. Ça t'ennuierait qu'on vérifie ?

— Franz, regarde, il a aussi sa boîte à images.

— Fais voir, j'en ai jamais vu.

Pauli cacha l'appareil photo sous son bras. Franz lui envoya un crochet au menton. Pauli vacilla, et Franz s'empara de l'appareil. Pauli voulut le récupérer. Moqueur, Franz se recula en esquissant un pas de danse.

— A toi, Heine, attrape !

Les deux frères se lancèrent le Kodak au-dessus de la tête de Pauli, qui s'efforçait de l'attraper, hissé sur la pointe des pieds.

— On te le rendra peut-être si tu nous donnes ton fric, dit Heinrich, qui le narguait avec l'appareil.

Poussé à bout, Pauli hurla :

— *Schmutziger Schweinehund !*

Et il donna un coup de poing dans le ventre de Heinrich.

Surpris par cette attaque imprévue, Heinrich lâcha l'appareil, qui vola par-dessus le bastingage et disparut dans les flots.

Pauli n'arrivait pas à y croire. Bouche bée, il scruta la mer. Pris d'une rage vertigineuse, il s'arc-bouta sur le bastingage et s'apprêtait à foncer sur les deux frères, au mépris de leur carrure, quand un coup derrière la nuque le propulsa en avant. Sa mâchoire heurta violemment le parapet. Il se mordit la langue et cracha du sang.

— Ah, tu me traites de saligaud ! tonna Heinrich en le frappant dans le dos. Viens, Franz, il mérite une leçon.

— Plutôt deux fois qu'une ! Monsieur est un ami des Juifs.

— Vous êtes des porcs ! vociféra Pauli.

Bien que titubant, il essayait de se mettre en garde, poings levés.

Franz lui décocha un uppercut au menton, puis lui attrapa les parties et les tordit. Pauli poussa un hurlement.

Heinrich lui bourra les flancs de courts crochets, et Pauli s'écroula à plat ventre.

Franz s'agenouilla sur son dos, sortit sa chemise du pantalon, et arracha la ceinture.

— La voilà ! triompha-t-il.

— Prenez l'argent, suffoqua Pauli, mais laissez-moi la lettre de mon garant. J'en ai besoin pour...

Franz Messer se releva, la ceinture brandie à bout de bras. Il donna un dernier coup de pied à Pauli, et les deux frères tournèrent les talons. Les yeux brûlants de larmes, Pauli entendit la porte de l'écoutille claquer. Étendu sur le pont métallique, il écouta le navire fendre les flots à grand fracas.

Le soir suivant, le *Rheinland* glissa silencieusement près de l'*Ambrose*, un petit remorqueur de lamanage du port de New York. Le *Rheinland* était en avance sur l'horaire et le pilote de l'*Ambrose* ne put monter à bord qu'à l'aube.

Les passagers de troisième classe qui étaient réveillés se ruèrent sur le pont. Chacun s'extasiait devant les rares lumières qu'on apercevait à l'horizon. Un mot courait sur toutes les lèvres : « L'Amérique ! »

Pauli entendit les cris de joie depuis les lieux d'aisances de la cale. Un homme surgit, appelant deux de ses amis. Après des jours de haute mer, tout puait la merde ; chaque centimètre carré de sol, les murs, les miroirs, les cuvettes, étaient souillés.

— On est en Amérique, dépêchez-vous ! s'écria l'homme.

Ils sortirent tous trois à la hâte, laissant Pauli seul. Accroupi sur la cuvette métallique, les yeux clos, en sueur, il se tordait de douleur, en proie à des spasmes terribles. Il n'avait plus d'argent, la lettre de l'oncle Joseph avait disparu et il était malade. Les Américains refoulaient les immigrants en mauvaise santé dès l'arrivée, laquelle était prévue pour le lendemain matin.

A l'aube, Pauli se hissa sur le pont. Des bourrasques de pluie bouchaient l'horizon par intermittence. Le tonnerre grondait.

Le *Rheinland* avançait au milieu d'un large canal entre une île à bâbord et une vaste terre à tribord. Des mouettes tournoyaient au-dessus de la poupe, à l'affût des déchets.

Malgré le tonnerre et la pluie, le pont était noir de monde. Tous les visages étaient gris de fatigue, sinon de maladie. Pourtant, chacun voulait apercevoir la destination de ses rêves, et beaucoup avaient cru bon d'apporter leurs maigres biens pour l'événement. Le pont glissant n'en était que plus surchargé.

Pauli se faufila à côté de Valter. Le vieil homme avait nettoyé son uniforme de portier et ses cheveux, fraîchement peignés, luisaient de pluie. Il lisait d'une voix fiévreuse un guide en allemand.

— Ce sont les Narrows. Il y a autant de bateaux qu'à Hambourg.

C'était exact. Des cargos portant pavillon anglais, hollandais, allemand ou suédois entraient et sortaient sans cesse du port. Pauli aperçut les immenses immeubles qui s'élançaient à l'horizon. « New York ! » s'écria quelqu'un. Des applaudissements crépitèrent. Une vieille femme s'assit sur sa valise fermée par une ficelle et éclata en sanglots.

Vidé, d'une faiblesse inquiétante, Pauli se sentit chavirer. Il lutta pour garder la tête claire ; il avait besoin de réfléchir, de mettre au point un plan. La perte de la lettre de son oncle, son garant, était pire que celle de l'argent. Et si les autorités le refoulaient ? Tout ce voyage pour rien...

Non, cela n'arriverait pas. Il réussirait, malgré sa faiblesse, malgré la maladie.

Valter le tira par la manche.

— Regarde, Pauli, regarde ! Ta photo !

Pauli oublia tout le reste pour admirer la gigantesque statue qui se dressait devant lui.

Même dans ses rêves, il ne l'avait jamais imaginée aussi grande et majestueuse. Elle semblait à la fois s'élever jusqu'au ciel et glisser à sa rencontre. Les nuages bas cachaient l'île sur laquelle elle reposait, mais il distinguait son socle en ciment et, au-dessus, son piédestal de granit.

Enthousiaste, Valter lisait les explications de son livre.

— L'île s'appelle Bedloe, c'est un ancien fortin. Elle a été construite il y a six ans ; c'est la statue la plus grande du monde. Du sol à la pointe des flammes : quatre-vingt-treize mètres. Bien plus grande que le *David* de Michel-Ange, plus grande que le Sphinx de Gizeh.

Pauli la contempla, tremblant d'émotion. Sa robe et son visage, sa torche et sa couronne, luisants de pluie, étaient d'un brun rougeâtre.

— Elle a été créée par le sculpteur Bartholdi, mais sa charpente est l'œuvre de l'ingénieur Eiffel, lut Valter. Les sept rayons de sa couronne représentent les sept mers et les sept continents. Sur la tablette est inscrite en chiffres romains la date où l'Amérique a conquis son indépendance : le 4 juillet 1776.

Elle était presque dans le prolongement de la proue ; Pauli aurait voulu hurler sa joie et étreindre la femme merveilleuse dont le visage volontaire et pourtant si doux regardait déjà au-delà du *Rheinland*, scrutant le vaste océan où apparaîtraient bientôt de nouveaux arrivants. La pluie ruisselait sur sa couronne, lui fouettait les yeux, mais elle semblait plus puissante que les éléments, assez puissante pour résister à un ouragan.

— Il y a des chaînes brisées à ses pieds, continua Valter. Elle marche à grands pas, libérée de la tyrannie. On ne peut pas les voir, on est du mauvais côté. « Germania est notre mère, Columbia[1], notre épouse », récita Valter. J'ai entendu ça des centaines de fois à Hambourg. « Germania est notre mère, Columbia notre épouse. » A l'âge adulte, on quitte sa famille pour se marier. On se penche parfois sur son passé, mais on ne revient jamais sur ses pas.

L'eau gouttait des sourcils, du nez et du menton de Pauli. Il s'essuya les yeux. Sa gorge se serra. *Germania est notre mère, Columbia notre épouse.* Il n'oublierait jamais ni ce vers ni sa première rencontre avec la statue de la Liberté. Ici, dans ce pays neuf, il trouverait un foyer et une vocation.

Le toussotement d'un moteur fit se dresser toutes les têtes. Une vedette à vapeur rutilante, portant l'insigne officiel, accosta le *Rheinland*. On lâcha une échelle de coupée pour permettre à trois hommes en uniforme de monter à bord.

— Les officiers de l'immigration, expliqua Valter.

— Pour nous ?

— Non, pour les passagers des classes supérieures. Nous, nous allons là, fit-il en désignant le port où une trouée entre les nuages révélait une petite île dominée par un vaste bâtiment en bois à deux étages, surmonté d'un toit pointu en ardoise et flanqué de quatre tours.

— On dirait un établissement de cure thermale, ou un hôtel, remarqua Pauli.

— De l'extérieur seulement, dit Valter en compulsant son livre. On l'a construit pour remplacer Castle Garden. Il n'est terminé que depuis janvier. On l'appelle Ellis. Ellis Island.

Le *Rheinland* remonta l'Hudson, bordé d'interminables rangées de bâtiments de bois et de briques. Le vent chassait peu à peu les nuages, des coins de ciel bleu et un soleil brillant égayaient la matinée.

Tiré par des remorqueurs, le *Rheinland* s'amarra au quai. Un orchestre allemand, formé de musiciens en chapeau alpin, chemise blanche et culotte de peau, entama un morceau de bienvenue. Herr Blechman parut, sanglé dans son uniforme de la compagnie Cerf-Volant, un mégaphone à la main.

— Attention, attention, annonça-t-il en allemand. Pendant le débarquement des passagers de première classe, vous êtes autorisés à rester sur le quai, mais vous n'avez pas le droit de sortir de la zone délimitée par les cordes. Pas de bousculade, s'il vous plaît, et assurez-vous que vous n'avez rien oublié à bord.

— Le quai fait déjà partie de l'Amérique ? demanda une femme.

— Oui, vous poserez pour la première fois le pied sur le sol américain. Pour certains, ce sera la dernière. Qui sait ?

---

1. District des États-Unis où se trouve Washington, la capitale fédérale.

— Quel sale type ! souffla Valter.

Les voyageurs empoignèrent qui sa valise, qui son sac de voyage, qui son ballot, et se ruèrent vers la passerelle. Valter et Pauli descendirent côte à côte. Dès que Valter foula le sol, il s'arrêta et attira Pauli à lui pour le protéger de la ruée des voyageurs qui les contournèrent tant bien que mal.

— Tu le sens sous tes pieds, Pauli ? Le 1er juin 1892, c'est une date mémorable. Ne l'oublie jamais.

— Comment le pourrais-je ?

On protestait derrière eux. Ils reprirent leur marche. La jetée en bois était encore luisante de pluie. Des policiers bourrus, armés de matraques, les conduisirent dans l'enceinte alors que d'autres montaient la garde autour du périmètre autorisé. Près de Pauli, les enfants Wolinski se pelotonnaient autour de leur mère, qui sanglotait et chancelait comme si elle allait s'évanouir. Herschel lança un regard désespéré à son ami.

Pauli oscillait entre l'enthousiasme et la terreur. Il n'avait toujours pas de plan pour affronter les officiers de l'immigration.

Il eut soudain une idée simple et lumineuse. Il fouilla dans son sac de voyage, trouva le livre d'*Englisch für Reisenden*, le feuilleta, puis choisit des mots avec une lenteur infinie, et construisit des phrases qu'il se mit en devoir de réciter à mi-voix.

— Qu'est-ce que tu racontes ? s'étonna Valter, qui se bourrait une pipe.

— Je m'exerce pour quand je serai devant les autorités.

— Eh bien, fit Valter en montrant une vedette qui approchait. Ça ne saurait tarder.

Il fallut un petit ferry et cinq péniches pour transporter tous les passagers sur Ellis Island. L'embarquement provoqua une nouvelle bousculade.

— Restez en ligne ! Chacun son tour ! criaient les policiers en pure perte.

Pauli et Valter étaient dans la queue, non loin des Wolinski. Le ferry à peine chargé, il s'éloigna et la première péniche accosta.

Le soleil commençait à chauffer. La file avançait lentement ; les passagers transpiraient dans leurs lourds habits. Certains se plaignaient de la faim ; on n'avait servi que des petits pains au déjeuner. Pauli répétait frénétiquement ses phrases en silence.

Les officiels tendaient un formulaire numéroté à chaque immigrant. Les files étaient également numérotées. Les officiels vérifiaient les noms et donnaient une étiquette à chacun, accompagnée d'une phrase en anglais qu'ils répétaient inlassablement jusqu'à ce que les immigrants comprennent qu'ils devaient accrocher l'étiquette sur leurs habits. Pauli hérita du 8-11. Formulaire numéro 8, file numéro 11.

La péniche accosta le long d'une esplanade qui longeait le bâtiment principal, débarqua ses passagers et repartit. Pauli et Valter furent poussés vers l'entrée aux cris de :

— Dans le hall des bagages, pressons !

— On dirait la police, marmonna une femme derrière Pauli.

En Europe, le mot *police* était synonyme de terreur ; de coups frappés à la porte en pleine nuit.

Déboussolé par l'obscurité soudaine, Pauli se retrouva dans un vaste hall lugubre au centre duquel s'élevait un grand escalier. Le hall sentait la peinture fraîche et la charpente neuve. Des officiels agitaient des formulaires et s'égosillaient : « Formulaire 2, par ici, dépêchons ! » ou : « Formulaire 11, par ici ! Vous pouvez laisser vos bagages. »

— Pour qu'un brigand me les vole ? Certainement pas ! protesta quelqu'un. Je les garde.

Pauli et Valter prirent le risque, et entassèrent leurs bagages dans un enclos au-dessus duquel une pancarte portait le numéro 8 en chiffre géant.

— Alignez-vous en bas des marches ! hurlaient les officiels. Restez avec votre groupe !

Le hall des bagages empesta rapidement la sueur et les corps mal lavés. Pauli ne cessait de se répéter ses phrases anglaises. Les immigrants gravissaient les marches avec une lenteur désespérante, Valter à la gauche de Pauli, les Wolinski un peu plus haut. L'étage supérieur résonnait du bourdonnement de centaines de voix.

Des rayons de soleil y pénétraient par de hautes fenêtres. Valter pressa vivement le bras de Pauli pour lui signaler des Américains en uniforme bleu avec des épaulettes et des casquettes militaires. Plantés en haut des marches, ils surveillaient la foule.

— Les inspecteurs, souffla Valter.

Il avait dit cela avec une crainte sourde, comme s'il parlait de la police, ou pire.

Pauli n'avait jamais vu de salle aussi immense, ni aussi bruyante. On les mena par groupes dans des travées délimitées par des parois de fer d'à peine un mètre de haut. On se serait cru dans un corral. De chaque côté, dans des sortes de niches, des inspecteurs en uniforme examinaient les immigrants, un par un. Devant Pauli, une mère tenait un enfant dans ses bras. L'inspecteur lui demanda d'une voix lasse :

— Quel âge a ce garçon ?

— Il vient d'avoir deux ans, Votre Excellence, répondit la femme en allemand.

Un interprète se tenait à côté de chaque inspecteur.

— Ne m'appelez pas Excellence, corrigea l'inspecteur après s'être fait traduire sa réponse. J'appartiens au Service de la santé publique des États-Unis. Posez votre enfant. A deux ans, les enfants doivent pouvoir marcher tout seuls.

Explications de l'interprète. Tremblante, la femme posa son fils à terre. L'enfant plongea un doigt dans sa bouche, hésitant. Sa mère lui donna une tape énergique. Au bord des larmes, le bambin passa en se dandinant devant l'inspecteur, qui fit aussitôt signe au suivant de s'approcher.

Pauli ne perdait pas une miette du spectacle. L'inspecteur avait un morceau de craie. Quand quelque chose ne lui convenait pas, il écrivait une lettre en gros caractère sur le vêtement de l'immigrant : *F, H, X*. Pauli n'avait aucune idée de leur signification. Son cœur battit à se rompre quand arriva son tour.

— Votre nom ?

— Pauli Kroner. Numéro 8-11. (La nervosité lui fit bafouiller les phrases apprises.) Je travaille... je... *ich bin...* je... bon travailleur.

— Qu'est-ce qu'il raconte ?

Valter, plus familier de l'anglais, s'empressa de traduire :

— Il dit qu'il travaille dur, expliqua-t-il.

— Pas si vite. Il ne travaillera pas avant qu'on l'y autorise. Vous semblez bien pâle, jeune homme...

— *Blass*, coupa l'interprète.

— Vous avez été malade ?

— *Krank* ?

— Oui, monsieur... ici, répondit Pauli en se touchant le ventre. Mais, ajouta-t-il aussitôt dans un anglais approximatif, le front moite de sueur, un peu seulement... Maintenant, fini.

L'inspecteur sembla l'examiner durant une éternité.

— Vous n'avez pas l'air bien vaillant. Mais vous êtes jeune, vous récupérerez facilement.

Il pratiqua un nouvel examen, puis il agita sa craie.

— Au suivant !

Pauli ne se fit pas prier. En passant devant d'autres inspecteurs, il remarqua que ces derniers affichaient tous une lassitude exaspérée, comme si le travail était épuisant et les heures interminables. Ils pouvaient refouler un immigrant sous n'importe quel prétexte. Ici, l'avenir se jouait sur un coup de dé.

Pauli n'en espérait pas moins franchir tous les obstacles. Il progressait dans la travée quand un gémissement familier le fit frémir. Horrifié, il jeta un coup d'œil vers la travée voisine et vit la veuve Wolinski s'effondrer dans les bras de ses filles... en larmes.

8

Herschel

Les Wolinski étaient arrivés devant le troisième inspecteur, le redoutable « oculiste ». Il avait posé sa casquette sur sa table, à côté d'une cuvette qui dégageait une forte odeur de désinfectant, et d'une pile de serviettes propres. Il était assisté d'un interprète.

C'était un homme d'âge moyen, sa corpulence et son visage doux et rose lui donnaient un air de santon de Noël. Herschel fut aussitôt soulagé. Le regard pétillant, l'inspecteur fit signe à Slova Wolinski d'approcher. Son assistant lui tendit une serviette humide avec laquelle il essuya délicatement l'œil gauche de Slova, puis le droit. Ensuite, avec un instrument en forme de tire-bouchon, il souleva la paupière gauche de Slova, poussa un « Ah » ennuyé, puis examina la paupière droite.

— Ah, là aussi !

Il reposa l'instrument et prit les mains de Slova — qui pleurait à chaudes larmes — dans les siennes.

— Chère madame, expliqua-t-il d'une voix triste pendant que l'interprète traduisait, vous présentez les symptômes caractéristiques d'un trachome, une affection de l'œil assez courante chez les gens que je vois passer ici. Vous devrez, hélas ! rester en quarantaine avec votre famille, à moins que vous ne préfériez vous séparer.

« Oui, oui, séparons-nous ! » pensa aussitôt Herschel. Ses oreilles bourdonnaient, le sol semblait se dérober sous ses pas, mais il s'efforça de ne pas pleurer. Slova pleurait bien assez pour deux.

— Non, monsieur, déclara-t-il. Nous avons juré de rester ensemble.

Autour d'eux, des visages inquiets observaient la scène. Slova gémissait et se tordait les mains. Il y avait bien trop de monde, trop d'étrangers.

— Dans ce cas, dit l'inspecteur avec tristesse, par ici.

Et il indiqua la porte fatidique.

9

Pauli

Pauli passa devant le médecin des yeux sans encombre. Il prit ensuite sa place dans la queue de sa travée. Chaque queue menait à une rangée de tables derrière lesquelles trônaient les inspecteurs qui pratiquaient l'examen final. En les voyant, Pauli éprouva une angoisse subite. Comme s'il devinait son anxiété, Valter posa une main apaisante sur l'épaule de son jeune compagnon. Yeux clos, Pauli répéta une dernière fois ses phrases.

Et puis ce fut son tour.

L'inspecteur avait les cheveux luisants comme une peau d'outre, un nez couperosé, et un visage d'une laideur épouvantable.

— Hé, toi, mon garçon ! héla l'inspecteur. Approche.

— Formulaire 8, traduisit l'inspecteur. File 11.

L'inspecteur grogna et fit courir un doigt maculé d'encre le long de la page d'un gros cahier.

— Ton nom ?

— Kroner, monsieur. Pauli Kroner.

L'inspecteur nota le nom avec une plume qui crissait sur le papier.

— Age ?

— Quatorze ans, mais j'en aurai quinze le 15 de ce mois.

L'interprète traduisit ; l'inspecteur nota la réponse.

— Tu voyages seul ? (Pauli acquiesça.) Sais-tu lire et écrire en anglais ?

Pauli déballa ses phrases.

— Oui, merci ! Amérique, merveilleux pays !

L'interprète rit sans méchanceté, puis demanda :

— D'où viens-tu, fiston ?

— De Berlin, monsieur. Mais ma famille est de Souabe.

— Je l'avais deviné à tes cheveux roux. De braves gens, les Souabes. C'est de là que je viens moi aussi. Cela fait déjà dix-huit ans que je suis là.

Malgré la tournure amicale de la conversation, l'inspecteur continuait à dévisager Pauli d'un regard vide.

— Qui a payé ta traversée ? demanda-t-il.

— Ma tante, qui vit en Allemagne. Mais j'ai travaillé pour en économiser une partie. Je travaillerai dur, poursuivit-il en anglais. Moi, bon travailleur.

— Tu as un emploi qui t'attend ? s'enquit l'inspecteur.

Valter l'avait mis en garde contre ce genre de questions. Si on répondait par l'affirmative, on était refoulé parce qu'on risquait de prendre le poste d'un Américain.

— Non, monsieur, répondit donc Pauli. Mais j'espère bien en trouver un. D'ailleurs, mon oncle m'aidera.

— Ton oncle est là ?

— Non, il est à Chicago.

— C'est ton garant ?

— Oui, monsieur.

— As-tu une lettre qui le prouve ?

— J'en avais une, en allemand, mais deux voyous me l'ont volée sur le bateau.

L'inspecteur dévisagea longuement Pauli, puis il déclara, impassible :

— Ah, ça pose un problème, fiston.

Le cœur de Pauli faillit exploser. De violentes douleurs lui labourèrent les entrailles.

— La loi sur l'immigration interdit l'entrée sur le territoire d'enfants de moins de seize ans non accompagnés, expliqua l'inspecteur. Ton oncle aurait dû venir te chercher. Le problème aurait été résolu.

— Je suis sûr qu'il croyait... bredouilla Pauli, écarlate. Ah, *der Brief...*

— La lettre, traduisit l'interprète.

— Oui, merci. Il croyait que la lettre suffirait.

— Et elle aurait suffi, si tu l'avais encore.

— Mais, monsieur, mon oncle ne pouvait se déplacer, c'est un homme très riche, très important...

— Je n'en doute pas, mais la loi est la loi. Tu resteras en détention en attendant que le Bureau des réclamations examine ton cas.

— Qu'est-ce que c'est ? s'étonna Pauli que le courage abandonnait devant les mauvaises nouvelles et l'avalanche de mots inconnus.

— Ce sont trois fonctionnaires qui tranchent les cas comme le tien. Tu resteras sur l'île en attendant ton interrogatoire.

— Et après, ils me laisseront partir à Chicago ?

L'interprète détourna les yeux.

— Pour être franc, déclara l'inspecteur, ça m'étonnerait, à moins que tu ne sois très persuasif. Personne ne t'assistera durant l'audience ; pas d'avocat, pas de parents, pas d'amis, personne.

Pauli faillit craquer, mais il se contrôla. Il serra les poings, ses ongles s'enfoncèrent dans ses paumes.

— Monsieur, j'avais vraiment une preuve que mon oncle m'attendait. On me l'a volée... J'aurais dû dire que j'avais seize ans. (Ses épaules s'affaissèrent.) Non, je ne sais pas mentir, ajouta-t-il.

L'inspecteur parut réfléchir, puis il se tourna vers l'interprète.

— Mr. Steiner, ça m'ennuierait beaucoup de me tromper. Ne croyez-vous pas que ce garçon a seize ans révolus ? Il les fait largement.

— Moi aussi, ça m'ennuie pour lui, dit l'interprète, mais il prétend avoir...

— Seize ans.

L'inspecteur ratura l'âge déjà mentionné et nota le nouveau chiffre. Il prit un carton de couleur dans une boîte à cigares et le tendit à Pauli, qui l'examina, incapable de déchiffrer ce qui était écrit.

— Qu'est-ce que c'est ? demanda-t-il, incertain.

— Votre carte de débarquement, dit l'interprète avec un faible sourire.

— Bienvenue en Amérique, mon petit gars, dit l'inspecteur à la laideur repoussante. La route est longue jusqu'à Chicago. Sois prudent.

Pauli attendit que Valter reçoive lui aussi sa carte, puis il se précipita vers l'endroit où étaient parqués les Wolinski. Ils étaient en train de consoler leur mère éplorée. Herschel courut retrouver son ami. Il s'efforça de cacher son chagrin. Une cloison métallique d'un mètre de haut les séparait.

— Au revoir ! Au revoir ! fit Pauli en agitant sa carte.

C'était l'un des rares mots d'anglais que Herschel comprenait. Des larmes embuèrent ses yeux bleus quand il serra la main de Pauli. Valter s'approcha et observa un silence pudique. Puis il traduisit les paroles de Herschel.

— Au revoir, cher Pauli, j'ai été très heureux de te rencontrer. Je rentre en Europe avec maman et mes sœurs, mais je te promets que je retenterai ma chance. On pourra me renvoyer mille fois, j'essaierai encore. Nous nous rencontrerons un de ces jours en Amérique. Je deviendrai citoyen américain, tu peux me faire confiance !

Il enlaça Pauli par-dessus la cloison, puis il serra la main de Valter.

— Au revoir, monsieur.

— Dites-lui de prendre bien soin de lui, dit Pauli à Valter.

— T'inquiète pas, repartit Herschel. Toi aussi, sois prudent.

Il réussit à esquisser un sourire en mimant un revolver, l'index pointé, le pouce levé :

— Pan ! Pan !

Puis il rejoignit sa mère et ses sœurs. Pauli et Valter s'éloignèrent. Pauli se retourna une dernière fois. Baigné par les rayons de soleil qui tombaient des hautes fenêtres, il contempla la salle immense. Le brouhaha des voix, les gémissements des immigrants refoulés, les vociférations des inspecteurs, rien de tout cela ne lui paraissait plus menaçant. Il trouva même une beauté solennelle au grand hall.

Il prit une profonde inspiration et, sa carte de débarquement serrée dans sa main, il franchit derrière Valter la porte à double battant sur laquelle était inscrit le mot « Sortie » dans une douzaine de langues. La première épreuve passée avec succès, une autre l'attendait.

De l'autre côté de la porte, Valter confia à Pauli :
— Je crois que l'inspecteur n'a pas apprécié mon nom. Ou alors, il l'a mal entendu. Toujours est-il que maintenant, je m'appelle Walters, ajouta-t-il en exhibant un papier avec son nom en lettres majuscules. Tu vois ? Mr. Walters.
— Et il vous plaît ?
— Je ne sais pas encore, mais il faudra bien qu'il me plaise puisque c'est mon nom officiel.
Ils parvinrent devant une rangée de bureaux. Sur le plus vaste, une pancarte annonçait : « Cambia valuta — Wechselgeschaft — Bureau de change. » Ils le dépassèrent sans s'arrêter ; Pauli n'avait plus d'argent à changer.
Il y avait aussi un bureau de poste et de télégraphe, mais une petite pièce attira l'attention de Pauli. Une pancarte en deux langues disait : « Deutsche Gesellschaft, Société allemande d'entraide. »
— J'entre une minute, annonça Pauli.
— D'accord. Je t'attends en bas, dans la salle des bagages.
Dans la pièce, une femme était assise derrière un bureau. Elle portait un chemisier blanc à manches longues et une paire de lunettes. Elle accueillit Pauli en allemand, et lui demanda son nom. Puis elle s'enquit de sa destination, et lui remit un ticket.
— C'est un billet de bateau pour la gare centrale du New Jersey, expliqua-t-elle. La coutume exige que chaque nouvel arrivant reçoive un billet de ferry et un dollar.
Elle lui tendit une grosse pièce. Il la serra fermement dans sa main et se sentit aussitôt rassuré.
— Chicago est loin, à des centaines de kilomètres, Herr Kroner. Je dois vous mettre en garde contre certains dangers. Premièrement, évitez les étrangers. Ne vous laissez pas aborder. Deuxièmement, si vous possédez des objets de valeur, cachez-les bien. Et ne traitez jamais avec des démarcheurs qui vous proposent un emploi dans une ville lointaine. Ce sont souvent des gens sans scrupules, et quand ils ont réellement du travail, ils paient des salaires d'esclave.
Ces recommandations déçurent profondément Pauli. Il nageait toujours dans l'euphorie de son arrivée.
— La plupart des Américains sont de braves gens, vous verrez, poursuivit la femme. Mais le système est des plus permissifs quand il s'agit de gagner de l'argent. Hélas ! ce sont souvent les plus malhonnêtes qui en profitent.
— Je vous remercie. Je m'en souviendrai.
— Eh bien, au revoir, Herr Kroner. Et bonne chance.
Elle se leva, serra avec gravité la main de Pauli, comme s'il entreprenait un long et périlleux voyage en Chine, voire aux enfers.

Pauli rejoignit Valter dans la salle des bagages, près des guichets où on vendait des billets pour toutes les destinations. Valter lui montra un autre morceau de papier.

— Mon fils Willi, qui vit en Pennsylvanie, m'a donné rendez-vous dans une pension à New York ; voilà l'adresse. How-stone Street, j'espère que c'est comme ça qu'on prononce. Accompagne-moi, je te le présenterai et il t'expliquera comment te rendre à Chicago.

Après mûre réflexion, Pauli préféra ne pas s'attarder. Il voulait rejoindre Chicago au plus vite. Il ne savait pas encore comment, mais ne désespérait pas de trouver un moyen.

— Non, merci beaucoup, monsieur, je vais aller directement dans cet endroit qu'on appelle New Jersey.

— Mais tu n'as pas d'argent !

— J'ai un billet pour le ferry, et j'ai un dollar que la Société d'entraide m'a donné. Quand je l'aurai dépensé, je travaillerai. (Il sourit, puis déclara en anglais :) Je suis bon travailleur.

Après de chaleureuses effusions, ils se séparèrent.

Sur la péniche, le soleil tapait fort, et il commençait à faire très chaud. Pauli s'assit à l'écart des huit autres passagers pour contempler les toits de la gare centrale du New Jersey se profiler à l'horizon. Derrière la gare on distinguait une masse informe de maisons en ruine et de bâtiments délabrés. Cette vue affligeante semblait accabler les passagers, qui observaient un silence consterné. Mais pour Pauli, le spectacle était magnifique, magique. Il se souvint du boulanger de la Wuppertal qui lui avait prédit que cet enthousiasme s'estomperait rapidement.

« Ridicule, songea Pauli. Ce n'est pas à moi que cela arrivera. »

Il se rappela ensuite une phrase de Herschel : « Je veux devenir un vrai Américain. » Oui, absolument. Cela impliquait de changer son nom. Il étudia diverses possibilités sans en retenir aucune, puis décida de remettre le choix à plus tard. D'ici à Chicago, il aurait bien le temps d'y penser.

La péniche accosta. Des nuages blancs se reflétaient sur l'eau huileuse. Pauli vibrait d'une joie si intense qu'il ne put la contenir davantage en mettant le pied à terre. Il lâcha son bagage et fit volte-face. Oui, il la voyait toujours, rougeoyante, majestueuse, qui se dressait dans le ciel, le visage tourné vers le large, scrutant la mer pour accueillir le bateau suivant...

Elle avait accueilli Pauli à bras ouverts.

Bouleversé, il esquissa un pas de danse. Les autres immigrants le regardèrent, médusés.

— L'Amérique ! s'exclama-t-il. Ah, l'Amérique !

— Bougre d'imbécile ! pesta l'un des deux marins qui amarraient la péniche.

— Bah ! fit l'autre. Il déchantera,

Pauli erra sur le quai, les yeux écarquillés. Il essaya d'oublier son estomac qui criait famine. L'air était chaud et moite. Pauli chercha un peu de fraîcheur à l'ombre d'un entrepôt, en vain. Il avait besoin de calmer son excitation, et de réfléchir.

Avant tout, il devait aller à Chicago, et y arriver avant que le mauvais temps ne rende son voyage plus difficile. Il séria les problèmes, et leurs solutions. Primo, comment voyager ?

C'était simple ; des trains de marchandises sillonnaient certainement l'Amérique. Or, Berlin lui avait appris à sauter dans les trains en marche.

Toutefois, il ne connaissait pas l'itinéraire et devrait étudier des cartes. On en trouvait sans doute dans les bibliothèques, comme en Allemagne.

Parfait. Maintenant le troisième problème. Même en voyageant gratuitement, il aurait besoin d'argent pour manger ; or il ne possédait qu'un dollar, ce qui ne le mènerait pas bien loin. Donc, il lui fallait travailler au moins quelques semaines afin d'économiser un peu d'argent. Où trouver du travail ?

Là encore, la réponse s'imposa tout naturellement après un brin de réflexion. Il y avait des Allemands en Amérique. Certains devaient vivre à Jersey City, et là où il y avait de la bière, on trouvait toujours des Allemands.

Pauli se mit donc en quête d'une taverne.

Il en trouva une en fin d'après-midi. C'était un petit établissement bruyant situé dans une rue secondaire. Dans une chaleur suffocante comme il n'en avait jamais connu à Berlin, il traversa la terrasse à la recherche du propriétaire. Un tiers des tables était occupé ; les clients, rougeauds et dégoulinants de sueur, discutaient gaiement. L'atmosphère était amicale et bon enfant ; on se serait cru à Berlin.

Un garçon lui désigna le patron, qui était assis sur un tabouret derrière une caisse enregistreuse. Pauli s'approcha et lui demanda dans un anglais hésitant :

— Monsieur ? Du travail ?

— Non, mon garçon. (L'homme se gratta le menton, pensif.) Mais Geizig, celui qui est à la table là-bas, cherche quelqu'un.

Voyant que Pauli ne comprenait pas, l'homme répéta en allemand.

— Tu arrives du bateau ? demanda-t-il ensuite.

— Aujourd'hui même.

L'homme le gratifia d'un sourire amical et lui tapota la main.

— Je parie que tu crèves de faim, mon garçon. Otto, cria-t-il, donne donc une assiette de choucroute et une bière à notre jeune compatriote. Tiens, va t'asseoir à la table du fond. C'est la maison qui régale. Mieux vaut demander du travail le ventre plein. Ah, avant de parler à Geizig, file à la cuisine et lave-toi le visage. Il ne plaisante pas avec la propreté. T'inquiète pas, Geizig n'est pas prêt de s'en aller. Il rentre rarement chez lui avant sept heures.

Pauli le remercia avec effusion. L'odeur des saucisses, du pain et de la bière qui flottait dans l'air moite manqua le faire défaillir. Décidément, l'Amérique lui plaisait chaque minute davantage.

Herr Geizig pesait dans les cent dix kilos, il avait une tête en forme de chou et des oreilles décollées. Il affectait une grande jovialité, mais Pauli ne vit pas de gaieté dans ses petits yeux perspicaces aux reflets bleu pâle. Il s'approcha de la table de Herr Geizig et lui demanda respectueusement dans son anglais approximatif s'il avait du travail à lui donner.

— Parle donc allemand, grimaça Geizig. L'anglais est une langue de barbare.

Cinq chopes de bière vides trônaient sur sa table à côté du registre comptable qu'il étudiait entre deux gorgées.

— Comment t'appelles-tu ?

Pauli déclina son identité.

— Eh bien, j'ai en effet besoin de quelqu'un pour faire la plonge, laver par terre... Que sais-tu de mon affaire ?

Pauli admit qu'il ne la connaissait pas.

— C'est un club pour les nouveaux arrivants allemands, comme toi, mais ma clientèle est plus âgée. L'endroit est petit, confortable, pas aussi bruyant que cette taverne. Nous servons des dîners légers, beaucoup de bière, du vin aussi, et du café. J'aide également mes hôtes à rédiger leur correspondance, acheter des billets de train, des choses dans ce genre-là. Je paie trente... euh, vingt cents par jour, tu seras nourri, et tu pourras dormir dans l'appentis, derrière le club.

— Cela me paraît correct, monsieur.

— Pas si vite. Es-tu prêt à porter un tablier ? (Pauli acquiesça.) Il faudra aussi que tu soignes ta tenue, tu es bien trop négligé.

Ses gros doigts boudinés se refermèrent sur une chope pleine.

— Attends-moi dehors, ordonna-t-il. J'arrive tout de suite.

Le club s'appelait *Die goldene Tür*, « la Porte dorée ». Geizig expliqua avec un rictus de mépris qu'il avait pris le nom dans un poème à la gloire de la statue de la Liberté.

Pauli fut très déçu par le club. Deux pièces à l'air confiné jouxtaient une cuisine malodorante, au premier étage d'une maison dont l'arrière donnait sur une ruelle, à portée de bruit des sirènes des bateaux. Seule une pièce possédait une fenêtre, la première en entrant. On accédait au club par un escalier extérieur branlant dont plusieurs marches étaient pourries. La porte d'entrée, autrefois d'un jaune canari, était maintenant couleur moutarde.

Au dernier étage, un grenier servait de dortoir où les nouveaux arrivants pouvaient dormir à bas prix sur d'infâmes paillasses en attendant de trouver un logement ou de poursuivre leur voyage.

L'appentis destiné à Pauli était situé dans une cour jonchée d'ordures, de l'autre côté de la ruelle.

Mais il n'était pas en position de faire le difficile. Il resterait un mois, pas davantage, empocherait ses gages et hop, direction Chicago. Il profiterait de son temps libre pour étudier son itinéraire.

Pauli découvrit avec surprise que *Die goldene Tür* marchait relativement bien. La clientèle se composait de jeunes Allemands d'une vingtaine d'années pour la plupart ; des célibataires ; pas de femmes. Les immigrants y trouvaient apparemment tout ce qu'ils désiraient. La règle de Herr Geizig voulait que tout le monde, hôtes et employés, parlât allemand.

L'épouse de Geizig, une femme grise et taciturne, faisait la cuisine ; le club employait aussi deux serveuses. Pauli s'aperçut vite que l'une ou l'autre, quand ce n'était pas les deux, disparaissaient régulièrement avec un client en fin de soirée. Invariablement, Herr Geizig tendait une clef à la femme et l'homme glissait quelques billets à Geizig. C'était le rituel.

L'une des serveuses, Magda, avait le visage grêlé et le regard dur, mais elle était plus amicale que l'autre, Liesl. Un jour, Pauli osa enfin lui poser la question.

— A quoi sert la clef, Magda ?

— C'est la clef d'une chambre, en haut. Ne sois pas si curieux, mon garçon.

Pauli apprit ainsi que La Porte dorée n'était pas le club innocent qu'il prétendait être.

Pauli prenait son service à midi. Il devait d'abord débarrasser les tables, laver par terre, et il travaillait jusqu'à la fermeture, parfois au-delà de deux heures du matin. Quand elle ne cuisinait pas et que son mari ne lui criait pas après, Frau Geizig martelait des chansons allemandes sur le piano de la pièce sans fenêtre. Des clients ivres chantaient parfois avec elle, la voix pâteuse, mais Frau Geizig restait toujours digne, le visage amer.

D'autres détails troublèrent Pauli. Il vit plusieurs fois des clients pris de malaise. Chaque fois, ces hôtes étaient reconduits personnellement par Herr Geizig. Ils n'avaient pourtant pas trop bu, Pauli l'aurait juré. Leur malaise restait un mystère, d'autant qu'il ne revit jamais aucun d'entre eux, et leurs bagages, s'ils en possédaient, disparaissaient comme par enchantement.

Pauli n'aimait pas l'atmosphère de *Die goldene Tür*, il avait hâte de partir. Cette hâte grandit encore le jour où il entendit un homme hurler des menaces dans la ruelle.

Herr Geizig s'empressa de rassurer les clients.

— Ce n'est rien, ne vous inquiétez pas. Je m'en charge.

Il se rua dehors. Pauli risqua un œil par l'entrebâillement de la porte. Dans le noir, au pied de l'escalier, Herr Geizig brandissait un objet métallique à la barbe d'un jeune homme.

— Magda, murmura Pauli, Herr Geizig a un pistolet.

— Je sais. Rentre, c'est pas tes oignons.

— Mais qui est ce type ?

— Un ami. Il est jaloux. Il se tient à carreau quand il est sobre, mais ce soir, il a dû se soûler. Rentre, répéta-t-elle, visiblement inquiète.

L'étranger se tut soudain, et Herr Geizig reparut. Du pistolet argenté, plus aucune trace.

Herr Geizig alla trouver Magda et lui saisit le poignet.

— Arrange-toi pour que ton cinglé ne traîne pas dans les parages ou ça va barder pour ton matricule.

— Oui, monsieur, promit Magda en se dégageant.

Geizig jeta des regards mauvais dans la pièce éclairée par des lampes à huile — l'immeuble, inoccupé au rez-de-chaussée, n'était pas encore équipé de l'électricité. Personne n'osa poser de questions sur l'altercation, Pauli moins que quiconque.

Arriva le jour de son anniversaire. Il n'en parla à personne. Il grandissait, et cela lui suffisait. Le dur labeur lui permettait de se muscler.

Quand il n'était pas de service, il étudiait avec ardeur son livre de grammaire et de vocabulaire anglais. Le fait d'utiliser sa nouvelle langue quotidiennement lui faisait faire de rapides progrès.

Magda et lui discutaient souvent quand ils en avaient l'occasion. Il lui parlait de son oncle, de Chicago, de sa hantise de ne pouvoir s'y rendre avant la mauvaise saison. Un jour, elle arriva de bonne heure et l'accompagna à la bibliothèque municipale de Jersey City, une petite bâtisse en granit. Là, lui dit-elle, il trouverait les cartes dont il avait besoin.

Après bien des hésitations, il entra dans la bibliothèque, qui sentait bon le papier et le cuir des reliures. Une jeune femme assez corpulente était assise derrière un grand bureau en acajou.

— Que puis-je pour vous ? fit-elle.

Grammaire en main, il essaya de lui expliquer ce qu'il cherchait. Elle semblait aimable, désireuse de l'aider. Elle devait avoir dix ou quinze ans de plus que lui.

Elle l'installa à l'une des tables, puis disparut dans une aile obscure flanquée de hautes étagères. Elle revint avec deux gros atlas.

— Je vais vous montrer comment les consulter, dit-elle. Je m'appelle Miss Lou Stillwell ; je suis la bibliothécaire.

Miss Stillwell à ses côtés, il étudia des cartes colorées des États-Unis. Elle lui prit la main et guida son doigt de Jersey City à Chicago, dont le nom s'étalait en lettres capitales sur le bleu d'un lac long et mince. Il fallait d'abord traverser une chaîne de montagnes dans une province appelée Pennsylvanie, puis une autre province, l'Ohio, et encore une autre, l'Indiana. Il trouvait ces noms étranges, musicaux, comme beaucoup de noms américains. Miss Stillwell lui expliqua qu'il ne s'agissait pas de provinces, mais d'*États*.

La semaine suivante, il revint plusieurs fois à la bibliothèque afin d'étudier son futur itinéraire et de rêver devant les cartes.

— Vous devriez écrire à votre oncle, lui conseilla un jour Miss Lou. Prévenez-le que vous êtes bien arrivé. Vous avez son adresse ?

— Elle était écrite sur sa... euh, lettre, mais je l'ai perdue. Je me souviens de Chicago, Mitch-i-gun Avenue.

— Comment ? s'étonna Miss Lou sans pouvoir retenir un rire.

— Mich-i-gan, corrigea-t-il. Mais je pas connais le numéro.

— Je ne connais pas.

— Oui, c'est ce que j'ai dit.

— Pas tout à fait, mais peu importe, beau gosse. Vous serez bientôt à Chicago, n'est-ce pas ?

— J'espère, oui. Je fais des économies.

Il n'avait toutefois pas avoué qu'il comptait voyager clandestinement dans les trains de marchandises.

Il partirait plus tôt que Miss Lou le croyait. Il ne supportait plus l'atmosphère sordide de *Die goldene Tür*, et il avait décidé de partir à la fin de la semaine. Il lui faudrait trouver le courage d'informer Herr Geizig et lui demander ses gages, qu'il gardait au coffre par sécurité. C'était le début du mois d'août ; il travaillait depuis deux mois. Herr Geizig lui devait environ douze dollars.

— J'ai une idée pour votre oncle, dit Miss Stillwell. Nous lui écrirons aux bons soins du facteur en espérant qu'il connaîtra le numéro de Michigan Avenue.

La lettre était simple, trois phrases en anglais. La première disait que Pauli était arrivé le 1er juin. La deuxième, qu'il allait bien, et la troisième ne comportait que trois mots : *J'arriverai bientôt*. Devant l'insistance de Miss Stillwell, il conclut par : *Affectueusement, votre neveu, P. Kroner*. La bibliothécaire promit de poster la lettre le jour même.

Pauli la remercia. Dehors, une pluie chaude tombait, enveloppant Jersey City dans une épaisse brume. Il faisait une chaleur suffocante dans la bibliothèque ; les Américains semblaient apprécier les pièces surchauffées.

— Merci, répéta Pauli. J'ai beaucoup appris grâce aux cartes. Je ne reviendrai peut-être pas avant longtemps.

— J'espère que si, dit Miss Lou, la gorge étrangement serrée.

— J'essaierai.

Il avait décidé de partir le lundi suivant, mais il ne voulait pas le lui dire et risquer de lui faire de la peine.

— Oui, faites votre possible. Et ne perdez pas cela, ajouta-t-elle en lui tendant des feuillets.

C'était des cartes recopiées à la main. Elle avait dessiné pour lui les différents États qu'il devait traverser pour arriver à Chicago, avec les noms des villes principales et le tracé des voies ferrées.

Miss Lou Stillwell lui caressa la joue avec tendresse.

— Vous êtes un garçon très bien, Pauli. Un garçon adorable.

Elle lui prit la tête à deux mains, et l'embrassa en glissant une langue ardente dans sa bouche.

Puis elle s'enfuit avec un petit cri gêné.

Pauli fut assez décontenancé.

Après une journée entière d'hésitation, il décida de se confier à Magda pour qu'elle l'aide à comprendre le geste de Miss Lou.

— Eh bien, d'abord, j'imagine qu'elle se sent seule. Mais ce n'est pas tout. Tu ne t'en es pas encore rendu compte, mais tu es plutôt séduisant, Pauli. Tu n'as que quinze ans, mais tu es bien bâti, tu es musclé, oui, tu es un jeune homme très séduisant. Tu plais aux femmes. Oh ! tu n'es pas le plus bel homme que j'aie vu, mais tu es intelligent, et tu as un bon fond, des qualités rares chez un homme. Tu as aussi un merveilleux sourire. Tu me ferais tourner la tête si je n'étais pas si vieille, fit-elle, légèrement moqueuse en lui donnant un baiser sur la joue. Tu veux que je te dise le fond de ma pensée ? Beaucoup de filles te tomberont dans les bras, c'est sûr, mais le jour où tu trouveras celle que tu voudras garder, tu ne pourras pas l'avoir. La vie nous joue parfois de drôles de tours.

Le samedi soir, ses plans furent brusquement modifiés.

Magda arriva tard, les traits tirés. Herr Geizig la houspilla durement. Elle se réfugia en larmes dans la cuisine, mais avant qu'elle ne claque la porte derrière elle, Pauli vit qu'elle avait un bleu sous l'œil gauche. Son ami jaloux ?

Il y avait six hommes au club, ce soir-là. Quatre buvaient en jouant aux cartes. Herr Geizig aidait les deux autres, fraîchement débarqués, à lire un plan de chemin de fer ; il leur achetait souvent leurs billets quand ils étaient gênés par leur mauvais anglais ou trop timides pour se présenter au guichet eux-mêmes. Magda avait confié à Pauli que Herr Geizig les volait et leur comptait régulièrement les billets cinquante pour cent plus cher.

Un peu avant neuf heures, le patron mit son chapeau et sortit sans explications. Une demi-heure plus tard, Pauli nettoyait une table quand l'autre serveuse, Liesl, s'approcha de lui.

— Tu ne trouves pas qu'il y a une drôle d'odeur ? demanda-t-elle.

— Ça vient d'en bas, dit l'un des joueurs de cartes.

Frau Geizig surgit hors de la cuisine.

— Ça sent le brûlé ! s'écria-t-elle.

Magda laissa tomber une chope de bière, qui se brisa.

— Oh ! mon Dieu ! s'exclama-t-elle en portant sa main à son visage tuméfié. Il l'a fait !

Pauli écarquilla les yeux. Parlait-elle de son ami ? Avait-il mis le feu à la maison ?

Les clients se levèrent d'un bond, effrayés. Pauli vit une faible lueur orangée par l'unique fenêtre. Son premier mouvement fut de courir vers la porte mais il se prit les pieds dans une chaise et tomba. La chaleur montait du plancher ; des volutes de fumée s'infiltraient par les interstices. A l'étage inférieur, le feu grondait. La maison était en flammes.

Il se releva d'un bond et ouvrit la porte à la volée ; une explosion de chaleur le fit reculer. Accroché au chambranle, il vit les flammes crépitantes qui achevaient de dévorer le bois.

— Seigneur tout puissant, il n'y a plus d'escalier !

Il referma vivement la porte et s'y adossa pour réfléchir. Le bois était brûlant. Il s'éloigna aussitôt.

— Il faut filer ! hurla Frau Geizig en se tordant les mains.

— Vous êtes sourde ? Il n'y a plus d'escalier.

— On va tous mourir, on va tous mourir, gémit Liesl.

— Y a-t-il une autre issue ? demanda un client.

Les autres connaissaient la réponse. En larmes, Frau Geizig hocha tristement la tête.

Tout le monde était pétrifié. Une fumée âcre et suffocante parvenait de la cuisine, dont le plancher s'effondra, mangé par le feu. Pauli se secoua. Qu'il soit damné s'il périssait dans cet endroit sordide après avoir bataillé si dur pour atteindre l'Amérique. Il traversa la pièce comme un bolide.

— La fenêtre ! s'écria-t-il. Il ne reste plus que la fenêtre.

— Non, je ne pourrais jamais sauter, pleurnicha Frau Geizig.

L'un des clients, trop content de trouver quelqu'un sur qui se défouler, la gifla violemment.

— La ferme, vieille garce !

La chaleur et la fumée devenaient intolérables. Pauli comprit que le temps était compté. Il s'approcha de Magda.

— Vite, Magda ! On ne va tout de même pas finir ici !

Il lui saisit le bras et la tira si durement qu'elle poussa un cri de douleur.

Il la poussa vers la fenêtre. Les flammes léchaient le mur. On apercevait les voisins de l'autre côté de la ruelle, taches claires dans l'obscurité de la nuit.

Pauli ouvrit la fenêtre en grand, et pointa son nez dehors. Les flammes atteignaient la croisée. Il fallait qu'ils sautent tout de suite.

— Venez, vous tous ! les exhorta-t-il. C'est la seule issue.

— On te suit ! cria l'un des clients.

Mais Liesl avait disparu et Frau Geizig s'était évanouie.

— Vas-y, Magda !

— Je ne peux pas... J'ai peur...

— Non, tu n'as pas peur. Viens.

Haletant, il la hissa sur le rebord, puis l'enlaça par la taille. Un court instant, il fut réellement pris de panique : le feu allait détruire ses maigres biens, sa carte stéréoscopique, son globe, ses cartes de chemin de fer, quand soudain il se souvint que ses affaires étaient dans l'appentis de l'autre côté de la ruelle.

— Saute ! ordonna-t-il.

Il la poussa et plongea avec elle dans le vide. Dans la chute, la jambe gauche de son pantalon prit feu. Puis la terre fonça vers lui et il s'écrasa au sol.

10

Joe Crown

Joseph Emanuel Crown, propriétaire de la Crown Brewery of Chicago, était soucieux. Il ne manquait pas de raisons de s'inquiéter, la plus immédiate étant le déjeuner d'affaires qui l'attendait aujourd'hui 14 octobre.

Exemple de solidité, de droiture et de prospérité, Joe Crown dévoilait rarement ses tourments. A son bureau, ce matin, il portait un beau costume gris orné d'une lavallière rouge. Comme il faisait encore frais, il avait gardé sa veste.

Sa tête arborait une crinière poivre et sel qu'il lavait chaque jour et qu'il entretenait jalousement, de même que sa moustache et sa barbe à l'impériale ; il avait rendez-vous à midi pour sa coupe hebdomadaire. Derrière des lunettes à monture d'argent, ses grands yeux étaient vifs, marron foncé, ses mains petites mais fermes. Beau, non, mais imposant.

Tout comme sa vie privée, les affaires de Joe Crown étaient régies par trois principes, dont le plus important était l'ordre. *Ordnung* en allemand. Sans ordre, sans organisation, sans logique, c'était le chaos.

La précision était son second principe. Dans la brasserie, où la rapidité et la coordination jouaient un rôle primordial, la précision était indispensable. La précision était la clef de voûte de tout commerce voué au profit. Or elle reposait sur les mathématiques. Joe Crown avait une croyance aveugle dans l'autorité absolue des chiffres, seuls capables de fournir une information correcte et précise.

En Allemagne, il avait appris à compter avant d'apprendre à lire. Bien que médiocre dans les autres matières, il avait été un brillant élève en mathématiques. Il calculait de tête à une vitesse prodigieuse. A Cincinnati, son premier point de chute en Amérique, il avait supplié le propriétaire d'une teinturerie chinoise de lui apprendre à utiliser un boulier. Il en possédait toujours un dans son bureau sur un petit meuble, à portée de la main. L'argent mesure le succès ; le succès se mesure en chiffres.

Les questions que Joe Crown posait à ses employés concernaient souvent des chiffres. « Quelle est la température précise ? », « Combien d'habitants peuplent cette région ? », « Combien de barils avons-nous expédiés la semaine dernière ? »

Quant à son troisième principe, l'innovation, il le tenait pour crucial dans les affaires. Ceux qui se cramponnaient aux vieilles méthodes étaient voués à la disparition. Joe était toujours en quête de techniques modernes pour améliorer la qualité de ses produits, le rendement, l'efficacité, la propreté. Il n'avait pas hésité à acquérir à grands frais un équipement de pasteurisation lorsqu'il avait ouvert sa première brasserie à Chicago. Il avait été parmi les premiers à investir de grosses sommes dans les véhicules frigorifiques. Dans son bureau, ses employés travaillaient sur des machines modernes. Il aimait entendre le bruit des calculatrices mêlé au cliquetis de la machine à écrire de son secrétaire principal, Stefan Zwick.

Au début, Stefan avait rechigné quand Joe lui avait demandé d'apprendre la dactylographie.

— Avec votre permission, monsieur, je préfère la plume.

— C'est dommage, Stefan, lui avait rétorqué Joe d'un ton amical mais ferme. Toutefois, je comprends votre réticence. Veuillez donc passer une annonce pour recruter une jeune femme. Je crois qu'on appelle cela une dactylo.

Zwick avait blêmi.

— Une femme ? Dans mon bureau ?

— Désolé, Stefan, mais puisque vous refusez d'apprendre la dactylographie, vous ne me laissez pas le choix.

Stefan Zwick avait appris.

Une maison bien bâtie exige de solides fondations. La vie de Joe Crown reposait sur la joyeuse acceptation, pour ne pas dire la vénération, du labeur acharné. Au milieu des affiches de réclame, des fanions et des photographies jaunies des pique-niques annuels qui décoraient les murs de son bureau se trouvait une devise encadrée : *Ohne Fleiss, kein Preis*. En gros, cela signifiait que le travail était toujours récompensé. La devise était accrochée derrière son dos, mais il n'avait pas besoin de la voir. Cette vérité était profondément ancrée en lui. Joe Crown était allemand.

La brasserie de Joe Crown occupait tout un pâté de maisons sur la North Larrabee Street. Les bâtiments étaient en brique rouge ornés de moulures en granit. Le bureau, qui donnait sur Larrabee, ressemblait à une forteresse flanquée de deux tours carrées à chaque extrémité de la façade. Sur chaque tour flottait le pavillon de la brasserie, une couronne en or. Pour les fêtes nationales, on hissait aussi le drapeau américain. Sur le fronton étaient gravés les mots :

« Brauerei Crown ». Le choix d'écrire le mot « brasserie » en allemand témoignait de la fierté et du respect pour la patrie du propriétaire.

Le bureau de Joe Crown était situé au premier étage du bâtiment principal ; la fenêtre centrale donnait sur Larrabee, les deux autres sur le *Biergarten*, la terrasse de la brasserie, dotée d'un porche ouvragé. Une porte, juste au-dessous du bureau de Joe Crown, donnait dans la *Bierstube* qui occupait tout le rez-de-chaussée. On y servait de la bière et des plats du jour à partir de midi et jusque tard dans la soirée — de même qu'en terrasse quand le temps s'y prêtait.

Dans un coin du bureau lambrissé, le drapeau tricolore noir, blanc et rouge était planté dans un socle en noyer. Dans le coin opposé, le drapeau américain, deux fois plus grand, lui faisait face. Une tête d'élan et une tête d'ours noir ornaient les murs. Joe Crown avait acheté ces trophées pour leur symbole de virilité. Il n'était pas chasseur.

Le ciel était sombre et menaçant. Par la fenêtre ouverte lui parvenaient les voix des ouvriers et les coups de marteau. On installait une nouvelle canalisation, entre la brasserie et le bâtiment de mise en bouteilles. Jusqu'alors, une loi interdisait que l'embouteillage et le brassage s'opèrent dans le même bâtiment, or suite aux pressions exercées par les grands brasseurs, une nouvelle loi avait été récemment promulguée. Aujourd'hui, on transportait encore les tonneaux scellés entre les deux bâtiments, mais Joe Crown se hâtait d'installer une canalisation. Le gain de productivité augmenterait de manière impressionnante.

Une tâche pénible l'attendait à l'heure du déjeuner et, bien qu'il s'y soit préparé, Joe Crown n'était pas pressé d'annoncer les mauvaises nouvelles. Il était par ailleurs de plus en plus tourmenté par une préoccupation d'ordre familial. Où était donc son neveu Pauli qui venait d'Allemagne ? Il devrait déjà être là. D'autre part, comment ses propres enfants allaient-ils l'accueillir ?

Il s'efforça d'oublier ses soucis et de se concentrer sur sa tâche, la direction d'un commerce en pleine expansion. Il faisait chaud à présent. Il ôta sa veste et enfila des manchettes de lustrine. Au loin, le tonnerre gronda.

Dans *Der Amerikanische Bierbrauer*, le journal de l'Association américaine des brasseurs, il lut et annota un article sur les progrès de la réfrigération. Il corrigea un brouillon de lettre destinée à un agent immobilier de Terre Haute qui négociait la vente d'une terrain près de la gare ferroviaire. Joe possédait différentes succursales à travers le pays dans des villes soigneusement choisies et il voulait en ouvrir une en Indiana. L'expansion était obligatoire si on ne voulait pas rester un modeste brasseur local.

Il signa une facture pour la réservation d'une loge aux prochains jeux des Chicago White Stockings ; le base-ball était son péché mignon. Il déclina une invitation à participer à une nouvelle chorale allemande. Doté d'une agréable voix de baryton, il adorait chanter, mais il n'en avait pas le temps.

Ensuite, il lut un rapport de Fred Schildkraut, son maître brasseur, concernant la levure. Il trempa sa plume dans l'encrier, nota un commentaire dans la marge, puis il alla ouvrir la porte et appela Dolph Hix.

Hix était son chef des ventes, l'un des trois hommes qui sillonnaient Chicago et les États limitrophes pour promouvoir les produits de la brasserie. La technique la plus courante consistait à offrir des échantillons de bière Crown aux clients potentiels.

Hix lui soumit un projet de réclame à publier dans le prochain annuaire de la ville. Joe et lui passèrent cinq minutes à disséquer le projet. Les exigences de Joe étaient simples et laconiques. Il les exprimait dans un anglais parfait, teinté toutefois d'un fort accent allemand.

— Cette illustration de fleurs de houblon est inutile. Effacez-la ou réduisez sa taille. Je veux que le nom de la brasserie figure en grand. On vend de la Crown, pas du houblon.

Après que Hix eut pris congé, Joe se plongea dans l'étude d'un prospectus vantant un appareil qui l'intéressait beaucoup — une sorte de panier pour la pasteurisation de la bière en bouteille. Crown produisait de la bière en bouteille et de la bière en tonnelet. La plus vendue était la Crown, une bière blonde, légère, mousseuse comme la Pilsen. Venait ensuite la Heimat Bier, une bière brune brassée à l'ancienne, plus forte en alcool. C'était la bière favorite des vieux Allemands. Son slogan : « *Qualität Superior* ».

Depuis une vingtaine d'années les Américains préféraient la bière blonde à la brune, à l'ale ou à tous les brassages plus alcoolisés, anglais ou allemands. Joe Crown faisait partie du cercle restreint des brasseurs qui, grâce à leur sens de l'anticipation, avaient bâti leur fortune sur cette évolution du goût. Le groupe comprenait les frères Schaefer, de New York ; Joe Schlitz, Valentin Blatz et Fred Miller de Milwaukee ; Theo Hamm de Saint Paul ; Michael Diversey, le catholique allemand dont la brasserie de Chicago avait servi de modèle à celle de Joe ; et enfin le plus audacieux et le plus redoutable de tous, Adolphus Busch, qui avait repris la Brasserie Bavaroise en faillite de Saint Louis en 1850, en association avec son beau-père, Eberhard Anheuser. C'était celui que Joe aimait le moins, un homme cruel et grossier qui servait à sa table du vin français et méprisait la bière, « cette bibine infâme ». Il avait immigré en Amérique pourvu d'une jolie rente versée par son père, resté à Kastel sur le Rhin. Il n'avait jamais connu ni la faim ni la misère, et n'avait jamais dû lutter pour survivre. Son passé ne ressemblait en rien à celui de l'immigrant typique, bien qu'il se vantât du contraire.

Cependant, il n'y avait pas moyen d'éviter Busch. C'était un concurrent direct dans de nombreuses villes, grandes ou petites. En tant que concurrents, les brasseurs se détestaient, ce qui ne les empêchait pas d'être fiers d'appartenir à la même confrérie. Ils venaient du même pays, ils pratiquaient le même commerce et ils étaient confrontés au même écueil. Aux yeux de tous les Allemands, la bière était, comme la nourriture, une chose normale et saine. Plus puritains, les Américains considéraient au contraire que la bière était un agent du diable. C'était un péché de boire, et un blasphème de boire le dimanche. Cette différence culturelle fondamentale créait un épineux problème aux brasseurs.

Onze heures. Joe eut vaguement conscience d'une certaine agitation à l'extérieur. C'était l'heure du *zweites Frühstück*, la seconde collation de la journée. Les plombiers et les employés de la brasserie déjeunaient d'œufs durs, de sandwiches au bacon ou de tranches de saucisson dans du pain noir, le tout arrosé de bière. Joe étudiait le dessin de la machine à pasteuriser quand des bruits de pas retentirent dans le couloir. Après avoir frappé énergiquement à la porte, Stefan Zwick fit irruption dans le bureau.

— Mr. Crown ! haleta-t-il. Venez vite. Benno est en train de tuer Emil Tagg.

Joe bondit et suivit Zwick en courant sans poser de questions. Benno Strauss avait déjà causé des troubles auparavant et, avec lui, les altercations étaient toujours sérieuses. Ils dévalèrent l'escalier de service. Le bruit avait encore augmenté d'intensité ; des hommes encourageaient bruyamment les combattants. Joe dépassa Zwick, traversa l'allée au pas de course et arriva dans la cour du bâtiment de la mise en bouteilles. Un cercle d'une vingtaine d'hommes entourait les adversaires. En se frayant un passage, il évita le regard de ceux qui guettaient sa réaction.

Avec ses énormes battoirs, Benno Strauss étranglait Emil Tagg, à demi renversé sur un tonnelet. Tagg était le contremaître de l'embouteillage. Les machines dont il avait la responsabilité résonnaient de leur cliquetis métallique.

Bien que deux fois plus petit que Benno, Joe Crown se rua sur le colosse et lui fit une clef autour du cou.

— Lâche-le tout de suite, Benno ! ordonna-t-il.

Le sang reflua du visage congestionné de Benno et son corps se détendit. Il lâcha prise et recula après avoir donné un dernier coup rageur au contremaître. Emil lui jeta un regard mauvais en se massant la gorge.

— Vous autres, à vos postes ! cria Joe.

Il fusilla les hommes du regard. Tous s'esquivèrent dans un murmure.

— Qu'est-ce que ça signifie ? demanda Joe en s'époussetant.

Emil et Benno continuaient à se défier. Benno Strauss était énorme. Avec ses yeux étrangement fendus, son crâne rasé et sa moustache tombante, il faisait penser à un génie des *Mille et Une Nuits*. Il faisait partie des « hommes de 1848 », qui avaient fui l'Allemagne après l'échec de la révolution. Benno était fier d'avoir participé aux combats. Il avait dix ans à l'époque et il ravitaillait en eau une bande d'étudiants révoltés, lesquels avaient tous été tués ou arrêtés depuis. C'était du moins ce qu'il prétendait.

Benno était le chef des livreurs. Encore célibataire à cinquante-quatre ans, il était deux fois plus fort que la plupart des hommes de vingt ans. Il appartenait au National Union of Brewers, le syndicat des techniciens, pompiers, livreurs et ouvriers brasseurs, dont les exigences exorbitantes menaçaient d'étrangler l'industrie. En fait, c'était le seul syndiqué de l'entreprise. Joe Crown ne reconnaissait pas le syndicat.

— J'attends des explications. A toi, Benno. C'est toi l'agresseur.

Joe était de mauvaise humeur; l'incident l'irritait d'autant plus que le coupable était un Rouge.

Benno essuya son visage en sueur d'un revers de manche.

— Il m'a traité d'un nom que je répéterai pas, dit Benno.

Il parlait un mauvais anglais avec un fort accent.

— Quel nom ? Allez, j'attends !

— Il a insulté ma mère, mais c'est trop vulgaire, je le répéterai pas. Personne n'a le droit de me dire des choses pareilles.

— C'est vrai, Emil ?

— Oui, Mr. Crown. Mais, crénom, il est encore venu me bassiner avec sa journée de huit heures, cette saloperie qui a conduit Spies, Parsons et les Rouges de Haymarket[1] à la potence ou en prison. Vous pouvez comprendre ça, non ?

Joe évita la question. Tagg était un bon employé, mais Joe n'aimait pas les lèche-bottes.

— Est-ce tout ?

— Non, il a remis la question de la grâce sur le tapis.

Ah, la grâce ! Sans doute la controverse la plus vive de ces dernières années. Le gouverneur John Peter Altgeld, vaillant Allemand et cependant homme de gauche, souhaitait voir commuer les condamnations à mort de Fielden, Neebe et Schwab, les trois derniers meneurs de Haymarket, en peines de prison. Les cinq autres, arrêtés à la suite de l'explosion d'une bombe pendant la manifestation, avaient déjà été exécutés.

Le gouverneur Altgeld avait toujours prétendu que le procès des huit accusés, parmi lesquels trois Allemands, n'avait pas prouvé leur culpabilité. Le procès avait surtout démontré que le principal responsable, celui qui avait lancé la bombe, n'avait pas été identifié. Mais les accusés avaient été reconnus complices de l'attentat, coupables d'avoir organisé la manifestation et d'avoir poussé la foule au meurtre par leurs discours révolutionnaires.

L'accusation de Tagg ne troubla pas Benno.

— Bien sûr qu'on exige la grâce pour ceux de Haymarket, confirmat-il. On ne veut plus travailler dix heures et demie par jour, on exige la journée de huit heures. Ceux qui ne soutiennent pas ces revendications sont des Jaunes. Je suis pour...

— Pour l'action, termina Joe. Benno, je te l'ai répété cent fois, pas de propagande pendant les heures de travail. Et pas d'entrave à la production. Encore une bagarre, une seule, et tu es viré.

— D'accord, monsieur. J'ai compris.

Benno se montrait étonnamment conciliant, mais Joe ne fut pas

---

1. Lieu d'une célèbre manifestation pour la journée de huit heures (4 mai 1886). *(N.d.T.)*

dupe. Il s'épousseta machinalement, puis fit brusquement demi-tour et retourna vers le bâtiment administratif.

« Quelles mesures prendre ? » se demanda-t-il. Benno poursuivrait son agitation, il n'en doutait pas une seconde. Si les choses tournaient mal — en cas de grave conflit social, par exemple —, Benno représentait un danger réel.

« C'est un taureau, mais il travaille comme quatre quand il le faut. »

Joe s'arrêta soudain. Un jeune homme lui barrait la route, un large sourire aux lèvres. Joe s'empourpra.

— Tu n'as pas entendu mes ordres ? Au travail !

— Bien sûr, papa. C'est toi qui commandes ici.

« Ici. »

Joe Crown écarta son fils et reprit son chemin, la mine renfrognée.

Une fois dans son bureau, il continua de penser à Benno Strauss. Benno comptait parmi les milliers d'Allemands arrivés à Chicago pendant la deuxième vague d'immigration, dans les années 1880. Il se vantait d'avoir vécu dans une douzaine de pays européens après la révolution, d'avoir été jeté en prison plus souvent qu'à son tour, mais aussi d'avoir échappé à la police à de multiples reprises. Il était difficile de savoir lesquelles de ses évasions et de ses actions d'éclat pour la cause des socialo-anarchistes étaient vraies. Benno était un *Schaumschläger*, un hableur, un homme qui s'écoutait parler. Mais quand il haranguait ses camarades en allemand, c'était un sacré orateur, Joe le concédait volontiers.

Benno appartenait à la *Lehr- und Wehr-Verein*, la ligue des travailleurs armés. Ces hommes prêchaient l'autodéfense contre les ennemis capitalistes. Autrefois, Benno portait un pistolet à la brasserie. Quand Joe s'en était aperçu, il lui avait interdit de venir armé. Cela avait été leur premier conflit.

En outre, Benno refusait catégoriquement de prendre la nationalité américaine. Joe le lui reprochait, à tort sans doute. Il employait au moins douze Allemands qui opposaient la même résistance, soit par patriotisme excessif, soit parce qu'ils voulaient pouvoir repartir au pays au cas où ils ne réussissaient pas en Amérique.

Benno était un excellent ouvrier quand il s'en donnait la peine. Joe décida donc d'oublier ses griefs, en espérant que Benno n'irait pas trop loin. Sinon, il le renverrai. La tolérance de Joe Crown avait des limites.

Joe sortit sa montre de gousset en or ; sa main tremblait. L'incident l'avait contrarié, surtout l'épisode avec son fils.

Il souleva le couvercle de la montre avec son ongle. Le cadran indiquait onze heures vingt-deux. Son cocher arriverait dans huit minutes exactement afin de le conduire au Palmer House, puis à son club, l'Union League, où avait lieu le déjeuner de travail. L'un des deux membres avec lesquels il avait rendez-vous était le magnat Charles Yerkes, un homme d'origine douteuse qui avait fait de la prison en Pennsylvanie pour escroquerie. L'autre était l'ancien député Joseph Gurney Cannon, surnommé « Oncle Joe » ou encore « Grande Gueule » à cause de sa tendance à émailler ses discours d'obscénités ; quand il prenait la parole au Congrès, la plupart des femmes quittaient la salle. Longtemps réélu, Cannon avait été emporté par le raz de marée démocrate de 1890.

Joe enfila sa veste, coiffa son feutre blanc orné d'un ruban fantaisie, prit sa canne à pommeau d'or et le dossier de la réunion, puis descendit dans la *Stube*. Le symbole de l'innovation trônait sur le comptoir : une caisse enregistreuse flambant neuve. C'était le tout dernier modèle ; un rouleau de papier donnait chaque jour le montant des ventes. Ah, les chiffres !

Mickelmeyer, le maître d'hôtel, s'avança à sa rencontre.

— J'ai une bonne nouvelle, annonça-t-il. Peter a été reçu.

— Magnifique ! Quand l'avez-vous appris ?

— La lettre est arrivée hier, déclara Mickelmeyer, rayonnant. Moi qui ne croyais même pas que le gosse arriverait à finir son *Gymnasium*, alors le voir entrer dans une grande université...

L'université de Chicago n'était « grande » que pour les habitants de Chicago ; elle n'avait encore aucune notoriété. On venait de la bâtir, en grande partie grâce à la générosité de John D. Rockefeller.

— Peter pourra peut-être jouer au football avec le nouvel entraîneur, avança Joe.

— J'aimerais bien, mais sa mère est contre.

— Les femmes peuvent changer d'avis. Vous donnerez cinquante dollars à Peter avec mes félicitations. Passez au bureau, je vous ferai un chèque.

— C'est très généreux de votre part, Joe. Dieu vous bénisse.

Joe lui fit un signe d'adieu et sortit. Bien que reconnaissant, Mickelmeyer n'avait pas paru surpris outre mesure. Le geste de son patron lui semblait naturel. Comme Joe, Mickelmeyer travaillait dans la bière depuis des lustres. Chez Imbrey, à Cincinnati, où Joe avait appris le métier, le patron et ses employés mangeaient ensemble, vivaient ensemble et travaillaient ensemble, comme dans toutes les brasseries à l'époque. Joe s'efforçait de préserver ces traditions conviviales. Mais à force de semer la suspicion et l'hostilité, les socialistes et les anarchistes ne lui facilitaient pas la tâche.

Dans le *Biergarten*, les premiers clients de midi commençaient à occuper les tables à l'ombre des chênes et des ormes. L'air était lourd et humide, mais chargé de l'arôme que Joe adorait : un mélange d'orge et d'eau, de levure et de houblon, l'odeur sucrée et tonique des brasseries.

Il compta les tables vides, une manie chez lui. L'une d'elles retint son attention. Il fit signe au garçon qui en avait la charge, un nouveau. Il lui indiqua la position des couverts.

— Le couteau, ici ; la fourchette, là, expliqua-t-il. Chaque chose à sa place. Que je n'aie pas à vous le redire !

— *Ja*, Herr Crown, fit le garçon, obséquieux.

— Dans cette maison on parle anglais, sauf si le client ne le comprend pas. Au revoir.

Il franchit le porche d'entrée et se dirigea vers la fontaine dominée par la statue de Gambrinus, le légendaire roi flamand, patron des brasseurs. Le roi Gambrinus devait sa renommée à sa capacité de boire cent cinquante pintes de bière à la file.

« J'échangerais bien sa place contre la mienne ! songea Joe. Il a l'air si calme, si heureux. La bière, sans doute... »

Il entendit des roues racler le pavé, vérifia l'heure à sa montre, et regarda l'équipage ralentir puis s'arrêter à deux pas de lui. C'était un landau anglais tiré par deux élégants chevaux bais, une voiture de riche, décorée avec discrétion : moulures noires, malle arrière, sièges en cuir assortis. Le siège du cocher était couvert de tissu rouge sombre avec une trépointe en cuir noir. Sur chaque porte, une petite couronne d'or permettait d'identifier le propriétaire de l'équipage. On avait mis la capote à soufflets en prévision du mauvais temps.

— Cinq minutes de retard, Nick, remarqua Joe en refermant le couvercle de sa montre.

— Je suis sincèrement désolé, Mr. Crown, s'excusa Nicky Speers, un robuste Anglais au visage rubicond.

La bonne société de Chicago mettait un point d'honneur à employer des cochers britanniques.

— Un embouteillage de fardiers sur le pont de Clark Street ; j'ai attendu près de vingt minutes avant de pouvoir passer.

Joe Crown hocha imperceptiblement la tête pour signifier qu'il acceptait l'explication mais n'en excusait pas le retard pour autant. Il grimpa dans le landau, et l'équipage partit au galop.

Joe s'adossa au coussin et réfléchit à la réunion.

L'objet en était la grande foire qui devait ouvrir le 1er mai de l'année prochaine. L'Exposition universelle, gigantesque exhibition des arts et techniques, commémorerait le quadricentenaire de la découverte de l'Amérique. Internationale par nature, elle attirerait l'attention du monde entier sur Chicago.

Afin d'accueillir tous les exposants, on construisait à la hâte d'énormes pavillons dans Jackson Park. Le Congrès avait choisi Chicago parmi d'autres villes concurrentes, et avait exigé que les nouveaux bâtiments soient inaugurés « en grande pompe ». Il avait fallu reporter la date retenue pour la cérémonie, le 12 octobre, car le président Harrison tenait à assister à la parade en l'honneur de Christophe Colomb, qui avait lieu le même jour à New York.

L'inauguration fut donc fixée au vendredi suivant, le 21 octobre. Elle serait précédée d'une semaine de festivités parmi lesquelles un grand bal offert par Armour, Field, Pullman et Nelson Miles, entre autres.

Une grande parade était prévue la veille, en présence de Benjamin

Harrison. Le soir, le Président et d'autres dignitaires seraient les hôtes d'un dîner offert par quelques privilégiés triés sur le volet.

Le vendredi serait l'apothéose. Tout le monde, sauf quelques rares rapiats, fermerait son usine ou son commerce pour participer à la fête. Le matin, une seconde parade se rendrait à l'Exposition, puis une cérémonie aurait lieu dans le pavillon des *Manufactures and Liberal Arts*, déjà promu le « plus grand bâtiment que le monde ait connu ». Toute la nuit, les parcs de Chicago seraient illuminés par des feux d'artifice.

La semaine de festivités avait été organisée par le Comité d'organisation de l'Exposition, qui réunissait toutes les personnalités influentes de Chicago, plus quelques douzaines d'autres qui prétendaient en faire partie. Le sous-comité de Joe Crown était chargé de la réception présidentielle et du dîner du jeudi. Or Joe Crown était porteur de mauvaises nouvelles.

Il ouvrit son dossier, parcourut le menu écrit en lettres flamboyantes. Trente-cinq plats différents y figuraient. *Huîtres. Œufs à la florentine. Rôti de marmotte d'Amérique. Côtes de veau à la sauce castillane. Tarte sablée aux fraises arrosée de kirsch. Cognacs. Bières...* Crown fournirait gratuitement trois sortes de bière. Certains fournisseurs étaient moins généreux ; c'est justement leur avarice qui rendait cette réunion nécessaire et urgente. Joe referma le dossier. Inutile de consulter les chiffres funestes. Il les connaissait par cœur.

Grâce à l'Exposition, Chicago bénéficierait certes d'une renommée mondiale, les touristes dépenseraient des millions de dollars, mais la foire attirerait aussi des gens cupides et sans scrupules. Un personnage aussi respectable que le maire, Carter Harrison Senior, avait déclaré avec enthousiasme que Chicago, capitale du progrès, serait pendant une semaine une ville ouverte à tous.

L'insouciance du maire symbolisait l'état d'esprit de la ville, mais aussi celui de l'air du temps. Une vague d'égoïsme et de vénalité submergeait l'Amérique depuis vingt-cinq ans, depuis la présidence de Grant, héros de la guerre mais politicien naïf. Les conseillers de Grant et ses proches avaient abusé de leur position pour s'enrichir aux dépens de l'État, notamment avec le Cartel du whisky qui avait escroqué des millions de dollars, fruit de l'impôt sur l'alcool.

Plus tard, Jay Gould et Jim Fisk avaient détourné des fortunes venant de la réserve d'or du pays, ruinant pratiquement l'économie. A New York, le Cartel des filatures avait pillé le Trésor public et soulagé la ville de plusieurs millions avant d'être arrêté. Quatre actionnaires des chemins de fer de l'Union Pacific et du Central Pacific avaient bâti des fortunes personnelles en détournant les subventions du gouvernement pendant la construction de la voie transcontinentale. John D. Rockefeller avait créé la Standard Oil et utilisé sans vergogne la compagnie pour pousser ses concurrents à la ruine ; à présent, il se parait des oripeaux purificateur d'un philanthrope.

Pour chacun de ces scandales majeurs, des milliers de scandales mineurs proliféraient. Manipulation d'actions, fraude sur la propriété, fraude fiscale, délit d'initiés, concentration des industries entre les mains d'un petit nombre qui faisait régner leur loi — tout cela était monnaie courante. On engageait illégalement des enfants dans des usines où les conditions étaient pénibles et dangereuses. Certains d'entre eux contractaient des maladies incurables ou des invalidités permanentes. A Chicago, on pouvait acheter la plupart des conseillers municipaux, les fameux « Loups gris ». En Amérique, l'idéalisme avait quasiment disparu devant la croyance cynique en la toute-puissance du dollar. Emplissez-vous les poches par n'importe quel moyen mais emplissez-vous les poches.

La presse à sensation inondait ses lecteurs d'histoires de « barons voleurs », de trusts, de patrons qui s'enrichissaient sur le dos de leurs employés, de propriétaires qui louaient des taudis à des prix exorbitants. La majorité silencieuse assistait, impuissante, au pillage du pays. Des écrivains obscurs prônaient des réformes urgentes dans des livres que personne ne lisait, sauf des femmes, des prêtres et des jeunes aussi impressionnables que le fils aîné de Joe Crown.

De rares personnalités s'élevèrent contre le culte de l'argent et la corruption qu'il entraîne. Carl Schurz, un proche ami de Joe, était de ceux-là. Malheureusement, de tels hommes prêchaient dans le désert. Les riches s'enrichissaient en contournant la loi, et les pauvres mouraient de faim en silence. La gloire du système économique américain — la grande liberté qu'il permettait — était aussi son défaut majeur, car il invitait quasiment les loups à entrer dans la bergerie, à tuer et à piller sans entrave. Le besoin de réforme était urgent. Mais par où commencer ? Quel homme se lèverait pour conduire le changement ?

Joe ne remettait pas en cause le bien-fondé du système américain, qui donnait à tous ceux qui travaillaient dur une chance de réussir. Il ne se prenait ni pour un saint ni, Dieu merci, pour un socialiste, mais il se flattait d'être moins stupide que certains de ses pairs. Des hommes d'affaires qui méprisaient le facteur humain. Gus Swift et Pork Vanderhoff, par exemple, deux magnats de la viande qui déclaraient crûment que si un de leurs ouvriers se blessait c'était de sa faute ; leur responsabilité n'était pas en cause puisque les ouvriers connaissaient les risques et les avaient acceptés en venant travailler chez eux. Lorsque les malheureux, invalides, étaient mis au rancart, Swift et Vanderhoff détournaient pudiquement les yeux.

George Pullman ne valait guère mieux. Il avait bâti sa ville modèle, Pullman, à vingt kilomètres au sud de Chicago. En apparence, c'était une expérience merveilleuse, pleine d'humanisme. Mais il inondait la ville d'espions afin de prévenir l'agitation sociale, et ses locataires payaient trois fois le prix normal pour le gaz, l'eau et l'électricité.

« Qui sème le vent récolte la tempête », songea Joe. Un nombre grandissant de Benno se levait de par le monde, des hommes qui prônaient « l'action », laquelle n'excluait ni l'incendie criminel, ni le dynamitage, ni même le meurtre.

Joe se reprocha de se laisser envahir par les idées noires. Sans doute était-ce dû à une accumulation de soucis. Le ciel menaçant n'arrangeait rien, et l'absence de nouvelles de son neveu aggravait son humeur.

Joe s'installa chez le barbier et attendit son tour. Il salua quelques connaissances — la boutique était fréquentée par les hommes d'affaires de la ville — et s'excusa auprès d'Antonio, le barbier, pour ses cinq minutes de retard. Antonio répondit en souriant que cela n'avait pas d'importance ; Mr. Crown venait chaque semaine à la même heure et laissait de généreux pourboires.

Le salon du barbier était équipé de grands fauteuils à armature chromée, décoré de plantes vertes et une douzaine de dollars en argent étaient incrustés dans le carrelage. Les gobelets à savon et les brosses des clients importants étaient alignés sur une étagère murale. L'image d'un roi guilleret portant une énorme couronne et vautré sur un trône était peinte sur l'émail du gobelet de Joe Crown. Au-dessus de l'image, on pouvait lire en lettres d'or le mot « Crown ». Et au-dessous, toujours en lettres d'or, le mot « Rex ».

Antonio affûta son rasoir et enduisit les joues de Joe de mousse à raser. D'habitude, Joe appréciait la séance chez le barbier, mais ce matin il n'était pas d'humeur. La vue du gobelet lui rappela des souvenirs de la guerre de Sécession. Son passage dans les armées de l'Union avait exercé une profonde influence sur le cours de sa vie. A la guerre, sa vague prédisposition pour l'ordre s'était muée en véritable passion, il avait retrouvé les racines de l'âme germanique et s'était voué à l'*Ordnung* pour toujours.

Le gobelet. Il lui en rappelait un autre qui, au cours d'une nuit tragique...

Non, il ne voulait pas revivre ce souvenir. La situation était bien assez triste pour ne pas en rajouter. Il se cala confortablement dans son fauteuil et ferma les yeux pendant qu'Antonio commençait à lui raser les joues.

L'élégant bâtiment en grès rouge du club de l'Union League était situé à l'angle de West Jackson Street et de Custom House Street. Les membres de cette association patriotique créée en 1862 s'engageaient solennellement à défendre et à préserver l'union des États-Unis. L'Union League s'était ramifiée dans le Nord, et des clubs s'étaient multipliés dès la fin de la guerre.

Les membres du sous-comité auquel appartenait Joe, deux quinquagénaires on ne peut plus dissemblables, l'attendaient dans le vaste salon. Charles Yerkes, d'ascendance allemande, avait le teint blême, les yeux noirs, une moustache en guidon de bicyclette et une crinière poivre et sel. Celui qui ignorait sa réputation d'homme d'affaires impitoyable aurait pu le prendre pour un professeur, à cause de sa réserve et de son élégance — bien qu'aucun professeur ne pût s'offrir ses costumes anglais ni ses chemises cousues main. Le député Joe Cannon n'avait pas, lui non plus, le physique de l'emploi. A première vue, il avait l'air d'un péquenot : feutre cabossé, tenue débraillée, barbe de trois jours. Cependant, à y regarder de plus près, on s'apercevait que le costume était de bonne coupe. Cannon plaisantait souvent à ce sujet :

— Mes chers électeurs du comté de Vermilion sont d'authentiques culs-terreux, ça ne serait pas correct d'aller les voir sapé comme un milord. Ce pauvre Chester Arthur, s'il n'a pas été réélu en 1884, c'est parce qu'il s'habillait trop chic. J'ai toujours dit que c'étaient ses frusques qui l'avaient perdu.

La façade de paysan qu'arborait Cannon cachait une nature autoritaire, un esprit habile et perspicace, une volonté de fer.

Les trois hommes se rendirent à la salle à manger en devisant et s'installèrent à une table à l'écart que Yerkes avait réservée. Derrière un paravent, un musicien invisible grattait sa mandoline.

Pendant le copieux repas, ils discutèrent de l'état déplorable dans lequel se trouvait le pays. Oui, les Américains considéraient les monopoles comme une infamie, le symbole du mal et de l'oppression. Non seulement tous les hommes d'affaires devenaient suspects mais les conséquences politiques n'étaient pas négligeables. Dans l'Ouest et dans le Sud, des fermiers et des ouvriers avaient fondé un troisième parti, le Parti populiste. Le gouffre entre les riches et les pauvres, entre le capital et le travail, se creusait chaque jour et divisait la nation. Pour preuve, les problèmes avec Benno Strauss, dont Joe relata le dernier exemple. Yerkes parla des violences à l'usine de Carnegie Steel, en Pennsylvanie, au mois de juillet. On avait fait appel à l'armée pour réprimer la grève ; des hommes étaient morts sous une grêle de balles.

Si Joe envisageait l'avenir avec pessimisme, l'attitude de Yerkes révélait le défaitisme le plus noir.

— J'ai des milliers d'actions de Philadelphia & Reading, et elles ne valent pratiquement plus rien. Les compagnies de chemin de fer sont au bord de la faillite. La semaine dernière, à New York, je dînais avec Belmont et Morgan. Ils croient dur comme fer que l'on court au désastre. Ils ont essayé d'avertir Washington, mais c'est à croire que tout le monde s'en fout là-bas, conclut-il en lançant à Cannon un regard appuyé.

Cannon se gratta le nez.

— Qu'est-ce qu'on peut y faire, Charlie ? C'est pas au gouvernement de contrôler le marché. Mais t'as raison, ça va mal. J'ai quelques actions dans le coton et dans le blé. Un jour, elles grimpent au plafond, le lendemain elles ne valent plus un pet de lapin. Il faudrait une boule de cristal pour prédire ce qui va se passer.

Il fit signe au garçon d'apporter le café, puis s'adressa à Joe.

— Tes affaires, ça marche ?

— Oui, comme toujours. Il arrive que les ventes baissent, mais elles ne s'écroulent jamais. La bière est un baume pour l'esprit à la portée de toutes les bourses.

Un rictus de mépris échappa à Yerkes.

Lorsqu'ils eurent terminé le café, Joe ouvrit son dossier et leur montra le menu corrigé.

— Qu'en penses-tu, Charles ? Cela te convient ?

— Pourquoi pas ? Si on fait faillite d'ici à jeudi, le Président se contentera d'eau et de pain rassis.

— Oncle Joe ?

— Ça me va. Je vous aime bien tous les deux, mais si vous m'avez fait venir de Danville, à cent cinquante kilomètres de tape-cul, juste pour approuver un bordel de menu...

Avec son pied, il approcha le crachoir, se pencha et expectora avec bruit, puis il tira de sa poche un cigare bon marché et l'alluma.

— Non, il y a plus important, dit Joe. Les deux boîtes qui fournissaient le gibier et les liqueurs ont décidé d'augmenter leurs prix. Et dans des proportions non négligeables.

— Eh bien, merde ! Virez-les et trouvez-en d'autres ! fit Cannon avec un geste évasif.

— Impossible, nous n'avons pas le temps. Je suis furieux, mais au point où nous en sommes, la colère est un luxe, et cela ne résoudra pas nos problèmes. Même si toutes les places sont vendues, ce qui est le cas, nous ne couvrirons pas les frais. Tenez, regardez.

Il leur montra une feuille couverte de chiffres.

— Notre sous-comité est supposé équilibrer son budget. Le Comité nous pendra haut et court si nous sommes dans le rouge.

Cannon se cala dans son fauteuil.

— Me regardez pas comme ça, les enfants, je n'ai que de la petite monnaie dans les poches. Qu'est-ce que vous croyez qu'un avocat de campagne se fait quand un péquenot poursuit son voisin à propos d'un bout de terrain ? Des clous !

Il se pencha et ponctua sa tirade d'un crachat sonore.

— D'accord, soupira Charles Yerkes, l'air accablé. Je mettrai la différence. J'imagine que c'est l'unique raison de ma présence dans ce comité.

— J'espérais que tu le proposerais, déclara Joe, soulagé. Si tu couvres la moitié du déficit, je m'engage à mettre le reste.

— Marché conclu, dit Yerkes, revigoré.

— Bon, maintenant que c'est réglé, intervint Oncle Joe, que diriez-vous d'un autre verre ?

Joe quitta le club de l'Union League peu après deux heures. Son landau le ramena à Larrabee Street. Il aurait dû se réjouir du succès de sa stratégie, mais son autre souci se mit à le préoccuper. Où était son neveu ?

Il n'avait aucune nouvelle de lui. Il se reprochait de ne pas avoir écrit à sa sœur, Charlotte. D'un autre côté, il s'inquiétait peut-être pour rien. Comment le garçon pouvait-il communiquer ? Il ne parlait probablement pas anglais, ou à peine.

Et s'il arrivait, comment se débrouillerait-il ? Se plairait-il en Amérique ? Rentrerait-il déçu en Allemagne ? Devrait-il l'inscrire à l'école ? Lui trouver du travail ? Et, surtout, comment ses propres enfants l'accueilleraient-ils ?

Les Crown avaient trois enfants. Le plus âgé, Joseph Junior, dix-sept ans, était un garçon frêle au visage d'elfe et à l'esprit vif. Ilsa lui avait donné le goût de la lecture. Il ressemblait physiquement à son père, mais rejetait les valeurs qui fondaient sa vie. C'était un rebelle. Il s'était fait renvoyer de trois excellentes écoles. En désespoir de cause, Joe l'avait pris à la brasserie, où il s'était aussitôt acoquiné avec les pires éléments, les socialistes, dont le meneur n'était autre que Benno Strauss.

Frederica, qu'on appelait Fritzi, avait onze ans et prétendait détester les garçons. C'était une gamine osseuse à la chevelure sauvage et blonde qu'elle devait tenir de sa famille maternelle. Fritzi était une fille enjouée à l'énergie parfois débordante. Elle réclamait une attention permanente. Elle vivait avec un double fardeau : celui de la seconde que l'on compare toujours à l'aîné, et celui d'une fille dans un monde dominé par les hommes. Joe l'adorait, mais elle mettait sa patience à rude épreuve. Il doutait de la comprendre jamais complètement.

Carl était le plus jeune. Il aurait dix ans en novembre et il était déjà plus grand que sa sœur. Par son visage, il tenait de sa mère, mais sa carrure était si robuste qu'il semblait issu d'une autre famille. Carl avait l'air un peu lent d'esprit, mais dès qu'il parlait ou qu'il souriait, son charme lui gagnait tous les cœurs. Il était pataud, sauf pour les jeux et les sports, qu'il adorait.

Carl était un garçon complexe. Sa passion pour la mécanique égalait son amour du sport. A quatre ans, il avait presque rendu fous Ilsa et Joe en démontant tous les loquets, verrous et cadenas qui lui tombaient sous la main. Depuis, il ne se passait pas une année sans qu'il se découvre une nouvelle passion.

Trois enfants, tous inquiets de la venue d'un étranger dans la maison. Ils ne voulaient pas être dérangés dans leurs habitudes et ne s'en cachaient pas.

Joe fit semblant de croire que ses enfants s'accommoderaient de l'arrivée de leur cousin ; il en doutait pourtant sérieusement.

11

Pauli

Quatre personnes moururent dans l'incendie de *Die goldene Tür*, Frau Geizig, Liesl, et deux nouveaux immigrants qui dormaient dans le grenier.

Herr Geizig était rentré au moment où l'incendie s'était déclaré, et il n'avait pas levé le petit doigt pour aider ceux qui étaient coincés à l'intérieur. L'incendiaire, le petit ami jaloux de Magda, ne fut jamais retrouvé.

La jambe gauche de Pauli avait tellement souffert dans la chute qu'il ne pouvait mettre le pied par terre sans hurler de douleur. Magda eut deux côtes brisées et quelques bleus. La police locale questionna Pauli, mais ne le retint pas. Après tout, il s'était conduit en héros. Il déclara aux policiers que Geizig lui devait des gages. Ils lui apprirent que l'aubergiste se prétendait ruiné. Un inspecteur au nom allemand, apprenant les déboires de Pauli, lui donna cinq dollars de sa poche.

Avec sa jambe, il n'était plus question de prendre les trains de marchandises en marche. L'arrivée de l'hiver l'inquiétait. Le temps s'était considérablement rafraîchi, les feuilles virèrent au jaune, puis au roux, et tombèrent.

Magda l'accompagna à la gare. Elle l'aida à acheter un billet de seconde classe pour quatre dollars ; il garda le reste pour la nourriture. L'employé du guichet lui apprit que ses quatre dollars l'emmèneraient jusqu'à Pittsburgh. Pauli entoura le point sur l'une de ses cartes et écrivit un P dans le cercle.

— Qu'est-ce que tu feras après Pittsburgh ? demanda Magda sur le quai de la gare.

— Je marcherai, affirma Pauli avec une assurance factice.

Les wagons de seconde classe étaient moins confortables qu'en Allemagne. Les banquettes étaient dures, des escarbilles entraient par les fenêtres ouvertes, se prenaient dans ses cheveux et lui piquaient les yeux. Deux plafonniers procuraient une faible lumière, insuffisante pour lire son livre de grammaire.

Des passagers montaient et descendaient à chaque station, des gens du coin pour la plupart. Ses voisins changeaient presque toutes les heures, et personne ne s'avisa de lui faire la conversation, surtout après avoir entendu son drôle d'anglais.

Il acheta des bâtons de réglisse à un marchand ambulant et les mâchonna en contemplant le paysage. La plaine côtière fit place à des collines, puis à des montagnes dont les flancs resplendissaient des couleurs de l'automne. Cette nuit-là, le froid tomba et le contrôleur alluma un feu de bois dans le poêle en fonte, à la tête du wagon. Une épaisse fumée déclencha des toux et brûla les yeux, mais le feu réchauffa le wagon. En fait, il faisait aussi chaud que dans un four. Les Américains semblaient décidément aimer les endroits surchauffés. Pauli se demanda s'il s'y habituerait jamais.

Il fut soulagé quand le vieux train enfumé s'arrêta dans une gare immense et que le conducteur cria :

— Pittsburgh !

A Pittsburgh, il acheta un sac de pommes avec ses derniers cents, des biscuits et des bonbons, nourriture qui lui sembla la plus facile à transporter. Il se mit en marche vers l'ouest, demanda sa route à des écoliers, des vagabonds, des femmes qui étendaient leur linge. Les premiers jours, il n'avança guère à cause de sa jambe ; chaque pas lui coûtait et il serra les dents plus d'une fois. A maintes reprises il s'assit sur le bord de la route, haletant et transpirant, pour attendre que la douleur s'apaise. Mais rien ne l'aurait arrêté.

Chaque jour, le soleil perdait de sa hauteur dans le ciel ; on labourait les champs pour l'hiver. Le manteau de laine de Pauli était devenu trop léger.

Il dormait dans les meules de paille ou sous des tas de foin. Son sac de victuailles fut bientôt vide, il mangea ce qu'il trouva. Parfois il mendiait un peu d'eau et de pain dans une ferme en échange d'un travail. Dans l'une d'elles, il fendit des bûches ; dans une autre, il transporta pendant deux heures des bocaux de conserve dans une cave ; dans une troisième, on lui demanda de nourrir les cochons, expérience pour le moins insolite pour un citadin.

De temps en temps, il faisait un bout de chemin sur la charrette d'un paysan ou la carriole d'un colporteur. Un ferblantier ambulant le transporta pendant près de cinquante kilomètres, puis lui paya un copieux bifteck aux oignons arrosé de bière avant de le laisser repartir.

Il passa la frontière de l'Ohio par une nuit froide scintillante d'étoiles. Un peu plus loin, il se glissa dans un verger où quelques pommes avaient échappé à la cueillette. N'ayant rien mangé depuis quarante-huit heures, il en cueillit une et mordit dedans avec voracité.

— Qui va là ? cria une voix bourrue qui fit sursauter Pauli.

Un chien se mit à aboyer et il entendit le fermier courir vers lui. Il agrippa sa valise et s'enfuit dans la direction opposée.

Son pied heurta un terrier, il perdit l'équilibre et se cogna la tête contre un pommier. Le fermier le tint en joue avec son fusil. Pauli passa sept jours dans la prison du village pour le vol d'une pomme oubliée sur une branche.

Au moins la nourriture de la prison était-elle abondante et de qualité. Bouillies de maïs, conserves et pain maison, délicieux ragoûts, et du bon café bien fort. La sœur du geôlier était l'épouse du médecin. Ce dernier vint ausculter sa jambe. Il l'examina avec des gestes doux. La peau était violacée et Pauli avait toujours du mal à poser franchement le pied par terre.

— Rien de cassé, conclut le médecin. Je vais te donner une pommade, mais sois prudent. Pas trop d'effort. Tu vas loin ?

— A Chicago.

— Ça fait un sacré bout de chemin, dit le médecin en hochant la tête. Comment comptes-tu y arriver ?

— Je n'en sais rien, avoua Pauli. Mais j'y arriverai.

— Avant de repartir, je veux que tu passes chez moi. Ma femme te fera chauffer un bain, ça ne sera pas du luxe. Si tu continues à puer de la sorte, on t'arrêtera comme danger public.

Pauli ne comprit pas le terme « danger public », mais le bain lui plut, et le généreux repas que lui servit l'austère femme du médecin, encore plus.

— Je n'ai jamais vu quelqu'un manger si vite, est-ce une particularité des Allemands ? s'étonna-t-elle.

Après le repas, il passa une nuit dans un vrai lit, sous un édredon confortable.

Le lendemain, il se mit en route sous un ciel d'hiver, les habits fraîchement lavés, la jambe enduite de pommade ; mais il boitait toujours.

Son voyage lui fit découvrir des noms étranges. Wheeling, Erie, Bucyrus, Toledo. Il s'exerça à les prononcer. Ce n'était pas facile.

Il vit des affiches de réclame avec des dessins étonnants et des légendes qu'il s'évertua à déchiffrer. Des jeunes femmes voluptueuses en déshabillé diaphane brandissaient des savonnettes. De ravissantes fillettes en chemise de nuit grignotaient des biscuits. Des fermiers vigoureux coiffés d'un chapeau de paille mordaient dans des chiques de tabac. Élixir digestif d'Applebaum. Fenwick & Herman, entreprise de pompes funèbres. Chapiteau du Renouveau du Saint-Esprit. Il ne comprenait pas tous les messages, mais l'exubérance des affiches et leurs couleurs criardes le fascinaient. Cela aussi était nouveau, typiquement américain.

Il pénétra en Indiana dans la carriole d'un maréchal-ferrant itinérant. Décembre venait de commencer, pourtant le temps maussade avait inexplicablement fait place à un climat printanier. Le maréchal-ferrant lui assura que ce temps doux était très inhabituel dans le Middle West si tard dans la saison.

Il le déposa à un carrefour avant de poursuivre vers le nord. Pauli claudiqua pendant un bon kilomètre, atteignit une bourgade paysanne traversée par une unique route en terre. Il s'arrêta chez l'apothicaire, qui, outre des médicaments, vendait des harnais, des chemises, des bonnets, des bottes, des cornets acoustiques, des prothèses et des yeux de verre.

Le propriétaire était un quadragénaire dont le visage taillé à coups de serpe disparaissait presque sous une barbe hirsute, et dont la jambe droite, raide, semblait avoir subi un accident analogue à celui de Pauli. Pauli s'aida de son livre d'anglais pour poser sa question. L'apothicaire l'écouta d'un air grave, puis lui expliqua que Chicago était distant de trois cents kilomètres.

— Je te conseille d'atteindre ton but au plus vite, le beau temps ne durera pas. (Il inclina la tête pour étudier son visiteur.) Toi, tu m'as l'air d'avoir besoin d'une bonne nuit de repos dans un vrai lit.

— Oui, bien besoin.

— Parfait. Je serai ravi d'avoir de la compagnie.

Il conduisit Pauli dans l'appartement au-dessus de la boutique, puis l'introduisit dans une chambre qui sentait la poussière et le renfermé.

— Je partageais cette chambre avec ma femme, expliqua l'apothicaire. La fièvre l'a emportée l'année dernière, et depuis, je dors dans la petite chambre. Je ne supporte plus celle-là. Installe-toi comme chez toi. Tiens, enfile une de mes chemises de nuit, le temps que je lave tes affaires. Mon nom est Llewellyn Rhodes.

— Pauli Kroner. Je vous remercie beaucoup, monsieur.

Rhodes lui cuisina un copieux dîner. Il ferma sa boutique pour siroter un bol de café pendant que Pauli se restaurait. Comme taraudé par un urgent besoin de parler à quelqu'un, même plus jeune que lui, il raconta sa vie à Pauli. Il lui confia qu'il dirigeait la chorale de l'église.

— Les Allemands aiment chant, dit Pauli. Toujours ils ont clubs de chant.

Les yeux perdus dans le lointain, Rhodes déclara d'une voix mélancolique :

— Nous chantions beaucoup à la guerre, du moins au début. J'ai servi quarante-six mois dans le 20e régiment d'Indiana. Tous des volontaires. Des fermiers, rien que de la bleusaille. Tu as entendu parler de notre guerre de Sécession, j'imagine ?

— La guerre pour libérer les *Negerin* ? Oui.

— La guerre pour sauver l'Union. Nous sommes nombreux à y avoir laissé des plumes. Tu vois ce que je veux dire ?

Il releva son pantalon et, devant les yeux écarquillés de Pauli, exhiba une jambe de bois.

— Du bois jusqu'au genou. Quel âge as-tu, mon garçon ?

— Quinze ans.

— J'étais pas beaucoup plus vieux quand je l'ai perdue, à North Anna River, en Virginie. Je n'ai aucune amertume, la guerre a été la meilleure expérience de ma vie. La plupart de ceux de mon âge pensent comme moi. C'était comme de partir pour les Croisades. Depuis, le reste me paraît fade. Ah, nous avions un but à l'époque ! Maintenant, je vis pour gagner un peu d'argent, m'occuper de ma boutique et passer le temps... Il faut avoir un but dans la vie, reprit-il en plongeant son regard dans celui de Pauli. L'argent, c'est bien beau, mais ça ne suffit pas. Tu me comprends ?

Pauli acquiesça, mais il n'était pas sûr de suivre.

Le lendemain matin, Pauli s'apprêta à partir. Malgré une bonne nuit de sommeil, il se sentait bizarre. Il claquait des dents et avait tantôt chaud tantôt froid. L'apothicaire le remarqua et appliqua une main sur son front brûlant.

— Tu es malade, déclara-t-il. Tu ferais mieux de rester quelques jours de plus.

— Non, déjà j'ai perdu trop de temps. Je dois dépêcher pour Chicago.

— Comme tu voudras. L'omnibus s'arrête ici. Je vais t'acheter un billet pour Chicago. Pas de protestations, ma décision est prise.

Llewellyn Rhodes accompagna donc Pauli à la gare, acheta son billet et lui souhaita bon voyage sur le quai, exactement comme Magda avant lui.

Le ciel était sombre, et le vent s'était levé. La température avait considérablement baissé pendant la nuit. Quand le train se mit en marche, Rhodes sembla accablé de tristesse. « Ah, l'Amérique, songea Pauli en regardant la bourgade s'éloigner par la fenêtre. Il y a ici des gens aussi malheureux que tante Lotte. » Une leçon bien amère.

Le wagon différait peu de celui qui l'avait amené à Pittsburgh. Au bout d'une heure, le visage de Pauli dégoulinait de sueur. Cette fois, ce n'était pas à cause de la chaleur du vieux poêle. La tête lui tournait, il était bel et bien malade. Il se pelotonna contre la fenêtre et regarda les flocons de neige tomber sur les champs gris, les clôtures de fil de fer, les arbres dénudés.

Le vent gémissait, des rafales ébranlaient les fenêtres. Bientôt le train n'avança plus qu'à vingt kilomètres à l'heure, puis à dix. Dehors, tout disparaissait sous un manteau blanc. Le train luttait contre une violente tempête de neige.

Des congères se formaient. Le train toussota, cala, une secousse le poussa en avant, il s'arrêta encore, toussota, et s'immobilisa.

Le contrôleur sauta à terre. Il reparut bien vite, couvert de neige.

— La voie est bouchée, annonça-t-il. Il faut attendre le chasse-neige. Il ne devrait pas tarder.

Douze heures plus tard, par une nuit glaciale, ils attendaient toujours.

Le bois vint à manquer. Il n'y avait plus d'huile pour les lampes. La neige avait cessé de tomber, le vent s'était calmé, mais le train était toujours bloqué. Les voyageurs les plus hardis rassemblèrent leurs affaires et quittèrent le wagon.

— Vous êtes fous ! s'exclama le contrôleur.

— J'ai pas l'intention de finir gelé dans ce foutu train, rétorqua un passager. Chicago est encore loin ?

— Environ douze kilomètres. Il y a une gare de triage à cinq kilomètres, mais...

— J'y vais, décida l'homme.

Pauli prit son bagage et suivit les intrépides voyageurs.

Par endroits, il s'enfonçait dans la neige jusqu'aux cuisses. Derrière lui, une aube grise se levait, mais le jour ne réchauffa ni la terre ni l'air.

Pauli était frigorifié. Ses mains étaient raides et gelées. Loin devant lui, il apercevait la demi-douzaine de passagers dont il suivait l'exemple et les traces. Mais ils n'étaient pas malades, eux, et ils le distancèrent rapidement. Ils ne furent bientôt plus que des points noirs sur la neige.

Le jour grisâtre enserrait Pauli dans ses griffes glacées. Il tomba plusieurs fois de tout son long et trébuchait sans cesse. Seul l'ardent désir d'atteindre la maison de son oncle lui permettait de tenir. S'il était arrivé jusqu'ici, ce ne serait ni le mauvais temps ni la maladie qui auraient raison de lui.

Vers le milieu de la matinée, il parvint à la gare de triage isolée. Il ne vit pas plus de train que de chasse-neige. Deux douzaines de wagons étaient rangés sur une voie secondaire, et au loin, un filet de fumée s'échappait de la cheminée d'une tour d'aiguillage.

Il ne pourrait jamais marcher jusque-là. Il décida de s'abriter dans la gare.

Il avança péniblement sur la plate-forme recouverte de neige, et soupira de soulagement quand il atteignit enfin la porte. Il tourna la poignée...

Fermée.

Désespéré, il scruta la cour silencieuse. S'il restait là, il mourrait. Mais il était trop épuisé pour marcher davantage. S'il dormait ne serait-ce qu'une heure, il pourrait repartir.

Titubant de fatigue, il traversa une voie, puis une autre, et s'approcha des wagons. Le premier était verrouillé, le deuxième aussi. Fébrilement, les doigts gourds, il s'acharna contre les lourds cadenas de fer. Après avoir essayé les six premiers wagons, il faillit abandonner, mais fit une dernière tentative.

Le verrou du septième wagon était cassé. Il fit coulisser la porte et grimpa. De la paille jonchait le sol. Les parois étaient recouvertes d'une couche d'un blanc cristallin : un wagon frigorifique. Pauli avait vu une installation semblable au Kaiserhof de Berlin.

Il se hissa à l'intérieur, referma la porte et s'effondra. Il se couvrit le corps de paille, enfouit ses mains gelées entre ses jambes afin de les réchauffer, puis plongea dans un sommeil fiévreux.

Il entendit le vent hurler; un gémissement grave. Une poudre froide voletait autour de lui, se déposait sur ses lèvres, sur son visage. Il grogna.

Il roula sur le dos, ouvrit un œil éteint. La neige se glissait par un trou dans le plafond. Il en était recouvert. Il entendit alors des voix d'hommes au-dehors.

— Hé, Mickey, le verrou est cassé sur celui-là.

— Mieux vaut jeter un coup d'œil.

La porte coulissa; un vent mordant s'engouffra. Telles des épées, les rayons d'une lanterne s'agitèrent devant les yeux enfiévrés de Pauli.

— Tout est en ordre, Mickey.

— Bon, allons-y... Non, attends, il y a quelqu'un là-dedans. Hé, toi ! Lève-toi et approche un peu par ici !

La seconde voix était encore plus bourrue que l'autre.

Pauli s'approcha en frissonnant. Les deux contrôleurs l'attendaient dehors. Il les distingua mal parce que le jour était sombre. Les hommes portaient des lanternes qui éclairaient la neige autour d'eux, et la faisaient étinceler.

— C'est juste un môme, Mickey, dit le premier homme.

— Oh ! moins jeune que tu le crois ! dit l'autre. Comment tu t'appelles ?

— Kroner. Pauli Kroner.

— Écoute-moi ça, fit Mickey. Un bleu d'immigrant. Je parie que t'arrives du bateau, pas vrai ?

— Oui, le bateau. S'il vous plaît, cet endroit, c'est où ?

— On est à la gare de triage du Pittsburgh & Fort Wayne.

— Chicago ?

— C'est moi qui pose les questions, bougonna Mickey. Tu ne sais pas qu'il est interdit de dormir dans ces wagons ? Tu risques la prison, mon garçon.

— La neige... commença Pauli.

— Je m'en fous, c'est interdit.

— Je ne crois pas qu'il comprenne, Mickey.

— Trouver mon oncle, marmonna Pauli en butant sur chaque mot. A Chicago, il attend moi...

« Si je ne meurs pas avant. » Ses dents se mirent à claquer furieusement.

— C'est vrai, ce mensonge ?

— Ou-i.

Pauli chancela et dut se rattraper à la porte pour ne pas tomber dans la neige.

— Il est malade, Mickey. Regarde, il transpire.

— Comment s'appelle ton oncle ? demanda Mickey.

— Josef... Joseph Crown.

— C'est pas le brasseur, tout de même ? demanda le plus gentil des deux.

— Oui, monsieur. Vous connaissez ?

— Tu parles ! Tous les buveurs de bière le connaissent. Tu peux prouver que c'est bien ton oncle ?

— Ah, laisse tomber ! pesta Mickey. Les flics vérifieront quand il sera en cabane.

— Vous expliquer moi, s'il vous plaît.

Pauli soupçonnait qu'il s'agissait de la prison.

— Tu comprendras bien assez tôt.

Pauli tituba, mais il serra les dents. Pas question de se laisser aller, pas si près du but. Au besoin, il se battrait contre les deux hommes. Tout plutôt que d'abandonner...

— Le bouscule pas, Mickey. Il a dû être pris dans la tempête, laissons-le partir. C'est Noël, bon sang ! Enfin, presque. Ça compte, non ?

Noël ? *Weihnachten ?* Déjà ?

Mickey se caressa le menton d'un air songeur.

— Tu sais où ton oncle habite ? demanda-t-il.

— Michigan Avenue, dit Pauli, les lèvres engourdies.

— Exact. Je connais la maison, dit le moins bourru des deux. Tout le monde la connaît. Michigan Avenue, à l'angle de la Vingtième Rue. Bel endroit, immense. Facile à reconnaître, il y a des couronnes partout.

— La bière de ton oncle est fameuse, déclara Mickey avec un sifflement admiratif. Ça, on ne peut pas dire.

— Raison de plus pour le laisser repartir, Mickey.

— Pouvez-vous... (Pauli toussa longuement.) Pouvez-vous le chemin m'indiquer ? Heu, je veux dire...

— J'ai compris, dit le plus bourru. Je vais t'expliquer.

Il posa sa lanterne et son long bâton verni sur le plancher du wagon, puis tendit une main emmitouflée dans une épaisse mitaine.

— Tiens, descends, fit-il. Les trains ne roulent pas encore, il faudra que tu marches. Ça fait une sacrée trotte.

— Oh ! je peux marcher ! affirma Pauli, contre toute logique.

Il saisit la main tendue et sauta à terre, mais sa jambe blessée se tordit et il tomba en lâchant un cri de douleur. Les deux hommes l'aidèrent à se relever.

Il était midi quand Pauli quitta la gare de triage. Chicago était encore paralysé par la tempête. Au crépuscule, les rues étaient toujours désertes, à part de rares véhicules de police ou quelques attelages qui peinaient, freinés par les congères. De légers flocons s'étaient remis à tomber. Pauli suivit les indications des contrôleurs, et marcha, marcha en claudiquant comme il le faisait depuis des semaines.

Ils lui avaient plusieurs fois épelé le nom de la rue M-i-c-h-i-g-a-n. Il venait de lire ce nom sur une pancarte, et il titubait maintenant le long d'un boulevard flanqué de maisons enveloppées dans le brouillard.

Il traversa de nombreux carrefours avant d'atteindre la Vingtième Rue. La maison de son oncle se dressait tel un château. Presque toutes les fenêtres étaient éclairées par une brillante lumière électrique.

En pierre de taille grise, elle était bâtie sur deux étages, avec un toit mansardé, un porche d'entrée sur le côté, et entourée d'une grille en fer. Bouche bée, raide comme un bonhomme de neige, Pauli resta un instant à la contempler.

C'était bien elle. Une couronne surmontait le portail en fer forgé qui donnait dans Michigan Avenue. La même couronne que celle qui ornait la lettre de l'oncle Joseph. Pauli en remarqua d'autres dans le dessin de la grille, et d'autres encore, sculptées dans la pierre.

L'énorme résidence l'impressionna. Devrait-il emprunter l'entrée de service ?

Non, il était en Amérique, et la maison appartenait à sa propre famille.

Il poussa la grille, remarqua une tache rouge sur son doigt. La peau s'était fendue, il saignait.

Il se hissa en haut du perron, à l'abri du porche, et tourna la poignée métallique de la porte. Dans la maison, une cloche retentit.

Le cœur de Pauli flancha quand il vit le regard sévère de l'homme qui lui ouvrit. Son oncle avait un visage chevalin et maladif, et des yeux suspicieux.

— Passez par la porte de derrière, la cuisinière vous donnera à manger.

— Je ne suis pas *ein Bettler*... euh, un mendiant. Je suis votre neveu d'Allemagne.

— Je vous demande pardon ? gronda l'homme.

Pauli s'aperçut de sa méprise. L'homme portait une chemise rayée avec des bretelles, et un tablier à bavette d'un blanc immaculé avec une couronne brodée dessus.

— Un instant.

La porte se referma. L'espace d'un instant, un nuage de chaleur avait enveloppé Pauli, une douce odeur de sapin avait chatouillé ses narines et il avait entr'aperçu les décorations scintillantes d'un arbre de Noël géant nimbé d'une lueur chaude.

Le vent hululait. Les jambes de Pauli, telles des brindilles brisées, se faisaient trop faibles pour le porter. La porte se rouvrit. Sur le seuil se tenait un homme encore plus sévère que le domestique que Pauli avait pris pour son oncle.

Il était plutôt petit et maigre, des cheveux lisses argentés, une moustache et une barbiche. Il avait une belle prestance, de grands yeux vifs noisette derrière des lunettes à monture métallique, des chaussons vernis, un pantalon gris, une veste de smoking bleu foncé rehaussé de fils d'or. Il sentait bon le talc. L'homme inspira aussitôt à Pauli une crainte respectueuse.

Toutefois, son accueil fut chaleureux.

— Entre, entre, je t'en prie. Et ferme la porte, il fait glacial dehors.

Pauli obéit.

— Oncle Joseph ? Je suis votre neveu Pauli, s'exclama-t-il en allemand, emporté par son excitation.

— *In diesem Haus, sprechen wir Englisch gewöhnlich.* Dans cette maison, nous parlons...

— Anglais. Oui, je comprends. Je comprends un peu.

D'une autre pièce, une fillette demanda :

— Qui est-ce, papa ?

Puis, une voix d'homme :

— C'est pour nous ? C'est Juliette ?

— Un instant, j'arrive ! répondit l'homme dans un anglais parfait, mais avec un fort accent allemand.

Il posa sa main droite sur l'épaule de Pauli. Une bague en or étincelait à son annulaire. En Allemagne, on porte l'anneau de mariage à la main droite.

— C'est donc toi ! s'exclama-t-il. Tu es enfin arrivé !

— Oui, monsieur. Votre neveu. De Berlin. Je m'appelle...

Alors, du plus profond de lui surgit le nom qu'il avait longtemps cherché.

— Paul Crown. Cela ira ?

Joseph Crown dévisagea le garçon déguenillé au regard brûlant. Un sourire se glissa entre sa moustache lisse et son impériale argentée.

— Paul Crown... Oui, pourquoi pas ? Tu mêles l'ancien et le nouveau. C'est ce que nous faisons à la brasserie, on prend des ingrédients vieux comme le monde pour fabriquer du bon et du nouveau. Je suis ton oncle Joe. Entre, viens te réchauffer. Tu n'as pas l'air bien.

— Ma lettre. Ici, est-elle arrivée ?

— Une lettre ? Non, je n'ai rien reçu. Viens par ici, la famille est réunie...

Pauli posa sa valise et s'avança vers une porte à double battant ouverte d'où parvenait une lumière éclatante. Joe Crown s'effaça pour le laisser passer. Pauli eut une brève hésitation. Le vestibule, tout en marbre, s'élevait sur deux étages, telle une cathédrale. Du plafond pendait un lustre gigantesque aux centaines de rangées de perles de verre et de prismes éblouissants, couronnés de deux cercles sur lesquels une douzaine de lampes électriques faisaient scintiller des milliers d'étoiles.

— Entre, fit l'oncle Joseph en poussant gentiment Pauli. Ne sois pas timide. La famille a hâte de te connaître. Nous nous sommes beaucoup inquiétés à ton sujet.

Les oreilles bourdonnantes, le cœur battant, Pauli avança vers la porte majestueuse. La porte qui ouvrait sur une nouvelle vie...

Empli d'une terreur soudaine, il s'arrêta sur le seuil. Aveuglé par la lumière électrique qui tombait d'un lustre, réplique miniature de celui du vestibule, il entrevit des silhouettes floues qu'il mit quelque temps à distinguer clairement.

Il aperçut une femme, dont il ne retint que la forte corpulence, la masse de cheveux roux, et l'anneau d'or à la main droite. La même alliance que celle de son oncle.

Puis il vit trois autres personnages. Le plus petit, un garçonnet bien bâti, le plus vieux, un jeune homme frêle avec une barbe et une moustache rousses. De la fillette, il ne vit qu'une poitrine plate et des cheveux en broussaille. Tous trois dévisageaient Pauli avec de grands yeux. Le domestique qui lui avait ouvert la porte le regardait avec le même étonnement.

Des bûches brûlaient dans la cheminée. Derrière sa tante se trouvait la grande table traditionnelle, décorée de bougies rouges, de branches vertes, et parsemée de paquets de toutes tailles, emballés dans des papiers dorés, argentés ou écarlates. Sur une desserte trônait un plateau de *Pfefferkuchen*, les pains d'épices de Noël en forme d'étoile, de croissant de lune, de cœur et d'anneau. A l'autre bout de la pièce se dressait l'*Adventshaus*, en bois laqué et peint de couleurs vives ; trois de ses petites vitrines étaient ouvertes, et dans chacune brûlait une bougie pour célébrer les semaines écoulées. C'était si familier que Pauli faillit pleurer de joie.

— Écoutez-moi tous, fit l'oncle Joseph. Voici Pauli, qui est enfin arrivé d'Allemagne. Il a choisi un nouveau nom, mais il vous en parlera lui-même. Tu sais, Pauli, ta tante Ilsa et moi, nous t'attendons depuis longtemps. Nous étions inquiets. Le voyage a-t-il été particulièrement dur ?

— Oh ! non ! s'exclama Pauli, bêtement sans doute, mais il ne voulait surtout pas gâcher un moment pareil.

Il se raidit, repris de vertiges.

— Content de l'apprendre. Quand ton bateau est-il arrivé à New York ?

— *Juni*. Euh, en juin. Le premier jour.

— Et tu voyages depuis tout ce temps ? (Pauli acquiesça.) Comment es-tu venu jusqu'ici ?

— Un peu de... euh, *mit dem Zug*, train... mais beaucoup de marche.

— Incroyable ! Quel courage ! Pas étonnant que nous soyons restés sans nouvelles. Nous avons craint le pire, tu sais. Eh bien, mon garçon, cela a dû te demander beaucoup d'efforts. En 1857, quand je suis venu de Castle Garden à Cincinnati, c'était certainement plus facile. Je me rappelle...

— Joseph, coupa la corpulente femme, cela ne peut-il pas attendre ? Ce petit meurt de faim.

Elle s'interposa et prit, mine de rien, la situation en main. Elle plut tout de suite à Pauli.

Ilsa Crown passa son bras sous celui de Pauli.

— Nous avons des *Stollen* de Noël toutes fraîches, déclara-t-elle. Je suis sûre que tu aimerais prendre un bon bain bien chaud et te reposer. Mais, il a la fièvre ! s'exclama-t-elle en touchant le front de Pauli.

Elle désigna un grand canapé tapissé d'un tissu pâle comme de l'ivoire, délicat comme de la neige, et monté sur des pieds en forme de griffes.

— Assieds-toi, je t'en prie. Repose-toi.

Pauli n'en croyait pas ses yeux. Le canapé, la place d'honneur. En Allemagne, un hôte ne s'asseyait jamais sur le canapé familial sans y avoir été expressément invité.

Lorsqu'il se fut assis, sa tante lui présenta un plateau de délicieuses *Stollen*, rondes et dodues, fourrées avec des raisins et saupoudrées de sucre.

Il commença à leur dire qu'il n'aimait rien tant que les brioches de Noël, qu'il ne savait comment leur exprimer sa profonde gratitude, quand les mots s'étouffèrent dans sa gorge, ses oreilles tintèrent, sa vue se brouilla, puis les bougies s'éteignirent, de même que le feu dans la cheminée, les lampes électriques, et ce fut le noir.

12

Joe Crown

Pauli s'évanouit. En glissant du canapé, il laissa des traces de saleté et des taches de sang sur le tissu clair. Fritzi poussa des cris aigus, Joe Junior et Carl s'exclamèrent avec bruit. Ilsa porta les mains à sa bouche.

Joe Crown contempla les taches, horrifié. Des miettes de pain tombèrent des poches de Pauli. La neige collée à ses semelles fondait, souillant le beau tapis d'Ilsa. Un trou dans la chaussure dévoilait un pied noir de crasse et de sang coagulé.

— Seigneur ! s'écria Fritzi. Je n'ai jamais vu quelqu'un d'aussi sale !

— Il va vraiment vivre avec nous, papa ? demanda Carl.

— Si c'est ça, s'esclaffa Joe Junior, on ferait bien de le plonger dans la baignoire.

— Les enfants ! gronda Ilsa.

— Votre mère a raison, pas de remarques désobligeantes. Ce garçon est épuisé et malade. Un bain, du repos, et il n'y paraîtra plus. Nous ferons venir le docteur si c'est nécessaire.

A voir l'expression dégoûtée qu'il lut sur le visage de ses enfants, il se dit que ces mesures ne suffiraient sans doute pas à faire accepter le nouveau venu. Joe redouta que ses craintes ne fussent justifiées.

De la bouche du garçon évanoui s'échappait un son étrange, mi-sifflement, mi-soupir d'aise. Le domestique avait du mal à contenir sa rage.

— Frau Crown, le canapé est gravement endommagé, remarqua-t-il. Je tiens à avertir madame que je ne suis pas sûr que nous pourrons le remettre en état.

— Ce n'est que du mobilier, Manfred, rétorqua Ilsa.

— Juste, renchérit son époux, et le garçon fait partie de la famille.

Mais en disant cela, Joe Crown était lui aussi profondément dérouté par l'état du nouveau membre de la famille, par les circonstances de son arrivée, et par la réaction qu'elle avait provoquée. En contemplant son neveu, Joe Crown oublia qu'il avait lui-même prohibé l'allemand de son foyer.

— *Grosser Gott, was für ein Anfang !*

Grand Dieu, quels débuts !

TROISIÈME PARTIE

CHICAGO

1892-1893

Je te parlerai de Chicago dans ma prochaine lettre. Cette jeune cité est l'une des plus extraordinaires merveilles de l'Amérique, sinon du monde.

Lettre de Carl Schurz, immigré de fraîche date, à sa femme, 1854.

13

Paul

L'espace et la lumière. L'un et l'autre l'émerveillaient.

Sa chambre dépassait l'imagination, c'était une chambre de palais, cinq fois plus grande que celle de Berlin. Non, dix fois ! Tante Ilsa lui avait expliqué que c'était l'ancienne *Kinderstube*, la nursery dans laquelle Carl, le benjamin, avait été élevé jusqu'à ce qu'il soit assez grand pour habiter une chambre normale. Située au premier étage, elle donnait sur la cour et les jardins qui s'étendaient jusqu'à la Dix-Neuvième Rue.

Tante Ilsa lui apprit cela, et bien d'autres choses, assise sur le rebord de son lit à baldaquin — un lit immense ! Tante Ilsa parlait anglais avec un accent plus prononcé que son mari. C'était une femme corpulente, au visage rond percé de petits yeux bleus. Elle se déplaçait avec une autorité tranquille qui laissait penser qu'elle n'était pas aussi douce et humble qu'elle voulait le paraître.

Elle lui fit comprendre d'un mot, d'une caresse, d'un regard, qu'elle l'aimait bien. Il l'adora aussitôt d'un amour débordant. C'était comme s'il l'avait toujours connue.

L'espace et la lumière symbolisaient le miracle qui avait changé sa vie. L'espace et la lumière... et une vraie famille.

La première fois, quand il se réveilla dans son lit à baldaquin, il s'aperçut qu'on l'avait recouvert d'un duvet d'une douceur incroyable. Les draps sentaient encore la lessive.

Il contemplait sa nouvelle chambre, le mobilier pléthorique, le papier peint luxueux, les plantes vertes, les deux hautes fenêtres et les rideaux de dentelle, quand oncle Joe et tante Ilsa entrèrent avec un homme replet affublé d'une barbiche, qui portait une serviette noire. L'oncle Joe le présenta comme le médecin de famille, le docteur Plattweiler.

— Comment allez-vous, mon garçon ? Vous vous appelez Paul, *nicht wahr* ?

— Oui, monsieur.

Paul. Cela lui semblait drôle, et cependant, c'était son nom. Il lui allait bien. Dorénavant, tout le monde l'appellerait Paul. Pauli avait disparu à jamais.

Le docteur Plattweiler lui demanda d'ôter la chemise de nuit en flanelle dont on l'avait vêtu pendant qu'il était évanoui. (« Nous avons brûlé tous tes habits, c'était la seule chose à faire », lui apprit plus tard tante Ilsa.) Le médecin le palpa, l'ausculta des pieds à la tête pendant cinq bonnes minutes, puis il se tourna vers son oncle et sa tante.

— Il n'a rien de grave. Il souffre d'épuisement, de malnutrition, et il a attrapé une vilaine grippe. Je prescris d'abord du repos ; ensuite, une nourriture riche et abondante. Je demanderai à l'apothicaire de vous préparer les deux remèdes dont il a besoin. Suivez mes recommandations à la lettre, ajouta le docteur Plattweiler, le doigt brandi.

— Nous n'y manquerons pas, affirma oncle Joe avec gravité.

Peu après le départ du médecin, Paul fit une autre découverte merveilleuse. Sur sa gauche, il y avait une étagère d'angle qui conviendrait parfaitement pour son globe terrestre, son drapeau de papier et sa carte stéréoscopique.

Mais où étaient-ils passés ?

Alarmé, il se dressa sur ses coudes et scruta la pièce. Alors, avec un soupir de soulagement, il se recoucha. Sa vieille valise avachie était posée sur le tapis, en partie cachée par un luxueux lavabo en marbre. Détendu, il s'amusa à regarder le jeu des rais du soleil à travers les vitres des hautes fenêtres.

Il n'en revenait pas de sa bonne fortune. Le troisième jour, quand on lui permit de se rendre aux toilettes plutôt que d'utiliser le pot de chambre, il fut ébloui par les dimensions et le luxe des lieux. La maison contenait vingt-quatre pièces — c'est tante Ilsa qui lui glissa ce détail —, plus une grande cave et un atelier en sous-sol. Les appartements de la famille se trouvaient au premier étage. Au fond du couloir, un escalier en colimaçon menait aux chambres des domestiques. Tout était moderne, de la porcelaine des toilettes munies d'une chasse d'eau aux lampes électriques. Un simple bouton commandait l'éclairage — ici, des appliques murales, là, des lustres gigantesques.

Des odeurs merveilleuses flottaient dans la maison. Partout pendaient des branchages fraîchement coupés qui dégageaient la senteur forte et piquante des sapins. Même quand la porte de sa chambre était fermée, l'odeur de suif des bougies de Noël et l'arôme du pain et des gâteaux parvenaient jusqu'à Paul. Il était fou de joie.

Il resta au lit pendant six jours. Sa tante et une servante étaient aux petits soins pour lui. Cette dernière, Helga Blenkers, une petite femme bien en chair avec des taches de rousseur et un caractère enjoué, était l'épouse de Manfred, le majordome. Paul devina qu'il s'agissait de l'homme rébarbatif qui lui avait ouvert la porte à son arrivée. A cause de cet incident, il développa une antipathie croissante pour Manfred.

Mrs. Blenkers en revanche était fort sympathique. Elle lui apportait à manger sur un plateau. De bons plats allemands, d'épaisses tranches de pain de seigle noir cuit maison, et de la baguette de pain blanc à la mie tendre et tiède, à la croûte dorée parsemée de cumin ; il goûta aux rôtis de porc, aux rôtis de veau — toujours accompagnés de pâtes — et pour commencer chaque repas, il avalait une *Hühnersuppe*, un bouillon de poulet bien chaud. Comme dessert, il avait soit de la *Kompott*, soit une des délicieuses *Torten*, les fameuses tartes de tante Ilsa.

Le deuxième jour, plusieurs membres de la famille vinrent le saluer. Il les avait entr'aperçus dans un demi-brouillard le jour de son arrivée. Grâce à leur visite, il commença à se faire une opinion sur chacun.

La première visite d'oncle Joe eut lieu à neuf heures, après *Abendessen*, le dîner, que les Allemands prenaient rarement avant huit heures. Il portait une veste et une cravate, et sentait bon le talc. Il avait, semblait-il, la manie de la précision ; il approcha une chaise du lit, hésita une seconde, puis la déplaça légèrement pour qu'elle soit dans l'exacte position souhaitée.

— Comment te sens-tu, Paul ?

— Je vais bien, mon oncle, déclara Paul, toujours en délicatesse avec l'anglais. Et vous, comment allez-vous ?

— A merveille. Aujourd'hui, nous avons fait les comptes de la maison ; ce sera notre meilleure année. Sauf contretemps fâcheux, le 31 de ce mois, la *Brauerei* Crown aura fabriqué et expédié l'équivalent de six cent mille tonnelets de bière. C'est notre record, et j'en suis fier.

— Oui, mon oncle, fit Paul, ne sachant que dire.

Malgré son apparence frêle, Joe Crown était un homme très imposant. Paul désirait ardemment être respecté et aimé par son oncle.

— As-tu assez à manger ?

— Oh, oui !

— Nous voulons que tu sois heureux chez nous. Nous voulons que tu sois heureux à Chicago. Je ne suis pas inquiet, tu trouveras beaucoup de compatriotes dans cette ville. Au dernier recensement, Chicago comptait cent soixante mille Allemands de naissance, ce qui représente près de quinze pour cent de la population, laquelle s'élève à un million quatre-vingt-dix-neuf mille habitants et des poussières.

Paul s'efforça de paraître impressionné.

— Parle-moi de ma sœur Lotte. Comment allait-elle quand tu es parti ?

Un signal d'alarme s'alluma dans le cerveau de Paul. Il ne devait rien dire sur les *Herren*, son oncle en serait peiné.

— Elle beaucoup travaille... euh, elle travaille beaucoup, mais pas bonne santé.

— Oui, la tuberculose, dit l'oncle Joe avec tristesse. Il faut que je lui écrive. Tu as quitté l'Allemagne au bon moment, Paul. Il y a eu une violente épidémie de choléra à Hambourg, peu après ton départ. Des milliers de malheureux ont péri.

— C'est affreux ! s'exclama Paul avec un frisson. J'ignorais.

— Parle-moi de ton voyage, veux-tu ? Tu as dû connaître bien des mésaventures, tu as mis tellement de temps...

Paul commença par la description de *Die goldene Tür*, mais il minimisa son rôle dans le sauvetage héroïque de Magda. Il relata d'autres incidents : son incarcération pour le vol d'une pomme, la gentillesse de Llewellyn Rhodes, la tempête de neige qui avait bloqué le train.

— Et tu as marché tout ce chemin, malade comme tu étais ?

— Oui, mon oncle. J'étais... euh... *eifrig*...

— Pressé, dit Joe avec douceur, sans la moindre trace de supériorité ni d'impatience.

— C'est cela. J'étais pressé d'arriver. J'étais déjà beaucoup retard.

— C'est très remarquable ! s'exclama son oncle en se levant. Très remarquable. Cela prouve que tu as du caractère. Repose-toi, maintenant, ajouta-t-il en lui tapotant gentiment la main. Je te souhaite un prompt rétablissement. Je veux que tu fasses la connaissance de tes cousins. Tu les aimeras, j'en suis sûr.

— Oh ! oui, oncle Joe !

— Je veux qu'ils apprennent à te connaître et à t'aimer.

— Moi aussi, affirma Paul.

Il espérait avec ferveur qu'il en serait ainsi.

Puis ce fut Fritzi qui lui rendit visite. Par la suite, elle revint le voir au moins deux fois par jour. Sans charme, un long nez, la poitrine plate, des yeux marron, comme son père, une tignasse blonde perpétuellement ébouriffée, elle allait avoir douze dans moins d'un mois.

Elle se montra vive et amicale. Comme tante Ilsa, elle s'assit sur le rebord du lit, et le mitrailla de questions. Sur l'Allemagne, sur la traversée, sur Chicago — qu'il n'avait pas encore vu, sauf à travers un rideau de neige et les brumes du délire. Il eut du mal à comprendre certaines questions, et encore plus à y répondre en anglais. Il avait l'impression d'être un balourd, mais Fritzi ne semblait pas de cet avis.

— J'adore imiter les gens, lui confia-t-elle dès sa quatrième visite. Plus tard, je serai actrice. Tiens, devine qui c'est.

Elle sauta du lit, planta ses mains sur ses hanches et tira une tête longue comme le bras.

— Halte-là, mon garçon ! fit-elle d'une voix caverneuse. Que je ne vous prenne pas à rire dans cette maison.

— C'est l'homme qui m'a ouvert la porte à mon arrivée, s'esclaffa Paul.

— Bravo ! applaudit Fritzi, réjouie. C'est Manfred, le mari d'Helga. Comment as-tu deviné ? Il est venu dans ta chambre ?

— Non, je ne l'ai vu qu'une seule fois. Ça suffit.

— Ben vrai ! T'as de bons yeux, et une sacrée mémoire. Mon frère Joe l'appelle le Danois mélancolique. J'ignore pourquoi papa le garde, c'est un affreux ronchon. Et strict, avec ça. Méfie-toi de lui, si tu lui joues des tours, il se vengera d'une manière ou d'une autre.

— Je ne lui jouerai pas de tours.

— Bon, il faut que je me sauve. Rétablis-toi vite, c'est bientôt Noël. On veut que tu sois debout pour les fêtes.

Elle se leva et ajouta en tripotant son tablier :

— On est drôlement contents que tu sois là, cousin Paul.

Sans crier gare, elle lui planta un baiser sur la joue et s'enfuit, rouge de confusion.

Paul fronça les sourcils. Voilà quelque chose d'inattendu. Bien sûr, il voulait que ses cousins l'acceptent, mais Fritzi n'était qu'une enfant, une fille... or les filles ne l'avaient jamais beaucoup intéressé jusqu'à présent.

Non, il voulait surtout se rapprocher de ses cousins, particulièrement de Joe Junior, qui avait deux ans de plus que lui — une différence énorme à cet âge. Aux yeux de Paul, Joe Junior était un grand, presque un homme, assez vieux pour se laisser pousser la barbe. Il connaissait la vie ; il travaillait six jours par semaine à la brasserie. Obtenir l'amitié de Joe Junior était son vœu le plus cher.

Cousine Fritzi lui faisait un peu peur. Pourvu que l'adoration qu'il avait vue briller dans ses yeux ne devienne pas source de problèmes !

Carl aussi vint le voir, avec des vœux de prompt rétablissement et une question.

— Tu veux voir ma balle de base-ball ?

— Oui, oui.

— Regarde ! fit Carl en lui montrant une balle à grosses coutures rouges. C'est la balle officielle du club ; elle vient du magasin de Mr. Spalding. Mr. Spalding, on l'appelle A.G., c'était le meilleur lanceur de tous les temps. Elle m'a coûté un dollar. Ça, c'est mon gant, il est en peau de daim.

Il fit claquer la balle dans le curieux gant dont les doigts étaient gros comme des saucisses. Carl était un costaud, brun, avec les mêmes yeux que sa sœur et l'ossature robuste de sa mère.

— Tu joueras au base-ball avec moi ?

— Tu devras m'apprendre. Je ne connais pas les règles.

— Je t'apprendrai, promit Carl, enthousiaste. Au printemps, papa nous emmènera peut-être voir les Chicago White Stockings. C'est notre équipe favorite. Papa nous y emmenait souvent, Joe et moi, mais Joe n'y va plus.

— J'irai.

— Chic alors ! s'écria Carl qui sauta du lit avec une telle ardeur qu'il renversa l'étagère. Oh ! zut ! fit-il.

Il redressa l'étagère et ramassa vivement les trésors de Paul.

— Je crois que j'ai rien cassé, dit-il en tendant le globe à Paul pour qu'il vérifie. Je suis désolé.

— C'est rien.

Paul conclut de cette visite que Carl était un petit garçon doté d'une grande force physique et d'une énergie débordante. Une combinaison à risque.

Le troisième jour de la convalescence de Paul, Joe Junior passa enfin.

A part la couleur des yeux, d'un bleu lumineux, plus clairs et plus vifs que ceux de sa mère, Joseph Crown Junior ressemblait à son père. Petit, les hanches minces, un torse fluet, d'apparence fragile, ce n'était pourtant pas un faible. Sa barbe et sa moustache lui donnaient plus que ses dix-sept ans.

Il rentrait du travail et portait des chaussures à semelles épaisses, un pantalon de velours côtelé noir et une chemise d'une couleur passée au col trempé, comme s'il venait de se laver le cou.

Joe Junior fut cordial, mais réservé. Quand il prit des nouvelles de la santé de son cousin, il l'appela « mon vieux », ce qui, Paul en eut l'intuition, signifiait exactement le contraire. Joe Junior ne s'assit pas sur le lit, mais sur une chaise, comme son père.

— Tu travailles à la brasserie, commença Paul.

— Ouais. On peut même dire que je suis en première ligne.

— Pardon ?

— En première ligne de la lutte des classes. La lutte entre les capitalistes et les prolétaires. Pour l'instant, on se bat avec des mots, mais il y a déjà eu du sang, et il y en aura encore. Les exploiteurs ne changeront jamais. Ils refusent les réformes.

Quel sérieux ! Quelle ardeur belliqueuse ! Paul ne savait absolument pas de quoi il parlait. Joe Junior s'en aperçut et tenta de lui expliquer.

— Ce n'est pas difficile à comprendre, cousin. Mon père est un capitaliste. Il n'y a qu'à regarder autour de toi, ça saute aux yeux ! fit-il en désignant d'un geste large le mobilier, la pièce, la maison. Il n'est pas aussi mauvais que certains, mais il appartient à la classe des nantis. Il veut que je devienne comme lui, que je travaille avec les cadres. C'est pas demain la veille ! Je suis un manuel, affirma-t-il en montrant ses mains. J'en bave autant que les camarades, comme quatre-vingt-dix-neuf pour cent de l'humanité. Le un pour cent restant s'enrichit sur notre sueur.

Décontenancé, ne sachant que dire, Paul préféra se taire.

Joe Junior l'observa de son regard lumineux.

— Bon, maintenant que tu es là, que comptes-tu faire ?

— Je ne sais pas. Ton père me conseillera, j'espère.

— Oh ! tu peux compter sur lui ! Pour donner des ordres, il est très fort. (Une pause.) Est-ce que je dois t'appeler gamin ? Quel âge as-tu ?

— Quinze ans.

— Encore un bébé, quoi.

Paul devint cramoisi, ce qui fit sourire Joe Junior.

— C'est rien, je te charrie. T'avais une fille dans ton pays ?

Paul fit un signe de dénégation. Le cousin Joe approcha sa chaise et se pencha vers lui.

— Eh bien, moi, j'en ai une. Elle est belle comme un cœur. On devinerait jamais que c'est une Bohunk.

— Une quoi ? s'étonna Paul.

— Une Bohunk. C'est comme ça qu'on appelle les Tchèques, à Chicago.

— Ah, les Tchèques ! Oui, je comprends. (Il passait pour un idiot.) Comment s'appelle-t-elle ?

— Roza Jablonec. Roza, avec un z. Elle déteste son nom, elle le changera quand elle sera une chanteuse célèbre. Moi, je l'appelle Rosie, elle préfère. Je l'ai rencontrée à un pique-nique de travailleurs où Benno... non, oublie ça.

Il jeta un coup d'œil vers la porte, puis baissa la voix.

— Rosie est salement bien balancée, des *Titten* gros comme ça, fit-il, les mains en coupe, à quinze centimètres de sa poitrine.

— Pas possible ! s'exclama Paul, sidéré.

— Faudra qu'on te trouve une petite pour la première fois. Ça te dirait ?

— Oh, oui !

Joe Junior se leva, puis le toisa longuement, et ricana dans sa barbe.

— A bientôt, cousin. Tâche de guérir vite.

Il sortit, laissant Paul perturbé par l'animosité qu'il percevait entre le père et le fils. Il souhaitait ardemment que Joe Junior devienne son ami, mais il voulait aussi qu'oncle Joe l'aime. Il craignait par-dessus tout d'être pris au milieu d'une querelle familiale.

Trois jours plus tard, le docteur Plattweiler le déclara rétabli.

— Il était temps, Noël tombe dimanche prochain. *Fröhliche Weihnachten !*

Tante Ilsa lui apporta des habits et une paire de chaussures. Les vêtements portaient encore les plis d'origine et les chaussures étaient dures, mais tout était impeccablement propre et merveilleusement neuf. Paul se sentait en pleine forme. Il avait hâte de quitter sa chambre, de rejoindre les autres en bas, et d'explorer la maison.

Ce soir-là, accoudé à la rampe de l'escalier, il contempla l'immense vestibule. Son oncle était rentré ; de la salle à manger lui parvenaient le cliquetis des couverts et l'écho des conversations. Il tremblait d'anxiété.

« Vas-y, n'aie pas peur, tu en meurs d'envie. Tu as trouvé un foyer, enfin ! »

Il n'arrivait pas encore à y croire.

Marche par marche, agrippé à la rampe, il descendit le vaste escalier. Près du gigantesque sapin richement décoré, mais dont les bougies blanches étaient encore intactes ainsi que l'exigeait la coutume, il hésita encore. A sa gauche, des portes coulissantes étaient fermées. Sans doute verrouillées. C'était la tradition en Allemagne ; on enfermait les cadeaux jusqu'à Noël.

Les bruits de la conversation et des odeurs alléchantes se glissaient par la porte entrouverte de la salle à manger. Il descendit dix autres marches, puis s'arrêta une troisième fois. Alors, il déglutit, prit une profonde inspiration, et ouvrit les deux battants de la porte.

Tante Ilsa sursauta.

— Tiens, mais c'est notre Pauli !

— Viens ! s'écria Carl en agitant sa fourchette. On est en train de manger.

Fritzi s'affala sur sa chaise en soupirant. L'attitude de Joe Junior fut moins chaleureuse. Il resta les bras croisés et le dévisagea avec un sourire ironique. Mais oncle Joe se leva et vint l'entourer d'un bras protecteur. Il lui désigna un siège.

— Bienvenue à toi, Paul. Assieds-toi. Mange donc un morceau.

Paul se détendit aussitôt. Grisé, comme sur un nuage, il vint s'asseoir en souriant. Tout irait bien, maintenant il en était sûr.

La semaine suivante, il apprit beaucoup de choses, notamment le fait rassurant que dans sa nouvelle famille, on fêtait Noël selon la tradition germanique.

On pendait encore du gui, même si les Allemands ne lui accordaient plus depuis longtemps le pouvoir de chasser les mauvais esprits, la malchance et la maladie.

Chaque soir après le dîner, la famille se réunissait autour de l'harmonium dans le salon de musique. Tante Ilsa jouait de l'instrument et l'oncle Joe dirigeait les chants de Noël. Il avait une très belle voix. Il expliqua à Paul qu'il aurait volontiers participé à l'une des nombreuses chorales allemandes si son travail lui en avait laissé le temps. Tout le monde chantait en chœur *O Tannenbaum* et *Stille Nacht, Heilige Nacht*. Tout le monde, sauf Joe Junior, dont l'absence agaçait visiblement son père.

Oncle Joe annonça que la brasserie fermerait le lundi 26 décembre. Tante Ilsa préparait déjà le gigantesque repas de Noël, traditionnellement composé d'un poisson comme plat principal. Joe Junior et l'oncle Joe partaient au travail tous les jours ; les vacances ne commençant pas avant le vendredi, Carl et Fritzi allaient encore à l'école. Paul restait donc seul. Il en profitait pour explorer les lieux, et se familiariser avec les habitudes de la maison.

Celles-ci ressemblaient beaucoup à ce qui se pratiquait en Allemagne. *Frühstück*, le petit déjeuner, était un repas copieux fait de pain, de beurre, de confiture, de tranches de viande froide, de fromages et d'un assortiment de saucisses. Selon son goût, on choisissait sur une desserte parmi les pots de café, de thé et de chocolat. Il y avait aussi un pichet de lait froid. C'était Louise, la cuisinière, qui préparait le *Frühstück*.

Certains mangeaient en vitesse, d'autres traînaient à table, il n'y avait pas d'horaire précis pour le petit déjeuner. *Mittagessen*, le repas principal, n'était servi que si l'oncle Joe pouvait s'absenter de son bureau. Cela n'arriva qu'une fois pendant cette première semaine, et ils n'étaient que trois à table, Paul, sa tante et son oncle. Néanmoins, Louise servit un repas complet : soupe de queue de bœuf, suivie de pâtes, et du plat principal, qui, ce jour-là, était un rôti de porc accompagné de pommes de terre et de trois légumes différents avec du pain et du beurre à profusion. L'oncle Joe avait aussi son plat de rollmops. Il expliqua à Paul qu'il avait un faible pour les harengs ; il versait une montagne de crème fouettée sur sa *Torte*, de même que dans son café, qu'il buvait pendant que la crème fondait lentement.

La salle à manger était spacieuse et lambrissée. Les panneaux de noyer clairs alternaient avec les foncés, comme dans le reste de la maison. La table était longue, les meubles lourdement sculptés. Un grand tableau dans un cadre doré décorait le mur à côté du buffet. C'était un paysage, un pic enneigé au-dessus d'une prairie baignée de soleil. Paul eut l'impression de l'avoir déjà vu.

— C'est la Yosemite Valley, en Californie, expliqua l'oncle Joe en réponse à sa question.

Paul se souvint alors d'une carte postale de la même montagne majestueuse.

— J'ai acheté le tableau parce que le peintre, Bierstadt, est un Allemand, mais je ne pense pas qu'il ait beaucoup de talent.

— Oh, si ! s'exclama tante Ilsa. Il peint des choses remarquables.

Son oncle ne parut pas se formaliser d'être contredit par sa femme, contrairement à beaucoup de maris allemands.

Le repas fut agréable jusqu'au moment où l'oncle Joe replia sa serviette et déclara :

— Voila longtemps que je veux te parler de choses importantes, Paul. Après le Nouvel An, nous prendrons une décision à ton sujet. As-tu fait beaucoup d'études ?

— J'ai quitté l'école il y a trois ans, répondit Paul, soudain tendu. J'avais besoin de travailler.

L'oncle Joe plongea son regard dans le sien.

— Les autorités l'ont permis ?

— Je ne leur ai pas demandé. Tante Lotte, elle et moi avions besoin d'argent. Les temps étaient très difficiles.

Il ne parlerait jamais des *Herren*, jamais.

— Peu importe, dit l'oncle Joe après réflexion. Il faut pourtant que nous en discutions. Nous ne laisserons rien au hasard... surtout pour ce qui concerne ton avenir.

Cette même semaine, tante Ilsa lui présenta les domestiques.

Le chef de la petite troupe était le majordome que Paul avait pris pour son oncle — celui que Fritzi avait si bien imité, et que Joe Junior appelait le Danois mélancolique. Lorsque tante Ilsa fit les présentations, il ne dit pas un mot, se contentant de tendre une main sèche et glacée.

Manfred était un homme taciturne ; il n'habitait pas dans la maison, il la hantait. Quand il ouvrait la bouche, c'était généralement pour donner un ordre. Il avait tendance à se montrer autoritaire avec les enfants. Paul remarqua vite que Fritzi évitait soigneusement de le contrarier, et que Carl le craignait comme la peste.

Tante Ilsa supervisait les repas et cuisinait de nombreux plats elle-même, comme toutes les maîtresses de maison. Mais les Crown employaient une cuisinière à demeure, un petit bout de femme du nom de Louise Volzenheim. C'était une veuve ; elle habitait au dernier étage, de même que Herr et Frau Blenkers. Le jardinier, Pietro de Julio — Peter —, était un Suisse-Italien. Il avait une maison quelque part en ville. Nicky Speers, le cocher, était anglais. Il vivait au-dessus des écuries situées près de la Dix-Neuvième Rue, une rue parallèle à Michigan Avenue.

Paul était étourdi par le déluge de mots inconnus, d'expériences et de notions nouvelles. Parfois, lorsqu'il voulait poser une question ou lorsqu'il participait à la conversation, il avait l'impression de s'escrimer à parler chinois. Il était loin de son livre de grammaire anglaise, et Carl ne lui facilitait pas les choses en utilisant un argot incompréhensible. Un joueur de base-ball était « bath ». Quand on était enthousiaste, on s'écriait « mince ! », mais si on était déçu, on disait aussi « mince », sur un ton différent. C'était sans doute le langage épicé dont lui avait parlé tante Lotte. Paul devait scruter les visages et les gestes pour essayer de comprendre ce qu'on disait. S'il cédait parfois au découragement, il ne songea jamais à abandonner. Un jour, il parlerait anglais comme tout le monde

Il eut tant de choses à voir et à apprendre que la première semaine passa comme dans un rêve. Le samedi, la maison fut prise d'effervescence. L'oncle Joe rentra tôt, à trois heures et demie. Joe Junior également. Ce dernier paraissait presque jovial pour une fois.

Vers quatre heures, Carl supplia Paul de venir jouer avec lui. Paul s'emmitoufla dans le manteau que tante Ilsa lui avait donné et suivit son jeune cousin dans la cour. Carl lui tendit la balle de base-ball. Il s'accroupit, brandit son drôle de gant et ordonna :

— Vas-y, lance !

Paul lança la balle par en dessous de toutes ses forces, elle atterrit dans le gant avec un bruit mat. Carl n'avait pas sourcillé.

— Pas comme ça, par-dessus.

Il fit une démonstration. Après un ou deux essais, Paul prit le coup de main.

— Bon, maintenant, lance-la de toutes tes forces.

Paul moulina son bras comme Carl lui avait montré, et lança la balle avec une violence décuplée. Elle frappa le gant avec davantage de bruit, mais Carl recula à peine.

— Plus fort !

Joe Junior déboucha sur le sentier qui menait au jardin. Le vent jouait dans sa barbe fine et bien taillée.

— J'ai encore jamais vu mon frère rater une balle, déclara-t-il. Tiens, donne, je vais te montrer.

Paul lui remit la balle et observa. Joe Junior plia le coude, moulina le bras et lança la balle avec puissance et vélocité. Cette fois, Carl grimaça mais ne recula pas d'un pouce. Joe Junior fit plusieurs tentatives mais Carl rattrapa toutes les balles, quelle que fût leur vitesse.

Ensuite Carl courut se jeter dans les bras de son grand frère.

— Tu vois ! lança Joe par-dessus la tête de Carl. Du moment que tu lui jettes la balle, il t'aime.

Il ébouriffa gentiment les cheveux de Carl.

— Joe, on ira voir les White Stockings au printemps, dis ?

Le sourire de Joe Junior disparut.

— Non, je ne crois pas, gamin. Depuis que Billy Sunday ne joue plus, l'équipe n'est plus la même.

Puis, il s'éloigna.

— Salut, Paul ! jeta-t-il en se retournant.

— Salut, Joe ! fit Paul avec un peu trop d'empressement.

Joe fourra les mains dans ses poches sans daigner lui accorder un regard.

Vers six heures, de légers flocons se mirent à tomber. La famille et les domestiques se rassemblèrent en grande pompe autour du sapin. Tante Ilsa apporta un chandelier et Manfred un escabeau. Oncle Joe alluma une fine bougie au chandelier, monta sur l'escabeau et alluma toutes les bougies blanches, symboles de la pureté de l'Enfant Jésus. L'arbre resplendit de mille lumières ; les bougies étaient fixées à des pinces spéciales qui les empêchaient de mettre le feu aux branches, et on avait disposé près du sapin des seaux d'eau et de sable en cas d'accident.

On n'allumait jamais les bougies blanches avant le soir du réveillon. Noël était une fête traditionnelle que toutes les familles célébraient, mais Paul et tante Lotte n'avaient jamais pu s'offrir mieux qu'un sapin miteux orné de trois ou quatre bougies — et encore deux Noël de suite, ils n'avaient même pas eu d'arbre. Paul débordait d'exaltation et de joie ; il se sentait faire réellement partie de la famille, impression qui se confirma quand tante Ilsa l'enlaça avec tendresse.

Ensuite, ils se rendirent dans la salle à manger pour le repas de Noël qui comprenait une douzaine d'entrées, une carpe comme plat principal et de nombreux légumes. On servit à Joe Junior et à Paul de la Crown blonde dans de superbes chopes en porcelaine avec des couvercles et des anses en argent. Même Carl et Fritzi eurent droit à un petit verre. Tante Ilsa but du punch. Oncle Joe versa une double ration de *Schlagsahne* dans son café. A deux reprises, Paul surprit

Fritzi en train de le dévisager avec des yeux rêveurs. On parlait, on s'amusait, tout le monde participait à la fête, sauf Joe Junior, qui restait sur la réserve.

Après le dîner, ils entonnèrent des chants de Noël pendant une demi-heure autour de l'harmonium. Puis les domestiques les rejoignirent et tout le monde se dirigea vers le petit salon. Là, l'oncle Joe, solennel, sortit une clef en cuivre de sa poche et ouvrit la porte. Carl et Fritzi s'extasièrent devant la montagne de paquets de toutes les couleurs.

Les domestiques reçurent chacun un petit cadeau ainsi qu'une somme d'argent. Paul fut surpris et touché quand tante Ilsa lui remit plusieurs paquets ; Carl et Fritzi étaient très occupés à défaire les leurs. Paul reçut trois chemises, une ardoise d'écolier avec un beau cadre en bois lisse, un rasoir et un petit plateau en cuivre avec son nom gravé — « Tu as l'âge de te raser », expliqua l'oncle Joe — et, merveille des merveilles, une montre de gousset en or.

— Qu'est-ce que tu as eu, Joe ? demanda, tout excitée, Fritzi qui disparaissait derrière un théâtre de marionnettes.

— Des vêtements surtout. Tu crois que je devrais les donner aux pauvres qui crèvent de faim dehors ?

Oncle Joe lui décocha un regard aigu que Joe Junior soutint avec défi. Paul remonta nerveusement sa montre.

Le samedi suivant, c'était la veille du *Sylvestertag*, la Saint-Sylvestre, qui célébrait l'entrée dans la nouvelle année 1893. Comme Noël, *Sylvestertag* était une fête mi-religieuse mi-laïque. Protestants, les Crown la fêtaient avec faste. Ils préparèrent un autre repas gigantesque, avec des sucreries cuisinées spécialement pour l'occasion — de la pâte d'amandes de différentes formes et des petits cochons en chocolat porte-bonheur.

Carl rentra tard d'une partie de base-ball avec Nicky Speers.

— Quand tu viens du dehors, gronda l'oncle Joe, je te rappelle que tu dois nettoyer tes chaussures. Ta mère n'aime pas qu'on laisse de la boue sur ses beaux tapis.

Carl marmonna entre ses dents.

— Va dans la cuisine, ordonna l'oncle Joe d'une voix douce mais ferme. Et nettoie-les bien, je te prie.

Carl s'exécuta.

— Pendant que j'y suis, ajouta l'oncle Joe, j'ai quelque chose à te dire, Fritzi. Et à toi aussi, Paul.

Paul perdit aussitôt son appétit. Ilsa lança un regard de reproche à son époux, mais se garda de l'interrompre.

— Fritzi, je t'ai vue te livrer à une de tes imitations devant la cuisinière. Je cherchais quelque chose à l'office et je ne crois pas que tu m'aies remarqué. Je dois reconnaître que tu es douée, j'ai tout de suite reconnu Mr. Carney, le facteur.

Fritzi pouffa et rougit.

— Les épaules affaissées, les yeux qui louchent, c'était parfait.

Toutefois, je tiens à te rappeler qu'il se tient comme cela parce qu'il parcourt neuf kilomètres par jour, et qu'il n'est plus tout jeune. Quant à ses yeux, c'est cruel de se moquer de l'infirmité d'autrui. S'il louche, ce n'est pas sa faute, je te prierai donc de ne pas attirer l'attention sur ce travers, c'est indigne de toi.

Fritzi se recroquevilla. A l'évidence, elle adorait son père et mériter ses reproches la catastrophait. Le sourire que lui adressa l'oncle Joe la rassura. Il se tourna ensuite vers Paul.

— Maintenant, Paul...

— Mon oncle ! s'exclama-t-il, tel un soldat à son capitaine.

— Je te prie de rentrer ta chemise dans ton pantalon et de te peigner avant de passer à table. Une saine discipline donne un esprit sain.

— Je le ferai, oncle Joseph, promit Paul, qui se contorsionna pour arranger les pans de sa chemise.

Son oncle le gratifia d'un sourire apaisant, puis s'adressa à son fils aîné.

— Joe, laisse-moi te féliciter pour la parfaite netteté de ta barbe. Tu es bien jeune pour la laisser pousser. D'habitude, ce sont les anciens soldats de l'Union qui portent la barbe, c'est un peu leur signe distinctif...

Paul n'arrivait pas à déchiffrer l'expression de Joe Junior.

— Tu tailles ta barbe avec beaucoup de soin, et je dois avouer que je ne m'y attendais pas quand j'ai vu pousser ton premier duvet.

— Je fais de mon mieux, papa. Je connais tes goûts.

Paul se demanda pourquoi Joe Junior ne remerciait pas son père du compliment. L'oncle Joe approuva d'un signe de tête, puis commença à manger. Tante Ilsa s'absorbait dans la contemplation du cercle d'or de son assiette. Tout à son plaisir de manger, Paul oublia l'incident.

A minuit, la famille se précipita dans Michigan Avenue, emmitouflée dans de chauds manteaux, des écharpes et des gants. Chacun agitait une clochette et saluait les voisins, tandis que Carl s'enivrait à faire claquer des pétards.

De la ville parvenaient les échos de la fête — clochettes, pétards, coups de feu. Carl donna un morceau d'amadou à Paul qui l'appliqua sur la mèche d'un pétard. Les deux garçons se reculèrent vivement en se bouchant les oreilles. Le pétard explosa en crépitant comme de la mitraille. Fritzi poussa un cri, courut vers Paul et l'embrassa sur la joue. Puis elle s'enfuit aussi vite qu'elle était venue. Paul vit tante Ilsa se frictionner les bras en souriant. C'était un moment de bonheur parfait.

Mais le lendemain, Joe Junior arriva au *Frühstück* méconnaissable. Paul et oncle Joe étaient déjà en train de manger. Oncle Joe, en manches de chemise, terminait sa tasse de thé.

— Bonne année, fiston, je...

Il s'arrêta, pantois.

Joe Junior avait rasé sa barbe et sa moustache.

— Pourquoi t'es-tu rasé ? s'étonna son père.

— En me réveillant, j'en ai eu assez, c'est tout.

— C'est la seule raison, ou bien est-ce parce que je t'ai compli-
menté ? Assieds-toi et mange, il faut que nous ayons une petite
discussion à ce sujet.

— Non, je n'ai pas faim. D'ailleurs, je suis pressé.

Il se dirigea vers la porte. L'oncle Joe le rappela.

— Où vas-tu ?

— A Pullman, voir Rosie.

— Quand rentres-tu ?

— Je ne sais pas.

Il sortit. Peu après, Paul entendit la porte d'entrée claquer.

Son oncle avait changé de visage. Sa main trembla quand il leva
sa tasse et il renversa du thé sur la nappe. Paul baissa les yeux. Une
querelle de famille, comme il l'avait craint. Cette fêlure fit craqueler
la belle image, lisse et unie, qu'il avait de la famille Crown. Comme
cela avait été rapide !

14

Ilsa

C'était le matin du deuxième jour de l'année 1893. Assise à la table de la salle à manger, Ilsa lisait les journaux locaux en anglais et en allemand. Elle fut surprise d'entendre le pas de son mari dans le hall. Elle le croyait déjà à la brasserie. Joe Junior était parti, les enfants aussi, car l'école avait repris.

Joe Crown entra d'un pas vif, embrassa sa femme sur la joue, puis s'assit à l'autre bout de la longue table. Il était habillé pour sortir, il avait le regard las et les yeux fatigués.

Il coupa un petit pain en deux avant d'y étaler de la confiture avec une cuillère en argent.

— Tu es bien en retard ce matin, remarqua Ilsa.

— Oui, je voulais avoir une petite discussion avec notre neveu. Où est-il ?

— Dehors, avec Peter. Le soleil a déjà séché les pelouses. Peter et Pauli ratissent les mauvaises herbes. Hier soir, j'ai demandé à Pauli d'aller chercher du bois. Ce garçon est vraiment serviable et il ne rechigne pas à la tâche.

— J'ai cru comprendre qu'il voulait qu'on l'appelle Paul, dit Joe Crown en se versant une tasse de thé.

Ilsa sourit.

— Je n'arrive pas à m'y habituer. Pour moi, c'est Pauli depuis le jour où il s'est évanoui sur mon tapis, couvert de neige et de boue. De quoi veux-tu parler avec lui ?

— D'abord, de la question du précepteur.

— Nous sommes tombés d'accord pour dire que c'était une bonne idée.

— Justement, je vais demander à Zwick de passer une petite annonce. Tu sais... j'ai l'impression que ce garçon a une mauvaise opinion de lui. Il n'en parle pas, mais je le sens. Il a besoin de se trouver un métier. Un travail respectable, dans une entreprise où il pourra montrer de quoi il est capable et faire reconnaître ses qualités.

— Pas à la brasserie en tout cas, soupira Ilsa. De toute façon, à mon avis c'est trop tôt. Il faut d'abord qu'il aille à l'école. Une vraie école, un précepteur ne suffira pas.

Joe Crown garda le silence.

— Joe ?

— Va pour l'école. Je voulais avoir ton opinion. (Il la dévisagea sans aménité.) Je trouve que tu rejettes bien catégoriquement l'idée qu'il travaille à la brasserie.

— Non, non, pas du tout. Mais il a surtout besoin de...

— Après toutes ces années, mon métier reste encore un sujet de dispute.

— Tu sais pourquoi. Papa...

— Épargne-moi ton père, coupa-t-il avec une brusquerie inhabituelle qui déplut fort à Ilsa.

— Je parle de la question de la réputation. Nous en avons souvent discuté, Joe. Tu ne peux pas la nier. Pour beaucoup, beaucoup de gens, un brasseur est quelqu'un qui gagne de l'argent en favorisant l'alcoolisme.

Joe Crown se mit à tapoter la dent de sanglier qui pendait à la chaîne de son gousset.

— Je ne favorise pas l'alcoolisme, Ilsa. Je fabrique et je vends une boisson saine et nourrissante, aussi bonne pour la santé que le fromage, la viande ou le lait. Mes parents m'ont donné ma première goutte de bière quand j'avais six ou sept ans, j'en bois avec modération et je ne suis jamais malade. J'en ai par-dessus la tête qu'on accuse les brasseurs de pousser à la paresse, au crime, à la dépravation sexuelle, à la destruction de la famille. On nous accuse de frelater nos produits, voire de les contaminer avec des « impuretés et des poisons » — sans préciser lesquels, bien sûr. Autre insulte, on nous met dans le même sac que les distillateurs de whisky. Je dirige une brasserie honnête, tout de même ! Je ne tolère pas que mes ouvriers boivent sur leur lieu de travail. Si quelqu'un s'envoie un verre ou deux en cachette, je n'y peux rien.

— Tu emploies trois agents qui font du prosélytisme.

— Bon sang, Ilsa, Dolph Hix et ses hommes sont des représentants de commerce !

— Représentant de commerce, comme ça sonne bien ! Dolph et ses acolytes écument les bars les poches pleines de dollars pour payer des tournées générales de Crown, voilà ce qu'ils font !

Écarlate, Joe Crown repoussa sa tasse de thé.

— Cette discussion est stérile. A chaque fois, c'est pareil, on arrive toujours à la même impasse.

— C'est juste, mais je ne peux pas m'empêcher de...

— Excuse-moi, Ilsa, je suis déjà en retard. Au revoir.

Il ne l'embrassa pas comme chaque matin et la quitta le visage fermé. Ilsa entendit la porte d'entrée claquer.

Cette dispute contraria et attrista Ilsa. Elle n'avait pas eu l'intention de provoquer la colère de son mari, ni de le blesser. Elle n'en assumait pas moins ses opinions et ses convictions. A vingt ans, la petite Allemande bien élevée de Cincinnati les aurait gardées pour elle. Plus maintenant.

Ilsa sentait bien que son mari traversait une de ses périodes sombres. Deux fois l'année dernière, il était descendu dans le Sud tout seul. Il prétendait devoir visiter telle ou telle ville en vue de l'installation d'une succursale, ou encore contrôler certains investissements qu'il avait faits en Caroline du Sud. Ses absences suivaient presque toujours une période de grande tension.

Voyager semblait l'apaiser, l'aider à mettre de l'ordre dans ses idées. Parfois, à son retour, il passait des heures à raconter ce qu'il avait fait, où il avait été. D'autres fois, cependant, il restait muet comme une carpe. Ilsa ne doutait pas de son mari, elle n'imaginait pas qu'il eût une maîtresse. Pourtant, ses silences la troublaient, car elle sentait qu'ils exprimaient un désespoir spirituel qui ne l'avait jamais complètement quitté. Les Allemands partageaient un même pessimisme propre aux contrées froides et obscures de l'Europe du Nord. Il ne surprenait personne, il faisait même l'objet de plaisanteries. Mais chez Joe, le malaise était plus profond. Cet aspect de sa personnalité avait toujours déconcerté Ilsa, c'était un recoin de son âme dont l'accès lui était interdit ; un mur qu'il avait dressé entre eux.

Ilsa Crown adorait son mari. Elle connaissait et acceptait ses qualités comme ses défauts, ses humeurs, son ambition féroce. Joseph Crown était possédé par l'ambition. Depuis toujours. C'est grâce à ce feu intérieur qu'il avait bâti succès et fortune. C'était aussi ce qui permettait à Ilsa de vivre et d'élever ses enfants dans un milieu privilégié. Mais il y avait un revers à cette médaille. Joe ne pouvait s'empêcher de modeler le monde selon ses désirs. Or, cette tendance se heurtait à la nature changeante de la vie, à sa part de hasard, et aux contradictions inhérentes aux humains, si bien que les conflits étaient fréquents.

Comme il était facile d'oublier les conflits familiaux pendant les fêtes ! L'arrivée de Pauli avait également apporté une diversion salutaire, du sang neuf et de la gaieté, mais cela aussi aurait une fin. Les vacances à peine terminées, l'alcool était redevenu sujet de dispute entre les deux époux.

Dans la cuisine était accrochée une maxime qui lui venait de sa mère : *Des Hauses Glück Zufriedenheit* — « La félicité est le bien le plus précieux de cette maison. » Ce matin-là, assise à la table du petit déjeuner, Ilsa se demanda si elle parviendrait à préserver la félicité de sa maison dans les mois à venir.

Née Ilse Schlottendorf en 1846, originaire de Bavière, Ilsa Crown avait quatre ans de moins que son mari. Elle était la fille unique d'un couple de fermiers.

Elle avait grandi dans une maison qu'elle aimait — une *Bauernhaus* bavaroise typique, une robuste bâtisse de bois qui servait à la fois de maison et d'étable avec un toit pentu en tuiles rouges. Sa chambre à coucher donnait sur l'étable et toute son enfance avait été bercée par le meuglement des vaches. L'un de ses meilleurs souvenirs était les veillées d'hiver, quand la famille se réunissait dans la cuisine chauffée par le grand poêle en pierre carrelé de céramique aux dessins géométriques. C'était de cette cuisine que venait la devise sur la félicité.

En Bavière, Ilse participait aux travaux de la ferme et la vie au grand air l'avait fortifiée. Elle était dotée d'une vive intelligence et d'une certaine indépendance d'esprit, ce qui ne l'empêchait pas de respecter les traditions.

La période de l'année qu'elle préférait était Pâques. Après la neige abondante de l'hiver et la triste pénitence du Carême, *Ostern* annonçait le printemps. Tout le village se réunissait autour d'un grand feu de joie sur lequel on brûlait un mannequin de paille qui représentait Judas. Le spectacle de la charrette de foin en flammes qui dévalait la colline au crépuscule restait pour Ilsa un souvenir impérissable. Il lui arrivait encore de rêver du chariot cahotant qui lançait des gerbes d'étincelles dans la nuit.

Après plusieurs années de mauvais temps et de maigres récoltes, sans compter le talent de son père pour conclure de mauvaises affaires, la famille fut acculée à la ruine. Ils vendirent la ferme pour une bouchée de pain, obtenant juste de quoi prendre le train jusqu'à Brême et, de là, acheter des billets de troisième classe pour New York. La famille Schlottendorf traversa l'Atlantique en 1856 ; Ilse avait dix ans.

Ils arrivèrent à Castle Garden mais, sur les conseils d'amis du Vieux Continent, ils poursuivirent jusqu'à Cincinnati. Construite sur les rives de l'Ohio, la ville était l'un des trois points de chute de la première grande vague d'immigration — les deux autres étant Milwaukee et Saint Louis. C'est à Cincinnati qu'Ilse américanisa son prénom en Ilsa. On lui avait suggéré Elsa, mais après l'avoir écrit pour en juger l'effet, elle ne le trouva pas assez joli.

Les Schlottendorf louèrent une petite maison près du canal dans Over-the-Rhine, le quartier allemand. Joseph Kroner arriva l'année suivante et il s'installa dans une chambre miteuse d'un autre quartier.

Porté par un regain d'enthousiasme et d'espoir, le père d'Ilsa se lança dans une nouvelle aventure qui se solda par un nouvel échec. Avec deux associés, il acheta des terrains sur les coteaux de l'Ohio, persuadé que la région, qui ressemblait à celle des vignobles allemands, produirait bientôt du vin de qualité grâce à des cépages importés de Moselle et du Rhin. Mais le climat ne s'y prêtait pas, la saison de maturation du raisin était trop courte et l'hiver trop rigoureux. Le projet s'écroula, et avec lui le dernier espoir de Herr Schlottendorf. Les mois qui suivirent ce fiasco marquèrent Ilsa pour la vie.

Elle rencontra son futur époux lors d'une agression dont elle fut victime pendant l'été 1861. L'Union était en guerre contre le Sud, les jeunes gens partaient par milliers au combat et la vue des uniformes fascinait les jeunes filles. Cincinnati, bien qu'officiellement dans le camp des Nordistes, grouillait de partisans des deux camp. Située sur la route qui menait au Canada et à la liberté, la ville était un lieu de rassemblement important pour les Noirs en fuite. Elle était aussi infestée de sympathisants sécessionnistes, liés le plus souvent aux anciens esclavagistes du Kentucky, État limitrophe mis à feu et à sang.

Les « hommes de 1848 » installés en Amérique étaient pour la plupart fidèles à l'Union. Ils honnissaient l'esclavage. Leurs épouses aussi. La mère d'Ilsa travaillait comme infirmière bénévole pour des Quakers qui aidaient les clandestins à rejoindre le Nord. La bibliothèque des Schlottendorf contenait essentiellement de la littérature abolitionniste, notamment le célèbre roman de Mrs. Stowe [1] et les écrits de Frederick Douglass [2] et de William Lloyd Garrison [3]. La famille assistait en outre aux réunions des abolitionnistes.

C'est ainsi qu'en 1861, par une nuit moite d'août, Ilsa Schlottendorf se rendit avec sa cousine de vingt ans, Mary Schimmel, à une réunion d'abolitionnistes dans un hangar.

Plusieurs orateurs blancs montèrent à la tribune pour dénoncer l'esclavage, émaillant leurs discours de déclarations vibrantes sur la nécessité d'éradiquer cette pratique honteuse. Le dernier orateur était un Noir aux cheveux blancs, né en Alabama et qui se nommait Turk. Il raconta comment son propriétaire, pour équilibrer son budget, avait vendu sa femme et ses deux enfants en bas âge. Puis il décrivit ce qu'il avait subi quand il avait tenté de s'opposer à cette vente.

Il ôta sa chemise et s'avança au bord de l'estrade. Lorsqu'il se retourna, l'assistance poussa un cri d'horreur à la vue des cicatrices qui zébraient son dos. La fin de son témoignage fut saluée par des appels à la vengeance. Chacun quitta la salle en farouche partisan de la guerre, même s'il devenait évident que la victoire de l'Union serait longue à obtenir et qu'il faudrait la payer cher en vies humaines.

A la sortie, Ilsa et Mary furent prises dans la bousculade. Dehors, une nuit sans lune et de la brume de chaleur masquaient les étoiles. Elles se mirent à chercher leur boghey. Un terrain vague entourait le hangar en bois. Il y avait tellement de monde qu'elles avaient été obligées de laisser leur véhicule loin du hangar.

Les chariots et les cabriolets quittaient les lieux dans un nuage de poussière. Dans la mêlée, Ilsa saisit brusquement le bras de sa cousine.

— Regarde, Mary, notre boghey ! Mais qu'est-ce qu'ils font ?

A la lumière des lanternes d'une taverne voisine, deux hommes,

---

1. Harriet Beecher-Stowe (1811-1896). Écrivain américain, auteur de *La Case de l'oncle Tom* (1852).

2. Frederick Douglass (1817 ?-1895). Leader noir. Homme d'État (1852).

3. William Lloyd Garrison (1804-1879). Célèbre abolitionniste.

ayant apparemment choisi leur boghey au hasard, tranchaient le harnais du cheval. Libéré, celui-ci s'enfuit au galop.

— Hé là ! cria Ilsa en courant vers eux. Qu'est-ce qui vous prend ?

Sa cousine, ralentie par son poids, la suivit le souffle court. Ilsa était si furieuse qu'elle en oublia sa peur.

— Allez-vous-en, ce boghey est à nous ! hurla-t-elle, agrippée à l'homme le plus proche.

— Ah, garce d'Allemande ! pesta celui-ci.

Il lui balança un coup de coude dans la poitrine. Sous le choc, Ilsa tituba et s'effondra dans les bras de Mary.

— Viens, Jud, siffla l'homme. On va s'occuper de ces putains qui couchent avec les Négros.

— Oh ! mon Dieu ! gémit Mary en allemand. Oh ! mon Dieu !

Terrifiée, Ilsa jeta un regard circulaire dans le terrain vague. Les gens continuaient de partir, les roues de leurs véhicules soulevant d'énormes nuages de poussière. Personne ne pouvait voir Ilsa et sa cousine. Elles étaient sans défense.

— Attrape-la, Tom, dit Jud.

Le dénommé Tom empoigna Ilsa par-derrière.

— Salauds de rebelles ! cria-t-elle en se débattant.

Elle donna des coups de pied, des coups de poing pour se dégager, mais Tom réussi à la faire pivoter vers lui.

— Arrête ça, bordel de merde ! cracha-t-il.

Il la gifla violemment. Tout se mit à tourner, la poussière, les lumières floues de la taverne, le pâle éclat des étoiles. Ilsa vacilla et tomba à genoux. Soudain, elle entendit le dénommé Tom s'écrier :

— Bon Dieu, attention !

— Laissez ces femmes tranquilles, espèces d'ordures ! ordonna un homme avec un fort accent allemand.

Ilsa vit une petite et frêle silhouette s'approcher du boghey, s'emparer du fouet et en cingler Tom en plein visage.

Tom hurla, mais l'inconnu s'acharna sur lui.

— Foutez le camp, fumiers ! Foutez le camp ou je vous tue tous les deux !

Les rebelles ne se le firent pas dire deux fois. Ils prirent leurs jambes à leur cou et disparurent dans la nuit. L'étranger épousseta sa veste noire et mit de l'ordre dans ses cheveux. C'était un jeune homme de petite taille mais bien mis. Il dégageait une autorité naturelle impressionnante.

Il s'approcha d'Ilsa, et l'aida à se relever. Sa main était ferme, une poigne d'acier.

— Vous allez bien ? demanda-t-il en allemand.

— Oui, mais ma cousine...

L'étranger s'agenouilla près de Mary, étendue à côté du boghey, les yeux clos.

— Elle n'est qu'évanouie. Des amis m'ont prévenu qu'on risquait de trouver des partisans sudistes à la sortie, mais je n'imaginais pas qu'ils oseraient s'en prendre à des femmes. Quelle honte !

Il tapota la joue de Mary et lui massa le poignet. Soudain, il releva la tête.

— Oh ! pardonnez-moi ! Je manque à toutes les politesses. J'ai oublié de me présenter.

Ilsa réussit à sourire.

— Euh... vu les circonstances, vous êtes tout excusé.

Mary poussa un grognement et ouvrit les yeux. Après l'avoir aidée à s'asseoir, l'étranger se rapprocha d'Ilsa. Grâce aux lanternes de la taverne, elle vit nettement son visage pour la première fois.

— Je m'appelle Josef Kroner, dit l'homme en s'inclinant.

Plus tard, Ilsa affirma qu'elle était tombée amoureuse de lui à cet instant précis. Si ce n'était pas tout à fait exact — la mémoire modifie les souvenirs à sa guise —, cela devint la légende fondatrice de la famille.

Agé de dix-neuf ans, Josef Kroner travaillait chez Imbrey, l'une des nombreuses brasseries de Cincinnati appartenant aux Allemands. Il y était entré quatre mois plus tôt, après avoir occupé un emploi subalterne chez Rugeldorfer Ice, qui fournissait des pains de glace aux particuliers et à quelques brasseurs, notamment à Imbrey.

Peu après leur rencontre, Josef raconta à Ilsa que lorsque l'Ohio était gelé, pratiquement tous les ouvriers de Rugeldorfer étaient réquisitionnés pour collecter la glace de la rivière. Ils travaillaient de seize à dix-huit heures par jour dans la neige et le froid ; la saison était courte et la demande immense. La bière blonde devenait populaire, mais avant de la vendre il fallait la laisser reposer dans des caves à basse température. Cela exigeait de la glace, des tonnes de glace. La majorité des brasseries ne possédait pas de fabrique de glace. Imbrey avait engagé le jeune Kroner pour qu'il dessine, construise et dirige une fabrique de glace dans sa brasserie.

Imbrey avait beau être une bonne brasserie, ancienne et solide, l'avenir de Josef s'obscurcit quand la guerre éclata. Toute la communauté de Over-the-Rhine vibrait de zèle patriotique. Josef expliqua à Ilsa qu'il partageait cette ferveur et qu'il voulait combattre pour sa nouvelle patrie avec des milliers d'autres Allemands, dont la plupart ne parlaient même pas anglais. En fait, il s'était déjà engagé dans le 5e régiment de cavalerie des volontaires de l'Ohio, commandé par le colonel W. H. H. Taylor.

— Je m'occupais des chevaux à la fabrique de glace, j'ai davantage d'expérience que beaucoup de recrues.

Il devait rejoindre le camp de Dick Corwin au début du mois de septembre.

Ilsa en fut à la fois excitée et attristée. Sa réaction inattendue lui fit comprendre qu'elle aimait le jeune homme.

Josef ne demanda Ilsa en mariage qu'à la fin de la guerre. A cette époque, il avait déjà changé son nom en Joe Crown. Il s'était endurci au combat, notamment quand il avait traversé la Caroline du Nord et celle du Sud jusqu'à Savannah avec la cavalerie des généraux

Sherman et Kilpatrick. Il avait été deux fois blessé, mais parlait peu de la guerre et ne répondait qu'évasivement aux questions d'Ilsa. Elle comprit que c'était une partie de sa vie qui lui échapperait toujours.

Joe fit sa demande avec simplicité :

— Ilsa, me ferais-tu l'honneur de devenir ma femme ?

— Je ne sais pas, répondit-elle le plus honnêtement du monde.

Il parut surpris, puis blessé.

— Tu m'aimes pourtant. Tu me l'as dit plusieurs fois.

— Oui, je t'aime, mais je n'aime pas ton métier.

C'était là que le bât blessait. Il lui avait fait part de son ambition dès son retour à Cincinnati. Il projetait de quitter Imbrey au plus vite pour créer sa propre brasserie. Il voulait prendre son destin en main.

— Je ne veux pas d'un homme qui travaille dans la brasserie ou dans la distillerie, ajouta-t-elle.

— Attends ! s'exclama-t-il. Ce n'est pas la même chose. La bière est une boisson saine, c'est une boisson allemande et les brasseurs sont des gens honnêtes.

Il lui rappela que les brasseurs allemands d'Amérique avaient participé au financement de la guerre en soutenant la loi de finances de 1862 qui décrétait une taxe de un dollar sur chaque baril de bière.

— Je sais, mais je ne peux pas oublier mon pauvre père.

— Ton père est mort, Ilsa. Tu ne m'en as jamais beaucoup parlé. Tout ce que je sais, c'est qu'il est mort pendant que j'étais à la guerre.

— C'est à cause de papa que maman est épuisée. Pendant plus de cinq ans, elle a travaillé six jours par semaine à la boulangerie Kammel. Elle devait subvenir à nos besoins parce que papa en était incapable. Tu ne l'as rencontré qu'une ou deux fois, et tu ne t'en es sans doute pas aperçu, mais c'était un ivrogne.

Joe ne répondit rien. Il l'avait peut-être deviné, mais Ilsa ne tenait pas à le savoir.

— Il buvait tout le temps. Maman dit que c'est à cause de ça que la ferme a périclité. Ici, ce fut pire. Après l'échec du vignoble, il s'est mis à boire de plus en plus. Il buvait n'importe quoi, du vin, du whisky, de l'alcool de blé. Au début, ses amis ont essayé de l'aider, de lui trouver du travail, mais il n'arrivait même pas à garder un emploi subalterne. La nuit où Cincinnati a fêté la défaite des Sudistes à Gettysburg, il s'est encore saoulé, il est tombé dans le canal et il s'est noyé. Tu comprends pourquoi je ne peux pas épouser un homme qui encourage les autres à boire.

Ilsa Schlottendorf épousa quand même Joe Crown, car son amour était plus fort que son dégoût, bien peu germanique, de la bière. Pendant des années, elle se conduisit en épouse et mère parfaite, et ne critiqua jamais le métier de son mari.

Ces derniers temps, les choses avaient changé.

Ces derniers temps, beaucoup de choses changeaient chez les Crown.

Ilsa se ressaisit. Elle quitta la salle à manger et se rendit dans la plus grande pièce du rez-de-chaussée, son domaine personnel : la cuisine.

Par bien des côtés, le caractère et les intérêts d'Ilsa Crown étaient inhabituels pour une femme de sa condition. Toutefois, son attachement à sa cuisine était on ne peut plus classique. Bien avant son mariage, elle avait compris qu'une *perfekte Küche* était le signe d'une maison bien tenue. Une fois mariée, elle y consacra une grande partie de son temps. Faire la cuisine la réconfortait quand un problème la perturbait.

Ilsa et Louise, une petite femme aux allures de souris grise, échangèrent un signe de tête en se murmurant bonjour. Louise finissait de préparer la pâte pour les *Nudeln*. Joe aimait les *Nudeln* frites au beurre. Ilsa avait l'habitude de pétrir elle-même la pâte ; non seulement Louise ne protestait pas, mais elle trouvait normal qu'une épouse américano-allemande cuisine le repas familial, même avec une armée de domestiques sous ses ordres.

La cuisine d'Ilsa, bien qu'équipée d'une vieille cuisinière à bois, était nette et spacieuse. Des poêles en cuivre de toutes tailles pendaient au mur en rangées bien ordonnées. Des ustensiles en bois et en métal — cuillères, couteaux, hachoirs, scies à viande — étaient disposés sur des porte-outils muraux. C'était dans l'aménagement de sa cuisine et dans sa tenue qu'une *Hausfrau* démontrait sa précieuse *Tüchtigkeit*. Son savoir-faire.

Louise plaça une planche à pétrir sur la table de travail, près du billot de boucher, puis elle y déposa la pâte. Ilsa apporta un pot de farine, puis, après avoir relevé ses manchettes de dentelle jusqu'aux coudes, elle saupoudra une poignée de farine sur la pâte et commença à la travailler.

Louise souleva le couvercle d'une marmite. L'odeur du bouillon de poulet se mêla aux arômes qui flottaient déjà dans la cuisine. Ilsa entendit quelqu'un s'agiter dans l'office.

— Qui est là, Louise ?

— Le livreur de chez Frankel. C'est un nouveau. Je lui ai donné un bol de café parce qu'il me l'a demandé. (Puis elle ajouta à voix basse :) Il a un sacré culot. Ça m'étonnerait que Frankel le garde bien longtemps.

La pâte durcissait lentement, mais elle n'était pas encore assez ferme. Ilsa travaillait d'instinct, sans montre ni recette. Elle avait commencé à aider sa mère à préparer les *Nudeln* dès l'âge de quatre ans. Le pétrissage commençait à l'apaiser et à égayer son humeur.

Sifflotant, le livreur arriva de l'office d'un pas nonchalant. C'était un grand benêt d'une vingtaine d'années au teint très pâle, à l'œil noir et fureteur. Il portait un pantalon noir, un gilet noir, une chemise blanche aux manches rougies par la viande. Il posa son bol de café sur une chaise et inclina sa casquette en arrière. Ses cheveux soignés dessinaient un accroche-cœur sur le front.

— Merci pour le café, dit-il à Louise, il est fameux. Ma mère aussi faisait du bon café. Encore meilleur, même.

Louise regarda sa patronne d'un air affligé.

— Tu as mis les côtelettes où je t'ai dit ? demanda-t-elle au livreur.

— Dans la glacière, oui. L'office est bigrement grand, dites donc ! Chez nous aussi il était grand, mais moins qu'ici. Bonjour, madame, fit-il en remarquant Ilsa.

Ilsa lui sourit bien qu'elle n'aimât pas son regard. Il examinait la cuisine, passant d'une marmite en cuivre à une louche en argent, comme s'il les évaluait.

— Comment vous appelez-vous, jeune homme ?

— Daws. Jimmy Daws.

— Louise m'a dit que vous êtes nouveau chez Abraham Frankel.

— Oui, ça fait deux semaines que j'ai commencé.

— Mr. Frankel est un brave homme. Ça vous plaît la boucherie ?

— Comme ça, fit le livreur avec un haussement d'épaules qui irrita Ilsa. C'est mieux que de vendre des journaux ou de cirer les bottes dans les rues. J'ai fait ça et... euh, des tas d'autres boulots.

— Vous comptez rester dans la boucherie ?

— J'en sais rien. J'ai peur de mourir d'ennui. Mais faut gagner sa croûte, pas vrai ? Allez, bien le bonjour, mesdames, faut que je m'en aille. Merci encore, cuistot !

Après son départ, Louise ne décoléra pas.

— Cuistot ! Non, mais vous l'avez entendu ? Jeune impertinent ! Je connais ce genre de numéros, ça se croit toujours supérieur aux autres. Si vous voulez mon avis, c'est vaurien et compagnie. (Elle ajouta en chuchotant, bien que le livreur fût parti :) Frankel ne le gardera pas. Il dit que c'est un fainéant.

— Je n'aime pas son genre, déclara Ilsa. Je ne sais pas pourquoi, mais il... provoque la méfiance.

Dès son retour de l'école, Fritzi se précipita dans le petit salon, tout en émoi.

— Maman, j'ai une question à te poser. C'est très important !

Ilsa sourit ; Fritzi aimait le théâtre. Elle déclamait plus qu'elle ne parlait.

— Je t'écoute.

— A l'école, Gertrude Emmerling m'a dit que les cousins germains ne devaient pas se marier entre eux. Elle prétend que ce n'est pas bien.

— Les cousins... ?

Ilsa s'arrêta et prit son air le plus grave.

— C'est une question qui te préoccupe, Fritzi ?

— Euh... C'est juste par curiosité, maman. Je voulais savoir, c'est tout.

Ilsa prit les mains de sa fille dans les siennes.

— Gertrude Emmerling a raison, mon enfant. Ce n'est pas bien de se marier entre cousins ; dans certains États, c'est même interdit. Je ne connais pas bien la loi en Illìnois... Mais, ne t'inquiète pas, ajouta-t-elle en enlaçant sa fille, tu as encore le temps de penser au mariage.

— Je voulais juste savoir ! s'écria Fritzi avant de s'enfuir.

Ilsa resta songeuse. Ainsi, Fritzi était amoureuse ! Ilsa comprenait, elle aussi avait eu des béguins dans son enfance. « Bah, ça lui passera ! » se dit-elle.

15

Joe Crown

La querelle avec Ilsa avait irrité Joe. Il mit du temps avant d'être assez calme pour appeler Yerkes, ce qu'il n'envisageait jamais de gaieté de cœur, même quand il était de bonne humeur. Les deux hommes devaient discuter d'une réception de dignitaires organisée par leur comité. La réception aurait lieu au club de l'Union League le 1er mai, jour de l'ouverture de l'Exposition, en présence du Président. L'infante d'Espagne y assisterait, de même qu'un descendant de Christophe Colomb. Comme de nombreux patrons de Chicago. Joe avait décidé de fermer la brasserie ce jour-là.

Il parla avec Yerkes pendant dix minutes. La communication était mauvaise, brouillée par des parasites. Les inventions modernes n'étaient pas encore au point, loin de là.

Joe n'avait jamais aimé Yerkes. C'était un brigand qui ne pensait qu'à se remplir les poches. Il n'accomplissait ses devoirs civiques que par calcul.

— Les journaux sont-ils au courant de nos efforts ? demanda-t-il justement à Joe.

— Vous voulez savoir s'ils ont mentionné nos noms ? Pas à ma connaissance, non.

Joe se garda d'ajouter qu'il n'avait pas pour habitude de chercher son nom dans les journaux.

— Pourquoi ? demanda-t-il. C'est important ?

— Mais je pense bien que c'est important ! Nos efforts méritent une certaine reconnaissance. Pourquoi n'essayez-vous pas de prendre contact avec un journaliste ? Gene Field, le chroniqueur mondain du *Daily News*, par exemple.

— Si c'est important pour vous, Charles, pourquoi ne pas vous en charger ? rétorqua Joe, plus sèchement qu'il n'aurait souhaité. Je suis débordé en ce moment.

— Très bien, Joe, si vous le prenez sur ce ton, je m'en charge.

Un clic, un sifflement, et la communication fut coupée.

Joe raccrocha l'écouteur et sortit de la cabine en bois qu'il avait fait installer contre le mur. C'était sa deuxième contrariété de la journée, ce qui le ramena à sa dispute avec Ilsa.

Il comprenait qu'elle n'aimât pas la brasserie, mais il en souffrait. Quelles que fussent ses raisons, il les trouvait injustifiées, et il pensait sincèrement ce qu'il lui avait dit. Il dirigeait la brasserie Crown de façon honorable. Il n'avait jamais recours aux pratiques douteuses fréquentes dans la profession — l'entente secrète sur les prix, la vente à perte dans certains endroits pour couler ses concurrents. Il ne permettait ni ne tolérait le *Sternwirth*, la bière à volonté pour ses employés. Il retirait ses produits des établissements qui laissaient les femmes de petite vertu vendre leurs charmes aux clients. Et il ne faisait pas travailler les enfants.

Certains de ses collègues disaient que sa morale lui faisait perdre de l'argent.

— Je m'en moque, rétorquait-il. Je ne fais pas d'affaires à n'importe quel prix.

Ce n'était pourtant pas suffisant pour Ilsa, à cause de son père et de quelques-unes de ses amies : Miss Frances Willard[1], de l'Union des chrétiennes pour la tempérance, ou Miss Jane Addams[2], du centre Hull House, par exemple.

Joe Crown était fier de l'indépendance de sa femme et de son intelligence. Il aurait simplement souhaité que cette indépendance ne l'entraînât pas trop loin. Il fallait déjà supporter la montée du socialisme, de l'anarchisme, de l'amour libre, du bimétallisme, des droits de la femme, pour ne citer que les pires fléaux de cette fin de siècle.

La modernité était parfaite pour les hommes, moins pour les épouses.

Dans l'après-midi, il s'enferma dans son bureau pour réfléchir à la lettre qu'il projetait d'écrire à Lotte. Il prit une feuille de papier frappé de la couronne d'or et traça d'une petite écriture précise et nette :

> *Ma chère sœur,*
>
> *Je suis impardonnable de ne pas t'avoir écrit plus tôt. Sache que notre neveu est bien arrivé. Il se fait maintenant appeler Paul Crown, et j'en suis très flatté. Nous prendrons soin de lui, sois-en sûre.*
>
> *J'espère de tout mon cœur que cette lettre te trouvera en bonne santé, que tu as passé un bon Noël et que la Nouvelle Année t'apportera des milliers de bonnes choses. Je t'écrirai plus en détail quand le temps me le permettra. Nous t'envoyons tous nos meilleurs vœux et nos amicales pensées.*
>
> *Ton frère qui t'aime.*

---

1. Frances Elizabeth Willard (1839-1898). Pédagogue américaine.
2. Jane Addams (1860-1935). Assistante sociale américaine.

Il trempa sa plume et signa d'un grand J majuscule empanaché.

Il prit une carte postale colorée dans un casier qui en contenait des douzaines, toutes identiques ; elles représentaient la façade de la *Brauerei* Crown avec les drapeaux américains flottant sur ses tours. L'illustrateur et l'imprimeur lui avaient coûté cher, mais il n'était pas peu fier du résultat. Vu l'engouement actuel pour les collections de cartes postales, il jugeait cette dépense utile à la promotion de ses produits. Paul en avait réclamé une pour l'ajouter à ses trésors disposés sur une étagère dans sa chambre.

Joe glissa la carte dans l'enveloppe, inscrivit l'adresse de sa sœur, et demanda à Zwick de la poster.

En rentrant chez lui ce soir-là, confortablement installé dans son landau, il pensa à Paul. Ses pires craintes ne s'étaient pas concrétisées. La famille avait bien accepté le garçon. Carl l'admirait ouvertement, sans doute parce qu'il était plus âgé. En revanche, Joe n'avait pas imaginé que Fritzi pourrait s'enticher de son cousin. La réaction de Joe Junior constituait le seul point noir. Il ne se montrait pas à proprement parler hostile mais plutôt indifférent ; froidement indifférent.

Paul en souffrait certainement. Il éprouvait probablement pour son aîné la même admiration que celle que Carl lui vouait. Joe Crown ne comprenait pas les raisons du comportement de son fils — sinon qu'il y voyait une nouvelle manifestation de sa rébellion contre l'autorité paternelle.

Ah, mais qui pouvait analyser ou expliquer les actes d'un jeune entêté, influencé par un homme tel que Benno Strauss ? Que Joe Crown ait fait preuve d'un entêtement semblable au même âge, et qu'il ait émigré en Amérique contre l'avis de tous — des timorés et des envieux —, ne l'effleurait pas. Non, il parlerait à Joe Junior, c'était décidé. Il fallait mettre un terme à l'inimitié passive de son fils aîné.

Ce soir-là, après le dîner, il alla frapper à la porte de la chambre de Joe Junior. Un bref monosyllabe lui enjoignit d'entrer.

Joe Junior lisait, allongé sur son lit. Il referma son livre. Joe nota le titre avec humeur : *Progrès et Pauvreté*, de Henry George[1]. Ce pamphlet fielleux ! Henry George était un socialiste qui condamnait le concept même de la propriété privée. Il s'en prenait violemment aux propriétaires terriens qui exploitaient les plus démunis et réclamait qu'ils paient une taxe prohibitive. Henry George était une calamité.

— Salut, papa.

— Junior, j'ai un service à te demander.

— Oui ?

---

1. Henry George (1839-1897). Économiste américain.

Machinalement, Joe tripota la dent de sanglier qui pendait à la chaîne de sa montre.

— J'aimerais que tu t'occupes davantage de ton cousin. Que tu sois plus amical avec lui.

— Papa, soupira Joe Junior, je travaille six jours par semaine. Je suis fatigué quand je rentre à la maison... comme tous ceux qui travaillent à la brasserie, ajouta-t-il sur un ton accusateur.

Joe manipulait la dent d'une main fébrile.

— Tu n'es pas trop fatigué pour lire de la propagande socialiste, à ce que je vois. Tu pourrais passer un peu de temps avec Paul le dimanche.

Le regard de Joe Junior se fit glacial.

— Le dimanche, c'est le seul jour où je peux voir Rosie.

— Peu importe. Je te demande de t'occuper de Paul. C'est un garçon sympathique...

— Oh ! il n'est pas mal... un peu jeune, peut-être.

— Quand il fera beau, j'aimerais que tu lui fasses visiter la ville. Montre-lui les endroits intéressants. Ce n'est pas trop te demander, Junior, et j'y tiens.

— D'accord, papa. Je ferai de mon mieux.

— Je te remercie, Junior. Bonne nuit.

Il s'esquiva rapidement, afin de partir sur une note victorieuse. En refermant la porte il entendit avec stupeur la voix étouffée de son fils :

— Tu risques de ne pas apprécier ce que je vais lui montrer.

Joe Crown poussa un juron, et s'éloigna.

Ilsa et Joe se mirent au lit sans reparler de la querelle du petit déjeuner. Joe prit la main de son épouse sous les draps. Elle se nicha contre lui et il sentit le parfum des crèmes dont elle enduisait chaque soir son visage. Elle lui caressa affectueusement le menton avant d'y poser un baiser.

— Tu sais, murmura-t-elle, pour l'inscription de Paul à l'école...

— Je lui en parlerai à la fin de la semaine. J'ai déjà commencé à me renseigner.

— Merci, Joe.

Elle l'embrassa de nouveau, puis sombra vite dans le sommeil.

Joe resta éveillé. Il pensait à Paul. A ses déboires sur le bateau ; à l'incendie tragique du New Jersey ; aux épreuves qu'il avait rencontrées sur la route de Chicago. Cela le ramena à ses propres souvenirs d'immigrant. Il avait connu la faim, des moments difficiles, de l'hostilité parfois, mais jamais la violence. Durant son long voyage d'Aalen à Cincinnati en 1856, il avait même vécu des moments heureux.

Il se souvint de la première partie de son voyage, sur une péniche qui descendait le Rhin avec une cargaison de charbon. Il avait versé une somme dérisoire au capitaine et il travaillait en échange des repas. C'était le début de l'été. Souvent, la nuit, étendu sur le pont, il contemplait les milliers d'étoiles. Une fois, il avait vu une étoile filante, avec sa traînée de feu ; un spectacle fascinant.

Il avait quitté le port de Brême sur un bateau de la compagnie North German Lloyd. L'entrepont au confort spartiate était néanmoins bien entretenu ; la nourriture était simple mais abondante, et la traversée s'était déroulée sans le moindre problème. A New York, il avait accosté à Castle Garden, un vaste bâtiment au toit conique entouré d'un parc agréable à la pointe de Manhattan. Battery Park, lui avait-on dit.

Le jeune Josef Kroner ne mit que trois heures et demie à accomplir les formalités d'entrée sur le sol américain.

Sachant qu'une colonie d'Allemands s'était installée aux abords d'une artère appelée la Bowery, il s'y rendit avant la tombée de la nuit. Il entra dans un bar allemand où il but de la bière, mangea des saucisses et du pain, puis demanda du travail — il avait besoin d'argent pour payer son voyage jusqu'à l'une des villes à forte concentration d'Allemands.

Il fut engagé pour réparer un toit, ce qu'il fit en deux mois. Ensuite, il chercha encore du travail. Comme beaucoup de gens à New York parlaient sa langue, il n'avait pas de problèmes de communication. En outre, il avait acheté un livre de grammaire anglaise qu'il étudiait à ses moments perdus.

Il trouva un emploi de factotum dans un théâtre, le Bowery Theater, une grande bâtisse lugubre. Les pièces qu'il vit du fond de la salle mettaient en scène des bagarres à coups de poing, au couteau, des duels au pistolet et, une fois sur deux, on assistait à l'enlèvement de l'héroïne. Les spectateurs bavardaient, riaient, s'insultaient. Le théâtre était fréquenté par des mauvais garçons et des prostituées qui jetaient des pièces ou des pelures d'orange aux acteurs, c'était selon. Josef Kroner en conçu un vif dégoût pour le théâtre américain.

Dès qu'il eut économisé assez d'argent, il décida d'acheter un billet de train pour Saint Louis, la Mecque des nouveaux immigrants allemands. Or il se trouva que le caissier du théâtre avait à Cincinnati un frère qui dirigeait une fabrique de glace. Le caissier, qui aimait bien Josef, lui donna une lettre d'introduction.

— Laisse tomber Saint Louis, conseilla-t-il. Cincinnati est une bien plus jolie ville. Tu y trouveras un tas de compatriotes.

Joe songea aux caprices du destin qui envoient un homme sur une route plutôt que sur une autre. Sans le caissier du Bowery, Josef se serait installé à Saint Louis, il n'aurait sans doute jamais appris le métier de brasseur, il n'aurait pas fondé sa propre brasserie à Chicago, ne se serait pas tué au travail pour la faire prospérer et rembourser l'argent qu'il avait emprunté.

Il n'aurait jamais rencontré Ilsa, ni découvert, émerveillé, le visage de ses chers enfants, ni offert l'hospitalité à son neveu. Il n'aurait pas connu la richesse, et parfois les soucis...

Comme ce genre de pensées était agréable, bien au chaud dans son lit par une froide nuit d'hiver !

Joseph Crown l'adulte avait été façonné par Josef Kroner l'enfant. Il gardait de bons souvenirs d'Aalen. Les odeurs de levure, de bière, du pain que l'on cuit. Le bavardage animé des clients bigarrés qui occupaient les dix chambres de l'hôtel Kroner — la petite brasserie était située juste derrière. Le jeune Josef jouait devant l'hôtel sur les pavés de la Radgasse, ou partait en expédition guerrière dans les collines avoisinantes avec d'autres gamins. C'était un excellent élève, mais la discipline rigide de l'école lui pesait.

Son père, Thomas, était un homme sérieux au front perpétuellement barré de plis soucieux. Thomas avait de multiples raisons de s'inquiéter : la politique, la cruauté des nobles qui possédaient la terre, le destin de l'Allemagne. Sa mère, Gertrud, était plus pragmatique. Elle dirigeait l'hôtel et tenait les comptes. Elle était très douée en calcul, qualité dont Josef hérita.

Il ne comprit que des années plus tard le sens de la révolution de 1848. A l'époque, il n'avait que sept ans, et il en perçut surtout le côté terrifiant : son père rallia le camp des révolutionnaires, puis son frère aîné, Alfred, fut arrêté par les soldats et jeté en prison. Josef n'échappa aux soldats que parce que sa mère le cacha dans un placard. Alfred sortit de prison métamorphosé. Il avait été maltraité, battu et humilié. Il ne marcha plus jamais normalement. Il avait neuf ans.

Noël 1849 fut l'époque la plus horrible que Josef ait connue. Thomas Kroner fut pendu à Stuttgart. On renvoya son corps à Aalen pour y être enterré. La première nuit, Josef approcha en tremblant du cercueil exposé sur des tréteaux dans le salon drapé de noir. Comprenant que son père reposait dans la boîte de bois brut, il se jeta contre le cercueil, tambourina sur le couvercle, sanglota de chagrin et de haine ; le pasteur luthérien l'empoigna, le porta jusqu'au deuxième étage et l'enferma dans sa chambre. Josef hurla en martelant la porte de coups de pied et de coups de poing.

Quelques minutes plus tard, il entendit le pas claudiquant de son frère racler le plancher.

Alfred essaya de le calmer à travers la cloison. Josef hurla de plus belle. Enfin, la clef tourna dans la serrure et le pasteur entra avec un seau d'eau froide dont il aspergea Josef. La douche stoppa net sa crise de nerfs.

Il s'échappa de la chambre, dévala l'escalier et se réfugia en pleurs dans les bras de sa mère. Ce fut son premier accès de folie ; et le dernier.

Thomas Kroner dans la tombe, l'hôtel et la brasserie connurent des temps difficiles. Il y avait tout simplement trop de travail, et la mère de Josef était une femme brisée. En 1851, la brasserie ferma, puis l'hôtel déclina et acquit mauvaise réputation. Les habitués cessèrent de le fréquenter. Quand Gertrud mourut d'une crise cardiaque en 1853, l'hôtel fut vendu à bas prix, leur laissant à peine de quoi couvrir les dettes.

Josef fut placé dans une famille de la paroisse avec son frère et sa sœur. Ils vécurent ainsi, trimballés d'une famille à l'autre comme des colis non réclamés. En 1855, déçu par l'Allemagne, dégoûté par la cruauté de ses dirigeants, n'attendant plus rien de son pays, Josef commença à prêter l'oreille aux récits sur l'Amérique et à économiser de l'argent. En 1857 — il avait quinze ans —, il quitta Aalen pour toujours. Sa sœur Charlotte n'avait que dix ans quand il lui dit adieu ; son frère cadet, Gerhard, n'en avait pas encore neuf et c'était déjà un garçon détestable, sans doute parce qu'il n'avait pas eu de père. Plus tard, dans une série de lettres fielleuses, Gerhard raconta à Josef que leur sœur était devenue la maîtresse d'un Berlinois, pour ne pas dire pire.

Josef, qui s'appelait dorénavant Joseph Crown, refusa de croire son frère. Il n'essaya pas de vérifier la véracité de ses accusations, mais il cessa d'écrire à Gerhard. Il n'envoya même plus de carte de vœux pour Noël, ce qu'Ilsa qualifia d'indigne d'un chrétien.

La première semaine de janvier 1893, une couche de trente-cinq centimètres de neige tomba sur Chicago. Le dimanche, par une température au-dessous de zéro, Joe demanda à tout le monde de sortir dans la cour enneigée. Seul manquait Joe Junior, qui était déjà parti faire du patin à glace avec des camarades. Sa petite amie était malade, avait-il annoncé au *Frühstück*.

Ilsa et les enfants s'emmitouflèrent dans de chauds manteaux, enfilèrent des moufles et des bottes. Joe enroula une longue écharpe rouge autour de son cou, il enfouit ses gants de cuir dans ses poches pour avoir les mains libres, et il prit son appareil photo, un Kodak.

— Tout le monde en rang ! Je vais vous prendre en photo devant le tas de neige.

— Le soleil est trop fort, Joe, dit Ilsa. J'arrive à peine à ouvrir les yeux. La photo ne risque-t-elle pas d'être ratée ?

— Je ne sais pas, répondit Joe, cet appareil est un mystère pour moi. On verra bien.

Ses doigts gourds s'escrimaient sur le boîtier. Lorsqu'il regarda dans le viseur, il remarqua l'expression de Paul, les yeux rivés sur l'appareil, captivé, ensorcelé même.

Fritzi tira la langue à Carl, puis pouffa et agrippa la manche de Paul pour lui glisser quelque chose à l'oreille. Paul ne l'écouta même pas.

Quand ils entrèrent dans la cuisine pour boire un cacao chaud, Joe déclara :

— Paul, viens dans mon bureau, j'ai à te parler.

Le bureau de Joe Crown était situé au rez-de-chaussée. Il s'y enfermait souvent le soir ou le dimanche après la messe pour étudier les dossiers qu'il avait rapportés de la brasserie ou pour régler les affaires familiales.

— Ferme la porte et assieds-toi, Paul.

Paul approcha une chaise du bureau. Joe posa le boîtier noir du Kodak sur une pile de papiers. Le soleil qui inondait la pièce forçait Paul à cligner des yeux. Joe n'eut pas le temps d'ouvrir la bouche que Paul désignait l'appareil :

— Combien ça coûte, oncle Joe ?

— Tu aimerais en avoir un ? fit Joe, surpris.

— Oh ! beaucoup ! Un jour, oui, j'aurai lui.

L'anglais de Paul était incertain, son accent déplorable. Il cherchait souvent ses mots.

Joe prit l'appareil photo.

— La compagnie Eastman présente plusieurs modèles en ce moment. Celui-ci a coûté exactement huit dollars et vingt cents. Si tu économises chaque penny dès maintenant...

— J'ai encore une question, mon oncle. Peut-on gagner de l'argent avec la photographie ?

Joe réfléchit.

— Les imprimeurs de cartes postales, oui, sans doute.

— Non, je veux dire... peut-on gagner de l'argent en pressant le bouton ?

— Ah, en prenant les photos ? Non, je ne crois pas. Ou pas beaucoup. Il y a bien des galeries qui exposent des portraits, mais ce sont des galeries miteuses. Miteuses, c'est-à-dire pauvres, ajouta-t-il devant l'air égaré de Paul. C'est une remarquable invention, mais ça m'étonnerait qu'elle dépasse jamais l'attrait de la nouveauté. Les gens ne vont tout de même pas se mettre à accumuler des portraits de famille ou des vues de la muraille de Chine !

En reposant l'appareil photo, il nota la déception de Paul.

— Paul, j'ai deux choses à te dire à propos de ton éducation. J'ai eu un entretien avec un homme qui pourrait te donner des cours particuliers d'anglais, et j'en verrai un autre mardi. Je choisirai l'un ou l'autre. Je crois que cela t'aidera.

— Merci, mon oncle.

— Nous avons beaucoup discuté de ton avenir avec ta tante, et nous pensons... elle pense que tu devrais aller à l'école. Ton anglais est loin d'être parfait — comprends-moi bien, tu as fait de gros progrès en très peu de temps, mais pas suffisamment pour suivre en classe. Il faudra commencer par une classe au-dessous de ta tranche d'âge. Le précepteur que j'engagerai t'aidera aussi pour tes devoirs. Je t'inscrirai à l'école le plus tôt possible.

— La même école que Carl et Fritzi ?

— Non, une autre. J'ai pris conseil auprès d'un ami à moi, George Hesselmeyer, qui fait partie avec d'autres Allemands du rectorat de Chicago. Hesselmeyer m'a recommandé une excellente école pour toi.

— Quelle genre d'école ?

— Une *Volksschule*. Une école primaire. Tu y rencontreras des garçons et des filles qui... Qu'est-ce qu'il y a ?

Paul avait agrippé ses genoux et les serrait si fort que ses articulations avaient blanchi.

— Je suis pas doué pour les études, mon oncle. Je ne sais pas pourquoi, mais c'est comme ça.

— Tu n'aimes pas l'école ?

— Vraiment... non. Les livres... ils m'ennuient. Les maîtres aussi. J'aimerais apprendre plein de choses sur l'Amérique, mais plutôt en marchant dans les rues. Regarder, écouter...

— Selon tes caprices, c'est ça ?

Le soleil éclairait le profil de Joe Crown. Il ne souriait plus. Il affermit sa voix et reprit :

— Tu n'iras pas bien loin dans ce pays si tu te contentes de suivre tes caprices, Paul. Il faut que tu fasses des études.

— J'apprendrai seul, mon oncle. J'étudierai avec force...

— Tu connais le proverbe ? coupa Joe, et il cita en allemand : « Celui qui apprend tout seul est l'élève d'un ignorant. » Tu as autre chose à une dire ?

— Oui, mon oncle. Mon cousin Joe, il travaille dans votre brasserie. Pourquoi pas moi ?

Il avait dit cela avec une note de désespoir dans la voix.

— Dans un an ou deux, quand nous aurons vu comment tu te débrouilles, tu pourras peut-être travailler à la brasserie. Je ne voudrais pas te paraître trop dur, Paul, mais tu vis chez moi, sous ma responsabilité, et c'est moi qui décide. Tu iras à l'école.

— Bien, mon oncle, souffla Paul, vaincu, la mine catastrophée.

Joe Crown bouillonnait intérieurement. « Ilsa a tort, l'école n'est pas faite pour lui. » Mais il craignait de miner son autorité en revenant sur sa décision, ou en donnant des signes d'indécision. Le mari et la femme devaient présenter un front uni.

— Ne t'inquiète pas, dit-il, radouci. Tu te plairas bientôt dans ta nouvelle école, j'en suis sûr.

Paul acquiesça, le visage blême.

— Je te remercie, Paul. Ce sera tout.

Paul se leva, remit la chaise à sa place et sortit sans un mot. Joe Crown resta longtemps songeur.

« Ce garçon est intelligent. Des centaines d'hommes apprennent et se cultivent tout seuls. C'est ce que j'ai fait, cela ne m'a pas mal réussi. J'aurais dû résister à Ilsa. Je crains fort que l'école n'apporte rien de bon à Paul. »

16

Paul

Paul détestait l'école. La seule idée d'y retourner le rendait malade. Mais il était reconnaissant à son oncle et à sa tante de l'attention qu'ils lui témoignaient, et il ne voulait pas paraître ingrat. Il avait donc capitulé devant l'oncle Joe. Il s'efforcerait de faire de son mieux, mais il doutait de sa capacité à réussir. Par exemple, contrairement à son oncle, pour qui les mathématiques étaient une matière noble, Paul était brouillé avec les chiffres. Il s'en désintéressait totalement. Oui, décidément, l'idée d'aller à l'école le rendait malade.

Chaque jour, Paul apprenait à mieux connaître ses cousins.

Les sports préférés de Carl étaient le base-ball, la lutte, et un nouveau jeu appelé football. Il adorait mesurer sa force à celle d'autres garçons. Il exigeait toujours que Paul lutte avec lui dans des endroits interdits, comme le grand salon, par exemple. Paul cédait parfois. Il était plus grand et plus fort que Carl, mais le combat n'était jamais gagné d'avance car, petit et trapu, Carl était doté d'une puissance physique hors du commun.

Joe Junior était plus solitaire. L'été, il aimait nager dans le lac Michigan, loin du rivage, seul contre des vagues gigantesques et de violents courants. L'hiver, il aimait patiner sur la glace à Lincoln Park quand il n'allait pas voir sa petite amie à Pullman, au sud de Chicago. En Allemagne, le patin à glace jouissait d'une immense popularité, mais Paul n'avait jamais appris à en faire. Tante Lotte disait qu'ils ne pouvaient se permettre de gaspiller de l'argent dans l'achat de patins.

Paul aurait bien voulu accompagner Joe Junior à Lincoln Park, mais son cousin ne le lui proposa jamais. Sans doute le considérait-il comme un gamin encombrant.

Fritzi était plus émotive que ses frères ; elle s'enflammait pour un rien, soupirait sans cesse et s'amusait à se pâmer, la main sur le front, dans une attitude théâtrale qui faisait rire Ilsa. Paul trouvait cela ridicule.

Fritzi dévorait des romans et des ouvrages sur la signification des rêves, mais le théâtre restait sa véritable passion ; les acteurs, les actrices, et leur monde de paillettes et d'illusion peuplaient son imagination. Fritzi allait au théâtre avec sa mère — oncle Joe les accompagnait parfois, mais il n'avait guère de goût pour le théâtre, disait-elle.

Elle poursuivait Paul inlassablement. Voulait-il voir sa collection de programmes de théâtre ? Sa dernière imitation ? Voulait-il qu'elle lui décrive le divin Edwin Booth ? Le beau, le superbe, l'immense James O'Neill, la vedette du *Comte de Monte-Cristo* ? Que pensait-il d'Helena Modjeska, la fougueuse actrice polonaise ? Ou de la grande Eleonora Duse[1] ? Paul lui répétait qu'il ne connaissait aucun de ces acteurs, mais rien n'arrêtait Fritzi.

Elle avait le chic pour l'embarrasser quand ils étaient à table. S'il s'aventurait à faire une remarque banale, accompagnée d'un sourire, Fritzi renversait la tête en arrière et éclatait de rire comme s'il avait lancé le plus désopilant des mots d'esprit. Non, c'était pire qu'un rire, plutôt un hurlement, un braiment. Dans ces cas-là, Ilsa poussait un soupir attristé, oncle Joe fronçait les sourcils et Joe Junior s'exclamait :

— Fritzi, quand grandiras-tu ?

Alors que Paul attendait des nouvelles de son précepteur, Carl révéla une autre facette de sa personnalité. Par une journée incroyablement douce pour la saison, Paul nettoyait les vitres de l'étable quand Carl vint le rejoindre.

— Salut, Paul !

— Salut !

— Ta montre marche toujours ?

— Ma montre ? Oui, elle donne l'heure parfaitement.

— Tu veux voir la mienne ?

— Oui, je veux bien.

— Papa et maman me l'ont offerte à Noël l'année dernière.

Carl sortit de sa poche le boîtier en or qui scintilla au soleil.

— Cet été, je l'ai fait tomber dans le lac Michigan. Papa ne le sait pas. Elle ne marchait plus, alors je l'ai réparée. J'aime bien démonter les choses et les réparer. Tu veux voir ?

Paul acquiesça.

Carl sortit un petit couteau pliant, inséra la pointe dans la rainure du boîtier, força, mais la montre refusa de s'ouvrir. Carl insista. Le boîtier s'ouvrit soudain et un ressort en jaillit.

Paul l'attrapa au vol, évitant de justesse de renverser son seau d'eau. Il tendit le ressort à Carl.

— T'es rudement rapide ! s'exclama celui-ci. Tu devrais jouer au base-ball.

Puis il tripota le mécanisme de la pointe de son couteau. Un

---

1. Eleonara Duse (1859-1924). Actrice italienne. *(N.d.T.)*

minuscule rouage cuivré tomba dans le foin. Les deux garçons s'agenouillèrent et fouillèrent parmi les brins d'herbe secs. Carl finit par retrouver le rouage, le remit dans le boîtier qu'il referma ensuite d'un coup sec.

— Faudra que je la répare mieux que ça, fit-il, l'air piteux.

Paul ne dit rien. Carl rangea la montre et le couteau dans sa poche. Du porche, Ilsa l'appela pour qu'il vienne faire ses devoirs. Carl allait obtempérer, mais il s'arrêta, se retourna et déclara inopinément :

— Je t'aime bien, Paul.

Puis il rejoignit la maison en courant. « Ah ! se dit Paul, fou de joie. Ça en fait deux. Plus qu'un. »

Vers la fin de mois de janvier, un après-midi, Paul dégustait dans la cuisine un bol de cacao que Louise lui avait préparé pendant que tante Ilsa pétrissait de la pâte avec un peu d'eau et des morceaux de pain noir. Elle interrompit son travail et demanda à Paul s'il avait des hobbies. Il ne comprit pas le mot.

— Un hobby, c'est quelque chose que tu aimes particulièrement faire pour passer le temps.

Il expliqua qu'il aimait collectionner des cartes avec des photos de pays lointains.

— Ah, les cartes postales ! Il y en a des tas en Amérique. Il te faudrait un panneau pour les épingler dans ta chambre.

Elle demanda à Carl de dénicher une large planche dans la cave. Nicky Speers leur procura un pot de peinture grise et un pinceau. Helga Blenkers aida Paul à accrocher le panneau fraîchement peint avec des crochets et du fil de fer. C'était plutôt rudimentaire, mais tante Ilsa assura que cela faisait très joli.

Avec les punaises qu'elle lui fournit, Paul épingla soigneusement sa carte stéréoscopique. Il y ajouta la carte postale représentant des vagues gigantesques qui déferlaient sur les rives du lac Michigan que tante Ilsa lui avait offerte. Elle s'approcha de son étagère et examina le globe terrestre.

— J'ai une autre idée, Pauli. Tu te rends compte que tu as déjà beaucoup voyagé ? Tu devrais peut-être noter les endroits que tu as traversés. En les marquant d'un point, par exemple.

L'idée enthousiasma Paul. On mit de nouveau Nicky Speers à contribution et avec un autre pot de peinture et un pinceau fin, Paul entoura d'un cercle rouge foncé les villes de Berlin, Hambourg, New York et Chicago.

— C'est parfait, déclara tante Ilsa. Cela n'abîme pas ton joli globe, et on voit le parcours que tu as fait pour arriver jusqu'ici. Je suis sûre que tu auras beaucoup d'autres villes à encercler.

Elle le serra contre son cœur.

Paul était profondément ému par les marques d'affection qu'on lui avait récemment témoignées. Pour tante Ilsa, pour l'oncle Joe, il endurerait l'école. Ce serait l'enfer, mais il leur devait bien cela.

Les dix centimètres de neige qui couvraient les rues de Chicago rendaient sa démarche laborieuse. Enveloppé dans un long manteau râpé à col de fourrure et un chapeau marron aux bords tombants, Mr. Winston Elphinstone Mars, le précepteur, natif de Genesee Depot, dans le Wisconsin, sonna à la porte de la maison Crown.

Mr. Mars avait la trentaine, un vissage blanc comme la neige ; il coiffait ses cheveux noirs avec une raie au milieu, et égayait ses vêtements élimés d'ornements hétéroclites — une pochette en soie rouge ponceau et une grosse fleur de tournesol en feutre de plusieurs tons. Il transportait dans sa poche un petit livre d'un certain Mr. Wilde, qu'il idolâtrait manifestement. Paul n'avait jamais entendu parler de ce Mr. Wilde.

Mr. Mars avait été engagé pour donner des leçons d'anglais à Paul tous les après-midi de trois à six heures. C'était un homme doux et patient ; il plut tout de suite à Paul. Il lui apprit à lire dans *Le Lecteur éclectique*, et lui enseigna les finesses de la grammaire anglaise à l'aide d'une ardoise et d'un morceau de craie.

Le Lecteur éclectique offrait une sélection de discours et d'écrits d'orateurs, de politiciens, de philosophes et de poètes. Mr. Mars passait des heures à écouter Paul lire à voix haute, avec lenteur et hésitation ; il corrigeait sa prononciation sans le rabrouer, expliquait les mots difficiles, mais n'exigeait pas que Paul apprît de vocabulaire par cœur.

— Quand vous serez à l'école — sans doute au deuxième trimestre, en février —, on vous fera lire à haute voix, on vous donnera des exercices de grammaire, mais on vous obligera aussi à apprendre des listes de mots nouveaux.

Le dernier mercredi de janvier, Paul se sentit assez à l'aise pour engager une conversation avec Mr. Mars et lui poser des questions personnelles. Il lui demanda, par exemple, si l'enseignement était son seul métier.

— Oh ! non ! J'ai occupé toutes sortes d'emplois, mais je me crois assez doué pour la pédagogie. Il y a quelque temps, j'ai décidé que mon but sur cette terre était de me consacrer à la beauté de la vie. Travailler, manger, se laver et s'habiller chaque matin sont autant de moyens d'atteindre la beauté ultime.

— Bon, je crois que je vais lire un peu, dit Paul, déconcerté.

Ce soir-là, du palier du premier étage, Paul entendit Mr. Mars discuter avec Joe Junior pendant qu'il enfilait son manteau dans le vestibule. Le précepteur parlait du « nouvel âge de la vérité et de la beauté ».

— Bon Dieu de merde ! s'exclama Joe Junior, un tantinet provocateur. Le nouvel âge arrivera quand la révolution descendra dans la rue.

— Quelle horrible pensée, jeune homme ! N'oubliez pas que seules les belles pensées donnent toute sa beauté à la vie.

Joe Junior riposta avec grossièreté. Mr. Mars sortit en claquant la porte. Joe Junior éclata de rire en se frappant les cuisses. La joue sur la rampe, Paul songea que son cousin connaissait décidément bien la vie.

Ce même soir, l'oncle Joe convoqua à nouveau Paul dans son bureau. Debout en face de son oncle, il était nerveux, comme chaque fois qu'il se trouvait dans cette pièce.

— J'ai pris une décision pour ton école, Paul. Laisse-moi t'expliquer. Bien avant que ta tante et moi n'arrivions à Chicago, les Allemands avaient construit d'excellentes écoles privées pour leurs enfants. Ces écoles existent toujours. Elles sont sans conteste bien supérieures aux écoles publiques. Toutefois, je leur reproche leur élitisme — *Elite*, c'est le même mot dans les deux langues.

Paul fit signe qu'il comprenait.

— L'école publique est plus démocratique. Nous autres les Crown, nous avons choisi d'être américains, c'est pourquoi Fritzi va à l'école publique. Carl aussi. Joseph Junior y est allé jusqu'au jour où nous avons dû l'inscrire dans des écoles privées. Sans succès, je dois l'avouer.

Il se plongea dans une sorte de rêverie ; sa main lâcha la dent de sanglier qu'elle caressait.

— Pour bien faire, il faudrait réformer les écoles publiques de Chicago — comme celles de tout le pays d'ailleurs. On n'y enseigne aucune science, ce qui est criminel à une époque où on voit naître chaque jour de nouvelles inventions. On n'y fait pas d'éducation physique, ni de sport. Néanmoins, ta tante et moi avons décidé que tu irais à l'école publique.

Paul attendit la suite.

— Aujourd'hui, j'ai eu le principal de ta future école au téléphone. Il comprend ta situation de nouvel immigrant. Il fera en sorte qu'on s'occupe bien de toi, qu'on te mette dans la classe qui te convient. Lundi prochain, je t'accompagnerai à l'école avec le landau ; mais ne t'inquiète pas, j'irai simplement dans le bureau du principal pour signer les papiers. Par la suite, tu prendras le tramway. As-tu quelque chose à ajouter ? demanda Joe Crown après un silence.

— Je préférerais ne pas y aller, mon oncle. Je préférerais travailler.

— Je sais, je sais. Mais ma décision est prise, et tout est arrangé. Bonne nuit, Paul.

Il s'était replongé dans ses chiffres avant que Paul n'atteigne la porte.

Le samedi soir, une nouvelle tempête de neige s'abattit sur Chicago, mais elle ne dura pas. Le lendemain, il y avait près de cinquante centimètres de neige autour de la propriété des Crown. Après la messe — à laquelle Joe Junior n'assistait jamais, sans doute avec le consentement de ses parents —, Paul, Carl et Joe Junior s'habillèrent chaudement et commencèrent à déblayer la neige.

Après quelques minutes, Joe Junior s'accouda sur sa pelle et dévisagea Paul avec un sourire sarcastique.

— Alors, c'est demain le grand jour ? Ne me dis pas que tu es impatient d'y être.

— Oh non ! J'ai horreur de l'école.

Il dégageait des nuages de buée en parlant.

— Moi aussi, je détestais ça. J'ai tout plaqué. T'as qu'à faire pareil.

— Comment ?

— Refuse d'y aller.

Paul se mordit la lèvre ; elle était sèche et craquelée.

— Je ne peux pas, j'ai promis.

— Tu ne sais pas ce que tu perds. L'école, c'est pas la vie. Les maîtres ne connaissent rien à la vie, ce qu'ils racontent ne vaut pas un pet de lapin. Moi, j'ai des amis à la brasserie qui pourraient t'apprendre beaucoup de choses. Beaucoup de choses, répéta-t-il. Si tu veux vraiment laisser tomber l'école, c'est facile. Ne fous rien, joue les cancres quand on t'interroge, chahute, fais-toi détester du maître. Je me suis fait virer de trois écoles comme ça. Tu peux en faire autant, tu m'as l'air plutôt futé.

Paul scruta le visage de son cousin. Apparemment, le compliment était sincère. Paul était ravi que son cousin le traite en allié — en ami, peut-être. Rien ne l'aurait rendu plus heureux si Joe Junior n'exigeait un tel prix pour son amitié.

— Joe... ta mère et ton père, ils ont été si bons pour moi... Si je faisais ce que tu dis, ils seraient tristes. Fâchés. Non, je ne peux pas leur faire ça.

— Mon pauvre vieux ! cracha Joe Junior, méprisant. Ils t'ont embobiné.

— Embo... ? Je ne comprends pas.

— Ah, laisse tomber ! fit Joe Junior en s'éloignant.

Il reprit sa pelle et défoula sa colère sur un bout de chemin encore enneigé.

Le dimanche soir, à la fin du repas, tante Ilsa se leva et annonça en souriant :

— Nous avons une surprise pour toi, Pauli.

Elle alla à la cuisine et revint avec une grande assiette sur laquelle était posée une *Zuckertüte* — une corne d'abondance en pâte feuilletée, bourrée de bonbons, de biscuits et de noix qui menaçaient de déborder de l'assiette.

Tante Ilsa la posa devant Paul.

— Tu trouves peut-être que tu es trop grand pour cela, mais c'est une tradition d'offrir une *Zuckertüte* pour le premier jour d'école. Demain, en rentrant de l'école, tu pourras manger tout ce qu'il y a dans la corne.

Oncle Joe sourit. Fritzi poussa un « Hourra ! ». Carl demanda l'autorisation de prendre un bonbon. Joe Junior croisa les bras, silencieux. Paul était ému jusqu'au larmes. Comment se révolter contre des gens qui étaient aussi gentils avec lui ?

Le lundi matin se leva, gris comme la mort, humide et glacial. Le landau s'arrêta devant un affreux bâtiment de brique et de granit d'un seul étage, qui parut pourtant immense à Paul. Malgré l'absence de barreaux aux fenêtres, c'était une prison.

Paul et son oncle gravirent les marches de bois usées. Ils avaient rendez-vous une heure après le début des classes. Sur le seuil, Paul se retourna et regarda une dernière fois le landau, les museaux fumants des chevaux bais, la rue morne et déserte et ses milliers d'attraits inconnus qui l'appelaient...

— Qu'est-ce que tu attends ? s'impatienta l'oncle Joe. Entre !

Le principal, Mr. Relph, serra la main de Paul et expliqua à l'oncle Joe que, comme le nouvel élève n'était sans doute pas encore bien acclimaté à l'Amérique, il bénéficierait d'un traitement un peu particulier. En outre, il l'avait inscrit dans la classe de l'une des meilleures institutrices de l'école, Mrs. Petigru. L'oncle Joe trouva cela parfait, souhaita bonne chance à Paul et lui fit ses adieux.

Paul suivit le principal le long d'un couloir lugubre qui sentait le renfermé jusqu'à une porte trouée d'une petite vitre. Paul vit avec horreur ce qui l'attendait. La plupart des élèves avaient un an de moins que lui, d'autres étaient encore plus jeunes ; des gamins, ni plus ni moins. Le principal ouvrit la porte, et le fit entrer.

— Mrs. Petigru, voici votre nouvel élève, Paul Crown.

Puis, il s'en alla. Paul attendit à côté du bureau de la maîtresse. Douze têtes se tournaient vers lui. Douze paires d'yeux l'examinaient. Il faisait plus chaud que dans un four. Comment était-ce possible, avec tout ce givre sur les carreaux ?

— Assieds-toi au deuxième rang, au dernier pupitre. Là, montra Mrs. Petigru.

C'était une femme ordinaire, avec une forte poitrine, des cheveux grisonnants, un chignon austère, une fente en guise de bouche, et une voix cinglante comme un fouet.

Elle pointa un doigt blanchi par la craie. Mortifié, Paul suivit son geste et vit une flaque de neige fondue à ses pieds.

— Dorénavant, tu t'essuieras les pieds avant d'entrer. Et tu te donneras un coup de peigne, tu as l'air d'un épouvantail.

— Excusez-moi, je les ai peignés avant....

— Et ne réponds pas ! Sinon, nous aurons des problèmes, toi et moi. (Elle grimaça un sourire glacial.) C'est la règle numéro un. Règle numéro deux, j'exige de mes élèves une tenue impeccable. Tu n'as pas l'air de savoir ce qu'est une tenue impeccable mais tu l'apprendras. Va t'asseoir en silence. Ne parle que si on te le demande. Tu viendras me voir à la fin de la classe, nous nous occuperons de tes livres. Ce sera tout.

— Bien, m'dame.

La journée passa dans un brouillard de misère. Au réfectoire, quelques élèves de sa classe lui adressèrent la parole, mais personne ne s'assit à côté de lui. Il avait une table et un banc pour lui tout seul ; il avait l'impression que des centaines d'yeux l'observaient.

Il mangea deux saucisses en vitesse, puis sortit un œuf dur d'un sac que sa tante lui avait préparé. Elle y avait mis une petite salière en verre ; Paul mangeait ses œufs durs avec du sel. Il avait introduit la moitié de l'œuf dans sa bouche quand un coup fouetta son oreille gauche et lui arracha un cri.

Des rires fusèrent. Il tourna la tête et aperçut le visage maigre de Mrs. Petigru. Elle s'était glissée derrière lui et lui avait administré une gifle retentissante.

— Regarde-moi ces saletés ! Du sel sur le plancher.

Elle se pencha sur lui. Elle sentait la naphtaline.

— Que je ne revoie plus cette salière ici ! gronda-t-elle.

Elle croisa les bras et jeta un regard inquisiteur à la table voisine. Les élèves plongèrent vivement le nez dans leur assiette.

— Je vais être franche avec toi, Paul, déclara Mrs. Petigru. Je ne voulais pas de toi dans ma classe. Je l'ai dit, mais on ne m'a pas écoutée. Je vais te dire pourquoi je ne voulais pas de toi. D'abord, tu es trop grand. Ensuite, ton oncle est brasseur, et il est allemand. Pour moi, c'est un alliage diabolique. Je suis une bonne chrétienne qui craint le Seigneur. Mon mari est prêcheur laïc. Nous méprisons les Allemands sans religion qui profanent le Sabbat en se soûlant.

C'était plus que Paul ne pouvait supporter. Il leva le menton, l'œil brillant de colère.

— Mrs. Petigru, les Allemands vont à la messe le dimanche. Après, ils boivent un petit verre de...

— Je t'ai déjà dit que je ne tolérais pas qu'on me réponde. (Encore ce sourire glacial.) D'autres s'y sont essayés, ils s'en sont toujours repentis.

17

Joe Crown

Joe Crown remarqua que depuis qu'il allait à l'école, son neveu se renfermait, il souriait moins. Paul s'excusait chaque soir après l'*Abendessen*, et disparaissait dans sa chambre — pour étudier, disait-il.

Plusieurs fois, Joe se fit un devoir de demander à Paul comment il se débrouillait. La réponse était toujours la même :

— Très bien, mon oncle.

Mais Joe eut vite des soupçons. Et quand il observait Paul, il voyait dans ses yeux un regard qu'il n'avait encore jamais remarqué. Un regard de chien battu. « Je m'y attendais, songea-t-il, secoué. Se pourrait-il que cela se produise si vite ? »

Avril arriva qui réchauffa la ville en l'inondant de soleil ; un avant-goût de l'été. A la demande de Joe, Mr. Mars venait dorénavant deux soirées par semaine. L'intelligence du précepteur et son dévouement étaient rapidement venus à bout de l'aversion de Joe pour ses fantaisies vestimentaires. Toutefois, Joe constatait que les cours particuliers ne changeaient rien à l'humeur sombre de Paul.

Partout dans Chicago, des équipes municipales arrosaient et nettoyaient les artères principales en prévision de l'ouverture de l'Exposition, prévue pour le 1ᵉʳ mai. On repeignait les vieux immeubles ; on plantait des jeunes arbres dans les parcs. L'ambiance était à la fête, mais les hommes d'affaires savaient que des nuages se profilaient à l'horizon. De plus en plus de banques connaissaient des difficultés, on parlait même de fermeture à voix basse. Le cours des actions chutait. Déjà, des centaines de chômeurs hantaient les rues.

Bien qu'inquiet, Joe s'arrangeait pour cacher ses soucis à ses proches. Ilsa s'activait avec bonne humeur, et attendait l'inauguration avec impatience. Un matin, Joe la trouva au petit déjeuner, plongée dans ses journaux habituels. Après l'avoir embrassée, il s'assit, puis demanda :

— Quels sont tes projets pour aujourd'hui, ma mie ?

— Je ne sais pas si je dois te le dire, répondit-elle en le taquinant. Es-tu de bonne humeur, au moins ?

— Oui, assez pour supporter n'importe quoi. La journée s'annonce radieuse.

— Bien. A midi, je mange avec Ellen et Jane.

Ellen Starr et Jane Addams, ses amies du centre Hull House.

— L'après-midi, nous assisterons à un débat sur la prostitution.

— Je vois.

Il ne voulait surtout pas se fâcher avec son épouse, mais elle allait trop loin. Il ne comprenait pas pourquoi les femmes s'acharnaient à bouleverser la paix de leur ménage avec des sujets nauséabonds et des idées socialistes.

— A propos... poursuivit-elle. J'ai lu dans l'*Inter-Ocean* que Stead[1] va venir à Chicago.

Joe consulta sa montre, puis se resservit vivement une tasse de thé.

— Mr. Stead, le journaliste anglais. Le réformateur.

— Oui, je sais, grogna Joe. Un fouille-merde.

— Il pourra peut-être faire quelque chose pour Chicago, Joe. Tu sais bien que c'est l'une des villes les plus perverties du monde. La capitale du jeu, du vol, du crime... Regarde ça, ajouta-t-elle en lui montrant un journal. Une jeune femme a été poignardée cette nuit dans State Street. On n'a retrouvé ni son sac, ni ses papiers... on n'a aucun indice sur son assassin. Chicago possède le record national des crimes de sang. C'est une ville corrompue. Les conseillers municipaux... comment les appelle-t-on déjà ?

— Les « Loups gris », bougonna Joe.

— C'est cela... eh bien, si on les laisse faire, ils ne vont pas tarder à publier le prix de leur vote, et à afficher le montant des pots-de-vin qu'il faut leur verser pour obtenir une concession municipale. J'espère que Stead nettoiera toute cette corruption.

— Je devine déjà son premier geste : condamner les débits de boisson. Les soi-disant sauveurs de l'humanité — les réformateurs — vont manifester devant chaque brasserie pour exiger sa fermeture. Franchement, je préférerais que tu ne te compromettes pas avec Miss Addams et Miss Starr, et encore moins avec Frances Willard, cette harpie.

— Mrs. Willard est une femme très convenable, protesta Ilsa. L'Union des chrétiennes pour la tempérance prône la modération, il n'y a aucun mal à...

— On commence par la modération, et on passe vite à la prohibition. On a déjà brandi cette menace.

— Je ne veux pas t'entendre calomnier l'Union des chrétiennes. L'organisation s'investit dans de nombreux domaines sociaux : la protection des mineurs, l'aide sociale pour les malheureuses qu'on

---

1. William Thomas Stead (1849-1912). Journaliste anglais. *(N.d.T.)*

traîne sur les trottoirs... Je suis fière de contribuer financièrement à des causes aussi nobles.

— Avec l'argent de la bière, ne l'oublie pas.

— Eh bien, peut-être mes activités en laveront-elles en partie la souillure.

Exaspéré, Joe jeta sa serviette sur la table.

— Bon sang de bonsoir, c'est trop injuste !

Contrite, Ilsa se précipita pour enlacer son époux.

— Oh ! tu as raison, je suis désolée ! C'est que je ne supporte pas que tu te moques de mes opinions. J'ai ma dignité. Mais tu as raison, ça ne m'autorise pas à être méchante avec toi. Tu me pardonnes ?

— Tu le sais bien.

Radouci, il l'embrassa sur la joue.

Dans le véhicule qui l'emmenait à la brasserie, plutôt que d'ouvrir le dossier dans lequel il avait rangé des articles découpés dans une revue scientifique, il réfléchit à l'aversion d'Ilsa pour son métier. Elle n'était certes pas la seule à le critiquer, et son attitude était humaine, compréhensible même, vu la fin tragique de son père. Et pourtant, il l'admettait d'autant plus difficilement que son accession à la prospérité n'avait été ni rapide ni aisée, et qu'il avait dû affronter de nombreux dangers, y compris physiques.

Avait-elle la moindre idée des épreuves qu'il avait endurées pour réussir ? Il lui parlait souvent de ses affaires courantes, et il ne lui avait jamais menti. Mais il avait toujours pris soin de l'épargner en gardant certains détails pour lui. Par exemple, pour construire la brasserie Crown, il n'avait pas seulement travaillé comme un Nègre, souvent jusqu'à l'épuisement.

Quand on a l'ambition de faire fortune, on doit savoir prendre des risques, accepter les dangers, la part du hasard, sinon on ne réussit jamais.

Dans le métier de la bière, les hommes étaient souvent victimes de rhumatismes, des années passées dans l'humidité et le froid les transformaient parfois en gargouilles vivantes. Environ un mois après la mise en fonctionnement de l'usine d'embouteillage, Joe et son contremaître s'employaient à régler un problème de matériel quand soudain l'homme qui vérifiait la jauge hurla que la pression montait trop vite.

— Arrêtez tout ! cria Joe par-dessus le tumulte de la chaîne.

Au même moment, la première bouteille explosa, suivie de dix autres, puis encore de dix autres qui projetèrent des éclats de verre à travers la salle. De toutes les personnes présentes, Joe était le plus près de la chaîne où les bouteilles avaient éclaté. S'il n'avait pas porté ses lunettes, il serait probablement devenu aveugle. En fait, les verres de ses lunettes furent fêlés et son visage lacéré. Le contremaître, à genoux, essayait de se protéger les yeux d'une main ensanglantée.

Des semaines plus tard, le contremaître reprit son travail. Il portait un œil de verre. Joe avait payé les frais médicaux.

Les accidents n'étaient pas les seuls dangers du métier de brasseur. Joe en fit l'expérience un jour où il fut confronté à l'une des pires faiblesses humaines, l'avarice. Quand la pasteurisation et la réfrigération permirent le transport de la bière en bouteilles ou en tonnelets, Joe entreprit de vendre ses produits dans les villes à forte concentration d'Allemands où les brasseries étaient rares. La Caroline du Sud et le Texas figuraient parmi ses premières cibles.

Peu après avoir ouvert sa troisième succursale au Texas, à Austin, un propriétaire de bar lui soumit les tarifs pratiqués par l'un de ses concurrents. Joe vit tout de suite que les prix indiqués étaient fantaisistes ; personne ne pouvait vendre des tonnelets de bière aussi bon marché. Le patron éluda les questions de Joe et insista pour qu'il lui consente des prix identiques s'il voulait le garder comme client.

Joe demanda à revoir les tarifs. Il les étudia en silence, puis il dit qu'il allait réfléchir et obtint de conserver la feuille. Une fois dans la rue, à la lumière aveuglante et poussiéreuse du jour, il s'aperçut que son pouce était maculé d'encre.

Il fit son enquête et visita les imprimeurs locaux. Sans résultat. Il finit par trouver une petite imprimerie sordide au fond d'une ruelle, visiblement en manque de clients. Joe questionna le patron. L'homme admit qu'il avait imprimé les tarifs pour le propriétaire du bar la semaine précédente quand Joe lui offrit le double de la somme qu'il avait encaissée pour son travail.

Les soupçons de Joe étaient donc fondés, ce n'étaient pas les tarifs d'un concurrent. Il rapporta la feuille au propriétaire malhonnête et lui conseilla de la manger.

L'homme proféra des menaces.

— Vous mériteriez que je vous poursuive en justice, rétorqua Joe.

Cette nuit-là, on tira trois coups de feu à travers la porte un peu trop mince de sa chambre d'hôtel. Heureusement, Joe se trouvait à l'autre bout du couloir, assis sur le siège des toilettes, payant le prix de la nourriture épicée de la région. Il n'avait jamais raconté l'incident à Ilsa.

Cinq ans plus tard, il s'était rendu à Saint Louis chez Adolphus Busch, dans l'intention d'acheter six véhicules frigorifiques à sa filiale, la Saint Louis Refrigerator Car Company. Busch, la cinquantaine bedonnante, légèrement plus petit que son hôte, portait de longs cheveux flottants, une moustache et une barbiche qui lui donnait un air distingué.

Il reçut Joe dans le luxueux bureau de sa propriété. Il considérait Joe comme un concurrent rusé et agressif. Cordial au début, il commença par déclarer qu'il serait heureux de lui vendre les voitures à prix d'ami. Puis il sonna son majordome, qui apporta une bouteille de vin français et des verres à pied délicats sur un plateau d'argent.

Joe goûta le vin par politesse. Busch lui proposa de fixer d'un commun accord le prix du tonnelet de bière sur les territoires où ils se trouvaient en concurrence. Joe déclina poliment l'offre.

Busch lui refit deux fois la même proposition avec une exaspération croissante. Ses yeux aux paupières tombantes avaient perdu leur lueur amicale. Au troisième refus, Busch se leva d'un mouvement si brusque qu'il renversa le plateau d'argent. La bouteille se brisa et le précieux vin se répandit sur le tapis.

— Bougre de fils de pute ! s'exclama-t-il. Je vous briserai, toi et tous les autres fils de pute qui n'ont pas assez de jugeote pour s'entendre avec moi. Fous le camp ! Fous le camp, et tout de suite !

Depuis, Joe était la cible privilégiée de Busch. Dans certains quartiers, Busch vendait sa bière à perte pour couler la Crown. La riposte de Joe était toujours la même. Il baissait légèrement ses propres prix, et téléphonait à ses clients pour les rassurer et leur demander de rester en dehors de tout ça. Quand Busch finissait par se lasser de vendre sa bière à perte, les prix remontaient. Mais Joe ne fit jamais l'erreur de s'imaginer que le roi de Saint Louis l'avait oublié, ni qu'il l'oublierait un jour. C'étaient les risques du métier.

Ilsa et lui vivaient ensemble depuis de longues années, et pourtant elle sous-estimait le prix qu'il avait payé pour assurer le confort et le bonheur de la famille.

— Mr. Crown ? Vous êtes arrivé.

Planté sur le trottoir, Nicky Speers tenait la porte du landau. Joe vit la fontaine, la statue de Gambrinus.

— Excusez-moi, dit-il en émergeant de sa rêverie.

Le dossier glissa de ses genoux et les papiers se répandirent sur le plancher. Tandis qu'il les ramassait, il réalisa que l'alcool était le seul sujet de dispute qu'ils n'avaient pas aplani au cours de leur mariage ; il continuait à les ronger comme un cancer et menaçait de détruire ce qu'ils avaient réussi à bâtir à force de persévérance.

Il descendit du véhicule, amer, insensible au soleil d'avril et à l'air printanier. Il entrait dans une de ses périodes d'humeur ténébreuse.

18

Paul

L'école était une véritable torture, une succession abrutissante de récitations et de leçons à apprendre par cœur. Parmi les matières quotidiennes figuraient la lecture, la littérature, la grammaire, le calcul, et une instruction scientifique rudimentaire. Mrs. Petigru aimait citer le manuel de science *Notre corps et notre façon de vivre*, dont la couverture portait en exergue les mots : « Lu et approuvé par l'Union des chrétiennes pour la tempérance. » Paul avait l'impression que la moitié du livre était consacrée à dénoncer les dangers du tabac et de l'alcool.

Deux fois par semaine, il y avait dessin. Le cours consistait à recopier des illustrations de livres sur une ardoise. Mrs. Petigru aimait se planter derrière Paul, et contempler ses tracés hésitants et ses multiples ratures.

— Lamentable. Absolument lamentable, marmonnait-elle.

En calcul, Paul recevait invariablement une mauvaise note. Mrs. Petigru annotait ses exercices de remarques blessantes sur son écriture, sur les pâtés, sur la qualité générale de son travail.

Elle le harcelait sans cesse sur sa tenue, lui ordonnait d'arranger sa chemise, d'attacher son lacet, d'aller aux lavabos se passer un coup de peigne.

— Tu es un garçon négligé. Je l'ai tout de suite remarqué, et j'ai aussitôt compris ce que tu valais. A tenue brouillonne, esprit brouillon.

Matin et soir, dans le tramway, Paul perfectionnait son anglais en lisant une biographie romancée de Buffalo Bill. Un jour, Mrs. Petigru vit le livre sur son pupitre et s'en empara : on n'apportait pas de littérature de bazar à l'école. Elle jeta le livre au panier.

Tout cela parce que son oncle était un brasseur allemand.

Les exercices de lecture ressemblaient à ceux qu'il pratiquait avec Mr. Mars. On appelait les élèves au tableau pour lire un texte tiré du livre de classe. Le texte en question pouvait être un passage de *Hamlet*, plein de mots impossibles à comprendre et à prononcer. (« Qui connaît Shakespeare, en Allemagne ? ») Ou bien un poème terrifiant, comme *Le Corbeau*. (« Plus fort, Paul, aurais-tu perdu ta langue ? ») Un jour, il tomba sur un discours célèbre prononcé à la convention de Virginie par le patriote américain Patrick Henry[1].

— La guerre est inév-inév...

— Inévitable, coupa Mrs. Petigru avec un soupir excédé.

Maury Flugel, une langue de vipère, gloussa sottement.

Paul reprit, buttant sur chaque syllabe.

— Inévitable... et qu'elle advienne. Je répète, messieurs, qu'elle advienne. Il est vain, messieurs, d'atté... euh...

— Atténuer. On prononce at-té-nu-er. Quand te décideras-tu à apprendre, Paul ? Nous espérons tous que ce sera pour bientôt.

Éclat de rire général.

Mrs. Petigru était son ennemie déclarée, mais il n'était pas assez familiarisé avec le système éducatif américain pour élaborer une défense efficace. Que faire ? En parler à oncle Joe ? Non, il ne voulait pas que son oncle apprît qu'il se montrait incapable de répondre aux espérances de la famille.

Un matin, pendant la récréation, un élève de sa classe lui demanda timidement s'il voulait bien jouer aux billes avec lui. Paul faillit sauter de joie. Il répondit qu'il n'avait pas de billes, mais le garçon lui en prêta aussitôt avec enthousiasme. Une nouvelle amitié était scellée.

Leo Rapoport était petit, il avait le visage rond, des yeux noirs et un drôle de nez massif. Il avait une tête de moins que Paul et ressemblait davantage à un petit vieux qu'à un adolescent de treize ans.

Leo était doté d'un caractère aimable et joyeux. Pourtant lui aussi était mystérieusement rejeté par ses camarades. Un jour, au réfectoire, il en expliqua la raison à Paul.

— Papa est unitarien[2], mais il est juif de naissance. Maman est C.R.

— Elle est quoi ?

— Catholique romaine. Mangeuse de poisson, papiste, quoi. Un unitarien et une catholique, c'est un mauvais mélange. Ça donne deux fois plus d'occasions de se faire taper dessus. Il n'y a pas grand-chose à y faire, conclut-il avec philosophie.

— Parle-moi de tes parents, demanda Paul, curieux.

— Oh ! ils ne sont pas riches comme ton oncle ! Mais maman a de la classe. Elle donne des cours de piano.

— Et ton père ?

---

1. Patrick Henry (1736-1799). Orateur et patriote américain. *(N.d.T.)*
2. Membre d'une secte protestante qui nie la Trinité. *(N.d.T.)*

— Il est commis voyageur. Il vend des corsets dans neuf États. Des trucs drôlement sexy, je t'apporterai des photos si tu veux.

— Oui, pourquoi pas.

Leo lui donna aussi un conseil appréciable.

— Ne mets jamais Mrs. Petigru en rogne. Sinon, elle prend sa règle, qui est longue comme ça... et grosse comme ça, et elle te tape sur les doigts. En octobre dernier, Dora Gustavson a baissé sa culotte dans les toilettes des garçons. Quelqu'un l'a cafardée, je crois que c'est Maury Flugel. Petigru lui a filé des coups de règle, et Dora n'a pas pu écrire pendant une semaine.

Comme les jours rallongeaient, chaque samedi Paul se hâtait de terminer les petites corvées que tante Ilsa lui assignait puis, avec sa permission, il sautait dans un tramway et explorait la ville. Parfois, Leo se joignait à lui. Leo était né à Chicago. Il n'avait jamais quitté la ville, sauf une fois pour aller pique-niquer sur une plage de l'Indiana. Leo en connaissait un rayon sur Chicago. Grâce à lui, à l'oncle Joe, et à ses propres observations, Paul apprit l'histoire de Chicago et ses caractéristiques.

L'ancien nom était *Che-cau-go*, mais personne ne savait ce que cela signifiait. Peut-être « Oignon sauvage », ou encore « Mauvaise odeur ». Au cours des années, un village s'était construit autour d'une foire aux bestiaux sur la prairie qui bordait le lac. Puis le village devint une ville qui, en se développant, donna naissance à des quartiers aux noms plus compréhensibles : Garden City, parce que les premiers résidents entouraient leur propriété de jardins plantés d'arbres et de massifs de fleurs, ou Porkopolis, à cause des abattoirs. Mais si l'architecture de la ville était résolument moderne, moins d'une génération auparavant, des Indiens foulaient encore ses rues en terre battue. Paul était tout excité de penser qu'il marchait dans une rue qu'un Peau-Rouge avait arpentée avant lui.

Près d'un million d'habitants s'entassaient dans Chicago, et rien ne laissait présager un ralentissement de sa croissance. Il ne restait plus aucune trace de l'incendie de 1871 qui avait rasé le quartier des affaires, ravagé six kilomètres carrés de bâtiments, causé deux cents millions de dollars de dégâts, mis à la rue plus de cent mille personnes, fait deux cent cinquante morts, sans compter ceux dont les corps n'avaient jamais été retrouvés. L'oncle Joe et les gens de Chicago disaient « avant l'incendie » ou « après l'incendie » quand ils parlaient du passé.

La reconstruction avait commencé presque aussitôt après l'incendie. Partout s'élevaient des immeubles modernes et des bâtiments à l'architecture avant-gardiste. Une voie ferrée aérienne desservait les quartiers Sud et Est, et on projetait de la prolonger jusqu'au centre-ville. Là grouillait une cohue de bogheys, de chariots, de tramways, d'omnibus et de piétons. Tout le monde semblait pressé. Paul ne se lassait pas d'arpenter la ville, il découvrait ses théâtres et ses grands magasins, comme le Field et l'Elstree, ses somptueux hôtels, notamment le Palmer House dans State Street, un immeuble de sept étages mondialement connu, détruit à deux reprises et reconstruit chaque fois avec plus de splendeur.

Chicago avait ses points de repère. Certains étaient anciens, tel le château d'eau, que le feu avait épargné, au nord de la rivière ; d'autres récents, comme l'Auditorium, siège de l'orchestre philharmonique, qui dressait ses neuf étages à l'angle de Michigan Avenue et de Congress Avenue. Chicago possédait différents quartiers — le slave, l'irlandais, le polonais, le scandinave, et bien sûr l'allemand, le *Nordseite*, situé au nord de la ville. Les Crown s'y étaient installés en arrivant de Cincinnati. Il y avait aussi des taudis, et des quartiers mal famés où les criminels régnaient en maîtres. L'un des pires était le Levee, entre la Vingt-Deuxième Rue et Dearborn. Paul évitait ces endroits.

Enfin, il y avait les luxueux quartiers résidentiels habités par les nouveaux riches — les anciennes fortunes étaient rares dans une ville aussi jeune. C'était dans l'un d'eux, le bas de Michigan Avenue, que les Crown vivaient. Toutefois, l'avenue la plus prestigieuse restait Prairie Avenue, du côté de la Dix-Huitième Rue. Là habitaient les Pullman, les Field, les Armour.

Chicago ressemblait à une forêt d'enseignes. L'emblème universel, une chope de bière mousseuse, ornait l'entrée d'un millier de bars. Certains affichaient une couronne frappée du nom de Crown. Paul expliqua à Leo que son oncle Joe la fournissait gratuitement aux bars qui servaient exclusivement ses bières.

Chicago grouillait de marchands ambulants. Des hommes vendaient des prises électriques, des fillettes proposaient des allumettes, des garçonnets du papier, des jeunes filles faisaient griller des épis de maïs sur des chaudrons portatifs (Leo prétendait qu'elles vendaient aussi leurs charmes). Les rues résonnaient du chant des fripiers affublés de manteaux superposés et de chapeaux empilés sur la tête ; du crissement des ciseaux sur la meule des rémouleurs d'où jaillissaient des gerbes d'étincelles ; du braillement des marchands de journaux : « Édition spéciale ! » ; du cliquetis de la voiture à bras du brocanteur qui sillonnait la ville : « Peaux de lapin, ferraille à vendre ! » Aucun quartier, aucune artère, même pas Michigan Avenue ni Prairie Avenue, n'échappait à sa horde quotidienne de colporteurs.

On rencontrait aussi des vendeurs silencieux, créatures maladives au teint cireux qui portaient sur le ventre et dans le dos une pancarte attachée autour du cou, et arpentaient les rues d'un pas exténué. Un jour où l'un d'eux passait devant la maison, Carl apprit à Paul qu'on les appelait des hommes-sandwiches. On en parla à table. L'oncle Joe déclara qu'ils étaient la lie des marchands ambulants ; Joe Junior rétorqua que c'étaient avant tout des « opprimés » avec un regard aigu vers son père.

Empestant la viande crue, traversée par les eaux nauséabondes de la rivière où flottaient excréments et détritus, Chicago disparaissait sous un voile de fumée charbonneuse. Chicago, c'était le bruit, la saleté, la misère, les lumières clinquantes, une vitalité sensuelle, l'attrait du danger. Pour Paul, Chicago ressemblait à Berlin, et en dépit du calvaire qu'il endurait à l'école, il tomba amoureux de la ville.

Leo Rapoport avait un chien, Flash, un bâtard marron au poil court et broussailleux. Flash attendait parfois Leo à la sortie de l'école ou il l'accompagnait le matin. Un jour d'avril, Paul s'assit sur un muret pour attendre Leo comme d'habitude. Il vit son ami arriver à pas vifs, Flash sur ses talons.

— Je ne sais pas ce qu'il a aujourd'hui, dit Leo, il est tout fou. C'est peut-être le printemps. A la maison, Flash ! Allez, va-t'en !

Flash fit la sourde oreille.

Paul et Leo entrèrent malgré tout dans l'école, mais Leo ne dut pas refermer la porte assez vite car Flash se faufila à l'intérieur. Il grimpa l'escalier de bois comme une fusée et déboucha au premier étage, à la grande joie des écoliers.

— A la maison, Flash ! ordonna Leo avec un geste théâtral.

Au lieu d'obéir, Flash bondissait, se cabrait, s'aplatissait par terre et poussait pour jouer des grognements féroces. Leo se mit à pouffer. Il montrait la porte d'un doigt menaçant et ordonnait au chien de rentrer à la maison, sans pourtant esquisser un geste pour l'attraper. Bientôt Leo et Paul furent pris d'un fou rire irrépressible.

— Au nom du ciel, que se passe-t-il ici ? tonna Mrs. Petigru. A qui appartient cette bête ?

Flash aboya.

Elle lui donna un coup de pied. Paul perçut un changement dans le grognement de Flash, une pointe d'hostilité et de rancœur. L'animal s'aplatit, le museau au ras du sol. Mrs. Petigru voulut le frapper de nouveau. Flash gronda, puis d'un brusque coup de mâchoires, il happa la robe de son agresseur. On entendit le tissu se déchirer.

— Oh ! regardez-moi ça ! pesta Mrs. Petigru. Regardez-moi ça !

Pleurant de rire, Leo s'écroula contre le mur en s'agrippant à Paul. Mrs. Petigru grimaça. Elle empoigna l'oreille de Leo et la tordit. Le rire de Leo s'étrangla dans un hurlement de douleur.

— Espèce de sale petit chenapan, lança Mrs. Petigru, c'est ton chien ? Qu'on aille chercher le principal immédiatement !

Métamorphosé, Flash montrait ses crocs et rampait autour de Mrs. Petigru en grondant. Paul s'efforça en vain de réprimer son fou rire.

— Tu ne vaux pas mieux ! lui cria Mrs. Petigru.

Elle attrapa l'oreille de Paul et lui fit subir le même sort qu'à son camarade.

— Ma patience est à bout ! vagit Mrs. Petigru. Tu ne perds rien pour attendre, mon garçon.

Leur relation venait de prendre un tour nouveau.

Mr. Relph et un maître venu à la rescousse réussirent à coincer Flash et à le traîner vers la sortie. Leo courait derrière en criant :

— Allez, Flash ! Allez, mon chien, va-t'en !

Le principal téléphona à la mère de Leo et à l'oncle de Paul. Après l'école, Mr. Mars montra de la sympathie pour la situation délicate dans laquelle se trouvait Paul, mais ne put lui donner qu'un conseil :

— Dites la vérité, c'est la meilleure solution.

L'oncle Joe arriva plus tard que d'habitude, ce qui prolongea le calvaire de Paul. Il parut enfin à neuf heures vingt et s'excusa auprès de tante Ilsa, des problèmes à la brasserie l'avaient retardé. Il avait sa tête des mauvais jours.

— J'ai gardé le dîner au chaud, Joe.

— Je veux d'abord voir Paul. Viens dans mon bureau.

Là, l'oncle Joe fut bref.

— Explique-toi, mon garçon.

Paul fit de son mieux. Il dit que Flash était le chien d'un camarade, qu'il s'était faufilé dans l'école par accident, et que les deux amis n'avaient pu s'empêcher de rire.

— Je sais que c'est mal, conclut-il. Je suis désolé.

— Tu es désolé ? Et c'est tout ce que tu as à dire pour ta défense ? gronda l'oncle Joe. Tu me déçois beaucoup, Paul.

Mortifié d'avoir déçu son oncle, qui se montrait si bon et si généreux avec lui, Paul demanda respectueusement :

— Puis-je vous dire quelque chose, mon oncle ?

Oncle Joe acquiesça sèchement.

— Nous n'avons rien fait de mal, c'est parce que Flash a déchiré la robe de Mrs. Petigru que ça a mal tourné. C'est une femme méchante. Elle n'aime pas les Allemands. Elle n'aime pas la bière.

Oncle Joe l'écouta, effaré.

— Elle ne m'aime pas non plus, poursuivit Paul. Elle m'a tordu l'oreille tellement fort que j'ai cru qu'elle me l'avait arrachée. C'est la vérité, mon oncle.

— Hum. Le principal lui-même dit que ta maîtresse est stricte sur la discipline. Qu'on soit strict, c'est normal, mais cruel, non.

Oncle Joe lui décocha un regard qui montrait clairement qui était le patron.

— Je passe l'éponge pour cette fois. L'affaire a même un côté comique. Mais, ajouta-t-il en pointant sur lui un doigt sévère, tu as eu tort de rire des malheurs de ta maîtresse. Ne recommence plus. Tu es en Amérique, à présent. Les mœurs sont différentes. C'est ta responsabilité et ton devoir de t'y adapter. Allons dîner.

Oncle Joe quitta le bureau le premier. Paul le suivit, mais il n'avait plus d'appétit. Il avait tout de même déçu son oncle.

Un samedi, deux semaines avant l'inauguration de l'Exposition, un coup frappé à la porte de sa chambre tira Paul du lit à six heures du matin. Il alla ouvrir en titubant, et fut surpris de voir Joe Junior, déjà habillé.

Son cousin referma la porte et s'y adossa, un sourire aux lèvres.

— Ça fait un bout de temps que je voulais te le dire ; j'ai bien aimé la façon dont tu as fait tourner ta maîtresse en bourrique.

— Merci, fit Paul, ému.

— Tu l'as bien foutue en boîte, hein ?

— Oui, c'est le moins qu'on puisse dire.

L'intérêt subit de son cousin le mettait aux anges.

— Qu'est-ce que tu fais cet après-midi ?

— Peter a du travail pour moi. Je ne sais pas pour combien de temps.

— Dis-lui que tu es pris aujourd'hui. Tu le feras demain. La brasserie ferme à midi pour cause d'inventaire. Rejoins-moi là-bas, je te montrerai des trucs. Des coins de Chicago que tu ne découvriras jamais tout seul, précisa-t-il avec un coup d'œil complice.

Paul était sans voix.

Joe Junior croisa les bras d'un air vaguement paternel.

— Alors, mon vieux, qu'est-ce que tu en dis ? Tu viendras ?

— Oh, oui ! Oui, bien sûr !

— Épatant !

Sur ce, Joe Junior sortit et Paul l'entendit dévaler l'escalier.

Paul trouva son cousin en train d'entasser des sacs de houblon sur la plate-forme de chargement de la brasserie. Le temps était doux, le ciel clair, et une brise agréable soufflait du sud. Malheureusement de tels vents charriaient aussi la puanteur des égouts et des eaux fangeuses de la rivière. Paul pouvait même sentir l'odeur du bétail parqué dans l'Union Stock Yards, à des kilomètres de là.

— J'ai presque fini, déclara Joe Junior en hissant le dernier sac sur ses épaules. (Il le transporta sur la plate-forme.) Je veux te présenter quelqu'un, annonça-t-il à son retour.

Il cria quelque chose à travers l'entrepôt obscur. Peu après, un solide gaillard en sortit. C'était un grand chauve au crâne luisant, impressionnant, pour ne pas dire menaçant, dont les yeux étincelaient.

— Benno, je te présente mon cousin Paul Crown. Paul, voici Benno Strauss.

Paul tiqua. Le redoutable, l'infâme Benno dont son oncle se plaignait souvent à table, et avec les mots les plus durs. Benno Strauss dirigeait la cellule socialo-anarchiste de la brasserie.

Benno serra la main de Paul. Une poigne d'acier.

— C'est lui ? demanda-t-il à Joe Junior dans un anglais guttural.

— Oui, c'est lui dont je t'ai parlé.

Benno évalua Paul d'un regard qui n'avait rien d'amical.

— D'accord, lâcha-t-il enfin.

Paul n'y comprenait goutte.

— Des résultats chez Pullman, Joey ? demanda Benno alors que les deux cousins allaient s'éloigner.

— Je veux ! affirma Joe Junior avec un sourire.

Benno consentit enfin à se dérider, dévoilant une solide dentition blanche mais irrégulière. Paul songea à un tigre qu'il avait vu au zoo de Berlin.

— Je vais voir deux jeunes donzelles, cet après-midi. Des *Huren*, mais assez bien balancées. Ça t'intéresse de venir ?

— Merci, mais j'ai à faire, répondit Joe Junior. Tu viens, Paul ?

Benno se gratta l'entrejambe, puis dévisagea Paul d'un œil froid.

— Explique-lui bien, hein, Joey ! lança-t-il.

Paul ne s'attendait pas visiter un endroit aussi désert et triste qu'un cimetière ; c'est pourtant là que Joe Junior le conduisit après un arrêt dans un bar pour boire une bière et manger un morceau.

— C'est quoi ici ? demanda Paul en suivant son cousin le long d'une allée flanquée de monuments en marbre.

— C'est le cimetière allemand de Waldheim. Comme les gros richards ne voulaient pas d'immigrants pouilleux dans leurs cimetières, on a ouvert celui-là. Ce que je veux te montrer se trouve là-bas, derrière la chapelle.

Il traversa une pelouse verdoyante, contourna la chapelle et s'arrêta devant une sculpture immense. Elle représentait un homme — un ouvrier, supposa Paul — étendu comme s'il était mort. Une femme encapuchonnée lui posait une couronne sur la tête avec un air de défi. Une date, 1887, était gravée sur le monument et sur le socle, une légende :

Le jour viendra où notre silence sera plus puissant
que les mots qui s'étranglent dans ta gorge
aujourd'hui.

Des couronnes de fleurs, certaines fanées, d'autres fraîches, tapissaient le pourtour de la sculpture. Mains derrière le dos, Joe Junior contemplait le monument avec une expression de profonde vénération. Le soleil qui perçait entre les feuillages dessinait des ombres dansantes sur son visage.

— Paul, il faut que tu me promettes de ne pas parler de ce monument à notre retour.

— Bien sûr, mais pourquoi ?

— Parce que papa nous tuerait.

— Alors, que faisons-nous ici ?

Joe Junior se frappa la paume d'un poing rageur.

— Parce que qu'il faut que tu saches, il faut que quelqu'un t'explique, comme l'a dit Benno. (Ses yeux bleus lançaient des flammes.) C'est le monument qu'on a construit en souvenir de Haymarket. La femme à la couronne représente la Justice que les martyrs n'ont pas connue.

— Qu'est-ce que Haymarket ? Qui sont les martyrs ?

— Assieds-toi, fit Joe Junior en désignant le socle.

— Haymarket, expliqua Joe Junior, est un parc qui se trouve dans Randolph Street, entre Desplaines Avenue et Halsted Street. C'est là que les fermiers s'installent pour vendre leurs fruits et leurs légumes. C'est à Haymarket que l'impardonnable massacre a eu lieu.

» L'agitation sociale bouillait à Chicago depuis des années. Puis, en 1886, ce fut l'explosion. Les ouvriers de l'usine de matériel agricole de McCormick se mirent en grève. Ils ne demandaient rien d'autre qu'un salaire décent et la journée de huit heures. McCormick les envoya au diable, et commença à engager de nouveaux ouvriers, des jaunes.

» Les travailleurs des autres usines débrayèrent à leur tour, il y a même des types de chez Pullman qui ont eu le cran de les rejoindre. Pendant quelques semaines, tout le monde a cru que les patrons seraient assez intelligents pour négocier, accepter les huit heures et mettre fin à la révolte. Benno affirme que pendant les meetings, il disait aux travailleurs qu'ils obtiendraient la journée de huit heures avant le 1er mai, la fête des prolétaires au cours de laquelle on défile en brandissant le drapeau rouge — rouge pour le sang des opprimés. Je n'ai pas connu ça, j'étais trop petit, mais Benno m'a tout raconté. A l'époque, il travaillait à l'usine de McCormick et il faisait partie des grévistes.

» Le 1er mai, la grève durait toujours. Les meneurs appelèrent à un rassemblement dans Black Road, près de l'usine. Quatre à cinq mille ouvriers en colère répondirent à l'appel ; ça faisait trois mois qu'ils étaient sans travail, sans paie, sans argent pour nourrir leurs enfants. Les orateurs ont chauffé les troupes, comme d'habitude. Benno a pris la parole lui aussi. Il ne pensait pas que cela dégénérerait. Il s'agissait simplement de galvaniser les grévistes pour qu'ils ne flanchent pas. Mais la colère a balayé la raison. Quand la cloche de chez McCormick a sonné la fin de la journée, les portes se sont ouvertes et une marée de jaunes s'est déversée dans la rue. Cela a exaspéré les grévistes. Ils ont encerclé l'usine, refoulé les jaunes à l'intérieur, et forcé les gardes à réintégrer leur poste.

» On a appelé la police en renfort. Même là, la foule a refusé de se disperser. Benno et quelques autres ont entraîné les grévistes à forcer la porte de l'usine en réclamant le sang des jaunes. Les gardes ont ouvert le feu à travers des meurtrières. Les policiers à cheval coupaient la retraite. Six grévistes ont été tués. La foule s'est dispersée en courant. L'émeute était terminée.

» August Spies était le rédacteur en chef d'un journal socialiste, l'*Arbeiter Zeitung*. La majorité des grévistes, en fait la majorité des ouvriers de Chicago, étaient allemands, ce qui est toujours vrai. Ils lisaient des journaux dans leur langue.

» Le lendemain de la fusillade, Spies a publié un pamphlet et écrit un éditorial dans le journal. Le message était toujours le même : "Prenez les armes ! Défendez-vous !"

» Une manifestation de protestation a été décidée pour le mardi soir, le 4 mai, à Haymarket Square. Les gens ont commencé à affluer dès le crépuscule. Des nuages noirs obscurcissaient le ciel, l'orage grondait comme si Dieu, connaissant la suite, plantait le décor. Ils furent bientôt un millier. A un pâté de maisons du parc, au commissariat de Desplaines Avenue, des bataillons de flics se préparaient à l'assaut.

» Avant le début du meeting, la foule est sortie du parc dans Desplaines Avenue à la recherche d'une plate-forme pour les orateurs. Une charrette vide a fait l'affaire. August Spies est monté sur la tribune improvisée ; le temps menaçait. Benno, qui se tenait près de la charrette, raconte que les éclairs zébraient le ciel.

» Albert Parsons a pris la parole à son tour. C'était un brave homme, le fils d'un général qui avait combattu aux côtés des Rebelles pendant la guerre. Ensuite vint Sam Fielden, un Anglais, un méthodiste, un saint paraît-il.

» Le maire Harrison, un homme courageux, s'est approché de la foule. Il n'a vu aucune menace, aucun danger, rien qui justifiât l'intervention de la police. C'est ce qu'il est allé dire au commissariat. Un officier, l'inspecteur John Bonfield, n'était pas de cet avis. Il déteste les syndicats.

» Il a ordonné à ses hommes de marcher sur Desplaines Avenue en rangs serrés, matraque au poing, la main sur la crosse du revolver. Ils ont avancé sur les manifestants, ils les ont entourés, tassés. La pluie crépitait, mais rien ne se passait.

» Un capitaine de police a crié à la foule de se disperser. Du haut de la charrette, Fielden a répondu qu'il n'en était pas question, la réunion se déroulait dans le calme et n'enfreignait pas la loi. Un grondement d'approbation a accueilli ses paroles, quand soudain, quelqu'un a jeté une bombe, mèche allumée, au-dessus de la foule. Aujourd'hui encore, on ignore qui l'a lancée.

» La bombe a explosé dans les premiers rangs de la police. Sept agents furent tués et seize autres blessés. Les flics ont rompu les rangs ; certains se sont agenouillés pour viser, d'autres ont foncé dans la foule la matraque levée. Il pleuvait des cordes. Dieu lançait éclair sur éclair, comme dit Benno, et les policiers furent sans pitié. En cinq minutes, tout était terminé.

» Cette bombe, c'était un geste criminel, je te l'accorde, mais ce qui suivit fut encore pire.

» Le lendemain, Albert Spies et Schwab, son rédacteur adjoint, ont été arrêtés. Parsons s'est rendu. Fielden a été arrêté, lui aussi, avec quatre suspects, un charpentier, un imprimeur, un peintre en bâtiment et un conducteur de fardier de bière, comme Benno allait devenir par la suite.

» Le procès fut une parodie de justice. La police n'a pu apporter la moindre preuve établissant que l'un ou l'autre des huit accusés avait lancé ou fabriqué la bombe — ils n'étaient même pas au courant de son existence. Mais peu importe, ils étaient coupables d'avoir, par leurs discours, à Haymarket et avant, fait germé l'idée dans la tête du lanceur de bombe, coupables de l'avoir incité à la violence. Mills, le procureur, a réclamé la peine capitale.

» Chaque accusé a ensuite pris la parole. Parsons a expliqué que la violence était la seule arme qu'on laissait aux travailleurs pour se faire entendre. Il a aussi dénoncé le fait que les jurés avaient reçu des menaces et qu'ils avaient été achetés. Cela n'a servi à rien, l'affaire était jugée d'avance. Le juge Gray a condamné sept d'entre eux à la pendaison. Neebe, le conducteur de fardier, a pris quinze ans.

» La sentence a mis du temps à être exécutée, mais en novembre 1887, ils ont pendu Spies, ils ont pendu Parsons ; ils ont pendu Fischer, l'imprimeur ; ils ont pendu Engle, le peintre. Louie Lingg, le charpentier syndicaliste, ne leur en a pas laissé le temps. On lui avait fait parvenir une capsule de dynamite ; il s'est fait sauter la cervelle dans sa cellule.

» Il restait deux condamnés à mort Schwab et Sam Fielden. Mais il faut croire que le gouverneur était rassasié ; il a commué la sentence en peine de prison. Ce n'est pas pour ça que la peur avait quitté la ville. Les industriels restaient sur le pied de guerre. Un groupe de gros richards a fait une donation de six cents acres au gouvernement contre la promesse d'une protection de l'armée. C'est pour cela qu'on a construit Fort Sheridan.

» Rien n'a changé depuis six ans. Mrs. Parsons, la veuve, demande toujours la révision du procès. A chaque fois qu'elle doit prendre la parole dans une réunion, la police l'arrête pour trouble de l'ordre public. Les ploutocrates ne supportent pas qu'on dise la vérité sur leurs agissements passés ou présents.

» John P. Altgeld a toujours considéré le procès comme une farce, et les pendaisons comme un scandale. Il souhaite gracier les deux condamnés. C'est pourquoi tant de gens veulent sa peau, comme ils ont eu la peau de Parsons et des autres. Mon propre père s'insurge contre la grâce des deux rescapés. De toute façon la grâce ne changerait rien, c'est trop tard. L'heure est à la vengeance.

— Tu t'imaginais que la liberté d'expression existait en Amérique, je parie !

Campé devant Paul, Joe Junior plongea les mains dans ses poches, l'air supérieur.

— Dans le square, il y a un autre monument en souvenir de Haymarket. La statue en bronze d'un noble flic de Chicago. Que je sois pendu si je te la montre ; si tu veux la voir, c'est ton affaire. Allez, partons !

La mine renfrognée, Joe Junior tourna les talons et s'engagea à grands pas dans le sentier traversé d'ombres et de lumière. Paul courut derrière lui.

Arrivé devant le portail du cimetière, Joe Junior agrippa Paul par les épaules.

— Souviens-toi, pas un mot à quiconque. Je peux te faire confiance ?

— Bien sûr, Joe.

— Tu ne diras rien de ce que tu as vu ? Rien de ce que je t'ai raconté ?

— Non, je te le jure. Mais je ne comprends pas...

— Tu ne comprends pas que le sieur Joseph Crown est un salaud de capitaliste, voilà ce que tu ne comprends pas.

— C'est mal ?

— Si c'est mal ? (Joe Junior partit d'un gros éclat de rire.) Mon père défend des valeurs qui vont contre les intérêts du peuple. Par exemple, il n'y a pas de syndicat à la brasserie. Les syndicats protègent les droits des travailleurs, or papa y est farouchement opposé.

Paul garda le silence. Il craignait de compromettre leur amitié naissante. Toutefois, l'animosité de Joe Junior à l'égard de son père le troublait, l'énervait, même. Il se décida à parler.

— Joe, tu es beaucoup plus intelligent que moi, mais je pense que si ton père croit à des valeurs mauvaises, ces valeurs mauvaises ont quand même réussi à donner à la famille une belle maison et une vie confortable.

— Écoute, petit. Notre propriété de Michigan Avenue, c'est une belle façade achetée grâce à la sueur des travailleurs qui passent leur vie dans la misère pour que des hommes comme papa se paient des fringues de luxe et dorment dans de la soie.

— Oui, je connais les pauvres, la misère, les taudis. A Berlin, c'est là que je vivais. Mais...

— Qui te parle de Berlin ? On est à Chicago ici, mon vieux. A Chicago ! Viens, je vais te montrer, fit-il en prenant son cousin par le bras.

Ils se rendirent dans une partie de la ville appelée le Dix-Neuvième Secteur. C'était un quartier de ruelles encombrées d'échoppes minables, de masures délabrées entourées de minuscules morceaux de terrain. Des enfants à moitié nus jouaient dans la poussière.

Les trottoirs en bois rongés par les vers laissaient voir de larges trous à chaque pas. Les rues transversales étaient couvertes de boue séchée. Paul vit des charrettes à bras, entendit les cris des camelots, les marchandages des ménagères. Crottes de chien, crottin de cheval et ordures en putréfaction empestaient l'air vicié. Paul connaissait les quartiers pauvres de Berlin, mais celui-ci était encore pire.

— Voilà où vivent les travailleurs, expliqua Joe Junior en désignant les fenêtres ouvertes où pendaient des rideaux déchiquetés. Ils n'ont aucun moyen d'échapper à ces conditions inhumaines. Un système qui tolère ça est pourri, il... Oh ! mon Dieu !

— Qu'est-ce qu'il y a ?

Blême, Joe Junior s'était brusquement arrêté.

— Les Hymies ! souffla-t-il en montrant le coin de la rue.

Paul compta cinq jeunes vauriens en grande discussion, équipés de battes de base-ball et de bouteilles vides.

— Comment tu les appelles ?

— Les Hymies. C'est un gang. L'un des pires. Par ici, les vieux colporteurs se font rosser et voler parce qu'ils sont juifs ; le gang s'attaque à tout le monde. N'importe quel prétexte leur est bon. Allons-nous-en avant qu'ils nous aient repérés. Ne cours pas, surtout. Oh ! merde ! Trop tard ! Vite, fichons le camp !

Il fit demi-tour et prit ses jambes à son cou. Paul l'imita, poursuivi par des cris et des jurons. Il risqua un œil derrière lui. Le gang était à leur trousse. Un grand brun bouscula un vieillard qui s'affala à terre. Personne ne s'arrêta.

Joe Junior traversa la rue devant une charrette de pains de glace. Le cheval se cabra en hennissant. Le cocher fouetta furieusement le pauvre animal et injuria les deux cousins. Paul se retourna encore. Le chef de la bande avait un rictus aux lèvres ; il savait qu'ils étaient en train de les rattraper.

— Par ici !

Joe Junior poussa Paul dans un étroit passage flanqué de cabanes en bois d'un côté, et d'une palissade de l'autre. Il poussa un grognement rageur en s'apercevant qu'une charrette en bloquait l'issue.

Paul repéra un objet et freina des quatre fers.

— Joe, attrape ce tonneau et apporte-le ici.

— Pourquoi, nom d'un chien ?

— Apporte-le, et grimpe dessus !

Ils placèrent le tonneau sous l'avant-toit en pente d'une cabane abandonnée. Joe Junior grimpa sur le tonneau, puis sur le toit. Paul, juste derrière lui, le poussa jusqu'au sommet du toit, puis il s'y hissa à son tour. A plat ventre, le visage plaqué contre le carton goudronné, ils attendirent, haletants. La bande s'engouffra dans le passage, riant et criant. Soudain, Joe Junior étouffa une plainte, il commençait à glisser.

Paul le rattrapa d'une main. Joe avait glissé jusqu'au bord du toit, ses jambes se balançaient dans le vide. Grinçant des dents, la main et le bras traversés de pointes de feu, au bord de la crampe, Paul réussit à hisser son cousin. De l'autre côté du passage, le chef de la bande fulminait :

— Putain ! Où sont-ils passés ?

— Je glisse, murmura Joe Junior.

Son poids risquait de les entraîner tous les deux dans sa chute.

— Tiens bon ! souffla Paul. Si on tombe, ils nous entendront, et on sera fichus.

— Mais...

— Chut !

— Merde, ils ont détalé comme des lapins ! s'exclama un membre de la bande. Grouillons-nous. On va les rattraper et les écorcher vifs, ces fumiers.

Paul ne put retenir son cousin plus longtemps. Il lâcha prise ; Joe Junior termina sa glissade et atterrit sur une pile de caisses vides.

Paul se hissa jusqu'au sommet du toit et jeta un œil. Au bout du passage, il vit leurs poursuivants renverser la charrette et le pauvre diable qui la conduisait, avant de disparaître au coin.

Tremblant, le souffle court, Paul bascula de l'autre côté du toit, se laissa glisser et atterrit dans le passage. Joe Junior contourna la cabane et rejoignit Paul en titubant.

— Tu nous as tirés d'un beau pétrin, dit-il. Je dois avouer que je n'ai pas l'esprit assez vif dans ce genre de situation.

— Joe, on devrait sortir d'ici au plus vite. On discutera plus tard.

— T'as raison.

Ils sortirent du passage par où ils étaient entrés. Paul n'était pas encore remis de ses émotions, mais il avait gagné ce qu'il convoitait depuis longtemps : l'admiration de son cousin. Cet incident scella le début de leur amitié.

Ils prirent un omnibus pour le centre-ville. Détendu, réchauffé par l'air printanier qui s'engouffrait par la vitre ouverte, Paul risqua une autre question.

— Tu n'aimes pas ton père ? Tu n'es pas fier de lui ? Il a pourtant réussi en Amérique.

— Oh ! pour réussir, il a réussi... aux yeux de ses amis pleins aux as comme lui.

— Mais, Joe, il était seul quand il a immigré, ensuite il s'est battu pour les esclaves et pour Abraham Lincoln. Tante Ilsa me l'a dit.

— Je sais tout ça. Mais, après la guerre, il a viré de bord !

Joe Junior fixa Paul d'un regard intense.

— Joe Crown est ce qu'on appelle un exploiteur. Il exploite la classe ouvrière pour son seul profit. Bon sang, il m'exploiterait pour le restant de mes jours si je le laissais faire. Il m'enterrerait volontiers à la brasserie, en redingote et chapeau haut de forme. Tu crois que je veux lui ressembler ? Diriger son entreprise après sa mort ? Non, mon vieux. Jamais ! conclut-il en frappant la vitre d'un coup de poing rageur.

Après avoir traversé la rivière, ils descendirent de l'omnibus. Dans Adams Street, Joe Junior entraîna Paul vers un bâtiment à l'architecture originale, le quartier général de la Home Insurance Company.

— C'est une construction étonnante, expliqua-t-il. Elle date de cinq ou six ans, et c'est la première du genre. La charpente est métallique, et c'est elle qui supporte le plus gros du poids du bâtiment. Ça veut dire que les murs n'ont pas besoin d'être aussi solides. Avec cette technique, on peut construire des immeubles de vingt étages, peut-être même trente. On les appelle des gratte-ciel.

— *Wolkenkratzer*. J'en ai entendu parler à Berlin. C'est une invention de Chicago ?

— Oui.

— Qui a payé leur construction ? Les ploutocrates ?

Joe Junior éclata de rire et donna une tape à son cousin.

— Un point pour toi, petit. Écoute, j'ai bien le droit d'aimer Chicago et de détester les parasites qui y vivent, non ?

Ils errèrent parmi la foule, grisés par la douceur du printemps. Paul réfléchit à son oncle Joe et à son cousin. Il avait le sentiment que Junior ne disait pas toute la vérité. Peut-être admirait-il son père, ou l'avait-il admiré, mais refusait dorénavant de l'admettre. Quelle était l'origine de leur conflit ? Était-ce uniquement la faute des capitalistes et des ploutocrates ?

Joe Junior s'arrêta soudain.

— Merde ! J'ai cassé mon lacet. Viens, fit-il en jetant un coup d'œil dans la rue, je vais en acheter chez Elstree.

Il emmena Paul dans un luxueux grand magasin de quatre étages à l'angle d'Adams Street et de State Street. Il acheta des lacets au rayon mercerie, paya cinq cents à une grosse vendeuse qui dévisagea les deux cousins d'un œil désapprobateur. Avec leurs vêtements froissés, poussiéreux et sentant fort la sueur, ils étaient indignes d'un magasin de cette classe. Elle fit signe à un vigile, qui raccompagna les deux énergumènes à la sortie.

— C'est le plus ancien magasin d'Elstree, expliqua Joe Junior, criant presque pour se faire entendre dans le vacarme de la rue. Il appartient à une famille de Chicago. Maintenant, ils ont des succursales à New York, à San Francisco, et dans je ne sais quelle autre ville. L'année dernière, il y a eu un scandale : deux femmes sont mortes après avoir acheté un manteau dans le magasin. On a découvert que les manteaux sortaient d'un atelier infecté par la petite vérole. Elstree n'a pas été poursuivi, évidemment. C'est ça ce que j'appelle l'exploitation des petites gens.

— Oui, je comprends. Comment tu sais toutes ces choses ?

— Oh ! les informations circulent, ne t'inquiète pas !

Joe Junior remarqua l'heure dans la vitrine d'un bijoutier.

— Hé, il est quatre heures et demie ! Viens, on saute dans un tram. On descendra à la Quinzième Rue et on marchera jusqu'à Prairie Avenue. Après ce qu'on a vu cet après-midi, on a besoin de se réconcilier avec l'existence.

— Qu'est-ce que tu veux dire ?

— Je vais te présenter quelqu'un d'exceptionnel.

Paul aurait bien voulu en savoir plus, mais Joe Junior courait déjà, évitant de justesse un bicycle dont la roue avant était immense. Perché sur sa selle, le cycliste donna un coup de guidon et faillit renverser deux piétons.

Prairie Avenue était calme et ombragée. Les hôtels particuliers y étaient encore plus grands et plus luxueux que celui des Crown. Joe Junior s'arrêta près d'une bouche d'incendie, à l'angle de la Quinzième Rue.

— Michigan Avenue est pas mal, mais le vrai tape-à-l'œil, c'est ici, dit Joe Junior. Que des millionnaires ! (Il désigna une villa, sur le trottoir opposé.) C'est la propriété de Mr. Mason Putnam Vanderhoff III. Les conserves de porc. Ce n'est pas lui qu'on attend, c'est sa fille, Juliette. Elle joue au tennis tous les samedis à trois heures. Quand le temps le permet.

— Je croyais que ta petite amie s'appelait Rosie.

— Juliette est une copine. C'est aussi la plus belle créature que Dieu ait faite.

— Et c'est ici que tu l'attends ?

— Faut bien. Le vieux Pork déteste les étrangers, particulièrement papa. Je ne sais pas trop pourquoi. Mrs. Vanderhoff appartient à un comité de femmes qui s'occupe de l'Exposition, mais elle refuse que maman en fasse partie.

— Alors, comment connais-tu cette fille ?

— Je l'ai rencontrée l'hiver dernier en faisant du patin à glace dans Lincoln Park. Nous... Attends.

D'un bond, il se dissimula derrière un sycomore dont le tronc n'aurait pas caché un enfant de quatre ans. Un cabriolet décapotable d'un noir étincelant descendit Prairie Avenue, conduit par une jeune demoiselle en jupe de tennis, avec un pull à manches courtes blanc à fines rayures rouges, et un béret vermillon incliné sur l'oreille.

Joe Junior sortit de sa cachette et, deux doigts dans la bouche, émit un sifflement strident.

— Juliette !

La jeune fille arrêta son poney le long du trottoir dans un nuage de poussière.

— Tiens, Joey Crown, quelle surprise !

Elle s'illumina d'un sourire gracieux. Paul resta bouche bée. Il n'avait jamais vu quelqu'un d'aussi riche de si près. A Berlin, seule l'élite pratiquait le tennis, il supposait qu'il en était de même en Amérique.

— Je passais dans le coin, dit son cousin. Tu penses faire du patin l'hiver prochain ?

— Bien sûr. Et toi ?

— Je ne manquerais ça pour rien au monde. Et le tennis, ça marche ?

— Pas mal, mais je n'ai tenu que deux sets aujourd'hui. Maman prétend que c'est normal pour une fille, mais ça ne me console pas.

Elle dévisageait Paul, qui se tenait dans l'ombre de son cousin, ébahi par la beauté de la jeune fille. Miss Vanderhoff était à peu près de son âge, plutôt frêle, avec un teint délicat, de grands yeux gris étincelants, de petites dents bien plantées, et surtout, un sourire chaleureux et spontané.

Joe Junior remarqua l'échange de regards.

— Oh ! excuse-moi ! fit-il avec une courbette qui arracha un rire à Juliette. Chère mademoiselle, permettez-moi de vous présenter mon cousin, Paul Crown. Paul, voici Miss Juliette Vanderhoff. Paul vit avec nous depuis Noël. Il vient d'Allemagne. Un immigré de fraîche date. (Il marqua une courte pause.) C'est un type bien.

— Comment allez-vous, Paul ? demanda la jeune fille, la main tendue.

Il frissonna quand elle effleura sa main de ses doigts frais, et il éprouva les pires difficultés à lui répondre.

— Oh ! bien, merci ! croassa-t-il, mortifié.

Mais Juliette parut ne rien remarquer.

— Vous pensez rester longtemps en Amérique ?

— Définitivement. C'est mon pays, maintenant.

Il avait honte de son lourd accent étranger. Elle devait le trouver comique, forcément.

— Dans ce cas, bienvenue en Amérique. Vous patinez ?

— Oh ! bien sûr ! Je n'ai pas apporté mes patins (il n'en avait jamais possédé), mais j'en faisais souvent à Berlin. Pas trop mal, d'ailleurs.

Il fut stupéfié par son propre mensonge. Pourquoi diable fanfaronnait-il ainsi ? La beauté de Juliette l'étourdissait.

— Tant mieux, on se verra à Lincoln Park quand les étangs gèleront...

— Miss Vanderhoff ! Madame votre mère vous réclame.

La voix fit sursauter Juliette. Un domestique en livrée se tenait sur le seuil de l'hôtel particulier des Vanderhoff.

— Maman a dû te reconnaître, Joey, soupira la jeune fille. (Puis à Paul :) Son salon donne sur l'avenue. Je dois partir. (Elle fit tourner le poney et agita la main vers eux :) Enchantée de vous avoir rencontré, Paul. A l'hiver prochain, Joey.

— C'est ça, fit Joe Junior, à l'hiver prochain.

Elle n'était peut-être qu'une simple copine, mais Paul remarqua que son cousin la regardait avec adoration.

— Qu'est-ce que je t'avais dit ? C'est pas un ange descendu du paradis ? fit Joe Junior.

— C'est vrai qu'elle est belle, admit Paul.

— Va pas te faire des idées, petit, elle est inaccessible.

Son cousin le taquinait, pourtant Paul décela une note de regret dans sa voix.

En remontant Prairie Avenue, Paul s'aperçut qu'il avait la bouche sèche et le cœur battant. Quelque chose d'absolument bouleversant et incroyable venait de lui arriver à l'ombre du sycomore.

Il était tombé amoureux.

— J'ai l'impression d'entendre des pétards éclater dans ta caboche, dit Joe Junior. Raconte.

— Ah, si seulement je pouvais travailler au lieu d'aller à l'école ! J'économiserais de l'argent et je pourrais m'acheter une paire de patins.

Joe Junior leva un sourcil. Un sourire narquois se dessina sur ses lèvres, mais Paul le devança.

— Si tu te moques, je te casse la figure.

Joe Junior prit son cousin par l'épaule.

— Je ne me moquerai pas, promis. Je sais trop ce que tu ressens.

Malheureusement, je ne suis qu'un copain pour elle. Toi, tu auras
peut-être plus de chance.

Ce soir-là, dans son lit, Paul eut du mal à trouver le sommeil. Il
sentit que son amitié naissante avec Joe Junior lui faisait franchir
une ligne invisible. Il avait pris parti.

Contre oncle Joe.

Bon, et après ? L'oncle Joe le condamnait à fréquenter cette école
de malheur. Or, son cousin le traitait quasiment en égal. Cela faisait
une sacrée différence.

19

Joe Crown

Une semaine avant l'inauguration de l'Exposition, Oskar Hexhammer se rendit au bureau de Joe Crown. Joe le connaissait de réputation et un ami commun les avait présentés dans les salons du très privé Club Germania.

La trentaine, doté d'une calvitie précoce qui n'avait épargné que quelques touffes de cheveux fous au-dessus des oreilles, svelte, portant lunettes, Hexhammer respirait l'autorité.

Il était arrivé à Chicago moins de dix ans auparavant, et s'était rapidement imposé comme leader des Allemands les plus conservateurs. Grâce à un héritage plus que confortable, il avait fondé le *Chicago Deutsche Zeitung*, l'un des nombreux journaux en langue allemande de la ville. Il en était l'éditeur et le rédacteur en chef.

Joe n'y était pas abonné. Il n'aimait pas son esprit de clocher et, en outre, il le trouvait partisan et ennuyeux. Le journal ne survivait que grâce aux publicités que la municipalité insérait dans les publications en allemand comme en anglais. Sa diffusion était nettement plus modeste que celle de l'*Abendpost* de Hermann Kohlsaat ou celle de l'*Illinois Staatszeitung* d'Anton Hesing, journal que Joe lisait régulièrement. Farouchement abolitionniste à sa création, le *Staatszeitung* défendait des opinions auxquelles Joe adhérait. Sur le débat des huit heures, il estimait que les travailleurs étaient « plus heureux » en travaillant dix heures par jour, car cela leur évitait de perdre deux heures à paresser, la paresse étant la mère de tous les vices : débauche, vol et même crime.

La visite impromptue de Hexhammer ne plut pas à Joe Crown, mais il le reçut malgré tout avec courtoisie.

— *Wie geht's mit Ihnen, Herr Crown ?* demanda le visiteur en s'asseyant.

L'accent était aisément reconnaissable. Berlinois. Et snob, avec cela.

— Je préfère parler anglais, Mr. Hexhammer. Que puis-je pour vous ? Soyez bref, je vous prie, je suis très occupé.

— Vous m'accorderez volontiers un petit quart d'heure, il y va de l'intérêt de la culture allemande.

Joe renifla une demande de fonds. Il s'adossa dans son fauteuil en se tapotant le bout des lèvres.

— Pouvez-vous être plus précis ?

Hexhammer nettoya ses lunettes avec un mouchoir immaculé.

— Avec plaisir. Vous serez d'accord avec moi si je vous dis qu'en Allemagne, notre patrie à tous deux, les mœurs sont plus raffinées, plus civilisées, qu'en Amérique ?

Joe se raidit. Cet éternel sentiment de supériorité des Allemands l'irritait au plus haut point !

— Je crains que non, répondit-il. Je reste fidèle à mes origines et je garde un bon souvenir de mon pays natal, mais je préfère cette nation. J'aime sa démocratie, son énergie, et même sa vulgarité. J'aime qu'elle ne se cramponne pas au passé, qu'elle regarde toujours vers l'avenir. J'aime l'idée que tous les hommes partent dans la vie à égalité de chance, et que leur seule limite soit leur talent. J'aime que l'Amérique soit une terre d'accueil. En décembre, mon neveu...

— Vous aimez aussi être mêlé à des Tchèques, à des Polonais, à de sales Irlandais... à la lie de l'humanité ?

— On m'avait prévenu que vous étiez un aristocrate en puissance, s'esclaffa Joe. Ma foi, on ne s'est pas trompé.

La remarque n'amusa pas Hexhammer.

— Certains pensent la même chose de vous, monsieur. Votre ancien quartier, le *Nordseite*, le quartier allemand, n'était pas assez prestigieux pour vous. Vous avez choisi d'habiter dans Michigan Avenue.

— L'endroit où je vis et les raisons pour lesquelles j'y vis ne regardent que moi. Pour votre gouverne, sachez que notre maison du *Nordseite* était simplement trop petite. Ma nouvelle adresse ne diminue en rien mon estime pour mon pays natal, son peuple, ses traditions.

Joe avait parlé avec calme, mais il était blessé qu'on pût critiquer le fait qu'il ait quitté le quartier allemand cinq ans auparavant. Joe se souciait du qu'en-dira-t-on.

— Je vais être encore plus précis, Mr. Hexhammer. Notre famille appartient à l'église luthérienne de Saint Paul, dans Franklin Avenue. Vous connaissez, je présume ?

— Bien sûr.

— C'est la plus vieille église luthérienne de la ville ; elle date de 1848. Ce sont des Allemands qui l'ont fondée et la congrégation est toujours à majorité allemande. Certains dimanches, on donne encore des cours en allemand. De plus, ma femme et moi faisons des donations régulières à l'hôpital des frères alexéiens, fondé par des moines d'Aix-la-Chapelle, et à l'hôpital allemand de Lincoln Avenue. Dès que j'en ai eu les moyens, j'ai soutenu des œuvres caritatives, j'ai fait des dons au Schwabenverein pour aider ce club à faire ériger une statue de Schiller dans Lincoln Park. Cela suffit-il à prouver mon respect de notre patrimoine culturel, Mr. Hexhammer ?

— C'est excellent, je vous l'accorde, répondit celui-ci. (Il s'éclaircit la gorge.) Êtes-vous au courant de la création d'une Ligue pan-germanique dans notre patrie ?

— Je sais peu de chose. Une bande de patriotes fanatiques, j'imagine ?

— Rien d'aussi déplaisant, Mr. Crown. Bien que se soit une organisation non militaire, la Ligue est une extension logique de notre gouvernement.

— Mon gouvernement siège à Washington, mais continuez.

Joe porta la main à son gousset et commença à polir sa dent de sanglier.

— La Ligue poursuit des objectifs très précis. Elle milite pour une armée hautement qualifiée, une marine puissante, une expansion des colonies d'outre-mer et, cela va de soi, pour une vigilance armée à l'égard de nos ennemis mortels, la France et l'Empire britannique.

— Je ne comprendrai jamais pourquoi le Kaiser déteste l'Angleterre alors que sa propre grand-mère, la reine Victoria, règne dans ce pays, observa Joe d'un air triste. J'ai été profondément choqué d'apprendre qu'il attribuait l'atrophie de sa main gauche à la souillure du sang britannique qui coulait dans ses veines.

— Personnellement j'estime cette remarque justifiée. Mais peu importe, revenons à la Ligue ; c'est un autre de ses objectifs qui m'amène. La diaspora allemande s'étend à présent à travers le monde. La Ligue s'efforce de promouvoir notre culture et notre langue dans tous les pays où s'installent des Allemands.

— Revoilà la supériorité germanique !

Le visiteur ne releva pas le sarcasme ou choisit de l'ignorer.

— Elle est parfaitement fondée, mon cher. Nous sommes le peuple de Beethoven, après tout. Le peuple de Wagner et de Goethe. Je suis lié au comité directeur d'outre-mer de la Ligue, ajouta Hexhammer en baissant la voix. Intimement lié.

« Qu'est-ce que ce merdeux peut être pompeux ! songea Joe. Suis-je censé trembler d'effroi et de respect ? »

— Mr. Hexhammer, avant de poursuivre cette conversation, j'aimerais que vous répondiez à une simple question. Si la *Kultur* germanique est à ce point supérieure à celle de l'Amérique, pourquoi vivez-vous ici plutôt que là-bas ?

— Je croyais avoir été clair, cher ami. En tant qu'Allemands, il est de notre devoir d'influencer la politique du pays dans lequel nous résidons. La logique veut que nous commencions par l'éducation des enfants. A cet effet, ajouta-t-il d'un ton de conspirateur, la Ligue envisage l'ouverture d'un nouveau *Turnverein*, qui s'appellera le Kaiser Wilhelm Royal Turnverein of Chicago.

Joe Crown considéra son visiteur d'un air incrédule. Hexhammer reprit.

— Vous croyez aux principes de Friedrich Jahn, n'est-ce pas ? Un esprit sain dans un corps sain. Au début du siècle, en Allemagne, Jahn a initié un vaste mouvement — je dirai même une passion — en faveur de la culture physique. Par la suite, des immigrants ont ouvert des *Turnvereine*, des clubs de gymnastique, à travers toute l'Amérique.

— J'adhère de tout cœur à ces initiatives. J'ai toujours poussé mes enfants à fortifier leur corps.

— Sont-ils inscrits dans un *Turnverein* ?

— Non. Ils l'ont été quand ils étaient plus jeunes.

— Je vous suggère donc de les inscrire dans notre nouveau club. La donation de membre fondateur est fixée à mille dollars minimum. Vos enfants feront ainsi partie d'un corps d'élite. On leur inculquera les valeurs allemandes par le biais de l'entraînement physique.

— Mr. Hexhammer, je ne laisse à personne le soin de me dire comment dépenser mon argent. En outre, quand je décide de faire une donation, j'en choisis moi-même le montant.

— Mais votre devoir d'Alle...

— Cessez donc de me faire la morale ! Je connais très bien mes devoirs. Et ils ne m'obligent pas à soutenir les élucubrations de patriotes belliqueux.

Hexhammer prit un air offensé. Il se mit à tordre nerveusement ses gants gris souris.

— C'est une bien curieuse attitude pour un homme qui prétend aimer son pays natal. Je dirais même plus, une attitude choquante pour un homme dont — dois-je le préciser ? — les affaires dépendent du bon vouloir des Allemands.

Il laissa à Joe le temps de soupeser l'avertissement.

— Les rumeurs courent vite à Chicago, monsieur. Je ne voudrais pas que votre réputation fût noircie. Ni que vos ventes subissent une chute brutale.

Joe Crown se leva, contourna lentement le bureau et vint se planter devant Hexhammer.

— Cet entretien est terminé. Je vous prie de sortir, monsieur.

Hexhammer s'extirpa maladroitement de son siège et avança en crabe vers la porte, triturant toujours ses gants.

— Vous le regretterez, menaça-t-il. Vous n'êtes pas un bon Allemand.

— Vous avez peut-être raison. Après tout, je suis citoyen américain. Sortez, je vous prie.

Hexhammer s'exécuta et claqua la porte derrière lui. Après son départ, Joe s'écroula dans son fauteuil. Il ne se reprochait pas sa réaction, mais il était bien conscient de l'influence du jeune éditeur parmi les conservateurs de Chicago. Le chantage sur les ventes de la brasserie l'ennuyait pour une raison précise. Il se tenait pour personnellement responsable du bien-être de ses employés. Or, ce bien-être dépendait des bénéfices de la Crown.

Il ne licencierait jamais un ouvrier à cause d'une chute des ventes, c'était une décision qu'il avait prise depuis longtemps. Il se ruinerait avant, non par noblesse d'âme, mais parce que c'était la seule façon d'agir pour un honnête homme.

Il craignait de ne pas en avoir terminé avec Hexhammer. Plus exactement, que Hexhammer n'en ait pas terminé avec lui. Il essaya de le chasser de son esprit pendant qu'il signait des lettres que Zwick avait dactylographiées le matin.

20

Paul

Le jour de l'inauguration, un lointain roulement de tonnerre réveilla Paul avant l'aube. Il essaya de se rendormir, se tourna d'un côté et de l'autre. En vain. L'excitation de la fête et la perspective de passer un jour entier sans voir Mrs. Petigru étaient trop fortes.

Il entendit des borborygmes dans la tuyauterie qui parcourait la maison, tel un serpent géant. Louise s'affairait sans doute déjà dans la cuisine malgré l'heure matinale. Tante Ilsa aussi. Elle avait annoncé que le *Frühstück* serait servi à six heures trente. Manfred détestait que la routine fût bousculée et il l'avait fait savoir, mais dans le dos d'Ilsa. Manfred s'opposait à tout ce qu'il n'avait pas décidé lui-même.

On frappa à la porte de sa chambre. Paul se leva, avança à tâtons dans le noir et demanda d'une voix étouffée :

— Qui est-ce ?

— Fritzi. Tu es réveillé ?

— Non, je dors, tu vois bien. (Fritzi pouffa.) Qu'est-ce que tu veux ?

— Ouvre... S'il te plaît !

Il obtempéra en soupirant. Un fort parfum fruité l'enveloppa aussitôt. Il ne voyait pas le visage de Fritzi, il distinguait seulement la masse de ses longues boucles et la silhouette de sa chemise de nuit.

— Je ne voulais pas te réveiller, Paul. Mais je suis dans tous mes états, je n'arrive pas à dormir.

— Moi non plus, avoua-t-il.

— Qu'est-ce que tu as le plus envie de voir à l'Expo ?

— Tout.

— Moi, c'est le portrait d'Ellen Terry [1].

— Qui c'est ?

— Enfin, Paul, d'où sors-tu ? Ellen Terry est l'une des plus grandes actrices du monde.

---

1. Dame Ellen Alicia Terry (1848-1928). Actrice anglaise. *(N.d.T.)*

— Ah...

Un long silence s'ensuivit. Fritzi frotta son orteil nu sur la moquette du couloir.

— Bon, faut que j'aille me peigner.

— Oui.

— Je te verrai au petit déjeuner.

Paul ne s'attendait certainement pas à ce qu'elle lui saute au cou pour déposer un baiser furtif sur sa joue. Elle pivota aussitôt et s'enfuit en courant.

Sidéré, il referma la porte et s'adossa au mur de sa chambre. Il tâta sa joue à l'endroit où Fritzi l'avait embrassé. C'était collant. Il renifla sa main, elle sentait le parfum fruité qu'il avait remarqué plus tôt. Une crème de nuit qu'elle utilisait pour protéger sa peau, sans doute.

Les choses allaient trop loin avec sa cousine Fritzi. Elle était sympathique, intelligente, vivante, épuisante parfois, avec son bavardage incessant et ses imitations. Mais à l'évidence, elle était amoureuse de lui. Il le soupçonnait depuis quelque temps, sans vouloir l'admettre.

Le baiser changeait tout. Non, il ne devait pas l'encourager dans cette voie. Entre cousins germains cela ne se faisait pas, et d'ailleurs, quelqu'un d'autre occupait ses pensées. Une jeune fille dont les yeux ravissants, les cheveux de jais et le corps mince hantaient ses rêves. Il lui fallait décourager définitivement Fritzi tout en prenant garde de ne pas la blesser. Oui, il faudrait qu'il y pense.

Pas aujourd'hui, cependant. C'était le jour de l'inauguration. De toute la famille, seul Joe Junior ne partageait pas son enthousiasme. Il parlait de l'Exposition avec amertume. Quel serait donc son comportement à la cérémonie d'ouverture ?

Paul alluma l'électricité et commença à se laver. Il s'habillait quand les premières lueurs de l'aube éclairèrent le lac Michigan. C'était le 1er mai 1893.

Tout le monde descendit déjeuner sauf Joe Junior. Oncle Joe, qui devait déjeuner à son club avec des personnalités, s'assit malgré tout à sa place habituelle, mais il ne resta que le temps de manger des harengs arrosés d'un café noir.

L'oncle Joe était superbe dans sa redingote aux revers satinés, avec sa cravate d'Ascot rayée de rouge et de noir, et son pantalon noir à fines rayures grises.

— Puis-je savoir où est Joe Junior ? s'enquit-il quand tante Ilsa apporta un plat de saucisses.

— Il souffre de maux d'estomac, lui répondit-elle. Il a demandé à rester dans sa chambre, et j'ai accepté.

— Très bien, qu'il y reste. Nous nous passerons de la compagnie de ce rabat-joie. S'il veut aller à la fête plus tard, il paiera son entrée.

Le tonnerre gronda. Oncle Joe regarda avec inquiétude le ciel menaçant qu'on apercevait par la fenêtre.

— J'espère que l'orage ne va pas gâcher le programme. Le président Cleveland est enfin arrivé. Tu sais que nous avons un nouveau président, Paul. Il a été élu en novembre dernier.

— Oui, je me souviens avoir vu sa photo pendant mon voyage. Il y avait beaucoup de... euh... *Plakate* ?

— Des affiches, dit tante Ilsa.

— C'est ça, des affiches. Merci.

Tante Ilsa et Louise s'activaient, apportant des montagnes de nourriture.

— Mangez les enfants, la journée sera longue.

Manfred passa deux fois dans la salle à manger avec une mine qui en disait long sur sa désapprobation. Au milieu du petit déjeuner, Carl s'excusa pour aller aux toilettes. En revenant, il bouscula Manfred.

— Monsieur Carl, faites donc attention !

Oncle Joe toussa, manière détournée mais claire de protester contre le ton trop dur de Manfred. Le majordome rougit.

— Ce n'est pas sa faute, Mr. Blenkers, assura Paul. Il ne vous a pas vu.

— Je vous remercie de bien vouloir m'éclairer, monsieur Paul, dit Manfred en lui lançant un regard venimeux avant de sortir, l'air digne.

Paul n'avait pas besoin de cela pour savoir que Manfred ne l'aimait pas. Il lui reprochait sans doute d'être là, d'exister, de déranger l'ordre qu'il avait établi. Le majordome ne serait jamais un ami, mais Paul ne s'en souciait guère ; il l'avait rangé dans la même catégorie que Mrs. Petigru.

L'orage éclata brutalement au moment où oncle Joe, coiffé d'un haut-de-forme en soie, partit pour son club. La pluie tambourinait sur le toit et ruisselait le long des vitres ; on ne voyait plus Michigan Avenue. Fritzi se mit à pleurnicher que tout était gâché.

Après le petit déjeuner, alors que l'orage redoublait de violence, Paul frappa à la porte de Joe Junior.

— Entrez.

Il fut surpris de trouver son cousin assis sur son lit en chemise de nuit, un livre à la main. Il avait l'air en excellente santé.

— Joe, je suis désolé que tu sois malade.

— Un simple mal de ventre.

— Tu ne peux vraiment pas venir ?

— Je ne veux pas venir. Maman l'a très bien compris. Vas-y, toi, je sais que tu en meurs d'envie. Ça ne me dit rien de me frotter à tous ces nababs. Tu me raconteras.

— Promis ! s'exclama Paul, soulagé.

— Ferme la porte derrière toi, s'il te plaît.

Par miracle, la pluie cessa, le vent balaya les nuages et le soleil perça. Il faisait grand beau temps lorsque Nicky Speers conduisit la famille à l'Exposition, à neuf heures trente.

Tout au long du chemin, Fritzi se plaignit de son corset. La rigidité de la gaine les forçait, tante Ilsa et elle, à marcher le buste penché en avant. La veille, Fritzi avait fait une imitation parfaite et hilarante de cette démarche qu'elle appelait « la marche du kangourou ».

Les rues qui menaient à Jackson Park étaient noires de monde, d'équipages, de bogheys, de cabriolets. L'oncle Joe attendait la famille devant la porte principale ; de loin, il leur fit signe de se hâter. Ballottés par la foule, ils le suivirent. Paul s'émerveillait devant les bâtiments somptueux, magnifiques, que le soleil éclaboussait d'une lumière aveuglante.

Ils avaient de fort bonnes places — fort inconfortables aussi — sur des gradins installés au pied du vaste escalier qui menait à une plate-forme lourdement décorée, occupée par un orchestre, un chœur, et par la tribune des personnalités. Oncle Joe les présenta : le président des États-Unis, Grover Cleveland ; le vice-président, Adlai Stevenson, de l'Illinois ; le maire, Harrison ; le gouverneur Altgeld, et trois hôtes d'honneur, le duc de Veragua, descendant de Christophe Colomb, la duchesse, et l'infante Eulalia, fille du roi d'Espagne.

La cérémonie d'inauguration commença à onze heures et quart. L'orchestre joua une ouverture de Wagner qui fut suivie par des prières et des motets. Plusieurs orateurs prononcèrent d'interminables discours, qui firent bouillir d'impatience Carl, Fritzi et Paul. La foule se pressait sur les esplanades placées autour du Grand Bassin. Oncle Joe affirma qu'on attendait entre trois cent mille et cinq cent mille visiteurs.

Tout le monde se leva pour applaudir le Président. Mr. Cleveland était un homme solidement charpenté, à la mâchoire puissante et à la voix de stentor, mais Paul ne l'écouta que d'une oreille. Les mots étaient trop longs, les phrases compliquées, et il était constamment distrait par ce qu'il voyait autour de lui. Des bâtiments blancs parfaitement symétriques d'une grande beauté ; de larges avenues ; des étangs et des bassins aux eaux miroitantes ; des myriades de statues.

Vers midi trente, le Président conclut son discours. La foule applaudit à tout rompre. De chaque côté du Grand Bassin, dans les avenues noires de monde, le silence se fit.

— Regardez bien, dit l'oncle Joe. Il est prêt.

Le président Cleveland avança une main vers un dispositif placé face à lui dans lequel était fichée une grande clef en or. Sa voix retentit :

— Un simple geste va enclencher la machinerie qui donnera vie à cette vaste exposition. De même, laissons nos espérances et nos ambitions éveiller les forces qui participeront activement au bonheur, à la dignité et à la liberté de l'homme.

Le chef d'orchestre leva sa baguette. Le Président fit tourner la clef. Comme les premières notes résonnaient et que le chœur entamait un chant, des colonnes d'eau écumante jaillirent du sol, des drapeaux américains, espagnols, et ceux d'autres nations, flottèrent comme par magie en haut des mâts, des serpentins ruisselèrent des toits, des draperies se déroulèrent de la statue de la République qui se dressait sur un piédestal à l'extrémité du Bassin.

Des cloches carillonnèrent, les sifflets des canots retentirent, le canon d'un navire ancré sur le lac tonna. D'un péristyle dressé derrière la statue de la République, deux cents colombes blanches s'envolèrent dans le ciel.

— Tu connais cette musique, Pauli ? demanda tante Ilsa. C'est l'*Alléluia* de Haendel, un compositeur allemand de Saxe. N'est-ce pas émouvant ?

Paul dut l'admettre.

Comme les drapeaux, les serpentins, les tentures déclaraient l'Exposition ouverte, le grondement de la foule couvrit la musique de Haendel. Fritzi agrippa la manche de Paul ; elle ne tenait plus en place et pleurait de joie. Oncle Joe enlaça sa femme tout en faisant mine d'ôter une poussière de son œil avec un grand mouchoir. Tante Ilsa était très élégante avec son petit chapeau de feutre noir orné de plumes bleues et noires. Elle tenait une ombrelle fermée (Fritzi avait la même, plus petite). Elle portait une robe cintrée, avec une courte traîne, des jupons qui bruissaient joliment à chaque pas. Son visage était légèrement poudré et ses joues fardées de rouge.

Carl était aussi fasciné que Paul. Les deux garçons étaient vêtus d'une réplique de l'habit d'oncle Joe, achetée spécialement pour l'occasion. Paul n'avait jamais été aussi élégant, mais il détestait la raideur du col amidonné. Toutefois, son calvaire n'était rien à côté de ce que les deux femmes enduraient.

Le morceau de Haendel s'acheva. L'orchestre entama *America*.

— C'est la fin, déclara l'oncle Joe après avoir consulté son programme. Qu'en penses-tu, Paul ? Impressionnant, n'est-ce pas ?

— Très impressionnant, mon oncle.

— Essaie donc de faire partager tes impressions à ton cousin Joe.

— On y va, papa ? s'impatienta Fritzi, qui trépignait sur l'escalier.

— Fais attention ! dit tante Ilsa en la retenant. Tu vas finir par tomber.

— Oh ! maman, je n'en peux plus, je suis trop excitée ! Je veux voir le portrait d'Ellen Terry en Lady Macbeth, où est-il ?

— Attends, il faut que je passe voir l'exposition des brasseries, dit oncle Joe. Vingt-quatre de mes concurrents y exposent leurs produits. Je veux vérifier si la Crown est bien mise en valeur. J'y fais un saut et je vous rejoins dans une demi-heure. On devrait peut-être visiter le pavillon allemand. Je les ai vus installer les grilles en fer forgé, c'est grandiose.

— Allons voir le canon de Krupp, proposa Carl.

— Il y a aussi le Village allemand dans le Midway, intervint tante Ilsa.

— Oh oui, le Midway ! couina Carl en trépignant comme sa sœur. Je veux monter dans la grande roue. On pourra monter dans la grande roue, papa ?

A l'école, tout le monde parlait de la roue géante, équipée de ravissantes petites nacelles. Paul avait hâte d'y grimper.

— Et toi, Paul, de quoi as-tu envie ? demanda oncle Joe en arrivant au pied des gradins. Voir Sandow, l'hercule, peut-être ? C'est encore un Allemand.

— A vrai dire, mon oncle, mon rêve c'est de voir le spectacle de Buffalo Bill.

Le chapiteau de Cody était planté à l'extérieur de l'Exposition ; les représentations auraient lieu jusqu'à la fermeture de l'Exposition à l'automne.

— Excellente idée. Carl m'a dit que tu n'avais pas pu y assister à Berlin. J'achèterai des billets pour cet été. Voilà ce que je propose : nous irons voir Buffalo Bill pour fêter tes succès à l'école.

— Merci, mon oncle, murmura Paul, accablé.

— Bon, convenons d'un endroit où se retrouver.

Les avenues étaient bondées, on avançait avec difficulté. Les Crown s'attardèrent pour admirer la gigantesque statue de Christophe Colomb, l'épée brandie, la bannière déployée. Une femme élégante, mais à l'aspect maladif, s'approcha.

— Tiens ! fit tante Ilsa en souriant. Bonjour, Nell !

La femme passa son chemin sans un regard.

Fritzi tira la manche de sa mère.

— Qui est-ce, maman ?

— Mrs. Vanderhoff.

— Pourquoi n'a-t-elle pas voulu te parler ?

— Je l'ignore, mais ce n'est pas la première fois. N'y pense plus, ça n'a aucune importance.

Vanderhoff ? Une parente de la fille de Prairie Avenue ? Est-elle là, elle aussi ? Dans ce cas, il la rencontrerait peut-être. Mais pourquoi diable cette femme avait-elle évité tante Ilsa, une personne si aimable et si bonne ?

Tante Ilsa s'arrêta devant un bâtiment à l'architecture inhabituelle, avec une entrée spectaculaire faite d'arches concentriques. A couper le souffle, songea Paul.

— C'est le pavillon des Transports, mes enfants, leur apprit tante Ilsa en consultant son guide. Dessiné par Mr. Sullivan [1].

— Qui est-ce ? demanda Carl, qui s'ennuyait.

— Louis Sullivan est un architecte de Chicago. Lui et son associé, Mr. Adler, représentent l'avant-garde. Certains disent que Mr. Sullivan est un génie.

Oncle Joe les rejoignit, il revenait de l'exposition des brasseries.

— Notre stand est superbe, annonça-t-il. Les dessins de Fred qui

---

1. Louis Henri Sullivan (1856-1924). Architecte américain. *(N.d.T.)*

décrivent le processus de brassage sont simples mais précis. Je suis rassuré.

Sa bonne humeur ne le quitta plus de la journée.

— Cette Exposition n'est-elle pas magnifique ? s'exclama-t-il. Avant que le Congrès ne choisisse Chicago, les sceptiques prétendaient qu'on ne serait jamais prêt à temps. Eh bien nous leur avons montré de quoi nous étions capables.

Ils s'engagèrent dans une autre avenue. Paul vit la grande roue métallique au loin. La roue Ferris, d'après le nom de son inventeur. Dans les nacelles qui tournaient en se balançant, on apercevait des silhouettes minuscules.

— Tu ne nous as pas fait part de tes souhaits, Ilsa, déclara l'oncle Joe. Qu'est-ce que tu aimerais voir ?

— Le pavillon de la Femme.

— Ah, je suis navré, mais tu devras le visiter sans moi. Je n'ai jamais compris la nécessité d'un monument dédié au genre féminin, et je ne la comprends toujours pas.

— Oh ! je le sais bien ! rétorqua tante Ilsa. Toutefois, je dois te prévenir que j'ai l'intention d'assister au Congrès des femmes qui aura lieu à l'Art Institute. J'irai à toutes les séances que mon emploi du temps me permettra.

— Comme tu voudras, mais je te supplie de ne pas t'aventurer sur les barricades avec les Rouges, les libres penseurs et les fameuses « femmes modernes ». Bon, où allons-nous maintenant ? (Il tâta la poche de sa redingote.) J'ai là des laissez-passer qui nous éviteront de faire la queue pour la plupart des expositions.

— A la roue Ferris ! s'écria Carl.

— Je n'en ai pas pour cette attraction, hélas ! Il paraît que c'est le clou de l'Exposition.

Ils optèrent pour le canon Krupp, présenté dans un pavillon situé sur le bord du lac. Les usines Krupp d'Essen étaient une firme allemande si célèbre que même Paul la connaissait. Le pavillon était en fait une forteresse prussienne miniature, avec des tourelles et des remparts. Le canon était long de vingt-six mètres, chacun de ses obus pesait cent kilos, et il pouvait tirer à une distance de cent kilomètres, leur apprit l'ingénieur de service.

Enthousiaste, Carl n'arrêtait pas de poser des questions. Oncle Joe semblait gêné. En partant, il déclara :

— Est-ce que les armes de guerre sont la seule fierté des Allemands à présent ? La patrie est-elle réellement obligée d'exhiber sa force comme n'importe quelle brute des rues ? Qu'est-ce qu'on veut prouver ? Rien que j'aie envie d'entendre.

Ensuite, ils se rendirent au pavillon des Beaux-Arts afin de voir le portrait de l'actrice Ellen Terry, exécuté par un certain Mr. Sargent. Fritzi resta en pâmoison devant pendant cinq bonnes minutes, à se tordre les mains et à pousser des soupirs, jusqu'à ce que l'oncle Joe referme sa montre d'un coup sec et dise :

— Bon, c'est l'heure de partir.

Ils remontèrent vers Midway Plaisance, une large avenue qui s'étendait sur deux kilomètres entre la Cinquante-Neuvième et la Soixantième Rue.

Ils admirèrent le Blarney Castle d'Irlande, puis s'engouffrèrent dans les « Rues du Caire », peuplées de femmes voilées et d'hommes au teint basané vêtus de caftans et coiffés de fez rouges. Tante Ilsa n'apprécia pas cet exotisme, son côté trouble et son raffinement oriental. La remarque de l'oncle Joe ne la fit pas sourire non plus.

— Pendant que tu visiteras le pavillon de la Femme, j'irai peut-être voir danser la fameuse Petite Égyptienne. Les hommes de la brasserie n'arrêtent pas de parler de sa *danse du ventre* [1].

Carl souffla à Paul :

— Il paraît qu'elle danse avec son ventre. C'est ce qu'on raconte à l'école.

Avant de faire la queue pour monter dans la grande roue, ils dînèrent au Village allemand, à la table d'une terrasse décorée de joyeux lampions, à l'ombre du Wasserburg, une réplique d'un château du XVᵉ siècle. Un orchestre allemand joua des airs familiers pendant que les Crown dégustaient une *Nudelsuppe* et des *Kücken mit Spargel*.

Ils attendirent près d'une heure avant de pouvoir monter dans la grande roue. Dans l'obscurité de la nuit printanière, les lumières multicolores de Midway Plaisance et de l'Exposition brillaient de mille feux.

Vint enfin leur tour. Avec trente-cinq autres visiteurs, ils montèrent dans la nacelle vitrée équipée de confortables sièges pivotants. Fritzi poussa un cri strident quand la roue tourna et que la nacelle s'éleva en se balançant, avant de s'arrêter pour que la suivante charge ses passagers.

— La roue fait soixante-seize mètres de diamètre, dit Carl. Je l'ai lu.

— Et quatre mètres cinquante de largeur, précisa son père.

— Cinquante cents pour un tour, c'est drôlement cher, dit Fritzi.

— Oh ! taisez-vous donc et regardez ! s'exclama tante Ilsa. Avez-vous déjà vu quelque chose d'aussi beau ?

Sous leurs pieds, un extraordinaire paysage de lumières clignotantes s'étendait sur plusieurs kilomètres. Tante Ilsa émit un petit bruit joyeux, mi-rire, mi-cri d'effroi, et elle étreignit la main de Paul.

— On n'en croit pas ses yeux, hein, Pauli ? As-tu déjà vu un spectacle aussi majestueux ?

— Non, jamais, souffla-t-il tandis que la nacelle s'élevait et se balançait dans les airs.

Il contemplait, médusé, les merveilles sans limites de la nouvelle ère scientifique au sommet de sa gloire.

En Amérique.

---

1. En français dans le texte. *(N.d.T.)*

Ils étaient si épuisés qu'ils ne dirent mot sur le trajet du retour. Ils arrivèrent à Michigan Avenue vers onze heures. Paul chercha de la lumière sous la porte de Joe Junior, mais il n'en vit pas. Demain, peut-être.

Il se réveilla en retard pour l'école ! Il fonça dans la salle à manger, eut à peine le temps de fourrer un petit pain dans sa bouche et de le faire glisser avec un bol de lait. Joe Junior avait déjà pris le tram pour la brasserie. Oncle Joe refusait de l'emmener dans le landau pour éviter tout favoritisme. Paul dut attendre le soir avant de rejoindre son cousin dans sa chambre.

— Alors, raconte. Ça t'a plu ?

— Te fâche pas, Joe, mais c'était fantastique !

— Vraiment ?

Son cousin le dévisagea longuement. Paul en eut l'estomac noué. Soudain Joe Junior sourit.

— Ça ne m'étonne pas, fit-il enfin. J'imaginais bien que tu serais ébloui par le spectacle et par tous ces noms flambants : « La Nouvelle Jérusalem », « La Ville blanche », et compagnie. Mais tout ça, c'est du toc, Paul. Il faut voir ce qu'il y a derrière. Tu as encore beaucoup de choses à apprendre.

— Quelles choses ?

— Je demanderai à Benno de te raconter.

Paul avait les mains moites d'excitation.

— Quand ?

— Certains dimanches, on organise des pique-niques à la campagne pour les travailleurs. Je t'emmènerai peut-être au prochain. Mais il faut que tu me promettes de ne rien dire à papa ni à maman. Ni à Fritzi, ni à Carl non plus.

Paul avait le cœur battant. Son cousin le mettait dans la confidence ; il se préparait à lui livrer un secret dangereux. En véritable ami. Paul leva la main droite.

— Je serai muet comme une tombe, juré !

Puis il courut dans sa chambre se jeter sur son lit, tout vibrant de joie. Mais sa joie fut de courte durée. Il croisa les mains derrière sa nuque et contempla le plafond. Le secret, la confidence, lui pesaient déjà.

En acceptant d'accompagner Joe Junior au pique-nique, et de n'en parler à personne, il avait scellé une sorte de pacte avec son cousin. Un pacte plus pesant qu'une amitié entre deux garçons d'une même famille. Cela risquait de lui causer de sérieux ennuis, il s'en rendait compte. Il passa une nuit agitée. Il se sentait terriblement coupable de son attitude déloyale envers son oncle et sa tante.

Il restait à peine un mois avant la fin de l'année scolaire. Paul échouait à chaque interrogation orale et à chaque exercice écrit.

Mrs. Petigru se délectait en annonçant ses mauvaises notes devant la classe.

Un jour, elle le retint après les cours pour lui apprendre qu'elle était obligée de le garder avec elle.

— Excusez-moi, mais je ne comprends pas.

— Je refuse de te laisser passer dans la classe supérieure. Ton travail est exécrable. Je te garderai dans ma classe une année de plus. Peut-être qu'en redoublant, quelques parcelles de savoir pénétreront-elles dans ton crâne épais d'Allemand.

Il vacilla. Encore un an avec Mrs. Petigru ? Jamais ! Plutôt sauter du haut d'un immeuble ou se trancher la gorge !

Il essaya de réfléchir à une solution mais son cerveau était vide. Et il avait bien trop honte pour en parler à son oncle ou à son précepteur.

A la maison, Fritzi rendait tout le monde fou avec ses imitations d'Ellen Terry. Elle s'était confectionné une couronne en papier doré et avait emprunté un châle à sa mère pour simuler les manches du kimono de Miss Terry. On la croisait au milieu de l'escalier, ou au coin d'un couloir, enveloppée dans son châle, la couronne plantée sur la tête, les yeux au ciel, dans une pose éthérée.

Carl ricanait et la traitait de dingo. Elle menaçait de le frapper, ce qui l'excitait davantage. « Dingo, dingo, dingo ! » chantait-il en dansant autour d'elle. Oncle Joe les trouva un jour en train de se battre comme des chiffonniers. Il tira les oreilles de Carl, et ordonna à Fritzi de cesser ses singeries. Fritzi courut se réfugier dans sa chambre en sanglotant, ce qui irrita encore plus son père. Quand elle descendit dîner, les yeux rougis, il lui fit un sermon :

— Cesse donc de pleurnicher. Tu me fatigues. Je trouve le théâtre allemand démodé, mais j'aime bien aller voir une pièce anglaise de temps en temps, comme vous le savez tous. Je n'ai cependant aucune considération pour les acteurs. C'est un métier peu recommandable exercé par des gens sans foi. Un homme ou une femme assez fou pour s'y consacrer mérite d'être mis au ban de la société. Et c'est bien souvent ce qui leur arrive. Passe-moi la purée, je te prie.

Après cette soirée, une gravité nouvelle sembla régner à table. Oncle Joe avait perdu de son entrain, et il parlait à tante Ilsa à voix basse d'étalon or, d'actions et d'autres choses mystérieuses. Un soir, incapable de refréner sa curiosité, Paul demanda poliment les raisons de ces discussions économiques. L'oncle Joe lui expliqua que depuis le 5 mai, les actions de certaines grosses compagnies s'étaient effondrées.

— Les investisseurs européens retirent des millions de dollars des banques américaines. L'Illinois Trust est en difficulté, la Chemical National aussi. Je crains qu'il ne s'agisse de la panique que beaucoup avaient prévue.

— Qu'est-ce que tu t'imaginais, papa ? intervint Joe Junior. Le système est corrompu.

Tante Ilsa eut l'air peiné ; oncle Joe fit de louables efforts pour garder son calme.

— Merci de nous éclairer, Junior, fit-il. Nous avons le plus grand respect pour ta sagesse et pour ton expérience d'étudiant en sciences économiques.

Joe Junior serra les dents et vira au rouge. Il attaqua son plat à grands coups de fourchette.

Toutefois, oncle Joe, aussi déprimé fût-il, n'avait pas perdu tout intérêt pour les plaisirs de la vie. Un samedi après-midi, il emmena Carl et Paul voir un match de base-ball entre les Chicago White Stockings et les Providence Grays. Il conduisit le landau lui-même jusqu'à Congress Park.

Paul s'assit à côté de lui sur le siège du cocher, pendant que Carl s'amusait à l'arrière en fredonnant sans cesse la même chanson, *Cours, Kelly, cours*.

— J'aurais beaucoup aimé que Joe Junior vienne avec nous, soupira Paul.

Oncle Joe surveillait le trafic, l'œil morne.

— Tu sais bien qu'il travaille, aujourd'hui. Ça ne change pas grand-chose, d'ailleurs. Quand il était plus petit, il adorait venir au base-ball avec moi. Plus maintenant.

Congress Park était un beau stade, flanqué d'un côté d'un vélodrome et de l'autre de terrains de tennis. Un haut mur de briques entourait le stade qui pouvait contenir, d'après oncle Joe, jusqu'à dix mille spectateurs. Ce jour-là, il était à moitié vide. Ils franchirent un tourniquet, puis escaladèrent des marches qui menaient à la loge réservée par l'oncle Joe. Quatre fauteuils confortables les attendaient et des rideaux les protégeaient du vent et des voisins.

Les deux équipes s'entraînaient déjà sur le terrain, couvert d'une pelouse d'un vert éclatant qui dégageait une agréable odeur d'herbe fraîchement tondue. Quelques nuages blancs paressaient dans le ciel. Dans les travées, des marchands proposaient de la bière, des saucisses et des cacahuètes grillées.

— Ils vendent de la Crown, déclara oncle Joe avec fierté. Je connais Bill Hulbert, le négociant en charbon à qui appartient l'équipe. Cela m'a permis d'obtenir l'exclusivité.

— Mon oncle, dit Paul, je ne connais pas les règles du base-ball.

— Je te les expliquerai au fur et à mesure. Ah, j'aime le base-ball ! On y jouait beaucoup entre soldats pendant la guerre. Je l'ai pratiqué, mais je n'étais pas un bon joueur. En 1869, j'ai vu jouer la première équipe professionnelle, les Cincinnati Red Stockings, pour un nickel seulement. Quand je regarde un match et qu'il fait beau comme aujourd'hui, je suis heureux. J'avoue qu'une petite voix intérieure me titille : « Joe, tu devrais être en train de travailler. » Pour cela, je suis bien allemand, toujours une pointe de culpabilité derrière le sourire. J'en connais même qui ne rient jamais.

Carl recommença à fredonner *Cours, Kelly, cours*.

— Carl, au bout de la quinzième fois, cela devient lassant. Arrête un peu, veux-tu ? (Et à Paul :) Mike Kelly était l'un des plus grands joueurs que les White Stockings aient jamais eu. Il a fait gagner son équipe en 1884, 85 et 86. On l'appelait King Kelly. En dehors du terrain, c'était un propre-à-rien, un bambocheur, mais son jeu était remarquable. Regarde, ils se mettent en place.

Il désigna l'entraîneur des White Stockings, Anson.

— Avant, il jouait première base. Il connaît bien le jeu, mais je ne l'aime pas. Il déteste les Noirs. Toledo avait un joueur de couleur, Fleet Walker. Anson refusait que les White Stockings jouent contre Toledo à cause de ça. Walker a dû partir.

Un homme en manches de chemise, l'arbitre, donna le signal et le match commença. Patient, oncle Joe expliqua le jeu à Paul, qui commença à comprendre peu à peu. Providence prit d'abord l'avantage, trois points à un. Un jeune Noir, que Paul n'avait pas remarqué, se leva du banc des remplaçants. Il portait le maillot des White Stockings. Il courut près du batteur et exécuta une sorte de danse sous les applaudissements et les sifflets de la foule.

— C'est Clarence, la mascotte de l'équipe, expliqua oncle Joe. Anson l'oblige à faire le clown à tous les matches.

— Anson l'appelle Bamboula, ajouta Carl.

— Carl, je ne veux pas que tu utilises ce mot !

Plusieurs joueurs de Chicago entourèrent Clarence, qui resta de marbre pendant que ses équipiers passaient la main dans ses cheveux crépus.

— C'est pour se porter chance, dit oncle Joe. Ils ridiculisent ce pauvre garçon parce qu'il est noir. Une idée d'Anson. Est-ce pour cela qu'on s'est battus et qu'on a donné notre sang il y a trente ans ? s'exclama-t-il, rouge d'indignation.

Au septième tour de batte, quand oncle Joe partit chercher des rafraîchissements, Providence menait toujours au score. Carl posa son pied sur la rampe de la loge, ce qu'il n'aurait jamais fait en présence de son père.

— Il leur faudrait Billy Sunday, fit-il. C'était un joueur extérieur, il était rapide comme l'éclair.

— Il ne joue plus ?

— Non. Dieu lui a ordonné de devenir prêcheur et papa dit qu'il a obéi à son appel. Moi, j'aurais préféré qu'il se bouche les oreilles.

Oncle Joe revint avec des saucisses pâles d'un genre que Paul n'avait jamais vu. Chacune était enfoncée dans un petit pain.

— C'est nouveau, dit oncle Joe. Ça s'appelle des saucisses de Francfort. J'imagine que tu devines d'où elles viennent. Goûtes-en une. J'ai aussi acheté des cacahuètes.

Au début du neuvième tour de batte, l'attrapeur des White Stockings marqua un point surprise. La foule exulta quand le lanceur élimina le dernier batteur de Providence, mettant un terme à la partie. Oncle Joe applaudit à tout rompre.

— Hourra ! Bien joué ! Bravo !

Le jour déclinait. Les White Stockings se congratulèrent avant de quitter le terrain. Repu de sandwiches, ému par l'affection que lui témoignait son oncle, amusé par l'impétueux et turbulent Carl, Paul avait passé un après-midi de rêve.

Au retour, ballotté dans le landau cahotant, il était radieux. L'euphorie dura jusqu'au moment où ils pénétrèrent dans la cuisine. Louise, tête baissée, ne leur adressa pas la parole. Tante Ilsa, le visage fermé, tendit un papier à oncle Joe.

— C'est arrivé aujourd'hui, dit-elle. C'est la lettre que tu as envoyée à Charlotte.

Sur l'enveloppe fripée, on avait tamponné à l'encre rouge ce simple mot : *Verstorben.*

— Décédée ? s'étonna oncle Joe. Comment est-ce possible ? Qu'est-il arrivé ? Ilsa, *que lui est-il arrivé ?* répéta-t-il, accablé.

— Nous ne le saurons jamais. Sans doute la maladie dont Pauli nous a parlé.

Paul était bouleversé, lui aussi. Au bord des larmes, la gorge nouée. Oncle Joe ôta son canotier et s'en fouetta la cuisse d'un geste rageur. Le bord du chapeau se brisa.

La lettre tomba de ses mains ; des larmes coulaient le long de ses joues. Ilsa l'enlaça pour le réconforter. Tout le monde garda le silence.

Oncle Joe les emmena une seconde fois à l'Exposition toujours sans Joe Junior. Ils commencèrent par assister au numéro d'Eugene Sandow, le célèbre hercule. Ensuite, oncle Joe passa dans les coulisses saluer un jeune homme. Il leur apprit par la suite qu'il s'appelait Florenz Ziegfeld[1], c'était le fils du Dr. Ziegfeld, président-fondateur du Chicago Musical College. Le jeune Florenz avait engagé la plupart des groupes qui se produisaient à l'Exposition. C'était l'imprésario de Sandow pour l'Amérique. L'oncle Joe semblait connaître tous les Allemands qui comptaient à Chicago.

Le soir, ils assistèrent à un concert de Mr. Theodor Thomas et de son orchestre de Chicago (« Il est originaire de Cincinnati », précisa oncle Joe.) Les musiciens jouèrent des œuvres du compositeur allemand Richard Wagner. Tante Ilsa qualifia Wagner d'authentique génie. Il faisait la fierté de tous les Allemands, mais sa musique lente et pesante mit Paul au supplice.

Il préféra beaucoup celle d'un orchestre en plein air qu'ils écoutèrent avant le feu d'artifice. Le Chicago Band de Mr. Sousa exécuta des airs martiaux entraînants, parmi lesquels *Marching Through Georgia*, que Herschel Wolinski avait joué sur le bateau. Pauvre Herschel, où était-il maintenant ? Paul doutait de le revoir un jour.

Un jeudi, vers la fin du mois de mai, oncle Joe fit sa valise et prit un train de nuit pour le Sud. La chance voulut qu'un pique-nique de

---

1. Florenz Ziegfeld (1869-1932). Producteur de théâtre américain. *(N.d.T.)*

travailleurs soit prévu pour le dimanche suivant. Joe Junior appelait cela une journée politico-culturelle. Il demanda poliment à sa mère la permission de passer l'après-midi à la campagne avec Paul. Tante Ilsa leur demanda d'être prudents et de rentrer avant la nuit.

Le pique-nique se déroulait dans un endroit appelé Ogden's Grove, situé hors de la ville.

— Pourquoi si loin ? demanda Paul dans l'omnibus qui les conduisait à la première étape de leur périple.

— Comme ça, les puritains ne pourront pas râler parce qu'on boit de la bière un dimanche, et les flics de Chicago ne viendront pas nous déranger. Même sans discours, les réunions sont passionnantes. C'est là que j'ai rencontré Rosie l'année dernière.

— Tu en connais long sur les socialistes. Comment as-tu appris tout ça ?

— Pas à l'école, c'est sûr. J'ai écouté Benno et ses camarades. J'ai lu tout ce que je trouvais. Karl Marx. Un Français du nom de Proudhon. Un Russe, Bakounine, le premier à dire qu'il fallait par la révolution renverser l'ordre établi. J'ai lu de nombreux articles du prince Kropotkine, un aristocrate russe. Il habite maintenant à Londres. Même traduite, c'est une littérature difficile, et je ne comprends pas tout. Alors, je lis aussi ça.

Il sortit un journal imprimé en allemand qu'il avait caché sous sa chemise. *Die Fackel — La Torche.*

— C'est l'édition du dimanche d'un journal ouvrier, le *Chicagoer Arbeiter-Zeitung.* Si papa me chope avec ça, il me fera la peau.

— Alors pourquoi le lis-tu ? Juste pour le faire râler ?

Joe Junior pinça les lèvres et lui jeta un regard mauvais.

— Tu as vraiment des questions stupides ! Je lis ces journaux et je fréquente ces gens parce que papa et ses semblables ont tort. Ils défendent les pires valeurs, celles qui oppriment les pauvres.

— Tu ne les tuerais pas, tout de même ?

L'omnibus ralentit. Ils arrivaient au terminus. Joe Junior s'accouda à la fenêtre et regarda les petites villas défiler.

— Tu poses beaucoup trop de questions, fit-il.

— C'est que j'ai envie d'apprendre.

— Pour choisir ton camp ? demanda Joe Junior en l'observant.

— Pour *apprendre.*

Indécis, Joe Junior le scruta longuement. Soudain, il se détendit, enlaça Paul par l'épaule, et lui donna une pression amicale.

— Tu as raison. Mais tâche de bien choisir ceux que tu interroges.

Ils descendirent de l'omnibus là où la route goudronnée s'arrêtait. Devant eux courait un chemin poussiéreux sillonné d'ornières, et ombragé par deux rangées d'arbres. Dans un champ mitoyen, Paul vit des vaches paître et une grange défraîchie.

Ils marchèrent pendant un bon kilomètre, puis Paul entendit la musique d'un tuba et d'autres cuivres. Ils arrivèrent devant une arche en bois décrépite sur laquelle était fixée une pancarte délavée :

« Ogden's Grove ». Dans une clairière, on avait installé des tables sur tréteaux ; autour, des gens allaient et venaient, quelques-uns dansaient. Des enfants se poursuivaient dans le pré baigné de soleil.

Joe Junior présenta son cousin à une poignée d'inconnus, si rapidement que Paul n'eut le temps de retenir ni leur nom ni leur visage. Il observa cependant que la plupart des familles étaient vêtues d'habits élimés et reprisés ; beaucoup d'hommes portaient des cheveux longs et des barbes fournies qui leur donnaient un air sinistre. L'un d'eux lui rappela Rhoukov, le journaliste russe. Le nombre d'enfants et de jeunes le surprit, de même que le mélange de nationalités. Outre les Allemands, il y avait aussi des Tchèques, des Suédois, et même deux Anglais.

La clairière était plantée de drapeaux rouges.

— Rouge pour le sang des opprimés, dit Joe Junior. Rouge pour l'Internationale, et pour tous ceux qui sont morts en défendant la cause.

Il piocha deux cornichons doux dans un bocal.

— Tiens, pour t'éviter de mourir de faim. Mettons-nous à la recherche de Benno.

Ils le trouvèrent de l'autre côté de la clairière, en grande discussion avec une douzaine d'hommes. Benno les aperçut et se précipita à leur rencontre, souriant de toutes ses dents — elles paraissaient énormes sous sa moustache tombante.

— Mais c'est notre élève ! s'exclama-t-il. Content de te revoir. Comment qu'il se débrouille, Joey ?

— *Langsam. Langsam*, fit Joe Junior avec un geste éloquent. (Lentement. Lentement.)

— Tu t'appelles Paul, pas vrai ? T'es le neveu du vieux Joe ?

Paul acquiesça. Benno se gratta le bout du nez.

— Ça fait combien de temps que t'es arrivé dans ce foutu pays ?

— Seulement depuis Noël.

— Tu parles bien la langue, dis-moi. Il parle bien, pas vrai, Joey ?

— Pas mal, oui, fit Joe Junior avec un sourire.

— A Berlin, ma tante avait commencé à me l'apprendre, expliqua Paul.

— Ah, je comprends ! dit Benno que le soleil ardent faisait transpirer. Tiens, petit, bois une bière, c'est gratis. Y aura des discours plus tard. Ouvre grandes tes oreilles, c'est instructif. A plus tard.

Benno retourna auprès de ses amis. Tous regardaient Paul d'un air suspicieux.

— C'est un môme correct, les gars, leur dit Benno. Je le connais.

Paul et Joe Junior se goinfrèrent de saucisses, de pain cuit maison, et burent de la bière qui coulait d'un tonnelet sans marque. Une bière brune, amère, certainement pas une Crown. Mais qui donc avait payé les frais ?

— Nous avons quelques sympathisants parmi les riches, expliqua Joe Junior. On ne les voit jamais dans ce genre de réunions, mais ils participent à leur manière.

Benno et ses camarades bricolèrent une estrade de fortune avec des caisses vides, et trois orateurs se succédèrent devant une foule bon enfant rassemblée en demi-cercle, certains assis, d'autres vautrés dans l'herbe. Le premier orateur, un Polonais, parlait avec un accent si épais que Paul le comprit à peine. Le deuxième, Mr. Parkin-Lloyd, présenté comme « l'un de nos éminents camarades socialistes d'Angleterre », essaya d'expliquer certaines théories du fameux Karl Marx — celui dont Joe Junior lui avait parlé, mais que Paul ne connaissait ni d'Ève ni d'Adam. Il trouva l'Anglais fort ennuyeux.

Le troisième et dernier orateur n'était autre que Benno. Il commença par dénoncer l'Exposition universelle.

— Camarades, tout ce cirque n'est là que pour montrer à la face du monde ce que les capitalistes accomplissent sur le dos des travailleurs ! On nous fait croire que c'est pour vanter les mérites de la démocratie américaine. Mais, dites-moi un peu... à l'inauguration, combien de Noirs à la tribune présidentielle ? Aucun ! Ce sont paraît-il des hommes libres, mais l'oligarchie blanche les a exclus de la fête. C'est pas tout. J'ai lu un truc sur leur bâtiment dans Jackson Park — je n'irai jamais le voir, sinon pour cracher dessus. La porte est toute en or ! Oui, en or ! Juste pour faire joli ! Avec tout cet or, on pourrait nourrir et habiller des centaines de pauvres. Cette Expo de rupins mégalos a coûté des *millions* ! Sans compter les autres millions qui s'envolent en fumée dans la pagaille boursière que les banquiers ont organisée. C'est révoltant !

Il appela les travailleurs à « passer aux actes », à montrer leur « solidarité ». Il qualifia les bombes et les pistolets de « nos meilleurs alliés ». Il réclama le « châtiment » et « la tête des ploutocrates », appela à « renverser le système par la violence ». Paul en avait froid dans le dos.

— Ils ont fait couler notre sang pendant des années, à notre tour de faire couler le leur ! Dans les rues mêmes de Chicago ! hurla-t-il en brandissant le poing. Camarades, je vous remercie.

Benno reçut les acclamations les plus enthousiastes de la journée.

Il sauta en bas des caisses et surprit Paul en se dirigeant droit sur lui.

— Alors, qu'est-ce que t'en penses ? T'as pigé le message ?

— Oui, Herr Strauss, mais je ne sais pas s'il me plaît beaucoup.

Benno grimaça mais Paul tint bon ; ce type tenait des propos haineux contre sa famille. Il rassembla son courage et poursuivit :

— Je n'aime pas trop l'idée de faire couler le sang dans les rues.

— Comment crois-tu donc gagner, gros malin ?

Joe Junior s'approcha.

— Hé, Joey, t'as du pain sur la planche. Le gosse a besoin de s'endurcir.

L'énorme main de Benno s'abattit sur l'épaule de Paul.

— Écoute-moi bien, petit. Tu ne peux pas continuer à hésiter, un jour oui, un jour non. Tu dois choisir ton camp. Dans la lutte des classes, chacun doit choisir ton camp.

— Vous voulez que je prenne parti contre mon oncle ?

— Exactement.

— Vous n'avez pas l'air de l'aimer beaucoup.

Benno haussa les épaules.

— C'est pas une question de l'aimer ou pas. A vrai dire, au fond de lui, Joe Crown n'est pas un mauvais bougre. Il ne volerait ni père ni mère. Mais il s'intéresse plus à la propriété qu'aux droits des travailleurs. Et il est têtu, comme beaucoup d'Allemands. (Il brandit un poing menaçant sous le nez de Paul.) Joey, fais-lui comprendre certaines choses. On a un syndicat national...

— Contre lequel papa s'oppose de toutes ses forces, ajouta Joe Junior.

— Oui, et c'est de là que peuvent venir les ennuis. On a déjà frôlé le pire à deux ou trois reprises. Ce que je veux dire, petit, c'est que tu peux pas rester le cul entre deux chaises. C'est les jaunes qui font ça.

Sa poigne d'acier étreignit l'épaule de Paul.

— Tu dois choisir ton camp, et sans tarder. Si tu n'as rien appris aujourd'hui, retiens au moins ça.

21

Joe Crown

Il vit la route rouge de poussière serpenter vers le sud. Il entendit le cliquetis des armes, le bruissement des harnais. La colonne avançait dans la chaleur du soleil matinal avec une grâce presque irréelle.

Il vit la pancarte plantée sur le bord de la route, grossièrement taillée en forme de flèche.

L'enfer à cinq kilomètres
on vous attend, Yankees !

La colonne poursuivit son chemin. La poussière l'enveloppait, les sabots des chevaux martelaient le sol d'un bruit sourd, tel le sang dans les veines. En tête de la patrouille, le capitaine Ehrlich riait et plaisantait, comme s'il était en promenade.

La colonne traversa un bois épais percé par les rayons du soleil d'été dans lesquels flottait doucement une poussière dorée.

Soudain, un vieux Nègre en haillons surgit d'un bosquet de myrtes. Tout le monde dégaina. Le capitaine Ehrlich leva la main.

— Ne tirez pas, il n'est pas armé.

Le vieux Noir ôta son chapeau de paille cabossé.

— Tout juste, Cap'taine, le vieil Erasmus est vot' ami, il vous f'ra pas de mal. La pancarte, c'est sérieux. Y a des méchants là-bas.

— Des soldats ?

— Que'qu's-uns. Des vieux surtout, et des gosses du coin. Ils pensent qu'à massacrer du Yankee. Avec des tonnes d'armes ils les attendent. Faites demi-tour, sinon va y avoir du vilain quand il fera nuit.

Il entendit clairement les paroles du vieillard. Il vit le capitaine Ehrlich se raidir.

— Merci, Mr. Erasmus, mais nous avons l'ordre d'avancer. Nous serons prudents.

« Écoute-le, Ehrlich, Fais demi-tour, n'y va pas ! »

— N'y va pas ! Non...

— Ça ne va pas, monsieur ?

— Hein ? Quoi ?

— Vous avez crié, monsieur.

Trempé de sueur, frissonnant, il se demanda où il était.

Puis il sentit le moelleux de son siège, il entendit le cliquetis de l'express qui fonçait vers Cincinnati. Par la fenêtre du compartiment, il aperçut les lumières d'une ferme isolée. La silhouette sombre du contrôleur se détachait dans le noir, à peine éclairée par la faible lueur de la lanterne qui se balançait au-dessus de la porte du salon.

— J'ai crié ? Désolé, j'ai dû faire un cauchemar.

Le contrôleur grogna et poursuivit sa ronde.

Joe appuya son front contre la vitre, soulagé de constater qu'il se trouvait dans le train, arraché au cauchemar qui revenait le hanter depuis des années.

Joe Crown possédait un gros paquet d'actions dans une usine de textile de Millington, une bourgade perchée sur des collines sablonneuses en Caroline du Sud. Il possédait aussi une vaste propriété dans ce même État, à vingt kilomètres de l'océan Atlantique et à une heure de cheval au sud de Charleston. Un profiteur nordiste l'avait fait construire après la guerre et l'avait appelée Royalton. Quand Joe l'acheta, il la rebaptisa Chimneys. Il avait fait toute la guerre dans la cavalerie de l'Union. Le général Judson Kilpatrick et ses cavaliers avaient chevauché jusqu'à Savannah, puis étaient remontés en Caroline où ils avaient ravagé des javelles sur des kilomètres carrés. « Je l'ai appelée Chimneys, disait Joe de sa propriété, parce que, après notre passage, cette belle région n'était plus que cendres. »

Son voyage d'affaires ne pouvait pas mieux tomber. Il était plus qu'heureux de quitter Chicago, où les journaux annonçaient sans cesse de nouvelles faillites. Pour être honnête, il devait aussi admettre qu'il était soulagé d'échapper aux soucis domestiques. Paul s'acclimatait, il travaillait bien à l'école, du moins ne s'était-il pas plaint du contraire. Carl l'avait adopté, et Fritzi en était amoureuse. Mais Joe Junior s'enfermait dans une opposition agressive, il devenait chaque jour plus réfractaire aux valeurs de son père. Joe avait l'impression que le simple fait qu'il existe faisait offense à son fils aîné.

C'était l'influence de Benno, bien sûr. Renforcée par la misère qui s'abattait sur tout le pays à cause de la crise boursière. Le dernier journal qu'il avait lu avant son départ contenait un long article sur le suicide des pauvres acculés au désespoir.

Joe ne pouvait s'empêcher de comparer Paul et Joe Junior. Et à chaque fois, il découvrait avec culpabilité que son fils ne soutenait pas la comparaison. Dans l'obscurité du compartiment, le souvenir pénible d'une violente dispute qui avait explosé deux ans auparavant resurgit.

Il en frissonnait encore. Il revoyait le moment où Joe Junior lui avait remis la lettre de renvoi de sa troisième école, un cours privé très onéreux. Les Crown exigeaient beaucoup de leurs enfants ; Joe

Junior s'était montré incapable de satisfaire l'attente de ses parents et, conscient de cet échec, il s'était délibérément enfoncé dans son propre bourbier. La lettre de renvoi servit de détonateur à l'affrontement, qui eut lieu dans l'atmosphère confinée du bureau. Après un quart d'heure de reproches amers, Joe Crown avait alors fait une chose rare : il avait perdu son sang-froid. Et en réaction à un ricanement provocateur de son fils, il l'avait giflé avec une telle violence que les marques de ses doigts s'étaient imprimées sur la joue de Joe Junior, d'abord blanches, puis rouges...

Accablé de honte et de culpabilité, il avait murmuré des excuses. Pas pour ses propos acerbes, mais pour la gifle. Un père juste et responsable ne frappe pas ses enfants sous l'empire de la colère.

Ses excuses n'eurent aucun effet. Les yeux bleus de Joe Junior restèrent froids comme des silex. Depuis ce soir-là, un fossé infranchissable séparait le père et le fils.

Le train arriva à Cincinnati, ville qu'il avait quittée en 1871 avec sa femme. Il l'avait épousée deux ans plus tôt. Après de longues discussions, il avait convaincu Ilsa des avantages qu'il tirerait à démissionner de chez Imbrey. Les possibilités d'avancement étaient maigres dans la vieille brasserie familiale. De plus, l'incendie de Chicago avait bouleversé les données économiques de cette ville moderne en plein essor. Joe sentait qu'il y avait une opportunité à saisir. Ilsa avait fini par approuver ce départ.

Depuis 1871, ils n'étaient retournés à Cincinnati que pour rendre de brèves visites aux parents d'Ilsa. Joe Crown adorait la vieille ville au bord de l'Ohio. Il aimait le merveilleux pont Roebling qui la reliait maintenant au Kentucky. Mais Cincinnati n'égalerait jamais l'immense mégapole du lac Michigan. Chicago était devenue sa ville.

Il avait deux heures à perdre avant la correspondance pour Columbia et Charleston. Il décida de marcher un peu. Les souvenirs de la guerre l'avaient assailli, comme souvent, sans crier gare. Une bonne marche chasserait peut-être les fantômes du passé.

Dehors, une pluie monotone commençait à tomber. Joe faillit trébucher sur un jeune homme d'une vingtaine d'années, assis jambes croisées contre un poteau, qui tendait sa casquette. Joe se rembrunit à la vue de la vareuse bleue et sale du mendiant. Une vareuse de l'infanterie nordiste. Sur sa poitrine pendaient trois médailles en fer-blanc qui ne ressemblaient à aucune de celles qu'il connaissait. Sans doute achetées dans une quincaillerie quelconque.

— Vous êtes trop jeune pour avoir porté cet uniforme.

— C'était celui de mon oncle, geignit le mendiant.

Encore un de ces mollassons qui refusaient de relever la tête et de se battre. Autant que Joe pût en juger, le jeune homme était en bonne santé et parfaitement capable de travailler.

— Quarante-deuxième régiment d'infanterie de l'Ohio, brigadier James A. Garfield...

— Vous déshonorez cet uniforme. Otez la vareuse, je vous l'achète.

— Bon sang de bois, qu'est-ce que... ?

— Tenez, voilà cinq dollars, dit Joe en jetant les billets dans la casquette. Otez cette vareuse et donnez-la-moi avant que je ne vous chatouille le dos avec ma canne.

Le mendiant glissa l'argent dans sa poche, puis il se leva péniblement.

— Encore un cinglé d'Allemand, marmonna-t-il, mais il se débarrassa du vêtement, que Joe emporta prestement

Dans un bar, en face de la gare, il commanda une bière de chez Imbrey. Il souffla sur la mousse, but une gorgée, puis se lécha les lèvres.

— Toujours aussi bonne, dit-il au barman.

Il tendit ensuite la vareuse à l'homme.

— Tenez, voilà un dollar, fit-il. Ne posez pas de question, brûlez-moi ça.

Accoudé au comptoir, Joe laissa le poids des souvenirs s'abattre sur lui. Les fantômes de cette invraisemblable guerre vieille de trente ans cesseraient-ils de le hanter un jour ?

C'était un phénomène qu'il était incapable d'expliquer à Ilsa et aux enfants. Seuls ceux qui avaient combattu pouvaient comprendre.

Une humeur sombre l'envahit. Bien qu'il en connût les conséquences, il était impuissant à la combattre. Il n'aimait pas les changements de programme, mais celui-là, comme d'autres avant lui, était inévitable.

Il retourna dans la gare, reprit son bagage, et échangea son billet pour la Caroline du Sud contre un billet pour le Tennessee.

22

Paul

Un samedi matin, à la fin du mois de juin, Paul retourna seul à l'Exposition.

Il restait une semaine de classe. A la fin de celle-ci, Mrs Petigru enverrait une lettre à son oncle pour lui signifier le redoublement de son neveu. Jusqu'à présent, Paul avait prétendu que tout se passait bien à l'école ; il n'avait même pas parlé de ses problèmes à Joe Junior.

Oncle Joe était en voyage dans le Sud. Il avait télégraphié à tante Ilsa pour dire qu'il ne reviendrait pas avant deux semaines. L'usine de textile envisageait de s'agrandir ; il devait assister à des réunions avec les architectes et les entrepreneurs.

Paul avait demandé la permission à sa tante d'aller à l'Exposition car il avait économisé un dollar et cinquante cents sur l'argent qu'elle lui versait contre de menues corvées. Il avait hésité une semaine avant de se décider. Il n'avait pas oublié Juliette Vanderhoff ; il lui fallait des patins pour l'hiver. Carl l'avait accompagné dans un magasin de sport. Les patins à glace n'étaient pas exposés pendant l'été, mais un vendeur obligeant leur avait appris qu'une bonne paire de patins coûterait deux dollars et vingt-cinq cents. Paul ne doutait pas de pouvoir économiser cette somme avant les premières gelées. Autant profiter de la foire pendant qu'il était encore temps.

Il prit un tram jaune et rouge pour la Cinquante-Septième Rue, puis marcha jusqu'au chapiteau de Buffalo Bill. Il traîna autour, entendit les échos de la représentation matinale : craquements de roues, martèlement des sabots, cris de guerre des Indiens, coups de feu, applaudissements, sifflets. Puis il s'éloigna en se demandant s'il réussirait un jour à voir le spectacle.

Il se hâta vers les guichets de l'Exposition, acheta son billet et franchit le tourniquet d'entrée. Il erra sans but précis en se laissant enivrer par les diverses attractions. Au pavillon de l'Agriculture, il s'émerveilla devant un fromage de dix tonnes. Dans celui des Mines et Minerais, il vit la plus grosse pépite d'or du monde. Elle pesait neuf kilos et soixante-dix-sept grammes selon la pancarte.

Joe Junior lui avait signalé que parmi les centaines de sculptures et de portraits ennuyeux du pavillon des Beaux-Arts, il trouverait certains tableaux osés dignes d'intérêt. Il s'y rendit. Joe Junior avait dit vrai, il y avait des nus. Toutes sortes de nus. Des femmes couchées, debout, des grandes, des petites, vues de dos, de face. Il y avait des fesses dodues, des seins galbés aux mamelons roses, mais partout la main du modèle, un drapé, ou une feuille de vigne, cachait la partie la plus intime de l'anatomie.

Tandis qu'il contemplait ces peintures, Paul s'empourpra soudain et il eut une érection. Il passa de longues minutes devant les poses les plus voluptueuses à imaginer le visage de Miss Juliette Vanderhoff sur les corps des modèles. Les gardes lui jetaient des regards désapprobateurs — dans la galerie, il était le seul jeune non accompagné. En passant devant lui, une matrone marmonna quelque chose sur la « corruption de la jeunesse ».

Il quitta le bâtiment. Décidé à manger un morceau, il se dirigea vers Midway. Il évita les offres exotiques du Café persan, du Salon de thé chinois, de la Taverne de cidre française, et choisit un café neutre. Il s'installa à une petite table en terrasse, sous un parasol à rayures. Une clôture basse séparait la terrasse de la rue.

Il faisait chaud, le soleil filtrait avec une clarté aveuglante à travers une brume de poussière. Assis à l'ombre, Paul regarda passer la foule entre deux bouchées de saucisse. Le sang se mit à battre dans son crâne. Il ferma les yeux et cligna plusieurs fois des paupières. Lorsqu'il rouvrit les yeux, il sursauta. Un homme enveloppé d'une aura lumineuse se tenait près de sa table, de l'autre côté de la clôture. Il semblait s'être matérialisé de nulle part.

— Ça alors ! Je n'en crois pas mes yeux ! s'exclama l'apparition. Mais c'est notre petit Berlinois ! As-tu pris des cours de dessin ?

Il parlait allemand. A part que ses cheveux étaient plus longs, il n'avait pas changé. Le même visage émacié, la même lueur dans ses yeux noirs, les mêmes lunettes en fil de fer doré avec des verres minuscules, le même chapeau melon fatigué, la cravate tachée de graisse, la longue tunique. L'éternelle cigarette aux lèvres. D'où avait-il surgi ? Du ciel ? Paul se souvint que lors de leur première rencontre, il avait cru sentir les yeux de la Mort se poser sur lui.

— Que faites-vous ici, Mr... ?

— Rhoukov.

— Oui, je sais.

— Permets-moi de te poser la même question.

Rhoukov enjamba la clôture, tira la chaise en face de Paul, et s'assit.

— Garçon, une bière !

Après ces trois mots d'anglais, Rhoukov retourna à l'allemand.

— Ainsi, tu as quitté Berlin. Qu'est-ce qui t'a décidé ? Le bruit

des bottes ? La crainte de la conscription ? La fascination pour
Buffalo Bill ? Aurais-tu décidé de suivre le spectacle de ce maudit
cow-boy autour du monde ?

Rhoukov attendit des explications en tirant sur sa cigarette. Paul
repoussa son assiette.

— Mon oncle habite à Chicago. Il fabrique de la bière. J'ai toujours
eu envie d'émigrer aux États-Unis.

Rhoukov le rendait nerveux. Il se tenait sur la défensive bien qu'il
eût, sans savoir pourquoi, de la sympathie pour l'étrange personnage.

Le garçon apporta la bière dans un verre à l'emblème de la Pabst.
Le Russe laissa une pièce de trois cents en pourboire.

— Quand as-tu fait la traversée ?

Paul raconta quelques-unes de ses mésaventures.

— Tu es parti de Hambourg, dis-tu ? Et tu n'as pas attrapé la
fièvre ? Tu es protégé par un ange gardien, ma parole ! Il y a eu une
épidémie terrible, tu sais ?

— Oui, je l'ai appris.

— Huit mille, neuf mille morts avant que les gelées d'automne ne
la stoppent. Les politiciens de Hambourg ont essayé de l'étouffer.
« Aucun danger ! » proclamaient-ils devant les cadavres encore
chauds.

Il jeta sa cigarette.

— Allons, reprit Rhoukov, qui s'attend à autre chose de la part
des puissants de ce monde ? Politiciens, ministres, princes... Une
fameuse bande de chacals. Des porcs qui se repaissent du bien
public. Menteurs, voleurs, ils tueraient leur mère pour garder leur
trône. Tu t'y feras avec l'âge. Ou alors, tu grimperas sur une chaise
et tu te pendras.

Il sortit deux cigarettes d'un paquet froissé. Paul en prit une.
Rhoukov gratta une allumette et lui offrit du feu. Paul tira deux
bouffées puis toussa, plié en deux.

— Tu n'aimes pas fumer, remarqua le Russe.

— Non, je l'ai acceptée par politesse.

— Connerie !

Il s'empara de la cigarette et la jeta.

— Règle numéro un, ne jamais faire ce que l'on déteste. Ça
raccourcit la vie. (Il vida son verre.) Garçon, une autre.

— Pour moi aussi, fit Paul, déjà à demi ivre à cause de la chaleur,
de la poussière, et de la rencontre inattendue.

Rhoukov régla les deux bières, balayant d'un geste les protestations
de Paul.

— Tu te plais en Amérique ?

— Oui, sauf l'école.

— L'école ! Qu'est-ce qu'on t'y apprend ?

— Rien que j'aie envie de savoir. Je suis complètement nul.

— A part ça, heureux ?

— Très heureux.

— On en reparlera dans cinq ans.

— Vous n'avez toujours pas répondu à ma question, Herr Rhoukov. Que faites-vous ici ?

— La même chose qu'avant. Des reportages.

— Vous devez aimer votre travail.

— Oh ! il faut croire ! La vie libre et aventureuse du journaliste volant ! Dormir dans les lits pleins de punaises des asiles de nuit. Coucher avec de vieilles putes parce que les jeunes sont trop chères. Ou bien risquer une balle dans le dos à cause d'un mari jaloux. Cela dit, je mange bien. Si, c'est vrai. Je me rase, je me fais propre, et je cours les hôtels à la recherche d'un quelconque banquet : anciens combattants, société de tempérance, représentants en moteurs électriques, congrès d'homéopathes, curés exhibant des prostituées repenties, j'ai le choix. Il y a toujours des restes en pagaille. Je sais comment parler aux serveurs, je suis à l'aise avec les humbles. Enfin, me voilà, j'essaie de capter les prémices du futur. Ce n'est pas ça qui manque, même si elles ne sont pas aussi réjouissantes que beaucoup le prétendent. Tu as vu le canon Krupp ?

— Oui.

— Inquiétant, non ? Et l'exposition de mon cher pays ?

Paul fit un signe de dénégation.

— Pas possible ! Comment as-tu fait pour passer au travers ? La présence de la mère Russie est pourtant impressionnante. C'est l'un des plus grands pavillons, assurément. Finis ta bière, je t'y emmène.

Ils marchèrent jusqu'au pavillon russe, où Rhoukov montra à Paul une série de petits bronzes délicats représentant des animaux et des groupes de paysans.

— Tu ne trouves pas qu'elles respirent le bonheur, ces braves petites choses ? On ne sent pas leur angoisse devant les mauvaises récoltes, on ne voit pas un seul dos courbé par les années de labeur. Les serfs crèvent de misère, leurs enfants meurent de faim, et le tsar Alexandre a décrété que chaque rouble dépensé pour cette connerie d'Exposition universelle viendrait exclusivement du trésor impérial. L'idée qu'il aurait pu dépenser la même somme pour soulager son peuple a-t-elle effleuré son esprit déficient ? Qu'importe, les jours du tsar, comme ceux de tous les tyrans de son acabit, sont comptés. Certains s'organisent, fabriquent des bombes. Le monde court vers sa fin, jeune Berlinois. Le monde tel que nous le connaissons. Un monde nouveau naîtra dans le sang. Tu verras ça dans dix ans. Ou moins.

Paul pensa à Benno Strauss. Il frissonna malgré la chaleur.

Rhoukov l'entraîna hors du pavillon.

— J'en ai ma dose, fit-il. Il me faut un antidote au plus vite. Au moins un semblant d'humanité. Une miette d'espoir, une étincelle de progrès. As-tu visité le pavillon de l'Électricité ?

— Pas encore.

— Nous allons y remédier immédiatement, fit le Russe en prenant Paul par le bras.

Dans le pavillon de l'Électricité, ils s'arrêtèrent devant la tour de lumière d'Edison, une hampe d'environ vingt-cinq mètres de haut, constellée de globes électriques de toutes les tailles et de toutes les couleurs dont les éclairs dessinaient des formes en perpétuel mouvement.

— Une pure merveille, non ? Il y a quelques années, je ne m'intéressais pas encore à ce genre de découvertes. Je n'avais pas compris l'importance des bouleversements qui nous arrivent dessus à la vitesse d'une locomotive à pleine vapeur. Quand j'ai commencé à essayer de gagner ma croûte avec mes articles, j'ai fait une expérience qui m'a ouvert les yeux. Cela se passait à Vienne, dans un parc d'attractions, le Prater — tu en as entendu parler ? Pour quelques sous, on vendait de l'électricité. Tu payais ton ticket, et tu agrippais deux poignées qui te balançaient une secousse de cette chose insensée qu'on appelle *électricité*. J'ai ressenti une force incroyable vibrer dans mes mains, puis me traverser le corps à la vitesse de l'éclair. Aussitôt, j'ai compris que l'avenir était là et qu'on n'y échapperait pas. Les nouvelles techniques surgissent de partout, la science creuse le sol sous nos pas ; c'est le grand chambardement, tout s'effondre, tout est remis en question ; nous vivons une apocalypse, et pas uniquement politique cette fois. Tout est là, mon garçon, dans cette foire. Si tu cherches bien, tu trouveras. Cette tour électrique t'épate ? Eh bien, je vais te montrer un truc encore plus incroyable. C'est dans cette allée, suis-moi.

L'allée était sombre, flanquée de petits stands d'attractions sans intérêt. Rhoukov désigna une pancarte qui annonçait :

Le surprenant Tachitoscope
L'appareil qui diffuse des images
EN MOUVEMENT !

Des images en mouvement ? Comment était-ce possible ?

Le stand lui-même n'avait rien d'excitant. Face à des draperies ternes, entre des pots de plantes vertes, se dressait une grande boîte rectangulaire de la taille de Paul. Elle était percée d'une sorte d'œilleton cerné de métal et flanquée d'une marche en bois. Paul se demanda combien cela coûtait ; il ne lui restait que quelques cents.

Mi-sceptique, mi-séduit, il suivit Rhoukov à l'intérieur du stand. Assis à une table, dans un coin, deux hommes discutaient. Ils s'avancèrent à leur rencontre.

— Ah, c'est encore le journaliste ! s'exclama le plus gros des deux. Bonjour, monsieur.

Rhoukov répondit dans un anglais plus que laborieux.

— Bonjour à vous. Mon ami que voilà... (Paul s'efforça de prendre un air grave et réfléchi.)... ne croit pas à votre pancarte.

— Ha ! Ha ! Encore un sceptique ! Ce n'est pas le premier. Petit, ce monsieur est Ottmar Anschütz, le propriétaire et l'inventeur du

Tachitoscope, un appareil dont l'intérêt vaut bien davantage que la modeste somme de dix cents.

— Quelles images montre-t-il ?

— Mon garçon... dit l'inventeur. (En fait, c'était *mein* garçon ; l'inventeur était aussi un Allemand.) Avez-vous vu les animaux du cirque zoologique de Hagenbeck, sur Midway ?

— Non, monsieur.

— Eh bien, le spectacle présente un éléphant qui s'appelle Bébé. Dans mon Tachitoscope, vous verrez Bébé se promener et jouer exactement comme au spectacle. Les images ont été prises au Tiergarten.

— A Berlin ? Je suis berlinois !

— Je m'en étais douté à votre accent.

Anschütz piocha une pièce dans la poche de sa veste à damiers.

— Montez sur la marche, je vais m'offrir le plaisir de tordre le cou à votre scepticisme.

Paul obéit et colla son œil contre l'œilleton métallique. Il ne vit d'abord que de l'obscurité. A côté de lui, l'autre homme, un Américain corpulent, déclara :

— Mr. Edison devait présenter son Kinétoscope à l'Exposition. C'est pratiquement la même machine, mais il ne l'a pas terminée à temps.

— Regardez bien, dit Herr Anschütz.

Il glissa les dix cents dans la fente. La machinerie de la boîte se mit à ronronner et à cliqueter. Un éclair de lumière blanche aveugla Paul.

Il s'agrippa à la boîte, manquant perdre l'équilibre, puis il vit l'image floue d'un éléphant habillé d'un tutu rose. L'image devint nette et l'éléphant se mit à déambuler çà et là sur une étendue d'herbe qui pouvait très bien se trouver au Tiergarten, mais que Paul ne reconnut pas.

Il osait à peine respirer. Les mouvements de l'éléphant étaient saccadés, brièvement interrompus par les éclairs de lumière. Peu importe, c'était stupéfiant, plus extraordinaire, et de loin, que les photographies qu'il avait épinglées dans sa chambre de la Müllerstrasse. C'était un moment magique, comme celui qu'avait connu Rhoukov au Prater.

Quelques instants plus tard, il se tourna vers eux, hébété.

— Messieurs... Herr Rhoukov... C'est la chose la plus étonnante, la plus incroyable... attendez... où est-il ?

Les autres se retournèrent. Herr Anschütz eut l'air surpris.

— Il était là il y a une seconde, dit l'Américain. J'ai vu sa silhouette éclairée par les lumières clignotantes de la tour d'Edison. Je me suis retourné pour dire deux mots à Herr Anschütz... (sa voix s'estompa, comme un ressort qui se déroule)... et il s'est volatilisé !

A Berlin, Rhoukov avait disparu de la même manière inattendue et surnaturelle. Mais le miracle du Tachitoscope fit oublier à Paul l'étrangeté du phénomène.

Herr Anschütz s'éloigna pour discuter avec un jeune couple qui hésitait devant le stand, se demandant peut-être, comme Paul avant eux, s'ils avaient assez d'argent.

— Savez-vous comment fonctionne cette machine ? demanda Paul à l'Américain.

— J'en connais les rudiments, oui. J'ai moi-même un studio de photographie.

— Pouvez-vous m'expliquer ?

— Eh bien, en réalité, les images sont fixes. C'est la juxtaposition d'images fixes projetées à grande vitesse qui crée l'illusion du mouvement. Dans l'appareil, il y a un rouleau sur lequel les photos de Bébé sont montées en séquence. Les éclairs sont produits par des gaz enflammés dans deux tubes de Geissler.

— Je n'ai jamais rien vu qui imite aussi bien la vie. C'est étonnant, merveilleux, fantastique !

— Bravo, mon jeune ami ! J'ai vu que vous étiez un garçon intelligent au premier coup d'œil.

Drôle de petit bonhomme. Il portait un méchant costume et une cravate lacet ; il arrivait à l'épaule de Paul, son ventre débordait par-dessus sa ceinture et une moustache poivre et sel trop fournie mangeait sa bouche. Ses cheveux avaient besoin d'un coup de ciseaux, ses yeux semblaient énormes derrière des lunettes aux épais verres ronds. Il avait la peau grisâtre d'une taupe ou d'une créature nocturne. Il n'était ni inquiétant ni menaçant comme pouvait l'être Rhoukov, l'homme fantôme. Il était tout bonnement... surprenant.

Ses yeux surtout retenaient l'attention. Grossis par les lunettes, ils semblaient capables de pénétrer le cerveau le plus récalcitrant et le modeler à sa guise. Comme les yeux de Rhoukov, ils possédaient un pouvoir.

— Dites, monsieur, croyez-vous que ces images animées deviendront un jour autre chose que... qu'une...

— Qu'une simple curiosité ?

— Oui, c'est exactement ce que je voulais dire.

— Mais bien sûr, mon garçon. Elles nous donneront à voir le plus beau des spectacles. Un spectacle que vous n'imaginez même pas. Un jour, on les projettera sur des écrans gigantesques, dans des salles immenses. De telles images parlent un langage universel. Elles envahiront le monde. Cela peut prendre des années, mais les inventeurs travaillent dur pour mettre au point une machine de projection. Ce jour viendra, n'en doutez pas. Aussi sûr que le prochain siècle arrive. Rooney vous en fait le serment.

— Rooney ?

— Wexford Rooney. Voici ma carte.

Il fouilla dans une poche, puis dans une autre, avant de sortir une carte de la troisième.

— C'est l'adresse de mon studio actuel. North Clark Street. Passez me voir si vous avez besoin d'un appareil photo, de renseignements, ou simplement pour bavarder. J'ai pris des photos à travers tout le pays pendant la guerre de Sécession. Depuis, je suis dans le métier. Passez me voir.

— Je passerai, c'est promis. Il me reste encore une semaine d'école, je viendrai après.

— Parfait. Parfait. Difficile de trouver des adeptes. Les neuf dixièmes des gens sont de vrais idiots. (Il lança une pièce à Paul.) Payez-vous une autre séance de Bébé, avec mes compliments.

Il se planta devant Paul l'air satisfait, les pouces dans les poches de son gilet. Paul riva son œil au Tachitoscope, ébloui par les éclairs blancs qui parcouraient ses os, enflammaient son esprit. Le miracle des images animées s'imprimait en lui pour toujours.

Dans le tram du retour, Paul tâta sa poche de chemise une douzaine de fois pour s'assurer qu'il n'avait pas perdu la carte de Rooney.

Jusqu'alors il croyait que la photographie était la plus grande invention de l'ère moderne. Il s'était trompé, il venait d'en découvrir une qui la dépassait de mille lieues. C'est euphorique qu'il entra en courant dans la cuisine, à dix-sept heures trente, manquant renverser Louise, la cuisinière.

— *Gott im Himmel*, qu'est-ce qui vous arrive ?

— Tante Ilsa est là ?

— Non, elle est sortie avec Carl et Fritzi.

— Joe Junior ?

— Là-haut.

Il haletait quand il frappa à la porte de son cousin. Joe Junior sortait juste de son bain. Il portait un maillot long ajouré gris pâle, dont il avait déboutonné le haut jusqu'à la taille et qu'il avait retroussé sur ses hanches. Ses cheveux étaient trempés et il s'essuyait le torse.

— Quelle mouche te pique ? demanda-t-il.

— Joe, il faut que je te raconte ce que j'ai vu à la foire.

Joe Junior fit un geste obscène, puis s'assit sur le rebord de son lit.

— La Petite Égyptienne ?

— Non... non, une machine ! Une machine fantastique !

Il s'assit à côté de son cousin, et décrivit le miracle en cherchant ses mots.

— Je pourrais apprendre à faire des photos comme ça. Avant, je voulais dessiner, mais je n'ai aucun talent. Ce talent-là, je peux l'apprendre, c'est une question de mécanique.

— Si c'était aussi fantastique que tu le dis, tout le monde en parlerait. Moi, je n'ai rien entendu là-dessus.

— Mais...

— Et puis qu'est-ce que ça change ? Est-ce que ça va aider les prolétaires à sortir de l'esclavage ?

Paul sentit monter en lui une colère froide. Son cousin ne pouvait-il donc parler que des pauvres ? Joe pressa l'épaule de Paul et lui donna en souriant un conseil de grande personne :

— A ta place, j'oublierais ça. Appelle-moi pour le dîner, veux-tu ? Je vais dormir un peu.

Paul pardonna vite à son cousin. Rooney n'avait-il pas dit que le monde regorgeait d'incrédules ? C'était tellement plus facile de se moquer ! Ce soir-là, avant de s'endormir, il lut et relut la carte de visite de l'Américain.

C'était une carte de piètre qualité. Vieille, sale, écornée. L'encre des caractères avait bavé. C'était malgré tout une clef qui ouvrait une porte magique. S'il franchissait cette porte, il apprendrait tout sur la photographie. Ensuite, peut-être pourrait-il apprendre à fabriquer des images animées.

Plus qu'une semaine d'école ! La prison de Mrs. Petigru ne hantait plus ses pensées. Il épingla soigneusement la carte sur son tableau et la contempla avec amour.

Une semaine. Comment pourrait-il supporter cette attente ?

Avant d'entrer en classe le lundi matin, il fit part de sa découverte enthousiasmante à Leo Rapoport. Leo ne fut pas plus impressionné que son cousin. Il qualifia l'invention d'aimable plaisanterie.

Leo avait des choses autrement plus importantes à raconter.

— Assieds-toi, murmura-t-il.

Paul s'assit sur le muret qui longeait la cour de l'école. Après avoir jeté quelques coups d'œil à la ronde, Leo ouvrit son cartable en toile et en sortit un paquet de feuilles imprimées.

— Mon vieux a fini par jeter ses prospectus de l'année dernière. Regarde-moi ça en douce pendant que je fais le pet.

Le pet ? Contre qui ? Contre quoi ? Paul feuilleta rapidement les feuillets. Sous des colonnes de chiffres, les trois quarts de chaque page étaient occupés par l'image d'une superbe jeune femme portant un des articles que vendait Mr. Rapoport. Les filles étaient incroyablement voluptueuses, avec d'énormes poitrines gonflant leur soutien-gorge, une moue vaguement érotique, des poses avantageuses. Il y avait de tout, des corsets simples, des corsets fantaisie français avec des broderies en soie ; des corsets légers pour l'été, d'autres habilement taillés pour dévoiler la chair d'une cuisse ou d'une hanche. La plus affriolante représentait une femme, le pied sur une chaise, offrant l'intérieur de sa cuisse au regard.

— C'est pour les acheteurs des magasins, expliqua Leo, pas pour les clientes.

Soudain, il agrippa le bras de Paul.

— Fais gaffe ! Voilà Maury Flugel. Cache-les vite ! S'il les voit, il va nous cafarder.

Paul replia les feuilles et les enfouit sans regarder dans la poche gauche de sa veste. Maury arriva sur ces entrefaites.

— Je vous ai vus lire quelque chose, fit-il, les poings sur les hanches. Je parie que c'est un livre cochon. Allez, soyez chouettes, laissez-moi voir.

— T'es un sale cafard, lança Leo en le repoussant.

Il se dirigea vers l'école. Paul le suivit, puis en approchant de la porte d'entrée, il jeta un œil sur sa poche. Horrifié, il s'aperçut qu'un coin des feuilles dépassait. Le cœur battant, il attendit d'avoir franchi la porte afin de les enfouir dans sa poche sans être vu par Maury.

Dans le vestiaire, il retourna sa veste, s'assura que les pages interdites n'étaient pas visibles, puis il pendit son vêtement au dernier portemanteau de la rangée.

Avant la récréation, Mrs. Petigru appela Paul à son bureau pour lui dire qu'elle comptait écrire à son oncle jeudi et qu'il devrait lui remettre la lettre. La cloche sonna. Les élèves se ruèrent dans le vestiaire ; dehors, le ciel était couvert et un vent violent soufflait. Paul s'apprêtait à partir quand Mrs. Petigru le retint.

— Reste là, mon garçon. Tu ne partiras pas avant d'y être autorisé.

La salle était vide quand elle lui signala d'un geste qu'il pouvait s'en aller.

Il fonça dans le vestiaire. On avait touché à sa veste. Il plongea une main dans la poche gauche. Les papiers n'y étaient plus.

Dans la cour, il prit Leo à part et lui raconta le désastre. Ils connaissaient le coupable, mais ils ne pouvaient rien faire à part déclencher une bagarre. Or si les maîtres intervenaient, le pot aux roses serait découvert.

Après la récréation, Mrs. Petigru accueillit les élèves, rouge de colère. Son regard scruta la salle, puis s'arrêta sur Paul. Il avait déjà vu Mrs. Petigru en rage, mais jamais à ce point.

Elle s'adressa à la classe d'une voix tremblante.

— A la fin de la récréation, j'ai trouvé une chose sur mon bureau. Une chose inconvenante, dégoûtante, vile et obscène.

Elle ouvrit son tiroir, sortit les prospectus, les posa sur son bureau et les recouvrit vivement d'une main pudique, doigts écartés. Des gouttes de sueur coulèrent dans le cou de Paul. Mrs. Petigru referma le tiroir d'un claquement sec. Ses yeux haineux se posèrent de nouveau sur Paul.

— Paul Crown, viens ici.

Maury Flugel pouffa, mais tous les autres étaient glacés d'effroi. Ils sentaient qu'une fureur peu ordinaire habitait leur maîtresse.

Paul vint se planter devant le bureau, aussi droit qu'il le pouvait. Entre les doigts de Mrs. Petigru, il vit, au dos des feuilles, son nom écrit en lettres majuscules. Paul C.

— A qui appartient ceci, Paul ? demanda Mrs. Petigru en le fixant d'un œil furibond.

Il s'efforça de répondre de sa voix la plus calme :

— Je vois mon nom dessus. C'est à moi.

— Où t'es-tu procuré ces immondices ?

Il ne pouvait pas dire : « C'est Leo. » Ni : « Chez mon oncle. » Il fournit la seule réponse qu'elle était disposée à croire :

— Je les ai achetées à un homme dans une taverne de bière.

— Ah, la belle moralité allemande ! Mais quelle sorte d'individu es-tu ? Ces horreurs ne sont bonnes qu'à mettre au feu. Et c'est ce que j'ai l'intention de faire immédiatement. J'ai fait de mon mieux avec toi, Paul. J'ai essayé de t'éduquer, de t'aider, je me suis battue pour que tu apprennes quelque chose. Et c'est en faisant entrer des obscénités d'alcoolique dans ma classe que tu me remercies !

Sa voix enflait à mesure qu'elle parlait. Elle bégayait presque, postillonnait.

— Tu n'es qu'un bon à rien. Et pire, tu es stupide. Ah, cette sale caboche d'Allemand ! Jamais tu n'apprendras, tu m'entends ? Jamais !

— Je pourrais si je voulais, osa-t-il rétorquer.

— Ah oui ? Apprendre quoi ? A fainéanter ? A te saouler à la bière, et à raconter des cochonneries ?

— Ce n'est pas juste, je n'ai jamais...

— Silence ! Maintenant, recule d'un pas et pose tes mains sur le bureau.

Derrière lui, Paul entendit une fille étouffer un « Oh ! ».

Il avala sa salive, recula d'un pas, et plaça ses paumes sur le buvard du bureau.

— Mrs. Petigru ! lança une voix. Ces papiers m'appartiennent. C'est moi qui les ai apportés.

— Assieds-toi, Leo Rapoport. J'ai horreur des menteurs. On ne répare pas une mauvaise action avec une autre. Paul, écarte tes doigts.

Il obéit. Mrs Petigru ouvrit le tiroir central de son bureau et prit sa longue règle rectangulaire.

23

Joe Crown

Le train de Cincinnati pénétra au cœur du Tennessee. Joe Crown descendit à Henderson Station. Son élégante silhouette en costume blanc et cravate sombre attirait les regards des badauds, comme l'aurait fait n'importe quel étranger bien habillé, mais il était persuadé que sa culpabilité se voyait sur son visage, telle une tache de naissance.

Il loua un boghey, fourra son bagage sous la banquette, et se dirigea vers l'embarcadère de Pittsburg et l'église Shiloh.

Le pays était aussi beau que dans ses souvenirs. Des forêts touffues avec, çà et là, une ferme isolée. Des ponts de bois vétustes enjambaient des cours d'eau et des ravins, la route était poussiéreuse ; cela aussi, il s'en souvenait.

Le 6 avril 1862, peu après l'aube, l'armée de l'Union était au repos. On préparait le petit déjeuner. Personne n'avait prévu l'attaque, encore moins le général Grant, posté à bord d'une canonnière quelque part sur la rivière Tennessee. Après la prise triomphale de Fort Henry et de Fort Donelson, l'armée avançait lentement vers Corinth, importante gare de jonction du Mississippi. Les bataillons étaient essentiellement composés d'engagés volontaires sans formation, et cela se voyait. Les sentinelles montaient la garde par pure routine, les patrouilles de cavalerie n'avaient aucun plan de route. Le mépris de l'ennemi conduisait à un excès de confiance coupable.

C'est ainsi qu'en ce paisible dimanche, ils eurent la stupéfaction de voir les jeunes recrues de l'Armée confédérée surgir des bois en hurlant et se ruer sur eux.

Le 5e régiment de cavalerie de l'Ohio se lança à corps perdu dans la bataille pour éviter la déroute. Joe se souvint des visages juvéniles de ses camarades terrorisés — le sien ne devait pas faire exception — quand les Confédérés chargèrent l'infanterie nordiste, franchissant les haies, arme au poing, pendant que les obus des Rebelles éclataient avec des détonations effrayantes, soulevant des geysers de terre...

Joe arrêta son boghey sur le champ de bataille envahi par les mauvaises herbes, tard dans la journée. Au coucher du soleil, il trouva le bois de chênes où le 5e régiment de cavalerie avait engagé le combat contre les Sudistes pour sauver l'infanterie nordiste de l'encerclement. Joe chevauchait derrière le chef d'escadron Ricker, sur le flanc droit du régiment. Il se souvenait parfaitement de la charge furieuse, de la fumée si épaisse qu'on ne distinguait pas l'ennemi. Là, dans l'ombre fraîche d'un énorme chêne qui portait encore les cicatrices de la bataille, Joe se rappela avec douleur les jeunes voix criant pour se donner du courage pendant l'assaut. Jamais depuis il n'avait entendu une telle clameur...

Le feu orange du soleil couchant embrasa le ciel. Pris de vertige, Joe Crown s'adossa à l'écorce meurtrie du chêne, le visage en sueur fouetté par le vent. Comme ils étaient jeunes ces garçons happés par la guerre ! Comme ils furent héroïques — jusqu'au moment où ils virent, pour la toute première fois, des centaines et des centaines de cadavres, les corps criblés de balles, les membres arrachés, et qu'ils entendirent, dans la nuit, sous la pluie battante qui avait succédé au soleil, les cris de ceux qu'on amputait dans les tentes de l'infirmerie...

Cette nuit-là, sous l'orage, Joe avait patrouillé le périmètre de leur campement. Une lueur lui dévoila une silhouette qui s'éloignait dans le bois, un sac sur le dos. Joe dégaina aussitôt.

— Halte ! Halte ou je tire !

Le soldat se figea.

— Approche, mains en l'air, ordonna Joe.

Malgré la pluie, il entendit la boue s'écraser sous les bottes de l'homme. Il sentit sa présence, entendit son souffle court. Un éclair illumina le visage du fugitif.

— *Deuxième classe Linzee !*

Joe revit le visage du garçon, trempé par les larmes autant que par la pluie...

Hans Linzee avait dix-huit ans, c'était un apprenti charron de l'Illinois ; un bon soldat. Il parlait anglais avec un accent. C'était un garçon timide, sensible, l'un de ceux que préférait Joe à cause de ses remarquables talents artistiques. Linzee transportait une boîte de peinture et des pinceaux dans son paquetage. Il peignait des aquarelles magnifiques, des paysages, des soldats. Linzee promettait beaucoup ; Joe l'encourageait à abandonner son apprentissage après la guerre pour se consacrer à la peinture.

— Qu'est-ce que tu fais là, Linzee ? s'étonna Joe en rengainant en son revolver. Tu t'enfuyais ?

— Oui, mon lieutenant, avoua Linzee d'un ton misérable.

— Je ne peux pas te laisser faire ça. Pas à cause du règlement, je m'en fous, mais si tu désertes, tu le regretteras toute ta vie ; tu te détesteras, tu n'oseras plus te regarder en face. J'aimerais mieux te fusiller. Viens par là, poursuivit-il en tirant le soldat par la manche. Abritons-nous sous cet arbre.

Sous l'arbre, la pluie les atteignait encore mais avec moins de violence. Joe s'accroupit.

— Maintenant, Hans, dis-moi pourquoi tu voulais t'enfuir.

— J'étais dans les bois pour me soulager, commença Linzee d'une voix sourde. Là, j'ai trébuché sur un corps sans tête. Des chiens dévoraient le moignon de son cou... oh ! mon lieutenant ! Cette guerre... *es ist furchtbar*... C'est trop terrible. Je déteste cette guerre.

— Avec raison. Mais ça ne t'a pas empêché de combattre jusqu'ici. Reprends-toi, tu es un de mes meilleurs hommes.

— Je vous remercie, mon lieutenant, mais je n'ai plus le cœur à ça. Devrons-nous encore nous battre demain ?

— Sans doute. Les généraux Grant et Sherman n'accepteront jamais la défaite.

Linzee éclata en sanglots.

— *Mein Gott, Herr Leutnant... ich habe Angst. So viel Angst !*

Joe le prit dans ses bras et le consola comme un bébé. Il avait exactement deux ans de plus que Hans Linzee.

— On a tous peur. On est terrorisés, tous autant qu'on est. Celui qui n'a pas peur est un fou. Allez, va te reposer et remets-toi. Il n'y a rien à craindre pour cette nuit.

Il continua à calmer le jeune homme pendant que la pluie les trempait tous deux jusqu'aux os.

Le général sudiste Albert Sidney Johnston tomba à Shiloh dans la bataille du samedi. Des milliers d'inconnus périrent. Près de vingt-cinq mille hommes en tout, dans les deux camps ; dix fois plus qu'à First Bull Run. La prédiction de Joe se vérifia. La défaite du dimanche se mua en victoire de l'Union le lundi. Les Confédérés, placés sous le commandement de Beauregard, s'enfuirent vers Corinth.

Ce fut après la bataille de l'embarcadère de Pittsburg que Joe Crown se mit à haïr la guerre avec autant d'ardeur qu'il l'avait aimée. Il détesta la saleté et le désordre. La dureté impitoyable du destin. La mort et la souffrance frappant au hasard. Il détesta la manière dont la guerre détruisait de braves et honorables jeunes gens comme Hans Linzee. Il ne réussit à garder sa foi et son courage qu'en pensant à la cause. L'Union. La fin de l'esclavage. Mais que ce fut dur !

Linzee vint le trouver quelques jours plus tard, apparemment remis.

— *Herr Leutnant*, je vous remercie du fond du cœur de m'avoir sauvé de la honte, l'autre nuit. Je vous offrirai un cadeau.

Joe lui sourit et assura que ce n'était pas nécessaire.

— Oh ! si, j'y tiens ! répliqua Linzee.

Joe céda.

Puis, dans le Mississippi, il se retrouva sur une route rouge de poussière qui serpentait vers le sud.

Mai 1862

L'armée de l'Union progressait vers le sud sous le commandement du général Halleck, surnommé le « Cerveau ». Les soldats longeaient les rails de la gare de Corinth que l'état-major du général Beauregard avait abandonnée à la fin mai.

La poussière rouge brique s'élevait en nuages poudreux sous les sabots des chevaux. De petits détachements du 5e de l'Ohio partaient en éclaireurs pour repérer d'éventuels ennemis isolés, voire des embuscades ; par deux fois, ils échangèrent des coups de feu avec des cavaliers sudistes.

C'était une journée étouffante et sans air. La vareuse du lieutenant Joe Crown était insupportablement lourde et chaude. En se courbant pour éviter des guirlandes de cheveux-du-roi, il sentit la puanteur de son corps sale.

L'officier qui commandait la patrouille, le capitaine Frank Ehrlich, riait et plaisantait comme s'il était en promenade. Dans le civil, Ehrlich tenait une quincaillerie à Lebanon, sur les collines de Cincinnati. Il n'avait pas dépassé l'école primaire. Selon Joe, il n'était pas qualifié pour commander ; il manquait d'organisation et était d'une paresse inhabituelle pour un Allemand. Mais Ehrlich avait un frère au gouvernement de l'Ohio. Le 5e de cavalerie était truffé de gradés nommés par piston.

Les hommes de troupe ne valaient guère mieux. Peu d'entre eux possédaient une véritable expérience des chevaux. C'étaient des citadins pour la plupart, boutiquiers, instituteurs, employés de bureau ; ils étaient loin d'avoir l'entraînement des cavaliers sudistes.

En tête, raide sur sa selle McClellan, le capitaine Ehrlich disparut peu à peu de la vue dans un creux où coulait un ruisseau. Joe le vit reparaître de l'autre côté, près d'une pancarte grossièrement taillée en forme de flèche.

L'enfer à cinq kilomètres
On vous attend, Yankees !

Le bois était plutôt agréable par cette chaude journée. Mais la pancarte fit taire les hommes, qui jetèrent bientôt des coups d'œil nerveux dans les épais fourrés.

Cinq cents mètres plus loin, la route s'aplanit. Le capitaine Ehrlich fit signe à Joe de venir le rejoindre. Un vieux Nègre avait surgi d'un bosquet de myrtes.

Tout le monde dégaina. Le capitaine Ehrlich leva la main.

— Ne tirez pas, il n'est pas armé !

Le vieux Noir ôta son chapeau de paille cabossé et le tritura devant sa chemise rapiécée.

— Tout juste, Cap'taine, le vieil Erasmus est vot' ami, il vous f'ra pas de mal. La pancarte, c'est sérieux. Y a des méchants là-bas.

— Des soldats ?

— Que'qu's-uns. Des vieux surtout, et des gosses du coin. Ils pensent qu'à massacrer du Yankee. Avec des tonnes d'armes ils les attendent. Faites demi-tour, sinon va y avoir du vilain quand il fera nuit.

— Merci, Mr. Erasmus, répondit Frank Ehrlich, mais nous avons l'ordre d'avancer. Nous serons prudents.

Il fit signe à la colonne de se mettre en marche. Joe Crown passa devant le vieux Noir à l'œil triste qui triturait toujours son chapeau de paille. Il eut un terrible pressentiment.

Le soir, ils campèrent à l'écart de la route, près d'un torrent dans lequel les hommes se baignèrent à la tombée de la nuit. On alluma un feu, mais les officiers recommandèrent aux soldats de ne s'en approcher qu'en cas de nécessité absolue. Joe désapprouvait le feu, mais les hommes n'avaient rien mangé de chaud depuis trente-six heures et le capitaine Ehrlich insista.

Joe s'assit loin du feu pour manger son morceau de porc salé. On n'entendait que le murmure du cours d'eau, le chant des oiseaux de nuit, les éclaboussements des baigneurs. Cependant, Joe était mal à l'aise. Il scrutait constamment les fourrés, à l'affût de Rebelles invisibles.

— Mon lieutenant ?

Joe leva les yeux. C'était Linzee.

— Voici le cadeau que j'ai fait pour vous, annonça-t-il avec un sourire fier.

Joe découvrit avec étonnement un bol à raser en porcelaine.

— Où diable as-tu déniché cela ?

— Au magasin du village, hier. Le marchand refusait de le vendre à un Yankee. Quand je lui ai montré mon fusil, il m'a supplié de l'emporter gratuitement.

Avec un geste cérémonieux, Linzee tourna le bol, dévoilant une surface peinte. Flatté et surpris, Joe éclata de rire. Près d'eux, des hommes se contorsionnaient pour voir l'objet. La lumière des flammes éclaira un roi gras et jovial, vêtu d'une robe rouge, assis sur un trône en or, et coiffé d'une couronne de joyaux presque aussi grosse que sa tête. En lettres délicatement tracées, le mot « Crown » était peint au-dessus de l'image et, au-dessous, le mot « Rex ».

— Hans, c'est magnifique ! Il ne fallait pas ! Je te remercie infiniment. J'en ferai bon usage.

L'un de ses sergents cria :

— Hé, mon lieutenant, on peut voir ?

Joe acquiesça et Linzee se tourna pour montrer le bol.

— Il fait trop sombre. Approche un peu du feu.

Joe tendit l'oreille ; il crut entendre de légers bruits se mêler au murmure du torrent.

— Non, Linzee, tu ne devrais pas...

Trop tard, Linzee avait fait deux pas vers le feu et on distinguait son visage, brillamment éclairé, fendu d'un sourire béat. La balle le frappa en plein crâne et lui arracha les yeux, le sang gicla, éclaboussant Joe.

Linzee tomba la tête dans le brasier ; son sang crépita en se répandant sur les braises. Les hommes se mirent à courir de tous les côtés. De nouveaux coups de fusil claquèrent. Le capitaine Ehrlich cria des ordres. Joe tremblait ; il tenait... le bol en céramique, qui avait dû jaillir des mains de Linzee. Joe ne se souvenait pas de l'avoir ramassé.

— Abritez-vous ! ordonna le capitaine Ehrlich.

Il sauta sur le feu, essaya de l'éteindre à coups de pied.

— Capitaine ! hurla Joe. Planquez-vous avant que...

Des balles sifflèrent. Frank Ehrlich dansa comme une marionnette dont on agite les ficelles. Ses yeux se révulsèrent, ses jambes flageolèrent, et il s'écroula près du feu. Joe recula vivement, dégaina son revolver. Il reçut un violent choc dans le bras gauche.

En baissant les yeux, il s'aperçut que la manche de sa vareuse luisait. A peine venait-il de comprendre qu'il avait été touché que la douleur le saisit. Il agita son colt au-dessus de sa tête et cria à ses hommes d'arroser le secteur d'où étaient partis les coups de feu. Une fusillade déchira les bois. Après cinq minutes de tirs ininterrompus, Joe, défaillant, ordonna de cesser le feu.

Son bras gauche pendait le long de son corps, le sang coulait sur ses doigts et s'égouttait sur le sol sablonneux. Il marcha sur quelque chose qui craqua et se cassa sous sa botte.

Un morceau de porcelaine brisée.

Il ne se souvenait pas d'avoir lâché le bol. Des morceaux épars entouraient le cadavre de Linzee.

— Lieutenant, écoutez ! Ils s'en vont...

Il entendit le galop des chevaux s'éloigner vers le sud. Il fourra son revolver sous son ceinturon, se ressaisit, dévêtit Linzee de sa vareuse, puis de sa chemise. Elle était ensanglantée, mais elle ferait un bon garrot.

Il réclama de l'aide. Un de ses gradés déchira des bandes de tissu dans la chemise et les noua solidement, l'une après l'autre, au-dessus de la blessure. Joe ordonna à ses hommes d'arracher des branches et d'en faire des torches. Il pensait que le danger était écarté.

Il parcourut le campement pour constater les dégâts. Ehrlich mort. Linzee mort. Quatre blessés, dont deux sévèrement.

Il contempla un instant le torse nu de Linzee ; un torse imberbe, pâle et sans muscles. La main droite de Linzee effleurait un éclat de porcelaine. Joe détourna les yeux.

Il se traîna jusqu'au torrent, et là, caché dans un fourré épais, il pleura. Si quelqu'un le vit, il respecta son chagrin.

Faible, écœuré, il se redressa, prêt à assumer son rôle... parce qu'il le fallait bien. Les jambes en coton, il escalada la berge. Sa tête tournait. Comme Linzee à l'embarcadère de Pittsburg, il fut tenté de tout abandonner. Mais c'était hors de question. Ehrlich mort, il devait prendre le commandement. Il lui fallait trouver un hôpital de campagne pour les blessés. Il rejoignit le campement ravagé, donna des ordres à ses sous-officiers, aida à enterrer les morts et à construire des brancards pour les blessés.

A l'aube, avant de quitter le campement, il ramassa les morceaux du bol et les rangea dans sa sacoche de selle, puis il conduisit la retraite vers le nord, son bras blessé serré contre lui.

Il ne fut plus jamais le même.

Un chirurgien militaire voulut amputer son bras mais Joe refusa. Il balaya d'un coup de poing la bouteille de whisky que le chirurgien, penché sur la table d'opération, tenait à la main.

Ses supérieurs le félicitèrent et le promurent au grade de capitaine, en remplacement de Frank Ehrlich. Il rejoignit son régiment avec un bras en écharpe.

Les mystères de la nature humaine voulurent que ses dernières attaches avec l'Allemagne disparussent avec le sang de sa blessure. La guerre de Sécession avait fait de lui un Américain.

La guerre l'affecta aussi d'une autre manière. Elle transforma son goût de l'ordre en véritable passion. *Ordnung*. Un profond désir d'imposer un schéma rationnel à son existence s'empara de lui. Il y avait déjà pensé auparavant, mais jamais avec l'acuité fulgurante qui le frappa sur le champ de bataille. L'*Ordnung* devint sa cause, son credo ; les forces de l'ordre, de la civilisation, de la raison, contre celles, toujours présentes, de l'anarchie et du chaos.

L'*Ordnung* justifiait son combat contre Benno Strauss. C'était encore l'*Ordnung* qu'il tentait de faire régner dans son foyer. Or Joe Junior glissait dangereusement dans la confusion, volontairement ou pas. Il le comprit soudain avec une clarté aveuglante. Il espéra que cette prise de conscience l'aiderait à combattre les tendances de son fils avec une efficacité accrue. Grâce au ciel, son neveu ne ressemblait pas à son aîné. Joe n'était pas sûr de pouvoir engager la guerre sur deux fronts à la fois.

Il sortit de sa rêverie et s'aperçut de l'heure tardive. Il fouetta les rênes sur la croupe du vieux canasson qui tirait le boghey. Les ressorts de cuir craquèrent, l'essieu grinça, et Joe Crown quitta l'ombre sinistre du champ de bataille. Sur le chemin du retour, il passa devant le temple de Shiloh, aux rondins blanchis à la chaux, pâles et innocents dans le crépuscule. Qu'une église donnât son nom à une boucherie... n'était-ce pas remarquable ?

Les mauvaises herbes poussaient autour du temple. Le vent les agitait avec un léger sifflement, comme des hommes rendant leur dernier soupir. Joe Crown lança son cheval au galop et partit sans se retourner.

Quelques jours plus tard, en sortant un matin de l'hôtel de Columbia, en Caroline du Sud, il acheta un journal à un jeune Noir, et parcourut rapidement les gros titres.

La veille, la Bourse avait touché le fond après un mois de lente récession. La riche bourgeoisie de Columbia en avait débattu toute la soirée au bar de l'hôtel. Le journal parlait de « krach ». Avait-on réellement touché le fond ?

Mais, pire, il tomba sur un court article, envoyé de Springfield, dans l'Illinois : « Altgeld signe la grâce — les trois conspirateurs de Haymarket relâchés — "Une grave injustice est réparée", déclare le gouverneur de l'Illinois. »

Le juron de Joe fit sursauter le crieur de journaux.

— Qu'est-ce que vous dites, monsieur ?

— J'ai dit, au diable. Qu'ils aillent au diable !

Il jeta le journal dans le caniveau.

Quand il rentra à l'hôtel après sa journée d'affaires, le concierge lui remit un télégramme qui l'attendait dans son casier.

Joe lut d'abord la signature. Le télégramme provenait d'Ilsa. Il était bref : « Reviens vite, Pauli renvoyé. »

24

Paul

Le mardi 29 juin, oncle Joe rentra chez lui à dix-sept heures trente. Il remit son bagage à Manfred et s'escrima à ôter son manteau trempé de pluie en montant l'escalier.

— Il prend son bain, dit tante Ilsa à Paul quelques minutes plus tard. Il t'attendra dans son bureau à six heures‚et quart.

Nerveux, Paul surveilla l'horloge et frappa à la porte du bureau dès que la grande aiguille se posa sur le trois. Oncle Joe lui ordonna d'entrer ; Paul remarqua avec soulagement la présence de tante Ilsa, assise près de la fenêtre ouverte. Une brise légère faisait onduler les rideaux.

Des étagères remplies de livres richement reliés tapissaient trois murs de la pièce — plus de la moitié des volumes étaient en allemand. Oncle Joe avait passé une chemise propre, sans cravate. Il lui désigna la chaise en face de lui.

— Assieds-toi et raconte-nous ta version des événements.

Paul s'exécuta, sans minimiser ses actes ni exagérer la cruauté de Mrs. Petigru. Pendant son récit, il ne détacha pas une fois ses yeux de ceux de son oncle. Bien que mort d'inquiétude, il fit un effort gigantesque pour garder son calme et sa lucidité.

Quand il eut fini, oncle Joe ôta ses lunettes et les tapota sur le bras de son fauteuil, pensif. Tante Ilsa tira un mouchoir de sa manche et s'essuya le front.

— Je te crois, Paul, dit son oncle. Ton histoire a un accent de sincérité. En outre, ce que tu dis ne contredit pas fondamentalement les explications du principal.

Il désigna la lettre de ce dernier, posée sur le bureau ; Paul ne l'avait pas remarquée.

— Le principal reconnaît que Mrs. Petigru t'a puni plus durement que tu ne le méritais. Montre-moi tes mains.

Paul les tendit. Des bleus violacés marquaient ses doigts et le dos de ses mains jusqu'aux poignets. Elle avait frappé si fort qu'il n'avait pu plier les doigts pendant trois jours.

— Peux-tu bouger les doigts ?

— Oh ! oui, mon oncle ! dit Paul en lui montrant. Je vais beaucoup mieux.

Il gratifia sa tante d'un regard plein de reconnaissance. Elle avait téléphoné au docteur Plattveiler, qui avait prescrit une pommade calmante.

— Tant mieux, dit son oncle. Malheureusement, le principal conclut sa lettre en expliquant qu'il est tenu de respecter les décisions de ses maîtres. Tu ne pourras plus retourner dans cette école. Tu m'avais prévenu que tu n'étais pas doué pour les études, il semble que tu aies raison. Peut-être ne t'a-t-on pas rendu service en te plongeant si vite dans le système américain. Toujours est-il que ta tante et moi sommes tombés d'accord sur l'étape suivante. Demain, je donnerai congé à Mr. Mars, avec un mois d'indemnité, et lundi, tu commenceras à la brasserie.

Paul était sans voix.

— Ilsa, si tu veux bien nous laisser, demanda ensuite l'oncle Joe. Je dois discuter de certains détails avec Paul.

Elle acquiesça d'un signe de tête et envoya à Paul un baiser du bout des doigts. Sa tante sortie, Paul se sentit encore plus nerveux. Quelques semaines après son arrivée, la perspective de travailler à la brasserie l'aurait enchanté, mais il avait dorénavant des projets autrement plus fascinants. Comment en parler à son oncle ?

— Maintenant que ta tante est partie, je peux te parler plus franchement. Cette affaire m'a vraiment attristé, dit oncle Joe en désignant la lettre du principal. Ce n'est pas le fait qu'on t'accuse d'avoir apporté des obscénités en classe, ce qui paraît bien exagéré au regard de ta description des dessins. Je te félicite d'avoir essayé de protéger ton ami, mais je ne te félicite pas pour le reste. J'avais placé de grands espoirs en toi, Paul. De grands espoirs. Or je découvre brutalement que tu accumules les échecs scolaires depuis des semaines, des mois. Tu n'en as jamais rien dit. Tu prétendais que tout allait très bien.

— Je ne voulais pas vous décevoir, mon oncle.

— Que crois-tu donc que tu aies fait ? rétorqua oncle Joe en désignant une nouvelle fois la lettre. Je n'arrive pas à comprendre comment tu as pu obtenir d'aussi mauvaises notes. L'Allemand a l'esprit logique. Tu aurais pu au moins réussir en mathématique, les Allemands ont toujours été doués pour les chiffres...

Il parlait d'une voix tremblante, chose rare chez lui. Paul comprit que son oncle était fort courroucé. Il attendit patiemment qu'il nettoie ses lunettes avec son mouchoir de poche, exercice qui parut le calmer quelque peu.

— La brasserie... commença-t-il.

— Puis-je vous interrompre, mon oncle ?

— Qu'y a-t-il ? demanda ce dernier avec humeur.

— J'ai vu une découverte merveilleuse à l'Exposition. Une machine qui montre des images animées.

Il décrivit la danse de l'éléphant.

— Quand as-tu vu cela ?

— Samedi dernier. J'y suis allé seul. Mais j'avais la permission de tante Ilsa.

— J'ai entendu parler de cette machine, mais je ne l'ai pas vue. Continue.

— Eh bien, au stand, j'ai rencontré un monsieur qui tient un studio de photographie. Il connaît le fonctionnement des images animées. Il s'appelle Mr. Rooney.

Paul sortit la précieuse carte de sa poche. Son oncle l'examina avec une expression indéchiffrable.

— Je lui ai dit que j'aimerais beaucoup apprendre à faire des photos. Il m'a invité à passer le voir à son magasin. Il a promis qu'il m'apprendrait. Pourrais-je lui demander de travailler avec lui ? Un jour, fit-il, rayonnant, un jour j'apprendrai peut-être à faire des photos pour la machine que j'ai vue à la foire.

Oncle Joe lui rendit la carte de visite.

— Je suis favorable à la nouveauté et aux inventions quand elles sont utiles, mais je ne vois pas l'intérêt de celle dont tu parles. A quoi peuvent bien servir les images d'un éléphant en train de danser ? Je ne suis pas allé voir cette invention, parce que je considère qu'elle n'a pas d'avenir. C'est un joli jouet, mais il passera vite de mode. En faire une carrière ? Non, vraiment, je trouve cela ridicule.

Paul serra les poings à s'en faire craquer les jointures.

— Très bien, mon oncle, fit-il en maîtrisant sa rage. Je ne reparlerai plus de l'invention. Mais la photographie est aussi un métier, et si Mr. Rooney veut bien m'engager comme apprenti...

— C'est un métier misérable, à mon avis. Et par les temps qui courent, un métier risqué. Quand les gens n'ont pas de travail, ils ne vont pas gaspiller leur argent dans des photographies. En revanche, ils achèteront toujours de la bière... La bière égaye l'esprit et fait oublier les soucis.

— Je vous en supplie, mon oncle, laissez-moi au moins appeler ce monsieur pour lui demander s'il accepte de m'employer.

— Non.

— *Ich protestiere !*

— Tu protestes ? Mais tu n'es pas en position de protester, mon garçon ! Tu nous as tous couverts honte. Tu commenceras à la brasserie lundi matin. Tu travailleras de six heures à seize heures trente, tous les jours sauf le dimanche. J'offre un salaire de départ très avantageux. Dix dollars et vingt-cinq cents par semaine ; c'est un dollar de plus que mes concurrents. Personne ne m'y oblige, simplement, je tiens à encourager l'ardeur au travail et la loyauté. Comme tu habites avec nous, tu n'auras rien à dépenser pour te nourrir et te loger. Tu pourras donc économiser tout ce que tu gagnes. C'est un gros avantage.

Sur ce, oncle Joe s'adossa à son fauteuil. Paul bouillonnait. Il avait le sentiment qu'on le traitait comme un enfant capricieux, incapable de discerner ce qui était bon pour lui.

— Lundi, à six heures précises. Maintenant, si tu veux bien m'excuser, j'ai du courrier à terminer avant le dîner.

Il s'était replongé dans son travail avant que Paul ne sorte du cabinet.

25

Joe Crown

Le lendemain de son retour, dans le landau qui le menait à la brasserie, Joe Crown vit un nombre inhabituel d'hommes traîner dans les rues ; des hommes au visage émacié, rassemblés à des carrefours généralement déserts.

Il détourna les yeux et s'absorba dans la lecture des journaux. La grâce faisait toujours les gros titres, et la majorité du pays partageait son sentiment sur la libération de Fielden, de Neebe et de Schwab. Dans le New Jersey, un pasteur avait proclamé du haut de sa chaire : « L'Illinois s'est discrédité aux yeux de la nation. » Seule la presse de gauche glorifiait le courage du gouverneur. Altgeld était politiquement mort, Joe l'aurait parié.

Mais il y avait plus grave que la grâce ; la crise économique perdurait. La Bourse restait au plus bas, nombre d'entreprises, pourtant solides, fermaient ; les journaux laissaient entendre que des compagnies de chemin de fer, géants industriels à la pointe du progrès, allaient être placées sous administration judiciaire.

Dans le sillage de la crise, la question du bimétallisme — ce système monétaire établi sur un double étalon, or et argent — divisait le pays. Depuis vingt ans, les producteurs d'argent de l'Ouest réclamaient de nouveaux débouchés, des marchés garantis par l'État. Les agriculteurs de l'Ouest réclamaient davantage de crédits, donc un accroissement de la masse monétaire, ce que ne permettait pas le déclin récent de la production mondiale d'or. Les réserves d'or de la banque centrale baissaient dangereusement.

Les financiers étrangers manifestaient une grande inquiétude à l'idée d'être remboursés de leurs investissements en argent. Ils exigeaient que leurs prêts soient garantis en or. Le jour où la Bourse s'était effondrée, le gouvernement indien avait brusquement cessé sa production de monnaie en argent ; la nouvelle avait provoqué un choc immense dans les milieux financiers des États-Unis. Malgré la crise, Joe restait attaché à l'étalon or. Pour lui, les partisans de l'étalon argent étaient une bande de requins prêts à ruiner l'économie pour satisfaire leurs intérêts personnels.

Dès qu'il arriva dans son bureau, Stefan Zwick demanda à le voir.

— Je déteste apporter de mauvaises nouvelles, monsieur, mais les commandes de la semaine dernière ont chuté de huit pour cent par rapport à la précédente.

— Les chiffres, je vous prie.

— Voilà, je viens de les taper, dit Zwick en tendant plusieurs feuillets à Joe Crown. Nous avons livré dix mille six cent quarante tonneaux contre onze mille cinq cent quatre-vingt-trois la semaine précédente. Cette chute de neuf cent quarante-trois tonneaux concerne certains points de vente très précis.

— Des explications ?

— Oskar Hexhammer, j'en ai peur. Il a écrit un éditorial incendiaire dans le *Deutsche Zeitung*.

— Vous savez très bien que je ne lis pas ce torchon. Que disait-il ?

— Oh ! c'était surtout un ramassis de propos chauvins, mais il vous a cité comme faisant partie de ces Allemands qui refusent de soutenir le nouveau *Turnverein*, et qui renient leur culture germanique.

— C'est un fieffé mensonge !

— Sans doute, mais il nous a causé du tort.

— C'est une hypothèse. Pouvez-vous l'argumenter ?

— Bien sûr. Les pertes n'affectent que Chicago. Ce sont des établissements familiaux qui ont annulé leurs commandes, des tavernes situées dans des quartiers allemands. Partout ailleurs, nos ventes restent stables.

— Que faire avec un imbécile aussi malveillant que Hexhammer, sinon espérer qu'il disparaisse ?

— J'ai peur que son influence chez les plus vieux ne soit pas près de diminuer.

— Ne vous inquiétez pas de cela, c'est à moi de m'en occuper. Laissez-moi les chiffres que je les étudie. J'ai rendez-vous avec Dolph Hix ; nous essaierons de trouver un moyen de compenser les pertes. Nous nous en tirerons, Zwick.

C'était cependant une bien mauvaise façon de commencer la journée.

Vers dix heures, la température avait déjà dépassé les trente-deux degrés. Peu avant onze heures, une canalisation éclata dans la salle de brassage, provoquant un arrêt de six heures et la perte du contenu des énormes bouilloires en cuivre.

Dans l'après-midi, Joe s'efforça de travailler malgré le vacarme causé par deux rustres qui creusaient des trous dans le mur de son bureau afin d'installer les fils du télégraphe qui relierait la brasserie à ses succursales. Les coups de marteau, la poussière de plâtre, les jurons, les plaintes incessantes des deux ouvriers, qui jouissaient pourtant des avantages d'un emploi stable, irritèrent profondément Joe. Plus tard, quand il se rendit à la brasserie, il tomba sur Benno, il ne put s'empêcher de lui lancer :

— Eh bien, Benno, tu as obtenu ce que tu voulais. Tes martyrs sont libres.

Nu jusqu'à la taille, Benno transportait un tonnelet. Son torse luisait de sueur. Il maintint le tonnelet en équilibre sur ses épaules.

— Ils n'étaient pas coupables, Mr. Crown.

Une goutte de sueur perla au bout du nez de Joe.

— J'imagine que tu dois être satisfait, dit-il.

— Euh, sauf votre respect, pas tout à fait. Il nous reste à obtenir ce que le syndicat exige de Crown, et des autres brasseries.

— Vous n'obtiendrez rien de plus que ce que vous avez déjà. Mes employés sont mieux traités que n'importe où ailleurs.

— Je vous le concède volontiers, monsieur. Mais nous avons des revendications importantes...

— Pas pendant les heures de travail, Benno.

Un sourire mi-respectueux mi-amer se dessina sur les lèvres de Benno.

— Vous êtes un roc, Mr. Crown. Un véritable roc. C'est une qualité que j'admire chez un homme. Mais nous vous briserons.

— Hors de mon chemin ! s'écria Joe en poussant Benno contre le mur.

Il s'éloigna, rageur, laissant Benno en proie à une incrédulité qui se mua rapidement en colère.

A genoux près du lit, Ilsa récitait ses prières. Allongé, Joe se tapotait nerveusement le ventre. Les fenêtres de la chambre — pas des fenêtres à guillotine mais de véritables fenêtres européennes qui s'ouvraient entièrement — étaient grandes ouvertes, mais il n'y avait pas un souffle d'air. Les rideaux pendaient, immobiles. Des étoiles scintillaient faiblement dans la brume.

Ilsa se mit au lit, puis se tourna vers Joe. Malgré la chaleur, elle portait sa chemise de nuit de flanelle.

— Tu es bien silencieux, ce soir, remarqua-t-elle.

— J'ai des soucis.

— Tu crois que Pauli s'adaptera à la brasserie ?

— Paul. Il s'appelle Paul. Combien de fois faut-il te le répéter ? C'est le nom qu'il s'est choisi.

— Peut-être, mais Pauli est un prénom allemand, et il est allemand. Je ne peux pas l'appeler autrement. Pour moi il restera toujours le petit Pauli qui s'est évanoui sur mon tapis oriental en arrivant de Berlin.

Joe se garda d'insister.

— Il a eu l'air de bien accepter l'idée de travailler à la brasserie. C'est un garçon courageux, vif, intelligent, malgré son échec scolaire. Il devrait bien se débrouiller, s'il évite les fauteurs de troubles. (Il se mordit les lèvres avant de poursuivre.) A ce propos, j'ai perdu mon sang-froid avec Benno Strauss. On s'est accrochés au sujet de la grâce du gouverneur et j'ai porté la main sur lui. Je l'ai poussé violemment.

Sur Michigan Avenue, un chariot passa, brisant le silence de la nuit.

— Je sentais bien que quelque chose n'allait pas, dit Ilsa. Je suis désolée.

— Pas tant que moi. J'ai tout de suite regretté mon geste. Malheureusement, il était trop tard.

— Cela risque-t-il de t'attirer des ennuis ?

— Difficile à dire. Nous traversons une crise grave. Stefan m'a dit que les conseillers municipaux offraient des repas gratuits à leurs électeurs au chômage. Cet après-midi, un homme en qui j'ai grande confiance m'a appris que George Pullman envisage des diminutions de salaires, peut-être même des licenciements. Pullman est un des plus gros pourvoyeurs d'emplois de la ville, et ces mesures auront forcément d'importantes répercussions. Quand les hommes ont faim, ils sont prêts à tout. L'agitation risque de se propager. Je me demande parfois combien de temps le système supportera une telle crise.

— Et combien de temps notre famille la supportera, glissa Ilsa.

Il trouva sa main dans le noir, et la serra bien fort. Il resta longtemps éveillé après qu'Ilsa se fut endormie.

26

Joe Junior

Joe Junior commença à éternuer le vendredi en quittant la brasserie. Il espéra qu'il n'avait pas attrapé un rhume, car il comptait bien retourner à Pullman. Rosie était toujours aussi ardente, mais ces derniers temps, ils n'avaient pu assouvir leur faim amoureuse.

La semaine précédente, ils avaient dû se contenter de caresses et de baisers — elle était indisposée. Le dimanche d'avant, ses parents avaient traîné dans la maison tout l'après-midi, et ils n'avaient pas eu un moment à eux. Ce genre de contretemps le rendait fou. Les rêves érotiques qui l'assaillaient ne faisaient qu'accentuer sa frustration.

Son père lui reprochait ses virées à Pullman. Joe Crown n'aimait pas Rosie, bien qu'il ne l'eût jamais rencontrée. Il ne l'aimait pas parce qu'elle était tchèque; les Allemands méprisaient les peuples originaires de Bohême. Joe Crown ne critiquait pas ouvertement Rosie — il serait passé pour un snob —, mais les regards et les questions perfides qu'il lançait chaque fois que Joe Junior mentionnait son nom étaient suffisamment éloquents.

Cela faisait longtemps que son père désapprouvait tout ce qu'il entreprenait, et vice versa. On avait du mal à imaginer qu'ils aient pu être si proches autrefois. Joe Junior se souvint du jour où son père avait emmené Carl et Paul voir les White Stockings. Il aurait bien aimé y aller, lui aussi. Bien sûr, il travaillait ce jour-là, mais il aurait pu s'absenter si son père le lui avait proposé. Il gardait un souvenir inoubliable des matches auxquels ils avaient assisté ensemble.

Tout avait changé depuis qu'il s'était fait renvoyer de la *Bayerische Akademie*, l'école privée allemande où il s'ennuyait à mourir. Quand son père avait reçu la lettre de renvoi pour mauvaise conduite, ils avaient eu une violente dispute. Ce jour-là, pour la première fois de sa vie, son père l'avait giflé.

A la brasserie, il s'inquiétait secrètement des affrontements qui menaçaient d'éclater. Benno faisait monter l'agitation avec des revendications et des menaces de plus en plus audacieuses à mesure que la crise économique empirait. Joe Junior se rangeait souvent du côté de Benno, mais il craignait le moment où le syndicaliste le mettrait à l'épreuve en lui demandant de participer à une action violente.

D'une manière ou d'une autre, ses craintes et ses ressentiments concernaient toujours son père. Toutefois, il était bien obligé de s'avouer que sa colère masquait une blessure beaucoup profonde et secrète. Un sentiment d'abandon et de solitude. Personne ne s'intéressait à lui, personne, pas même sa mère.

Ce vendredi-là, cette blessure le faisait souffrir plus que d'habitude.

Il déboucha au carrefour de Michigan Avenue et de la Dix-Neuvième Rue dans la clarté brumeuse du soleil estival. Sa chemise était maculée de sueur et de poussière ; il avait charrié des tonnelets toute la journée. Il portait un vieux pull sur l'épaule ; la matinée était fraîche et humide quand il avait quitté la maison à l'aube. Lundi, Paul partirait travailler à la même heure matinale que lui. Joe Junior se félicitait en secret de l'échec scolaire de Paul. Travailler ensemble à la brasserie les rapprocherait.

Dans la cour, Carl jouait au football avec deux garçons à la peau couleur chocolat au lait. C'étaient les fils du chiffonnier qui passait une fois par semaine avec sa charrette pour ramasser les vieux vêtements. Joe Junior vit sa charrette garée dans l'allée qui menait à l'écurie.

D'un signe de la main, il salua Carl et ses deux copains, puis coupa à travers le jardin où il tomba sur sa sœur. Près de la statue d'un ange, Fritzi dansait sur une musique qu'elle était seule à entendre. Il remarqua sur le nez de sa sœur une longue égratignure qui n'y était pas la veille.

Elle entendit ses chaussures racler les pavés du sentier, s'arrêta de danser et courut se jeter dans ses bras. Il se baissa pour l'embrasser ; elle eut un mouvement de recul.

— Berk ! Tu devrais prendre un bain, fit-elle.

— J'y allais. Et après, je m'offrirai une bonne petite sieste.

Il s'écroula sur un banc de pierre et éternua.

— Tu es malade ? Les rhumes d'été sont les plus méchants.

— Non, je vais bien, assura-t-il en s'essuyant le nez avec son mouchoir. Où t'es-tu fait cette égratignure ?

— A l'école. Molly Helfrich t'a traité de Rouge. Je lui ai tiré les cheveux et elle s'est rebiffée. Mais c'est moi qui ai gagné. (Il s'esclaffa.) Es-tu vraiment un Rouge, Joey ?

— Oui, je crois. Mais attention, je suis socialiste, pas anarchiste.

— Pourquoi ? Pour faire râler papa ?

— Je ne vais tout de même pas laisser papa me dicter ma façon de penser !

Il gardait le sourire, mais il parlait sérieusement.

— Et Paul, demanda Fritzi après réflexion, est-ce que c'est un Rouge, lui aussi ?

— Non, pas encore.

— Tu l'aimes bien ?

— Oui, pourquoi ?

— Vous êtes devenus de grands amis ?

— Des amis, rectifia-t-il. C'est tout.

— Maman passe beaucoup de temps avec Paul, tu ne trouves pas ?

— C'est un peu normal, il faut qu'il s'habitue à la vie américaine.

— Oh ! je ne suis pas jalouse ! Enfin, pas trop. Ç'aurait été un autre, ça m'aurait rendue dingue.

Joe Junior rit de bon cœur, puis il ébouriffa gentiment les cheveux de Fritzi.

— Ah, l'amour ! fit-il.

— Joey Crown, moque-toi encore de moi, et je te tue. Ma parole, je te tue !

— Tu ne tuerais pas ton frère chéri, tout de même ?

Il l'enlaça tendrement, et la ramena à la maison.

Peu après s'être baigné et séché, il entendit la sonnerie du téléphone. Il descendit au salon, et rencontra sa mère qui sortait du cabinet de son père. Ilsa avait sa tête des mauvais jours.

— Nous dînerons tard, dit-elle. Ton père vient de téléphoner. Il est à la prison du comté. La police a arrêté Benno Strauss cet après-midi.

— Ah, c'est pour cela que je ne l'ai pas vu de la journée ! Je croyais qu'il était en livraison.

— J'ignore pourquoi il est en prison. Tout père ne me l'a pas dit. Il était furieux.

Le dîner fut servi à neuf heures et quart. Dix minutes avant, Joe Crown était rentré en claquant la porte, et il était monté bruyamment dans sa chambre, comportement inhabituel chez lui.

— Je vais vous expliquer les raisons de mon retard, commença-t-il en se servant de purée. Benno Strauss a quitté son poste à midi sans mon autorisation. Il est allé en ville manifester avec une quarantaine de chômeurs, apparemment pour réclamer du travail. La police a essayé de les disperser...

— Il ne faut surtout pas que les touristes apprennent ce qui se passe réellement à Chicago, glissa Joe Junior à l'oreille de Paul.

— Les manifestants ont résisté et ils ont tous été arrêtés. La caution de Benno m'a coûté trente-cinq dollars. La prison du comté est un endroit exécrable. J'espère ne pas avoir à y remettre les pieds.

— Je ne comprends pas, intervint Ilsa. Benno n'est pas au chômage, il a une bonne place.

— Qu'il n'apprécie pas à sa juste valeur, c'est évident ! (Joe Crown piocha un morceau de rôti, sec et trop cuit à cause du retard.) J'imagine qu'il a participé à la manifestation par solidarité. Les autres étaient en majorité des salopards de syndicalistes, si vous me pardonnez ce langage.

— Étant donné ta sympathie pour Benno, remarqua Ilsa, je m'étonne que tu l'aies aidé à sortir de prison.

— C'est une question de principe. Je me dois d'aider mes employés. Benno Strauss aurait bien pu moisir en prison, cela ne m'aurait fait ni chaud ni froid, mais mon devoir est le même pour tous les ouvriers de la Crown. Écoute bien cela, Paul. Quand tu commenceras à travailler, méfie-toi de Benno Strauss.

Joe Junior aimait voir son père en difficulté, ce qui arrivait trop rarement à son gré. Il lança un coup d'œil à son cousin.

— Oh ! il y a pire maître que Benno ! déclara-t-il. Je crois même que tu en as rencontré à l'école...

Son père, qui s'apprêtait à enfourner une autre bouchée, suspendit son geste. Il reposa la fourchette sur son assiette avec un bruit sec.

— Garde tes commentaires pour toi, mon garçon. Tu es bien mal placé pour juger.

— On ne peut tout de même pas en vouloir à Benno de manifester, rétorqua Joe Junior. Je compatis avec tous ceux qui sont au chômage à cause d'hommes comme...

— Qui es-tu pour compatir ? Qui es-tu pour te permettre de juger ? Tu ignores ce qu'est la faim, le désespoir, tu n'as jamais eu à te battre...

— Nous y revoilà, ricana Joe Junior en se tournant vers Paul. Maintenant, on va avoir droit aux mésaventures du brave petit immigrant...

Ilsa bondit.

— Tu devrais avoir honte ! s'exclama-t-elle. C'est intolérable. Monte dans ta chambre.

Il la regarda, bouche bée. Se révolter contre son père était une chose, mais tenir tête à sa mère en était une autre. La voir en colère, les mains tremblantes, le déconcerta et le paralysa.

— Joseph, je t'ai dit de monter dans ta chambre. Obéis tout de suite.

Joe Junior lança sa serviette sur la table et sortit sans un mot, sans un regard.

Une demi-heure plus tard, assis sur le bord de son lit, il n'était toujours pas remis de ses émotions.

Un léger coup frappé à la porte de sa chambre le tira de son hébétude. Sans lui laisser le temps de répondre, Ilsa entra.

— Joey, je suis navrée de m'être emportée. Mais reconnais que tu l'as bien cherché.

Il garda la tête basse.

— Regarde-moi dans les yeux, s'il te plaît. Pourquoi t'obstines-tu à provoquer ton père ? Il n'a rien d'un capitaliste cruel ; c'est un homme de caractère qui a travaillé dur pour réussir dans la vie.

Joe Junior ne trouva rien à répondre. Ilsa s'assit à côté de lui et lui caressa le front d'un geste tendre.

— *Liebling*, raconte-moi. Qu'est-ce qui ne va pas ?

Il se leva précipitamment, fourra les mains dans ses poches et contempla par la fenêtre les lumières des villas voisines.

— Il régente tout le monde, maman. Il régente ma vie à son idée. Pourtant, il a quitté l'Allemagne parce qu'il ne voulait pas qu'on décide à sa place. Ce n'est pas à cause de la pauvreté, ni à cause d'un système pourri qu'il est parti... (Il pivota brusquement et lui fit face.) C'est lui qui l'a dit, maman, je m'en souviens. Il a choisi de venir en Amérique, il a choisi sa carrière. Il était libre, indépendant, il n'avait pas de patron...

— Pas de patron ? C'est ridicule ! Il a eu un patron dans l'usine de glace, un patron chez Imbrey. Et des tas de supérieurs dans l'armée.

— Oui, mais il a toujours fait ce qu'il avait décidé de faire. Il n'a jamais permis à personne de contrecarrer ses choix. Je veux qu'on m'accorde la même chance. Tu ne comprends pas ça ?

Damnation! Voilà qu'il se mettait à pleurer. Des larmes de petit garçon qu'il était incapable de retenir.

— Si, je comprends, assura Ilsa en se rapprochant davantage. Mais j'ai une question à te poser, une question très importante. Joey, est-ce que tu aimes ton père ?

— Quelle différence ?

— Ne crie pas, s'il te plaît.

— D'accord, mais je ne reprendrai pas son affaire, c'est hors de question. Je sais que c'est ce qu'il veut. C'est normal, je suis l'aîné.

— Oh ! non, mon Joey, tu te trompes ! Peut-être l'a-t-il souhaité autrefois, mais je sais qu'il n'y pense plus...

— Peu importe, je ne l'aurais pas reprise...

Et ces larmes humiliantes qui ne voulaient pas s'arrêter de couler ! Il se frappa la cuisse d'un poing rageur.

— Il n'a pas à me dire ce que je dois faire !

Sa mère l'écouta avec son calme habituel.

— Mais c'est dans sa nature, Joey. Il organise sa vie dans le moindre détail, et la nôtre aussi. Si c'est un défaut, nous devons l'accepter.

— Pas moi. Jamais.

Elle poussa un profond soupir résigné.

— Bon, tu as dit ce que tu avais sur le cœur, à mon tour. Quels que soient tes sentiments, c'est ton père. Tant que tu vis sous ce toit, il a le droit au respect. Tu iras t'excuser.

Elle se dirigea vers la porte, et l'ouvrit. La lumière électrique faisait scintiller ses yeux d'un éclat étrange, on aurait dit des gemmes.

— Vas-y maintenant. Il t'attend dans son bureau.

Au rez-de-chaussée, on avait éteint les lampes. La maison ressemblait à un mausolée, et les ombres des chandeliers et des meubles renforçaient cette impression. La gorge sèche, Joe Junior marcha jusqu'à la porte du bureau, et frappa doucement.

— Papa ?

— Entre.

La voix de son père était plate et distante. Joe Junior ouvrit la porte coulissante. Son père était assis à son bureau, un stylo à la main, des papiers et des lettres disposés devant lui, comme d'habitude.

Joe Junior dut faire un effort pour soutenir le regard de son père.

— Je te présente mes excuses pour les mots que j'ai eus à table.

— Je les accepte, merci, répondit son père avec un geste du menton. Moi aussi, je regrette ce que j'ai dit. J'ai eu une journée pénible, l'arrestation de Benno m'a profondément perturbé.

Joe Junior faillit se jeter dans les bras de son père, le serrer fort contre lui, lui dire qu'il comprenait. Il hésita l'espace d'un instant, puis quelque chose l'en empêcha... Trop de souvenirs ; trop de reproches, trop d'*ordres*. Il se sentit mal à l'aise ; son père s'en aperçut et fit un geste maladroit en s'efforçant de sourire. Un pauvre sourire las.

— Tu peux remonter dans ta chambre. J'ai beaucoup de travail.

— Bonne nuit, papa.

Il sortit puis referma vivement la porte, et s'adossa à la cloison, épuisé et tremblant. Il avait confié sa rancœur à sa mère, et s'était rendu compte qu'elle ne pouvait pas le soulager. Cette découverte l'effraya. L'époque bénie où il accompagnait son père aux matches de base-ball était bel et bien révolue. Aucun remède n'apaiserait son amertume. Peut-être son père et sa mère faisaient-ils la même triste constatation.

En montant l'escalier plongé dans le noir, sa colère resurgit. Il s'était excusé parce que sa mère l'avait exigé, uniquement pour lui faire plaisir. Lundi, Paul commencerait à travailler à la brasserie. C'était une opportunité à saisir. Il ferait tout pour gagner l'amitié de son cousin, le rallier à sa cause. Ensuite, il se vengerait des souffrances que lui avait infligées son père.

Parvenu à mi-chemin, il fut pris d'un nouvel éternuement.

Il s'appuya à la rampe, frissonnant, claquant des dents, les jambes molles.

27

Ilsa

Elle passa une longue nuit blanche à côté de son époux. Joe avait vite sombré dans le sommeil, sans doute pour fuir les souvenirs de la soirée.

Le sinistre soir au cours duquel son époux et son fils aîné avaient laissé exploser leur rancune résumait bien le délabrement d'un été qui s'annonçait pourtant exceptionnel et magique : l'été de l'Exposition universelle.

La première déception d'Ilsa datait d'avant l'inauguration. Elle avait ardemment désiré siéger au Comité des organisatrices parce que ledit comité était chargé d'un important travail au service de toutes les femmes. Ilsa avait assez d'argent et un rang social assez élevé pour prétendre siéger au comité.

Cependant, sa candidature avait été repoussée. Par la suite, une amie lui apprit que la responsable de son éviction n'était autre que Nell Vanderhoff. Son mari, Pork Vanderhoff, et Joe Crown entretenaient jadis d'assez bonnes relations. Sans être proches, ils se respectaient l'un l'autre et se montraient corrects en affaires. Et puis, un été, au pique-nique annuel de la brasserie, il y avait eu une altercation. Vanderhoff honorait souvent le pique-nique de sa présence car sa société fournissait la viande. Cette année-là, Ilsa n'avait pas assisté à la fête et Joe ne s'étendit pas sur les détails, mais il jura que c'était Vanderhoff qui avait commencé. L'année suivante, la brasserie Crown acheta les saucisses du pique-nique à un autre fournisseur.

Ilsa avait assisté aux réunions données par le Congrès des femmes pendant le mois de mai, ainsi qu'elle en avait informé Joe. Le Congrès se réunissait à l'Art Institute, sur Michigan Avenue, dans des salles qu'on avait rebaptisées hall de Washington et hall de Columbus. Elle avait entendu Lucy Stone [1], petite femme frêle mais oratrice ardente,

1. Lucy Stone (Mrs. Henry Brown Blackwell, 1818-1893). Militante américaine pour le droit de vote des femmes. *(N.d.T.)*

déclarer que cantonner la femme dans son rôle de ménagère revenait à enfermer la société tout entière « sous une chape de plomb ». Elle avait entendu d'autres oratrices affirmer le contraire — la femme atteignait son expression la plus noble, réalisait son but, en s'occupant exclusivement de ses enfants et de son foyer. Elle avait applaudi son amie Jane Addams, qui avait parlé de l'enrichissement qu'une femme pouvait apporter à son travail de ménagère grâce à une instruction appropriée — le genre d'instruction que Miss Addams proposait dans ses programmes d'aide aux pauvres à Hull House. Ilsa avait également emmené Fritzi à l'une des représentations données par des actrices célèbres, en l'occurrence une saynète retraçant l'historique du rôle de la femme au théâtre, lue par Madame Modjeska.

Mais ce n'était pas satisfaisant. Ce n'était pas comme si elle avait participé à l'élaboration du pavillon de la Femme ; ou fait partie du jury qui avait choisi, parmi différents travaux présentés par des femmes architectes, le projet néo-classique de Sophia Hayden, diplômée du Massachusetts Institute of Technology ; ou encore aidé à déterminer le contenu et l'emplacement des sujets exposés. Le jour de l'ouverture, plutôt que de déambuler dans la foire avec sa famille, elle aurait été assise sur l'estrade quand Bertha Palmer et son comité avaient inauguré le pavillon de la Femme. Aux côtés de Mrs. Altgeld, de Mrs. Adlai Stevenson et de plusieurs femmes éminentes venues du monde entier. Joe aurait été fier d'elle, malgré son antiféminisme primaire.

Le jour de l'inauguration, elle s'était abstenue de tout commentaire. Elle détestait s'apitoyer sur son sort, mais elle n'en souffrait pas moins.

Il y avait aussi eu le renvoi de Pauli.

Pauli était un garçon intelligent, d'une intelligence exceptionnelle, à sa manière. Mais l'enseignement classique ne convenait pas à son neveu. En outre, une maîtresse cruelle qui détestait les Allemands lui avait fait subir des mois de mauvais traitement et d'humiliation. Or, c'était elle qui avait insisté pour l'inscrire dans cette école.

Quand il avait été renvoyé, Ilsa s'était résignée à ce qu'il travaillât à la brasserie. C'était la seule décision rationnelle, et cependant elle n'était pas bonne. En l'apprenant, Pauli avait changé de visage.

Le pire, bien sûr, restait la dispute entre le père et le fils. Les excuses de Joe Junior n'avaient rien réglé, rien réparé. Elle avait insisté pour qu'il les présentât à son père par simple correction, mais elle les savait creuses et sans effet. La rébellion de Joe Junior se comprenait. C'était un garçon énergique, impatient, brillant — qualités qui rendaient les jeunes gens un peu trop sûrs d'eux.

Ilsa savait que son mari et son fils s'aimaient, même s'ils se comportaient parfois comme des ennemis irréconciliables. Au plus profond de son cœur, ce qui l'inquiétait à présent, c'était le sentiment qu'un fossé infranchissable s'était creusé entre eux. Un fossé si large qu'ils ne pourraient peut-être jamais le combler.

Cette nuit-là, elle se retourna dans son lit et se colla à Joe, une habitude qu'ils avaient prise pour trouver réconfort et chaleur. Elle lui caressa la tempe avec une infinie douceur.

— Oh ! Joe, Joe ! souffla-t-elle. *bitte — bitte ! Lass nichts schlimm geschehen.*

Elle ne s'aperçut pas tout de suite qu'elle avait parlé en allemand. Sa supplique ne s'adressait pas seulement à son mari ; c'était une prière destinée à un être invisible en qui elle croyait toujours ; une prière, une réflexion aussi, sur la détérioration de la famille ; une prière à la mesure de son désespoir.

« S'il te plaît, s'il te plaît ! Fasse qu'il n'arrive rien de mal ! »

28

Paul

L'animosité déclarée entre son oncle et son cousin choqua Paul. Il en avait conscience depuis longtemps, mais il n'aurait jamais soupçonné qu'elle pût atteindre une telle férocité.

Le samedi matin, quand il alla à la cuisine remplir le pot de café, tante Ilsa pétrissait la pâte à pain. Son expression bouleversa Paul. Tante Ilsa était rarement de mauvaise humeur.

Vers onze heures, Mr. Mars se présenta pour toucher ses indemnités.

Paul marcha avec lui dans le jardin. Carl étrennait un nouveau jouet, un bâton avec une ficelle surmonté d'un rotor à quatre lames. Ils regardèrent Carl enrouler la ficelle autour du bâton, puis tirer d'un coup sec. Le rotor et le bâton s'élevèrent dans l'air et planèrent quelques secondes, défiant les lois de la gravité. Puis le jouet retomba.

— C'est un hélicoptère Pénaud, dit Mr. Mars. Il coûte vingt-cinq cents. Des millions de jeunes Américains l'ont déjà acheté. C'est une invention française. Vous n'en avez jamais eu ?

— Nous n'achetions jamais de jouets. Les miens étaient fabriqués à la maison.

Carl enroula de nouveau la ficelle et relança le jouet, battant des mains en le voyant s'élever plus haut que la fois précédente. Une heure auparavant, tante Ilsa l'avait puni pour avoir bricolé sa pendule « Forêt-Noire ». Carl l'avait décrochée du mur, puis démontée afin d'étudier son mécanisme. Il l'avait remontée, mais elle ne faisait plus tic-tac et son coucou ne chantait plus. Tante Ilsa lui avait donné une liste de corvées à faire gratuitement. Cela n'avait pas tempéré son enthousiasme. Paul envia son insouciance.

Mr. Mars s'approcha de la statue de l'ange en prière et s'assit sur le banc le plus proche. Il s'éventait avec son feutre défraîchi aux larges bords.

— C'est un triste jour pour moi, Paul, dit-il. Vous allez me manquer. J'aimais bien vous enseigner l'anglais, vous êtes travailleur et intelligent, surtout lorsqu'un sujet vous intéresse, ajouta-t-il avec un sourire désabusé. Je suis sûr que vous réussirez quand vous aurez découvert votre vocation.

Paul songea avec amertume : « Je l'ai trouvée, mais oncle Joe prétend qu'elle ne vaut rien. »

— Qu'allez-vous faire, Mr. Mars ?

— Qui, moi ? Oh ! la même chose qu'avant ! Enseigner aux petites filles de nababs prétentieux. Je leur apprendrai le français, la poésie, etc., tout en sachant qu'elles oublieront aussitôt ce que je m'efforcerai de leur inculquer.

— Moi, je n'oublierai pas. Je vous suis reconnaissant, mon anglais est bien meilleur.

— N'exagérons pas, rectifia Mr. Mars. Votre anglais s'améliore, c'est déjà cela. Moi non plus, je ne vous oublierai pas.

Ils se serrèrent la main. Planté à l'angle de la rue, Paul regarda Mr. Mars s'éloigner à grands pas, les pans de son long manteau à carreaux bleus et verts flottant au vent.

Devant l'école, Paul dit adieu à Leo Rapoport. Il lui avait laissé un mot la veille pour le prévenir de sa venue. L'adjointe du principal, une jeune femme chaleureuse, s'était gentiment abstenue de commenter son renvoi.

La cour de l'école était déserte, balayée par un vent chaud qui faisait rouler une boîte en fer-blanc sur le sol et décoiffait les cheveux de Paul. Un pan de sa chemise rayée dépassait de son pantalon. Il courut à la rencontre de Leo quand il le vit apparaître au coin de la rue avec Flash. Il lui expliqua qu'il allait travailler à la brasserie.

— On se dit adieu, mais on se reverra, dit-il. Je viendrai te voir chez toi, tu m'as donné ton adresse.

Leo s'empourpra.

— Non, ne viens pas, on déménage. Papa s'est fait licencier. Plus personne n'achète de corsets. Papa est dégoûté...

L'œil triste, il gratta Flash derrière l'oreille.

— Je t'enverrai ma nouvelle adresse quand je la connaîtrai.

— Promis ?

Ils s'embrassèrent comme deux frères.

Leo n'envoya jamais son adresse à Paul.

Le soir, Paul se rendit dans la North Clark Street. Le nez collé à la vitrine, il contempla la boutique vide, incrédule.

Sur la vitrine, on avait peint en grosses lettres rouges : « A louer ».

Juché sur un escabeau, mâchonnant un cure-dent, un homme détachait une enseigne délavée : « Le temple de la photographie de maître Rooney. »

— Où est Mr. Rooney ? s'enquit Paul en montrant la carte de visite.

L'homme ôta son cure-dent de sa bouche, détourna la tête et cracha une giclée de jus de chique sur le trottoir.

— C'est le cadet de mes soucis.

— Quand a-t-il déménagé ?

— Il n'a pas déménagé, je l'ai viré. Mardi pour être précis. Nom d'un chien, ça faisait cinq mois et demi qu'il n'avait pas payé son loyer, je n'allais pas attendre toute ma vie !

— Où est-il allé, s'il vous plaît ?

— A l'heure qu'il est, il dort probablement sur un banc, ou en taule. Ce fils de pute a les créanciers au cul. Rooney ne paie pas ses factures, ou une sur deux. Tout son fric part chez les books.

Paul ne comprit pas la référence aux books. Il regarda l'homme descendre l'enseigne, puis il froissa la carte de visite, la jeta dans le caniveau et s'éloigna, amèrement déçu.

Le lundi, il se réveilla de bonne heure, longtemps avant l'aube. Comme le jour où il avait été voir le train de Buffalo Bill à la gare, ou le jour de l'inauguration de l'Exposition. Il avait mal dormi.

Il se débarbouilla, se rasa, s'habilla à la hâte. Il avait rendez-vous à six heures tapantes avec Mr. Friedrich Schildkraut, le maître brasseur. Dans un bon établissement, le maître brasseur avait tous les pouvoirs, et c'était le cas chez les Crown. Oncle Joe avait mis l'accent sur son rôle capital la veille, au dîner.

— Nous devons en grande partie notre réussite à Fred Schildkraut. Je ne ferais confiance à personne d'autre — et je sais de quoi je parle puisque je me chargeais du brassage moi-même avant que mes responsabilités ne m'obligent à lui céder la main. J'ai débauché Fred de chez Pabst, la grande brasserie de Milwaukee, en lui triplant son salaire. Il est bien plus calé que moi en brassage. De plus il maîtrise parfaitement la réfrigération mécanique. Jadis, un maître brasseur n'était pas autre chose qu'un chef cuisinier, mais de nos jours il est la clef de voûte de l'entreprise. La brasserie est toute la vie de Fred, ce qui est excellent pour moi, mais moins pour sa femme et ses quatre enfants. En période de pointe, ou quand il se heurte à un problème compliqué, Fred peut rester deux, trois, quatre nuits sans rentrer chez lui. J'essaie de le persuader de partir, il refuse toujours. Il travaille toute la nuit jusqu'à ce qu'il s'endorme sur son bureau. Fred t'attendra à six heures. Tâche d'être ponctuel, arrive même un peu en avance. Fred est un catholique fervent. Ne dis jamais de jurons devant lui.

Ce lundi, cousin Joe ne viendrait pas avec lui à la brasserie. Sa grippe avait empiré, et tante Ilsa lui avait ordonné de garder la chambre. Paul se rendit donc dans la cuisine sur la pointe des pieds, et prit dans l'obscurité le sac en papier dans lequel Louise avait enveloppé son déjeuner.

Un omnibus l'amena à deux pâtés de maison de la brasserie. Paul avait les paupières lourdes de sommeil, et les joues irritées ; il n'était pas encore habitué à se raser.

Un crachin tombait depuis dix minutes ; les rues désertes étaient luisantes de pluie. Un léger brouillard se levait quand Paul atteignit le portail de la brasserie. Une allée pavée, parallèle à Larrabee Street, menait au cœur de la fabrique. Le brouillard rampait lentement au sol, cachant le pied des bâtiments aux allures de forteresse. Au loin, on entendait le cliquetis des machines et le sifflement aigu de la vapeur. Il n'y avait aucun ouvrier en vue.

Dans la guérite, un vieux gardien lisait un journal à la lueur d'une lanterne. Paul frappa au carreau. Le gardien sortit en traînant les pieds.

— Bonjour, je m'appelle Paul Crown. Je dois travailler à la brasserie.

— Oui, on m'a prévenu. Entrez.

— J'ai rendez-vous avec Mr. Schildkraut.

— Bâtiment principal, premier étage. Prenez l'allée, et tournez à droite. La porte de la *Bierstube* devrait être ouverte. Fred est arrivé il y a une demi-heure.

Paul franchit le portail, s'enfonça dans l'allée encore sombre, flanquée de bâtiments noirs qui se dressaient tels des donjons. C'était là qu'il passerait le plus clair de son temps dorénavant. Cette existence qu'il n'avait pas choisie lui était imposée par son oncle. Paul commençait à comprendre pourquoi Joe Junior se rebellait.

Il s'arrêta pour contempler les bâtiments. Quelques rares lumières scintillaient derrière les fenêtres opaques. L'air était chargé des riches effluves de la brasserie, dont certains peu appétissants. Que faisait-il là ? Sa vie n'était peut-être pas en Amérique après tout. Ah, comme le boulanger de la Wuppertal se moquerait de lui s'il le voyait !

« Calme-toi, ce n'est peut-être pas définitif. Il y a aussi un avantage, et pas des moindres : cet hiver, tu auras ta paire de patins à glace. »

Il se concentra sur la vision du charmant visage de Juliette Vanderoff et entra dans la brasserie.

Le bureau de Friedrich Schildkraut occupait un angle de l'étage, à l'arrière du bâtiment principal ; il donnait sur l'allée et sur les fabriques. Une lumière filtrait sous la porte. Paul se recoiffa à la hâte, puis frappa.

— Entrez.

Le bureau, plus sombre que celui de son oncle, était encombré de fioles et de thermomètres, de petits sacs en mousseline remplis d'orge et de houblon, de diagrammes, de schémas, d'ouvrages scientifiques en allemand. Au milieu du désordre, une pancarte en lettres d'or retenait l'attention du visiteur : « F. Schildkraut, maître brasseur. »

Derrière le bureau, accroché au mur, un Christ ensanglanté cloué sur une croix en bois voisinait avec la photographie encadrée d'un homme portant la barbe. Schildkraut s'aperçut que Paul l'examinait.

— C'est Louis Pasteur, expliqua-t-il. Un grand ami de la bière, même s'il a mené ses recherches pour que les viticulteurs français puissent concurrencer les brasseurs allemands. (Schildkraut esquissa une grimace qu'on pouvait à peine qualifier de sourire.) Asseyez-vous, je vous prie.

Dès que Paul s'assit, le maître brasseur se leva. Il était grand, d'aspect austère. Il avait la quarantaine, et un long visage sans menton. Son bras gauche s'arrêtait au coude. Jeune homme, Schildkraut avait perdu son avant-bras lors d'un coup de poussier dans une malterie, lui avait appris l'oncle Joe.

Le pendule d'une horloge murale faisait entendre un tic-tac bruyant. Schildkraut regarda Paul du haut de sa taille impressionnante.

— Que connaissez-vous de la bière ? Savez-vous à quoi sert ceci ? demanda Schildkraut sans lui laisser le temps de répondre à la première question.

Il brandit un outil métallique en forme d'entonnoir, à la graduation à demi effacée.

— Non, monsieur, je l'ignore.

— Nous appelons cela un nageur. Jadis on le remplissait de glace et on le plongeait dans la bière pour contrôler le degré de fermentation. C'était avant la découverte de la réfrigération, à l'époque où on ne pouvait pas fabriquer la bière toute l'année, mais seulement le temps que duraient les réserves de glace.

Il reposa le nageur sur le bureau, alla jusqu'à la fenêtre, vit quelque chose qui lui arracha une grimace, puis se retourna d'un mouvement brusque et aboya comme un vulgaire caporal.

— Savez-vous d'où vient le terme « Lager » ?

— De l'allemand *lagern* ?

— Bien sûr. *Lagern*, être couché. Le dépôt. Après la fermentation, la lager repose dans un endroit frais pendant deux ou trois mois. A votre avis, la lager provient de la fermentation haute ou basse ?

— Je ne sais pas, monsieur.

— Basse, contrairement aux bières anglaises. En Amérique, on n'a pu commencer à brasser de la lager qu'au tout début de ce siècle. A en croire la légende, les cultures de levure périssaient au cours de la longue traversée de l'Océan. Puis vinrent les clippers qui faisaient le voyage en moins de trois semaines. La levure survécut. Je constate que vous avez tout à apprendre — d'autant que votre oncle m'a laissé entendre que vous vous destiniez à la carrière.

— Pardon ? fit Paul, rougissant.

— Vous êtes sourd ? J'ai dit que votre oncle pense que vous vous intéressez à la carrière de brasseur. Nous avons essayé d'apprendre le métier au jeune Mr. Joe, mais sans succès. Je suis heureux d'apprendre que...

Paul se leva pour interrompre le maître brasseur.

— Vous avez quelque chose à dire ? demanda ce dernier en fronçant les sourcils.

— Oui, Mr. Schildkraut. Je sais gré à mon oncle de m'avoir proposé ce poste, il est grand temps que je travaille. Mais je n'ai jamais dit que je voulais être brasseur. En fait, je ne me suis pas encore décidé.

C'était un mensonge diplomatique. Il ne voulait surtout pas devenir brasseur. La danse de l'éléphant hantait son esprit...

— La vérité, monsieur, est que je suis venu en Amérique pour... euh, pour qu'on ne décide pas de mon avenir à ma place. En Amérique, les gens sont libres de choisir leur destin. C'est pour cette raison que j'ai émigré.

Friedrich Schildkraut agrippa d'une main le dossier de son fauteuil pivotant, puis se pencha en avant. « Il est furieux, songea Paul, je vais être renvoyé avant d'avoir commencé. »

— Bravo ! Vous avez du cran ! Il n'y a pas de place pour les faibles à la brasserie. (Schildkraut souriait !) Nous ferons de notre mieux pour vous faire aimer le métier. Je vous avoue que Mr. Crown vous tient en haute estime. Il pense que vous promettez beaucoup.

Schildkraut semblait soudain détendu.

— Nous vous enseignerons tout de A jusqu'à Z. Nous commencerons par la première étape de la fabrication, dans la malterie. Nous fabriquons le maltage nous-mêmes, nous ne l'achetons pas. Certaines de vos tâches seront pénibles. Nos récipients pour la pâte sont chauffés au feu de bois, nous n'utilisons pas la vapeur. Vous passerez donc plusieurs mois à entretenir le feu. Vous nettoierez le matériel. Vous rentrez chez vous si fatigué que vous en pleurerez. Mais vous apprendrez un métier noble. Tâchez de ne pas fréquenter les mauvais éléments, c'est un conseil.

Schildkraut contourna le bureau et posa la main qui lui restait sur l'épaule de Paul.

— Nous avons au moins un employé qui appartient au glorieux Syndicat national des ouvriers de brasserie, Mr. Benno Strauss.

Il expectora dans le crachoir métallique qui équipait son bureau.

— Benno et ses amis sont des agitateurs. Ne les écoutez pas. Le jeune maître Joe subit hélas ! leur mauvaise influence. Retenez bien ceci : tant qu'il nous restera un souffle de vie, à votre oncle et à moi, nous ne tolérerons pas l'existence d'un syndicat socialiste à la fabrique. Pas plus que nous n'accepterons les huit heures, cette satanique incitation à la débauche. Laisser les hommes paresser deux ou trois heures de plus par jour les expose à toutes les tentations. Cela n'arrivera pas ici. Jamais.

Des gouttelettes de sueur perlaient au front de Schildkraut quand il relâcha son étreinte.

— Par ici, dit-il en se dirigeant vers la porte, raide comme un soldat. Je vous accompagne à la malterie ; je vous expliquerai moi-même ce que vous aurez à faire.

Paul acquiesça docilement, mais il bouillait intérieurement. Dans quel guêpier était-il tombé ? Se trouvait-il dans une brasserie ou sur un champ de bataille ?

QUATRIÈME PARTIE

JULIETTE

1893 - 1894

Nous préconisons l'éducation et la formation de la femme afin qu'elle soit apte à accomplir le rôle que le destin lui réserve.

Il s'agit non seulement de la préparer au travail en usine et à l'atelier, aux métiers et aux arts, mais, plus important encore, de la préparer à ses devoirs de ménagère. C'est afin qu'elle devienne une parfaite femme d'intérieur, champ privilégié des activités de la femme, que l'enseignement le plus vaste et la formation la plus complète sont nécessaires.

Discours de Mrs. Potter Palmer à l'inauguration
du pavillon de la Femme, 1893.

29

Juliette

Le premier samedi de septembre, Mrs. Vanderhoff coiffait sa fille. Le rituel hebdomadaire avait lieu dans le cabinet de toilette de Juliette. Dénoués, les cheveux de la jeune fille tombaient plus bas que ses reins. Des cheveux couleur de charbon, luisants comme une mare d'encre noire ; des cheveux qui faisaient la fierté et la gloire de Juliette Vanderhoff, comme sa mère l'en avait convaincue. Mrs. Vanderhoff lui avait appris beaucoup de choses sur les femmes, leur caractère, leurs afflictions, leurs devoirs de jeune fille de bonne famille, puis de future épouse, puis de mère, puis de maîtresse de maison accomplie.

Nell Fishburne Vanderhoff était la cadette de deux sœurs d'une famille originaire de Lexington au Kentucky. Elle mesurait un mètre cinquante. Elle avait dû être une belle jeune fille au teint de poupée de porcelaine. Maintenant qu'elle atteignait la quarantaine, des rides de fatigue creusaient son visage, de grands cernes marron assombrissaient son regard, sa peau ressemblait à du marbre jauni strié de veines bleues. Ses mains tremblaient souvent, mais pas ce matin-là.

Juliette avait fêté son seizième anniversaire le 28 mai. Son corps était dorénavant assez galbé pour porter des vêtements de femme tels que la robe de soie rose pêche qu'elle arborait ce matin, un modèle coupé sur mesure chez Redfern, la succursale new-yorkaise du célèbre couturier londonien.

Immobile, elle se contemplait dans un grand miroir ovale pendant que sa mère maniait la brosse et le peigne. Juliette n'appréciait plus autant le rituel. Elle n'était plus une petite fille. En outre, le souvenir du garçon qu'elle avait rencontré plusieurs mois auparavant la hantait de nouveau. Le cousin de Joe Crown ; le jeune Allemand.

Leur rencontre avait été des plus brèves, et pourtant elle se souvenait de lui, de ses larges épaules, de son visage franc, de ses yeux marron dont l'éclat avait fait surgir en elle des pensées impures et des émotions qu'elle n'osait nommer. Il avait un accent atroce, mais un sourire magnifique et chaleureux. Il respirait la droiture, son absence de prétention était rafraîchissante comparée à l'insondable vanité des jeunes gens de son âge et de sa classe sociale.

Peut-être l'embellissait-elle parce que c'était un immigrant, auréolé d'un certain charme exotique. Peut-être se fourvoyait-elle quant à sa personnalité, mais à la vérité elle s'en moquait. Le garçon lui avait plu, point. Elle ne souhaitait qu'une chose : le connaître davantage.

Nell Vanderhoff donna un dernier coup de peigne à sa fille. Elle reposa le peigne et la brosse, puis entourant le visage de Juliette de ses deux mains, elle la regarda dans la glace.

— Je n'ai jamais vu tes joues si rouges. Tu t'exposes trop au soleil en jouant au tennis.

— J'adore le tennis, maman.

— Tu joues trop. De même que tu fais trop de patin en hiver. Dans un cas comme dans l'autre, les excès sont mauvais pour le teint, pour la circulation, pour la constitution. Je te l'ai répété maintes fois, Juliette, les jeunes filles et les femmes sont des êtres délicats. Tu dois en convenir et agir en conséquence. Protège-toi des ravages du climat, des maladies nerveuses, des...

— Oh ! maman, je ne vois pas comment le bon air pourrait me faire du mal !

— C'est pourtant le cas. Le docteur Woodrow te le confirmera... et ne t'obstine pas, je te prie ; ne prétends pas en savoir davantage qu'un médecin qui a exercé dans les meilleures cliniques suisses. Tu deviens plus entêtée chaque jour. Ce doit être l'âge. Une mauvaise période à passer. Eh bien, espérons qu'elle ne durera pas, car cela me fatigue. Tu mets mes nerfs à rude épreuve.

Elle ôta ses mains du visage de sa fille, mais continua à l'observer dans la glace avec son éternelle expression douloureuse faite de chagrin et de déception. Son regard de reproche provoquait toujours chez Juliette une immense culpabilité, le sentiment qu'elle n'avait pas su répondre, elle, la fille unique, à l'attente de sa mère.

— Maman, je ne veux pas que tu te fasses du souci à cause de moi.

— Espérons-le, ma fille. Espérons-le.

La santé physique et nerveuse de Mrs. M. P. Vanderhoff III était un constant sujet d'inquiétude dans la famille. Elle était régulièrement atteinte de neurasthénie — prostration physique et mentale —, comme beaucoup de femmes de sa condition, mais chez Nell, le cas était gravissime. Même le docteur Woodrow dut en convenir. La mère de Juliette souffrait de maux de tête épouvantables, de problèmes de digestion et d'élimination. Elle entrait souvent dans des rages explosives, ou sombrait dans de longues périodes de mutisme. Elle passait de nombreuses heures — parfois des jours entiers — dans son lit, rideaux tirés et toutes lumières éteintes.

Elle dévorait revue sur revue à la recherche du remède miracle. Elle harcelait le pauvre docteur Woodrow pour qu'il lui prescrive de nouveaux traitements. Un mois, c'était du fer, le suivant, un composé à base de rhubarbe, ou de camphre, ou de moutarde. Elle prenait des bains de soufre ; elle s'emmaillotait de varech. Elle convoquait Woodrow à n'importe quelle heure du jour ou de la nuit pour qu'il lui fasse des saignées. Ces diverses cures lui redonnaient momentanément de l'énergie et lui remontaient le moral. Mais les souffrances et la morosité réapparaissaient invariablement, et le cycle recommençait.

Nell avait appris à sa fille que ces souffrances étaient le lot de la femme et qu'elle ne devait pas s'attendre à ce que sa vie fût différente de celle de sa mère. Juliette détestait cette perspective, mais elle devait convenir de sa justesse. Il lui arrivait elle aussi d'être accablée par les maux de tête, et de traverser des périodes d'abattement pendant lesquelles elle n'avait goût à rien, ne voulait voir personne. Et elle n'était pas la seule dans son cas. De nombreuses jeunes filles de sa connaissance étaient ravagées de malaises allant de la grande nervosité à la grippe intestinale en passant par le catarrhe pulmonaire et la dépression qui accompagne la menstruation de la femme. Juliette constatait que les jeunes Américaines étaient généralement de santé fragile, et elle s'en étonnait.

Néanmoins elle s'était rendu compte que ses problèmes de santé disparaissaient quand elle s'adonnait à l'exercice physique. Là, il lui fallait trouver un équilibre, car sa mère désapprouvait le sport pour les jeunes filles.

Juliette posa ses mains sur ses genoux et se contempla de nouveau dans le miroir. Ses joues hâlées s'empourpèrent davantage. Elle était prise d'une envie irrépressible, et terriblement troublante, de revoir le jeune Allemand.

Le bon sens lui fit vivement refouler ce désir. C'était impossible, cela n'arriverait jamais. Le jeune Allemand appartenait à la famille Crown. Papa et maman les haïssaient tous autant qu'ils étaient.

De toute façon quelle importance ? Il ne se souvenait sûrement pas d'elle ; il ne l'avait peut-être même pas remarquée.

Cette sombre pensée lui gâcha le reste de la journée.

30

Paul

Comme Friedrich Schildkraut l'avait prédit, Paul apprit. Et parce que Schildkraut exigeait beaucoup de ses employés, il apprit vite.

Il apprit le processus de la fabrication de la bière, qui commençait par le trempage de l'orge dans la malterie jusqu'à la germination. L'orge était ensuite séché au four, lavé, concassé, mélangé avec de l'eau dans de grandes bouilloires en cuivre. La cuisson libérait les sucres, faisait descendre la drêche et remonter le moût. Après refroidissement, le moût était bouilli avec le houblon. Une fois la pâte obtenue refroidie, elle était acheminée dans des cuves de fermentation où la levure transformait les sucres en alcool. Chaque fournée, chaque bière, était le produit d'une observation rigoureuse de plusieurs éléments : les ingrédients, la température, le temps de cuisson, le temps de refroidissement, le temps de fermentation et de conservation. Chez Crown, les cadres passaient leur temps à noter des chiffres sur leurs registres. Pas étonnant que les Allemands fussent de bons brasseurs ; le métier exigeait la passion du détail.

Paul graissa et nettoya le matériel de la brasserie. Il aida aux réparations. Il travailla sur d'énormes moulins capables de moudre cinq cents boisseaux de malt à l'heure ; sur des régulateurs pneumatiques qui déterminaient la température et l'humidification dans les bains de germination ; sur les réfrigérants Baudelot qui faisaient baisser la température de l'eau grâce à un mélange d'eau, d'ammoniaque et de saumure. Dans les sous-sols, il entretint les feux sous les bouilloires de cuivre.

Il ne rechignait pas au travail. Il mettait de l'argent de côté chaque semaine. Il avait suffisamment économisé pour acheter une paire de patins. Juliette Vanderhoff était toujours là pour lui rappeler qu'il ne gaspillait pas sa sueur pour rien.

Le travail l'endurcissait ; son corps se musclait. Sa barbe devenait plus drue, elle aussi. Il continuait de grandir ; il avançait vers l'âge adulte à vive allure.

Sa première impression avait été la bonne ; il ne resterait pas brasseur toute sa vie. Un jour ou l'autre il trouverait bien un moyen de découvrir le monde de la photographie.

Comme Schildkraut l'avait prédit, il rentrait le soir dans un état d'épuisement total, les muscles douloureux et les reins brisés. Parfois, il était si fatigué qu'il s'endormait presque à table. Un soir, il avait sursauté en se rendant compte qu'il avait piqué du nez entre deux bouchées ; oncle Joe lui avait adressé un bref sourire de connivence.

Finalement, Spalding exposa les articles d'hiver et Paul put acheter une splendide paire de patins de course, celle que lui avait décrite le vendeur cet été. Il se préparait activement à sa future rencontre avec Juliette Vanderhoff, mais acheter des patins à glace ne suffisait pas. Chaque soir avant de se coucher, alors qu'il aurait tout donné pour dormir, il s'imposait des séances de flexion de trois quarts d'heure. Joe Junior avait déclaré que pour bien patiner, il fallait se muscler les jambes et avoir les chevilles solides. Il se couchait ensuite, perclus de douleurs, mais la vision de Juliette Vanderhoff, sa peau délicate, ses cheveux de jais, son corps mince et souple, lui faisait oublier la souffrance.

Par un beau samedi de septembre, oncle Joe emmena toute la famille, Joe Junior excepté, au spectacle de Buffalo Bill et sa troupe. Le cousin de Paul préféra aller à Pullman voir sa petite amie.

Oncle Joe avait réservé une des meilleures loges. Paul ne tenait pas en place. Il rêvait de voir ce spectacle depuis Berlin. Le colonel Cody, coiffé de son chapeau blanc, plus fier et noble que jamais, monté sur Isham, fit exploser à coups de revolver les ampoules de verre multicolores que ses assistants lançaient dans la lumière aveuglante d'une gigantesque lampe à arc.

Le numéro tant attendu de la diligence lui réserva une belle surprise. La diligence fit d'abord un tour de piste, puis le cocher moustachu s'arrêta ici et là pour désigner un spectateur au hasard — lequel était invité à suivre la fin du numéro dans la diligence. Paul faillit s'évanouir quand le cocher le choisit.

Il escalada la rambarde de la piste sous les encouragements bruyants de tante Ilsa, de Fritzi et de Carl, monta dans le véhicule et se tassa entre une grosse femme et un homme qui sentait la lotion capillaire. Comme la diligence tournait autour de la piste à vive allure, en oscillant dangereusement, des Indiens à cheval se lancèrent à sa poursuite, poussant d'effrayants cris de guerre et brandissant leur lance menaçante.

Une pétarade annonça l'arrivée de Buffalo Bill et de ses cow-boys. Ils chassèrent prestement les Indiens et escortèrent la diligence pour un dernier tour de piste. Puis celle-ci s'arrêta et déchargea ses passagers.

Après le numéro, Paul remercia son oncle d'une poignée de main enthousiaste.

— Il n'y a pas de quoi, répondit Joe Crown, qui regardait déjà ailleurs.

Il les quitta pour aller saluer une connaissance, laissant sa famille assister à la fin du spectacle sans lui.

La froideur de son oncle le déconcerta. Lorsque Joe Junior rentra ce soir-là, il s'en plaignit.

— Ne me dis pas que tu ne comprends pas ! s'exclama son cousin. Enfin, Paul ! Tu es toujours le neveu de papa, mais tu travailles aussi pour lui. Tu fais partie de ses ouvriers. Peut-être même fais-tu copain-copain avec Benno...

— Je ne fais pas copain-copain avec Benno. Je ne l'aime pas.

— Ça ne change rien pour papa. Tu es de l'autre côté de la barrière. Pas tout à fait un syndicaliste, mais pas loin. Le pire, c'est que tu n'y peux rien. Un bon conseil, ouvre l'œil et tiens-toi à carreau.

Comme Joe Junior avait été muté dans la salle d'embouteillage, Paul ne le voyait pas souvent pendant les heures de travail. D'habitude, ils se retrouvaient pendant la demi-heure de pause de déjeuner. Tout en mangeant, Joe Junior exposait ses théories sur le prolétariat et le capital, théories que Paul attribuait, non sans raison, à Benno Strauss. Le soir, après le dîner, Joe Junior passait parfois dans la chambre de son cousin pour lui recommander tel ou tel livre.

— Tiens, pour parfaire ton éducation. Ce sont des choses qu'il faut que tu saches, Paul.

Il lui avait fait découvrir Thoreau, un philosophe américain que Joe Junior aimait beaucoup car il préconisait de désobéir aux lois injustes, et un roman d'Edward Bellamy appelé *Looking Backward*.

— C'est l'histoire d'un homme qui s'endort et qui se réveille cinquante ans plus tard, en 1957, dans un monde socialiste utopique.

Joe Junior voulait aussi qu'il lise un réformiste local, Henry Demarest Lloyd, rédacteur au *Chicago Tribune*.

— C'est un véritable agitateur. Il a écrit un livre génial sur les charbonnages de l'Illinois qui ont licencié leurs mineurs à cause de revendications légitimes. Les mineurs sont quasiment morts de faim. Lloyd a écrit un autre bouquin qui est encore meilleur. *Wealth Against Commonwealth*. Tu connais Charles Darwin ?

— Seulement de nom.

Paul faisait ses flexions pendant que Joe Junior discourait, allongé sur le lit.

— Darwin a émis la théorie selon laquelle, dans la nature, seul le plus fort survit. Les capitalistes — l'aristocratie marchande, comme l'appelle Lloyd — aiment croire que la théorie s'applique à eux. Ils s'imaginent qu'ils peuvent presser les humbles comme des citrons et les jeter quand ils en ont extirpé le jus, parce que telle est la loi de la nature. Lloyd les crucifie. C'est plutôt courageux de la part d'un homme qui écrit dans un journal de ploutocrates.

— Comment se fait-il qu'il n'ait pas perdu son travail ?

— Hé, hé, c'est qu'il a épousé la fille du directeur. Je te passerai son livre dès que tu auras terminé ceux-là, promit Joe Junior en montrant des livres empilés près du lit.

Paul lisait aussi de vieux journaux qu'il ramassait à la fabrique. Comme il ne comprenait pas tous les termes, il s'acheta un dictionnaire de poche.

Bientôt, il perçut une constante dans la prose simpliste des quotidiens : les ouvriers étaient haïs dans le monde entier, on les jugeait dangereux et menaçants. Paul s'aperçut que Joe Junior, en dépit de ses excès et de la rivalité qui l'opposait à son père, ne se trompait pas sur un point : Chicago et l'Amérique en général étaient déchirés par un combat incessant. Les ouvriers contre les patrons, les patrons contre les ouvriers. Un combat parsemé de paroles venimeuses, de haine et, bien souvent, de violence.

Avant d'éteindre la lumière, Paul contemplait souvent la vue stéréoscopique de la statue de la Liberté, et il se demandait si ce qu'elle représentait était aussi pacifique et virginal qu'il l'avait cru autrefois.

Un midi, par une belle journée ensoleillée, Joe Junior et Paul montèrent sur le toit de la brasserie pour manger les saucisses et le pain que Louise leur avait préparés. Louise confectionnait deux sacs chaque jour sauf le dimanche. Ces sacs en papier représentaient la seule preuve tangible de leur appartenance à une famille privilégiée.

Benno Strauss et une demi-douzaine de ses admirateurs étaient déjà sur le toit avec leur gamelle en fer-blanc. Comme d'habitude, Paul sentait que sa présence aux côtés de socialistes représentait un défi à son oncle et à Schildkraut.

Benno se montrait toujours amical avec lui. Lorsqu'ils se croisaient à la brasserie, il lui demandait invariablement :

— Alors, petit, Joey t'apprend bien comme il faut ?

— Oui, pas mal, répondait Paul.

Il ignorait où cette instruction le mènerait, mais il savait à quoi s'en tenir avec Benno. Il avait certes un physique redoutable, mais Paul le soupçonnait d'être surtout un vantard. Même ses sympathisants en convenaient derrière son dos.

Benno et ses amis mangeaient et discutaient à voix haute. Un ouvrier regarda par-dessus le parapet du toit et se livra à des commentaires ironiques sur les consommateurs bien habillés qui déjeunaient sous les arbres à la terrasse de la brasserie.

Paul et Joe Junior étaient assis à l'écart du groupe. Benno mangeait un énorme sandwich au pain noir garni de salami, d'oignons et d'ail, avec la férocité d'un ours dévorant les os de sa proie.

Dès qu'il eut terminé, il s'immisça dans la conversation, et monopolisa la parole.

— Quand j'étais à Paris pendant l'hiver 1871, on ne mangeait pas aussi bien. Pendant le siège, on n'avait que des rats et des chats à se mettre sous la dent. Croyez-moi, j'étais content de voir ces crapules d'Allemands tout autour de Paris ; la nuit, on se glissait dans leur camp, on coupait la gorge du caporal de garde, et on lui dérobait son havresac pour se remplir le ventre.

— Tu étais content de tuer des tiens ? s'étonna quelqu'un, sceptique.

— *Les miens* étaient dans Paris. Les miens, c'étaient les braves qui avaient fondé la Commune au printemps 1871. Les Allemands, c'était les laquais de l'impérialisme.

— Ah, laisse tomber, Benno, fit un autre avec bonne humeur. Tu devais être ivre mort dans les bras d'une poule.

— Écoute, mon vieux, j'étais avec une poule *et* sur les barricades. On n'a jamais vu que Strauss ne pouvait pas à la fois se battre comme un lion et baiser comme un bouc.

Les hommes éclatèrent de rire ; Paul et Joe Junior aussi. Benno les entendit.

— Vous là-bas, la classe biberon, vous avez intérêt à me croire ! lança-t-il.

— Parlons sérieusement, Benno, dit un autre de ses amis. On a laissé le vieux un peu trop peinard ces derniers temps. Tu trouves ça normal ?

Paul et son cousin échangèrent des regards.

— Non, c'est pas normal, mais j'avais autre chose en tête. Faut recommencer à le chatouiller. Exiger les huit heures, et aussi un apprenti pour quinze hommes, et pas pour vingt. Même si on n'est pas syndiqués, on a les mêmes revendications que le syndicat.

Paul s'approcha du groupe.

— Mr. Strauss, puis-je vous poser une question ?

— Vas-y, je t'écoute.

— Je me suis renseigné sur votre syndicat. On m'a dit qu'il préconisait soixante dollars de salaire par mois pour un malteur. Or mon oncle paie soixante-quinze dollars. Ça prouve que c'est un bon patron, non ?

— Te laisse pas embobiner, petit. Ton oncle paie peut-être un peu plus qu'ailleurs, mais il y gagne en ayant un troupeau docile et en interdisant le syndicat. Ta question est stupide.

Paul devint cramoisi.

— J'essayais seulement de m'informer. De découvrir ce qui est juste...

— Hé, Paul ! lança Joe Junior en guise d'avertissement.

Son masque amical tombé, Benno bondit sur ses pieds et martela la poitrine de Paul de son index.

— Le syndicalisme est juste. Le socialisme est juste. Ton oncle a tort parce que tous les capitalistes ont tort. Regarde un peu ce qu'ils font de cette ville !

Il balaya l'horizon d'un large geste englobant les toits, la rivière, le lac argenté qui scintillait à l'est.

— Des centaines d'hommes errent sans travail, le ventre vide, incapables de nourrir leur femme et leurs enfants. Qui s'en soucie ?

Attends un peu que cette *gottverdammt* Exposition ferme, tu en verras dix fois plus dans les rues.

— Benno ! dit quelqu'un à voix basse.

Les yeux étrangement bridés de Benno fixèrent la porte qui ouvrait sur le toit. Un petit homme insignifiant, vêtu d'un costume à carreaux, franchit la porte en suçotant un cure-dent en or.

— Salut la compagnie ! Belle journée, pas vrai ? Profitons-en, il neigera bien assez tôt.

Les hommes répondirent plutôt froidement au nouveau venu, qui répondait au nom de Sam Traub. Il occupait un bureau dans le bâtiment principal, venait travailler tous les jours, mais son salaire était versé par le gouvernement des États-Unis. La loi de finances exigeait la présence d'un inspecteur dans chaque brasserie. Joe Junior confia à Paul que les hommes considéraient Traub comme un espion de Joe Crown et de Schildkraut

— Pourquoi tu t'inquiètes du temps, Sam ? demanda Benno. Tu restes toujours avec le patron, planqué près du feu.

Les ouvriers s'esclaffèrent, et Traub avec eux, mais Paul nota une pointe d'irritation derrière son rire forcé.

— Ah, Benno, pourquoi ne pas retourner chez toi si l'Amérique te déplaît à ce point ?

Benno cala ses pouces sous sa ceinture, l'air réjoui.

— Parce qu'il faut d'abord réformer ce putain de pays, répliqua-t-il.

— Ne compte pas trop là-dessus. Les flics et les juges te réformeront avant. Et ce ne sera pas du luxe.

— Va te faire foutre, Sam ! jeta Benno.

Deux de ses fidèles applaudirent. Traub rangea son cure-dent.

— Eh bien, on peut toujours compter sur les Rouges pour couper l'appétit d'un honnête citoyen ! lança-t-il avant de sortir en claquant la porte.

Benno pouffa, puis s'assit sur le parapet.

— Je lui ai rivé son clou, hein les gars ?

Il se caressa la moustache d'un doigt rêveur ; puis il remarqua la mine renfrognée de Paul.

— Qu'est-ce qui ne va pas, p'tit gars ?

— Rien, juste une question.

— Vas-y, crache.

Paul savait qu'il aurait mieux fait de se taire, mais il voulait savoir.

— Vous parlez beaucoup, vous dites toujours que vous avez tel ou tel plan, mais vous continuez à travailler ici et à toucher votre salaire. Vous avez même laissé mon oncle vous sortir de prison...

Un frisson le parcourut quand il vit Benno s'avancer sur lui.

— Oserais-tu dire qu'on ne fait que parler ? Qu'on est des vantards et rien d'autre ?

— Ce que je dis, c'est...

Benno empoigna la chemise de Paul, et se pencha sur lui en lui soufflant des effluves d'ail et d'oignon dans la figure.

— Tu ne saisis pas bien la situation, p'tit gars. Hé, Joe !

Joe Junior se leva d'un bond et se figea, presque au garde-à-vous.

— Ce gosse a besoin qu'on l'instruise. Peux-tu t'arranger pour qu'il soit libre dimanche ?

— Pas de problème.

— Alors, amène-le. Attrape le train qui part de la gare centrale à onze heures six.

— M'amener où ? s'enquit Paul.

— En Indiana, dit Joe Junior. Aux dunes.

— On te montrera que la révolution, c'est pas simplement une affaire de mots, p'tit gars.

Le ciel gris descendait à la rencontre de l'eau grise frangée de moutons blancs. Un vent mordant rougissait les joues de Paul et lui laissait un goût âcre dans la bouche. Pendant le court trajet en chemin de fer, Joe Junior lui avait expliqué que les hommes qu'ils allaient voir n'étaient pas des socialistes, mais des anarchistes.

Ils descendirent à une petite gare rurale, puis ils continuèrent à pied pendant trois kilomètres jusqu'à un rivage désolé du lac. Là, ils trouvèrent Benno avec cinq compagnons, dont aucun ne travaillait à la brasserie Crown.

Benno était le seul colosse du groupe ; les autres ressemblaient à des maîtres d'école au teint blême, ou à des employés de bureau au dos arrondi par leur tâche de gratte-papier. L'un d'eux portait des lunettes avec un verre noirci. La barbe jaunie d'un autre tombait en broussaille jusqu'à son nombril. Ils étaient tous mal vêtus. Deux d'entre eux portaient un costume et un chapeau melon, deux autres arboraient un curieux assemblage de pantalon rapiécé, de manteau en denim bleu foncé et de bonnet de laine bon marché. Le plus pauvre des cinq portait un uniforme des surplus de l'armée : une capote munie d'un capuchon bleu foncé et un pantalon bleu pâle crotté orné d'un galon jaune. Paul avait du mal à voir en eux d'héroïques révolutionnaires, ce qui renforça son impression sur la vantardise de Benno.

Frissonnants, son cousin et lui se tenaient aux côtés de Benno, à l'écart des cinq.

— Vingt dieux qu'il fait froid ! s'exclama Joe Junior en tapant des pieds. Qu'ils se dépêchent, nom d'un chien !

— La ferme, rétorqua Benno. Il faut agir dans les règles.

Un bonnet de laine dont le pompon miteux flottait au vent coiffait son crâne chauve.

— Ils ont presque fini.

Les cinq compagnons de Benno construisaient un cabanon avec des planches en bois brut et des plaques de papier goudronné sur la dune la plus proche du rivage. L'utilité d'un tel abri sur une plage déserte échappait complètement à Paul.

Il se mit à son tour à souffler dans ses mains et à battre la semelle.

— Quand avez-vous commencé à bâtir ce cabanon ? demanda-t-il.

— Ce matin. On est arrivé par le train de six heures.

— Vous venez souvent sur cette plage ?

— Une fois par mois, parfois davantage.

Benno sortit un calepin et un bout de crayon de la poche de son manteau. Il humecta la mine d'un coup de langue, puis se mit à prendre des notes.

Devant le cabanon, qui n'avait ni porte ni fenêtre, l'homme en uniforme cria quelque chose à Benno avec un geste de la main. Ses paroles se perdirent dans le vent. Benno lui répondit d'un signe, puis dit à Paul :

— Au cas où Joey ne te l'aurait pas dit, ce que nous faisons ici, c'est de l'entraînement. On met au point les armes qu'on utilisera contre les ploutocrates. Et on les aura, c'est moi qui te le dis.

Les hommes s'éloignèrent des abords du cabanon, à l'exception de celui qui portait un verre noirci. Il s'accroupit, prit un objet dans une vieille valise et l'introduisit dans une fente aménagée dans une des cloisons du cabanon.

Paul aperçut de la fumée près du trou, puis l'homme se releva prestement et courut rejoindre les autres comme s'il avait le diable aux trousses. Benno prit les deux cousins par les épaules et les plaqua à terre.

— Couchez-vous, vite !

Au moment où Paul tombait la tête la première dans le sable, une violente détonation fit voler le cabanon en éclats.

L'écho de l'explosion sembla durer une éternité. Les derniers morceaux du cabanon retombèrent dans le sable ; un bout de papier goudronné encore fumant papillonna au-dessus des dunes comme une chauve-souris ivre.

— Regardez ! cria Benno en courant avec une rapidité et une légèreté inattendues chez un homme de son âge et de sa corpulence.

Paul et Joe Junior le suivirent.

— Bon sang, je ne m'attendais pas à ça ! haleta Joe Junior. La dernière fois, ils n'avaient que des bâtons de dynamite qu'ils s'exerçaient à lancer...

Tout le monde se rassembla près de l'endroit où le cabanon avait été dressé. Les anarchistes riaient et se congratulaient.

— Ça alors ! s'exclama Paul. Le cratère fait bien un mètre de profondeur.

— Tu rigoles ou quoi ? Au moins un mètre cinquante, rectifia un des hommes.

Encore un Allemand ! Il parlait un anglais si médiocre que Paul avait du mal à le comprendre.

Benno écrivait fiévreusement sur son calepin.

— On ne fait pas ça pour s'amuser, lança-t-il, tout excité. On étudie les dégâts que provoquent les différents explosifs. L'action, c'est autre chose que la doctrine, pas vrai ? (Son regard tomba sur Paul.) Je cherche pas à t'effrayer, mais t'as intérêt à me croire. Si ton oncle ne nous accorde pas ce qu'on lui demande, c'est dans le sang qu'on le lui prendra.

Joe Junior contempla Benno avec un air incrédule. Non, il ne haïssait pas son père au point de lui souhaiter du mal, songea Paul. Il l'aimait tout de même encore un peu...

— Quels explosifs avez-vous utilisés, exactement ? demanda Paul.

— De la dynamite banale. N'importe qui peut en acheter. Toi, par exemple. Tu sais ce qu'on dit sur la dynamite ? Que c'est une arme démocratique, elle frappe tout le monde à égalité.

Ses camarades applaudirent et s'esclaffèrent. Benno se reput de leur réaction puis, sans crier gare, il empoigna le bras de Paul et le tordit.

— T'as pas intérêt à raconter ce que tu as vu aujourd'hui. A personne, tu m'entends ? Pas vrai, Joey ?

— Oui, il a raison, approuva Joe Junior.

— T'es pas obligé d'être de notre côté, reprit Benno. T'es même pas obligé de nous aimer. Mais si tu parles, il t'en coûtera. *Verstanden ?* ajouta-t-il en le secouant.

— Oui, j'ai compris. Je ne dirai rien.

Benno le relâcha.

Un buisson noirci planté sur le rebord du cratère dégagea une fumée acide, vite balayée par le vent. Paul était réellement effrayé. Maintenant, il croyait les menaces de Benno. Toutes.

Dans le train du retour, les deux cousins se parlèrent peu. La joue appuyée contre la vitre sale, Joe Junior était perdu dans ses pensées, lesquelles paraissaient moroses. A l'aller, il avait fait le fier à l'idée de présenter Paul à ses redoutables amis, mais il ne pavoisait plus. Il avait vu ce que Benno menaçait de faire à son père.

En rentrant, ils montèrent directement dans leurs chambres en se souhaitant une bonne nuit du bout des lèvres. Ils ne parlèrent plus de ce qu'ils avaient vu, ni cette nuit, ni jamais.

Le 28 octobre, la veille de la fermeture de l'Exposition, on frappa à la porte du maire Carter Harrison Senior. Convivial et populaire, Harrison était souvent dérangé par des admirateurs ou par des chômeurs en quête de travail.

Cette fois-ci, ce n'était pas un admirateur, mais un chômeur du nom de Prendergast qui s'était mis dans la tête que Harrison s'opposait à sa candidature pour un poste municipal. Prendergast tira trois coups de feu. Le maire mourut en un quart d'heure.

— C'est de la folie, commenta Joe Crown le lendemain soir. Il y a trop de sauvages en liberté. Ce meurtre atroce est un coup des socialistes et des anarchistes.

Joe Junior se contenta de fixer son père d'un œil maussade. Pour sa part, Paul pensa que son oncle avait sans doute raison.

Les couleurs de l'automne — les ciels flamboyants et les arbres chatoyants — firent place à la monotonie de l'hiver. Le soleil n'était plus qu'un disque jaune citron pâle à demi caché derrière des nuages noirs qui défilaient, menaçants. Puis, un jour, il disparut complètement.

Paul trouvait que le froid n'arrivait pas assez vite. Il neigerait peut-être pour *Thanksgiving*, une fête inconnue en Allemagne, instaurée en 1863 par le président Lincoln en l'honneur de l'Union sauvegardée et de la victoire de ses soldats.

Dans le jardin des Crown, le vent du nord dépouillait les arbres de leurs feuilles. Quand Paul en avait le temps, il aidait Carl à les ratisser et à les brûler sur le trottoir de la Dix-Neuvième Rue. L'odeur des feuilles brûlées était nouvelle pour lui, douce et triste à la fois, inoubliable.

Joe Junior ne participait jamais à ces corvées. Il traita Paul de cinglé — ne travaillait-il pas déjà comme une mule à la brasserie ? Espérant que son cousin plaisantait, Paul rétorqua :

— Ça ne me dérange pas. Je ne remercierai jamais assez tes parents pour leur gentillesse.

Même si ses sentiments pour son oncle s'étaient altérés depuis son arrivée, il était sincère. Joe Junior hocha la tête en prenant son air supérieur. Heureusement, la franchise de Paul ne semblait pas nuire à leur amitié croissante.

Quand l'Exposition ferma ses portes, la prédiction de Benno se réalisa. Des milliers de nouveaux chômeurs hantèrent les rues. Benno et ses acolytes de la brasserie s'apitoyaient sur le sort des malheureux, mais Paul devinait qu'ils jubilaient secrètement. Comme si la souffrance des pauvres justifiait leur cause, attisait la haine et accélérait l'explosion sociale imminente. Dans son dictionnaire de poche, Paul chercha un mot pour décrire Benno et ses admirateurs, un mot qu'il avait lu dans un journal sans en comprendre le sens : « cynique ». C'étaient des cyniques.

Mais il avait cessé de les croire inoffensifs.

31

Joe Crown

En novembre 1893, Joe Crown reçut un visiteur de New York, un vieil ami qu'il avait connu dans une association d'anciens combattants de la guerre de Sécession.

Carl Schurz avait douze ans de plus que Joe. C'était aussi, sans conteste, l'Américain de souche allemande le plus célèbre. Né près de Cologne, il participa à la révolution de 1848 alors qu'il faisait ses études à l'université de Bonn. Il émigra en Amérique en 1850, s'installa dans le Wisconsin et adhéra à l'idéal du nouveau Parti républicain.

Déjà avocat quand la guerre éclata, il aida Lincoln à accéder à la présidence des États-Unis, occupa brièvement le poste d'ambassadeur en Espagne, puis regagna sa nouvelle patrie en 1862 pour conduire les troupes de l'Union. Il combattit à Second Bull Run, à Chancellorsville, à Gettysburg, et sortit de la guerre avec le grade de général de division.

Il passa ensuite au journalisme. Il était le propriétaire et le rédacteur en chef du *Saint Louis Westliche Post* quand il fut élu sénateur du Missouri — c'était le premier Américain né en Allemagne à siéger dans cette haute assemblée. Il reprit ensuite son métier de journaliste et devint rédacteur en chef du *Harper's Weekly*. Il était de passage à Chicago pour son journal.

Schurz était un grand homme dégingandé aux épais cheveux grisonnants plantés comme des épis. Ses yeux perçants observaient le monde à travers de petites lunettes à monture ronde. Les Crown l'aimaient beaucoup, et Ilsa l'accueillit avec effusion. On lui présenta de nouveau tous les enfants ; il eut un mot agréable pour chacun, avec une attention particulière pour le benjamin, qui avait été baptisé Carl en son honneur. Fritzi lui fit une cour éhontée, puis proposa de se lancer dans une imitation de l'invité. Schurz accepta, mais Ilsa l'en empêcha promptement. Joe Junior fut poli mais distant, ce que son père ne manqua pas de remarquer.

Quand on lui présenta Paul, Schurz déclara :

— J'applaudis votre choix de l'Amérique, jeune homme. J'ai fait le même, et votre oncle également. Applaudissons les trois sages, ha ! ha ! ha !

Ilsa rit un peu trop bruyamment, et Schurz rayonna ; il avait une haute opinion de lui.

La famille et son hôte s'attablèrent à treize heures devant un copieux déjeuner, puis Joe et Schurz se retirèrent dans le bureau. Là, autour d'un verre — de la bière brune pour Joe et du schnaps pour Carl —, ils discutèrent de politique intérieure et de l'état du monde. Ils n'étaient pas d'accord sur tout. Joe avait fait partie des centaines de milliers d'anciens combattants qui étaient restés loyaux au président Grant en dépit des accusations d'incompétence et de forfaiture qui avaient souillé les dernières années de son mandat. Schurz avait conduit la compagne anti-Grant.

D'autres sujets les entraînaient dans d'amicales disputes. La réforme de l'État, par exemple. Schurz était un chaud partisan de la fonction publique, alors que Joe y voyait un interventionnisme excessif de l'État. La question de Cuba les opposait pareillement. Depuis des années, cette île, distante de cent cinquante kilomètres des côtes de Floride, excitait l'intérêt des Américains et suscitait leur inquiétude.

Joe et Carl s'accordaient à trouver la répression cruelle et ils méprisaient tous deux l'administration déplorable de la colonie espagnole. Les efforts des Cubains pour briser le joug de Madrid leur paraissaient justifiés. Le combat avait commencé en 1870, quand un important groupe d'exilés, installé dans une pension de Manhattan, se mit à collecter des fonds pour financer des expéditions de flibustiers.

Ce qu'on appela la guerre de Dix Ans entre l'Espagne et sa colonie rebelle dura jusqu'au funeste traité de Zanjon de 1878. Mais la liberté est une idée indomptable. A New York, un puissant groupe de réfugiés fonda le Parti révolutionnaire cubain. Les rebelles avaient établi leur quartier général dans un magasin proche des quais. Ils étaient dirigés par un vieux soldat, le général Maximo Gomez, et par un jeune idéologue, le journaliste José Marti, que les Espagnols avaient envoyé aux travaux forcés à l'âge de seize ans pour activités révolutionnaires.

C'est Marti qui avait mené la dernière campagne pour un « Cuba libre ». A l'automne de 1893, les rebelles traversaient une passe difficile. A cause de la dépression, de nombreuses fabriques de cigares de la Côte Est avaient fermé. Les ouvriers cubains au chômage n'avaient plus les moyens de soutenir financièrement la révolution.

— Et c'est une bonne chose, déclara Schurz. Si Marti ne trouve pas d'argent pour envahir Cuba, ses projets tomberont à l'eau.

— Tu t'opposes au renversement d'un régime tyrannique ? Tu es contre la liberté ?

— Je suis contre l'impérialisme sous toutes ses formes, Joseph, même quand il se pare des atours de la liberté. Il y a des conspirateurs dans ce pays et leur influence s'accroît chaque jour. C'est une faction qui, je le crains, ne cherche pas à répandre l'idéal de liberté cher à l'Amérique mais, plus prosaïquement, à trouver de nouveaux marchés pour ses produits.

— Balivernes ! rétorqua Joe avant de vider son verre. Notre pays devrait faire tout ce qui est en son pouvoir pour libérer Cuba. Même fournir une aide militaire.

— Comment peux-tu dire une chose pareille ? Imagine que ce soit l'Allemagne qui décide d'exporter ses idéaux politiques et qu'elle envoie son armée renverser un régime qui ne lui convient pas ? Ne ris pas, la clique militaire est puissante à Berlin.

— Ce n'est pas du tout la même chose.

Schurz étendit ses jambes vers le feu qui crépitait dans l'âtre.

— Si tu le dis. Je ne veux pas me fâcher avec un hôte agréable. *Prosit !* lança-t-il en levant son verre.

— Le problème cubain n'est pas près d'être résolu. Marti et ses hommes bénéficient d'un large soutien. Les plus grands journaux de New York sont derrière lui. Sam Gompers, le seul syndicaliste qui n'est pas assoiffé de pouvoir et qui n'a pas l'esprit contaminé par les idées des Rouges...

— Je sais, je sais, fit Schurz en levant une main apaisante. Nous ne résoudrons pas ce problème maintenant. Allons plutôt marcher.

Joe alla à la fenêtre.

— Il fait très froid et le ciel est menaçant.

— J'ai besoin d'air.

Emmitouflés dans de lourds manteaux, coiffés de chapeaux melon, les mains gantées, ils sortirent dans la grisaille et se dirigèrent vers le lac aux eaux noires et moutonnantes.

— Comment vont tes affaires, Joseph ?

— Elles s'arrangent.

Il décrivit les ennuis que lui avait causés l'article de Hexhammer.

— Dieu merci, en temps de crise, les gens ont encore plus besoin de bière. C'est un détail que Hexhammer avait oublié.

Joe emprunta un sentier flanqué d'énormes blocs de granit laissés par un chantier abandonné. Les vagues fouettaient le versant opposé des blocs, laissant un manteau de glace sur leur crête.

— Pour en revenir à la situation sociale... la tension monte à la brasserie. C'est à cause de ce maudit Eugene Debs et de son nouveau syndicat.

Joe se référait au puissant Syndicat des chemins de fer (American Railway Union). Il avait été fondé pendant l'été, en grande partie grâce aux efforts de Debs, un cheminot de l'Indiana qui avait réussi à regrouper un grand nombre de petites confréries.

— Je n'ai pas encore rencontré ton Debs, dit Schurz. On dit que c'est un homme honnête... un saint, même.

Joe grogna.

— A-t-il une grande audience à Chicago ? demanda Schurz

— Pas parmi mes amis. C'est un socialiste et il n'en fait pas mystère.

Il monta sur un bloc de granit et contempla le lac immense, glacé, inquiétant.

— J'ai un problème plus personnel à la brasserie. Il y a un petit groupe de radicaux qui me cause des tas d'ennuis. Or Joe, mon fils aîné, traîne de plus en plus souvent avec eux.

Le vent rougissait les joues de Schurz. Mains dans les poches, les deux amis se tenaient côte à côte sur le bloc de granit.

— L'as-tu oublié, Joseph ? Moi aussi j'étais un radical en 1848.

— Je le dresserais bien, poursuivit Joe comme s'il n'avait pas entendu. Je le retirerais même tout de suite de la brasserie si je n'avais pas peur que cela le pousse dans leur camp. Il est intelligent par certains côtés, stupide par d'autres. Je prie le ciel pour qu'il comprenne en vieillissant. Très franchement, j'ai parfois l'impression que ce n'est pas mon fils.

Il se retourna pour observer le ciel noir qui enveloppait la ville. Ils s'étaient relativement éloignés de la maison ; il aperçut les dix étages de l'Auditorium et, au nord, le superbe immeuble Studebaker.

— Cela fait plus de vingt ans que je vis à Chicago, trente-six que je suis arrivé en Amérique, et je ne reconnais ni la ville ni le pays. Je ne sais que penser du monde d'aujourd'hui. L'électricité, le téléphone, les images qui sortent comme par magie des petites boîtes noires d'Eastman. L'engouement pour la bicyclette... Tu te rends compte, on parle même de véhicules à moteur et de machines volantes !

» Regarde cette ville, que vois-tu ? Des ouvriers plutôt bien payés, décemment traités, qui crachent au visage de leurs employeurs ! Des œuvres sociales qui accueillent les pires détracteurs de la société et leur offrent des tribunes pour répandre leurs idées abjectes ! Il y a même des clubs et des collèges pour les femmes — dont la place est à la cuisine et auprès des enfants. Carl, où va le monde ?

— Le monde, je ne sais pas, mais nous, nous vieillissons. C'est peut-être cela, le problème.

Joe Crown jura, ce qui ne lui arrivait pas souvent, mais quand il jurait, il le faisait bien, en allemand, avec toute la passion et la virulence requises.

Schurz observa un silence bienveillant. Avec l'âge, certains hommes devenaient réactionnaires et son ami avait incontestablement cette tendance. Cependant, cela ne diminuait en rien l'amitié que Schurz lui portait. Joe Crown était un brave homme, honnête en affaires, un père aimant et un mari dévoué. Schurz n'avait pas besoin de partager ses convictions politiques pour comprendre que son ami souffrait.

La colère de Joe Crown tomba. Il avait l'air malheureux, dérouté, même.

— Je repense à tes craintes concernant la brasserie, commença Schurz avec douceur... Tu crois vraiment que la situation peut s'aggraver ?

— S'ils continuent à me provoquer avec leurs revendications, oui. La dépression rend les Rouges plus vindicatifs. Ils veulent montrer qu'ils sont capables de réussir là où des dirigeants compétents échouent.

— Cela n'ira pas jusqu'à la violence, tout de même ?

— C'est une éventualité que je ne peux écarter.

— Prions pour que ton fils n'y soit pas mêlé.

— Qui sait ? Il me déteste.

— Les jeunes hommes se révoltent souvent contre leur père. Ils en ont besoin pour s'affirmer et passer à l'âge adulte.

— Besoin, dis-tu ? Après tout ce que j'ai fait pour lui ? Certainement pas.

Le vent arracha le chapeau de Joe. Il sauta avec agilité de son promontoire, et le récupéra au moment où il touchait le sol. En le remettant, il plissa les yeux et sortit la langue pour goûter quelque chose dans l'air.

Schurz la sentit aussi. Il ôta son gant mauve et se palpa la joue.

— Il neige.

— Oui, il neige.

Le ciel était couleur d'ardoise ; de minuscules flocons voletaient, grossissant de minute en minute.

— Voilà l'hiver, Carl. J'espère que Joe Junior nous fichera la paix pendant quelques mois. Il adore patiner. Mon neveu s'est acheté une paire de patins, lui aussi. Il me les a montrés hier. Il voulait savoir quand les étangs de Lincoln Park seraient gelés. Viens, mieux vaut rentrer.

32

Paul

A l'horizon, la lune, ronde comme un ballon, teintait la glace d'or pâle. Le vent faisait gémir les branches dénudées. Assis sur la berge, Paul laçait ses patins de ses doigts gourds. Près de lui, Joe Junior battait la semelle en se frictionnant les bras, exhalant des petits nuages blancs à chaque respiration. Il était cinq heures trente du matin.

— C'est de la folie, Paul. Tu ne sais pas patiner.

— Si je n'apprends pas, jamais je ne la rencontrerais. C'est toi-même qui me l'as dit.

— Je t'ai aussi dit que ça ne servirait à rien, Vanderhoff déteste les Allemands, les Tchèques, les Irlandais, tous les étrangers. Et papa plus que les autres.

— Je m'en fiche, je veux la voir. Aide-moi, s'il te plaît.

Agrippé à la main que lui tendait son cousin, Paul se mit debout sur ses patins, en équilibre instable. Devant lui, Lincoln Park s'étendait, désert.

Paul avança son patin gauche de dix centimètres, les jambes fermes, mais les chevilles hésitantes.

— La glace n'est peut-être pas assez solide, dit Joe Junior. L'étang n'est gelé que depuis avant-hier.

— Ça ne fait rien, il faut que j'essaie, s'entêta Paul.

Ses joues le brûlaient. Il avait l'impression que son manteau de laine était plus mince que du papier journal. Il enfonça son bonnet sur ses oreilles en feu et rajusta ses moufles. Il fit glisser son patin droit sur la glace, puis le gauche. Sa cheville se déroba ; il tomba.

— Tu n'y arriveras jamais.

— Aide-moi à me relever. Je veux apprendre.

— Dis plutôt que tu veux mourir, ironisa Joe Junior, qui lui tendit malgré tout une main secourable.

Joe Junior tenait sur ses patins sans efforts apparents.

Paul se contorsionna pour garder l'équilibre.

— Pousse-moi, dit-il, je vais voir si je peux glisser comme ça.

Son cousin lui administra une légère poussée dans les reins ; Paul glissa sur trois mètres, les lames de ses patins raclèrent la glace dans un silence de mort. Au loin, le gémissement d'un train s'éleva jusqu'aux milliers d'étoiles blafardes.

— J'y arrive, je patine ! s'écria Paul.

Avec un cri sourd et de grands moulinets, il chuta de nouveau. Cette fois, il se releva sans aide.

— Assieds-toi, Joe, repose-toi, je vais m'exercer tout seul.

— Si c'est ça, on sera encore là à Noël.

Joe Junior patina jusqu'à la berge où il s'assit, tapant des pieds pour se réchauffer.

Paul glissa sur un pied, puis tomba.

Il se releva et recommença.

Il tomba encore.

Les fesses endolories, il persista. Il tomba dix-sept fois avant de réussir à se maintenir sur ses patins pendant dix mètres. A chaque tentative, il s'éloignait un peu plus du rivage. La lune, en s'élevant dans le ciel, vira de l'or au blanc cadavérique. La glace craqua sous les patins de Paul.

— Joe, regarde, je tiens debout, je fais des progrès.

D'une poussée, il glissa vers le milieu de l'étang, la glace craqua de plus belle. L'air mordait ses joues. Réjoui de son succès, il rit, s'éloignant davantage...

La glace se rompit. Il disparut dans l'eau noire. Avant de couler, il eut le temps d'entendre le cri d'effroi de Joe Junior.

Ses habits le tiraient vers le fond, l'eau glacée le terrifiait, mais il était bon nageur, et costaud. Il toucha le fond de l'étang, fléchit les jambes, et d'un coup sec, remonta à la surface. Bras tendus, il sentit le rebord de la glace, l'empoigna, mais elle se brisa dans ses mains. « Oh ! Seigneur ! Je suis perdu ! » songea-t-il en coulant de nouveau.

Une main saisit son bras, stoppa sa descente. Joe Junior, en équilibre instable sur la glace, le tira à demi hors du trou.

Mais la glace s'effondra sous lui. Les deux cousins s'enfoncèrent dans l'eau en battant des bras, éclaboussant la nuit de gerbes argentées. Joe Junior ne manquait pas de présence d'esprit ; il savait de quel côté du trou la glace serait la plus épaisse. Il réussit à sortir de l'eau, puis hissa son cousin.

— Nom d'un chien, c'est de la folie pure, haleta-t-il, puis il s'esclaffa. Si tu te voyais !

Le bonnet trempé de Paul pendait de travers sur son œil.

— Tu n'es pas mal non plus.

Ils rirent de bon cœur.

Paul commença à claquer des dents.

— Ça suffit pour aujourd'hui, décida Joe Junior. Allons à la brasserie, le veilleur de nuit nous laissera entrer. On pourra se sécher avant de commencer le boulot.

Paul suivit son cousin vers la berge, s'efforçant de patiner plutôt que de marcher.

— Je reviendrai demain soir, affirma-t-il.

— J'ai bien peur que tu en sois capable.

— Je veux la revoir, Joe, et je la reverrai. Tu n'es pas obligé de venir avec moi.

— Tu t'imagines que je pourrais rester bien au chaud dans mon lit pendant que tu t'exerceras à te noyer ? La mort de cent capitalistes ne m'empêcherait pas de dormir, mais celle de mon cousin... C'est une autre paire de manches.

Joe Junior lui donna un coup de coude.

— Tiens, la voilà, fit-il.

C'était un dimanche après-midi de décembre ; il faisait très froid, mais le soleil brillait. Dans un pavillon public de la rive est de l'étang, un orgue de Barbarie jouait une mélodie sur un rythme enlevé.

Paul avait chaud malgré la température. Les nerfs, sans doute, ou l'excitation. L'étang était noir de patineurs, des garçons, des filles, des familles avec leurs enfants. Certains glissaient lentement, d'autres à vive allure, jaillissant de tous côtés. Malgré la foule, il était impossible de ne pas remarquer Juliette Vanderhoff. Vêtue d'une cape au large capuchon écarlate, elle se réchauffait près de la cheminée d'un petit pavillon vert foncé qui se dressait sur la rive la plus proche. Les bûches flambaient. Une pancarte pendait du toit :

Club de patinage de Lincoln Park
— Réservé aux membres —

Juliette Vanderhoff était entourée de sept ou huit jeunes gens qui parlaient et riaient. Ils étaient tous élégamment vêtus et respiraient l'aisance.

— Allons-y, décida Paul. Rappelle-lui qu'on s'est rencontrés cet été, d'accord ?

— Comme tu voudras, mais il y a de la concurrence. Une belle bande de godelureaux.

— Des quoi ?

— Des godelureaux, des oisifs prétentieux, des richards, si tu préfères. De toute façon, tu n'as rien à perdre, pas vrai ?

« Si. Tout », songea Paul.

Ils se lancèrent sur la glace. Paul se débrouillait plutôt bien à présent ; après des nuits et des nuits d'entraînement, il avait fini par acquérir une certaine assurance.

— Hé, Juliette, bonjour ! fit Joe Junior en pénétrant dans le pavillon avec un raclement des patins sur le dallage. Tu te souviens de mon cousin Paul ?

Paul ôta vivement son bonnet, prêt à dire quelque chose, mais, fasciné par les merveilleux yeux gris et le ravissant sourire, il resta interdit.

— Mais bien sûr, le jeune Allemand !

Le qualificatif de « jeune » le vexa. Juliette lui tendit une main gantée de noir.

— Ravie de vous revoir, dit-elle. (Puis à la cantonade :) C'est Paul Crown, le cousin de Joseph.

Paul était conscient des regards que lui décochaient les admirateurs de Juliette. Un grand blond au sourire suffisant lui donna une claque dans le dos.

— Salut, Fritz ! Tu viens, Juliette, on retourne patiner ?

— D'accord, fit-elle avec un sourire, tout en lançant un regard troublé à Paul. Paul, je vous présente Strickland Welliver II. C'est notre champion de vitesse.

— Imbattable, fanfaronna Welliver, en saisissant le bras de Juliette d'un geste possessif.

« Vite, trouve quelque chose ! Sinon, Welliver va t'enlever ta dernière chance. »

— Il vaut mieux que vous me suiviez, Miss Vanderhoff, commença-t-il en s'efforçant de maîtriser son anglais, et ses nerfs par la même occasion. Un officier de police désire vous parler.

— Un quoi ? s'étonna Strickland Welliver.

Joe Junior faillit s'étrangler.

— Un officier de police, c'est comme cela qu'on les appelle, non ? répondit Paul en montrant l'étang d'un geste vague. Tenez, il est là-bas. Je vous accompagne...

Il lui prit le bras, bravant le risque qu'elle le gifle. Les yeux gris de la jeune fille cherchèrent les siens, curieux, surpris, puis souriants.

— Allons-y, dit-elle. Excusez-moi, Strickland, Joe, tout le monde.

Et elle suivit Paul hors du pavillon.

Ils glissèrent autour de l'étang, remontant le flot de patineurs à contre-courant, vers le pavillon où l'orgue de Barbarie terminait *La Brasserie* pour attaquer une version accélérée d'*Old Black Joe*. Les joues de Juliette étaient rose vif. Elle patinait à petites foulées, le buste léger, comme indépendant des jambes. Tendu, raide, Paul pensait surtout à ne pas tomber. Juliette scruta l'étang en se protégeant les yeux d'une main.

— Où est le policier ? Je ne le vois pas.

— Euh...

Paul s'arrêta en pivotant vers elle. Elle lui rentra dedans.

— Oh ! fit-elle avec un pas de recul.

Pourtant, elle resta tout près de lui. Ils avaient la même taille ; la buée de leur haleine se mêlait. De près, ses yeux gris lui parurent immenses. Un désir douloureux monta en lui.

— Miss Vanderhoff, j'ai un aveu à vous faire. Il n'y a pas de policier. J'ai dit cela pour vous enlever.

— Très ingénieux. Audacieux...

— Mais s'il y avait eu un policier, il aurait voulu vous voir parce que... (Il avala sa salive, puis risqua le tout pour le tout.) Parce que vous êtes *sehr schön*... Excusez-moi, je suis un peu nerveux... Vous êtes très belle.

— Je vous remercie, Paul.

Elle ne semblait pas fâchée ; émue, plutôt. Elle jeta un coup d'œil vers le pavillon. Welliver les regardait, le poing sur la bouche.

— Vous êtes un jeune homme peu banal, Paul. Respectueux, mais très malin...

— Je ne suis pas si jeune, Miss...

— Nous avons été présentés, Paul vous devez m'appeler Juliette.

— Juliette.

Le nom chanta dans sa bouche, il manqua défaillir.

— Vous me traitez de jeune homme, mais... euh, je ne suis pas si jeune. J'ai seize ans.

— Moi aussi. Je suis née le 28 mai.

— Moi, le 15 juin.

— Je suis donc votre aînée. Voyons... de dix-huit jours. Alors, vous devrez m'obéir, déclara-t-elle, une lueur espiègle dans le regard. J'ai moi aussi un aveu à vous faire, Paul. (Elle attendit que deux patineurs les dépassent.) Je savais qu'il n'y avait pas de policier, mais j'étais ravie que vous en inventiez un.

La buée de son haleine l'effleura, légèrement parfumée au clou de girofle. Sa cape écarlate toucha son manteau ; l'espace d'un instant, il sentit la douce caresse de sa poitrine. Le sang battait dans son crâne.

— Paul.

— Oui ?

— Si nous patinions ?

Devinant son inexpérience, elle patina lentement. Il suivit son rythme et, heureusement, ne chuta pas. Le fait qu'elle ait accepté sa ruse grossière créait une sorte de complicité entre eux. Il commença à se sentir plus à l'aise.

Joe Junior vint à leur rencontre, il patinait à reculons, son visage rouge fendu d'un large sourire. Il leur fit un signe de la main, puis il s'éloigna, toujours à reculons, évitant les autres patineurs sans même les regarder.

— Vous parlez très bien anglais, dit Juliette.

— Merci, dit Paul. J'ai étudié dur, d'abord tout seul et puis avec l'aide d'un... euh, *ein Hauslehrer*. J'ai oublié le terme anglais, bredouilla-t-il, mortifié.

— Un professeur, peut-être ? Un précepteur ?

— C'est cela, un précepteur ! Merci.

Ils patinèrent un instant en silence.

— Vous travaillez à la brasserie Crown ?

— Oui. Le dimanche est mon jour de congé.

— J'aime bien votre cousin Joe. Je le considère comme un ami. Il est très intelligent. Il lit beaucoup, n'est-ce pas ? Certaines de ses idées sont plutôt alarmantes, mais j'aime assez les entendre. Dommage que je ne le voie pas plus souvent. Mais mon père est très... euh, il n'aime pas beaucoup ceux qui ont émigré après nous. Les premiers Vanderhoff sont arrivés dans le Connecticut avant la Révolution.

— Vous devez obéir à votre père, j'imagine.

— Oui.

Ils glissèrent sur la glace sans un mot.

— J'ai failli ne pas pouvoir sortir, cet après-midi, reprit Juliette. Ma mère est de nouveau clouée au lit. Elle est très malade.

— Oh ! j'en suis désolé.

— Merci.

— C'est arrivé subitement ?

— Oh ! non ! Maman souffre d'un mal récurrent qu'on appelle la neurasthénie. C'est une prostration extrême des nerfs et du cerveau. Elle connaît des périodes d'abattement total. Parfois, elle ne parle à personne pendant des jours. Cela me bouleverse profondément, mais le docteur Woodrow prétend que c'est une affection normale pour une femme. Ma tante Willis, qui vit à New York, trouve que ce sont des sottises, mais mon père ne l'écoute pas. Il déteste toutes les idées de tante Willis. Elle nous rend visite deux fois par an, et cela ne l'enchante pas non plus.

— Vous aimez votre tante ?

— Beaucoup, bien que certaines de ses idées soient terriblement audacieuses. Elle me rappelle votre cousin Joe.

Nouveau silence.

— Vous aimez l'Amérique ?

Depuis qu'il lui avait dévoilé sa ruse, il savait qu'il pouvait lui parler franchement.

— Pas autant que je l'aurais cru. (Puis, avec un sourire :) Mais je l'aime davantage depuis que je vous ai rencontrée.

Un homme s'approcha d'eux en exécutant un pas compliqué ; il patinait de côté, un coup en avant, un coup en arrière. De taille moyenne, coiffé d'un chapeau melon, une longue écharpe écossaise autour du cou, il portait des gants en peau de porc, un pull-over à col roulé sous un costume croisé en tweed. Paul n'aurait pas fait attention à lui s'il n'avait remarqué un détail incongru. L'homme portait un monocle au bout d'un long ruban.

Juliette paraissait l'intéresser. Paul lui décocha un regard direct. L'homme esquissa un sourire, puis bifurqua soudain sur sa gauche. Paul oublia vite le curieux personnage.

Un marchand de marrons chauds poussait son chariot sur la glace. L'orgue de Barbarie entonna *Daisy Bell*, un succès de l'année précédente qu'on entendait partout. Fritzi prétendait que la chanson avait été inspirée par l'engouement de la bicyclette.

Juliette regarda Paul. Paul regarda Juliette...

— Fais donc attention, triple idiot !

Une grosse nurse qui tirait un enfant chaussé de patins minuscules évita Paul de justesse. Ce dernier fit un brusque écart qui le jeta sur la berge où il s'écroula.

Juliette eut l'adresse de s'arrêter à la limite de la glace. Humilié, Paul se releva en brossant son pantalon.

— Je crains d'être un piètre patineur.

— Je croyais que vous patiniez souvent à Berlin.

— Vous vous en souvenez ?

— Bien sûr.

— Juliette... c'était aussi un mensonge. Je voulais tant... ah, je ne sais comment le dire.

— Le mot que vous cherchez ne serait pas « impressionner », par hasard ?

— Oui, c'est cela. Je voulais vous impressionner.

Avec un sourire doux, elle posa sa main gantée sur son bras.

— Mais vous m'avez impressionnée, Paul.

Le dieu blond, Strickland Welliver II, surgit du halo aveuglant du soleil couchant, et exécuta un impeccable huit devant eux.

— Allez-vous passer toute la journée avec lui, Juliette ?

— Ne soyez donc pas aussi impatient, Strickland. (Puis à l'oreille de Paul :) Si vous voulez, je vous donnerai un cours de patinage, dimanche prochain.

— Oh ! ce serait merveilleux !

Mais comment vivrait-il pendant sept jours sans la voir ?

— Au revoir, Paul. Merci pour la promenade.

Elle lui serra la main puis s'éloigna d'un pas léger, suivie par le jeune dieu blond, Strickland Welliver II.

Dans le tramway bondé qui les ramenait vers Michigan Avenue, Paul avoua son secret à son cousin.

— Je suis amoureux d'elle.

— T'es cinglé.

— Non, je suis amoureux.

— Eh bien, mon pote, t'es dans le pétrin. Tu lui plais peut-être, mais si papa Pork découvre ça, elle passera un sale quart d'heure, et toi aussi. Je t'ai prévenu, le vieux Vanderhoff déteste les étrangers. Il déteste tous ceux qui ne sont pas de sang noble... c'est-à-dire nous.

Paul rêvait de Juliette Vanderhoff, de ses yeux gris, de ses cheveux de jais, de sa poitrine ronde ; il entendit à peine l'avertissement.

33

Elstree

Il patinait lentement. Il n'y avait pas beaucoup de choix, cet après-midi-là. Dommage, car les conditions étaient idéales. Il n'avait aperçu aucune connaissance, à part la fille Vanderhoff, qui était déjà repartie.

Il se laissait dépasser par les patineurs plus rapides afin de repérer les occasions potentielles. Le crépuscule tomba, morne et amer. Un vieux gardien alluma les braseros qui entouraient l'étang. Les flammes dansantes se reflétèrent sur le monocle du patineur.

Il avait peut-être tort de porter un monocle. Cela avait l'inconvénient d'attirer l'attention, mais il trouvait que cela lui donnait un air de noblesse. Il se rassura en se disant que les gens, intrigués par son monocle, ne se souviendraient que de cela et oublieraient son visage. Toutefois, le petit risque qu'il prenait n'était pas pour lui déplaire. Il ne pouvait qu'épicer ses sorties.

Il songea à la petite Vanderhoff. Il l'avait vue patiner avec un jeune rouquin aux yeux bleus. Il était jaloux du garçon, mais se dit que même si personne n'avait escorté Miss Vanderhoff, il ne se serait pas autorisé à lui parler. Elle aurait pu le reconnaître.

C'était peu probable, certes, mais possible. Il lui avait été présenté trois ans auparavant au vestiaire de l'Auditorium, où Vanderhoff et sa femme, une Sudiste poseuse, avaient traîné leur fille pour lui faire connaître la musique de Wagner.

— Juliette, je te présente Mr. William Vann Elstree III ; sa famille possède le grand magasin où ta mère aime faire ses courses, ce qui fait le désespoir de Mr. Marshall Field.

Il se rappelait avec précision la beauté juvénile de Juliette ; la robe qu'elle portait, d'un blanc virginal, était assortie à l'aigrette en plume qui ornait ses cheveux incroyablement noirs. A l'époque, ses seins pointaient à peine. Le souvenir lui provoqua une érection.

Ah, comme il aimerait voir tomber ses cheveux de jais sur la peau laiteuse de son corps nu ! Et vérifier si sa toison intime possédait le même éclat !

Mais à quoi bon spéculer ? S'il aimait le risque, il ne tentait jamais l'impossible.

Toutefois, il n'arrivait pas à la chasser de son esprit.

Il ôta ses gants et se réchauffa les mains au-dessus d'un brasero. Son visage luisait de sueur, mais ce n'était pas à cause des flammes.

Coincé entre Harrison Avenue et la Douzième Rue, Custom House Place était le quartier du vice le plus élégant de Chicago et le plus célèbre d'Amérique. L'endroit semblait échapper aux rigueurs de la dépression : ce fut toutefois ce que se dit Elstree quand son cab se rangea le long du trottoir en face du Society Club. Pour un dimanche soir glacial, il régnait une grande animation dans la rue.

La plupart des établissements de Custom House Place recevaient une clientèle chic ; il y avait bien quelques bouges, mais ils étaient très surveillés et un gentilhomme pouvait s'y sentir en relative sécurité. Toutefois, refusant de courir des risques inutiles, Elstree portait toujours un petit pistolet.

Le chasseur du club, un échalas à la peau cuivrée et à la longue barbe blanche, accourut pour ouvrir la porte du cab.

— Bonsoir, m'sieu. Content de vous revoir.

Elstree descendit et régla le cocher. Très élégant, il avait mis son habit de soirée : cravate blanche, haut-de-forme, courte cape, gants.

— Bonsoir, John.

Tout le monde appelait le chasseur John le Baptiste. Les patrons du club le présentaient comme un Parsi de Calcutta. Il portait une livrée délavée qui ressemblait à un costume de théâtre, rehaussée par une large ceinture de soie bleue sous laquelle était glissée une dague dans son fourreau.

— Encore une soirée de cirque ? s'enquit Elstree.

— Oui, m'sieu. Y a déjà foule. Ce sera un beau spectacle. On va bientôt commencer, dépêchez-vous.

Elstree gravit les marches éclairées par des lanternes à gaz — l'électricité n'était pas encore installée — et il frappa à la porte en bois sculpté.

Un autre homme en livrée le fit entrer dans le foyer décoré avec la sobriété qui sied à une bonne maison. La seule fausse note provenait d'un perroquet dans sa cage. Il sifflait, penchait la tête et criaillait :

— Bienvenue, bienvenue, bienvenue, monsieur.

— Salut l'ami. Fidèle au poste, à ce que je vois !

Une petite femme délicate sortit d'un salon. Elle devait avoir la soixantaine, élégamment vêtue d'une robe grise de grand-mère. Elle lui serra la main.

— Nous sommes toujours contents de vous voir.

Sans un regard, il tendit sa cape, son chapeau et ses gants au domestique qui l'avait fait entrer.

— Je vous remercie, Sue. Dans le salon du premier, j'imagine ?

Little Sue, qui était blanche, dirigeait le club avec son associée, Big Sue, qui était noire.

— Non, au fond, dans la salle de billard. On a dû déplacer les tables, il y avait trop de monde. J'ai engagé une fille du Levee pour le cirque. Là-bas, on l'appelle Bertha Bonne-Chair. C'est une forte fille.

Little Sue cligna de l'œil, première entorse à son personnage de grand-mère. Elstree pouffa.

— Le tarif habituel ?

— Oui, soixante-quinze. Nous l'ajouterons sur votre note. Entrez, on sert encore le champagne.

Au Society Club, c'était la seule boisson disponible. Le whisky et la bière n'étaient servie que sur commande, et à des prix prohibitifs.

Elstree traversa vivement le couloir sombre, tapissé de tentures bordeaux égayées de grosses fleurs de lotus. Au bout du couloir, des messieurs assis ou debout, coupe de champagne à la main, encombraient la pièce enfumée. Il entendit un grognement. La foule s'écarta, et il vit un petit homme grossier, mal rasé, agrippé à une laisse que tirait un énorme boxer à poils roux.

Une porte s'ouvrit dans une alcôve. Une voix de femme tonitruante interpella Elstree.

— Tiens, mais c'est notre Bill ! Dieu tout-puissant, quelle classe !

— J'aimerais que vous vous absteniez de crier mon nom, Sue, protesta Elstree, bien que le bruit régnant dans la pièce protégeât son anonymat.

Il pénétra dans l'alcôve pour saluer Big Sue, une femme de cent cinquante kilos vêtue d'une robe indienne noire à manches longues et au col montant caché par un collier de diamants. Un parfum sucré l'enveloppait.

— Comment va la santé ? demanda-t-elle.

Big Sue était toujours chaleureuse et joviale, et, bien que peu porté sur les Nègres ou les Négresses, il était obligé de lui reconnaître un certain succès en affaires.

— J'irai mieux après avoir passé quelques heures ici.

— Comment va votre dame ? demanda ensuite Big Sue avec un clin d'œil.

Il lui prit le menton, le pinça, le tordit, lui arrachant une grimace qui dévoila de belles dents blanches bien plantées.

— Pas d'impertinence. Vous savez comment je traite celles qui dépassent les bornes avec moi. Il y a deux lois distinctes en ce bas monde, Sue. Une pour les hommes, et une autre pour les femmes. Tâchez de ne pas l'oublier.

Il lui pinça une dernière fois le menton, puis retourna dans la salle de billard.

Des têtes se tournèrent à son approche. Quelques connaissances le saluèrent, mais sans prononcer son nom. Il se garda de prononcer le leur. Il trouva une chaise libre et prit une coupe de champagne. Un porte dérobée s'ouvrit, déclenchant murmures et applaudissements.

Bertha Bonne-Chair apparut, la trentaine, de long cheveux blond filasse, une carrure de métallurgiste. Son peignoir de satin était orné de paillettes bleu paon. Elle fit une révérence et minauda, puis dénoua la ceinture de son peignoir qui glissa le long de son corps.

Nouvelle salve d'applaudissements. Elstree se joignit au concert, un cigare cubain fiché avec désinvolture entre les dents. Bertha Bonne-Chair posa ses mains sur ses genoux, puis jeta un regard effarouché par-dessus son épaule, se pencha, et projeta en arrière sa monumentale croupe blanche.

A travers la fumée de son cigare, Elstree eut une vision inattendue qui le déconcentra : Juliette Vanderhoff, autrement plus désirable que cette vulgaire putain, mais pareillement nue, et dans une pose identique.

34

Paul

Il ne pensait plus qu'à elle. Plus rien d'autre ne le tourmentait : son insatisfaction permanente de ne pas exercer le métier qui lui plaisait, l'impossibilité de commencer à apprendre la photographie, sa culpabilité à l'idée de décevoir une seconde fois son oncle Joe en quittant la brasserie — une décision quasi irrévocable —, l'agressivité latente entre son oncle et son cousin. Plus rien de tout cela ne lui importait. Tenaillé par son désir pour Juliette et par la crainte de la perdre, consumé par une jalousie infernale, il maudissait ses parents, ses amis, quiconque osait l'éloigner de lui ou l'empêcher de l'aimer.

Le dimanche suivant, il plut. Malgré cela, il se rendit à Lincoln Park, trouva la glace de l'étang détrempée, les pavillons déserts. Pendant près d'une heure, il arpenta les alentours de la demeure des Vanderhoff, mais aucun signe de Juliette.

De retour à Michigan Avenue, il chercha Joe Junior. Il erra dans l'écurie. Nicky Speers, le cocher anglais, bouchonnait Prince, le cheval de trait de l'oncle Joe, un bai magnifique.

— Nicky, avez-vous vu Joe ?

Speers caressa les naseaux de Prince d'une main tendre. Prince secoua la tête et hennit.

— Le jeune Mr. Joseph ne me confie pas où il va, mais je le soupçonne fort d'être à Pullman.

— Vous connaissez son amie ?

— Il l'a amenée en douce un soir. Elle n'est restée que cinq minutes. C'est une Tchèque ; plutôt mignonne, bien roulée, mais avec un je ne sais quoi de glacial. Passez-moi l'étrille, s'il vous plaît. Holà, tout doux, tout doux !

Joe Junior ne rentra qu'après le dîner. Par sa porte entrouverte, Paul entendit son pas dans le couloir. Il sifflotait. Peu après, Paul alla frapper à sa chambre. Joe Junior lui cria d'entrer. Il était en train d'ôter sa chemise ; Paul aperçut trois griffures sur son dos.

— J'ai cherché Juliette dans le parc, annonça-t-il.

— Par ce temps ? Ah, sacré Paul, c'est que tu dois être salement mordu !

Paul fit un signe de tête maussade, puis s'effondra sur le lit.

— Tu as vu ta copine, j'imagine ?

— Tout juste, mon vieux, avoua Joe Junior avec un clin d'œil.

— Tu me la présenteras ?

— Oui, mais pas ici, papa me ferait une scène de tous les diables ; de même que Pork Vanderhoff, s'il apprend que tu tournes autour de sa fille. Tabor, le vieux de Rosie, a adhéré au Syndicat des chemins de fer que Gene Debs a fondé l'été dernier. Une voie de garage pénètre à l'intérieur de l'usine Pullman, c'est là que Debs a organisé le syndicat. Ça ne plaît pas à King George Pullman et la mère de Rosie s'inquiète parce que le logement appartient à la compagnie.

— Oui, mais tu t'es bien amusé aujourd'hui ?

— Du feu de Dieu. Rosie n'est pas une petite snobinarde comme ces filles de la haute qui croient encore que les bébés tombent du ciel, ou qui défaillent en voyant deux chiens faire ce que la nature exige. Tu auras peut-être ce genre de problèmes avec Juliette.

— Oh ! je ne penserais jamais à...

— Arrête ton char ! Bien sûr que tu y penses, tu es un homme, non ?

Paul vira au rouge brique.

— Juliette est jolie comme un cœur, ajouta cousin Joe d'un air pensif, mais je crains qu'elle ne soit un peu trop convenable. En tout cas, c'est comme ça qu'elle a été élevée. Alors, ne sois pas trop déçu si elle fait... euh, des manières. Tu me suis ? fit-il en posant une main compatissante sur l'épaule de son cousin.

— Oui, mais tu te trompes sur son compte. De toute façon, elle sera à moi.

— Oui, oui, bien sûr, acquiesça Joe Junior avec une gaieté forcée. Écoute, je suis complètement vanné, et je travaille demain.

Paul lui souhaita bonne nuit et sortit. Les remarques de son cousin avaient réveillé son trouble.

Les Crown observaient certaines traditions allemandes mais en ignoraient d'autres. Au pays, on n'installait jamais le sapin de Noël avant le jour du réveillon. Les Crown achetaient le leur et le décoraient deux semaines à l'avance. Oncle Joe aimait l'air de fête que le sapin donnait à la maison. Mais il ne permettait pas qu'on allume les bougies avant le réveillon, et il accrochait lui-même le *pickle*, comme un bon père de famille allemand. Il ordonnait à tout le monde de sortir de la pièce, puis il cachait de son mieux le morceau de verre en forme de cornichon. Celui qui le trouvait sans toucher le sapin gagnait une pièce d'un dollar en or. L'année précédente, Paul l'avait découvert le premier, en moins d'une minute. Joe Junior n'avait pas participé au jeu ; il s'estimait trop vieux.

Les Crown allaient souvent à l'église pendant l'Avent. Paul avait toujours aimé les chants de Noël, et ceux qu'il avait entendus l'année de son arrivée l'avaient émerveillé. Cette fois, il s'ennuya ferme à l'église. En fait, à part la jeune femme qui venait d'entrer dans sa vie, tout le reste l'assommait.

Malgré cela, il eut la chair de poule quand les chœurs entonnèrent *Stille Nacht*, à la douce lueur des cierges qui illuminaient le sanctuaire de l'église Saint Paul.

De retour à la maison, ils allumèrent les bougies du sapin et trinquèrent avec du vin chaud agréablement épicé. Oncle Joe leva son verre et déclara :

— C'est un anniversaire d'une grande importance. Il y a juste un an, la famille s'est agrandie d'un nouveau membre. Que l'année à venir te soit encore meilleure que celle-ci, Paul.

— Je vous remercie de tout mon cœur, mon oncle.

— Pauli ! Oh ! mon Pauli ! s'exclama tante Ilsa en le serrant dans ses bras, geste qui lui fit verser des gouttes de vin sur sa robe de fête.

L'espace d'un instant, Paul eut l'impression que, oui, finalement, il avait trouvé son foyer.

Noël tombait un lundi. Oncle Joe et tante Ilsa se montrèrent une fois de plus très généreux. Paul reçut plusieurs chemises, deux pantalons de golf en velours côtelé, et un nécessaire de coiffure en plaqué argent, un cadeau fort coûteux à en juger par la couronne gravée sur la brosse et sur le peigne. Son cadeau surprise était un costume de cycliste — pèlerine et pantalon descendant aux genoux — en casimir marron avec des motifs fantaisie. Il était ravi. Il regrettait seulement de ne rien pouvoir offrir à Juliette.

Quand arriva le mercredi, la moitié de la maison avait attrapé la grippe. Les trois quarts du personnel de la brasserie aussi. Le samedi à midi, on renvoya Paul à la maison avec la fièvre.

La charrette de livraison de la boucherie Frankel était attachée près de l'entrée de service, sur la Dix-Neuvième Rue. Paul se traîna dans la cuisine, où il ne trouva personne à part le livreur, un garçon dégingandé à peine plus âgé que lui et dont la calvitie précoce était masquée par une énorme mèche ramenée sur le front. Il portait une large blouse qui lui cachait les genoux.

— Hé, mon pote, où se planque la cuisinière ? Je l'ai cherchée partout.

— Elle est malade. J'imagine qu'elle se repose dans sa chambre.

— Dans ce cas, il faut que je voie la maîtresse de maison.

— Elle ne sera pas là de la journée.

— Mince alors !

Le livreur se cura les dents avec son auriculaire, trouva un déchet qu'il expédia à travers la cuisine d'une pichenette, puis déclara :

— On devait me remettre une commande spéciale pour le réveillon du Jour de l'an.

— Pourquoi ne pas monter dans la chambre de Louise ? proposa Paul sans réfléchir. Elle habite au second. Frappez doucement pour ne pas la réveiller. Si elle ne dort pas, elle vous remettra la liste. Prenez l'escalier de service, là, derrière l'office. C'est au dernier étage, la deuxième porte à gauche.

Le livreur le remercia, l'appela de nouveau « mon pote », puis disparut.

Paul posa la bouilloire à chauffer sur la plaque de la cuisinière. Il se prépara une tasse de thé bien fort additionné de lait, puis il sortit de la cuisine. Dans le couloir à peine éclairé, il aperçut le livreur qui admirait le sapin décoré.

Avant que Paul ne signalât sa présence, une voix tonna du premier étage.

— Hé, vous, là-bas, qu'est-ce que vous faites ?

Manfred Blenkers descendit prestement l'escalier.

— Je vous ai déjà vu, jeune homme. Comment vous appelez-vous ?

— Jimmy Daws. Je travaille chez Frankel.

— Les livreurs ne sont pas autorisés à pénétrer dans cette partie de la maison. Sortez tout de suite !

Manfred Blenkers avait prononcé le mot « livreurs » comme s'il s'agissait d'une obscénité. Le majordome était certes le ministre tout-puissant des affaires ménagères, mais Paul trouva qu'il allait trop loin. Il sortit de l'ombre.

— C'est moi qui l'ai fait monter, Manfred. Il cherchait Louise pour une commande spéciale. Je lui ai dit d'aller voir dans sa chambre si elle était réveillée.

— Vous avez autorisé cet individu à traîner dans la maison ?

— Écoutez, intervint le livreur. Je suis monté par l'escalier de service, j'ai vu la cuisinière, elle m'a remis la liste, et je suis redescendu par ici. Pas la peine de faire des putains d'histoires pour ça.

— Ne jurez pas dans cette maison ou je vous fais renvoyer sur-le-champ, espèce de traîne-savates ! Débarrassez le plancher de vos sales bottes et de votre sale personne, et plus vite que ça !

C'était plus que Paul n'en pouvait supporter. Il rassembla son courage et s'avança d'un pas.

— Mr. Blenkers, vous n'avez pas le droit de le traiter de la sorte.

Il entendit un cri étouffé, leva la tête et aperçut Fritzi au premier étage, accroupie derrière la rampe.

— Je vous répète qu'il avait besoin de voir Louise. Je lui ai indiqué où la trouver. Où est le mal ?

— Votre oncle en décidera quand il rentrera.

— Si vous voulez lui en parler, ne vous gênez pas ! Je lui raconterai ma version et nous verrons qui aura le dernier mot.

Paul avait parlé d'une voix calme en soutenant le regard du majordome, dont le visage exprimait une rage douloureuse. Le livreur tapotait nerveusement le devant de sa blouse, la main gauche fourrée dans sa poche comme s'il se tenait le ventre.

Conscient que son autorité avait été bafouée, Manfred s'écria, hors de lui :

— Ça suffit. Sortez, tous les deux !

Puis il remonta l'escalier d'un pas pesant. Sourire aux lèvres, Paul fit signe au livreur de le suivre dans la cuisine. En refermant la porte, il entendit le rire réjoui de Fritzi, puis ses applaudissements.

La bouilloire fumait. Paul la souleva à l'aide de pincettes, puis la posa à refroidir sur le carrelage de la paillasse. Jimmy Daws le dévisageait fixement.

— Merci de m'avoir tiré des griffes de ce croque-mitaine. J'ai déjà eu des mots avec lui. Il mériterait que je lui tranche la gorge.

Paul pensa qu'il ne parlait pas sérieusement.

— Manfred n'est pas un mauvais bougre, dit-il, mais il se prend pour un adjudant. Il n'est pas très aimé. Vous voulez du thé ?

— J'ai horreur de ça, et puis il faut que j'y aille. Je vais te dire une chose, je ne copine pas avec les Allemands d'habitude, mais je ferai une exception pour toi. Tope là, mon pote.

Ils échangèrent une poignée de main. Jimmy Daws ne sortit pas sa main gauche de sa poche. Il quitta la maison pendant que Paul faisait infuser son thé.

Lorsque la famille prit place autour de la table pour le dîner, tante Ilsa mit soudain la main à sa bouche pour étouffer un cri. Dans la vitrine d'un meuble, des porcelaines de Bavière manquaient.

— La grande assiette a disparu ! s'exclama tante Ilsa. C'était la plus belle pièce.

Elle se précipita vers le meuble.

— Il manque aussi une petite assiette. Non, deux !

Paul se souvint du livreur qui gardait obstinément sa main dans la poche de sa blouse.

Tante Ilsa s'excusa, sortit le mouchoir qu'elle glissait sous sa ceinture, et quitta la pièce. Paul se sentit misérable.

Il repoussa son assiette, l'appétit coupé.

— Oncle Joe, je crois que c'est ma faute.

— Non ! s'écria Fritzi, mais tout le monde l'ignora.

Paul expliqua ce qui s'était passé.

— Je l'ai envoyé chez Louise. Je ne savais pas que c'était un voleur.

— Comment pouvais-tu le deviner ? fit tante Ilsa, de retour.

Elle tamponnait ses yeux rouges et gonflés avec son mouchoir. Elle s'approcha de Paul et lui donna une tape amicale sur l'épaule.

— Tu es d'un naturel confiant, Paul. Tu as cru bien faire. Enfin, les gens ont plus de valeur que les objets, c'est ce que je dis toujours.

— C'est vrai, ce n'est pas la faute de Paul, insista Fritzi. Manfred traitait le livreur comme un chien. Paul a été courageux. Il l'a remis à sa place.

— Manfred l'a certainement bien mérité, déclara oncle Joe. C'est un excellent domestique, mais il se conduit parfois comme un fieffé...

Il s'interrompit en voyant Helga arriver avec le plateau de desserts : poires juteuses, petites *Meringetorten*, *Springerle* de Noël juste sortis du four. Oncle Joe lança des regards appuyés à la ronde. Personne ne dit mot.

Paul faillit se casser une dent en mordant dans le *Springerle* à l'anis sur lequel on avait dessiné un sapin de Noël. Occupé à lancer des œillades de remerciements à Fritzi, il n'avait pas fait attention au gâteau. Elle lui retourna un grand sourire, l'air rêveur.

« Elle ne sait pas que j'ai une petite amie... »

Non, il ne parlerait pas de Juliette à Fritzi. Comment lui faire de la peine alors qu'elle l'aimait et qu'elle était d'une loyauté à toute épreuve ?

Sa grippe traîna en longueur. Sa température monta. La fièvre le fit délirer pendant deux jours. Tante Ilsa ne laissa à personne le soin de changer ses draps, et elle insista pour qu'il se reposât trois jours de plus.

Fritzi passait le voir presque toutes les heures. Voulait-il un bol de lait chaud ? Avait-il envie qu'elle lui apporte des bandes dessinées de Nick Carter ? Voulait-il lire un de ses livres sur l'interprétation des rêves ? Les *Idylles du roi*, d'Alfred Tennyson ? Feuilleter son album de théâtre ? — « J'ai des photos superbes de Richard Mansfield et de James O'Neill. » Voulait-il voir quelques-unes de ses imitations ? Si oui, qui...

— Non, merci, Fritzi, je n'ai besoin de rien. Et encore merci d'avoir pris ma défense.

— Il faut que je te prévienne de quelque chose, cousin Paul.

— De quoi ?

Elle se pencha et lui murmura à l'oreille :

— C'est terriblement sérieux, crois-moi. C'est Nicky Speers qui me l'a dit.

Fritzi adorait tellement le théâtre qu'elle pouvait transformer la conversation la plus anodine en mélodrame.

— Il t'a dit quoi ?

— Que Manfred ne pense qu'à se venger de toi. Il a dit à Nicky que tu l'avais humilié. Que tu avais usurpé son autorité.

— Que j'avais fait quoi ?

— Usurpé, ça signifie prendre un pouvoir qui ne t'appartient pas. Manfred n'oublie jamais ceux qui lui ont fait une crasse. Tu ferais bien de te méfier.

— Un homme averti en vaut deux, merci.

— Ça peut durer longtemps, tu sais.

— Je m'en souviendrai. Et toi ? Il a vu que tu prenais ma défense.

— Manfred n'a pas intérêt à me chercher des ennuis ! Sinon je le dirai à papa, et papa le renverra.

Paul comprit que Fritzi ne jouait pas la comédie ; c'était une brave fille. Non, une brave jeune fille. En janvier, elle fêterait son treizième anniversaire. Elle grandissait, même si ses formes tardaient à éclore. Tante Ilsa avait beau dire que ce n'était pas un sujet à aborder devant des garçons, Fritzi se plaignait constamment de sa poitrine plate. Pour elle, aucun sujet ne semblait tabou.

— Avant que je m'en aille... fit-elle en plongeant la main dans la poche de son tablier. Tiens, je t'ai apporté une clochette. Sonne si tu as besoin de quelque chose. Je viendrai en un clin d'œil, même au milieu de la nuit.

— Merci, je sonnerai s'il le faut.

Dès qu'elle fut sortie, il rangea la clochette sous le lit.

Il bâilla voluptueusement, oubliant l'avertissement de sa cousine pour se plonger dans ses rêveries. Juliette... Comment la voir après la saison de patinage ? Comment la voir seule ? C'était le défi qui l'attendait.

Oh ! il trouverait une solution, il n'en doutait pas. Et que son père essaie de l'en empêcher !

35

Joe Crown

Le lendemain du vol, Joe Crown téléphona chez Abraham Frankel. Frankel fut d'abord étonné, puis outré. Non, Jimmy Daws n'était pas repassé à la boutique à la fin de la journée.

— *Ach*, j'aurais dû le renvoyer depuis des semaines ! Je me doutais qu'il n'était qu'un *schmutziger Abschaum* (un sale voyou). Je suis vraiment désolé, Herr Crown. Je vous rembourserai les objets volés.

— Inutile. Ilsa a du chagrin, mais ce ne sont que des objets, elle s'en remettra. Savez-vous où habite votre livreur ?

— Dans un taudis, c'est tout ce que je peux vous dire. Il n'a jamais voulu me laisser son adresse. Il prétendait habiter un grand appartement dans un bel immeuble, mais je sais qu'il mentait. Jimmy n'arrêtait pas d'inventer des mensonges pour se faire mousser.

Joe déposa une plainte au commissariat, sans résultat. Il était impossible de retrouver un voleur caché dans les bas-fonds de Chicago.

36

Juliette

Le matin du Jour de l'an, Nell Vanderhoff peignait la chevelure de sa fille.

Ce jour-là, le rituel revêtait une importance particulière. Le 1er janvier avait lieu la plus grande réunion mondaine de Chicago. C'était grâce à Nell que les Vanderhoff y étaient conviés. Sa famille, les Fishburne du Kentucky, appartenait à l'élite de la communauté sudiste de Chicago, tout comme l'hôtesse du jour.

Ce matin-là, Juliette se sentait d'humeur joyeuse. Depuis le début de la saison de patinage, ses ennuis de santé avaient complètement disparu, ce qui ne s'expliquait pas uniquement par les vigoureux exercices à l'air revigorant de l'hiver.

La mine resplendissante de Juliette lui attira les reproches de sa mère.

— Tes joues sont de nouveau trop rouges. Bien trop rouges. Je préférerais que tu ne passes pas tous tes dimanches au club de patinage. J'ai appris que Lincoln Park était mal fréquenté. Strickland Welliver me l'a encore confirmé quand il a téléphoné la semaine dernière. (Les yeux gris de Juliette brillèrent de colère.) Le jeune Joe Crown va patiner là-bas, n'est-ce pas ?

— Oui... ça lui arrive, répondit Juliette d'un air détaché.

— Je ne veux pas que tu le fréquentes. Si ton père l'apprenait, il serait fou de rage.

— Je sais, maman. Mais je n'ai jamais compris ce que papa reprochait aux Crown.

— Beaucoup de choses. Ce sont des étrangers, pour commencer. Ils parlent avec un affreux accent.

— Pas Joe, il...

— Et ce n'est pas tout, loin de là, coupa Nell. Il y a quelques années, ton père a entendu Joe Crown Senior faire des remarques insultantes sur les professionnels de la viande. Comme si un vulgaire brasseur était supérieur à des gens comme Philip Armour, Gus Swift ou ton père !

— Je suis au courant, maman. Mais on ne m'a jamais dit quelles remarques Mr. Crown avait faites. Qu'a-t-il bien pu dire ?

— Je refuse de répéter ne serait-ce que le peu que ton père m'en a dit. Sa colère est tout à fait justifiée, tu peux me croire.

Nell empoigna les épaules de sa fille de ses mains maigres aux veines bleutées. Son haleine était légèrement gâtée.

— Je ne plaisante pas, Juliette, tu dois éviter cette famille. Si tu aimes ton père, si tu le respectes, tu devras...

Juliette bondit.

— Oh ! maman, pourquoi faut-il que tu présentes toujours les choses de cette façon ? Si je vous aime, toi et papa, je dois faire ceci, ne pas faire cela. Je ne connais pas Mr. Crown, mais le jeune Joe est tout à fait respectable.

— Je n'en crois rien. On m'a dit qu'il nourrissait des idées radicales. C'est presque un socialiste, et il va jusqu'à tourmenter son propre père avec ses convictions.

— C'est possible, mais je l'aime bien.

Nell recula d'un pas, horrifiée.

— Tu me déçois beaucoup, mon enfant.

— J'en suis désolée. Maman, j'ai seize ans, bientôt dix-sept, j'ai l'âge d'avoir des opinion personnelles. Cela ne veut pas dire que je ne t'aime pas ni que je n'aime pas papa.

— Tu me déçois beaucoup, répéta Nell Vanderhoff. Je peux même te dire que ton attitude me blesse.

« Oh ! non, ne recommence pas ! »

— Maman, tu sais très bien que je ne...

— Il faut que j'aille m'allonger. Mon cœur bat trop fort.

« Non, je t'en supplie... »

— J'enverrai une femme de chambre t'aider à mettre ton corset. Nous ne devons pas être en retard chez Bertha.

— Maman ! cria Juliette.

La porte du cabinet de toilette se referma derrière sa mère.

Effondrée, Juliette se tordit les mains à s'en rompre les jointures. Pourquoi sa mère utilisait-elle toujours l'arme de sa maladie ? La seule contre laquelle Juliette était impuissante.

Elle se souvint d'une affreuse dispute au sujet de son éducation un an auparavant. Tante Willis, la sœur aînée de sa mère, avait suivi pendant deux ans des cours au collège Oberlin après la guerre de Sécession. A l'occasion d'une de ses visites, tante Willis avait réussi à convaincre Juliette que les jeunes femmes pouvaient entreprendre les mêmes études supérieures que les jeunes gens, que c'était leur droit le plus strict. Elle avait cité en exemple une célèbre femme de Chicago, Miss Jane Addams, du centre Hull House, une organisation caritative. Miss Addams et ses associées apportaient une aide fort efficace aux pauvres de Chicago en leur enseignant des méthodes pour s'en sortir. Tante Willis avait affirmé qu'elles n'auraient pu réussir sans instruction.

Après plusieurs discussions avec sa tante, Juliette avait annoncé à ses parents qu'elle voulait s'inscrire au collège. Son père avait injurié sa belle-sœur en plein repas. Le visage grimaçant de douleur, Nell Vanderhoff avait déclaré qu'elle réfléchirait. Le lendemain, elle s'enfermait dans sa chambre, prostrée.

Willis était partie quelques heures plus tard. Nell resta clouée au lit trois jours. Trois jours d'angoisse pour Juliette. Le quatrième, elle était allée trouver son père pour lui annoncer qu'elle avait changé d'avis : elle renonçait à faire des études.

Mais le jeune Allemand avait tout changé.

Quand elle pensait à lui, elle l'appelait toujours « le jeune Allemand », parce qu'il avait dix-huit jours de moins qu'elle. C'était pourtant presque un homme. Il en avait le physique et la maturité.

C'était un jeune homme calme qui ne proférait jamais des banalités sur un ton péremptoire. Certains prenaient sa réserve pour de la timidité ou de la mollesse. Grave erreur. Au cours des dimanches qu'ils avaient passés ensemble, Juliette avait découvert que si Paul était souvent silencieux, c'était pour mieux écouter ; observer ; apprendre.

Non qu'il manquât d'esprit ou d'ambition. Il possédait l'un et l'autre. Il parlait souvent avec enthousiasme de son rêve de faire carrière dans le domaine nouveau de la photographie.

Il était doux et pudique. Douceur, intelligence, force, quelle merveilleuse combinaison ! songea Juliette en s'habillant. A ses yeux, le jeune Allemand était dépourvu de défauts. Elle était amoureuse.

Il ignorait tout de ses sentiments. Ah, comme elle fondait dès qu'il la touchait ! Elle tombait presque en pâmoison quand il l'enlaçait d'un bras vigoureux pour patiner d'un même pas.

Depuis qu'elle le connaissait, elle passait des heures à rêver d'un avenir idyllique avec lui. Cependant, une sourde inquiétude troublait ces images de bonheur. Qu'arriverait-il si elle devait choisir un jour entre Paul et sa famille ? Faire du mal à sa mère lui était insupportable, mais n'était-ce pas pire de perdre le jeune Allemand...

Elle en était là de ses réflexions quand elle prit place dans le landau familial avec son père et sa mère. Ils se rendaient chez Mr. et Mrs. Potter Palmer, au 1350 Lake Shore Drive, dans une propriété que tout le monde, amis comme ennemis, appelait le Château Palmer.

Près de soixante mille sociétés avaient fait faillite pendant la dépression de 1893. Plus de cinquante d'entre elles possédaient un capital d'un million de dollars ou davantage. De grands complexes industriels, comme les usines Pullman, licencièrent quantité d'ouvriers, réduisirent les heures de travail, diminuèrent les salaires de trente, quarante et même cinquante pour cent. On disait que dans les taudis des chômeurs, les enfants restaient au lit toute la journée parce que c'était leur seule chance de ne pas mourir de froid pendant l'hiver.

Les duretés de la vie ne pénétraient jamais dans le Château

Palmer ; même les portes symbolisaient son caractère imprenable. De l'extérieur, on ne voyait aucune poignée, aucun trou de serrure, aucun loquet.

Avec ses tours crénelées hautes de vingt-cinq mètres, la résidence Palmer ressemblait effectivement à un château fort anglais. Potter Palmer et sa femme avaient dessiné eux-mêmes les plans de leur demeure, et on disait qu'ils étaient aussi responsables du·· choix douteux des matériaux — granit du Wisconsin rehaussé de dalles de grès de l'Ohio.

Quand les Vanderhoff arrivèrent, la porte cochère était encombrée de véhicules conduits par des hommes en livrée. Le landau des Vanderhoff, luxueux et imposant, paraissait insignifiant à côté de l'équipage qui le précédait.

— Tiens, les Pullman sont là, constata Nell.

Mason Putnam Vanderhoff III grogna. Nell était aussi menue que Pork Vanderhoff était énorme ; ce géant de deux mètres à la carrure impressionnante devait peser dans les cent vingt kilos.

Pork avait un ventre pantagruélique, un double menton et de petits yeux gris perpétuellement en mouvement. Malgré son âge avancé, ses cheveux coiffés en arrière étaient aussi noirs que ceux d'un Indien. On disait qu'il était le plus séduisant des deux frères qui contrôlaient les produits Vanderhoff, dont certains étaient distribués sous le label Big V. Israél Washington Vanderhoff, qu'on appelait I.W., était le génie financier de l'affaire, alors que Pork s'occupait exclusivement de la production et de la distribution. Trois fois divorcé, I.W. courtisait assidûment les jeunes actrices, se fiançait et s'infligeait un régime sec au moins une fois par an.

Sa taille était le fardeau de Pork. Il devait se courber pour entrer dans une pièce ou pour monter dans un véhicule. Comme leur hôte, Potter Palmer, il était timide et silencieux en présence d'étrangers. En revanche dans le privé, il parlait d'une voix tonitruante et se montrait facilement grossier, au grand dam de Nell.

— Au fait, Mason, dit Nell qui rajustait son chapeau avec des gestes nerveux, j'ai reçu une lettre de Willis. Elle viendra nous voir au printemps.

— Ah, crénom de nom, pourquoi n'est-elle jamais malade ? Je méprise cette maudite femme. Elle ne vaut guère mieux qu'une courtisane. Elle serait même capable d'embrasser un Noir si on la laissait faire.

Juliette, qui aimait beaucoup sa tante et qui admirait son indépendance et sa liberté d'esprit, ne put s'empêcher de grimacer.

Le père de Willis et Nell Fishburne avait passionnément espéré un garçon ; le sort ne combla pas ses vœux, mais il tint néanmoins à ce que sa première-née portât son nom. Donner aux filles le prénom de leurs honorables ancêtres était une tradition sudiste. A elles ensuite de s'en accommoder.

Les équipages avancèrent. Le valet de pied des Palmer se précipita pour ouvrir la portière. Peu après, les Vanderhoff déposaient leurs manteaux dans l'immense hall octogonal dont les murs ornés de tapisseries des Gobelins s'élevaient sur trois étages. Le sol en marbre de Carrare résonnait sous les pas.

Des sapins de Noël parfumaient l'air. On entendait les violons d'un orchestre jouer par-dessus le brouhaha des conversations. Une foule énorme se pressait.

— Il faut que je trouve Bertha, dit Nell, virevoltante. Juliette, accompagne-moi, veux-tu ?

— Parfait, dit Pork. Moi, je vais voir si je ne déniche pas quelques amis.

Par amis, il entendait ses égaux en affaires ou en rang.

— Vingt dieux, qu'il fait chaud !

Nell leva les yeux au ciel. Pork s'éloigna. Il se mit bientôt à bavarder avec Joe Medill, le propriétaire du *Tribune*, un ancien maire. Pork et lui étaient de fervents républicains.

A soixante-dix ans passés, Medill était considéré comme un des fondateurs du Parti républicain. D'aucuns prétendaient qu'il en avait choisi le nom. Canadien de naissance, il était arrivé à Chicago dans les années 50, après un passage par l'Ohio. Il était devenu un proche d'Abraham Lincoln, et avait défendu sa candidature à la convention républicaine qui s'était tenue au Wigwam de Chicago en 1860. Nell Vanderhoff ne se montrait déférente envers lui que parce que c'était un homme très haut placé. Appartenant à une famille conservatrice du Sud, elle n'oubliait pas que Medill avait été un farouche abolitionniste, mais aussi un confiscationniste ; après la guerre, il avait exigé que les Sudistes fussent dépouillés de leurs biens. Heureusement, sur ce point, Mr. Medill avait connu la défaite — grâce soit rendue au président assassiné et à sa politique généreuse.

Nell adressa un signe de tête à Medill et un sourire plus chaleureux à sa femme, Katharine, pour qui elle faisait preuve d'une tolérance plus grande. Katharine abandonnait justement son mari pour se joindre à un groupe dans lequel on reconnaissait Samuel Insull, le président de souche anglaise de la Chicago Edison Power Company. Mr. Insull était un homme austère, prude même. A trente-cinq ans, il avait le crâne dégarni, le nez chaussé d'un lorgnon, mais c'était l'un des plus beaux partis de la ville. Nell l'avait un jour négligemment glissé à l'oreille de Juliette, qui en avait frémi de terreur.

Mr. Insull jouissait d'une certaine célébrité parce qu'il avait été un temps l'associé de Thomas Edison. En Angleterre, il participé avec succès à l'ouverture de la filiale d'Edison, gagnant par ce biais une position de secrétaire particulier du grand homme. Pork Vanderhoff, lui-même homme d'affaires combatif, avait souvent parlé d'Insull en termes élogieux.

— Un sacré bougre d'Angliche qui prétend avoir quelque pintes de sang juif dans les veines. Il ira loin.

Finalement, les partenaires d'Edison, et même sa propre famille, trouvèrent Insull trop jeune et trop ambitieux. Ils obtinrent sa mutation. Edison veilla personnellement à trouver une situation à son protégé. L'inventeur considérait le Midwest comme un marché d'avenir pour l'électricité, il proposa donc Insull pour diriger la nouvelle filiale de Chicago.

A l'époque, de nombreuses compagnies d'électricité se partageaient le marché de la ville, mais les générateurs disponibles ne pouvaient approvisionner plus d'un quartier en courant. Avec les progrès de la technique, Insull absorba peu à peu les autres compagnies et agrandit son réseau de distribution.

— Le gaillard a supprimé toutes les chandelles et les lampes à pétrole de Chicago, déclara Pork. Il fera la même chose dans tout le comté, vous verrez.

Nell guetta la réaction de Mr. Insull à l'arrivée de Katharine Medill. Il s'inclina avec raideur mais refusa la main qu'elle lui tendait.

— Il n'aime pas les journalistes, murmura Nell à Juliette. Il trouve que ce sont d'odieux fouineurs. Je m'étonne que Bertha l'ait invité. Il ne boit que de l'eau et assiste rarement aux soirées.

En observant l'air suffisant d'Insull, Juliette se dit qu'aucune maîtresse de maison ne l'aurait invité si elle n'avait une fille à marier.

— Allons voir si Bertha n'est pas au salon, proposa Nell.

Juliette suivit docilement sa mère ; elles croisèrent plusieurs enfants McCormick, ainsi que Nettie McCormick — une femme à l'allure fragile et à la réputation indomptable —, la veuve du Virginien inculte qui avait bâti un empire à partir de la moissonneuse qu'il avait bricolée de ses mains en 1830.

Cyrus McCormick s'était installé à Chicago en 1847, et il avait ouvert une petite usine pour y fabriquer sa machine. La moissonneuse avait révolutionné l'agriculture, depuis les steppes de Russie jusqu'aux plaines du Kansas. Elle marqua le début de la fortune de McCormick. Par la suite il inventa nombre de nouvelles machines ; dans ses dernières années, il avait intenté de multiples procès pour interdire les contrefaçons de ses brevets. Lincoln en avait gagné un contre lui. L'histoire de sa réussite était aussi entachée de sang ; c'est la grève dans son usine qui avait conduit à l'émeute de Haymarket.

Se frayant un chemin parmi la foule des invités, Nell et Juliette passèrent près d'un homme trapu à la crinière argentée, aux yeux bleus pétillants et au front bombé. Nell joua des coudes pour arriver à sa hauteur, la main tendue.

— Potter.

— Très chère Nell ! Ah, Juliette ! Vous êtes toutes deux ravissantes. Bonne année, et grand merci d'être venues.

— Comment aurions-nous pu manquer cela, cher, cher Potter ? Mais où donc se cache Bertha ? Il y a une telle cohue...

— Elle est avec notre invitée d'honneur, qui arrive juste de New York. L'écrivain.

Potter Palmer s'adressait aux Vanderhoff avec une aisance familière ; grâce à la filière du Kentucky, il les connaissait bien. Palmer était un Yankee de l'Est. Il avait très tôt pressenti l'importance que prendrait Chicago et avait saisi sa chance. Pork Vanderhoff, du Connecticut, Field, originaire du Massachusetts, Armour et Pullman, tous deux de l'État de New York, avaient eu la même intuition.

Comme eux, Palmer était né dans les années 30. Il avait fait fortune dans l'immobilier, dans le coton pendant la guerre de Sécession, puis dans la vente au détail. Durant des années, R. H. Macy avait envoyé ses collaborateurs étudier le magasin de nouveautés de Palmer, connu pour ses soldes, ses vitrines magnifiques, et pour sa politique axée sur la satisfaction du client. Marshall Field et son associé Levi Leiter avaient bâti leur fortune en rachetant le magasin de Palmer.

— Je n'ai pas le temps de lire de romans, reprit Potter, mais j'imagine que vous connaissez l'œuvre de cette dame.

Il prit doucement Nell et Juliette par le coude et les pressa d'avancer vers le salon Louis XVI car d'autres incités l'attendaient. En désignant Juliette du menton, il ajouta :

— C'est une littérature un peu osée pour une jeune fille, paraît-il.

— Peut-être que si je connaissais le nom de cette dame... minauda Nell.

— Ai-je négligé de vous le donner ? C'est Mrs. I. J. Blauvelt.

— Oh ! vraiment ?

Nell s'éventa avec un mouchoir. Juliette sentit sa température grimper de plusieurs degrés. Mrs. I. J. Blauvelt (I pour Isobel, J pour Judith) écrivait des romans qu'on s'échangeait en secret, le rouge au front et le cœur palpitant. Ils avaient à peu près autant de mérite littéraire qu'une réclame pour farine, mais ce n'était pas ce qu'on lui reprochait. Les condamnations pleuvaient. « Elle se vautre dans la luxure sous couvert de naturalisme », avait dénoncé un ecclésiastique. Son dernier livre, *The Spangles of Society*, ne s'en était pas moins vendu à plusieurs dizaines de milliers d'exemplaires.

Juliette adorait les romans de Mrs. Blauvelt. Elle les achetait en cachette, ou les empruntait à des amies. Ils étaient tous construits sur le même modèle. L'héroïne était chaste, riche, et sa vertu était toujours menacée par des « mufles coureurs de dot », ou par de « vieux débauchés ». Puis un jeune homme pauvre mais honnête — un athlétique garçon de pont ; un journaliste plein de verve ou encore un poète au génie méconnu — apparaissait pour énoncer les vraies valeurs et tirer l'héroïne des griffes du mufle. Le récit s'achevait dans de merveilleux couchers de soleil, des vols de colombes et des villas couvertes de fleurs. Les histoires se déroulaient toujours dans des sites enchanteurs : une ville d'eaux européenne, Saratoga à la saison des courses, les hôtels particuliers de New York ou de Newport. Jamais de bas quartiers ni de villes modestes pour les lectrices de Mrs. Blauvelt.

Juliette partageait son goût pour les romans à l'eau de rose avec des millions de femmes de tous âges et de toutes conditions. Quel choc de trouver Mrs. Blauvelt ici ! Elle en oublia Paul l'espace d'un instant.

La mère et la fille entrèrent dans le salon Louis XVI. La décoration de ce salon était unique en son genre à Chicago. Un éblouissement d'or et d'argent, avec des fresques murales de commande et un plafond où des chérubins joufflus voletaient parmi une débauche de roses.

— Ah, la voilà ! s'exclama Nell en faisant de grands signes. Bertha !

— Très chère Nell, dit Bertha Honoré Palmer.

Elle s'avança à pas lents pour étreindre son amie. Bertha ne se hâtait jamais, persuadée que c'était aux autres de l'attendre.

— Comme je suis heureuse de te voir, et toi aussi Juliette. Avez-vous rencontré Judith ? Venez, je vais vous présenter.

La mère et la fille suivirent Bertha, qui s'était octroyé le titre d'« hôtesse de la nation », non sans certaines justifications. Bertha Palmer était intelligente, elle avait des opinions bien définies et se battait pour imposer son programme philanthropique. Elle avait d'importantes attaches dans l'Est. Sa sœur Ida avait épousé Fred Dent Grant, le frère aîné de l'ancien président.

Juliette la trouvait aussi d'une grande beauté et d'une grande assurance. Elle avait la quarantaine, des yeux noirs saisissants et une silhouette gracieuse. Pour la réception, elle avait choisi une splendide robe bleue, sa couleur préférée ; de petits boutons de roses ornaient le diadème en diamants qui étincelait sur sa tête.

— Je vous assure, je l'ai frappé à coups de parapluie, disait une forte femme blonde assise au milieu d'une douzaine d'admiratrices. Trois fois ! Je ne vois pas pourquoi je laisserais un journaliste minable m'insulter. L'interview avait commencé depuis cinq minutes à peine qu'il me demandait de but en blanc si je ne trouvais pas que mon œuvre était un ramassis d'ordures. *Un ramassis d'ordures !* Ha ! Je vous dis, moi, que l'ère d'une nouvelle littérature est arrivée ! Les artistes sont des précurseurs du réalisme ! Je suis une artiste !

C'était exact, Juliette le savait, mais pas dans le domaine dont parlait Mrs. Blauvelt. Ancienne équilibriste de cirque, elle avait abandonné le fil pour la plume, et avait ainsi fait fortune.

Des murmures d'approbation et des applaudissement accueillirent les paroles de l'artiste. Puis, Bertha présenta Nell et Juliette.

— Comment allez-vous ? fit Mrs. Blauvelt, visiblement irritée d'être interrompue au milieu de cette passionnante discussion.

Elle était affligée d'une mâchoire chevaline et d'une paire d'yeux en billes de loto. Sa poitrine volumineuse répondait à la mode du temps ; Mrs. Blauvelt était devenue bien trop lourde pour le fil du funambule.

— Nous parlions de Gene Field, l'individu qu'Isobel a corrigé, expliqua une femme plus âgée.

Juliette crut reconnaître une McCormick — elle avait tendance à les mélanger. Celle-ci devait être la femme de Leander, le frère et l'associé de Cyrus.

— Ses articles ont beau être populaires, pour moi, c'est un insolent.

— Au moins, il écrit dans un anglais compréhensible, nota une

autre femme. Le grotesque dialecte irlandais de Dunne est positivement illisible.

Elle faisait référence à Peter Dunne, le célèbre personnage de
Mr. Dooley, un barman de Chicago qui dispensait sa philosophie et
ses opinions politiques dans les colonnes de l'*Evening Post*. Juliette
trouvait Mr. Dooley comique, mais elle n'osait l'avouer à ses parents.
Pork Vanderhoff détestait « ces rustres d'Irlandais », et tout ce qui
se rapportait à leur culture.

Juliette aimait encore plus les articles d'Eugene Field[1], qui écrivait
dans le *Daily News*. Field se moquait des conventions et des chichis
pompeux de la haute bourgeoisie. Bien sûr, Pork méprisait Mr. Field.
Quant à Nell, elle avait déclaré un jour : « Comment un homme qui
a écrit des vers que les enfants adorent peut-il accabler de sarcasmes
ceux dont il sait pertinemment qu'ils valent mieux que lui ? »
(A l'école, Juliette avait appris par cœur le *Little Boy Blue*, de
Mr. Field.)

La voix de Mrs. Blauvelt tira Juliette de sa rêverie. L'écrivain était
en train de comparer son œuvre à celle de Gustave Flaubert et d'Émile
Zola. Voyant l'ennui se dessiner sur les visages qui l'entouraient,
elle se mit aussitôt en quête d'un nouvel auditoire. Le groupe
d'admiratrices se dispersa.

Nell alla saluer une autre de ses relations, mais Juliette, ne voulant
pas passer l'après-midi collée aux jupes de sa mère, réussit à
s'éclipser. Elle traversa tour à tour le salon de musique espagnol, la
salle à manger anglaise et le patio mauresque qui menait à la salle
de bal où jouait l'orchestre.

La salle de bal était incontestablement l'attraction majeure de la
réception. Longue de près de trente mètres, elle regorgeait d'invités
qui se pressaient, un verre de porto ou de madère à la main, autour
du buffet garni de salades de poulet, de coquilles Saint-Jacques, et
autres mets raffinés. Au fond de la salle, les musiciens jouaient par-
dessus le brouhaha des conversations. De grands et merveilleux
chandeliers Tiffany éclairaient la scène.

Juliette trempa ses lèvres dans un porto en se demandant ce que
Paul faisait cet après-midi. Hélas ! il ne serait jamais invité chez les
Palmer. Ah, si elle avait pu être avec lui !

Elle aperçut de vagues connaissances. Charles Yerkes, le magnat
du transport, et sa très belle seconde épouse, Mary Adelaide. Juliette
ne voulait pas leur parler. Papa détestait Yerkes. Il disait qu'il avait
fait de la prison pour une histoire de stocks frauduleux. A Chicago,
il possédait un réseau de construction et d'exploitation de tramways.
Juliette était montée dans les véhicules défectueux de Mr. Yerkes, et
elle connaissait ses tarifs d'escroc. Yerkes se moquait des plaintes
des clients. Quand on lui reprochait de surcharger ses tramways, il
répliquait avec cynisme : « Pas de voyageurs debout, pas de dividendes », réplique que tous les journaux s'étaient empressés de publier.

---

1. Eugene Field (1850-1895). Poète et journaliste américain. *(N.d.T.)*

Le père de Juliette disait de Yerkes : « Quand on est un escroc, on ne le crie pas sur les toits. »

Elle évita Mr. et Mrs. Yerkes, puis repéra son père parmi un groupe d'hommes et de femmes qui écoutaient un orateur avec respect. Comme elle n'apercevait que son dos, elle décrivit un demi-cercle afin de voir son visage. C'était George Pullman, un sexagénaire imposant qui portait une impériale soigneusement taillée.

George Mortimer Pullman était un autre géant de Chicago. Après avoir quitté l'école très jeune, comme McCormick, il avait commencé une carrière d'ébéniste à New York, mais son esprit inventif l'avait rapidement entraîné vers d'autres travaux.

Sa fortune, son immense usine, et la ville modèle qu'il avait construite pour ses ouvriers avaient vu le jour grâce à l'une de ses inventions. A la fin des années 50, Mr. Pullman avait équipé deux wagons de la compagnie Chicago & Alton des couchettes escamotables qu'il avait conçues.

Les passagers furent enthousiasmés par le prototype des wagons-lits, mais les compagnies de chemin de fer accueillirent le projet avec scepticisme. Il perfectionna et breveta son modèle. En 1865, il dut financer lui-même la construction de son nouveau wagon-lit, appelé *Pioneer*. Celui-ci s'avéra trop large pour les gares et les passages souterrains. Cependant, il rencontra un tel succès auprès des voyageurs que les compagnies de chemin de fer durent capituler devant la Pullman Palace Car Company, et reconstruire leurs gares et leurs passages souterrains. Mr. Pullman inventa aussi le wagon-restaurant et le wagon-salon. Pork le trouvait arrogant, mais il le tolérait car il votait républicain.

Mr. Pullman parlait sans discontinuer avec de grands gestes théâtraux. L'homme semblait en effet particulièrement arrogant.

Juliette se glissa parmi les auditeurs, près de Hattie, la femme de Pullman. Pork adressa un clin d'œil à sa fille avant de se curer machinalement l'oreille.

— Ils me regardent comme une meute de chiens enragés parce que j'ai réduit les salaires de mes ouvriers. Mais si je l'ai fait, c'est uniquement parce que les commandes ont baissé. Alors on me critique parce que je n'ai pas réduit les salaires de mes cadres et de mes contremaîtres. C'est la preuve d'un total manque de compréhension des affaires et du système américain.

— Que voulez-vous dire, monsieur ? demanda quelqu'un.

— Vous ne saisissez pas ? Si je diminue le salaire de mes cadres, je risque de les voir démissionner en masse. Et je me retrouverais avec un encadrement squelettique le jour où la production redémarrera. Maintenir les salaires des cadres supérieurs est un impératif. Même chose pour les dividendes. Le public est habitué à se partager huit pour cent des actions Pullman, nous payons donc huit pour cent. C'est une question de confiance.

— Ceux qui jettent ces accusations contre George sont des calomniateurs, intervint Hattie Pullman. Il y a même des insolents qui se plaignent tout en continuant à percevoir leur salaire.

— Des ouvriers de la compagnie qui dénoncent la politique de l'entreprise ? s'étonna un homme. Je n'arrive pas à y croire.

— C'est pourtant vrai, dit Pullman.

« Quelle suffisance ! » songea Juliette.

— Toutefois, je ne suis pas sans ressources contre ces crapules. J'ai un réseau de... comment dire ?... d'observateurs qui m'aident à repérer les agitateurs. Quand j'en trouve un, je résilie son bail de location à Pullman.

— Ce n'est que justice, renchérit Hattie. George a investi des centaines de milliers de dollars pour bâtir une ville modèle. Une ville où rien de laid, de sale et de démoralisant ne vient troubler le bonheur de ses habitants.

Après quelques hésitations, Juliette leva la main.

— Mrs. Pullman, puis-je poser une question ?

Hattie Pullman se raidit.

— Je vous en prie, Miss Vanderhoff.

— En fait, c'est surtout pour mieux comprendre la situation. Dans certains journaux, on reproche à la ville de Pullman de ne pas avoir baissé les loyers alors que les salaires, eux, ont diminué.

Juliette ne lisait jamais les journaux ; elle tenait son information du jeune Joe Crown. La naïveté de sa question aurait dû lui attirer une réponse compréhensive ou, au pire, condescendante. Elle fut surprise de voir le visage atterré de son père, le regard venimeux de Hattie Pullman et la fureur du grand homme.

— Miss Vanderhoff, dois-je vous compter parmi les personnes mal informées qui ne comprennent rien aux affaires ? L'usine Pullman et la société immobilière Pullman sont deux sociétés distinctes qui gèrent leurs profits de façon autonome. Ne mélangez pas les deux.

— Pourtant, il me semble qu'il n'est pas juste de...

— Juliette, où est ta mère ? demanda brusquement Pork à haute voix. Nous devons partir. Hattie... chers amis... bonne année à vous tous.

— Bonne année à vous aussi, répondit George Pullman d'un ton froid.

Il jeta à Juliette un regard méprisant, comme si elle empestait.

Dans le landau, chacun garda le silence. Nell se tamponnait les yeux avec son mouchoir. Quand Juliette voulut prendre sa main pour lui expliquer qu'elle n'avait pas cherché à lui faire du mal, Nell la retira vivement avec un regard meurtri. Elle appuya sa tête contre la fenêtre et ferma les yeux. A la maison, elle monta dans sa chambre sans un mot.

Juliette arpentait sa chambre, égarée, quand la porte s'ouvrit à la volée.

— Papa...

— Silence ! Je ne veux pas t'entendre. Tu n'aurais jamais dû parler à Pullman comme tu l'as fait. Cela va faire un scandale. As-tu vu le regard qu'il t'a jeté avant que nous partions ?

Les nerfs de Juliette craquèrent. Elle fondit en larmes.

— J'ai juste posé une question honnête...

— Pas de la part d'une jeune fille bien élevée. Nom d'un chien, contente-toi de regarder et d'écouter. Tu as déshonoré ta mère. Elle est de nouveau au lit, prostrée.

Ce soir-là, dans l'obscurité de sa chambre, Juliette plongea lentement dans les ténèbres de son âme. Elle se débattit pour ne pas sombrer dans le même état dépressif qui affectait sa mère, état qui pouvait durer des jours, voire des semaines.

Elle comprit que le désespoir s'emparait d'elle dès qu'elle se sentait coupable, mais de le savoir ne résolvait rien. Elle n'arrivait même plus à penser à Paul. Elle tira les couvertures sur sa tête, se recroquevilla, et se terra.

De toute façon, les femmes avaient les nerfs fragiles. Souffrir était inévitable. Maman le lui avait dit et répété.

37

Paul

Par une douce journée de mars, alors que la neige fondait, Paul arpentait les allées de la librairie McClurg, un des hauts lieux de Chicago situé dans un vieil immeuble en briques à l'angle de Monroe Avenue et de Wabash Avenue. La librairie embaumait le papier, le cuir et le café — une cafetière chauffait en permanence sur un réchaud à gaz dans le fond du magasin, près des fauteuils à bascule. D'après cousin Joe, on avait surnommé la librairie le « Repaire des saints et des pécheurs ». Toutes les grandes figures littéraires de Chicago la fréquentaient pour lire ou discuter. Un homme était précisément assis dans le fond, un livre ouvert sur les genoux. Paul l'avait salué par politesse la première fois qu'il était passé à côté de lui. L'homme lui avait répondu avec chaleur.

Paul se demanda s'il était célèbre. La quarantaine, grand et maigre, il était confortablement installé dans un rocking-chair, une jambe posée négligemment sur l'accoudoir. Il avait des traits réguliers, une mine sympathique, des yeux aussi bleus que ceux de cousin Joe, de fins cheveux clairsemés et un gros grain de beauté sur la joue gauche. Il portait un costume froissé en tissu écossais aux tons criards, jaune, marron et vert. Son chapeau melon cabossé traînait sous son fauteuil.

Nerveux, Paul arpentait une rangée, puis une autre. Quand il approchait de l'homme, il ralentissait le pas afin de ne pas troubler sa lecture. Lorsqu'il repassa devant lui, l'homme leva brusquement la tête et son regard parut le mettre en garde.

Une seconde plus tard, Paul entendit des pas pressés.

— Jeune homme !

Il se retourna vivement. C'était un vendeur pointilleux qui l'avait repéré dès son arrivée.

— Vous semblez perdu. Cherchez-vous un livre particulier ?

Mal à l'aise, Paul prit le premier volume qui se présentait.

— J'attends une amie, si cela ne dérange pas.

— Ça dépend. Avez-vous les mains propres ? Sinon, je vous prierai de ne pas toucher aux livres.

Paul remit aussitôt le livre à sa place. L'homme dans le fauteuil appela le vendeur.

— Dites voir, Simpkins, j'ai aperçu un serpent, là-bas.

— Un serpent ? Seigneur, où ?

— Dans ce coin.

L'homme se leva ; il était grand, voûté, les épaules tombantes.

— Je l'ai vu ramper derrière cette caisse vide, dit-il en la désignant d'une main aux ongles rongés.

— Nous n'avons jamais eu de reptiles...

Le vendeur se précipita dans l'arrière-boutique, et revint avec un balai. Il avança vers la caisse en brandissant le balai devant lui comme un fusil. L'homme adressa un coup d'œil malicieux à Paul.

Le vendeur écarta la caisse d'un coup de pied. Il n'y avait rien dessous, à part de la poussière et des toiles d'araignée.

— Encore une de vos blagues, Mr. Field ?

Mr. Field avait un rire contagieux.

— Appelons cela une diversion salutaire.

— Puis-je savoir dans quel but ?

— Ne soyez donc pas si pédant, Simpkins. Nous sommes chez McClurg, pas à l'école préparatoire. Je voulais simplement que vous cessiez d'ennuyer ce jeune homme. Une librairie est faite pour feuilleter des livres. C'est de cela qu'elle tire sa noblesse. Si vous ne le supportez pas, autant chasser des serpents.

Simpkins s'éloigna, blême. En passant, il jeta un regard noir à Paul. L'homme se rassit, amusé.

— Il faudra que je parle de ce ver de terre au général McClurg, fit-il.

Paul s'approcha du fauteuil à bascule.

— Comment puis-je vous remercier, monsieur ?

— Je vais te le dire, Fritz. Achète le *Daily Mail*. Seulement le *Daily Mail*.

Paul trouva que le sobriquet de Fritz n'était pas désobligeant quand il était prononcé sur un ton amical.

— Vous travaillez pour ce journal ? demanda-t-il.

— J'y écris. Je m'appelle Field. Va, feuillette les livres que tu veux, mon garçon. Le ver de terre ne t'importunera plus.

— Merci. J'attends une amie. Elle est en retard.

— Espérons qu'elle ne t'a pas posé un lapin ! lança le journaliste avant de se replonger dans sa lecture.

Paul ne comprit pas la référence au lapin, mais devina son sens. Elle signifiait que Juliette ne viendrait peut-être pas. Il ne l'avait pas vue depuis six semaines. Il était fou d'inquiétude et d'impatience. Il espérait qu'il n'avait pas fait une erreur impardonnable en payant l'un des garçons d'écurie des Vanderhoff pour qu'il lui remette le billet qu'il lui avait écrit.

— Je le lui donnerai, avait assuré le garçon. Mais elle ne le lira peut-être pas tout de suite. Elle est malade.

— Malade ? Qu'est-ce qu'elle a ?

— Oh ! des histoires de femme !

Il se remit à arpenter la librairie en triturant sa casquette. Il portait ses habits de travail. Il avait laissé poussé ses cheveux, malgré les objections de tante Ilsa.

« Elle ne viendra pas, c'est fini. Je ne sais pas ce qui s'est passé, mais je ne la reverrai plus... »

La clochette de la porte d'entrée lui fit tourner la tête. Une silhouette féminine se découpa dans la lumière du soleil de midi. Dehors, la neige sale fondait.

Il la reconnut tout de suite, son cœur s'emballa. Elle se hâta dans l'allée, jetant des coups d'œil à droite et à gauche.

Elle n'avait pas bonne mine. Sa peau était blanche comme de la neige fraîche et de grands cernes soulignaient ses yeux, atténuant leur éclat. Il prit sa main gantée dans la sienne.

— Comment allez-vous ?

— Oh ! bien.

— Vous avez reçu mon message ?

— Oui. Personne n'est au courant, à part l'homme qui me l'a remis.

— Il m'a dit que vous étiez malade.

— Un symptôme nerveux, mais je vais mieux.

Elle n'avait plus la confiance désinvolte qu'il lui connaissait.

— Vous ne travaillez pas ? Nous sommes pourtant samedi.

— J'ai quémandé quelques heures de liberté. Le maître brasseur m'aime bien, il ne s'y est pas opposé. Il fallait que je vous voie, Juliette. La glace de l'étang a fondu.

— Le club de patinage est fermé ?

— Depuis des jours. Il faut absolument que nous trouvions un autre moyen de nous rencontrer. C'est pour cela que je vous ai envoyé un mot. Est-ce que vous faites de la bicyclette ?

Certainement, tout le monde en faisait. C'était la nouvelle passion de l'Amérique.

— Oui, mais maman n'aime pas ça. Elle trouve cela vulgaire. Pourquoi ?

— Parce que j'ai un plan. Il faudrait que vous veniez faire de la bicyclette dans Lincoln Park. On en loue, je me suis renseigné. Je dirai que je suis votre instructeur de bicyclette.

— Mon quoi ?...

— *Lehrer*. Votre professeur. Comment vais-je m'appeler ? Leopold ? Thomas ? Sammy ? Thomas, ça fait respectable. Thomas, le moniteur de vélocipède. Mes cours sont... euh, *zuverlässig*... (il chercha ses mots)... sérieux. (Juliette approuva.) Sérieux, et la courtoisie est de rigueur.

Il exécuta une courbette pompeuse pour essayer de lui arracher un sourire. Le vendeur passa dans l'allée voisine, faisant mine d'épousseter les livres avec un plumeau dans l'espoir de capter des bribes de leur conversation.

— Je viendrai tous les dimanches. Je peux vous attendre devant

chez vous, si vous voulez, comme ça vos parents me verront. Je
porterai des pinces à mon pantalon, j'aurai l'air humble, vous pourrez
même me payer. Je vous rendrai l'argent après.

Juliette s'esclaffa.

— Oh ! Paul, je ne sais que penser de vous et de vos plans !

— J'aime que les choses se réalisent. Je trouve toujours un moyen.

— Vous êtes scandaleux !

— Pas du tout, j'ai horreur du scandale. Je protégerai toujours
votre honneur.

— Vous ne m'avez pas comprise, dit-elle en lui effleurant la main.
J'aime votre audace.

— Ah, l'audace ? *Wagemutig.* Oui, je comprends. Merci.

Il sourit. Il se sentait aussi audacieux que ces aventuriers dont il
lisait les exploits, ceux qui, enfermés dans un tonneau, plongeaient
dans les chutes du Niagara. Comme eux, il plongeait à son tour dans
l'inconnu.

— Je veux vous voir. J'ai besoin de vous voir.

Ce fut à son tour de la toucher ; il caressa légèrement sa manche.

— Je ne peux plus me passer de vous. Jamais.

Les paroles de Paul paraissaient lui faire du bien. Son expression
changea, son regard s'affirma. Il retrouva la jeune femme volontaire
et hardie avec qui il avait patiné la première fois.

— Moi non plus, murmura-t-elle.

A deux pas, le vendeur les dévisageait, le regard inquisiteur, tout
en promenant son plumeau sur la tranche des livres. Paul s'interposa
entre Juliette et l'étagère, et glissa à l'oreille de sa compagne :

— *Ich liebe Sie*, Juliette.

— Que dites-vous ?

— Je n'ai pas le courage de le dire en anglais, avoua-t-il, écarlate.

— Je crois que j'ai deviné ce que cela veut dire. Je... je ressens la
même chose.

— Alors, je vous en prie, laissez-moi devenir votre moniteur de
bicyclette.

— Oh, oui ! Mais il vaut mieux que vous ne m'attendiez pas devant
chez moi. Je dirai à mes parents que vous m'avez été recommandé
par un ami du Club de la selle et du cycle. Maman commencera par
refuser, mais je vaincrai ses réticences.

— Tous les dimanches ?

— Oui, tous les dimanches.

— Bientôt ?

— Pourquoi pas demain ? Ah, comme je suis contente que vous
m'ayez écrit ce mot. Vous êtes courageux, Paul. Gentil et courageux...
(Elle était à la fois heureuse, et au bord des larmes.) Répétez-moi ce
que vous m'avez dit tout à l'heure.

— *Ich liebe Sie.*

Comme à bout de patience, le vendeur ouvrit la bouche pour dire
quelque chose. Paul prit Juliette par la manche et l'entraîna hors de
la boutique. Le journaliste les suivit des yeux, amusé. Il prit un
crayon et un calepin dans sa poche.

Dans la rue, réchauffés par le soleil printanier, fouettés par le vent humide et frais, ils restèrent un instant sur le trottoir. Le cœur de Paul battait fort.

— Vous aussi, dites-le-moi.

— *Ich liebe Sie*, Paul. Si je pouvais, je vous le dirais dans toutes les langues. Je vous aime.

Il était au paradis. Si la Lorelei s'était mise à chanter du haut de la falaise qui surplombait le Rhin, son chant n'aurait pas été plus doux à son oreille.

Il sentit que sa vie venait de basculer pour toujours.

CINQUIÈME PARTIE

PULLMAN

1894

Si tu es malade, pauvre ou affamé,
opprimé ou accablé de douleur, tu trouveras toujours
aide et réconfort auprès d'Eugene Debs,
alors que George Pullman lancera ses chiens les plus féroces à tes
trousses.

Eugene Field, dans le *Chicago Daily News*, 1894.

A défaut de prendre les mesures qui s'imposent,
les émeutes et la rébellion échapperont à tout contrôle,
les biens seront saccagés et le sang coulera.
Que le Seigneur vous guide et vous montre
le terrible volcan qui menace d'exploser à tout moment.

Message d'un homme d'affaires de Chicago
au président Cleveland, 1894.

38

Joe Junior

Durant l'hiver, Joe Junior passa moins de temps avec son cousin. Paul n'avait plus besoin de ses services, Juliette et lui filaient le parfait amour ; les autres ne comptaient plus.

Joe Junior demanda à Paul ce qu'il comptait faire quand le pavillon de patinage fermerait. Paul lui expliqua en souriant qu'il avait déjà un plan. Joe Junior le félicita mais le mit en garde :

— T'as pas intérêt à ce que le vieux Vanderhoff l'apprenne.

Joe Junior était plutôt soulagé de ne plus avoir à jouer les Cupidon. Il avait assez à penser avec sa petite amie. Pour voir Roza Jablonec, il devait parcourir les quinze kilomètres qui le séparaient de la ville modèle de Pullman, fondée en 1882 pour les cinq mille ouvriers de la Pullman Palace Car Company. Il devait prendre deux omnibus, avec un changement.

Le voyage en omnibus ne le dérangeait pas. Il aimait lire en route.

Il aimait aussi essayer d'imaginer comment se passerait la journée — s'ils avaient un peu de chance. Rosie étendue sur le dos, les reins cambrés, gémissant sous ses assauts profonds. Oui, mais rien n'était joué. Tout dépendait de ses parents, Tabor et Maritza. S'absenteraient-ils ou pas ? Joe Junior et Rosie ne faisaient l'amour qu'à la maison. Leurs premiers ébats dehors, dans une grange, s'étaient terminés par l'arrivée du fermier, et leur fuite peu glorieuse, Joe Junior remontant tant bien que mal son pantalon. Leur deuxième tentative, dans un bosquet, n'avait pas été plus réussie. Un frelon avait piqué deux fois Rosie. Là s'était interrompue leur quête d'un nid d'amour loin de Pullman.

Mais il ne pensait pas toujours au sexe durant ces trajets dominicaux. Parfois, il lisait et relisait les passages difficiles d'un livre. Ou il spéculait sur l'avenir du pays, ou sur celui de sa famille — son père ne relâchait pas son emprise sur ses ouvriers, sur sa femme, sur ses enfants. Son désir de tout contrôler restait intact. Son père ne changerait jamais.

Parfois, il pensait aussi à son cousin Paul. Paul était un brave garçon. Un peu jeune, peut-être. Et quel rêveur ! Quel naïf ! Paul s'imaginait que l'Amérique valait bien mieux que son pays natal. Pour lui, c'était le paradis sur terre. En Amérique, personne ne trichait ni ne tuait pour satisfaire ses désirs. Les politiciens étaient intègres. Les ouvriers n'étaient pas des pions que des joueurs sans scrupule déplaçaient à leur guise sur l'échiquier tout-puissant de l'argent.

Joe essayait de lui ouvrir les yeux sur la réalité. Les deux cousins s'estimaient beaucoup, mais les disputes devenaient plus fréquentes. Après le travail, Joe Junior s'arrêtait parfois chez Donophan, dans Lake Street, un bar enfumé et bruyant, fréquenté par le prolétariat. Il y avait des billards, mais pas de Crown. On n'y servait que de la Budweiser, fabriquée par Busch, le brasseur de Saint Louis.

Chez Donophan, Joe Junior jouait au billard avec d'autres clients, ou parfois tout seul, contre lui-même. Paul voulut apprendre à jouer, et Joe Junior l'emmena un soir en sortant de la brasserie. Il passa une queue au bleu, puis en tendit une autre à son cousin.

— On ne fait pas de match, hein ? C'est juste pour t'apprendre.

Il arrangea les boules dans le triangle, et Paul les dispersa. Mais il n'arrivait pas à tenir sa queue. Ils jouèrent chacun leur tour et Joe rentra toutes les boules sauf une. Après trois autres parties similaires, ils arrêtèrent, puis s'installèrent au bar et commandèrent deux chopes de bière. Un serveur au nez retroussé les dévisagea.

— Quel âge avez-vous ?

— On a l'âge, dit Joe Junior, apportez donc les bières.

— D'accord, d'accord, y a pas le feu.

Joe Junior s'accouda au comptoir en acajou.

— Je dépense dix cents pour qu'on ait le repas gratis.

— Si tu paies dix cents, c'est plus gratuit, remarqua Paul.

— T'as raison, petit futé.

— Ah, l'Amérique ! fit Paul, perplexe.

Ils mangèrent au bar où des assiettes avaient été disposées sur des nappes sales. On leur servit des tranches de pain de seigle, des œufs durs, du poisson mariné, des cornichons et une assiette de choucroute. Joe Junior avala deux bouchées de choucroute, puis tendit la fourchette à Paul, qui prit un morceau de poisson. Un autre client réclama la fourchette — il n'y en avait qu'une pour tout le bar — et Paul la lui donna.

Le garçon au nez retroussé leur servit les bières. Paul souffla la mousse et goûta la sienne.

— Elle est moins bonne que la Crown, dit-il.

— Ha, ha ! s'esclaffa Joe Junior. Quel brave petit esclave !

— Joe, commença Paul redevenant sérieux, j'ai lu ce qui se passait à l'usine Pullman. Comment crois-tu que ça va se terminer ?

— Mal, si on se fie aux patrons. C'est des capitalistes, mon vieux. Tu le saurais si tu lisais les...

— Je sais, je sais. Les livres que tu m'as passés. Mais pour l'instant, j'étudie une nouvelle grammaire anglaise que je viens d'acheter.

— C'est pas là-dedans que tu trouveras la vérité.

— Tu parles beaucoup de la vérité, mais qu'est-ce que c'est, exactement ?

— Ce que tu refuses de te mettre dans la tête, à savoir que notre glorieuse liberté n'est qu'un énorme bobard. Oh ! on est libre, ça oui ! Libre d'exploiter les plus faibles. Libre de faire trimer des enfants sur des machines dangereuses dans des usines crasseuses. Libre d'être un esclave.

— Suppose que je travaille dans une des usines dont tu parles. Je serais libre de ne pas y rester, non ?

Joe Junior éclata d'un rire moqueur.

— O ! mais bien sûr ! Tu es tout à fait libre de partir, de mourir de faim, de porter des guenilles... de crever. L'Amérique dont tu rêves n'existe que dans ton imagination, Paul. Tu crois qu'en travaillant dur, n'importe qui peut devenir aussi riche que papa. Mon œil ! Rares sont ceux qui deviennent patrons, et quand ils le sont, ils volent, trichent et gouvernent ta vie ! Voilà la vérité !

Paul parut réfléchir.

— J'aimerais que tu répondes à cette question, dit-il enfin. Si l'Amérique ne vaut pas mieux que les autres pays, pourquoi tant de gens risquent-ils leur vie pour immigrer ? Pourquoi me suis-je enfui d'Allemagne ?

Joe Junior prit amicalement son cousin par le cou.

— Je ne répondrai pas à ta seconde question, mais pour la première, écoute bien ceci : il y a à Chicago un homme qui s'appelle Mike McDonald. Big Mike. C'est un joueur, et il est riche. Il dirige une boîte qui s'appelle le Store. Les conseillers municipaux et les politiciens du Parti démocrate lui mangent dans la main. Big Mike a un proverbe : « Il y a un pigeon qui naît à chaque minute. »

— Un pigeon ? Qu'est-ce que ça veut dire ?

Joe Junior vida sa bière.

— Un pigeon, c'est un type qui croit tout ce qu'on lui dit.

Paul reposa violemment sa chope sur le comptoir.

— Et tu crois que je suis un pigeon ? Eh bien...

— Non, attends...

— Je te remercie.

Sur ce, il tourna les talons et sortit.

Joe Junior lui courut après, et le rattrapa à la porte.

— Te vexe pas, Paul. Je ne t'ai pas traité de pigeon, je voulais juste t'expliquer. Te dire la vérité. C'est toi qui me l'as demandé, non ?

— La vérité telle que tu la vois. La mienne est différente. Je vois des centaines de pauvres gens sur un paquebot qui regardent la statue de la Liberté dans le port de New York, et qui espèrent de tout leur cœur qu'elle les accueille dans un pays meilleur que celui qu'ils ont laissé derrière eux. J'ai été un de ceux-là.

— D'accord, soupira Joe Junior. Oublie tout cela. Je ne voulais pas t'offenser, Paul. (Il offrit sa main.) On reste amis ?

Paul se détendit, sa colère était passée.

— On reste amis, fit-il.

Ils se serrèrent la main, puis remontèrent Lake Street. La dispute était close, mais rien n'était réglé, bien sûr.

Avril arriva. L'Amérique se débattait toujours dans la dépression. Les petites gens se sentaient impuissants, manipulés par des forces qu'ils ne contrôlaient pas. On parlait beaucoup des « patrons », des « trusts », des « parasites du pouvoir », qui faisaient la pluie et le beau temps et jouaient avec les vies des pauvres citoyens en se moquant de ce qu'ils deviendraient.

Dans l'Ohio, un certain Jacob Coxey[1] avait rassemblé plusieurs centaines de chômeurs et se proposait de les faire marcher sur Washington. Coxey était un fermier, un chrétien très pieux, ancien combattant de la guerre de Sécession, et un véritable excentrique. Il avait appelé son plus jeune fils Égalité Coxey.

Une petite armada de journalistes suivit l'« armée » du « général » Coxey quand elle remonta vers l'Est sous une pluie battante. Les conditions atmosphériques et les ampoules aux pieds ne refroidissaient pas l'enthousiasme des marcheurs, notèrent les journalistes. Une troupe de musiciens, qui se faisaient appeler les Cuivres de la communauté du Christ, accompagnait la colonne. Son air favori semblait être une parodie d'*Après le bal* :

> *Après la marche,*
> *Après le 1ᵉʳ mai,*
> *Après les nouvelles lois, mon enfant,*
> *La justice régnera de nouveau.*

« Ne comptez pas trop là-dessus », songea Joe Junior.

Le 28 avril, il aurait dix-huit ans. Physiquement, il avait atteint sa maturité ; il garderait toujours l'ossature fragile héritée de son père, mais ses muscles s'étaient développés, le maniement des outils avait endurci la paume de ses mains. Avec l'arrogance inconsciente de la jeunesse, il se considérait comme un homme.

Ce mois d'avril, l'homme de presque dix-huit ans avait manqué de chance deux dimanches d'affilée. A Pullman, Tabor Jablonec était sorti en laissant sa femme à la maison.

Tabor était inquiet, comme tous les employés de George Pullman. En conséquence, il buvait. Pour écluser quelques verres de mauvais vin rouge, il devait marcher jusqu'au village voisin, Kensington, car Mr. Pullman avait décrété qu'il n'y aurait pas de débit de boissons pour les ouvriers dans sa ville modèle. L'hôtel Florence, du nom de la fille préférée de George Pullman, possédait un petit bar qui servait des boissons alcoolisées aux cadres supérieurs, mais le tarif des consommations était trop élevé pour de simples ouvriers. Selon

---

1. Jacob Sechler Coxey (1854-1951). Réformiste américain. *(N.d.T.)*

Mr. Pullman, des hommes qui suaient toute la journée étaient moins productifs s'ils buvaient la nuit.

Tabor Jablonec avait des raisons de boire et de se tourmenter. Il travaillait comme charpentier à l'atelier de réparation des wagons. Les wagons de Pullman équipaient les trois quarts des trains américains, mais aucun n'appartenait aux compagnies de chemin de fer. La société Pullman gérait elle-même ses wagons, engageait ses propres contrôleurs, portiers, cuisiniers. Elle percevait deux cents du kilomètre pour l'entretien de ses véhicules.

Au début de 1894, le salaire horaire de Tabor fut réduit de vingt pour cent ; suivit une nouvelle coupe de quinze pour cent en février. Tabor fit le compte des sommes qu'il devait à son propriétaire. Il but une demi-bouteille de vin rouge pendant son heure de déjeuner, puis il fit une chose inimaginable pour lui. Il alla trouver son contremaître, Castleberry, et, tout en triturant sa casquette, se plaignit de la réduction de son salaire.

La réaction de Castleberry fut de celles qu'on tolérait dans les hautes sphères de la compagnie, qu'on encourageait même. Il se leva d'un bond, jeta Tabor à terre et l'injuria, le traitant notamment de « sale ingrat », « de Bohémien merdeux ». Il l'avertit qu'à la prochaine plainte, il serait renvoyé. Pour cette fois, Tabor écopa d'une mise à pied d'un mois, et il s'estimait heureux de s'en tirer à si bon compte.

— Pourquoi ne pas quitter Pullman ? lui demanda Joe Junior quand il apprit la nouvelle. Tu ne devrais pas rester ici, leur payer un loyer aussi élevé, et les laisser te maltraiter.

Tabor répliqua avec son accent à couper au couteau :

— Faut bien que je reste si je ne veux pas me faire virer pour de bon. Quand il y aura de nouveau du travail, ceux qui ne logent pas à Pullman seront les derniers sur la liste.

Joe Junior ne put que marmonner un « Jésus ! » incrédule. Ce qui lui attira un regard de reproche de la part de Maritza Jablonec. La mère de Rosie comptait sur Jésus-Christ pour ramener Mr. Pullman sur le droit chemin. Sinon dans cette vie, du moins dans la prochaine.

Le père de Roza Jablonec était un homme frêle aux yeux sombres et rêveurs, au front haut et bombé, qui rappelait à Joe Junior les portraits de Daniel Webster[1]. Malheureusement, cette glorieuse ressemblance était gâchée par un menton fuyant et une toute petite bouche. La fille unique de Tabor avait hérité de ce qu'il avait de mieux, et elle tenait de sa mère, par ailleurs insignifiante, les lèvres et la poitrine voluptueuses, le menton volontaire. Rosie avait un an et demi de plus que Joe Junior, ce qui ne la rendait que plus désirable.

Il l'avait rencontrée à la campagne, à Ogden's Grove (l'endroit où il avait un jour emmené Paul), à l'occasion du premier meeting

---

1. Daniel Webster (1782-1852). Célèbre orateur américain, secrétaire d'État de 1841 à 1843, et de 1850 à 1852.

politico-culturel auquel Benno l'avait convié. C'était un dimanche chaud et poussiéreux de l'automne 1892. Il était stupéfié par le radicalisme des participants et par l'audace des discours révolutionnaires. Il s'attendait à tout instant à voir la police investir la clairière. Pour calmer son anxiété et le malaise qu'il ressentait en présence d'étrangers, il avait bu une pleine cruche de bière, puis une autre, avant le début des festivités.

Rosie était la troisième sur le programme. Ce n'était pas son père qui l'avait emmenée, mais Joe Junior l'ignorait à l'époque, tout comme il ignorait son nom ; il fut séduit à la minute même où il la vit. Quand elle monta sur l'estrade improvisée — quelques planches disposées à la va-vite sur des caisses vides —, elle leva ses jupes pour montrer ses chevilles nues. Les applaudissement crépitèrent, venant surtout des hommes. On appréciait son physique et sa bonne mine ; son talent, on l'ignorait.

Roza Jablonec avait de fortes hanches et des jambes lourdes de paysanne, des cheveux châtain foncé, épais et ondulés, et une poitrine opulente, très à la mode à l'époque. Pour le pique-nique, elle portait un corsage à col montant taillé dans un tissu grossier et une jupe foncée ourlée de fleurs en feutre aux couleurs criardes.

Joe Junior était adossé à un arbre, non loin de l'estrade. On présenta Miss Roza Jablonec comme une jeune chanteuse prometteuse. Benno le poussa du coude et, lui soufflant dans la figure son haleine qui empestait l'ail et l'oignon, déclara :

— Vingt dieux, les nichons ! Si t'y fourres ta tête, sûr que t'étouffes, mon gars. Quelle belle mort, pas vrai ?

Un accordéoniste aux cheveux blancs et aux jambes arquées s'assit sur un tonnelet à l'arrière de l'estrade. Joe Junior apprit par la suite que l'homme était le père de l'amie de Rosie, un ouvrier de Pullman, plus vindicatif et moins peureux que Tabor. Invitée par son amie, Rosie avait déclaré à Tabor et à Maritza qu'elle se rendait à un pique-nique au bord du lac.

Affalés dans l'herbe, les spectateurs firent silence. La chanteuse prit une pose artificielle et entonna *Ta-ra-ra Boom-de-ay* sur un rythme enlevé. Elle chantait à tue-tête, ce qui cachait certains défauts qui apparurent plus nettement dans le second morceau, *My Sweetheart's the Man in the Moon*. Elle avait une jolie voix, mais pas de coffre, et même l'oreille peu entraînée de Joe Junior décela de fréquentes fausses notes.

Peu importait, il lui trouvait un charme fou. Elle avait des formes particulièrement excitantes, mais c'était surtout sa spontanéité naturelle, presque bestiale, ses mouvements de hanches suggestifs, ses poses alanguies et ses clins d'œil fripons qui lui plaisaient.

L'après-midi était déjà bien entamé, et certains célibataires avaient avalé beaucoup de bière. Pendant que la jeune femme chantait, des spectateurs criaient des propositions salaces, puis un obèse brandit sa chope de bière et hurla :

— Suffit comme ça, ma mignonne. A la suivante.

L'accordéoniste produisit un couinement pitoyable, la fille s'arrêta

net, regarda l'assistance avec un air effaré qui tourna vite à la colère.
Sans se rendre compte de ce qu'il faisait, Joe Junior s'avança.

— La ferme ! Laisse-la donc chanter. Où sont passées tes bonnes manières ?

Gêné, l'obèse resta interdit. Derrière lui, Joe Junior entendit un des hommes de Crown ricaner :

— Ses manières sont comme son talent : *Abwesend* (absentes).

D'un large geste, Joe Junior fit signe à la chanteuse de poursuivre. Elle ne le quitta pas des yeux, puis un sourire adoucit sa colère. Elle lui adressa un signe discret. Il lui répondit de même, puis l'accordéoniste reprit le morceau.

Grisé, en sueur, il serra la cruche de bière de ses mains moites. Il y eut peu d'applaudissements à la fin de sa chanson, mais pas de sifflets non plus. Joe Junior ovationna Roza, ignorant les ricanements des camarades de Benno. Il se précipita vers l'estrade et l'atteignit au moment où la jeune fille en sautait en tenant sa jupe à deux mains.

Elle trébucha en touchant le sol. Il la rattrapa par les épaules. Elle poussa un soupir, et pendant un instant, il sentit ses seins contre son corps. Elle dut ressentir le même trouble que lui car elle soupira de nouveau et ses yeux s'agrandirent. Un fort courant passa entre eux, irrésistible.

Il relâcha son étreinte, puis recula d'un pas.

— Je m'appelle Joe, finit-il par articuler, ému. J'ai beaucoup aimé vos chansons.

— Je m'appelle Roza.

— Roza, c'est un joli nom. Ça fait penser à la rose.

— Tu n'es pas mal non plus. Retrouve-moi dans dix minutes, on ira faire un tour.

A l'écart de la clairière, à l'ombre protectrice d'un feuillage jaune et roux, elle souleva sa jupe. Il lui ôta sa culotte et, le cœur battant, caressa l'abondante toison sombre. Elle rit et lui lécha les lèvres.

C'était la première fois pour lui, mais pas pour elle. Elle rendit la chose simple, et si brève fût-elle, divine.

Il commença à venir régulièrement la voir à Pullman. Il l'appelait Rosie, et elle aimait cela.

Elle n'était pas cultivée ni même ce que l'on appelait intelligente. Elle ne lisait pas, et cependant, elle avait beaucoup appris de la vie. Sa philosophie était aussi élémentaire qu'impitoyable, surtout concernant son père.

— Papa est né en Bohême dans la pauvreté ; il a grandi dans la pauvreté et ça l'a marqué pour la vie. Il ne s'attirera jamais d'ennuis à l'usine ; il préfère se laisser cracher dessus plutôt que de risquer de perdre son salaire. Je retiendrai la leçon, Joey. Dans la vie, il faut être quelqu'un et avoir des relations pour que personne ne vous chie dessus. Ça, c'est la première chose. La seconde, c'est qu'il faut toujours avoir un dollar dans la poche, et que plus on en a, mieux ça vaut.

— Je ne suis pas d'accord, Rosie.

— Je sais, je t'ai vite cerné, tu sais. Ta tête est bourrée d'idées qui ne mettront jamais du beurre dans tes épinards, et c'est pour ça qu'on ne restera pas ensemble. Qu'est-ce que ça peut faire ? On baise, c'est déjà bien, non ?

C'était plus facile à dire qu'à faire. Deux dimanches de suite, Joe Junior et Rosie ne purent rester seuls cinq minutes. Il en fut certes contrarié, mais cela ne fit que renforcer sa détermination.

Le 22 avril, six jours avant son anniversaire, il prit l'omnibus comme d'habitude. Il faisait un temps magnifique, c'était une journée idéale pour caresser une fille, l'embrasser dans le cou, l'exciter jusqu'à ce qu'elle relève sa jupe.

Pendant le long trajet, il essaya de ne pas penser aux courbes du corps de Rosie qu'il rêvait de retrouver. Il tira de sa poche un livre sans couverture, dont le titre imprimé en caractères minuscules rendait sa lecture impossible aux curieux. C'était une traduction de *Conversation entre deux travailleurs*, de l'anarchiste italien Enrico Malatesta.

Benno le lui avait prêté. Le livre condamnait violemment les propriétaires — des hommes comme Pullman ou comme le père de Joe Junior.

> *Ignores-tu que chaque bouchée de pain qu'ils mangent, ils l'ont volée à tes enfants, que chaque cadeau qu'ils offrent à leur femme signifie la pauvreté, la faim, le froid, et peut-être la prostitution pour la tienne ?*

Son père n'était pas comme cela, Joe Junior le savait. Pourtant, il appartenait à la classe que Malatesta haïssait, et il partageait la philosophie d'hommes autrement plus crapuleux que lui.

Joe Junior rangea le livre dans sa poche afin de ne pas gâcher sa journée. Il passa le reste du trajet à penser à sa bien-aimée.

Tabor Jablonec, sa femme et sa fille vivaient dans un des pavillons en briques rouges réservés aux couples mariés. Ces habitations étaient beaucoup plus petites que celles des contremaîtres et ne représentaient pas tout à fait la maison idéale que vantaient Mr. Pullman et son équipe. Les loyers étaient élevés, de même que le gaz et l'eau — Pullman les achetait à Chicago et les redistribuait avec un profit notable. Malgré la réduction des salaires, la compagnie Pullman avait maintenu les loyers et les charges aux tarifs en vigueur avant la récession.

Quand Joe Junior frappa à la porte, Rosie dit en le faisant entrer :

— Chut, nous avons de la visite.

Pestant contre sa malchance, il fit un effort pour rester poli quand on lui présenta le visiteur. C'était une femme de trente-cinq ans environ, vêtue avec sobriété, les cheveux coiffés en chignon. Son visage carré et son expression franche montraient qu'elle ne manquait pas de caractère. Elle serra avec vigueur la main de Joe Junior.

— Je connais bien votre mère. C'est l'une de nos bénévoles préférées. Nous aimerions beaucoup qu'elle nous aide davantage, mais elle est très occupée. Vous lui présenterez mes amitiés, je vous prie.

— Je n'y manquerai pas, fit-il en souriant, finalement plus surpris qu'ennuyé par la présence inattendue de cette femme.

Il se demanda ce que la fondatrice du centre d'œuvres sociales Hull House faisait à Pullman, assise à une table de cuisine, devant des feuilles couvertes d'une écriture serrée.

La mère de Rosie lui expliqua :

— Miss Addams vient se rendre compte comment nous vivons.

Elle parlait mieux anglais que son mari, avec un accent moins prononcé.

— Mon impression n'est guère favorable, déclara Miss Addams.

Là-dessus, elle rangea ses papiers dans son réticule, puis elle s'adressa à Joe Junior.

— On m'a demandé d'enquêter sur les conséquences de la crise économique pour la Chicago Civic Federation. Ce que je découvre est honteux.

— Oui, la situation n'est pas fameuse, dit Tabor, assis les coudes sur la table, la tête dans les mains. Quand un homme se tue au travail, qu'il ne boit pas, qu'il a une femme courageuse et économe, qu'il travaille pendant dix ans pour le même patron et qu'il se retrouve endetté jusqu'au cou, c'est que quelque chose ne va pas.

— Moi, je démissionnerais, dit Miss Addams. Ou je protesterais vigoureusement.

— J'ai eu le malheur de protester une fois, ça m'a coûté assez cher comme ça.

Après le départ de Miss Addams, Tabor coiffa sa casquette.

— Je vais faire un saut à Kensington, annonça-t-il.

Maritza hocha la tête sans rien dire, ce qui fit bouillir Joe Junior de rage.

Maritza Jablonec s'installa dans le petit salon miteux pour repriser des chaussettes. Rosie et Joe restèrent à parler dans la cuisine. Il réussit à glisser sa main sous sa jupe, l'embrassa plusieurs fois à pleine bouche. C'était pire que de ne pas la toucher du tout.

Vers seize heures trente, la porte de la cuisine s'ouvrit et Tabor entra en titubant, suivi par deux autres ouvriers de chez Pullman, un maigrichon du nom de Link Randolph et un bonhomme au visage buté et à la panse rebondie que Tabor présenta sous le nom de Dice Harrod. Link avait un demi-litre de whisky presque vide à la main. Il pestait.

— Tu nais dans une maison Pullman. Tu fais tes courses dans une boutique Pullman. Tu vas à l'église Pullman. Et quand tu mourras, tu croupiras sans doute dans l'enfer Pullman. Ce qu'ils donnent d'une main, ils te le retirent de l'autre. Il ne te reste plus rien, pas même le respect de toi-même. Ils vont jusqu'à te piquer ce qui sort de tes chiottes, nom d'un chien !

Maritza se couvrit la bouche, choquée. Joe Junior dit qu'il ne comprenait pas la dernière remarque.

— La merde, mon garçon. Le roi George te vole même ta merde pour fertiliser son potager. *Le fumier !*

Il lança la bouteille contre le mur. Des morceaux de verre brisé glissèrent sous la cuisinière. Maritza considéra son mur taché d'un œil vide.

Dice Harrod gratta une allumette pour rallumer le mégot de son cigare. Enveloppé d'un nuage de fumée, il cligna des yeux comme un crapaud sur un nénuphar.

— Qu'est-ce que t'as l'intention de faire, Link ? demanda-t-il.

— Je vais rejoindre le comité.

— Quel comité ?

— Celui qui est en train de se créer pour aller voir les patrons et exiger que les salaires retrouvent leur niveau d'avant.

Dice Harrod tiqua.

— T'as bien dit « exiger » ? fit-il.

— Tout juste. On ira cette semaine ou la suivante. Tu peux compter dessus.

Joe Junior remarqua que Maritza décochait des regards inquiets à son époux. Dice Harrod cracha un nuage de fumée.

— Seigneur, c'est drôlement dangereux, Link. Fais gaffe, si tu sors du rang, ils ne vont pas te louper.

— Je m'en fous... Au point où on en est.

— C'est dangereux, répéta Dice Harrod en hochant la tête. Qui y a-t-il d'autre dans ton comité ?

— T'inquiète pas, c'est des types solides.

— Mais tu en fais partie ?

— Je veux !

— Et toi, Tabor ?

— Non ! Ça m'intéresse, mais je ne me fourre pas dans des trucs comme ça.

Après le départ des deux hommes, Maritza déclara :

— Dice a raison, Link devrait faire attention.

— Oui, Dice a raison, acquiesça Tabor. C'est le point de vue de la compagnie, mais il a quand même raison.

Junior aurait bien voulu dire quelque chose, mais il s'abstint. Il préféra se pencher contre Rosie et respirer son odeur. Elle sentait la rose ; il lui avait offert un savon parfumé à dix cents qu'elle n'utilisait que le dimanche.

Ils sortirent. Bien que la porte de la cuisine fût restée entrouverte, il la plaqua contre le mur, souleva ses cheveux et lui chatouilla l'oreille de sa langue.

— J'avais espéré un cadeau d'anniversaire, souffla-t-il.

— T'en fais pas, je te le garde, murmura-t-elle en se frottant contre sa main.

Ses dessous étaient humides. Le sexe de Joe Junior était si tendu qu'il lui faisait mal.

Le dimanche suivant, Rosie lui apprit que Link Randolph avait été licencié, et qu'il avait reçu un avis d'expulsion de la société immobilière Pullman.

— Dice Harrod est un de leurs espions. Pour une fois, papa a eu le nez creux. Il n'est pas tombé dans le piège de Dice.

Forte de cinq cents hommes, l'armée du « général » Coxey arriva à Washington, où elle remonta Pennsylvania Avenue. Coxey apportait une pétition en faveur d'un programme fédéral de travaux publics destiné à lutter contre le chômage.

Au Capitole, Coxey fut arrêté dès qu'il s'aventura sur une pelouse qui appartenait, dit-on, au gouvernement. Un de ses fidèles essaya de forcer le barrage de police ; on l'assomma à coups de matraque. La police, qui avait suivi les manifestants, les chargea furieusement. L'« armée » se dispersa en quelques minutes.

A la brasserie, les commentaires sur la marche de Coxey allèrent bon train. Certains le trouvaient courageux, d'autres affirmaient que l'entreprise était vouée à l'échec dès le départ. Benno avait une opinion bien arrêtée. Il en fit part à Joe Junior dans le vestiaire que Joe Crown mettait à la disposition de ses employés :

— Les manifestations ne servent à rien. C'est pas en agitant un morceau de papier à Washington qu'on obtiendra justice. Je vais te dire ce qu'ils auraient dû faire. Ils auraient dû venir avec de la dynamite.

Le 6 mai, Joe Junior repartit pour Pullman, craignant une nouvelle déception. Il n'avait pas eu de relations intimes avec Rosie depuis des semaines. Ce dimanche ne fit pas exception. Tabor l'invita à Kensington, dans une salle où se presserait bientôt une foule d'ouvriers de chez Pullman. On attendait un orateur célèbre, Eugene Debs, du Syndicat des chemins de fer. Comme Maritza avait manifesté son intention de rester à la maison, Joe Junior décida d'accompagner Tabor. Rosie eut l'air fâchée contre sa mère mais aussi contre lui.

Joe Junior n'avait jamais vu Debs en chair et en os. Il ne connaissait que les photographies parues dans des magazines qui attaquaient ses opinions socialistes. L'aspect du syndicaliste ne pouvait pas l'étonner d'avantage. Il s'était attendu à voir un personnage robuste et truculent, une sorte de Benno Strauss de Terre Haute, dans l'Indiana. Au lieu de cela, il se trouva en présence d'un grand bonhomme, la trentaine, sec comme un coup de trique, rasé de près. Sa calvitie naissante lui donnait des airs de bibliothécaire. Malgré la chaleur, Debs portait un costume de tweed aux plis impeccables, un col dur blanc, et ses chaussures luisaient comme un miroir. Ancien trésorier-secrétaire de la Confrérie des chauffeurs de locomotive, il avait lutté sans relâche pour imposer sa vision d'un syndicat unique pour le bien de tous. Le Syndicat des chemins de fer comptait déjà trois cent mille adhérents. Ses arguments ne manquaient pas de poids : le syndicat protégeait ses adhérents et empêchait les patrons de monter les confréries les unes contre les autres afin de briser les grèves.

Debs parla, sans s'aider de notes, pendant une heure. Au bout de deux minutes, Joe Junior était impressionné ; cinq minutes plus tard, il était conquis.

— Je me suis promené dans la ville de Pullman ces derniers jours, dit Eugene Debs. J'ai parlé avec les gens, j'ai posé des questions, mais j'ai surtout écouté. J'en ai tiré une conclusion incontestable. Si, après avoir travaillé pour George Pullman pendant des années, on vous licencie et que deux semaines après vous vous retrouvez affamés et à la rue, on peut dire sans se tromper que George Mortimer Pullman est un fieffé voleur. Il se moque pas mal de vous, quoi qu'il en dise. Son paternalisme me fait penser à celui des esclavagistes envers leur cheptel humain. C'est pourquoi je vous incite fermement à soutenir votre comité. Avec du courage, une vision claire de vos objectifs, vous l'emporterez.

— De quel comité parle-t-il ? glissa Joe Junior à l'oreille de Tabor.

— De celui qui a causé le renvoi de Link Randolph.

— A quoi sert-il ?

— J'en sais rien, et je ne veux pas le savoir.

Debs s'avança jusqu'au bord de l'estrade, ôta ses lunettes et parcourut du regard la foule d'hommes aux traits tirés, aux vêtements élimés.

— Je conclurai par une dernière chose. Souvenez-vous que le Syndicat des chemins de fer est avec vous et que notre politique est simple. Quand un patron touche à un camarade, tous les autres accourent pour le défendre. Dans notre lutte, les travailleurs soutiennent les travailleurs. N'en doutez pas un instant.

La salle se leva comme un seul homme et applaudit à tout rompre. Joe Junior ne fut pas le dernier à frapper dans ses mains. La salle résonna longtemps du martèlement des bottes. Tabor hocha la tête d'un air lugubre.

— Ce genre de discours va nous faire virer. Viens, je boirais bien un verre.

Joe Junior l'accompagna au bar, mais après un verre de vin rouge bon marché, il ne supporta plus l'attitude de chien battu de Tabor. Il lui demanda s'il comptait rentrer bientôt.

— Pas tout de suite, dit le père de Rosie en commandant un autre verre.

Joe Junior comprit aussitôt le parti à tirer de la situation.

Il courut jusqu'à Pullman, et dit à Maritza :

— Mr. Jablonec est en train de fêter l'événement à Kensington. La réunion était drôlement intéressante, et tout le monde l'a appréciée. Mais quand je l'ai quitté, Mr. Jablonec avait déjà bu pas mal de verres.

— Oh ! seigneur ! Où est-il ? Chez Fanucci ?

— Oui, je n'ai pas réussi à l'en décoller.

— Il faut que j'aille le chercher. Rosie vous fera cuire un morceau pour le dîner.

Sur ce, elle s'empara de son châle et sortit à la hâte. Assise à la table de la cuisine, Rosie adressa un sourire d'extase à Joe.

Joe Junior et Rosie se jetèrent avec ardeur sur son lit étroit. Depuis qu'il la connaissait, jamais il ne l'avait vue se déshabiller aussi vite. Il la pénétra avec la fureur d'une trop longue abstinence, et explosa en elle moins d'une minute plus tard alors qu'elle se tordait de plaisir et en demandait encore. Il se reposa un moment, puis la reprit, plus lentement cette fois, avec davantage d'intensité. Elle haleta, gémit, cria, hurla quand ils jouirent ensemble.

Après avoir récupéré, accoudé près d'elle, jouant avec ses beaux seins d'albâtre, il déclara :

— Je déteste rentrer après avoir passé une journée avec toi. Je déteste habiter à Michigan Avenue quand je vois tant de faim et de misère ici.

— Tu ne veux pas rentrer chez toi à Michigan Avenue ? s'esclaffa Rosie. J'échangerais volontiers ta place contre la mienne.

— Tu ne comprends pas qu'on puisse se sentir coupable de manger dans de la vaisselle cerclée d'or quand des gens sont licenciés ? Qu'ils crèvent de faim ?

— Je me moque de ça. Je veux manger avec de la vaisselle cerclée d'or, moi aussi. Je voudrais vivre avec du luxe.

— Dans de la vaisselle, Rosie. Dans le luxe. Comment espères-tu t'en sortir si tu n'apprends pas à causer correctement ?

Ils avaient déjà eu ce genre de discussion.

— Les filles comme moi, c'est pas pour notre beau parler qu'on intéresse les hommes, avait-elle coutume de répondre.

Cette fois, elle glissa sa main entre les jambes de Joe Junior et serra.

— T'inquiète pas pour moi, je sais m'y prendre, dit-elle.

Il roula sur le dos et contempla le plafond taché. Une locomotive siffla au loin. Dans un coin de la pièce, une bougie brûlait dans une assiette. On avait coupé le gaz parce que les Jablonec n'avaient pas payé les factures.

— J'aimerais que tu ne te moques pas des choses auxquelles je crois, dit-il. Si tu les comprenais mieux, tu ne t'y risquerais pas. Je pourrais te prêter des livres...

— Pour l'amour du ciel, pas de livres ! Tu lis déjà trop. C'est pour ça que tu fais tout un foin pour les pauvres ouvriers qui meurent de faim alors que tu devrais être heureux de dormir dans un lit douillet, de manger à ta guise, et d'avoir des parents avec un compte en banque bien rempli. Je me demande vraiment ce qui t'empêche de profiter de la vie.

— Peut-être un truc qu'on appelle la conscience.

— Ou un truc qu'on appelle la folie. En plus, j'ai l'impression que tes histoires de travailleurs, c'est du vent.

Il se tourna de nouveau vers elle.

— Pas du tout.

— Non ? Pourtant...

— Te moque pas. Un de ces jours, tu verras.

— Je verrai quoi ? Et quand ?

Il faillit répondre, mais rougit violemment de la tête aux pieds.

— Je ne sais pas encore, finit-il par répondre, mais le moment venu, j'aiderai la cause. Je frapperai un coup...

— Oh ! Joe, ne parle pas comme ça ! C'est stupide. Si tu commences à y croire...

— J'y crois.

— ... tu vas te faire tuer, et ce serait bête. Donner sa vie pour des trucs qu'on lit dans les livres ? Très peu pour moi.

— Cessons donc de nous disputer, Rosie.

— C'est pas une dispute, je veux juste que tu saches. Je m'occupe d'abord de moi.

Il se pencha et l'embrassa.

— Moi aussi, je m'occupe de toi. Peut-être que je t'achèterai des assiettes en or pour ton cadeau de mariage. Qu'est-ce que tu en dis ?

Elle éclata de rire.

— Dis pas de conneries, Joey. Il y a deux sortes de filles : celles qu'on épouse et celles qu'on baise. Je suis de la deuxième catégorie. Je sais très bien ce que je suis. Une fille qui a appris à baiser et qui aime ça. Ça ne me dérange pas, je m'en servirai pour me faire une place au soleil. J'aurai un bel appartement et de beaux habits. Je ne me suis jamais attendue à ce que tu m'épouses, Joey. Si tu me le demandais, je refuserai. J'ai des projets plus intéressants.

Sa main glissa le long de sa cuisse, et se referma sur sa verge.

— Je parle pas de ça non plus. Allez, viens, j'ai envie. Maman ne sera pas de retour de sitôt. Et mets un de ces machins. Je ne veux pas d'enfants, que ce soit avec toi ou avec un autre. Je quitterai cette ville de merde ou je crèverai. Que ça te plaise ou non, je mangerai dans de la vaisselle en or.

Le 7 mai, un comité de trois membres fut reçu par la direction des usines Pullman. Il réclama le retour aux salaires antérieurs à la récession. Les dirigeants écoutèrent les trois hommes d'une oreille apparemment attentive, puis réaffirmèrent la position de la compagnie. Les temps étaient difficiles. Les commandes baissaient. On n'avait pas diminué les salaires de quarante, cinquante ou soixante pour cent, mais de dix-neuf pour cent en moyenne. De plus, Pullman fabriquait des wagons à perte dans le seul but de faire tourner l'usine pour donner du travail à une partie de son personnel.

La rencontre se termina à l'amiable. Le mot circula rapidement que les trois membres du comité étaient satisfaits des réponses que la direction leur avait apportées.

Deux jours plus tard, chacun des trois membres reçut sa lettre de mise à pied pour une durée indéterminée.

Le vendredi 11 mai, à midi précis, treize cents ouvriers de la Pullman Palace Car Company posèrent leurs outils et quittèrent leur poste de travail. Ils exigeaient une diminution des loyers, la suppression des coupes salariales de 1893, et la réintégration immédiate des trois membres du comité.

Tous les ouvriers de Pullman ne se joignirent pas à la grève. Tabor Jablonec fut parmi ceux qui refusèrent.

— Ça ne me surprend pas, confia Rosie à Joe Junior.

La loyauté de Tabor ne lui rapporta rien. Le lundi suivant, la direction licencia les trois cents travailleurs restants.

39

Juliette

Tante Willis Fishburne arriva pendant la seconde semaine de grève chez Pullman. Elle ne restait jamais longtemps, préférant observer ce qu'elle appelait la règle des trois jours.

— Au bout de trois jours, les visiteurs sont comme le poisson, ils empestent.

Trois jours suffisaient largement à faire sortir Pork Vanderhoff de ses gonds, mais Juliette trouvait les visites de sa tante trop courtes.

Tante Willis allait sur ses quarante-huit ans.

Contrairement à sa sœur, elle était grande. Ses traits étaient austères : long visage, long nez, joues creuses, cheveux poivre et sel coupés court, sans fioriture. Anglaises, macarons, boucles, tresses, chignons, très peu pour elle.

Sa poitrine était quasi inexistante, et on pouvait qualifier sa silhouette de filiforme. Elle ressemblait à une Sudiste des plantations de l'arrière-pays, là où la vie est dure et le bonheur rare. Mais ses yeux démentaient cette apparence. Ils brillaient de générosité, de gaieté, avec parfois des éclairs moqueurs.

Tante Willis arriva dans Prairie Avenue en voiture de louage. Elle passa plus de temps que nécessaire à bavarder avec le cocher, lui rendit une sorte de flasque qu'ils avaient, à l'évidence, partagée. Elle était, comme d'habitude, vêtue pour choquer : pantalon oriental, tunique cintrée, chaussures à talons plats, bas de soie rouge ornés de motifs argentés.

Willis avait étudié la doctrine de Mrs. Amelia Bloomer[1]. Cette réformatrice de Seneca Falls, dans l'État de New York, encourageait le port de vêtements sains depuis les années 50. Comme elle, Willis dédaignait les crinolines victoriennes, les cerceaux, les volants, la servitude des corsets qui blessaient la chair et entravaient les corps.

La tante de Juliette était une authentique brebis galeuse. Elle

---

1. Amelia Jenks Bloomer (1818-1894). *(N.d.T.)*

s'était enfuie de la maison familiale du Kentucky à l'âge de quinze ans à peine. Pour suivre un garçon. Un garçon que ses parents méprisaient, avait confié Nell à sa fille. Mais ce n'était pas la seule raison. De tous les Fishburne, Willis avait été la seule à être contaminée par la peste abolitionniste.

Petite fille, elle lisait les récits d'évasions d'esclaves et connaissait par cœur des pages incendiaires de Mrs. Stowe. Peu à peu elle commença à regarder ce qui se passait autour d'elle. Cet intérêt la distingua vite du reste des Fishburne.

— Je me souviens de scènes atroces, racontait Nell. Elle harcelait père à propos de la cruauté de l'esclavage, de la folie de la Sécession. Un jour, elle est montée sur une chaise et a ôté ses dessous parce qu'ils étaient en coton, et que le coton était produit par le Sud esclavagiste. Depuis, ma sœur ne porte plus que des dessous en soie.

Willis était devenue une honte que Nell s'efforçait de cacher au reste du monde.

Fort heureusement, Willis habitait New York. Là, elle luttait pour des causes qui effaraient sa sœur. Elle essayait d'aider des prostituées à se libérer de l'exploitation sexuelle. Elle écrivait des pamphlets pour réclamer la révision des lois sur le divorce. Elle prônait l'amour libre et enseignait à Juliette qu'une femme avait un droit total et absolu sur son corps. Ce n'était ni aux médecins, ni aux politiciens, ni aux ecclésiastiques, ni à aucun homme de lui dicter son devoir.... quand bien même ils revendiquaient ce droit.

Willis avait perdu le dernier de ses trois maris deux ans auparavant, chacun ayant contribué à assurer son indépendance financière. Nell préférait ne pas entendre parler d'eux : le premier était un radical, le deuxième un débauché, et le troisième un Juif.

Le premier mari de Willis, le révérend Chauncey Stone Coffin, était son aîné de vingt ans. Il avait hérité de son père une foi unitarienne, ainsi que plusieurs millions de la compagnie maritime familiale, basée en Nouvelle-Angleterre. C'était une figure de proue de la croisade pour l'abolition de l'esclavage et pour l'égalité des Noirs. Willis l'avait rencontré à Chicago pendant la guerre. Elle vivait seule. Elle subvenait à ses besoins en faisant des ménages, et consacrait tout son temps libre à des actions humanitaires. Elle changeait le linge et vidait les bassins à l'hôpital Saint Luke, où les blessés nordistes et sudistes se retrouvaient souvent côte à côte. Elle allait deux fois par semaine au camp Douglas, le cantonnement des prisonniers, et écrivait le courrier des Sudistes illettrés, ou discutait simplement avec eux, leur tenait la main, partageait leur souffrance d'être emprisonnés par des compatriotes à des centaines de kilomètres de chez eux. Vers la fin de la guerre, le révérend Coffin visita le camp, rencontra Willis, et commença à lui faire la cour.

Il la poursuivit de ses assiduités pendant les deux années où elle suivit des cours au collège Oberlin. Puis, elle céda enfin.

Rien n'égalait la passion du révérend pour la libération des Noirs et le châtiment des Sudistes si ce n'est, hélas ! sa passion pour les femmes. Après son mariage, au cours d'une tournée, il fut surpris dans une chambre d'hôtel de Saint Louis avec la femme d'un diacre local. L'histoire parvint aux oreilles de Willis, et Coffin lui accorda un million de dollars en échange de son silence et d'un divorce sans publicité.

Quelques années plus tard, elle épousa son deuxième mari, Loyal McBee. C'était un acteur qui, malheureusement, succombait à la tentation la plus redoutable de sa profession, l'alcool. Son manque de talent le cantonnait aux seconds rôles, il était incapable de garder un penny en poche, mais il aimait passionnément Willis.

Leur union dura quatre ans. Pendant une tournée, il jouait Cassius dans le *Marc Antoine* de Mr. Booth[1] à Detroit. En quittant le théâtre après une matinée, il se rendit dans un bar, en sortit une heure plus tard et tomba sous les roues d'un coche. La nuque fracturée, il mourut instantanément. Willis n'apprit qu'une semaine plus tard que la famille de Loyal possédait un gigantesque moulin à Rochester, dans l'État de New York, et qu'elle avait légué à son mari un demi-million de dollars en fidéicommis qu'il ne pouvait toucher tant qu'il exerçait la profession déshonorante d'acteur. Willis hérita de l'argent.

Son dernier mari fut Simon Mordecai Weiss. Weiss avait transformé le commerce de ferraille de son père en empire de la quincaillerie en gros. Il avait toujours les doigts noircis et des taches de graisse sur les joues ; il surveillait personnellement chaque achat important. C'était un homme extraordinairement doux qui avait divorcé deux fois d'épouses qu'il jugeait insipides et cupides. Il avait rencontré Willis par hasard lors d'une conférence sur l'art africain présentée par Mr. Henry Stanley, le journaliste qui avait stupéfié le monde en retrouvant la trace du Dr. Livingstone près du lac Tanganyika en 1871.

Assis côte à côte, Willis et Weiss avaient engagé la conversation. Willis aima tout de suite le vieil homme, avant même de savoir qui il était et ce qu'il faisait. Deux semaines plus tard, il lui fit une proposition simple et honnête. Si elle acceptait de l'épouser, de vivre et de voyager avec lui, de l'égayer par sa conversation intelligente (c'était son esprit plutôt que ses manières rudes qui l'avait séduit), il ferait d'elle sa seule héritière.

Agé à l'époque de soixante-dix ans, il lui avait avoué qu'il avait un cœur fragile et qu'il n'espérait pas vivre plus de cinq ans. Il décéda en fait quatorze mois plus tard. Le lendemain de sa mort, ses avocats vinrent proposer à sa veuve deux offres de concurrents du défunt. Weiss lui avait toujours dit qu'il s'attendait à ce qu'elle vendît son affaire à sa mort : elle était trop intrépide et indépendante pour passer son temps à compter des boulons, des vis et des écrous. Elle négocia habilement, les offres des deux rivaux grimpèrent, et elle vendit finalement l'affaire pour un demi-million. Nuit et jour, pendant un mois, elle pleura son doux et généreux Weiss.

---

1. Junius Brutus Booth (1796-1852), auteur dramatique anglais, père de John Wilkes Booth, l'assassin de Lincoln. *(N.d.T.)*

Willis n'avait épousé aucun de ses maris pour l'argent. Sans doute était-ce pour cela que la fortune lui avait sourit.

Malgré ses idées avancées et son engagement pour des causes fort peu convenables, Willis avait conservé les vertus des femmes du Sud. Elle se montrait aimable et attentive aux autres, à l'exception des butors et des parfaits imbéciles. On pouvait ranger son beau-frère dans l'une ou l'autre de ces catégories, mais comme il faisait partie de la famille, elle s'efforçait de tenir sa langue en sa présence.

Ce n'était pas toujours possible. Ce qu'elle considérait comme du simple bon sens paraissait souvent irrecevable à Pork et à Nell. C'est pourquoi elle les choquait au moins une fois à chacune de ses visites. Cette fois, cela se passa à table, le soir de son arrivée à Chicago. Elle venait de finir sa tasse de café et allumait l'un de ses petits cigares.

— Dans le train, j'ai lu un article sur le différend qui oppose Mr. Pullman à ses ouvriers. Cet homme me paraît d'une arrogance insupportable. J'espère que les grévistes tiendront bon et qu'ils le mettront à genoux.

— Vraiment ? grommela Pork.

Nell lui décocha un regard suppliant : « Pas de dispute, je t'en prie. Elle ne reste que trois jours. Je sais bien qu'elle est folle, mais c'est ma sœur. »

Pork parut insensible à l'avertissement. Juliette elle-même était nerveuse. Elle aurait voulu avoir sa tante pour elle toute seule, lui parler de Paul et lui demander conseil.

Willis fit tomber la cendre de son cigare dans la soucoupe. Nell s'efforça de cacher son dégoût ; la lumière électrique renforçait son teint cireux. Willis le remarqua.

— Tu ne te sens pas bien, Nell ?

— Euh... J'ai gardé le lit plusieurs jours...

— Sur les conseils de ce médecin au visage d'enfant de chœur, j'imagine ?

— Le docteur Woodrow.

— Peu importe son nom. Un médecin qui vous recommande de rester cloîtré dans le noir alors que le soleil brille est un charlatan.

Nell prit un air d'oiseau blessé.

— Tu ne le traiterais pas de charlatan si tu étais souffrante. Dieu a fait de toi une exception. Tu as une santé de fer.

— Balivernes, ma chère sœur ! Je suis en bonne santé parce que je mène une vie saine. Je ne me morfonds pas dans un lit. Une bonne marche quotidienne, une nourriture abondante et bien arrosée...

— Sans oublier les hommes, intervint Pork.

Juliette porta la main à sa bouche. Mais l'orage prévu n'éclata pas. Willis se contenta de sourire à son beau-frère.

— C'est juste, Mason. J'ai eu trois maris merveilleux. Mais j'ai décidé de ne pas me remarier. D'abord, parce qu'en trouver un à la hauteur des précédents ne serait pas aisé. De plus, à notre époque ce n'est plus nécessaire. Inutile de porter la bague au doigt pour profiter des hommes.

— Oh ! Willis ! suffoqua Nell. C'est dégoûtant.

— Le pire, c'est que tu le penses, c'est vrai que nous sommes encore au Moyen Age, ici.

— Ici, c'est-à-dire à Chicago, dit Vanderhoff. En province.

— Exactement, Mason, acquiesça Willis avec son sourire sudiste le plus charmant.

Juliette faillit s'étrangler de rire. Elle aimait son père, mais elle ne pouvait s'empêcher de rire à le voir souffler comme un crapaud, rouge et furibond.

Juliette dormit mal et s'éveilla avant l'aube. Willis et elle passèrent la majeure partie de la journée chez Elstree, chez Field, et dans d'autres grands magasins, puis elles dînèrent à l'English Chop House, le restaurant préféré de tante Willis. C'était un endroit louche, pittoresque, fréquenté par des sportifs célèbres, des femmes maquillées, des politiciens bedonnants, et des journalistes à la parole facile. Au milieu des boiseries sombres, dans l'air enfumé par le tabac et par la friture, dans les relents d'alcool, Willis se sentait chez elle.

— Allez, raconte-moi, dit-elle, sitôt assise, après avoir allumé un cigare.

— Te raconter quoi ? s'étonna Juliette.

— Voyons, ma fille, tu t'imagines que je n'ai pas remarqué que tu avais changé depuis la dernière fois ? Tu as bonne mine, mais tes yeux sont hagards. Les filles perdent toujours le sommeil à cause des garçons.

Elle étreignit la main de Juliette.

— Raconte, insista-t-elle.

Juliette n'attendait que cela pour tout lui dire sur Paul Crown. Malheureusement, il faisait partie d'une famille que les Vanderhoff méprisaient.

— Cela ne t'a pas empêchée de le voir, j'espère, demanda Willis.

— Tous les dimanches. Maintenant qu'il fait chaud, nous allons pédaler dans Lincoln Park. Il se fait passer pour mon moniteur de vélocipède. Il est fougueux et audacieux. Je crois que je l'aime, tante Willis.

Willis parut réfléchir.

— Quel âge as-tu, Juliette ?

— Tu le sais très bien, tu m'envoies un merveilleux cadeau à chaque anniversaire. J'aurai dix-sept ans le 28 de ce mois.

— Oui, je sais. Mais je voulais te l'entendre dire. Tu es jeune. Ce n'est peut-être qu'une amourette passagère.

— Oh, non ! D'ailleurs, j'ai lu assez pour savoir qu'il n'y a pas si longtemps, les filles se mariaient bien plus jeunes et elles avaient des enfants dès quatorze ou quinze ans.

— C'est juste, mais il y avait de bonnes raisons à cela. La vie était plus courte et plus difficile. Elles devaient faire vite, comprends-tu.

Tu as l'avenir devant toi, ne le gâche pas par excès de précipitation. Il faut que tu sois sûre avant de t'engager.

— Mais je le suis, tante Willis.

Willis la fixa d'un œil pénétrant.

— Très bien, dans ce cas, si ton amour est sincère et durable, ne dis pas « je crois que je l'aime », proclame-le.

Pensive, Juliette touilla sa glace à moitié fondue avec sa cuillère en argent.

— Mais il y a papa et maman. Ils ne seront jamais d'accord. Pourtant, si on m'empêchait de le voir, j'en mourrai.

— Eh bien, continue à le voir.

— Oh ! je voudrais bien ! Mais que faire si mes parents le découvrent ?

— Défie-les !

— Les défier ? Oh ! tante Willis, je ne sais pas si je pourrais ! Ce n'est pas que je sois trop sage ni trop docile, mais j'aime papa et maman. J'ai besoin de leur respect et de leur approbation. De leur affection...

— Qu'ils te rationnent en fonction de ta conduite.

Juliette détourna les yeux. Sa tante avait touché son point sensible.

— Je comprends ce que tu ressens, mon petit. Tu es d'une nature fidèle et honnête. Hélas ! l'honnêteté est parfois un handicap. En outre, ta mère — mon propre sang ! — t'a rempli la tête de sottises sur ta mauvaise santé, tes nerfs fragiles, ton manque de vigueur. Ne crois surtout pas ces sornettes. Ce sont des idées préconçues sur la prétendue condition féminine. Regarde par exemple cette absurdité qui veut que les femmes doivent s'allonger et se conduire comme des invalides une fois par mois. Grotesque. Ce sont les mères qui enseignent ces bêtises aux jeunes filles. Il vaut mieux être jolie qu'intelligente. Une femme se doit d'être avant tout décorative. Sauf, bien entendu, quand elle est grosse comme une truie.

— Tante Willis ! bredouilla Juliette en se couvrant la bouche.

— Allons ma chérie, il n'y a rien de choquant à dire crûment la vérité. Une jeune fille est plus intelligente et a plus de personnalité qu'un garçon de son âge. Une femme est capable de choses plus importantes et plus sensées que de jouer les potiches décoratives. Connais-tu la pièce de Mr. Ibsen dans laquelle il est question d'une dénommée Nora ?

— Non. J'ai juste entendu parler de lui. On dit qu'il écrit des pièces inconvenantes.

— Évidemment ! Les gens ont toujours des accusations toutes prêtes à jeter à la figure de ceux qui osent développer des idées nouvelles. Henrik Ibsen est un auteur formidable, je dirais même un génie. Pour un homme, il en sait un rayon sur notre sexe. Une femme a besoin d'un but dans sa vie, Juliette. Une mission dans laquelle elle s'investit. Ça, un verre de bon bourbon du Kentucky, un peu de natation, ou un amant vigoureux, sont les meilleurs remèdes contre les maladies dites féminines. Mais, cela mis à part, je vois bien que ta rencontre avec ce garçon te force à te poser une question très embarrassante. Pour être précise : de quelle vie s'agit-il ? Celle de ta mère, de ton père, ou de la tienne ?

Ébranlée, Juliette contempla ses mains. Elle connaissait la réponse à cette question, mais aurait-elle le courage de la formuler ? Aurait-elle le courage d'en affronter les conséquences ?

Tante Willis parut comprendre son hésitation. Elle prit la main de Juliette dans les siennes. A chaque doigt brillait une bague montée d'une pierre différente.

— Ne doute pas de toi. Tu as le courage de suivre ta voie, à condition que tu y croies. Cela te causera sans aucun doute des problèmes pendant un temps, mais tu t'en sortiras. Tu prendras la bonne décision.

— Tu l'espère.

— Je l'ai fait avant toi au Kentucky, et je n'ai pas eu à m'en plaindre.

— Tu ne m'en as jamais vraiment parlé.

— Non ?

Willis se cala dans son fauteuil. Elle prit un air rêveur qui la rendit presque belle. Sa voix se fit sourde.

— C'est une histoire assez brève. Le Kentucky était tiraillé entre deux partis. Les Fishburne étaient sécessionnistes. La famille de Billy Boynton était loyaliste. En plus ils étaient *pauvres*. Très pauvres. Je m'en fichais. J'ai mis quelques affaires dans un ballot, je suis descendue par la gouttière et je me suis enfuie. Je suis restée six jours et six nuit avec Billy qu'il ne s'engage.

— Tu l'as épousé ?

— Non. Personne n'aurait accepté de nous marier sans une autorisation parentale.

Juliette était sidérée.

— Quel courage ! s'extasia-t-elle. Tu n'avais que quinze ans. As-tu jamais.... ?

Elle attendit que le serveur moustachu dépose le plateau avec l'addition.

— As-tu jamais regretté ce que tu avais fait ?

— Pas une fois. Ces six jours et ces six nuits resteront les plus belles de ma vie. Je ne les échangerais même pas contre le trône de l'impératrice de Chine.

— Qu'est devenu le jeune homme ?

Willis écrasa nerveusement son cigare dans une coupe en cristal.

— Il a été tué à Chickamauga... Non, c'est moi qui paie. Bon, c'est l'heure de rentrer... Ah, une dernière chose.

Elle effleura la main de sa nièce.

— Si ton histoire d'amour devient trop lourde à porter, pense à moi. Et si tu as besoin d'un refuge ou d'une amie, tu peux venir chez moi quand tu veux.

40

Paul

Oncle Joe condamnait la grève avec virulence, comme les journaux qui pénétraient dans la maison ; Paul les lisait, lentement, laborieusement, son dictionnaire de poche et sa grammaire anglaise à portée de main. Les journaux critiquaient les grévistes avec un tel acharnement que Paul se demanda s'ils n'avaient pas des liens secrets avec Mr. Pullman. Personne ne pouvait être aussi égoïste, irresponsable, dépravé, irrespectueux de la loi, que le prétendaient les journaux.

La grève, avec ses partisans et ses opposants, semait le doute dans l'esprit de Paul. Il essaya d'y résister ; il ne voulait pas se souvenir des paroles du boulanger de la Wuppertal. Il refusait de croire aux descriptions sinistres de son cousin sur l'Amérique, à ce qu'il nommait avec emphase « la vérité ». Cependant, les doutes persistaient, et s'intensifiaient même de jour en jour.

Par une chaude journée de juin, après le travail, Joe Junior persuada Paul de l'accompagner à une réunion avant de rentrer à la maison. C'était un samedi, le lendemain du dix-septième anniversaire de Paul.

— Gene Debs va intervenir personnellement. C'est un orateur fantastique, il faut tu l'entendes.

Paul craignait fort de connaître le message à l'avance, mais il accepta par amitié.

En sortant de la brasserie, ils mangèrent dans un bar, puis se rendirent à l'Uhlich's Hall. Le vieil auditorium vétuste était comble et il y faisait une chaleur infernale quand ils prirent place au balcon. Paul était mal à l'aise dans cette foule composée presque exclusivement de socialistes, des hommes à l'aspect rugueux et à la mise pauvre.

— Le syndicat de Debs s'est réuni pendant cinq jours, expliqua cousin Joe. Tout le monde se demande si Debs va annoncer une décision importante. Soutenir la grève, par exemple. Tu vois tous les journalistes ?

Il montra une enclave à l'orchestre ; elle était bondée.

A sept heures précises, un homme monta sur la scène. Il se présenta comme George Howard, vice-président du Syndicat des chemins de fer. Avec des gestes théâtraux, il introduisit le président du syndicat, Mr. Debs. Applaudissements nourris, sifflets et martèlement de pieds accueillirent Debs quand il déboucha de l'allée centrale. Paul trouva que le radical avait une allure de moine défroqué avec son costume en laine, sa chemise blanche et sa cravate.

Quand les applaudissements s'atténuèrent, Debs s'avança à la tribune. Il parla sans notes.

— Messieurs, je suis venu vous annoncer la décision du comité exécutif de votre syndicat. Auparavant, je tiens à souligner que j'étais, ainsi que vous le savez sans doute, très réticent à soutenir ouvertement les grévistes de Pullman.

Sa voix s'éleva dans les cintres, même Paul était ému.

— Le Syndicat des chemins de fer s'est développé très rapidement, or il est encore jeune et fragile. Vous pouvez dire ce que vous voulez sur la compagnie Pullman (quelques huées), mais aucun homme de bon sens ne niera qu'elle dispose de ressources financières importantes et de relations privilégiées avec les plus hautes sphères de l'État. C'est pour cette raison que j'ai émis des réserves sur l'opportunité d'une action de solidarité avec ceux qui luttent si courageusement pour leurs droits.

— Qu'entend-il par action ? demanda Paul à l'oreille de son cousin.

— Une grève de solidarité.

Debs leva une main ; son regard parcourut l'assemblée.

— Nous avons discuté pendant cinq jours. Nous avons dressé la liste des abus dont sont victimes les travailleurs chez Pullman, des abus inconcevables dans un pays moderne et civilisé. L'intransigeance tyrannique de la direction est manifeste. La compagnie s'obstine à refuser toute négociation. Aveugle, sourde, dénuée de la moindre compassion chrétienne, la compagnie Pullman méprise ses propres employés alors qu'ils souffrent et luttent pour... pour quoi ? Pour des exigences exorbitantes ? Non ! Ils ne réclament que des salaires décents !

— Il va appeler à la grève, glissa Joe Junior.

Debs s'arrêta pour boire un verre d'eau. Il le vida à moitié, le reposa, puis agrippa la barre de la tribune. Les secondes s'écoulèrent. La salle était muette. Paul entendit le plancher craquer sous les pieds d'un homme qui changea de position.

— Messieurs, les raisons que je viens de citer ont balayé mes réticences.

Quelqu'un siffla, d'autres hurlèrent. Debs leva vivement la main pour obtenir le silence.

— Non seulement je ne m'opposerai pas mais je soutiendrai l'action décidée par notre comité exécutif après de longues et scrupuleuses délibérations. Si, d'ici à dix jours, la direction de Pullman refuse un compromis équitable, alors le Syndicat des chemins de fer boycottera les entreprises Pullman.

A l'orchestre, les journalistes s'agitèrent. Un homme coiffé d'un panama s'avança dans l'allée.

— Un instant, messieurs, dit vivement Debs. Écoutez la suite.

Le journaliste se rassit en protestant. Ses confrères le firent taire.

— Pendant le boycott, le Syndicat refusera de manœuvrer les wagons Pullman, quelle que soit la compagnie qui les utilise. Nous n'aurons pas recours à la violence, nous n'arrêterons pas les trains. Nous nous croiserons simplement les bras. Nous agirons pacifiquement et avec le sens de l'honneur. Mais nous serons intraitables, et nous maintiendrons le boycott tant que les négociations n'auront pas commencé.

Debs contempla la salle silencieuse, suspendue à ses lèvres. Même Paul s'était peu à peu laissé envoûter par ses talents oratoires.

— Voilà notre message au monde. Dans ces temps tristes et difficiles, nous ne pouvons faire moins que de soutenir nos camarades travailleurs. Et tant qu'il me restera un souffle de vie, je lutterai à leurs côtés. Merci, messieurs, et bonne soirée.

Howard, le vice-président du syndicat, bondit pour déclencher l'ovation. Joe Junior se leva et Paul l'imita. Debs s'agrippa à la rampe du podium et sembla tituber, comme épuisé. Un sourire las aux lèvres, il promena son regard sur l'assemblée pour remercier les travailleurs de leurs applaudissements assourdissants.

Les journalistes se précipitèrent pour le questionner. Un homme les précéda et lui donna une vigoureuse bourrade accompagnée d'une poignée de main chaleureuse. En se frayant un chemin vers la sortie, Joe Junior jubilait.

— Ça y est, il va y avoir de l'action.

— Oui, sans doute, admit Paul.

— Oh ! tu m'as l'air bien sinistre ! Tu te fous de la grève ?

— C'est pas ça, mais...

— Mais tu ne penses qu'à Juliette, hein ?

— On dirait, avoua Paul avec un sourire piteux.

— Eh bien, tu vas avoir de quoi te distraire. Le boycott change tout. C'est de la dynamite.

Paul se demanda si son cousin se rendait compte de ce qu'il venait de dire. Des souvenirs surgirent ; les dunes ; l'explosion de la bicoque ; le sourire effrayant de Benno Strauss...

Souvenirs désagréables. Préfiguraient-ils un drame ? Paul espéra que non.

Deux bicyclettes étaient appuyées contre le tronc d'un sycomore. De l'autre côté de l'arbre, sous l'ombre tachetée, Paul et Juliette se reposaient dans l'herbe. Leurs bras nus se frôlaient.

Ce jour-là, ils s'étaient retrouvés à seize heures, deux heures plus tard que d'habitude. Tante Ilsa avait retardé le déjeuner dominical à cause de la réception qui avait suivi l'office à Saint Paul. Le pasteur Wunder présentait un nouvel assistant, récemment ordonné.

Quand Paul l'apprit le dimanche matin, il fonça jusqu'à Prairie

Avenue, et traîna aux alentours de la propriété des Vanderhoff en attendant que la famille parte à l'église. Puis, il se glissa à l'arrière de la propriété où un court sentier menait aux écuries.

Grosses comme des melons, sept pierres blanchies à la chaux flanquaient le sentier. La leur était la seconde à partir de la gauche. Paul l'avait choisie quand Juliette lui avait expliqué qu'à force de recourir à un domestique pour transmettre ses messages, ils finiraient par se faire prendre.

Il glissa un mot sous la pierre. Juliette vérifiait toujours s'il y avait un message. Lorsqu'il arriva chez les Crown, Paul était hors d'haleine et en nage. C'était égal, tout plutôt que d'attendre une semaine entière pour voir Juliette.

Ils se retrouvaient à l'échoppe de location de cycles, près de la terrasse de la brasserie Fisher, au nord de Lincoln Park. Paul arriva vingt minutes en avance ; Juliette était ponctuelle.

— J'ai trouvé le mot.

Ils s'étreignirent les mains, puis se séparèrent avec des sourires honteux. Elle portait une élégante tenue de cycliste, des sandales en toile, des bas blancs, une jupe qui lui arrivait aux genoux, un boléro blanc, un béret de marin avec un large ruban de satin vert. Aux yeux de Paul, aucune femme dans aucun pays n'avait été ni ne serait jamais aussi belle.

Ils empruntèrent une piste qui serpentait dans Lincoln Park. Le jardin retentissait de bruits sympathiques, cris d'enfants, clochettes de cyclistes, le bruit mat d'une balle de base-ball accompagné d'encouragements. Arrivés à l'extrémité sud du parc, ils firent demi-tour et retournèrent vers la brasserie Fisher, où ils descendirent de bicyclette et quittèrent la piste. Ils choisirent un endroit tranquille, sur la berge du lac, à l'abri d'un grand sycomore. A la terrasse de la brasserie, un orchestre allemand attaquait *Die Wacht am Rhein*.

Paul sortit de la poche de sa veste en lin un bloc de papier à dessin et un morceau de fusain, puis il entreprit de croquer Juliette tout en parlant.

Il amena la conversation sur la grève.

— Je n'y comprends pas grand-chose, avoua Juliette. Papa dit qu'on devrait arrêter les grévistes et fusiller les meneurs. Mais je ne crois pas qu'il le pense sincèrement.

— Non, mais c'est un sujet qui enflamme tout le monde. Mon oncle dit à peu près la même chose que votre père.

— Ah, les riches, soupira Juliette. Ils ont tous la même vision du monde. Je peux voir ?

Gêné, il lui montra son esquisse.

— Toujours aussi mauvais. J'ai beau essayer, c'est sans espoir. Je n'ai aucun talent. Je voudrais tellement faire des photographies avec un appareil. Peut-être même fabriquer des images animées, c'est ce qui me plairait le plus.

— Oui, j'en ai entendu parler. Papa a vu une démonstration à l'Exposition. Il dit que les images sont très mauvaises et sans aucun intérêt.

— Oh ! non, c'est pas vrai ! s'exclama-t-il en reposant son croquis insipide. Ah, si on pouvait photographier des choses réellement importantes ! Des choses qu'on n'aurait pas la possibilité de voir autrement. Des présidents, ou des rois, ou des cannibales. Des paysages d'Égypte, ou de Chine, ou encore de hautes montagnes, comme la Jungfrau, par exemple. Si on pouvait photographier les guerres ? Imaginez un livre d'histoire qui s'anime sous vos yeux. On ne dirait plus que ce sont de mauvaises images sans aucun intérêt.

— Non, certainement pas.

Il s'adossa à l'arbre.

— C'est à cela que je veux consacrer ma vie, Juliette.

— Vous quitteriez la brasserie de votre oncle ?

— Oui, sans hésiter. La paie est bonne, mais fabriquer de la bière ne m'intéresse pas ; la boire, à la rigueur. (Juliette pouffa.) Je veux devenir photographe. Oh ! il faudrait que j'apprenne, bien sûr ! A la foire, j'ai rencontré un homme qui était prêt à m'enseigner le métier, mais sa boutique a fermé et je ne sais pas ce qu'il est devenu.

— Vous trouverez un moyen, j'en suis sûre. Vous réussirez, quoi que vous entrepreniez.

Ah, comme elle était belle ! Ses lèvres étaient douces et roses. Une rosée de sueur argentée ornait sa lèvre supérieure. Des visions érotiques bouleversèrent Paul, des corps nus, des membres enlacés, des gémissements ardents. Il posa une main sur la sienne.

A son contact, Juliette se tourna vers lui, ses mèches de cheveux noirs ondoyaient sur ses épaules.

— Non, Paul, nous ne devons pas.

Il insista.

— Je suis mal à l'aise, Juliette.

— A cause du secret de nos rencontres ?

— Non, parce que je m'efforce d'être poli alors que je ne pense qu'à une chose : vous étreindre et vous embrasser.

— Il ne faut pas. Je n'aurais pas la force de résister.

Il s'agenouilla. Un couple de cyclistes passa sur la piste. Paul leur jeta un coup d'œil, puis se pencha et embrassa Juliette.

Ils s'étaient déjà embrassés sur la bouche, mais chastement. Cette fois, grisés par la chaleur, par l'air chargé d'une atmosphère électrique et par leur sang bouillonnant, ils ne purent se retenir.

Il pressa ses lèvres contre les siennes. Sans l'avoir voulu, Juliette entrouvrit la bouche ; il y glissa sa langue ; elle poussa un cri étouffé et l'enlaça en posant sa joue sur son épaule.

Il caressa ses cheveux de jais, oubliant qu'on pouvait les voir.

— Je ne veux plus te rencontrer comme cela. S'il te plaît, laisse-moi parler à ton père. Je lui prouverai que mes intentions sont pures. Je suis sûr qu'il oubliera ses préjugés envers mon oncle...

— Non, ne crois pas cela, il ne faut surtout rien lui dire. Si tu parles à papa, il ne me laissera plus jamais te voir. Nous perdrons même ces quelques heures.

— Je n'en peux plus, Juliette. Je veux davantage. Sens, dit-il tout à coup en pressant sa virilité contre elle.

Les yeux clos, elle se blottit dans ses bras et poussa un gémissement de désir.

— Je refuse de te rencontrer en secret toute ma vie, Juliette.

— Moi aussi, mais... mais...

Elle se mit à pleurer.

Il l'enlaça et lui caressa de nouveau les cheveux.

— Alors, que faire ?

— Je ne sais pas !

Il s'écarta en l'entendant sangloter de plus belle. Il avait été trop impatient et plus intrépide que ne le permettait la décence. Il effleura son visage rougi par les larmes, le prit entre ses mains, puis l'embrassa avec tendresse...

— Hé, vous deux !

Le cri les sépara. Paul leva la tête, et vit un tandem rouge arrêté au milieu du tournant dans un nuage de poussière. Tenant le guidon, la jeune femme les observait sous son chapeau de paille. A cause de la poussière, Paul ne reconnut pas tout de suite son compagnon blond. Juliette fut plus prompte.

— Oh ! mon dieu, Paul ! fit-elle.

C'était son ami Welliver.

41

Ilsa

A l'automne 1889, deux jeunes femmes, Jane Addams et Ellen Starr, avaient sous-loué le premier étage d'un hôtel particulier vétuste, à l'angle des rues Polk et Halsted. L'immeuble était surtout habité par des ouvriers, mais en souvenir du premier propriétaire, Charles Hull, un magnat de l'immobilier, on continuait à l'appeler Hull House.

Le centre d'œuvres sociales Hull House ne se bornait pas à conseiller les pauvres du quartier sur des sujets pratiques, tels que la diététique, l'éducation des enfants, la meilleure manière de gérer un maigre budget ; il proposait aussi des activités intellectuelles propres à éveiller et à enrichir l'esprit. Des groupes de musique de chambre donnaient des récitals ; des écrivains lisaient leurs œuvres et en débattaient ; des peintres exposaient leurs toiles et enseignaient leur art ; des professeurs donnaient des conférences sur l'esthétique et l'histoire de la littérature. Des débats étaient organisés pour discuter de différents programmes socio-culturels.

Mais l'influence de Hull House s'étendait au-delà du voisinage immédiat. Miss Addams se rendait dans les riches demeures des femmes influentes de Chicago afin de les sensibiliser à la misère et à la pauvreté qui régnaient dans certains quartiers de la ville.

Miss Addams et son amie Miss Starr étaient à leur manière assez représentatives de leur milieu et de leur génération. Elles avaient fait des études universitaires et considéraient qu'une vie de combat était incompatible avec le mariage.

— Quand j'ai terminé ma licence à Rockford, raconta Miss Addams à Ilsa peu après leur première rencontre à la fin des années 80, j'ai d'abord pensé à voyager et à m'offrir du bon temps comme beaucoup de jeunes filles de bonne famille. J'ai visité deux fois l'Europe, et pendant mon second voyage j'ai vu des choses horribles dans une brasserie de Cobourg, en Bavière. Des jeunes femmes portaient d'énormes tonneaux de bière sur leur dos de cinq heures du matin à sept heures du soir. La bière était brûlante. Elles la transportaient dans la salle de refroidissement. Souvent, le liquide se renversait et les ébouillantait — les défigurant parfois à vie. Pourtant, elles poursuivaient leur besogne. Quatorze heures par jour, pour un mark et demi. Trente-sept cents ! Ce fut pour moi une expérience extraordinairement frappante. Je ne suis pas une sainte, Ilsa, je n'ai pas l'âme d'une religieuse. Non, je me considère comme une femme pratique. Pourtant, à Cobourg, j'ai compris que j'avais besoin d'une mission pour donner un sens à ma vie, et j'ai décidé de me consacrer à l'éducation des femmes de mon pays.

Avant la fin de cette conversation, Ilsa Crown se promit de travailler pour Hull House. Son mari ne verrait pas cette décision d'un bon œil, elle le savait. L'institution avait une réputation de radicalisme. Mais cela lui était égal. Pour une fois, elle raisonnerait en femme moderne et Joe devrait s'incliner devant son engagement.

Au début de la crise, vers la fin du printemps 1894, Jane Addams réunit des femmes de la haute société et les incita à user de leur influence pour mettre un terme à la grève chez Pullman.

Devant les sept femmes à qui elle avait donné rendez-vous dans son salon, en ce lundi de juin — veille du jour où le boycott du Syndicat des chemins de fer devait commencer —, elle brandit une page du *Harper's Weekly*.

— Regardez, dans celui-ci on décrit les grévistes comme des maîtres chanteurs et des brigands. Dans celui-là, poursuivit-elle en montrant le *Tribune*, le « dictateur Debs » mène la « rébellion des Rouges ». Pour la presse, ce sont des monstres. Cependant, je suis allée à l'usine Pullman hier, et je suis convaincue que la plupart des grévistes sont des gens pacifiques et honnêtes, maltraités par leurs employeurs.

— Le boycott aura-t-il lieu comme prévu, Miss Addams ? interrogea Ilsa.

Peu importait le degré d'amitié, personne n'aurait osé l'appeler Jane.

— Oui, je le crains. J'ai parlé à Wickes, le vice-président chargé du personnel. Il m'a répété la position de la compagnie, à savoir aucune possibilité de compromis. Mais il y a pire. Comme vous l'avez sans doute lu, la General Managers Association a nommé un des siens, John Egan, pour contourner le boycott des wagons Pullman. La G.M.A. représente les vingt-quatre lignes qui desservent Chicago. John Egan est le directeur général de la Chicago & Great Western. Il a ouvert un bureau et ses hommes recrutent déjà.

— Ils recrutent qui ? demanda une femme. Et dans quel but ?

— Des vigiles qui prêteront serment et qui seront autorisés à manœuvrer les trains que le syndicat de Mr. Debs refuse de conduire.

— N'est-ce pas une réponse légitime ? demanda Ilsa. Ou du moins une réaction prévisible ? Mr. Olney, l'attorney général de Washington, siège au conseil d'administration de plusieurs compagnies de chemin de fer, et il défend les propriétaires. N'est-il pas normal qu'il utilise ce genre de tactique ?

— Ce n'est pas le problème, Ilsa. La G.M.A. recrute les pires éléments. Des voyous, des pickpockets, des souteneurs, n'importe qui. Chacun de ces hommes se verra confier une arme et un badge provisoire. Je vous enjoins de parler à vos époux. Qu'ils s'adressent aux représentants des compagnies de chemin de fer qu'ils connaissent, ou même aux autorités gouvernementales. Il faut que l'ordre soit maintenu. Nous ne pouvons tolérer que règne la loi de la jungle au nom du capitalisme.

Au dîner, Ilsa amena le sujet sur le tapis. Joe éclata.

— Qu'y a-t-il de mal à se défendre contre des fauteurs de troubles ? Si la situation dégénère, les autorités feront appel aux troupes fédérales. Altgeld est tellement rose qu'il refusera probablement l'intervention des troupes de l'État. Fritzi, pour la dernière fois, je ne veux plus voir cela à table.

Elle montrait à Paul son nouveau trésor, qui lui avait coûté un dollar, économisé sur son argent de poche. C'était une carte qui ressemblait à celles qu'on distribue au théâtre pour que les spectateurs puissent récolter les autographes des acteurs. Mais celle-ci portait la signature flamboyante d'un jeune acteur, J. W. Booth [1].

Avec un soupir misérable, Fritzi rangea la carte dans la poche de son tablier brodé. Dès que son père eut tourné la tête, elle noua sa serviette de table en fichu et fit des mines cocasses.

Irritée, Ilsa lui arracha la serviette. Carl se concentrait sur deux fourchettes dont il avait imbriqué les dents afin de les faire tenir en équilibre sur la table. Il réprima un ricanement.

— Je suis à fond derrière la G.M.A., déclara Joe Senior. Debs est un arriviste ; il assied son pouvoir sur le dos des ouvriers.

— C'est ridicule ! dit Joe Junior.

— Ah, tu crois ?

— Oui, et je soutiens les grévistes.

Il tira un long ruban blanc de la pochette de sa veste en velours. Joe Crown baissa ses demi-lunes sur le bout de son nez, et jeta un œil par-dessus.

— Qu'est-ce que c'est encore ?

— Le Syndicat des chemins de fer les distribue à ses membres et à ses sympathisants. Debs veut qu'on puisse être facilement reconnaissable dans la foule, pour éviter les coups tordus et repérer les provocateurs. Le ruban montre aussi qu'on est solidaire des grévistes.

— Pas de ça chez moi ! Ni à la brasserie !

— Désolé, papa, c'est une affaire de conscience.

Joe Junior commença à nouer le ruban autour de son bras gauche.

— Arrête ! fit Joe Senior, la main tendue. Donne-moi ça, Joseph. Tout de suite.

— Papa...

---

1. John Wilkes Booth (1838-1865), l'assassin de Lincoln, fils de l'auteur dramatique déjà cité. *(N.d.T.)*

— *Tout de suite !*

Leurs regards s'affrontèrent. La volonté de Joe Junior vacilla. Il remit le ruban à son père. Joe Senior le roula en boule et le jeta à l'autre bout de la salle à manger.

— Finis ton dîner, maintenant.

Ilsa était raide comme une statue. Elle n'osait bouger de crainte d'envenimer la situation. Elle devinait que Joe Junior pestait contre la discipline de fer de son père, et qu'il s'en voulait sans doute de lui avoir cédé...

— J'ai plus faim, dit Joe Junior. Je demande la permission de me lever de table.

— Disparais, dit Joe Senior avec un geste de la main. A cause de toi et de tes idées radicales à la noix, je vais avoir du mal à digérer.

— Joe, s'il te plaît, fit Ilsa. Ton fils ne dit pas que des bêtises.

La main de Joe Senior se posa sur la dent de sanglier.

. — Miss Addams considère que la plupart des grévistes sont des gens pacifiques et...

— Miss Addams, Miss Addams... franchement, Ilsa, j'en ai assez d'entendre les opinions d'une vieille fille totalement coupée des réalités.

— Oh ! c'est injuste ! rétorqua Ilsa dont la colère montait.

— Si vous voulez bien m'excuser, grommela Joe Junior.

Il se leva et sortit. Les deux fourchettes de Carl tombèrent avec un bruit désagréable. Joe Senior fusilla son benjamin du regard. Carl se décomposa.

Joe Crown vida sa chope de bière brune. L'emblème des Crown était finement gravé sur le verre.

— Pas étonnant qu'il ait attrapé le virus de la rébellion. Il y a plus d'anarchistes à Chicago qu'à Saint-Pétersbourg.

Ilsa maîtrisa sa colère à grand-peine.

— Il n'y a pas de mal à porter un ruban...

— Qui représente l'anarchie ? C'est une honte pour notre famille ! Je n'en veux pas chez moi. Il n'y a pas à discuter.

Fritzi, Carl et Paul étaient pétrifiés. Carl avait l'air terrorisé. Pour sauvegarder l'harmonie, maintenir la paix à table, Ilsa se domina.

— Que tout le monde mange, dit-elle enfin.

Elle avait capitulé, elle aussi. Elle s'en voulut et elle en voulut à son mari de l'y avoir contrainte.

Le jour suivant, un mardi, après avoir réfléchi aux propos de Miss Addams, Ilsa décida d'en parler autour d'elle. Elle ferait son devoir sans en référer à son mari.

Les appareils modernes la rendaient nerveuse. Elle téléphona néanmoins à sa voisine, Mrs. Sophie Pelmoor, pour lui expliquer le point de vue des grévistes. Mrs. Pelmoor lui raccrocha au nez.

Surprise et consternée, elle n'en passa pas moins six autres coups de fil à ses relations du quartier. Les réactions varièrent de l'indifférence à la fureur. Emmeline DeVore, dont le mari possédait une petite compagnie d'assurances, alla jusqu'à lui lancer :

— Vous êtes une indésirable, Mrs. Crown. Retournez donc dans votre *Nordseid* de malheur. Mieux, retournez en Allemagne.

Le lendemain, le jardinier s'aperçut qu'on avait jeté des œufs sur la façade pendant la nuit. Joe Senior sortit constater les dégâts.

— Ilsa, déclara-t-il avec humeur, je te demande poliment de ne plus fréquenter les harpies de Hull House. Nous nous passerons de leurs conseils. Mes affaires n'ont pas besoin de ça.

Ilsa ne répliqua pas. Il n'attendit d'ailleurs pas sa réponse, persuadé qu'elle se plierait à ses ordres. Une fois tout le monde parti, Ilsa se réfugia dans sa chambre et fondit en larmes.

Elle n'avait pas l'habitude de réagir ainsi. Elle méprisait les femmes qui utilisaient les larmes comme un bouclier, comme une arme de persuasion. Pourtant, elle se souvint d'une nuit où elle avait pleuré toutes les larmes de son corps, comme si le monde s'écroulait...

Jeunes mariés à Cincinnati, Ilsa et Joe se battaient pour réussir. Un samedi du printemps 1870, le patron de Joe, Herr Imbrey, lui donna deux billets pour le concert du Maennerchor, la plus célèbre chorale de la ville. Les Crown n'auraient jamais pu s'offrir un tel spectacle.

Pour la soirée, Ilsa avait agrémenté sa coiffure avec les moyens du bord, des brins de muguet sauvage. Après le concert, main dans la main, les deux époux marchèrent jusqu'à une brasserie de Vine Street, et s'installèrent à la terrasse. Des lampions se balançaient dans le vent ; une lithographie représentant Mozart était accrochée au treillage ; une animation joyeuse régnait, ponctuée par les notes rugueuses du tuba d'un petit orchestre.

C'était une époque difficile pour Joe. Il passait tout son temps libre à la bibliothèque pour étudier des livres d'économie afin d'emmagasiner les connaissances nécessaires à la création d'une entreprise. Ilsa était follement amoureuse de lui. Avec sa tendresse et sa douceur innée, son mari l'avait éveillée aux plaisirs de la chair, chose qu'elle n'aurait jamais osé admettre devant sa mère.

Cependant, un nuage obscurcissait leur bonheur. Ils n'avaient pas encore conçu d'enfant. Or, ils en voulaient désespérément un. Plusieurs même.

Joe commanda deux lagers à un garçon jovial. La bière le rendait volubile. Il prit Ilsa par les épaules et lui murmura par-dessus le bruit de la musique et des conversations :

— Des nouvelles ?

— Rien. C'est comme le mois dernier.

Elle détourna les yeux. On ne parlait pas de ces choses, même avec son mari.

— Je ne sais pas ce que j'ai, Joseph.

Et elle éclata en sanglots.

— Ce n'est pas ta faute, ma chérie ! s'exclama-t-il.

Il se précipita pour la réconforter, renversant sa chaise dans son élan. Il l'enlaça sous les regards étonnés des clients.

— Nous essaierons encore. Ne t'inquiète pas, nous y arriverons. J'en suis sûr.

Il releva sa chaise et s'assit.

— Nous réussirons parce qu'il le faut. A quoi sert de vivre et de travailler si ce n'est pour construire une famille ? La famille est le ciment de la vie, Ilsa. La porte de l'immortalité, le salut du monde.

Ilsa s'excusa pour ses larmes. C'étaient des larmes sincères, et elle en versa d'autres avant qu'ils ne conçoivent enfin un enfant, qui naquit en 1875, six longues années après leur mariage. Ils le baptisèrent Joseph Junior. Aucun médecin ne put leur expliquer les causes d'un tel retard, ni pourquoi ils ne connurent pas ce problème avec Fritzi et Carl, qui furent conçus et mis au monde avec une relative facilité.

La longue attente pour leur premier enfant eut un effet durable sur les Crown. Elle renforça leur amour pour le premier-né, ce qui expliquait l'intensité de la colère de Joe contre lui. Une colère inspirée par un amour excessif.

Ce matin de juin, les pleurs d'Ilsa eurent un effet bénéfique ; ils atténuèrent son sentiment d'échec sans toutefois l'effacer complètement. Elle avait déçu la confiance de miss Addams, heurté Joe, provoqué l'hostilité des voisins, s'était conduite d'une manière qui s'était avérée à la fois inefficace et lâche. Elle sécha ses larmes et chercha refuge dans ses tâches quotidiennes.

Ilsa suivait l'inébranlable routine hebdomadaire héritée de générations de *Hausfrauen*. Lessive le lundi. Repassage le mardi. Le mercredi était réservé au raccommodage, les reprises invisibles étant l'une des marques de la parfaite ménagère. En principe, le jeudi était un jour de repos avant le grand nettoyage du vendredi, et le samedi, on cuisait le pain et les gâteaux pour la semaine suivante. Comme c'était un mercredi, Ilsa s'installa dans son rocking-chair, chaussa ses lunettes, disposa ses œufs à repriser en marbre et en bois à portée de main à côté de sa pelote d'aiguilles, de sa corbeille de fils de toutes les couleurs et de son panier de linge à raccommoder.

A midi, Joe téléphona du bureau pour s'excuser. Elle s'excusa aussi, puis demanda des nouvelles de Joe Junior et de Pauli. Oui, ils étaient venus travailler comme d'habitude et tout semblait normal. Pas de signes de révolte. Sans doute leur fils s'était-il calmé, suggéra Joe. Ilsa en doutait fort, mais se retint de le dire.

— Malgré tout, j'ai interdit le port de rubans blancs. Fred Schildkraut renverra quiconque désobéit.

— Je vois. Est-ce tout ?

— Oui...

Après une pause interminable, il s'éclaircit la gorge, puis d'une voix tendue, termina la communication par son habituel « Je t'aime », et raccrocha.

L'action du Syndicat des chemins de fer contre les wagons Pullman commença comme prévu le mardi 26 juin. Au début, il n'y eut ni bagarres ni émeutes. Eugene Debs insistait inlassablement sur l'aspect pacifique du boycott. Mais les propriétaires de journaux et les éditorialistes n'en continuaient pas moins de montrer une hostilité véhémente. Un exemplaire du *Tribune* qui traînait près du nécessaire à couture d'Ilsa présentait Mr. Debs comme le défenseur de l'anarchie, et publiait un sous-titre ironique : « Tu travailleras durant six jours » — La Bible. « Pas avant que je t'en donne l'ordre » — Debs.

Entendant des pas dans l'escalier, Ilsa reposa le costume de bain de Joe qu'elle était en train de raccommoder. Fritzi rentrait de l'école. La semaine suivante, les grandes vacances commençaient ; Fritzi serait dans ses jambes toute la journée.

— Maman, il faut que je te récite quelque chose.

— Je t'écoute.

— C'est le nouveau serment au drapeau. Miss Jacobs a dit qu'il venait d'être publié dans un magazine.

— Cela fait déjà deux ans ! remarqua Ilsa.

— A partir de septembre, on devra le réciter tous les matins.

Fritzi s'empara du repose-pied de sa mère, grimpa dessus, et appuya une main contre son cœur.

— « Je prête serment à mon drapeau, et à la République pour laquelle il flotte. Une nation une et indivisible, la liberté et la justice pour tous. »

Ilsa applaudit comme il convenait. Fritzi sauta de son perchoir et fit une révérence. Puis elle plongea une main dans la poche de son tablier.

— Regarde ce que j'ai trouvé, maman. C'est un billet. Je crois que c'est à Paul. Il a dû le laisser tomber.

Elle tendit une feuille de papier froissée.

— Si c'est à Pauli, nous ne devons pas le lire.

— Oh ! si, maman, il faut que tu le lises.

Pour lui faire plaisir, Ilsa lissa la feuille et l'orienta vers la lumière. Ces dernières années, sa vue avait baissé. C'était une écriture féminine, large et arrondie. Le message était bref. « A dimanche, comme d'habitude. Que je t'aime ! J. »

— Crois-tu que ce soit sa Juliette Vanderhoff, Fritzi ?

— J'en suis sûre, maman.

— Il la voit donc toujours ?

— Où crois-tu qu'il passe ses dimanches après-midi ? C'est révoltant !

La jalousie de Fritzi aurait dû amuser Ilsa, mais elle la peina. Elle savait que Pauli avait fait du patin à glace avec la fille des Vanderhoff, Joe Junior l'avait mentionné par mégarde quelques mois auparavant. Ilsa en avait même discuté avec son mari.

— J'ai questionné Joe Junior, et il a admis que Pauli était très amoureux. Crois-tu que ça lui passera ?

— Oui, sans doute. Il est jeune. Ça lui passera encore plus vite si Vanderhoff l'apprend. Ce vieux crétin est capable de le menacer du fouet.

— Joe Junior a prévenu Pauli des risques. Mais il s'en moque. Les jeunes amoureux se croient toujours invincibles.

— Eh oui, soupira Joe Crown en lui prenant la main.

llsa rendit le billet à Fritzi.

— Ce serait mieux si tu le remettais là où tu l'as trouvé... Non, attends, j'ai une meilleure idée. Dépose-le devant sa porte. Comme cela, nous sommes sûres qu'il le retrouvera.

— Bon... bon, d'accord.

Fritzi eut beau ne pas trouver l'idée excellente, elle prit le billet du bout des doigts, comme s'il empestait, puis sortit.

Dehors, la nuit tombait. Des nuages gris défilaient dans le ciel, masquant le soleil. Ilsa se balança, plongée dans ses méditations. Bientôt, l'obscurité se fit, percée par les lueurs des lampadaires. llsa espéra que la toquade de Paul passerait avec le temps. Si tel n'était pas le cas, s'il était sincèrement épris, les Vanderhoff interviendraient, et Pauli connaîtrait son premier chagrin d'amour. Un chagrin d'amour, ou pire...

42

Paul

Dans les journaux et dans les conversations, le boycott s'appela désormais la grève Pullman.

Chaque jour après le travail, Joe Junior insistait pour faire une halte à l'Uhlich's Hall, le quartier général de Debs et de ses fidèles. Il y régnait une ambiance qu'on pouvait qualifier de cacophonique. Des syndicalistes discutaient sans répit, écrivaient des déclarations ; des journalistes musardaient, griffonnaient des notes ; des coursiers fonçaient toutes les deux minutes à la poste pour télégraphier. Quand Paul en demanda la raison à un responsable, ce dernier lui expliqua que le syndicat envoyait plus de cent télégrammes par jour aux différentes cellules.

— Faut les encourager. S'assurer qu'ils tiennent le coup et qu'ils ne se livrent à aucun acte de violence. Gene ne le tolérerait pas.

— Il y viendra, glissa Joe Junior après le départ du responsable. Il n'y a pas d'autre moyen de gagner.

Ce fut à l'Uhlich's Hall, le soir du 28 juin, que les deux cousins virent Debs surgir en coup de vent de la salle de conférences où le comité exécutif siégeait en session permanente.

La veste de Debs était boutonnée, sa cravate soigneusement nouée ; ses manches retroussées étaient la seule concession à la chaleur suffocante. A sa mine, Paul comprit que les nouvelles étaient mauvaises.

Deux journalistes quittèrent leur table pour se précipiter à sa rencontre.

— Je viens de les avoir au téléphone, leur dit Debs. La G.M.A. a ordonné que tout homme qui refuse de manœuvrer les wagons Pullman soit licencié sur-le-champ.

— Qu'allez-vous faire, Gene ?

— Tenir bon. Que faire d'autre ?

Au bout de quelques nuits, les permanents commencèrent à reconnaître Paul et Joe Junior. Debs les remarqua aussi. Un soir, comme les coursiers se faisaient rares, il demanda un coup de main aux cousins. Joe Junior sauta sur l'occasion et se rua à la poste, criant à Paul de l'attendre. Une heure plus tard, il fit une deuxième course. Les cousins rentrèrent à Michigan Avenue à dix heures et demie. Tante Ilsa les attendait dans la cuisine, en chemise de nuit. Elle s'était inquiétée à leur sujet et voulut savoir d'où ils venaient.

— De nulle part, répondit Joe Junior sans hésitation. On s'est promenés. Il fait tellement doux ce soir.

Que son cousin pût mentir aussi effrontément sidéra Paul. Mais tante Ilsa parut accepter l'explication.

— C'est vrai que vous êtes jeunes et forts, vous pouvez vous défendre. Mais je n'aime pas vous savoir dans les rues avec cette grève. Soyez prudents.

— T'en fais pas, maman, dit Joe Junior en l'embrassant.

— Allez vite vous coucher. Vous travaillez demain, n'oubliez pas.

Ils grimpèrent l'escalier quatre à quatre. Paul eut du mal à trouver le sommeil. Avec ce mensonge, les relations entre son cousin et ses parents prenaient une nouvelle tournure. Une mauvaise tournure.

Le lendemain soir, un violent orage éclaircit les troupes de l'Uhlich's Hall. Joe Junior et Paul étaient trempés mais fidèles au poste. Joe Junior courut porter un télégramme à l'extérieur ; Paul l'attendit en espérant qu'on ne lui demanderait pas de sortir sous la pluie.

Le hall était calme pour une fois. Un journaliste somnolait à sa table. Un homme notait des chiffres à la craie sur un grand tableau noir dressé sur un chevalet.

A l'est — tonnage de la semaine dernière : 40 000
A l'est — tonnage de cette semaine : 10 000

La veille, un responsable syndical leur avait expliqué que sur les longues distances, de nombreux trains étaient composés à la fois de wagons de marchandises et de wagons de voyageurs Pullman. On inscrivait sur le tableau le volume des marchandises transportées sur les lignes de Chicago. Le boycott avait un impact certain.

La porte de l'arrière-salle s'ouvrit et Debs entra accompagné d'un inconnu. Une odeur de bacon flottait dans l'air. Le journaliste se réveilla.

— Du nouveau, Gene ?

Debs hocha négativement la tête. Le journaliste prit son parapluie et s'en alla. Paul bâilla, puis se fit plus attentif quand Debs s'adressa à son compagnon dans une langue familière. Après une brève conversation, l'homme coiffa sa casquette, se dirigea vers l'allée centrale et sortit à son tour. Paul se rendit compte qu'il ne restait plus que lui dans le hall. Par la porte vitrée, on apercevait des syndicalistes dans la salle de conférences.

Debs lui fit signe de le suivre dans l'arrière-salle. Curieux, Paul se leva d'un bond et obtempéra.

— *Herr Debs ? Sprechen Sie Deutsch ?*

— *Ja, seit vielen Jahren. Ich hab'es von meinem Vater gelernt. Französisch auch. Er ist aus dem Elsass, am Rhein, gekommen.*

Debs venait de lui dire qu'il parlait aussi bien français qu'allemand ; son père les lui avait appris. Il était originaire d'Alsace.

— Tu es allemand ? demanda-t-il, toujours dans la même langue.

— Oui, monsieur.

— Et le jeune type que j'ai envoyé télégraphier, qui est-ce ?

— C'est mon cousin. Je l'attends.

— Il ne devrait pas tarder. Si tu as faim, viens, je me fais cuire des œufs au bacon.

Paul le suivit sans se faire prier. L'arrière-salle était une cuisine transformée en chambre. Outre un lit pliant posé dans un coin, des livres empilés sur une caisse, des journaux de Chicago jonchaient le sol, et du matériel d'écriture encombrait une petite table bancale. Sur une cuisinière en fonte, des tranches de bacon grésillaient dans une poêle. Debs s'empara vivement de la poêle, prit le bacon avec une fourchette et le déposa dans une assiette, puis il sortit des œufs d'un sac en papier, les cassa au-dessus de la poêle et arrangea le blanc avec une cuillère en bois.

— Débarrasse la table, et mets-toi à l'aise, dit-il, toujours en allemand.

Il avait une façon de s'exprimer agréable, humaine. On était loin du personnage démoniaque décrit dans la presse. Paul le trouva tout de suite sympathique.

Debs montra les œufs en train de frire.

— Kate, ma femme, est une excellente cuisinière, mais je me débrouille pas mal non plus. J'ai longtemps travaillé aux fourneaux quand j'étais petit. J'aidais ma mère à Terre Haute. Tu sais faire la cuisine ?

— Non, monsieur.

— C'est pourtant utile. Quand on voyage beaucoup, on se lasse des plats réchauffés. Je m'arrange autant que possible pour trouver un meublé où je peux utiliser la cuisinière. Il y a deux jours, nous avions pas mal de monde ici, j'ai préparé des steaks et des asperges à la sauce vinaigrette. Aujourd'hui, je n'ai malheureusement que des œufs et du bacon à t'offrir.

— Oh ! c'est égal ! J'ai travaillé toute la journée, et je n'ai pas mangé depuis midi. J'avalerais n'importe quoi.

— Où travailles-tu ?

— A la brasserie Crown. Elle appartient à mon oncle. Je m'appelle Paul Crown.

— Content de te connaître, camarade Crown. (Ils échangèrent une poignée de main.) J'ai goûté à la Crown une ou deux fois, c'est une bonne bière. Je retourne les œufs ?

— Si vous voulez. Et, si je puis me permettre, vous parlez très bien allemand.

— Mon père ne possédait pas de fortune, sa seule richesse, c'était son instruction. Il est arrivé en Amérique en 1849 sans un penny en poche. Il a appris l'anglais tout seul. Chaque soir, il lisait de grands auteurs à haute voix pour toute la famille, souvent en version originale. Il nous a lu Goethe et Schiller en allemand et, en français, le plus grand de tous, Victor Hugo. Mon deuxième prénom est Victor parce que mon père l'admirait énormément.

— Puis-je vous demander comment vous êtes devenu dirigeant syndical ?

— Ça s'est fait progressivement. J'ai quitté le collège à quatorze ans et j'ai trouvé une place à la gare de Terre Haute ; je nettoyais les locomotives. Un an plus tard, je suis devenu chauffeur. J'ai appris ce que c'était de travailler toute la nuit, de passer du froid extrême à la chaleur la plus intense. On ne gagnait pas lourd à remplir la chaudière, et on ne touchait rien si on se blessait ou si on tombait malade. Je n'aurais pas dû quitter l'école si tôt, mais on apprend beaucoup en travaillant.

Debs fit glisser les œufs dans les assiettes et remplit deux tasses de café.

— Celui qui m'a le plus appris, c'est Victor Hugo. As-tu lu *Les Misérables* ?

— Non, nous n'avions pas de livres français en Allemagne.

— Dommage. Je te conseille fortement de le lire. C'est l'histoire d'un pauvre bougre qui est traqué toute sa vie parce qu'il a volé une miche de pain. Le livre t'explique tout ce qu'il faut savoir sur la société telle qu'elle est. Ou plutôt, telle qu'elle restera tant que des hommes ne se battront pas pour défendre leurs droits... et la justice. C'est sans doute à cause de Victor Hugo que je suis devenu un dirigeant syndical.

La porte de la rue claqua, puis des pas résonnèrent dans le hall.

— On est là, Joe ! cria Paul.

Joe Junior dégoulinait de pluie. Il fut très étonné de trouver Paul assis avec le leader de la grève Pullman. Debs se présenta, puis cassa deux autres œufs et les jeta dans la poêle avec des tranches de bacon.

Ils discutèrent, bien sûr, de la grève. Joe Junior dit qu'il la soutenait. Paul aussi, mais avec moins de ferveur.

— Le compromis est la meilleure solution pour améliorer le sort des travailleurs, déclara Debs. Je n'ai jamais été un chaud partisan de la grève, mais quand cela devient nécessaire, quand les patrons refusent de négocier, alors, va pour la grève. Mais, attention, pacifiquement. Pas d'infraction, pas de sang. La violence a toujours tort. De plus, si on recourt à la violence, on perd le soutien du public. On compromet la cause pour laquelle on se bat.

Paul observa son cousin. Joe Junior gardait les yeux rivés sur son assiette.

Quand ils quittèrent l'Uhlich's Hall, la pluie avait cessé. Joe Junior marchait tête baissée, les mains dans les poches.

Après avoir partagé ce repas avec Mr. Debs, Paul s'intéressa réellement à la grève. Il se mit à éplucher tous les journaux qui lui tombaient sous la main, quelle que fût leur orientation. Il en emprunta à la brasserie, en ramassa même dans les poubelles.

La grève affectait sérieusement le commerce. Le volume des marchandises transportées continua de décroître. Les journaux incitaient les autorités à prendre des mesures draconiennes contre les grévistes. Le train étant un service d'utilité publique, l'action du syndicat portait préjudice à chaque Américain.

Sous la direction de la General Managers Association les compagnies de chemin de fer organisèrent leurs trains différemment. Les wagons Pullman furent couplés à des wagons de marchandises et aux trains postaux, habile manœuvre destinée à prouver que la grève nuisait au bon fonctionnement des activités fédérales.

Aidé par Brennan, le chef de la police de Chicago, la G.M.A. continua de recruter des vigiles pour protéger les compagnies de chemin de fer et faire circuler les trains postaux. La plupart de ces hommes étaient de purs voyous, mais il y avait aussi des professionnels : mécaniciens, chauffeurs, aiguilleurs.

Richard Olney, l'attorney général des États-Unis, se déplaça personnellement à Chicago pour évaluer la situation. Oncle Joe parla de lui au dîner.

— Olney est un type de Boston. Il est très au fait de la législation parce qu'il siège au conseil d'administration de plusieurs compagnies de chemin de fer. Il trouvera une solution.

Eugène Debs voyait les choses sous un autre angle.

— La G.M.A. fait tout pour que Washington intervienne. Elle veut faire passer la grève pour un bras de fer entre le syndicat et le gouvernement fédéral.

La stratégie réussit. Le président Cleveland déclara que les trains postaux devaient rouler normalement : « Même s'il faut vider les caisses du Trésor et envoyer l'armée, je vous garantis que le courrier sera distribué. »

Une chaleur digne des bains turcs s'abattit sur la ville. Une brume blanche enveloppa Chicago ; il n'y avait pas un souffle de vent ; le lac Michigan, immobile, luisait comme une plaque d'étain ; des relents nauséabonds infestèrent même les beaux quartiers. Des bagarres éclatèrent à la brasserie.

C'est dans cette atmosphère étouffante que le gouvernement passa à l'action, le lundi 2 juillet. Le juge Peter Grosscup, du parquet de Chicago, signa une ordonnance interdisant au syndicat de Debs de perturber la distribution du courrier, les échanges commerciaux entre les États, et la bonne marche des vingt-trois compagnies ferroviaires.

Les deux cousins se trouvaient à l'Uhlich's Hall quand Debs sortit de la salle de conférences pour s'adresser à la foule. Visiblement épuisé, il avait l'air encore plus mince que d'habitude.

— Le gant est jeté, déclara-t-il à l'assistance silencieuse. Jamais, au cours de l'histoire, l'utilisation des ordonnances n'a été pervertie dans le but de condamner des travailleurs dont le seul crime est de manifester honnêtement et pacifiquement pour défendre leurs droits. Cette ordonnance nous dénie le droit de grève. Cette ordonnance fait d'un droit un délit. De plus, ceux qui l'enfreindront ne seront pas jugés par un jury. C'est une cour spéciale formée de magistrats qui décidera de leur peine. Or, connaissez-vous un seul juge qui soit favorable à notre cause ?

Pour la première fois, Paul discerna de la rage dans la voix de Debs.

— Est-ce que vous comprenez dans quelle position ils nous mettent ? Si nous respectons la loi, la grève est brisée. Si nous poursuivons la grève, nous enfreignons la loi.

Une voix s'éleva dans la salle :

— Qu'est-ce que tu comptes faire, Gene ?

Debs s'essuya le front avec un mouchoir, puis il esquissa un sourire.

— Comment cela ? Continuer, bien sûr ! Le comité exécutif a voté l'appel à la grève générale de tous les syndicats de cheminots.

Joe Junior et Paul quittèrent le hall au milieu d'un concert d'applaudissements et d'acclamations. Joe Junior jubilait. C'était au tour de Paul de rester silencieux. La grève semblait inéluctablement glisser vers la violence que Debs abhorrait.

Le lendemain, sur le toit de la brasserie, la température devait dépasser les trente-cinq degrés. A part Paul, il n'y avait personne. Son front ruisselait. La chaleur le minait. Il était d'humeur amère.

Voilà trois dimanches qu'il n'avait pas vu Juliette. Les Vanderhoff étaient pourtant chez eux ; il avait traîné devant leur propriété pour s'en assurer. Juliette avait-elle sombré dans une des affections dont elle lui avait vaguement parlé ? Des maux de tête épouvantables, ou une crise de mélancolie ? Il se souvint des humeurs changeantes de tante Lotte. Juliette prétendait qu'il s'agissait de « maladies de femme ». Était-ce possible ?

Il n'avait pas faim. Il posa près de lui les saucisses et le pain qu'il avait apportés, et déplia le *Tribune*. Le gros titre de la une lui sauta aux yeux : « La grève, c'est la guerre ! »

Un homme ouvrit la porte qui donnait sur le toit. Sam Traub, l'inspecteur des impôts. Lui aussi avait un journal à la main. Il en étendit une feuille sur le chaperon pour s'asseoir à côté de Paul. Sa cravate était ajustée, sa veste boutonnée, ses joues talquées. Il avait la peau sèche et cireuse.

Il sortit une pomme de sa poche et la coupa en deux avec son canif, puis il la mastiqua tout en feuilletant son journal.

— Tiens, encore une victime de ce putain de temps. Ça en fait déjà sept.

Il montra l'article à Paul.

Décès de Mrs. Elstree
L'épouse de l'héritier des grands magasins victime de la chaleur
Dispositions testamentaires en instance

Paul s'essuya le cou et le visage avec son foulard. Qu'on pût mourir de chaleur ne l'étonnait pas. Il aperçut une fumée noire s'élever à l'horizon, au sud-est.

— Qu'est-ce que c'est ?

— Je parie que c'est encore des wagons de marchandises. Ils en ont brûlé sept ou huit la nuit dernière.

— Qui ? Les grévistes ?

— Pas tout à fait, répondit Traub avec un sourire sournois. Les vigiles les renversent, ils y mettent le feu et ils accusent les grévistes. Ces salauds de Rouges méritent bien ça.

— Oh ! je ne crois pas, Mr. Traub !

— Qu'est-ce que vous en savez ? Vous êtes nouveau dans ce pays, je vous conseille de pas vous mêler de ça.

Paul contempla la fumée noire, sinistre présage. Les bombes, le feu, les menaces, les vigiles — *mein Gott*, tout se passait comme cousin Joe l'avait prédit.

« La grève, c'est la guerre », disait le *Tribune*, et c'est en effet ce qu'elle devint. Des copies de l'ordonnance furent placardées sur les poteaux télégraphiques de la ville. Des officiers fédéraux en présentèrent un exemplaire à Debs, qui l'accepta avec calme. Les deux mille manifestants qui se rassemblèrent dans la gare ferroviaire de la Pacific Line n'eurent pas le même sang-froid. Arnold, le capitaine fédéral, arriva avec une escouade d'avocats et de vigiles. Il lut la sommation au milieu des cris et des sifflets, puis il ordonna à la foule de se disperser. Les manifestants refusèrent, hurlèrent des menaces. Des pierres et des bouteilles volèrent. Arnold et ses hommes s'enfuirent. Le jour de l'Indépendance, un mercredi, quatre compagnies d'infanterie de Fort Sheridan prirent position sur les bords du lac et y établirent leur campement. Le président Cleveland avait accédé à la demande d'envoi de troupes fédérales.

Cette nuit-là, ce fut l'émeute. Près de cinquante wagons de marchandises brûlèrent à la gare centrale. Les cheminots sabotèrent les aiguillages, intervertirent les feux, paralysant le trafic ferroviaire. Profitant de l'obscurité, les grévistes attaquèrent les trains à coups de pierre.

Le général Nelson Miles prit le commandement des troupes. Il établit son quartier général dans l'immeuble Pullman, à l'angle de Michigan Avenue et d'Adams Avenue. Les hommes d'affaires et les directeurs de journaux jubilaient.

A la brasserie, Joe Crown avait attribué une grande salle à ses employés. Elle était équipée d'armoires en bois individuelles munies de cadenas et servait à la fois de vestiaire et de lieu de repos. Depuis le début des grandes chaleurs, Paul gardait toujours un bleu de travail propre dans son placard.

A la fin de la journée, le vestiaire était généralement noir de monde, mais ce mardi, quand Paul y entra, il n'y avait personne. Ou presque. Un homme chantait. Paul reconnut la voix de Benno avant de l'apercevoir.

Les bretelles baissées, la chemise déboutonnée jusqu'à la taille, il se frictionnait la poitrine avec une serviette humide devant un lavabo.

Paul le salua d'un signe de tête, puis se dirigea vers son placard. Benno interrompit sa toilette et lui sourit.

— Tu n'as pas l'air de bonne humeur, Mr. Pauli.

Paul ouvrit son placard, sortit son bleu, et commença à se sécher avec une serviette propre.

— Il fait une chaleur d'enfer. Je suis épuisé.

Benno prit un sac en papier paraffiné dans son placard.

— Tu veux de la réglisse ? proposa-t-il.

— Non merci, je n'ai pas faim.

Benno haussa les épaules, puis voulut remettre le sac en place. Il le fit tomber, se baissa pour le ramasser, mais un objet glissa de sa chemise et atterrit sur le ciment humide avec un bruit métallique.

Paul vit l'éclat bleuté d'un revolver. Un ruban blanc entourait le barillet.

Benno et Paul se regardèrent. Benno jeta un coup d'œil vers la porte. Des hommes arrivaient. Il ramassa vivement le revolver, le fourra sous sa chemise, la reboutonna, et rajusta ses bretelles. Puis il marcha sur Paul d'un pas menaçant et posa son énorme battoir sur l'épaule du jeune homme.

— Tu m'as l'air d'un brave garçon, Pauli. Alors, je vais être gentil, mais écoute-moi bien...

Mais les doigts qui s'enfoncèrent dans l'épaule de Paul ne témoignaient pas d'une grande gentillesse. Dans le couloir, les voix se rapprochaient ; des rires las, des plaintes et des soupirs.

— Tu n'as rien vu, tu m'entends ? Si tu dis le contraire, à ton oncle ou à n'importe qui, tu n'es pas près de retravailler. Peut-être même que tu ne pourras plus marcher avant longtemps. *Versteh ?*

— Compris, acquiesça Paul le plus calmement qu'il put.

Il ne voulait pas s'aplatir devant Benno. D'un autre côté, il ne se sentait pas de taille à contrarier une armoire à glace aussi déterminée.

— C'est bien, ça, fit Benno. T'es un garçon futé.

La porte s'ouvrit à la volée et une demi-douzaine d'hommes entrèrent bruyamment. Benno se métamorphosa d'un coup. Il décocha un large sourire à Paul et lui administra une tape amicale, comme s'ils étaient en train de plaisanter. Puis il se tourna vers les autres. Paul changea prestement de vêtements et sortit.

Menaces ou pas, il devait au moins en parler à son cousin. Après le souper, il l'entraîna dans le jardin. Le ciel nocturne rougeoyait au-dessus de leurs têtes. En quelques mots, Paul raconta le bref échange avec Benno. Son cousin le surprit en déclarant :

— Oui, je l'ai vu, moi aussi. Il me l'a montré. Il y a quatre autres types à la brasserie qui portent un revolver. Quatre que je connais, en tout cas.

— Il te l'a montré ?

— Oui. Il m'a pris à part avant-hier, et il m'a dit : « T'es un brave soldat, pas vrai ? On peut compter sur toi, pas vrai ? »

— Compter sur toi pour quoi faire ?

— J'en sais rien, il ne l'a pas dit. Il m'a juste regardé, et il est parti. (Joe Junior contempla ses mains.) Je suis de son côté, mais j'aurais jamais cru qu'on reverrait des armes à la brasserie depuis que papa les a interdites.

— Benno m'a menacé, Joe. Il ne l'a pas dit comme ça, mais j'ai compris. Il me fera du mal ou il me tuera si... Comment dis-tu déjà ?

— Si tu mouchardes ?

— Oui, c'est ça, si je moucharde.

— Il m'a prévenu, moi aussi.

Paul frissonna.

— Il n'était pas beau à voir. La grève n'est plus belle non plus. Tu avais raison en parlant de... (Il ne trouva pas le mot anglais.) *Gewalt.*

— Violence ?

— Oui.

Joe Junior le dévisagea. Au loin, des pétards éclatèrent. Ou bien étaient-ce des coups de feu ? Une voiture de police passa devant la maison en faisant tinter sa cloche, les chevaux au triple galop.

— Joe ?

— Oui ?

— Benno peut-il compter sur toi ?

Le reflet des fenêtres éclairées fit briller l'œil bleu de Joe Junior.

— Je ne sais pas. Papa a choisi le mauvais camp. Il est du côté de Pullman et des ploutocrates. Mais je ne veux tuer personne.

— Moi non plus.

Ils s'assirent sur le banc, en face de la statue de l'ange en prières. Immobiles, silencieux, ils partageaient la même peur.

43

Rosie

Le samedi soir — veille du jour où le juge Grosscup signa l'ordonnance contre le Syndicat des cheminots —, Joe Junior quitta Rosie vers vingt heures trente, après avoir dîné avec elle et Maritza. Tabor passait sa soirée au bistrot, comme tous les dimanches.

Pour Rosie, la journée n'avait été qu'une suite de frustrations. Pas moyen de rester seule avec Joey, ils avaient à peine eu le temps d'échanger quelques baisers furtifs et des caresses brûlantes qui l'avaient rendue encore plus folle de désir.

Le dîner familial avait été maigre : du pain rassis, un misérable ragoût de haricots avec deux ou trois pommes de terre et des morceaux d'agneau rancis. La pièce étouffante et l'angoisse qui enveloppait la ville modèle de Pullman comme une nappe de brouillard oppressaient Rosie. Elle se demandait comment, et quand, elle pourrait enfin échapper à ce damné piège à rats.

Elle avait besoin de prendre des cours de chant. Il lui fallait donc trouver l'homme qui les lui payerait. Et son billet de train pour New York, qui le paierait ? Le même homme, ou un autre, peut-être. Après sa rencontre avec Joe Junior Crown, elle s'était laissée aller à rêver de mariage. L'illusion avait été de courte durée. Il n'avait pas d'argent pour payer ses cours de chant ou son billet de train. Tout ce qu'il pouvait lui offrir, c'était une savonnette parfumée !

D'une certaine manière, elle admirait Joey. Il était intelligent ; il lisait des livres bien trop compliqués pour elle. Il était rapidement devenu un amant expérimenté, ardent ou tendre quand il le fallait. Il était prévenant et gentil. Hélas ! il avait des idées stupides. Qui d'autre que lui aurait renoncé à prendre la direction d'une brasserie, à jouir de la fortune de son père et du privilège de ne jamais avoir à se soucier du lendemain ?

Tabor rentra bruyamment, il transpirait, son visage était en feu. Il était dans un état d'excitation tout à fait inhabituel. Quelle qu'en fût la cause, il ressemblait presque au père de son enfance, celui qu'elle avait aimé jusqu'à l'adoration. Ce père qui l'emmenait ramer sur le lac, lui achetait des friandises avec l'argent qu'il aurait dû garder pour se payer une casquette chaude en prévision des hivers rigoureux de l'Illinois. Ce père qui était toujours prêt à jouer avec elle, aux dames, au rami, à l'écarté, au menteur, jeux auxquels sa mère participait parfois.

— Vous ne devinerez jamais la nouvelle ! J'ai du boulot !

Maritza surgit du salon.

— Qu'est-ce que tu dis ? Mais tu as déjà du travail, Tabor. Tu attends simplement qu'on te rembauche.

— Oui, mais ça, c'est un extra. Deux dollars et demi par jour. T'inquiète pas, c'est réglo. J'ai demandé à Castleberry avant de m'engager.

Maritza porta son poing à sa bouche.

— Qu'est-ce que t'a dit le contremaître ?

— Il a dit que la compagnie apprécierait, que ça ferait bien sur mon dossier.

— C'est quoi comme travail, papa ?

Rosie avait un horrible pressentiment.

Tabor palpa la poche de sa chemise.

— Vigile provisoire. J'aurai mon badge et mon arme demain.

— Toi, un jaune !

Tabor parut offensé.

— Roza, mon trésor, dis pas des choses comme ça ! Je vais protéger les biens de la compagnie. Briser cette grève qui nous ruine tous.

Maritza pétrissait un mouchoir gris de crasse.

— Tabor, tu ne connais rien aux armes à feu, ne fais pas ça.

— Mais enfin, rendez-vous compte, c'est un honneur !

— Papa, papa... deux dollars et demi par jour pour risquer de te faire tuer, j'appelle pas ça un honneur. Ne le fais pas, ne nous oblige pas à te détester.

— Holà, ma fille, attention à ce que tu dis.

— Écoute-la, intervint Maritza. Et écoute-moi aussi. Je t'en supplie, ne fais pas une chose pareille.

— Qu'est-ce qui vous prend, toutes les deux ? L'argent rentrera dans la maison, et je serai bien noté dans mon dossier. Castelberry me l'a dit.

— Attends, papa, je t'en prie. Tu connais mon opinion — tout est bon pour gagner un dollar, et au diable le reste...

— Roza ! s'exclama sa mère.

— ... mais cette fois l'argent ne compte pas. Laisse tomber. Refuse, c'est trop dangereux. Je me fous de la grève. Qui gagne, qui perd, c'est du pareil au même. Mais je ne veux pas qu'il t'arrive des ennuis, papa.

— C'est gentil de ta part, Roza. Tu es une brave fille, et ça me fait plaisir que tu t'inquiètes pour moi.

Tabor avait l'œil humide.

— Alors refuse, insista Rosie.

— Oui, Tabor, renchérit Maritza, refuse.

Il jeta un regard piteux aux deux femmes.

— Trop tard, j'ai déjà signé.

— Oh ! papa !

Comme il était faible ! Elle s'en voulut de l'aimer à ce point, défauts compris. Dieu merci, on n'avait qu'un père.

44

Paul

Une fumée épaisse et noire empuantissait Chicago. Paul la sentait par la fenêtre ouverte. Il la sentait dans l'omnibus. Parfois, il la sentait même à la brasserie. La nuit, il avait du mal à trouver le sommeil à cause de l'odeur. Elle lui rappelait Benno et ses acolytes.

Il avait décidé d'éviter les ennuis : il obéirait à Benno, il se tairait. La situation de cousin Joe était plus alarmante. Si Benno avait besoin d'un complice, il se tournerait vers lui. Que cousin Joe défiât son père avec des mots et des regards était une chose, mais qu'il agisse directement contre lui en était une autre. Son cousin le comprenait parfaitement. Il était tendu, renfermé ; il ne souriait plus, ne plaisantait plus avec Paul.

Quinze lignes ferroviaires étaient partiellement ou complètement fermées. Au marché de Water Street, de plus en plus d'étalages restaient vides. Depuis deux semaines, des trains de marchandises étaient bloqués en dehors de la ville, leurs chargements de céréales et de légumes pourrissaient. Dans d'autres wagons, des centaines de kilos de viande se décomposaient, et de l'eau putride s'écoulait des voitures frigorifiques. L'odeur pestilentielle se mêlait à celle, persistante, de la fumée.

La nuit, des foules de plus en plus nombreuses hantaient la ville. Des soldats furent envoyés en renfort du Michigan, de l'Iowa, du Colorado, de Californie — bien que le gouverneur ait télégraphié deux fois au président Cleveland pour demander le retrait des troupes fédérales. Altgeld affirmait qu'il avait, seul, le pouvoir de faire intervenir l'armée, et qu'il n'avait pas jugé bon de le faire.

Le Président répondit par le silence, ce qui était une façon insultante d'affirmer la prééminence du pouvoir fédéral sur le pouvoir d'un État.

De nouveaux soldats arrivèrent. De nouveaux vigiles investirent les rues et les rares trains encore en service. A la brasserie, les travailleurs se répétaient la phrase entendue dans la bouche des soldats et des vigiles : « Tirez sur ces sales chiffons blancs. »

Des chauffeurs, des aiguilleurs, des télégraphistes et des mécaniciens rejoignirent la grève sans l'autorisation de leur syndicat. La G.M.A. annonça qu'à partir du samedi 7 juillet une milice armée accompagnerait tous les trains postaux en partance des dépôts d'Union Street, de Dearborn Street, de Chicago Central, de Rock Island, et des lignes du Nord-Ouest. Chaque soldat disposerait de cent cartouches et aurait ordre de repousser quiconque s'aviserait de ralentir les convois.

Tirez sur ces sales chiffons blancs...

La veille, le vendredi, on vint chercher Paul à la salle d'embouteillage, le patron le réclamait. Comme d'habitude, oncle Joe disparaissait derrière une pile de dossiers. On aurait dit qu'il avait rapetissé tant il paraissait flétri. Quand Paul se présenta, il était en train de lire un bout de papier marron, les sourcils froncés. Il replia le papier et le fourra dans un tiroir. Son sourire de bienvenue mourut sur ses lèvres.

— Paul, j'ai besoin que tu me rendes un service. C'est en principe du ressort de Dolph Hix, mais il est en tournée avec ses deux représentants. Cette mission réclame du doigté...

— Pardon ?

— De la diplomatie.

— Ah !

— Tu vas avoir l'occasion de me montrer que tu peux t'acquitter d'un travail qui exige autre chose que des muscles.

« Oh, non ! Je ne veux pas remplacer cousin Joe ! » Il fallait qu'il explique à son oncle sa véritable ambition. Il avait déjà essayé une fois, mais Joe Crown avait repoussé la discussion à plus tard.

— J'imagine que tu sais ce que sont les quartiers aux lanternes rouges ? fit son oncle.

— *Ein Bordellviertel ?* Oui, il y en a beaucoup à Berlin.

— C'est pareil à Chicago. Je viens d'apprendre qu'un de mes clients, le Canadian Gardens, a ouvert un bar à vin à l'étage. Le terme « bar à vin » est une façon détournée de signaler au consommateur qu'il peut s'offrir un... une... enfin, tu me comprends. J'ai eu le patron du Canadian Gardens au téléphone. Il se fait appeler Toronto Bob — tous les truands et les souteneurs de Chicago se donnent des noms ronflants dans ce goût-là. Quand j'ai reproché à Bob ses pratiques, il a éclaté de rire mais il n'a pas cherché à nier. Je lui ai dit que je cessais les livraisons. Je ne vends pas de Crown à un établissement qui tolère le racolage ou la prostitution. Mais je veux qu'il me rende mon enseigne, mes robinets et mes tirettes fantaisie.

Il se baissa pour en ramasser une. Paul en avait déjà vu dans les tavernes et dans la *Stube* du rez-de-chaussée. Décoratives et fuselées, elles étaient tournées dans du noyer, peintes à l'emblème de Crown et vernies. Un cercle en cuivre garnissait l'extrémité raccordée au robinet.

— Elles valent cher ; trois dollars et vingt cents pièce. Avec cette somme, on peut s'acheter trois excellentes paires de chaussures. Je veux récupérer les robinets et les tirettes du Canadian Gardens, de même que l'enseigne extérieure. Elle est en métal, mais peu encombrante.

De nombreuses brasseries distribuaient leur enseigne gratuitement. La plupart avaient la forme d'une chope de bière peinte de couleurs vives et ornée du nom de la marque.

— Le bar se trouve dans le quartier de Little Cheyenne, dans Clark Street. C'est un endroit mal fréquenté, pas autant toutefois que Bad Lands, au sud de Taylor Avenue, ou que le Levee, Dieu nous garde ! Un policier ne s'aventure jamais seul dans ces quartiers. Malgré tout, Little Cheyenne est relativement dangereux, et je veux que tu sois prudent.

— Je ferai attention, mon oncle. J'ai souvent traîné dans les mauvais quartiers de Berlin.

Il se souvint aussi du quartier ouest de Chicago, où la bande avait poursuivi les deux cousins.

— Je sais me défendre, mon oncle.

Oncle Joe s'adossa dans son fauteuil et le dévisagea longuement.

— Oui, je le crois, finit-il par dire. Reste à le prouver.

Après le départ de Paul, Joe Crown rouvrit le tiroir, sortit le morceau de papier, le déplia. Il fronça de nouveau les sourcils.

Oncle Joe n'avait pas exagéré à propos de Little Cheyenne, quartier qui tirait son nom d'un nœud ferroviaire de l'Ouest. Une menace semblait peser sur les rues où régnaient misère, saleté et débauche.

Paul se hâta sur le trottoir en bois de Clark Street, évitant les clochards et des femmes au maquillage outrancier. Les notes d'un accordéon sortaient d'une taverne. Il y avait presque autant de bars que de prêteurs sur gages.

Un rabatteur aux cheveux grisonnants le héla :

— Par ici ! Viens te payer du bon temps chez Molly Sucre d'Orge, mon garçon. Cinquante cents l'entrée.

Paul secoua la tête et se fraya un chemin parmi la marée humaine qui encombrait le trottoir. Personne ne lui chercha querelle. Il était grand et fort à présent, sa démarche était assurée. Les habitants de Little Cheyenne ne l'effrayaient pas ; ils le fascinaient. Il aurait aimé avoir un appareil photo pour prendre des clichés.

Il repéra l'enseigne métallique du Canadian Gardens sur le trottoir opposé. La suie avait noirci la bière dorée et la mousse neigeuse, l'emblème familial, et les lettres rouges de « Crown ». Il traversa, et s'aperçut aussitôt qu'il était suivi par un gamin déguenillé d'une dizaine d'années au visage de fouine. Le prenant pour un pickpocket, Paul lui jeta un regard mauvais. Le gamin décampa après lui avoir fait un geste obscène.

Le Canadian Gardens de Toronto Bob était une grande salle basse, avec un long comptoir éclairé par des lampes en forme de trompette et quelques tables éparses. Le sol était couvert de sciure. A part la puanteur des crachoirs et l'aspect miteux de ses rares clients, l'endroit n'était pas désagréable. Au fond de la salle, une fille de l'âge de Paul escortait d'un air las un gros bonhomme en haut d'un escalier.

Paul s'arrêta au comptoir. Le garçon, une sorte de malabar borgne portant un bandeau noir, s'approcha aussitôt. Comme Paul lui expliquait la raison de sa présence l'autre l'interrompit.

— Je sais. Bob m'a prévenu. T'as qu'à grimper sur une échelle et décrocher ton enseigne. Pour les tirettes, comme tu peux le constater, elles n'y sont plus. Je ne sais pas où elles sont passées, faudra voir ça avec Bob. Il s'est absenté.

— Où est-ce que je peux le trouver ?

— Vingt dieux, si je le savais ! Bob est parti, y a pas cinq minutes. Il a dit qu'il allait déposer son Kodak chez Rooney pour le faire réparer. Avec un peu de chance, tu le trouveras là-bas.

Rooney ?

— Où est ce Rooney, s'il vous plaît ?

— Au bout de la rue, à gauche. Deux portes après l'hôtel à la lanterne rouge.

La rue en question était encore plus étroite, plus sale et plus sombre. Les immeubles paraissaient sur le point de s'écrouler. En levant la tête, Paul aperçut un coin de ciel bleu grêlé de nuages blancs. La lumière filtrait à peine dans cette ruelle obscure.

Il enjamba le cadavre d'un chat, sentit qu'on l'observait, mais il n'y avait personne en vue à l'exception d'un rabatteur solitaire qui se curait les dents sous l'enseigne de l'hôtel Wampler. Paul le dépassa prestement en jetant un œil dans l'entrée pouilleuse. Une grosse femme aux yeux maquillés de noir lui fit un signe aguichant.

Paul oublia le voisinage misérable dès qu'il vit la boutique. Au-dessus d'une vitrine poussiéreuse pendait une enseigne flambant neuve. Sur un fond crème, des lettres rouges ornées d'une touche dorée proclamaient :

Le Temple de la Photographie de maître Rooney

Derrière la vitre maculée de chiures de mouche, plusieurs appareils photographiques étaient disposés sur un drapé de velours prune. L'un d'eux était la réplique exact du Kodak qu'il avait perdu sur le *Rheinland*. Trois objectifs étaient exhibés sur un petit présentoir. Deux pancartes proposaient : « Appareils d'occasion » et « Portraits photographiques ».

Tout excité, il scruta l'intérieur du magasin, plongé dans la pénombre. Il entra. La clochette de la porte tinta. La boutique sentait fort les produits chimiques.

— Qui est-ce ?

Il y eut un clic ; une faible ampoule électrique éclaira la boutique. Paul faillit sauter de joie. C'était le même petit homme !

Des miettes de pain ornaient sa moustache poivre et sel. Ses épaisses lunettes reflétaient la lumière du plafond. Il portait une blouse maculée.

— Oui... que puis-je pour vous ? Saperlipopette, mais je vous connais !

— Oui, monsieur. Nous nous sommes rencontrés à l'Exposition. Vous m'avez montré la machine qui fait des images animées. Vous m'avez même expliqué son fonctionnement.

— En effet, en effet.

Le petit homme ôta ses lunettes. Ses yeux noirs étaient aussi pénétrants que dans le souvenir de Paul.

— Je vous avais donné ma carte. Vous disiez être intéressé, mais vous n'êtes jamais passé.

— Si, monsieur. Mais votre boutique était fermée. On m'a dit que vous aviez déménagé.

« Parce que vous n'aviez pas payé le loyer. » Il se rappela l'obscure allusion aux books qu'il ne comprenait toujours pas.

— Dis-moi, mon garçon, comment m'as-tu retrouvé ?

— C'est une coïncidence incroyable, monsieur.

Il raconta son histoire.

— Le serveur a dit vrai, Bob Hopper est passé il n'y a pas dix minutes. J'ignore où il est allé.

— Tant pis. Bon, je crois qu'il faut que je m'en aille...

— Un instant ! Comme tu es un fervent admirateur de l'art photographique, je te ferai un rabais sur le prix d'un appareil. Tu veux les regarder ? A propos, je m'appelle Rooney. Wexford Rooney.

— Je sais. Je m'en souviens.

— Et toi ?

— Paul Crown.

— Allemand. Ce n'était pas une question. Bon, je t'appellerai Fritz. Impossible d'échapper à ce surnom.

— Laisse-moi te montrer mes trésors, Fritz.

Wexford Rooney, à qui Paul donnait la cinquantaine passée, n'arrêta pas de parler pendant la demi-heure qui suivit. Il se déplaçait d'une drôle de démarche, comme si les années passées sous l'étoffe noire de l'appareil photographique lui avaient voûté le dos.

Il exhiba avec fierté un long présentoir dans lequel étaient rangés des appareils photo, des objectifs et différents instruments que Paul ne connaissait pas. A en juger par la poussière, le présentoir n'avait pas été ouvert depuis longtemps. Au-dessus, une pancarte manuscrite pendait au mur :

*Laissez la science
imiter la nature.*

Au centre de la pièce, drapé d'un tissu noir, se dressait un énorme appareil photo posé sur un trépied, l'objectif pointé vers un sofa en velours entouré de plusieurs projecteurs. A côté, il y avait trois colonnes grecques de différentes hauteurs et la réplique d'un petit pont.

— Je peux te proposer un grand choix de décors si tu veux te faire tirer le portrait, dit Rooney. Laisse-moi te montrer.

Il apporta un tabouret qu'il colla contre le mur noir ; en grimpant dessus, il atteignait juste les rouleaux accrochés au plafond. Il tira sur une cordelette, et déroula le premier.

— Paysage sylvestre, annonça-t-il. (Il en déroula un deuxième.) Montagnes majestueuses. (Un autre.) Huttes en feuilles de palmier des mers du Sud.

Les toiles de fond étaient grossièrement peintes. Rooney descendit de son perchoir en essuyant ses mains noires de poussière.

— De belles œuvres d'art, n'est-ce pas ?

Sans attendre de réponse, il actionna un commutateur pour allumer l'ampoule électrique qui éclairait un escalier exigu.

— Il y a davantage de place en haut. Je loue l'immeuble entier, mais j'ai sous-loué le premier étage à un marchand de nouveautés bon marché. Un philistin qui paie son loyer rubis sur l'ongle, Dieu merci. J'ai arrangé un studio au second qui possède une grande lucarne. Je peux aussi utiliser le toit pour les extérieurs.

— C'est splendide.

— En effet, en effet. (Il éteignit.) Sans doute aimerais-tu voir les photos que j'ai prises pendant la guerre. Allons dans l'arrière-boutique.

Paul le suivit.

— J'étais en train de manger. Je sais qu'il est encore tôt, mais mon dernier rendez-vous s'est décommandé.

Ce rendez-vous avait-il existé ? Paul ravala ses doutes. A quoi bon ? Il s'était pris de sympathie pour l'étrange petit homme aux allures de taupe.

Rooney le conduisit dans une cuisine au sol revêtu de linoléum. Une lampe à pétrole brûlait sur une table à côté du repas de Rooney : un bol de soupe de tomate, deux biscuits et une tasse de thé. Rooney éteignit l'électricité de la boutique.

— Il faut faire des économies, expliqua-t-il. Je t'en prie, Fritz, assieds-toi. Tu veux du thé ? Je n'ai rien de plus fort, je suis un abstinent convaincu. L'alcool embrume l'esprit.

Pendant que Rooney remplissait la bouilloire, Paul eut le temps d'examiner la pièce. Un rideau en piteux état cachait en partie un lit pliant dressé dans une alcôve. Une porte entrouverte permettait d'apercevoir un établi encombré de cuves métalliques rectangulaires et de grands flacons marron.

Sur une étagère murale, il remarqua la photographie aux tons sépia d'un bel enfant qui posait, tête inclinée, mains jointes sous le menton. L'enfant avait trois ou quatre ans, un regard mélancolique, des joues rondes et de longs cheveux bouclés. A cause du col marin et de la cravate, Paul en déduisit qu'il s'agissait d'un garçon. Le cadre ovale en métal bon marché était mangé par la rouille.

Contrairement aux autres objets de Rooney, celui-ci n'avait pas une trace de poussière.

— C'est mon fils, dit Rooney d'un ton grave. Wexford Junior. Mon fils unique. Il est mort à l'âge de quatre ans. Un accident affreux. C'était de ma faute.

— Oh ! je suis désolé, Mr. Rooney.

— Merci. Ah, comme j'aimais cet enfant ! s'exclama-t-il en contemplant le portrait. Comme j'étais impatient de lui apprendre le métier !

Paul ne bougeait pas d'un pouce. Rooney renifla, et hocha la tête comme un chien mouillé qui s'ébroue.

La bouilloire siffla. Rooney se moucha puis s'essuya vigoureusement le nez avec un grand mouchoir à carreaux. Il versa l'eau bouillante dans une tasse ébréchée, puis y plongea une cuillère à thé en argent oxydé. Il posa la tasse devant Paul.

— D'où es-tu, Fritz ?

— De Chicago, mais avant j'habitais Berlin.

— Ah, Berlin ! Il paraît que c'est une ville merveilleuse. Moi, je suis né à Charleston, en Caroline du Sud. Pas mal d'Irlandais se sont installés sur la côte, tu le savais ? Je ne suis même pas sûr d'être irlandais. Je suis orphelin. Je suis monté vers le Nord de bonne heure. Je n'avais pas de famille et je voulais apprendre un métier.

Il fouilla dans une armoire, sortit un album qu'il posa sur la table. Il l'ouvrit et montra à Paul une photographie jaunie où on le voyait jeune homme, près d'un wagon fermé, en train de serrer la main d'un homme plus âgé, petit et frêle, tiré à quatre épingles.

— C'est mon maître, Matthew B. Brady [1], un authentique Irlandais. Ce n'est peut-être pas le meilleur des photographes, mais je le compte parmi les plus intelligents. J'ai commencé chez lui comme apprenti. Je nettoyais son studio, dans Pennsylvania Avenue, à Washington. Il m'a tout appris. Comment cadrer un portrait, comment manipuler les plaques de verre dans le noir, comment les enduire de collodion, comment prendre des photos de militaires sans se faire rouer de coups... Il m'a tout appris, sauf à gagner de l'argent. Nous étions nombreux à travailler pour lui pendant la guerre, or personne ne nous connaît. Il signait toutes nos photos de son nom.

Une mouche erra sur le rebord de son bol. Rooney était perdu dans ses souvenirs.

— Mr. Matthew avait un idéal. Non, c'était plus qu'un idéal, c'était une obsession. Il voulait photographier ce qui ne l'avait jamais été auparavant. Les champs de bataille, par exemple. Nous sommes partis pour la zone des combats dans des wagons comme celui que tu vois sur la photo. Ils étaient bourrés de matériel : appareils photo, cuves, draps, produits chimiques. Les soldats ne comprenaient pas l'utilité d'un tel véhicule, ils appelaient notre wagon le « Quoi-Qu'est-ce ». Nous travaillions sous la mitraille, sous les tentes des hôpitaux

---

1. Matthew B. Brady (1823-1896). Célèbre photographe américain, connu pour ses portraits de Lincoln et ses photos de la guerre de Sécession. *(N.d.T.)*

au milieu des cris des mourants. Personne n'avait jamais vu de telles photos. Tiens, regarde !

Il montra à Paul une horrible photographie de cadavres entassés dans une tranchée.

— Je l'ai prise à Petersburg.

La suivante était une image surprenante, hallucinante, de maisons éventrées, de fenêtres béantes, dans un paysage désolé, inhumain. Noires comme des tombes, les maisons se découpaient sur un ciel blanc.

— C'est Richmond, après qu'on l'a brûlée. Regarde bien, mon garçon, c'est un fragment d'Histoire, figé pour l'éternité, que tu vois là.

Paul frissonna. C'était magique, et d'un tel réalisme ! Exactement ce à quoi il voulait consacrer sa vie.

Rooney tourna la page. Une photographie représentait un jeune officier assis, raide comme une statue, son képi posé sur les genoux.

— Oh ! je me souviens de ce garçon. Il voulait envoyer un portrait de lui à sa bien-aimée. Il a été abattu à Brandy Station, une semaine avant son vingt et unième anniversaire. Il ne m'a jamais donné l'adresse de sa fiancée, alors j'ai gardé la plaque. Brady n'en voulait pas. C'était un beau et brave garçon, dit-il en effleurant le visage innocent.

Il souleva ses lunettes et se frotta l'œil comme pour ôter quelque chose qui le gênait, puis il referma l'album.

— Après la guerre, je suis retourné au pays, fort d'un métier nouveau, la photographie. Je me suis installé près de Charleston, à Beaufort, une petite ville de la côte. J'ai épousé une jeune fille d'une vieille famille du coin. Elle avait une voix d'ange ; elle chantait dans un chœur à l'église. Wexford Junior est né. J'ai ouvert un studio. J'aimais mon métier, mais il n'y avait pas d'argent à gagner. Du moins, pas pour moi. Et puis, ce fut la tragédie. La noyade. Alice m'en a rendu responsable, non sans raison. Nos relations se sont détériorées. Quelques mois après l'enterrement de mon fils, j'ai compris que tout était fini. J'ai fait ma valise. Alice a pleuré, mais elle n'a pas eu de peine ; elle était soulagée. Oh ! je ne la blâme pas ! J'étais accaparé par mon métier, par la lumière, la composition, je n'accordais pas assez d'attention à mon compte en banque, ni à mon petit garçon. Je n'ai jamais eu le sens pratique. Nous avons tous nos travers. Ah, tu es trop jeune pour comprendre.

Il but un peu de thé, ce qui le revigora notablement, puis il se lança dans une tirade sur le fait que la photographie allait révolutionner le monde.

— Imagine ce que ça apporterait dans un procès. Des preuves irréfutables que les jurés pourraient voir. Fini les mensonges, les témoins parjures dont les faux témoignages envoient un pauvre diable aux galères. La photographie ne ment pas. Oh ! on peut la truquer, mais il ne faut pas le faire.

Il parla d'un dénommé Jacob Riis[1], un journaliste de New York, qui avait publié un livre sur les taudis, illustrés par des prises de vue.

— Le livre s'appelait *Comment vit l'autre monde.* Je t'aurais bien montré mon exemplaire, mais j'ai dû le mettre au clou. Maintenant, à New York, grâce à Jacob Riis, on rase les taudis, on vote des lois sur l'aménagement des sols, on fonde des œuvres caritatives. C'est pas ce qu'il a écrit qui a fait bouger les choses, ce sont les photographies des pauvres affamés dans des chambres aux murs sales où on dort à cinq dans le même lit.

— Je veux apprendre à faire des photos, dit Paul. Des photos comme les vôtres.

— Eh bien, sans fausse modestie, tu as devant toi le meilleur professeur de Chicago. Passe me voir dès que tu as un moment. Je t'apprendrai à charger le film, à manœuvrer l'obturateur, à manier les produits chimiques, tout. Je t'enseignerai l'art et la technique... j'en serais enchanté.

— Oh ! et moi donc ! s'exclama Paul, enthousiaste.

— Excellent ! Je t'attends bientôt... très bientôt.

— Merci. Je travaille six jours par semaine dans la brasserie de mon oncle. Mais je trouverai le temps de venir. Maintenant, je dois vraiment partir.

— Très bien, Fritz, et reviens, je t'en prie.

De son étrange démarche voûtée, Rooney l'escorta à travers le studio en désordre, et le quitta à la porte, où il le salua une dernière fois.

Paul se moquait du voisinage misérable ; il était enthousiasmé à l'idée d'apprendre tout ce que Wexford Rooney s'apprêtait à lui enseigner. Il quitterait la brasserie, c'était chose acquise à présent. Point n'était besoin de démissionner immédiatement, il attendrait d'en savoir assez pour chercher du travail dans sa nouvelle profession. Alors seulement il informerait son oncle de sa décision avec tout le tact nécessaire. Pour l'instant, il ne partagerait son excitant secret qu'avec Joe Junior et Juliette.

Soudain, il se rappela que son oncle l'avait envoyé en mission. Il était trop tard pour retrouver les tirettes de robinet, mais il avait le temps de décrocher l'enseigne. Il fit demi-tour et se dirigea vers Clark Street...

Il s'arrêta net.

Immobiles dans la lueur rougeâtre de la lanterne de l'hôtel, quatre silhouettes déguenillées l'attendaient, barrant le trottoir. Deux traîne-savates de son âge, un mulâtre à la peau jaunâtre et un blondinet émacié. Le troisième devait avoir douze ans, et le quatrième...

Aucune erreur possible, c'était le garçon au visage de fouine.

Ils le regardaient fixement, alignés en travers de la rue.

---

1. Jacob Riis (1849-1914). Travailleur social américain, né au Danemark. *(N.d.T.)*

Penchée à sa fenêtre, une femme s'exclama :

— Va y avoir du spectacle. Viens voir, Gertrude !

Il leva la tête et aperçut deux prostituées à la fenêtre du premier étage.

La tête de fouine s'approcha.

— Tu fais moins le fier, hein ? T'en as de belles sapes, mon cochon, je parie que t'es plein aux as !

Le sang de Paul ne fit qu'un tour. Il jeta un regard en arrière. La boutique de Rooney était aussi sombre qu'une tombe ; pas de secours à attendre de ce côté.

Il descendit sur la chaussée. Une jeune brute lui barra le chemin. Paul pataugeait dans l'eau du caniveau. Il entendait les prostituées discuter au-dessus.

— Je ne cherche pas la bagarre, dit-il.

— Écoutez-le ! s'exclama le mulâtre. Encore un de ces putains d'immigrants.

— Un Allemand, renchérit le blondinet en marchant vers lui. Mon grand-père connaît bien les Allemands. Il a combattu à Stonewall. Il dit qu'ils fuyaient comme des lapins. Les Allemands Volants qu'il les appelle. Marrant, non ?

Paul tenta une feinte. Il voulut foncer, en renverser un ou deux au passage, et semer les autres à la course. Le blondinet s'empourpra.

— Hé, fils de pute, j'ai demandé si c'était marrant. Réponds !

Il gifla Paul, puis lui attrapa l'oreille et la tordit. Paul lui expédia un direct dans le ventre.

Le blondinet chancela.

— Pousse-toi, Davey, je m'occupe de lui, dit le mulâtre en sortant un objet de sa chemise.

Paul s'arqua en position de combat, prêt à frapper. Mais le mulâtre le devança. Son bras décrivit un grand cercle. Paul vit le tuyau de plomb une fraction de seconde avant qu'il ne s'abatte sur son crâne.

Il poussa un cri et tomba à genoux dans le caniveau. Ses pieds, son pantalon et ses manchettes trempés, il essaya de se relever. Le mulâtre poussa un grognement et le frappa à nouveau, à la base de la nuque. Sa mâchoire s'écrasa contre la pierre du caniveau, et il se mordit violemment la langue. La bouche en sang, il glissa dans le caniveau, essayant désespérément de se retenir au trottoir. Puis il sombra.

45

Joe Junior

Le même soir, vers huit heures et demie, on frappa à la porte de Joe Junior. Étendu sur son lit, tout habillé, il contemplait les éclairs rouges qui illuminaient la nuit.

Il alla ouvrir. C'était sa mère ; elle paraissait inquiète.

— Comme il fait sombre dans ta chambre ! dit-elle. Cette fumée est horrible, tu devrais fermer les fenêtres.

— Il fait trop chaud, maman

— Ton père veut te voir. Il t'attend dans son bureau.

Joe Junior descendit l'escalier comme un prisonnier à qui on va signifier que sa peine d'emprisonnement a été commuée en condamnation à mort. Il transpirait quand il frappa à la porte.

La pièce n'était éclairée que par une lampe de bureau dont l'abat-jour de banquier, un globe vert, diffusait une lumière tamisée. Les fenêtres étaient closes, comme pour nier la réalité des émeutes et des incendies.

Son père affichait une mine crispée. Malgré la chaleur, il avait gardé sa veste et ses manchettes amovibles. Il était rentré tard ; Joe Junior avait dîné avec sa mère et sa sœur. Pour une raison inconnue, Paul n'était pas là.

— J'ai une question grave à te poser, Joseph, commença son père. J'attends et j'exige une réponse honnête. Je pourrais interroger ton cousin, mais il n'est pas encore rentré. Pour être franc, je m'adresse à toi parce que tu es mon fils.

— Bien sûr, papa, assura Joe Junior, mal à l'aise.

Son père prit un morceau de papier kraft sur le secrétaire.

— Aujourd'hui, à la brasserie, on a posé un billet anonyme sur mon bureau. Je crois avoir reconnu l'écriture d'Emil Tagg. On y dit que Benno Strauss apporte un pistolet à la brasserie, ce que j'ai strictement interdit. Inutile d'interroger Benno, il mentirait. Comme Emil garde une dent contre lui, son témoignage n'est pas fiable. Alors, réponds-moi, as-tu vu cette arme ?

Les cloches carillonnaient dans le crâne de Joe Junior, le sol se dérobait sous ses pieds. La frontière était clairement dessinée ; soit il battait en retraite, soit il franchissait le pas.

— Joseph, j'attends.

« T'es un brave soldat... je peux compter sur toi ? » Sa tête bourdonnait. Son père s'impatienta.

— Eh bien, mon garçon, je t'ordonne de répondre.

« Vas-y, ordonne ! Tu ne sais faire que ça... »

— Non, je n'ai pas vu de pistolet.

— Pourquoi transpires-tu ?

— Il fait une chaleur de tous les diables, papa.

Joe Crown dévisagea son fils pendant une longue minute, puis il déclara d'un ton sec :

— Très bien, je te remercie. Tu peux retourner te coucher.

Dans le hall, Joe Junior empoigna la rampe d'escalier et posa son front sur le bois lisse et frais. Son cœur tambourinait. Voilà, il avait franchi le pas. Il était passé dans le camp ennemi. Il était au bord du vertige, mais il se sentait fier de lui.

Une demi-heure plus tard, il entendit le téléphone sonner dans le hall. On décrocha à la deuxième sonnerie, sans doute Manfred, qui ne laissait ce soin à personne d'autre, sauf quand il était absent.

Joe Junior s'accouda au rebord de la fenêtre pour contempler le ciel rougeâtre. Son mensonge serait-il suffisant aux yeux de Benno ? Seigneur, il le fallait ! Cette situation était dangereuse, bien davantage que dans ses rêves les plus fous.

Des bruits venant de l'écurie retinrent son attention. Il s'assit sur le rebord de la fenêtre. En se penchant il pouvait juste apercevoir le toit de l'écurie et un bout de la Dix-Neuvième Rue. Il vit le landau sortir de l'écurie, Nicky Speers brandir son long fouet, la barbiche argentée de son père derrière la vitre de la portière, puis le véhicule disparut de sa vue.

Il dévala l'escalier. Le téléphone sonna de nouveau. Il se heurta à Fritzi, qui remontait en chemise de nuit, un livre sous le bras.

— Pourquoi papa est-il sorti ? demanda-t-il. Des ennuis à la brasserie ?

— Je ne sais pas, mais il était nerveux. Je l'ai entendu murmurer quelque chose à maman à propos de Paul. J'espère qu'il ne lui est rien arrivé de grave...

Manfred parut.

— Mr. Joseph, on vous demande au téléphone. C'est une femme, fit-il sur un ton désapprobateur.

— Monte te coucher, dit Joe Junior à sa sœur.

Et il courut répondre.

— Joey ? C'est toi ?

— Rosie ?

Sa voix était à peine audible, la ligne grésillait. Le téléphone était situé dans l'étroit vestibule de service qui menait à la cuisine. La lumière était éteinte.

— Où es-tu ? demanda-t-il à voix basse.

Les Jablonec n'avaient, bien sûr, pas le téléphone.

— Je t'appelle de chez Min Slocum, ses vieux sont les seuls de la rue à avoir le téléphone.

Joe Junior n'arrivait pas à croire que c'était Rosie. Quelle fille !

— Tu as l'air morte de peur, que se passe-t-il ?

— Oui, j'ai peur pour papa.

— Pourquoi ?

— Joey, c'est l'enfer. Tu as vu le ciel ? Un voisin a dit à maman que des centaines de wagons brûlaient dans la gare de Chicago Sud. Les gens courent de tous les côtés, c'est la folie complète. Le pire, c'est que papa prend son poste demain matin, juste là où on attend les pires bagarres.

— Son poste ? Je ne comprends pas ce que...

— C'est un jaune ! Il s'est engagé dans la milice privée.

— Oh ! doux Jésus ! Oh ! mon Dieu ! Pourquoi a-t-il fait ça ? hurla-t-il en frappant du poing sur le mur. Pourquoi ?

— Pour l'argent. Deux dollars et demi par jour ! Les patrons disent que c'est une façon de leur prouver sa loyauté.

— Il trahit ses camarades, nom de Dieu ! Il risque de se faire descendre. Pourquoi cet imbécile... ?

— Je sais tout ça, Joe Crown, j'ai pas besoin de tes sermons. J'ai besoin de toi. Un train de maintenance part à dix heures, avec à bord des soldats et des vigiles. Papa sera avec eux. Les grévistes veulent arrêter le train au passage à niveau de la Quarante-Neuvième Rue. Papa prétend qu'il n'a pas peur, mais je le connais. Je l'aime, et je veux être sûre qu'il ne lui arrivera rien. Je ne veux pas y aller seule, viens avec moi, je t'en prie.

— Rosie, je travaille. Je ne crois pas que...

— Espèce de salaud ! Je ne t'ai jamais rien demandé. J'ai été gentille avec toi, Joey... (Elle était au bord des larmes.) Tu n'as pas le droit de me laisser tomber, il faut que tu m'aides.

Il passa une main tremblante sur sa joue en sueur.

— D'accord, j'y serai. A neuf heures trente.

46

Paul

Quand il revint à lui, Paul ressentit une horrible douleur dans la tête. Il gisait sur une sorte de paillasse posée à même le sol. Il passa la langue sur ses lèvres enflées comme des saucisses et éprouva une vive brûlure. Sa langue aussi lui faisait mal ; il avait dans la bouche le goût âcre et métallique du sang.

— Il se réveille, Ella, dit une voix d'homme.

Paul essaya d'évaluer la gravité de ses blessures. Son ventre et ses côtes étaient douloureux, le coup de tuyau résonnait encore dans son crâne, et sa nuque était meurtrie. Il se souvint du deuxième coup qui l'avait envoyé rouler dans le caniveau, rien de plus.

Il réussit à ouvrir l'œil droit mais le gauche resta clos.

— Attends, il est collé par le sang, dit une voix de femme.

Paul entendit couler de l'eau, puis on lui appliqua une compresse humide sur l'œil. De l'eau tiède ruissela sur son visage. Il put enfin ouvrir les deux yeux.

Il vit des centaines de couleurs chatoyer sur un ciel marron. Du rose, du rouge, du jaune, du blanc, du bleu outremer, de l'orange vif. Puis il réalisa que ce qu'il avait pris pour un ciel était en fait un mur sale dans une pièce sans fenêtre et que les couleurs étaient celles des morceaux de feutre et de soie entassés dans des cartons à chaussures posés sur une table, au milieu de bouts de fil de fer en vrac et de fleurs artificielles.

— Ben mon gars, t'es dans un état ! s'exclama l'homme.

C'était un solide gaillard au visage rose et aux cheveux blancs bouclés. Sa femme se tenait derrière lui, pâle et maigre comme un coup de trique. Paul entendit des voix d'enfants.

L'homme s'accroupit à côté de Paul et lui tendit un petit miroir. Paul grimaça devant son reflet. Les pommettes violacées, la lèvre inférieure enflée, du sang coagulé sur la tempe.

— Ils t'ont abandonné dans la ruelle derrière l'hôtel. J'étais sorti chercher du travail et je t'ai trouvé en rentrant chez moi. Il tombe des cordes.

Paul entendit la pluie crépiter.

— Je t'ai transporté ici. Je m'appelle Marcus Mantville. Voici ma femme, Ella.

— Paul. Je vous remercie infiniment.

Chaque mot lui coûtait un effort. Il essaya de s'asseoir. Une douleur lancinante lui martelait le crâne. Il porta la main à sa tête. Encore du sang coagulé.

— Attention, mon gars. Tu as une entaille profonde. Tu es allemand, n'est-ce pas ?

— Oui, de Berlin. J'ai émigré il y a deux ans.

— Tu habites dans le coin ? demanda Mrs. Mantville.

— Je vis dans Michigan Avenue, chez mon oncle, Joseph Crown. Je faisais une course pour lui dans Clark Street.

— C'est un quartier dangereux, déclara Mantville. On est là depuis six mois, on commence à connaître. Il ne faut pas que tu rentres à pied dans l'état où tu es. On n'a pas le téléphone, donne-moi ton adresse, je vais envoyer mon fils Judson appeler ton oncle pour qu'il vienne te chercher.

Ils installèrent Paul dans une pièce qui possédait une fenêtre donnant sur une courette intérieure.

— Excuse le manque de confort, dit Mantville.

Son fils Judson, âgé de onze ans, était déjà parti. Mrs. Mantville invita Paul à s'asseoir à une table en bois brut qui formait, avec un vieux canapé bancal, l'unique mobilier de la pièce. Il y avait un antique poêle rouillé dans un coin, et dans une niche, une lampe à huile procurait une faible lumière en dégageant une fumée noirâtre.

Paul jeta un coup d'œil dans la pièce sans fenêtre où il était revenu à lui. Il y avait quatre paillasses ; pas de lits, pas de toilette.

Une fillette d'environ quatre ans l'observait à distance respectable. Elle tenait un objet dans ses bras.

— Je vous suis très reconnaissant, dit Paul. Mon oncle ne tardera pas, j'en suis sûr.

Mantville s'assit à côté de lui et sortit une pipe du tiroir de la table. Il la bourra et l'alluma. L'odeur du tabac couvrit presque les relents de moisi que dégageait l'appartement.

— Tu avais de l'argent sur toi ?

— A peu près trente cents en petite monnaie, dit Paul en tâtant ses poches.

— Ils te les ont pris, bien sûr. Seigneur, comme je déteste ce quartier ! Nous avons été obligés d'emménager ici quand on m'a mis à la porte de Pullman.

— Vous travailliez à l'usine ?

— Depuis neuf ans. Je croyais tenir une bonne place, sinon je serais resté à Philadelphie. Je suis ébéniste. Ou plutôt, je l'étais, précisa-t-il avec un petit rire triste. J'ai été licencié et inscrit sur la liste rouge. Maintenant, je ne peux plus trouver de travail nulle part. C'est pour cela que nous fabriquons des fleurs artificielles, fit-il en désignant les cartons remplis de bouts d'étoffe.

— Pourquoi avez-vous été licencié ?

Manville décrocha du mur un cadre bon marché et le montra à Paul. Sous le verre sale, un chèque de la Pullman Palace Car Company affichait la somme de quatre cents à payer au sieur Mantville.

Paul rendit le cadre.

— Je ne comprends pas.

— C'est ma paie, mon gars. Quand je l'ai reçue, je suis allé protester. Le lendemain j'étais licencié. (Mantville passa un doigt sur la plaque de verre.) Chez Pullman, on travaillait à la pièce pour un taux horaire compris entre dix-sept et dix-neuf cents de l'heure. Un ouvrier est censé faire un certain nombre de pièces à l'heure pour gagner son salaire horaire. Pas moins, mais pas plus. Notre équipe, qui fabriquait un nouveau modèle de wagon, avait développé une technique qui nous permettait de travailler très rapidement tout en respectant les normes de qualité. Nous avons commencé par gagner un penny de plus par heure, puis deux. Arrivés à trois pennies, les patrons ont paniqué. Ils ont abaissé le taux horaire à dix et douze cents. Le prix à la pièce a baissé en proportion, bien sûr.

— C'est abominable !

— Tu peux le dire ! Ce que tu vois là représente ma paie pour deux semaines de travail. Je ne l'ai pas encaissé parce que ça n'en valait pas la peine. Dix heures par jour pendant douze jours ! Avec la baisse des taux horaires, mon salaire était tombé à neuf dollars et onze cents.

Ella Mantville éclata en sanglots. Elle se couvrit le visage avec son tablier.

— Nous vivions dans la ville de Pullman, bien sûr. La compagnie déduisait le loyer, l'eau, le gaz, et même trois dollars par an pour l'usage de la bibliothèque. Voilà ce qui restait du salaire après ces déductions. Quatre cents. Et ne crois pas que ce soit une exception. J'ai vu des chèques de deux cents, même d'un seul. Les camarades les encadraient.

Cousin Joe avait parlé à Paul des pratiques en vigueur chez Pullman, mais la réalité dépassait tout ce qu'on pouvait imaginer. Aucun mot n'aurait pu qualifier une telle injustice.

La fillette se rapprocha. Elle s'appuya timidement contre la jambe de Paul et lui montra un objet.

— C'est ma poupée. Saint Nicolas me l'a apportée pour Noël.

C'était un clou de rail, habillé d'une robe en papier et orné de cheveux faits avec de la vieille laine. Le cœur de Paul lui manqua.

— C'est une jolie poupée, dit-il en la caressant.

Oubliées ses blessures, oubliée sa colère, oubliée l'humiliation, ne restait qu'un poignant sentiment d'injustice.

Des questions lancinantes assaillirent Paul. « Et si Joe Junior avait raison ? Et si le boulanger de la Wuppertal avait raison... ? »

Joe Crown fut poli mais sec quand il vint chercher son neveu. Il remercia la famille, serra la main de Mr. Mantville, mais il ne s'attarda pas. Paul trouva son oncle soucieux. Dans la voiture qui les ramenait à Michigan Avenue sous la pluie, Joe Crown demanda des nouvelles de l'enseigne et des tirettes de robinet.

— Je n'ai pas réussi à trouver ce Toronto Bob, et je rentrais au Canadian Gardens pour décrocher l'enseigne quand les voyous m'ont sauté dessus. Laissez-moi y retourner demain, je veux finir ce que j'ai commencé.

— Non, tu as fait de ton mieux. Dolph Hix rentre demain de sa tournée ; il s'en occupera.

Oncle Joe s'absorba dans la contemplation de la rue qui défilait par la portière. Des sentiments contradictoires affluaient à la conscience de Paul. Il serait à tout jamais reconnaissant envers son oncle pour sa gentillesse et son accueil. Mais dans le même temps, Joe Crown soutenait la politique d'hommes tels que Pullman qui bâtissaient leur fortune sur le sang des ouvriers et avaient le front de verser un chèque humiliant de quatre cents à un honnête travailleur. Quatre cents ! Paul n'était pas Benno Strauss, mais il commençait à comprendre comment des hommes opprimés et désespérés en arrivaient à songer que la dynamite était leur unique recours.

— Tu as mal, Paul ? demanda son oncle. Tu es bien silencieux.

— Je pense cette famille. Ils ont été si bons avec moi ! Ce sont de braves gens, et ils meurent de faim. C'est injuste.

— La vie est injuste.

— Le seul crime de cet homme est d'avoir protesté quand Pullman a réduit son salaire.

— Oh ! j'imagine qu'il y a eu autre chose ! Sans doute fréquentait-il les éléments radicaux, les agitateurs.

— Comment pouvez-vous dire ça, mon oncle ? Vous n'en savez rien.

— Je parle par expérience, dit oncle Joe d'un ton coupant.

Il commença à triturer sa dent de sanglier. Paul détourna la tête et se mordit les lèvres. Il regarda les boutiques défiler sous la pluie. Joe Crown lui effleura le bras.

— J'enverrai de l'argent à cet homme. Cent dollars. Mais uniquement parce qu'il t'a secouru ; je n'ai aucune compassion pour ses malheurs.

— Mon oncle, avec votre respect, je crois que vous devriez.

— Allons, mon garçon, tu ignores tout de ces choses. Les gens n'ont que ce qu'ils méritent.

— Je n'en crois rien.

Oncle Joe appuya son front sur le pommeau de sa canne.

— Tu parles comme ton cousin. Cela me déçoit, Paul. Je te croyais plus intelligent.

Paul détourna de nouveau les yeux. Le landau franchit un passage à niveau en cahotant. Paul serra les dents. Son corps meurtri lui faisait mal, mais la douleur de son âme était encore plus pénible. Ils ne prononcèrent plus un mot de tout le trajet.

Ils arrivèrent chez les Crown à neuf heures trente. Paul convainquit son oncle qu'il n'avait pas besoin des soins du docteur Plattweiler, mais tante Ilsa décréta qu'il devait se reposer une journée, voire deux, avant de reprendre le travail. Oncle Joe disparut dans son bureau sans un mot.

Dans la salle de bains, Paul jeta ses habits souillés dans le panier de linge sale et se lava le visage à l'eau chaude en grimaçant. Il enfila une robe de chambre et mit des chaussons. Tante Ilsa nettoya son entaille au cuir chevelu.

Ensuite, il se glissa sous son édredon, réconforté.

— Tu dois avoir faim, Pauli. Ne t'endors pas tout de suite, je vais te chercher un plateau.

Elle reparut une demi-heure plus tard avec des saucisses, du pain chaud et une chope de bière, puis l'embrassa et sortit.

Paul somnolait quand Joe Junior frappa doucement à sa porte.

— J'arrive à l'instant, dit son cousin. Seigneur, qui t'a arrangé le portrait ?

— Peu importe. Mais dis-moi plutôt d'où tu viens.

Joe Junior s'assit sur le bord du lit.

— Je me suis baladé pendant deux heures. C'est l'enfer ! Altgeld a réquisitionné l'armée. Cinq régiments. Demain matin, il y aura quatorze mille soldats dans les rues. Nicky Speers est sorti, lui aussi. Il m'a dit que le maire avait interdit tout rassemblement sur la voie publique. Autre chose, je n'irai pas travailler demain.

— Moi non plus, ta mère me l'a défendu.

— Je sèche le boulot. Oh ! pas pour la rigolade, je dois rendre un service à Rosie. Si on te demande, tu ne sais pas où je suis. Ce qui sera vrai, parce que je ne te le dirai pas.

— D'accord, Joe, tu peux compter sur moi.

— Maintenant, raconte. Qui t'a tabassé ?

Paul relata les faits avec concision. A la fin, son cousin hocha la tête.

— Par Jésus-Christ, j'ai souvent entendu parler de ces chèques de quatre cents, mais je n'en ai encore jamais vu.

— J'ai changé d'avis, avoua Paul. Ces malheureux m'ont convaincu. Je suis à fond pour la grève.

— Vrai ? Malgré papa ?

— Oui. Je ne dis pas que c'est une décision facile. Oncle Joe a été bon avec moi, et je n'ai rien à lui reprocher. C'est à Pullman que j'en veux.

Avec flamme, Joe Junior serra son cousin dans ses bras, puis il lui donna une tape amicale dans le dos.

— C'est bien, gamin. T'es courageux.

Les effusions de Joe Junior firent grimacer Paul de douleur.

— Il nous faut des rubans blancs, dit Joe Junior. Si on ne peut pas les porter dans la maison, au moins qu'on en ait pour dehors. J'en trouverai, ajouta-t-il en sortant. Mais rappelle-toi... tu ne sais pas où je vais demain.

— Promis.

La porte se referma.

Épuisé par les événements, Paul éteignit la lumière, se tourna sur le côté, et attendit que le sommeil vienne engourdir son corps meurtri. Mais il avait trahi son oncle et il en ressentait une culpabilité douloureuse. Contre cette douleur-là, il n'y avait pas de remède.

47

Joe Junior

Rosie s'agrippa à la main moite de Joe Junior.

— Par ici, dit-elle. J'entends le train.

Il entendit aussi le sifflet de la locomotive qui haletait péniblement. La voie n'était qu'à une centaine de mètres, dans la Quarante-Neuvième Rue.

Joe Junior et Rosie avaient eu grand mal à se retrouver, pris dans la marée humaine — peut-être trois ou quatre cents femmes, hommes, et enfants — qui convergeait vers le passage à niveau. La foule soulevait des nuages de poussière safran qui s'insinuait dans les cheveux de Joe Junior, se collait à la peau moite de Rosie et maquillait son visage d'une sorte de talc doré.

Joe Junior avait noué à son bras gauche le ruban blanc qu'il avait caché dans le tiroir de son bureau. Dans la fièvre du matin, il avait presque oublié l'humiliation que lui avait infligée son père à cause de ce ruban. Il n'était pas le seul à le porter, loin de là.

Près de la voie ferrée, plusieurs rangées d'hommes et de femmes leur bouchaient la vue. Déjà, les barrières du passage à niveau avaient été arrachées et brisées. Des enfants en brandissaient des morceaux. Comme des trophées de guerre.

La foule envahit la voie. Joe Junior et Rosie étaient brinquebalés au gré du flot. Hissé sur la pointe des pieds, Joe Junior aperçut les uniformes bleus des gardes nationaux de l'Illinois juchés sur le chasse-pierres de la locomotive qui avançait au milieu d'un nuage de vapeur.

D'autres gardes étaient assis sur la cabine de la locomotive, le chapeau rabattu sur les yeux, le fusil sur les genoux. C'étaient surtout des civils, et on sentait leur nervosité. Les États-Unis n'avaient pas été en guerre depuis près de trente ans.

— Je me demande où est papa, dit Rosie.

Sa robe en vichy rouge collait à son corps et des taches humides maculaient ses aisselles. Une autre tache dessinait un papillon foncé dans son dos.

Sur le chasse-pierres, un officier tentait d'écarter la foule avec son chapeau.

— Dégagez la voie ! Nous avons ordre de tirer si vous n'obéissez pas.

Un grand garçon maigre lança un bâton.

— Allez vous faire foutre, bande de jaunes !

L'officier repoussa le bâton d'une main. La foule hurlante se pressait de chaque côté de la voie :

— Sales jaunes ! Sales jaunes !

Le train arriva à la hauteur du passage à niveau. La foule s'écarta, mais des hommes et des femmes couraient de chaque côté en jetant des pierres, des bouteilles, des bouts de bois. Rosie sautait sur place pour essayer de voir son père.

— Où sont les vigiles, Joey ? Tu les vois ?

— Là-bas, fit-il en pointant un doigt. Dans le second wagon.

— Tu vois papa ?

— Pas encore.

On distinguait mal leurs visages avec toute cette poussière.

Le train était constitué de quatre tombereaux et d'un fourgon de queue. Le deuxième tombereau transportait une énorme grue rouillée ; un gros crochet d'acier se balançait au bout d'une lourde chaîne. La plupart des vigiles occupaient ce wagon, le pistolet en évidence. Leur badge métallique scintillait sur leur poitrine.

Joe Junior scruta les visages à la recherche de Tabor. Soudain, il écarquilla les yeux.

— Je connais ce type ! Celui qui a un truc en argent à la boutonnière. C'est cette crapule de livreur qui nous a volé des assiettes en porcelaine.

Rosie ne lui prêta pas attention. Le tombereau avec la grue et les vigiles traversa la Quarante-Neuvième Rue en grinçant. L'ancien livreur de Frankel portait un vieux chapeau melon, il ne s'était pas rasé depuis longtemps. Il paradait avec son revolver, tel un cow-boy. Son badge et l'objet argenté accroché à sa boutonnière miroitaient. Joe Junior identifia l'objet.

— Nom de Dieu ! C'est une cuillère en argent !

A la brasserie, on disait que les vigiles raflaient tout ce qui leur tombait sous la main.

Dressée sur la pointe des pieds, agrippée à Joe Junior pour garder l'équilibre, Rosie ignora le livreur. Le tombereau passa devant eux. Les yeux du livreur s'arrêtèrent sur Joe Junior sans le reconnaître.

— Voilà papa ! s'écria Rosie en trépignant. Là, dans le wagon suivant.

Le tombereau transportait des rails, sur lesquels étaient assis Tabor Jablonec et trois autres vigiles, Tabor avait épinglé le badge métallique à la bavette de sa salopette.

— Oh ! Jésus, il est sain et sauf ! Papa, papa !

Tabor la repéra, fit un signe de main, souffla sur son insigne et le polit avec fierté.

Les deux derniers tombereaux passèrent, chargés de rails et de caisses de clous, puis vint le fourgon de queue. Soulagé, Joe Junior poussa un profond soupir.

Soudain, avant le carrefour suivant, les roues de la locomotive grincèrent et raclèrent les rails en projetant des gerbes d'étincelles. Le train ralentit, puis s'immobilisa. Rosie serra la main de Joe Junior avec tant de force qu'il crut qu'elle allait lui briser les os.

— Que se passe-t-il ? s'écria-t-elle, affolée.

A travers la poussière, il aperçut une grappe humaine qui arrivait de la Cinquantième Rue. Elle bloquait la voie.

— Ils encerclent la locomotive, dit-il. Ils refusent de la laisser passer.

Tous deux entendirent l'officier rugir :

— Dégagez ou je donne l'ordre de tirer !

Quelqu'un lança une bouteille qui décrivit un arc de cercle et éclata sur la tête du garde assis sur le toit de la cabine. Le sang gicla. Le soldat tomba à la renverse et atterrit sur le remblai. Joe Junior et Rosie entendirent des hurlements et des jurons, comme si la foule s'acharnait sur le blessé.

Les manifestants commencèrent à tambouriner sur la locomotive et sur les flancs des wagons. Un coup de feu retentit, suivi d'autres, rapides, secs, pétaradants comme un feu d'artifice. Tout en maudissant la stupidité de Tabor, Joe Junior enlaça Rosie et la serra contre lui pour la protéger. Elle frappa sa poitrine à coups de poing rageurs pendant que ses yeux s'emplissaient de larmes.

— Pourquoi a-t-il été se fourrer dans ce merdier ? Pourquoi, nom de Dieu ?

Une douzaine de coups de feu retentirent. Un homme hurla :

— Ils tirent sur des innocents !

Une femme poussa un cri strident.

— Ils ont abattu Jebbie, ils ont tué mon fils !

Une rage folle s'empara de la foule.

Des hommes et des femmes, qui s'étaient contentés d'injurier les gardes ou de leur lancer des bouts de bois, s'agrippèrent avec fureur aux jambes qui pendaient et jetèrent des vigiles à terre. Les plus audacieux grimpèrent sur le train. Le cœur de Joe Junior battait la chamade. Les gens poussaient, criaient, hurlaient, juraient ; les pierres et les bouteilles volaient, il y eut de nouveaux coups de feu.

— Viens, Rosie, c'est dangereux, dit Joe Junior en l'empoignant par la taille.

Les vigiles formèrent une chaîne le long de chaque côté du train, les revolvers pointés sur la foule, un rictus de peur et de bravade aux lèvres. Puis ils tirèrent.

Des corps tombèrent ; les cris redoublèrent. De la locomotive au fourgon de queue, les vigiles aboyaient des ordres que personne n'entendait. L'un d'eux ouvrit le feu, les autres suivirent. Joe Junior vit au moins trois hommes et deux femmes s'écrouler.

Rosie s'arracha à son étreinte et se fraya un chemin à coups de coude. Hystérique, elle hurlait comme si Tabor pouvait l'entendre :

— Papa, papa, descends ! Cache-toi !

Joe Junior courut après elle. Un homme essaya de lui planter un doigt dans l'œil sans raison apparente. Joe Junior agrippa sa chemise, lui décocha un coup de pied dans le bas-ventre et le repoussa avec violence. Les gens devenaient fous. Rosie devenait folle. Ses cris stridents se perdaient dans le tumulte.

Joe Junior sauta sur une caisse, près de la voie, le temps d'apercevoir Tabor Jablonec. Il était toujours sur le tombereau, blême de peur. Il vida son revolver sur la foule tandis que les balles de ses collègues sifflaient autour de lui. Joe Junior courut à la poursuite de Rosie. Il vit Tabor se hisser sur la pointe des pieds, l'air hagard, puis lâcher son revolver et porter les mains à sa poitrine. Sous ses mains, à la place du cœur, sa salopette se tachait de sang. Il perdit l'équilibre, tomba, et roula sur le gravier.

— Oh ! papa ! oh ! mon Dieu ! Oh ! Seigneur tout-puissant !

Rosie se précipita près du corps recroquevillé. Elle s'agenouilla et posa la tête de son père sur ses genoux.

Joe Junior la rejoignit. Elle sanglotait et caressait avec frénésie le visage de Tabor.

— Oh ! Seigneur ! Oh ! Jésus-Christ, papa !

— Rosie, dit Joe Junior, baissant la tête pour éviter les balles qui sifflaient à ses oreilles.

Il la toucha, mais elle l'ignora. Elle frictionnait les bras et les jambes de son père comme pour le ranimer.

Les intestins de Tabor s'étaient vidés sous lui ; ses yeux étaient déjà fermés.

— Il est mort, Rosie, laissons-le. Il faut rentrer, et on...

— Pas moi ! hurla-t-elle.

Une balle passa entre eux avec un sifflement aigu. Joe Junior eut le réflexe de se baisser, mais Rosie n'y prêta pas attention. Désespéré, il s'accroupit, prit le cadavre puant de Tabor Jablonec dans ses bras. Rosie comprit ce qu'il faisait.

— Non !

— Rosie, viens, il faut déguerpir ! aboya-t-il.

La violence de son cri la ramena à la réalité : elle le suivit, chancelante, tandis qu'il courait en portant le cadavre de Tabor. Il fonça vers la Quarante-Neuvième Rue, loin des balles, des cris et des lamentations des blessés. Il s'arrêta devant une écurie de louage, et posa le corps de Tabor devant le porche.

Rosie tomba à genoux. Joe Junior regarda ses mains ensanglantées. Le sang de Tabor avait maculé sa chemise et taché le ruban blanc.

— Pourquoi a-t-il fallu qu'il se mêle à ces crapules ? gémit Rosie en lui prenant la main.

Joe Junior hocha la tête, l'œil brûlant de rage.

— Il aurait dû comprendre qu'il choisissait le mauvais camp.

Sa remarque la fit bondir. Elle lui griffa le visage.

— La ferme, salaud ! Moi, j'ai le droit de dire ça, mais pas toi. Fous le camp !

— Je suis désolé, Rosie. Tu as besoin d'aide pour...

— J'ai pas besoin de toi et de tes maudits sermons. C'est pas avec la morale qu'on achète à bouffer. T'es bien comme mon père, va, t'as pas deux sous de jugeote. Un de ces jours, tu te feras tuer comme lui. Fous le camp !

— Rosie, je cherchais juste à t'aider...

— Fous le camp ! Laisse-moi tranquille, je ne veux plus jamais te revoir ! hurla-t-elle, le regard haineux.

Il voulut parler, mais comprit que c'était inutile.

Il s'éloigna rapidement, contourna l'écurie et entra dans le bureau. Un garçon d'écurie lisait un magazine à dix cents.

— Venez vite, un homme a été tué. Sa fille a besoin d'aide.

Le garçon, un solide gaillard de quinze ans, lui décocha un regard soupçonneux, mais il se leva et courut dehors. En partant, Joe Junior l'entendit s'écrier :

— Oh ! mon Dieu ! C'est grave ?

— Ouvre les yeux, imbécile. Il est mort !

Joe Junior s'éloigna à grands pas. Parvenu à la Quinzième Rue, il entendit un coup de feu isolé au loin, puis le silence. Le soleil de midi faisait scintiller la poussière. Elle recouvrait ses cheveux, blancs comme ceux d'un vieillard.

Il plongea la tête dans un abreuvoir, puis se rinça les mains et s'essuya avec les pans de sa chemise. Il songea à l'ôter, mais se ravisa. Qu'il la garde ou pas, il se ferait remarquer.

Il mit près d'une heure à rejoindre l'angle de Michigan Avenue et de la Vingtième Rue. Dans son état, s'il avait essayé de prendre un fiacre, il se serait fait arrêter. En fait, un quincaillier qui le vit passer devant sa boutique téléphona aussitôt à la police. Quelques rues plus loin, un policier l'interpella. Joe Junior s'enfuit et ne réussit à le semer que parce que le policier était un quinquagénaire bedonnant.

Il entra par la porte de service. Dans la cuisine, Louise Volzenheim écossait des petits pois. Elle faillit s'évanouir en le voyant.

— Mon Dieu, Mr. Joe, qu'est-ce que c'est que tout ce sang ?

— Un accident. Le père de Rosie a été tué.

Horrifiée, Louise resta bouche bée. Il gravit l'escalier dans un état second, fit couler un bain et trempa longuement dans la baignoire. Puis il jeta sa chemise dans le panier à linge sale, mais conserva précieusement le ruban blanc maculé de sang.

Il raconta tout à sa mère dès qu'elle rentra. Elle le serra contre son cœur et le berça comme un enfant.

— Oh ! Joey, mon Joey ! Tu aurais pu te faire tuer à sa place.

— Oui, mais c'est lui qui est mort. C'est ces salauds de jaunes qui l'ont descendu, et ils en ont tué plein d'autres. Dix, vingt, je ne sais pas.

— Nous enverrons des fleurs pour l'enterrement, c'est le moins qu'on puisse faire.

— Oui, tu as raison, fit-il, vidé.

Les derniers mots de Rosie le hanteraient toute se vie.

— Je n'irai pas à l'enterrement, maman. Je crois que je ne reverrai jamais Rosie.

— Je ne comprends pas pourquoi.

— Ça fait rien, maman, laisse tomber.

Il raconta de nouveau l'histoire à table. Son père déclara qu'il lui retiendrait deux jours de salaire. Un pour les heures manquées, et un autre pour avoir quitté son poste sans autorisation. Joe Junior était trop épuisé pour protester.

Fritzi fut très impressionnée par le récit ; Carl également. Paul écouta en silence, impassible. A la fin, Joe Junior regarda ses mains ; elles tremblaient. Bien qu'il les ait nettoyées, il restait des traces de sang. Elles ne s'effaceraient jamais...

— Joseph, dit son père en lissant la pointe de son impériale, je ne sais comment exprimer ce que je ressens.

Joe Junior lui lança un regard incandescent.

— Je suis effaré par les risques que tu as pris. J'aurais pu perdre un fils chéri. Tu as sans doute fait preuve de noblesse en aidant cette jeune personne, mais elle s'est mise dans une situation dangereuse, et toi avec. Je suis navré pour son père, même si je ne l'ai jamais rencontré, pas plus qu'elle d'ailleurs. Au moins est-il mort pour la bonne cause.

Joe Junior serra les poings sous la table. Son visage se crispa. Son père s'en aperçut. Il dit d'un ton radouci :

— Je retire ce que j'ai dit tout à l'heure. Je ne retiendrai rien sur ton salaire. Tu n'aurais jamais dû t'absenter sans ma permission, mais je trouve que tu as été assez puni comme cela.

— Oh ! merci, Joe, murmura Ilsa.

— Monte te coucher, mon fils, dit Joe Crown en pliant sa serviette. Repose-toi, et essaie d'oublier.

— Je n'oublierai jamais, papa.

— Ne sois pas si mélodramatique.

— Je dis ce que je ressens.

Leurs regards se croisèrent. Rouge, la voix tremblante d'émotion, Joe Crown déclara :

— Si vous voulez bien m'excuser, j'ai du travail.

Sur ce, il sortit de la salle à manger en boutonnant son veston.

— Rejoins-moi dans ma chambre, glissa Joe Junior à l'oreille de Paul.

Quand Paul arriva, Joe Junior ferma la porte derrière lui.

— C'est fini avec Rosie, annonça-t-il.

— Oh ! je suis désolé !

— Je savais que ça ne durerait pas entre nous, elle me le répétait souvent. Elle cherche un type qui la couvre de fric.

Un silence morne suivit, puis Paul dit d'une voix douce :

— Les vigiles sont des salauds.

— Des assassins, oui ! Les manifestants n'avaient que des pierres.

Il alla à son bureau, ouvrit le tiroir et sortit le ruban maculé.

— Il y a du sang dessus, dit-il.

— Le sang d'un martyr, déclara Paul.

— Oui, le sang d'un martyr.

Joe Junior fouilla dans un autre tiroir. Il trouva un canif avec lequel il coupa le ruban en deux.

— Tiens, fit-il.

Paul prit le ruban et le caressa d'un doigt songeur.

— Maudits soient-ils. Maudits soient-ils tous, dit-il, les yeux brillants de larmes.

Pour la première fois de la journée, Joe Junior sourit.

48

Joe Crown

Joe Crown n'oublierait jamais ce sinistre dimanche. Il ne pouvait s'empêcher d'incriminer William Stead[1], et son livre, *Si le Christ ressuscitait à Chicago*, qu'Ilsa lisait ce soir maudit.

Bien sûr, Stead n'était que l'étincelle qui avait mis le feu aux poudres. Le mauvais caractère de Joe avait fait le reste et les événements de cette semaine torride de juillet 1894 produisirent l'explosion dont les conséquences furent dévastatrices pour la famille.

Le dimanche avait commencé dans une atmosphère oppressante. La veille, il y avait eu l'émeute du passage à niveau pendant laquelle Joe Junior avait frôlé la mort. Les journaux firent état de quatorze morts et d'innombrables blessés. Le père de la jeune Tchèque de Pullman figurait parmi les victimes.

Le dimanche matin, son fils aîné traîna dans la maison avec une expression hagarde. Visiblement sous le choc, il souffrait terriblement. Joe s'efforça de ne pas le provoquer, espérant que le temps mettrait du baume sur ses blessures. Il remarqua que Paul ne quittait pas Joe Junior d'une semelle. Les deux cousins semblaient inséparables.

Paul avait échoué dans sa mission à Little Cheyenne, mais Joe Crown ne pouvait pas le lui reprocher, vu l'attaque des voyous. En plus, aux yeux de ses jeunes cousins, Paul faisait figure de héros. Au souper, Fritzi loua plusieurs fois sa « bravoure », ce qui parut gêner Paul. Une heure plus tard, en entrant dans le grand salon, Joe Crown entendit Carl s'extasier au récit de la bagarre que Paul, à sa demande, répétait pour la énième fois.

L'après-midi, Joe Junior sortit pour se dégourdir les jambes, dit-il. Il s'était habillé avec un soin particulier et avait prévenu sa mère qu'il ne rentrerait sans doute pas avant le souper. Ce n'était pas dans ses habitudes. Joe se dit que la fusillade l'avait calmé, et il

---

1. William Thomas Stead (1849-1912). Journaliste anglais. *(N.d.T.)*

accueillit favorablement ce revirement, même s'il était dû à des circonstances tragiques.

Paul et Carl sortirent jouer à la balle dans le jardin, et Joe Crown put enfin se plonger dans la lecture des journaux.

Sanguinaires !
Une foule déchaînée sème la mort
et la destruction !
C'est l'anarchie !
Les manifestants mettent la ville à feu et à sang!
Violence, terreur, pillage !

Joe Crown froissa le journal et le jeta en maudissant les Rouges et leur meneur, Debs. Non seulement le boycott organisé par le chef syndicaliste mettait le commerce en péril, mais il faisait planer un danger sur les honnêtes citoyens qui ne demandaient qu'à vivre en paix. Les troupes devraient frapper plus fort ; on devrait jeter les grévistes en prison. En tout cas, lui n'aurait jamais toléré la moindre agitation à à la brasserie.

Les événements l'avaient rendu nerveux et lorsqu'il alla se coucher, il était d'humeur massacrante.

Il faisait une chaleur insupportable ; il transpirait abondamment. Sa chemise de nuit était pourtant légère, mais il avait l'impression de porter un manteau de fourrure.

La tête calée sur le traversin, Ilsa lisait le livre de Stead, une enquête approfondie sur le vice à Chicago. Publié en février, l'ouvrage avait été tiré à des milliers d'exemplaires, et il continuait à se vendre. Sa simple vue accrut la colère de Joe Crown.

Il n'y avait pas un souffle d'air dans la chambre. Un papillon de nuit voletait frénétiquement autour de la lampe de chevet.

En sueur, il se glissa sous les draps amidonnés. Trois secondes plus tard, il les rejeta d'un coup de pied. Il releva sa chemise de nuit, prit un éventail frappé à l'emblème de la brasserie Crown et s'éventa vigoureusement.

Ilsa lui jeta un regard inquiet, puis reprit sa lecture.

— Tiens, voilà un passage qui devrait t'intéresser, dit-elle quelques instants plus tard.

— Ce que pense ce fouille-merde ne m'intéresse pas.

— Il faut avoir l'esprit ouvert, mon ami. Mr. Stead exprime des opinions originales sur les tavernes.

— Vraiment ? fit-il, sarcastique. Il ne veut donc plus les fermer ? Il préfère les raser ?

— Tu es injuste. Tu n'as pas lu un seul mot...

— Et ce n'est pas maintenant que je vais commencer. Je te demande d'éteindre la lumière pour que je puisse dormir.

A sa manière, Ilsa était aussi têtue que son mari. Elle posa le livre sur son ventre.

— Pas avant que tu n'aies lu un paragraphe du chapitre intitulé « Whisky et Politique ». Mr. Stead fait une distinction entre les bars bien fréquentés et ce qu'il appelle les tavernes indécentes.

— Ilsa, les opinions d'un monsieur qui condamne ma profession ne m'intéressent absolument pas.

— Attends, il ne condamne pas...

— Je refuse d'écouter. Bonne nuit.

Il était trop tendu pour trouver le sommeil. Au bout d'une minute, Ilsa referma son livre d'un claquement sec.

— Je ne me laisserai pas traiter comme une servante, Joe Crown !

Joe laissa exploser sa colère. Il se tourna vers son épouse et lança d'un ton exaspéré :

— Eh bien, va au diable !

Leur dispute, violente et incohérente, dura un bon quart d'heure. Ilsa fondit en larmes. Furieux, Joe Crown lui tourna le dos, évitant scrupuleusement tout contact avec elle.

Le lendemain matin, Joe envoya Dolph Hix au Canadian Gardens. Une heure plus tard, Hix téléphona pour dire qu'il avait l'enseigne, mais que les tirettes avaient disparu. Toronto Bob prétendait qu'il ignorait où elles se trouvaient.

— Dans ce cas, rapportez l'enseigne tout de suite ! tonna Joe Crown, rouge de colère.

Il raccrocha violemment l'appareil.

Il était dix heures trente. La porte de son bureau fermée, il déchira une troisième feuille de papier à en-tête de la brasserie, l'envoya dans la corbeille rejoindre les précédentes, puis en prit une quatrième dans son tiroir. Il n'arrivait pas à rédiger la lettre d'excuse qu'il voulait faire parvenir à Ilsa avec les deux douzaines de roses jaunes qu'il avait commandées à Eitel, le fleuriste.

Il trempa sa plume dans l'encrier.

Ma chère Ilsa...

Il n'alla pas plus loin. On frappa à la porte ; Stefan Zwick pénétra en trombe dans le bureau avant d'en avoir reçu l'autorisation.

— Je suis désolé de...

— J'ai exigé qu'on me dérange pas !

— Je sais, monsieur, mais j'ai cru de mon devoir de vous informer de la situation.

Joe remarqua que Zwick tenait une feuille jaune à la main.

— Que se passe-t-il ?

Stefan Zwick toussota en se balançant d'un pied sur l'autre.

— Il y a... euh... une manifestation du personnel. Un arrêt de travail, monsieur.

— Un quoi ?

— Un arrêt de travail. Onze hommes ont quitté leur poste pour une heure, par solidarité avec le boycott de Pullman. Schultheiss, de la tonnellerie ; Chester Amunnsen, de...

Joe abattit son poing sur le bureau. Une pile de documents bascula dans le vide.

— Et Strauss ? Je parie que c'est lui le meneur.

— Oui, monsieur, il semble qu'il ait pris la tête de la... Trois autres ouvriers syndiquées l'ont suivi. J'ai la liste complète, dit Zwick en présentant la feuille jaune.

— Dès leur retour, vous leur donnerez leur congé.

— Ils n'ont pas quitté les lieux, monsieur. Ils se sont rassemblés devant le portail.

Joe se précipita à la fenêtre. Il jura en allemand en voyant le groupe attroupé autour de la fontaine. Les hommes riaient et chahutaient comme s'ils étaient à un pique-nique. Chacun portait un ruban blanc au bras.

Schultheiss, le tonnelier, gratta une allumette sur le buste du roi Gambrinus pour allumer son cigare.

— Quelle effronterie ! gronda Joe. Un piquet de grève dans ma brasserie !

Il se rua dehors. Cela faisait des mois que Benno Strauss perturbait le travail, mais là il dépassait les bornes. Joe dévala l'escalier et traversa la *Bierstube* en bolide.

Mickelmeyer, le maître d'hôtel, le rattrapa sur la terrasse. Engoncé dans sa queue-de-pie noire et son tablier blanc, Mickelmeyer était rouge comme une écrevisse. Deux grévistes aperçurent Joe Crown et cessèrent leur bavardage. Benno était assis sur le rebord de la fontaine ; il plongea une main dans l'eau et continua à discuter gaiement.

— Je suis content que vous soyez là, Mr. Crown, dit Mickelmeyer. Ces hommes vont faire fuir nos clients.

— Oh ! je vous garantis que non ! (Il se dirigea vers le portail.) Éloignez-vous de cette fontaine ! ordonna-t-il.

Il saisit l'homme le plus proche par le col et le repoussa violemment. Wenzel, de la malterie, faillit se cogner la tête contre le mur de briques qui flanquait le portail.

Benno se retourna, un sourire mauvais aux lèvres, puis il se leva et s'essuya les mains sur sa salopette. Joe vérifia qu'un revolver ne déformait pas ses poches. Il ne vit rien.

— Expliquez-vous ! ordonna-t-il. Pourquoi avez-vous quitté votre poste ?

— Oh ! fit Benno toujours avec le même sourire, vous devez bien le savoir, Mr. Crown ! Le mouvement s'étend. Des boulangers rallient la cause, quelques bouchers aussi... ce sont tous de bons Allemands, précisa-t-il, réjoui de l'insinuation.

Joe eut du mal à maîtriser ses nerfs. Il entendit des hommes sortir du *Biergarten* et s'approcher. Sur le toit, des ouvriers observaient la scène. Il crut reconnaître son fils parmi eux.

Wenzel s'épousseta avec des gestes provocateurs. Pour un homme de si petite taille, il affichait un courage inattendu.

— Nous vous informons, Mr. Crown, que nous soutenons à fond les cheminots, et que nous observerons un arrêt d'une heure chaque jour, jusqu'à la capitulation du roi George Pullman.

— C'est donc une grève syndicale ?

— Non, fit Benno Strauss. Le Syndicat des ouvriers de brasserie n'y est pour rien. Nous avons organisé cette action sans son accord.

— Organisé ? Moi, j'appelle ça de l'anarchie, fulmina Joe. Retournez tous à vos postes, ou vous ne faites plus partie de mon personnel.

Certains parurent hésiter, mais Benno ne flancha pas.

— Les menaces ne marcheront pas cette fois, Mr. Crown.

— Ne discutez pas avec lui, monsieur, intervint Sam Traub.

L'inspecteur des impôts venait d'arriver en compagnie de Fred Schildkraut.

— Appelez la police. Le maire a interdit les piquets de grève.

— Ta gueule, le jaune, tonna Benno. On ne fait pas grève, on se repose.

Il se rassit.

Imperturbable, le roi Gambrinus contemplait les nuages blancs qui se formaient à l'horizon. Benno étendit les jambes et croisa les bras. Joe était écarlate.

— Tu es viré, Strauss ! Je t'ai supporté trop longtemps. Vous êtes tous virés !

— Si vous le prenez comme ça, vous nous devez un salaire de...

— Je ne vous dois rien du tout ! Sortez immédiatement de ma brasserie.

Un fiacre s'arrêta devant la brasserie et deux hommes d'affaires en descendirent. L'un des deux paya le cocher pendant que l'autre observait l'attroupement. Les grévistes, qui s'étaient alignés le long de la fontaine, bouchaient l'entrée de la taverne.

— Stefan ? appela Joe sans se retourner.

— Je suis là, monsieur.

— Téléphonez au commissariat.

— Je n'attendrai pas que la police arrive ! déclara Mickelmeyer.

Tandis que Zwick courait téléphoner, le maître d'hôtel empoigna le gréviste le plus proche.

— Laissez passer nos clients ! cria-t-il.

— Bas les pattes, larbin ! hurla Benno.

L'homme que Mickelmeyer avait agrippé lui donna des coups de pied dans les tibias. Le maître d'hôtel lui décocha un direct qui l'expédia dans la fontaine. Benno glissa une main sous sa chemise et sortit son revolver. Un ruban blanc était noué autour du barillet...

Joe se précipita et saisit le poignet de Benno. Ce dernier sentait la sueur rance. Il était fort comme un gorille, mais Joe, fou de rage, ne s'en laissa pas compter. Benno essaya de se libérer de son étreinte ; Joe tint bon.

L'homme qui avait pris un bain forcé émergea de la fontaine en crachant de l'eau. Traub lui enfonça la tête sous l'eau et la maintint jusqu'à ce que Mickelmeyer intervienne. Les deux hommes d'affaires remontèrent aussitôt dans le fiacre et ordonnèrent au cocher de décamper. Benno essayait toujours de se libérer. Voyant qu'il n'y arriverait pas, il expédia un grand coup de pied avec ses chaussures ferrées. Joe, atteint à la jambe, tomba en poussant un juron de douleur.

La sueur ruisselait sur le crâne chauve de Benno. Ses narines étaient dilatées et ses yeux exorbités n'avaient plus rien d'humain.

Il pointa son arme sur Joe, affalé contre le mur de briques. Joe contempla le canon de l'arme, des images du Mississippi surgirent de sa mémoire...

Étourdi, haletant, il se remit sur pied.

— Donne-moi cette arme, Benno. Tu ne vas tout de même pas ajouter un meurtre à tes crimes.

— Non, Mr. Crown, pas question. Et restez où vous êtes, bordel de Dieu, ou je...

Il ne termina pas sa phrase, car Joe lui expédia un direct au plexus. Benno tituba.

— Salaud ! hurla-t-il.

Fred Schildkraut accourut avec un maillet de bois, qu'il abattit sur le poignet de Benno. Le revolver jaillit et atterrit dans la fontaine dans une gerbe d'eau.

Le dénommé Schultheiss vola au secours de Benno.

Mickelmeyer l'arrêta d'un coup de poing, et l'envoya au sol. Wenzel et un autre gréviste sautèrent sur Sam Traub et déchirèrent sa veste. Joe, ivre de rage, n'arrivait plus à se maîtriser. Il décocha un nouveau direct sur le nez de Benno ; l'appendice du colosse éclata, éclaboussant la chemise de Joe d'un sang écarlate.

Benno prit son visage à deux mains et injuria violemment Joe sous les applaudissements des ouvriers réfugiés sur le toit. Qui encourageaient-ils ? Mystère.

Sam Traub ouvrit son couteau et en menaça un des grévistes.

— Pas de ça, Sam ! cria Joe.

Un sifflet perça le tumulte. O'Doul, le policier qui effectuait sa ronde, déboucha de Larrabee Street aussi vite que le lui permettait sa corpulence. Bien qu'âgé de soixante ans, O'Doul savait encore se battre. Il frappa les grévistes à grands coups de matraque

— Le panier à salade arrive ! s'écria Sam Traub.

Joe entendit le galop des chevaux, puis la cloche résonner. Benno n'eut pas besoin d'avertir ses camarades. Tout le monde s'éparpilla dans Larrabee Street.

Joe s'agrippa au rebord de la fontaine. Ses cheveux trempés pendaient sur son front en sueur, et son cœur battait à tout rompre.

— Crown ! tonna Benno en agitant un doigt ensanglanté avec un air que Joe ne lui avait jamais vu. Tu n'as pas fini d'entendre parler de moi, fumier de capitaliste.

Puis il s'enfuit à toutes jambes, éclaboussant le pavé de son sang.

Joe plongea un bras dans la fontaine, récupéra le revolver et le lança au loin. L'arme décrivit un arc de cercle et atterrit au milieu de la rue. Si Benno le vit, il ne revint pas le chercher.

— A qui appartient cette arme ? demanda O'Doul.

— A Strauss, dit une voix.

— J'en aurai besoin comme pièce à conviction.

O'Doul alla rechercher le revolver.

Joe passa une main dans ses cheveux grisonnants, arrangea sa cravate, puis se pencha au-dessus de la fontaine et s'aspergea le visage. Il contempla ensuite son reflet dans l'eau. Il se méprisait de ne pas avoir renvoyé cet anarchiste plus tôt. Benno Strauss avait réussi à fomenter une révolte dans sa propre brasserie. Joe se sentait vaincu.

Vaincu... par des événements qui échappaient à tout contrôle.

A la terrasse de la taverne, installé à sa table habituelle, il engloutit une saucisse, une tranche de pain de seigle et une chope de bière. Cela le calma quelque peu. La police avait rattrapé trois grévistes.

— Désolé de vous apprendre que Strauss n'était pas parmi eux, déclara O'Doul.

Joe remercia le policier et promit de se rendre prochainement au commissariat pour porter plainte. Après le départ d'O'Doul, Joe demanda à Mickelmeyer d'aller quérir son secrétaire.

— Asseyez-vous, Stefan.

Zwick prit une chaise et s'assit sous un tilleul. Une brise qui soufflait du lac agitait les feuilles.

— La situation est grave, dit Joe. Je suis sûr que Benno et ses acolytes ne s'en tiendront pas là. Il faut que nous soyons prêts à toute éventualité. Je préfère être trop prudent que pas assez. Faites changer toutes les serrures de la brasserie.

— Toutes, monsieur ?

— Toutes jusqu'à la dernière.

Zwick nota l'ordre sur son calepin, et ne posa plus de questions. Benno possédait un trousseau de clefs de l'entrepôt et des chambres froides. Joe Crown avait toujours fait confiance à ses hommes.

— Cela devrait être terminé avant vendredi, monsieur, dit Zwick en tapotant son calepin.

— Je veux que les serrures soient changées avant ce soir six heures, Stefan. Payez ce qu'il faudra, mais que cela soit fait.

Les serruriers arrivèrent à treize heures. Un régiment d'hommes bruyants et grossiers envahit la brasserie. Ils changèrent les chaînes, les cadenas, installèrent de nouveaux verrous, essayèrent les clefs neuves. La majeure partie de l'activité se déroulait loin du bureau de Joe.

Au milieu de l'après-midi, les roses jaunes arrivèrent. Joe finit par venir à bout de sa lettre à Ilsa, bien qu'il la jugeât trop courte, et mal tournée ; il n'avait pas réussi à trouver les mots justes. Zwick envoya un commis livrer les fleurs et le billet, puis Joe appela son secrétaire.

— J'ai pensé à autre chose, Stefan. Envoyez George Hoch acheter un pistolet, n'importe lequel.

George Hoch était le veilleur de nuit. Il travaillait à la brasserie depuis douze ans. C'était un homme consciencieux qui effectuait des rondes régulières, mais il avait soixante-sept ans. De toute sa carrière, George n'avait eu affaire qu'à des rats ou, au pire, à quelques farceurs. En cas de pépin sérieux, on ne pouvait compter sur le seul

George. Joe songea à faire appel à une agence de vigiles, comme celle des Pinkerton. Ils enverraient un jeune pour aider le vieux veilleur de nuit à garder la brasserie. Ou deux, si nécessaire.

Peu avant la fin de la journée, Joe demanda à Stefan Zwick d'aller chercher son fils et son neveu. Dix minutes plus tard, les deux cousins se tenaient debout devant lui. Ils avaient chaud, et leur visage reflétait la fatigue et l'appréhension.

— Vous avez dû apprendre ce qui s'est passé à midi, dit-il. C'est un incident déplorable, mais il est clos. Je ne vous demande pas votre opinion sur l'arrêt de travail illégal, je pense le connaître. Tout ce que je vous demande, c'est de me promettre de ne rien dire à Ilsa, à Carl et à Fritzi. Je ne veux pas qu'ils s'inquiètent inutilement.

Il attendit que ses mots fassent leur effet, puis il interrogea :

— Paul ?

— Je vous le promets.

Il tourna ses yeux vers son fils. Sa main palpa la dent de sanglier.

— Joseph ? demanda-t-il d'un ton plutôt sec. J'attends ta réponse.

— Je ne dirai rien... promit Joe Junior. Mais seulement pour maman, ajouta-t-il après une hésitation.

— Très bien. Vous pouvez disposer.

Ils sortirent sans se regarder. Quand Paul ferma la porte, Joe s'accouda sur son bureau et se prit la tête à deux mains.

49

Joe Junior

Après leur journée de travail, Joe Junior et Paul se rendirent à l'Uhlich's Hall.

— J'aurais préféré que tout le monde arrête le travail, dit Joe Junior. Je n'étais pas au courant. J'étais au second en train de changer une vitre.

— On ne m'a pas prévenu non plus, renchérit Paul. Benno ne doit pas savoir que je soutiens les grévistes.

Joe Junior dénoua son ruban blanc et l'attacha à sa boutonnière. Paul fixa le sien avec une épingle à nourrice. Un policier en maraude leur jeta un regard mauvais.

— On devrait avoir le courage de le porter tout le temps, remarqua Joe Junior.

— Je sais, mais Schildkraut nous le confisquerait et il ferait un rapport. On vit toujours chez ton père. Ce n'est pas que ça m'enchante, mais c'est comme ça.

Joe Junior marcha en silence. Il n'avait jamais été aussi déprimé. La grève n'était pas la seule cause de sa mélancolie. Rosie lui manquait. La façon dont il l'avait perdue lui laissait un goût amer de chagrin et d'humiliation.

Le dimanche, lendemain de la mort de Tabor, il avait décidé d'aller présenter ses condoléances à la famille. Il s'était habillé proprement et s'était préparé mentalement à la rencontre. En attendant l'omnibus, il avait compris qu'il ne se rendait à Pullman que pour voir Rosie ; il espérait l'entendre dire qu'elle ne pensait pas les mots terribles qu'elle lui avait jetés à la face.

Mais elle les pensait, et il le savait bien.

L'omnibus approchait ; le cocher l'avait vu et la cloche retentit. Mais Joe Junior changea brusquement d'avis et s'éloigna.

Il avait passé le reste de l'après-midi à traîner le long du lac. Il avait marché d'un pas rapide, le visage fouetté par le vent, mais cela ne l'avait pas apaisé...

Un lourd et bruyant chariot les croisa, puis un fiacre.

— Papa a mal réagi, aujourd'hui, dit Joe Junior. C'était un simple arrêt de travail d'une heure. Juste une façon de montrer notre solidarité avec les grévistes. C'est lui qui a cherché la bagarre.

— Tu crois que Benno voudra se venger ?

— Si c'est le cas, il va y avoir du foin, tu peux en être sûr.

C'était précisément ce qu'il redoutait. Les événements se précipitaient, laissant présager une conclusion affreuse. Comme souvent depuis le samedi tragique, il revit Tabor Jablonec en sang ; c'était la première fois qu'il voyait un homme mourir. Un spectacle traumatisant. Il espéra que Benno ne chercherait pas les ennuis. Et surtout qu'il ne lui poserait plus la question fatidique : « On peut compter sur toi ? »

A l'Uhlich's Hall, Debs exposait aux journalistes son sentiment sur les actes de violence :

— Je n'ai pas modifié ma position. Celui qui commet un acte de violence, quel qu'il soit, membre de notre syndicat ou pas, devrait être promptement appréhendé et puni. Nous devons agir en conformité avec la loi, sinon, mieux vaut renoncer.

Il quitta la salle de conférences, abattu. Derrière la porte vitrée, on voyait des silhouettes défiler. Joe et son cousin entendirent des éclats de voix. Près d'eux, un journaliste murmura à un de ses collègues :

— Il est cuit. La grève est foutue. C'est juste une question de temps.

Les cousins s'en allèrent, accablés.

La situation se gâta pour les grévistes. Le comité exécutif de l'American Federation of Labor, la fédération des syndicats américains, refusa de soutenir le « dictateur Debs ». Quelques ouvriers brasseurs et quelques boulangers cessèrent le travail par solidarité, de même que des ouvriers des fabriques de cigares. Mais des arrestations massives affaiblirent rapidement la résistance. Le volume des marchandises acheminées par le rail augmenta chaque jour. La police investi l'Uhlich's Hall, fouilla les locaux, saisit des documents. Gene Debs fut arrêté avec d'autres dirigeants syndicaux. Joe Crown, Fred Schildkraut, Sam Traub et leurs pairs se réjouirent de l'événement.

Le mardi suivant la mort de Tabor, Joe Junior regagna le vestiaire après le travail. Il n'attendrait pas Paul, ce soir-là ; au déjeuner, son cousin l'avait prévenu qu'il resterait à la brasserie jusqu'à vingt heures. Comme ils n'allaient plus à l'Uhlich's Hall, le contretemps ne dérangea pas Joe Junior.

En ouvrant son armoire pour prendre sa casquette, il aperçut un billet plié en quatre sur l'étagère. Son cœur se mit à battre la chamade. Il attendit d'être seul pour déplier fébrilement le mot : *Pont de Lake Street à 17 h 30. Urgent.*

Il n'avait jamais vu la grande écriture penchée, mais il sut aussitôt qui en était l'auteur. Il referma l'armoire d'un coup sec, les jambes flageolantes.

Il s'accouda au parapet du pont de Lake Street, qui enjambait un bras de la rivière. L'odeur des détritus et des déchets humains charriés par le courant imprégnait l'air. Par endroits, des forêts de mâts surgissaient de l'eau ; des embarcations étaient arrimées aux appontements des entrepôts commerciaux et des scieries.

Une péniche chargée de charbon passa sous le pont. Des nuages argentés défilaient dans le ciel, cachant le soleil par intermittence. Des arcs-en-ciel huileux se reflétaient à la surface de la rivière.

La cloche de l'église Saint Meinrad sonna six heures. Joe Junior décida d'attendre encore dix minutes. Il contempla l'eau sale et vit le cadavre d'un chien flotter.

— Ne te retourne pas, ne prononce pas mon nom, ne dis rien.

Du coin de l'œil, il aperçut le profil de Benno, un chapeau de paille posé sur son crâne chauve. Benno s'accouda avec naturel au parapet comme s'il bavardait avec un ami. Il avait l'air hagard avec ses étranges yeux de Chinois cernés de poches jaunâtres.

— Ils ont changé les putains de serrures, pesta Benno.

— Je sais.

Un escadron d'infanterie traversa le pont. Les soldats transpiraient dans leur uniforme imperméable bleu. Le sergent hurlait la cadence.

Benno parlait à mi-voix, un sourire cordial aux lèvres.

— C'est le moment de montrer que tu es un bon petit soldat, comme eux. T'es toujours prêt à aider la cause ?

Joe Junior avait la bouche sèche.

— Qu'est-ce que je dois faire ?

— Oh ! un truc facile ! Voler une clef. Tu l'emporteras en quittant ton travail et, à la nuit tombée, tu viendras ouvrir la salle d'embouteillage. C'est tout.

— Qu'est-ce que tu comptes faire ?

— Montrer à ton père qu'on peut pas licencier d'honnêtes travailleurs juste parce qu'ils expriment leur solidarité avec les grévistes.

— Lui montrer comment ?

Benno frappa le parapet d'un poing rageur.

— Par des actes ! J'avais prévenu que je frapperai un grand coup, mais personne ne m'a cru. Toi non plus tu ne m'as pas cru.

Joe Junior se souvint de la bicoque dans les dunes, de la dynamite.

— Je ne vous aiderai que si tu me jures que personne ne sera blessé. Je ne veux pas être complice d'un meurtre. Si tu as l'intention de poser une bombe là où des ouvriers travaillent, je ne...

— T'inquiète pas, on fera de mal à personne. On va juste bousiller du matériel dans la salle d'embouteillage, la nuit. Ça coûtera une fortune à ton vieux, mais il n'y aura pas une goutte de sang. Je ne veux pas de ça, moi non plus. J'ai pas envie de pendre au bout d'une corde. Ah, non alors, merde !

Joe Junior le crut. Ce qu'on lui demandait n'était pas aussi grave qu'il l'avait craint.

— Tu me donnes ta parole que tu ne tenteras rien à la brasserie ? Il y a une équipe de nuit, je ne veux courir aucun risque.

— Je te le jure, Joe. Tu as ma parole, fit Benno en levant la main droite.

— Comment vas-tu t'y prendre ?

— T'occupe. Mais je peux te dire qu'on agira quand le vieux George Hoch aura fini sa ronde.

Joe Junior n'en menait pas large.

— C'est difficile, ce que tu me demandes, Benno. La brasserie appartient à mon père. C'est sa propriété.

— Sa propriété ! (Benno cracha dans l'eau.) Putain, c'est la propriété qui pourrit le monde, non ?

— Peut-être, mais la brasserie est toute sa vie.

— Donc tu refuses de nous aider ? fit Benno d'une voix menaçante. Tu retournes vite ta veste ! Moi qui te prenais pour un homme !

— Merde, Benno, dis pas ça !

— T'as des couilles, oui ou non ? interrogea Benno avec un sourire mielleux.

Joe Junior passa une main sur ses lèvres. Il revit le regard sévère de son père ; Rosie couverte du sang de Tabor.

L'exaltation de l'action ! Il avait étudié la doctrine révolutionnaire. Il s'était convaincu qu'il n'y avait pas d'autre moyen de lutter contre un système dégénéré et injuste. Il ne devait pas se laisser paralyser par sa famille. L'important était de lancer un avertissement à son père, et à ses amis ploutocrates... sans blesser personne.

— Joey ?

— C'est d'accord.

— Bravo ! s'exclama Benno. Je savais que je pouvais compter sur toi.

— Attends, ce n'est pas encore fait. Je ne sais pas comment je vais m'y prendre.

Il regarda flotter la carcasse d'un chien crevé qui tournait lentement autour d'écorces de melon.

— Schildkraut garde ses clefs sur un tableau accroché au mur de son bureau. Le bureau n'est jamais fermé. Je pourrais prendre la clef pendant l'heure du déjeuner. Il mange toujours à midi tapant ; ce type a une horloge dans la tête.

— Fais gaffe à pas te faire piquer.

— Tu crois que je veux aller en taule ?

Joe Junior s'était calmé ; il réfléchissait à son plan, convaincu d'agir pour la justice sociale.

— Compte sur moi, la porte sera ouverte à vingt-deux heures.

Benno posa une main amicale sur l'épaule de Joe Junior.

— T'as des couilles, finalement.

Il rentra chez lui sans bruit, et prétexta un mal de ventre afin d'échapper au dîner. Il ne voulait parler à personne tant il craignait que sa culpabilité ne se lise sur son visage. Il savait qu'il ne fermerait pas l'œil de la nuit, et en effet il ne dormit pas. L'image de sa mère le hantait. Pourtant, il fallait qu'il agisse. Un homme devait parfois prendre des décisions difficiles, dangereuses. Il pria le ciel pour que sa mère comprenne et lui pardonne si jamais...

La nuit était humide, l'air immobile. Sa main trembla quand il voulut introduire la clef dans la serrure. La sueur rendait la clef glissante. Elle tomba avec un bruit métallique qui dut s'entendre jusque sur la lune.

Il jeta des regards inquiets à la ronde. Des lumières brillaient dans la partie principale de la brasserie, séparée du bâtiment d'embouteillage par une ruelle parallèle à Larrabee Street. Au premier étage, une ombre passa devant une fenêtre éclairée. Schildkraut travaillait encore. La salle d'embouteillage était plongée dans le noir.

Comme il connaissait l'emploi du temps de son père, de Fred Schildkraut et des employés de bureau, il n'avait rencontré aucune difficulté pour dérober la clef pendant que le maître brasseur déjeunait. Il avait pris un livre de comptes pour justifier sa présence dans les bureaux et s'était introduit dans le bâtiment principal. Après avoir volé la clef, il avait croisé Stefan Zwick, l'avait salué en agitant le livre et était sorti d'un air détaché.

Il tendit l'oreille. Tout était calme. George Hoch, le veilleur de nuit, était parti faire sa ronde à l'autre bout de la brasserie vingt minutes auparavant. Il ne repasserait pas du côté de la salle d'embouteillage avant onze heures. Quand George parut dans la ruelle pour inspecter les bâtiments du fond, Joe Junior se cacha derrière un chariot chargé de balles de paille. Un boghey était garé à proximité, les naseaux du cheval plongés dans le sac d'avoine. C'était le boghey de Schildkraut.

Le cheval hennit à l'approche de Joe Junior. Peu après, le veilleur de nuit pointa son nez dans la cour. Joe Junior serra la clef si fort qu'elle meurtrit sa paume.

Le vieux George s'éloigna en chantonnant...

Joe Junior sortit la clef de sa poche et la glissa dans la serrure. Son cœur flancha quand la serrure refusa de céder. Puis, avec un clic libérateur, la porte s'ouvrit.

Soulagé, il se faufila le long du mur, tourna à l'angle du bâtiment et parvint à l'extrémité de la brasserie. Là, il s'assit et attendit, la tête contre les briques, les yeux clos. Les jeux étaient faits.

Pris d'un besoin pressant, il s'efforça de ne pas y penser. Soudain, il entendit un chuchotement.

Il se releva d'un bond. Deux ombres approchaient. Il reconnut la silhouette de Benno mais pas celle de son acolyte.

— La voie est libre, murmura-t-il.

Benno et son compère disparurent dans la salle d'embouteillage.

Qu'allaient-ils faire ? Poser de la dynamite ? Combien de temps leur faudrait-il ? Devait-il les attendre ? Oui, c'était préférable.

Le besoin devint insupportable. Il s'appuya d'une main contre le mur, et déboutonna son pantalon. Le jet résonna comme une cascade.

A sa gauche, dans la salle d'embouteillage, une fenêtre aux carreaux sales laissa filtrer une faible lueur. Ils avaient peut-être allumé une bougie.

Puis un bruit de pas dans l'allée pavée le transit d'effroi. Il aperçut la silhouette d'un homme avec une canne et un canotier. L'homme sifflotait *Daisy Belle*, la chanson des cyclistes.

Schildkraut rentrait chez lui.

Joe Junior pria pour qu'il ne voie pas la lueur orange à la fenêtre. Il faillit se jeter contre le carreau pour camoufler la lumière de son corps...

Mais Schildkraut ne remarqua rien. Il disparut à l'angle de la salle d'embouteillage et se dirigea vers son boghey, toujours en sifflotant. Joe Junior appuya son front contre le mur de briques. Il n'avait pas soupçonné que la vie d'un anarchiste pût être aussi angoissante !

Il retint son souffle. Le sifflotement s'était arrêté.

Glacé, il scruta l'angle du bâtiment. Schildkraut reparut. Sans doute avait-il aperçu un détail troublant. Le maître brasseur regarda à droite, à gauche, puis vers les bureaux. Joe Junior le vit lever sa canne et pousser la porte de la salle d'embouteillage. La porte s'ouvrit en grinçant sur ses gonds.

Schildkraut entra. Aussitôt, la lueur orange s'éteignit.

— Qui est là ? cria Schildkraut. Montrez-vous !

Joe Junior se précipita. Dans le bâtiment, il entendit des hommes courir, puis l'écho d'une lutte et une voix stridente qu'il ne reconnut pas :

— Benno... Le détonateur !

Joe atteignit la porte de la salle d'embouteillage. Au même moment, une violente explosion le propulsa dans la ruelle. Il reçut une brique sur le crâne et s'évanouit.

Des flammes, de la fumée, des cris, des hurlements. Il rouvrit les yeux.

La salle d'embouteillage était en ruine, deux des murs s'étaient écroulés. Des flammes léchaient la tuyauterie.

Une énorme poutre lui bloquait les jambes. Des briques et des blocs de ciment le recouvraient jusqu'au cou. Des hommes couraient dans tous les sens entre Joe Junior et l'incendie. Ils ignoraient qu'il était enseveli sous les décombres.

Un homme aux épaules voûtées se détacha sur le fond rouge des flammes ; il agitait un pistolet. C'était George, le veilleur de nuit.

— Ils sont restés coincés à l'intérieur. Ils sont morts. Mr. Schildkraut, Strauss et un autre. Tous morts. Oh ! mon Dieu ! Oh ! mon Dieu !

50

Paul

Le même soir, Paul monta se coucher sitôt après dîner. Cousin Joe n'avait pas mangé avec eux; personne ne savait où il était, et Joe Crown ne décolérait pas.

Paul s'agita dans son lit, hanté par Juliette. Il était impatient de la revoir pour lui apprendre la chance incroyable qu'il avait eue de retrouvez Mr. Rooney. Il s'assoupit. Il devait dormir depuis une demi-heure quand il fut réveillé en sursaut. On le secouait vigoureusement.

— Carl ? Qu'est-ce que tu fais, bon sang ?

— Il se passe des choses graves. Papa vient de partir, et maman est dans tous ses états. Elle ne veut rien me dire, sinon que papa a reçu un coup de téléphone de la brasserie. Qu'est-ce que ça signifie, à ton avis ?

— Comment le saurais-je ? Je dormais. Demande à ton frère.

— Il n'est pas rentré.

— A cette heure ?

— Ben oui. Paul, j'ai peur.

Carl Crown aurait douze ans en novembre. Il était fort comme un bœuf, mais ce soir-là il avait la voix tremblante et haut perchée d'un enfant de six ans.

— Il y a forcément une explication, déclara Paul. Retourne donc te coucher, on en saura plus demain.

— Je ne peux pas rester un peu avec toi ? Je ne ferai pas de bruit.

— Bon, d'accord. Si ça peut te rassurer.

Carl s'assit sur une chaise qui craquait. Paul ne put se rendormir.

Vers minuit, il entendit du remue-ménage au rez-de-chaussée. Des voix, des bruits de pas. Fonçant hors de sa chambre avec son cousin, il croisa des gens qui montaient l'escalier. D'abord Nicky Speers, qui portait cousin Joe dans ses bras. Le visage de Joe Junior était ensanglanté et une poussière grise le recouvrait des pieds à la tête. Sa chaussure gauche était tordue bizarrement.

Nicky croisa Paul sans s'arrêter, suivi par oncle Joe, recouvert de la même pellicule de poussière. Il ne jeta même pas un regard aux deux cousins. Vint ensuite Ilsa, en chemise de nuit.

— Que se passe-t-il, tante Ilsa ?

— Il y a eu un terrible accident à la brasserie. Une machine infernale a explosé dans la salle d'embouteillage. Trois hommes sont morts, et Joey est blessé. Nous ne savons pas encore si c'est grave. Allez vous coucher, s'il vous plaît.

Paul et Carl se regardèrent, interloqués. La porte de cousin Joe resta fermée.

La maison fut sens dessus dessous une grande partie de la nuit. Le docteur Plattweiler arriva avec sa trousse. Vêtu d'une élégante veste à queue-de-pie, mais sans cravate, il monta l'escalier en trébuchant.

Après le départ du docteur, Fritzi réussit à s'introduire dans la chambre de Joe Junior. Sa mère la mit à la porte une minute plus tard. Dans le vestibule, Fritzi fit son rapport à Paul et à Carl à mi-voix. Oui, Joe Junior allait bien ; il souffrait juste de quelques bleus et s'était tordu la cheville.

— Je n'ai jamais vu papa aussi en rogne. Qu'est-ce que Joey a bien pu faire ?

Personne ne connaissait la réponse.

Deux inspecteurs de police en civil, costume sombre et chapeau melon, arrivèrent à une heure et demie. Oncle Joe discuta avec eux dans son bureau. Ils partirent vers deux heures, mais un quart d'heure plus tard, un journaliste du *Tribune* sonna à la porte. Manfred lui ouvrit en robe de chambre, et le journaliste réussit à se faufiler dans la maison. Oncle Joe sortit de son bureau, tel un démon, et chassa l'intrus sous un flot d'injures. De leur poste d'observation, à l'étage, Paul, Carl et Fritzi avaient assisté à la scène, ébahis.

— J'ignore ce qui s'est passé, dit Paul, mais ça a l'air d'être vraiment grave.

Réveillé à six heures et demie, il se rendit dans la cuisine pour se faire une tasse de thé. Louise Volzenheim sortit en bâillant de l'office.

— Je n'ai pas préparé votre repas de midi. Mr. Crown m'a dit que la brasserie serait fermée aujourd'hui.

Paul s'assit sur un tabouret. Manfred parut en nouant la ceinture de sa robe de chambre. Paul regarda la cuisinière, puis le majordome.

— Quelqu'un peut m'expliquer ce qui s'est passé ?

Louise détourna les yeux.

— Je peux bien vous le dire, déclara Manfred. Un bâtiment a explosé. Deux anarchistes ont trouvé la mort, dont cet odieux personnage, le dénommé Strauss. Le maître brasseur de Mr. Crown a été tué, lui aussi. Le jeune maître Joe a ouvert la porte aux terroristes, d'après ce que m'a confié le docteur Plattweiler. J'ignore si le jeune maître a agi seul ou avec un complice, ajouta-t-il, un œil accusateur rivé sur Paul.

Vers sept heures, Louise prépara le petit déjeuner pour cousin Joe. Tante Ilsa, toujours en chemise de nuit, demanda à Paul de le lui monter dans sa chambre.

Il gravit l'escalier avec le plateau. Des cloches en argent recouvraient les saucisses et le pain pour les garder au chaud. Un pot en porcelaine dégageait un agréable arôme de café noir. Les quelques lampes qui brûlaient au premier étage dessinaient des ombres douces sur le tapis. Après l'agitation de la nuit, un silence pesant s'était abattu sur la maison.

Il s'arrêta devant la porte de son cousin. La voix de l'oncle Joe tonnait dans la chambre.

— Je ne porterai pas plainte contre mon propre fils. Pour voir l'affaire déballée devant les tribunaux et dans la presse, non merci ! Mais ne t'y trompe pas, je te tiens pour responsable de cette atrocité. Et de la mort de Fred Schildkraut.

— Papa, j'ai seulement ouvert la porte. Mr. Schildkraut ne devait pas être là.

— C'est ça ! Accuse le hasard maintenant ! C'est trop facile.

Paul s'approcha de la porte pour mieux écouter, prenant garde de ne pas faire de bruit avec le plateau.

— Benno m'avait promis qu'il n'y aurait pas de victimes. Il voulait seulement détruire les installations. C'est la vérité, je le jure devant Dieu...

La voix de cousin Joe manquait de conviction.

— Et tu as cru Benno ? Tu as cru cette fripouille d'anarchiste ? *Christus bewahr uns !* (Dieu nous garde !) J'ai lu bien des choses sur les sympathisants des Rouges et leur naïveté, mais je n'aurais jamais cru en héberger un sous mon toit. Comment as-tu pu te laisser empoisonner le cerveau par cette racaille ?

— Je ne souhaitais la mort de personne !

— Eux, si ! Et tu ne feras pas revivre Fred Schildkraut. Ta faute te poursuivra toute ta vie. Peut-être Dieu te pardonnera-t-il. Moi, je ne le puis.

La porte s'ouvrit d'un coup, sans que Paul s'y attende. Son oncle déboucha dans le couloir, furieux, le col de chemise de travers, le veston mal boutonné. Paul ne l'avait jamais vu dans cet état. Oncle Joe l'incendia :

— Tu écoutes aux portes maintenant ?

— Mais... j'apportais le plateau pour...

— Donne !

— Joe est mon ami, mon oncle. J'aimerais lui parler...

— J'ai dit : donne-moi ce plateau !

Son oncle hurlait comme un dément. Il empoigna le plateau d'un geste brutal ; Paul le lâcha. Le plateau tomba par terre avec un grand bruit de vaisselle brisée. Le café se répandit sur le tapis. Oncle Joe claqua la porte.

— Je t'interdis d'entrer dans sa chambre ! Après ce qu'il a fait, il n'a pas droit aux visites.

Là-dessus, il se rua dans l'escalier.

— Manfred ! Helga !

Paul était bien décidé à voir Joe Junior, avec ou sans la permission de son oncle. Il patienta une heure, s'assura que le couloir était désert, puis il vola jusqu'à la chambre de son cousin. Il frappa doucement avant de se glisser à l'intérieur.

— Ça va, Joey ?

— Rien de cassé, je m'en tirerai. Benno m'avait juré qu'il n'y aurait pas de blessés. Mais papa ne me croit pas.

— Moi, je te crois.

— Tu es bien le seul.

A son grand étonnement, Paul vit des larmes dans les yeux de son cousin.

— Va-t'en, Paul, souffla Joe Junior. Pas besoin qu'on soit tous les deux dans le pétrin.

D'autres surprises attendaient Paul. En fin d'après-midi, il ramassa un mot sous la pierre à message des Vanderhoff. Juliette ne pourrait pas le rencontrer le lendemain. Elle ne donnait pas d'explications. Encore un malaise ? Une indisposition de femme ? Juliette lui avait laissé entendre que lorsque cela lui arrivait, elle restait au lit un ou deux jours, comme il convenait aux personnes de son sexe.

La certitude de ne pas la voir l'assombrit encore davantage. Et ce ne fut pas son retour à la maison qui lui remonta le moral. La demeure avait été transformée en *Aufbahrungshalle* (maison funéraire). Un ruban noir d'un mètre de large avec un grand nœud de soie noire ornait la porte d'entrée. Des bandes de crêpe noir recouvraient les cadres des tableaux et des miroirs.

L'*Abendessen* n'eut rien de réjouissant. Personne ne toucha au repas que Louise avait préparé. Tante Ilsa avait les yeux rougis et les traits tirés. Oncle Joe arborait un crêpe noir à sa manche. Carl et Fritzi aussi. Oncle Joe s'adressa à Paul d'un ton sec :

— Tu porteras un crêpe comme tout le monde. Demande-le à Manfred. Notre maison porte le deuil de Fred Schildkraut. Quant aux canailles responsables de son meurtre, puissent-elles brûler en enfer.

Tante Ilsa tordit sa serviette.

— Joe Junior peut-il venir à table ?

— Non. Qu'on lui fasse porter à manger. Il restera dans sa chambre jusqu'à ce qu'il comprenne ce qu'il a fait. Il ne s'agit pas

de la perte de milliers de dollars, mais de vies humaines. Il est...
comment dit-on au tribunal ? *Ein Teilnehmer* — un complice.

— Oh ! mon Dieu ! (Ilsa fut sur le point de pleurer.) Joe, tu ne
peux pas penser une chose pareille. On ne va pas le parquer comme
une bête quand même.

— Et pourquoi pas ? Il s'est bien conduit comme une bête. Il ne
pourra jamais expier la mort d'un homme tel que Fred. Il est
coupable. J'ai ordonné à Manfred de l'enfermer afin qu'il réalise sa
faute.

Paul était stupéfait. Traiter son propre fils comme *ein Knastbruder* ? Un gibier de potence ? Il se mit à détester son oncle.

Il demanda son crêpe à Manfred, lequel continuait à le regarder
avec hostilité. Fritzi l'intercepta dans le vestibule.

— Viens dans le jardin, je vais te l'attacher.

Dehors, il faisait lourd. Le tonnerre grondait au loin et le ciel était
zébré d'éclairs de chaleur. Fritzi enroula le crêpe noir autour du
bras de Paul et le noua. Puis elle se pencha et lui murmura dans le
creux de l'oreille :

— Joey veut te parler.

— Ton père l'a enfermé.

— Parle-lui cette nuit à travers la porte, quand tout le monde
dormira.

Paul détestait agir en cachette, mais il ne pouvait abandonner son
cousin.

— D'accord, fit-il.

Fritzi déposa un baiser furtif sur sa joue.

— T'es formidable, Paul.

Il lui souhaita bonne nuit et rentra d'un pas vif.

Vers onze heures et demie, il se glissa dans le couloir. Sa chemise
de nuit bruissait à chaque pas. A part la veilleuse, qui dessinait un
cercle doré sur le tapis, tout était sombre.

Il tendit l'oreille. Pas un bruit. Arrivé devant la porte de son
cousin, il murmura :

— Psst ! Joe, c'est moi, Paul.

Il entendit les pas étouffés de Joe Junior.

— On peut parler ? demanda-t-il.

Paul jeta des coups d'œil à la ronde.

— Oui, je crois.

— Je vais partir, Paul.

— Comment ? Joey...

— Ne discute pas. Tu ne crois tout de même pas que je vais rester
dans une maison où mon propre père me traite de criminel ?

— Il était bouleversé. Il ne le pensait pas vraiment...

— Oh ! si, je te le garantis ! Je m'en vais pour de bon. Il faut que
tu m'aides.

— Comment ? Ta porte est fermée et je ne sais pas où est la clef.

— Je m'enfuirai par la fenêtre. Avec mon attelle à la cheville, je n'ose pas sauter, mais il y a une grande échelle dans l'écurie, accrochée au mur, en face des stalles.

— Je sais? je l'ai vue.

— Paul ? Tu le feras ?

— Oui, bien sûr.

— Il faut que tu arrives à prendre l'échelle sans que Nicky s'en aperçoive. Ça va être délicat.

Impossible, même. Nicky passait souvent ses soirées dans une taverne quand on n'avait pas besoin de lui. Mais là il était au lit avec une grippe sévère, dans son appartement situé au-dessus de l'écurie. Il risquait d'être alité plusieurs jours.

— Je trouverai un moyen, affirma Paul.

N'était-il pas *ein scharfsinniger Junge* de Berlin ? Ah, la plaisanterie avait un goût amer. Il avait l'impression d'avoir de la bouillie à la place de la cervelle.

— Sais-tu quand on enterre Mr. Schildkraut ? demanda Joe Junior.

— Mardi matin. La brasserie fermera sans doute lundi à midi.

— Ça veut dire que mes parents rendront visite à la veuve demain soir, et peut-être aussi après-demain. Je partirai lundi soir. Mes affaires seront prêtes.

— Tu penses aller loin ?

— Au bout du monde, si je peux. Je ne veux pas faire de peine à maman, mais c'est papa qui m'y force. A son tour de se sentir coupable.

La brasserie ferma le lundi à midi. Paul fonça à la maison, où il trouva Nicky dans la cuisine, toujours fiévreux. Il semblait douteux qu'il puisse conduire le landau pour aller chez les Schildkraut.

Paul traîna dans le jardin, puis fit le tour de l'écurie, étudia la disposition de la fenêtre de Nicky Speers. Pouvait-on apercevoir l'angle de Michigan Avenue et de la Dix-Neuvième Rue de l'appartement du cocher ? Oui, sans doute. Son plan était prêt.

Il prétexta un mal de ventre afin de ne pas dîner. Il resta dans sa chambre, essaya de lire l'histoire d'un jeune messager courageux écrite par un certain Horatio Alger [1]. Il abandonna au bout de trois lignes. Il arpenta sa chambre, soulevant le rideau de dentelle toutes les cinq minutes. Vers sept heures, comme le crépuscule violacé enveloppait les toits de la ville, il vit le landau quitter l'écurie, tourner dans Michigan Avenue et disparaître à vive allure.

Son oncle et sa tante resteraient sans doute chez les Schildkraut jusqu'à neuf heures. Le trajet du retour leur prendrait une demi-heure. A neuf heures, la nuit serait presque tombée, mais il devrait agir même s'il faisait encore jour. Il s'aperçut que le ciel était complètement dégagé ; il avait espéré une soirée nuageuse.

---

1. Horatio Alger (1834-1899). Auteur américain de livres pour enfants. *(N.d.T.)*

Il quitta sa chambre dix minutes avant neuf heures. Dans l'escalier, il buta sur Fritzi. En chemise de nuit, les cheveux défaits, elle serrait un roman de Scott sur sa poitrine plate.

— Où vas-tu, Paul ?

— Prendre l'air.

— Je viens avec toi. Je ne supporte plus ces décorations lugubres. Et Joey qui est enfermé ! Attends-moi une minute, je vais mettre mes chaussures et...

— Non, Fritzi, j'ai besoin d'être seul.

— Mais...

— Je veux être seul !

Il dévala l'escalier. Arrivé en bas, il leva la tête et vit Fritzi agrippée à la rampe.

— Une autre fois, promit-il d'un ton radouci.

Peine perdue, Fritzi lui tourna le dos et disparut, vexée.

Le silence régnait au rez-de-chaussée. Louise était sortie. Mrs. Blenkers aussi. Elle était allée voir sa sœur, qui habitait à l'autre bout de la ville. Paul s'en était prudemment assuré.

Il fonça dans la cuisine où flottaient encore les relents odorants du ragoût de lapin qu'on avait servi au dîner. De la lumière filtrait par la porte entrouverte qui menait à une petite pièce mitoyenne. Elle servait de salon à Manfred quand il était de service.

Paul jeta un coup d'œil. Manfred était assis sur une chaise en bois ; ses lunettes avaient glissé de son nez, et son menton reposait sur sa poitrine. Son journal était tombé par terre. Paul essuya la sueur qui perlait au-dessus de ses lèvres et s'éloigna à pas de loup.

Dans le jardin, il aperçut une silhouette à la fenêtre de son cousin. Il lui fit un signe de la main, puis franchit la haie et se retrouva dans l'allée. Dans la journée, il avait ramassé des brindilles et des chiffons et les avait fourrés dans le fond d'un tonnelet vide qu'il avait déniché dans la cave. Puis il l'avait rempli de chutes de bois, et caché sous un carton, contre le mur de l'écurie.

Il souleva le carton, prit le petit fût et une bouteille de kérosène.

Il arrosa le bois et les chiffons, puis jeta la bouteille dans l'herbe. La nuit frémissait du bruissement des feuilles, l'air sentait bon l'été malgré les inévitables fumées des usines de Chicago.

Il transporta le tonnelet à l'angle de la Dix-Neuvième Rue et de Michigan Avenue, le posa sur le trottoir sous un sycomore. Pourvu que Nicky Speers aille jusqu'à sa fenêtre !

Il gratta deux allumettes, sans succès. Dès que la troisième s'enflamma, il la jeta dans le tonnelet. Le kérosène prit feu avec bruit. La lueur des flammes éclairait les feuilles du sycomore quand il courut à l'écurie où il se plaqua contre un mur, près de l'allée.

Il guetta le moindre bruit. Rien. Au moment où il commençait à maudire la stupidité de son plan, il entendit Nicky pousser un juron. Peu après, il le vit sortir de l'écurie en chemise de nuit, un seau d'eau à la main.

Pendant que Nicky s'employait à éteindre le feu, Paul se rua dans l'allée, ouvrit un battant de la porte de l'écurie, entra, trouva l'échelle, et la décrocha. Elle mesurait trois mètres et elle était lourde. Dieu merci, il avait des muscles. Toutefois, il haletait quand il arriva sous la fenêtre de Joe Junior, qui avait déjà passé sa jambe blessée par-dessus le rebord.

— Attention ! cria-t-il.

Paul évita de justesse le balluchon, une taie d'oreiller remplie d'habits et nouée avec un foulard.

Il appuya l'échelle contre le mur. Joe Junior descendit à reculons, barreau par barreau, gêné par son attelle. Au loin, on entendait les cris de Nicky Speers. A cause de la hauteur de la haie, Paul ne pouvait voir que la lueur des flammes. « Dépêche-toi », songea-t-il en maintenant l'échelle des deux mains. Ils entendirent soudain le bruit d'une porte qui s'ouvre, des pas précipités...

A trois barreaux du sol, Joe Junior fut le premier à l'apercevoir.

— Attention, c'est Manfred !

Longeant la maison, il se précipitait vers eux.

— Sauve-toi, Joe ! cria Paul.

Il s'interposa entre Manfred et l'échelle. Joe Junior sauta du deuxième barreau et atterrit avec un gémissement.

— Sauve-toi ! répéta Paul, et il se jeta dans les jambes de Manfred.

Ils roulèrent dans l'herbe. Dans la chute, Manfred décocha un violent coup de pied dans la mâchoire de Paul.

— Mr. Joseph ! s'écria Manfred d'une voix de garde-chiourme. Revenez tout de suite !

A moitié assommé dans l'herbe, Paul distingua le visage de son cousin à travers un brouillard constellé de mille étoiles. Joe Junior empoigna son balluchon et disparut dans l'allée.

— Sacripant ! Faux jeton ! rugit Manfred en relevant Paul. Qu'avez-vous fait ?

Il saisit Paul par les épaules et le secoua. C'en était trop. Paul lui balança un coup de pied dans le tibia, puis se libéra de son étreinte.

— Lâchez-moi, pour qui vous prenez-vous ?

— Pour quelqu'un de plus loyal et de plus honnête que vous, dit Manfred.

Il recula d'un pas et s'essuya les mains sur son tablier, qui portait, comme tout ce qui appartenait à l'oncle Joe, une couronne brodée au fil noir.

— Je somnolais, mais il m'a bien semblé entendre du bruit dans la cuisine. J'aurais dû deviner que c'était vous. Je vous ai observé aujourd'hui, votre attitude était suspecte. Vous êtes un odieux criminel, ajouta-t-il avec un rictus de dégoût.

Nicky Speers passa sa tête par un trou dans la haie. Il était nu-pieds.

— Maudits plaisantins ! Tiens, que se passe-t-il ?

Manfred l'ignora.

— Attendez que Mr. Crown rentre, dit-il à Paul, menaçant. Attendez qu'il apprenne ce que vous avez fait !

Paul attendit dans le bureau le retour de son oncle et de sa tante. Manfred avait allumé la lumière et s'était posté à la porte, assis sur une chaise, comme un geôlier. Paul s'efforçait de rester calme.

Il entendit enfin une porte se fermer, puis des voix. Le ton, d'abord bas, s'éleva vite ; tante Ilsa poussa un cri qui se brisa dans des sanglots et elle gravit l'escalier en courant.

La porte du bureau s'ouvrit à la volée. Oncle Joe savait déjà tout, l'expression de son visage en témoignait.

Paul se leva et redressa les épaules. Il avait grandi et dépassait maintenant son oncle, mais dans sa colère, Joe Crown lui faisait l'effet d'un Goliath.

— Mon fils s'est enfui avec ta complicité... c'est incroyable ! Ta tante et moi t'avons recueilli, nous t'avons donné l'affection d'une famille, nous t'avons trouvé un travail honnête avec de bonnes perspectives d'avenir. Et c'est comme ça que tu nous remercies ?

— Mon oncle...

— Où est mon fils ? Où s'est-il enfui ?

Les hurlements de Joe Crown firent trembler les pendeloques de cristal de la lampe du bureau qui tintèrent comme des clochettes féeriques.

— Je ne peux pas vous répondre, il ne me l'a pas dit.

— Va dans ta chambre en attendant que je décide de ton sort. Je devrais t'enfermer, toi aussi.

— Comme votre fils ? C'est à cause de ça qu'il s'est enfui.

Joe Crown perdit la tête.

— *Gott verdamm' dich !* rugit-il en décochant à Paul une gifle appuyée qui faillit lui dévisser la tête.

Paul s'ébroua, puis aspira une grande bouffée d'air. Il était blême.

— Inutile de m'enfermer, dit-il. Je partirai ou je resterai, à vous de décider.

Il était convaincu qu'il avait bien fait d'aider son cousin. Cependant, il ne pouvait s'empêcher de se considérer comme un traître. Il aurait voulu pleurer comme un enfant. Il sortit du bureau, luttant contre les larmes, sous le regard ironique de Manfred Blenkers.

51

Joe Junior

Le désespoir le mena à Pullman.

La ville modèle avait retrouvé son aspect normal. Bien qu'il fût près de minuit, certaines fenêtres étaient encore éclairées çà et là. Des bruits s'échappaient des rangées de maisons en brique. Un homme et une femme riaient doucement ; un bébé criait, réveillé par la faim. Quelqu'un faisait des gammes sur un piano. Un chien aboya...

Après avoir frappé plusieurs fois à la porte des Jablonec, Joe Junior reprit son balluchon et cogna à la porte voisine. Un petit homme d'une quarantaine d'années vint ouvrir. Agrippé au chambranle, il bouchait l'entrée d'un air méfiant. Il portait une chemise de nuit délavée et des pantoufles. A son teint, à la forme de son nez, Joe Junior devina qu'il était irlandais.

— Bonsoir monsieur, comment allez-vous ? commença Joe Junior.

— Qu'est-ce que c'est-y que vous voulez à une heure pareille ?

— Je suis un ami des Jablonec. Il n'y a personne chez eux. Pouvez-vous me dire où ils sont ?

— Partis. Expulsés. Ces maisons sont réservées aux travailleurs. Après la mort de Jablonec, y avait plus de travailleur dans la famille.

— Et Rosie... elle est partie avec sa mère ?

L'homme fronça le nez.

— Celle-là, personne sait où elle est allée. C'est une sauvageonne, coriace comme on les fait maintenant. Elle a foutu le camp le lendemain de l'enterrement. Mrs. Jablonec a craqué, la pauvre. Elle a hurlé pendant des heures. Dites, mon gars, il me semble que je vous connais.

— Ça se peut. Rosie était une amie, je venais parfois la voir le dimanche.

— C'est ça. Eh bien, faudra aller plus loin pour la trouver. D'après ma Kitty, elle a rien dit à sa pauvre mère. Une chose est sûre, elle finira mal. Je peux pas vous en dire davantage.

— Je vous remercie.

La porte se referma. L'homme éteignit la lumière extérieure et

Joe Junior se retrouva dans le noir. Il n'avait pas espéré que Rosie le reprenne, mais peut-être l'aurait-elle hébergé un jour ou deux...

Il leva la tête. Des milliers d'étoiles dansaient dans la brume de chaleur. Il resta paralysé devant l'immensité du ciel, face à sa solitude et à son désespoir. Au loin, le sifflet d'un train déchira le silence de la nuit.

Il lutta contre l'intense tristesse qui l'envahissait, contre son sentiment de perte, d'abandon. Contre sa peur. Il était grand et fort, pourquoi aurait-il peur de ce qui l'attendait ?

Il ramassa son balluchon et clopina jusqu'au carrefour suivant. Là, il s'arrêta quelques secondes puis se dirigea vers l'ouest. Une cloche sonna les douze coups de minuit.

52

Pork

Deux trotteurs noirs tiraient l'élégant équipage de Pork Vanderhoff. Le cocher s'arrêta devant la brasserie Crown peu avant dix heures. C'était un jeudi, le surlendemain de la disparition de Joe Junior, ce que Pork ignorait bien sûr.

Il descendit du véhicule avec un profond soupir et un regard méprisant pour la statue de cet odieux roi teuton qui se dressait au centre de la fontaine. Il avait déjà passé trois heures à son quartier général de LaSalle Street ; dans l'empire des conserveries Vanderhoff, la journée commençait toujours à sept heures et ne s'achevait que lorsque le travail était accompli, même si les employés devaient rentrer chez eux à minuit. Comme Pork le confiait à ses fidèles, sa réussite, bâtie sur le travail et le dynamisme, devait être farouchement défendue, surtout après les échecs des générations précédentes dans le métier.

« Je n'aime pas l'argent pour l'argent, avait-il coutume de dire, mais pour ce qu'il représente. Et j'adore le jeu, rien ne m'excite davantage que de battre mes concurrents, de les devancer, de les avoir par la ruse. »

Sa vénération pour le succès rejoignait celle du riche brasseur allemand à qui il rendait visite.

La journée promettait encore d'être chaude. Pork examina ses ongles, qui s'étaient encrassés durant le trajet. Le voile de fumée charbonneuse qui enveloppait en permanence Chicago salissait tout, la peau, les vêtements, les cheveux...

Telle une baleine, l'énorme carcasse gélatineuse de Pork se dirigea vers les bureaux de la brasserie. Il ne demanda pas à voir le patron, il exigea d'être reçu. Non, il n'avait pas rendez-vous. Un larbin s'élança dans l'escalier, puis redescendit avec le secrétaire de Joe Crown. Quelques instants plus tard, Pork s'asseyait dans le bureau directorial.

Il jeta un coup d'œil désapprobateur au drapeau allemand impudemment déployé et nota l'absence de panneau de boutons auquel

Pork reconnaissait une entreprise moderne. Son quartier général de LaSalle Street était équipé d'un réseau de sonneries ; chacune émettait un son différent, ce qui lui permettait d'appeler n'importe lequel de ses nombreux subordonnés en appuyant simplement sur un bouton.

Mais ce qui lui déplut le plus, c'est la façon pour le moins inamicale dont le regardait Joe Crown. Il se jura néanmoins de rester civil le temps d'exposer son affaire.

L'aspect de Joe Crown le surprit. Il se souvenait d'un homme puissant, quoique relativement frêle. Or ce matin, il avait en face de lui un être abattu, presque hagard. La bombe de ces canailles d'anarchistes, sans doute.

— Bonjour, Joe. Merci de consentir à me recevoir. J'ai été navré d'apprendre l'interruption de votre production... Il paraît qu'il y a aussi eu mort d'homme, n'est-ce pas ? Fâcheux. Très fâcheux. Au moins, la grève a-t-elle été brisée, et ce diable de Debs risque la prison. Connaissez-vous le dernier chiffre du fret ?

Joe Crown porta une main à son gousset où pendait sa dent de sanglier. Il se mit à la caresser nerveusement.

— Oui, je suis au courant.

Un silence pesant tomba. Pork s'agita sur sa chaise. Trop étroite, bien sûr. Les chaises étaient toujours trop étroites pour lui, sauf celles qu'il faisait fabriquer spécialement.

— Nous ne nous sommes pas vus depuis longtemps, Joe...

— C'est juste. Vous nous avez vendu de l'excellente viande pendant plusieurs années. J'ai longtemps regretté l'incident qui a mis un terme à notre relation, mais franchement, je n'ai jamais compris ce qui s'était passé. Toutefois, je sais que par la suite vous vous êtes débrouillé pour m'empêcher d'adhérer au Commercial Club. Un ami m'a rapporté les raisons que vous avez invoquées. Pas assez américain, paraît-il. Un accent allemand trop fort... Pourtant mon anglais vaut bien le vôtre, Pork.

La cordialité forcée de Pork s'était déjà évanouie.

— Je serai direct, monsieur, je n'ai pas l'habitude qu'on me...

— Puis-je vous demander ce qui vous amène ? s'enquit Joe en montrant une fenêtre ouverte d'où provenait le bruit aigu d'une perceuse et celui, lancinant, des marteaux des charpentiers. Nous reconstruisons la salle d'embouteillage. J'ai beaucoup de travail. Je vous demanderai donc d'être bref. Que voulez-vous ?

« J'avais raison. Il est odieux. Arrogant, comme toujours. »

Pork ouvrit sa serviette.

— Ceci, dit-il.

Il déposa une feuille de papier pliée en quatre sur le bureau. Joe s'en empara, la déplia et la lut pendant que Pork poursuivait.

— Ce mot a été adressé à ma fille Juliette par un membre de votre famille. Remarquez qu'il a ajouté une phrase en allemand au bas de la page.

Joe Crown rendit la feuille, rose de confusion. Pork venait de marquer un point.

— Puis-je vous demander comment ce message vous est tombé entre les mains ?

— Un ami de ma fille, un jeune homme très convenable du nom de Strickland Welliver, a surpris Juliette et votre parent dans Lincoln Park. Apparemment, ils se donnaient des rendez-vous secrets tous les dimanches. Welliver m'a écrit une lettre à ce sujet. Mes occupations ne m'ont pas permis d'en prendre connaissance avant cette semaine. J'ai aussitôt ordonné qu'on surveille ma fille, ainsi que les abords de ma propriété, située dans Prairie Ave...

— Je sais où vous habitez. Continuez.

Des gouttes de sueur perlèrent au double menton de Pork.

— Cette personne et ma fille ont mis au point un système pour correspondre. On a trouvé un mot sous une pierre, derrière mes écuries. L'un de mes palefreniers a surpris le jeune homme en train de le déposer.

En bon comédien, Pork choisissait soigneusement ses effets. Quand il reprit le billet, un saphir gros comme un penny brilla à son auriculaire. Il fourra le billet dans sa serviette, la referma, puis s'adossa à sa chaise, qui gémit sous son poids.

— Je connais le nom du garçon. Ces derniers temps, Juliette affichait une indépendance tout à fait inhabituelle. Ce garçon n'y est sûrement pas pour rien. Il s'appelle Paul Crown.

— Paul est mon neveu. Il est arrivé ici voilà deux ans. Je n'ai pas à me féliciter de sa conduite récente, mais là n'est pas la question. Que suis-je censé faire de votre révélation ?

— Ordonnez à votre neveu de ne plus voir Juliette. Qu'il ne lui envoie plus de mots répugnants et qu'il cesse ses rendez-vous secrets. Dieu sait quelles insanités il lui écrit dans une langue étrangère !

— Oh ! il n'y a rien dont une âme élevée comme la vôtre ait à rougir, Vanderhoff. En fait, c'est plutôt romantique.

— Ne jouez pas au plus malin avec moi, Crown. Dites plutôt à votre neveu que je le ferai fouetter et arrêter s'il approche encore ma fille. Je ne veux pas qu'elle soit souillée par la fréquentation d'un vulgaire bâtard d'immigré allemand.

— Vanderhoff, mon neveu a fêté son dix-septième anniversaire le mois dernier. Il vit de manière relativement indépendante depuis plusieurs années, et même si j'ai des critiques à formuler quant à son caractère, il est plus mûr que bien des garçons plus âgés que lui. Je le tiens pour parfaitement responsable de ses actes. Je ne le défendrai ni ne le protégerai. Vous pouvez lui parler directement si vous le souhaitez. Il travaille à la brasserie. En ce moment, il est à la malterie. Mon secrétaire se fera un plaisir de vous y conduire.

« Maudit Boche ! Quelle impertinence ! » Pork ne le tolérerait pas.

— Écoutez-moi bien, Crown. Je n'ai nulle envie de perdre mon temps dans une brasserie minable, ni d'adresser la parole à un simple ouvrier quand il s'agit de ma fille.

— Comme il vous plaira, fit Joe Crown avec un haussement d'épaules. Si vous ne voulez pas parler à Paul, je ne peux rien pour vous. Au revoir.

— Sapristi, Crown, vous ne pouvez pas me chasser comme ça !

Joe Crown se leva de son siège, tel un fauve tiré de son sommeil, puis il contourna le bureau. Blême, Pork se mit sur pied et battit en retraite, le souffle court. Une douleur aiguë lui pinça le cœur et lui arracha une grimace.

— Sortez, Vanderhoff. Vous avez fait fortune dans un sale métier et ça vous a rendu fat et pompeux. Je ne vous aime pas, Vanderhoff, et je n'aime pas vos insultes. Allez-vous-en avant que je ne vous jette dehors.

A sa grande honte, Pork obéit.

Comme il avait raison de haïr Joe Crown !

Il le détestait depuis ce fameux dimanche après-midi de sinistre mémoire. Pourtant, il devait admettre qu'il l'avait apprécié à l'époque où il était encore son client — ou du moins l'avait-il respecté en dépit de ses origines. Ils se ressemblaient sur de nombreux points. Ambitieux, intraitables, impitoyables, rusés.

Pork avait amassé une fortune en fournissant les restaurants — dont la *Bierstube* de Crown — en viande et en saucisses. Pour s'assurer la fidélité de ce gros client, il lui concédait les mêmes produits à prix coûtant à l'occasion de son pique-nique annuel du mois d'août et il allait même jusqu'à passer une heure ou deux à la fête.

Cinq ans auparavant, ce fameux dimanche torride, ayant bu trop de bière et trop rapidement, Pork s'était rendu d'un pas incertain aux affreux cabinets qu'on avait dressés à l'écart du lieu de pique-nique. Il se soulageait quand il entendit la voix de Crown à travers la mince cloison. Crown conversait avec un inconnu ; il racontait son passé.

« Ma première place d'apprenti à Cincinnati était excellente, si ce n'est que je travaillais chez un boucher qui possédait également un petit abattoir. Tuer des animaux pour vendre leur viande est un métier répugnant et sanglant. C'est sans doute hypocrite de ma part, Fred, puisque j'aime manger de la viande et qu'il faut bien que quelqu'un la prépare. Mais je trouve que ce travail est sale et désagréable, même si je ne me garderais bien de le dire devant Mason Vanderhoff. »

Éberlué, son membre à la main, Pork bouillait de rage.

« Brasseur, voilà un beau métier. La bière rend les gens heureux. Brasser de la bière est une saine occupation pour un Allemand. C'est pourquoi j'ai décidé de travailler chez un glacier pour un salaire inférieur, dans l'espoir d'ouvrir un jour ma propre brasserie. (La voix de Crown devint presque inaudible.) Je ne voulais en aucun cas devenir boucher. Ces gens-là sont méprisés aussi bien en Amérique qu'en Allemagne. Dans le monde entier, en fait. »

Pork ne put en supporter davantage. Il se rua dehors, oubliant sa braguette ouverte, et courut après Crown, qui s'éloignait en compagnie de son maître brasseur. Il le rattrapa, lui empoigna l'épaule pour l'obliger à se retourner et lui expédia un direct.

Joe Crown répliqua. D'un seul coup de poing, il assomma Pork, qui tomba sur les fesses dans la poussière — humiliation qu'il n'était pas près d'oublier ni de pardonner.

— Je ne sais pas ce qui vous prend, Mason, mais je n'aime pas beaucoup qu'on m'attaque par-derrière. J'espère que je n'ai pas tapé trop fort. Laissez-moi vous aider à vous relever.

Pork cracha sur la main qu'il lui tendait.

Ils n'avaient plus jamais fait d'affaires ensemble. A l'automne de la même année, Joe Crown voulut adhérer au Commercial Club. Pork vota contre.

Le souvenir de ce pique-nique mettait toujours Pork dans tous ses états. Durant le trajet de retour, il ne cessa de tirer sur son nœud de cravate qui l'étouffait. La douleur dans sa poitrine s'était calmée, mais pas l'autre, plus profonde et plus insidieuse. Les mots de Joe Crown exprimaient une vérité humiliante, celle-là même qui avait poussé Pork à amasser toujours plus d'argent, à afficher toujours plus de pouvoir...

Des générations et des générations de Vanderhoff avaient élevé des cochons dans le Connecticut, les avaient tués, dépecés, avaient préparé les jambons, les épaules, les carrés de côtes dans le fumoir d'une ferme bâtie dans les bois, au-dessus de la jolie petite ville de Darien. Les premiers souvenirs de Pork remontaient à l'âge de quatre ou cinq ans ; c'étaient des images de son père tuant les cochons dans la grange.

Pork savait pertinemment pourquoi tous les Joe Crown de la terre méprisaient les bouchers. Il n'avait qu'à se reporter à ses souvenirs : la grange délabrée, le sol maculé de sang et jonché de déchets d'abats, les mouches vertes et les rats, qui rien ne faisait fuir, même en plein jour. Ses premiers jouets furent des osselets de porc. Sa mère n'avait pas d'argent pour lui en acheter d'autres.

Dès son plus jeune âge, il avait été gros. On mangeait peu chez les Vanderhoff, son embonpoint ne venait donc pas d'excès alimentaires, mais plutôt de sa constitution.

La puanteur de l'abattoir imprégnait ses vêtements. Cette odeur et le mépris qu'inspirait le métier de son père l'avaient empêché de se faire des amis. Ses camarades l'affublèrent vite du surnom qui devait le poursuivre toute sa vie. Un sobriquet qui illustrait à la fois son physique ingrat et son métier : Pork.

La grange qui servait d'abattoir était bien cachée dans les bois, mais sa présence ne passait pas pour autant inaperçue. Des charognards aux ailes noires et au bec crochu tournoyaient continuellement au-dessus des arbres. La rivière qui coulait près de la ferme était souillée de sang et charriait les abats que le père de Pork y jetait régulièrement. De temps en temps des conseillers municipaux de Darien venaient se plaindre que des enfants étaient tombés malades après avoir bu de l'eau de la rivière. Le père de Pork écoutait poliment, mais ne modifiait pas ses habitudes.

Le père de Pork avait une prétention au raffinement dont son fils hérita. C'était aussi un idéaliste rêveur, doté d'une propension à l'échec, comme beaucoup de Vanderhoff avant lui. Pork méprisait les rêveurs. « Aucune théorie n'est cotée en Bourse », avait-il coutume de dire.

A l'intérieur de son carrosse, Pork s'enlisa dans l'affreuse mare de ses souvenirs. Il repensa à sa pauvre mère, qu'il avait adorée. Un jour, tout petit, il l'avait vue chausser son unique paire de souliers. Cette vision ne le quitterait jamais : le pouce, habillé d'une chaussette sale, jaillissait par un trou de la chaussure. Sa mère lui avait dit d'une voix plaintive :

— Quand tu seras grand, tu travailleras dur pour acheter une belle paire de chaussures à maman, hein, mon petit ?

— Oh ! oui, maman ! avait-il répondu en larmes. Mason travaillera pour maman. Rien que pour maman.

Suivant les traces de Phil Armour, le magnat de Chicago à la réputation surfaite et à la richesse surévaluée, qui proclamait : « Tout est bon dans le cochon, sauf son cri », Pork Vanderhoff était venu tenter sa chance dans la région encore misérable de Chicago. Pork et son frère Israel Washington Vanderhoff, de six ans son cadet, commencèrent par ouvrir un abattoir sur une péniche de l'Ohio. Durant cette période, Pork développa une étrange fierté pour son métier. Il aimait se vanter de fendre le crâne d'un porc de premier choix à la hache et de le plonger dans l'eau bouillante plus vite que n'importe qui.

Son frère, I. W., un garçon plutôt malingre, s'avéra un génie des mathématiques, de la finance et des opérations immobilières. A l'âge de vingt et un ans, c'était déjà un alcoolique invétéré. Pendant la guerre de Sécession, prévoyant la chute des cours, I. W. convainquit son frère de vendre du porc à l'armée pour quarante dollars le baril. Après Appomattox, les prix chutèrent jusqu'à dix-huit dollars le baril. Ce fut leur premier gros coup financier.

Les frères Vanderhoff suivirent Phil Armour et Gus Swift à Chicago. Ils fondèrent leur industrie sans hésiter à investir dans les nouvelles technologies — choix qui s'avéra fort lucratif. Armour fut le premier à utiliser une chaîne dans sa conserverie. Il fut aussi le premier à expédier sa viande de porc, de mouton et de bœuf à partir d'une gare centrale. Les brasseurs allemands utilisaient des installations frigorifiques depuis longtemps et là encore Armour innova ; grâce à elles, il transforma une activité saisonnière en une industrie permanente qui ne dépendait plus ni du climat ni de l'achat de glace, souvent hors de prix.

Pork Vanderhoff avait pataugé dans le sang toute son enfance. Il avait déversé des tonnes de têtes, de pieds, de déchets de viande dans chacune des rivières du voisinage. Il avait payé de pauvres bougres deux dollars la charretée pour enterrer les déchets dans la prairie. Il avait poussé son frère à suivre des cures d'abstinence une fois par an, souvent deux. Il comptait trop sur son génie financier et sur sa capacité naturelle à ensorceler les épouses des banquiers de Manhattan. I. W. avait d'ailleurs dû s'exiler à New York à la suite d'une sordide histoire de coucherie avec la femme d'un contremaître de Chicago.

Grâce à sa fortune, Pork acquit, en outre, une femme qui appartenait à l'une des familles les plus aristocratiques du Kentucky. Il était père d'une fille adorable qui épouserait un beau parti et lui donnerait des petits-fils. Il était respecté par ses pairs. Il supplia ses amis de ne plus l'appeler Pork — Nell faillit défaillir quand on prononça le surnom devant elle —, mais le sobriquet lui resta.

Pork Vanderhoff contrôlait un véritable empire de production et de distribution de viande. Il possédait de gigantesques enclos à Kansas City et de multiples succursales pour ses produits dérivés. L'Amérique mangeait du jambon et des saucisses Vanderhoff, étalait sur ses tartines de la margarine à base de saindoux Vanderhoff, prenait son bain dominical avec les savonnettes fabriquées à partir de suif Vanderhoff, collait son papier peint, ses joints, ses enveloppes avec la glu Big V. Six mille wagons frigorifiques frappés du label Big V sillonnaient le pays de l'Atlantique au Pacifique et jusqu'au golfe du Mexique. Sa réussite lui valait les plus grands honneurs civiques, des entrées dans des clubs très privés, des amis haut placés, un statut privilégié au sein du Parti républicain de Chicago, une notoriété dans toute l'Amérique.

Il n'avait certes pas acquis cette position enviable pour que sa fille épousât un maudit arriviste allemand ! Ah, on pouvait compter sur lui pour soustraire définitivement Juliette à l'influence pernicieuse de cette racaille.

En sortant de l'ascenseur, il avait mis son plan au point. Rasséréné, il pénétra dans son bureau, dont l'opulence témoignait de sa puissance.

Nell avait choisi un mobilier en teck foncé. Des téléscripteurs crachaient les cotes de la Bourse sur des bandes de papier. Face au bureau, dans un cadre doré, un portrait grandeur nature de I. W. semblait veiller sur les lieux. L'artiste avait scrupuleusement respecté le contrat : les taches de couperose sur les joues avaient disparu, le nez en chou-fleur avait été affiné. Son frère avait toutes les apparences d'un républicain respectable.

Accrochés aux murs, entre des photos des usines de l'empire Vanderhoff, trônaient des trophées d'élan, de sanglier, de grizzli. Pork n'en avait tué aucun, il ne les avait même pas chassés. Toutefois, il aimait se convaincre du contraire.

Il examina les messages et les télégrammes déposés sur son bureau pendant son absence. Rien d'urgent. Le seul qui nécessitait une réponse avant la fin de la journée était un long télégramme en

provenance de l'Ohio, dans lequel Mark Hanna soutenait la candidature de Bill McKinley pour représenter le Parti républicain aux
élections présidentielles prévues dans deux ans. Hanna réclamait
une donation substantielle pour renflouer les caisses du Parti
afin de lutter contre l'agitation entretenue par les partisans du
bimétallisme.

Ardent défenseur de l'étalon or, Pork décida d'envoyer un chèque
de deux mille dollars. Il haïssait les radicaux, apôtres de l'étalon
argent. La semaine précédente, au cours d'un dîner, il avait déclaré
à l'austère Phil Armour : « Il faudrait écraser ces canailles comme
nous avons écrasé les maudits Sudistes qui ont voulu diviser le
pays. »

Il pressa le trentième bouton de son panneau et entendit la sonnerie
résonner dans le hall. Détendu, il s'installa confortablement dans
son énorme fauteuil. La solution qu'il avait trouvée au problème de
Juliette le ravissait. Mieux, il savait déjà comment l'appliquer. La
stratégie avait déjà réussi dans le passé, elle réussirait encore.

Roswell, son premier secrétaire, frappa, puis entra d'un air
empressé.

— Mr. Vanderhoff ? murmura-t-il, le calepin à la main.

— Il me faut les horaires des bateaux naviguant entre New York
et l'Europe, à partir d'aujourd'hui et jusqu'à la fin de l'année, aboya
Pork. Trouvez-moi aussi de la documentation sur les villes d'eaux et
les stations balnéaires. Les meilleures, bien sûr. Je veux faire des
réservations le plus vite possible.

— Monsieur part en vacances ?

Tout en gribouillant des notes, Roswell réussit à grimacer un
sourire.

— Oui. Mrs. Vanderhoff et moi-même emmenons Juliette outre-
Atlantique. Ma fille va faire le tour de l'Europe. Mrs. Vanderhoff et
moi reviendrons au bout d'un mois, deux tout au plus, mais Juliette
y restera un an.

Pork tapota l'épaisse enveloppe jaune posée sur le buvard de son
secrétaire. Elle portait le sigle de Thomas Cook, et l'adresse de
son agence locale.

La pièce où il se trouvait était la réplique miniature de son bureau
de LaSalle Street. Aux murs pendaient différents trophées, empaillés,
parmi lesquels un splendide requin bleu ; un tableau représentant la
ferme familiale de Darien, généreusement embellie, lui faisait face.

Un panneau à seize boutons était accroché au mur, à portée de
main. Ce n'était pas par affectation. Il dirigeait réellement sa
demeure avec ces sonnettes. Nell, dotée d'une délicate sensibilité de
Sudiste, refusait depuis plus de dix ans d'adresser la parole aux
domestiques, à l'exception du majordome. D'où les sonnettes. La vie
des riches n'est pas toujours rose, se disait souvent Pork.

La pendule marqua huit heures trente. Il avait déjà annoncé qu'il
se rendrait ce soir à une partie de cartes qui durerait toute la nuit.

Il détestait jouer — c'était son frère l'expert, il devinait toujours le jeu des autres. Il quitterait la maison sitôt après sa discussion avec Juliette. En pensant à la personne qu'il allait retrouver, une bouffée de désir l'envahit.

Bien élevée, Juliette frappa avant d'entrer. Le cœur de Pork fondit à sa vue. Malgré sa récente rébellion, dont il comprenait maintenant les motifs, c'était une adorable jeune fille dont n'importe quel père aurait été fier. Raison de plus pour la protéger de ce coquin d'étranger qui s'apprêtait à souiller ce corps parfait. Pork pria le ciel pour que la profanation n'ait pas déjà eu lieu.

— Bonsoir, Juliette, dit-il avec un sourire accueillant.

— Bonsoir, papa.

Elle s'assit, et lui rendit son sourire, un peu forcé toutefois. Il continua comme s'il n'avait rien remarqué.

— Tu es ravissante ce soir ! Une nouvelle toilette d'été ?

— Merci, papa. C'est maman qui me l'a achetée.

Elle portait un chemisier vieux rose rehaussé d'un élégant col rabattu d'un blanc immaculé. Sa jupe était grise, mais les mailles lâches laissaient deviner une doublure en taffetas rose et donnait un effet des plus réussis.

Il nota cependant que les doigts de sa fille s'agitaient nerveusement sur ses genoux. Des cernes de fatigue soulignaient ses yeux gris. Pork songea subitement qu'il devrait vérifier la facture du téléphone et les notes de télégrammes. Il ne voulait pas que sa fille corresponde avec cette dévergondée de Willis.

Il sortit un cigare cubain, un gros barreau de chaise verdâtre de trente centimètres. Il aimait les cigares cubains. Il les aimait tant qu'il avait donné mille dollars au Parti révolutionnaire cubain installé à New York. Il se moquait de leur philosophie, en revanche il ne supportait pas l'idée que la bande de royalistes efféminés qui hantait les palais de Madrid s'approprie les meilleurs cigares.

Juliette toussota discrètement. Maudit sexe faible ! Nell réagissait de la même façon quand il fumait un cigare en sa présence. Il posa le barreau de chaise dans un cendrier en cristal d'où la fumée pourrait s'élever en volutes verticales.

— Tiens, ma chérie, un cadeau, fit-il avec un sourire de renard.

Il poussa l'enveloppe de l'agence Cook dans le cercle de lumière que diffusait sa lampe de banquier. Juliette examina l'enveloppe de ses yeux gris. Elle n'ignorait pas la signification du nom Cook, bien entendu.

Comme elle restait muette, Pork lui fit part de son projet de tour d'Europe, sans mentionner qu'il connaissait l'existence du vaurien allemand. Lorsqu'il eut terminé, Juliette déclara :

— C'est une idée merveilleuse, papa, mais je ne veux pas partir en voyage. Ni pour un an, ni même pour un mois. J'ai trop à faire ici.

La sueur perla de nouveau sur le double menton de Pork.

— Puis-je te demander ce qui te retient à Chicago ?

— La lecture, la musique...

— Oh ! ma chérie, on trouve tout ce qu'on veut comme livres anglais sur le Continent. Et je suppose que le piano n'est pas un instrument inconnu en France, ni en Italie, ni en Hollande... Ce sont des pays presque civilisés, paraît-il. (Il ajouta, un brin provocateur :) On y fait aussi du patin à glace et de la bicyclette.

Il surveilla sa réaction. Elle ne mordit à aucun des hameçons. Elle hocha la tête, ses cheveux noirs brillèrent comme l'aile d'un corbeau dans un rayon de soleil.

— Papa, je ne peux que te répondre brutalement : non, je n'irai pas. J'en ai assez qu'on décide de tout à ma place.

— Juliette ! Je te trouve bien ingrate !

— Ce n'est pas de l'ingratitude, je suis très sensible à ta proposition. Je me rends compte de l'argent qu'un tel voyage te coûterait, mais je ne veux pas aller en Europe pour le moment. Je suis grande, à présent, poursuivit-elle en haussant le ton. A mon âge, des filles se marient, élèvent des enfants. Il est normal que j'aie mon mot à dire.

Pork était ulcéré. Non, les femmes n'ont pas leur mot à dire. Pour preuve, il n'avait même pas annoncé le voyage à Nell ! Elle se plierait à sa décision, un point c'est tout.

Le saphir scintilla à son doigt quand il tapota l'enveloppe de Cook.

— Ne sois pas si têtue, Juliette. Regarde plutôt ce qu'il y a dans cette enveloppe. C'est une proposition d'itinéraire pour les trois premiers mois et une description des suites que j'ai réservées dans les plus beaux...

— Je suis désolée, papa, coupa Juliette. Je n'irai pas.

« Sapristi ! C'est plus grave et plus profond qu'une simple amourette. » Il avait cru pouvoir lui faire oublier son béguin facilement, mais il commençait à en douter. Il décida de frapper fort.

— Je ne mentionnerai pas ta réaction à ta mère.

Un voile d'amertume assombrit le regard de Juliette.

— Ta mère souhaite vivement que tu entreprennes ce voyage. Tu sais aussi bien que moi ce qui se passerait si tu t'entêtais. Veux-tu qu'elle ait une attaque ? Ou, Dieu nous en préserve, une crise encore plus grave ? Si un drame arrivait, ce serait ta faute.

Étouffant un cri, Juliette se leva d'un bond. Elle ouvrit la porte et s'appuya au montant, comme sur le point de s'évanouir. Lorsqu'elle se retourna, des larmes inondaient son visage.

— C'est trop cruel, papa.

— Tu l'as cherché, Juliette.

Elle sortit en claquant la porte.

Juliette partie, Pork resta un instant interdit. Le béguin de sa fille méritait un autre qualificatif. C'était un véritable coup de foudre. Le neveu de Crown devait être un redoutable séducteur.

Toutefois, le choc passé, il s'habitua peu à peu à la réalité, si déplaisante fût-elle, et il se détendit. Il avait remarqué l'expression douloureuse de Juliette quand elle avait quitté le bureau.

Elle ne s'était pas trompée en disant qu'elle avait grandi ; physiquement, c'était une femme. Toutefois, elle était encore immature, et il était compréhensible qu'elle s'entiche du premier bellâtre venu au point d'en perdre la tête.

Mais en activant le levier de sa culpabilité vis-à-vis de sa mère, il avait utilisé son arme la plus redoutable. Il était possible de faire jouer une émotion contre une autre. Cela avait déjà réussi, cela réussirait encore. Il serait patient.

Il sonna pour appeler son cocher et il roula bientôt vers la sortie de la ville, confiant en l'avenir.

Pork passa la nuit dans une villa miteuse perdue au milieu des broussailles et des mauvaises herbes. Mais le confort rudimentaire lui semblait aussi délicieux que celui d'un harem turc grâce aux charmes de l'occupante de la villa, une saltimbanque nommée Liza. Liza sillonnait la région avec une troupe de théâtre à la réputation douteuse et au talent médiocre. Pork l'avait vue dans une comédie légère où elle tenait un rôle mineur. C'était une piètre actrice, mais elle était remarquable au lit.

Le lendemain matin, un vendredi, il se rendit directement à LaSalle Street, où il arriva à sept heures moins le quart. Roswell l'accueillit sur le seuil, l'air paniqué.

— Vous devez appeler chez vous de toute urgence, Mr. Vanderhoff. Votre femme est au plus mal.

Pork fonça à Prairie Avenue. Il trouva Nell en robe de chambre, échevelée, hurlant à travers la maison. Elle se précipita sur Pork et lui martela la poitrine de ses poings menus.

— Elle est partie, gémit-elle. Son lit n'a pas été défait, elle a dû s'enfuir pendant la nuit. Où est-elle ? Que s'est-il passé ? Oh ! mon Dieu, je deviens folle ! Appelle le docteur Woodrow !

53

Paul

Paul commençait à se sentir comme un étranger chez les Crown. Oncle Joe et tante Ilsa étaient polis, mais sans plus. La voix de son oncle était pleine de colère rentrée, et une douleur insupportable assombrissait en permanence le doux visage de tante Ilsa.

Le lendemain soir du départ de Joe Junior, Paul avait pris son courage à deux mains et il avait été rejoindre sa tante dans son salon de couture. Il lui présenta maladroitement ses regrets et la supplia de lui pardonner son rôle dans la fuite de son cousin. Oui, son devoir de chrétienne l'obligeait au pardon. Mais le cœur n'y était pas. Oh ! il ne la blâmait pas ! Il la comprenait.

Le chagrin avait aussi changé Fritzi. Elle ne l'accusa pas ouvertement, mais elle cessa de bavarder et de plaisanter avec lui comme avant. Carl arpentait la maison, l'âme en berne, mais c'était encore lui le moins touché. Peut-être était-il trop jeune pour comprendre ce qui s'était passé. Peut-être espérait-il naïvement le retour prochain de son frère. Il était bien le seul !

Au travail, Paul ne parlait que lorsqu'il ne pouvait faire autrement. Dès qu'il en avait le temps, il lisait les journaux, plus pour se distraire que pour se tenir informé.

La grève de Chicago était définitivement brisée. Les cheminots qui avaient soutenu le boycott trouvèrent une lettre de licenciement dans l'enveloppe contenant leur dernier salaire. Le retrait des troupes fédérales avait commencé ; les soldats prenaient le train pour la Californie, où l'agitation sociale avait éclaté à Sacramento et à Oakland. Le lundi suivant, Eugene Debs devait comparaître devant le tribunal afin de répondre de l'accusation d'outrage à magistrat pour avoir ignoré l'injonction du gouverneur. Debs avait requis les services de Clarence Darrow [1], un avocat habile et pugnace originaire de l'Ohio qui s'était installé à Chicago quelques années auparavant. Darrow fit scandale en démissionnant d'un poste lucratif à la

---

1. Clarence Seward Darrow (1857-1938). Avocat américain. *(N.d.T.)*

compagnie Chicago & Northwestern Railroad pour défendre ce fauteur de troubles que les journaux décrivaient comme un « fou à lier », « un syphilitique avéré », ou « une canaille qui méritait cent fois la corde ». Il fallait croire que l'ambition de Darrow n'était pas simplement de faire carrière. La presse citait certaines de ses déclarations incendiaires : « Le pays est régi par les affaires, or les affaires ne sont qu'un moyen légal de voler son prochain », « La justice est comme le beurre sur le pain ; plus on a d'argent, plus on a de beurre. »

Paul rangea le ruban blanc avec ses cartes postales. Les taches de sang avaient viré au marron. Conserver ce ruban devenait stupide et pathétique maintenant que la grève n'était plus qu'un souvenir et que l'ordre capitaliste régnait de nouveau sur la ville.

Paul regrettait amèrement qu'un homme aussi honnête que Mr. Schildkraut ait perdu la vie. Mais cousin Joe était-il le seul coupable ? C'était Benno et son complice qui avaient déposé la bombe. Et oncle Joe, ne portait-il pas sa part de responsabilité ? Tout rejeter sur les épaules de Joe Junior était vraiment trop facile, et Paul restait convaincu qu'il avait bien fait de l'aider à s'enfuir. Il souhaitait simplement que ceux qu'il aimait aient moins de peine, et qu'ils cessent de lui en vouloir. Il souffrait trop, c'était insupportable.

Oncle Joe ne lui adressait quasiment plus la parole. Pas un mot sur son fils, pas un mot sur ce qu'il avait décidé pour lui. Le jeudi, Paul n'y tint plus. À midi, au lieu de déjeuner, il alla au secrétariat. Stefan Zwick, qui tapait à la machine à écrire avec deux doigts, l'arrêta au moment où il s'apprêtait à frapper à la porte du bureau de son oncle.

— A votre place, je m'abstiendrais.

— Je dois voir mon oncle, Mr. Zwick.

Il frappa. Un grognement lui donna la permission d'entrer. Il ne fit que deux pas dans le bureau, puis ferma la porte.

— Qu'est-ce que c'est ?

— Mon oncle, je ne voudrais pas vous déranger...

— C'est pourtant ce que tu viens de faire.

Paul s'empourpra, mais tint bon.

— Il y a longtemps que j'ai envie de vous demander... A-t-on des nouvelles de mon cousin ?

— Aucune. Je téléphone chaque jour à la police. J'ai aussi engagé des détectives privés. En vain. On dirait que Joe Junior s'est volatilisé.

— Mon oncle, je vous supplie d'accepter mes excuses. Je n'ai fait que lui obéir. Je ne l'ai aidé que parce qu'il me l'a demandé.

Oncle Joe brandit son stylo comme une lance dardée sur son visiteur.

— Non, tu as pris position contre ta tante et contre moi. N'espère pas t'en tirer avec un simulacre de repentir. Dehors ! J'ai du travail.

Le samedi matin, au moment où il arrivait à la brasserie, un jeune Noir l'arrêta devant le portail.

— C'est pour toi, missié, fit-il en tendant un billet plié.

— Tu es sûr ?

— Oui, missié, je t'ai reconnu aussitôt. La description est exactement comme toi.

— Qui t'envoie ?

— Une belle jeune Blanche. Je cirais les chaussures à la gare centrale quand elle s'est approchée ; elle m'a fait ton portrait et elle m'a donné un dollar entier pour t'apporter ça.

Paul déplia le billet, puis pâlit.

> *Hôtel Radigan, au nord de Waukegan. Cet après-midi.*
> *Viens, s'il te plaît ! A toi pour toujours.*

A quatre heures, installé sur la banquette verte d'un train de banlieue, il regardait défiler les poteaux télégraphiques et les petites fermes par la fenêtre du compartiment.

Le fait d'avoir quitté son poste sans prévenir lui attirerait sûrement des ennuis, mais il s'en moquait. De toute façon, ses rapports avec son oncle ne pouvaient empirer.

Il descendit du train à la gare de Waukegan, nichée sur les bords du lac, au pied d'une colline abrupte. Il loua une bicyclette pour vingt cents et s'élança vers le nord sur une route bordée d'arbres. Après avoir pédalé pendant plusieurs kilomètres en rase campagne, il approcha de la frontière du Wisconsin. Sur la gauche de la route, une vieille pancarte se balançait au bout d'une chaîne : « Hôtel Radigan. »

Il aperçut une maison blanche avec des coupoles, un belvédère et une girouette. Derrière, de petits pavillons qui ressemblaient au bâtiment principal entouraient une cour.

Il descendit de bicyclette, et emprunta l'allée poussiéreuse qui menait aux pavillons. Il devinait ce qui allait se passer, mais n'arrivait pas à y croire. La perspective était à la fois excitante et terrifiante.

Une porte s'ouvrit et on agita un mouchoir.

Ébloui de bonheur, il avala quasiment les derniers mètres.

Il posa sa bicyclette contre un mur, courut jusqu'à la porte et se jeta dans les bras de Juliette. Il baisa ses joues humides. Elle avait pleuré. Des larmes de joie, sans doute.

La tête enfouie au creux de son épaule, elle ne cessait de répéter son nom. Elle l'entraîna dans le pavillon.

— Tu as eu mon message, commença-t-elle.

— Oui, mais je ne comprends pas...

Elle l'arrêta en posant un doigt sur ses lèvres.

— Je me suis enfuie la nuit dernière. Il fallait que je te voie, seul. J'ai pris le train et j'ai loué un cabriolet. Je l'ai remisé dans la grange pour qu'on ne le remarque pas de la route.

— Juliette, au nom du ciel ! Tu es partie de chez toi ? Pourquoi ?

— Je t'aime, Paul. Je t'aime tant... et papa veut nous séparer.

— Hein ? Il sait ?

— Oh ! non, je ne crois pas, mais maman et lui veulent faire un grand voyage en Europe. Ils insistent pour que je les accompagne.

Calmée, elle sécha ses larmes. Le soleil éclairait la petite fenêtre au rideau de dentelle et dessinait un halo doré autour de ses cheveux noirs.

Paul jeta un coup d'œil à l'intérieur du pavillon ; sol en linoléum habillé d'un tapis, lampe à pétrole bon marché suspendue au plafond, abat-jour en verre et réservoir décoré de fleurs peintes.

Le grand lit était en fer émaillé de blanc, avec des pommeaux en cuivre à chaque montant. Près du lit, une commode, blanche aussi, dont les portes fermées cachaient un vase de nuit en porcelaine. Sur la commode, un miroir légèrement incliné était tacheté par l'âge. Il reflétait l'image floue des deux amoureux enlacés.

— N'y va pas si tu n'as pas envie, dit Paul.

— C'est ce que j'ai dit à papa. Il m'a répondu que maman tenait beaucoup à ce voyage, que mon refus risquait de la tuer. Chaque fois qu'ils veulent quelque chose, ils se servent de la santé de maman pour m'obliger à céder. J'ai songé à partir pour toujours, mais comment vivrais-je ? Je ne sais rien faire.

Il prit ses mains dans les siennes.

— Tu as su arriver jusqu'ici, non ? Comment as-tu fait ?

— J'étais déjà venue il y a deux ans. En rentrant du Wisconsin avec papa et maman, nous avions cassé une roue, et nous avions passé la nuit à l'hôtel.

— Oui, mais aujourd'hui, tu t'es débrouillée toute seule ?

— J'ai donné un gros pourboire à l'aubergiste. Tu n'es pas content ? Dis-moi que tu es content. Sinon, j'en aurais le cœur brisé... je t'aime tellement.

Elle l'attira dans ses bras, puis l'embrassa. Ils roulèrent sur le lit ; le chemisier de batiste de Juliette se froissait sous les mains fiévreuses de Paul. Il passa une jambe sur ses hanches et l'embrassa longuement. Elle se lova dans ses bras en gémissant, et lui caressa le visage.

— Comme j'ai envie de toi, Paul. Cela fait si longtemps que je ne t'ai vu...

— Et il s'est passé tant de choses.

Il baisa ses lèvres, son nez, ses yeux.

— J'ai tant de choses à te raconter !

— Plus tard, mon amour.

Elle lui baisa le cou, se blottit contre sa poitrine.

— Non, Juliette, je ne veux pas profiter de toi...

— Oh ! ne dis pas ça ! s'exclama-t-elle, riant et pleurant en même temps. Prends-moi, je t'en supplie. Pourquoi crois-tu que j'aie fait une telle folie ? Oh ! ne dis pas non, fais-moi l'amour avant qu'on nous sépare.

Ils s'embrassèrent encore. Il caressa ses seins d'une main douce. Juliette mordilla son oreille, passa sa langue le long de sa joue.

— Je n'ai aucune expérience, souffla-t-elle. Maman a toujours refusé de parler de...

Paul glissa une main sous son chemisier, sous son jupon, promena ses doigts sur ses cuisses.

— Elle prétend que ces choses-là sont sales. Le peu que je sais...

— Ne t'inquiète pas, ce n'est pas important...

Il s'accouda pour l'admirer. Il n'avait jamais vu de fille aussi belle. Leur rencontre dans cette chambre d'hôtel minable marqua pour toujours ses sentiments, sa vie, son destin.

— Je t'aime, Juliette. Je t'aimerai toute ma vie.

— Alors, fais-moi l'amour... maintenant.

Le noroît se leva brutalement, comme cela arrivait parfois en été. Nus sous un drap rugueux et une couverture mitée, comblés, ils écoutaient le vent faire craquer les planches du pavillon. La nuit tombait, un dernier rayon de soleil embrasait les peupliers qui bordaient la propriété.

— Tu as faim ? demanda-t-elle.

Il s'esclaffa.

— C'est le cadet de mes soucis. J'ai tellement de choses à te demander, à te raconter...

— J'ai apporté un panier pour si jamais tu avais faim. Ce matin, à Waukegan, j'ai acheté du fromage, des saucisses, une miche de pain, et du vin de Moselle. Le marchand ne voulait pas me vendre le vin à cause de mon âge... il n'est pas assez froid, j'imagine.

— Tu es plus débrouillarde que tu le crois, Juliette. Louer cet endroit, remplir le garde-manger... et même trouver du vin !

— C'est parce que j'avais peur qu'on me force à partir, peur de ne plus te revoir avant un an. Il se passe tellement de choses en un an ! Qui sait si tu ne m'auras pas oubliée.

— Je ne t'oublierai jamais. Je t'aime, Juliette.

Ils s'embrassèrent, se caressèrent et firent l'amour une seconde fois, plus lentement, avec langueur et passion. Elle était moins timide, moins hésitante. Elle l'enlaça avec une fougue qui lui arracha des râles de jouissance et le laissa exténué ; il s'assoupit ensuite pendant une heure.

Elle se blottit dans ses bras, et ils se tinrent enlacés comme un vieux couple. Du moins voulut-il s'en persuader.

Il s'habilla dans le noir. Elle enfila sa jupe et son chemisier blanc sur sa peau nue. Il l'aida à le boutonner, ému par leur intimité nouvelle.

Il entrouvrit les rideaux, et remarqua que seules trois fenêtres de l'hôtel étaient éclairées. Un boghey aux grandes roues jaunes était parqué devant le porche. On entendait le roulement des vagues sur les rochers.

Juliette avait des allumettes. Il tira les rideaux, baissa la lampe et l'alluma. Ils mangèrent leurs victuailles. Le vin de Moselle, bien que tiède, était un véritable nectar. Juliette resplendissait.

— Il faut que je te raconte les derniers événements. Cousin Joe est parti.

— Joey ? Où est-il parti ?

— Personne ne le sait. Il s'est enfui de la maison.

Il décrivit les péripéties qui avaient entouré son départ. Elle l'écoutait, stupéfaite.

— Oh ! Paul, je suis désolée ! fit-elle en lui caressant le visage. Tu n'avais pas le choix, tu devais l'aider.

— C'est ce que je me suis dit.

— Pauvre Joey ! Tu crois qu'il est parti pour toujours ?

— J'en ai l'impression. Tu es la seconde fugitive que je côtoie en une semaine.

Voyant qu'elle ne riait pas à sa boutade, il s'éclaircit la gorge et posa la question qui lui brûlait la langue.

— Tu vas retourner chez toi, n'est-ce pas ?

— Je ne sais pas. J'ai du courage, Paul, mais pas assez, malheureusement.

— Le courage est comme un muscle. Il faut l'utiliser pour l'endurcir.

Elle rit.

— Tu es très intelligent, Paul chéri. Je suis heureuse d'être tombée amoureuse de toi. Tu iras loin.

Juliette expliqua qu'elle avait télégraphié à sa tante Willis deux jours auparavant, pour lui demander la permission de se réfugier chez elle en cas d'urgence. Mais sa gouvernante avait téléphoné de New York pour l'avertir que sa tante s'était embarquée pour Paris quinze jours plus tôt avec son nouveau compagnon.

— Elle ne me l'a pas présenté comme ça, mais j'ai compris à sa voix que c'était son amant. Ma tante possède le courage qui me fait défaut.

— Tu en as, toi aussi, dit Paul en embrassant ses cheveux dénoués.

Juliette ne partageait pas son optimisme.

— Qu'est-ce qu'on va dire demain ? fit Paul. Nous allons être obligés de mentir pour expliquer notre absence.

Il avait horreur des mensonges, mais la découverte de leur escapade était dangereuse pour Juliette. Elle avait perdu sa virginité — les draps en attestaient. Il endosserait le blâme avec joie, mais l'opprobre rejaillirait inévitablement sur Juliette.

— Il faut inventer une histoire plausible...

— Pas maintenant, Paul. Demain. Ne gâchons pas notre première nuit. Oh ! Paul, serre-moi fort ! Donne-moi du courage.

Ils firent encore l'amour, puis s'abandonnèrent à un sommeil réparateur.

On tambourinait à la porte.

Paul se réveilla en sursaut, et repoussa la couverture. Il était gelé. Juliette marmonna dans son sommeil.

— Juliette ! cria une voix rauque.

Il la secoua. On les avait retrouvés.

— Juliette ? Nous savons que tu es là, réponds !

Paul la secoua encore. Elle ne se réveilla toujours pas. Dehors, l'homme disait :

— Défoncez la porte, nom de nom !

Paul eut juste le temps de sauter du lit, d'enfiler son pantalon quand la hache fracassa le panneau de la porte. Une main actionna fébrilement la poignée. Un deuxième coup de hache fit voler la porte en éclats. Ils étaient quatre, non, cinq. L'un d'eux, énorme, portait un feutre mou.

Des lanternes aveuglèrent Paul. Juliette se dressa dans le lit, nue, pétrifiée d'effroi. Paul la recouvrit vivement du drap.

— Juliette ! Oh ! mon Dieu ! Sortez-moi cette canaille de là, officier. Arrêtez-le, pour l'amour du ciel. Ma fille est mineure !

— Je n'y suis pour rien. Elle s'est inscrite sous un faux nom, dit un chauve à la moustache gominée qui portait des bretelles sur une chemise sans col.

L'homme qui arborait une étoile sur la poitrine empoigna Paul par les épaules. Paul le repoussa violemment. L'homme le gifla.

Paul voulut le frapper mais manqua sa cible. Il trébucha. Le policier lui décocha des coups de pied dans les tibias pendant que le mastodonte incendiait le chauve.

— Vous saviez qu'elle était mineure, Radigan. La preuve, vous avez accepté son pourboire.

— Relève-toi, petit merdeux !

Un policier remit Paul sur pied sans ménagement.

— Non, ne lui faites pas de mal ! hurla Juliette.

— Tais-toi, rétorqua son père.

Un autre policier referma une paire de menottes sur les poignets de Paul. Le patron de l'hôtel gémissait :

— J'ai accepté le billet pour qu'elle se doute de rien, Mr. Van-derhoff. Elle a signé le registre sous un faux nom, mais je l'ai reconnue à cause de la dernière fois. J'ai bien fait de vous appeler, non ?

— Oui, mais beaucoup trop tard, Radigan. Seigneur, ça sent le rut, ici ! (Le mastodonte frappa Paul d'un revers de main.) Espèce de petite ordure ! Tu iras croupir en prison, c'est tout ce que tu mérites.

Il agrippa sa fille et la tira hors du lit. Elle cacha sa nudité dans la couverture. L'énorme type arracha une lanterne des mains d'un policier et éclaira les draps.

— Juste ciel, regardez ! Le mal est fait ! Nous arrivons trop tard.

— Dites donc ! s'écria Paul. Vous n'avez pas le droit d'entrer comme ça et de l'effrayer...

— Me parle pas de *droits*, sale enculé de Boche ! hurla-t-il.

Vanderhoff brandit la lanterne comme s'il voulait brûler Paul. Un policier s'interposa.

— Non, Mr. Vanderhoff, laissez-nous agir. Allez l'enfermer dans le fourgon, vous autres.

— Qu'allez-vous lui faire ? demanda Juliette.

Elle était à genoux derrière le lit, tremblante.

— On l'emmène en prison, avec les fous, les alcooliques et les pédérastes. Ils vont lui apprendre à vivre, c'est moi qui vous le dis.

— Quand il sortira, il sera bon pour l'asile, ricana un autre.

— S'il sort, pouffa le premier.

— Suffit ! tonna Vanderhoff. Emmenez-le, qu'on en finisse !

Un policier poussa Paul dehors. L'air glacé de la nuit lui donna la chair de poule. Sous la pleine lune, deux chevaux attelés à un fourgon fermé soufflaient des nuages de buée par les naseaux.

Paul ne pensait pas à lui ; il s'inquiétait pour Juliette. Il jeta un regard vers le pavillon et cria :

— Juliette ! Rappelle-toi, tu es plus forte que...

— La ferme ! fit Vanderhoff en l'empoignant.

Il colla Paul contre le fourgon.

— Tu ne reverras plus jamais ma fille.

Les yeux de Paul, d'habitude si doux, lançaient des éclairs.

— *Es fliesst noch viel Wasser den Rhein hinunter !*

— Qu'est-ce que tu nous chantes ?

— C'est un vieux proverbe. De l'eau coulera sous les ponts.

Livide, Vanderhoff brailla :

— Enfermez-le avant que je lui fasse la peau !

Un policier assena un coup de matraque sur la nuque de Paul.

— Entre là-dedans, Fritz. Là où tu vas, on ne sert ni bière ni choucroute, tu verras.

— Mais on aime la chair fraîche, ricana son collègue. Tu vas regretter d'avoir fait la traversée, je te le garantis.

Les portes du fourgon claquèrent. Paul entendit un bruit de chaînes, puis le déclic d'un cadenas. Il se pelotonna sur le banc, les mains entre les cuisses, dans le noir absolu.

54

Juliette

Elle dérivait dans un étrange monde cotonneux. Son corps était étrangement léger. Elle avait perdu la notion du temps. Des visages bougeaient autour d'elle, au-dessus de sa tête, démesurés, difformes, comme des ballons peints.

— J'espère que tu te reposes. Le docteur Woodrow t'a prescrit une potion spéciale. Tu dois en boire davantage.

Elle reconnut la voix et le visage. Sa mère. Elle sentit une pression dans son dos. On la soulevait, on l'adossait aux oreillers. Une main osseuse porta un verre à ses lèvres. Elle but le liquide sirupeux, puis s'allongea, épuisée.

Des lumières féeriques brillaient au loin, on aurait dit des bougies ou peut-être des étoiles.

Sa mère caressa ses cheveux.

— Comme ils sont beaux ! dit-elle. Tu es une bien belle enfant. Je ne supporte pas l'idée qu'une brute allemande gâte une telle beauté. Papa m'a appris la vérité. Mon Dieu, comme j'ai pleuré ! J'ai cru devenir folle. On t'a souillée, mon enfant. Il te faudra vivre avec cette honte. Mais nous prendrons certaines mesures, nous ferons comme si rien ne s'était passé. Le docteur Woodrow s'est déjà assuré qu'il n'y aurait pas d'enfant. En dehors de la famille, personne ne saura la vérité. Il y a toujours moyen de duper un mari lors de la nuit de noce. Mais nous en reparlerons plus tard. Pour l'instant, il faut te reposer. Maman te soignera, mon petit. La santé est tout pour une femme. Rien d'autre ne compte.

Juliette sentit une autre présence. Elle reconnut son père. Il brandissait une épaisse enveloppe jaune d'un air enjoué.

— N'oublie pas ça, Juliette. Nous passerons tous les trois de merveilleuses vacances. Mais d'abord, tu resteras un mois à Cleveland, c'est ce que préconise le docteur Woodrow. Il y a là-bas un excellent établissement, l'hôpital Mountjoy, spécialisé dans les problèmes orthopédiques et les troubles nerveux. La majorité des patientes souffrent de neurasthénie. Un mois de repos en isolement complet... et tu seras d'attaque pour l'Europe.

La promesse d'un voyage lointain réveilla en elle un souvenir enfoui, un visage infiniment plus réel que les ombres qui l'entouraient. C'était le visage d'un jeune homme. Des cheveux châtains avec des reflets roux. Des yeux bleus, doux, qui inspiraient confiance. Suivit une cascade d'émotions. Des baisers, des caresses, des corps enlacés. L'angoisse de la séparation, la perte, des menaces.

— Paul ! Où es-tu, Paul ?

— Docteur Woodrow ! Docteur Woodrow ! appela une voix stridente.

L'énorme tête du docteur Woodrow parut, angélique. Des boucles blondes, des tempes grisonnantes. Des joues rouges comme des pommes mûres, une petite bouche rose. La bouche sourit, une main tapota la sienne.

— Allons, allons...

— Une nouvelle crise ? demanda la voix de sa mère.

— Je le crains.

— Que recommandez-vous ?

— Une saignée. C'est fortifiant.

Juliette hurla :

— Non !

Mais personne ne semblait l'entendre. On prit ses mains et on les lui maintint au-dessus de la tête. Son père s'assit sur ses chevilles.

Il y eut des bruits métalliques. Des mains désincarnées passèrent une bassine en argent devant ses yeux effarés. La bassine flotta dans l'air comme un vaisseau enchanté, puis disparut.

— Allons, allons, fit le docteur Woodrow en lui caressant les cheveux.

Des ciseaux découpèrent les manches de sa chemise de nuit. Elle se débattit en vain. On attacha des lanières en caoutchouc autour de ses avant-bras. Le docteur Woodrow enfila des gants blancs en mousseline. Des mains présentèrent un plateau en argent devant ses yeux. Des instruments pointus et des lames aiguisées scintillaient.

— C'est salutaire, dit le docteur Woodrow, les lèvres gourmandes. Vous ne sentirez rien.

Il choisit un scalpel.

Elle poussa un hurlement.

55

Paul

Paul sentit quelque chose courir le long de sa jambe. A demi endormi, il pensa à une sorte de punaise, mais plus grosse que les spécimens qui grouillaient sur sa paillasse.

Sa vision s'éclaircit. Derrière les barreaux, une faible lampe à pétrole éclairait une face lunaire aux yeux injectés de sang, fendue d'une bouche aux dents pourries. La face se rapprocha. Les mains remontèrent jusqu'à sa cuisse.

— Tom le Dingue est endormi, beau gosse. Viens dans la couchette avec le Suédois. Si t'es gentil avec le Suédois, t'auras du tabac à chiquer. Mais avant, faut que tu chiques mon bout, beau gosse.

Le Suédois pouffa.

Paul chassa la main baladeuse.

— Laisse-moi tranquille, je veux dormir.

— Tiens donc ?

Le Suédois agrippa l'oreille de Paul et la tordit sauvagement.

— Ici, on n'aime pas les morveux. Les rumeurs courent vite. Dès que tu baisseras culotte aux chiottes, les gars te feront payer cher ton orgueil. T'aimeras pas ça, je peux te le dire.

Paul sentait des poux s'activer sur sa tête et sous ses aisselles. Il se gratta. Avant qu'on éteigne les lumières, Tom le Dingue, un alcoolique habitué des lieux, s'était assis sur le tabouret du coin, torse nu, et il s'était gratté jusqu'au sang. La vermine avait dû émigrer vers des endroits plus accueillants.

Le Suédois lui caressa le cou.

— Je t'ai déjà dit de me laisser tranquille, nom d'un chien !

— Comme tu voudras, beau gosse. Mais gare à tes fesses.

Le Suédois le pinça en ricanant, puis il disparut. Il occupait la couchette inférieure, Paul, celle du haut. Celle du milieu était vide. La cellule en comportait six. Tom le Dingue ronflait dans la couchette inférieure opposée.

Paul s'évertuait à repousser les avances du vieux Suédois depuis douze heures ; il était épuisé. Il se retourna contre le mur et se couvrit le visage de son bras. Il aurait voulu mourir.

En fin de matinée, le fourgon l'avait déposé à la prison du comté. La plupart des cellules ne possédaient pas de fenêtres. Partout ça empestait les excréments et le jus de tabac maculait le sol d'une fine pellicule gluante qui le rendait glissant.

La prison était un cauchemar de cris, de jurons, d'obscénités. On ouvrait les cellules de seize à dix-huit heures. Durant ces deux heures, il avait arpenté le couloir en compagnie des pires crapules de la ville. Certains des prisonniers lui lançaient des clins d'œil ; d'autres essayaient de le caresser ; d'autres lui chuchotaient des propositions salaces qu'il faisait semblant de ne pas entendre.

Pour le souper, le gardien apporta des gamelles pleines d'un liquide grisâtre et du pain de maïs. Quand Paul mordit dans son morceau, il dérangea un nid grouillant de vers. Il vomit dans le seau hygiénique puant ; le Suédois et Tom le Dingue semblaient trouver la nourriture à leur goût.

Le bloc des femmes n'était séparé du leur que par une porte. Le soir, peu après la fermeture des cellules, les femmes commencèrent à gémir et à hurler.

— Viens donc me baiser ! Allez, viens !

— Non, moi d'abord !

— Enfonce-la bien ! oh ! oui, oh ! oui... Ha, ha, ha !

Des pas approchèrent.

— Silence, les femmes ! cria le gardien de nuit.

Et il frappa les barreaux avec sa matraque. Tom le Dingue se réveilla et se mit à geindre. Le gardien éclata de rire, puis s'éloigna.

Paul s'efforçait de garder courage, mais c'était dur. « Est-ce cela l'Amérique ? Tu as traversé l'Océan, tu as fait tout ce chemin pour vivre ça ? »

En Juliette... que lui était-il arrivé ? Son père l'avait-il punie ? Il s'inquiétait terriblement pour elle, pour sa sécurité.

Peu après le réveil, on tira Paul de sa cellule et on l'escorta jusqu'à une pièce sans fenêtre, aux murs en ciment. Une ampoule électrique pendait au plafond, une chaise en bois occupait le centre de la pièce et un poêle brûlant sifflait.

Deux inspecteurs l'accueillirent avec des sourires dont il se méfia aussitôt.

— Assieds-toi, Fritz, dit l'un pendant que l'autre fermait le verrou.

Le poêle était si chaud que Paul sentit bientôt la sueur lui couler dans le dos. Le plus gros des inspecteurs se planta face à lui, jambes écartées.

— C'est la boîte à sueur. Tu sais ce que ça veux dire, Fritz ?

Paul fit signe que non.

— On travaille en équipe. On se relaie toutes les heures. Comme ça, on peut te garder ici jusqu'à ce que tu nous craches la vérité. Tu ne mangeras pas, tu ne boiras pas, tu ne dormiras pas, tu ne pisseras pas ; tu resteras assis à transpirer. (Il se pencha et hurla :) Pourquoi l'as-tu enlevée ?

— Vous êtes fous, je ne l'ai pas enlevée...

— Ah, pas d'insultes, fils de pute ! T'es pas en Allemagne, mon gars, t'es en taule. A Chicago, États-Unis d'Amérique. Je vais t'apprendre les bonnes manières, moi.

Une chaussette bourrée de plomb s'abattit sur sa nuque. Il tomba la tête la première et reçut en prime un coup de pied dans les reins.

Paul gémit. Il s'étendit de tout son long, les yeux clos.

— Pas de ça, sac à merde. Debout !

Le plus vieux l'empoigna par le fond du pantalon et tira. Paul se retrouva à genoux, puis se redressa.

Les deux inspecteurs le remirent sur la chaise et le bombardèrent de questions. Avait-il un casier judiciaire ? Appartenait-il à une cellule socialiste ? Anarchiste ? Avait-il la chaude-pisse ? Avait-il déjà violé des jeunes filles ? Quelles que soient ses réponses, les inspecteurs n'étaient jamais satisfaits. La chaussette plombée tombait et retombait sur son crâne.

Il était en nage, il étouffait. Les inspecteurs, eux, ne paraissaient pas souffrir de la chaleur.

Pour la trentième fois, il nia l'accusation d'enlèvement. L'inspecteur s'apprêtait à lui assener un énième coup quand on frappa à la porte.

— Va ouvrir, Hal, dit le plus vieux.

La porte s'ouvrit en grinçant, puis :

— Laissez tomber, les gars, il est libéré. Amenez-le en bas.

L'avocat était un petit homme coquet, habillé d'un pardessus à col de velours et coiffé d'un chapeau melon. Paul s'étonna de le voir porter un manteau par cette chaleur. L'avocat, Kaspar Gross, montra à Paul où signer les divers documents, puis lui serra la main avec effusion et le félicita, comme si c'était un grand honneur d'être libéré de la prison de Chicago.

Paul était toujours nu-pieds, mais on lui avait permis de garder la chemise grise et rugueuse des prisonniers. Il descendit les marches en ciment, et arriva dans une cour qu'il n'avait encore jamais vue. Le ciel était chargé de nuages menaçants. Au centre de la cour, le landau de son oncle attendait, la capote relevée.

— Content de vous voir en un seul morceau, lança Nicky Speers de son siège. Montez-vite, il commence à pleuvoir.

De grosses gouttes ricochaient sur le ciment de la cour. Paul ouvrit la portière du véhicule et aperçut son oncle, les deux mains posées sur le pommeau en argent de sa canne.

Son visage était indéchiffrable. Paul s'assit sur le siège en cuir, face à Joe Crown, et referma la portière. Oncle Joe frappa le plancher d'un coup de canne, et le landau s'ébranla. Il fonçait déjà dans Dearborn Street quand la pluie se mit réellement à tomber.

— Je te ramène à la maison avant d'aller à la brasserie, dit oncle Joe d'une voix rauque, comme s'il s'efforçait de contenir une violente colère. Tu empestes l'égout.

— J'étais dans un égout, mon oncle.

— Vanderhoff n'a pas perdu de temps pour m'informer de ce que tu as commis. Il a essayé de me joindre hier, mais j'étais à Milwaukee pour affaires. Il a téléphoné à la maison à minuit passé. Heureusement, j'étais en bas, et ta tante dormait. Je n'ai pu joindre l'avocat que ce matin.

— Je vous en suis infiniment reconnaissant.

— C'est du sang que tu as dans les cheveux ? On t'a maltraité ?

— Ils m'ont interrogé sans ménagement, mais ça ira. Si seulement vous vouliez entendre ma version...

— Je t'écoute.

— Juliette m'a demandé de la rencontrer dans cet hôtel. Je l'aime. Nous nous aimons.

— Cela m'est complètement indifférent.

Paul fut terrifié par le ton glacé de son oncle.

— Vanderhoff a accepté de retirer sa plainte à condition que nous gardions le silence sur ce qui s'est passé. Une action en justice nous aurait conduits au tribunal. Or la presse adore les procès qui impliquent des gens en vue. Vanderhoff veut éviter à tout prix la publicité. Je me passe fort bien d'un scandale, moi aussi. Nous n'avons pas eu à marchander longtemps. Vanderhoff n'a émis qu'une condition. Que tu ne revoies plus jamais sa fille, et que tu n'essaies pas de communiquer avec elle.

— Je ne peux promettre une chose pareille.

— Ce ne sera pas nécessaire. J'ai promis à ta place.

— Mon oncle !

— Je te prie de te taire. Ta tante a suffisamment souffert ces derniers temps, je ne lui dirai rien sur cette déplorable affaire, et toi non plus. Voilà notre version : tu traînais dans une taverne, samedi soir. Tu a bu trop de bière, tu t'es battu et on a appelé la police. Tu as refusé de quitter sagement l'établissement et les policiers ont dû utiliser la force. D'où les ecchymoses. Tu es resté en prison jusqu'à ce que Kaspar Gross obtienne ta libération. Tu es fier ? A cause de toi, nous sommes obligés de mentir tous les deux.

— Mais je ne veux pas que ma tante ait une mauvaise opinion de moi.

— Une mauvaise opinion de toi ! Tu as aidé son fils à s'enfuir. Ne demande pas de miracles.

Paul s'essuya les lèvres d'un revers de main.

— Pensez-vous qu'elle croira cette histoire ?

— C'est probable. Elle est convaincue que l'alcool a des effets dévastateurs sur les gens. Plus elle vieillit, et plus elle déteste la boisson, même la bière. Il vaut mieux qu'elle croie que tu étais saoul.

Elle mourrait si elle apprenait que tu as violé une innocente jeune fille.

Paul se recroquevilla. Après avoir sué sang et eau, il était glacé. Oncle Joe regarda la pluie tomber, les embouteillages de charrettes, de fardiers et de carrosses.

— Je ne comprends pas ce qui arrive à notre famille. Tout s'écroule. Le soir où tu étais avec la petite Vanderhoff, au dîner, Frederica a effrontément annoncé son intention de devenir actrice.

Frederica. Il n'avait jamais appelé Fritzi de la sorte.

— Actrice, tu te rends compte ? Elle a treize ans ! Comment expliquer à une fille de son âge que les actrices ne valent pas mieux que les courtisanes ? Je lui ai simplement dit qu'il n'en était pas question. Elle s'est rebiffée violemment. Treize ans, et elle répond à son père ! Elle m'a dit que si je n'étais pas d'accord, elle ferait comme Joe Junior. Elle partirait.

Il hocha la tête, accablé par le poids d'un fardeau trop lourd à porter. La pluie tambourinait sur la capote du landau.

— Tout s'écroule, répéta-t-il. Mon fils s'enfuit avec ta connivence. Tu déshonores la famille avec ta conduite immorale...

— Il n'y a rien d'immoral, mon oncle, nous nous aimons. Nous voulons nous marier.

— Épargne-moi cette idée ridicule. Dans ce pays, la majorité est à vingt et un ans. Tant que tu n'auras pas atteint cet âge, tu ne pourras te marier sans le consentement des parents. De plus, tu n'as pas la moindre idée du sens du mot amour. Tu ignores tout de la responsabilité que cela implique. Et du respect. Ta conduite sordide le prouve.

» Après tout ce que tu as fait cette semaine, tu me forces à prendre une décision pénible. Tu feras tes bagages et tu quitteras notre maison. Je te prie d'être parti avant mon retour ce soir. Tu ne travailles plus à la brasserie, ce qui veut dire que tu devras subvenir seul à tes besoins.

— Mais je n'ai nulle part où...

— Tu t'es très bien débrouillé jusque-là. Tu as vécu dans les rues à Berlin, tu as traversé seul les États-Unis de New York à Chicago. Je ne doute pas un instant de tes capacités à te débrouiller.

Son oncle n'était plus le même. Amer, cruel. Les yeux de Paul s'embuèrent de larmes.

— Mon oncle, je n'arrive pas à croire...

Oncle Joe frappa le plancher de sa canne.

— Tu ferais mieux de me croire, Paul. Ma décision est prise.

Paul ferma les yeux et se pelotonna dans le coin de la banquette, essayant de cacher sa peine. Son oncle ne lui adressa pas un regard de tout le trajet.

— Fais le tour par l'arrière, Nicky, cria-t-il quand ils arrivèrent dans Michigan Avenue.

Paul ouvrit la portière et descendit. Enveloppé dans son imperméable, la tête protégée par un chapeau huilé, Nicky Speers fit claquer son fouet sur l'attelage. Le landau s'éloigna sous la pluie battante.

La résidence des Crown avait l'air d'un mausolée. Helga Blenkers apprit à Paul que sa tante était déjà sortie. Il monta directement dans sa chambre.

La pluie tomba pendant des heures et des heures. Malgré le choc que son oncle lui avait infligé, Paul retrouva un semblant d'énergie. Il avait traversé tant d'épreuves qu'il était peut-être devenu insensible — c'est du moins ce qu'il se dit. Il prit un bain, se rasa, et s'étendit sur son lit.

Il se réveilla vers treize heures trente et se souvint aussitôt de ce qu'il devait faire. Il mit un caleçon et une chemise propres, des knickerbockers et une veste, compta son argent. Trois dollars et cinquante cents.

Un quart d'heure plus tard, il avait bouclé sa valise. Elle contenait quelques vêtements et quelques souvenirs. Il en avait tant accumulés ! Il ne prit que les plus importants. Un fanion en papier des White Stockings, qu'il enroula soigneusement autour de sa hampe. Son livre de grammaire. Une gravure de la superbe Lillian Russell[1], qu'il avait découpée dans une revue. Puis, son globe, qu'il casa dans la valise déjà pleine.

Il réunit toutes ses cartes postales, sauf deux. Il en laissa une sur le panneau de bois, et déchira l'autre, celle de la brasserie Crown avec les drapeaux qui flottaient sur la tour. Il jeta les morceaux sur son lit.

Il contempla d'un œil triste la carte restée sur le panneau. C'était la vue du port de New York. Il ne croyait plus aux promesses de la statue.

Toutefois, il n'était pas encore prêt à s'en séparer. Il ôta la punaise, prit la carte et l'étudia, pensif, puis la fourra dans sa poche.

Tante Ilsa surgit dans la chambre, les yeux rougis, et se jeta dans ses bras.

— Oh ! Pauli, Pauli, comment est-ce possible ? Il m'a téléphoné il y a une heure, cinq minutes après mon retour. Depuis, j'essaie en vain de le dissuader. C'est un brave homme, je ne veux pas que tu en doutes. Mais il est en colère. Et il est meurtri. Il a tellement souffert depuis une semaine...

— Je peux le comprendre, ma tante.

— Je l'ai supplié comme jamais auparavant. La colère est toujours mauvaise conseillère, mais cette fois, il va trop loin. Je le lui ai dit. On ne renie pas sa propre famille.

Elle pleurait à chaudes larmes.

— Il ne veut même pas... que tu restes une nuit de plus.

Il l'enlaça. Elle sentait le lilas. Il la consola, l'embrassa. Il l'aimerait toujours.

— Il faut que je t'aide à trouver un endroit pour...

---

1. Lillian Russell (née Helen Louise Leonard, 1861-1922). Chanteuse et actrice américaine. *(N.d.T.)*

— Non, tante Ilsa, je peux me débrouiller tout seul. Je suis grand.

— C'est vrai, mais...

— J'ai longtemps vécu dans les rues, ne vous inquiétez pas, ma tante.

Il savait déjà où aller. L'idée lui était en venue à son réveil.

Elle vit la carte déchirée sur le lit. Elle le serra dans ses bras.

— *Ach, du lieber Himmel. Es tut weh.* (Que cela fait mal !)

— Je prendrai soin de moi, tout ira bien.

— C'est impossible, Pauli, tu ne vas pas disparaître comme ça du jour au lendemain. Fais-nous parvenir ta nouvelle adresse. Viens nous voir.

— Bien sûr, je n'y manquerai pas.

Croyait-elle vraiment qu'il remettrait les pieds chez son oncle ?

La pluie diminuait d'intensité. Il était temps de partir. Ému, il prit sa veste en velours dans l'armoire, puis il se souvint d'une chose, ouvrit son tiroir, sortit le ruban blanc et l'épingla à sa boutonnière.

— Fritzi aimerait te dire adieu, remarqua tante Ilsa.

— Bien sûr, si je la vois.

Il n'avait pas l'intention de courir après elle ; il était trop pressé de quitter cette maison de *Schmerz* (de souffrance).

— Au revoir, tante Ilsa.

Il l'embrassa une dernière fois, ramassa sa valise et sortit.

Il ne voulait pas partir comme un voleur. Il descendit l'escalier la tête haute, un peu bruyamment même, et se dirigea vers la porte d'entrée en redressant les épaules. Cette même porte qu'il avait franchie, gelé, affamé, mais plein d'espoir, des mois auparavant.

Une ombre se glissa dans le hall. Manfred. La chemise blanche immaculée, le pantalon gris au pli impeccable, les chaussures cirées avec soin, le tablier en cuir qu'il portait pour ses tâches matinales.

— Eh bien, eh bien, on nous quitte, paraît-il ? On retourne dans son champ de patates ?

— Ça vous plairait, hein ?

— Je ne le vous fais pas dire. Cette demeure est comme un bon champagne que vous souillez avec des odeurs de soupe aux choux.

— Manfred... si vous aviez vingt ans de moins, je vous casserais la figure.

Manfred pâlit.

Paul tourna les talons, et franchit la porte.

Un après-midi gris sous un ciel gris. A l'ouest, une intense luminosité annonçait une éclaircie, mais il pleuvait toujours.

Il se mit en route sans se rendre compte de sa tenue débraillée : un accroc au genou de ses knickerbockers, sa chaussette gauche en accordéon.

Il arrivait à l'angle de la Dix-Neuvième Rue quand Fritzi déboucha à toutes jambes du jardin en criant son nom.

— Paul, ne pars pas ! C'est la faute de papa. Il est méchant.

— Non, il n'est pas méchant. C'est plus compliqué que ça.

— Oh ! je le déteste !

— Tu ne dois pas. Promets-moi de te calmer.

— D'accord, fit-elle en reniflant.

— Bon, au revoir, Fritzi.

Il reprit sa route

Elle courut à côté de lui. Elle pataugeait dans la boue, éclaboussant sa jupe et le mollet de Paul.

— Il ne faut pas que tu t'en ailles, tu es chez toi ici.

Il s'arrêta et la regarda dans les yeux.

— C'est aussi ce que je croyais. J'ai parcouru des milliers de kilomètres parce que j'y croyais. Mais je me suis trompé. Si j'ai un foyer quelque part — ce dont je doute — il n'est pas ici. Il faut que je cherche ailleurs.

— Oh ! Paul, ne pars pas, nous t'aimons !

— Je t'aime aussi, *Fritzchen*.

Il serra fort sa cousine maigrichonne dans ses bras, prêt à pleurer. Mais il se ressaisit.

— Au revoir, dit-il.

Il empoigna sa valise, ôta une tache de boue d'une pichenette, et s'éloigna, laissant sa cousine transie sous des larmes de pluie.

Il faisait sombre quand il arriva à Little Cheyenne. Un nouvel orage éclata, des éclairs zébraient le ciel, accompagnés de grondements de tonnerre. Des torrents d'eau ruisselèrent dans le caniveau. Paul se rendit à peine compte qu'il était trempé jusqu'aux os. Il dépassa à la hâte la lanterne rouge de l'hôtel Wampler, et arriva devant le Temple de la Photographie.

Il frappa à la porte, mais le bruit fut couvert par le tonnerre et par les trombes d'eau qui tombaient des gouttières. Il frappa plus fort. Une clef tourna dans la serrure, et la porte s'ouvrit.

— Mr. Rooney ?

— Tiens, mais c'est Fritz ! Quelle surprise !

Il remarqua la valise.

— J'ai quitté mon travail, monsieur. J'ai quitté mes parents pour commencer une nouvelle vie. Je suis impatient d'apprendre la science de la photographie.

— Et l'art, n'oublie pas l'art.

— Oui, bien sûr. Puis-je entrer ?

— Oh ! je t'en prie ! Avec grand plaisir. Mais il faut que tu te sèches, tu es dans un état ! Le pantalon déchiré, les chaussettes en tire-bouchon...

Paul s'esclaffa.

— Oh ! je suis toujours comme ça ! Je sais que ça ne fait pas très allemand, mais je n'y peux rien. Ne vous inquiétez pas, à part ça, je suis très travailleur.

Rooney rit à son tour.

— Nous verrons, nous verrons.

Paul entra dans la boutique, certain qu'il mettait le pied dans un monde nouveau, un monde meilleur. Un monde dans lequel il trouverait enfin un but, un monde qui serait le sien, où il ne serait plus *der Aussenstehende*, l'étranger, dépendant du bon vouloir des autres. Dans ce nouveau monde, il bâtirait le foyer dont il rêvait. Avec Juliette.

56

Pork

Les Vanderhoff arrivèrent à Wiesbaden en octobre.

C'était le mois le plus recherché pour venir prendre les eaux dans la station thermale la plus célèbre d'Allemagne. Mason P. Vanderhoff III s'en moquait comme de sa première chemise ; les vacances, il en avait eu sa dose. Ils s'étaient éreintés à admirer les châteaux des bords du Rhin. Ils avaient visité la maison de Goethe à Francfort, le guide Baedekers en main. A Wiesbaden, ils occupaient une suite dans un vieil hôtel majestueux, sur la promenade Wilhelmstrasse, juste à côté du *Kurviertel* — le quartier des cures.

L'atmosphère de la station était élégante et festive. Dans les salles spacieuses du *Kurhaus*, un fabricant de lavabos en porcelaine vitrifiée côtoyait un duc autrichien, un roi des chemins de fer de New York — ou un fabricant de saucisses de Chicago — bavardait avec un prince polonais. Pork appréciait le fait que gens riches et têtes couronnées puissent ainsi se rencontrer sur un pied d'égalité. Mais pour le reste, il trouvait l'Allemagne, et l'Europe dans son ensemble, trop vieille, trop désuète, et — il n'y avait d'autre mot — trop *étrangère*.

Près du *Kurpark*, à la *Trinkhalle*, on trouvait les plus célèbres des vingt-six sources chaudes curatives de Wiesbaden, les *Kochbrunnen*. Nell et Juliette se réveillaient tard, mais Pork, incapable de se défaire de ses vieilles habitudes, se levait avant six heures, s'habillait, et se rendait d'un pas énergique à la *Trinkhalle* en longeant des avenues bordées de tilleuls. Il portait des demi-guêtres, un haut-de-forme, une redingote à col cassé et une cravate-plastron.

A sept heures tapantes, l'orchestre de la *Trinkhalle* attaquait en jouant de la musique martiale. Pork s'installait à une table d'où il avait une vue agréable sur les sources bouillonnantes. Comme il laissait de généreux pourboires, on se précipitait pour lui servir son verre d'eau médicinale, qu'il avalait avec un dégoût évident ; l'eau était tiède et salée.

A Wiesbaden, on consultait un médecin avant de commencer une cure. Le sien, le docteur Stollknecht, un homme austère, lui avait prescrit de boire quatre verres de la maudite eau avant de rentrer à l'hôtel déjeuner d'un œuf mollet, d'un gressin et d'un café noir. Le régime semblait avoir un effet bénéfique sur ses toxines, mais non sur son humeur. Il était positivement affamé, et l'eau salée le dégoûtait. Il en avait plus que soupé de *Die Wacht am Rhein*. Il ne pensait qu'à rentrer.

Son impatience était d'autant plus vive qu'il n'avait rien à faire. Le salon de lecture de l'hôtel était invariablement occupé par deux ou trois clients qui dévoraient des romans tels que *Le Prisonnier de Zenda*, de Mr. Hope [1]. Pork ne lisait jamais de romans.

Les manifestations culturelles l'ennuyaient pareillement. Il somnolait pendant les représentations de l'Opéra royal, ou pendant les récitals de *Lieder* et les pièces ampoulées de Schiller auxquels Nell le traînait.

A Wiesbaden, la plupart des clients commentaient avec animation les événements qui secouaient le monde. Cette année-là, ils étaient particulièrement riches. On s'interrogeait sur la personnalité du nouveau tsar, Nicolas II ; sur le sort de l'officier juif, le capitaine Dreyfus, accusé d'avoir vendu des secrets d'État aux Allemands ; on s'inquiétait de la formidable puissance de l'armée japonaise qui écrasait la Chine dans la guerre d'Extrême-Orient. Pork n'étant ni un connaisseur des affaires politiques, ni un grand causeur, ce genre de discussions ne l'intéressait guère. Sitôt après son petit déjeuner, il partait donc se promener seul, laissant le cocher choisir le parcours. Un jour, ils roulèrent jusqu'au sommet du mont de Nero. Là, Pork déjeuna dans un restaurant puis, au retour, ils traversèrent une forêt verdoyante. En contemplant la beauté du paysage, en respirant les riches parfums des feuilles, de l'humus et des douces senteurs de l'automne, Pork s'imagina en créature à cornes et à pattes fourchues poursuivant de pimpantes nymphes allemandes délicieusement polissonnes.

Ce même après-midi, il se rendit dans un établissement que lui avait discrètement recommandé le chasseur de l'hôtel. On n'y dispensait pas d'eau médicinale, mais de la bière et du champagne, servis par des paysannes dont les mamelons roses pointaient sous des corsages transparents. Pork y trouva enfin un précieux réconfort pour sa santé.

L'état de Juliette était l'un des aspects les plus positifs de leur voyage. Le séjour à Cleveland, la traversée de l'Atlantique et les premières semaines sur le Continent semblaient lui avoir profité

---

1. Anthony Hope, pseudonyme de Sir Anthony Hope Hawkins (1863-1933). Écrivain anglais. *(N.d.T.)*

pleinement. La fille de Pork était docile et calme. Elle ne parlait qu'après en avoir demandé la permission ; elle émettait parfois des critiques, mais toujours sur des sujets insignifiants. Il y avait aussi des pleurs occasionnels. Paradoxalement, ces larmes rassuraient sa mère.

— C'est un comportement typiquement féminin, Mason. Elle va très bien ; elle est redevenue normale.

A Francfort, dans un chenil de luxe, Nell avait acheté un petit chien à Juliette, un loulou de Poméranie baptisé Rudy. Doté d'un caractère joyeux, il courait, sautait, aboyait sans cesse. Pork le détestait et le chien le lui rendait bien. Le jour de l'achat, il avait levé la patte et pissé sur le plus beau costume de Pork, au beau milieu du salon de leur suite. Depuis, Pork s'armait d'une revue quand il entrait dans la chambre de sa fille ; il n'y eut pas d'autres incidents. Juliette paraissait heureuse d'avoir un chien. Il lui arrivait même de sourire quand elle le caressait.

A la fin de la première semaine à Wiesbaden, Pork dut endurer la visite de Willis. Elle arriva de Paris en train, accompagnée d'un jeune homme qu'elle avait rencontré à New York. Il mesurait près de deux mètres et possédait une carrure d'athlète. Il riait beaucoup et pouvait boire deux ou trois litres de vin sans sourciller.

Il s'appelait Boronsky ; Willis disait qu'il était russe et poète. Pork le soupçonnait d'être juif et coureur de dot. Il était beaucoup trop jeune pour une femme soucieuse de sa réputation — ce qui n'était pas le cas de Willis, loin de là. Boronsky et elle partageaient le même enthousiasme pour une nouvelle édition de *Salomé*, un drame écrit par un certain Wilde, un type qui exhibait un tournesol à sa boutonnière et prêchait l'art pour l'art. Le livre en question contenait des illustrations immorales, dessinées par Beardsley, un Anglais.

Un soir, après dîner, Boronsky lut quelques-uns de ses poèmes. Pork les trouva aussi obscurs que suggestifs. Il quitta la table au milieu du quatrième.

Willis passa deux après-midi avec sa nièce. Elle rentra du second dans un véritable état de rage. Elle prit Nell à part et éclata :

— J'ai vu les incisions. Je lui ai fait retrousser ses manches, je les ai vues. Tu es peut-être ma sœur, mais si tu infliges encore des saignées à cette enfant, je te poursuis en justice.

— Mais c'est le docteur Woodrow qui les a recommandées ! D'ailleurs, elles datent de plusieurs semaines déjà. Nous ne cherchions qu'à lui rendre la santé.

— Ah, bravo ! Pourquoi ne pas danser autour d'une idole aussi ? Ou enlever un enfant et lui arracher le cœur par une nuit de pleine lune ?

— Willis !

— D'après ce que j'ai entendu dire, cet hôpital de Cleveland est un véritable enfer. J'emmènerais Juliette avec moi sur-le-champ si je ne me retenais pas. Non seulement vous la terrorisez, mais vous lui faites croire des balivernes stupides. Elle s'imagine qu'elle a une dette envers vous uniquement parce que vous êtes ses parents. Tout cela à cause de la rencontre accidentelle d'un spermatozoïde de Mason et de ton...

Nell faillit défaillir. Elle sortit en claquant la porte. Willis fit ses valises et prit le train de dix-neuf heures pour Francfort, accompagnée par son colosse d'amant.

Pork eut droit au compte rendu de cette ignoble conversation le soir même au coucher.

— Son départ est un cadeau de Dieu, dit Nell. Je crois que nous ne la reverrons jamais.

— Ce serait inespéré, fit Pork en enfilant sa chemise de nuit. Un peu trop inespéré.

Le mercredi suivant, Pork traversa le rez-de-chaussée du *Kurhaus*. Un quatuor à cordes jouait de la musique de Haydn dans un des salons. Toutes les tables de la salle d'échecs étaient occupées, ce qui laissa Pork parfaitement indifférent puisqu'il se rendait au salon de lecture. Il venait de découvrir que l'hôtel recevait des journaux américains, notamment le *Chicago Tribune*.

En feuilletant une édition vieille de quatre semaines, il tomba sur une nouvelle étonnante. Joe Crown avait fermé son hôtel particulier de Michigan Avenue et avait emmené sa femme et ses enfants dans sa propriété en Caroline où il comptait s'établir.

Pork en conclut avec suffisance que c'était son action humiliante contre le neveu de Crown qui avait provoqué son départ. Avant de quitter l'Amérique, il avait entendu dire que le fils aîné de Crown, le radical, s'était enfui du domicile familial. Pork se réjouissait des souffrances du petit homme arrogant. Il espérait que son exil serait définitif.

Juliette était au lit, en proie à ses malaises menstruels le jour où eut lieu une rencontre inattendue.

Le docteur Stollknecht prenait son petit déjeuner avec Pork. Il avalait une énorme portion d'œufs, de saucisses et de pain pendant que Pork, plutôt aigri, picorait sa maigre collation. Malgré cela, ils eurent une longue et agréable conversation sur la pureté raciale. Le médecin était certainement l'Allemand le plus fréquentable que Pork eût jamais rencontré.

Pork déclara que la contamination du sang américain par les anciens esclaves et les immigrants représentait un danger potentiel. Le docteur Stollknecht l'approuva. Un sang inférieur pouvait détruire une nation. Il pensait que devant une telle menace, les gouvernements devraient prendre des mesures énergiques, définitives même.

Ils se serrèrent la main puis se séparèrent. Sous le doux soleil d'octobre, Pork, qui se sentait d'excellente humeur, se promena dans le spacieux *Kurpark* en balançant négligemment sa canne. Il s'assit sur un banc en pierre près d'un lac et regarda deux cygnes nager, suivis par deux amusants bébés cygnes.

Il contemplait le lac quand un homme s'inclina devant lui.

— Mr. Vanderhoff ? Bonjour. Je me présente, William Vann Elstree.

L'homme ôta son monocle et lui tendit la main. Ébahi, Pork la serra. C'était un Américain, et un Américain de Chicago qui plus est. Un crêpe noir ornait le bras gauche d'Elstree.

— Mais oui, bien sûr, je vous connais ! Asseyez-vous donc. C'est un honneur. Un plaisir tout à fait inattendu.

Elstree s'assit, ôta ses gants mauves et les déposa à côté de sa canne, puis il s'éventa avec son feutre. Pork lui jettait des coups d'œil obliques. Elstree n'était pas ce qu'on appelait un bel homme, mais il avait un certain charme, et, plus important, il émanait de lui une assurance que seule la fortune confère.

— Vous prenez les eaux avec votre famille, m'a-t-on dit, déclara Elstree.

— En effet. J'ai comme l'impression que les Américains ne passent pas inaperçus, dit Pork, agrémentant son propos d'un rire injustifié.

Elstree eut la bonté de sourire.

— Puis-je vous demander les raisons de votre présence ? fit Pork.

— Oh ! les mêmes que les vôtres ! Les eaux. Notre rencontre est purement fortuite.

Pork en doutait, mais il n'aurait pu dire pourquoi. Elstree avait peut-être appris la présence des Vanderhoff par les journaux. Partout en Europe, les journaux rendaient compte des déplacements des touristes américains les plus en vue. Mrs. Astor était à Bruxelles pour la semaine, Mrs. Vanderbilt arriverait à Florence samedi...

— Mr. Vanderhoff...

— Oui ?

— Puisque nous avons eu la chance de nous rencontrer, permettez-moi d'aborder un sujet qui m'a préoccupé ces derniers temps. J'espère que vous ne vous offenserez pas.

— Non, non, pourquoi m'offenserai-je ?

— Oh ! disons que j'espère que vous ne me trouverez pas inconvenant... Si peu de temps s'est écoulé depuis le décès de mon épouse, Marguerite. Elle a succombé à la vague de chaleur qui s'est abattue sur Chicago cet été.

— Oui, j'ai appris le drame. Tragique. Vraiment tragique. Toutes mes condoléances.

— Je vous remercie.

Elstree s'absorba dans la contemplation des légers cirrus qui s'étiraient dans le ciel d'automne.

— Je porterai le deuil quelques mois encore.

— Naturellement, naturellement. Poursuivez, je vous prie.

Sous la veste d'excellente coupe, les épaules d'Elstree s'affaissèrent quelque peu.

— Par où commencer ? Marguerite et moi... euh, puis-je vous parler franchement ?

— Je vous en prie, acquiesça Pork, fort désireux de plaire à un homme qu'il considérait secrètement d'une classe supérieure à la sienne, la fortune des Elstree étant bien plus ancienne que celle des Vanderhoff.

— Marguerite et moi n'étions plus dans les meilleurs termes.

— Cela arrive. Mais vous avez maintenu les apparences...

— Oh ! bien sûr ! C'est une question de décence.

— Je vous approuve.

— Mr. Vanderhoff, vous séjournez ici avec votre femme, mais aussi avec votre séduisante fille, je crois.

— C'est exact, dit Pork, surpris.

— Comme vous le savez, je l'ai rencontrée une fois.

— A l'Auditorium, n'est-ce pas ?

— C'est cela, acquiesça Elstree avec un sourire charmant. J'ai tout de suite admiré sa beauté et sa vive intelligence. Je serai franc, monsieur, et j'espère que vous ne m'en voudrez pas. Avant de m'embarquer pour ce voyage, j'ai passé quelques semaines de solitude dans notre propriété familiale de Long Island, à Southampton. A ma plus grande honte, j'étais hanté par une image fort embarrassante. Voyez-vous, à la mort de Marguerite, je me suis promis de ne penser à personne d'autre avant un laps de temps convenable. Un an, peut-être, ou plus.

Abasourdi, Pork devinait déjà où ce riche gentilhomme voulait en venir.

— Poursuivez, monsieur. Dites ce que vous avez sur le cœur.

— Je vous remercie. C'est assez simple, somme toute. Lorsque le temps sera venu, avec votre permission, j'aimerais rencontrer votre fille.

Pork resta interdit. Quel extraordinaire concours de circonstances ! Elstree appartenait à l'une des meilleures familles de Chicago. Tout le monde le considérait comme un homme bon, modeste, et d'excellente éducation. De plus, il sortait de l'université de Princeton. Pork osait à peine envisager un si beau parti pour Juliette.

— Mr. Vanderhoff ?

Elstree semblait inquiet, sans doute interprétait-il le silence de Pork comme un refus.

— Oh ! excusez-moi ! bredouilla Pork. Vous m'avez pris au dépourvu.

— Vous n'êtes pas fâché, j'espère ?

— Non, du tout, du tout. Un peu surpris, certes. Je serai franc à mon tour. J'accède volontiers à votre demande. Très volontiers même. La mère de Juliette en sera également très heureuse, j'en suis sûr. Depuis quelque temps, nous... euh, nous ne sommes pas très satisfaits des jeunes gens que fréquente notre fille. Les hommes de valeur ne courent pas les rues.

Elstree le gratifia d'un sourire chaleureux.

— Je suis touché que vous me disiez cela. Toutefois, je dois vous rappeler que j'ai quarante-quatre ans.

— Oh ! mais ce n'est pas un problème ! s'exclama Pork. Une femme de bon sens apprécie la maturité chez un homme.

— Cependant, il est normal que je vous demande si votre fille ne verrait pas d'inconvénient...

— Certainement pas. D'ailleurs, sa mère et moi avons toute autorité en la matière.

— Comme il se doit, murmura Elstree.

Il sourit de nouveau.

« Quelle aubaine, songea Pork. Aussi merveilleuse qu'inespérée. » Soudain la panique le saisit. Il ne fallait surtout pas laisser ce beau parti leur échapper. Il fourra la main dans la poche de sa redingote et en sortit un étui en argent.

— Un cigare ? proposa-t-il. Puis-je vous appeler Bill ?

Elstree déclara que Bill lui convenait, et accepta le cigare. Ils discutèrent plaisamment pendant plus d'une heure.

SIXIÈME PARTIE

LE LEVEE

1895-1896

La photographie est une merveilleuse découverte, une science qui attire les plus éminents cerveaux, un art qui enthousiasme les esprits les plus subtils... et qui est à la portée du premier imbécile venu. Le sentiment artistique ne s'enseigne pas.

> Félix Tournachon, dit Nadar,
> photographe français, 1856.

Je ne sais ce que fait le maire, mais Dieu, quant à Lui, a délaissé ce quartier de Chicago.

> L'évangéliste Dwight L. Moody,
> parlant du premier district de Chicago, 1897.

57

Paul

— Je t'apprendrai tout ce que je sais, avait dit Wex Rooney la première nuit. Tu auras un endroit où dormir, et nous partagerons ce qu'il y aura dans le garde-manger. Mais il faudra que tu te trouves du travail. Je ne peux pas te payer. J'ai à peine assez pour moi.

— Marché conclu, avait répondu Paul.

— Autre chose. Peu m'importe ton nom, ici, tu seras Fritz.

Il coucha sur une paillasse, sous une couverture de laine bleue marquée U.S. Army qu'il tira jusqu'à son menton. L'atelier était froid et humide. Par la lucarne, il apercevait la pleine lune à demi cachée derrière des nuages couleur de fumée. Les gouttes de pluie scintillaient tels des diamants.

Fritz. Il détestait ce nom. Il s'était choisi un prénom américain, Paul, et il n'acceptait pas qu'on lui en attribue un autre. Comment empêcher Wex Rooney de l'appeler Fritz ?

Il essaya de se raisonner. Grâce à la générosité de Rooney, il avait enfin l'occasion de réaliser son rêve. Il pouvait bien supporter d'être appelé Fritz pendant quelque temps. Peut-être que Wex se lasserait de Fritz, ou l'oublierait.

Se créer une nouvelle vie était le plus important, après tout. Ici, une chance inestimable s'offrait à lui : l'opportunité d'acquérir un métier moderne. Il s'appliquerait à apprendre tout ce que Wex Rooney lui enseignerait. Il prouverait que la vision pessimiste de l'Amérique de son cousin Joe était fausse, aussi fausses que les prédictions du boulanger de la Wuppertal. Et quand Juliette reviendrait de son long voyage, il regagnerait son cœur... malgré ses parents.

Le lendemain matin, il demanda à Wex Rooney la permission de fixer une image près de sa paillasse. Ce dernier la lui donna. Ainsi, il put se réveiller et s'endormir en contemplant la carte du port de

New York où la statue de la Liberté se dressait, aussi accueillante
qu'au premier jour.

Le Temple de la Photographie de Rooney était situé dans le premier
district de Chicago. Rooney lui avait raconté que les limites du
district avaient été élargies en 1890. Il s'étendait à présent du lac
Michigan au bras méridional de la rivière et, au sud, jusqu'à la
Vingt-Neuvième Rue ; la Trente et Unième délimitait la frontière à
l'extrême sud-est.

Cet immense district abritait les bureaux des plus importantes
sociétés de Chicago, les meilleurs hôtels et les grands magasins. Les
Crown et les Vanderhoff y résidaient, de même que les voleurs et
les assassins, les prostituées et les maquereaux, et les politiciens les
plus véreux d'Amérique.

Au sud de Van Buren Street, on trouvait les quartiers les plus
dépravés de Chicago, notamment Little Cheyenne, où était situé le
Temple de Rooney, et le Levee, un quartier mal famé encore plus
célèbre. Lieu de prédilection des amateurs d'émotions fortes, le
Levee avait connu une formidable expansion après l'Exposition
universelle de 1893.

Paul arpenta différents quartiers à la recherche d'un emploi. Il
pataugea dans la neige et la boue, affronta les vents coupants qui
engourdissaient le visage et bleuissaient la peau. Il répondit à des
petites annonces, grimpa étage après étage pour découvrir que le
poste proposé était déjà pris.

— C'est la dépression, lui expliqua Wex. En hiver, l'économie
tourne au ralenti. Tu n'as pas remarqué les cabarets du Levee ?
Leurs volets sont fermés. Au printemps, tous ces bouges réouvriront.
Les clients défileront de nouveau pour consommer de la chair
fraîche, et des plaisirs faciles. Quand le beau temps reviendra et que
les putes retourneront au tapin, il y aura du travail. Ne te décourage
pas.

La clientèle de Wex Rooney était pauvre. Il travaillait essentiellement pour des jeunes mariés qui souhaitaient garder un souvenir de
leur mariage et pour des familles venant poser avec leur progéniture.
Wex ne savait pas s'y prendre avec les enfants. Ils n'obéissaient pas
à ses instructions, tachaient ses sièges avec leurs doigts collants de
sucre. Il n'était pas près d'oublier cette sinistre séance de pose au
cours de laquelle un gosse vomit soudain sur le canapé, sur le
parquet et sur son pantalon. Paul s'aperçut vite que les réels talents
de Wex Rooney ne lui permettaient pas de vivre décemment. Il avait
le plus grand mal à trouver l'argent du loyer, harcelait sans cesse
son locataire du premier pour obtenir une avance et acceptait avec
une gêne certaine des commandes peu reluisantes.

L'une d'elles consistait à imprimer des photographies de jeunes femmes affriolantes sur des affiches pour les cafés-concerts des quartiers du vice.

— Il y a plus de vice de concerts dans ces bouges, expliqua Wex avec réticence quand Paul le questionna. On voit parfois un vague musicien sans le sou massacrer trois chansonnettes sur un piano, mais c'est rare. On y trouve surtout des garces parées du titre flambant de serveuse. Elles aguichent les pigeons et les poussent à boire du whisky, en fait de l'eau colorée. Les filles — fille étant le terme générique désignant toute femme au-dessous de quatre-vingts ans — travaillent à la commission. Certaines ont des gueules à détraquer les pendules, comme on dit. C'est pourquoi les patrons trompent le badaud en affichant des photos de minois plus aguichants. Dans cette fournée, deux des femmes sont des actrices respectables. Trois sont décédées. J'utilise leur portrait depuis des années. Je ne connais pas les autres, les photographes me les échangent contre de menus services, du matériel, des choses comme ça.

— Ces femmes ne sont donc pas employées par les cabarets qui exposent leur portrait ?

— Ma foi non, hélas !

— Mr. Rooney, sauf votre respect, vous disiez que la photographie ne mentait jamais.

— Mais elle ne ment pas ! Ce sont les patrons de boîtes qui mentent ! Moi, parce que j'ai pas envie de crever de faim. Fiche-moi le camp, à présent, je dois livrer les épreuves au Hannegan avant six heures.

Wex et Paul ne mouraient pas de faim, mais ils mangeaient peu et mal. Des bouillons à peine bons pour les chiens, des navets, des haricots verts dans lesquels les fils étaient plus gros que les gousses, du pain rassis.

Dans la pièce où ils prenaient leurs repas, Wex époussetait régulièrement la photo de son fils. Paul se perdait en conjectures sur les circonstances de la mort du petit garçon. Wex avait parlé d'une noyade dont il endossait la responsabilité. Il n'en avait pas dit plus, et Paul avait compris qu'il ne fallait pas insister.

En janvier, après deux semaines de recherche, il trouva un emploi d'homme-sandwich pour un café minable. Paul se souvenait de la façon dont oncle Joe qualifiait les hommes-sandwiches, mais il était mal placé pour faire le difficile.

Le patron du café exigeait que Paul parcoure les rues dix heures par jour contre la somme de trente cents, moins du quart du salaire journalier à la brasserie Crown. Pour son premier jour, il affronta une pluie givrante. Il n'avait pas de mitaines pour se protéger du froid, seulement une casquette et une veste. Les clients des cafés ou les occupants des carrosses l'ignoraient. Il éternuait et frissonnait quand il rentra au Temple. Wex était bouleversé.

— Tu ne peux pas garder cette place. Tu vas attraper une pneumonie.

— Non, ça ira, assura Paul.

Il tint parole. Chaque soir, il passait au café ranger ses pancartes. Le troisième jour, il trouva le patron en conversation avec un homme d'un certain âge, corpulent et pauvrement vêtu.

— C'est mon beau-frère Solly, dit le patron. Il vient de perdre son emploi. Il faut que je l'aide, je n'aurai donc plus besoin de toi. Tiens, voilà ce que je te dois, avec un petit supplément.

Indigné, amer et épuisé, Paul empocha son mirobolant salaire. Un dollar.

En ce mois de janvier 1895, le juge William Woods condamna Eugene Debs à six mois de prison pour outrage à magistrat. Debs effectua sa peine à la prison de McHenry, près de Woodstock, car, d'après les journaux, la prison de Chicago était surpeuplée.

Paul était triste pour Mr. Debs, qu'il considérait comme un homme de principes. Il plaignit ceux qui avaient bravement lutté contre Pullman et avaient perdu leur foyer, leur emploi — quand ce n'était pas leur vie — pour rien. Avec l'aide du gouvernement de Washington, les compagnies de chemin de fer avaient gagné.

La grève lui fit penser à son cousin Joe Junior. Il se demanda s'ils se reverraient un jour. Un sombre pressentiment lui disait que son cousin était peut-être mort.

Il trouva un deuxième emploi ; nettoyer les toilettes et vider les crachoirs au Brass Bull, un restaurant bruyant sur Van Buren Street. Les serveurs, des hommes âgés vêtus de costumes noirs graisseux, étaient agressifs avec les nouveaux et les faibles. Paul n'avait qu'un ami, un plongeur replet qui répondait au nom de Murmelstein. Les serveurs l'appelaient Bob le Youpin.

Un soir, à la fermeture, un serveur qui se plaignait constamment des maigres pourboires passa ses nerfs sur Bob le Youpin. Deux autres garçons lui prêtèrent main-forte. Ils plongèrent la tête de Murmelstein dans la bassine d'eau de vaisselle.

Le patron et les autres serveurs assistaient à la scène en riant tandis que Murmelstein agitait frénétiquement les bras. Paul comprit qu'il n'était pas de taille à s'interposer entre la victime et ses bourreaux. Il fonça dans le restaurant, empoigna une table et la fracassa contre la baie vitrée.

Les garçons relâchèrent Murmelstein et accoururent. Le patron coinça Paul.

— Qu'est-ce qui t'a pris, imbécile ?

— Je voulais que vous fichiez la paix à Bob.

— Espèce de morveux, tu défends les Juifs maintenant ? Fous le camp ! Je garderai ta paie pour remplacer la vitre.

Wex commença à lui apprendre le métier. Les séances avaient lieu le soir, quand Paul rentrait de ses recherches d'emploi, ou de ses brèves périodes de travail. Bien qu'il fût au bord de l'épuisement, il affirmait qu'il était en pleine forme et débordant d'enthousiasme.

— Dans les années 50, lui dit Wex, au tout début de la photographie, un Français de génie qui signait ses œuvres Nadar soutenait que la théorie de la photographie s'apprenait en un jour. Ce qu'on ne peut enseigner, c'est le sentiment artistique. L'observation pénétrante du sujet, la composition, l'imagination. Je peux t'apprendre rapidement tous les aspects techniques dont tu as besoin. Pour le reste, soit tu as du talent et tu t'emploies à le développer, soit tu n'en as pas. Sur ce point, j'ai déjà mon opinion.

— Dites, je vous prie.

— Il y a dans la photographie un terme que tu entendras souvent. L'image latente. C'est une image invisible qui se forme sur une surface enduite d'émulsion, un produit sensible à la lumière. A ce stade, on ne voit pas l'image, mais elle est là, prête à apparaître au cours du processus de développement. De même, je pressens une image latente en toi. Tu as un œil aiguisé, l'esprit vif, et surtout — je l'ai remarqué lors de notre première rencontre à l'Exposition —, une réelle soif d'apprendre cet art merveilleux des temps modernes.

» La photographie existe grâce à la lumière, qui a le pouvoir mystérieux de sculpter des images, et grâce à l'esprit créateur du photographe. A son talent. C'est ça, l'image latente d'un être. Ce sera ma tâche, mon défi, ma joie, de développer cette image en toi — de la faire naître.

» Je le ferai pour toi comme je l'aurais fait pour lui.

Bouleversé, Paul comprit pour la première fois les raisons de la gentillesse et de la générosité de Wex. Il comprit le rôle qu'il jouait dans la vie du photographe. Il l'avait joué sans le savoir depuis des semaines. Eh bien, il continuerait à le jouer avec joie.

Nuit après nuit, la tête de Paul se remplissait de faits, de noms, d'événements. Wex lui parla de Louis Jacques Daguerre, à qui l'on devait le perfectionnement du procédé photographique qui porte son nom. De Sir John Herschel, un Anglais, le premier à employer les termes de « photographie », de « positif », et de « négatif ». De Frederick Scott Archer, qui mit au point la solution à base de suspension de cristaux sensibles à la lumière et de collodion dont on enduisait des plaques de verre.

Wex lui raconta que tous les photographes qui travaillaient pour Matthew Brady avaient utilisé le procédé des plaques humides pendant la guerre de Sécession. D'où la nécessité d'un wagon étanche à la lumière.

— Il fallait enduire la plaque dans le wagon, sortir prendre le cliché, puis sauter dans le wagon pour le développer aussitôt. Les premières plaques sèches sont arrivées de Liverpool vers 1865. Elles contenaient des cristaux de bromure d'argent dans une solution gélatineuse sèche. A partir de 1880, le procédé s'est perfectionné, en grande partie grâce à Eastman, et les plaques humides ont disparu.

» Le matériel a connu lui aussi un développement considérable, expliqua Wex, illustrant son propos en montrant à Paul un appareil photo rudimentaire de 1850, appelé *Carte de visite*.

» Cet engin peut prendre plusieurs clichés sur une seule plaque. Tu glisses simplement la plaque dans différentes positions, comme ça. Cet appareil a mécanisé le travail parce que les studios pouvaient se permettre d'engager n'importe qui pour le faire fonctionner. Bientôt, toutes les célébrités se sont fait faire leur portrait sur une *carte*. Les gens en ont collectionné des centaines. On appelait ça la cartomanie.

Wex avait amassé des milliers de vieilles photographies. Sur certaines, les modèles posaient pour des scènes allégoriques, comme *Les Deux Côtés de la vie* — les pécheurs à gauche, les repentis à droite. Paul trouvait que les pécheurs, entourés de plantureuses beautés aux seins nus, étaient nettement plus enviables que les repentis.

D'autres photographies étaient plus sentimentales. *L'Agonie*, dont Wex prétendait qu'elle avait fait fureur dans les années 50, représentait une jeune femme éthérée qui expirait dans son lit sous le regard douloureux des membres de sa famille.

Rooney possédait plusieurs cartons pleins de daguerréotypes doublés de velours que des étuis de cuir protégeaient. Certains étaient encadrés dans des sous-verre. Il possédait aussi des calotypes flous et des ferrotypes grossièrement découpés avec des cisailles. A force de voir défiler tant de visages, Paul en attrapait le tournis.

— Vous connaissez tous ces gens ? demanda-t-il.

— Pas un seul. La plupart sont morts, j'imagine. Pourtant, ils sont tous *là*; c'est ça la magie, comprends-tu ? Disparus, et présents malgré tout à travers leur regard, leur essence... Ceux-là, fit-il en farfouillant dans une boîte de ferrotypes, seul un imbécile les trouverait intéressants. Ce sont des personnes insignifiantes, oubliées depuis longtemps, comme nous le serons un jour toi et moi. En revanche, Fritz, le fait de pouvoir capturer l'histoire, suspendre le temps, vaincre la mort, ça, oui, c'est excitant. C'est magnifique. Il est là, le miracle.

Il montra à Paul des boîtes pleines de cartes postales jaunies.

— Ces machins-là sont toujours très courus.

— Je sais, j'en fais collection.

— J'avais fondé une société avec un associé pour fabriquer des cartes postales.

Il désigna une minuscule ligne de caractères sous la photographie d'une jolie Orientale qui posait sous un parasol sur fond de cerisiers en fleur. « Excelsior Art-Photo Co., Chicago. »

— Nous engagions des photographes et nous les envoyions dans le monde entier, à l'Acropole, à Saint-Pétersbourg, dans les Alpes, en Australie, en Terre sainte. L'affaire était florissante. Cela a duré sept ans.

— Qu'est-il arrivé ?

— Je suis trop confiant, soupira Wex. J'étais tellement absorbé par le côté artistique que je n'ai pas prêté attention à mon associé, ni à ses pratiques commerciales. Un jour, il s'est volatilisé avec la caisse. Je crois qu'il vit en Amérique du Sud avec une quelconque catin, mais je n'ai jamais pu me payer un détective privé pour le retrouver.

Malgré tous ses déboires, Wex n'avait jamais perdu son enthousiasme.

— De nouvelles lentilles, de nouveaux obturateurs, de nouvelles émulsions, de nouveaux papiers — la technique évolue chaque jour. A Rochester, Eastman, le fabricant de plaques sèches, a révolutionné la photographie quand il a découvert le moyen de fixer son émulsion sur du papier. Quel type astucieux, cet Eastman ! Tu crois qu'il a fabriqué son Kodak pour vendre davantage d'appareils photo ? Erreur, il s'en tape ! Il les donnerait volontiers. Il veut qu'on *utilise* les appareils photo. En revanche, ce qu'il cherche, c'est à vendre de la pellicule.

Un dimanche de février, pendant le dégel, Wex sortit un Kodak noir poussiéreux et déclara :

— Assez de théorie, passons à la pratique. Laisse tomber tes recherches d'emploi pendant un jour ou deux. Il fait beau, je veux que tu parcoures les rues et que tu prennes des clichés. Ce modèle a déjà deux ans, mais il fait d'excellentes photos. On ne s'est pas bousculé pour me l'acheter. Garde-le, il est à toi.

Paul s'empara de l'appareil avec un sourire illuminé qui fit rire Wex.

— Mon élève préféré, fit-il en lui passant une main affectueuse dans les cheveux.

Paul prit des photos dans toute la ville. Il rapporta des cliché de carrosses (flous), de plaques d'égout (méconnaissables), de charrettes des quatre-saisons (identifiables, mais gâchées par de mauvais cadrages). Il prit six photos de l'hôtel particulier des Crown. Wex s'enferma dans sa chambre noire pour développer et tirer les clichés.

— Pas des masses d'imagination, mais la technique est correcte, dit-il en découpant les épreuves avant de les suspendre à un fil de fer avec des pinces à linge. Ne te fatigue pas à prendre une voiture en mouvement, c'est impossible avec des lentilles et des obturateurs bon marché. Pourquoi diable as-tu pris autant de photos de cette maison ?

— C'est là que j'habitais.

— Ah ! (Il prit une autre photo.) Un vrai désastre ! Regarde les deux marchands des quatre-saisons. On dirait que des poteaux téléphoniques leur sortent du crâne. Où avais-tu les yeux ? A l'avenir, concentre-toi davantage sur ton cadre.

— Je ferai mieux la prochaine fois, promit Paul, profondément déçu.

— Ce n'est pas tout. Les sujets que tu as choisis... mon Dieu, quel ennui ! Regarde tes marchands, on dirait des zombies. Parle à tes sujets pendant que tu les prends en photo. Il faut qu'ils soient vivants, animés. Tu essaieras de nouveau demain, mais ne me rapporte pas des trucs à me faire bâiller.

Paul ressortit dès le lendemain matin. Le soleil brillait dans un ciel limpide et la neige sale avait fondu. L'eau ruisselait dans les caniveaux avec un bruit de cascade printanière. Il faisait si doux qu'on se serait cru en mai. En se dirigeant vers Clark Street, il s'arrêta soudain à la vue de trois femmes outrageusement maquillées qui prenaient un bain de soleil sur les marches de l'hôtel Wampler. Il reconnut la plus âgée, une grosse dont la bouche d'un rouge criard évoquait un papillon. Elle était en chaussons et sa robe de satin dévoilait la naissance de ses seins généreux. Il n'hésita qu'une seconde.

— Bonjour, mesdames, comment allez-vous ? lança-t-il en s'approchant, guilleret.

La plus jeune, une maigrichonne affublée d'un long nez, affichait un air amer et désabusé. Elle lui souffla la fumée de sa cigarette au visage.

— Fous le camp, morveux ! Je ne les prends pas au biberon.

— Allons, Floss, j'ai déjà eu des clients plus jeunes, dit la seconde, un incroyable laideron possédant toutefois de fort beaux yeux verts. Quel âge as-tu, mon mignon ?

— J'ai dix-huit ans. Enfin, presque.

— Reviens plus tard, alors. On ne commence pas avant cinq heures. On bosse toute la nuit, et Dieu sait qu'elle est longue !

— Mesdames, mesdames, dit vivement Paul. Je ne suis pas là pour... euh... l'affaire habituelle. J'aimerais vous prendre en photo.

— Ah, c'est un appareil de photographie que tu as là ? fit le laideron, intéressé. J'en ai vu dans les magazines.

Pour la première fois, Miss Papillon s'adressa à Paul.

— Je t'ai déjà vu quelque part, jeunot. Pour qui tu travailles ? Pour les flics ?

— Oh, non ! j'habite dans la boutique d'à côté.

— Rooney la Disette, lâcha la blasée.

— Chez Mr. Rooney, rectifia Paul. Je suis son élève.

— Et t'apprends quoi ? A crever de faim ?

— Laisse-le, Floss, dit le laideron, c'est un brave gars.

— Qu'est-ce que t'en sais ? intervint Miss Papillon. Un type avec deux sous de cervelle n'aurait jamais l'idée de faire nos portraits.

Sentant que l'occasion allait lui échapper, Paul fit travailler ses méninges.

— Moi aussi, je vous ai déjà vue, dit-il à Miss Papillon. Vous avez assisté à la bagarre quand je me suis fait rosser ici même par quatre voyous.

— Ça y est, ça me revient.

Paul la gratifia de son sourire le plus charmeur.

— Je vous ai donné du spectacle, ce jour-là. Vous me devez bien une photo.

Il réussit à arracher un sourire à la blasée.

— C'est qu'il est finaud, le jeune pisseux.

— D'accord, pourquoi pas ? acquiesça Miss Papillon en dépliant son tas de graisse. Allez, les filles, levez-vous. On va lui donner des poses artistiques, à notre jeunot.

Paul prit cliché sur cliché. Les prostituées, prises au jeu, adoptaient des poses langoureuses, le minois aguicheur, la hanche provocante, le décolleté suggestif, la robe impudique. Un vendeur de couteaux arrêta sa charrette pour se rincer l'œil, puis le cocher d'un fardier chargé de tonnelets de bière. Au bout de douze prises, Paul remercia les trois grâces ; le laideron s'exclama :

— Ah, non ! Tu vas pas t'arrêter comme ça. Faut prendre une photo du patron.

Paul photographia donc les ribaudes en compagnie du propriétaire au nez rouge, puis du réceptionniste, un pâlot aux épaules tombantes, puis du cuisinier, un vieux Nègre édenté à qui l'on aurait donné quatre-vingt-dix ans. Paul prit ainsi quinze autres clichés.

— Maintenant, il faut vraiment que j'y aille, dit-il.

— D'accord, jeunot, fit Miss Papillon, mais tu nous donneras une photo à chacune.

— C'est promis.

— Floss a raison, t'es pas mal pour un jeune pisseux. Passe donc me voir un de ces soirs, je m'occuperai de ta tuyauterie.

Là-dessus, elle lui colla sur la joue un baiser mouillé qui lui laissa une marque écarlate. Les deux autres l'embrassèrent à leur tour, et la blasée lui caressa le sexe à travers son pantalon, en murmurant :

— Je parie que les filles en pincent pour toi, Fritz.

Paul se hâta de rentrer au Temple, heureux comme un roi.

Wex rendit son verdict :

— Très bien. Celles-là sont parfaites. Dommage qu'il y ait trop de lumière. Tu vois comme les visages sont décolorés ? Cela dit, tu as bien réussi à capter les expressions de ces colombes.

Il parut réfléchir, puis ajouta :

— J'avais vu juste, tu as le coup d'œil. Il faut maintenant que tu oublies la technique. Ne perds pas ton temps à lire les revues sur la photographie qui traînent dans la boutique. Elles sont tout juste bonnes à s'essuyer le cul. Lis plutôt de grands auteurs. Ceux qui connaissent l'art du détail. Balzac ou Zola, par exemple.

Wex fouilla dans une pile de livres et en sortit trois romans de Zola à la couverture jaunie.

— Les puritains prétendent que c'est un écrivain pornographique, mais ils n'ont jamais aimé l'audace ni la profondeur d'esprit.

En une semaine, Paul dévora *L'Assommoir*, puis il s'attaqua à *La Bête humaine*, et à *Nana*, dont l'érotisme le bouleversa. Encouragé par Wex, il lut et relut les pages qui décrivaient avec beaucoup de précision les foules parisiennes, les théâtres, les hôtels, les noires locomotives fonçant à travers la campagne française. Il comprit le message que Wex voulait lui faire passer. Zola était comme un appareil photographique humain, il triait et captait les multiples aspects de la vie sans jamais édulcorer la vérité, la cacher ou la trahir.

Quand Paul apporta les photographies à l'hôtel Wampler, les catins s'extasièrent. Floss, la jeune, déboucha une bouteille de champagne éventée et tout le monde trinqua en l'honneur de Paul, le grand photographe. Miss Papillon réitéra ses offres de service, que Paul déclina avec force remerciements. Il sortit de l'hôtel en titubant, la tête lourde. Il fonça aux toilettes et vomit tripes et boyaux, mais rien ne pouvait ternir sa joie.

Bien que Wex se soit spécialisé dans les portraits, il n'était pas sectaire pour autant. Il s'intéressait aussi à cette nouvelle technique qui avait fasciné Paul à l'Exposition. Les images animées.

Il lui parla d'Edward Muybridge, un Anglais que Leland Stanford, ancien gouverneur de Californie, avait engagé pour prendre des photographies de son trotteur, un célèbre crack.

— Le gouverneur voulait prouver qu'un cheval au galop décolle par intervalle ses quatre sabots du sol. Il avait parié une fortune, et les photos de Muybridge lui ont permis de gagner son pari.

Wex possédait les onze volumes des travaux de Muybridge, *Animal Locomotion*, qui contenaient des centaines de planches d'animaux et d'humains, mâles et femelles, détaillant tous les mouvements de la marche, de la course, du saut, etc. Paul trouva les photos fascinantes.

Wex lui montra ensuite un curieux cylindre muni de fentes sur les côtés. A l'intérieur du cylindre étaient collées une série de photographies d'un cheval. Quand on faisait tourner le cylindre à grande vitesse en regardant à travers les fentes, l'effet était proprement stupéfiant. Le cheval semblait galoper.

— Cela s'appelle un zootrope. C'est un jouet d'enfant. Tu n'en as jamais eu ?

— Non, pas à Berlin.

— Eh bien, amuse-toi avec celui-là. Mais tu ferais mieux de commencer par le dépoussiérer.

Paul emporta le zootrope sur le toit. Là, sous le soleil glacial, il s'étendit sur le flanc et fit tourner le cylindre si vite que l'objet parut s'évanouir.

Et le cheval magique galopait, galopait...

Le temps passant, il apprit à mieux connaître son mentor. Wex semblait décidément peu doué pour gagner de l'argent et encore moins pour économiser le peu qu'il encaissait. Mais on n'aimait pas la photographie pour l'argent, ni pour faire carrière, se disait Paul.

Wex était un grand amateur de whisky. Il en buvait surtout le soir. Mais pas seulement. S'il n'avait pas de clients, il buvait aussi dans la journée. L'argent avec lequel il aurait dû s'acheter des vêtements plus chauds ou une nourriture plus saine passait dans le whisky.

L'alcool lui déliait la langue. La voix pâteuse, il se plaignait de ses multiples défauts, ou parlait de sa passion dévorante, qui avait contribué à ruiner son foyer, en Caroline. Après ces aveux, il contemplait d'un air mélancolique la photographie aux tons sépia de son fils.

Un soir, pour lui remonter le moral, Paul lui répondit qu'il ne voyait pas où étaient ses multiples défauts. Derrière ses lunettes, Wex lui décocha un regard en coin.

— Attends que revienne le beau temps, dit-il. La saison des courses. C'est une saison dangereuse pour moi, Fritz, tu verras.

Là-dessus, il se versa une rasade supplémentaire.

A la mi-février, Paul trouva un nouvel emploi. Homme à tout faire dans un bouge pompeusement appelé le Lone Star Saloon and Palm Garden. Le bar se trouvait dans Whiskey Row, une rue qui donnait dans State Street, et accueillait une clientèle de Blancs, de Noirs, et de jeunes métis que Paul soupçonnait d'être des pickpockets.

Mickey Finn, le patron du Lone Star, était un petit homme grossier qui se disait irlandais, originaire de Peoria. Il se promenait toujours avec un maillet à la ceinture. Le premier jour de travail de Paul, il menaça de s'en servir contre trois clients querelleurs.

— J'ai déjà assommé pas mal de gars avec ça, dit-il à l'un d'eux. Si tu te calmes pas, tu vas y avoir droit.

Finn était très fier d'une bouteille qu'il gardait sous le comptoir. Elle contenait un cocktail maison avec lequel il arrosait les boissons de certains consommateurs triés sur le volet. A minuit, à la fin de sa deuxième journée, Paul regardait avec nervosité son patron vider les poches de quatre hommes affalés sur le sol crasseux. Finn les retournait sans ménagement comme des sacs de pommes de terre. Alarmé, Paul demanda :

— Ils ne risquent pas de se réveiller ?

— Avec ce que je leur ai refilé, ça m'étonnerait. Le cocktail de Finn, y a que ça de vrai. Dès que j'en aurai terminé avec eux, tu me traîneras ces zozos dehors. Tu les laisseras au prochain carrefour, ça suffira. Ça sera ton dernier travail de la journée. (Voyant l'expression atterrée de Paul, il demanda :) Qu'est-ce que t'as ? Tu comprends pas l'anglais ? C'est pourtant simple, tout ce que je te demande...

— J'ai entendu, Mr. Finn. Mais ce genre de travail ne me plaît pas. Je démissionne.

— Reviens tout de suite, espèce de Boche à la manque ! hurla Mickey Finn en s'emparant de son maillet.

Mais Paul courait déjà dans la rue. Ce soir-là, il eut du mal à trouver le sommeil. Cousin Joe avait raison, son rêve américain tournait peu à peu au cauchemar.

Vers la fin du mois de février, alors qu'il épluchait les offres d'emploi dans les vieux journaux qu'il récupérait à l'hôtel Wampler, il tomba sur une information qui le fit bondir.

Les Vanderhoff rentrent aux États-Unis.

Il dévora l'article. « La gracieuse Miss Juliette Fishburne Vanderhoff restera en Europe pour une durée indéterminée. »

Il froissa le journal et le jeta rageusement. Si elle l'aimait, comme elle le prétendait, pourquoi ne rentrait-elle pas ?

Non, il était injuste. Peut-être était-elle retenue par quelque urgence. Peut-être était-elle de nouveau malade et se reposait-elle en Europe le temps de la convalescence. Comme il n'avait aucun moyen de le savoir, il ne lui restait qu'à attendre.

Il patienterait donc. L'attente serait pénible, certes, mais cela valait la peine. Juliette lui reviendrait. Il n'en doutait pas un instant.

58

Joe Crown

Ce même hiver, par une journée de janvier, Joe Crown chevauchait son fougueux cheval gris. Parti de Chimneys, sa propriété de Caroline du Sud située à quelques centaines de mètres de la côte, il longeait maintenant les rivages de l'Atlantique. Pendant la guerre, on méprisait les chevaux gris dans la cavalerie de l'Union, mais le vieux Stonewall était superbe.

Joe s'était levé à quatre heures, après une nuit agitée au cours de laquelle il s'était maintes fois réveillé. Il dormait mal depuis quelques semaines. Trop de soucis. Il se sentait vieux. Des pensées amères, des visions pessimistes, tant à propos de ses affaires personnelles que de la situation sociale, l'assaillaient fréquemment.

Après s'être levé, il était descendu au rez-de-chaussée, et avait lu pour la seconde fois une brochure détaillée sur la Habsburg School, une école privée pour les enfants d'Allemands. L'institution, fort rigoureuse pour ce qui est de la discipline et des bonnes manières, présentait en outre un programme scolaire de haut niveau dans lequel les sciences étaient privilégiées, et offrait un vaste choix de sports d'équipe. L'école était située dans l'État de New York, à la frontière du Connecticut.

C'était, pour Joe Crown, son principal défaut. Depuis qu'il était arrivé en Amérique, il n'avait pas quitté le Middle West. Il adhérait à ses coutumes et partageait ses mythes ; le Middle West était ouvert, amical, démocratique, alors que l'Est était hautain et fermé. Les riches méprisaient le peuple, particulièrement ceux qui se croyaient au-dessus du commun des mortels à cause de leur sang bleu. Quelques années auparavant, un freluquet nommé Ward McAllister, qui prétendait parler au nom des quatre cents familles de l'aristocratie new-yorkaise, avait ricané à l'idée que Chicago puisse aussi posséder son élite.

Cependant, l'Est présentait des avantages indéniables. On y trouvait les plus fameuses universités, ainsi que des écoles privées telles que celle où il envisageait d'inscrire Carl. La stricte discipline qu'on y dispensait n'était pas pour déplaire à Joe Crown. La fréquentation des écoles de Chicago avait été désastreuse pour Joe Junior et Paul. Il ne voulait pas que son plus jeune fils suive le même chemin.

A l'aube, comme il hésitait encore, il avait laissé la brochure sur son bureau, puis il était remonté s'habiller. Ilsa s'était déjà levée, sans doute pour se rendre à la cuisine. En Caroline du Sud, l'hiver était doux, il enfila donc une chemise de coton blanc bouffante, serrée aux poignets, et un pantalon de serge qu'il rentra dans ses bottes de cheval.

Dans la salle à manger, il avala un café et grignota des biscuits que Delphine, la femme de Ford, avait posés sur un plateau. Les Ford étaient un couple de Noirs qui habitaient toute l'année à Chimneys. C'était de braves gens, religieux, qui savaient lire et écrire aussi bien que n'importe quel Blanc.

Le soleil et les chants des oiseaux pénétraient par les fenêtres ouvertes de la salle à manger. Au loin, on entendait le bruit d'une hache. Joe se souvint de l'arbre frappé par la foudre. Orpheus LaMotte, son métayer, l'avait abattu à l'automne et y taillait des bûches de temps en temps.

Joe manquait d'appétit. L'image de Joe Junior le hantait, nourrissant cette rage douloureuse qui ne l'avait pas quitté depuis sa fuite. Il se réveillait souvent au milieu de la nuit, poursuivi par les yeux bleus de son fils, brillants de colère, accusateurs...

Mais qui était à blâmer ? Joe Junior ! Et Paul, qui avait trahi sa confiance. Il n'y avait pas à revenir là-dessus.

Dans l'étable, il sella le vieux Stonewall et le mena dans l'allée couverte de coquilles d'huître pilées. Chimneys était une vaste demeure d'un étage, aux murs mouchetés de coquilles d'huître, encadrée de deux cheminées blanches massives. Derrière des colonnes blanches, une large véranda courait sur toute la longueur de la maison. Joe leva le bras pour saluer Ilsa, qui sortait de la cuisine par la porte de service. Il lui trouva un air fatigué et abattu. Elle lui rendit son salut.

Il talonna le vieux Stonewell, qui s'élança au galop sur la route bordée de chênes géants dont les branches, avec le temps, avaient fini par former une voûte gracieuse. Il n'avait pas utilisé d'éperons depuis son départ de l'armée.

Le bruit des coups de hache s'amplifia. Bientôt Joe aperçut Orpheus LaMotte, qui coupait des bûches de trente centimètres. Il portait ses galoches habituelles, un pantalon de coutil et une chemise en denim bleu rapiécée. Orpheus était né en Caroline en 1855, dix ans avant que l'armée de l'Union ne libère les Noirs. Après Appomattox, il avait adopté le nom de son ancien maître, tué pendant la guerre. Orpheus, sa femme Lydie, et leurs trois beaux enfants vivaient sur la propriété des Crown dans une maison qu'ils avaient bâtie pièce par pièce, avec l'aide de leurs voisins noirs.

— Bonjour, missié Crown, lança-t-il.

Joe tira sur les rênes. Orpheus avait un visage lunaire, un gros nez épaté, des joues grêlées, mais une dentition parfaite et un sourire rayonnant.

— Missié Carl, l'était déjà chez moi à chahuter avec Prissy avant que j'arrive ici. Il a vot' permission ?

— Bien sûr, s'il ne la maltraite pas.

Du même âge que Carl, Priscilla LaMotte était un véritable garçon manqué ; plutôt frêle, elle battait Carl à la course, mais pas à la lutte. Carl adorait jouer avec Prissy. Ce jour-là, il avait cours avec son précepteur, Mr. Ungar, qui venait à cheval de Charleston tous les lundis, mercredis et vendredis.

Joe salua Orpheus de la main et poursuivit sa chevauchée. Il emprunta un chemin sablonneux planté de palmiers nains et de pins, et huma le vent salé, les marais, les joncs marins, le soleil levant.

Il voulait être seul pour réfléchir. Il regrettait parfois d'avoir chassé Paul, mais il ne laissait pas ses pénibles remords l'envahir. Un homme doit assumer les conséquences de ses actes.

D'autres sujets d'inquiétude occupaient ses pensées. Fritzi s'entêtait à vouloir embrasser la carrière d'actrice. Carl grandissait vite, physiquement et moralement. Il aurait treize ans à l'automne. La révolte de l'adolescence approchait-elle pour lui ?

Ilsa souriait moins. Elle lui reprochait d'avoir été trop sévère avec les aînés, sévérité qu'il appliquait dorénavant aux plus jeunes. Fritzi et Carl poursuivaient leurs études de leur mieux avec l'aide de Mr. Ungar, le jeune précepteur de Charleston. Mr. Ungar était allemand ; ses parents venaient d'un village proche de Munich, mais Ungar n'avait pas la souplesse et l'heureuse disposition des Bavarois. C'était un homme intelligent, mais hautain et cassant. Carl et Fritzi le détestaient.

Le vieux Stonewall avançait d'un pas agile sur le chemin qui serpentait entre les dunes. Joe entendit l'Océan. L'air était doux, chargé de sel.

Joe guida le cheval gris vers une vaste plage de sable blanc, lavée par le ressac. Au loin, un bateau de pêche posait ses filets à crevettes. A part cela, l'homme et le cheval avaient l'infini devant eux.

Un pélican passa dans le ciel sans nuages, planant sur un courant aérien. Un autre plongea dans l'eau, puis flotta un moment, sans doute le temps de digérer un poisson. Dans le sable, des giclées d'eau jaillissaient sous les sabots du cheval, faisant fuir des crabes minuscules.

Joe Crown adorait les Basses Terres de Caroline, et leur incomparable beauté. En fait, il aimait le Sud, et ce, malgré son engagement dans une armée vouée à la destruction de ses fils. Un an auparavant, il avait ouvert une succursale à Atlanta. La bière Crown se vendait bien dans la ville que le général Sherman avait brûlée. Joe songeait à s'étendre jusqu'à Charleston et à ouvrir, s'il le pouvait, une ou deux brasseries Crown ; il en avait déjà trois à Atlanta.

Toutefois, il éprouvait toujours un léger malaise en Caroline, malgré sa sympathie pour les habitants, il les considérait comme les gens les plus aimables et les plus courtois de la terre. Beaucoup descendaient d'immigrés allemands. Le port de Charleston avait accueilli des bateaux entiers de colons venus d'Allemagne.

Chaleureux et aimables, les Caroliniens restaient malgré tout des provinciaux indécrottables. Leur vénération pour la lignée familiale confinait à la dévotion religieuse, et Joe trouvait les familles aristocratiques encore plus arrogantes que celles de Chicago, pourtant bien dédaigneuses. En Caroline, peu importait qu'une dynastie fût riche ; en fait, trente ans après la guerre, la plupart d'entre elles connaissaient une extrême pauvreté. Seuls comptaient l'ancienneté de la famille et le rayonnement de son nom.

Il descendit de cheval pour laisser Stonewall se reposer, attacha les rênes à une souche rejetée par la marée, ôta ses bottes et ses chaussettes, puis marcha pieds nus jusqu'aux vagues. Il lui fallait songer à rentrer à Chicago. La brasserie pouvait fonctionner sans lui pendant un mois ou deux, à condition de rester en contact télégraphique permanent. Mais sa nature l'obligeait à diriger en personne son entreprise. Cependant, il n'envisageait pas son retour de gaieté de cœur. Chicago l'écœurait. Ce repaire de politiciens véreux était contrôlé par les conseillers municipaux les plus corrompus. Ces derniers, financés par des partenaires fantômes, fondaient des sociétés gérées par des hommes de paille, auxquelles ils accordaient de juteux contrats municipaux dans le seul but de les revendre à des prix exorbitants à des sociétés légitimes. Et personne ne protestait ; les gens s'en moquaient.

Le premier district, où habitait Crown, était le quartier général d'un des politiciens les plus véreux — le conseiller John Coughlin. Cet Irlandais, propriétaire de plusieurs établissements de bains, s'était associé à Kenna, un patron de bar. Dernièrement, le gouverneur Altgeld avait rallié le Comité des démocrates, fondé par Coughlin et Kenna. Leur but, disait-on, était de déstabiliser l'aile du Parti démocrate que dirigeait le président Cleveland. Tout le monde savait qu'Altgeld cherchait à se venger de Grover Cleveland, qui l'avait humilié en envoyant des troupes fédérales briser la grève Pullman.

Le gouverneur et les politiciens véreux soutenaient à grand bruit les partisans de l'étalon argent dans l'intention de diviser le Parti démocrate sur ce sujet brûlant.

C'était bien la preuve du marasme dans lequel était tombé Chicago — et l'Amérique. Ah, mais à quoi bon s'indigner du chaos qui régnait à Chicago, et dans le pays, quand le même désordre disloquait sa propre famille ?

Il rentra à Chimneys deux heures plus tard. Il venait de ramener le vieux Stonewall dans son box quand la porte de l'écurie s'ouvrit à la volée. C'était Ilsa, en état de choc

— Joe, va vite à la ferme. Prissy est gravement blessée.

— Qu'est-il arrivé ?

— Elle chahutait avec Carl sous le porche. Il l'a poussée un peu trop brutalement contre la fenêtre. La vitre s'est brisée et lui a profondément entaillé le bras.

Joe la rassura d'une brève caresse, puis il parcourut en courant les cinq cents mètres qui le séparaient de la maison blanchie à la chaux d'Orpheus et de Lydie LaMotte.

Orpheus se précipita à sa rencontre. Sous le porche, Lydie était penchée sur Prissy. Une manche de sa chemise avait été déchirée. Du sang coulait de son bras et tachait la couverture sur laquelle elle était étendue. Carl dévisagea son père d'un air effrayé.

— Elle s'est méchamment coupée, missié Crown, dit Lydie, mais c'est pas la faute à Carl.

— L'imbécile, grogna Joe Crown.

Il s'agenouilla près de Prissy. Elle était consciente, mais souffrait manifestement. L'entaille était profonde, et longue de quinze centimètres. Lorsqu'il palpa doucement son bras, la fillette hurla.

— Il faut la recoudre. Calhoun Manigault habite à Green Pond, c'est le médecin le plus proche. Je n'ai jamais eu affaire à lui, mais je suis persuadé qu'il saura s'occuper d'elle. Lydie, nettoie la blessure pendant que j'attelle le boghey avec Orpheus.

Le visage en sueur d'Orpheus LaMotte se crispa.

— Missié, le docteur Manigault, y soigne pas les gens de couleur.

— Je m'en charge, rétorqua Joe Crown.

Le docteur Calhoun Manigault recevait ses patients dans une aile de sa vaste demeure en bois de cyprès. De petites mésanges s'agitaient dans une volière accrochée sous la véranda quand Joe gravit les marches et frappa à la porte.

Manigault était un élégant quinquagénaire à l'embonpoint naissant ; sa crinière blanche lui donnait un air distingué.

— Entrez, je vous prie. Que puis-je pour vous ?

Joe désigna le boghey et Prissy avec son bras en écharpe.

— Cette fillette a eu un accident, elle a besoin de points de suture.

Manigault s'essuya les mains avec une serviette avant de dire à voix basse :

— Je suis désolé, je ne soigne pas les Nègres. A dix kilomètres au nord, vous trouverez...

— Je n'irai pas plus loin, docteur. La petite saigne abondamment.

Manigault loucha derrière ses lunettes à monture carrée.

— Vous êtes un Yankee.

— Oui, je suis le propriétaire de Chimneys.

— Ah, Crown. J'ai entendu parler de vous. Eh bien, vous me voyez navré, Mr. Crown, mais je ne soigne pas les gens de couleur.

Joe s'avança et agrippa le montant de la porte. Il avait presque une tête de moins que le médecin mais ses yeux lançaient des éclairs.

— Écoutez-moi bien, docteur, fit-il. Ou vous soignez cette enfant, ou je vous expédie à l'hôpital pour plusieurs semaines. Alors réfléchissez.

Manigault évita son regard.
— Amenez-la, dit-il en agitant sa serviette.

Sur le chemin du retour, Joe fit asseoir Prissy à côté de lui sur le siège du cocher. Elle ne dormait pas vraiment, mais Manigault lui avait administré une cuillerée d'opiacé pour soulager la douleur. Il avait correctement nettoyé et recousu la plaie, travail pour lequel il avait demandé quinze dollars — un vol manifeste ! Joe avait payé sans protester.

Le docteur Manigault était l'incarnation même de l'aspect le plus odieux de la mentalité du Sud. Il faisait partie de ces nostalgiques d'un passé révolu qui n'avaient pas supporté de perdre la guerre et se sentaient humiliés dans la paix. Ils justifiaient leur comportement ségrégatif et apaisaient leur conscience avec des raisonnements absurdes qu'ils s'entêtaient à perpétuer. Aux réunions du conseil d'administration de l'entreprise de textile dans laquelle Joe Crown détenait des parts, dans les banques ou les clubs de Charleston, il entendait toujours les mêmes propos sur le temps béni d'avant la guerre de Sécession. « Nos Noirs étaient tellement plus heureux que les Noirs du Nord, qui sont parqués dans des taudis... » — si ce n'est que, dans les taudis du Nord, les Noirs étaient libres. Mal payés, certes, pas toujours bien traités, sans doute, mais *libres*. Joe avait assez plongé son regard dans celui, blessé, humilié, des Noirs de Caroline, y compris celui de ses métayers Orpheus et Lydie, pour savoir que les Blancs mentaient effrontément.

Même après trente ans, les blessures de la guerre saignaient toujours. Partout dans le Dixieland[1], des Blancs aigris contournaient la loi pour priver les Noirs de leurs droits si chèrement acquis. Le droit de vote était restreint par des procédés éhontés ; on rayait des listes les Noirs illettrés ou ceux qui ne pouvaient prouver qu'ils avaient payé leurs impôts fonciers. Il y avait des écoles pour les Noirs, des quartiers pour les Noirs, et même des bancs réservés aux Noirs dans les églises. Il y avait des toilettes pour les Noirs dans les gares et, partout, des pancartes rappelant les règles de la ségrégation.

Comme beaucoup de Nordistes, Joe n'était pas prêt à accepter un soupirant noir pour sa fille, ni un voisin noir à Michigan Avenue. Mais il aurait sans l'ombre d'une hésitation invité des représentants de l'élite — un avocat, un musicien, ou l'éminent éducateur Booker T. Washington[2] — à dîner chez lui. Il jugeait son attitude libérale, et moralement juste.

La tête de Prissy roula doucement au creux de son épaule. Les yeux fermés, elle semblait dormir, mais sa main trouva celle de Joe. Il la serra dans la sienne en pensant à Carl. Sa décision était prise.

---

1. Dixieland = les États du Sud. *(N.d.T.)*
2. Booker Taliaferro Washington (1856-1915).

Après avoir ramené Prissy chez elle, Joe rassura Ilsa et put enfin se retirer dans son bureau. Il était quatorze heures. La veille, Stefan Zwick lui avait adressé un épais rapport, qu'un messager à cheval lui avait apporté à Chimneys.

A peine avait-il ouvert l'enveloppe que des gloussements intempestifs vinrent perturber le calme de ce début d'après-midi. Il écarta le rideau de gaze et pointa la tête dehors. Fritzi prenait des poses sur la véranda, s'arrachait les cheveux et hurlait comme un farfadet.

— « Ote la corde de mon cou ! Ote-la ! » déclamait-elle.

— Au nom du ciel, arrête ça tout de suite ! ordonna-t-il en enjambant la fenêtre.

Fritzi saisit un petit livre sur une table blanche en osier.

— Je répète, papa. Je suis Henry Irving[1], dans *Les Cloches*.

L'année dernière, Joe et Ilsa avaient emmené Fritzi voir le célèbre acteur dans son rôle le plus fameux, celui du bourgmestre Mathias, qui, après avoir assassiné une vieille Juive polonaise qui passait dans le village en traîneau, était tenaillé par les remords et hanté par le son des cloches du traîneau. Henry Irving avait campé avec conviction un Mathias en proie au délire devant un parterre enthousiaste.

— Je ne supporte pas le bruit. J'essaie de me concentrer sur mon travail. Donne-moi ce livre, s'il te plaît.

— Mais papa, je l'ai acheté à Chicago. Il m'a coûté cinquante cents ! Ne me...

— J'ai dit : donne-moi ce livre.

Il le lui arracha des mains et rentra dans la maison par la porte principale.

Ilsa sortit de la salle à manger en coup de vent.

— Joe ?

Il s'engouffra dans son bureau sans répondre et claqua la porte derrière lui.

Il était dans une fureur noire. Il méprisait la colère, qu'il considérait comme une preuve de faiblesse, mais il ne pouvait se contrôler. Il jeta un coup d'œil sur le livre. Il avait l'intention de le garder une heure ou deux, puis de le rendre à Fritzi. Soudain, l'objet symbolisa tout ce qu'il haïssait. Sans réfléchir, il le jeta dans la cheminée, gratta une allumette et y mit le feu.

Au coucher du soleil, Ilsa entra sans faire de bruit. Joe était assis à son bureau, immobile, les yeux dans le vague. Après quelques instants, il leva la tête et vit sa femme — elle avait jeté un châle sur son chemisier.

— Veux-tu venir te promener avec moi ? demanda-t-elle.

— Oui, bonne idée. J'ai à te parler.

— Fritzi voudrait récupérer son livre si...

— Je l'ai brûlé, dit-il en désignant la cheminée.

---

1. Sir Henry Irving, né John Henry Brodribb (1838-1905). Acteur anglais. *(N.d.T.)*

— Oh, Joe ! soupira-t-elle avec un hochement de tête désolé.

La simplicité de sa désapprobation raviva sa colère.

Ils empruntèrent l'allée de coquilles d'huître pilées. Elle longeait une haie de myrte, nue et taillée de près pour l'hiver, puis contournait une berge en pente. Derrière la berge s'étendaient des roseaux sur une centaine de mètres et, au-delà, les marécages dont la surface luisait au soleil comme le cul d'une marmite en cuivre.

Ilsa prit la main de son époux et la pressa contre elle.

— Tu as quelque chose à me dire, mais laisse-moi parler d'abord, Joe. Notre famille va mal.

Il essaya de retirer sa main. Elle lui sourit d'un air désabusé, comme si elle s'attendait à cette réaction, et elle serra plus fort sa main.

— Tu penses que c'est ma faute ?

— Non, Joe. J'énonce un fait. Viens, marchons, ne fais pas ta tête de mule.

Ils reprirent leur promenade. A une vingtaine de mètres de la mer, un chêne gigantesque étendait ses énormes branches au-dessus des marécages. Ilsa s'adossa au tronc de l'arbre.

— Notre fils nous a quittés, qui sait pour combien de temps. J'ai bon espoir de le revoir un jour, mais cela ne me rend pas son absence plus facile à supporter. Le petit Pauli, qui est venu en Amérique avec de grandes espérances, est parti, lui aussi ; j'espère qu'il n'est pas retourné en Allemagne. Joe, nous devons tout faire pour que Carl et Fritzi...

— Fritzi n'a que ce maudit théâtre dans la tête ! coupa-t-il.

— C'est une passade. Toutes les filles traversent des périodes de ce genre.

— Comment peux-tu être sûre que c'est une passade ?

Ilsa lui caressa gentiment le visage, sans reproche.

— Je suis sa mère. Tu as beaucoup de qualités, mais tu n'auras jamais celle-là, mon tendre chéri.

Ce mot gentil le surprit et le désarma. Sa colère s'apaisa subitement. Il sortit de sa poche un des gros havanes qu'il s'était mis à apprécier ces derniers temps. Il le coupa d'un coup de dent et cracha le bout, puis il gratta une allumette sur la semelle de sa botte.

— C'est entendu, je porte ma part de responsabilité pour tout ce qui s'est passé. Plus que ma part...

— Non, il ne faut pas te...

— Laisse-moi terminer, s'il te plaît. C'est mon tour. J'essaie d'agir en toute bonne foi, selon les principes qu'on m'a inculqués et auxquels je crois. J'ai décidé d'inscrire Carl dans cette école de l'Est. Il lui faut de la discipline. Je lui expliquerai cela ce soir.

— Je vois, dit Ilsa d'une voix soudain glaciale. Seul le mari décide, n'est-ce pas ?

— Qu'est-ce qui te prend ? Il en a toujours été ainsi, aussi bien dans notre pays natal qu'en Amérique. C'est comme cela depuis que nous sommes mariés.

— C'est exact, mais le monde change. Les femmes aussi changent.

— Je suis trop vieux, Ilsa, fit-il, tête basse. J'ai été élevé d'une certaine manière, et c'est la seule que je connaisse.

— Je sais, je sais. *Ordnung.* Eh bien, mon cher époux, il est grand temps de suivre une autre voie, celle-ci te conduit dans une impasse. Tu dois... oh ! comment dit-on *anpassen* en anglais ?

— S'adapter.

— C'est cela. Quand une tempête se lève — comme ces ouragans qui ravagent parfois cette côte, par exemple — les arbres se couchent. Même les plus solides plient pour survivre. Dieu nous envoie toujours des tempêtes, Joe. Toujours.

— C'est beaucoup demander à un homme de mon âge.

— Que vient faire l'âge là-dedans ?

— Si tu ne comprends pas ça, je ne peux pas te l'expliquer. Pour Carl, ma décision est prise.

— Sans me consulter.

— Prends-le comme tu voudras, c'est fait.

Il jeta son cigare et retourna à Chimneys.

Ilsa fit prévenir Delphine qu'elle était fatiguée et qu'elle ne dînerait pas. Fritzi et Carl parlèrent à peine pendant le repas. Ensuite, Joe demanda à Ford de lui apporter un schnaps dans son bureau.

— Autre chose, Mr. Crown ?

— Oui, dites à Carl de venir.

Peu après, les pas du garçon résonnèrent dans le couloir. Joe régla la flamme de sa lampe de bureau, et la pièce s'éclaira. Il faudrait sans doute attendre des années avant que l'électricité et le gaz ne parviennent jusqu'aux Basses Terres.

Carl Crown entra et resta sur le pas de la porte, la main sur la poignée. Il avait grandi et forci, il approchait de l'adolescence.

— Carl, dit Joe d'une voix égale.

— Oui, père.

— As-tu vu Prissy, ce soir ?

— Oui, père. Je lui ai dit que j'étais désolé.

— C'est la moindre des choses. Tu es trop brutal, Carl. Prissy est une fille, elle est plus faible que toi. Tu ne maîtrises pas ta force. Je sais que tu ne l'as pas fait exprès, mais il faut remédier à cela. Cet automne, tu iras dans une nouvelle école, dans l'État de New York. Tu y apprendras les mathématiques et les sciences, mais aussi la conduite d'un parfait gentleman.

Il montra à Carl la brochure et lui précisa plusieurs points. Pendant ces explications, Carl se tenait droit et silencieux comme un petit soldat prussien. Quand Joe eut terminé, il dit simplement :

— Entendu, père.

Joe embrassa son fils et lui souhaita une bonne nuit. Carl sortit sagement. Joe connut un bref moment de satisfaction. Il avait enfin restauré un semblant d'ordre dans sa famille.

Il sonna Ford, à qui il demanda un autre schnaps. Cela surprit le Noir. Le maître ne buvait jamais deux verres le soir.

— Ford, as-tu vu Mrs. Crown ?

— Delphine m'a dit qu'elle avait emporté ses oreillers dans la chambre inoccupée. Elle a dit qu'elle se sentait pas bien, et qu'elle dormirait mieux là.

— Je vois. Merci, Ford. Ce sera tout.

Après le départ de Ford, Joe s'affaissa. Il regrettait de s'être disputé avec Ilsa, mais il lui en voulait toujours. Ilsa avait changé. Il le sentait déjà depuis un certain temps, mais ce soir, cela lui avait sauté aux yeux. Il l'aimait, bien sûr. Il appréciait son intelligence, sa volonté de fer. Cependant, ces qualités mêmes la conduisaient à occuper une place qui n'était pas celle d'une femme. Elle se laissait trop influencer par les idées modernes. Ils se réconcilieraient, Joe n'en doutait pas — Ilsa avait une capacité de pardon sans limite. Mais les sujets de friction demeureraient.

Même si Ilsa trouvait que l'âge n'avait pas d'importance, il vieillissait, c'était un fait. Son corps vieillissait, mais aussi son esprit. Il aurait cinquante-trois ans le dernier jour de mars. Il détestait la raideur qu'il sentait dans ses articulations. Pire, il ne comprenait pas certains des nouveaux courants qui secouaient le monde. Il était toujours un fervent défenseur des inventions, de la technologie, mais il n'aimait pas l'atmosphère intellectuelle et morale qui s'engouffrait dans le sillage de la science à une allure impossible à suivre...

Il termina son verre de schnaps. Sa tête bourdonnait. Il traversait une crise profonde. Il avait entendu dire que c'était fréquent chez les hommes de son âge. Certains quittaient le domicile conjugal et disparaissaient pour toujours.

D'autres rejetaient la compagne avec qui ils avaient passé trente ou quarante ans de leur vie, épousaient une femme qui avait la moitié de leur âge, et couraient après leur jeunesse, pathétiques, se teignaient les cheveux, portaient des costumes fantaisie, avaient des enfants à soixante ans. L'idée même l'horrifiait.

Une image effrayante surgit. La hache qu'Orpheus utilisait pour fendre des bûches. Le tranchant de la lame s'enfonçait dans le cœur du bois si profondément qu'on ne pouvait la dégager sans couper l'arbre en deux. Avait-il introduit une lame d'acier dans son mariage ? Ou bien était-ce Ilsa ?

Il resta longtemps assis, soucieux. Vers minuit, un orage commença à gronder quelque part au-dessus de l'Atlantique. Il ferma les fenêtres du rez-de-chaussée. A l'est, des nappes de lumière blanche éclairaient le ciel.

En montant l'escalier d'un pas fatigué, il entendit la pluie tomber, puis le tonnerre. Il passa ses vêtements de nuit, se coucha, hésita, puis rejeta les couvertures. Il sortit, traversa le couloir à pas feutrés, tourna sans bruit la poignée de la chambre où dormait Ilsa, se glissa dans le lit. Il resta coi.

Après un long silence, elle déclara :

— Je ne dors pas.

Il se tourna vers elle. Ils s'enlacèrent. Dehors, les éclairs déchiraient l'obscurité de la nuit. Joe et Ilsa se blottirent dans les bras l'un de l'autre.

— Excuse-moi, murmura-t-il. Excuse-moi.

— Ce n'est rien, n'y pensons plus.

Il se demanda si elle croyait réellement que l'incident était clos.

— Tu as parlé à Carl ?

— Oui.

— Comment a-t-il réagi ?

— Mieux que je ne le craignais. Peut-être est-il pressé de partir de chez nous, lui aussi.

Ilsa garda un instant le silence.

— J'ai vu que tu avais reçu une enveloppe de Stefan, dit-elle enfin. Des nouvelles des détectives privés ?

— Leur rapport hebdomadaire, rien de plus. Comment le retrouveraient-ils ? Ils n'ont qu'une description qui pourrait s'appliquer à des milliers de jeunes gens. Si Joe Junior a choisi de vivre dans la légalité, ce que j'espère, qui le remarquera ? Certainement pas la police.

— Tu penses donc qu'il est parti pour de bon ?

— Ilsa, ne...

— Réponds-moi, Joe.

— Oui, je crois qu'il est parti pour de bon. Je suis désolé. C'est de ma faute.

59

Paul

Wex lui apprit à placer une plaque sèche d'Eastman dans le grand appareil photo à trépied, à la développer, à imprimer la plaque négative en la fixant dans un cadre avec le papier d'impression, puis à monter sur le toit pour exposer, avec un minutage précis, le cadre à la lumière du soleil. La première plaque sèche de Paul fut un portrait de son mentor. Paul monta sur le toit, essaya d'évaluer le temps d'exposition — était-il resté assez longtemps ? trop ? —, puis il redescendit avec son cadre, lava le papier, le fixa, et l'accrocha avec une pince à linge pour le faire sécher.

Il resta planté devant son œuvre, l'examinant sous tous les angles. Sur la feuille de papier ruisselante, le lutin moustachu le regardait en souriant. Paul rayonnait de fierté. Il avait *réalisé* sa première photo du début jusqu'à la fin. Il se mit à taper dans ses mains, et esquissa un pas de claquettes, imitant un jeune Noir qu'il avait vu danser au coin de la rue pour quelques pièces. Ses soucis et ses déceptions lui parurent soudain futiles tant il débordait d'enthousiasme. Quelle bénédiction de vivre à une époque aussi miraculeuse !

Trois membres du Comité des démocrates du premier district engagèrent Wex pour les photographier. Les démocrates contrôlaient tout le district, et même au-delà. Wex avait noué de solides relations avec eux, notamment avec leurs deux patrons, le conseiller municipal Coughlin et son associé, le tenancier de bar Kenna.

Les trois hommes qui se présentèrent chez Wex étaient des sous-fifres. Ils parlaient fort, portaient des vêtements élégants qui avaient l'air de fripes sur eux. Paul ne les aima pas, mais devina à leurs fanfaronnades et à leurs airs importants qu'ils détenaient un réel pouvoir.

Wex leur annonça son prix — cinq dollars par photo. Les trois politiciens poussèrent des hurlements, et s'apprêtaient à tourner les talons quand Wex leur lança en riant :

— Qu'est-ce qui vous prend, les gars ? Vous savez très bien que le Comité a les moyens. L'argent provient en grande partie des caisses de la mairie, et elles sont loin d'être vides, à ce qu'on dit.

Finalement le trio consentit à payer les cinq dollars par portrait. Wex consacra plus d'une demi-heure à chaque photo; c'était un perfectionniste, du moins dans son métier. A la fin de la séance de pose, l'un des trois hommes déclara :

— Envoyez les photos le plus vite possible. Le conseiller Coughlin veut se faire faire un nouveau portrait. Si les nôtres sont bons, on lui glissera un mot sur vous.

Les quinze dollars inespérés — la moitié en avance, le reste à la livraison — transportèrent Wex de joie.

— Ce soir, Fritz, lança-t-il, rayonnant, on sort ! Il y a un truc que j'ai envie d'aller voir depuis des mois. Maintenant on peut se l'offrir la conscience tranquille.

— Qu'est-ce que c'est ?

— La cabine magique de Mr. Edison. Mais d'abord, on ira manger des huîtres au Palmer House.

Dans une petite salle du 148 State Street, on pouvait découvrir la dernière invention du magicien de Menlo Park. La neige tombait dru quand Paul et Wex arrivèrent dans la rue boueuse.

Malgré le mauvais temps, quatre clients attendaient leur tour, parmi lesquels une vieille dame respectable élégamment vêtue.

— Tu te rends compte ? s'écria Wex en s'ébattant comme un enfant ravi. On dit qu'Edison a l'intention d'ouvrir ce genre de salle à travers toute l'Amérique.

Ils s'approchèrent de la caisse près de laquelle trônait le buste du génial inventeur. Derrière, dix cabines d'un mètre de haut sur soixante centimètres de profondeur étaient alignées dos à dos sur deux rangées. La salle du Kinétoscope, aux murs d'un jaune bilieux, était brillamment éclairée par un grand nombre d'ampoules électriques. L'homme qui vendait les billets était fort bien habillé.

— Êtes-vous le gérant ? lui demanda Wex.

— Non, le propriétaire. La salle fonctionne sous licence de l'Edison Kinetoscope Company.

— Quelle est la durée de vos films ?

— Environ trente secondes. Vous avez droit à cinq films pour un quart de dollar.

— Quoi ? Un nickel par film ?

— Les génies ne travaillent pas pour rien, cher monsieur. Le Kinétoscope est une invention remarquable.

Wex acheta deux billets de vingt-cinq cents chacun et en tendit un à Paul.

— C'est du toc, murmura-t-il en passant un doigt sur le buste d'Edison. Du vulgaire plâtre recouvert d'une couche de peinture bronze.

Le cœur de Paul s'accéléra quand ils approchèrent des cabines.

— Ce sont les mêmes machines que Mr. Edison n'a pu livrer à temps pour l'Exposition ? demanda-t-il.

— Les mêmes.

Ils choisirent chacun une rangée de cabines. Les sujets d'Edison étaient neutres, pour ne pas dire ennuyeux. Paul vit ainsi *L'Orgue de Barbarie, Chez le coiffeur* — assister à une coupe de cheveux n'avait rien de passionnant —, *Chez le maréchal-ferrant, L'Ours dressé* et *L'Extraordinaire Sandow*. Ce dernier film était le plus attrayant. On y voyait le célèbre colosse allemand, vêtu d'une culotte qui ressemblait à une couche pour bébé géant, qui faisait rouler ses biceps en prenant des poses agressives.

Quand Wex eut visionné les cinq films, il retourna à la caisse.

— Je suis du métier, dit-il au patron. J'aimerais jeter un œil à l'intérieur de vos machines.

Le patron commença par refuser mais il céda quand Wex lui glissa un demi-dollar dans la main.

Dès que les autres clients furent partis, émerveillés par les petits films, le patron se dirigea vers l'une des cabines, dévissa la paroi du fond et l'ôta. Wex s'agenouilla, fasciné. Paul aperçut par-dessus son épaule une sorte de bande continue qui s'enroulait autour de deux bobines.

Après de longues minutes, Wex se releva.

— Je vous remercie, dit-il. C'était très instructif.

Il salua le patron, puis sortit accompagné de Paul. La neige avait cessé de tomber.

— Les sujets d'Edison sont consternants, dit Wex, mais son invention est le vrai miracle de notre époque. Jusqu'à nouvel ordre.

— Que voulez-vous dire ?

— Les machines sont trop petites. On ne peut regarder les images qu'un par un. Ce qu'il faut, c'est une machine pour *projeter* l'image sur un mur ou sur un écran, devant un public. Un public nombreux, et *payant*. Les revues que je reçois disent que les inventeurs se démènent comme de beaux diables pour mettre au point ce genre de projecteur — Edison compris, même s'il dit douter de l'intérêt d'un tel procédé. D'ici à deux ans, il y aura du nouveau, crois-moi. Fini les cabines minables comme celles-ci, il y aura des théâtres conçus spécialement pour la projection. Et des foules pour les remplir. Une découverte aussi merveilleuse finira par payer un jour ou l'autre.

Les lunettes de Wex scintillèrent sous la lumière d'un réverbère ; il dansait presque dans la gadoue.

— Mr. Edison n'est pas uniquement un inventeur de génie, reprit-il. C'est un véritable homme d'affaires. Il profite de l'engouement pour la nouveauté pour vendre les droits d'exploitation du Kinétoscope dans tous les États-Unis. Les acquéreurs de ces droits peuvent ensuite louer les machines à des particuliers, ou ouvrir leurs propres salles. La licence coûte pas mal de fric, à ce qu'on dit.

— La salle où nous étions existe depuis longtemps ?

— Elle a ouvert l'année dernière, en mai. L'époque était mal choisie, en plein dans la grève Pullman. Pendant des mois, pratiquement personne n'a su qu'elle existait.

— Je me demande si le propriétaire réussit à rentabiliser son investissement.

— Je l'espère pour lui. Mais dis voir, t'as fait de sacrés progrès en anglais pour sortir des mots pareils !

— Je continue à étudier régulièrement, fit Paul, modeste. Et je ne pense plus en allemand. Enfin, presque plus.

— Bravo, mon gars ! Ça devint de la vraie graine de citoyen américain, ça.

Cette nuit-là, Paul rêva du Kinétoscope. Des images défilaient au ralenti : le célèbre Sandow, bâti comme une montagne, fléchissait des bras gros comme des chênes pour faire saillir des biceps qui ressemblaient à des rochers. A ses pieds, des milliers de spectateurs minuscules applaudissaient à tout rompre. Paul se leva avec une énergie nouvelle et un enthousiasme décuplé.

« Voilà les images que je veux faire. Si Wex a raison, elles seront un jour regardées par des millions de spectateurs. Si j'arrivais à devenir l'opérateur d'un appareil de ce genre, je gagnerais bien ma vie et je pourrais me marier. Et quel travail passionnant ! Je voyagerais à travers le monde !... »

Une pensée triste l'assombrit soudain. Pour atteindre son objectif, il lui faudrait abandonner l'homme qui l'avait accueilli et lui avait enseigné son métier. Ce ne serait pas chose facile... En tout cas, il n'avait pas envie d'y penser.

Par une froide journée de mars, il trouva enfin un travail correct. Cocher d'un fourgon pour la Blanchisserie de l'Illinois.

Albert Grace, le propriétaire de la blanchisserie, ne manquait pas de prestance. Avec son visage rond et ses bajoues, on l'imaginait à la tête d'un commerce respectable, marchand d'articles pieux, par exemple. Pendant l'entretien d'embauche, Albert Grace posa quelques questions à Paul, mais parla la plupart du temps.

— Je dirige un commerce utile, qui fournit un service de première qualité. Si vous prenez ce poste, vous représenterez à la fois mon nom et ma blanchisserie. Chaque fois que vous ramasserez le linge sale ou que vous rapporterez le linge propre, pensez-y. C'est une lourde responsabilité.

Après vingt minutes de soliloque, Mr. Grace serra la main de Paul en lui disant qu'il était favorablement impressionné par son anglais. Vu les déclarations pompeuses de Grace, Paul fut très étonné de découvrir la vérité sur la clientèle de la Blanchisserie de l'Illinois. Pour être exact, il est vrai que la blanchisserie travaillait pour quelques restaurants et hôtels du centre, mais les bordels constituaient le gros de son activité.

Son territoire principal, le Levee, s'étendait de la Dix-Huitième à la Vingt-Deuxième Rue, entre Wabash Avenue à l'est et Clark Street à l'ouest. D'abord confiné à quelques pâtés de maisons, le Levee s'était développé au point d'éclipser les autres quartiers du vice : Little Cheyenne, Little Hell, Bad Lands, Coon Hollow et Custom House Place. La blanchisserie d'Albert Grace occupait un immeuble de deux étages sur Wabash Avenue, près de la Vingt-Quatrième Rue, proche du cœur du Levee.

Le ramassage du linge sale et la livraison du linge propre constituèrent une nouvelle source d'enseignement pour Paul. Bien qu'il eût souvent entendu son oncle Joe pester contre les lieux de vice, il n'avait jamais réalisé l'ampleur de ce commerce. Il fut proprement abasourdi par le nombre de cabarets, de bordels, de cafés-concerts, de bals musette — avec « bar à vin » à l'étage — aux noms évocateurs. Le Délice Chinois. Le Secret Grivois. Chez Madame Maude. Le Pourquoi Pas ? Certains étaient ouverts jour et nuit. La dépression qui continuait à ruiner le pays semblait avoir peu d'effet sur le commerce illégal du sexe. Paul chargeait et déchargeait jusqu'à quatre, parfois cinq fourgons de draps de sept heures du matin à six heures du soir. Au début, il n'arrivait pas à croire qu'on pût se livrer dans tant d'endroits à tant d'activité lubrique.

L'alcool coulait à flots dans les bouges. Des milliers de barils de bière étaient consommés chaque jour, mais aucun ne provenait de la brasserie Crown. Le vol organisé était une importante activité secondaire — salles de jeu, paris, passe anglaise, pharaon — qui contribuait à la prospérité du Levee. Mais le commerce du sexe en était l'élément moteur. Les négoces honnêtes, boutiques de journaux, blanchisseries, magasins d'alimentation, brasseries, marchands de meubles ou de tapis, s'enrichissaient ou faisaient faillite en fonction de l'activité des bordels.

Paul apprit très vite que ce commerce entretenait d'étroites relations avec la mairie et la police. Et ce n'était un secret pour personne. Les gens en parlaient ouvertement, certains s'en vantaient. Des liens remontaient même jusqu'à de lointains quartiers résidentiels. Mr. Grace, sa femme et leurs sept enfants avaient récemment emménagé dans un de ces quartiers, à Evanston. Dans cette enclave protégée, Mr. Grace menait la vie honorable d'un bon citoyen, il faisait des dons à toutes les œuvres caritatives allemandes en s'assurant que les journaux n'oublient pas de mentionner sa générosité. Mr. Grace était né Albrecht Gerstmeier ; il venait de Silésie, ce qui était impossible à deviner tant son anglais était parfait. En pensant aux tonnes de draps et d'oreillers souillés sur lesquels reposait la respectabilité de Mr. Grace, Paul ne pouvait s'empêcher de sourire.

Au cours des premières semaines, il fit la connaissance de centaines de filles. Le Levee était une pépinière de filles : immigrantes de Bohême ou paysannes du Sud ; Polonaises ou Irlandaises ; anciennes esclaves d'Alabama à la peau noire et luisante et Jamaïquaines plus ambrées ; il y avait même des Chinoises et des Peaux-Rouges. Des filles en collants mauves, des filles en pantalon rouge bouffant ; des filles en tenue d'écolière avec des rubans dans les cheveux ; des filles en bas résille ; des filles en corset avec des porte-jarretelles et des bas roses ; des filles en robe à col montant de dame patronnesse. Paul rencontra des filles instruites et des analphabètes ; des luthériennes, des baptistes, des catholiques, des méthodistes... ou des agnostiques et des athées, autrefois élevées dans le respect de Dieu et la crainte du péché.

Certaines atteignaient presque l'âge d'être grand-mère, mais la plupart étaient terriblement jeunes — faciles à berner par les rabatteurs et à contrôler par les cadets (nom qu'on attribuait aux maquereaux dans le Levee). Les unes étaient vulgaires et bêtes, aussi laides physiquement que moralement. D'autres, simplement à la dérive, ou désireuses d'économiser pour leurs vieux jours. Quelques-unes entretenaient l'espoir de se faire épouser par un riche client. Espoir aussi triste que vain, songeait Paul.

Il était jeune, dynamique, toujours souriant et chaleureux, doté d'un physique robuste et agréable. La plupart des prostituées et des mères maquerelles l'aimaient bien. Il se lia vite avec quasiment tout le cheptel.

L'une de ses préférées était une paysanne d'Ottumwa, en Iowa. Comme elle pesait plus de cent kilos, tout le monde l'appelait Ficelle. Paul aimait bavarder avec elle en prenant le café, et sa patronne, Madame Elaine, ne semblait pas s'en formaliser. Madame Elaine était une femme grisonnante et majestueuse, avec un visage d'enfant de cœur et un vocabulaire de charretier.

— Bois mon café, si ça te fait plaisir, dit-elle à Paul. Mais si tu fais perdre un client à Ficelle ou si t'essaies de te la farcir à l'œil, là, mon petit gars, je te coupe la queue avec une scie rouillée.

Malheureusement, Ficelle ne considérait pas Paul comme un simple visiteur, et elle commença à laisser des boîtes de bonbons à son nom quand elle travaillait à l'heure où il passait. Un jour, Paul trouva une boîte de friandises en forme de cœur, avec un petit mot. Ficelle lui écrivait qu'elle était prête à risquer les foudres de Madame Elaine et à le rejoindre où il voulait pour faire l'amour avec lui. Pendant une semaine, il se tortura les méninges pour trouver un moyen de décliner l'offre généreuse de Ficelle sans la vexer.

Lorsqu'il revint, il apprit avec horreur qu'un client avait tailladé Ficelle à coups de rasoir. On l'avait emmenée à l'hôpital. Elle y mourut. Madame Elaine fit transporter son corps en Iowa à ses frais. La mère maquerelle pleurait à chaudes larmes le soir où Paul l'accompagna pour acheter le cercueil.

— C'était une si brave fille ! L'enculé de salaud qui l'a trucidée va regretter ce qu'il a fait, tu peux me croire. J'ai fait passer le mot. Il aura ce qu'il mérite, un sourire bien rouge sous le menton et une dernière promenade en bateau sur le lac Michigan. Puisse son âme pourrir en enfer pour l'éternité.

Sur le lac Michigan, la glace commença à fondre et à se craqueler.

Les miasmes des abats de bovins et du crottin de cheval empestèrent de nouveau Chicago.

Au cours de ses tournées dans les bouges et les bordels, Paul recevait bon nombre de propositions salaces. Il improvisait toujours une excuse pour les décliner poliment. Non qu'il se sentît moralement supérieur, mais il voulait rester fidèle à Juliette, et craignait d'attraper une chaude-pisse. Il ne courait donc pas les putains, ne buvait pas plus d'une ou deux bières par jour. Faire un crochet pour trouver de la Crown était sa manière d'exprimer sa fidélité à la famille.

Un soir, il resta un quart d'heure sous la pluie battante devant la maison des Crown. Les fenêtres étaient brillamment éclairées, des ombres familières allaient et venaient : Helga Blenkers, Fritzi, tante Ilsa...

Il vit le landau d'oncle Joe rentrer de la brasserie. Il faillit sortir de sa cachette et se précipiter vers lui en criant : « Hé, je fais toujours partie de la famille. Si on se réconciliait ? »

Mais il s'éloigna, amer, en repensant à la façon dont son oncle l'avait chassé. Il se débrouillerait sans eux, sans leurs conseils, leur argent, leur affection. De l'affection, il en avait trouvé ailleurs. Un véritable foyer, aussi.

Avec Juliette.

Il était redevenu un gosse des rues.

Berlin lui avait beaucoup appris. Malgré la saleté et le danger du Levee, le quartier avait un attrait indéniable, et ses habitants ne l'intimidaient pas. Prudent mais amical, il ne jugeait jamais les mœurs d'autrui trop sévèrement. Physiquement, il avait acquis une belle carrure mais il ne jouait pas les fiers à bras. Il ne fumait pas — il avait bien essayé les Duke et les Caporal mais le tabac le faisait tousser. Il dégageait une autorité tranquille qui lui permettait de se faire respecter. Les mendiants ne l'importunaient jamais et il lui arrivait de glisser une pièce à l'un d'eux. Son préféré était un vieux bougre, maigre comme une allumette, vêtu de haillons mais doté de manières raffinées et d'un langage châtié. On l'appelait Shakespeare. La première fois que Paul lui donna une pièce, il la serra dans son poing, prit une pose et déclama :

— « Oh ! douce profusion de bonté ! » *Mesure pour mesure*, acte quatre. « Pour votre bonté je vous dois une belle tournure ! » *Beaucoup de bruit pour rien*, acte premier.

Paul s'était pris d'une réelle affection pour le vieil homme. Une fois, il vit un client sortir d'un bar en ignorant sa main tendue. Shakespeare lui lança :

— « Je ne suis pas d'humeur généreuse, aujourd'hui ! » *Richard III*, acte quatre. Va te faire foutre, mon frère.

Les camelots avec leur bonneteau le laissaient tranquille, sachant qu'ils n'avaient pas affaire à un pigeon, et les cadets qui arpentaient le trottoir ne lui cherchaient jamais querelle.

Un après-midi, sur la Vingt-Deuxième Rue, Paul sentit quelque chose lui effleurer la poche. D'un geste vif, il saisit une main couleur de miel.

Elle appartenait à un petit métis aux traits délicats qui n'avait sûrement pas plus de dix ans. Il était maigre comme un clou.

Le jeune pickpocket se débattit comme un sauvage, mais Paul le tenait solidement.

— Écoute, petit, je travaille dans le quartier; pourquoi diable essaies-tu de me voler ?

— Il se fout pas mal d'où tu bosses, fit une voix dans son dos. C'est un des gars de Dummy.

Paul se retourna et reconnut un cireur de chaussures noir au pantalon bien repassé, qui attendait le client à l'angle de la rue.

— J'aime pas qu'on me prenne pour un pigeon, dit Paul au pickpocket. Tu m'entends ?

Le gamin leva la tête et lui cracha à la figure.

— Une belle petite ordure, pas vrai ? dit le cireur. Il s'appelle Millard Fillmore[1], tu te rends compte ? Il te tuerait pour dix cents.

Voyant que le pickpocket s'attendait à recevoir une bonne raclée, ou pire encore, Paul décida de le surprendre. De sa main libre, il fouilla dans sa poche.

— Dix cents, c'est tout ce que vaut une vie ? fit-il. Tiens, en voilà vingt. Paie-toi un verre de lait et quelques saucisses. Prends un bain et fais-toi couper les cheveux avec le reste. Tu te sentiras sacrément mieux après.

Là-dessus, il relâcha son étreinte.

Stupéfait, le métis regarda les pièces, puis Paul. Son visage se fendit d'un large sourire jaunâtre, il lança les pièces en l'air et les rattrapa d'une main agile.

— Merci, Fritz, dit-il en glissant l'argent dans sa poche d'où il tira un couteau à cran d'arrêt.

— Allez, monsieur le président Fillmore, fais ce que je t'ai dit ! gronda Paul. Et n'essaie pas de m'impressionner, tu te fatiguerais pour rien.

Le sourire de Fillmore s'agrandit.

— T'as des couilles, Fritz, dit-il en rangeant son couteau. A la revoyure !

— Doux Jésus, t'as pris des risques ! commenta le cireur de chaussures en s'éventant avec sa main. Les gars de Dummy sont des tueurs.

— Dummy ?

— Dummy Steinbaum. Il dirige une bande de pickpockets. Il les prend à sept ans, il les forme et il les fait trimer dans la rue.

Paul remonta sur le siège de son fourgon et s'éloigna. Ce fut sa seule et unique rencontre avec la bande de Dummy Steinbaum, qui comptait entre trente et quarante petits voyous. Quelques jours plus

---

1. Millard Fillmore (1800-1874). Treizième président des États-Unis (1850-1857). *(N.d.T.)*

tard, il apprit que Millard Fillmore avait dit à ses copains qu'il surinerait lui-même quiconque s'avisait de voler le blanchisseur allemand.

Chaque mois, Paul économisait un peu d'argent qu'il versait à la caisse d'épargne. Il commença à s'acheter une nouvelle garde-robe par correspondance. Il avait choisi ce moyen parce que les prostituées lui avaient dit qu'à moins de pouvoir s'offrir des vêtements de luxe, il ne trouverait pas moins cher. Le catalogue de Sears, Roebuck & Company le proclamait : « Les meilleures affaires aux meilleurs prix. »

Sears avait ses bureaux et ses entrepôts sur North Division Street. Paul s'acheta un costume de velours côtelé gris à la française, une veste à pois en coutil, des brodequins fantaisie à bouts pointus en vachette, une chemise, un col cassé détachable et des manchettes en celluloïd, une cravate rayée et un élégant chapeau melon, le tout pour quatorze dollars vingt-cinq cents.

— Mazette, quel chic ! s'amusa Wex quand Paul lui montra ses achats. Tu es paré pour le turf.

— Le turf ?

— Le champ de courses. Washington Park. Hawthorne. Jamais entendu parler ?

— Non, je ne crois pas.

— Les chevaux ne t'intéressent sans doute pas. (Wex huma l'air printanier par la lucarne ouverte.) Ils rouvrent bientôt, Dieu merci !

Paul se souvint du jour où il avait cherché Wex et de la mystérieuse allusion aux books. Si Wex jouait aux courses, sa pauvreté s'expliquait plus facilement.

Wex remarqua le front soucieux de Paul.

— Je sais, dit-il, je sais. Le jeu est un vice épouvantable. Je t'avais prévenu que j'avais des défauts. Les chevaux m'ont coûté Alice, mon studio de photographie, tout, ajouta-t-il avec une grimace douloureuse. Ils m'ont coûté la vie de mon fils.

— J'ai souvent pensé à vous poser la question, fit Paul avec la plus grande douceur, mais je n'ai jamais osé.

— Tu as raison. Je n'en ai jamais parlé à personne. Je n'ai jamais été assez intime avec quelqu'un pour ça. Allons dans l'arrière-boutique que je puisse voir son portrait en te racontant.

— Depuis mon enfance à Charleston, en Caroline du Sud, j'ai toujours aimé les chevaux. Charleston possédait un champ de courses avant même que les États-Unis existent. Tu savais ça ? C'était un endroit respectable, fréquenté par l'aristocratie.

» J'ai donc eu très tôt la passion des pur-sang, et j'ai vite ressenti le besoin de miser un peu d'argent sur la vélocité, la générosité et le cœur d'un bel étalon. Ce besoin est devenu une rage. Si tu n'as jamais eu la fièvre du jeu, je ne peux pas t'expliquer ce qu'on ressent.

C'est un peu comme la passion amoureuse, on ignore soi-même pourquoi elle vous tombe dessus.

» De l'autre côté du détroit, en face de la petite ville de Beaufort où j'habitais avec ma femme, Alice, où j'avais mon studio, où mon fils est venu au monde, il y avait une île qu'on appelait Hilton Head.

» Hilton Head était battue par les vents ; quelques rares plantations subsistaient, et de nombreux Noirs affranchis s'y étaient installés. Ils étaient un peu déboussolés d'être libres. C'était juste après la guerre.

» Il existait une sorte de trafic pour les produits de première nécessité entre les Blancs de Beaufort et les Noirs de l'île. C'est Germanicus, le vieux Noir qui nettoyait mon studio, qui m'a parlé du cheval magnifique de Hilton Head. Un alezan clair, plus roux que brun, et fort comme Hercule. Ce merveilleux cheval, rapide comme l'éclair, appartenait à un affranchi dénommé Alammalech Smalls mais que tout le monde appelait Lam. Lam Smalls faisait partie des rares Noirs à être fiers d'être enfin libres et fiers de ne plus avoir honte de la couleur de leur peau. Pas étonnant que Lam ait appelé son cheval Liberator.

» Sur la même île vivait un planteur ruiné qui avait pratiquement tout perdu. Sa vaste demeure avait été mise à sac et dévastée. Cet homme s'appelait le colonel Prospero Drayton.

» Le colonel Drayton possédait un étalon noir, lui aussi très rapide. Il détestait l'idée que des Noirs puissent vivre en liberté ; il détestait ce qu'il appelait leur entêtement prétentieux. Tu ne seras pas surpris d'apprendre qu'il concevait une haine farouche pour Lam Smalls, et pour Liberator.

» Naturellement, une course fut organisée. Toute la région en parlait, et je n'aurais manqué cela pour rien au monde. J'avais un esquif équipé de rames. Je voulais, bien sûr, voir la course, mais je voulais surtout parier tout l'argent de mon studio sur Liberator. Je ne l'avais pas dit à ma femme, mais elle l'avait deviné. Elle était furieuse, comme toujours.

» Le matin de la course, quand le soleil s'est levé, il y avait une lumière blanche particulière, l'air était lourd, aucun vent. Germanicus, qui parlait le dialecte des esclaves dont je comprenais quelques mots, m'a dit :

» — Missié Wexfod, un diab' de rage y va vinir, mes os y m' l'ont dit. Faut qui t'y prudent su l'eau avec ti pitit bateau.

» Je n'ai pas écouté son avertissement, bien que Germanicus connût les caprices de la côte bien mieux que moi. Je n'avais qu'une obsession en tête : parier sur la course.

» Mon fils, Wexford Junior, avait quatre ans et demi à l'époque. Il était brillant, cet enfant, il connaissait son alphabet et parlait comme un philosophe — il avait un vocabulaire étonnant pour son âge. Il était beau comme un ange.

» Petit Wex voulait voir la course, lui aussi. Alice a refusé, parce que le détroit est vaste et que les courants y sont dangereux. Néanmoins, malgré ses protestations, Petit Wex et moi sommes partis sur l'esquif. La traversée jusqu'à Hilton Head a été facile, car un noroît s'était levé. Nous étions surexcités en accostant sur la berge boueuse de Hilton Head. J'ai bien remarqué que l'horizon se couvrait de nuages gris foncé au nord-est, mais j'étais trop pris par la fièvre pour m'en soucier.

» La course était fixée à midi. Midian, le cousin du colonel Drayton, montait l'étalon noir. Lam Smalls montait Liberator lui-même. J'ai misé toute ma fortune, cent onze dollars, sur l'ancien esclave et son alezan. A douze heures tapantes, le pistolet donna le signal du départ. Aussitôt, Liberator a pris une, puis deux longueurs d'avance — même les Blancs encourageaient son effort prodigieux. Soudain, inexplicablement, Liberator a trébuché et s'est écroulé sur le flanc en hennissant de douleur.

» Simple malchance, rien de plus. Midian Drayton a foncé vers la victoire ; le colonel a fracassé sa bouteille de whisky contre un arbre en éclatant d'un rire dément. Lam Smalls était sain et sauf mais pas Liberator : les deux antérieurs claqués.

» J'étais ruiné, et je voulais épargner à Petit Wex le spectacle de la mise à mort du magnifique alezan. Nous nous sommes hâtés vers la plage. Déjà, le vent soufflait fort, nous recevions des bourrasques de sable dans les yeux. Des crêtes blanches moutonnaient sur l'Océan. Je hissai la voile au plus vite parce que le ciel était presque noir à l'horizon. Je n'aurais jamais dû quitter la plage, mais je croyais avoir le temps de traverser le détroit avant la tempête.

» Nous avancions vite malgré la houle. Je parlais sans cesse à mon fils, et m'efforçais de sourire parce que je voyais qu'il était terrorisé par la violence du vent et la fureur des vagues. Nous en étions aux trois quarts de la traversée quand la tempête a vraiment éclaté.

» L'esquif a chaviré dans un tourbillon d'écume. J'entendais les cris de terreur de mon fils ; je le serrais solidement contre moi pendant que j'agrippai le plat-bord de l'embarcation retournée.

» J'ai tenu bon pendant cinq à dix minutes, le courant nous poussait vers un petit monticule de terre, trop petit pour mériter l'appellation d'île. Mes mains menaçaient de lâcher prise, les muscles de mes bras étaient traversés d'épingles de feu, mais je résistais, hurlant des paroles d'encouragement à Petit Wex, du genre : « Accroche-toi bien à papa, Wex, on est presque arrivés. »

» Et puis une vague monstrueuse s'est brisée au-dessus de nous. Et soudain, cette terrible sensation de vide...

Wex brandit sa main, doigts écartés, et la regarda, horrifié.

— Plus rien. Il avait lâché prise, ou moi. Nous avions été séparés par la dernière vague... à moins de cent mètres du bout de terre qui nous aurait sauvés tous deux.

» Aussi fou que Drayton, je me suis mis à hurler le nom de mon fils. Le vacarme des vagues et du tonnerre était si assourdissant que même s'il avait crié, je n'aurais pas pu l'entendu. Et si je lâchais le bateau, je me serais noyé à coup sûr. Les yeux brûlants de sel, je scrutais la mer démontée à la recherche de sa tête bouclée, d'un petit poing tendu...

» Disparu. Il avait disparu.

» La tempête m'a jeté à demi inconscient sur le bout de terre, amer refuge de sable et d'herbe balayée par les vents marins. Je me suis accroupis et j'ai hurlé son nom pendant des heures. En vain.

» La tempête s'est calmée à seize heures et un magnifique soleil d'or s'est mis à scintiller sur les eaux apaisées. Un pêcheur de crevettes qui avait abrité son bateau dans une crique pendant l'orage m'aperçut en rentrant au port, et il m'a ramené à terre. Dix-sept jours plus tard, une petite Négrillonne qui ramassait des huîtres à marée basse a découvert le corps décomposé de mon fils dans un marécage, non loin de Beaufort.

» Voilà comment j'ai tout perdu : mon fils, mon studio, mon argent. Alice ne m'a jamais pardonné. Ce fut la fin... la fin de notre mariage, la fin de l'homme que j'aurais pu être si je n'avais pas eu la fièvre du jeu.

» Si tu veux tout savoir, cette fièvre, je l'ai toujours. Et c'est bien cela le plus triste. Que Dieu me damne ! Essaie donc d'expliquer ça. (Wex baissa la tête, accablé.) Moi, j'en suis incapable.

Wex se ressaisit peu à peu.

— Et voilà, fit-il d'une voix calme. Tu connais mon démon. Il ne m'a jamais quitté. Je fréquente toujours les champs de courses.

Paul épousseta le bord de son chapeau melon, puis le posa délicatement sur l'endroit le plus propre de la table.

— J'irai peut-être y faire un tour un de ces jours, pour voir comment c'est. Je suis sincèrement désolé pour votre fils.

— Merci, Fritz. Ça m'a soulagé d'avoir pu tout déballer. (Il se passa un doigt sur la lèvre supérieure.) Tu comprends peut-être mieux pourquoi j'aime bien t'avoir près de moi. T'apprendre le peu que je sais...

— Oh ! non, vous en savez beaucoup, au contraire !

— Bon, on ne va pas se disputer là-dessus. A toi de te confesser, maintenant. Depuis une ou deux semaines, je te trouve d'humeur joyeuse. Pourrais-tu m'expliquer ?

— Je travaille, j'ai de l'argent...

— Et c'est pour ça que tu t'es payé ces nouvelles nippes ?

— Pour paraître plus américain, oui.

Wex eut une moue peu convaincue.

— C'est tout ?

— Euh... fit Paul, rougissant. Non. J'ai rencontré une fille. Je crois qu'elle veut qu'on sorte ensemble.

— Et celle de la haute qu'est en Europe ?

— Oui, je sais, je ne devrais pas regarder les autres filles. Mais je me sens un peu seul...

Wex se leva, contourna la table et posa une main amicale sur l'épaule de Paul.

— Vas-y, fiston, y a pas de mal à sortir avec une jolie fille. Tu es jeune, c'est le printemps, et c'est pas parce que tu sors avec elle que t'es obligé de l'épouser.

— C'est juste, dit Paul, qui retrouva le sourire.

Paul avait flirté innocemment avec plusieurs jeunes filles qui travaillaient onze heures par jour dans la chaleur, la vapeur et l'humidité de la blanchisserie. Une seule l'intéressait vraiment. Elle avait dix-sept ans, et bien qu'il n'eût pu la qualifier de beauté, il la trouvait séduisante. Elle mesurait un peu plus d'un mètre cinquante, avait d'épaisses boucles rousses, une croupe mutine que même sa blouse grise informe ne parvenait pas à cacher, des seins bien galbés que sa petite taille faisait paraître encore plus voluptueux. Elle s'appelait Nancy Logan. Elle manœuvrait une calandre à vapeur, et repassait les draps et les serviettes de table. Ses lunettes rondes étaient perpétuellement embuées. Un mardi, elle apporta un gâteau à la carotte qu'elle avait fait pour lui. Ses intentions étaient claires.

Il passa deux jours épouvantables, tiraillé entre ses remords envers Juliette, les conseils de son mentor, son propre désir refoulé, puis il se décida à inviter Nancy à venir patiner avec lui le dimanche suivant.

La chance voulut qu'il fît un temps de printemps. Une foule se pressait sur la piste en plein air. Nancy et Paul patinèrent d'abord côte à côte, puis enlacés par la taille. Un orgue hurlait des airs à la mode. Paul portait sa nouvelle tenue avec son chapeau melon, Nancy arborait une branche de fleurs d'oranger artificielles à sa robe sérieusement démodée.

Elle ne perdait pas une occasion de se frotter contre lui. Ses seins l'excitaient à chaque fois qu'elle les pressait contre sa manche. Il se sentait mortellement coupable, mais ne pouvait s'empêcher d'aimer son jeu aguicheur. Il s'efforça malgré tout de garder une distance respectable.

Nancy venait de l'Indiana.

— J'ai dû partir parce que papa et maman avaient treize autres enfants à élever et que la ferme ne produisait pas assez pour nourrir tout le monde. Je suis arrivée par le train, ça a fait un an le mois dernier. J'ai bien failli ne pas sortir vivante de la gare.

— Pourquoi ?

— Il y avait un jeune gars qui attendait je ne sais quoi en suçant un cure-dent en argent. Quand j'ai demandé mon chemin au kiosque à journaux, j'ai remarqué qu'il m'observait. Il m'a abordée, tout sourire, au moment où je sortais de la gare. Il n'était pas vilain garçon, mais pas exceptionnel non plus. Grand, maigre, avec une boucle là.

Avec un doigt ganté, elle traça un accroche-cœur sur son front. La description éveilla en Paul un souvenir confus qu'il ne réussit pas à préciser.

— Il m'a demandé si je connaissais Chicago. J'ai dit que non, que je venais chercher du travail. Il m'a pris la main en me disant qu'il pourrait peut-être m'aider et qu'il me trouverait une chambre. Il m'a encore souri et il m'a dit qu'il s'appelait Jim. Je ne sais pas pourquoi, mais son sourire avait... quelque chose qui m'a fichu une trouille bleue. J'ai pris mes jambes à mon cou et j'ai couru au moins cinq cents mètres sans me retourner. Il avait disparu. Je ne l'ai plus jamais revu.

— Dieu merci. Je parie que c'est un rabatteur du Levee.

— Un rabatteur ?

— C'est un type qui traîne dans les gares et qui repère des jeunes filles pour... leur faire faire des choses malhonnêtes, fit-il en rougissant.

— Oh ! mon Dieu ! Tu veux dire qu'il cherche des filles pour les bouges avec lesquels on travaille ?

— C'est cela. Après on les enferme dans une chambre, puis on... euh, Nancy, tu es sûre de vouloir entendre la suite ?

— Oui !

— Elles sont outragées par un ou plusieurs hommes pendant un certain nombre de jours. (Elle écarquilla ses grands yeux verts.) On appelle ça le dressage... C'est ce qu'on m'a dit, s'empressa-t-il d'ajouter.

— Jésus, Marie ! J'ai eu de la chance, pas vrai ? fit-elle en se pelotonnant dans ses bras.

Ils reprirent leur ronde autour de la piste tandis que l'orgue attaquait *Just Tell Them That You Saw Me*, un succès sirupeux que tout le monde fredonnait.

— Je suis drôlement contente de t'avoir rencontré, fit-elle sans le regarder. Tu me plais beaucoup.

— Je t'aime bien aussi, Nancy.

— Ne m'en veux pas de te parler franchement. Je ne suis pas douée pour les chichis. Ce doit être mon côté paysan. On parle crûment à la ferme. Tu comprends, à force de vivre au milieu d'animaux qui font devant tout le monde... ce que font les animaux.

— Oui, je comprends.

Bizarrement, il était de nouveau excité.

— Fritz, j'ai une question à te poser. Tu as une fiancée ?

Le souvenir de Juliette le hanta.

— Oui, avoua-t-il. Mais elle est loin. De l'autre côté de l'Atlantique.

— Elle t'a quitté ?

— Pas exactement. Ses parents ne voulaient pas qu'elle me fréquente. Ils l'ont emmenée en voyage.

— Elle te manque ?

— Oui.

— Tu crois que tu l'oublieras ?

Il fut incapable de répondre.

— Ça veut dire que non, dit-elle, devinant ses pensées. Bon sang, c'est bien ma veine !

Elle lui prit la main et se tourna vers lui. Les reflets métalliques de la patinoire faisaient scintiller ses yeux comme du jade.

— Bon, tu es honnête avec moi, et je t'en remercie. Voilà ce que je te propose : tu continues à l'aimer et en même temps tu me fais une petite place. Si ça te convient, on peut aller chez moi. Je n'ai qu'une petite chambre, mais on y est tranquille.

— Nancy, je ne crois pas que...

— Je serai forte pour deux, Fritz. Très forte, ne t'inquiète pas. Je n'essaierai pas de t'arracher à elle. Promis.

Il huma l'air printanier. Elle était tout contre lui. Il brûlait d'envie d'elle. Il la suivit sans un mot.

— Oh ! mon Dieu ! s'écria-t-il en se redressant d'un bond.

Ils étaient couchés dans le lit étroit de Nancy. Elle habitait dans une petite chambre avec vue sur le bras occidental de la rivière.

— Qu'est-ce qu'il y a ?

Elle repoussa les draps et s'agenouilla. La lueur de la lune jeta des reflets argentés sur son ventre et sur ses cuisses. Dans l'ombre, ses mamelons ressemblaient à des cerises noires.

— Je suis d'une lenteur...

— Pas avec moi, murmura-t-elle en jouant avec ses parties intimes.

Ils avaient fait l'amour à deux reprises, pris par l'urgence du désir.

— Je parle du rabatteur. Le type que tu as rencontré à la gare. Je crois le connaître.

Il décrivit le livreur de chez Frankel et lui raconta le vol qu'il avait commis chez les Crown.

— Il s'appelait Jimmy, lui aussi.

— Jim, Jimmy... il y en a des milliers à Chicago.

— Pas des grands maigres comme lui, avec un accroche-cœur sur le front.

— En tout cas, si c'est lui, j'espère que tu ne le reverras jamais. Une fois suffit. Il avait un côté tellement mauvais. C'était horrible. Seigneur, j'en ai froid dans le dos rien que d'y penser ! Tu crois que tu pourrais me réchauffer ?

60

Jimmy

James Aloysius Daws était né dans l'un des quartiers les plus pauvres du West Side. Sa mère, Bert, soutenait que son fils était un enfant légitime, mais Jimmy n'avait jamais vu son père.

Il était tout petit quand ils allèrent habiter chez son oncle Francis, sur Grand Avenue, à l'ouest de la rivière, dans le quartier irlandais. Dès qu'ils en avaient les moyens, les Irlandais fuyaient ce quartier et leurs maisons étaient aussitôt investies par des Italiens qui venaient de New York. Les Irlandais qui restaient étaient méprisés par les vieux Italiens et maltraités par les plus jeunes. Jimmy détesta très tôt les Italiens — les Ritals, comme il les appelait.

Il détestait aussi ses proches parents. L'oncle Francis et sa femme, plus austère qu'une nonne, avaient onze enfants. A quatre ans, Jimmy dut apprendre à se battre pour défendre les quelques centimètres carrés de plancher où il dormait.

Il ignorait si sa mère travaillait, elle n'en parlait pas et n'en parla jamais. L'oncle Francis était chasseur au Palmer House. Son salaire était surtout constitué de pourboires, et il lui arrivait de ne rien rapporter à la maison. Dans ces cas-là, il partait à la messe en marmonnant que Dieu pourvoirait à leurs besoins. Il suffisait de voir l'état de leurs haillons et la maigreur de leur pitance, digne de l'hospice, pour comprendre à quel point c'était stupide.

C'est l'oncle Francis qui détourna à jamais Jimmy de Dieu.

La dévotion de l'oncle Francis confinait à la manie. Son instrument de châtiment favori était une latte de bois. Les maigres fesses de Jimmy ne connurent jamais pires souffrances que sous les coups de la planchette maniée par l'oncle Francis.

Son oncle le battait pour son impertinence, pour sa paresse, mais surtout pour sa désobéissance. Il obligeait sa progéniture, et Jimmy, à assister à la messe de neuf heures, dite pour les enfants, tous les dimanches matin. Le prêtre y prononçait une petite homélie sur l'obéissance qu'il illustrait à l'aide de récits à la gloire de gentils lapins, d'ânes repentis ou d'autres animaux dont les comportements étaient parfaitement étrangers à Jimmy.

Son oncle était informé de toute absence à la paroisse. Après avoir subi plusieurs homélies traitant, entre autres, de la misère terrestre des oiseaux bleus que seul le paradis des oiseaux délivrait de leurs souffrances, Jimmy devint le roi de l'absentéisme. Sa mère ne protestait jamais quand son oncle le battait. Que pouvait-elle faire ? Elle vivait de la charité de son frère.

Quand Jimmy eut six ans et demi, un incident accrut sa haine pour son oncle. De jeunes Italiens le coincèrent un après-midi et exigèrent qu'il vidât ses poches. Ils étaient tous plus grands et plus forts que lui.

Jimmy feinta à droite, crocheta à gauche, et réussit à s'enfuir. Il croyait que l'oncle Francis, à son retour du Palmer House, le féliciterait pour son habileté et sa rapidité. Au lieu de cela, l'oncle Francis entra dans une rage folle. Il traîna Jimmy derrière la maison, et lui fit un sermon sur le péché de lâcheté. Puis il rugit :

— Espèce de sale poltron ! T'as pas de sang dans les veines. Je vais t'endurcir la couenne une bonne fois pour toutes.

Et il frappa Jimmy de toutes ses forces avec la latte de bois.

L'accusation de poltronnerie l'humilia et le terrifia à tel point qu'il l'enfouit profondément en lui. Si profondément qu'il n'eut jamais conscience qu'elle influençait la plupart de ses actes. Toute sa vie, il n'eut de cesse de prouver qu'il avait bel et bien du sang dans les veines et la couenne endurcie.

La charité de son oncle était tout sauf une bénédiction. Cependant, la maison délabrée de l'oncle Francis offrait un semblant de sécurité. Jimmy s'en aperçut quand cette sécurité lui fut brusquement retirée. Un soir, en rentrant à la maison, l'oncle Francis fut attaqué par une bande. Plus tard la police identifia les agresseurs : c'étaient des membres de l'Association pour la protection de l'Amérique, association qui s'employait à rosser les catholiques dans le but de les faire fuir d'Amérique. La police trouva l'oncle Francis, le crâne défoncé, la cervelle dans le caniveau. Il agonisa pendant six heures. La famille se désintégra.

La carrière criminelle de Jimmy débuta peu après. Il accompagnait sa mère dans les boutiques de luxe. Elle portait toujours la même robe à cerceaux. Juste avant d'entrer dans le magasin, elle cachait Jimmy sous sa robe. Il marchait en canard, se heurtant à ses jambes, chatouillé par ses culottes bouffantes, craignant sans cesse d'être découvert.

Dans le magasin, Bert glissait sous sa robe divers articles que Jimmy rangeait dans de larges poches cousues dans les jupons.

Ensuite, Bert tirait ce qu'elle pouvait des articles en les mettant au clou.

Cette technique leur permit de survivre pendant environ un an. Puis un jour, les inspecteurs de chez Field arrêtèrent Bert et avant que Jimmy comprenne ce qui lui arrivait, sa mère se retrouva en prison.

Commença alors sa véritable éducation... celle de la rue.

Jimmy avait trouvé refuge dans une scierie, sous une pile de bois, quand il eut la chance de tomber sur trois jeunes Noirs, malins et costauds. Au lieu de le rosser ou de le suriner avec leurs énormes couteaux à cran d'arrêt, ils se prirent d'amitié pour lui. Il devint leur élève.

Ils lui apprirent à glisser une torpille sur le passage des tramways. Jimmy devait profiter de la panique causée par l'explosion pour délester une ou deux passagères de leur sac. Les Noirs l'obligeaient à partager son butin, mais cela lui était égal ; il lui restait toujours quelques cents pour s'offrir des petits pains et une tasse de café. C'est ainsi qu'il gagnait sa vie à huit ans.

Bert Daws fut libérée au bout de quatre mois. Elle s'installa ensuite au 441 South Clark Street, dans une maison de deux étages dont l'opulence épata son fils. C'était un véritable palais. Il y avait une vingtaine de chambres plus que confortables, toutes occupées par des femmes. La propriétaire, Mrs. Carrie Watson, était une femme agréable au langage raffiné. Elle portait des colliers de diamants, avait toujours un mouchoir en dentelle parfumé dans sa poche, et circulait dans Chicago à bord d'un carrosse blanc pourvu d'énormes roues jaunes que Jimmy détestait. Elle envoyait régulièrement des dons à l'église catholique qui se trouvait sur le trottoir opposé, ainsi qu'à une synagogue du quartier. Jimmy avait un petit lit dans une vaste pièce, au sous-sol.

Chez Carrie Watson, l'électricité restait allumée toute la nuit et le vin était servi dans des timbales en argent. Des véhicules déposaient sans cesse devant chez elle des messieurs bien mis. Un soir, un commis de cuisine conduisit Jimmy à l'étage, il lui montra un trou dans une cloison et l'aida à grimper sur un tabouret pour regarder. Jimmy vit une des locataires se tortiller sous un monsieur en gémissant. L'un et l'autre étaient nus comme des vers.

Il comprit rapidement ce qui se passait au numéro 441. Que sa mère se consacrât à ces activités ne le choqua pas le moins du monde. Il savait depuis longtemps le genre de choses que faisaient les grandes personnes. En outre, Bert portait de beaux habits, et il dormait au chaud. Mère et fils mangeaient régulièrement ; la nourriture, préparée par des mamies noires, était copieuse et de qualité. Chez l'oncle Francis, on aurait festoyé rien qu'avec les restes. Jimmy trouvait que sa mère était sacrément futée d'avoir trouvé une place chez Carrie Watson.

Cela ne dura pas. Sa mère se bagarra avec une autre femme, Jimmy ne sut jamais pourquoi. Mrs. Watson en rendit Bert responsable et la chassa. Ils vécurent dans plusieurs bordels, tous plus minables les uns que les autres. Puis, une nuit, des coups de feu changèrent définitivement le cours de sa vie. Jimmy avait dix ans.

L'établissement dans lequel Bert et Jimmy travaillaient à cette époque était une sordide maison d'entôlage. C'est ainsi qu'on désignait les bordels qui soulageaient les clients de leurs pulsions — mais pas uniquement. La disposition des lieux était partout la même. Entre deux chambres à coucher se trouvait une petite pièce appelée la salle d'opération. Elle possédait une cloison mitoyenne avec les deux chambres. Chacune de ces cloisons était munie d'un panneau pivotant ou coulissant qu'on actionnait depuis la salle d'opération. Dans les chambres à coucher, le lit et la chaise étaient disposés avec une précision mathématique. Lorsque le client s'activait et que la femme gigotait et hurlait — on demandait aux femmes de ces maisons de feindre le râle amoureux pour étouffer les éventuels craquements des panneaux articulés —, l'opérateur ouvrait le panneau et s'emparait du pantalon de l'homme, jeté sur la chaise ou sur le lit. Pour ce faire, il utilisait parfois une perche munie d'un hameçon.

Jimmy gagnait un salaire régulier en maniant la perche dans la salle d'opération. La maquerelle avait eu la délicatesse de ne pas le faire travailler au même étage que sa mère.

La nuit où les coups de feu retentirent, il se précipita pour trouver Bert effondrée contre le mur de sa chambre. Une Noire rondelette la secouait en gémissant.

— Bert, oh ! Bert, non ! Ne ferme pas les yeux ! Bert, réveille-toi !

Bert se tenait le ventre. La robe de chambre de soie criarde ornée de paons brodés qu'elle portait toujours pour travailler était noire de sang. Le panneau coulissant était ouvert.

Jimmy hurla. Il se jeta au cou de sa mère et la serra dans ses bras. Elle lui caressa les cheveux, prononça son nom, puis rendit l'âme. Plus tard, il comprit qu'elle était morte dans ses bras. Il se souvenait de la scène dans tous ses détails, jusqu'à ses propres mains ensanglantées.

L'assassin, un commis voyageur, avait surpris l'opérateur en train de s'emparer de son portefeuille. Quand Jimmy arriva dans la chambre de sa mère, les policiers l'avaient déjà arrêté. La mère maquerelle leur laissa un généreux pourboire pour la rapidité de leur intervention.

Elle paya l'enterrement, puis elle expliqua à Jimmy qu'elle était malheureusement obligée de lui demander de partir maintenant que Bert ne pouvait plus subvenir à ses besoins.

A dix ans, Jimmy retourna dans la rue, pour toujours cette fois.

Il se débrouilla plutôt bien ; il n'était pas un empoté. Il fit bien quelques erreurs, mais elles lui servirent de leçon.

Il cira les chaussures sur le trottoir, qu'il pleuve, qu'il neige ou qu'il vente. Il souffrit en hiver quand la pluie glacée mordait les joues, mais à Chicago, il y avait toujours moyen de survivre aux hivers rigoureux. Par exemple, on pouvait s'inscrire dans une école publique, s'asseoir dans le fond de la classe et somnoler ainsi au chaud une heure ou deux.

Rien n'arrêtait Jimmy. Il pillait les troncs dans les églises catholiques avec une sorte de plaisir mauvais. Une de ses préférées était l'église de Saint-Stanislas, celle des Polonais. Jimmy n'avait jamais aimé les Polonais.

Il n'aimait pas non plus les Allemands. Non, le mot était trop faible. Il les détestait. Sur Roosevelt Road, il y avait la grande église allemande de Saint-François-d'Assise. C'est là que Jimmy commit l'une de ses rares erreurs.

Après avoir traîné autour de Saint-François-d'Assise un jour ou deux, il eut soudain une idée. Au lieu de la menue ferraille des troncs, pourquoi ne pas voler un objet de valeur ? Il fixa son choix sur l'ostensoir en or dans lequel on exposait l'hostie consacrée.

Le rituel catholique lui offrit une occasion de le dérober : une adoration perpétuelle, durant laquelle l'ostensoir restait en permanence sur l'autel.

Le prêtre conduisait les dévotions, mais le rituel se poursuivant toute la nuit, il prenait quelques heures de repos. Des paroissiens se relayaient de façon qu'il reste toujours au moins un fidèle éveillé sur le premier banc. Jimmy se cacha dans le fond de l'église, espérant que l'un d'eux s'endormirait durant sa garde.

Vers trois heures du matin, il fut récompensé de son attente. Voyant que le dévot s'était assoupi, il se glissa le long des bancs, s'empara de l'ostensoir, le fourra sous son manteau, et s'enfuit.

Réjoui, il rêvait déjà de la fortune et de la réputation que lui vaudrait ce vol. Il apporta l'ostensoir à Glass, le prêteur sur gages.

Glass lui rit au nez.

— Tu te moques de moi, Jim ? Tu t'imagines que je peux vendre ce truc-là ? Je ne suis pas *katholisch*, mais je sais ce que c'est. Tout le monde le sait. Tu es un *goy* stupide. Je t'aurais cru plus futé. La prochaine fois, réfléchis avant de voler ! Tu vas rendre cet ostensoir, ou c'est moi qui m'en charge !

Mortifié, Jimmy essaya de remettre l'ostensoir en place. Malheureusement, le sacristain le surprit et appela le vieux curé allemand au visage farineux.

Ce dernier l'empoigna solidement et lui hurla aux oreilles :

— Es-tu catholique ?

— Oui, mais qu'est-ce que ça vient faire...

— Ça aggrave le crime. Non seulement tu es une souillure pour la société, mais tu déshonores ta foi. Notre Seigneur Lui-même ne peut te sauver. Tu iras en enfer, mon garçon. Tu iras en enfer.

Jimmy, âgé de douze ans à l'époque, lui répondit avec un sourire narquois :

— Ça m'étonnerait, mon père. J'y suis déjà. J'y ai toujours vécu.

Là-dessus, il décocha un violent coup de genou dans les testicules du vieux curé.

L'homme se tordit de douleur, et s'effondra dans les bras du sacristain. Jimmy disparut sans demander son reste.

Par la suite, il détesta encore davantage les Allemands. Mais il n'oublia jamais la leçon que lui avait donnée Glass.

En grandissant, il commença à accorder de l'importance à ce que les filles pensaient de lui. Il comprit que si on n'avait pas l'air d'un dur, si on n'avait pas les poches pleines de dollars, si on n'était pas plus malin que son voisin, on n'avait aucune chance de plaire aux filles les plus désirables. Peu importait ce qu'on était réellement, tout était dans les apparences. Si la fille était séduite par les apparences, la partie était quasiment gagnée. C'est ainsi qu'il se mit à mentir sur ce qu'il était, sur ce qu'il possédait et, surtout, sur son passé.

Il fit toutes sortes de petits boulots. Il essayait parfois d'échapper à sa condition en trouvant un travail respectable, mais il n'arrivait pas à garder un emploi stable. L'honnêteté ne lui permettait pas de gagner de l'argent rapidement et sans effort. Il finissait toujours par se faire renvoyer — à cause d'un vol, à cause de son caractère violent, ou encore à cause de sa haine affichée des immigrés, patrons ou employés. Jimmy détestait les accents étrangers, que ce fût celui des Citrons, des Boches, des Youpins, des Ritals ou des Négros du Dixieland. Il était peut-être un bâtard, mais par le Christ, c'était un vrai Américain.

Livrer de la viande pour Frankel fut l'un de ses emplois provisoires. Mais pénétrer dans des demeures luxueuses ne fit qu'accroître sa rage d'être pauvre. Après avoir volé la porcelaine chez les Crown, il n'avait jamais remis les pieds chez Frankel, qui l'aurait directement envoyé en prison.

Par la suite, il avait été aide serveur, factotum dans un cours de danse où la patronne lui avait donné des leçons gratuites parce qu'elle aimait son insolence. Il s'était engagé dans la milice pendant la grève Pullman, puis comme rabatteur pour un bordel de Clark Street. Ce dernier travail lui plaisait, surtout quand on lui demandait de participer au dressage. C'était une sorte de viol, mais il était payé pour ça. Sans compter que c'était excitant.

Il fit le rabatteur jusqu'au jour où il attrapa une chaude-pisse carabinée. Il se mit dans la tête que c'était une petite blonde de Rock Island qui la lui avait refilée. Il l'avait trouvée à la gare et avait participé à son dressage. Elle hurlait qu'elle était vierge. Foutaise ! Les vierges ne vous refilent pas la chaude-pisse. Avec la permission de la mère maquerelle, à qui la fille ne donnait pas satisfaction, Jimmy lui rendit visite et la tabassa jusqu'à ce qu'elle implore pitié.

Ses gémissements le rendirent fou. Il continua à la rosser de toutes ses forces. Coups de poing dans la figure, coups de pied dans le ventre. Il l'empoigna par les cheveux, et frappa, frappa comme un dément. Elle s'écroula à genoux, son nez ruisselait de sang, mais il frappa encore, le dos, le ventre, les reins. Enfin, elle s'effondra, livide et immobile.

— Debout, salope ! rugit-il avec un rictus nerveux. Faut pas me la faire. Ouvre les yeux, je ne te toucherai plus.

Rien.

— Debout, je t'ai dit !

Il la souleva par les cheveux. Le sang coulait entre ses petits seins d'albâtre. Il la lâcha. Approcha son visage de sa bouche. Pas un souffle.

— Seigneur ! s'exclama-t-il.

Il se passa la main dans les cheveux, le regard terrifié.

— Seigneur ! Seigneur tout-puissant !

La mère maquerelle était furieuse. Il fut chargé de se débarrasser du corps.

— Et ne remets plus jamais les pieds ici !

La nuit, il transporta le corps dans une brouette volée. Il avait caché le cadavre dans un sac de ciment vide. Heureusement, la fille ne pesait pas lourd. Il poussa son chargement jusqu'à une scierie située au bord de la rivière — il avait dû débourser cinq dollars pour que le veilleur de nuit accepte de laisser la barrière ouverte.

Sur le ponton de la scierie, tremblant d'être découvert, il lesta le sac avec des tuyaux de plomb, le ferma avec du fil de fer, et le jeta à l'eau. Puis il partit d'un pas mal assuré sans se préoccuper de la brouette. Dans une ruelle qui longeait la scierie, pris de diarrhées, il dut baisser son pantalon.

Au bout d'une semaine, sa terreur s'estompa, laissant la place à un sentiment de supériorité et de puissance que seul le meurtre procure. Quelques jours plus tard, un cadet qui travaillait pour la mère maquerelle vint le voir. Ils s'étaient déjà rendu quelques services.

— Mauvaises nouvelles, Jimmy. La petite garce de Rock Island, tu te rappelles ? Son frère est commissaire adjoint. Il a débarqué à Chicago, il a remué ciel et terre, et il l'a retrouvée, figure-toi.

— Je savais pas.

— C'était dans les journaux. Ça va chauffer pour toi, mon pote. Tu ferais mieux de te mettre au vert un bout de temps. Planque-toi dans un coin où les guignols iront pas te chercher. Trouve-toi un boulot *respeckable*.

Il prononça exactement *respeckable*.

C'est ainsi que Jimmy Daws trouva un travail *respeckable* et croisa de nouveau la route de Paul Crown.

61

Paul

Un homme vêtu avec un mauvais goût criard — ils abondaient dans le premier district — entra un jour dans le Temple de la Photographie. Il était si gros qu'il aurait pu être un frère de la regrettée Ficelle. Il se présenta sous le nom de Toots Tilson.

— Je suis du Comité, précisa-t-il.

Paul lui indiqua le fauteuil réservé aux visiteurs, puis grimpa au premier prévenir Wex. Ce dernier descendit, sans enlever son tablier de toile aux multiples poches et ses gants de caoutchouc. Toots renifla et marmonna :

— Terrible, votre eau de toilette.

— Thiosulfate de sodium, expliqua Wex. Je travaille dans la chambre noire, ce soir.

— Je n'en ai pas pour longtemps. Je suis venu pour l'assurance, reprit Toots avec un regard appuyé en direction de Paul.

— Fritz, tu veux bien nous laisser ? sollicita Wex.

Paul sortit. Plus tard, dans la cuisine, Wex et lui partagèrent du pain de seigle, des branches de céleri et deux bières.

— Ce type est dans les assurances ? demanda Paul.

— Façon de parler. L'assurance est une sorte de caisse à laquelle peuvent cotiser tous les adhérents du Comité. C'est une idée de Coughlin et Kenna, et elle plaît à tout le monde. Si un « assuré » a des ennuis avec la mairie ou avec les flics, le Comité engage un avocat pour le défendre. Parfois il paie même sa caution. Moi, j'ai commencé à cotiser il y a quelques années, quand je faisais un travail, euh... un peu spécial.

Les coudes sur la table, Paul attendait.

— Bah, je n'ai plus rien à te cacher, maintenant, fit Wex.

Il se leva, revint avec un de ces grands cadres en carton dans lesquels on glisse les photos. Les bords étaient ornés de floritures dorées bon marché qui s'écaillaient.

— J'ai pris cette photo dans une pièce fermée à clef. Je l'ai tirée moi-même. J'en ai vendu trois cents environ, à deux dollars pièce.

Uniquement pour promouvoir l'art de la photographie, tu comprends. Un jour, un exemplaire est tombé dans les mains d'un jeunot de seize, dix-sept ans, il l'a montré à son père, qui se trouvait être diacre. Ce philistin a fait un scandale dans les journaux et moi, je me suis retrouvé inculpé de vente d'obscénités. J'ai passé deux nuits au bloc, mais ça s'est arrêté là. Un avocat payé par l'assurance m'a fait libérer, il n'y a pas eu de procès. Il m'est juste resté un tas de photos sur les bras. Tiens, jette un œil. Ça s'appelle *La Perle*.

Paul ouvrit la chemise. La photo montrait une jeune femme posant dans une coquille d'huître de deux mètres, une main près de sa bouche arrondie de surprise, l'autre couvrant ses parties intimes de manière suggestive. Voluptueuse, les cheveux et les yeux sombres, elle portait une combinaison de satin blanc. Paul comprenait pourquoi la photo avait conduit son ami en prison : ce genre de marchandise se vendait sous le manteau.

— C'est pas une œuvre d'art, ça ? fit Wex.

— Si, tout à fait ! mentit Paul en lui rendant la photo. Alors, ce Mr. Toots (il avait du mal à prononcer ce curieux nom américain) est venu réclamer votre cotisation à l'assurance.

— Oui, et je n'avais pas l'argent.

— Qu'est-ce que vous avez fait ?

— Comme la fois d'avant, un arrangement. Celui-là paiera mes versements pour six mois. Le conseiller municipal Coughlin veut un nouveau portrait de lui pour sa famille. Ce type est plus vaniteux qu'un paon. Tu te souviens des trois politicards de l'autre jour ? Ils m'ont recommandé. Coughlin viendra au studio dans une semaine, à cinq heures. Rentre tôt ce jour-là si tu veux faire sa connaissance. On ne sait jamais quand on peut avoir besoin d'un ami ou d'une faveur, dans le Levee.

— Bonjour, mon garçon. Je suis John Joseph Coughlin, dit le conseiller en écrasant la main de Paul dans sa grosse patte.

Bâti comme un déménageur, il avait un épais cou rouge et de larges épaules. Sa poitrine et son ventre formaient une unique courbe rebondie. Il coiffait ses cheveux brillantinés en un haut toupet, portait d'impressionnants favoris et une moustache dont il relevait les pointes. Il tenait à la main un objet plat enveloppé de papier marron.

— Enchanté de vous connaître, monsieur. Je suis Paul Crown, l'assistant de Mr. Rooney. Il vous attend dans le studio, si vous voulez bien me suivre.

Bien qu'il n'eût pas plus de trente-cinq ans, John Coughlin jouissait d'une réputation effroyable. Un soir, Nancy Logan avait mis Paul en garde : « C'est Coughlin qui mène la meute des "Loups gris" à la mairie. Ce type a pas une once d'honnêteté en lui, à ce qu'on dit. Le laisse pas te dévoyer. T'es un garçon intelligent et droit. Gentil, aussi. Un de ces jours, tu auras envie de fonder un foyer avec cette fille que tu attends. Fais attention. »

D'après Wex, Coughlin était un pur produit de Conley's Patch, le quartier irlandais, l'un des plus pauvres de Chicago. Il avait commencé comme masseur dans un bain turc de Clark Street, mais dévoré d'ambition, il n'avait pas tardé à passer au Palmer House, dont les bains étaient renommés dans toute l'Amérique.

Il avait ensuite acheté son premier établissement dans East Madison puis un deuxième à l'hôtel Brevoort. C'est de là que lui venait son surnom de Bains-Douches, surnom qui depuis ne l'avait pas quitté. Il continuait à diriger ses établissements et avait acquis un café appelé le Silver Dollar, mais la véritable entreprise de Coughlin, c'était Chicago. Il avait été élu pour la première fois en 1892, et réélu à une majorité écrasante deux ans plus tard. Ceux qui ne l'aimaient pas prétendaient qu'il avait garanti sa victoire en payant des brigades volantes de malfrats qui empêchaient les électeurs de l'opposition d'entrer dans les bureaux de vote. Wex expliqua à Paul qu'en s'associant avec le patron de bistrot Michael Kenna, surnommé Hinky Dink, le Zigue louche, Coughlin s'était assuré le contrôle absolu de tout le premier district. Bien que de tempéraments opposés, Bains-Douches et le Zigue se montraient aussi implacables l'un que l'autre en politique. Kenna avait dans sa poche la majorité des présidents de bureau de vote du premier district. Il était capable de fournir un nombre illimité d'électeurs dont le nom figurait sur des pierres tombales. « Il fait venir de faux électeurs d'aussi loin que Lake County, disait Wex. Ce n'est un secret pour personne. Il les paie cinquante cents par vote, plus toute la bière et les saucisses qu'ils peuvent avaler. »

Coughlin s'habillait comme un riche — un riche au goût discutable mais un riche quand même. Pour se faire photographier, il avait choisi une redingote de soie noire sur laquelle il avait épinglé une étoile de métal portant l'inscription *Conseiller*. Il avait complété sa tenue par une chemise de soie d'un vert brillant, une cravate bleu ciel et un gilet ivoire orné de fleurs du même jaune que ses demi-guêtres.

— Mr. Coughlin est arrivé, annonça Paul.

Wex sortit de sous le drap noir et vint serrer avec effusion la main de Bains-Douches.

— Conseiller, quel plaisir ! Asseyez-vous donc. Avez-vous une idée précise pour le portrait ? Une pose particulière ?

Le visage de Coughlin devint pensif. Il tira un mouchoir de sa poche, épousseta le bout d'un banc de jardin que Wex avait passé une demi-heure à placer devant trois colonnes doriques.

— Hum... répondit le conseiller quand il eut fini son ménage. Je veux quelques chose de digne. Ce portrait est pour Mary et les gosses.

— Quelque chose de digne, approuva Wex. C'est exactement ce à quoi je pensais. Un portrait qui mette votre position en valeur.

— Dans le mille, Émile !

Avec un large sourire, Coughlin releva les pans de sa redingote et posa son postérieur sur le banc.

Wex avait revêtu pour la séance une longue blouse dans laquelle il se prit deux fois les pieds, trahissant ainsi sa nervosité. Il ordonna à Paul de déplacer un réflecteur de cinq centimètres vers la gauche, puis de le rapprocher d'un centimètre à droite. Le manège prit un quart heure. Après avoir essuyé l'objectif de l'appareil, modifié la position de Coughlin, passé un peigne dans une mèche rebelle, Wex pressa la poire pour la première pose.

— Il nous faut un éclairage à la Rembrandt, décida-t-il en reculant d'un pas. On va mettre un projecteur en haut et un autre à droite.

D'un geste majestueux, Bains-Douches fit signe à Paul.

— Apporte le paquet qui est là-bas, mon garçon. Rooney, accrochez-moi ça à une des colonnes. Y en a peut-être qui trouveront ça commercial, mais je m'en bats l'œil. Faites du fric, moi, je dis. Faites du fric et vivez vieux.

Paul lui remit le paquet. Il contenait une pancarte jaune sur laquelle de grosses lettres chocolat disaient :

> *La propreté, c'est la santé*
> *La santé, c'est la richesse*
> *Soyez en bonne santé grâce aux bains Coughlin !*

— Oh ! Très bien, très digne ! le complimenta Wex. Fritz, va chercher un marteau et un clou.

La séance se poursuivit durant une heure et demie. Finalement, Bains-Douches consulta sa grosse montre en argent et annonça qu'il devait partir. Il serra longuement la main du photographe en déclarant :

— Sensationnel, vraiment sensationnel ! On s'occupe de vos versements, ne vous en faites pas.

— C'est très gentil de votre part, conseiller. Merci.

Coughlin inspecta du regard le studio minable et poussiéreux.

— Les affaires pourraient mieux marcher, on dirait.

— Oui, beaucoup mieux.

— Je ferai passer le mot. Si les conseillers municipaux ne veulent pas de photo de leur femme, ils vous enverront peut-être leur petite amie. Appelez-moi si vous avez besoin d'un service. Toi aussi, petit. C'est mon boulot. Rendre service et faire gagner de l'argent.

Le lendemain de la livraison des photos au Silver Dollar, le facteur apporta un message exprimant succinctement la réaction du politicien :

> *Sensationnelles, vos photos ! Washington Park ouvre la semaine prochaine. Mon cheval Premier District sera engagé. Soyez les bienvenus dans ma loge. Avec toute mon admiration,*
> *Coughlin.*

Le lundi suivant, Paul demanda son après-midi à son patron. Albert Grace joua un long moment avec son crayon avant de répondre qu'il lui accordait ce congé parce qu'il avait prouvé qu'il était digne de confiance et qu'il travaillait dur.

— Mais il sera prélevé sur ton salaire, prévint-il.

Les tribunes, le pavillon de course et la piste de Washington Park occupaient quelque quarante hectares dans la Soixante-Cinquième Rue. Un chaud soleil brillait pour cette journée d'ouverture. Paul et Wex prirent le métro aérien du South Side en tâchant de rester le plus loin possible des fenêtres ouvertes pour échapper aux nuages de suie rejetés par la machine.

Le métro les déposa près de l'entrée de l'hippodrome au milieu d'une foule joyeuse. Paul portait son costume gris et un Kodak de la boutique en bandoulière ; Wex avait le visage rouge, en sueur. Paul l'avait vu fourrer une liasse de billets dans la poche de sa veste. Comment s'était-il procuré cet argent ? Paul n'en avait aucune idée.

Sur l'esplanade encombrée, un jeune homme aux cheveux blonds partagés par une raie médiane leur tendit un prospectus. Wex le repoussa d'un geste accompagné d'un juron. Il semblait extraordinairement nerveux, presque à bout de nerfs. Pas étonnant qu'il parlât des courses de chevaux comme de son démon.

La journée d'ouverture de Washington Park offrait un spectacle sans égal. Les gens aisés de Chicago arrivaient dans de grosses voitures à quatre chevaux. C'était la mode chez les riches, disait Nancy, et en effet, Paul n'avait jamais vu autant de magnifiques attelages.

— On se retrouve dans cinq minutes, dit Wex, qui s'éclipsa sans explication.

Paul suivit la file de victorias et de carrosses qui franchissaient les grilles. Les plumets dansaient sur les chevaux racés ; les clochettes d'argent tintaient ; le métal et le cuir brillaient à force d'avoir été astiqués. Quelques gentlemen avaient choisi de venir sur des pur-sang à queue coupée. Dans les allées tournant autour du pavillon de course ils menaient leur monture au pas devant la populace qui se pressait derrière les barrières.

Wex revint, le programme des courses dépassant de sa poche.

— Bon, allons rejoindre notre hôte.

Située au premier rang des tribunes centrales, la loge de Coughlin était l'une des plus grandes. Elle contenait neuf chaises et suffisamment d'espace pour que plusieurs personnes puissent s'y tenir debout. Quatre invités étaient déjà assis. Paul remarqua plusieurs cartons entassés dans un coin.

Bains-Douches les accueillit avec une gaieté débordante.

— Content que vous ayez pu venir, les gars ! J'espère que vous avez les poches pleines de dollars !

Il partit de son rire contagieux et serra la main de Wex en l'agitant comme le levier d'une pompe.

— C'est élégant, ce que vous portez, conseiller, dit le photographe quand il se fut libéré.

— Ça vous plaît ? fit le politicien en tâtant son revers gris tourterelle.

Sa chemise était rose, sa cravate et ses demi-guêtres, blanches, son gilet, vert foncé avec des carreaux blancs.

— Venez que je vous présente...

Il se tourna vers un petit homme austère, entièrement vêtu de noir à l'exception de sa chemise à plastron. Il mâchonnait un cigare éteint en jaugeant les nouveaux venus avec les yeux bleus les plus froids que Paul eût jamais vus.

— Voici mon associé, Mr. Michael Kenna. Hink, je te présente Wexford Rooney et son assistant, Fritz — j'ai oublié ton nom de famille, désolé. Des artistes de première classe.

— Enchanté, lâcha l'homme sans leur tendre la main.

— Par ici, fit Bains-Douches. (Il se dirigea vers un homme de haute taille, solidement charpenté.) Mon pote de la Vingt-Deuxième Rue, le colonel Shadow — ou plutôt R. Sidney Shadow III, descendant d'une des plus vieilles familles de pionniers de Denver. Cet homme est un génie, les enfants. Un inventeur, un homme de spectacle... Vous n'avez pas fini d'entendre parler de lui.

— Je vous connais de nom, colonel, dit Wex. Vous travaillez dans les images animées.

Shadow tendit la main en s'inclinant.

— C'est exact, répondit-il d'une voix profonde de prédicateur. Appelez-moi Sid. Permettez-moi de vous présenter mes nièces, Miss Waterman et Miss Akers.

Deux jeunes femmes firent la révérence en gloussant. La première était coiffée d'une casquette d'amiral et l'autre, d'un chapeau à la Sherlock Holmes. Toutes deux portaient une épaisse couche de rouge à lèvres écarlate.

Le public remplissait les tribunes ; une fanfare jouait ; le ciel était d'un bleu profond. Une brise printanière agitait les drapeaux et les plumes des chapeaux des dames. On vit les jockeys traverser la pelouse pour se rendre au départ de la première course.

— Oooh, Sid, s'écria Miss Waterman. Ils vont partir !

Si ces deux filles étaient les « nièces » du colonel Shadow, Paul était le président Cleveland.

Le visage à nouveau empourpré, Wex se rua vers la porte de la loge.

— On a encore le temps de parier ?

Bains-Douches regarda les chevaux.

— Tout juste — si vous faites vite. Premier District ne court pas avant la troisième. Dans celle-ci, moi, je mettrais quelque chose sur Joli Coup — gardez vos culottes, les filles, c'est pas cochon.

Il rit encore plus fort que les deux grues, tandis que Wex sortait en courant.

— Fritz, si tu nous tirais le portrait en attendant ?

Paul se fit une joie de satisfaire le conseiller. Il le fit d'abord poser en tenant les deux poules par la taille. Puis il élargit le groupe et se renversa contre la barrière pour avoir tout le monde dans l'objectif. Kenna refusa de se lever pour la photo. Il demeura assis, mâchonnant son cigare et étudiant le programme des courses. Il était soit très timide, soit très arrogant.

Wex revint et se joignit aux autres pour la dernière photo. Les chevaux étaient au départ. Une cloche sonna, le public se leva dans les tribunes et, pendant deux minutes, ce fut une frénésie de cris, d'encouragements, de programmes et de foulards brandis tandis que le soleil se reflétait dans les lentilles de coûteuses jumelles. Un cheval nommé Prince Hal remporta la course ; Joli Coup termina sixième sur sept partants. Wex déchira ses tickets.

Paul était fasciné par le colonel Shadow. Si Wex avait un côté lutin irlandais, Shadow était une statue de granit. Il avait des traits anguleux, une mâchoire puissante. Il s'habillait avec élégance dans le style western : bottes en cuir repoussé, pantalon de twill, pardessus léger de laine noire, sombrero couleur sable avec un bandeau de cuir orné de motifs indiens, semblable à celui que portait Buffalo Bill dans son spectacle. Bien que très pâle, le colonel R. Sidney Shadow, troisième du nom, était un personnage imposant.

— Excusez-moi, colonel, dit Paul, si j'ai bien compris, vous travaillez dans les images ?

— C'est exact, mon garçon.

— Les images animées, précisa Wex.

— Qui feront fureur demain, renchérit le colonel. Rappelez-moi votre nom...

— Wexford Rooney. Je suis photographe.

— Formidable ! C'est votre assistant ?

— Paul Crown, monsieur. Tout le monde m'appelle Fritz.

— Fritz. Formidable.

Shadow leur remit à chacun une carte portant son nom et les mots « Chicago Luxograph Company », suivis d'une adresse.

— J'ai l'honneur d'être l'inventeur et le détenteur du brevet du Luxoscope. Nous en avons déjà installé dans cinq États du Middle West et ce n'est qu'un début. Ça marche du tonnerre ! Je travaille aussi sur un appareil de projection.

— Merveilleux, fit Wex d'un ton distrait. J'aimerais beaucoup en savoir davantage mais la course suivante va démarrer. Si vous voulez bien m'excuser...

Paul prit la chaise restée libre à côté du colonel.

— J'ai vu des films à l'Exposition, dit-il tout excité. C'était fantastique. Vous croyez vraiment qu'on en montrera un jour sur un grand écran ?

— Absolument. D'où venez-vous, Fritz ? D'Allemagne ?

— Oui, de Berlin. Mais je suis chicagolais, maintenant.

— Intéressé par notre industrie naissante ?

— Passionné ! J'aime toutes les formes de photographie, j'étudie cet art avec Mr. Rooney. Mais ce sont les images animées, qui me fascinent le plus.

Fasciné, chicagolais... Paul espérait que Shadow remarquerait ses efforts pour utiliser des mots compliqués. Il avait envie de l'impressionner.

— C'est la technique de l'avenir, assura Shadow. Cela ne m'intéresse pas de ramasser des clopinettes avec un film, je veux gagner des milliers de dollars. C'est pour ça que je me tue à mettre au point un appareil de projection et une caméra pour aller avec. Ayez l'œil sur nous. (Ses mains dessinèrent une bannière dans l'air.) Les Films du Luxographe ! Des images grandeur nature, éblouissantes et... meilleures que celles d'Edison.

— Ça va pas lui plaire, au Sorcier, fit observer Bains-Douches en riant. Ni aux avocats qu'il entretient pour qu'on lui pique pas ses inventions.

— Mon projecteur sera de conception originale, protégé par un brevet, déclara Shadow. Mr. Thomas Alva Edison ne va pas tarder à réaliser qu'il ne peut pas se garder tout le gâteau pour lui.

Paul s'apprêtait à interroger le colonel sur les possibilités qu'offrait son entreprise quand il éprouva un sentiment de culpabilité. Il avait l'impression que le simple fait de manifester son intérêt revenait à trahir Wex. Au moment où la cloche annonçait le départ de la course suivante, Wexford Rooney fit un retour en trombe dans la loge.

— J'ai joué Evangeline gagnante !

— Hum, je sais pas, fit Coughlin.

Evangeline finit dernière.

Quelques instants après la fin de la course, deux jeunes hommes firent leur entrée dans la loge. Paul avait déjà vu l'un d'eux — le blond avec une raie au milieu. L'autre, qui regardait la foule, lui tournait le dos. Lorsqu'il se retourna. Paul reconnut avec stupeur le livreur qui avait volé les porcelaines des Crown, et, très probablement, le rabatteur qui avait essayé de coincer Nancy à la gare.

Avec son chapeau melon, son faux col, son costume écossais et ses chaussures brillantes à bout pointu, il semblait beaucoup plus prospère qu'à l'époque où il travaillait pour Frankel. Ses yeux vifs montrèrent qu'il avait, lui aussi, reconnu Paul. Shadow surprit l'échange de regards et présenta les deux types à Paul.

— Voici mes deux assistants, Lewis Kress et James Daws. Lew et Jimmy.

Lew Kress fut le premier à tendre le main. Il avait un fort accent du Sud, et un air de chien battu. Jimmy Daws s'avança, serra la main de Wex puis celle de Paul.

— Salut, mon pote. Ça fait une paie.

— Vous vous connaissez ? s'étonna Shadow.

— Nous nous sommes déjà rencontrés, répondit Paul, qui en resta là.

Jimmy Daws lui donna une grande tape sur l'épaule en s'exclamant :

— Ça, oui, alors ! Content de te revoir.

— Bon, ça suffit les amabilités, fit le colonel avec un rire bref. Vous n'êtes pas ici pour vous amuser, vous deux. Liquidez-moi ces prospectus.

Lew et Jimmy s'approchèrent des cartons, remplirent leurs poches de minces feuillets sur lesquels Paul lut le mot « Luxoscope » écrit en grosses lettres, suivi de plusieurs points d'exclamation. Les deux assistants se bousculèrent au moment de franchir la porte et Jimmy frappa Kress à l'épaule.

— Hé, fais attention, bon Dieu !

— Pardon, murmura Kress en reculant.

Jimmy souleva son chapeau melon en direction du groupe et sortit, réservant un dernier regard — rapide et songeur — à Paul. Malgré la chaleur qui régnait dans les tribunes, Paul frissonna.

Le cheval de Bains-Douches, Premier District, finit placé dans la troisième course, rapportant vingt dollars à Wexford. Il les reperdit dans la quatrième sur Saratoga Boy, qui tomba et qu'on dut évacuer de la piste sur une civière de toile.

En raclant le fond de ses poches, Wex trouva quelques derniers dollars et quitta la loge, manifestement tourmenté. Paul se demanda s'il serait déloyal de poursuivre la conversation avec Shadow. Il en mourait d'envie.

Quand Kress et Daws revinrent chercher des prospectus, Jimmy bavarda et plaisanta avec les filles. Kress tenta de raconter une blague mais son compagnon le fit taire, avec la même déférence qu'il aurait accordée à une mouche agaçante. Kenna se pencha pour murmurer quelque chose à l'oreille de Coughlin.

— Ah, te tracasse pas, Hink, lui répondit le conseiller. Je m'occupe de ce guignol. Il votera comme on lui dira de voter ou il marchera avec des béquilles.

Remarquant que Shadow paraissait s'ennuyer avec ses « nièces », Paul décida de saisir une occasion qui ne se représenterait peut-être plus jamais.

— Colonel ? J'aimerais travailler dans votre domaine. Apprendre à photographier les images animées. Auriez-vous un emploi à me proposer ?

— Je croyais que vous travailliez pour Rooney.

— J'habite chez lui mais mon boulot, c'est livreur. Mr. Rooney connaît ma passion.

— Je n'ai rien pour le moment, mais gardez le contact, on ne sait jamais. J'aime les jeunes gens qui ont de l'ambition. Jimmy en a à revendre. Kress est plutôt décevant, il se laisse traiter comme un paillasson. Ça doit être cette fichue éducation sudiste.

Quelques minutes plus tard, Paul sentit à nouveau les poils de sa nuque se hérisser. Les deux assistants étaient revenus. Jimmy Daws, bras croisés, s'appuya à la barrière.

En le regardant.

La malchance s'écharna sur Wex tout l'après-midi. A l'issue de la septième et dernière course, il jeta ses tickets et murmura :

— Allez, Fritz, on rentre. (Il serra des mains à la ronde.) Mesdames, Mr. Kenna... Colonel — j'ai vraiment hâte d'en savoir plus sur vos activités.

— Quand vous voudrez. Vous avez ma carte, répondit Shadow, en jetant un coup d'œil à Paul.

— Conseiller, merci infiniment, j'ai passé un excellent moment, déclara Wex avec une mine qui démentait ses propos.

— Salut, Fritz, dit Jimmy à Paul lorsque Wex et lui s'approchèrent de la porte. A un de ces quatre, peut-être.

— Ça se pourrait, répondit Paul.

Le fait que Daws soit employé chez Shadow rendait la perspective d'y travailler moins attrayante, mais Paul ne pouvait laisser cette considération l'arrêter.

Dans le métro, Paul avoua à Wex qu'il avait proposé ses services au colonel.

— Mais je ne voudrais pas que vous pensiez que j'ai été déloyal envers vous.

— Ah ! laisse tomber, fit Wex avec un geste de la main. Tu es honnête, je t'en sais gré.

Le métro roulait sur les rails dans un bruit de ferraille ; des escarbilles se prenaient dans les cheveux de Rooney.

— Écoute, Fritz, je suis fier de t'avoir eu pour élève, même pendant peu de temps. J'ai toujours su que tu partirais un jour ou l'autre. Je t'ai vu tomber amoureux des images animées — n'est-ce pas moi qui te les ai fait connaître ? J'ai vu l'éclat de tes yeux quand l'éléphant s'est mis à danser. Si tu peux te faire embaucher par un type comme Shadow, n'hésite pas.

— C'est très généreux de votre part.

— Bien sûr, marmonna Wex avec un pâle sourire. Un imbécile qui perd tout ce qu'il possède aux courses peut se permettre d'être généreux, non ?

Le lendemain matin, pendant sa tournée, Paul demanda à Madame Camille, la patronne des Plaisirs de Paris, la permission d'utiliser son téléphone. Comme elle l'aimait bien, elle accepta. Il n'avait que trop tardé et tapait nerveusement du pied en attendant que la communication soit établie.

— Résidence Crown, Manfred à l'appareil.

— Mrs. Volzenheim, demanda Paul en prenant une grosse voix.

Après un silence, une voix de femme répondit :

— C'est Louise. Qui...

— Louise, ne dites rien, c'est Paul.

— Maître P...

— Non ! Ne prononcez pas mon nom. Écoutez simplement, je vous en supplie. Dites à tante Ilsa — à elle seulement — que j'ai téléphoné, que je vais bien, qu'elle ne doit pas s'inquiéter.

— Vous êtes à Chicago ? Tout le monde voudra savoir où...

— Il y a des nouvelles du cousin Joe ? coupa-t-il.

— Aucune. La maison est si triste depuis que vous êtes partis tous les deux. Tout le monde est malheureux.

— A part l'oncle Joe.

— Oh ! je ne crois pas !

Une fille en déshabillé rose passa dans le couloir en fumant un petit cigare. Taquine, elle ouvrit son vêtement, dévoilant son corps nu, puis se colla à Paul, lui lécha la joue et l'oreille. Il poussa de grands « chut » pour la faire tenir tranquille.

— Oui, allô ? Que se passe-t-il ? fit Louise.

— Rien. Je suis dans... dans une boutique, il y a des gens qui travaillent autour de moi.

— Jamais trop pour toi, chéri, murmura la fille qui lui caressa l'entrejambe.

Riant de sa gêne, elle s'éloigna.

— Encore une fois, parlez-en seulement à ma tante.

— Ni à Fritzi ni à Carl ?

— A tante Ilsa d'en décider.

— Vous rappellerez ?

— Pas avant quelque temps. Merci, Louise. Vous me manquez. Au revoir.

Quand Paul rentra de son travail, ce soir-là, l'humeur de Wexford était encore plus sombre. Il parla d'une voix avinée en posant les bols de soupe au lard sur la table. De la poche de sa veste, il tira une flasque plate et brune aux trois quarts vide. Il en but une rasade puis la reposa sur la table et regarda Paul avec un air d'enfant pris en faute.

— J'ai perdu trop d'argent aux courses, soupira-t-il. Je ne peux pas payer le loyer. Je ne sais pas si le propriétaire m'accordera un nouveau délai. Je te l'ai dit, je suis atteint d'un virus abominable.

— Alors, pourquoi n'arrêtez-vous pas ? suggéra Paul avec douceur.

Wex s'essuya la bouche, passa la main sur ses joues hérissées de barbe.

— C'est une idée, dit-il. Une bonne idée même. Je dois arrêter. Sinon toi et moi devrons aller nous percher dans un arbre de Lincoln Park pour dormir... Les démons, grommela-t-il, les yeux sur la photo de son fils. Les démons sont partout.

— Oui, répondit Paul, en songeant au regard de Jimmy Daws.

62

Jimmy

Le 1er avril 1895, quelques mois avant de rencontrer Paul au champ de courses, Jimmy avait fêté son vingtième anniversaire. Il avait été engagé par le colonel Shadow cinq semaines après avoir tué la petite prostituée.

Il travaillait à présent dans son établissement, situé au coin de State Street et de la Vingt-Deuxième Rue, à gauche du Freiberg, en face de l'hôtel Marlborough. Le Freiberg était l'un des bouges les plus fréquentés du Levee. Les clients payaient vingt-cinq cents pour entrer, quarante-cinq cents pour chaque whisky — ceux qu'ils offraient aux entraîneuses n'étaient en fait que de l'eau de Seltz légèrement teintée de ginger ale [1]. Quand une fille se mettait d'accord avec un client, elle l'emmenait en face, au Marlborough. Ike Bloom et son beau-frère, les propriétaires du Freiberg, détenaient également des parts dans l'hôtel, où la chambre de passe coûtait deux dollars la demi-heure.

Jimmy avait rencontré le colonel par hasard au Freiberg. Shadow était venu y chercher une fille parce que son amie était indisposée. Quelque chose dans l'allure de Jimmy, dans son arrogance, avait dû plaire à Shadow car c'était lui qui avait entamé la conversation devant le comptoir. Cherchait-il du travail ? Était-il célibataire ? Finalement, le colonel lui avait proposé de passer le lendemain matin pour discuter d'un emploi.

La rencontre remontait à l'automne dernier. L'établissement de Shadow était ouvert depuis plusieurs mois — Jimmy était passé devant plusieurs fois. Les vitres étaient opaques et deux grandes enseignes aux couleurs vives annonçaient aux passants :

Venez voir le
Luxoscope
du colonel R. S. Shadow
Le miracle de notre époque ! Des images qui bougent !
Entrée libre

---

1. Boisson gazeuse au gingembre. *(N.d.T.)*

Posté devant une caisse enregistreuse poussiéreuse, à l'entrée de la salle, le colonel était allé droit au but :

— J'ai actuellement un autre assistant, Lewis Kress. Il faisait ses études dans une école religieuse d'un bled du Sud, mais il a été assez bête pour sauter la fille du supérieur et lui coller un polichinelle dans le tiroir.

Jimmy constata par la suite que Shadow pouvait user d'un vocabulaire plus châtié quand il le souhaitait.

— Je vous parle de Lew pour une bonne raison, Jim, avait-il poursuivi. Si je vous engage, je veux que vous le considériez comme un ennemi. C'est bon pour les affaires.

— Là, je pige pas.

— C'est simple. Supposons que j'aie deux bouledogues et que je les fasse se battre l'un contre l'autre. Je risque de perdre un chien, mais j'ai aussi une chance de tomber sur un véritable égorgeur qui me rapportera gros. Vous comprenez, maintenant ?

— Oui, m'sieu, avait dit Jimmy avec un grand sourire.

Au rez-de chaussée, l'établissement proposait dix machines trapues, disposées de chaque côté d'une large allée. Elles fonctionnaient sur le principe des cartes juxtaposées, contrairement au Kinétoscope d'Edison qui utilisait un film continu. Mais les deux procédés produisaient le même résultat : l'illusion du mouvement créée par la succession rapide d'images fixes.

Dans les machines de Shadow, on pouvait voir des vagues venant mourir au bord du lac Michigan, une voiture de pompiers filant dans une rue déserte, un homme qui brisait un vase et des assiettes par la seule force de ses éternuements.

Si le colonel jugeait ces sujets plats — il aurait souhaité en avoir de plus audacieux —, beaucoup de gens voyaient dans ces machines une invention du diable. Encore heureux qu'ils n'aient jamais mis les pieds dans l'arrière-salle.

Shadow occupait un appartement au premier étage avec sa concubine, une blonde pâle à forte poitrine nommée Mary Beezer. Les deux assistants se partageaient le reste de l'étage. La première chose que fit Jimmy après avoir été embauché fut d'aller inspecter les chambres. Lew Kress s'était installé dans la plus grande dont les fenêtres donnaient sur State Street. L'autre ressemblait plus à un cagibi qu'à une chambre, c'était un minuscule réduit sans fenêtre. Le soir même, Jimmy annonça à Lew Kress qu'ils feraient l'échange.

— Hé, j' suis avec le colonel depuis qu'il a ouvert, protesta Lew. Tu peux pas faire ça.

Jimmy le projeta contre le mur et lui montra la lame de son couteau.

— Que ce soit bien clair, Lewie. Si tu me contraries, tu risques de me mettre en colère. Personnellement... je te le déconseille.

Avec un sourire suave, il tapota la joue de Kress du plat de la lame.

Lew libéra la grande chambre une demi-heure plus tard.

Le travail de Jimmy consistait à tenir la caisse, surveiller les clients pour qu'ils n'endommagent pas les machines, garder l'entrée de l'arrière-salle et, de temps à autre, distribuer des prospectus dans d'autres parties de la ville. Il se faisait un petit extra quand Bains-Douches ou le Zigue avaient besoin de troupes en période d'élection. Jimmy se considérait comme un bon démocrate, alors pourquoi pas ?

Il n'avait pas l'intention de rester éternellement chez le colonel. Personne ne devient riche en travaillant pour un patron, or l'ambitieux Jimmy voulait autant d'argent et de pouvoir que les rois du Levee. Il avait toutefois décidé de rester jusqu'à ce que la mort de la petite poule blonde soit oubliée.

En fait, il était plutôt heureux parce qu'il aimait travailler dans cette branche. Les images animées de l'arrière-salle avaient un parfum d'illégalité qui l'excitait et en même temps, cette technique nouvelle était parée de l'aura qui entourait toute innovation scientifique. Jimmy n'avait fréquenté l'école religieuse que pendant quatre ans. Il détestait les études et il s'était fait renvoyer après avoir réduit en bouillie un élève plus faible dans la cour de récréation. Il savait lire, mais difficilement, et se limitait aux histoires épicées de la *Police Gazette*. Cela le flattait de travailler dans un domaine aussi intellectuel. Mr. Thomas A. Edison lui-même s'y intéressait, or tout le monde avait entendu parler d'Edison.

En plus, Jimmy aimait sa chambre. C'était la plus belle qu'il ait jamais eue. La vue sans cesse changeante de State Street lui plaisait, le grondement musical du métro aérien qui passait à proximité aussi — sans parler des bruits, plus provocants, qu'il entendait en collant l'oreille au mur séparant sa chambre de celle du colonel. Écouter Shadow et Mary l'excitait. Il aimait le sexe. Et plus la peur due au meurtre de la petite blonde s'estompait, plus il aimait la vie.

Ce qui était étonnant si l'on considérait la dureté avec laquelle elle l'avait traité jusqu'alors.

Au sous-sol, Shadow disposait d'un atelier où il passait des journées entières à construire et reconstruire son gros projecteur. Jusqu'à présent, l'appareil refusait de marcher. La vaste pièce aux murs de ciment contenait un indescriptible fouillis d'outils, d'engrenages, de projecteurs de différentes puissances, de bandes de pellicule perforée, de schémas couverts de mesures et de flèches. Le lendemain du jour où Jimmy fut embauché, Shadow l'emmena dans l'atelier et s'efforça de lui expliquer le fonctionnement de l'appareil qu'il voulait fabriquer. Mais le garçon n'y comprit rien. Il prétendit qu'il avait eu d'épouvantables professeurs à qui il devait son ignorance en mécanique et en « machins scientifiques ». Le colonel sembla un peu déçu.

Au bout de quelques semaines, après qu'il eut fait ses preuves en vidant deux ou trois clients agités, Jimmy fut chargé d'entretenir de bonnes relations avec les flics du quartier. A leur contact — et à travers ses visites régulières au commissariat où il portait l'enveloppe que Shadow leur remettait chaque semaine —, il retrouva son assurance et perdit toute crainte d'être identifié pour le meurtre de la petite blonde.

Le colonel soudoyait le commissariat pour une raison précise : dans l'arrière-salle, un onzième appareil projetait une série de cartes intitulée *Rêve chinois*. Jimmy la regarda bien une douzaine de fois pendant les deux premières semaines. Chaque fois, elle lui donna une érection si forte qu'il dut se soulager par ses propres moyens. Durant quarante-cinq secondes, une jeune Chinoise aux yeux rêveurs dansait sans autres vêtements que quelques voiles. A travers, on voyait nettement ses seins, leur bout rond et foncé comme des fleurs de marronnier. Si on avait le regard perçant, on entrevoyait même quelque chose de sombre entre ses jambes. Pour regarder *Rêve chinois*, il fallait acheter un jeton spécial à encoche qui coûtait trois dollars.

Jimmy demanda un jour à Shadow s'il avait personnellement photographié la jeune danseuse. Il savait que le colonel avait pris lui-même la plupart des images qu'il montrait dans les autres machines. « Un peu que je l'ai photographiée, mon gars. Mary était partie voir sa sœur à Detroit. La séance a duré deux heures. Après, j'ai baisé cette petite fleur de lotus dans tous les sens. Ça lui plaisait du tonnerre, elle en réclamait. Faut dire qu'elle était droguée à l'opium. »

Jimmy admirait le sens aigu des affaires du colonel, sa froideur implacable. Dans son domaine, Shadow était un gagnant. Il n'était pas encore arrivé au sommet mais il y parviendrait. Jimmy le prit vite pour modèle ; il réussirait lui aussi. Rien ne le détournerait de cet objectif, ni les radotages des pasteurs, ni les jérémiades d'une femme, ni les pleurnicheries de mioches. Il fallait vraiment être un imbécile pour laisser des détails tels que la loi ou les scrupules vous barrer le chemin de la réussite.

Shadow s'imposait dans le travail une pression que Jimmy jugeait excessive. Le front constamment plissé, le colonel ne s'interrompait jamais pour bavarder. Au dîner, c'était différent. Quand Mary lui servait une bière ou un whisky, il perdait sa mine renfrognée et devenait loquace. Un soir, Jimmy lui demanda comment il avait gagné ses galons de colonel.

— Pas trop difficilement puisque je me les suis donnés moi-même, petit. Comme mon nom d'aristo. Pas la peine d'être trop honnête dans un monde comme le nôtre, ça n'impressionne personne.

— Vous voulez dire que vous vous appelez pas Shadow ? fit Jimmy, abasourdi.

— J'avoue ! clama le faux colonel, la main sur le cœur. En fait, je m'appelle Sigmund Seelmeister.

Tandis que Mary lui servait une autre bière, il raconta qu'il n'était pas issu d'une vieille famille de pionniers de Denver. Il était né dans une ferme de l'Indiana dont il s'était enfui à onze ans pour échapper à un beau-père qui le battait comme plâtre.

— Et pour fuir l'odeur du fumier, précisa-t-il, la chemise dépassant du pantalon, une jambe sur la table de la cuisine, un verre à la main. Rien que d'y penser, cette odeur me soulève le cœur.

Il avait travaillé où il avait pu, le plus souvent comme ouvrier agricole itinérant.

— J'ai fait ça pendant trois ans. C'était morne comme un hymne presbystérien, et ça vous brisait le dos. Un samedi soir, ma paie de la semaine en poche, j'ai pris un billet pour un spectacle forain à Logansport, dans l'Indiana. Les Minstrels[1] du professeur Martin. Ça m'a fasciné. Tout ce que j'ai vu sur scène — la musique, la danse, les lumières — était complètement nouveau pour moi. J'ai traîné près de la sortie après le spectacle et j'ai eu de la chance : ils avaient besoin d'un gamin pour les corvées. Ce soir-là, j'ai définitivement dit adieu au maïs, aux bottes de foin et à la merde de poulet.

» J'étais costaud pour mon âge. A quatorze ans, j'arrivais à faire les travaux les plus durs. Pendant six mois, j'ai changé les décors, porté les malles, etc. Mais je n'arrêtais pas de tanner le professeur Martin pour qu'il me prenne dans son spectacle. J'avais une bonne voix et je savais m'en servir — je chantais des hymnes à l'église dès l'âge de quatre ans ; j'étais souple et agile aussi. Finalement, la troupe a perdu un de ses membres et le professeur a accepté que je le remplace. Pendant près de six ans, je me suis noirci le visage tous les soirs, j'ai chanté des chansons de Négros, raconté des blagues de Négros et dansé le *cake-walk*.

La main droite au-dessus de la tête, il agita un tambourin imaginaire. Un étrange sourire éclaira son visage anguleux.

— J'adorais ça. J'adorais les applaudissements, même si y' avait que des bouseux dans la salle. Les entendre taper des pieds, brailler...

Sa main retomba.

— Mais au bout de six ans, je me suis rendu compte que je n'avançais pas, reprit-il. C'est alors que j'ai eu un autre coup de veine : j'ai rencontré Mary. Elle avait vingt ans. Elle est venue un soir au spectacle, dans un trou perdu du Missouri. Elle avait un diamant au doigt et une alliance large comme l'ongle de mon pouce. Ça m'a aiguisé l'appétit, t'imagines pas comment. Bien sûr, elle m'a aussi aiguisé l'appétit avec ses fabuleux lolos.

Il avala le reste de sa bière, éructa.

— J'ai tout de suite senti qu'elle était partante pour une partie de

---

1. Chanteurs blancs déguisés en Noirs parcourant les États du Sud au siècle dernier. *(N.d.T.)*

radada. Je me trompais pas : elle était mariée à un négociant en graines qui avait un problème — pas de munitions dans son canon de marine, si tu vois ce que je veux dire. Mary est venue me trouver après le spectacle pour me dire que mon numéro lui avait plu du tonnerre. « Je parie qu'il n'y a pas que dans ce genre de numéro que vous êtes à la hauteur... » Inutile de me faire un dessin. Je l'ai amenée à l'hôtel, je l'ai fourrée pendant trois ou quatre heures. Elle gueulait comme si c'était la première fois qu'elle prenait du plaisir.

Mary entra dans la cuisine à ce moment du récit.

— Sid ! Tu racontes encore cette histoire ? fit-elle, les mains sur les hanches.

— Et comment ! J'en ai vu des roploplos, mais les tiens c'est les gagnants du Grand Prix.

Il les empoigna pour confirmer ses dires et la fit asseoir sur ses genoux.

— Maudit fripon !

Ils rirent tous deux aux éclats et Mary lui donna un long baiser mouillé sur les lèvres. Jimmy les regardait, bouche bée.

— J'ai quitté les Martin's Minstrels, poursuivit Shadow. Mary et moi on a roulé notre bosse un peu partout pendant quelques années. On ne mourait pas de faim mais je sentais qu'il me manquait quelque chose, et je ne savais pas quoi jusqu'à ce que je découvre ces petites images qui bougent. Ça a été magique...

— Assez jacassé, décida Mary en se levant. On mourra de faim si je ne mets pas quelque chose sur la cuisinière.

Jimmy n'apprit donc pas comment Shadow avait entamé sa carrière dans les images animées. Il s'en fichait, d'ailleurs. Tant qu'il était payé.

Côté filles, il se débrouillait plutôt bien. Malgré son teint malsain et sa maigreur, il savait paraître à son avantage. Il avait eu au début de l'année une liaison qui s'était prolongée plus de deux mois, durée inhabituelle pour lui. La fille s'appelait Rosie French.

Elle avait débarqué de Pullman après que son père s'était fait tuer pendant la grève. C'était une prostituée indépendante, elle n'appartenait à aucun bordel, et ne recherchait la protection d'aucun souteneur. Dangereuse façon de travailler dans le Levee mais Rosie était une coriace, et Jimmy l'admirait.

De son côté, elle admirait son ambition. Elle aussi avait des projets. Elle lui avait confié qu'elle voulait devenir chanteuse de music-hall à New York, où le public regorgeait d'hommes riches. Jimmy ne connaissait pas grand-chose au monde du spectacle mais il avait l'oreille musicale. Après avoir entendu Rosie chanter, il conclut qu'elle avait peu de chance de devenir une artiste. Elle ferait mieux de continuer à travailler sur le dos. Là, elle possédait un talent accompli.

Rosie avait un caractère presque aussi violent que celui de Jimmy. Après une querelle idiote pour une broutille, elle lui ordonna de sortir de sa chambre. Quand il la menaça d'une raclée, elle riposta en tirant de sous son matelas un petit pistolet argenté.

— Les dérouillées, ça marche peut-être avec les tocardes, Jimmy, mais pas avec Rosie. Lève la main sur moi et je te vide mon flingue dans la figure.

Pour la première fois, Jimmy capitula devant un adversaire. Avec un sourire penaud, il tenta même de prendre Rosie dans ses bras, mais elle le flanqua dehors.

Curieusement, il se sentait attiré vers elle. Quand il retourna la voir, la chambre était vide. Une vieille pie de l'étage au-dessous lui apprit que Rosie était partie pour New York. Elle lui manqua.

Au printemps, avant de croiser à nouveau Paul, Jimmy participa pour la première fois à la brigade volante de Bains-Douches. C'était un boulot amusant qui, de plus, convenait au colonel car il consolidait ses relations avec les patrons du district.

Tous les soirs, avant les élections municipales, Coughlin parcourait les rues du district, escorté par une fanfare. Il engageait parfois cinq ou six cents personnes — hommes et femmes de tous âges — pour prendre part à ce défilé aux flambeaux. Dans chaque bistrot, Bains-Douches offrait des tournées et faisait campagne pour ses candidats. La brigade volante assurait le service d'ordre sur le parcours, réduisait au silence les opposants assez fous pour poser des questions embarrassantes, arrachait leur badge ou le bandeau électoral de leur chapeau, et les rossait si cela ne suffisait pas. Les hommes de Coughlin déchiraient les affiches républicaines placardées sur les murs ou les poteaux télégraphiques, mettaient en fuite quiconque essayait d'en coller et, d'une façon générale, imposaient la suprématie de Bains-Douches et du Zigue.

Le jour des élections, le travail commença de bonne heure. Les bars ouvrirent à cinq heures du matin pour que les électeurs recrutés par Kenna puissent se remplir la panse avant l'ouverture des bureaux de vote, à six heures. Quelques minutes plus tard, Jimmy montait dans une voiture à chevaux louée par Coughlin pour transporter sa brigade volante d'un bout à l'autre du district. Une vingtaine d'hommes, tous plus ou moins éméchés, prirent place à l'intérieur et sur le toit. Toute la journée, le véhicule circula d'un lieu de vote à un autre, réclamé par un président de bureau estimant que les républicains recueillaient trop de bulletins ou faisaient voter les morts — prérogative que les démocrates se réservaient jalousement. En général, la seule vue de la voiture s'arrêtant et déversant sa bande de durs suffisait à provoquer la retraite des opposants. Parfois Coughlin venait en personne, les poches de son pardessus noir gonflées de pièces de monnaie qu'il distribuait aux électeurs avec une innocence désarmante.

Jimmy passa une excellente journée. Il cabossa quelques crânes, prit son plaisir avec une petite putain tout émoustillée, debout dans une ruelle. A la nuit tombée, la victoire assurée, tout le monde se saoula et les filles de toutes les maisons du Levee accordèrent gratuitement leurs faveurs. « Ah ! oui, vraiment, pensa Jimmy en s'éveillant le lendemain matin, le Levee est le centre de l'univers. »

Après sa première altercation avec Lew Kress à propos des chambres, Jimmy n'eut plus jamais l'occasion de lever la main sur lui. Le colonel continuait à s'échiner dans l'atelier, passant des heures à assembler des engrenages et des courroies, des lentilles et des plaques de bois. Mais sa grosse boîte rectangulaire sur trépied refusait obstinément de fonctionner.

— Je ne vais quand même pas m'avouer vaincu ! s'exclama-t-il un soir tandis que Mary servait du ragoût aux trois hommes.

Assis en maillot de corps sous la lumière électrique, un cigare à la main, il avait le front barré par une mèche de cheveux pommadés.

— Les images animées ne rapporteront gros que quand on pourra les projeter dans une salle de théâtre.

— Quel genre de sujet vous aimeriez photographier ? demanda Kress. Autre chose que ceux qu'on voit dans les appareils ?

— Lew, tu es stupide ou quoi ? Bien sûr que je veux faire des sujets différents. Ma caméra ira partout — enfin, si elle est assez légère et si j'arrive à la faire marcher. Prends ce conflit en Amérique du Sud, par exemple, dit Shadow. C'est un sujet en or.

— Ah ! oui, fit Lew, le différend entre la Grande-Bretagne et le Venezuela à propos de la frontière de la Guyane britannique.

De quoi parlait ce petit vantard ? Jimmy n'en avait aucune idée.

— Exactement ! s'écria le colonel en frappant la table.

Mary Beezer se pencha vivement pour rattraper l'assiette qui allait tomber. Jimmy en profita pour lorgner ses gros seins blancs et caressa son érection sous la table tandis que Shadow poursuivait :

— Les Anglais parlent d'envoyer des navires de guerre. C'est une violation de notre doctrine Monroe[1]. Suppose qu'il y ait de vrais combats, et que l'Amérique envoie les Marines ! On hisse le drapeau et on met une pile à ces salauds ! Si je pouvais photographier ça et montrer les images, les gens se battraient pour avoir des billets.

Il martela à nouveau la table.

— Nous *devons* absolument être sur le marché. Il nous faut une caméra et un système de projection en état de marche dans un an. C'est l'objectif, les gars. Allez, mangeons, maintenant.

Un soir d'été, Jimmy feuilletait la *Police Gazette* quand un petit homme à la chevelure rousse mêlée de gris entra furtivement. Il avait entendu dire qu'on pouvait voir « quelque chose de spécial » dans l'arrière-salle.

Jimmy remarqua le renflement d'une des poches de la veste noire

---

1. Doctrine Monroe. Du président James Monroe, dont le mot d'ordre est : « L'Amérique aux Américains. » *(N.d.T.)*

du client mais ça ressemblait plus à un livre qu'à un pistolet. Il courut le risque.

— Ouais, ça s'appelle *Rêve chinois*, répondit-il. C'est salement corsé. Ça vous coûtera trois dollars mais on est obligé d'attendre que ces abrutis soient partis, ajouta-t-il en montrant deux clients tournant la manivelle d'un appareil.

— J'attendrai, dit l'homme. Merci beaucoup, mon garçon.

Il avait un accent curieux — écossais, selon Jimmy.

Après le départ des deux clients, Jimmy encaissa l'argent, donna le jeton au client et le conduisit dans l'arrière-salle.

— Amusez-vous bien, dit-il en tirant le rideau.

Il s'adossa au mur, alluma une cigarette, entendit le jeton dégringoler dans la fente et le client tourner la manivelle...

— Que le Seigneur nous préserve !

Jimmy ouvrit le rideau. Le petit homme brandissait un mince livre noir à tranche dorée en direction du Luxoscope.

— Ces images sont répugnantes ! On m'avait prévenu, mais je refusais de la croire.

— Vous êtes quoi ? flic ?

— Je suis le révérend Gypsy Kinross. Il fallait que je voie de mes propres yeux les abominations et les péchés commis dans ce quartier maudit.

Jimmy avait entendu parler de Gypsy Kinross, un évangéliste qui menait une sorte de campagne contre le vice dans le nord de la ville. Furieux d'avoir été berné, il frappa Kinross du poing, le jeta à terre, lui écarta les jambes à coups de pied et lui expédia la pointe de sa chaussure dans le bas-ventre.

— Jésus, sauve-moi ! gémit l'évangéliste.

— Vaudrait mieux, parce que personne d'autre le fera.

Jimmy traîna le pasteur dans la ruelle par la porte de derrière, et commença à le rouer de coups. Suppliant, les mains tendues, Kinross essaya de s'échapper mais Jimmy n'en avait pas terminé avec lui. Il ouvrit sa chemise et saisit la médaille de saint Christophe qu'il portait au bout d'une chaîne longue et solide. Il fit passer la chaîne autour du cou de Kinross, croisa les mains et serra.

— Tu dis un mot sur ce que t'as vu ici, et je te tue, t'entends ? Même si je dois aller te chercher en haut de ta chaire pour ça. T'as saisi ?

Le pasteur ne put que répondre par des bruits étranglés.

— Bon, ça va.

Jimmy se pencha, lui cracha au visage. Il desserra la chaîne, la remit autour de son cou, rentra et claqua la porte derrière lui. Ses jointures lui faisaient atrocement mal mais il se sentait plus puissant qu'un roi.

Par une chaude journée d'août, Jimmy, penché au-dessus de la caisse enregistreuse, léchait un cornet de glace pilée arrosée de sirop de citron. Perché sur un tabouret, Lew Kress bricolait un engrenage avec un tournevis. Ses lunettes accentuaient son air de chien battu.

Jimmy finit sa glace, jeta le cornet dans la direction d'une corbeille, manqua son tir mais ne prit pas la peine de se lever pour le ramasser. Il fit jaillir la lame de son couteau à cran d'arrêt, et entreprit de se curer les ongles.

Il entendit un cheval attelé s'arrêter dans la rue. Il regarda par la porte et vit un fourgon partant l'inscription « Blanchisserie de l'Illinois ». Le livreur entra, vêtu d'un simple maillot de corps sans manches et d'un pantalon en toile. Pas étonnant, toute la ville crevait de chaleur.

— Ben ça alors, quelle surprise !

— Comment ça va ? dit le Boche. Tu te souviens de moi ?

— Ouais, bien sûr. Crown, répondit Jimmy. Daws.

— Je sais.

— Kress, fit Lew en agitant mollement son tournevis.

— Salut, ça va ?

Jimmy considérait qu'il avait une dette envers le Boche pour son aide involontaire quand il avait fauché la porcelaine et, plus tard, pour son silence. Ça ne lui faisait pas aimer son accent pour autant.

— Qu'est-ce que tu fabriques dans un fourgon de livraison ? Je croyais que tu travaillais pour ce photographe.

— Pas exactement. C'est un ami. Il m'a appris la photographie et je lui sers parfois d'assistant. Euh, ton patron est là ?

— Il devrait descendre d'un moment à l'autre. C'est l'heure où il sort faire un tour.

Effectivement, Shadow ne tarda pas à faire son apparition, coiffé de son sombrero. Mary, accrochée à son bras, s'était pomponnée et avait étalé sur ses joues une épaisse couche de fard. Le Boche essaya de cacher son maillot de corps trempé de sueur en se présentant.

— Je me souviens de toi, petit, dit le colonel d'un ton aimable.

— Je cherche toujours un travail dans le domaine des images animées. Peut-être...

— Désolé, mais je ne peux pas me permettre d'engager un troisième assistant, j'en ai peur.

Il souleva son sombrero et sortit. Mary le suivit, laissant flotter derrière elle un nuage d'eau de toilette.

La pointe du couteau en équilibre sur le bout du majeur, Jimmy suggéra :

— Élimine un de nous deux et Shadow te prendra peut-être.

Livide, Lew Kress faillit laisser tomber son engrenage. Sa réaction ravit Jimmy, qui lança le couteau en l'air et le regarda se ficher dans le comptoir en vibrant. Sa petite plaisanterie n'arracha pas un sourire au Boche.

— A plus tard, Daws, fit-il en se dirigeant vers la porte.

— C'est ça, grogna Jimmy.

Il arracha son couteau du comptoir, se cura un autre ongle.

Les épaules de Paul Crown luirent au soleil quand il sortit. Il s'essuya le menton et le cou avec un foulard bleu et monta dans son fourgon. Jimmy regarda le véhicule s'éloigner dans un grincement, passa la main sous son col et toucha distraitement la chaîne de sa médaille.

Liveur. Pas terrible, comme boulot. C'était peut-être tout ce qu'un étranger pouvait dégoter. Pourtant celui-là vivait dans une maison de riches... Enfin, quoi qu'il en soit, ce type lui faisait l'impression d'être direct. Et gonflé, en plus. Pas facile à bousculer. C'était un compliment de taille venant de quelqu'un qui nourrissait une haine farouche à l'égard des Allemands.

Bien sûr, même si le Boche finissait par décrocher un boulot chez Shadow — ce qui était peu probable, puisque ni Kress ni lui n'avaient l'intention d'aller voir ailleurs —, Jimmy ne se laisserait pas impressionner. Il le materait comme les autres.

63

Joe Crown

Avec l'arrivée de l'été, autant les journées devinrent plus longues et plus chaudes, autant les conversations avec Ilsa parurent au contraire se raccourcir et gagner en froideur. Elles se terminaient de plus en plus souvent par une dispute, même quand elles avaient commencé sur un ton aimable. Joe en prit pleinement conscience un soir où ils étaient assis dans le salon, elle penchée sur son raccommodage, lui étudiant des dossiers de la brasserie, les enfants étaient montés se coucher.

— Joe...

— Oui ? fit-il, agacé d'être interrompu.

— Louise a pris un message téléphonique ce matin.

Il la regarda par-dessus ses lunettes.

— Il y a quelque chose d'inhabituel là-dedans ?

— C'était Paul.

Il garda un silence sidéré.

— Il a demandé que je ne te parle pas de son appel. D'après Louise, il a été poli, mais il y avait comme de la colère dans sa voix.

— Alors, il n'aurait pas dû prendre la peine de...

— Joe, je t'en prie. Je me suis fait tant de souci pour lui. Et pour Joe Junior. Tu t'étonnes que Paul soit en colère ? Tu l'as chassé comme un vassal qui ose déplaire à son seigneur.

Joe lança ses documents par terre en rétorquant :

— Cette comparaison est ridicule. Soyons clair : je ne lui souhaite aucun mal. Je lui ai donné tout ce que je pouvais lui donner. Comment m'a-t-il récompensé ? En aidant Joe à s'enfuir de cette maison ! Et je devrais lui en être reconnaissant ? Lui pardonner ? Non, désolé.

Il se leva, ramassa ses papiers.

— Si tu veux m'excuser, je vais travailler dans mon bureau.

Les yeux rivés sur son ouvrage, elle ne répondit pas. Il sortit, le visage écarlate, et claqua délibérément la porte derrière lui.

Ils étaient couchés côte à côte, sans se toucher. Toutes les fenêtres étaient ouvertes. Deux semaines s'étaient écoulées depuis cette dispute. La chaleur gluante de l'été emprisonnait toujours Chicago.

— Tu dors ? demanda-t-elle.

— Non.

— Tu ne m'as pas parlé du rapport des détectives, aujourd'hui.

— Toujours pareil. Rien

— Mon Dieu, je suis si inquiète ! Pas une lettre, pas même une carte postale depuis qu'il est parti. Il est peut-être blessé. Ou même...

Elle ne put achever.

— Ilsa, laisse-moi te rassurer. Quels que soient ses défauts, notre fils est un garçon solide et capable. Je méprise ses opinions politiques et le fait qu'il se soit laissé influencer par quelqu'un comme Benno Strauss. Mais je n'ai jamais sous-estimé les qualités que tu as développées en lui. S'il ne donne pas signe de vie, c'est parce qu'il en a décidé ainsi, non parce qu'il lui est arrivé quelque chose.

— Alors, nous gaspillons notre argent en payant des détectives ?

— Je le crois. Mais ils continueront à chercher aussi longtemps que tu le désireras.

— Alors, demande-leur d'interrompre leurs recherches pour le moment. Tu pourras les embaucher de nouveau plus tard, je présume ?

— N'importe quand.

— Très bien. Qu'ils arrêtent.

Il lui prit la main, timidement, comme l'eût fait un jeune soupirant. Elle mêla ses doigts aux siens, les pressa, chercha son menton de l'autre main, l'embrassa.

Cette nuit marqua une brève pause dans la tension qui régnait entre eux. Joe espéra qu'elle se prolongerait, mais trois jours plus tard, alors que la température dépassait les trente degrés à onze heures du soir, le téléphone sonna en bas.

Joe Crown était agenouillé sur la chaussée, entouré d'une foule de gens du quartier. Une voisine essayait d'éloigner la veuve éplorée. Suite au coup de téléphone, il avait traversé la ville à toute allure dans son landau découvert pour se rendre à North Halsted Street. Sa chemise de nuit fourrée dans son pantalon à bretelles, ses pantoufles aux pieds.

Une bile écœurante lui emplit la bouche quand il regarda le petit homme quelconque qui gisait sur le trottoir en bois, la nuque brisée. Un sang noirâtre mêlé de matière cervicale coagulait sous son crâne, autour duquel bourdonnaient des mouches énormes. Impeccable dans son léger costume blanc, Dolph Hix se tenait derrière son patron, l'air accablé.

— Vous ne pouvez rien y faire, Mr. Crown, c'est un accident, dit un agent de police.

Ce dernier était accouru quand un gosse du quartier, affolé, avait averti le commissariat qu'un homme était tombé d'un toit.

Joe se leva lentement.

— Je paierai pour les funérailles et la tombe. Prenez ce qu'il y a de mieux. Qu'on en informe sa femme.

— Je m'en charge, dit Hix.

Joe recula vers le perron de l'immeuble, s'assit sur une marche et se couvrit le visage de ses mains. Dolph Hix avait offert des tournées de bière Crown aux clients d'un café situé deux rues plus haut — un établissement bien tenu, avec une clientèle importante et régulière. Le propriétaire se fournissait chez trois brasseurs différents mais Joe voulait obtenir l'exclusivité. L'homme qui gisait par terre, à demi couvert par une couverture miteuse prêtée par un voisin, avait, semblait-il, bu une chope gratuite de trop ; rentré chez lui il était monté sur le toit en quête d'un peu de fraîcheur, et avait fait une chute fatale.

Hix s'approcha de son patron.

— Je ne l'ai pas vu quitter le bistrot, Joe, mais des témoins affirment qu'il était *blau*.

Les Allemands disposaient de tout un éventail d'expressions pour qualifier les différents degrés d'ivresse. Bien qu'il ne fût pas allemand, Hix les avait apprises à la brasserie. Le mot *blau*, « bleu », indiquait avec concision le stade extrême de l'ébriété.

— Il ne tenait plus debout, alors, marmonna Joe.

— Non, sa femme aurait dû l'empêcher de monter sur le toit. J'espère que vous ne me reprochez pas...

Joe interrompit son chef des ventes d'un geste.

— Non, Dolph. Vous faisiez votre travail.

Mais il savait que quelqu'un lui reprocherait cet accident à *lui*.

— Ce n'est pas ma faute ! se défendit-il dans la cuisine, deux heures plus tard.

Ilsa avait attendu son retour en préparant un pot de café. Il lui avait raconté ce qui s'était passé, puis s'était engagé à verser une forte somme à la veuve — le couple avait cinq enfants —, mais Ilsa n'avait rien voulu entendre.

Cela faisait un quart d'heure qu'ils discutaient.

— Tu ne peux pas nier ta responsabilité, Joe. C'est ton employé qui payait de la bière à tout le monde, tu l'as reconnu. (Elle éclata soudain en sanglots.) Pauvre homme ! Exactement comme papa. Tué par *jenes verdammte Zeug* !

« Cette maudite chose », disait-elle de la bière.

— Ilsa... fit-il sur un ton d'avertissement.

— C'est de ta faute, Joe Crown ! Que Dieu vous pardonne, à toi et à ton détestable métier qui détruit des vies humaines.

Elle sortit en courant. Il demeura un moment immobile, serrant son bol de café entre ses mains tremblantes, puis il se retourna brusquement et jeta le bol contre le mur de toutes ses forces.

Cette nuit-là, il dormit sur l'un des sofas du salon.

Il paya au mort de belles funérailles, un bon lopin de terre au cimetière. Il envoya à la famille une lettre de condoléances qui resta sans réponse. L'accident avait tellement bouleversé Ilsa qu'il demanda à Dolph Hix et à ses deux représentant d'employer toutes les techniques de vente qu'ils voulaient à l'exception des tournées gratuites.

Après un déplacement d'une dizaine de jours en dehors de la ville, Hix rentra complètement découragé. Il annonça à Joe que Bo Stone, un de ses collaborateurs, donnait sa démission. Il ajouta qu'il avait bien envie d'en faire autant mais qu'il restait parce qu'il était loyal.

A la maison, Ilsa ne reparla pas de l'accident, ne s'excusa pas pour ce qu'elle avait dit dans la cuisine. Au bout de quelques semaines, Joe autorisa à nouveau Hix à offrir à boire à la clientèle des cafés et il engagea même deux autres jeunes représentants. Il n'en parla pas à Ilsa. Jamais auparavant il ne lui avait caché des décisions aussi importantes concernant la brasserie, mais il estimait que cette fois c'était absolument nécessaire.

64

Joe Junior

Il s'était donné pour but de voir l'océan Pacifique. Il progressait vers l'ouest, sans personne pour lui dire où il devait aller, ni pour lui donner des ordres — sauf durant les courtes périodes où il s'embauchait afin de gagner de l'argent.

Il avait travaillé comme charpentier, avait creusé des fossés, bêché les champs d'automne de l'Illinois. Durant l'hiver 1894, il avait déblayé la neige à la pelle dans les rues de Saint Louis. Bien que robuste, il était plus petit que la plupart des jeunes gens de son âge et se faisait un devoir de travailler deux fois plus dur pour prouver sa force. A l'approche de son dix-neuvième anniversaire, en avril 1895, il décida de se laisser repousser la barbe et la moustache pour compenser sa taille.

La vie au grand air avait tanné sa peau. Il avait des mains fortes, marquées çà et là de cicatrices. Au cours d'une altercation avec un charpentier qui l'avait traité de nabot, son adversaire l'avait frappé au visage avec une planche. Son nez brisé avait pissé le sang et gardé un renflement tordu en son milieu.

Les longues journées de travail, la douleur des muscles ne le gênaient pas ; l'épuisement l'aidait à dormir, à chasser le souvenir de sa famille, de Rosie, de Benno. Il pensait souvent à la mort de Benno, qu'il jugeait stupide et vaine. Il n'en reniait pas pour autant la cause des travailleurs : elle restait sienne, bien que son père ait fait de lui un paria. Joe Junior croyait encore que les débrayages et les grèves étaient de bonnes armes, contrairement aux bombes.

C'était la nuit que la maison lui manquait le plus. Son frère, sa sœur, Paul, et surtout sa mère. A l'égard de son père, il avait des sentiments mêlés. Il éprouvait de la rancœur mais aussi, curieusement, il se sentait plus proche de lui depuis qu'il avait pris sa destinée en main. Son père avait fait de même dans sa jeunesse, mais il n'avait pas compris que son fils devait emprunter le même chemin.

Il traversa le Missouri tandis que la neige fondait sous un soleil un peu plus chaud chaque jour. Il gagnait de quoi subsister, et lorsqu'il avait économisé quelques dollars, il quittait son patron et repartait vers l'ouest. Il vivait dans des conditions difficiles mais ne connaissait pas la faim. De temps à autre, le samedi soir, il s'offrait même une femme. Après quelques brefs moments de plaisir et de chaleur, il s'en allait sans un regard en arrière.

A Kansas City, les emplois étaient rares et il travailla deux semaines comme homme-sandwich. Passant un jour devant un terrain où des Noirs jouaient au base-ball, il s'arrêta un moment pour les regarder et songea avec tristesse aux matches des White Stockings qu'il avait vus avec son père. Il se rappela aussi la façon dont son père avait qualifié les hommes-sandwiches. La lie, avait-il dit. Et voilà qu'il en faisait partie.

Au coucher du soleil, il avait rapporté ses pancartes au café ; le propriétaire l'interrogea comme d'habitude sur l'itinéraire qu'il avait emprunté. C'était un Irlandais qui avait émigré du comté de Wicklow vingt ans plus tôt. Il lui avait parlé avec amertume des pancartes qui l'avaient accueilli en Amérique : « On n'embauche pas d'Irlandais. »

Quand Joe Junior avoua qu'il s'était attardé devant le terrain de base-ball des Noirs, le patron s'écria : « Sur ton temps de travail ? Sale merdeux, ici, on n'aime pas les Nègres, on les laisse pas entrer. T'es viré. »

Apprenant qu'il y avait du travail dans le Kansas, il traversa le Missouri dans un bac pour trois cents. Un fermier lui fit poser des fils barbelés autour de son champ. Il lui expliqua que le barbelé avait tout changé dans les plaines de l'Ouest. Avant son apparition, dans les années 1880, les fermiers n'avaient que des haies d'orangers des Osages ou des clôtures en bois (qui pourrissaient et se brisaient facilement) pour protéger leurs champs du bétail égaré.

Le fermier lui apprit aussi que l'altitude s'élevait à près de douze cents mètres entre le Missouri et la frontière du Colorado. La remarque excita l'imagination de Joe Junior ; en marchant ne serait-ce qu'un kilomètre de plus, il commencerait à grimper vers les montagnes, dernière barrière géographique de taille entre lui et le légendaire soleil de Californie, la côte du Pacifique.

Il traversa des forêts de chênes et de hickories, une vaste plaine qui s'élevait insensiblement sous ses pieds, des bourgs dans lesquels il croisa des Indiens — des Kaws, parfois appelés Kansas, des Osages, des Pawnees vêtus comme des fermiers ordinaires. Tous paraissaient singulièrement pacifiques. Personne au Kansas ne redoutait plus les sauvages Comanches nomades. Ils avaient été vaincus.

Parqués dans des villages, les Indiens chassaient et cultivaient la terre. Ils avaient d'extraordinaires visages bruns burinés. Joe se dit que le cousin Paul eût été tout excité de les voir.

La prairie — « Autrefois, l'herbe y était haute comme un homme, lui raconta-t-on, parfois même comme un homme à cheval » — fit place à une étendue désolée d'herbe rase, des *cottonwoods*[1] rabougris longeaient des ruisseaux à peine dignes de ce nom.

Il arriva ensuite à Abilene, dans le comté de Dickinson, sur la voie ferrée est-ouest. Abilene avait poussé comme un champignon à l'époque où les convois de bétail texan y terminaient leur parcours. C'était maintenant un bourg abandonné et poussiéreux, où seuls quelques hôtels et cafés ouvraient encore dans le quartier appelé l'Annexe de l'Enfer, autrefois le paradis des fêtards. Il restait quelques vrais cow-boys mais c'étaient des vieillards. Joe parla à l'un d'eux assis dans un fauteuil à bascule sur la véranda du Drover's, un hôtel décrépit de Texas Street, au sud de la voie ferrée. L'homme portait un gilet de cuir, des cuissardes de cuir sur un jean rapiécé, une chemise au col noir de crasse. Cela devait faire un an qu'il n'avait pas fait couper ses longs cheveux gris emmêlés. Il avait des fausses dents jaunâtres bon marché qui expliquaient son surnom, Ivory. Cet homme raconta à Joe des histoires qui lui firent courir des frissons le long de l'échine : cavalcades effrénées dans la nuit, attaques des Comanches, superbes jeunes putains qui arpentaient Texas Street, entraînant les hommes dans l'Enfer de toutes les voluptés. Joe Junior l'écouta tout un après-midi. Avant de prendre congé, il lui demanda où il pourrait trouver du travail.

— Par là, répondit Ivory en indiquant du pouce la direction de l'ouest. On a besoin de tas de jeunes gars vigoureux pour moissonner le blé d'hiver.

Le blé dur d'hiver germait au printemps et était moissonné à la saison chaude par des hommes en sueur qui paraissaient minuscules à côté des énormes machines qu'ils manœuvraient, les coupeuses. Elles avançaient lentement à travers les champs de blé mûr. Une lame en mouvement tranchait les épis qui tombaient sur un plateau, glissaient sur le côté puis montaient sur un tapis roulant et basculaient dans un chariot dont le conducteur réglait l'allure sur celle de la machine. La coupeuse était un engin peu maniable, si lourd qu'il fallait la pousser par-derrière à l'aide d'un attelage. Mais le chariot allait directement au battage ; pas besoin d'hommes pour ramasser le blé, le mettre en meulettes et le transporter dans les silos, comme c'était nécessaire avec les machines plus anciennes. Le premier travail de Joe Junior consista à mener un attelage de mules derrière une coupeuse.

Son patron, un fermier nommé Edgar Jeter, n'avait prévu ni baraquement ni remise pour la quinzaine d'ouvriers agricoles qui faisaient marcher ses quatre coupeuses. De plus, la nourriture que servait sa femme était infecte. Au bout de deux jours, Joe alla trouver Jeter, assis près de son poulailler.

— On a besoin d'eau pour se laver. Celle du puits...

— Le puits, c'est pour la famille. Allez à la rivière.

---

1. Arbre de la famille des peupliers. *(N.d.T.)*

— C'est à deux kilomètres d'ici, Mr. Jeter.

— Et alors ? Vous êtes en bonne santé. Marchez.

— On n'a même pas de cabinets.

— Y a pas meilleures chiottes que la rivière.

— Mr. Jeter, les autres accepteront peut-être de travailler dans ces conditions, mais moi, j'ai l'expérience des organisations syndicales.

— T'es un Rouge ou quoi ? Ferme-la sinon tu seras pas payé.

— Non, je ne la fermerai pas. Vous devez assurer à vos ouvriers un minimum de...

Un poing gros comme un roc surgit de la lumière du couchant ; Joe Junior se retrouva dans la poussière.

— Fiche le camp de mes terres ou je te brise les reins, menaça le fermier, projetant sur Joe une ombre gigantesque. Je n'ai pas de travail pour un sale agitateur socialiste.

Joe Junior alla prendre son balluchon dans le champ moissonné où l'équipe campait et reprit sa marche vers l'ouest à la lueur des étoiles.

Il trouva à s'embaucher dans d'autres fermes, dans des bourgades perdues aux noms musicaux : Mentor, Groveland, Redwing, Pretty Prairie. La moisson battait son plein ; les champs grouillaient d'ouvriers.

Il se joignit à une équipe travaillant pour l'un des fermiers mennonites du comté d'Ellsworth, nommé Bruno Cherry. Il était venu d'Ukraine en 1873 avec son épouse. A l'origine, son nom de famille était Chermochev.

C'était un grand gaillard d'environ quarante-cinq ans, fort disert, qui parlait un anglais excellent, presque biblique, à peine teinté d'une pointe d'accent. Sa barbe, aussi longue que celle de Joe Junior, grisonnait par endroits. C'était un patron dur mais honnête. Il avait construit un baraquement avec des couchettes pour les travailleurs itinérants qui moissonnaient ses mille hectares deux fois par an. La nourriture était bonne et abondante.

— En réalité notre famille est originaire du nord de l'Allemagne, expliqua un jour Cherry.

Il discutait volontiers avec ses ouvriers pendant les pauses. Le fait qu'il n'embauchât pas de contremaîtres facilitait cette proximité. Cherry dirigeait lui-même ses ouvriers.

— Beaucoup de Prussiens mennonites se sont installés en Ukraine à la fin du XVIIIe siècle. Les mennonites cherchent et trouvent toujours les meilleures terres, ajouta-t-il avec un sourire. En Ukraine, notre secte avait fondé de grandes colonies prospères. Puis, en 1873, il y a vingt-deux ans, le tsar a ordonné par décret que tous les hommes valides soient enrôlés dans l'armée. Les mennonites refusent de faire la guerre. Pour nous, la vie humaine est sacrée. Des centaines de jeunes gens se sont exilés — j'en faisais partie.

Joe avait de la sympathie pour Cherry, pour sa femme et ses trois filles, toutes en âge de se marier. Aucune n'avait trouvé d'époux car il est interdit aux mennonites de se marier avec un conjoint d'une autre religion. C'étaient des gens modestes ; leurs vêtements étaient simples, grossiers, même. Leur maison trapue à un étage était dépourvue de tout ornement à l'exception d'un paratonnerre et d'une girouette de fer forgé. L'extérieur était d'un gris terne, relevé uniquement par des volets blancs. A l'intérieur, de nombreuses lampes à huile diffusaient une lumière chaude et la nuit, la maison brillait comme un arbre de Noël. Joe Junior ne pouvait imaginer que les lignes électriques parviendraient un jour dans une campagne aussi reculée.

Cherry et ses amis mennonites cultivaient la terre d'une façon originale : ils en laissaient une partie en jachère un an sur deux et, à la grande surprise des voisins, la récolte était excellente l'année suivante.

Bruno Cherry remarqua que Joe ne ressemblait pas aux autres moissonneurs, qui étaient soit des illettrés ne connaissant que le travail de la ferme, soit des étudiants prétentieux cherchant à gagner un peu d'argent pendant l'été. La famille invita Joe plus d'une fois à dîner, et Cherry en profita pour lui raconter l'histoire de son État d'adoption.

— Quand nous sommes arrivés ici, nous avons eu plus de dix ans de bonnes pluies. Les gens de l'Est se précipitaient pour acheter de la terre. Puis il y a eu le grand blizzard de 1887. Les souffrances, les privations ont été indescriptibles ! Après la neige, nous avons subi plusieurs années de sécheresse. Deux ou trois cent mille fermiers sont repartis. J'ai vu un chariot qui retournait dans l'Est avec ces mots peints sur le côté : « Nous avons fait confiance à Dieu, nous avons fait faillite au Kansas. »

Deux des filles gloussèrent en glissant un regard timide à Joe Junior.

Cherry se préoccupait du sort des familles qui étaient restées.

— Nous devons prendre notre avenir en main, les autorités de l'Est ne nous aideront pas. C'est pour cela que les Kansans ont créé un nouveau parti politique.

— Vraiment ? s'étonna Joe. Miss Rebekah.. (de la tête, il désigna l'aînée des filles) m'a dit que les mennonites ne reconnaissent pas d'autre autorité que celle de Dieu.

Rebekah rougit ; ses sœurs lui décochèrent des regards d'envie.

— Exact, confirma Cherry.

— Vous ne vous mêlez donc pas de politique...

— Faux en ce qui me concerne. C'est la raison pour laquelle certains de mes frères m'évitent. Ils me traitent de damné hérétique — damné au sens littéral. Je n'y peux rien. Un homme mûrit et change. Il répond à la voix de Dieu qui parle en lui. C'est ce qui est arrivé au fondateur de notre secte, le père Menno. Il a défié l'Église qui l'avait ordonné. Il en a été banni. Voilà un damné hérétique ! conclut le fermier en riant.

» J'ai suivi son exemple en m'engageant dans ce nouveau mouvement. Il est issu de la Grange — vous connaissez ?

— Non.

— C'est une société coopérative de fermiers qui tentent de résoudre leurs problèmes en commun. Nous étudions les œuvres de penseurs sociaux et de moralistes. Edward Bellamy, Henry George. *Progrès et Pauvreté*, par exemple.

— J'ai lu Henry George !

— Bravo. Mais croyez-vous à ce qu'il dit ? Croyez-vous que les richesses appartiennent à ceux qui les créent plutôt qu'à ceux qui louent la terre et s'engraissent de la sueur des ouvriers ?

— Oui, j'y crois, répondit Joe, fasciné.

Il avait devant lui un homme aussi passionné à sa manière qu'Eugene Debs, ou Benno Strauss — dans ses moments les moins violents.

— D'où venez-vous, Joseph ? demanda le fermier en se renversant sur sa chaise. Vous ne nous avez rien dit de vous.

— Il n'y a pas grand-chose à dire. Mrs. Cherry, vous voulez me passer les biscuits, s'il vous plaît ?

Le dîner était fini. Mrs. Cherry et les filles débarrassèrent et firent la vaisselle en silence tandis que Bruno Cherry expliquait à Joe Junior que de la Grange était né le Parti du peuple du Kansas, fondé à Topeka cinq ans plus tôt. Rebaptisé peu après Parti populiste, il s'était propagé comme un feu de prairie à la saison sèche. Les populistes présentèrent des candidats aux élections locales puis à celles de l'État. Ils pensaient à présent aux nationales.

— Nos revendications sont simples et fondées, souligna le fermier. Journée de travail de huit heures dans toute l'Amérique. Scrutin confidentiel. Impôts calculés selon les revenus — il est normal que les riches paient plus que les pauvres. Nous réclamons le droit de vote pour les femmes. Nous voulons que le gouvernement retire le contrôle des compagnies de chemin de fer, de téléphone et de télégraphe aux requins cupides de l'Est. Et surtout, nous voulons la libre frappe de l'argent.

» C'est plus facile à dire qu'à faire, poursuivit Cherry en secouant la tête. Les journaux de l'Est nous traitent de chiens enragés. Dans certains milieux, on se gausse de nos candidats. Jerry Simpson, un ancien marin des Grands Lacs, s'est présenté au Congrès en 1892. Son adversaire républicain l'a raillé en racontant qu'il n'avait même pas de quoi s'acheter des chaussettes. « Exactement, a rétorqué Jerry, et c'est une des raisons pour lesquelles je me présente. » Jerry Simpson le va-nu-pieds siège aujourd'hui à Washington. Il a été réélu l'année dernière.

— Envisagez-vous de participer à l'élection présidentielle ?

— Nous voudrions proposer la candidature de Mr. William Jennings Bryan. Il partage notre point de vue sur la question de la libre frappe de l'argent et sur de nombreux autres problèmes. Voilà, vous savez maintenant ce qu'on fait au Kansas quand on ne s'éreinte pas à gagner sa vie.

— J'aimerais en savoir plus, Mr. Cherry.

— Vraiment ? Magnifique. Je vous emmène au siège du comté

samedi soir. Vous entendrez l'un de nos membres les plus éminents, Mrs. Mary Lease. L'Oratrice de l'Ouest. Certains l'appellent Mary la Braillarde. (Cherry partit d'un rire tonitruant.) La Braillarde, ça lui va comme un gant. Vous verrez.

Des torches flamboyaient sur la place d'Ellsworth. Joe Junior était entouré d'hommes et de femmes aux visages émaciés. Affamés de vérité, privés de justice, impatients d'entendre la bonne parole. Du haut d'un chariot, Mrs. Mary Lease la leur prodiguait. C'était une jolie femme dotée d'une voix vibrante.

— Qui dirige ce pays ? Un gouvernement du peuple, par le peuple, pour le peuple ? Non ! C'est le gouvernement de Wall Street, par Wall Street, pour Wall Street.

Mary la Braillarde était l'épouse d'un apothicaire de Wichita et la mère de quatre enfants, avait appris Cherry à Joe dans le boghey les conduisant au bourg. « Et en plus elle est avocate », avait-il précisé, aussi fier que s'il parlait d'un champion d'athlétisme local.

— Nos lois sont le produit d'un système qui habille les canailles de beaux atours et les honnêtes gens de haillons reprit-elle. Il y a deux ans, on nous a exhortés à travailler pour produire une grosse récolte. Nous nous sommes tués à la tâche. Nous avons labouré et semé. Les pluies sont tombées, le soleil a brillé, la nature nous a souri, et nous avons obtenu cette grosse récolte. Qu'en est-il advenu ? Je vais vous le dire. Du maïs à huit cents ! De l'avoine à dix cents ! Les politiciens ont expliqué que nous étions victimes d'une surproduction !

Un rugissement de rage monta de la place.

— De surproduction ! Alors que dix mille enfants meurent chaque année de faim aux États-Unis ! Alors que des centaines de jeunes filles sont forcées de sacrifier leur vertu sur le trottoir des villes pour se procurer le pain que leur salaire dérisoire ne leur permet pas d'acheter !

Mary Lease brandit les poings au-dessus de sa tête.

— Voici mon message : nous avons assez fait pousser de maïs ; nous avons assez fait pousser de blé. Il est temps de faire croître la colère !

Cris, applaudissements, hourras exposèrent. Quelqu'un tira même un coup de pistolet. Le visage écarlate d'excitation. Joe Junior frappait des mains aussi fort que les autres. Voilà un parti politique qui défendait tout ce en quoi il croyait ! Un parti populaire qui s'armait d'une colère fondée sur des principes, pas sur la dynamite. Ce soir-là à Ellsworth, Kansas, Joe naquit pour la seconde fois.

La moisson finie, le moment vint pour lui de poursuivre sa route vers les Rocheuses, les vallées de la Californie et du Nord-Ouest, la côte de l'océan Pacifique. Lorsqu'il fit ses adieux à la famille Cherry, la mère pleura, deux des filles aussi. Bruno Cherry lui offrit cinq dollars, cadeau qui embarrassa Joe.

— Pas de discussion, Joseph, vous êtes un bon travailleur. Un excellent jeune homme. Nous ne pouvons malheureusement pas baptiser des gens étrangers à notre foi, autrement vous auriez épousé Rebekah, Hester ou Miriam, et j'en aurais été très heureux. Je le répète, vous êtes un excellent jeune homme. Vos parents doivent être fiers de vous.

Une ombre traversa les yeux bleus de Joe Junior. Il répondit sur le ton de la plaisanterie :

— J'en doute. Ils vivent loin d'ici, nous n'avons plus de contacts. Ils ne savent même pas où je suis.

— Il faut remédier à cela, déclara Bruno Cherry, sévère comme un prophète de l'Ancien Testament. C'est cruel et injuste de les laisser dans l'ignorance et l'inquiétude.

Envahi par un sentiment de culpabilité, Joe chargea son balluchon sur son épaule et partit sur la route ensoleillée qui serpentait à travers les champs de blé.

Dans le village de Black Wolf, au bord de la Smoky Hill River, ce sentiment de culpabilité devint trop lourd à porter. Cherry avait raison, il n'aurait pas dû infliger ces tourments à sa mère. Ce qu'éprouvait son père lui était indifférent.

Il ne fut pas difficile de trouver un symbole adéquat. Trois grains de blé séchés, ramassés sur le bas-côté de la route.

Il acheta une enveloppe à l'épicerie-bazar du village. Au guichet de la poste, il emprunta un crayon et un morceau de papier sur lequel il écrivit les mots « Joe Junior ». Mais à peine venait-il de glisser le papier dans l'enveloppe qu'il changea d'avis. Il le retira, cacheta l'enveloppe avec les grains de blé à l'intérieur. La main tournée vers la gauche afin de déformer son écriture, il écrivit « Mrs. I. Crown, Michigan Avenue, Chicago » et il retourna au guichet pour acheter un timbre.

65

Ilsa

Ilsa Crown était au lit, fiévreuse. Elle souffrait d'une mauvaise grippe d'été. Sa chemise de nuit en flanelle était trempée de sueur et le drap lui paraissait plus lourd qu'un édredon.

Elle détestait la maladie. Elle y voyait un signe de faiblesse, ou une punition du Tout-Puissant.

Ilsa connaissait son péché. Elle n'avait pas su préserver l'unité de sa famille. Voire celle de son couple. Depuis la nuit où cet homme s'était tué en tombant du toit, ivre de bière Crown, elle sentait que Joe s'éloignait d'elle.

Sur sa table de chevet se trouvait un livre qu'elle n'avait pas ouvert depuis longtemps, les travaux du Congrès des femmes de 1893. Elle le feuilleta presque craintivement.

L'image de certaines participantes resurgit avec force dans son esprit, de même que leurs propos audacieux. Elle y avait prêté une attention approbatrice, tout en sachant que Joe en serait irrité.

Elle ouvrit une page au hasard et tomba sur le discours de Miss Frances Willard, pilier de l'Union pour la tempérance : « La plus grande découverte du XIXᵉ siècle est celle de la femme par la femme. »

Plus loin, Mrs. A. J. Cooper, une éloquente Noire de Washington, déclarait : « Ce n'est que lorsque la race, la couleur, le sexe et la condition sociale seront considérés comme des facteurs secondaires, et non comme la substance même de la vie, que la parole de la femme sera entendue, que la cause de la femme sera gagnée. »

Lucy Stone, une des premières militantes, maintenant vieille et frêle, mais toujours pleine de fougue : « L'idée que l'univers de la femme est au foyer, et uniquement au foyer, a considérablement appauvri la société. Le rouet, le métier à tisser, le ménage et les enfants n'ont jamais pu et ne pourront jamais répondre aux aspirations des femmes. »

La page suivante la ramena à l'oratrice la plus ardente qu'elle eût entendue, Laura DeForce Gordon, avocate de Californie : « Toutes les époques ont fonctionné sur un système d'oppression et de répression à l'égard des femmes. L'éducation conservatrice donnée à la maison en a été le pilier, de même que l'enseignement religieux des diverses Églises. Il n'est pas possible de tolérer cela plus longtemps. »

Ces discours courageux avaient enflammé Ilsa et l'avaient convaincue qu'ils montraient le chemin de l'avenir.

Elle referma le livre, caressa des doigts la couverture de cuir gaufré. Les idées modernes n'étaient peut-être pas si bonnes, après tout. En tout cas, aucune d'entre elles ne parvenait à apaiser son angoisse. Une idée n'avait pas de valeur comparée à l'amour de son mari — qu'elle était en train de perdre, elle le sentait.

Des coups frappés à la porte la firent sursauter.

— Mrs. Crown ?

— Je suis réveillée, Helga.

— Le courrier est arrivé. Il y a une lettre pour vous.

— Apportez-la-moi, s'il vous plaît.

Joe quitta précipitamment la brasserie après avoir reçu le coup de téléphone de sa femme. Assis à son chevet, il tourna l'enveloppe dans un sens puis dans l'autre, l'examina. Le visage d'Ilsa rayonnait.

— Il est vivant, Joe. Il nous a envoyé des grains de blé pour nous le faire comprendre. Il doit être dans l'Ouest.

— Comment sais-tu qu'ils viennent de lui ? objecta-t-il. Ce n'est pas son écriture.

— Il a essayé de la déguiser, bien sûr, mais ça ne me trompe pas. Je serais une bien mauvaise mère si je ne reconnaissais pas l'écriture de mon fils.

— Moi, je n'en suis pas convaincu, répondit Joe, qui semblait avoir trop chaud dans son costume blanc froissé. Je ne reconnais pas l'écriture et je ne crois pas que tu la reconnaisses non plus. En fait, tu veux y croire.

— Bien sûr que je veux y croire ! C'est mal de vouloir croire qu'il va bien et qu'il reviendra peut-être un jour ?

Joe répondit à sa colère par de l'impassibilité. Posant l'enveloppe sur le lit, il argua :

— En tout cas, si ce message est de Joe, c'est à toi qu'il l'a adressé, pas à moi. Si tu veux bien m'excuser, j'ai encore beaucoup à faire cet après-midi.

Il se pencha, déposa un bref baiser sur la joue moite d'Ilsa, sourit et lui fit un signe de la main en sortant. Elle ne se laissa pas abuser par ces marques d'affection.

Elle reprit l'enveloppe et la pressa contre sa poitrine. Elle souffrait de ce qu'elle lisait dans le regard de son mari. Une certaine distance, un ressentiment croissant. Elle avait perdu son fils ; elle avait perdu son neveu, Pauli ; elle craignait maintenant de perdre Joe et il n'y avait aucun remède à cela. Être la gentille Ilsa si dévouée, qui s'occupait de son foyer avec tant de soin ne lui suffisait plus. Elle avait épousé la mauvaise cause ; elle avait adopté de mauvaises idées ; elle avait trop ouvertement exprimé ses opinions et elle ne pouvait plus revenir en arrière, l'eût-elle voulu.

66

Juliette

A la fin de l'été 1895, Juliette rentra d'Europe avec son petit chien
Rudy. Elle avait perdu sept kilos. Elle était encore plus pâle et
nerveuse qu'avant son départ.

Pork Vanderhoff avait chargé l'agence Cook d'organiser les derniers
mois de son séjour : réserver les hôtels, les billets de train, les
excursions et les visites de monuments. Des guides l'avaient traînée
de cathédrale en palais, puis vers l'inévitable boutique de souvenirs
dont, comme par hasard, le guide connaissait le propriétaire. Où
qu'elle aille, elle était accompagnée d'un chaperon à la mine revêche
que son père avait choisi parmi une douzaine de candidates. L'élue
était belge et avait six sœurs, toutes religieuses sauf une. Elle était
convaincue qu'elle aurait gâché sa vie en se mariant et ne parlait
guère d'autre chose.

Le jour même de son retour, Juliette courut à la pierre près de
l'écurie. Elle avait disparu — toutes les pierres avaient disparu. Le
sol avait été retourné, ratissé et planté d'étroits parterres de fleurs.
Elle se sentit complètement abandonnée et, l'espace de quelques
secondes, elle eut presque de la haine pour Paul.

Deux semaines plus tard, profitant de l'absence de ses parents,
elle appela Ilsa Crown au téléphone et l'invita à prendre le thé. Un
après-midi froid et pluvieux de septembre, les deux femmes se
retrouvèrent à une table cachée derrière un faux palmier du Rose,
le café à la mode de l'hôtel Richelieu, dans Michigan Avenue.

— C'est très aimable à vous de m'avoir invitée, dit Ilsa avec un
sourire poli.

C'était une femme aux manières raffinées et sans prétention, qui
ne cherchait pas à dissimuler son accent. Juliette n'arrivait pas à
comprendre pourquoi sa mère lui manifestait tant d'hostilité.

— Nous nous sommes vues à diverses réceptions officielles, mais nous n'avons jamais été présentées, poursuivit Mrs. Crown. Avez-vous une raison particulière de vouloir me rencontrer ?

— Oui, je l'avoue, confessa Juliette. (Le serveur chauve s'approcha.) Du thé pour deux, Victor. Avec un plateau de canapés, s'il vous plaît.

Sur une petite estrade, à l'autre bout de la salle, un trio à cordes jouait *I Don't Want to Play in Your Ward*.

Juliette se força à sourire malgré les crampes qui la torturaient. C'était le premier jour de son épreuve mensuelle.

— Avez-vous des nouvelles de votre fils, Mrs. Crown ?

— Non. La police a quasiment abandonné les recherches. Nous avons fait appel à une agence de détectives privés, mais sans résultat.

Elles bavardèrent de sujets moins pénibles en attendant le thé. Ilsa Crown évoqua la reprise des hostilités à Cuba, où les rebelles avaient recommencé à lutter pour l'indépendance. Julie reconnut qu'elle savait peu de choses des affaires mondiales. Ilsa demanda à la jeune femme son opinion sur les candidats potentiels aux élections présidentielles de 1896. Juliette n'en avait pas. La littérature, alors ? Avait-elle lu *Le Prisonnier de Zenda* ? Oui, en Europe, cela lui avait beaucoup plu.

Et *La Conquête du courage*, que Mr. Crane venait de publier ? Juliette ne connaissait pas ce livre. Ilsa lui apprit que de nombreux lecteurs et critiques clairvoyants le saluaient comme un petit chef-d'œuvre.

Après que Victor eut apporté une théière lourdement décorée de raisins d'argent, Juliette ajouta :

— Nous n'avons presque que des ouvrages romanesques à la maison. C'est ce que maman préfère.

— Je vois.

Malgré l'affabilité sans faille d'Ilsa, Juliette sentit qu'elle décevait son invitée.

— Mrs. Crown,... puis-je vous parler franchement ?

— Naturellement.

— Je vous ai invitée ici pour vous poser des questions sur votre neveu.

— Pauli ? fit Ilsa, dont les épaules s'affaissèrent. Il a quitté notre maison peu après Joe Junior. Je sais bien sûr que vous connaissiez mon neveu...

— J'étais vraiment très attachée à lui, Mrs. Crown. Je le suis toujours. Savez-vous où il est ?

— Malheureusement non. Il m'a téléphoné il y a quelques mois, je crois qu'il était à Chicago, bien qu'il n'en ait rien dit. Depuis, plus de nouvelles. Il est même possible qu'il soit retourné en Allemagne.

— Oh ! non, il n'aurait pas fait cela. Nous étions trop épris l'un de l'autre, fit Juliette. (Elle baissa la tête, mit une main devant ses yeux.) Il n'aurait pas fait cela.

— Je ne voulais pas vous bouleverser. Personnellement, je pense qu'il est peu probable qu'il ait quitté le pays. C'est juste que faute d'informations, on ne peut totalement écarter cette hypothèse.

Juliette releva la tête, son visage ruisselait de larmes. Alarmé par la détresse de sa cliente, Victor accourut ; Ilsa Crown lui assura que tout allait bien. Dès qu'il fut reparti et que les dames des tables voisines cessèrent de les dévisager, Ilsa tendit le bras par-dessus la table pour presser la main de Juliette.

— Je ne soupçonnais pas la profondeur de vos sentiments. Paul est un garçon merveilleux. Je regrette infiniment de ne pas savoir où il est.

— Je me demande pourquoi il ne m'a laissé aucun message.

— Peut-être ne sait-il pas comment faire. Je crois savoir que vos parents n'apprécieraient pas qu'un dénommé Crown cherche à vous joindre.

— Il aurait trouvé un moyen s'il avait voulu. Il est intelligent.

Ilsa garda le silence. Juliette releva le menton et, malgré la douleur, parvint à prendre un ton enjoué :

— Au moins, cette question est résolue, n'est-ce pas ? Paul est parti. Et je n'ai aucun moyen de le retrouver. Il n'y a plus rien à faire maintenant.

Le lundi suivant, Nell décida de parler à sa fille. Elle la trouva dans le salon de musique de la grande maison. Les plantes en pots disposées sous la verrière exhalaient de lourds parfums boisés. Assise au piano à queue, Juliette laissait distraitement courir ses doigts sur les touches.

— Ton père juge qu'il est temps que je t'informe de la nouvelle, fit Nell avec un air à la fois mystérieux et excité.

— Quelle nouvelle, maman ?

— Un gentleman désire te faire sa cour, Juliette. Un homme aux intentions sérieuses.

Juliette se leva brusquement, avec les yeux affolés d'un animal pris au piège.

— Qui est-ce ?

— Un veuf. Un très bon parti. Tu l'as rencontré, bien que tu ne te souviennes sans doute pas de lui. C'est William Vann Elstree.

— Des grands magasins ?

— Oui ! Sa femme est morte il y a plus d'un an, pendant la vague de chaleur. Il s'est déclaré ·à Wiesbaden et a sollicité de ton père l'autorisation de te faire sa cour. Nous avons réclamé un délai convenable, qu'il a accepté.

Un sentiment de terreur et de confusion s'empara de Juliette.

— Mr. Elstree est un peu plus âgé que toi, reconnut sa mère en s'approchant du piano, mais c'est un modèle de courtoisie et d'élégance. Éducation et manières parfaites...

— Maman... commença Juliette, préparant sa défense.

— Bien entendu, il a une immense fortune.

— Maman, je ne veux pas me quereller avec toi, mais...

— Nous n'allons pas recommencer, Juliette. Je ne le tolérerai pas. Ton père non plus. (Elle eut tout à coup un sourire plein de douceur.)

Si tu sens que tu perds à nouveau pied, que tu n'es plus toi-même, nous pouvons consulter le docteur Woodrow...

— Non !

— ... envisager un *séjour* d'un ou deux mois à l'hôpital de Cleveland...

— Non, maman, non !

Nell tapota l'épaisse chevelure noire de sa fille.

— Alors, sois raisonnable, ma chérie. Et surtout, je t'en prie, sache que je ne désire rien d'autre au monde que ton bonheur. Je veux te voir mariée avec un homme de ton rang. Je veux voir cela avant d'aller au Ciel.

Juliette se mit à pleurer, elle ne pouvait s'arrêter. Maintenant que Paul l'avait abandonnée, plus rien n'avait d'importance.

— D'accord, maman. D'accord.

— Tu veux dire que Mr. Elstree peut te téléphoner ?

— Oui, maman, pourquoi pas ?

Les yeux de Nell brillèrent d'un éclat triomphal.

— Merci, ma chérie. En acceptant, tu me rends extrêmement heureuse. Et je suis sûre que cet homme saura faire ton bonheur.

Nell tapota à nouveau les cheveux de sa fille et sortit du salon. Son pas était alerte, elle souriait.

67

Paul

A Cuba, les combats faisaient rage dans toute l'île entre les insurgés et les troupes espagnoles. Au Transvaal, les relations se détérioraient entre les fermiers boers et le gouvernement britannique. En Angleterre, l'esthète Oscar Wilde entamait des poursuites contre le père de son amant, le marquis de Queensberry. En France, les frères Auguste et Louis Lumière avaient réussi à mettre au point un appareil capable à la fois d'exposer et de projeter une suite d'images sur une bande de celluloïd — « J'imagine que ton ami Shadow en est malade », avait commenté Wex. En Amérique, le secrétaire d'État Olney invoquait la doctrine Monroe contre la Grande-Bretagne. Les partisans démocrates de la libre frappe de l'argent avaient semé la discorde au sein de leur parti lors du dernier congrès, et un dénommé King C. Gillette annonçait l'invention d'un « rasoir de sûreté » d'un nouveau type.

Pourtant, en cet automne 1895, Chicago se passionnait moins pour les événements nationaux et internationaux que pour un procès retentissant, celui de Herman W. Mudgett, un criminel qui se faisait appeler « docteur H. H. Holmes ». Il était accusé d'avoir commis plus de cinquante meurtres au cours des trois dernières années. Les inspecteurs de la police avaient fouillé de fond en comble le « château du docteur Holmes », situé sur la Soixante-Troisième Rue. Tous les journaux décrivaient, dessins à l'appui, le labyrinthe de pièces où l'on avait découvert des chambres de torture et des corps horriblement mutilés. Chacun se demandait comment une telle folie avait pu régner aussi longtemps sans que les voisins aient le moindre soupçon.

Wex et Paul se ruèrent sur les lieux, à l'instar de bien d'autres photographes. Ils prirent des photos de la façade de l'extravagante maison de bois avec ses tourelles et ses nombreuses fenêtres en saillie, obturées de l'intérieur par des plaques de fer. Après ses journées de travail pour la Blanchisserie de l'Illinois, Paul travaillait presque toute la nuit pour aider Wexford à développer et encadrer les photos. Wex embaucha trois gosses du quartier pour aller les vendre dans le centre mais les résultats furent maigres : trop de concurrents avaient eu la même idée.

Au même moment, un accident obligea Nancy Logan à repartir précipitamment dans l'Indiana. Sa mère était tombée de la moissonneuse qu'elle conduisait et s'était brisé une cheville et une hanche.

— M'man est clouée au lit pour des mois. Faut quelqu'un pour faire à manger aux hommes, dit Nancy à Paul. Je me fiche de quitter la blanchisserie, ajouta-t-elle, et même Chicago. C'est une ville dure, sale et dangereuse — cette histoire de docteur fou a de quoi faire peur. Mais tu vas me manquer. Si je restais, je finirais peut-être par te faire oublier l'autre. Je suis têtue, quand je veux. (Des larmes lui montèrent aux yeux.) J'épouserai sûrement un fermier de là-bas, mais je serai toujours amoureuse de toi.

Paul l'accompagna à la gare de Dearborn Street. Avant de monter dans le train, elle se hissa sur la pointe des pieds, le serra dans ses bras.

— Je ferais n'importe quoi pour toi, Fritz. Si t'as besoin d'aide un jour, viens me voir. Embrasse-moi avant que je me mette à chialer.

Paul passait au moins deux fois par semaine devant la grande maison des Vanderhoff à la tombée de la nuit. Ne voyant aucun signe de présence de Julie, il présumait qu'elle était encore à l'étranger. Il rêvait toujours d'obtenir un emploi chez le colonel Shadow. En attendant, il continuait à pratiquer la photographie.

Wex critiquait souvent durement son travail, mais plutôt que de se laisser abattre, Paul persévérait. Finalement, il développa un portrait qui lui plut : une vieille femme de la rue coiffée d'un foulard, debout près d'une charrette de fleurs fanées. La lumière du jour tombait sur le côté gauche de son visage, éclairant sa peau ravinée. Le résultat était d'une tristesse saisissante. Paul avait réussi à capter l'histoire silencieuse d'une vie de résignation, de pauvreté et d'échec.

— C'est bon, dit Wex en examinant le portrait. C'est même mieux que bon. Tu as saisi le truc et tu as aiguisé ton œil. Ça te sera fort utile quand tu fabriqueras des images animées... ajouta-t-il avec un de ses reniflements caractéristiques.

En octobre, le matériel commença à disparaître peu à peu du Temple de la Photographie, puis Wex demanda timidement à Paul de lui accorder un petit prêt. Bien que son ami ne précisât pas pour quoi, Paul supposa que c'était pour régler le loyer. Il préleva la somme sur ses économies et la lui remit sans poser de question. La deuxième fois que Wex le sollicita, Paul vida son compte.

Un collecteur de fonds passa le 1er novembre. Paul entendit des éclats de voix derrière la porte fermée puis l'homme sortit, furieux. Le lendemain, Paul trouva dans une corbeille des tickets de course : Wex ne payait pas le loyer, il pariait sur des chevaux. Comme la saison était terminée à Chicago, il devait parier dans d'autres hippodromes, dans le Sud peut-être. Paul demanda à l'une de ses bonnes clientes, Madame Camille, si c'était possible.

— Trésor, des inventions merveilleuses telles que le télégraphe ou le téléphone servent à bien d'autres choses qu'à souhaiter bon anniversaire à sa grand-mère. Tu n'es donc jamais entré dans une des salles de paris du quartier ?

— Non, ils n'ont pas de linge à laver.

— Continue comme ça. Fréquenter régulièrement ces endroits mène tout droit à l'hospice.

Le photographe Wexford Rooney n'était pas entièrement inconnu de la bonne société de la ville. Il avait la réputation d'exceller dans sa partie, à défaut de se montrer très aimable ou raffiné. Il lui arrivait donc de travailler pour un mariage, ou de faire un portrait de groupe des membres d'une loge.

Ses relations politiques ne se limitaient pas aux démocrates du premier district, il connaissait aussi quelques républicains. Un jour, un photographe de la bonne société tomba malade, et l'on fit appel à Wex pour photographier une réception donnée un samedi après-midi par Mr. et Mrs. Potter Palmer. L'invité d'honneur, Marcus Alonzo Hanna, de l'Ohio, passait pour l'éminence grise du Parti républicain, l'homme qui désignerait le candidat aux présidentielles de l'été prochain.

Au comble de l'excitation, Wexford se coupa trois fois en se rasant. Lorsqu'il rentra à la maison, le soir, son humeur avait changé du tout au tout. Il semblait nerveux, maussade. Paul, qui lisait le *Tribune* en buvant une Crown, fut intrigué de voir son ami silencieux, planté devant la cuisinière, le dos tourné.

— Comment ça s'est passé ?

— Oh ! très bien ! marmonna Wex sans se retourner. Il faut que je me mette au travail tout de suite pour développer les photos.

— On vous a bien traité ?

— Oh ! oui, tout le monde a été très aimable.

— Mr. Rooney, il s'est passé quelque chose. Dites-moi quoi.

Wex se retourna enfin, ôta ses lunettes.

— J'ai vu quelqu'un que tu connais. La jeune demoiselle...

Paul se leva d'un bond.

— Juliette ? Elle est rentrée ?

— Depuis l'été dernier. J'ai demandé, pour être sûr.

— Comment était-elle ?

— Ravissante, comme tu me l'avais dit. C'est une jeune femme convenable, bien élevée...

Après un silence, le photographe jeta un coup d'œil embarrassé à son élève.

— Elle n'est pas venue seule à la réception.

— Naturellement. Je suppose que ses parents aussi...

— Ce n'est pas ce que je veux dire. Elle avait un cavalier.

Paul posa sa bouteille de bière sur la table en murmurant :

— Je ne vous crois pas.

— Désolé, c'est pourtant vrai. Elle est venue avec William Vann Elstree, l'héritier des grands magasins. Il est veuf, maintenant. Plus tout jeune non plus.

— Elle a dû y aller avec lui pour des questions de convenances.

— Je le voudrais bien, Fritz. Mais là aussi, je me suis renseigné... On l'a vue avec lui au concert, à diverses réceptions.

— Oh ! mon Dieu !

— Je ne voulais pas t'en parler mais... mais j'ai pensé finalement qu'il valait mieux que tu le saches. Tu devrais peut-être... (Wex s'interrompit, rougit, détourna la tête.) Tu devrais peut-être cesser de penser à elle. On dirait qu'elle navigue vers un autre cap.

Après que Wex fut monté se coucher, Paul resta seul à boire bière sur bière dans la cuisine, hanté par des questions sans réponse. Juliette avait-elle changé ? Lui avait-elle menti depuis le début ? L'avait-elle berné ? Comment était-ce possible après la nuit d'amour qu'ils avaient vécue ? Après les serments qu'ils avaient échangés ?

Comment était-ce possible ?

Le lendemain matin, il téléphona chez les Vanderhoff et demanda à parler à Juliette.

— De la part de qui ?

Il donna son nom.

— Elle est absente.

Quand il voulut laisser un message, on lui répondit :

— Ce n'est pas possible, monsieur.

On avait donné des instructions aux domestiques. Le mur était dressé.

68

Joe Crown

En novembre, Joe eut la malchance de rencontrer à nouveau Oskar Hexhammer, cette fois dans le restaurant du Club Germania. C'était une confortable pièce à l'éclairage tamisé, aux murs lambrissés de chêne et aux tables couvertes de nappes blanches. Des têtes de bison, de sanglier et de cerf aux bois magnifiques contemplaient l'éternité de leurs yeux de verre.

Lorsque Hexhammer descendit l'escalier, la salle était déserte à l'exception de Joe, qui attendait son fournisseur de houblon, une chope pleine de Heimat brune posée devant lui.

Joe était de mauvaise humeur car l'homme avait déjà un quart d'heure de retard. Il était en outre mécontent du maître brasseur qu'il avait embauché après la mort de Fred Schildkraut. Heinz Freising était compétent, mais il n'avait aucun sens de l'organisation, défaut que Joe imputait à ses origines bavaroises. Il avait quasiment décidé de le remplacer.

Et voilà que Hexhammer se dirigeait droit vers lui. Son journal, le *Chicago Deutsche Zeitung*, continuait à encenser tout ce qui émanait de la patrie ou des lèvres du Kaiser. Il avait toutefois cessé d'attaquer Joe et sa brasserie dans ses éditoriaux. Les deux hommes se croisaient de temps à autre à leur club, dans des restaurants allemands, ou dans quelques manifestations officielles mais ils se contentaient de se saluer de loin. C'était généralement Joe qui hochait la tête le premier, par politesse. Hexhammer accompagnait toujours son salut d'un sourire suffisant.

— Ah ! *Herr Crown ! Wie geht's mit Ihnen ?*

— Très bien, Mr. Hexhammer. Et vous ?

— Merveilleusement. Les affaires ?

— Nous atteignons des niveaux records. Nous espérons finir l'année à sept cent quarante mille barils.

— Ah.

Joe n'aurait jamais cru qu'une seule syllabe pût exprimer tant de déception.

— Je vous offre une bière, Mr. Hexhammer ?

— De votre fabrication ?

— Naturellement.

— Comment oserais-je refuser ?

Joe fit signe au garçon.

— Carlo, tire une chope pour Mr. Hexhammer.

Deux hommes qu'il connaissait vaguement descendirent l'escalier en riant. Se sentant plus encore pris au piège, il s'efforça d'orienter la conversation vers des sujets neutres, tels que la talentueuse équipe de Baltimore, qui avait gagné le tournoi de la Ligue nationale en automne. Hexhammer répondit qu'il ne connaissait rien au baseball, il trouvait ce jeu américain grossier. Alors, le remarquable roman de Mr. Crane sur la guerre de Sécession ?

— Je l'ai détesté. L'anglais est une langue affreusement vulgaire. Seule la poésie classique de la langue dans laquelle vous et moi avons grandi s'élève au rang d'art véritable.

L'irritation de Joe croissait. Il tira sa montre de son gousset ; ce damné fournisseur avait maintenant vingt-deux minutes de retard.

Hexhammer entreprit de louer l'action de Guillaume II, et approuva sa décision de congédier Bismarck, qui s'était quelques années plus tôt opposé à la construction d'une flotte de guerre naviguant sur les deux océans — flotte à laquelle rêvait le Kaiser, qui avait lu et relu le livre de l'amiral Mahan glorifiant la puissance maritime. Guillaume II condamnait en outre — et Hexhammer aussi — le traité que Bismarck avait secrètement négocié avec la Russie en 1887.

— Quand Bismarck s'est adressé au Reichstag, en 1887, il a fait une magnifique déclaration : « Nous, peuple allemand, ne craignons rien ni personne à part Dieu. » Puis il a passé une heure à justifier ce traité de lâche.

— De lâche ? fit Joe, sans cesser de lorgner en direction de l'escalier. Moi j'y ai vu une manœuvre habile pour préserver la paix. C'est l'alliance des deux ennemis traditionnels de l'Allemagne — la Russie et la France — qui eût été fort dangereuse.

— Absurde. Bismarck était devenu un lion vieillissant qui s'opposait ouvertement à son souverain. Le Kaiser s'est trouvé contraint de le renvoyer.

— Pour le récompenser d'avoir servi son pays pendant vingt-huit ans !

— Il semait la dissension ! Il était tourné vers le passé, comme tous les vieillards. Le Kaiser regarde vers l'avenir. Il travaille à la création du nouvel empire allemand. Pacifiquement, si c'est possible. Par la force si ça ne l'est pas.

— Mr. Hexhammer, vous parlez comme si vous souhaitiez la guerre. Quoi que vous pensiez de la politique de Bismarck — et en tant qu'américain, j'en condamne bien des aspects...

— Oui, nous savons tous à qui va votre loyauté.

Furieux, Joe poursuivit :

— Bismarck a été et restera un des grands hommes de ce siècle. Un colosse.

— Un vieux lion, prêt à se faire dévorer par la nouvelle génération qui monte. Un peu comme vous d'ailleurs....

Joe faillit jeter sa bière à la figure de Hexhammer. Par chance, son fournisseur fit son apparition à ce moment-là et le brasseur se leva pour l'accueillir.

Sa rencontre avec Hexhammer le tourmenta longtemps. Vers la fin de l'altercation, il avait senti ses tempes palpiter. Il perdait de plus en plus facilement son sang-froid. Il perdait le contrôle de lui-même, de sa famille, de toute son existence, naguère si ordonnée. Ce que cela augurait pour l'avenir l'effrayait.

Comment se ressaisir ? En renvoyant le maître brasseur ? Cela ne suffirait pas. Que faire d'autre, alors ?

69

Paul

Paul luttait contre le vent et la pluie pour couvrir d'une bâche son fourgon de livraison. Il l'avait attaché près de l'entrée de service du Sherman House, côté Clark Street. Un homme coiffé d'une casquette tourna le coin de la rue, tête baissée, et se heurta à lui. Des prospectus tombèrent. Comme Paul se baissait pour l'aider à les ramasser, l'inconnu soupira :

— Ça fait rien, personne n'en veut aujourd'hui.

La remarque morose lui fit lever les yeux et il reconnut la mine de chien battu sous la casquette dégoulinante d'eau.

— Salut, tu te souviens de moi ? dit Paul. On s'est rencontrés à l'hippodrome et dans la salle du colonel Shadow.

— Ah ! oui.

Lew Kress fourra les prospectus mouillés dans les poches de sa veste, se mit à l'abri sous la bâche et souffla sur ses mains glacées. La pluie de novembre tombait, froide et drue.

— Sale temps pour faire de la réclame, on dirait, fit observer Paul.

— Je hais ce boulot. Je hais cette ville. Ah ! Si je pouvais rentrer au pays !

Paul s'intéressa aussitôt à ce que Lew Kress venait de dire.

— D'où es-tu ?

— D'un petit patelin de Caroline du Sud. Branchville. Tu en as sûrement jamais entendu parler.

— Non. Qu'est-ce qui t'empêche d'y repartir ?

— J'ai pas les moyens de me payer le train, répondit Kress. (Il releva le col de sa veste élimée.) L'argent me file entre les doigts, je dépense tout avec les filles.

— Et c'est seulement le prix du voyage qui te retient à Chicago ? Combien c'est ?

— En seconde classe, onze dollars et cinquante cents. J'arriverai jamais à les économiser. Bon, je rentre, je suis trempé, j'ai froid.

Paul le retint par le bras.

— Je les trouverai pour toi.

— Hein ? Qu'est-ce que tu dis ?

— Que je les trouverai pour toi. Ça prendra peut-être un certain temps, mais dès que je les aurai, je viendrai te voir.

Paul inspira avant d'expliquer :

— Je veux ton boulot.

— Mon boulot ? T'es cinglé.

— Non, c'est le boulot qu'il me faut.

— Shadow sait être salaud quand il veut. Un vrai négrier. Tu sais ce que ça veut dire ?

— Je crois.

— Et ce Jim, c'est un mauvais.

— Ça m'est égal. Je paierai ton retour en Caroline du Sud.

— Hé, t'es un vrai seigneur ! s'exclama Kress, passant du scepticisme à l'enthousiasme. Alors, marché conclu. (Ils se serrèrent la main sous l'averse.) Viens dès que t'as l'argent, ce sera jamais trop tôt pour moi.

Il le salua d'un geste en s'éloignant. Pour la première fois depuis des semaines, Paul oublia le terrible choc causé par la nouvelle concernant Juliette. Éclatant de rire, il exécuta un petit pas de danse sur le trottoir.

Chicago était un carrefour où se croisaient tous les gens importants, tous ceux qui innovaient dans les domaines politiques, scientifiques ou commerciaux. Toutes sortes d'événements y avaient lieu. C'est pour assister à l'un d'eux que Paul et Wex frissonnaient dans la rue en ce 29 novembre, par un temps épouvantable.

Le blizzard avait soufflé dans la nuit et d'immenses congères bordaient les deux côtés de Michigan Avenue. La circulation avait transformé la neige en une gadoue brunâtre et des nuages bas jetaient un voile gris sur les quelques spectateurs disséminés le long de l'artère.

— Mais qu'est-ce qu'on fait là, nom d'un chien ? grogna Wexford en se battant les flancs de ses mains engoncées dans des moufles.

Depuis quelque temps, il n'était plus lui-même, il ne souriait plus ; Paul ignorait pourquoi.

— On est venus voir la course. Vous m'avez dit que c'est la première de ce genre en Amérique du Nord.

— Je suis sûr qu'il y en aura d'autres. Par meilleur temps.

Paul sourit bien qu'il eût le visage figé par le froid. Il avait le nez engourdi, les pieds trempés. Cela faisait plus d'une heure qu'ils attendaient. Les « voitures automobiles » étaient censées partir de Jackson Park pour une course de quatre-vingt-dix kilomètres, mais la tempête de neige les avait manifestement retardées. Une autre demi-heure s'écoula. Wex déclara qu'il lui fallait un verre pour se réchauffer — ce genre de torture était insupportable — quand Paul entendit un bruit lointain.

— Ils arrivent !

D'étranges véhicules surgirent de la brume. On eût dit des bogheys sans chevaux avec de petits moteurs montés à l'arrière. Le premier précédait le deuxième de toute la longueur d'un pâté de maisons. Ils dérapaient sur des plaques de glace dissimulées sous la boue. Deux autres engins apparurent. Les quatre chauffeurs étaient emmitouflés jusqu'aux yeux. Quelques applaudissements s'élevèrent des deux côtés de l'avenue. Paul avisa un petit drapeau allemand peint sur la deuxième voiture automobile.

— Benz ! cria-t-il. Allez, Benz !

— Bon sang, ils doivent au moins rouler à quinze à l'heure, tu te rends compte ? fit Wex.

Le deuxième véhicule passa devant eux. Le bruit des moteurs des deux retardataires se rapprocha. Wex identifia l'un comme un Electrobat mais ne reconnut pas l'autre.

— Les journaux annonçaient huit ou neuf concurrents. La neige a dû en éliminer plus d'un.

Paul remarqua alors de l'autre côté de l'avenue une silhouette familière : un adolescent en knickerbockers et gros manteau.

— Ohé, Carl ! Par ici !

Carl Crown traversa la chaussée devant une voiture de police dont les roues projetaient de la neige sale. Les deux cousins s'étreignirent chaleureusement puis Paul présenta Carl à Wex, qui lui serra la main et se remit à sautiller sur place pour se réchauffer les pieds.

— Comme tu as grandi, Carl, dit Paul. Quel âge as-tu, maintenant ?

— J'ai eu treize ans ce mois-ci. Je suis en vacances pour une semaine, mais je vais à l'école près de New York. C'est salement loin. Le dirlo est un vieux salaud, en plus.

Paul sourit, amusé par le nouveau vocabulaire de Carl.

— Sinon, c'est bien ?

— Oh ! pas les cours ! Mais j'apprends à jouer au foot, j'adore ça. Et toi ?

— Tout va pour le mieux. J'ai un bon travail. Mr. Rooney m'apprend la photographie. Ensuite, je passerai aux images animées.

— Il paraît que ça montre des choses dégoûtantes. Maman m'a dit que le pasteur Wunder a fait un sermon là-dessus.

— Les images animées sont une branche nouvelle et vitale de la photographie, repartit Wex, et la photographie est un art, une science qui peut enrichir le monde. Captiver et amuser des millions de gens. Les éduquer...

Voyant Carl déconcerté, Paul interrompit Wex.

— Dis-moi, comment va Fritzi ?

— Tu la connais, elle est complètement zinzin. Ce mois-ci, elle se prend pour la dame aux camélias. Elle a vu une actrice étrangère...

— Helena Modjeska, intervint Wexford. Elle a joué à Chicago le mois dernier.

— Oui, c'est ça. Fritzi l'imite tout le temps. Elle meurt neuf ou dix fois par soir.

— Avez-vous reçu des nouvelles de ton frère Joe ?

Carl secoua la tête.

— Personne n'a réussi à le retrouver. Je pense qu'il est parti pour de bon. Quand on prononce son nom par hasard dans la conversation, tout le monde se tait et maman semble au bord des larmes. (L'adolescent toucha le bras de son cousin.) Je regrette que tu sois parti.

— Moi aussi. Mais je n'avais pas le choix.

— Il faut que je rentre, maintenant. Papa m'interdit de rester trop longtemps dehors.

— Ça ne m'étonne pas, dit Paul, avant de serrer le garçon dans ses bras.

— Bonne chance, Paul.

— A toi aussi. Travaille dur à l'école, il faut être intelligent dans ce monde.

Carl sauta par-dessus le tas de neige qui bordait le trottoir et se perdit bientôt dans la brume grise du matin.

— Un solide gaillard, commenta Wexford. (Il ôta ses lunettes pour en essuyer la condensation.) Bon, moi, je m'en vais. J'ai besoin de boire un whisky.

— Mais comment saurons-nous qui a gagné la course ?

— Je connais quelqu'un au *Tribune*, je lui téléphonerai plus tard.

Ils se dirigèrent vers une taverne aux fenêtres embuées. Wex s'arrêta soudain, le nez brillant comme une fraise de verre.

— Paul, je tiens à ce que ce soit clair entre nous. Je sais que tu as envie de travailler dans les images animées. Tu es libre de partir à la première occasion. Je t'y encourage, tu ne me manqueras pas. Non, je retire ça : tu me manqueras, j'apprécie ta compagnie. Entrons boire pour nous réchauffer, il faut que je te parle d'autre chose.

— De quoi ?

— Eh bien... commença le photographe. (Il détourna le regard.) Non, c'est sans importance.

Après qu'il eut ouvert la porte de la taverne et qu'une chaleur bienfaisante les enveloppa, Wex s'immobilisa de nouveau.

— Tu as de l'argent sur toi ?

— Quarante cents.

— Bon, je suis momentanément gêné...

Avec une expression inquiète, Paul le suivit dans la taverne.

Le lundi précédant Noël, Paul découvrit en rentrant du travail une charrette arrêtée devant le Temple. Deux haquetiers chargeaient des meubles et du matériel. Wexford se tenait dans la rue, tête nue, les mains dans les poches, les yeux fixés sur son enseigne.

— Wex, qu'est-ce qu'il se passe ?

— Expulsion, répondit-il sans regarder Paul. Mes affaires vont au garde-meuble. La serrure sera changée demain matin.

— Pourquoi ?

— Parce que j'ai à nouveau des arriérés de loyer. Quatre mois, ce coup-ci. Le propriétaire est venu en personne, il m'a dit qu'il avait un nouveau locataire — solvable, lui. Il a déchiré mon bail sous mes yeux.

— C'est légal ?

— Ça l'est quand on ne peut pas payer un avocat pour s'y opposer.

— Et l'assurance de Mr. Coughlin ?

Wex secoua la tête.

— Bains-Douches est désolé, le fonds est fait pour les gens qui ont des ennuis avec la loi. Il m'a adressé à un type qui prête de l'argent à des taux usuraires. J'ai signé un papier qui me fera cracher au bassinet jusqu'à ce que j'aie cent ans. C'était le seul moyen d'empêcher qu'on saisisse les meubles.

— Je croyais que le loyer était réglé, fit Paul, furieux. Je vous ai prêté tout ce que j'avais.

Wex parut se ratatiner sous son manteau.

— J'ai réglé deux mois mais j'en devais six. Je comptais sur un coup de chance ; j'ai parié le reste, mon argent et le tien.

— Toutes mes économies ?

— Oui.

— Comment avez-vous pu faire ça ?

Wexford Rooney se tourna brusquement vers Paul.

— Qui es-tu pour me parler sur ce ton ? Tu n'es qu'un jeunot, moi, j'ai cinquante-sept ans ! Tu crois que je suis fier de moi ? Je suis un homme faible, Fritz, comme beaucoup d'artistes.

Wex tourna la tête pour regarder les deux hommes emporter son plus gros appareil et son trépied. Le vent ébouriffait ses cheveux clairsemés. Une prostituée et son client se hâtaient vers l'hôtel Wampler. L'espace d'un instant, Paul eut envie de frapper le photographe. Puis il le vit tel qu'il était : vieux, démuni, vaincu.

— Ça suffit pour ce voyage, annonça l'un des haquetiers en s'avançant vers eux. On prendra le reste demain matin.

La charrette partit en direction des joyeuses décorations de Clark Street.

— Alors demain nous serons à la rue, murmura Paul.

— Fritz, je suis désolé. Plusieurs fois j'ai voulu te prévenir, mais je n'en ai pas eu le courage, je suis lâche. Je quitte la ville à la fin de la semaine. J'ai trouvé du travail par une petite annonce, comme simple employé dans un grand studio...

Il esquissa un pauvre sourire, et ajouta :

— Bon, ce n'est pas un drame. Je ne mourrai pas de faim et toi non plus. De toute façon, il était temps que tu passes à autre chose, nous en avons discuté plusieurs fois. Shadow te prendra peut-être. Tu veux un certificat ?

— Non, ce n'est pas ce dont j'ai besoin. J'espère que votre nouvelle place vous conviendra. C'est à New York ? Dans une grande ville ?

— Ce serait trop beau, soupira Wex. C'est à Charleston, Virginie-Occidentale.

— Où est-ce ?

— Nulle part. C'est nulle part, murmura Wex si faiblement que Paul l'entendit à peine.

Immobile, les yeux fixés sur la façade du Temple, Paul réalisa tout ce que ce lieu signifiait pour lui. Et tout ce que ce vieil homme bourru, faible, contradictoire, idéaliste signifiait pour lui.

— Il reste quelque chose à manger ?

— Plus rien.

— Venez, j'ai encore trente cents. Nous dînerons de pain et de saucisses.

Wexford le suivit comme un enfant docile.

Une neige légère tombait par les trous du toit de la gare. Paul avait porté lui-même les deux valises bon marché de Wex jusqu'à son wagon de deuxième classe ; il savait que son ami n'avait pas de quoi s'offrir un porteur.

Les mains en porte-voix autour de la bouche, le contrôleur beugla :

— *En voituuuure !*

— Donnez-moi l'adresse du studio, réclama Paul. Vous avez promis de l'écrire sur un papier.

— La voilà. Tu me pardonnes ?

— Vous pardonner quoi ? Nous sommes amis. Je ne pourrai jamais vous rembourser tout ce que vous m'avez donné.

Wex s'élança vers Paul et ils s'étreignirent.

— Je serais fier d'avoir un fils comme toi. Très fier.

Tout en serrant le vieil homme dans ses bras, Paul lui glissa cinq dollars dans la poche — une avance qu'il avait demandée au comptable de Mr. Grace.

La vapeur siffla, la cloche sonna. Le contrôleur, nerveux, fit monter son dernier voyageur.

— Je vous écrirai ma nouvelle adresse, promit Paul.

Wex grimpa sur le marchepied.

— Je t'écrirai aussi. J'essayerai de te servir de conscience. Tu es un trop beau vaisseau pour qu'on le laisse dériver. Adieu, Paul. Adieu, adieu !

Le train s'ébranla dans la nuit ; de la neige fondit sur le visage de Paul. Il avait éprouvé le même sentiment de solitude sur la jetée de Hambourg, et aussi le jour où l'oncle Joe l'avait mis à la porte.

Plus tard, il passa devant le Temple et contempla la chaîne et le cadenas qui condamnaient la porte d'entrée. Il repartit d'un pas traînant, sa petite valise à la main, erra dans les ruelles du Levee jusqu'à ce qu'il trouve une grande caisse en bois dans laquelle il se glissa pour dormir.

Dans ses rêves, le boulanger de la Wuppertal lui apparut. Il riait de Paul, de sa misère et de sa bêtise.

Il s'éveilla à l'aube, transi. La blanchisserie ouvrant ses portes à cinq heures, il s'y rendit de bonne heure et fit sa toilette dans le local réservé au personnel masculin. Il avait les mains si engourdies qu'il pouvait à peine tenir son rasoir droit.

Les jours suivants, il dormit dans des abris de fortune. Une nuit, un rat l'éveilla en mordillant sa chaussure. Le lendemain, il dut abandonner sa caisse à un chien errant qui menaçait de planter ses crocs dans sa jambe.

A la fin de la semaine, s'étant acquitté de l'avance que le comptable lui avait faite, il donna son congé. Informé, Albert Grace l'attendit à la fin de la journée de travail. Il paraissait sincèrement désolé. Tous les clients de la tournée appréciaient Paul ; les affaires marchaient mieux grâce au soin et au zèle qu'il mettait dans son travail. Grace lui demanda s'il avait fait quelque chose qui aurait provoqué ce départ précipité. Non, répondit Paul. Grace lui demanda de revenir sur sa décision, lui promit un bel avenir à la blanchisserie. Paul le remercia, et lui expliqua qu'il souhaitait donner à sa vie une autre direction. Le soir même à minuit, après avoir laissé sa valise chez Madame Camille, il grimpa dans un train de marchandises à destination de l'Indiana et se blottit dans le coin d'un wagon.

Au lever du jour, il avait sauté du train à Greencastle puis s'était mis à parcourir à pied les kilomètres qui le séparaient de Reelsville.

Un brouillard blanc enveloppait la campagne, étouffant les bruits. Les arbres ressemblaient à d'étranges constructions de fil de fer aux formes torturées. L'hiver avait figé la terre en vagues solides, saupoudré les sillons de neige. Les pieds de Paul écrasaient des épis de maïs pourris quand il traversait les champs. Il avait les joues et le front brûlants.

Il luttait contre l'envie de se coucher à même le sol. Titubant, il se forçait à avancer d'un pas, puis d'un autre. Il crut voir l'horizon basculer. Il attendit quelques instants puis repartit. Il revivait la longue marche vers Chicago qu'il avait entreprise trois ans plus tôt. Son objectif était différent mais une même détermination l'animait.

Trois porcs couinèrent et s'enfuirent quand il entra dans la cour. Il s'effondra contre la clôture, reprit haleine, puis longea la ferme en chancelant.

Une lumière brillait derrière un rideau décoloré. Paul appuya le front contre la porte et ferma les yeux.

Quelqu'un souleva le rideau ; la porte s'ouvrit. Une voix étonnée l'accueillit. Elle lui fit l'effet d'une bénédiction.

— Fritz, qu'est-ce que tu fais ici ?

Il ouvrit les yeux mais put à peine accommoder sa vision.

— Nancy, tu m'as dit de venir te voir si j'avais besoin d'aide. J'ai besoin d'emprunter de l'argent. Onze dollars et cinquante cents...

70

Rosie

Rosie arriva à New York au printemps 1895. Elle avait économisé le prix du voyage mais n'eut finalement pas à dépenser cet argent. Elle coucha deux fois dans un Pullman vide avec un contrôleur qui lui donna un formulaire pour qu'elle se fasse rembourser le billet. Jusqu'à sa mort elle se rappellerait les relents d'ail de son haleine, l'odeur de son uniforme de laine.

En quittant la gare centrale de New York pour se plonger dans la ville géante, stridente, envahie d'une foule stupéfiante, elle se sentit plus excitée qu'elle ne l'avait jamais été. Sa valise à la main, elle demanda son chemin à un agent de police et se rendit immédiatement dans la seule rue qu'elle connaissait, le Bowery. Elle avait lu que cette artère, située au cœur du quartier des théâtres, était fréquentée par des hommes riches en quête d'amusement.

Rosie fut déçue ; les théâtres, peu nombreux, étaient minables. Ils présentaient des spectacles de variétés dans un quartier où pullu-laient des salles de machines à sous, des bains turcs, des hôtels proposant des chambres « à la nuit ou à l'heure ». Pas d'hommes riches en vue non plus, juste des clochards avec des bouteilles dépassant de sacs en papier.

Un racoleur s'approcha d'elle. Ses vêtements sentaient le vomi, son haleine pire encore.

— Tu veux fumer, petite ? J' connais un endroit pour ça.

— Je me drogue pas, répliqua-t-elle. Fous le camp ou j'appelle un flic.

Il la traita de pouffiasse mais il partit.

De la musique s'échappait des bouges devant lesquels elle passait. Des hommes en habit de soirée bonimentaient les passants devant les musées de curiosités. Au milieu des haquets, des hansoms et des charrettes roulant sur les tas de crottin, Rosie suivit des yeux une grande voiture découverte pleine de gens bien vêtus qui semblaient proprement sidérés. Sur le flanc du véhicule, une inscription annon-çait : « Broadway Sightseeing. Découvrez la vie des rues de New

York en toute sécurité. » Un guide, debout à l'avant, déversait ses commentaires dans un porte-voix.

Un clochard titubant près de Rosie lança sa bouteille de vin vide sur la voiture. Fatiguée, tenaillée par la faim, Rosie se sentit brusquement découragée. Elle ne connaissait personne et ne savait où aller.

Dans un bistrot mal éclairé, elle prit un café et un petit pain rassis pour deux pennies. C'est alors que sa chance tourna ; elle fut accostée par un bel homme d'âge mûr au visage couperosé. A la tombée de la nuit, elle avait un lit dans un deux-pièces au dernier étage d'un immeuble délabré. Le lit et l'appartement appartenaient à l'homme, qui répondait au nom de Stopes et au prénom de Buck, diminutif de Buckingham.

Stopes aimait la chair féminine, la plus jeune possible, et Rosie ne voyait pas d'inconvénient à lui fournir ce plaisir en échange d'un havre temporaire. Au moins, Stopes était propre, et il parlait en homme instruit. Le lieu qu'il habitait trahissait malheureusement son incapacité à se servir de son intelligence pour s'élever, mis à part dans ce bâtiment. Le dernier étage d'un immeuble abritait toujours les plus pauvres, Rosie en avait fait l'expérience à Chicago.

L'appartement n'avait ni électricité ni cabinets. Faute d'évier, une cuvette posée sur le sol recueillait l'eau d'un robinet fiché directement dans le mur. Le toit de l'immeuble servait de parc et de promenade à tous les résidents. D'autres toits semblables, séparés par des vides étroits, formaient des rues au-dessus des rues, le passage obligé des voleurs à la tire, des collecteurs de dettes, des locataires ne payant pas le loyer. Rosie avait connu quelques endroits misérables pendant sa courte vie mais aucun n'était aussi sale, aussi sombre et déprimant que celui-là. Elle avait l'intention d'en déguerpir à la première occasion — ce dont elle n'informa pas son bienfaiteur, naturellement.

Buck Stopes se prétendait imprésario, mot qu'elle n'avait jamais entendu. Elle fut tout excitée d'apprendre que cela signifiait qu'il organisait des spectacles, jusqu'au moment où elle découvrit que ces spectacles se limitaient à des combats illégaux entre un fox-terrier et une cinquantaine de rats dans une fosse entourée de bancs, à l'intérieur d'un entrepôt bien gardé. Les amateurs de ce genre de divertissement — plutôt passé de mode, Stopes en convenait — pariaient sur le nombre de rats que le chien tuerait en un temps donné.

Stopes ne gagnait pas suffisamment comme imprésario. Pour vivre, il faisait l'aboyeur pour le musée Nagle. P. T. Barnum avait remporté un grand succès en ouvrant les premiers musées populaires, et de nombreux établissements du même genre connaissaient encore une certaine vogue. Au Nagle, les touristes et les provinciaux découvraient avec ahurissement toutes sortes de curiosités, humaines et mécaniques. L'Énigme égyptienne jouant aux échecs — un automate au visage de pharaon commandé de l'intérieur par un nain nommé Archie. L'Homme panoramique, qui exposait sur sa personne entièrement tatouée une version complète de l'histoire humaine depuis

Adam et Ève. La Femme-Tronc, Henrietta, la poule à quatre pattes, et le Gamin barbu (de nouveau Archie). La vedette était le professeur Quine, l'Homme à la Gorge miraculeuse. Quatre fois par jour, il cassait une bouteille, un verre ou une plaque de verre et il en avalait les morceaux après les avoir mâchés.

Au sous-sol, pour dix cents de plus, une grotte en papier mâché accueillait les clients dans la « Galerie des portraits vivants ». Sur une scène minuscule, trois femmes laides et boulottes prenaient des poses en collants transparents pendant quelques minutes tandis qu'un musicien raclait son violon. Stopes proposa à Rosie un emploi à la Galerie mais elle refusa : elle voulait travailler dans un cabaret où la clientèle était plus chic et où elle aurait peut-être une chance de chanter.

— Chérie, je ne te donne pas tort, dit Buck Stopes. Tu as le physique pour. Tu devrais essayer la Sixième Avenue. Certaines boîtes comme le Haymarket sont vraiment pourries, mais il y en a d'autres très correctes. L'Alhambra de Meyer, par exemple.

L'Alhambra était un bâtiment d'un étage au décor des Mille et Une Nuits. A la surprise de Rosie, Stitch Meyer la reçut dans son bureau cinq minutes après son arrivée. C'était un petit homme rouquin à l'air dur qui portait une alliance en or et un costume sévère de banquier. Il interrogea Rosie derrière la porte fermée de son bureau sans la toucher une seule fois ni même prononcer un seul mot équivoque.

— Tu es mignonne, je peux toujours te prendre comme serveuse. Je vais t'expliquer comment ça se passe à l'Alhambra et tu décideras si ça te plaît ou pas. On a une piste de danse en bas...

— Oui, monsieur, j'ai vu.

— Les plats et les consommations que nous servons sont convenables pour le prix. Il y a trois représentations par soirée. Rien de vraiment cochon. Ici, c'est surtout un lieu de rencontre. Des messieurs respectables viennent se détendre, faire la connaissance de jolies jeunes femmes. Ce qui se passe ensuite ne me regarde pas. Je touche un pourcentage sur les consommations et sur l'entrée : cinquante cents pour les messieurs, les dames entrent gratis.

— Je vois.

— Il est interdit de danser serré contre sa cavalière, en tout cas sur la piste. Si un client souhaite un peu plus d'intimité, il emmène la dame dans une des petites pièces fermées par un rideau, sur les côtés. Bref, l'Alhambra n'est pas comme certains bouges du quartier. Je sais ce que les hommes recherchent — même quand ils sont mariés — et je leur donne un endroit respectable pour le faire.

Il se renversa en arrière, mains croisées sur son gilet de satin brodé.

— Qu'en dis-tu ?

— Cça me semble bien, Mr. Meyer. Vous êtes franc avec moi, je serai franche avec vous. Ce que je veux vraiment, c'est devenir chanteuse.

— Chez moi les serveuses ne font pas le tour de chant. Je te prendrai peut-être un jour à l'essai dans le spectacle, mais pas avant que tu aies travaillé un moment dans la salle. Pour commencer, je te donnerai deux dollars par semaine, et tu garderas tous tes pourboires. Ah ! oui, un détail important : ne dérange pas les dames qui viennent ici tous les soirs. Si tu plais à un client, arrange-toi avec lui en privé, c'est ton affaire et la sienne. Mais je ne permets pas à mes filles de faire de la concurrence à ces dames. Tu travailles pour moi. Correct ?

— Correct.

Le sourire de Stitch Meyer découvrit plusieurs dents en or et en argent.

— Parfait ! Tu veux commencer ce soir ?

L'Alhambra était une boîte à l'éclairage chaleureux, joyeusement bruyante et généralement bondée grâce à sa bonne réputation. Rosie y trouva le travail agréable et lucratif. Ce n'était certes pas le top niveau pour elle, mais une bonne étape. Elle aurait voulu que Joey Crown, ou Jimmy, puissent la voir dans sa robe rouge à franges, les cheveux relevés, le visage fardé, les bras nus et le décolleté parfumé.

Rosie suivait à la lettre les instructions de Meyer. Si elle flirtait avec un client, c'était discrètement, presque timidement. Elle gagna néanmoins vingt-huit dollars la première semaine en couchant avec quatre clients, sans même que la direction de la boîte s'en aperçoive.

Elle se fit aussi des amis à l'Alhambra. Le professeur Spark, qui dirigeait le trio de la boîte — piano, violon et cornet —, l'écouta chanter un soir après la fermeture. Il déclara qu'elle « promettait » mais qu'elle avait besoin de perfectionner sa technique. Elle devina que le professeur — tous les pianistes de cabaret étaient appelés « professeur » — voulait dire qu'elle ne chantait pas très bien. Aucune importance. Être à l'affiche d'un cabaret célèbre — chez Tony Pastor, par exemple — ne représenterait pour elle qu'une autre étape de son ascension. Dans ses rêves, le sommet de l'échelle prenait les contours d'une magnifique demeure à tourelles, celle d'un homme riche.

Une des attractions de Stitch Meyer était un numéro de danse exécuté par cinq travestis. Le meilleur d'entre eux, Fanny Hawkins, se prit tout de suite d'amitié pour Rosie et lui confia un soir que son vrai nom était Franklin. Il était plutôt rond mais les messieurs aimaient les « femmes » bien en chair. Il portait une perruque de longues boucles blondes, maquillait avec art ses yeux bleu de porcelaine et avait une peau douce quasiment sans poils. Sa masculinité était presque indécelable et, aux yeux de Rosie, Fanny était plus belle que Lillian Russell.

La première semaine de décembre, Rosie commençait déjà à s'impatienter. Voilà des mois qu'elle se contentait des pourboires et des passes dans un hôtel proche. Un mercredi soir, au moment où Fanny et ses camarades terminaient leur numéro sur la petite scène, Rosie entendit un remue-ménage inhabituel à la porte d'entrée.

Stitch Meyer accueillait avec effusion un homme d'une quarantaine d'années, grand et gros au visage rougeaud, qui portait un haut-de-forme et un magnifique manteau gris à col de fourrure. Des flocons de neige brillaient comme des diamants dans ses cheveux bruns. Il était apparemment connu d'un bon nombre de clients, car il saluait les uns et les autres d'un « Bonsoir, vieux » ou « Ça va, toi ? » d'une voix basse et profonde.

Meyer le conduisit personnellement à la meilleure table ; le professeur Spark se précipita pour lui serrer la main en s'inclinant comme devant une altesse royale.

Rosie fendit la foule avec son plateau, remit la commande au barman et alla à l'autre bout du comptoir interroger Fanny, qui y sirotait une bière dans un grès.

— C'est qui, ce gros ? demanda-t-elle. Tout le monde le connaît sauf moi.

— Tout le monde au sud de la Quarante-Deuxième Rue, confirma le travesti de sa douce voix de contralto. C'est...

Mais Stitch Meyer se chargea de lui fournir la réponse. Il bondit sur la scène et leva les bras pour réclamer le silence.

— Mesdames et messieurs, l'Alhambra a l'honneur d'accueillir ce soir un de ses hôtes préférés, la coqueluche de l'Amérique, le compositeur sans égal — Paul Dresser ! Un petit salut, Paul.

Le gros homme se leva, agita une main où étincelait un diamant. Son costume et sa cravate de satin piquée d'un saphir étaient aussi élégants que son manteau. Il portait en outre un gilet de satin rouge à parement vert brodé de petites cloches dorées. Le cœur de Rosie se mit à battre, bien que le nom de l'homme ne lui dît rien.

— Ne me dis pas que tu ne connais pas Paul Dresser ! fit le travesti. Il a écrit le plus grand succès de l'année. *Just Tell Them That You Saw Me* — « Dis-leur juste que tu m'as vue. »

— Ah ! oui, ça je connais.

Rosie avait entendu la chanson dans tout Chicago et dans tout New York. C'était une ballade larmoyante qui racontait l'histoire d'une jeune femme dont la vie s'était brisée sur les rochers de la passion. Les orgues de Barbarie la jouaient dans la rue, les jeunes marchands de journaux la sifflaient, on l'entendait partout.

— Un demi-million de partitions vendues et ça continue, dit Fanny. Je sais pas quand Dresser trouve le temps de composer, il est toujours fourré au lit avec une bonne femme.

— Quelle bonne femme ?

— N'importe laquelle. Toutes celles qui lui plaisent y passent et il y en a plein. Je m'inscrirais bien sur la liste mais j'ai peur qu'il ne soit déçu au moment où je baisserais ma culotte.

Rosie éclata de rire ; son ami alluma un mince cigare.

— Paraît qu'il a eu la syphilis, mais va savoir si c'est vrai. Enfin, si quelqu'un peut t'aider à percer, c'est lui.

— Hé, Rosie, ça va pas attendre jusqu'à demain, cria la barman en poussant un plateau de consommations sur le comptoir.

— Tout de suite, Kippie. Oh ! Fanny, comment faire pour qu'il me remarque ?

Fanny n'avait pas de réponse à cette question. Tout en servant les clients, Rosie avait peine à détacher son regard du compositeur de chansons. Il commanda une bouteille du meilleur whisky de la maison, vida deux verres coup sur coup et s'en servit un troisième.

— Hé, Paul, joue-nous quelque chose, réclama un client d'une table voisine.

Le public applaudit, siffla. Dresser secoua la tête d'un air modeste. Les applaudissements redoublèrent, soutenus par le professeur Spark, qui frappait en cadence le dessus de son piano droit en montrant le tabouret qu'il venait de libérer. Avec une expression réticente que Rosie devinait feinte, Dresser se leva enfin. Une femme agita un foulard bleu et lui cria :

— Jouez-nous un de ces nouveaux rythmes rapides...

— Cette musique de Nègres de Saint Louis ? rétorqua Dresser, perdant sa bonne humeur. Sûrement pas. Je sais ce qu'aime le public. Il aime les chansons d'amour.

Une nouvelle salve d'applaudissements lui donna raison. Il se glissa entre les tables avec une grâce étonnante pour un homme de son poids, et s'assit au piano. Rosie se tenait dans l'ombre, sur un étroit balcon qui surplombait le bar. Agrippant un des piliers pour se donner du courage, la jeune femme lança :

— Jouez-nous votre grand succès, Mr. Dresser. C'est ce que j'ai envie d'entendre, moi.

Le compositeur mit une main en visière au-dessus de ses yeux.

— Qui a dit ça ?

Rosie s'avança.

— Moi, Mr. Dresser.

Il l'examina de haut en bas — cuisses, hanches, seins, visage — puis sourit et s'inclina.

— Il faut toujours satisfaire les désirs d'une jolie jeune femme.

Sa main droite courut sur le clavier, égrenant une mélodie qui déclencha de nouveaux applaudissements. Il tira sur ses manchettes et se mit à chanter d'une voix plutôt plaisante :

Dis-leur juste que tu m'as vue
Ils devineront le reste.
Dis-leur que tout va bien
Et si tu peux,
Murmure à l'oreille de maman
Que je l'aimerai toujours...

Il chanta tous les couplets. Il ne regardait ni les touches du piano ni les spectateurs sous le charme, mais uniquement Rosie.

A minuit et demi, elle se changea dans la petite pièce malpropre réservée aux serveuses. Son manteau de drap bon marché sur le bras, elle descendit l'escalier à la hâte, les jambes tremblantes. Dans la soirée, Dresser lui avait fait remettre un mot lui demandant de venir à sa table. Il lui avait expliqué qu'il avait « arrangé le coup avec Stitch ». Meyer n'avait en effet pas aimé la façon dont elle avait interpellé le compositeur. « Mais comme c'était moi, il n'a pas fait trop d'histoires. » Elle pouvait quitter l'Alhambra deux heures avant la fermeture, ça aussi, c'était arrangé.

Il l'attendait près de l'entrée principale. En passant la double porte, elle découvrit un hansom garé sous la neige le long du trottoir.

— Comme c'est excitant, Mr. Dresser, dit-elle. Où m'emmenez-vous ?

Il l'aida à enfiler son manteau, passa devant elle, glissa un bras autour de sa taille et caressa la somptueuse courbe de son postérieur.

— Je ne connais qu'une seule destination pour une femme aussi fraîche et jolie que toi, chérie. Les beaux quartiers.

Ils passèrent la nuit dans la suite de Dresser au Gilsey House, l'hôtel le plus chic d'Upper Broadway. Rosie n'avait jamais vu de pièces aussi somptueuses, ni touché de draps plus doux, ni même compté autant de roses dans des vases. Dresser était un amant ardent et accompli. Après la seconde fois, ils bavardèrent une heure. Le lendemain, Rosie dit adieu à Buck Stopes sans même le voir ; elle prit juste ses affaires dans l'appartement pendant qu'il était au musée.

Elle héla un fiacre pour quitter le Bowery. Dresser lui avait donné de l'argent, un billet de dix dollars. Pas pour la payer, avait-il souligné avec énergie, juste pour offrir un petit cadeau à la charmante jeune personne qui avait conquis son cœur.

71

Paul

Paul se rendit chez Shadow un samedi brumeux, moins de vingt-quatre heures après que Lew Kress eut quitté la ville. C'était le 28 décembre 1895.

Il demanda à Jimmy Daws où se trouvait le colonel.

— En haut, grogna Jimmy.

Paul trouva effectivement Shadow au premier mais dans une position inattendue. R. Sidney Shadow III, en manches de chemise, étendu sur le dos sous l'évier de la cuisine, jurait copieusement en essayant de réparer un tuyau qui gouttait sur son visage.

Entendant du bruit, il se redressa, faillit se cogner la tête, glissa une bassine sous la fuite et prit une serviette.

— Pardon de vous déranger dans votre travail, colonel...

— Ne t'excuse pas, petit. Tu me trouves dans un foutu merdier pour un gentleman. Qu'est-ce que je peux faire pour toi ?

— Comme c'est presque la fin de l'année, j'ai pensé que je pourrais passer demander si vous auriez un emploi pour moi.

— Bon sang, tu lis dans les pensées ou quoi ? Bienvenue, ô grand fakir ! déclama le colonel. Un de mes gars est parti hier.

— Vraiment ? Quelle curieuse, euh, comment dire ?

— Coïncidence. Oui, c'est curieux, mais c'est la vie. Viens dans mon bureau qu'on parle un peu. (Il martela du poing une porte close près de la cuisinière.) Mary ? Apporte du café. Deux tasses.

Shadow fit entrer Paul dans une pièce sans fenêtre juste assez grande pour contenir deux chaises et un petit bureau à cylindre. Schémas, brouillons, revues techniques s'entassaient sur toutes les surfaces horizontales à l'exception du siège de Shadow. Paul dut débarrasser le sien pour s'asseoir. Un tel désordre eût provoqué la fureur de l'oncle Joe.

Le colonel posa quelques questions au jeune homme, qui resta vague quand on l'interrogea sur sa famille. Sans affirmer qu'il n'avait aucun parent à Chicago, il laissa entendre qu'il avait vécu plus ou moins seul depuis son arrivée.

— Que devient ton copain Rooney ?

— Il a dû quitter la ville. Problèmes financiers.

— Tu logeais chez lui, non ?

— Oui. Il m'a beaucoup appris sur la photographie.

— Un type intéressant, ce Rooney. Un peu bizarre... (Shadow tapota son crâne de l'index.) Un peu déconnecté, si tu vois ce que je veux dire. Mais je l'aimais bien.

— Il a été très bon pour moi.

— Entre, Mary.

En se retournant, Paul découvrit une femme souriante à la poitrine rebondie, une tasse et une sous-tasse dans chaque main. Elle salua aimablement Paul en lui tendant son café. La tasse destinée à Shadow dégageait une forte odeur de whisky.

— Merci, Mary, dit le colonel. Je crois que j'ai là le remplaçant de Lew.

— Oh ! quelle chance !

Elle gratifia le visiteur d'un sourire extrêmement chaleureux, presque embarrassant, puis ressortit. Shadow but une longue rasade avant d'attaquer :

— Alors comme ça, tu veux vraiment apprendre la technique des images animées ?

— C'est ce que je désire le plus au monde.

— Tu dois d'abord savoir une ou deux choses sur la façon dont je travaille.

De sa voix sonore, Shadow débita un petit discours sur les bouledogues qu'on fait combattre l'un contre l'autre dans l'espoir de tomber un jour sur un champion. Paul trouva cette théorie étrange. Faisait-il allusion à lui et à Daws ? Il jugea plus prudent de ne pas poser la question.

Shadow traça les grandes lignes de ses fonctions ; Paul assura qu'il saurait s'en acquitter.

— Tu toucheras quatre dollars par semaine, logé, nourri. Ici, pas de pointeuse. On travaille quand il faut, aussi longtemps qu'il faut.

Paul cligna des yeux, déglutit.

— D'accord.

— Alors, c'est réglé. Bienvenue.

Shadow serra la main du jeune homme, ravi, lui fit retraverser la cuisine en décochant un regard mauvais à l'évier, l'accompagna jusqu'à l'escalier.

— Où sont tes affaires ?

— J'ai juste une petite valise que j'ai laissée chez une amie.

— Passe la prendre. A ton retour, Jimmy te montrera ta chambre. Content que tu sois avec nous, Fritz — c'est comme ça qu'on t'appelle, non ?

Sans lui laisser le temps de répondre, il retourna dans la cuisine en marmonnant :

— L'héritier d'une vieille famille réduit à faire le plombier !

Une heure plus tard, Paul revint avec sa valise. Jimmy ferma à clef la porte de la salle — il n'y avait pas de clients — et le conduisit au premier étage, devant une porte s'ouvrant sur le palier.

— Voilà ta chambre.

Paul jeta sa valise sur un lit métallique coincé entre deux cloisons de lattes nues. Il restait peut-être quinze centimètres de chaque côté, une cinquantaine entre le bout du lit et le mur. Une ampoule électrique munie d'un abat-jour en papier pendait d'un plafond taché. La pièce n'avait pas d'autre mobilier que le lit et une caisse faisant office de bureau. Il se serait cru à Müllerstrasse.

Jimmy s'adossa au montant de la porte, bras croisés.

— Mary fait la cuisine mais pas les lits.

— J'ai l'habitude. J'ai toujours fait mon lit.

— Viens. Je vais te montrer ma piaule.

Paul éteignit la lumière, traversa le palier pour suivre Daws dans une grande pièce percée de fenêtres.

— Quand j' suis arrivé, c'était celle de Kress, mais je l'ai prise.

Jimmy le défia d'un regard dur, et Paul sentit que s'il acceptait l'arrangement, Daws le prendrait pour une lavette. Il passa la langue sur sa lèvre supérieure, rabattit sa casquette sur ses sourcils.

— Je vois. A toi le palace, à moi le placard...

— C'est ça, ouais.

— Je ne crois pas que ça puisse coller.

Il sortit, revint avec sa valise, la posa par terre aux pieds de Jimmy.

— Je prends la moitié de cette chambre.

Daws eut l'air stupéfié puis furieux. Paul écarta les jambes, prêt à se battre.

— Fritzie, ça me plaît pas ce que je viens d'entendre. T'as pas intérêt à me chercher des crosses.

— Je ne te chercherai pas de crosses si on partage équitablement. Cette pièce est grande. Je vais y mettre l'autre lit, on aura tous les deux suffisamment de place.

— Et si je dis non ?

— Alors on règle la question d'une autre manière.

Paul serra les poings, attendit. Il se demandait si Jimmy allait se dégonfler ou lui sauter dessus. Jimmy lui-même semblait hésiter. Il examinait Paul des pieds à la tête. Paul avait eu dix-huit ans en juin mais il paraissait plus âgé. Il dégageait une indéniable autorité qui se révélait dans la puissance de son regard et dans la façon dont il affrontait la situation. Daws prit le temps de soupeser son adversaire puis il adressa au nouveau venu un sourire que celui-ci jugea « bidon », comme disaient les Américains.

— D'accord, Fritzie. Tu m'as aidé un jour, je te laisse une chance. Mais cherche pas à me doubler : ici, le grouillot numéro un, c'est moi. Tu me fous la paix et on s'entendra bien.

Paul toucha le bord de sa casquette.

— *Danke schön.* Et tu me fous la paix toi aussi.

La salle de Shadow était beaucoup moins élégante que celle d'Edison, située dans State Street. L'éclairage était pauvre ; il n'y avait pas de barres sur lesquelles le client pouvait s'accouder, pas de parquet bien balayé, juste de la sciure de bois. En outre, les sujets de Shadow avaient nettement moins de classe. Outre des séquences animales — *Rats et terriers !* et *Combat de coqs !* — on pouvait voir dans *Quelle descente !* un homme entrer dans un café animé, commander une bière et la boire d'un trait. *Démolis-le !* montrait un combat de boxe simulé par des porteurs obèses que Shadow avait engagés à l'heure. Paul nota la propension de son patron à utiliser les points d'exclamation. Il parlait de la même façon.

Pour *Fumerie d'opium*, il avait recruté trois Asiatiques dans une blanchisserie chinoise du quartier. Dans *Oui Paris !* et *Señoritas espagnoles !* on voyait des prostituées du Levee danser plutôt maladroitement.

Les séquences avaient manifestement été exécutées à la hâte, et les « comédiens » n'étaient pas bons. Mais Paul trouva l'éclairage et la composition excellents. D'ailleurs la simple magie du mouvement suffisait à le fasciner.

Mardi, le soir du réveillon du Nouvel An, Shadow ferma la salle à six heures en déclarant que seuls les cafés et les filles auraient des clients ce soir-là. Il baissa le store tandis que Paul balayait la sciure sale avant d'en répandre une couche propre. Le front barré de mèches de cheveux teints, le colonel titubait déjà nettement. Mary Beezer était partie le dimanche précédent voir sa mère malade à Richmond, dans l'Indiana, où elle avait grandi.

— J'ai donné sa soirée à Jimmy. Et toi, Fritz ? Tu as envie de sortir boire quelques verres ? Te payer une femme, peut-être ?

— Je ne crois pas, colonel.

— Ça ne me dit rien à moi non plus. Viens là-haut, on va boire un coup pour fêter ça.

Paul sourit, suivit son patron, qui semblait avoir déjà pas mal célébré l'année nouvelle. Des hommes s'interpellaient dans la rue ; on entendit des coups de pistolet ; la fête avait commencé dans le Levee.

Dans la cuisine, Shadow ouvrit un buffet dont l'étagère du milieu soutenait un nombre ahurissant de bouteilles de whisky, pleines ou entamées. Il en prit une, remplit deux grands verres, décocha au passage un coup de pied au tuyau de l'évier.

— J'ai fini par le réparer, ce putain de truc.

— Oui, j'ai remarqué. Bon travail.

— Et comment ! Je suis un homme aux multiples talents. Un homme à tout faire, si tu veux, mais dans la catégorie supérieure.

Il tira une chaise de la pointe de sa botte, s'assit, engloutit la moitié de son verre. Paul but une gorgée pour être poli.

— Je peux réparer ou fabriquer n'importe quoi, tu sais, reprit-il. Je suis bon vendeur — j'ai passé quelques années sur la route comme marchand ambulant. Je sais chanter, raconter des blagues, danser comme un Nègre. J'ai même été *minstrel man* pendant un temps. Ouais, de multiples talents. L'ennui, c'est que je n'arrive pas à les combiner pour réaliser ce que je veux. Attends...

Il passa dans son bureau, revint avec le dessin schématique d'une boîte rectangulaire pleine de rouages, de lignes parallèles et de flèches suivant une piste contournée.

— Voilà le projecteur Luxographe Shadow ! Tu sais pourquoi je suis dingue de ce boulot ?

— Non.

— Parce que j'aime le spectacle sous toutes ses formes. Un jongleur qui lance des quilles. Une chorale de Nègres qui tapent des mains en se balançant. Nos nouveaux bâtiments de guerre, blancs comme la robe de mariée de ta mère, qui entrent dans le port de New York, pavillons au vent. Tout ça c'est du spectacle !

Il vida son verre avant de poursuivre :

— Huit grandes blondes qui lèvent la jambe dans un music-hall, c'est du spectacle. Et le Président qui prête serment ? Spectacle ! Un pauvre type qui monte à l'échafaud parce qu'il a découpé sa chérie en huit morceaux — spectacle ! Un orphelinat qui brûle, les voitures à chevaux des pompiers — spectacle ! Une danse de guerre sioux — spectacle ! Buffalo Bill sur son grand cheval blanc crevant des ballons bleus à coups de pistolet, bim, bam, boum — spectacle ! Les tremblements de terre ! Les typhons ! Les soldats chinetoques défilant devant la Grande Muraille — spectacle ! La chère vieille reine Victoria agitant son mouchoir devant dix mille sujets... Le monde entier est un spectacle extravagant, et mon rêve est de le mettre dans cette boîte pour le montrer à tous les pauvres gars qui n'auront jamais l'occasion de voir ça par eux-mêmes. Tu rebois un coup ?

Paul refusa de la tête.

— Je parle sérieusement, Fritz. Les images animées rempliront un jour des salles grandes comme l'Auditorium de Chicago, je le sais. Avec ma caméra, je filmerai des catastrophes, des couronnements, des élections. Un harem turc, même, en graissant la patte des eunuques ! Et la guerre aussi, Fritz. Le champ de bataille, le sang, le courage, le carnage ! Je filmerai les combats en première ligne, là où les balles sifflent, je ne resterai pas planqué à l'arrière avec ces tapettes d'officiers.

Shadow se versa un autre whisky.

— Je peux le faire, petit. J'ai le sens du public, je sais ce qu'il aime, ce qui le prend aux tripes. Tu connais Dresser, cet auteur de chansons de Terre Haute ? Il vend des milliers de partitions. J'ai lu quelque part qu'il a dit : « Je compose pour les masses, pas pour les aristos. » Moi aussi je vais fabriquer des images qui bougent pour les masses. Rien de tel qu'une troupe de braves petits gars américains étrillant une bande de foutus païens pour faire battre les cœurs et cliqueter les caisses enregistreuses.

Shadow grimpa soudain sur la table avec des gestes si brusques qu'il répandit le reste du whisky.

— Salut, Amérique[1] ! A la santé de l'Oncle Sam ! Monde, je te présente la plus grande invention de l'homme moderne ! Et si t'es pas de cet avis, tu peux aller te faire foutre !

Paul éclata de rire, applaudit son patron qui tanguait dangereusement au bord de la table.

— Tu me comprends, toi, je le vois. Lew et l'autre abruti-no-on... Aide-moi à descendre avant que je me casse la gueule, bon Dieu.

Paul lui tendit la main. L'homme était incroyable. Cupide, grossier, dépourvu de scrupules, mais animé d'une vision — une vision magnifique que Paul comprenait d'autant mieux qu'elle représentait tous les rêves qu'il avait crus impossibles. Créer des images. Créer le monde. Trouver sa place dans l'existence, avoir un objectif.

Et tout cela s'offrait à lui dans la cuisine malodorante d'un appartement minable, au-dessus d'une salle proposant des images grivoises dans l'un des quartiers les plus crapuleux d'Amérique, et probablement du monde.

Avec l'aide de Paul, Shadow s'assit sur sa chaise. Sa tête dodelina aussitôt, le verre vide lui échappa des mains et roula bruyamment sur le lino craquelé. Le colonel se mit à ronfler. Paul leva les bras dans un accès de joie silencieuse.

Il tenait son rêve à portée de main.

Il demeura éveillé longtemps après minuit, les doigts croisés sous la nuque. Cela faisait plus de trois ans qu'il était arrivé à Chicago et il s'était passé tant de choses ! L'accueil de l'oncle Joe et de tante Ilsa, le cousin Joe Junior, la bombe et la mort de Benno Strauss. Et surtout, sa rencontre avec Juliette, à qui il ne pouvait renoncer maintenant que le monde s'ouvrait à lui.

Elle l'aimait encore, il le savait. C'étaient sûrement ses parents qui la forçaient à se montrer en public avec un homme riche. Elle-même avait reconnu qu'elle cédait dès qu'ils jouaient sur le sentiment de culpabilité qu'ils lui avaient inculqué depuis l'enfance.

Au printemps, quand il serait lancé dans sa carrière, il trouverait un moyen pour renouer leurs relations. Il lui déclarerait à nouveau son amour. Il la reprendrait, la ferait sienne, à jamais.

---

1. *Hail Columbia* : chant patriotique composé en 1788. *(N.d.T.)*

72

Rosie

Paul Dresser s'était entiché de Rosie. Il l'installa au Gilsey House, insista pour qu'elle arrête de travailler, lui acheta des toilettes dans les boutiques de Broadway.

Elle apprit assez rapidement beaucoup de choses sur son compte. Que son vrai nom était Johann Paul Dreiser Junior. Qu'il était né dans une famille catholique très croyante de Terre Haute.

— Moi, j'étais l'enfant terrible, lui expliqua-t-il un soir qu'ils étaient allongés dans son grand lit à colonnes.

Ils avaient pris l'habitude de boire du champagne en causant après ce que Paul appelait « aller aux courses ». Il avait pour ce genre d'activités un appétit énorme et savait toujours ce qu'il voulait. Conscient de son poids, il faisait rarement l'amour dans la position du missionnaire. C'était un homme attentionné.

Lorsqu'il eut quinze ans, son père l'avait envoyé au séminaire de Saint Meinrad, dans le sud de l'Indiana.

— Je passais plus de temps au music-hall qu'en classe, raconta Dresser. Je chantais déjà pour mes amis, je jouais du piano ou de l'orgue, je faisais le clown. J'ai fini par me joindre aux Lemon Brothers, une troupe de *minstrels*. Ça m'a permis de mettre au point mon numéro et d'« aller aux courses » avec une ou plusieurs jeunes dames dans chaque petite ville qu'on traversait. J'ai écrit ma première chanson quand j'étais avec les Primrose Minstrels. *Là où fleurit l'oranger*. Tout le monde l'a oubliée, Dieu merci.

Rosie découvrit avec Paul beaucoup de choses sur New York — bien plus que Buck Stopes n'avait pu lui en apprendre. Paul Dresser était vraiment le roi de Broadway, du moins du quartier réservé au spectacle — de la Quatorzième à la Quarante-Deuxième Rue —, le seul qui l'intéressât. De son confortable hansom, il lui montra les salles importantes : Keith et Proctor, le légendaire Tony Pastor, le New Theater de Miner, dans le Bowery, où il avait fait ses débuts sur scène en 1891.

— J'ai fait le siège de cette ville pendant quatre ans avant d'en percer les murailles. C'est une ville dure, mais si tu es *dure* toi aussi, si tu t'accroches, tu perceras.

— Où faut-il que je commence ?

— Le Miner a une bonne soirée d'amateurs tous les vendredis. Nous pourrions répéter ensemble une ou deux chansons, et tu débuterais comme ça. Quoi, qu'est-ce qui ne va pas ?

— Avant de te rencontrer, je vivais dans le Bowery avec un homme. Je l'ai plaqué sans même le prévenir, alors s'il se pointe là-bas...

— Ce serait une sacrée coïncidence. Mais je serai là, je veillerai sur toi.

Elle contempla son visage souriant, confiant, et le crut.

Paul Dresser travaillait beaucoup car l'édition musicale était un domaine en pleine expansion. Il expliqua à Rosie que des centaines de partitions se vendaient chaque jour, dans les grands magasins et les boutiques, pour cinquante cents pièce. Le stock changeait constamment.

Il la présenta à ses associés, Pat Howley et Fred Haviland, fondateurs de la firme qui occupait plusieurs étages d'un immeuble de bureaux de la Vingtième Rue Ouest, près de Broadway. Deux rues plus bas se trouvait le siège de l'honorable compagnie Oliver Ditson. Selon Paul, le quartier deviendrait rapidement la capitale de l'édition musicale américaine.

— Deux pâtés de maisons plus haut, il y a une ruelle que mes collègues appellent Tin Pan Alley, la ruelle des Plats en fer-blanc. Écoute les musiciens taper sur leur piano un après-midi d'été, quand toutes les fenêtres des salles de répétition sont ouvertes — tu comprendras pourquoi.

Courtois et effacés, Howley et Haviland ressemblaient davantage à des comptables qu'à des musiciens. Le flamboyant Paul était ce qu'ils appelaient leur « ministre du Commerce extérieur ». En plus d'écrire des chansons pour la firme, il découvrait de nouveaux compositeurs, persuadait les artistes de music-hall d'interpréter leurs nouvelles ritournelles, payait même des joueurs d'orgue de Barbarie pour que certaines d'entre elles passent plusieurs fois à des coins de rue stratégiques.

Dans ce domaine comme dans presque tous les autres aspects de sa vie, il se montrait avec Rosie d'une franchise ingénue. Oui, il avait eu la syphilis, mais il était guéri, il le jurait. Il continuait à courir les femmes, il n'arrêterait sans doute jamais. La confidence fit comprendre à Rosie qu'il ne resterait pas éternellement son amant, même si elle parvenait à conserver son amitié.

Il organisa ses débuts au Miner le premier vendredi de mars 1896. Rosie chanterait *Daisie Belle*, suivi de *Just Tell Them That You Saw Me*. Paul avait personnellement écrit des arrangements adaptés à ses possibilités vocales, assez limitées.

Tremblant en coulisse, elle attendait son tour. Elle succéda aux Quatre Marchands de journaux chantants et à un comique dont les plaisanteries ne suscitèrent aucune réaction, excepté un cri qui s'éleva soudain du balcon :

— *Crochet !*

Des dizaines de spectateurs reprirent en chœur et en tapant des pieds.

Le crochet ressemblait à une longue houlette de berger. Paul avait raconté à Rosie que c'était un régisseur mal embouché de l'établissement qui avait eu cette idée des années plus tôt. L'actuel régisseur s'en servit sous ses yeux pour tirer hors de scène l'infortuné comique.

Rosie interpréta ses deux chansons en tremblant de tous ses membres, d'autant qu'elle voyait le professeur faire la grimace à chacune de ses fausses notes. Elle eut cependant droit à des applaudissements soutenus, assortis d'invites salaces. Au troisième rang, Fanny Hawkins, un boa autour du cou, frappait des mains et sifflait entre ses dents. Le public rendait hommage à la beauté de la jeune femme, pas à sa voix. Elle n'obtint aucune récompense, pas même le misérable dollar attribué au troisième.

Paul la consola au lit. Ils étaient nus, blottis sous deux édredons de plumes. D'épais doubles rideaux les protégeaient des lumières du Rialto, encore allumées à deux heures et demie du matin.

— Pour ce soir, dit Paul, touchant la cuisse nue de Rosie, ne te laisse pas abattre. Rappelle-toi : il faut s'accrocher.

— Je m'accrocherai.

— A la bonne heure ! Prête pour « aller aux courses » ?

— Bien sûr, gloussa-t-elle. J'ai toujours envie de toi.

Ils avaient déjà fait deux fois l'amour.

— Encore un peu de champagne avant ?

— Vaut mieux pas. J'adore ça, mais ça me tourne la tête.

— Et ça te rend bavarde comme une pie, aussi.

— Je sais, mais avec toi ça fait rien. Si je serais avec quelqu'un d'autre...

— Continue à parler du petit nègre et tu n'arriveras à rien dans cette ville, ma fille.

— Sois pas fâché, Paul. J'essaie de bien parler. Un garçon que j'aimais beaucoup, il me disait la même chose.

— Eh bien, ce type avait quelque chose dans la tête.

— Il était riche, mais y avait aucune chance pour qu'il m'épouse. Je l'aimais bien.

Elle rassembla son courage avant d'ajouter :

— Toi aussi, je t'aime bien. On est pareils tous les deux, pas vrai ?

— Non. Moi, je ne dis pas « si je serais » ou « pas vrai ? », répondit-il en lui tapotant gentiment la joue. Tu veux un autre verre ?

— Non.

Il lui caressa les jambes sous les édredons.

— Je serai franc avec toi. Je vois une autre fille en ce moment.

Elle fut blessée mais le cacha.

— J' m'en gour... je m'en doutais. T'étais moins souvent ici, le soir.

— Je suis heureux que tu comprennes. Je ne suis pas du genre à me marier.

— Ça, je le sais.

— Il faut qu'on te trouve un logement. Je t'aiderai financièrement jusqu'à ce que tu sois lancée. Tes débuts au Miner n'ont pas été très prometteurs, mais je continue à penser qu'on pourra te trouver un engagement. Je te donnerai quelques leçons de chant, je te présenterai à diverses personnes. Mais avant — et là je suis sérieux —, tu devrais changer de nom. Fais-toi appeler Rose. Rose French. Rosie, ça fait vulgaire.

— Rose ? Rose. Bien sûr. A partir de maintenant, je m'appelle Rose. Oh ! Paul ! (Elle se serra contre lui, contre la douce chaleur de sa panse, de ses jambes poilues.) Tu es bon. Baise toutes les femmes que tu veux.

— Comme si je pouvais m'en empêcher...

— On est amis, pas v...

— N'est-ce pas ? corrigea-t-il.

— N'est-ce pas ?

— Pour toujours.

73

Paul

Paul commença à travailler chez le colonel Shadow à un moment où la technique des images animées connaissait une véritable explosion créatrice. Les appareils, qu'ils fussent à rouleau de film ou à cartes montées sur tambour, avaient déjà perdu leur caractère de nouveauté. L'Edison Kinetoscope Company avait tenté de relancer un marché morose avec le Kinétophone, un meuble muni de longs tubes acoustiques flexibles et qui contenait un phonographe Edison. Les images étaient plus ou moins synchronisées avec une musique au son grêle. Ce fut un échec.

A New York, Philadelphie, Paris, Londres, inventeurs et hommes d'affaires consacraient toute leur énergie à mettre au point un système de projection. On en annonçait un nouveau presque chaque semaine : Kinéopticon, Panoptikon, Eïodoloscope, Animatographe, Biographe. Paul se demandait comment le colonel parvenait à saisir les différences entre les divers appareils. Puis il remarqua que son patron recevait presque tous les jours des paquets de journaux européens, des notes de correspondants de la côte Est et de l'étranger, des revues techniques mal imprimées, des échantillons de pellicule en celluloïd de Rochester, accompagnés de lettres d'explication de Mr. Eastman lui-même.

Le colonel faisait part de chaque nouveauté aux membres de la maisonnée, généralement pendant le dîner. Mary écoutait avec une sorte de politesse indifférente, Jimmy Daws parce qu'il ne pouvait faire autrement, et Paul avec avidité, en tentant de glaner des informations dans le jargon technique que Shadow débitait à toute vitesse.

La plupart des progrès réalisés excitaient le colonel, mais pas tous. A Paris, en décembre, les deux frères Lumière avaient présenté leur système de projection, le Cinématographe, devant un public d'une centaine d'invités.

— Ces foutus bouffeurs de grenouilles ! gémit Shadow quand il lut la nouvelle dans un journal londonien vieux d'un mois.

Devant la cuisinière, Mary eut un claquement de langue compatissant. Paul était assis à la table ; il irait remplacer Jimmy, de service en bas, dès qu'il aurait mangé.

— Ne t'énerve pas comme ça, Sid, dit Mary. C'est mauvais pour ton cœur.

— Comment veux-tu que je ne m'énerve pas ? Ces deux types ont projeté trente minutes de film. Douze sujets différents ! *La Sortie des usines, La Partie d'écarté, Baignade en Méditerranée* — bon Dieu, ils sont loin devant nous !

Le colonel semblait effondré. Il avait passé toute la journée au sous-sol, dans son atelier, et sa blouse de travail était tachée de vernis, de graisse, de colle et autres matières non identifiables.

— Écoute le pire, poursuivit-il. Ils ont projeté leurs films au sous-sol d'un établissement appelé le Grand Café. Les premiers spectateurs sont entrés gratuitement. Ensuite, ils ont vendu des billets — un franc pour voir tous les films. Le premier jour, ils ont fait trente-trois francs de recette ; le lendemain *plus de deux mille* ! Et ça continue.

Il chiffonna le journal, le lança par terre avec rage.

— Sid chéri, je t'en prie.

— Ils me fauchent le marché ! Et c'est pas les seuls.

La tête entre les mains, Shadow lâcha une bordée de jurons navrants. Mary servit un *Rippchen* plutôt bon qu'elle avait préparé en l'honneur de Paul. Il la complimenta, elle lui fit un sourire aguicheur. Shadow engloutit son repas à la hâte, avala deux verres de whisky, jeta sa serviette par terre et redescendit à l'atelier.

Paul parcourait la ville en distribuant des prospectus. Les gens bien vêtus refusaient généralement de les prendre ou ils les jetaient dès qu'ils avaient vu de quoi il s'agissait. Comment les images animées auraient-elles pu attirer un large public alors qu'il fallait se rendre dans un quartier mal famé pour les voir et que les prédicateurs les qualifiaient d'obscènes ?

Quand il n'arpentait pas les rues, Paul tenait la caisse et surveillait les ouvriers, les vagabonds, les prostituées qui constituaient l'essentiel de la clientèle de la salle. Lorsque les affaires étaient calmes, il feuilletait les revues techniques dont Shadow ne voulait plus, examinait les schémas, tentait de déchiffrer les termes scientifiques.

Il songeait aussi parfois à l'aspect artistique des images animées. Une ou deux fois, à l'heure du déjeuner, il emporta ses saucisses et sa bière sur le toit en terrasse de l'immeuble et, assis au soleil froid de l'hiver, étudia la lumière en songeant au genre de photo qu'on pourrait prendre. Là-haut, il y avait de la place pour toutes sortes de décors improvisés comme ceux qu'utilisait Wex.

Il lui arrivait de penser à son ami, de se demander comment il se débrouillait en Virginie-Occidentale. Il pensait aussi à Nancy. A la fin de son premier mois chez Shadow, il lui écrivit une lettre à

Reelsville et glissa un dollar dans l'enveloppe. Par la suite, il lui envoya un dollar toutes les deux semaines.

Un soir où Shadow semblait calme et à peu près à jeun, Paul demanda à visiter l'atelier. Le colonel réagit comme un enfant à qui on demande d'ouvrir son coffre à jouets.

— Bien sûr, petit. Viens.

L'atelier sentait le chiffon huileux, la sciure, le moisi. Les murs, jadis peints en blanc, s'écaillaient. Ni la poussière, ni l'humidité, ni l'incroyable amoncellement de plans et de matériel ne rebutèrent Paul. Il se sentit au contraire aussi privilégié que s'il était admis dans la grotte de quelque grand magicien.

Dans un coin, un trépied — manifestement de fabrication maison — supportait une boîte en bois rectangulaire munie d'une manivelle et percée d'un trou pour l'objectif.

— Voilà, Fritz. C'est la Luxographe. Ça veut dire « qui écrit avec de la lumière ».

Shadow prit sur l'établi une boîte plus petite.

— Ça, c'est le magasin. On peut y mettre quinze mètres de film négatif Eastman. Il faut le charger dans le noir, mais ensuite, on peut le placer dans la caméra où qu'on se trouve.

Il ouvrit le côté équipé de charnières pour montrer à Paul l'endroit où se logeait le magasin, derrière l'objectif, referma la caméra et tourna la manivelle.

— Huit images par tour, deux tours par seconde. Autrement dit, seize images par seconde, comme le Cinématographe Lumière. Mr. Edison en est resté à quarante-huit, lui. Bon, dis-moi, est-ce que tu connais le principe de l'appareil ?

— Je crois, répondit Paul. La pellicule passe devant l'objectif, une image à la fois. Elle s'immobilise le temps de l'exposition. Pendant qu'elle avance pour l'exposition suivante, il faut empêcher la lumière d'entrer. C'est à ça que sert l'obturateur. Même chose quand on projette le film. On montre les images l'une après l'autre, mais elles défilent si vite que l'œil est trompé, il voit un mouvement continu.

— Pas mal du tout, Fritz ! J'ai lu dans un livre que ça marche grâce à la persistance rétinienne. Quand une lampe est allumée et que tu l'éteins brusquement, ton œil continue à voir la lumière pendant un dixième ou un vingtième de seconde. C'est la même chose pour les images animées. Ton œil retient une image jusqu'à ce que l'autre se présente. J'ai essayé d'expliquer le principe à Daws. Non seulement il ne comprend pas mais il s'en fout.

— Moi, ça me passionne, vous le savez.

Un sourire éclaira le visage pâle et boursouflé du colonel ; Paul avait réussi l'examen.

— Tu sais, petit, le grand Mr. Edison travaille sur les images animées depuis huit ou dix ans, mais en fait c'est son assistant, Laurie Dickson, qui fait tout le boulot dans la Salle cinq — la salle des images qui bougent. Le Magicien de Menlo Park (qui ne travaille

plus beaucoup à Menlo Park) a une salle fermée à clef pour chacun
de ses grands projets. Je le tiens de Benjamin, le frère préféré de
Mary, qui a parcouru le pays pendant des années comme charpentier
itinérant. Il était à Jersey quand Edison a fait construire son nouveau
laboratoire.

— C'est comme ça que vous avez entendu parler de la photographie
animée ?

— Ouais, par Benjy. Au moins une fois par an, quelquefois deux,
la mère de Mary tombe malade. Elle a quatre-vingt-deux ans, elle
est solide comme un roc, mais elle fait une bonne petite attaque à
intervalles réguliers, comme une horloge. Et les enfants — ils sont
onze en comptant Mary — accourent tous, ils passent une semaine à
son chevet, pleurent dans leur mouchoir et mangent de la tarte. Puis
la vieille se lève de son lit, en pleine forme, jusqu'à la fois suivante.
En 1890, pourtant, on a bien cru qu'elle allait casser sa pipe pour
de bon. A l'époque, j'étais marchand ambulant. T'imagines pas les
trucs que j'ai pu vendre. De la lotion pour faire repousser les cheveux
— cinq dollars pour un tout petit flacon absolument sans effet. Bref,
je dis à Mary, ça a l'air grave ce coup-ci, je t'accompagne à Richmond.
Tu t'en doutes, la vieille s'est rétablie, comme toujours. Mais pendant
que j'étais coincé à Richmond, j'ai écouté Benjy parler de la Salle
cinq. Edison ne croit pas trop aux images animées, il fait ça parce
que ça l'amuse et qu'il peut se le permettre. Il peut tout se permettre, que ça rapporte ou non.

— Il a quand même fabriqué ses propres appareils, non ?

— C'est une de ses filiales qui l'a fait. En ce moment, il travaille
sur une caméra. D'après ce que j'ai entendu dire, son modèle n'est
pas très pratique, il est actionné par un moteur électrique à batterie.
Trop compliqué, trop coûteux, et surtout trop lourd. Tiens, essaie
de porter la Luxographe.

Paul replia le trépied avec précaution, le souleva et le posa sur
son épaule.

— Léger.

— Tu es un mordu, toi. Vingt-quatre kilos, j'appelle pas ça léger.
Mais la Luxographe peut aller partout où il y a une photo intéressante
à prendre. Il suffit d'y coller son œil et de tourner régulièrement la
manivelle. Quelque part dans ce bazar, j'ai dix mètres de film
bousillé. Tu veux voir comment on le charge ?

— Oh oui !

— C'était même pas la peine de te poser la question, fit Shadow
en riant.

La caméra était associée à un projecteur Luxographe, qui ne
fonctionnait pas encore à la perfection. Actionné par une manivelle,
il avait la forme d'un petit cercueil vertical. A l'intérieur, un système
complexe de rouleaux de caoutchouc, de pignons et de dents faisait
avancer le film perforé devant une ouverture métallique, maintenant
chaque image une fraction de seconde derrière l'objectif avant de

faire monter la suivante. Shadow était particulièrement fier d'une cellule à eau qu'il avait conçue et logée entre l'arc électrique et l'ouverture.

— Le film est terriblement inflammable. L'eau de la cellule le protège de la chaleur de la lampe à arc. L'image est peut-être un peu déformée, mais pas au point que le public demande à être remboursé. Je l'espère en tout cas.

Shadow éteignit la lumière de l'atelier, essuya ses mains au pan de sa chemise et remonta l'escalier, suivi de Paul.

— Tu veux une bière ? proposa-t-il à Paul.

— Oui, merci beaucoup.

Décidément, la soirée s'annonçait mémorable. Dans la cuisine, le colonel sortit de la glacière une Crown brune et prit une bouteille de bourbon dans le buffet. Mary l'appela de la chambre d'une voix ensommeillée.

— J'arrive, chérie. Dors.

Shadow remplit son verre à ras bord, en but une gorgée qui le vida de moitié.

— La caméra, c'est tout ce dont j'ai besoin pour commencer à fabriquer des films. Mais il faut que je construise un projecteur pour chaque endroit où on pourrait les montrer.

— Quel genre d'endroit ?

— Les théâtres de variétés. J'envisage aussi d'avoir des salles à moi, peut-être en reprenant des magasins abandonnés. Il ne faudrait pas grand-chose pour commencer, juste quelques bancs, ou des chaises, et un bon mur blanc. Si je gagne de l'argent avec la première salle, je pourrai en ouvrir dans toutes les villes importantes. Il faudra former des opérateurs pour faire marcher les appareils, mais ça, c'est un problème que je rencontrerai partout où j'irai.

Le pouvoir visionnaire de Shadow était stupéfiant. Ce n'était peut-être pas un génie comme Mr. Edison mais il avait de l'imagination, le sens pratique, et en particulier celui de gagner de l'argent.

— C'est un plan très ambitieux, souligna Paul.

— Ouais, mais c'est pas encore fait. Je vise d'abord les théâtres de variétés, mais même ça, c'est risqué. Jusqu'ici, j'ai investi trois cent trente-neuf dollars dans la construction d'un seul projecteur. Je ne sais pas si je pourrais rentrer dans mes frais quand les films partageront l'affiche avec dix autres numéros. En plus, je n'ai même pas un seul bon film pour faire une démonstration de mon projecteur. Je sais qu'il fonctionne, mais je n'ai pas encore réglé tous les détails. Ça me tient éveillé la nuit, alors que je devrais rêver des cuisses laiteuses de Mary.

— Vous voulez dire que vous n'avez pas fait de film ?

— Deux ou trois films de quelques secondes seulement. Pas suffisant pour l'affiche d'un théâtre. On me demandera dix, voire quinze minutes.

— Je pourrais vous aider à en faire d'autres ! Le toit de cet immeuble est vaste. Au printemps, nous aurons beaucoup plus de lumière. Nous pourrions faire un petit film avec une histoire. J'ai lu dans une revue qu'on en a montré un à Paris.

— Ouais, j'ai lu ça, moi aussi, mais je pense que les gens n'ont pas envie de voir des histoires.

— N'empêche que si nous en fabriquions une ou deux, vous auriez de quoi faire votre démonstration.

Shadow posa une botte sur la table, regarda Paul longuement.

— Tu as raison. S'il te vient des idées, note-les. Je suis content de t'avoir engagé, petit. Tu as du jus.

Après un silence, Paul demanda :

— Colonel... ça vous plaisait de monter sur scène ?

— Ça m'a plu un moment. Après c'est devenu rasoir. Je gagnais beaucoup plus en faisant le marchand ambulant. J'ai vendu des choses incroyables, je te l'ai dit. Le « Fortifiant familial du fermier Brown — la boisson qui rend les femmes heureuses ». C'était juste de l'alcool de grain avec un colorant et du poivre de Cayenne. Un vieux crétin est mort après en avoir vidé deux pintes — son cœur a lâché alors que sa queue était encore à l'ouvrage. Les notables de la ville ont voulu me passer au goudron et aux plumes mais par chance, j'avais déjà décampé par le train de minuit. Ensuite, il y a eu ma période culturelle. La Petite Bibliothèque grivoise, vingt-deux jolis volumes miniatures contenant certaines des histoires les plus — enfin, tu vois le genre.

— Le chemin est long des *minstrels* aux images animées. C'est le frère de Mary qui a éveillé votre intérêt ?

— Exactement. Toute ma vie j'ai cherché le filon dans lequel je pourrais faire carrière. J'avais l'impression que je ne le trouverai jamais, j'étais plutôt découragé. C'est alors que j'ai eu un autre coup de veine.

— Lequel ?

— La mère de Mary nous a refait une attaque.

» C'était l'année dernière, poursuivit Shadow. La vieille semblait vraiment sur le point de mourir, comme en 1890. Tous les frères et sœurs Beezer avaient envoyé des télégrammes affolés : *Ça y est, elle va y passer.* Mary était toute remuée, il fallait que je l'accompagne pour la remonter.

» Moi-même, je n'avais pas trop le moral. J'avais ouvert cette salle en juin — enfin, ce n'est pas moi qui l'avais aménagée, je n'avais pas non plus fabriqué les appareils. C'est un dénommé Eppleworth qui avait tout fait. Je crois qu'il avait piqué la conception du modèle à quelqu'un d'autre — c'est à qui volera l'autre, dans les images animées — mais je n'ai pas eu l'occasion de lui poser la question, il s'est fait descendre dans State Street six mois après avoir ouvert sa salle. Une balle perdue dans un hold-up. Moi, j'en avais assez de faire le marchand ambulant. J'ai vu l'annonce, j'ai raclé les fonds de tiroir et j'ai racheté le tout à la veuve.

» J'avais de grands projets pour cette salle. C'était stupide. Le quartier est mal famé, et Chicago possède deux autres salles beaucoup mieux situées. Au début, je gagnais à peine de quoi acheter à manger, payer le charbon, l'électricité, et avoir quelques sous en poche. Alors j'avais envie de partir, de faire le point. C'est aussi pour ça que je suis retourné à Richmond avec Mary.

» Oh ! ça n'a pas été des vacances paradisiaques. Richmond est un bled de bouseux. Au bout de vingt-quatre heures, je m'ennuyais à mourir, comme la première fois. J'ai quitté la veillée mortuaire — prématurée — pour faire un tour dans le centre ; je suis entré dans un bistrot où j'ai entamé la conversation avec le seul client qui n'avait pas l'air d'un cul-terreux. Costume chic, bonnes manières. Charles Francis Jenkins — mais je pouvais l'appeler Charlie — était de passage à Richmond pour le mariage de sa sœur.

» C'était un employé du Trésor à Washington qui passait tout son temps libre à fabriquer des inventions et à écrire des articles à la Jules Verne sur des voix et des images qu'on envoie dans l'espace sans avoir besoin de fil — me demande pas comment.

» Je lui ai raconté que j'étais propriétaire d'une salle d'appareils à images animées. Aucun avenir, il a dit. L'avenir, c'est des grandes images projetées sur un grand écran dans une grande salle.

» Comment il pouvait en être aussi sûr ? je lui ai demandé.

» Il n'était pas encore en mesure de le prouver mais il s'était associé avec un nommé Armat, un agent immobilier de Washington, et ils avaient misé tout ce qu'ils possédaient sur cette nouvelle technique.

» Voilà comment c'était arrivé. Deux ans plus tôt, un certain Tabb était entré dans le bureau d'Armat. Il connaissait un peu l'agent immobilier, il savait qu'il était toujours à l'affût d'une occasion. Tabb était emballé par le Kinétoscope d'Edison, il avait même un contrat pour présenter plusieurs appareils à l'Exposition des États cotonniers, à Atlanta, et faire un gros coup dans le Sud.

» Armat ne croyait pas à l'avenir d'un appareil qu'une seule personne pouvait regarder, mais l'idée de base le séduisait. A l'Exposition, ici, à Chicago, il a passé des heures devant le Tachiscope d'Anschütz. Moi aussi. Mais l'avenir, pour lui, c'était des images plus grandes projetées sur un écran plus grand.

» De retour à Washington, Armat a pris des cours pour essayer de comprendre le système des images animées. C'est là qu'il a rencontré Jenkins, à l'École d'électricité Bliss.

» Les deux jours suivants, j'ai passé des heures avec Jenkins au bistrot. Il m'a raconté qu'Armat et lui avaient déjà mis au point un projecteur. Il était gros, bruyant, il tirait trop sur le film, ce qui faisait trembler et sauter l'image. Ça vous filait mal au crâne au bout de trente secondes, et en plus, le film s'usait vite et cassait tout le temps.

» L'associé de Jenkins a résolu le problème en inventant un système de boucle pour diminuer la tension, faire descendre la partie du film non tendue de façon que les dents ne tirent que sur quelques centimètres de pellicule à la fois, le reste du rouleau n'étant pas soumis à une tension aussi forte. C'était une idée fulgurante. C'était du génie.

» Armat et Jenkins ont montré leur appareil à l'Exposition des États cotonniers, mais les images projetées n'ont pas eu plus de succès que le Kinétoscope de Tabb. En fait, ils ont provoqué la panique en éteignant la lumière pour la première représentation. Les gens criaient, s'enfuyaient ; ils croyaient que c'était un truc pour les livrer tout crus aux pickpockets et aux violeurs. Les Sudistes ne m'ont jamais frappé par leur intelligence.

» Armat et Jenkins étaient découragés mais ils n'ont pas renoncé. Ils savaient qu'il fallait faire de la réclame, persuader les gens que les images animées feraient fureur demain. Charlie et son associé restaient convaincus qu'ils y parviendraient. Et il m'a convaincu aussi.

» Il avait fait venir un de ses projecteurs d'Atlanta à Richmond par le train, avec deux ou trois films courts, pour amuser la famille et les invités du mariage. Encore une belle brochette de penseurs, ceux-là. Ils ne se sont absolument pas intéressés à ce qu'il leur a montré. Moi si. Bon Dieu, j'oublierai jamais ça. Il m'a fait venir dans sa chambre d'hôtel, il a baissé le store, il a enlevé du lit un tas de croquis — il travaillait sur des perfectionnements de son projecteur — et il m'a projeté un petit film intitulé *Annabelle la danseuse*. Un cousin du *Rêve chinois*, mais pas grivois. L'image était quasiment grandeur nature sur le store de la fenêtre et le mur. J'ai compris à ce moment-là que Jenkins avait raison et qu'Edison n'était qu'un vieil imbécile gâté par la gloire. Là, dans cette chambre d'hôtel de ce trou perdu de Richmond, j'ai eu une vision. J'ai vu le nouveau siècle dans toute sa splendeur. J'ai serré la main de Charles Francis Jenkins, je l'ai qualifié de grand homme — ce qu'il est — et je l'ai remercié.

» Le reste de l'histoire est simple. J'ai profité de la cérémonie du mariage de la sœur pour retourner à l'hôtel. J'ai filé cinq dollars à un vieux groom moricaud, quasiment tout l'argent qu'il me restait, pour qu'il me donne un passe et qu'il fasse le guet dans le hall.

» J'ai passé presque quatre heures à recopier les croquis de Charlie. Quand le nègre est venu me prévenir que Mr. Jenkins était de retour et s'en jetait un au bar, j'ai tout remis en place et j'ai déguerpi par l'escalier de derrière.

» Et voilà, petit, comment R. Sidney Shadow a fait son entrée dans le business des images animées. Pour y rester.

Le colonel se renversa avec un sourire.

— C'était un fameux départ, qui m'a permis de rattraper à peu près tous ceux qui m'avaient devancé. Ce qui me préoccupe maintenant, c'est le vol de brevet. J'ai apporté quelques modifications au projecteur, mais elles sont mineures, comme la cellule d'eau. Je prie pour qu'Armat et Jenkins ne me tombent pas dessus avant que je gagne assez d'argent pour me payer de bons avocats.

De la chambre parvint la voix étouffée, suppliante, de Mary Beezer. Shadow se leva.

— Je crois que Mary réclame un peu d'attention. A plus tard.

Un matin ensoleillé de mars, sous la suie et les escarbilles du métro grondant à proximité, la Luxograph Company tourna sa première œuvre de fiction : *Le Voleur*. Paul avait conçu un bref scénario que Shadow avait remanié.

Sur le toit baigné de soleil, Mary était assise devant un grand carré de toile cloué sur un châssis, et sur lequel Jimmy avait peint des briques. Jurant, ne cessant de se plaindre, il avait bâclé le travail : les jointures de mortier n'étaient pas droites.

Le colonel Shadow releva le bord d'un vieux sombrero et s'accroupit derrière la caméra. Il avait calé le trépied avec des morceaux de bois pour que l'appareil reste immobile pendant la scène qui allait se jouer devant le faux mur. Mary tenait un livre ouvert, expérience tout à fait neuve pour elle.

— Allons-y. Mary, commence à lire, ordonna Shadow, qui se mit à tourner la manivelle.

— J'essaie, Sid, nom d'un chien, mais j'ai une escarbille dans l'œil.

— Arrête, on peut lire sur tes lèvres. *Voleur !*

Jimmy surgit, le visage dissimulé par un masque que Mary avait confectionné en perçant des trous dans un foulard bleu marine. Il avait l'air tout à fait naturel dans le rôle.

Il s'accroupit derrière Mary, la menaça de ses bras levés. Mary entendit un bruit, sursauta, terrifiée, et jeta son livre, qui heurta accidentellement la tête de Jimmy.

— Hé, attention, ça fait mal, protesta-t-il.

— Continuez, continuez ! cria Shadow en tournant la manivelle. Voleur, tu l'empoignes.

Jimmy saisit les poignets de Mary avec plus de force que nécessaire.

— *Policier !*

Paul s'élança, une étoile de bazar épinglée à sa veste, une large ceinture de Mary autour de la taille. Le colonel l'avait muni d'un vieux Colt de l'armée qu'il brandit en mettant la main au collet du méchant. Jimmy leva les bras avec une mine boudeuse qui montrait bien que ce rôle ne lui plaisait pas du tout.

Mary battit des cils, passa les bras autour du cou de son sauveur et l'embrassa sur la joue. Paul prit une posture héroïque avant d'emmener le voleur.

— On arrête, il n'y a plus de pellicule, dit Shadow. Bon travail, tout le monde.

Paul se hâta de descendre ouvrir la salle tandis que le colonel entreprenait de développer la pellicule. Le soir, dans le salon poussiéreux du premier étage, Mary tendit un drap de lit sur un mur tandis que Paul et Jimmy montaient péniblement le projecteur de la cave. Une fois la lampe à arc allumée, Shadow tourna la manivelle, et là, sur le drap, les images du *Voleur* s'animèrent comme par magie.

Paul applaudit, se balança sur sa chaise en riant.

— C'est merveilleux !

— Ouais, hein ? fit Mary, tendant la main dans le noir pour trouver celle de Paul.

Pour une raison ou une autre, cette main atterrit sur le giron du jeune homme. Il présuma que c'était par accident mais Mary l'y laissa, avec des conséquences embarrassantes.

— J'aime pas me faire embarquer au gnouf, maugréa Jimmy entre deux bouffées de cigarette. La prochaine fois, c'est moi qui ferai le gentil.

Shadow éteignit l'appareil ; Mary retira sa main après une dernière pression. La lumière revint.

— Pas mal, apprécia le colonel, mais c'est rien de plus qu'une petite histoire idiote. Est-ce que c'est ça que les gens attendent des images animées, ou bien est-ce qu'ils veulent de la *réalité* ? C'est ça qui me turlupine, les enfants.

— Pas des trucs couillons comme ça, argua Jimmy. Je préfère la réalité.

— Moi, j'aime les histoires, déclara Mary.

— Pourquoi pas les deux ? suggéra Paul. Les images qui bougent peuvent tout faire, vous l'avez souligné vous-même, colonel.

— J'y réfléchirai, conclut Shadow.

Fin mars, le colonel se rendit à New York en toute hâte par un train de nuit. Un nouveau concurrent, le Vitagraphe américain, présentait son premier programme au nouveau théâtre Tony Pastor, dans la Quatorzième Rue.

— Stuart Blackton et Al Smith ont donné vingt minutes de projection, rapporta-t-il d'un ton morne à son retour à Chicago. *Les Vagues sur la côte de Long Island. Les Tramways de Broadway. Des voitures de pompiers.* Dans le dernier film, on voyait un train de Lehig Valley appelé le Diamant noir jaillir d'un tunnel. La moitié des spectateurs ont bondi de leur fauteuil en hurlant. C'est du *vrai* qu'ils veulent. Le frisson de la réalité. Les histoires, ça ne sera jamais rentable.

Le dernier jour de mars, un mardi, Paul dîna avant de descendre relever Jimmy, qui esquissa un pas de danse en sortant.

— Tu as le moral, on dirait, remarqua Paul.

— Mary me prépare un gâteau pour demain. C'est un amour, c'te femme.

Paul sentit les poils de sa nuque se hérisser.

— C'est ton anniversaire, demain ?

— Ouais, le 1er avril. Hé, qu'est-ce que t'as ? On dirait que tu viens de te faire embrasser par la femme à barbe.

Paul passa une main nerveuse dans sa chevelure indocile.

— Allez, Fritzie, crache.

— Je pensais juste à une vieille superstition allemande. Rien d'important.

Le regard menaçant, Daws revint vers la caisse enregistreuse.

— Quel genre de superstition ?

Pas de réponse.

— *Quel genre de superstition ?* cria-t-il, en empoignant la chemise de Paul.

— Lâche-moi, je vais te répondre. En Allemagne, on dit que le 1er avril porte malheur parce que c'est le jour de la naissance de Judas.

— Ha ! Tu parles d'une blague !

— Jim, excuse-moi, ça m'a échappé. J'ai ouvert la bouche sans réfléchir.

— Que j'entende plus jamais ça, t'as compris ? Je vais te montrer qui a de la chance et qui en a pas.

Il sortit à grands pas, claqua la porte en haut de l'escalier.

Des années plus tard, quand certains événements les opposeraient, Paul se souviendrait de ce 31 mars 1896. C'était le jour précis, il en était sûr, où Jimmy Daws s'était mis à le haïr. Il y avait finalement quelque chose de fatidique dans la date de son anniversaire.

A New York, au music-hall Koster & Bial de Herald Square, le Vitascope d'Edison donna sa première représentation le soir du 20 avril. Accablé, Shadow lut dans le journal :

— *Les Vagues de la mer, La Danse de l'ombrelle, Le Kaiser passant ses troupes en revue...* Ils ont utilisé *deux* projecteurs — ce qui signifie pas d'attente pendant le changement de bobine. Et c'est pas tout : quatre des films étaient en couleurs ! Tu te rends compte de ce que ça représente ? Chaque image coloriée à la main...

Il roula le journal en boule, le lança sous l'évier.

— Quel escroc, cet Edison ! Il a droit à des kilomètres d'articles alors que c'est même pas son appareil. Il a acheté l'inventeur.

— Qui est-ce, mon cœur ? demanda Mary.

— Tom Armat, tiens. Celui qui faisait dans l'immobilier. C'est un magnat des images animées, maintenant.

Le nom déclencha en Paul une sonnette d'alarme. Thomas Armat avait été l'associé de C. F. Jenkins, l'homme dont le colonel avait copié les plans. Si Armat travaillait maintenant pour Edison, c'était ce dernier que Shadow avait volé, or le Magicien avait la réputation de protéger ses brevets comme une tigresse ses petits. Edison maintenait des cabinets entiers d'avocats sur le pied de guerre.

— Sid, dit Mary après avoir réfléchi. Y a qu'une solution. Tu dois mettre tes films à l'affiche d'un music-hall, toi aussi.

— J'ai un poisson au bout de la ligne. Enfin. Il vient jeudi. Nous lui montrerons *Le Voleur*.

Mr. Ishmael (Iz) Pflaum, propriétaire et directeur du music-hall du même nom, dans South State, se rendit dans le Levee. C'était une sorte de saint Nicolas à barbe blanche portant un petit carnet rempli de chiffres et de signes.

Il se laissa lourdement tomber dans le meilleur fauteuil du salon, devant le drap accroché au mur. Mary, nerveuse, posa à côté de lui sur une petite table deux saucisses chaudes avec de la moutarde allemande. Paul servit à l'invité une cruche de bière fraîche venant du Freiberg. Jimmy avait été cantonné en bas dans la salle.

Mary éteignit la lumière, Shadow tourna la manivelle. Penché derrière lui, Paul frissonnait malgré la chaleur de l'arc électrique. La main d'Iz Pflaum trouva une saucisse; il la porta à sa bouche toutes les deux secondes mais sans jamais quitter le drap des yeux. Lorsqu'on ralluma, l'assiette était vide.

— Sid... commença Pflaum. (Il fit courir sa langue sur ses dents avec un bruit de succion.) Je le prends. Votre machin, là.

— Vous le... ? C'est formidable. Formidable ! J'ai juste un petit problème.

— Je n'aime pas les problèmes. Ni les gens qui m'en causent.

— Désolé, Iz, mais ce projecteur est un prototype. Il n'est pas à vendre.

— Alors, fabriquez-en un autre. Il me le faut rapidement, sinon ça ne tient plus.

— Cet appareil a coûté tr... quatre cent cinquante dollars, rien qu'en matériel. Pour en construire un nouveau, il me faut une avance.

— Combien ?

— Cent dollars ?

— Soixante-quinze. Venez demain, nous signerons les papiers. Vous me fournissez dix minutes d'images animées, je m'en servirai comme videur.

— Comme quoi ?

— C'est comme ça qu'on dit, au Koster & Bial. A la fin du spectacle, après les nains, le prestidigitateur, les girls et les acrobates japonais, on vide la salle avec les images. C'est à ça qu'elles servent.

Pflaum coiffa son melon, se dirigea vers la porte d'un pas pesant.

— Une dernière chose. Cette petite histoire, c'est gentil, mais je veux des sujets montrant la vie réelle. Rien d'autre.

— Certainement, Iz, c'est le seul genre de film que je veux faire. *Le Voleur* n'est qu'un essai. Je vais mettre notre opérateur au travail sur-le-champ.

— Vous avez un opérateur ?

— Mais bien sûr. Le voici.

Shadow passa un bras autour des épaules de Paul, qui faillit tomber à la renverse.

— Mr. Crown est jeune mais il a un talent fou.

L'« opérateur » garda le silence. *Besser stumm als dumm*[1]. Mr. Pflaum lui prit la main, la broya.

— Très bien. Enchanté. Je ne m'étais pas rendu compte que vous en étiez déjà aussi loin, Sid.

— La plupart des gens ne se rendent pas compte que la Luxograph de Chicago est une affaire florissante. Je vous raccompagne en bas. Quelques marches de l'escalier sont branlantes — nous attendons le menuisier depuis des semaines...

Après le départ des deux hommes, Mary et Paul éclatèrent de rire en se tenant par les épaules. Elle jeta un coup d'œil à la porte, lui caressa la joue.

— Tu l'avais toute grosse, l'autre soir, dans le noir.

— Mary, vous m'embarrassez. Vous êtes la femme du colonel.

— Pas légalement. Je pourrais être ta petite amie en même temps. Paul réfléchit rapidement.

— Je risque d'être trop occupé, je viens d'avoir de l'avancement.

— T'es un drôle, toi, fit-elle en riant à nouveau.

Elle lui donna un baiser bref mais ardent, des lèvres et de la langue.

Ce soir-là, le destin en la personne d'Ishmael Pflaum décida de l'avenir de la Chicago Luxograph Company, et de la vie de Paul.

A trente kilomètres au sud-ouest de Chicago, sous des nuages gris tourbillonnants, ils plantèrent le trépied dans le ballast entre les traverses des rails et y installèrent la caméra. La précieuse Luxographe se trouvait au milieu de la voie ferrée appartenant à la compagnie Wabash, Saint Louis & Pacific.

Paul était tendu à l'extrême. Un vent violent soufflant du nord-ouest courbait les épis de maïs des champs jouxtant la voie. Un grondement de tonnerre fit se cabrer les deux chevaux de la voiture, que Mary eut du mal à calmer du haut du siège du cocher.

— Ça va être un orage terrible, Sid, dit-elle, retenant son chapeau de paille. Tu ferais bien de te dépêcher.

Shadow allait et venait à grands pas le long des rails. Les épaules voûtées, les yeux plissés bordés de pattes-d'oie, il tirait sans arrêt de son gousset une montre en or qu'il faillit laisser tomber.

— Quatre minutes. Le Cannonball n'est jamais en retard, à moins qu'il y ait un blizzard ou un pont détruit.

Tout le monde, Iz Pflaum compris, voulait mettre à l'affiche un film montrant une locomotive lancée à pleine vitesse. L'Empire State de New York Central et le Diamant noir de Lehig Valley attiraient déjà les foules, et Sid Shadow avait l'intention de satisfaire son client avec le train de la Wabash.

Paul mit sa casquette à l'envers, fourra le bas de son pantalon dans ses grosses chaussures montantes. C'était selon lui la tenue adéquate pour un opérateur de caméra : désinvolte et moderne.

---

1. Mieux vaut se taire que dire une bêtise. *(N.d.T.)*

— Il fait signe ! Il fait signe ! s'écria Shadow, dansant sur place.

— Sid, il fait signe ! s'exclama Mary d'une voix aiguë.

— Je le vois faire signe ! cria Paul.

A huit cents mètres au nord, juché sur une remise, Jimmy Daws agitait sa casquette. Paul se mordit la lèvre. Des brindilles, des morceaux d'épi et autres débris tournoyaient dans le vent. Un éclair dessina une fourche à l'horizon ; le tonnerre suivit presque aussitôt ; l'orage était proche.

Par-dessus la caméra, Paul distingua un point lumineux blanc qui grandissait vite.

— Rappelle-toi, lui dit Shadow, tourne régulièrement. Moi, je tiens le trépied. Pour l'amour de Dieu, ne perds pas ton calme.

Paul sentit le sol vibrer, d'abord un peu puis de plus en plus fort. Le phare se rapprochait. Des jets de vapeur fusaient sous la locomotive qui fonçait vers eux. De grosses gouttes de pluie s'écrasèrent sur le visage de Paul mais il ne se souciait pas de l'orage. Seuls le train, la tâche qu'il avait à accomplir, et le nœud dans son ventre existaient...

— Bouchon d'objectif, bouchon d'objectif ! brailla Shadow.

Paul l'enleva.

— Commence à tourner.

Paul actionna la manivelle en comptant dans sa tête, un-deux, un-deux, deux tours par seconde. Les rails grondaient, la terre tremblait, le Cannonball faisait hurler son sifflet : le mécanicien les avait vus. Le phare devint gros comme le soleil. Juste au-dessous, sur la plaque ronde avant de la locomotive, Paul reconnut l'emblème peint de la ligne, le drapeau déployé.

Le Cannonball continuait à approcher, énorme.

Un-deux, un-deux...

— Continue à tourner, continue à tourner, haletait Shadow. C'est sensationnel !

La pluie redoubla. Paul avait mal au bras, au poignet, au dos. Il avait envie de lâcher la Luxographe, de sauter sur le côté. Ils allaient se faire écraser. Il distinguait maintenant le slogan peint au centre de l'emblème : « Suivez le drapeau »...

Un-deux, un-deux.

— Sid, tu vas te faire tuer ! cria Mary d'une voix hystérique.

Le Cannonball filait comme un de ces cyclones de prairie dont Paul avait entendu parler. Il pensa à Juliette, à tout ce qu'il avait laissé en suspens dans sa jeune vie.

— *Maintenant !* décida Shadow en arrachant le trépied de la voie.

Paul se jeta sur la gauche sans regarder. Une aspiration grondante tira sur sa chemise, sa casquette. Pantelant, il tomba dans le champ de maïs.

Le train passa.

Shadow vacillait sur ses jambes au bord de la voie ferrée, la caméra et le trépied sur l'épaule.

— On l'a ! Je crois qu'on l'a ! jubilait-il, presque aussi hystérique que Mary.

Paul se releva, trempé par l'averse. Le tremblement de son corps s'atténua. Il avait tenu bon, il avait fait le film.

— Tiens, couvre-toi, moi j'ai un chapeau, dit Shadow en tirant de sa poche un journal.

Paul le déplia, s'apprêtait à s'en protéger la tête quand un titre retint son regard :

Miss Vanderhoff se fiance
au millionnaire W. V. Elstree III
Le mariage aura lieu en août, annoncent les
parents de la fiancée.

SEPTIÈME PARTIE

LES IMAGES ANIMÉES

1896-1898

Les images animées font fureur
Le monde est en ébullition
Il faut voir les inventeurs
Se bousculer au portillon.
Chacun d'eux met son paraphe
Sur son appareil et prétend
Que son Machin-truc-graphe
Est le premier, de tous les temps.
Quelle merveille en attendant
De voir le flot de la vie
S'écouler sur l'écran
Plein de vigueur et d'énergie.
Loin d'être parfaite, l'image saute,
Fait mal aux yeux des spectateurs
Mais malgré toutes leurs fautes
Les images animées font fureur.

British Journal of Photography, 1896.

74

Joe Crown

— Que lis-tu, Joe ?

Il pivota sur l'épaule gauche pour laisser la lueur de la lampe de chevet tomber sur le dos du livre.

— *La Conquête du courage*, déchiffra Ilsa. Tu l'as déjà lu, il me semble.

— Deux fois. C'est un livre fort.

— Certaines de mes amies l'ont trouvé trop réaliste, elles l'ont abandonné au bout de quelques pages.

— Je les approuve, ce n'est pas un livre pour les femmes.

Joe se sentait d'humeur irascible. La nuit moite, sans air, transformait la maison en four. Sa chemise de nuit, la plus légère qu'il possédât, était trempée de sueur. On n'était pourtant qu'au mois de juin. Une grande partie des habitants de la ville dormaient mieux à présent que Holmes avait été pendu en mai pour ses crimes. Mais pas Joe Crown, et cela n'avait rien à voir avec l'infâme criminel de Chicago.

— Le jeune Mr. Crane n'a pas fait la guerre, n'est-ce pas ? fit observer Ilsa.

— On pourrait le croire pourtant. Il a de l'imagination, ça, c'est indéniable. Si cette conversation est terminée, Ilsa, je peux reprendre ma lecture ?

Elle s'épongea le front avec un mouchoir froissé pour tenter de dissimuler son expression blessée. Il la remarqua cependant.

— Certainement, Joe, répondit-elle. Je ne voudrais t'importuner pour rien au monde. Bonne nuit.

Des sentiments hostiles à l'égard de sa femme le tourmentaient depuis plus six mois. C'était lui l'incompris. Lui à qui on causait du tort. Aussi ne lui prit-il pas la main pour suggérer avec douceur — comme il l'eût fait naguère — qu'ils pourraient trouver un moyen d'abattre la barrière qui s'élevait entre eux.

Il lut une heure de plus. Le roman puissant du jeune écrivain réveillait quelque chose au fond de lui. Dans sa mémoire, il entendait les bugles et les tambours, le bruit des bottes, les rires et les chants, le soir, autour du feu de camp...

Malgré la boue et la souffrance, que Crane rendait de manière saisissante, la guerre offrait à l'homme un ennemi qu'il pouvait attaquer et vaincre selon des règles précises. C'était un ennemi de ce genre qui manquait à Joe.

En cette année 1896, l'Amérique faisait la démonstration de son nouveau rang mondial en affirmant sa puissance dans la partie ouest du monde. En décembre dernier, elle avait affronté le redoutable Empire britannique.

La Grande-Bretagne avait envoyé trois bâtiments de guerre faire le blocus d'un port du Nicaragua pour exiger le remboursement d'une prétendue dette. Washington avait accusé Londres de violer la doctrine Monroe ; le Congrès avait brandi la menace d'une mobilisation ; le redoutable Empire britannique avait presque aussitôt fait machine arrière.

Ce retrait coupa l'herbe sous les pieds des milieux chauvins américains — hommes politiques dont le district possédait des chantiers navals ou des villes de garnison ; professeurs et bureaucrates qui encensaient les écrits de l'amiral Mahan sur la puissance maritime ; propriétaires de journaux dont le tirage aurait eu bien besoin d'un coup de fouet ; patriotes déclarés tels que le jeune directeur de la police de New York, Theodore Roosevelt.

C'est alors qu'entra fortuitement en scène le général Valeriano Weyler y Nicolau, gouverneur général de Cuba récemment nommé par l'Espagne, chargé de mettre fin aux soulèvements des rebelles dans l'arrière-pays.

La tactique de Weyler consista dans un premier temps à instaurer la politique du *reconcentrado* — la reconcentration. On déporta des populations rurales dans des camps de détention, loin de leurs villages. Il s'agissait de paysans qui avaient caché et protégé les bandes d'insurgés qui attaquaient et détruisaient les places fortes gouvernementales avant de se fondre à la population des villages, où ils devenaient impossibles à distinguer des paysans pacifiques.

Weyler prétendait que ces paysans étaient placés dans des camps confortables, où la nourriture était abondante et les conditions sanitaires satisfaisantes. Les dépêches des correspondants étrangers donnaient une tout autre version. Le général entassait les Cubains dans des granges sans lumière, des entrepôts infestés de rats et de vermine. Les enfants mouraient de faim ; les adultes qui protestaient disparaissaient. Les journalistes envoyés à La Havane recueillirent le récit des atrocités commises dans ces camps. Le gouverneur général de Cuba hérita du surnom de Weyler le Boucher.

A New York, Mr. William R. Hearst, du *Journal*, et Mr. Joseph Pulitzer, du *World*, augmentaient considérablement leurs tirages en publiant dans leurs colonnes des articles décrivant en détail le martyre de jeunes amazones cubaines abattues et décapitées, de nonnes outragées, de prêtres héroïques brûlés vifs par les troupes de Weyler. Le *reconcentrado* donnait à la presse à sensation exactement le coup de fouet dont elle avait besoin.

Joe Crown joignit sa voix à ceux qui condamnaient l'Espagne et Weyler le Boucher. Il revêtit son plus bel uniforme bleu indigo de la Grande Armée de la République et, avec des centaines d'autres anciens combattants, participa à un rassemblement de quatre mille personnes au Central Music Hall.

Une fanfare de quatre-vingts musiciens joua des airs martiaux. Brandissant l'étendard rhétorique, des orateurs dénoncèrent les tyrans espagnols et menacèrent de déclarer la guerre aux coupables de telles atrocités. Joe en fut bouleversé ; il avait trouvé une nouvelle cause.

Il avait cependant conscience que la ferveur croissante pour un Cuba libre n'était pas purement idéaliste. Les hommes d'affaires américains avaient investi plus de cinquante millions de dollars dans les voies ferrées et les raffineries de sucre de l'île. Le dirigeant syndical Sam Gompers fustigeait la domination espagnole, mais il ne fallait pas oublier qu'il représentait le Syndicat des fabricants de cigares. Joe lui-même aimait fumer de temps en temps un cigare de cet excellent tabac cubain, dont on commençait déjà à manquer.

Des intérêts commerciaux se mêlaient à la ferveur patriotique nouvelle, soit, mais même si l'Amérique entrait en guerre pour du sucre et du tabac, les Cubains n'en restaient pas moins sauvagement maltraités, l'Espagne avait tort et Weyler était une bête sanguinaire.

Si la guerre éclatait — et il ne fallait pas sous-estimer cette éventualité — Joe pourrait-il y prendre part ? Et comment ?

En apparence, l'existence de Joe Crown semblait calme. La brasserie était prospère. Le nouveau maître brasseur, Samuel Ziegler, donnait pleinement satisfaction. Les deux enfants n'étaient pas plus indociles que d'habitude.

Fritzi, quinze ans, réussissait dans ses études bien qu'elle continuât à faire de fréquentes et assommantes allusions à sa future carrière de comédienne. Elle avait découvert Shakespeare et déambulait sans cesse, un texte à la main, jouant Portia ou Béatrice, Desdémone ou Lady Macbeth.

Carl était rentré de la Habsburg School. Il avait encore grandi et pris de la carrure. C'était un garçon robuste. Un après-midi, il expédia d'un coup de batte une balle de base-ball de l'autre côté de Michigan Avenue, dans la porte d'entrée de la grande maison des Heindorf. Joe dut débourser deux cent cinquante dollars pour remplacer les panneaux de verre cathédrale.

A la brasserie, Joe Crown sautait sur n'importe quel prétexte pour quitter son bureau. Début juin, une excellente excuse se présenta quand les démocrates se réunirent au Coliseum pour désigner leur candidat aux élections présidentielles. Un mois auparavant, à Saint

Louis, Marcus Hanna avait fait manœuvrer ses troupes pour assurer l'investiture républicaine au gouverneur de l'Ohio, William McKinley.

Démocrate de toujours, apportant sa contribution financière au Parti, Joe Crown se rendit à tous les débats de la convention. Il arrivait le matin au moment où les portes du Coliseum s'ouvraient et restait dans les tribunes bondées jusqu'au moment où un coup de marteau du président ajournait la séance. Tirant sur son havane, il observait avec dégoût la délégation de l'Illinois. Le gouverneur John Altgeld ne cessait d'échanger des propos avec ses alliés du Comité. Joe reconnut parmi eux Michael Kenna. « Fichus conspirateurs », pensa Joe Crown en soufflant l'allumette qu'il avait tenue au bout de son panatella.

Remarquant la présence d'une femme coiffée d'un chapeau de paille plat juste devant lui, il lui tapota l'épaule.

— Excusez-moi, la fumée de ce cigare vous dérange ?

— Oh ! non, j'aime cette odeur.

— Vraiment ? C'est inhabituel chez une femme. Merci.

Il sourit. Elle se tourna légèrement pour lui rendre son sourire. Elle avait des yeux d'un bleu profond, amicaux et intelligents. Des mèches rousses s'échappaient de son chapeau. Joe devina une poitrine ronde qu'une sévère robe chemisier ne parvenait pas à cacher. C'était une femme mûre, attirante sans être tout à fait belle. Cette nuit-là, tandis qu'Ilsa ronflait légèrement à côté de lui, il rêva longtemps au visage de l'inconnue.

La question de la frappe monétaire était au centre du débat à la convention. La valeur de l'or augmentant et celle de l'argent déclinant, les paysans continuaient à pâtir de lois stipulant que les dettes contractées en billets devaient être remboursées en or. L'Ouest agricole qualifiait ce traitement d'injuste, de destructeur, tandis que l'Est industriel et commercial continuait à lutter pour imposer l'étalon or et la limitation de la frappe monétaire. Homme d'affaires conservateur, Joe soutenait résolument l'aile Or.

Mais l'aile Argent comptait des adversaires puissants et populaires. L'un des plus redoutables avait pour nom William Jennings Bryan. Ancien parlementaire, directeur de journal, il était né à Salem, dans l'Illinois, mais résidait dans le Nebraska. Populiste, partisan de la libre frappe de l'argent, c'était le phénix du Chautauqua.

L'institut de Chautauqua, dans le nord de l'État de New York, était le Prométhée de la vie américaine. Il apportait le feu de la culture — orateurs inspirés, spectacles de musique, conférences avec lanterne magique — jusque dans les campagnes les plus reculées. Il se déplaçait tout au long d'un circuit de salles municipales et de chapiteaux dont le nombre atteignait vingt mille, disait-on. Bryan était l'orateur préféré des Chautauquas dans la Bible Belt, la Cotton Belt, la Cyclone Belt, la Corn Belt — l'Amérique rurale.

Joe discutait souvent de politique avec des relations d'affaires d'origine allemande. L'année dernière, le nom de Bryan était souvent revenu dans les conversations. Après avoir vainement brigué un siège de sénateur au Nebraska, il avait maintes fois prononcé et peaufiné un discours sur le circuit du Chautauqua. « Le discours », comme on l'appelait souvent, était loué dans la presse pour sa forme et son éloquence, quand il ne l'était pas pour son contenu. Joe avait envie d'entendre « l'orateur de la Platte », ne serait-ce que pour juger par lui-même du « discours » et de l'homme.

Déjà la question monétaire avait posé des problèmes à la convention. Le Nebraska présentait des délégations rivales, Or et Argent. Avant l'ouverture de la réunion, les dirigeants de la Commission nationale avaient officiellement reconnu les délégués Or. Un débat en séance retourna la situation et donna les sièges du Nebraska à la délégation Argent, dont Bryan faisait partie. Joe assista à la bataille du haut des tribunes, furieux de voir les sages de la Commission nationale mis en minorité par une bande de fermiers braillards.

Un jour caniculaire de juillet, la convention entama la discussion sur le chapitre monétaire du programme démocrate. Joe ôta sa veste, alluma un autre cigare. Devant lui, seule à nouveau, l'inconnue attirante inclina la tête sans regarder autour d'elle, comme pour dire qu'elle avait senti l'odeur du cigare et, peut-être, sa présence.

Les tribunes étaient bondées, les travées aussi. Vingt mille personnes emplissaient la salle où Bryan — on l'avait largement annoncé — prononcerait son discours. Joe espérait qu'il ne susciterait pas l'enthousiasme.

Ben Tillman, l'homme politique au regard enflammé de Caroline du Sud, fut le premier partisan de la libre frappe de l'argent à qui le président donna la parole. Le sénateur Hill, de l'État de New York, argumenta en faveur de l'étalon or, puis ce fut le tour du sénateur Vilas, du Wisconsin, et de Russell, l'ancien gouverneur du Massachusetts. Enfin, le président appela l'honorable Mr. Bryan.

La salle explosa en longues acclamations quand le jeune homme léonin du Nebraska monta à la tribune. La jolie rousse se pencha en avant et Joe se surprit de nouveau à admirer la plénitude de sa gorge. « Étrange conduite pour un homme de mon âge », se dit-il, à la fois amusé et contrarié.

Mesurant près de deux mètres, Bryan avait une mâchoire énergique, des yeux sombres, de longs cheveux bruns rabattus en arrière, dégageant un front haut. Il avait trente-six ans, si la mémoire de Joe était bonne.

— Monsieur le président, messieurs les participants à la convention, commença-t-il, réduisant la salle au silence de sa voix profonde.

Après quelques mots pour saluer délégués et invités, il poursuivit :

— Mes amis, il serait certes présomptueux de ma part d'affronter les éminents orateurs que vous venez d'entendre s'il s'agissait uniquement de mesurer nos compétences personnelles. Mais nous ne sommes pas engagés dans un combat de personnes. Revêtu de l'armure d'une juste cause, le plus humble citoyen de ce pays est plus fort que toutes les armées de l'injustice. C'est en homme

quelconque que je m'adresse à vous pour défendre une cause aussi
sacrée que celle de la liberté. La cause de l'humanité.

L'immense Coliseum était quasiment silencieux. Bryan savait faire
porter sa voix jusqu'à la rangée la plus éloignée sans effort apparent.

— Nous ne venons pas en agresseurs. Notre guerre n'est pas une
guerre de conquête. Nous combattons pour défendre nos foyers, nos
familles, et la postérité. Nous avons signé des pétitions, on n'en a
tenu aucun compte. Nous avons supplié, on est resté sourd à nos
suppliques. Nous avons imploré, on s'est moqué de nous. A présent,
le temps des pétitions et des suppliques est révolu. C'est un *défi* que
nous lançons !

Joe se recula, ébahi, quand le rugissement monta. En bas, les
délégués se levèrent ; dans les tribunes, le public fit de même. La
jolie rousse battait des mains, les bras tendus au-dessus de la tête.
Joe applaudissait poliment tout en observant son visage quasi
extatique. « Que se passe-t-il donc ? » se demanda-t-il, pensant autant
à lui-même qu'à la réaction de la salle.

Bryan laissa l'ovation se poursuivre une minute environ puis leva
les mains. La salle et les tribunes se turent aussitôt. D'une voix
grave, préparant ce que Joe pressentait comme le point culminant
du discours, Bryan parla de McKinley. Il le qualifia d'homme honnête
et bien intentionné, jouissant d'une grande popularité et d'un large
soutien jusqu'à ces trois derniers mois. Puis le ton changea :

— Aucune popularité personnelle, aussi grande soit-elle, ne peut
protéger de la colère d'un peuple indigné un homme qui se déclare
partisan d'infliger l'étalon or à ce pays.

Le volume de sa voix s'enfla, son débit s'accéléra :

— Vous nous dites que les grandes villes prennent position en
faveur de l'étalon or. Nous répondons que les grandes villes dépendent de nos vastes plaines fertiles. Rasez vos villes, elles renaîtront
un jour comme par magie. Mais détruisez nos fermes et l'herbe
poussera dans les villes de toutes les grandes cités du pays.

Nouvelle ovation.

— S'ils osent s'avancer à découvert pour défendre l'étalon or,
nous les combattrons avec la dernière énergie. Soutenus par les
masses productrices de ce pays et du monde, nous leur répondrons :
vous ne poserez pas cette couronne d'épines sur le front des
travailleurs. Vous ne crucifierez pas l'humanité sur une croix d'or.

Bryan fit un pas en arrière, pose les mains sur le pupitre et plaqua
le menton sur le devant de sa chemise. Il ferma les yeux, signifiant
qu'il avait terminé. Il y eut quelques secondes de silence.

Puis ce fut l'explosion.

Des délégués montèrent sur l'estrade, hissèrent Bryan sur leurs
épaules. Une fanfare se mit à jouer, à peine audible dans le vacarme.
La veste déchirée, Bryan tanguait dangereusement sur les épaules
des délégués qui tentaient de lui faire traverser la foule. En haut, le
public hurlait, applaudissait, jetait des chapeaux en l'air.

Même Joe se sentait ému. C'était un discours puissant. Capital. Il
changerait le cours de la convention, il le savait.

— Magnifique. Magnifique, n'est-ce pas ?

Il s'aperçut que la jolie rousse lui parlait.

— Très réussi, répondit-il, contraint de crier.

— Il faut que j'aille respirer dehors, je me sens faible.

— Moi aussi. Permettez-moi de vous accompagner. Je passe devant, l'escalier est noir de monde.

Il fendit la foule devant elle, à demi étourdi de chaleur, se demandant quelle folie le poussait, mais sans s'arrêter, sans hésiter un seul instant. Dehors, sur le trottoir, ceux qui n'avaient pu trouver place à l'intérieur défilaient en portant des banderoles « Bryan président ». La femme s'éventa avec son chapeau de paille. Joe l'aida de son feutre.

— Merci, merci, dit-elle, agrippée à sa manche. Je crois que nous avons entendu un discours qui restera dans l'histoire. Je crois que nous avons entendu le prochain président, pas vous ?

La pression de la foule la poussa contre le gilet de Joe, qui sentit la rondeur et la fermeté de ses seins.

— Il fait une chaleur insupportable dans cette salle. J'ai besoin de me rafraîchir. Il y a un petit café en face, je l'ai remarqué hier. Vous venez avec moi ?

Le visage de la rousse était à quelques centimètres du sien ; ses grands yeux bleus le sondaient avec franchise. Joe y vit une image effrayante de lui-même lui disant oui — avec toutes les conséquences que cela impliquait.

Et il avait *envie* de répondre oui.

— Merci mille fois, je ne peux pas. Ma veste est restée en haut. De plus, je dois retrouver quelqu'un...

Comme l'excuse semblait ridicule !

La femme se recula, la chaleur de ses yeux adorables se dissipa rapidement.

— Oui, bien sûr, je comprends.

Elle traversa la foule puis la rue. Joe regarda le chapeau de paille danser au rythme de ses pas jusqu'à ce qu'il disparaisse derrière la porte du café. Il se tourna vers le Coliseum, chercha un cigare à tâtons dans son gilet, désireux d'échapper au plus vite à l'abîme monstrueux de l'adultère.

La convention démocrate désigna William Jennings Bryan comme candidat à l'élection présidentielle. Il défendrait un programme de frappe illimitée de l'argent.

C'est de ce jour que data la conversion de Joe Crown au républicanisme. Bryan incitait les paysans pauvres à mener une guerre de classe. Il voulait que le sang coule comme il avait coulé pendant la grève de Pullman. Il répandait le poison qui avait détruit Joe Junior.

Joe établit un chèque de trois mille dollars et l'envoya, avec une longue lettre promettant son soutien, son temps et de l'argent, à Marcus Alonzo Hanna, le faiseur de roi du Parti républicain. Il reçut une réponse de Hanna lui souhaitant la bienvenue au bercail républicain et s'engageant à l'inviter à des débats auxquels participeraient des notables du parti tels que Messrs. Schurz et Roosevelt.

Joe ne revit jamais la jolie rousse. Dieu merci, elle ne lui avait donné ni son nom ni son adresse.

75

Paul

29 août. Dernier samedi du mois. Midi et quart. Paul attendait sur
le trottoir d'East Huron Street, en face de l'église Saint James,
depuis onze heures moins le quart, quand les voitures élégantes aux
cochers en livrée commencèrent à déposer les invités du mariage.

Les journaux avaient annoncé la date et l'heure de la cérémonie
depuis des semaines. Et pendant des semaines, il s'était exhorté à
ne pas y assister. Finalement, il n'avait pu résister : son envie de
voir Juliette était trop forte.

Mary disait que Saint James était une vieille église, la plus
richement décorée de tous les édifices protestants de la ville. Paul
s'était vêtu avec soin pour avoir l'air aussi respectable que possible :
chaussures de tennis noires à semelle de caoutchouc, salopette gris
foncé avec genouillères de cuir ; chemise de tissu fin à rayures
verticales blanches et bleues, une folie à quatre-vingt-dix-huit cents.
Pour dissimuler en partie son visage, il avait acheté une casquette
de base-ball en flanelle bon marché au dessus plat, comme on en
portait à Chicago.

Il flâna dans l'ombre de l'église pendant plus d'une heure. Une
musique d'orgue s'échappait par les portes ouvertes de l'église.

Les mariés avaient dû arriver par une entrée latérale car il ne les
vit pas avant la fin de la cérémonie, quand la musique triomphale
de *Lohengrin* retentit, ramenant les cochers vers leurs attelages.

La foule des invités se répandit hors de l'église, descendit les
marches et se répartit de chaque côté sur trois ou quatre rangées.
Des cris d'excitation s'élevèrent quand les mariés sortirent et
descendirent le perron à leur tour.

Juliette portait une robe d'un blanc étincelant. Son visage n'était
qu'une tache floue parmi les têtes, les bras agités, les grains de riz
lancés par des messieurs en habit et des femmes en robe longue
coiffées d'immenses chapeaux à large bord. Paul vit la femme qu'il
aimait dans une sorte d'éclair aussitôt évanoui. Elle se baissa pour
monter dans une voiture arrêtée au pied des marches. Sur la portière

brillait un écusson doré dont chaque quartier renfermait un symbole inconnu, le tout surmonté d'un heaume.

Le marié fit une brève halte pour serrer la main d'un invité. Elstree était âgé — la quarantaine — mais cela, Paul le savait déjà.

Lorsque les voitures commencèrent à partir, il enfonça les mains dans ses poches et s'éloigna. En cet instant il haïssait William Vann Elstree, il aurait voulu pouvoir le faire souffrir physiquement. Elstree lui avait volé Juliette. Paul repensa aux bras doux de la jeune femme autour de son cou, cette unique nuit au Radigan. Puis il la vit avec son mari dans le lit nuptial...

— Bon Dieu, murmura-t-il.

Il s'appuya contre un réverbère, ferma les yeux. Un objet dur lui cingla les jointures des genoux. Un policier au visage en sueur et armé d'une longue matraque le considérait d'un air menaçant.

— On ne traîne pas par ici. Si je t'y reprends, la prison t'offrira l'hospitalité pour la nuit.

Paul hocha la tête, et s'éloigna en boitillant. Il prit la direction du Levee, plein d'amertume et de désespoir.

La perspective d'une bonne carrière s'ouvrait pourtant devant lui. Wex Rooney et Sid Shadow lui avaient fait ce cadeau. Il pouvait avoir des tas de filles, sauf celle qu'il voulait. Madga, de *Die goldene Tür*, ne lui avait-elle pas prédit qu'il en serait ainsi ? « La vie nous joue parfois de drôles de tours, Pauli... »

Il continuerait. La vie vous jouait des tours mais elle exigeait aussi qu'on les endure. C'était un devoir fondamental auquel on était confronté chaque matin en s'éveillant. Que vos rêves se fracassent, que votre famille vous chasse, que vous perdiez l'être que vous aimez, et avec lui tout espoir de trouver le havre tant espéré... il fallait continuer.

Mais Dieu que c'était douloureux !

76

Elstree

Le wagon de chemin de fer privé, *l'Orgueil de Petoskey*, filait vers l'est dans la nuit de cette fin d'été, accroché à l'express de luxe de New York Central. Il avait été construit par Pullman selon les directives du père de William et portait le nom d'un lieu de vacances en vogue où les Elstree avaient autrefois possédé une villa. Mais l'aiguille de la boussole mondaine tournait follement d'une année à l'autre — indiquant Newport, puis Saratoga, puis Tuxedo — et la famille avait délaissé Petoskey pour la toute dernière station à la mode, Southampton Village, sur la côte sud de Long Island. Elstree brûlait de passer sa lune de miel dans la propriété familiale au bord de l'Océan.

Le millionnaire fumait un petit cigare en s'attardant devant une tasse de café noir amer, préparé exactement comme il l'avait ordonné. Assis à la table située à l'arrière de la voiture, il pouvait se voir de profil dans la vitre barrée d'un rideau à mi-hauteur. A droite, un panneau du bois de rose qui lambrissait toute la voiture offrait un reflet plus terne, plus flou.

De derrière lui parvenait le doux cliquetis de la vaisselle que Melton lavait dans la cuisine après avoir servi le dîner tandis que le train traversait le nord de l'Indiana. C'était un Noir de soixante-deux ans qui dormait sur une étroite couchette, à côté de la cuisine. Dessous, un générateur bourdonnait jour et nuit, alimentant des lampes qui diffusaient une douce lumière électrique.

La partie avant était occupée par une grande chambre et un cabinet de toilette séparé. On entrait et on sortait de cette chambre par une porte située à chaque extrémité. Toutes les portes de la voiture pouvaient être fermées à clef. La populace voyageant dans les trains auxquels était accroché *l'Orgueil de Petoskey* n'avait pas accès au domaine privé d'Elstree.

Commençant à s'impatienter, il ôta son monocle, l'essuya avec une serviette de lin ornée de la couronne familiale, blanc sur blanc, et finit son café. Puis il s'installa dans un des gros fauteuils pivotants vissés au sol à travers un tapis persan au motif éteint. Comme tous les intérieurs victoriens, ce petit appartement sur roues était encombré de sièges tendus de tissu ou de cuir, d'ottomanes, de petits tabourets coûteux, de plantes et de palmiers en pot, de coffrets à cigares, de chiens en porcelaine, de porte-journaux en rotin, voire parfois d'un orgue miniature.

Elstree ne voyait rien de tout cela ; son regard demeurait fixé sur la porte de la chambre. Juliette s'y était enfermée aussitôt après avoir fini sa tranche de gâteau de mariage blanc glacé au coulis de fraises. On pouvait supposer qu'elle se préparait pour son époux, mais nom d'une pipe, avait-elle besoin de trois quarts d'heure pour ça ?

Melton apparut. Arthritique, il claudiquait un peu.

— Monsieur aura besoin d'autre chose ce soir ?

— Non, merci. Excellent dîner.

— Monsieur est trop bon. C'est un privilège de le servir. Encore une fois, toutes mes félicitations, monsieur. Je vais me coucher, maintenant.

— Je n'entends plus le cabot.

Juliette avait tenu à emporter son satané chien Rudy, qui avait aboyé pendant tout le repas, enfermé dans le minuscule réduit de Melton.

— Non, monsieur. Il dort dans son petit panier. J'aime bien l'avoir avec moi.

Elstree dissipa de la main la fumée de cigare flottant autour de son visage.

— Ouvre une des fenêtres de quelques centimètres, je te prie. Tu nous apporteras le café à huit heures demain matin.

— Oui, monsieur. Je m'occupe de tout.

Quand le domestique baissa la vitre, le bruit du train s'amplifia, l'air dispersa rapidement la fumée. Melton se retira. Le regard d'Elstree revint à la porte en bois de rose. D'où il se trouvait, il pouvait compter les petites incrustations carrées qui représentaient une urne grecque au centre du panneau. Cent quarante-six — il les avait déjà comptées deux fois.

Il croisa les jambes sous son peignoir en soie, réprima un bâillement. La journée avait été longue et épuisante, comme il s'y attendait. Déconcertante aussi, ce qui l'avait surpris. La mère de Juliette avait fait naître en lui un soupçon qui continuait à le tourmenter.

La cérémonie à l'église Saint James s'était déroulée sans incident. Elstree et sa jeune fiancée de dix-neuf ans avaient échangé leurs serments devant l'autel flanqué de gigantesques compositions de roses et de lis, d'orchidées et de fleurs d'oranger artificielles. A la fin, il avait posé un chaste baiser sur les lèvres fraîches de Juliette, sans obtenir la moindre réaction de sa part.

Après la cérémonie à l'église, les mariés, les parents et les amis s'étaient retrouvés chez les Vanderhoff. Il y avait trois cents invités, autant que la maison pût en contenir. La réception aurait pu avoir lieu dans la salle de bal du premier étage mais Nell Vanderhoff s'y était opposée. Ce morveux de Ward McAllister, à qui l'on devait l'expression les « Quatre Cents de New York », raillait les Chicagolais pour leurs salles de bal au premier étage.

On avait provisoirement relégué le mobilier du rez-de-chaussée dans un garde-meuble pour y dresser le buffet et les fontaines de champagne en argent. Tandis que le maestro Theodor Thomas et une demi-douzaine de ses meilleurs musiciens jouaient des sérénades dans un coin du jardin d'hiver, chacun se gorgeait d'huîtres et de palourdes, de caviar sur toasts, d'asperges et de blanc de faisan, de camembert et de café turc, de fraises nappées de chocolat et d'une douzaine d'autres mets peu communs. Nell Vanderhoff avait banni le porc sous toutes ses formes.

Elle avait plusieurs fois tourné autour de son nouveau gendre au cours de la fastidieuse réception de trois heures. Elstree reconnaissait qu'elle était riche et qu'elle occupait une position importante mais il ne l'aimait pas. D'abord, elle lui avait infligé le récit détaillé de ses diverses maladies, puis elle avait montré une suavité feinte tout à fait déplaisante en insistant sur la chance qu'il avait d'épouser sa fille.

— Depuis toujours, je prends soin de la beauté de Juliette, en particulier de ses cheveux.

— Oui, ils sont superbes, avait-il convenu en regardant autour de lui.

— Juliette est une enfant sans tache, William, lui avait-elle glissé à voix basse. Absolument sans tache. Veuillez en tenir compte.

— Je n'y manquerai pas, mère.

Deux fois au cours de la réception, elle l'avait rejoint pour lui tenir exactement les mêmes propos. La troisième fois, un doute l'avait soudain assailli. Elle avait utilisé la même expression une fois de trop.

Eh bien, il obligerait sa femme à lui révéler la vérité, avant d'exercer ses droits sur elle. Sa détermination se lisait dans le pli de sa bouche et l'éclat de son œil tandis qu'il fumait un autre petit cigare en recomptant les incrustations du bois de rose...

Malgré le bruit de la voiture sur les rails, il entendit clairement le cliquetis qu'il attendait. La clef tournant de l'autre côté de la porte.

L'invitant à entrer.

Raidi de désir, il brûlait d'envie de voir le lustre de la chevelure noire se répandre sur le corps mince dénudé pour son regard. Mais il devait d'abord dissiper les doutes engendrés par cette expression que Nell avait utilisée trois fois.

Elstree saisit la poignée en or de vingt-quatre carats de la porte en bois de rose et l'abaissa d'un geste à la fois brusque et impatient.

Comme elle était charmante ! Charmante et un peu effarouchée, debout près du lit qu'ils partageraient. Elle avait effacé toute trace de rouge et de poudre de son visage et sentait le frais, l'eau de toilette. Elle n'avait pas encore défait tous ses vêtements. Sous le peignoir de soie pêche, il distinguait le corset rose orné de dentelle au décolleté et de rubans aux épaules. Ses jambes étaient étonnamment fuselées dans leurs bas mauves et une jarretière blanche entourait son genou droit. Le sang monta aux joues d'Elstree.

— Ma chère, vous faites une mariée absolument ravissante.

Il se pencha pour embrasser et respirer la chaude courbe parfumée entre la gorge et l'épaule. Juliette s'écarta. Agacé, il recula lui aussi.

— Chère Mrs. Elstree, vous avez l'air préoccupée. Cette nuit entre toutes les nuits, vous ne devriez pas l'être.

— Bill, avant que nous... Bill, j'ai quelque chose à vous avouer.

Tel un gnome, la vieille Nell sautilla dans l'imagination d'Elstree, répétant de ses affreuses lèvres rouges les mots « sans tache ».

— Un coupable secret ? Vous ? Je ne peux le croire.

— Ne plaisantez pas. C'est déjà assez difficile comme ça.

— Alors, allez-y.

Juliette détourna la tête, souleva un rideau brodé, regarda défiler les lumières solitaires d'un hameau. Elstree observa le reflet anxieux de la jeune femme dans la vitre.

— Ma mère voulait que je vous abuse, ce soir. Je ne sais comment elle entendait que je procède, je n'ai jamais écouté ses explications...

— Continuez, dit-il, glacé.

Elle se redressa, serra le peignoir de soie sur sa poitrine et le regarda droit dans les yeux.

— J'ai eu... une aventure. Je ne suis pas ce que dans les romans roses on appelle...

— Sans tache ?

La férocité du ton surprit Juliette, qui porta une main à ses lèvres.

— Alors ?

— Oui, c'est l'aveu que je devais vous faire. Un homme attend certaines choses de la femme qu'il épouse. Vous vous êtes montré si doux, si attentionné pendant votre cour... (Il eut un sourire un peu suffisant.) Je ne peux vous tromper sur... sur ce que vous recevrez de moi.

Elstree avait choisi Juliette Vanderhoff parce que c'était l'une des femmes les plus attirantes qu'il eût jamais rencontrées. Elle ne l'était pas de façon vulgaire comme certaines des grues qu'il allait voir dans le Levee. Son charme résidait dans sa jeunesse, sa fraîcheur, son air chaste. Il avait cru qu'il serait récompensé de la cour ennuyeuse qu'il avait dû mener, des heures interminables où il lui avait fallu supporter sa pleurnicheuse de mère et son parvenu de père, quand il lui ravirait sa virginité.

Une virginité inexistante.

Il lutta pour maîtriser sa rage, garder un ton calme.

— Qui était l'homme ?

— C'est sans importance, Bill, répondit Juliette. Je ne vous révélerai pas son nom.

Il faillit la frapper.

— Vous comprenez que cela modifie totalement nos relations.

— Eh bien, j'espère. La franchise est toujours...

— La franchise ? Je me fiche de la franchise. Une marchandise d'occasion ne vaut pas mieux qu'une prostituée.

— Mais cela ne s'est passé qu'une seule fois.

— Une ou mille, c'est pareil. Je n'ai plus aucune raison de vous traiter avec respect. Déshabillez-vous.

— Bill — William — je vous en prie. Vous avez été si gentil pendant tous ces mois ! Je pensais que vous comprendriez.

— Oh ! je comprends ! répliqua-t-il. (Il ôta son peignoir, le jeta par terre, défit le nœud de son pantalon de pyjama.) Je comprends parfaitement, espèce de traînée. Maintenant, tu te déshabilles ou je t'arrache moi-même ces fanfreluches !

Elstree franchit la porte en vacillant. Du sang coulait de son front jusque sur sa joue droite. Quand il avait essayé de la prendre une seconde fois, la tournant sur le ventre et la relevant pour la mettre en position, Juliette avait saisi un miroir à main, l'avait brisé contre le montant du lit et avait menacé son mari avec un éclat de verre. Il avait réussi à lui faire lâcher prise, mais d'un bond elle s'était emparée du tabouret de la coiffeuse et l'avait frappé au front. Un instant, il avait été trop étourdi pour riposter et elle l'avait poussé dehors.

Il se tenait à présent dans le salon, nu et tremblant, le visage en sang, un gros hématome bleuissait déjà sur son rein droit, là où elle lui avait décoché un coup de pied en criant qu'elle ne le laisserait pas abuser d'elle à nouveau comme il venait de le faire.

Le train tanguait dans un bruit de ferraille. La main d'Elstree chercha à tâtons la nappe amidonnée dont Melton avait recouvert la table. Il s'en tamponna le visage puis la jeta et retourna à la porte.

— Juliette, ouvrez. Je suis votre mari. J'exige que vous me laissiez entrer.

— Je ne sais plus qui vous êtes. En tout cas, vous n'êtes pas celui que vous avez cherché à paraître. Je pensais que nous aurions une vie tranquille, à défaut d'autre chose. Quelle effroyable erreur ! Vous êtes une bête sauvage.

Il frappa le bois de rose.

— Laissez-moi entrer.

— Pour que vous recommenciez ? sanglota-t-elle.

Il martela la porte des deux poings en hurlant presque de rage.

— Mr. Elstree ?

Il fit volte-face. Melton passait la tête par le rideau de la cuisine.

— Qu'est-ce que tu regardes, sale Nègre ? Retourne là-dedans — non, attends. Où est le chien ? Apporte-moi ce bâtard.

Il alla à la fenêtre la plus proche de la porte de la chambre, l'ouvrit toute grande. Un violent courant d'air s'engouffra dans la voiture.

Tremblant, Melton amena Rudy au bout de sa laisse cloutée de saphirs, un cadeau de mariage d'Elstree à Juliette, bien qu'il détestât l'animal. Le millionnaire saisit le loulou, le glissa sous son bras, enroula prestement la laisse autour du chien.

— Maintenant, retourne te coucher, ordonna-t-il au domestique. Et ne reviens sous aucun prétexte ou je t'étripe vivant.

Tête baissée, Melton se réfugia derrière le rideau.

Elstree se tourna vers la fenêtre, le membre à nouveau raide comme une barre d'acier.

— Juliette ? cria-t-il par-dessus le rugissement du vent. Vous m'écoutez ? Il vaudrait mieux. J'ai votre sale petit cabot dans les bras. Appelle ta maîtresse, Rudy... (Il pinça méchamment le cou du loulou, qui aboya.) Vous l'entendez ? Maintenant, écoutez-moi bien. Je me tiens près d'une fenêtre ouverte. Si vous n'ouvrez pas, je jette votre chien. Il n'y a qu'un maître dans notre couple, et ce n'est pas toi, espèce de putain. Si tu n'ouvres pas immédiatement, je le jette sous les roues.

Pas de réponse.

Elstree saisit le chien par le cou à deux mains, passa les bras à l'extérieur.

— Je le tiens au-dessus de la voie. Dans une seconde, je le lâche.

La clef tourna dans la serrure.

Elstree ouvrit la porte et sourit en découvrant sa jeune femme, recroquevillée dans le drap de satin, la chevelure déployée sur les épaules. Ses yeux gris — le droit était déjà boursouflé — le regardèrent avec une expression proche de la terreur.

— Voilà qui est mieux, Juliette. Soumise. Comme il sied à une femelle. A une salope.

Il ferma la porte, laissa à la jeune femme le temps de voir son visage ensanglanté, son rein bleuissant, son érection gigantesque, puis il sauta au bout du lit.

Dans le salon, le chien courait en tous sens, mordillait le pied d'un cendrier, urinait à nouveau... Il se coucha sous la table avec un gémissement. Un bruit similaire s'éleva de l'autre côté de la porte en bois de rose.

77

Rose

A la fin de l'été 1896, la liaison de Rose avec Paul Dresser était une affaire classée, mais ils restaient bons amis et couchaient encore ensemble à l'occasion. Il l'avait aidée à trouver un petit appartement meublé au loyer abordable dans la Dix-Huitième Rue Est. Suivant son conseil, elle se faisait dorénavant appeler Rose French et avait ouvert un compte en banque à ce nom.

Paul avait également insisté pour qu'elle se mette à lire régulièrement. Elle parcourait essentiellement des journaux à ragots et des magazines féminins. Elle y glanait des informations sur la mode, apprenait à reconnaître — et à acheter — des imitations peu coûteuses de toilettes françaises dans les grands magasins.

Rose faisait de gros efforts pour améliorer son anglais. Elle devait beaucoup à Paul, elle lui devait entre autres son engagement chez Tony Pastor, dans son nouveau théâtre de la Quatorzième Rue. Paul avait personnellement parlé à Mr. Pastor, le roi des variétés, et il avait aidé Rose à travailler deux chansons pour une audition. Elle était maintenant « Rose French, la chanteuse internationale », et figurait au quatrième rang de l'affiche, juste au-dessus des chiens savants et de l'équilibriste, juste au-dessous d'un groupe de comiques irlandais. Certains soirs, Mr. Pastor s'accordait le plaisir de roucouler quelques ballades sentimentales qu'il avait composées.

Il donnait deux représentations par soirée à un public essentiellement composé de touristes et d'employés de bureau accompagnés de leur femme et de leurs gosses aux dents écartées. Transfuge du cirque, Pastor, rond et moustachu, avait modifié l'affiche traditionnelle des variétés pour attirer une clientèle plus familiale. On n'entendait jamais de chansons ni de blagues corsées dans son théâtre et, en coulisse, un panneau interdisait aux artistes d'invoquer le nom de Dieu dans ces lieux.

Malgré ces petites contraintes morales — toutes de pure forme, d'ailleurs —, travailler au Pastor était excitant. La salle se trouvait en plein cœur du quartier des théâtres new-yorkais, dans la Quatorzième

Rue, près de la Troisième Avenue. La célèbre Académie de musique n'était qu'à quelques pas à l'ouest, et quand il faisait beau, on pouvait se mêler à la bande de comédiens au chômage qui traînaient devant Morton House dans l'espoir d'obtenir du travail. On avait donné à cette partie de la rue le surnom affectueux de Marché aux Esclaves.

Le théâtre de Pastor était un bel établissement bien tenu, installé au rez-de-chaussée d'un immeuble de brique rouge rehaussée de marbre blanc. Des colonnes corinthiennes blanches ornaient son portique ; des portes de verre biseauté et des dalles de marbre blanc donnaient du style à son hall. L'arc imposant de son proscenium était décoré d'un bas-relief représentant la muse Terpsichore.

Le bâtiment lui-même appartenait à la Tammany Society [1]. Souvent, les plus importants de ses sachems, des chefs indiens corpulents aux yeux rusés, occupaient des loges que le directeur mettait gracieusement à leur disposition. Pastor avait lié amitié avec chacun d'eux.

Récemment, pour vider son théâtre, Pastor avait commencé à projeter de courtes séries d'images animées à la fin du programme — cela en réponse à une initiative comparable du Koster & Bial dans la Vingt-Troisième Rue Ouest. Pour Rose, les images animées n'étaient rien de plus qu'une nouveauté divertissante. Elle s'intéressait davantage aux messieurs riches qui louaient de temps en temps une loge privée à cinq dollars.

Même dans un établissement aussi prospère que le Pastor, le cachet de Rose ne lui permettait pas de vivre aussi luxueusement qu'elle l'eût souhaité. Son salaire payait le loyer mais pas les petits extras : escarpins de cuir rouge ou bouteilles de vin fin. Elle gagnait de quoi s'offrir ces bagatelles en accordant ses faveurs aux messieurs des loges à cinq dollars qui la sortaient après le spectacle — un agent d'assurances du New Jersey ou le propriétaire d'un magasin de matériel agricole dans l'Indiana. Des hommes mariés, pour la plupart. Ennuyeux et inoffensifs, mais néanmoins assez subtils pour saisir les petites allusions qu'elle leur faisait quand ils partageaient son intimité. Ils laissaient en général vingt ou trente dollars le lendemain matin, sur l'oreiller si elle dormait encore, sous sa jarretière si elle s'était levée pour faire du café.

Elle acceptait cet argent mais uniquement comme un cadeau, une marque de satisfaction. Elle n'était pas une prostituée ; les prostituées n'avaient aucune chance d'attirer le style de gentleman qu'elle cherchait : un homme riche, bien élevé, souhaitant vivre une liaison stable à New York, et prêt à payer pour.

Jusqu'alors, ce parangon ne s'était pas manifesté et Rose commençait à se décourager. Elle était d'humeur maussade en traversant l'Herald Square bruyante et animée en direction des bureaux de

---

1. Club politique du Parti démocrate, du nom d'un chef indien réputé pour sa sagesse et sa diplomatie. (N.d.T.)

Howley & Haviland, dans la Vingtième Rue Ouest, par un après-midi chaud et nuageux du mois d'août.

Elle s'était habillée avec soin car elle devait dîner avec Paul avant la première représentation au Pastor. Sa robe légère était d'un gris sévère, mis en valeur par un jabot blanc bordé de dentelle et une cape plissée de taffetas noir ; son chapeau de paille noire, incliné sur l'oreille gauche de manière coquine, était orné d'éventails de taffetas gris. Avec ses gants de chevreau blanc, son parapluie de soie noire et ses chaussures noires resplendissantes, elle offrait une image tout à fait respectable.

La firme Howley & Haviland était en pleine expansion, comme l'édition musicale en général. Pour des gens encore enlisés dans une crise qui n'en finissait pas, une partition à cinquante cents était une distraction bon marché s'ils possédaient un piano chez eux.

Howley & Haviland avait engagé un nouveau représentant à plein temps pour faire connaître les derniers morceaux de la maison dans les halls d'hôtel, les clubs politiques et les rayons consacrés à la musique des magasins importants. L'entreprise s'était également lancée dans une publication d'une autre nature : *Ev'ry Month, magazine illustré de littérature et de musique populaire.* Prix : dix cents. On y trouvait des critiques théâtrales, des articles sur la dernière mode, des ragots sur les « Quatre Cents », presque tous écrits par Theo, le frère cadet de Paul.

Paul ne cachait pas les raisons pour lesquelles il avait embauché son frère :

— Il est rapide. Il a été reporter — un bon reporter — à Chicago et ailleurs. Mais écrire ne lui a jamais rapporté que des clopinettes et il n'y a aucune raison pour que cela change. Il est content d'être à New York, de toucher un vrai salaire. Theo est un peu emprunté, mais c'est un bon garçon. Nous nous sommes toujours bien entendus. De temps en temps, il m'aide à écrire les paroles d'une chanson. J'aime bien l'avoir près de moi.

Theo avait vingt-cinq ans, quatorze de moins que Paul. Rose ne voyait en lui qu'un grand crétin dégingandé aux dents de lapin, mais c'était un véritable pondeur de prose, capable d'écrire toute la copie nécessaire pour entourer ce qui constituait l'ossature de chaque numéro d'*Ev'ry Month* : trois ou quatre partitions de chansons éditées par Howley & Haviland.

— On te donne trois partitions pour dix cents au lieu d'un dollar et demi. C'est pour ça que le magazine a un succès fou, expliquait Paul.

Comme d'habitude, toutes sortes de musiques différentes s'entrecroisaient dans les couloirs et bureaux de la firme. Paul sortit de son petit bureau pour accueillir Rose. Il l'embrassa sur les deux joues et la complimenta sur son élégance. Theo émergea timidement d'un autre bureau, marmonna un bonjour que Rose entendit à peine. « Un vrai nigaud, ce type », pensa-t-elle.

Dresser tira de sa poche quelques feuilles de papier jaune et les tendit à son frère.

— Voilà la copie pour la rubrique « Réflexions ». J'ai apporté une seule petite modification.

Theo cligna des yeux tel un hibou nerveux. Il avait de longs doigts blancs et légèrement tremblants. Par-dessus son épaule, Rose découvrit avec surprise deux yeux bleus qui la fixaient ardemment derrière la vitre de la cabine du pianiste. Le pâle jeune homme qui y travaillait avait une épaisse tignasse brune hérissée d'épis. Ce n'était pas le pianiste habituel, et il ne pouvait avoir plus de dix-huit ans. Manifestement séduit par le charme de Rose, il lui sourit. Elle leva le menton et lui tourna le dos.

— Qu'est-ce que tu penses de ma nouvelle, Paul ? demandait Theo.

— Je ne l'ai pas encore lue. Tu sais que je ne suis pas chaud pour publier de la fiction dans le magazine. Enfin, mes associés sont d'un avis différent. Ça avance, les paroles de cette chanson ?

— Non, avoua Theo d'un air triste. Je travaille dessus. Bonne journée, Miss French, dit-il en s'éloignant d'un pas lent.

Paul passa un bras autour des épaules de Rose.

— J'essaie d'écrire quelque chose sur l'endroit où Theo et moi avons grandi. L'idée est bonne, mais nous n'arrivons à rien de satisfaisant. Cela fait trois mois que Theo s'escrime sur les paroles ; de mon côté, j'ai juste le début du refrain...

Il la conduisit dans son bureau, joua quelques notes de piano d'une main et entonna :

— « Oh ! quel beau clair de lune ce soir le long de la Wabash... », etc.

— C'est joli.

Rosa ne trouva rien d'autre à dire. Elle doutait qu'on puisse faire un succès en parlant d'un endroit où les paysans ramassent la merde de cochon à la pelle.

— Assieds-toi, j'en ai pour une minute, fit Paul.

Elle ôta ses gants, s'assit dignement sur la chaise en bois. Chaque bureau de Howley & Haviland avait une grande fenêtre donnant sur le hall d'entrée. Se sentant à nouveau observée, Rose jeta un coup d'œil vers la cabine du pianiste. Le frêle jeune homme continuait à la dévorer des yeux en souriant.

Elle ne s'offusquait pas quand les hommes se montraient empressés — mais celui-là manquait de la plus élémentaire correction. Elle lui lança un regard noir avant de détourner la tête.

Paul termina son travail, enfila son élégante veste beige à revers de velours noir, décrocha son haut-de-forme et emmena Rose vers la sortie. En traversant le hall, elle jeta un coup d'œil à la cabine du pianiste. Le jeunot était parti. Dieu merci, elle n'aurait pas à croiser à nouveau son regard. Elle détestait les Juifs.

Après le dîner, Paul annonça qu'il la rejoindrait chez elle après la seconde représentation, « pour un peu de chaleur et de confort », selon sa formule. Rose fut ravie.

Après son numéro, une agréable surprise l'attendait dans sa loge : un grand panier d'osier débordant de roses jaunes. Elle chercha une carte, n'en trouva pas. Elle se rendit dans la loge du concierge.

— Zachary, quand ces fleurs sont-elles arrivées ?

— Pendant votre tour de chant. C'est pas un livreur, c'est un monsieur bien mis qui les a apportées. Il a dû voir la première représentation.

Encore un touriste en quête de compagnie. Toutefois l'entrée en matière était inhabituelle.

— De quoi il avait l'air ?

— Me rappelle pas sa tête, elle avait rien de spécial. Mais il était sapé, hein, et avec des bonnes manières. J'y ai demandé s'il voulait laisser une carte, il m'a répondu : « Il se pourrait que je le fasse une prochaine fois. » Ça m'a frappé, ça... « Il se pourrait. » Dans le quartier, on dit plutôt : « P'têt bien. »

Rose constata que chacune de ses visites chez Howley & Haviland ne faisait qu'accroître l'intérêt du jeune pianiste. Il surgissait de sa cabine pour la saluer, mélange de timidité et de nervosité. Six fois au moins, il marmonna : « Je m'appelle Harry Poland. » Rose ne l'encourageait jamais, elle reniflait au contraire d'un air hautain, ou détournait la tête, mais cela ne le dérangeait pas. Son éternel sourire était aussi radieux que chaleureux, mais Rose eût été la dernière à le reconnaître. Un soir au dîner, Paul lui apprit que Mr. Harry Poland se mourait d'amour pour elle.

— Eh ben, qu'il se trouve une gentille Miss Rebecca, parce que Rose n'est pas preneuse.

— Je le lui ai dit, s'esclaffa Paul. Il s'en fiche. Il a écrit une chanson pour toi, pendant son temps libre.

— Nom de Dieu ! s'exclama Rose, si étonnée qu'elle laissa tomber sa petite fourchette d'argent.

— Continue à surveiller ton vocabulaire, soupira Paul. Si tu es invitée un jour à une réception vraiment chic, tu ne pourras pas dire : « Nom de Dieu, Mrs. Astor. »

Un soir de septembre, vers sept heures, alors qu'une pluie drue tombait sur Manhattan, que le vent du nord soufflait dans les rues, Rose descendit d'un hansom et courut vers l'entrée de Howley & Haviland. Elle ne chantait pas cette semaine ; Pastor avait engagé une autre artiste. Cette Irish Tessie était bâtie comme un lutteur, elle possédait une médiocre voix de contralto, mais elle avait du succès parce qu'elle encourageait le public à chanter avec elle. Elle occupait le deuxième rang sur l'affiche, Mr. Pastor ayant abandonné la première place au Quatuor Cohan. La préférée de Rose était la jeune Georgie, une gosse maligne mais déjà un vrai cabot.

Rose devait retrouver Paul pour dîner avec lui. En montant l'escalier étroit et sombre, elle entendit un pianiste marteler un air martial, probablement une des nouvelles marches militaires de la maison d'édition.

Howey & Haviland fermait à six heures mais la porte d'entrée n'avait pas été verrouillée. Deux des petits bureaux étaient éclairés. Dans l'un, Theo dents-de-lapin corrigeait un feuillet dactylographié. Dans l'autre — le dos tourné, Dieu merci —, Harry Poland jouait la marche avec vigueur. Rose s'assit dans un fauteuil du hall en espérant que personne ne la remarquerait avant que Paul ne vienne la chercher.

La lumière d'un réverbère tombant sur les fenêtres striées de pluie dessinait des formes mouvantes, aqueuses sur les murs. Des formes tristes qui n'étaient pas en harmonie avec l'humeur de la jeune femme. Ces deux dernières semaines, son admirateur anonyme lui avait envoyé des roses tous les trois ou quatre jours. C'est un garçon livreur qui les apportait, l'homme n'était plus jamais revenu en personne. Lundi prochain, Rose remonterait sur scène, et elle rayonnait de plaisir anticipé.

Une lampe de bureau se refléta dans les lunettes de Theo quand il se redressa, s'étira et bâilla. Remarquant Rose dans la pénombre, il passa dans le hall et alluma la lumière.

— Bonsoir. Je ne vous avais pas vue.

— Vous savez où est Paul ? Il est en retard, répliqua-t-elle, irritée.

La clarté soudaine avait interrompu la musique dans le bureau de Harry Poland. Il pivota sur son tabouret, sourit, agita la main.

— Il est allé à l'hôtel Broadway voir un chanteur pour certains de nos nouveaux morceaux. Il a dit qu'il serait peut-être un peu en retard. Vous voulez boire quelque chose ? Il y a du café au chaud.

— Non, merci, Theo.

— Alors, je me remets au boulot. Ce soir, je suis le Prophète.

Theo écrivait pour *Ev'ry Month* sous divers pseudonymes, notamment le Prophète, le Cynique, l'Optimiste. Bientôt sa machine à écrire reprit son lent cliquetis. Quel serin, vraiment.

— Miss French ?

Oh ! non, juste ce qu'elle craignait. Elle se tourna vers lui avec un dédain étudié.

— Mr. Poland.

— Vous ne voulez pas m'appeler Harry ?

Elle ne répondit pas.

— Venez par ici si vous avez une seconde.

C'était un Juif d'Europe centrale, probablement ; elle n'y connaissait pas grand-chose. Son accent était léger, il prenait peut-être des leçons d'anglais.

— Mr. Poland...

— S'il vous plaît. Je travaille sur une de mes chansons. Pour le moment, j'ai juste composé la mélodie. Vous voulez bien l'écouter ?

Les yeux bleus et le sourire radieux triomphèrent de la résistance de Rose, qui le suivit jusqu'à la porte de la cabine.

— Asseyez-vous, je vous en prie, dit-il, dansant d'excitation.

Il débarrassa une chaise d'une pile de partitions qu'il jeta par terre, plaça soigneusement le siège à un bout du piano, et invita Rose à s'y asseoir d'un grand geste de mousquetaire ôtant son chapeau à plume. « Quel abruti ! » pensa Rose.

Mais elle s'assit.

Transporté de joie, Harry Poland s'installa sur son tabouret, feuilleta frénétiquement le paquet de partitions posé sur le pupitre de l'instrument. Il trouva celle qu'il cherchait, une simple feuille couverte de notes et de traces de gomme.

— J'espère que ça vous plaira.

Il entrecroisa les doigts, fit craquer ses jointures, ajusta ses manchettes et commença à jouer.

L'air était joli, elle devait le reconnaître. Mélodieux, et assez entraînant, bien qu'il eût choisi un tempo lent. Il le joua une fois, revint au pont, joua à nouveau la dernière partie, pianissimo. Le claquement de la porte de Theo ponctua la fin du morceau.

— Alors ? demanda Harry Poland.

Rose entendit un tremblement dans ce seul mot.

— C'est gentil, répondit-elle, d'un ton soigneusement indifférent. Combien ça vaut ?

— Combien ? répéta-t-il, médusé.

— Combien d'argent ça rapportera ?

— Ça, je n'en sais rien, je sais juste qu'il me plaît, répondit Harry. (Il sourit bravement.) Vous avez remarqué le titre ?

Il lui tendit la partition et elle vit, écrit en lettres majuscules : « ROSIE. »

— Je n'ai pas encore travaillé sur les paroles, mon anglais, il est pas ... il n'est pas très bon. Mais bientôt... Miss French, qu'est-ce que j'ai dit ?

Elle se leva, lui jeta la feuille à la figure.

— Vous m'avez insultée. Je m'appelle Rose, Rose French, pas Rosie. Vous avez écrit ça pour quelqu'un d'autre.

— Non, pour vous ! Rosie, c'est le nom qui vous va. Vous êtes Rosie.

— Écoutez...

— Rosie, ça claque, ça pétille, comme vous...

— Sale petit Youpin, tu as bu, ou quoi ? Garde tes chansons juives pour toi, ça ne m'intéresse pas.

Ses talons claquèrent sur un rythme aussi vif que celui de la marche qu'il avait jouée quand elle traversa le hall. Pourquoi Messrs. Howley, Haviland et Dresser ne flanquaient-ils pas ce petit youtre à la rue ?

Parvenue à la porte, elle se retourna. Theo la regardait par sa fenêtre, l'air perplexe ; Harry Poland se tenait immobile sur son tabouret, les épaules voûtées, l'air accablé. Plus de sauts de cabri, plus de sourire. Tant mieux. Peut-être qu'il lui ficherait la paix, maintenant.

Paul arriva en faisant résonner les marches, trouva la jeune femme sur le palier. Il portait son élégant habit de soirée et sa cape. Son haut-de-forme en soie étincelait de gouttes de pluie.

— Rose, qu'est-ce qu'il se passe ? demanda-t-il. Tu en fais une tête !

— Oh ! j'ai encore eu une conversation avec le nouveau pianiste.

— Harry t'ennuie ?

— Je l'ai remis à sa place, dit-elle, lui prenant le bras en haut de l'escalier raide. J'ai l'impression qu'il a compris que je n'aime pas les Israélites. Allons-y.

Il n'y eut pas de fleurs le soir où elle recommença à chanter au Pastor. Ni le lendemain. Nullement inquiète, Rose compta les heures jusqu'au troisième soir de la semaine. Pas de fleurs non plus.

Le samedi, elle céda au découragement. Son admirateur, qui qu'il fût, avait abandonné. Il avait probablement trouvé quelqu'un d'autre pour titiller sa fantaisie — et sa queue.

Sortant de scène après une seconde représentation franchement mauvaise, elle se heurta au vieux Zachary, le concierge, qui dansait quasiment d'excitation.

— Il a apporté un autre panier. Il est descendu d'un fiacre, il a couru jusqu'à la porte et il a dit de vous présenter ses plus tendres excuses, il a été retenu plusieurs semaines à Chicago. « Tendres excuses... » Z'avez déjà entendu parler aussi bien ?

— Bouge-toi de là, fit Rose, passant déjà devant lui.

Cette fois, il y avait trois douzaines de roses blanches dans un grand panier d'osier. Avec un nœud de satin blanc noué à l'anse. Et une carte.

Avec un nom.

W. V. Elstree III.

78

Joe Crown

En automne 1896, Joe Crown était dévoré par une idée fixe : il fallait vaincre William Jennings Bryan. Le gouverneur McKinley — le major, comme on aimait l'appeler dans la Grande Armée de la République — devait être élu président. Il ferait pour l'Amérique le choix sain de l'étalon or, protégerait le commerce à l'aide de tarifs douaniers draconiens et éradiquerait la menace d'une révolution populaire.

Son épouse étant de santé médiocre, McKinley déclara qu'il mènerait une campagne « sur le pas de sa porte ». Il s'adresserait à ses partisans et à ses admirateurs uniquement de la véranda de sa maison blanche de Canton, dans l'Ohio. Marcus Hanna et ses lieutenants républicains organisèrent donc des trains spéciaux pour Canton sept jours par semaine tandis que de vieux fidèles du Parti faisaient campagne dans tout le pays pour leur candidat. Joe rencontra un de ces porte-parole itinérants à une réception organisée à Chicago début septembre, Mr. Theodore Roosevelt, directeur de la police de New York.

Bien qu'il n'eût que trente-huit ans et qu'il mesurât moins d'un mètre soixante-quinze, il dominait l'assemblée, pourtant constituée d'hommes plus âgés et plus riches. Il avait une curieuse façon de sourire : il serrait les mâchoires, ouvrait la bouche sur une belle rangée de dents blanches puis gardait la pose.

Roosevelt avait eu, disait-on, une enfance marquée par la maladie. C'était impossible à deviner tant il était massif, sa poitrine puissante et ses bras épais semblaient toujours sur le point de faire craquer son costume. Adepte de ce qu'il appelait une vie intense, il avait vécu quelque temps dans les plaines du Dakota après la mort de sa première femme. Il y avait été cow-boy, s'était heurté à quelques personnages coriaces qui l'avaient surnommé « Quat'-z-yeux » et avait écrit un livre sur l'exploitation d'un ranch. C'était un météore dans le ciel républicain et il le savait.

Roosevelt s'adressa aux invités d'une petite estrade. Sa voix était aiguë, il déclamait plus qu'il ne parlait. Son style déconcertait jusqu'à ce que son charme et sa force de sa conviction vous emportent. Après l'allocution, Joe se présenta et les deux hommes prirent ensemble un verre de punch au whisky. Roosevelt ne but qu'une gorgée du sien.

Sur le chapitre de Bryan, il était féroce :

— Je suis absolument consterné par sa capacité à susciter la haine contre ceux qui possèdent du bien. Mais à qui s'adresse-t-il ? Qui vibre à ses discours ? Des gens que le malheur ou l'incompétence ont fait échouer dans la vie.

Les yeux gris-bleu de Roosevelt fixaient son interlocuteur comme pour le défier d'être d'un avis différent.

— Je ne me hasarderai pas à me prononcer là-dessus, dit Joe. C'est la question de la frappe de l'argent qui, de démocrate, m'a fait devenir républicain.

— Décision louable, quelle qu'en soit la cause. Nous devons stopper l'ascension de cet homme, Mr. Crown, et je consacre tous mes efforts à cette tâche. Je reviendrai dans le Middle West le mois prochain pour une rapide tournée électorale. Mon ami Cabot Lodge fera campagne, ainsi que Carl Schurz.

— Si je puis me permettre de changer de sujet un instant, Mr. Roosevelt...

— Ha ! (L'homme politique avait une façon de pousser cette exclamation qui ressemblait moins à un rire qu'à une explosion verbale.) Trop cérémonieux. Appelez-moi Theodore, je vous appellerai Joe.

— Volontiers, Theodore. Je voudrais vous demander si vous pensez que l'Amérique entrera en guerre contre l'Espagne.

— Je l'espère de tout cœur. Je range Weyler le Boucher dans la même catégorie que Bryan. C'est un fou qu'il faut mettre hors d'état de nuire. Pour élargir le point de vue, je crois qu'il faut préserver les intérêts américains et étendre la démocratie. La guerre est quasiment certaine. J'entends y participer selon mes capacités.

Le punch au whisky chauffait le visage de Joe. L'arôme des havanes que fumaient de nombreux invités avait quelque chose de grisant.

— Moi de même, dit-il.

— Ha ! Formidable ! Vous n'êtes pas trop vieux, loin de là. Nous en reparlerons à mon retour, en octobre.

Le lendemain à la brasserie, Joe fit un nouveau don au Parti républicain, de cinq mille dollars cette fois. Chez lui, il ne pouvait s'empêcher de parler du jeune Roosevelt et d'en faire l'éloge. Un soir à table, quand il aborda le sujet de l'Espagne et l'opinion de Roosevelt concernant Weyler, Ilsa se mit une main sur le front.

— Joe, Joe — ne recommence pas, je t'en prie.

— Que veux-tu dire ?

— Tu n'arrêtes pas de parler de lui. Roosevelt, Roosevelt. *Es ist eine fixe Idee.*

— Une idée fixe ? Tu trouves criminel de louer un homme qui a de l'intelligence et de la force de caractère ?

— Non, mais tu le fais si souvent... Franchement, c'est un peu ennuyeux.

— Peut-être que tu trouves ennuyeux tout ce que je fais.

— Joe, arrête. Ce n'est pas du tout ça.

Assise à la longue table, Fritzi triturait nerveusement la nappe au crochet.

— Je n'aime pas ce Mr. Roosevelt et ses rodomontades incessantes. Pourquoi devrions-nous ne serait-ce qu'envisager une guerre à Cuba ?

— Parce que les Cubains combattent pour leur liberté.

— Et le trust américain du sucre voudrait que nous combattions pour protéger ses champs de canne. Miss Addams dit que...

— Miss Addams ! Tiens, en voilà une idée fixe. Une dont nous pourrions nous passer.

— Joe, j'aimerais que tu ne tournes pas constamment mes amies en ridicule. Ce sont des femmes cultivées, sensibles, dont les opinions...

— Sont totalement irréalistes.

— Tu ne me laisses même pas finir !

— ... sans rapport avec le monde de la réalité.

— C'est aussi ce que tu penses de moi, Joe ?

— Si tu es de leur avis, oui.

— Ah ! c'est parfait. La dernière fois que tu as vu Oskar Hexhammer, tu l'as accusé de vouloir la guerre. Maintenant, tu parles comme lui.

— Le problème cubain est différent. Les intérêts américains exigent...

— Pour l'amour du ciel, fais-moi grâce de tes discours ! s'exclama Ilsa.

Elle sortit de la salle à manger en courant tandis que Joe et Fritzi s'affrontaient du regard.

Les républicains menaient leur campagne comme une croisade contre l'antéchrist. Chaque militant ayant des capacités oratoires prit le train ou la route. Roosevelt parcourut le Michigan, l'Indiana et l'Illinois en octobre, tint un rassemblement au Coliseum le 15. Il apparut devant un auditoire fasciné de quelque treize mille personnes. Généreux donateur, Joe Crown avait bénéficié d'une place réservée à deux rangées de l'orateur.

Roosevelt invectiva et transpira pendant deux heures : Bryan et ses partisans étaient les héritiers spirituels des chefs sanguinaires de la Terreur qui avaient mis la France à feu et à sang. Le gouverneur Altgeld, allié de Bryan, avait accordé sa grâce à des assassins, et les lieutenants de Bryan comptaient parmi eux les politiciens les plus malhonnêtes de Chicago.

A la fin du discours, ce fut le délire dans la salle. « Teddy ! Teddy ! Teddy ! » Les républicains braillaient aussi fort et avec autant de ferveur que l'avaient fait les démocrates pour « l'orateur de la

Platte ». Joe quitta le Coliseum ragaillardi : Dieu merci, tout le pays n'avait pas sombré dans la folie révolutionnaire.

En octobre, les républicains eurent recours à une technique condamnée par les prédicateurs et que dédaignait même la catégorie sociale la plus basse, celle des acteurs. Trois jours avant le triomphe de Roosevelt au Coliseum, l'Olympia Music Hall de Hammerstein de New York présenta un film court de l'American Biograph Company intitulé *McKinley chez lui à Canton*. Avec la collaboration du candidat, il faisait revivre le moment où le gouverneur McKinley apprenait, chez lui, qu'il avait reçu l'investiture républicaine. On puisa en secret dans les caisses du Parti pour tirer des copies qu'on projeta dans tout le Midwest.

Le vieux Carl Schurz quitta sa retraite de Bolton Landing, au bord du lac George, dans l'État de New York, pour prendre la parole à Chicago dans les derniers jours de la campagne. Après le meeting, il dîna avec son ami Crown au restaurant allemand Schlogl, où Joe lui répéta l'opinion de Roosevelt sur la guerre, et son propre désir d'y participer.

— Crois-tu que je pourrais obtenir une nomination d'officier dans l'armée de terre ?

— Je ne peux t'aider, Joe. Je ne suis plus au gouvernement depuis des années.

— Allons, tu as gardé des centaines d'amis à Washington. Des gens influents. Et les républicains auront la présidence.

— Pourquoi ne pas solliciter ton ami Joe Cannon ? Depuis que l'oncle Joe s'est fait réélire, il y a trois ans, il est l'un des hommes les plus puissants de la Chambre. Écris-lui.

— Je l'ai fait. La semaine dernière. Mais je te sollicite aussi. Je considère cette question comme Grant et Sherman considéraient une bataille. L'objectif est de gagner. On n'engage pas un régiment quand on peut lever tout un corps d'armée.

— Tu te trompes encore d'adresse. Moralement et intellectuellement, je m'oppose à ce que ce pays impose sa volonté politique ou sa domination économique à des nations plus petites et plus faibles.

— Pourquoi, Carl ? L'expansionnisme est un principe avoué du Parti. Un point capital de son programme. C'est aussi l'opinion dominante dans la population.

— L'aberration dominante, plutôt. Elle rend les républicains presque aussi méprisables que Bryan.

— Quoi qu'il en soit, nous entrerons probablement en guerre. Tous les journaux le disent.

— Ce sont eux qui cherchent à la provoquer. Hearst, Pulitzer, toute l'équipe.

— Il n'empêche que si la guerre éclate, je veux la faire. Et je solliciterai toute l'aide que tu pourras m'accorder. Je ne t'ai jamais demandé la moindre faveur jusqu'à maintenant.

Schurz garda un moment le silence.

— Qu'en pense Ilsa ?

— Elle est contre. Résolument. Mais ça n'a aucune importance.

Carl Schurz posa sur son ami un long regard interrogateur puis se mit à rire.

— *Hartnäckig Deutsch !*

— Têtu ? Oui. Privilège du grand âge. Tu m'aideras ?

— Naturellement. Je peux m'opposer à une guerre mais pas oublier l'amitié. Je ferai tout mon possible, en souvenir du bon vieux temps.

79

Paul

Iz Pflaum projeta *Le Cannonball de la Wabash* un mardi soir après les numéros de variétés. Paul et Shadow, confinés dans une minuscule cabine confectionnée avec des rideaux dans le fond de la salle, faisaient des prières pour que le projecteur Luxographe ne tombe pas en panne. Mary tapotait nerveusement le dossier de son siège, au dernier rang, juste devant eux.

Iz Pflaum monta sur scène dans son habit de soirée pour présenter lui-même le film. Il prévint un public clairsemé que les personnes particulièrement émotives feraient bien de quitter la salle ou de s'accrocher à leur siège.

La mise en garde suscita des huées et des railleries. Personne ne se leva pour sortir. Dans la cabine, Shadow mit l'appareil en marche et croisa les doigts. Il y eut des cris et des hoquets quand l'écran de fortune s'éclaira, montrant l'image d'un train lancé à toute vitesse.

Le Cannonball grandissait, semblait foncer droit sur le public. Les détails du chasse-bestiaux étaient maintenant parfaitement visibles, ainsi que le drapeau de l'emblème, et même le slogan de la compagnie.

— Oh ! mon Dieu ! s'exclama Mary lorsque les spectateurs se levèrent et se ruèrent dans l'allée en hurlant.

Trois d'entre eux ne purent s'échapper puisqu'ils perdirent connaissance.

— C'était sensationnel ! Vous avez vu comme ça a vidé la salle ? dit Pflaum après qu'on eut ranimé les trois personnes évanouies avec de l'ammoniaque et qu'elles eurent quitté la salle en chancelant.

— Mais ce n'est pas le seul but de... commença Shadow.

— Excellent videur, colonel. Je veux dix de vos films dans une semaine. Je vous loue le projecteur, vous apprenez à mon neveu Herk à s'en servir. Rendez-vous demain à onze heures pour rédiger le contrat.

Les quatre membres de la Luxograph Company rentrèrent au Levee et, pour célébrer l'événement, burent beaucoup trop de bière.

Le lendemain matin, Paul, la tête douloureuse, demanda à Shadow :

— Où trouverons-nous tous ces films aussi vite ?

— Nous les fabriquerons, bon Dieu ! Pourquoi tu crois que je vous ai embauchés, toi et Jimmy ? Pour faire bien dans le décor ? Ne fais pas cette mine renfrognée, petit. Voilà ce que j'appelle des problèmes réjouissants. Nous sommes sur la bonne voie. Iz Pflaum criera si fort pour avoir des films Luxograph qu'il en pissera dans son froc — et qu'il ouvrira tout grand son portefeuille.

Paul ne se souvenait pas d'avoir jamais vécu semaine aussi frénétique. Pendant que Mary s'occupait de la salle, le colonel, Jimmy et lui couraient d'un bout de la ville à l'autre dans un chariot loué. Ils photographièrent *Averse d'été sur Jackson Park* et *Troupes à l'exercice à Fort Sheridan, Le métro aérien prend un virage* et *Le Chien dansant du professeur Milo*. Sur le toit, devant la toile de fond de fausses briques, ils tournèrent *Un paquet de poudre à éternuer*, avec Mary dans les éternuements. Elle avait un gentil talent comique, jugea Paul. Elle exécuta aussi avec beaucoup de grâce *La Danse de la Demoiselle Papillon*, numéro tout à fait respectable dans lequel elle portait un costume de trois épaisseurs et ne montrait rien de plus émoustillant que ses genoux.

Avec Jimmy et une « dame » du Levee comme interprètes, ils filmèrent *Lèvres en feu*, plagiat d'un des grands succès d'Edison où les comédiens de Broadway, May Irwin et John Rice, échangeaient un baiser ininterrompu sur trente-deux mètres de pellicule. A Elgin, ils tournèrent *Au travail dans la fabrique de montres* et, dans Clark Street, *Voilà le trolley*. Pendant que Paul plantait la caméra entre les rails, Shadow courait glisser une pièce aux deux policiers qui avaient bloqué toute la circulation à l'exception du trolley. Sur le trottoir, Jimmy bavardait avec deux filles à l'air déluré auxquelles il vantait ses talents de danseur.

— Amène-toi ici, Daws ! cria Shadow.

Jimmy s'approcha à pas lents.

— Magne-toi ! explosa le colonel. Je te paie pas pour baratiner les poules pendant le boulot.

Écarlate, le jeune homme grommela :

— Vous voulez que je tourne la manivelle ?

— Fritz le fera, il a un coup de poignet plus régulier. Toi tu tiendras le trépied. Grouille-toi, bon Dieu, il arrive ce foutu trolley !

La première série de « videurs » fut un succès, même s'il fallait attendre deux minutes entre chaque film. Iz Pflaum en réclama d'autres — cinq nouveaux films tous les quinze jours. Shadow loua sa salle à deux commerçants d'âge mûr du Levee. Il enleva personnellement les cartes de l'appareil montrant le *Rêve chinois* et ferma l'arrière-salle. Il ne tenait pas à ce que des flics ou des militants de la croisade contre le vice viennent troubler sa vision d'un grand empire de la photographie — dans lequel la pornographie au rabais n'avait plus sa place. Il rebaptisa sa société du nom d'American National Luxograph Company.

Profitant de cette vague ascendante, Shadow imposa à ses employés aussi bien qu'à lui-même un effort sans précédent. Il trouva un laboratoire capable de traiter de la pellicule en rouleaux, lui fit développer ses négatifs et tirer des copies. Les journées n'étaient cependant pas assez longues pour courir aux quatre coins de la ville tourner des « actualités » d'une minute, comme le colonel disait maintenant, et s'atteler en même temps à la fabrication d'un deuxième projecteur. Il avait en effet été contacté par un théâtre de variétés d'Indianapolis qui avait entendu parler du succès de Pflaum et voulait l'imiter.

Pendant tout l'été et le début de l'automne, Paul vécut dans un tourbillon épuisant. Il dormait quatre heures par nuit, cinq s'il avait de la chance. Chaque matin, Paul, Jimmy et le colonel sortaient à six heures, titubants de sommeil, pour filmer jusqu'à ce que la nuit tombe.

Le soir, ils dressaient la liste des sujets à tourner jusqu'à une ou deux heures du matin. *Le Défilé des cyclistes, La Police des parcs à l'exercice.* Paul avait lu un article sur un film des Lumière, *Le Grand Canal de Venise,* tourné d'une gondole, ainsi que sur *Les Chutes du Niagara,* qu'Edison avait filmées depuis une voiture d'observation de la ligne des gorges du Niagara. Il en sortit *Sur le lac,* plaisante promenade sur les eaux ensoleillées de Lincoln Park. Pour éviter que Jimmy ne grogne, Paul promit de ramer tandis que Jimmy tournerait la manivelle à l'avant de la barque. Daws lui-même avait eu l'idée d'un sujet — *Les Bulles de savon* — que Shadow, en privé, qualifia de simplet, mais que le public appréciait et applaudissait. Un jour sans vent, le colonel avait placé sa caméra sur le toit de façon que le soleil fît chatoyer les bulles que ses deux assistants faisaient tournoyer devant l'objectif. Pour un homme qui s'était formé tout seul, Shadow avait un œil remarquable.

Paul apprit énormément en l'observant. Il s'efforçait de trouver des arrière-plans plaisants, et réfléchissait aux mouvements possibles de la caméra. La nuit, au lieu de dormir, il imaginait des plans et les visualisait selon l'angle dans lequel il plaçait sa caméra.

Les concurrents filmaient de courtes transpositions de pièces de théâtre, ce qui amena Paul à penser à Fritzi et aux auteurs qu'elle admirait. Au cours d'une de leurs séances tardives de recherche de sujets, il avança le nom de Shakespeare, presque par défi. Shadow s'emballa.

— J'aime pas les histoires mais ce gars-là est unique. J'en ai entendu parler par des acteurs que je connais. Laisse-moi réfléchir... (Il se massa les tempes.) C'est quoi la pièce où le moricaud tue sa femme ?

— *Othello,* je crois.

— Bon, on essaie.

Ils engagèrent un Noir, William Soames, qui gagnait sa vie comme homme de peine dans plusieurs bars du Levee. D'un naturel doux et timide, il était puissamment bâti, avec des épaules et des bras imposants. Shadow embaucha aussi une prostituée du coin appelée Katie Favors, une petite blonde bouclée. Elle rechigna d'abord à travailler avec un homme de couleur, puis changea d'avis lorsqu'elle apprit qu'il s'agissait de tourner un de ces nouveaux films.

Sur le toit, vêtu d'un peignoir sur lequel Mary avait cousu des cheveux d'ange de Noël, le Maure de Chicago s'avança nerveusement vers une Desdémone de maison close tout aussi tendue. Katie Favors portait une chemise de nuit gris clair avec un col de dentelle qui dévoilait sa gorge blanche. Elle était tout à fait séduisante — « Elle a presque l'air innocent », pensa Paul. Le faux mur de brique, repeint avec des arcades orientales, servait de toile de fond. Le seul accessoire était le lit de Paul.

— Étrangle-la ! cria Shadow quand ils commencèrent à tourner.

— Je ne veux pas vous faire mal, Miss Favors, bredouilla Soames en posant maladroitement sa main droite sur le cou de Katie.

Il découvrit ses dents ; elle battit des cils ; ils oscillèrent, l'air plutôt hésitant. Finalement, Soames poussa sa victime sur le lit où elle tourna la tête et expira.

— Pour l'amour de Dieu, Willie, on dirait que tu caresses une poupée en porcelaine ! s'emporta Shadow. Cette garce t'a trahi. Elle s'est mise au pieu avec un autre type — pas vrai, Paul ?

— Du moins, il le croit. En fait...

— Ça te rend fou de rage, Willie. Alors bouscule-la ! Roule des yeux ! Grogne ! Ça coûte des sous, un film. Joue-le bien ce coup-ci ou tu ne seras pas payé.

Fouetté par ces mots, Williams Soames se livra à un numéro qui arracha des applaudissements à tout le monde. Serrant le cou de Katie Favors à deux mains, il la secoua avec une telle force qu'elle murmura des jurons d'une voix étranglée. Il roula des yeux et grinça des dents comme on le lui avait demandé. Un filet de salive coula de sa bouche, mettant Shadow en extase. Katie fournit elle aussi un effort supplémentaire en agitant les jambes et en se convulsant sur le lit avant de rendre le dernier soupir.

Quand Paul cessa de tourner la manivelle, William Soames s'agenouilla auprès de Katie, lui frictionna les mains et s'excusa de l'avoir traitée aussi brutalement. Elle se redressa, frotta son cou rougi.

— Oh ! ça va ! Avec un peu de lotion, ça s'arrangera. Moi-même, j'y ai cru. C'était plutôt marrant, non ?

Lorsque *La Mort de Desdémone* « de William Shakespeare » fut projetée pour la première fois au Pflaum, le film fit sensation. Des spectatrices se voilèrent la face en criant ; des spectateurs braillèrent : « Lynchez-le, ce sale Nègre ! » Effrayé mais fier de sa performance, le gentil Soames dut sortir furtivement par une porte latérale.

Paul était assis dans le noir, captivé. Il regardait Mrs. McKinley, installée dans un gros fauteuil à bascule d'osier. Puis la porte de la véranda s'ouvrit, le major sortit, suivi d'un autre gentleman. Les applaudissements du public saluèrent l'apparition du candidat.

— L'autre, c'est son secrétaire, George Cortelyou, murmura Shadow, sur le siège d'à côté.

Le major examina les télégrammes l'informant de son investiture. Apparemment satisfait, il les rendit à son secrétaire et ôta son chapeau. De sa poche il tira un grand mouchoir blanc, avec lequel il s'essuya le front et les joues. Le film s'arrêta, laissant un écran vide ; un rideau de velours festonné tomba des cintres. Les lumières de l'auditorium se rallumèrent, des applaudissements fusèrent et le public se leva pour sortir.

McKinley chez lui à Canton n'avait duré qu'un peu plus d'une minute. Les élections auraient lieu mardi, et le film serait ensuite probablement retiré de l'affiche. Paul et Shadow étaient allés le voir plusieurs fois pour en étudier la technique. Il n'y avait en fait pas grand-chose à étudier. La caméra, plantée sur un axe fixe, filmait le candidat. Néanmoins, cette réalité restituée fascinait Paul.

Shadow aussi.

— Voilà le génie du cinéma, Fritz, dit-il alors qu'ils remontaient l'allée. Des visages et des lieux réels, que personne ne pouvait voir avant. Les Français ont fait *Le Couronnement du tsar de Russie*, l'équipe d'Edison a filmé *L'Arrivée du vice-roi de Chine au Waldorf*. Tout le monde est dans les actualités.

— J'aurais bien aimé qu'on tourne ce film.

— Aucune chance. C'était la chasse gardée de la Biograph. Abner, le frère du candidat, a des actions dans la compagnie, de même que l'ancien président Harrison. En plus, le propriétaire de cette salle est républicain. On aurait peut-être dû tourner notre propre version. Il aurait suffi de trouver un type qui ressemble au major, de le filmer devant une belle maison blanche de la rive nord et de dire que c'est Canton. Pourquoi pas, finalement ?

William Jennings Bryan avait mené campagne comme un cyclone, parcourant le pays, galvanisant des milliers de personnes en prononçant son fameux discours. William McKinley était resté assis sous sa véranda de Canton et avait laissé d'autres faire campagne pour lui — y compris son double, un *Doppelgänger* sur une bande de celluloïd passant dans une boîte éclairée, image par image. Personne n'aurait su dire dans quelle mesure la projection répétée de *McKinley chez lui à Canton* pendant près de trois semaines dans plusieurs grandes villes avait influencé les élections. Seul le résultat fut parfaitement clair. Bryan recueillit six cent mille voix de moins que son adversaire. L'Amérique rendit aux républicains la haute main sur le Sénat et la Chambre. Les gens respectables pouvaient à nouveau dormir tranquilles ; le dragon du bimétallisme était terrassé.

Novembre amena des nuages et une pluie froide. Comme tous les Chicagolais, Paul sentait l'hiver dans le vent.

Shadow continuait à travailler à un rythme infernal, passant de la caméra à l'atelier, courant de ville en ville, cherchant des débouchés pour ses films, marchandant les contrats, luttant contre les compagnies concurrentes. La plus importante était l'Edison Vitascope, dirigée par l'équipe de Raff et Gammon, qui avait habilement exploité les appareils à images animées du Magicien sur le plan national.

Shadow plaça un troisième projecteur dans un théâtre de variétés de Louisville et signa un contrat pour un quatrième à Milwaukee. Il loua une mercerie vide à Peoria dans l'intention d'ouvrir sa propre salle. Il engagerait un opérateur-directeur pour un bas salaire, et reverserait tous les bénéfices à la compagnie. A supposer que les gens viennent. Les théâtres de variétés attiraient déjà un public important et Shadow percevait un petit pourcentage sur chaque billet vendu quand on projetait ses films. Mais cela ne signifiait pas que la salle de Peoria marcherait, le livre de comptes serait peut-être décoré à l'encre rouge. Peu importe, Shadow voulait essayer.

— Si tu restes le cul sur une chaise, t'arrives à rien. Or ma compagnie ira loin, tu peux me croire.

— Je vous crois, dit Paul.

Un matin de décembre, ils tournèrent pour le public local un film intitulé *L'Honorable Bains-Douches*. C'était une journée froide avec une lumière dure comme un diamant. Le soir même aurait lieu le bal du premier district à la caserne du septième régiment.

Présidé par Coughlin et Kenna, le bal était la principale opération de collecte de fonds destinée à financer la campagne électorale du printemps. Tous ceux qui faisaient des affaires dans l'un des quartiers du vice de Chicago devaient acheter des billets. Toute la nuit, les parieurs et les souteneurs, les maquerelles et leur bétail feraient la fête parmi les ballons et les confettis, danseraient sur un parquet ciré, boiraient et se livreraient à d'autres plaisirs dans des loges dissimulées derrière des rideaux.

Bains-Douches se présenta devant la caserne dans une tenue soigneusement choisie pour les festivités de la soirée, qui devaient commencer à huit heures. Paul regrettait de ne pas avoir une pellicule reproduisant la couleur, car Coughlin avait l'air d'un paon dans sa redingote vert tapis de billard, son gilet gris tourterelle, son pantalon et sa cravate lavande, ses gants roses, ses chaussures jaunes et son haut-de-forme noir.

Quand Shadow présenta son équipe, Bains-Douches dévisagea Paul puis Jimmy.

— Je vous ai déjà vus, les gars.

— Aux courses, répondit Daws.

— Nous nous sommes rencontrés pour la première fois au Temple de la Photographie, dit Paul.

— Exact. C'est nouveau, ça, pour vous deux, hein ? Les images qui sautent dans tous les sens. Moi, j'aime les machins modernes. Serrez-m'en cinq, dit Coughlin en tendant la main.

Suivant les directives de Shadow, Paul plaça la Luxographe de façon à filmer le conseiller municipal allant et venant devant le mur de pierre de la caserne. Ils furent constamment dérangés par des chariots qui livraient des tonnelets de bière et de vin.

— C'est pas formidable ? fit Coughlin en désignant les véhicules d'un geste théâtral. Le comble de la démocratie, pas vrai, les gars ?

— Continuez à marcher, s'il vous plaît, conseiller, cria le colonel dans un porte-voix que Paul n'avait encore jamais vu.

Il trouvait l'accessoire un peu ostentatoire, mais c'était tout Shadow. Pour l'occasion, celui-ci avait coiffé son plus beau sombrero blanc. Bains-Douches sourit et s'inclina vers l'objectif, une main sur la panse, l'autre dans le dos. Paul continua à tourner la manivelle jusqu'à la fin de la bobine.

— Les gars, c'était un plaisir, assura Coughlin en distribuant à nouveau des poignées de main. Je serai au premier rang du Pflaum pour la projection. Voilà un billet d'entrée au bal pour chacun de vous, et aussi des tickets pour boire à l'œil.

Paul secoua la tête.

— Merci, monsieur, mais je suis fatigué. Je ne crois pas que j'irai au bal.

— Bien sûr que si, tu iras, intervint Shadow en agitant son mégaphone. Tu ne peux pas rater ça, c'est vraiment un truc à voir. Tu passeras un sacré moment et tu en garderas un bon souvenir. A condition que tu chopes pas la vérole.

Le colonel avait raison.

A sept heures et demie, plusieurs milliers de personnes s'entassaient déjà dans la caserne. A dix heures, quand Bains-Douches et le Zigue prirent la tête du défilé autour de la piste, les réjouissances battaient leur plein. Paul était rentré mettre ses plus beaux habits et lisser ses cheveux à l'huile de Macassar. Il buvait à présent une chope de bière, fasciné par le spectacle.

Certains maquereaux étaient venus en redingote, d'autres en costume criard. Les jeunes prostituées portaient des tenues de toutes sortes : sabots et tresses blondes, tuniques d'Indiennes, robes de soirée ou robes de mariée. Une geisha au visage blême gratifia Paul d'un long baiser humide et murmura que ce soir, elle faisait ça pour rien. Il tapota l'échafaudage de sa chevelure d'un noir d'encre maintenu par des épingles à tête de nacre.

— Merci. Plus tard.

Les serveurs couraient en portant des plateaux pleins de chopes et de verres de whisky. Les danseurs tournoyaient sur la piste, passant de la valse à la scottish ou à la polka. Toutes les heures, un nouvel ensemble musical prenait place sur l'estrade. A minuit, quand l'orchestre allemand Bernhard arriva, Paul avait avalé pas mal de chopes. Pour descendre aux toilettes, il traversa une zone sombre et tomba sur un couple en train de copuler debout contre un mur.

En remontant, il croisa une petite grue blonde nommée Tippy qu'il avait connue à l'époque où il travaillait pour la blanchisserie. Ils s'embrassèrent avec chaleur. Elle avait un charme piquant qui lui avait toujours plu. Ils se tinrent par la main et il lui déroba quelques baisers après qu'ils eurent fait remplir leurs chopes. Quand les musiciens de Bernhard attaquèrent une polka, Tippy battit des mains.

— Paul, tu sais danser ça ?

— Oui, ma tante me l'a appris à Berlin, il y a des années. Mais je ne suis pas très doué.

— Ça fait rien, viens.

Jimmy, vêtu d'un costume écossais bon marché, passa près d'eux et entendit l'échange. Il tenait le bras d'une fille du Levee, la Grosse Marie, qui faisait honneur à son surnom. Fixant Paul des yeux, il dit à sa cavalière :

— Tu sais, Marie, je danse la polka depuis que j' suis haut comme trois pommes. Allez, viens, on va leur montrer.

— Seigneur, non, Jim, pas de concours, dit Paul, sur le ton de la plaisanterie.

— Qu'est-ce qu'il y a ? T'as peur d'avoir l'air d'un manche ?

Paul s'enflamma :

— Non, je n'ai pas peur. (Il passa le bras autour de la taille de Tippy.) Allons-y.

— Le premier qui arrête est un minable, lui lança Jimmy.

Il entraîna sa cavalière ahurie sur la piste cirée, la fit trotter au rythme de l'orchestre allemand. Paul et Tippy suivirent aussitôt. Agrippée au bras et à la taille de Paul, la petite blonde partit d'un rire étourdi, tandis que la Grosse Marie suait, rouge du front aux bajoues.

Paul fit tournoyer Tippy de plus en plus vite. Ravie, elle s'accrochait à lui. Ils tournaient et plongeaient, tournaient et plongeaient...

— Merde ! cria soudain Jimmy derrière eux.

— Il est tombé, fit Tippy.

Paul s'arrêta et entraîna sa cavalière sur le bord de la piste. Jimmy s'était relevé et s'appuyait à la Grosse Marie. Il claudiqua jusqu'à la loge la plus proche, s'y adossa et posa sa cheville droite sur son genou gauche pour la masser. Compatissante, la Grosse Marie lui toucha le bras ; Jimmy la rabroua violemment.

— On s'en va ? demanda Tippy.

Le bon sens souffla à Paul d'acquiescer, mais la bière et son ressentiment contre Jimmy l'emportèrent.

— Non. On danse.

Il se réveilla le lendemain matin dans le lit de Tippy et revit aussitôt le regard de Jimmy quand il avait recommencé à danser la polka. Un regard haineux.

Ce soir-là dans leur chambre, Jimmy lui lança :

— Je suis pas près d'oublier comment tu m'as ridiculisé devant tout le monde. Refaire un tour de piste après que j'étais tombé...

— Jim, je te dois des excuses. J'avais bu trop de bière...

— Je t'emmerde, j'ai pas besoin de tes excuses. A partir de maintenant, on bosse ensemble, mais on n'est pas amis et on le sera jamais. Pigé ?

Daws roula sur le côté et expédia son poing dans l'oreiller. Paul s'étendit en songeant tristement : « Comme s'il y avait jamais eu la moindre chance qu'on devienne amis... »

Paul écrivit plusieurs lettres à Wexford Rooney, qu'il confia à la poste restante de Charleston, en Virginie-Occidentale. Au début de 1897, il finit par recevoir une réponse.

> « A certains égards, la vie me traite moins durement qu'auparavant. J'ai trouvé une chambre dans la pension de famille d'une certaine Mrs. Lucille Suggsworth. C'est une personne intelligente, douée de talents culinaires que la plupart de ses pensionnaires sont incapables d'apprécier tant ils sont balourds. Elle est veuve depuis l'année dernière et nous sommes très proches, si tu vois ce que je veux dire.

La lettre se poursuivait par des plaintes :

> Ma servitude au Palais de la Photographie de Charleston est, comme je le redoutais, fort pénible. J'hérite, semble-t-il, des moutards les plus braillards et colériques que leurs imbéciles de parents veulent immortaliser. Hier, un de ces démons — un enfant de quatre ans — a planté ses petits crocs dans mon poignet alors que je m'efforçais de lui faire garder la pose. Dieu me préserve de la rage !
>
> Les mots me manquent pour décrire mon environnement, si ce n'est que cet endroit est un Sahara culturel. Les principaux sujets intellectuels dont on débat à Charleston sont les petits verres que le pasteur s'envoie en cachette et l'état de santé des animaux domestiques et du bétail de la ferme. Prie pour ma santé mentale.

Elle contenait les inévitables exhortations :

> Quoi que ce soit que tu entreprennes, n'oublie jamais ce mot essentiel : Honnêteté ! Honnêteté !
>
> J'espère de tout cœur que tu feras bientôt ta demande de naturalisation. L'Amérique est un grand pays — non, un pays inégalé. Je le proclame en n'ignorant rien des lacunes morales, juridiques et générales de notre système. Je le dis en sachant que le Peau-Rouge est privé de sa terre, que le Noir ne

bénéficie pas des droits qu'il a si durement acquis, que le Blanc lui-même est souvent traité comme un paria pour peu qu'il vienne de la mauvaise moitié du globe et qu'il parle avec un accent.

Il y a cependant en Amérique un idéal incomparable qui, bien qu'il soit loin d'être toujours mis en pratique — le sera-t-il un jour ? —, continue à nous donner de l'espoir. Aussi n'abandonne pas l'idée de devenir citoyen américain, même si certains aspects de la vie ici t'ont amèrement déçu.

Affectueusement,
W. Rooney.

Paul songea que son ami serait peut-être déçu lui aussi. Il resterait en Amérique pour en apprendre le plus possible sur son nouveau métier. Mais quant à se faire naturaliser, non. Maintenant qu'il avait perdu Juliette, cela ne l'intéressait plus. Le jugement que le boulanger de la Wuppertal avait porté sur l'Amérique semblait plus vrai que jamais.

En février 1897, le champion du monde de boxe des poids lourds, James J. Corbett, commença à s'entraîner pour défendre son titre contre Bob Fitzsimmons. Gentleman Jim rencontrerait le challenger le 17 mars à Carson City, dans le Nevada. Depuis des semaines, on ne parlait guère d'autre chose.

— Dommage qu'on ne puisse pas prendre le train pour aller filmer le combat, dit Paul un soir à table.

— Nous n'avons pas eu l'honneur d'être invités, répondit Shadow. Nous n'avons pas présenté les lettres de créance nécessaires, précisa-t-il, frottant le pouce contre l'index et le majeur. La Veriscope Company d'Enoch Rector a obtenu l'exclusivité du tournage.

Il enroula un spaghetti trop cuit autour de sa fourchette et l'aspira avec un *ffrt* sonore.

— Mais vous en faites pas, les enfants, reprit-il, on le tournera nous aussi.

Pour une fois, il retint l'attention de Jimmy, qui grogna :

— Hein ? Vous venez pas de dire...

— Le combat que nous allons filmer est ce que j'appelle une reconstitution. J'ai déjà loué l'endroit, une ferme, près de Wheaton. Je suis allé rôder sur les jetées à la recherche de remplaçants possibles. J'ai trouvé notre Corbett mais pas notre Fitzsimmons. Je le dégoterai, j'ai encore trois semaines.

— Vous voulez dire que nous allons faire un film truqué ? fit Paul.

Shadow parut offensé par le ton.

— Qui dirige cette boîte, toi ou moi ? Et ne crois pas que l'American National Luxograph soit la seule à le faire. J'ai reçu une lettre de Sig Lubin, de Philadelphie. Il a les mêmes intentions. Le film de Rector sera projeté dans une seule salle de Chicago. Qu'est-ce qu'Iz Pflaum est censé faire ? Rester à pleurnicher sans réagir ?

C'est un bon client — il mérite d'avoir lui aussi le film du combat. Notre version sera exacte et fidèle. A cent pour cent, conclut le colonel en frappant du poing sur la table.

Laissant Paul sans voix et Jimmy goguenard.

En avril, vingt jours après le combat et une semaine avant la date de présentation de la version authentique de Rector, ils se rendirent à Wheaton dans un chariot plein de matériel et de planches. Ils construisirent un ring branlant dans un champ et, le lendemain, alors que Jimmy, Paul et le colonel tendaient les cordes, les deux dockers arrivèrent. L'un ressemblait à un arriéré, l'autre exhalait une odeur de barrique.

Le lendemain matin, dans la grange où ils avaient tous dormi, les dockers enfilèrent collants et gants. Leur ressemblance avec les portraits gravés de Corbett et Fitzsimmons n'était pas frappante, loin s'en faut, même si celui qui incarnait le challenger était partiellement chauve.

La caméra fut hissée sur une plate-forme reposant sur des poteaux, à côté du ring. Shadow s'affairait et beuglait comme si ses deux costauds allaient livrer un vrai combat dont l'issue demeurait inconnue. Sous un hêtre qui n'avait pas encore bourgeonné, Mary gardait le panier de sandwiches au bœuf froid et l'eau Apolinaris en bouteille destinés aux « boxeurs ».

Cette fois le colonel se chargea personnellement de la caméra. Paul, assis sur un tabouret au bord de la plate-forme, tenait à la main un exemplaire du *Tribune*. Il avait lu une demi-douzaine de fois le compte-rendu de Carson City, dont il avait souligné les principaux passages. Jimmy se tenait à proximité, un sifflet d'arbitre autour du cou. Le fermier et son fils, à qui Shadow avait expliqué l'usage du seau d'eau et de l'éponge, tiendraient le rôle des soigneurs.

— Commence à lire, Fritz, dit le colonel, qui se mit à tourner la manivelle.

— *Première reprise. Gentleman Jim quitte son coin en sautillant tandis que le Cornouaillais s'avance d'un pas lourd. Fitzsimmons décoche un coup qui manque son but ; Corbett le touche d'un formidable direct du gauche.*

Se conformant au compte rendu, le docker dont on avait teint les cheveux en brun pour tenir le rôle de Corbett expédia un coup de poing qui fit chanceler le faux Fitzsimmons. Paul pensa aux propos de Wex sur l'honnêteté et sentit sa conscience le torturer.

— *Après un autre coup qui ne rencontre que le vide, le champion riposte par un uppercut encore plus percutant...*

Le simulacre se poursuivit, round après round, avec des interruptions pour recharger la caméra et laisser les acteurs se reposer. Dans le combat réel, Jim Corbett avait imprudemment baissé sa garde à la quatorzième reprise, et le Cornouaillais meurtri lui avait placé un crochet du gauche à l'estomac. Le coup — qualifié par la suite de coup au plexus solaire — avait envoyé Corbett au tapis pour le compte. Ils finirent de tourner le faux K.O. à une heure de l'après-midi, se congratulèrent et célébrèrent l'événement avec une cruche de mauvais whisky.

Le film « exclusif » de l'American National Luxograph fut présenté fin avril au Pflaum. Malgré la concurrence du film officiel de Rector, la version en dix-huit minutes de Shadow remporta un succès qui fit plus que satisfaire Iz Pflaum. Et qui fit perdre à Paul ses dernières illusions.

— Le public sait que c'est truqué ?

— Bien sûr qu'il le sait, répondit le colonel. Tu ne comprends pas, petit. Les gens s'en fichent. Pour la plupart d'entre eux, un film, quel qu'il soit, est encore une extraordinaire nouveauté.

— Comme vous me l'avez rappelé, c'est votre affaire. Mais je veux quand même vous dire ce que je pense. Au lieu de tourner de telles reconstitutions, nous devrions aller sur les lieux de l'événement et rapporter des images authentiques.

Mary avait fini de manger et se limait les ongles ; Jimmy piquait une saucisse de porc avec sa fourchette.

— Dois-je te rappeler qu'on ne nous a pas invités au match ? répliqua Shadow, sarcastique, en frottant à nouveau le pouce contre l'index.

— Mais il y a d'autres endroits où nous pourrions, où nous devrions aller. Vous l'avez dit vous-même le soir où vous m'avez engagé. Ça m'a beaucoup impressionné.

— Vraiment ? fit le colonel en observant son jeune collaborateur avec amusement. Tu penses qu'on ne devrait jamais faire de films mis en scène ?

— Si, dès l'instant que tout le monde sait qu'il s'agit d'une pièce ou d'une petite histoire. Désolé, c'est ce que je pense.

— Arrête, Fritz, tu nous les casses avec tes grands airs, maugréa Jimmy.

— Attends, poussons le raisonnement plus loin, dit Shadow. J'étais sûrement sincère quand je t'ai tenu ce discours, bien que, franchement, je me souviens pas trop de ce que j'ai dit. Je pense toujours que la Luxographe peut se déplacer partout. L'ennui, c'est que, pour le moment, nous n'avons pas les moyens d'aller beaucoup plus loin que les limites du comté. Nous sommes complètement à sec. Le moindre sou qui rentre sert à acheter du matériel pour fabriquer le projecteur. Ces reconstitutions — des faux, comme tu dis — font rentrer de l'argent. Et je te le répète, tout le monde fait la même chose. Smith et Blackton, à Vitagraph, ont filmé une cascade quelconque à Passaic, dans le New Jersey. Ils projettent leur film sur toute la côte Est en prétendant que c'est les chutes du Niagara, et le public en redemande. D'après ce que j'ai lu, personne jusqu'ici n'a levé la main en disant : « Attendez un peu, messieurs, mais c'est Passaic, ça. Je m'en vais ! » Si les gens croient que le faux est vrai, et si c'est plus facile de faire un faux, qui en pâtit ?

— Qui ? Je ne sais pas. Mais l'honnêteté en pâtit.

— D'accord, je vous enverrai Jimmy, la caméra et toi aux quatre coins du monde, mais quand ce sera possible. *Quand ce sera possible* — c'est tout ce que je peux te dire.

Paul ne répondit pas. Avec ses grands cernes sombres sous les yeux, Shadow avait l'air exténué. Ce n'était pas le moment de discuter de la philosophie des images animées. Peut-être que celle du colonel était juste, finalement.

— Mary, fit Shadow en bâillant, je peux avoir encore un peu de café ? J'ai besoin d'un coup de fouet avant de descendre.

— Qu'est-ce que tu vas faire ? Tu travailles sur le nouveau projecteur ?

— Oui, j'essaie de l'améliorer. Paul, tu veux m'aider ?

— Bien sûr.

Le regard de Jimmy ne cherchait pas à dissimuler ses sentiments envers son collègue. Quelle était cette expression que les Américains employaient pour parler des vieilles rancunes ? Du « sang mauvais ». Paul ne pouvait le nier, il y avait du « sang mauvais » entre eux.

Mary apporta du café au colonel et recommença à se limer les ongles. Au bout de quelques secondes, elle jeta tout à coup la lime sur la table.

— Mon Dieu, Sid, j'ai oublié. Tu as jeté un coup d'œil au courrier de l'après-midi ?

— Quand est-ce que j'en aurais eu le temps ? Je suis déjà content quand je trouve trente secondes pour courir aux cabinets.

— Il y a une lettre importante pour toi. Du moins, ça a l'air important.

— De qui ? De Sa Majesté la reine Victoria ?

— De l'Edison Manufacturing Company, dans le New Jersey.

Shadow blêmit.

— Qu'est-ce qu'ils peuvent bien nous vouloir ?

— Le grand Mr. Edison a dû entendre parler de ton travail. Ça l'a tellement impressionné qu'il voudrait un autographe.

— Mary, c'est pas drôle. Où elle est cette foutue lettre ?

80

Juliette

Un matin de juin 1897, Juliette et son mari prenaient le petit déjeuner sur la terrasse de marbre de Bel-Océan, la résidence d'été que le père de William avait fait bâtir à Southampton Village. Bien qu'il ne fût que huit heures et demie, la chaleur était déjà accablante. Des nuages moutonnaient dans le ciel. En bas de la pelouse, au-delà de la dune et de la plage privée, s'étendait l'Océan, le merveilleux Océan dont les vagues roulaient depuis l'autre bout du monde.

Julie portait un peignoir de satin matelassé trop chaud pour la saison. Son petit chien Rudy était niché dans son giron. Après s'être habillé dans sa chambre personnelle, Elstree était descendu en pantalon de flanelle blanche et veste écarlate, la tenue des membres du Shinnecock Hills Club, où il jouait au golf. Ce matin, il avait bridge à dix heures au Southampton Club, à deux cents le point comme d'habitude.

Si Elstree était bronzé et manifestement en pleine forme, Juliette avait le teint pâle et des cernes violets sous les yeux. Rien ne parvenait à les effacer, pas même dix à douze heures de sommeil par nuit. Sa chevelure brune, peignée, brossée, maintenue par un ruban blanc, tombait jusqu'à sa taille. Elle se coiffait ainsi tout le temps, sauf quand une mondanité quelconque requérait un arrangement plus sophistiqué. C'était une façon silencieuse et amère de dire : « Je suis une femme riche dont on n'attend qu'obéissance, manières gracieuses en société, aspect attrayant, et procréation d'un ou plusieurs bébés, de sexe masculin de préférence. »

Elstree la harcelait sur ce chapitre, tant en paroles qu'en actes. Elle avait déjà fait une fausse couche, au troisième mois de sa grossesse. Pendant des semaines elle avait eu des crises de larmes, elle passait de longues heures au lit en pleine journée, rideaux tirés, hantée par le souvenir de Paul. Elle pleurait le pauvre enfant sans nom qu'elle avait perdu et en même temps, une partie d'elle-même remerciait Dieu qu'il n'ait pas eu à connaître un père comme William.

Sans lever les yeux du *New York Times*, Elstree fit tinter sa sous-tasse à filet d'or avec sa tasse à filet d'or. Une servante postée près de la porte-fenêtre la plus proche se précipita avec un pot de café en argent.

— Y a-t-il du nouveau, ma chère ? demanda-t-il quand elle fut repartie. J'ai calculé que c'est à peu près...

— Non, répondit Juliette. Rien ce mois-ci.

« A Dieu ne plaise que cela change, avec ce que je viens de découvrir. »

— Vous savez combien je désire avoir un fils. Plusieurs, même, ce serait l'idéal. N'est-il pas vrai que ce genre de problème provient généralement de la femme ?

— Je ne suis pas experte en la matière, Bill.

« Évidemment un homme est sans défaut, il reproche par conséquent toute déficience à la femme. »

— J'aimerais vraiment que tu consultes un spécialiste. Je suis sûr qu'il y en a d'éminents en ville. Dois-je m'en occuper ?

— Non, je m'en charge.

« Plutôt être traînée sur des pierres brûlantes que de te donner un enfant. Je ne serai pas ta jument poulinière. »

Depuis la nuit de noce cauchemardesque dans la voiture de chemin de fer privée, l'automne précédent, il lui avait au moins épargné de nouvelles brutalités. Sans véritablement s'excuser, Elstree avait déclaré que sa conduite était due aux tensions du mariage et à un excès de champagne, boisson qu'il avait toujours mal supportée. Un mois plus tard, il fit valoir qu'il serait plus à son aise dans une chambre séparée et qu'il en irait sans doute de même pour elle. Quand il avait une envie à satisfaire, ou qu'il s'impatientait de la voir enceinte, il lui rendait visite pendant une heure. Il ne l'avait pas violentée depuis cette première nuit. Pourtant, il était capable de la terroriser d'un seul regard tant elle redoutait les fureurs qui pouvaient s'emparer de lui.

La main de Julie caressait machinalement Rudy. « Comment lui en parler ? Comment faire ne serait-ce que pour aborder le sujet ? »

Elle glissa les doigts dans la poche de son peignoir, toucha la feuille de papier, y puisa de la détermination. Elle ne pouvait laisser passer ça.

— Écoutez ces stupidités, dit Elstree en secouant le journal pour montrer son mécontentement.

Sous la balustrade de la terrasse on entendait cliqueter le sécateur de Henry Prince. C'était un Indien Shinnecock petit et trapu, aux cheveux bruns bouclés, et dont le nez et la bouche suggéraient quelque ancêtre noir. Né Prince Henry, son nom tribal, il avait décidé qu'une inversion rendrait son patronyme plus acceptable pour de riches employeurs. Henry vivait dans la réserve shinnecock avec sa femme et ses deux garçons, dans une cabane en bois, disséminée dans les pins.

— « Il faut à tout prix mettre fin au règne du Néron du XIXe siècle, le roi Weyler 1er », lut Elstree à haute voix. Quelle sottise, n'est-ce pas ?

Il jeta le journal sur la table de rotin vert. Le visage rond et brun de Henry apparut entre les balustres de marbre au niveau des pantoufles ornées de fils d'argent de Juliette. L'Indien sourit. Parmi les vingt-deux domestiques à leur service, c'était son seul ami. Elle allait parfois porter un panier de nourriture à sa famille quand Bill était en ville ou qu'il jouait au golf. Il n'aurait pas approuvé un tel geste, elle le savait.

Elstree tendit la main vers sa tasse, qu'il s'attendait à trouver pleine. Elle l'était.

— Qui citiez-vous, Bill ?

— Joe Wheeler, un général de cavalerie sudiste. Il fut l'un des derniers à renoncer après Appomattox. Cela fait des années qu'il représente au Congrès un district perdu de l'Alabama. Je le considérais comme l'un des hommes politiques les plus sensés de cette partie du monde jusqu'à ces déclarations.

— Weyler est le gouverneur de Cuba ?

— Oui. Je suis républicain mais je ne soutiens pas l'intervention militaire à Cuba. Que Weyler pende tous les révolutionnaires et tous les paysans qu'il veut, qui s'en soucie ? En revanche, si nous intervenons, nous nous retrouverons engagés dans une guerre qui pourrait se révéler catastrophique pour les affaires. Il se trouve que le sang a la même couleur que l'encre rouge.

La véhémence de la remarque amusa Juliette. William Vann Elstree III ne prenait aucune part à la gestion des grands magasins de la famille, il se contentait de dépenser les revenus énormes qu'ils lui procuraient. Il aimait cependant jouer au général qui élabore la stratégie de la compagnie.

La main de Juliette replongea dans la poche du peignoir. Elle avait la bouche sèche ; le café lui tordait l'estomac. Henry Prince continuait à faire claquer son sécateur en progressant vers le bout de la terrasse. Deux autres jardiniers ratissaient la pelouse.

Le millionnaire scruta le visage de sa femme et lui reprocha son air absent.

— Vous n'avez pas écouté la moitié de ce que j'ai dit sur Wheeler. Que se passe-t-il, je vous prie ?

La feuille, dans sa poche, lui brûlait les doigts. Elle regarda derrière elle ; la servante était rentrée à l'intérieur.

— Bill, qui est la personne qui signe de la lettre R ?

— Je crains de ne pas comprendre ce...

Elle tira le morceau de papier de sa poche d'un geste brusque qui fit tomber Rudy de ses genoux.

— J'ai trouvé ce mot signé R. C'est une écriture féminine. Il confirme un rendez-vous au Rector pour dîner.

Elstree regarda fixement sa femme.

— Je présume qu'il vous est adressé, poursuivit-elle. Les domestiques n'ont pas les moyens d'aller dîner au Rector.

— Où l'avez-vous trouvé ?

— Par terre, près du bar à liqueurs de la bibliothèque. Il est tombé accidentellement, je suppose.

— Donnez-le-moi, dit Elstree. (Il tendit le bras, claqua des doigts.) S'il vous plaît.

— N'ai-je pas droit à des explications ?

— Non. Donnez-le-moi, Juliette. Tout de suite.

Le mieux qu'elle réussit à faire pour exprimer sa colère fut de jeter le mot sur la table, entre eux. Le fauteuil d'Elstree craqua quand il prit la feuille et se leva.

— Bill, vous voyez quelqu'un à New York ?

— Vous n'avez pas le droit de me poser une question pareille.

— Je pense que j'en ai parfaitement le droit. Je suis votre femme.

Il fit le tour de la table, posa une main manucurée sur son épaule, doucement. Juliette en fut terrifiée.

— Ma chère, comprenez bien ceci. Les hommes sont les hommes, ils ont des droits et des privilèges bien définis. Le devoir des femmes est de se montrer tolérantes.

— Je vois. C'est ce qu'on appelle deux poids deux mesures, non ?

— Je n'en sais rien, chérie. Je sais seulement que c'est la façon dont je vis et je n'ai aucune intention d'en changer.

— Vous feriez bien, pourtant, Bill, sinon je...

Le sourire glacial d'Elstree la réduisit au silence. Il pressa son épaule assez fort pour lui faire mal, se pencha vers son oreille comme pour l'embrasser.

— Ne me menacez pas. Ne me menacez *jamais*. Je mène ma vie comme je l'entends. Vous êtes ma femme, vous hériterez de ma fortune, que voulez-vous de plus ?

Il l'embrassa sur la joue et ajouta :

— Après le bridge, j'irai en ville. Si vous avez besoin de me joindre ce soir, appelez au Princeton Club, comme d'habitude.

— Ils prendront le message pendant que vous serez au Rector ?

Il laissa ses mains pâles retomber le long de son flanc. Avec un regard terrifiant mais une parfaite politesse, il lâcha : « Au revoir, très chère », et partit sans se retourner.

Juliette monta à sa chambre, ferma la porte à clef, éteignit les deux lampes aux abat-jour plissés et frangés, tira les rideaux et demeura au lit jusqu'à midi passé.

Bel-Océan était une maison de quarante pièces dont l'architecture ressemblait à celle d'un manoir français. Juliette et son époux y résidaient, depuis juin. Après leur lune de miel, ils avaient passé l'hiver dans l'hôtel particulier d'Elstree à Chicago. Puis ils étaient partis deux mois à Palm Beach et en juin, le wagon de chemin de fer privé les avait menés de Chicago à Long Island.

De tous ces lieux, Juliette préférait Long Island. Elle aimait les landes sauvages qui s'étendaient vers l'est jusqu'à Montauk. Les arbres tordus par le vent, les étangs, les huttes en torchis goudronné des pêcheurs, les petites maisons en bois brut des cultivateurs de pommes de terre. Plus on s'avançait vers la mer, plus l'horizon devenait désolé. Le vent et le ciel, les falaises et les plages désertes, primitives, reflétaient sa propre solitude. A Montauk, un moulin délabré laissait ses ailes tourner lentement au gré des vents marins. On eût pu se croire dans l'Ancien Monde, où des trolls se cachaient dans des bois touffus, où des princesses se mouraient d'amour malheureux...

Southampton Village, au contraire, était mondain et snob. Les premières familles de l'élite fortunée s'y étaient installées vers 1875, et les membres de ce groupe fondateur qui vivaient encore avaient la plus haute opinion d'eux-mêmes. Ainsi Mrs. Goohue Livingston, d'Old Trees, par exemple, et sa petite coterie d'amies aussi vénérables qu'elle par le rang et par l'âge — on les appelait les Cuirassés, et le terme était heureux. Comme de grands navires de guerre gris, elles régnaient sur les eaux de la vie mondaine et patrouillaient à la recherche de bâtiments interlopes. La seule fois où Juliette fut invitée à prendre le thé chez Mrs. Livingston, la vieille dame lui déclara :

— Si l'on oublie les élevages de canards pestilentiels de Riverhead et les démocrates Tammany tout aussi malfaisants qui ont envahi Hampton Bays, c'est un véritable petit paradis que nous avons ici. Et nous avons la ferme intention de le défendre bec et ongles.

Juliette comprit vite qu'elle n'avait pas sa place dans ce cercle et qu'elle ne l'aurait jamais. Elle était la fille d'un homme prénommé Pork, dont les origines du Connecticut étaient « oubliées » et dont la réussite n'était pas encore reconnue dans l'Est. C'était différent pour Bill. Il liait facilement connaissance et s'était fait des relations parmi les membres des clubs qu'il fréquentait, dont certains avaient des racines à Chicago. Juliette sentait bien qu'on la rejetait. Peut-être était-ce dû à son âge, ou peut-être à cette infinie tristesse qui émanait d'elle malgré ses efforts pour la cacher. En fait, plus elle se repliait sur elle-même, moins l'indifférence des autres à son égard l'affectait.

Quand les Elstree étaient rentrés de Palm Beach, en mars dernier, Nell avait pris l'habitude de rendre visite à sa fille au moins deux fois par semaine. Elle s'extasiait de la splendeur de l'hôtel particulier d'Elstree, félicitait Juliette de sa décision d'épouser un homme aussi remarquable. Juliette la rendait extrêmement heureuse ; Juliette lui avait fait recouvrer la santé.

Le bonheur de Nell fut troublé par l'accident de Pork au printemps. Il glissa sur une flaque de sang à la conserverie et se brisa la cheville. Contraint de rester chez lui pendant deux semaines, il dirigea ses affaires de son lit en se plaignant sans cesse. Il reprit le travail plus tôt que le docteur Woodrow ne le conseillait et sa cheville ne guérit pas convenablement. Pork dut se servir d'une béquille et fit installer sur l'escalier de la maison de Prairie Avenue un élévateur incliné qui lui permit de monter et de descendre dans un confort relatif. Il continua néanmoins à se plaindre.

Juliette suivait une haie de ciriers à la lisière de la propriété. C'était le début de l'après-midi. Pendant qu'elle était restée étendue dans sa chambre, le soleil avait percé, bien qu'il gardât une teinte jaune plus automnale qu'estivale. Les premiers moustiques de l'année voletaient en essaim autour de son visage.

De l'autre côté de la haie, elle entendit un bruit de moteur. Elle passa par une brèche entre les arbustes, frappa à la porte de la remise et entra. Cela sentait le terreau, le moisi et le menhaden. Henry Prince leva la tête de la meule sur laquelle il aiguisait son sécateur.

— Henry, veux-tu me conduire à Montauk ? J'apprécierais ta compagnie.

— Je serais prêt dans cinq minutes, Mrs. Elstree.

Bien que le domestique gardât toujours la distance due à la femme de son patron, lui et Juliette se sentaient proches, pour des raisons que ni l'un ni l'autre n'avaient jamais exprimées. A vrai dire, Juliette ne pouvait se les expliquer elle-même. Tout simplement, le visage rond, le nez aplati et les yeux marron de l'Indien lui plaisaient, et l'homme était digne de confiance.

Il mena le petit boghey par des routes de terre battue plus étroites et creusées d'ornières à chaque kilomètre. Ils s'engagèrent dans Hither Woods, un bois si épais qu'elle s'attendait presque à y voir surgir les trolls qu'elle avait imaginés.

Mais leur destination, Montauk Point, valait ces efforts. Henry attacha le boghey au pied de la pente couronnée par un phare haut de trente mètres. En bourrant sa pipe de maïs, il dit à sa maîtresse :

— J'attendrai ici si vous voulez vous promener un moment.

— Oui, c'est ce que je désire, répondit-elle en descendant.

L'Océan rugissait. Les longs cheveux de Juliette s'envolaient autour de ses épaules. Un vent de nord-est s'était levé, des bancs de nuages noirs assombrissaient le ciel. A l'ouest, le soleil était quasiment noyé dans une brume d'été.

— Il va y avoir un méchant orage, prédit Henry. Les routes se transformeront en bourbier.

— Je ne marcherai pas longtemps, promit Juliette.

Quand elle gravit la colline en courant, le vent de l'Atlantique arracha presque son châle de ses épaules. Elle fit le tour du phare, aperçut le gardien, tout là-haut, le salua de la main, puis s'adossa au bâtiment et contempla les vagues écumantes.

Juliette savait qu'elle ne faisait pas partie de ces nouvelles femmes qui luttaient pour obtenir le même statut que les hommes. Elle était mariée. Même si son mariage n'était pas heureux, elle respectait son engagement. Elle s'autorisait cependant à venir jusqu'à ce phare solitaire où le vent gémissait, où les vagues déferlaient en grands éventails blancs d'embruns, et à exprimer la vérité cachée au fond de son cœur.

« Paul, je t'aime. Je n'aimerai jamais personne d'autre, quel que soit le nom que je porte. Dieu m'en soit témoin, j'échapperai à cette prison dans laquelle je me suis enfermée par pure lâcheté. Cela prendra peut-être des mois, peut-être des années, mais je le ferai.

Et je te retrouverai. »

Une fois par mois, Juliette allait en ville rendre visite à son oncle. I. W. Vanderhoff vivait avec le faste d'un baron dans un hôtel particulier de trois étages, en haut de la Cinquième Avenue, où les fils téléphoniques et télégraphiques tendaient leur toile d'araignée dans le ciel et où des fermiers menaient leurs cochons au marché parmi les fiacres.

L'oncle Ike était un buveur, un vieux coureur de jupons, mais ce manque même de respectabilité attirait Juliette.

— Je serais pas à ma place avec cette bande de snobs, disait-il en parlant de Southampton. Deux coupes de champagne et je pincerais les fesses d'une vieille rombière.

Juliette jouait au rami avec son oncle. Son génie des cartes le faisait presque toujours gagner. Au cours d'une partie, fin juillet, il lui demanda en grattant son nez couperosé :

— Ton bonhomme, il t' rend heureuse ?

Ike Vanderhoff n'avait pas oublié ses origines campagnardes. Comme il était immensément riche, il pouvait les cultiver. Il aimait ça.

— A vous de jeter, mon oncle.

— Ça veut dire non, j' suppose. Bill Elstree, c'est un mondain de première. Un peu noceur comme dans l' temps.

— Jouez, dit Juliette.

Surpris, le vieil homme inclina la tête.

— C'est plus la Juliette que j' connaissais. Tu as l'air dure, mon enfant.

— Les choses changent, mon oncle. Les gens aussi. Vous jouez, s'il vous plaît ?

Au début du mois d'août, Elstree se rendit à Saratoga pour les courses de chevaux.

— Télégraphiez-moi à l'hôtel Grand Union en cas d'urgence. Je resterai là-bas deux ou trois semaines.

Juliette se demanda si R. était aussi descendue au Grand Union. Elle envisagea d'engager un détective pour faire suivre Bill et découvrir l'identité de R., puis elle décida finalement qu'elle n'avait pas vraiment envie de savoir.

Le séjour d'Elstree dans le Monte-Carlo américain permit à Juliette de voir sa tante Willis à New York sans risquer un affrontement entre son mari et la vieille dame. Elles se retrouvèrent dans la suite de sa tante au Waldorf, prirent un hansom pour aller déjeuner au Delmonico.

Willis avait une nouvelle passion, collectionner les œuvres d'art.

— Je suis tombée par hasard sur un merveilleux peintre nommé

Claude, qui se qualifie d'« impressionniste ». Le terme est curieux mais il définit parfaitement ce qu'il fait. Certaines de mes amies dépourvues de goût prétendent qu'il peint par petites touches, par petites taches. Et alors ? Son travail est magnifique, très évocateur. J'ai acheté trois tableaux et j'en négocie un quatrième. Ils ne vaudront jamais rien mais je m'en moque.

Elle parla aussi de sa vieille amie Miss Clara Barton, qui avait fondé et dirigeait encore la Croix-Rouge américaine. Six ans plus tôt, Willis s'était rendue sur la côte de la Caroline du Sud ravagée par le passage d'un cyclone dévastateur. Elle s'était jointe aux équipes de secours de Miss Barton, avait travaillé pendant des jours, mangeant et dormant peu, jusqu'à ce que la fièvre la terrasse.

— Clara jure qu'elle ira à Cuba si la guerre éclate, rapporta-t-elle à sa nièce. Elle a soixante-seize ans — je n'ai jamais vu une telle énergie. Quand elle a dit qu'elle emmènerait des volontaires, j'ai répondu : « Me voilà. » Vive le Cuba libre !

Willis frappa la table de son poing frêle avec une telle force que le maître d'hôtel se précipita pour voir si l'un de ses serveurs avait laissé tomber quelque chose.

La vieille dame examina sa nièce d'un œil critique.

— Tu as mauvaise mine, Juliette.

— Je reste sans doute trop enfermée.

— La plage ne te dit rien ?

— Pas vraiment. Je marche beaucoup, mais surtout les jours gris.

— Les jours gris. Je vois.

Sur la suggestion de Juliette, elles commandèrent une spécialité maison, le caneton Long Island. Le serveur apporta un seau d'argent, ouvrit la bouteille de riesling que Willis avait choisie. De son réticule, elle tira un petit paquet entouré d'un ruban argenté.

— C'est le dernier livre de Mr. Kipling. *Capitaines courageux*. Il faut que tu le lises.

— Merci, je n'y manquerai pas, j'ai du temps à revendre. Bill est parti jouer aux cartes et aux courses à Saratoga pour quelques semaines.

La tante plissa les yeux dans la fumée de son petit cigare.

— Tu ne t'entends pas avec lui, n'est-ce pas ?

Juliette fut tentée de nier pour s'épargner une discussion longue et probablement inutile, puis elle repensa au vœu silencieux qu'elle avait fait au phare. Elle ne parviendrait jamais à résoudre son problème si elle le gardait éternellement pour elle.

— Non, reconnut-elle. Je crois qu'il y a une autre femme.

Elle raconta la découverte du mot signé R. et la réaction de Bill.

— Écoute-moi bien, dit Willis, tu n'es pas obligée de souffrir simplement parce qu'il t'a offert ce gros diamant et qu'il t'a traînée devant un pasteur. Je te conseille de réunir des preuves contre lui. Engage un bon avocat. Il mettra des détectives sur l'affaire. Quoi que cela puisse te coûter, en argent ou en tension nerveuse, divorce de ce sale tricheur. Il ne mérite pas une femme aussi merveilleuse que toi.

Juliette joua avec sa fourchette.

— C'est facile à dire, mais les gens qui divorcent sont un tel objet de scandale et de honte...

— Le scandale et la honte seraient beaucoup plus durs à supporter pour ma sœur que pour toi. En revanche, toi, tu recouvrerais ta liberté. Les gens oublient vite les petites histoires des autres.

Juliette garda le silence. Willis lui pressa la main.

— Tu es parfaitement dans ton droit, mon enfant. Et tu as en toi plus de courage que tu ne crois, il suffit de t'en servir.

Le visage de la jeune femme s'assombrit, comme celui d'une petite fille contemplant quelque chose d'attirant et d'effrayant à la fois.

— C'est ce que me disait Paul.

— Paul... Le garçon que tu as aimé ?

— Paul Crown. Oui. Je l'aime encore.

— Où est-il ?

— Je ne sais pas.

— Que vas-tu faire ?

— Je ne sais pas, répéta Juliette, sombrant à nouveau dans la mélancolie. Vous restez longtemps à New York ?

— Je repars demain pour l'Angleterre. J'ai fait la connaissance d'un jeune musicien. Un violoncelliste. Il a la moitié de mon âge mais il fait des choses absolument incroyables avec son instrument.

Juliette leva les yeux ; le visage de sa tante aurait pu être coulé dans le béton.

— Dans les salles de concerts, précisa Willis. Qu'est-ce que tu croyais que je voulais dire ?

Et elle cligna malicieusement de l'œil.

Lorsque Juliette retourna chez son oncle pour une partie de rami, elle lui demanda :

— Vous connaissez des avocats, en ville ?

— Je connais les fouines, les vautours, les suceurs de sang habituels, tu penses ! Pourquoi ?

— Pourriez-vous m'en recommander un qui s'occupe de divorce ?

— De divorce ? Ma chérie, c'est un sale truc. Faut pincer l'autre les bretelles sur les flancs, au moment où il...

— Je sais. J'ai besoin d'un avocat qui n'hésiterait pas à se salir les mains.

Après un long silence, I. W. répondit :

— J' vais voir c' que je peux faire.

A sa visite suivante, il avait un nom pour elle : Rubin Silverjack ; son cabinet était situé dans le bas de la Cinquième Avenue. Juliette se retrouva dans le bureau de l'avocat avant la fin de la semaine.

Rubin Silverjack, la quarantaine, la mise austère, avait l'air d'un prêtre pieux et sincère. Juliette crut que son oncle avait fait erreur jusqu'au moment où elle examina attentivement les yeux noirs de l'homme de loi.

Silverjack se renversa dans son fauteuil pivotant bien huilé, joignit les extrémités de ses doigts.

— Détendez-vous, Mrs. Elstree. Cette conversation restera tout à fait confidentielle.

— Merci, fit Juliette, la bouche sèche.

— Vous pensez, dites-vous, que votre mari commet l'adultère avec une autre femme.

— J'ai de bonnes raisons de le croire, oui. Il...

Les joues rouges de honte, elle se força à poursuivre :

— Il m'a aussi brutalisée, une fois.

— Décrivez-moi la scène. Si ce n'est pas trop éprouvant.

Elle le fit. Silverjack tira un cure-dent en or de la poche de son gilet, cacha sa bouche de sa main gauche pendant que la droite s'affairait. Quand sa cliente eut terminé, il demanda :

— A-t-il été très violent ?

— Oui. J'ai craint pour ma vie.

Silverjack réfléchit un moment.

— Cela ne pourra vous servir, j'en ai peur. Dans l'État de New York comme dans pratiquement tous les autres, la législation sur le divorce est très restrictive. Outrageusement partiale — en faveur du mari, dois-je le préciser ? Ce n'est qu'en cas de relations adultères prouvées qu'une femme est fondée à réclamer le divorce. En aviez-vous conscience ?

— Non, murmura-t-elle.

— Vous devrez surprendre votre mari dans une situation compromettante. C'est une procédure qui nécessite beaucoup de temps et d'argent. J'ai bien entendu les relations adéquates pour organiser une surveillance.

— Combien de temps cela prendrait-il, à votre avis ?

— Cela peut durer une semaine comme un an.

Atterrée, Juliette se cacha les yeux. Elle ne supporterait pas une telle attente ; elle avait peur de son mari. Au moment où elle perdait espoir, l'avocat reprit :

— Il y a toutefois un autre moyen.

Il prit dans un tiroir un mouchoir propre — il devait en avoir une réserve pour les clients en détresse. Le cure-dent réapparut tandis que Julie se mouchait et essuyait ses yeux. Le mouvement du poignet droit de Silverjack avait quelque chose de sinueux, d'indécent.

— Vous pouvez garder le mouchoir, Mrs. Elstree. Je sais que c'est pénible, je serai aussi bref que possible. Certaines femmes sont prêtes, contre une somme d'argent, à jouer au tribunal le rôle de la maîtresse. A se parjurer et à prétendre qu'elles ont couché avec le mari. Elles excellent à donner des détails. Le juge sait qu'elles mentent, mais cela lui permet de favoriser l'épouse. Le mari sait aussi que c'est faux, mais c'est sa parole contre celle du témoin, qui est particulièrement bien préparé à résister au harcèlement du contre-interrogatoire. J'emploie régulièrement deux comédiennes au passé... disons tumultueux. Chacune d'elles peut exprimer la colère, l'amour-propre blessé, tout ce que le scénario requiert. Ne soyez pas choquée, Mrs. Elstree. Ce stratagème est fréquemment utilisé pour sauver des femmes d'une union intolérable. Ça marche. Et jusqu'à ce que la législation change, il n'y aura pas d'autre moyen.

Il se renversa à nouveau en arrière, les mains jointes.

— Je connais aussi quelques juges. Cela aide.

— Mr. Silverjack, voulez-vous dire que pour recouvrer ma liberté...

Une main levée, il l'interrompit.

— Pour la recouvrer le plus promptement possible.

— Je dois enfreindre la loi.

— Vous faire la complice d'une supercherie, oui.

— Non, je ne saurais... commença-t-elle.

Puis elle repensa à sa nuit de noce, aux coups et aux viols répétés que Bill lui avait infligés. Plus elle attendrait, plus grands seraient les risques... et ses souffrances.

— Très bien, maître, murmura-t-elle. Faites le nécessaire. Je remets l'affaire entre vos mains.

— Merci de votre confiance, Mrs. Elstree.

Les yeux de Rubin Silverjack brillaient d'excitation. Il n'avait plus du tout la douceur d'un prêtre, il ressemblait à quelque prélat de l'Inquisition au regard empli d'une joie mauvaise.

Juliette retourna aussitôt en fiacre à l'hôtel particulier de son oncle.

— Il a pris l'affaire ! s'écria-t-elle, exultante. Merci.

— Tu veux faire un petit rami pour fêter ça ?

— Avec plaisir.

Au milieu de la partie, le téléphone de la pièce voisine fit entendre sa sonnerie, un curieux mélange de cloche d'incendie et de cliquetis d'engrenage.

L'oncle Ike revint cinq minutes plus tard, manifestement bouleversé.

— C'était ta mère. D'après c' que j'ai compris, ton père a pris l'élévateur pour monter faire une sieste. Le mécanisme s'est coincé et l'a projeté en bas du siège. Il a dégringolé vingt marches. Il est dans le coma.

A sept heures dix du matin, quinze jours après son accident, Putnam Vanderhoff III mourut sans avoir repris connaissance.

Sa longue agonie avait été fort éprouvante pour Juliette. Tous les jours, elle s'asseyait au chevet de son père ; il ne sortit pas de son coma, ne la reconnut pas. Bien que préparée à sa mort, elle fut submergée de chagrin quand le docteur Woodrow tira le drap sur le visage de Pork. La mère et la fille se tenaient au pied du lit.

— Je suis navré, murmura le médecin.

Nell se mit à crier et à frapper le bois du lit de ses poings.

Juliette continuait à pleurer son père alors même qu'elle se préparait à échapper à son mari. Avant de partir pour Chicago, elle avait téléphoné à Silverjack pour le mettre au courant.

— Dois-je entamer la procédure ?

— Je veux d'abord prévenir mon mari.

— Ce n'est pas de votre ressort, Mrs. Elstree. Considérant ce que vous m'avez dit de lui, je vous le déconseille.

— Mr. Silverjack, c'est quelque chose que je dois faire moi-même.

— Comme vous voudrez.

Nell était inconsolable et à peine cohérente quand Juliette essaya de lui parler. D'une certaine façon, la détresse de sa mère était une bénédiction.

Seule dans sa chambre de l'hôtel particulier de Chicago, elle dormit par à-coups la veille de l'enterrement. A l'église Saint James, elle entendit à peine le prêtre prononcer l'éloge funèbre qui dura plus de trois quarts d'heure. Plus de trois cents personnes s'étaient rassemblées pour l'écouter — les Palmer et les Armour, les Swift et les Pullman, les Field, les McCormick, et d'autres rois du commerce de moindre importance.

Il plut jusqu'à Graceland, prestigieux cimetière s'étirant du nord d'Irving Park à Montrose. C'est là que les notables de Chicago se faisaient enterrer parmi leurs pairs. Juliette et son mari firent le trajet dans leur coupé à quatre places, la plus grande et la plus chère des quatre voitures d'Elstree — elle avait coûté près de quatre mille dollars.

Un bras autour des épaules de sa femme, William murmurait des condoléances qu'elle entendait à peine. Elle avait mal à l'estomac et à la tête. Elle priait pour ne pas manquer de courage car elle avait décidé de lui parler aujourd'hui.

Le cortège entra dans Graceland Cimetery par North Clark Street. Devant la tombe. Nell fut prise de sanglots irrépressibles lorsque le prêtre se mit à prier au-dessus du cercueil d'un luxe ostentatoire. Juliette se demandait ce que sa mère ferait quand elle apprendrait sa décision. Elle commencerait par tomber malade et elle la déshéritrait, probablement. Peu importe. Elle ne voulait pas un sou de la fortune de son père. Ni de celle de Bill. Juste sa liberté. Et Paul.

Oncle Ike lui passa un bras autour des épaules quand le cercueil disparut dans la fosse. Il sentait le gin. Il s'approcha de Nell, l'entraîna comme un père qui console un enfant brisé. Elstree toucha le bras de Juliette.

— Venez, dit-il doucement.

L'estomac de la jeune femme était plus noué que jamais. Son visage était blanc comme une coquille d'œuf derrière son voile noir. Le cocher les abrita sous un grand parapluie tandis qu'ils remontaient une allée glissante vers la file de voitures.

La porte du coupé se referma en claquant ; Juliette se laissa aller contre le dossier, les yeux clos.

— Vous avez montré un courage magnifique, ma chère. Je sais quelle épreuve ce doit être p...

— Bill... Bill, murmura-t-elle. (Elle se tourna de côté pour lui faire face. Si elle attendait, si elle hésitait ne serait-ce qu'une seconde, elle était perdue.) Bill, je vous quitte. Je demande le divorce.

Il la regarda longuement. Durement. Les mains de Juliette se mirent à trembler.

Dans un tintement de grelots, le coupé avança sur l'allée de gravier du cimetière. Elstree posa son haut-de-forme sur ses genoux, ôta ses gants noirs.

— En avez-vous discuté avec un avocat ?

— Oui. A New York. Il s'appelle Rubin Silverjack, il est spécialisé dans ce genre d'affaires. Je veux être libre, Bill.

— Je vous répondrai d'un mot : jamais. Quelles que soient vos raisons, jamais vous n'obtiendrez le divorce.

— Je vous en prie, Bill. Ayez la décence d'être honnête. Vous fréquentez d'autres femmes, ce n'est pas un secret.

— Je ne le nie pas, répondit-il d'un ton amène.

— Alors pensez à la façon dont vous m'avez traitée depuis le premier jour de notre mariage.

— Je vous ai traitée royalement, je dirais.

Il tendit le bras pour prendre les deux mains de Juliette dans la sienne. Refermée sur les gants noirs, cette main gauche puissante faisait curieusement penser à une araignée blanche. Juliette eut envie de la frapper. De le frapper...

— Le divorce est une chose que je me refuse tout bonnement à envisager. Dans notre milieu, cela ruine la réputation d'un homme. C'est insultant, dégradant pour le mari, parce qu'il est taxé d'adultère. Publiquement. Vous ne comprenez pas la façon dont fonctionne la haute société. Tout est permis tant que cela reste privé. Je vous empêcherais de divorcer, Juliette.

— Il existe des moyens de contourner l'obstacle. Je m'en servirai.

— Juliette, Juliette, quel âge avez-vous ?

— J'ai eu vingt ans en mai, vous le savez.

— Et j'en ai plus du double.

— Vous ne le répétez que trop souvent.

— Pour vous rappeler ma grande expérience. La sagesse vient avec l'âge. Laissez-moi y faire appel aujourd'hui pour prévenir le pire. Laissez-moi vous conseiller. Oubliez cette canaille d'avocat. Oubliez que vous avez jamais prononcé le mot divorce.

— Mais je ne vous aime pas, Bill.

— Quel rapport ? fit-il avec un sourire étonné, presque enfantin. Si vous vous obstinez, je vous placerai dans une institution. Ma parole suffit. Ma signature sur quelques papiers préparés par mes hommes de loi et certifiés par des médecins compréhensifs a le pouvoir de vous faire interner en vingt-quatre heures si vous m'y contraignez. Les institutions psychiatriques, même les meilleures, sont des lieux épouvantables. Je serais très affligé que vous me forciez à vous y envoyer. Mais je le ferai.

Le coupé filait sous la pluie qui tombait dru maintenant, les isolant du monde extérieur.

— Vous êtes capable de sourire en disant des choses pareilles. Quelle sorte d'homme êtes-vous donc, Bill ?

— Un homme préoccupé. Un mari. Jusqu'à ce que j'en décide autrement.

— Vous pouvez reprendre votre liberté quand vous voulez mais pas moi, c'est cela ?

— Vous comprenez parfaitement.

Vaincue, Juliette se laissa aller contre le coussin de peluche marron.

Shadow

La lettre, brève et polie, de l'Edison Manufacturing Company, West Orange, New Jersey, priait le colonel Shadow de rendre visite à l'inventeur dans sa propriété de Glenmont avant deux mois. Elle faisait état « d'informations de nature commerciale que vous jugerez très importantes », mais sans donner plus d'explication. La signature était celle de Mrs. M. Edison. Shadow avait lu quelque part que l'inventeur et sa seconde épouse travaillaient en étroite collaboration.

Shadow attendit que le délai fût presque expiré pour faire le voyage. La raison de cet atermoiement, c'était la peur. Thomas Edison était une légende vivante, adoré par les écoliers et quasiment canonisé par la presse — ne l'appelait-on pas le Magicien ? Ce génie autodidacte avait éclairé l'Amérique avec sa lampe à incandescence, apporté la lumière électrique à de vastes régions, inventé des techniques de fabrication permettant de produire des ampoules bon marché. En 1877, son étonnant phonographe avait fait sortir toutes sortes de sons d'un cylindre en rotation. Il avait en outre déposé des dizaines de brevet sur des instruments de communication allant des appareils télégraphiques au téléimprimeur des cours de la Bourse. Il réduisait sa stupéfiante créativité à de modestes dimensions par cette formule de son cru : « Le génie, c'est un pour cent d'inspiration et quatre-vingt-dix-neuf pour cent de transpiration. »

C'était, en bref, un homme à vous faire trembler de tous vos membres et à vous liquéfier le cerveau. Shadow retarda sa visite autant qu'il le put, puis il brossa ses plus beaux habits, fit sa valise, coiffa son sombrero et embrassa Mary comme si c'était la dernière fois.

Deux jours plus tard, il se présenta à la porte de Glenmont, vaste demeure hérissée d'innombrables cheminées et pignons. Elle était située sur cinq ou six hectares magnifiquement boisés dans la partie Llewellyn Park de West Orange, ce qui permettait à Edison de se rendre facilement à son usine. Shadow estima que la maison devait contenir entre vingt et trente pièces.

Il n'avait guère dormi la veille, se retournant dans son lit d'hôtel. Il s'était coupé deux fois en se rasant et avait dû passer les entailles à la pierre d'alun pour arrêter le sang. Il avait les cheveux pommadés, les joues légèrement poudrées, et le cœur qui battait à tout rompre.

Quand il appuya sur la sonnette, un carillon tinta à l'intérieur. Il fut accueilli par un majordome anglais qui prit sa carte.

Shadow attendit sous un lustre resplendissant. Devant lui s'élevait un escalier monumental. Sur le palier du premier étage, un vitrail répandait une lumière multicolore. En l'espace d'une ou deux minutes, il compta sept domestiques occupés à différentes tâches. Le colonel était impressionné par cette opulence. Et envieux.

Le maître d'hôtel revint, conduisit Shadow dans une grande véranda d'angle et annonça que Mr. et Mrs. Edison le rejoindraient bientôt.

Il faisait très chaud dans la pièce. Des plantes vertes de toutes espèces et de toutes tailles occupaient un bon tiers de l'espace. Lorsqu'il s'assit dans l'un des confortables fauteuils, le colonel sursauta en remarquant au sol une paire d'yeux qui le fixaient avec malveillance. Des yeux de verre, dans la tête empaillée d'un tigre dont la peau avait été transformée en tapis. De la pointe de sa botte, Shadow poussa la tête de côté pour que l'animal regarde ailleurs.

Une femme de chambre entra avec un chariot supportant un service à thé d'argent et des tasses de porcelaine. Elle souleva un dôme d'argent pour lui présenter un plat de canapés et l'invita à se servir. Avant de se retirer, elle remit le tapis en place. Le tigre fixa de nouveau Shadow.

On ne le fit attendre que quelques minutes. Mrs. Edison entra la première. C'était une femme agréable et robuste qui lui donna une poignée de main ferme.

— Bonjour, colonel, je suis Mina Edison. Et voici mon époux, Thomas.

Il était là, le fameux Magicien, avec son costume froissé, ses cheveux blancs et son visage de carlin. La main de Shadow jaillit, comme propulsée par un piston.

— C'est un honneur, assura le colonel. Le plus grand honneur de ma vie.

— Merci, fit l'inventeur avec un certain embarras. (Il avait sans doute entendu cette phrase des milliers de fois en cinquante ans.) Asseyez-vous, je vous prie.

Mrs. Edison prit place entre le visiteur et son mari.

— Du thé, colonel ? Nous le faisons venir de Londres.

— Volontiers, merci, répondit Shadow, qui avait horreur de ça.

— Lait ? Sucre ?

— Comme bon vous semblera, madame.

Mrs. Edison lui lança un regard étonné, ajouta une goutte de lait et une demi-cuillerée de sucre.

— J'espère que cela vous conviendra.

Shadow but une gorgée du répugnant breuvage.

— De l'ambroisie, déclara-t-il, en se demandant comment il avalerait le reste.

— Mina restera avec nous au cas où j'aurais du mal à vous entendre, dit abruptement l'inventeur.

Tous les Américains connaissaient l'histoire de la surdité d'Edison. Alors qu'il était âgé de douze ans, cet entreprenant gamin vendait des journaux et des bonbons dans les trains du Michigan. Un jour qu'il remontait dans une voiture avec son chargement, le train démarra. N'ayant pas de main libre, il appela à l'aide. De la plateforme, un contrôleur le tira à bord. Par les oreilles. Bientôt, le jeune garçon souffrit de maux de tête, puis d'une légère surdité qui s'aggrava peu à peu. Mais Shadow croyait savoir que le Magicien avait gardé une audition partielle ; du moins, il n'était pas obligé de se promener avec un cornet acoustique.

Edison croisa les mains, les posa sur son gilet gris sombre, tendu par un peu de ventre.

— Vous pouvez parler en toute liberté devant Mina, dit-il.

— Merci, monsieur.

— Je suis un homme simple, colonel. Je suis né dans une ville ordinaire — Milan, dans l'Ohio —, j'ai grandi dans une autre ville banale, Port Huron, dans le Michigan. Mon père aussi était un homme simple, un fabricant de bardeaux. J'ai commencé à m'instruire sur les genoux de ma mère, puis sur les tables de lecture de la bibliothèque municipale de Detroit, entre deux trains. Enfant, j'avais pour amis des télégraphistes, des contrôleurs de chemin de fer. La simplicité — toujours. C'est encore elle qui gouverne ma vie actuelle. J'ai mon travail, ma femme et mes six enfants, mes lectures, de temps en temps une promenade dans les bois. C'est tout ce dont j'ai besoin. Ici aussi nous vivons simplement.

« Ah oui ? pensa Shadow. J'aimerais bien vivre dans un palais aussi "simple", espèce d'escroc. »

Edison but un peu de thé avant de poursuivre :

— Je serai donc simple et direct avec vous, colonel.

— Vous m'en voyez ravi. C'est toujours la meilleure façon de procéder.

— Vous ne serez peut-être plus de cet avis dans quelques minutes.

Shadow demeura impassible.

— Mina, j'entends parfaitement le colonel Shadow. Tu peux nous laisser. Remercie Cook pour le thé.

Mrs. Edison s'inclina et sortit sans dire un mot. Quand les doubles portes se refermèrent, Shadow décida de prendre les devants.

— Votre lettre fait référence à des informations commerciales. S'agit-il des films que je produis ? Les avez-vous vus, par hasard ?

— Non. J'en ai entendu parler, répondit Edison. (Ni son visage ni sa voix ne trahissait quoi que ce soit.) Je vous ai fait venir pour avoir avec vous une discussion amicale sur les images animées en général. Êtes-vous riche, colonel ?

Interloqué, Shadow répondit :

— Pas encore. Mais j'ai des espérances.

Pour la première fois, le Magicien sourit.

— Si vous continuez à vous servir d'éléments de ma conception pour vos projecteurs, vous pouvez abandonner ces espérances, parce que l'American National Luxograph Compagny aura cessé d'exister.

D'une poche intérieure de sa veste, il sortit brusquement un document bleu.

— Je vous remets cette plainte qui sera déposée devant le tribunal fédéral. Je vous poursuis en justice, vous, vos associés, distributeurs, employés, héritiers et ayants droit, pour quatorze détournements de brevet de l'Edison Manufacturing Compagny.

Shadow ouvrit une bouche aussi grande que celle du tigre empaillé.

— Vous avez volé mes plans, colonel. Les plans sur lesquels j'ai travaillé avec Mr. Thomas Armat.

— Non, non, Mr. Edison ! Je ne connais pas Mr. Armat. Je me suis juste entretenu avec son associé Charlie Jenkins.

— Entretenu ? Et il vous a autorisé à étudier le mécanisme de son projecteur dans les moindres détails ? J'en doute, monsieur. Toutefois, ce ne sont pas les circonstances du vol qui m'intéressent, uniquement leurs conséquences. J'ai conclu un accord commercial avec Thomas Armat qui est, comme vous dites, l'associé de Charles Jenkins. C'est donc Armat, moi-même et les compagnies Edison que vous avez volés.

Shadow fit tourner rapidement son sombrero entre ses mains.

— Vous avez vraiment l'intention de me faire un procès ?

— Vous m'y voyez contraint. Il ne vous restera rien, mes avocats y veilleront. Ils ont mis sur la paille des hommes plus forts que vous. Vous n'auriez pas dû menacer ma suprématie dans un domaine prestigieux et en expansion.

— Pour l'amour du Ciel, ne pouvons-nous pas régler l'affaire autrement ?

Pour la seconde fois Edison sourit.

— Mais si, bien sûr. C'est pourquoi je vous ai invité ici. Nous pouvons nous entendre en dehors des tribunaux si vous acceptez de me verser un pourcentage sur tout projecteur que vous vendrez ou louerez, ainsi que sur chaque cent que vos films rapporteront. Ces montants seront soumis à vérification par mes comptables. Je me réserve le droit absolu d'examiner vos livres de comptes à tout moment. Alors ? Sortons-nous nos crayons pour faire des calculs, en gentlemen ?

— J'ai pas de crayon, marmonna Shadow.

Edison plongea la main dans sa poche intérieure.

— Tenez. J'en ai toujours deux pour les réunions de ce genre.

— Le sale radin, marmonna Shadow alors qu'il attendait le train local à la gare. Et dire que tous les gosses du pays le prennent pour un ange. Un gentil vieux monsieur qui met ses géniales inventions au service de la population par pure générosité. Seigneur !

Quel revirement ! Pendant des années, Edison ne s'était pas du tout intéressé au principe du projecteur et il ne s'en cachait pas. Maintenant, c'était à croire qu'il l'avait inventé, tout simplement parce qu'une fraction du public était prête à payer pour voir des images animées. Ce que le Magicien lui avait fait était outrageant. Mais il ne se mêlerait plus des affaires de Shadow — ça au moins, c'était sûr.

Bientôt le colonel se mit à sourire, puis à glousser. Il se surprit à changer d'avis sur Thomas Alva Edison. Le vieux n'était pas si méchant, après tout. Il savait ce qu'il voulait, il se battait dur pour l'obtenir, mais à sa place, Shadow aurait agi pareillement. Il conclut que Mr. Edison et lui étaient de la même engeance. Des gredins.

Si ce n'est, bien entendu, que Mr. Edison avait du génie.

Tous ces petits écoliers soupirant devant la photo du gentil vieil inventeur, la tête appuyée sur la main, ne connaîtraient jamais le côté sombre de la vérité. Bah, c'était la vie.

82

Fritzi

A la fin de l'été 1897, les parents de Fritzi l'emmenèrent en voyage dans l'État de New York. Papa devait discuter avec un homme d'affaires de White Plains de l'ouverture d'une filiale Crown quelque part dans le comté de Westchester ; papa et maman devaient aussi discuter avec le principal du collège de Carl de ses notes déplorables et des blessures infligées pendant les matches de football américain. Non pas celles qu'il subissait mais celles qu'il infligeait aux autres joueurs quand il enfonçait une ligne ou courait vers l'essai.

Papa les installa dans la suite d'un hôtel de Long Island Sound, près de Larchmont. Dès le premier jour, Fritzi déclara que rester seule ne la dérangeait pas du tout et assura qu'elle se conduirait bien. Elle regarda partir ses parents dans un boghey loué.

Le matin, elle prit un bain de soleil sur les rochers surplombant le détroit. Elle rêva aux décors et aux personnages magiques qu'abritaient les célèbres théâtres du Rialto de New York. Pour Fritzi, la rêverie était le seul antidote à la vie morne qu'elle menait à Chicago. Bien qu'elle eût eu seize ans en janvier, elle connaissait toujours l'humiliation d'une poitrine plate. Pas un jour ne s'écoulait sans qu'elle pensât à son frère aîné et à Paul. Tous deux lui manquaient terriblement.

A Chicago, elle n'avait qu'un soupirant, un jeune homme qu'elle tolérait par désespoir. Il s'appelait Miles Pilbeam. Il l'accompagnait à l'église. Son « sport », c'était le jeu de dames, et pour se détendre, il lisait des énoncés de problèmes mathématiques. Fritzi l'avait surnommé Miles Pea Brain, Cervelle de Petit Pois.

Vers midi, gagnée par l'ennui, elle alla se promener le long de la côte. Le vent soufflait fort ; les vagues se brisaient en gerbes blanches. Quelques voiliers téméraires plongeaient dans les creux. L'adolescente passa devant plusieurs résidences à l'abandon avant de longer un grand bâtiment blanc plein de recoins qui lui rappela sa propre demeure.

Une frêle vieille femme vêtue d'une robe de soie noire était assise sur la vaste véranda, dans un fauteuil à bascule. Sur la couverture écossaise qui enveloppait ses jambes était posé un livre fermé. Elle se balançait en contemplant le détroit.

N'oubliant pas les bonnes manières, Fritzi sourit et salua la vieille dame de la tête. Ce n'est que vingt pas plus loin qu'elle éprouva le choc. Elle fit demi-tour, se mit à courir, le cœur battant, monta les larges marches décapées par le sable comme si elles conduisaient à un autel.

La vieille dame devait avoir soixante-dix ans ou plus, mais tous ceux que le théâtre passionnait auraient reconnu ses traits, le menton volontaire, les yeux bleus qui jetaient des éclats sur scène. Fritzi avait lu que dans le monde du théâtre, tous l'appelaient la Duchesse, par respect et par crainte. Elle inspirait encore crainte et respect bien qu'elle ne fît que se balancer et sourire, peut-être au souvenir de quelque représentation particulièrement éblouissante.

— Madame, excusez-moi...

— Oui, mon enfant, que veux-tu ?

— Je vous demande pardon, ne seriez-vous pas... (Fritzi agrippa un pilier de peur de tomber en pâmoison.) Êtes-vous Mrs. Drew ?

La vieille femme parut heureuse d'être reconnue. Mrs. John Drew avait régné sur les planches et dirigé le théâtre d'Arch Street à Philadelphie pendant de nombreuses années. C'était une légende. Et elle était là, à Larchmont, assise dans un fauteuil à bascule, menue et lasse.

— C'est exact, ma chérie. Louisa Drew. Quel est ton nom ?

— Fritzi Crown. Frederica.

— Tu habites Larchmont ? Moi je vis dans cet hôtel réservé aux vieux. Ma famille m'y a placée pour mon bien quand j'ai pris ma retraite, dit-elle sans trace de récrimination.

— Je vis à Chicago. Oh ! mais je vous ai vue sur scène. J'ai vu votre tournée d'adieux avec Mr. Jefferson dans *Les Rivaux*.

— Joe, murmura la vieille actrice avec un sourire.

Elle passa une main sur son front comme pour relever une mèche. Pourtant, tous ses cheveux étaient pris sous le foulard qui lui couvrait la tête. Elle répéta le geste.

Serrant le pilier, Fritzi trouva le courage de déclarer :

— Je veux faire du théâtre.

— Vraiment ? As-tu du talent ?

— Je crois que oui. Mais c'est aux autres d'en juger.

— En tout cas, tu as la flamme.

— Oh ! oui !

— Je ne sais que te conseiller.

Une main frêle montra l'eau. C'était un geste de scène parfait — minimal mais qui retint l'attention de Fritzi, ce qui était son objectif.

— Les vagues et les actrices se ressemblent. Elles roulent un moment, s'élèvent à des hauteurs diverses, puis retombent et disparaissent sans qu'on se souvienne d'elles.

Les yeux bleus, si vifs dans le visage ridé, fixaient l'adolescente avec attention.

— Tu comprends ce que je dis ?

— Oui.

— Et tu restes déterminée ?

— Tout à fait.

— Alors, vas-y. C'est un métier où l'on rencontre plus de peines, de doutes et de trahisons que de gloire, mais c'est un métier noble. Le plus beau métier du monde.

Mrs. Drew tendit le bras, toucha la joue de la jeune fille, légèrement, comme pour la bénir de ses doigts qu'on eût dit parcheminés.

— Je te souhaite de réussir.

La porte grillagée s'ouvrit bruyamment sur un jeune homme en pantalon de flanelle. Une raie partageait sa chevelure brune exactement en son milieu. Il avait un menton à fossette et des dents parfaites. Fritzi estima qu'il devait avoir son âge, ou même moins. Il n'avait pourtant pas l'air d'un adolescent. Sa beauté — « la beauté du diable », se dit-elle — le faisait plutôt ressembler à un amoureux de mélodrame.

— Mamie, tu es bien dehors ? Pas trop froid ?

— Non, non.

Il s'affaira autour d'elle, remonta la couverture écossaise sur laquelle était posé le livre oublié.

— Fritzi, je te présente mon petit-fils, Jack. Il passe les vacances avec moi, cet été. Jack a déjà un peu joué. Sa mère, ma fille Georgie, est actrice. Son père, Maurice Barrymore, est lui aussi...

— Maurice Barrymore ? Oh ! je l'ai vu ! s'exclama la jeune fille.

Maurice Barrymore était adulé des femmes pour son physique et son extraordinaire présence sur scène. Ce jeune garçon, Jack, pouvait presque rivaliser avec son père. Lui aussi faisait naître des pensées confuses — d'Artagnan, clair de lune, baisers volés...

— Jack, voici Miss Crown, de Chicago.

Les yeux sombres flamboyèrent de mépris pour une créature aussi quelconque. D'une voix lasse, il laissa tomber :

— Enchanté.

Puis il prit la main de Fritzi, la baisa. L'instant d'après, il retourna à l'intérieur de la villégiature pour personnes âgées.

Mrs. Drew souhaita bon après-midi à Fritzi. Si les pieds de l'adolescente touchèrent le sable et les galets de la plage sur le chemin du retour, elle n'en garda pas souvenir.

Jusqu'à ce jour, elle avait vécu dans le doute. Papa ne cessait de la ridiculiser et de mépriser sa vocation. Mais tout à coup ce qu'il pensait, ce qu'il disait des comédiens et du théâtre n'avait plus aucune importance. Joe Junior était parti, le cousin Paul aussi. Si papa l'y contraignait, elle partirait elle aussi. Après ce matin, un matin magique, il ne pouvait y avoir d'autre voie.

83

Joe Junior

Il poursuivait sa marche vers l'ouest, travaillant ici et là, menant une vie au grand air parmi des hommes ordinaires, souvent illettrés.

Sa barbe était aussi longue et fournie que celle d'un ancien combattant de la Grande Armée de la République. Sa peau ressemblait à du cuir sombre. Entre deux boulots, il connaissait les privations, la faim, la solitude des sans-abri. Pourtant il se sentait bien, en accord avec lui-même. Il avait traversé les splendides contrées situées à l'est des plaines à blé et découvert que les pionniers n'avaient pas laissé derrière eux la vieille cupidité, la vieille méchanceté de l'homme.

Son plus dur travail, c'est en lui-même qu'il l'accomplissait. Il luttait sans relâche pour se purger de ses sentiments douloureux, la perte et la colère, le mal du pays et le désir de se venger. Il y avait cependant des souvenirs qu'il conservait précieusement dans son cœur. Celui de Fritzi, dont l'exubérance, vue de loin, n'était plus ennuyeuse mais charmante. De Carl, au caractère si aimable, qui ne connaîtrait jamais sa force. Du cousin Paul, que Joe Junior avait appris à aimer presque autant que Carl. Son amour le plus fort allait à sa mère. Il continuait à lui envoyer des signes de vie, petits symboles jalonnant son pèlerinage sans destination. De Denver, il expédia une demi-géode étincelante dans une solide boîte en bois. Le guichetier avait insisté pour qu'il indique son nom et son adresse, tout au moins une poste restante. Il avait refusé ; elle reconnaîtrait l'expéditeur.

Il traversa les Rocheuses et la Sierra, à pied ou dans des wagons à bestiaux, descendit dans la Grande Vallée de Californie. Joe lui trouva une ressemblance étonnante avec l'Illinois, si l'on faisait abstraction des montagnes grandioses qui se dressaient derrière lui et de celles, plus basses, qui s'étendaient devant. Quoique peu peuplée, la vallée semblait promettre de belles récoltes. Il apprit que les pluies y étaient rares, hormis pendant une brève période en hiver, mais qu'on commençait à installer des systèmes d'irrigation.

Il vit du blé pousser dans la vallée de San Joaquin, se présenta comme un ouvrier expérimenté et célébra le 4 Juillet en commençant la moisson. Il travaillait avec des émigrants irlandais et hongrois.

Plus loin, Joe passa quelques semaines à planter de la betterave à sucre dans des champs si immenses que leurs limites se perdaient dans la brume. Il y rencontra des dizaines de Chinois coiffés de chapeaux de coolie. Les seuls Chinois qu'il avait vus auparavant figuraient sur des photographies ou surgissaient de l'enfer de vapeur d'une blanchisserie de Chicago. Ces hommes et lui ne se comprenaient pas, mais ils parvenaient quand même à communiquer à travers le rire et les gestes.

Obliquant vers le sud-ouest, il travailla quelques semaines comme cheminot, damant le nouveau ballast d'une voie de la Southern Pacific. Le soir, il partageait un pot de café ou un cruchon de whisky avec d'autres ouvriers. Quand il parla de son désir de voir Los Angeles, ils le prévinrent que les sympathisants syndicalistes n'y étaient pas les bienvenus. La chambre de commerce locale et un puissant journal dirigé par un certain colonel Otis vantaient le fait que leur ville avait été débarrassée des syndicats. Cela ne le fit pas changer d'avis.

A Los Angeles, il se baigna dans le Pacifique et, les bras grands ouverts, goûta le vent salé de l'Orient, en rêvant aux fragrances exotiques venues des terres situées au-delà de l'horizon.

Tout au long de son périple, même dans des lieux aussi déserts que le Colorado, lorsqu'il n'était pas trop crasseux et qu'il avait assez d'argent dans la poche de son jean pour ne pas travailler une journée, il se rendait dans une bibliothèque publique. Il s'asseyait à une table et lisait pendant des heures. Il ne perdait plus de temps avec les théoriciens politiques que Benno lui avait fait connaître. Sans très bien savoir ce qu'il cherchait, Joe s'efforçait de lire de grandes œuvres, d'y puiser des idées fortes qui pourraient donner un sens à sa vie de déraciné. Une vie dont le but, si tant est qu'elle en eût un, restait encore mal défini.

Il lut la Bible et des poètes anglais, parce qu'il en avait envie. Personne ne le harcelait, personne — ni son père ni un professeur — ne venait qualifier ses choix d'imbéciles. « Comment pouvez-vous être aussi sot, Mr. Crown ? Votre place est peut-être dans une autre école. »

Les bibliothèques, voilà une école qu'il pouvait aimer. Quand les employés ne le mettaient pas à la porte à cause de son aspect sauvage, il restait « à l'école » jusqu'à l'heure de la fermeture des portes. Il entreprit d'écrire un recueil personnel de citations. Il acheta un simple cahier bon marché dans un grand magasin et commença à noter des phrases qui avaient pour lui une profondeur particulière. Ce n'est qu'au bout de quelques mois que, feuilletant un jour les pages griffonnées au crayon, il décela une unité dans les passages qu'il avait choisis.

De l'Évangile selon saint Matthieu, il recopia les paroles que le maître adresse au troisième serviteur dans la parabole des talents.

Ce serviteur avait enterré son unique talent par peur de le perdre pendant l'absence du maître. Les deux autres avaient fait fructifier leur argent, et le maître les loua à son retour. Le troisième serviteur, qui attendait des éloges, eut droit à une réprimande.

De l'*Areopagitica*, de John Milton, il avait extrait cette phrase : « Je ne puis louer la vertu fugitive et cloîtrée qui ne se risque jamais à affronter son adversaire. » Dans *Mesure pour mesure*, de Shakespeare, il nota cette remontrance du duc : « Ton être et tes attributs ne t'appartiennent pas en propre. »

Il y en avait d'autres. Et il en vint à comprendre que toutes ces citations l'aidaient à affermir son courage. Il voulait être capable de protester le jour où il serait témoin de quelque tort scandaleux fait aux simples ouvriers, dont il faisait partie. Chicago, Pullman, Benno, sa mère et même son père avaient allumé un feu en lui. Les phrases qu'il notait dans son cahier étaient destinées à lui rappeler que de grands hommes, de grands artistes et de grands penseurs estimaient que le feu intérieur ne devait pas rester enfoui au plus profond du cœur, mais qu'il fallait s'en servir pour agir.

Joe agissait — mais non sans en pâtir. Deux fois, il fut roué de coups et un jour, près de Ventura, il fut même passé au goudron pour avoir accusé un patron de payer des salaires de misère.

Il lui était arrivé de pleurer quand, le corps sanglant et meurtri, il parvenait à peine à se tenir debout après une correction, mais il ne regrettait jamais d'avoir suivi l'appel messianique qu'il avait entendu.

Bref, il devenait un fauteur de troubles.

Pas partout. Pas quand les hommes étaient payés correctement et traités décemment. A Riverside, dans d'extraordinaires orangeraies, Joe avait participé à la récolte d'hiver des navels Washington sur la propriété d'un certain J. M. Chance [1]. Il ne rencontra jamais cet homme, mais il fut heureux de voir qu'il logeait ses ouvriers dans des baraquements propres quoique spartiates, avec des latrines, de l'eau courante, et qu'il les nourrissait bien.

Riverside était l'une des nombreuses petites villes dont les plans avaient été tracés pour attirer touristes et spéculateurs pendant le grand boom immobilier des années 1880. La promotion des parcelles de ces villes nouvelles était assurée par les grandes compagnies de chemin de fer. Elles embauchaient des écrivains pour pondre des livres idylliques sur la Californie, faire venir des acheteurs de l'Est et les convaincre de s'installer sur la « côte méditerranéenne de l'Amérique ». Plus ils viendraient nombreux, plus les compagnies vendraient de billets de train.

Le boom n'avait pas duré, mais les villes demeuraient. Redlands, comme Riverside, était une petite ville entourée d'orangeraies, d'apparence étonnamment prospère avec son quartier commercial,

---

1. Voir du même auteur *California Saga. (N.d.T.)*

un grand hôtel et une gare où passait la ligne de l'East San Bernardino Valley. Joe Junior savait qu'une bonne partie des derniers arrivés en Californie du Sud venaient du Midwest. Redlands, lui dit-on, s'était développée grâce à l'afflux de Chicagolais.

Pendant l'été torride de 1897, Joe s'embaucha à Redlands pour la cueillette des oranges Valencia. L'orangeraie appartenait à un aristocrate anglais. Joe y avait pour compagnons de travail des Mexicains venant de l'autre côté de la frontière — des hommes basanés au regard chaleureux qui souriaient malgré la canicule et parlaient une langue musicale qu'il apprit peu à peu. Il y avait aussi quelques Chinois, mais ils ne se mêlaient que rarement aux autres et ne souriaient jamais. Un Mexicain parlant anglais expliqua à Joe que les malheureux étaient constamment maltraités. Ils avaient été chassés des quartiers chinois de tout le sud de la Californie par des ouvriers blancs qui convoitaient leurs emplois. La main-d'œuvre blanche détestait la main-d'œuvre « métèque », mais plus encore la main-d'œuvre « chinetoque ». Joe Junior le constata quand un chef d'équipe aux cheveux roux fit tomber l'échelle sur laquelle était grimpé un jeune Chinois. Lorsque l'ouvrier heurta le sol, le Blanc le roua de coups de pied, Dieu sait pour quel crime.

Le quatrième jour, Joe Junior découvrit des asticots dans le gruau servi au petit déjeuner dans le champ où les ouvriers dormaient. Il cracha une bouchée de vers, et alla protester auprès du chef d'équipe.

La réponse à ses récriminations fut simple et brève :

— T'aimes pas la bouffe ? Tire-toi. Tu perdras la paie marquée à ton compte.

— Même si je pars, vous n'avez pas le droit de garder...

— Ferme-la. (Le chef, qui faisait une tête de plus que Joe, posa la main sur son poignet et serra.) Continue à te plaindre et on va s'expliquer, toi et moi. Il me faudra pas longtemps pour écrabouiller un nabot comme toi.

Il lâcha le bras de Joe.

— T'es quoi ? Un étudiant de merde ? Je t'ai vu écrire dans un cahier. Qu'est-ce qu'il y a dedans ?

— Je ne pense pas que ça vous intéresserait, répondit Joe en s'éloignant.

L'après-midi, le contremaître s'en prit à un autre Chinois, qu'il traita de salopard aux yeux bridés. La natte qui dépassait du chapeau de paille conique était grise. Le contremaître frappa durement le Chinois qui, tout vieux et fluet qu'il fût, envoya deux coups de poing résolus mais sans force dans le ventre du Blanc. N'attendant que ce prétexte, ce dernier fit tomber le vieillard, le saisit par la natte et le traîna sur plusieurs mètres, prélude à ce qu'il appelait une « explication ».

En haut de son échelle, Joe Junior regarda autour de lui. Tous les autres ouvriers faisaient mine de se concentrer sur leur tâche. Le Chinois gémissait sous les coups de pied que lui décochait le contremaître. Joe soupira. Il flottait toujours une odeur délicieuse dans les orangeraies. Les fleurs d'oranger avaient disparu, mais l'air restait chargé d'un parfum doux et épais que Joe avait appris à aimer. Comme il aurait voulu ne pas avoir à le quitter !

« Je ne puis louer la vertu fugitive et cloîtrée qui ne se risque jamais... »

Le vieux Chinois cria plus fort ; on entendit un craquement quand l'os cassa. Joe Junior descendit précipitamment de son échelle.

Quarante-huit heures plus tard, il entra en chancelant dans la petite épicerie-bazar située en face de la gare de Redlands. Le dos des mains couvert d'hématomes, il avait la lèvre inférieure fendue, l'œil droit fermé et sanguinolent. Sa paupière était gonflée, la peau qui l'entourait, violacée.

Le petit magasin était étouffant, poussiéreux, silencieux. Les boîtes de clous, les râteaux et les houes dans un tonneau, les sacs de nourriture pour volaille éclairés par les rayons obliques du soleil lui firent penser à une nature morte. De ses jointures douloureuses, il tapota sur le comptoir, doucement. Un petit homme au dos rond et à la bouche amère sortit de l'arrière-boutique.

— Je voudrais acheter un souvenir. Je n'ai pas beaucoup d'argent.

Le commerçant essuya ses mains d'une propreté irréprochable à son tablier blanc immaculé.

— Qui vous a arrangé comme ça ?

— Un type à l'orangeraie Dorset. Il battait un autre ouvrier.

— Un Blanc ou un Chinetoque ?

— Ça fait une différence ?

— Bien sûr.

— Je ne vois pas pourquoi.

L'homme recula un peu de son côté du comptoir.

— Vous seriez pas un de ces agitateurs communistes ? On en voit un peu plus chaque saison dans les orangeraies.

— Je n'appartiens à aucune organisation syndicale, si c'est ce que vous voulez dire.

« Pas encore. »

— Vous venez de l'Est ?

— Chicago.

— Pareil, c'est à l'est de la Sierra, dit l'épicier, qui frotta de nouveau ses mains sur son tablier. Vous débarquez ici, vous achetez nos terres et vous croyez que ça vous donne le droit de nous critiquer. Moi, je suis né à Los Angeles quand il n'y avait que de la poussière et trois cabanes d'adobe. Maintenant, c'est plein de promoteurs immobiliers, de touristes et de tous ces foutus gens de l'Est qui viennent nous dire ce qu'on doit faire.

— Vous en avez peut-être besoin.

Le commerçant lâcha un jet de salive argent qui fit tinter un crachoir invisible. Joe aurait dû se douter que cet homme propre et net, aux cheveux soigneusement peignés, n'aurait jamais craché par terre.

— Continuez comme ça et vous vous ferez à nouveau arranger le portrait.

— C'est probable.

— Je veux dire *salement arranger*. Allez à San Francisco, là où on tolère les types comme vous. Les Rouges. Bon, vous voulez acheter quelque chose ou pas ?

— Un souvenir pour ma mère.

— Voilà un truc qui se vend bien, dit l'homme.

Il prit sur une étagère, derrière lui, la copie miniature d'un cageot d'oranges portant ces mots en lettres bleues au pochoir :

Souvenir
des célèbres orangeraies de
REDLANDS, CALIFORNIE
« Où le soleil brille toute l'année »

— C'est des bonbons qu'il y a dedans, précisa-t-il.

— J'imagine bien que c'est pas des vraies oranges. Combien ?

— Quinze cents.

— C'est marqué dix cents, sur l'étagère.

— Pas eu le temps de changer l'étiquette. Vous en voulez ou pas ?

Joe paya et sortit. Il trouva la poste, utilisa le stylo du guichet pour écrire l'adresse sur la petite boîte, puis acheta un timbre.

— On en envoie beaucoup...

L'employé s'interrompit en découvrant le visage meurtri de Joe.

— Pas d'expéditeur ?

Joe fit non de la tête. Il alla jusqu'à la gare en flânant, s'assit sur le couvercle d'un coffre à outils et savoura la chaleur bienfaisante du soleil sur sa figure. Il tira son cahier tout corné du sac à dos qu'une femme de fermier lui avait confectionné en cousant ensemble quatre vieux mouchoirs. Feuilletant les pages, il se demanda si les auteurs savaient qu'il est plus dur de suivre un conseil que de le dispenser. Il se sentait las, abattu. Et son moral ne s'améliora pas quand le chef de gare sortit sur le quai et le chassa.

Joe quitta Redlands à la tombée du jour, et prit la direction du nord.

84

Paul

Partager une chambre avec Jimmy n'avait jamais rien eu d'agréable, mais depuis quelques semaines c'était devenu extrêmement pénible. Daws rentrait à n'importe quelle heure de la nuit, parfois avec une fille. Ces nuits-là, Paul trouvait bien mince le drap de lit que Jimmy et lui avaient tendu sur un fil pour partager la pièce.

Jimmy continuait à manifester son antipathie pour Paul — pour sa vivacité d'esprit, son goût du travail, son désir de maîtriser tous les aspects des images animées. Shadow n'arrangeait rien en exprimant ouvertement son estime croissante pour le jeune homme. Il le présentait généralement comme son assistant, alors que Jimmy restait son aide.

Paul avait l'impression que Jimmy n'était pas à sa place dans ce métier — pas plus que dans n'importe quelle autre entreprise raisonnablement honnête. Daws était cupide, dénué de scrupules. Pourquoi n'embrassait-il pas l'une des professions plus lucratives pratiquées dans le Levee, Paul ne pouvait le comprendre.

Et puis Jimmy tomba amoureux.

Un soir de janvier 1898, il ramena à la maison une jeune déesse aux yeux bleus. Non pour la fourrer dans son lit mais pour la présenter à la tablée du dîner.

La jeune fille avait dix-sept ans, voire dix-huit, et Jimmy était extrêmement nerveux. Miss Honoria Fail — elle préférait qu'on l'appelle Honey — avait une petite voix aiguë, une voix d'enfant dans un corps épanoui et voluptueux à la Lillian Russell. Elle avait des cheveux couleur de paille relevés sur le dessus de la tête et portait des gants blancs.

— Où avez-vous rencontré ce jeune freluquet, Miss Fail ? demanda Shadow. Pas dans le quartier, j'espère.

— Oh ! non, monsieur, nous avons fait connaissance au music-hall Pflaum. Ma tante Maureen m'y avait emmenée pour voir les images animées. Elle avait peur d'y aller seule, c'est une vieille fille. Moi, je n'en avais jamais vu non plus, j'étais tout excitée. Après le spectacle, je vous donne en mille, sur qui on tombe dans le hall ? Sally Phelan, l'amie de ma tante. Elles se sont éloignées pour bavarder, et c'est là que Jimmy et moi on s'est connus.

Miss Fail sourit joliment et poursuivit :

— Je sais que je n'aurais pas dû l'écouter quand il m'a abordée, mais tante Maureen était à l'autre bout du hall, en train de compatir à la mort du mari de Sally. Jimmy a été affreusement effronté, gloussa-t-elle. Il s'est dirigé droit sur moi, il m'a dit son nom, il a ajouté qu'il avait fabriqué les films qu'on montrait à l'intérieur. Ça m'a impressionnée ! Quand il m'a demandé mon adresse, mes genoux se sont mis à flageoler. Je sais que je n'aurais pas dû, mais je la lui ai donnée.

— Et son numéro de téléphone aussi, enchaîna Jimmy. Ses vieux ont deux téléphones, chez eux.

Honey Fail gloussa à nouveau, rougit et chercha le réconfort de la main de Jimmy. Pendant le repas, elle parla beaucoup de son curé et de son église du South Side.

Il neigeait un peu quand Jimmy alla prendre le manchon de l'invitée avant de la reconduire en trolleybus. Gravement, elle serra les mains à la ronde.

— Colonel, Mary, Paul, ravie de vous avoir rencontrés. J'espère vous revoir, c'est si passionnant ce que vous faites.

— C'est exactement ce que je pense, dit Jimmy en mettant son melon.

Il chantonna un au revoir joyeux et, avec une fierté visible, entraîna Honey Fail vers l'escalier.

Après leur départ, Shadow marmonna :

— J'en reviens pas. Pour une fois, ce blanc-bec s'intéresse à quelque chose.

— Je crois qu'il est mordu, ponctua Mary.

— En tout cas, dit Shadow en desserrant sa cravate, il ferait bien de ne pas prendre de libertés avec ce joli petit lot.

— Elle a quelque chose de spécial ? s'enquit Paul.

— Mon gars, cette belle plante est juste la fille d'un des conseillers municipaux les plus puissants de la ville. Un homme du calibre de Bains-Douches et du Zigue. Francis X. Fail, du South Side. Fail la Fauche, on l'appelle, parce qu'il volerait n'importe quoi. En revanche, il trace une frontière de feu entre les magouilles à la mairie et la moralité à la maison. C'est un catholique fervent. Cinq filles. L'aînée a vingt-trois ans et je me suis laissé dire que toutes ces petites chéries sont encore pucelles.

C'est ainsi que l'attitude de Jimmy Daws s'améliora. Il se plaignit moins, feignit même parfois de s'intéresser à son travail. Honey Fail venait dîner une fois par semaine, parlait de ses sœurs, de son curé, et des images animées — « la plus merveilleuse invention de tous les temps ! » Elle était innocente et un peu niaise, et Paul l'aimait beaucoup.

Le matin du mercredi 16 février, il bondit hors de son lit quand il entendit le colonel s'écrier « Oh ! mon Dieu ! » de l'autre côté du mur séparant la chambre de la cuisine. Il enfila son pantalon, son maillot de corps, tandis que Jimmy continuait à ronfler, marcha pieds nus sur le sol gelé et frappa à la porte de la cuisine. Shadow était assis à la table dans un vieux peignoir de velours troué au coude. Mary faisait tinter le pot à café d'émail bleu sur la plaque de la cuisinière. Des fleurs de givre s'épanouissaient aux carreaux.

Paul remarqua les bottes du colonel, qui gouttaient sur un journal. Il était déjà sorti chercher son *Tribune*.

— Fritz, il y a des nouvelles. Regarde, dit-il en montrant la une.

ÉDITION SPÉCIALE !
3 h 30
LE MAINE *EXPLOSE DANS LE PORT DE LA HAVANE*
Le cuirassé américain détruit par une terrible
explosion qui se serait produite à bord
DE NOMBREUX BLESSÉS ET MORTS
Toutes les chaloupes du croiseur espagnol Alfonso XII
envoyées au secours des officiers et de l'équipage
du bâtiment naufragé

— Comment est-ce possible ? Le *Maine* était là-bas en visite amicale.

Paul avait lu tous les articles en provenance de Key West et de Cuba ; trois semaines plus tôt, le navire avait quitté son mouillage pour mettre le cap sur La Havane.

— Oh ! oui, c'était une visite parfaitement amicale, répondit Shadow en roulant des yeux. Mais avec les combats qui se poursuivent là-bas... peut-être que notre consul, ce vieux Sudiste de Fitzhugh Lee, avait comme une envie de montrer aux Espagnols les gros canons d'un navire de guerre américain — t'y as pas pensé ?

— Les journaux disent que les autorités espagnoles ont offert aux marins des États-Unis une réception... (Paul parvint à extraire le mot anglais de sa mémoire) cordiale.

— Ils l'ont fait sauter, oui. Tu trouves ça cordial ?

— On a une preuve que c'est les Espagnols ?

— Non. Mais je te parie tout ce que tu veux qu'ils ont fait le coup.

— Quand le bateau a-t-il coulé, exactement ?

— Vers neuf heures et demie, dix heures moins le quart, hier soir. La dépêche télégraphique dit que tout était calme et d'un seul coup — boum ! Je suis de l'avis de Mr. Hearst, on devrait mettre une raclée à ces foutus Espingouins et les virer de cette partie du monde.

Les pantoufles de Mary glissèrent sur le linoléum. Elle s'assit à côté de Shadow et servit le café. Sa gorge d'un blanc laiteux n'était pas véritablement cachée par sa robe de chambre rouge.

— Tous ces pauvres marins, soupira-t-elle en se tamponnant les yeux. Combien il y a de victimes ?

— Personne ne sait encore. Peut-être deux cents.

— Mon Dieu, Sid, c'est affreux ! Pense aux mères et aux épouses...

Soudain l'atmosphère changea. Les yeux brillants, Shadow laissa tomber son journal.

— Pense aux possibilités de film.

La catastrophe du *Maine* survint à un moment où l'Amérique n'était pas d'humeur à se montrer tolérante avec le gouvernement de Madrid. Au début du mois, Enrique Dupuy de Lôme, ambassadeur d'Espagne aux États-Unis, avait envoyé une lettre personnelle à un journaliste espagnol venu à Cuba recueillir des informations. Cette lettre tomba on ne sait trop comment entre les mains du Parti révolutionnaire cubain installé à New York, qui la transmit au *Journal* de William Randolph Hearst. Un fac-similé du document, assorti d'une traduction, parut en première page. On y traitait le président McKinley d'homme « faible » qui « flatte la populace » en soutenant l'indépendance cubaine. C'était un « politicien de bas étage désirant se concilier les va-t-en-guerre de son propre parti ». Les rédacteurs de titres de Hearst qualifièrent la lettre de « Pire insulte aux États-Unis de toute l'histoire ».

Deux jours après la première édition spéciale du *Tribune*, Shadow planta un mât de drapeau haut de soixante centimètres dans un socle. Ce mât avait été coupé dans une barre de rideau et surmonté d'un pilastre d'escalier. Paul alla chercher en toute hâte un petit pot de peinture dorée dont il enduisit le mât tandis que Mary confectionnait un petit drapeau espagnol. Le drapeau américain était facile à trouver, on en vendait à tous les coins de rue, avec des photographies montées sur carton du *Maine* avant qu'il ne se transforme en une gigantesque masse de métal tordu à l'ombre du château d'El Morro.

Ils tournèrent le film sur le toit un jour de grand vent. Shadow plaça la caméra de façon à cadrer le mât mais non le socle. Jimmy s'occupa en ronchonnant d'improviser un brasero avec un poêlon posé sur des briques. Paul y fit brûler des bûchettes, du charbon de bois, puis jeta de la graisse sur le feu pour faire de la fumée.

Abandonnant la caméra à Paul, le colonel s'agenouilla près du socle, hors du champ.

— La fumée, envoyez la fumée !

Jimmy actionna un vieux soufflet de cheminée ; Mary agita une taie d'oreiller au-dessus du brasero pour chasser les nuages de fumée vers le mât. Les larmes aux yeux, Jimmy toussa et protesta :

— Bon Dieu, c'est épouvantable !

— Tais-toi et fais marcher le soufflet ! ordonna Shadow.

Il tira sur la corde que Paul avait fixée au mât pour y hisser le grossier drapeau espagnol.

— Bon, allons-y !

— Je suis prêt, répondit Paul, qui commença à tourner.

Le poignet nu et la main puissante du colonel — dans le film, on aurait l'impression d'une main de géant — s'approchèrent du mât. Ses doigts saisirent l'emblème espagnol et l'arrachèrent.

— Tu tournes toujours ? demanda-t-il sans se retourner.

— Je tourne.

Shadow attacha le drapeau américain à la corde et le hissa. Jimmy s'échinait sur le soufflet, Mary agitait furieusement sa taie. Le vent d'hiver fit claquer la bannière étoilée.

— C'est magnifique ! s'exclama Paul. Parfait.

Lorsque le public du Pflaum vit le film d'une minute intitulé *La Réponse de l'Amérique aux despotes !* la réaction fut tumultueuse : les gens se répandirent dans les allées en braillant et en brandissant le poing, ils montèrent sur leurs sièges, couvrirent les Espagnols de jurons obscènes et réclamèrent la guerre à grands cris. Iz Pflaum craignit même de devoir faire intervenir la police.

Dans la cuisine, on fit couler le bourbon et la bière Crown pour célébrer un événement qui, à n'en pas douter, rapporterait gros. Même Jimmy était fier du petit film. Écartant d'un geste les compliments de Mary, Shadow déclara :

— Et ce n'est rien comparé à ce que j'ai en tête. Une extravagance. Nous commencerons à acheter le matériel et à fabriquer les accessoires demain.

Le nombre total des victimes de la catastrophe s'éleva à deux cent soixante-huit. « Rappelez-vous le *Maine* ! » tonna la presse à scandale. Les Américains brandirent soudain en masse les bannières que seuls, jusque-là, les va-t-en-guerre avaient agitées. Les 8 et 9 mars, le Congrès vota précipitamment une loi de finances dégageant cinquante millions de dollars de crédits pour la guerre. McKinley la signa, bien qu'il fût notoirement contre la perspective d'un conflit.

Une commission d'enquête de la Marine se réunit pour examiner les circonstances du naufrage. L'investigation se réduisait à une simple question : la catastrophe avait-elle été provoquée par une mine espagnole ou par une explosion spontanée dans une soute à charbon ? Fin mars, la commission remit son rapport au Congrès. Le *Maine* avait probablement été coulé par une mine sous-marine dont l'origine resta indéterminée.

La fièvre de la guerre fit brusquement monter le mercure du thermomètre. Roosevelt, secrétaire adjoint à la Marine, déclara que la guerre était inévitable et que le Président devait se monter ferme. Cette position reçut le soutien de centaines de milliers d'Américains ordinaires, ainsi que d'autres qui l'étaient moins, notamment Buffalo Bill Cody et le hors-la-loi repenti Frank James.

Sur le toit, le colonel Shadow préparait son « extravagance » intitulée, sans grande originalité : *Rappelez-vous le Maine !!!* Les points d'exclamation constituaient l'apport créatif personnel de Shadow.

Avec ses collaborateurs, il construisit un châssis rectangulaire en bois auquel on fixa une toile épaisse cousue par Mary. On y verserait ensuite de l'eau pour représenter le port de La Havane. Sur un des côtés du châssis, ils montèrent un décor en carton que Paul peignit en bleu et que Jim parsema de nuages en coton.

Sur la partie inférieure, près de l'eau, ils collèrent des photos de maisons aux toits de tuiles découpées dans des cartes postales de Lisbonne. Une gravure montée sur carton d'El Morro fut placée sur le côté. Mary fabriqua quelques palmiers rachitiques avec du fil de fer et du papier crépon. On les piqua dans le carton pour donner l'impression qu'ils poussaient devant les bâtiments. Paul jugea que l'effet était ridicule et n'abuserait personne. Shadow répliqua que ça n'avait aucune importance, et pouvait-il, de grâce, garder pour lui ce genre de commentaires ?

Jimmy scia de petits blocs de bois rectangulaires ; Mary découpa une grande photographie montée sur carton du *Maine*. Ils en avaient acheté trois aux marchands ambulants, par précaution. Avec des agrafes, Paul fixa l'image du cuirassé sur l'un des blocs de bois. Sur les blocs plus petits, il cloua des crevettiers découpés dans des cartes postales. (« Il y a des crevettiers dans le port de La Havane, colonel ? — Fritz, mon garçon, tu crois que des Ritals et des Polacks illettrés à peine débarqués en Amérique feront la différence ? ») Mary attacha les crevettiers avec du fil à coudre pour qu'on puisse les tirer sur l'eau.

Quand tout fut prêt, ils attendirent que le temps se dégage et, par un matin ensoleillé, ils se précipitèrent sur le toit dans un état d'excitation extrême. Paul déposa avec soin quatre pincées de poudre à canon au-dessus du bloc de bois auquel était agrafée l'image du *Maine*. Puis, derrière le décor, il plaça une bouteille d'alcool, une longue mèche et des allumettes.

Shadow se frottait les mains en supervisant les préparatifs. Jimmy attisait de nouveau le brasero avec le soufflet.

— Il nous faut plus de fumée que ça, estima le colonel. (Il fouilla dans sa veste, tendit un cigare à Mary.) Tiens, allume-le.

— Sid, je ne fume pas.

— A partir de maintenant, tu fumes. C'est pour l'art, rappelle-toi.

— Seigneur, je vais mourir, gémit-elle.

Shadow l'ignora.

Paul vida seau après seau dans la toile jusqu'à ce que l'eau arrive au niveau du bas du décor.

— Accroche le cuirassé, lui ordonna le colonel.

Paul enfonça le bras dans l'eau jusqu'à l'épaule, piqua deux épingles recourbées comme des hameçons dans la toile. L'effet était réussi : le bâtiment de guerre avait l'air d'osciller doucement sur les flots. Paul espérait que l'eau ne s'écoulerait pas trop vite par les trous qu'il avait dû percer.

— C'est parti, je tourne ! hurla Shadow

Paul se dit qu'on devait l'entendre de l'autre bout de la rue. Pour le colonel, beuglements et créativité étaient inséparables.

— Fumée, nom de Dieu !

Jimmy actionnait le soufflet comme un forcené ; Mary tirait sur le cigare et exhalait.

— Crevettiers !

Paul s'accroupit à un bout du châssis, dénoua deux fils attachés à un clou et tira les deux découpes sur l'eau, derrière le *Maine*.

— Bon, ils sont sortis du champ, laisse-les.

Paul courut derrière le décor, trempa le coton qui entourait le bout de la mèche dans l'alcool, l'alluma. Avec une détonation sourde, le *Maine* explosa.

— Sensationnel ! s'écria Shadow, qui cessa aussitôt de tourner la manivelle.

Il prit la taille de Mary dans ses mains, la fit valser.

— Arrête, Sid, geignit-elle. Arrête ou je vais vomir.

Elle alla s'asseoir sur le parapet d'un pas chancelant, et se tint la tête.

Ils fixèrent la photo du navire à la verticale, attachèrent de nouveaux fils, recommencèrent à produire de la fumée. Paul fut chargé de faire sombrer le bâtiment par la proue. Comme il s'était un peu trop hâté en fixant d'autres épingles pour les nouveaux fils, la toile s'était déchirée. Le niveau de l'eau baissait dans le port de La Havane tandis que le *Maine* coulait. Shadow assura que personne ne s'en apercevrait.

— Fais-moi confiance, fais-moi confiance.

Paul se coucha ce soir-là en se demandant si tout le monde était fou dans le milieu des images animées. Si oui, il était complètement fou lui-même.

Rappelez-vous le Maine *!!!* fit sensation sur le marché. De longues queues se formaient devant la caisse du Pflaum. Bien que projeté sans musique, le film électrisa le public. Paul retourna trois fois au music-hall pour s'asseoir dans l'obscurité argentée, tremblotante, et juger du résultat.

Les trucages étaient incroyablement grossiers. Seul un jeune enfant ou un arriéré aurait pu croire à l'authenticité des bateaux et du décor. Pourtant il émanait une magie indéniable de l'écran de dix mètres. L'image vivait parce qu'elle bougeait. L'eau miroitait au soleil — même si le *Maine* avait sombré après neuf heures, un soir d'hiver. Derrière la fumée qui tourbillonnait au-dessus du châssis on voyait le cuirassé de carton couler avec une soudaineté saisissante.

A la fin du film, une pancarte dont Paul avait peint les lettres reprenait le titre : « Souvenez-vous du *Maine*. » La réaction du public ne variait jamais. Les gens hurlaient, tapaient du pied, endommageaient parfois même les fauteuils d'Iz Pflaum dans un accès de ferveur patriotique.

Paul n'était toutefois pas satisfait. Il comparait le film du *Maine* à celui du Cannonball de la Wabash. L'un était truqué, l'autre était réel. Les gens n'étaient pas si stupides, ils faisaient très bien la différence, et quand la nouveauté des images animées s'émousserait, ils refuseraient les films de reconstitution. C'eût été tellement mieux si la caméra de la Luxograph avait été sur la digue du port de La Havane, ce soir-là.

Bien sûr, il était impossible de prédire un désastre. Et de toute façon le naufrage du *Maine* n'aurait pu être tourné dans l'obscurité. Mais il n'en allait pas de même s'il s'agissait d'un événement étalé sur une longue période. La majorité des Américains se prononçait pour la guerre. Si elle éclatait, pourquoi ne pas se rendre sur les lieux avec la caméra pour filmer la réalité ?

Cette idée l'excitait. N'était-ce pas cela que Shadow avait prôné le soir où il avait embauché Paul et lui avait tenu, d'une voix avinée, un discours visionnaire sur les extraordinaires perspectives des images animées ?

En tout cas, Paul était certain d'une chose. Si les images animées continuaient à miser sur le faux, sans chercher à montrer des lieux et des événements authentiques, la prédiction d'Iz Pflaum se réaliserait à coup sûr. Les films ne serviraient jamais qu'à vider les salles des music-halls populaires.

Le colonel Shadow n'avait pas le temps de discuter de ces subtilités philosophiques avec son assistant tant il était submergé de travail. Grâce au succès phénoménal de son film, il signa des contrats avec quatorze nouvelles salles du Midwest, dont six appartenaient au célèbre circuit Orpheum. Ces dernières étaient déjà équipées de projecteurs Edison mais, en vertu de l'accord passé avec le grand homme, Shadow pouvait leur fournir des films sans crainte d'être poursuivi. Par ailleurs, il ouvrit deux nouvelles salles équipées de projecteurs Luxograph, à Cincinnati et à Milwaukee.

A Chicago, il loua une vieille écurie à huit cents mètres de son quartier général du Levee et contracta un emprunt bancaire pour acheter du matériel de menuiserie. Il embaucha un Suédois d'âge mûr nommé Gustav Wennersten, maître ébéniste à l'élocution lente mais prompt à comprendre la conception et la fabrication de l'appareil de Shadow. Gus prit en charge la construction des nouveaux projecteurs ; Jimmy assurait une partie du gros œuvre — porter et scier les planches, les assembler — mais avec maladresse et mauvaise volonté. Au bout de deux semaines, Wennersten en eut assez de lui et menaça de partir si on ne le laissait pas embaucher un aide qualifié. Shadow tempêta, jura, prédit qu'il ferait faillite, mais autorisa Gus à prendre quelqu'un.

Un autre problème surgit : le directeur de la salle de Peoria remettait chaque semaine une recette d'une maigreur suspecte. Une fois même, il n'envoya rien du tout. Shadow télégraphia à un vieux copain qui vivait près de Peoria, un homme qu'il avait connu à l'époque de ses tournées avec les *minstrels*. Celui-ci surveilla la salle quatre soirs de suite avant de télégraphier sa réponse : il y avait chaque jour un public moyen — une quinzaine de personnes à la première séance, cinq ou six à la seconde. Shadow fit les comptes et demanda à Jimmy de prendre le train pour récupérer l'argent qu'on lui devait. Le jeune homme revint deux jours plus tard avec une sacoche pleine de dollars et les jointures abîmées.

— J'ai eu une conversation avec ce type, colonel. Je lui ai montré la chaîne de ma médaille mais ça l'a pas impressionné, alors on est passés aux choses sérieuses. Je sais pas comment il expliquera son bras cassé à sa femme et à ses trois gosses, mais vous pouvez le garder car il vous truandera plus. J'ai promis de revenir s'il recommençait.

Ils travaillaient tous entre seize et dix-huit heures par jour. Un soir qu'ils dînaient à la hâte vers dix heures et demie, Shadow fourra la moitié d'un petit pain dans sa bouche et annonça :

— Mary, tu commences les cours du soir lundi.

— Je commence quoi ?

— Des cours de comptabilité. Je passe la moitié de la nuit à aligner des chiffres. Il est temps de répartir les tâches entre toutes les ouvrières de la ruche.

Devant la cuisinière où elle faisait frire d'épaisses tranches de jambon, Mary montra son poêlon en bougonnant :

— Attends un peu que je répartisse ça sur ta fichue caboche. Sid, j'ai toujours détesté l'école.

— Mary, si tu ne m'aides pas... (Le colonel s'interrompit pour boire une généreuse rasade de whisky.) Si tu ne m'aides pas, je finirais par perdre la boule et me pendre.

— Oh non ! Pas Sid Shadow. Sid Shadow m'a dit que rien ne l'empêcherait de devenir millionnaire.

— J'ai pas envie de discuter, je crève de faim. On en reparlera au lit.

Elle lui glissa un regard interrogateur en portant le poêlon avec une serviette autour du manche en fer.

— On va discuter de ça au lit ?

Il promena la main sur le postérieur de Mary tandis qu'elle les servait.

— Dans l'état où je suis, faudra peut-être même en discuter deux ou trois fois.

Mary rougit, Jimmy ricana. Paul, habitué à présent aux propos salaces du colonel, éclata de rire lui aussi.

Laissant Paul et Jimmy faire la vaisselle, les Shadow se retirèrent dans leur chambre et fermèrent la porte. Bientôt les ressorts se mirent à gémir. Le lundi soir, Mary mit son plus beau chapeau pour aller au cours.

En avril, l'Espagne refusa une nouvelle fois d'accorder son indépendance à Cuba. Malgré des pressions croissantes, le président McKinley répugnait toujours à intervenir. Les journaux à scandale le harcelaient ; des membres de son propre gouvernement le critiquaient ouvertement. Peu à peu, il céda. Le 11 avril, il envoya aux parlementai-

res un message disant notamment : « Je demande au Congrès d'autori-
ser le Président à prendre des mesures afin de mettre un terme
définitif aux hostilités entre le gouvernement espagnol et le peuple
cubain... ainsi que de recourir aux forces terrestres et navales
américaines nécessaires. »

Le Congrès répondit par une résolution exigeant l'indépendance
de Cuba et chargeant le Président, en sa qualité de commandant en
chef des armées, de faire appel aux forces militaires appropriées
pour l'appliquer.

Le 20 avril, McKinley ratifia la résolution en y apposant sa
signature. L'Amérique et l'Espagne étaient en état de guerre.

En plus de ses autres tâches, Shadow s'était remis à travailler à
la cave pour perfectionner sa nouvelle caméra. Il en parlait avec
enthousiasme depuis des mois, mais ne s'était pas encore attelé à la
tâche. Or aujourd'hui, l'expansion quasi vertigineuse de l'American
Luxograph Company rendait cette nouvelle caméra indispensable.

Gus Wennersten vint l'aider à résoudre deux ou trois problèmes
mineurs mais ennuyeux. Jubilant, Shadow lui octroya une prime de
vingt dollars et annonça à sa petite famille que la caméra était prête.

Elle contiendrait cent vingt mètres de pellicule vierge en nitrate
de cellulose dans un magasin monté sur le dessus du boîtier. Après
exposition, le film s'enroulait sur une bobine réceptrice dans un
deuxième magasin, fixé à l'arrière. Au-dessus de la manivelle,
un compteur conçu par Shadow indiquait la longueur de pellicule
utilisée — système nécessaire puisqu'on pouvait désormais tourner
plusieurs sujets avec le contenu d'un seul magasin.

Le jour où la déclaration de guerre fit la une des journaux, Paul
demanda au colonel s'il pouvait lui accorder quelques minutes pour
discuter d'une question importante.

— Pour toi, Fritz, j'ai toujours le temps. Allons faire un tour.

Shadow alluma un long cigare et ils prirent la direction du
Freiberg, où un professeur martelait *Animal Fair* avec une telle
vigueur qu'on entendait la musique deux rues plus bas.

— Qu'est-ce que tu as en tête, petit ? Je peux pas t'augmenter.
Dieu sait que tu le mérites, mais je suis complètement à sec en ce
moment.

— Non, il ne s'agit pas de ça.

Paul fit halte sur le trottoir et regarda le colonel dans les yeux.

— Je voudrais que vous me donniez la nouvelle caméra.

— Tu as une idée pour un long sujet ?

— En un sens. J'aimerais l'emporter à Cuba.

— A *Cuba* ? Ben voyons ! Pourquoi pas sur la lune, tant que tu y
es ? C'est ta cervelle que Mary a fait frire au petit déjeuner ce
matin ?

— Colonel, écoutez-moi, s'il vous plaît. Je veux suivre les soldats
américains pour la Luxograph. S'ils se battent contre les Espagnols,
il y aura des scènes extraordinaires et tout à fait neuves à filmer.

— Fritz, c'est l'idée la plus insensée, la plus risquée que j'aie jam...

— American Mutoscope envoie quelqu'un.

Shadow ôta brusquement le cigare de sa bouche.

— Qu'est-ce que tu dis ?

— Mutoscope envisage d'envoyer un cameraman de New York. Je l'ai lu hier dans le journal. Vitascope en fera peut-être autant. Si nous voulons continuer à nous développer comme les autres, nous ne pouvons pas ne pas y aller.

— Tu sais ce que tu me demandes ?

— Je vous demande la nouvelle caméra.

— Je m'en fous, de la nouvelle caméra. Je parle de *toi*.

— Je sais, cela peut être dangereux. Je suis prêt à courir le risque. J'en reviens une fois de plus au jour où vous m'avez embauché. Vous avez parlé longuement, et avec flamme, des images animées. De ce qu'elles peuvent et doivent faire. Montrer les merveilles du monde, et ses drames. Le moment est venu. Il n'y a pas de plus grand drame que la guerre. Ça aussi, vous l'avez dit.

— Je ne m'en souviens plus ! Écoute, Fritz, je t'aime bien. Je n'ai pas envie de t'envoyer là-bas et de te voir revenir sur un brancard, truffé de plomb espingouin. Ce n'est pas nécessaire. On s'est très bien débrouillés avec les deux films qu'on a faits sur le toit.

— Peut-être, mais ça n'a rien à voir avec la réalité, colonel. La caméra peut et doit filmer... la vérité. C'est notre... notre devoir.

— Tu me rabâches ça depuis qu'on a filmé le faux championnat de boxe à la campagne. Où t'as été pêcher toutes ces grandes idées ?

Le visage écarlate, Paul répondit :

— Je les tiens pour l'essentiel de Mr. Rooney. Il disait que la caméra a le pouvoir de mentir, mais qu'elle a le devoir de ne pas le faire.

— Et tu n'as pas peur de partir pour Cuba ? Ils tireront de vraies balles, là-bas.

— J'ai peur, sans aucun doute. Mais je suis aussi terriblement excité, j'ai éprouvé exactement les mêmes sentiments sur la jetée de Hambourg, quand j'attendais le bateau pour l'Amérique. Quantité de gens m'ont dit que je risquais de mourir pendant la traversée. Je savais que c'était possible mais ça ne comptait pas, il fallait que j'embarque.

— Fritz, tu es un drôle de gars. Tu as de l'ambition, mais pas seulement. Il y a une autre force en toi, je ne sais pas quoi au juste. (Shadow se frotta la mâchoire.) Cuba, hein ? grogna-t-il. Un film sur la guerre.

— Du jamais vu dans le monde entier, colonel.

Au-delà des lumières du Levee, Shadow contemplait une montagne d'or étincelante dont il pourrait rafler une bonne part si l'on projetait des scènes de vraies batailles au Pflaum, dans d'autres music-halls et dans ses propres salles...

— Il te faudra de l'aide, reprit-il. Jimmy t'accompagnera.

— Ça risque de ne pas lui plaire.

— Si je lui en donne l'ordre, il ira.

— Ou il vous laissera tomber.

— Peut-être, mais ça m'étonnerait. Il chasse toujours la fille de Fail, elle s'imagine encore qu'il fait un travail fascinant, dit le colonel en battant des cils. Je crois pas qu'elle l'ait déjà laissé toucher à son petit trésor. Il en crève d'envie. S'il partait à la guerre, ça impressionnerait la demoiselle. Ça la convaincrait peut-être de tomber la culotte quand il rentrera au pays sain et sauf. Ou même avant qu'il parte. Tiens, si j'avais une pièce de dix dollars en argent sur moi, je parierais sur le départ de Jimmy.

— Alors vous me donnez la caméra ?

— Si tu es prêt à risquer ta peau, je peux bien risquer la nouvelle caméra, des bobines de film, tes dépenses et tout le toutim. Allons au Freiberg, je t'offre une bière et un steak. Bon Dieu, t'imagines ça : l'American National Luxograph part filmer la guerre ! J'ai vraiment eu cette idée quand j'étais saoul ?

— Absolument. C'est pour ça que j'ai voulu travailler pour vous.

— Quand je t'ai rencontré, j'ai tout de suite senti que tu avais du jus. Je me suis pas trompé, bon sang.

Shadow passa un bras autour des épaules de son assistant dans un geste quasi paternel et ils pénétrèrent dans le vacarme enfumé du dancing.

— Qu'est-ce que tu dirais si je te faisais imprimer des cartes de visite ? Paul Crown, opérateur. Non, attends, il faut mettre aussi ton surnom. Paul « Fritz » Crown — ça me plaît. Ça fait... (la main du colonel traça une forme dans l'air)... aventurier. Plein de cran. Et très américain, aussi. Fritz Crown, chef opérateur, American Luxograph Company. Ouais, superbe, ça me plaît.

85

Joe Crown

— Je préférerais que tu ne partes pas, dit Ilsa. Comment la brasserie marchera-t-elle sans toi ?

— Facilement. Stefan et mon nouveau maître brasseur, Sam Ziegler, sont parfaitement capables de s'en occuper, du moins pour une période limitée.

Joe plongea la pagaie dans l'eau et le canoë glissa sur le lac de Lincoln Park, qu'on appelait le lac des Cygnes. Après la messe, où il avait fallu subir un des sermons insupportablement longs du pasteur Wunder, Ilsa avait insisté pour qu'ils fassent cette petite promenade. Le canoë n'ayant jamais fait partie des passions de son épouse, Joe avait été intrigué par cette requête. Maintenant il comprenait.

— Joe, je pense néanmoins...

— Ilsa, nous sommes officiellement en guerre. J'ai déjà servi mon pays, je peux encore le faire. C'est mon devoir de patriote.

Il posa la pagaie sur son pantalon de laine peignée — trop lourd pour la chaleur inattendue de cet après-midi d'avril. Le visage luisant de sueur, il inclina son chapeau de paille sur son front pour protéger ses yeux du soleil. Ilsa lui en avait fait cadeau à Noël et il s'était déclaré ravi. En son for intérieur, il le trouvait ridicule pour un homme de son âge.

Elle se tamponna la lèvre supérieure avec un mouchoir de dentelle.

— Je ne mets pas en doute ta ferveur patriotique, Joe, convint-elle. Mais je crois que tu veux surtout partir parce que tu n'es pas heureux à la maison. Pas heureux avec moi.

— Je t'assure que...

— Aie la bonté de me laisser finir, cette fois. A un certain âge, les hommes se rebellent. C'est bien connu. Je sais que mon dégoût pour l'alcool et la bière t'a fâché, et je le regrette profondément. J'aimerais pouvoir te dire que je renie ce à quoi je crois pour te rendre plus heureux. Je ne le puis. Il y a vingt ans, j'aurais peut-être pu. Plus maintenant. Je suis celle que je suis devenue, pour le meilleur ou pour le pire.

— Une femme merveilleuse, je l'ai toujours dit et je le maintiens.

— Merci, mais tu ne tiens pas compte de mes sentiments à l'égard de cette guerre.

— Les tiens et ceux de tes amies.

— Oui, Miss Addams y est aussi farouchement opposée. Mais cela n'a rien à voir. En réalité, c'est à toi que je pense. A la brasserie.

Devant son air sceptique, elle poursuivit :

— Ta réussite est extraordinaire, Joe. Ton affaire se développe comme jamais. Tu as ouvert six nouvelles succursales rien que cette année.

— Sept. La semaine dernière, j'ai acheté un terrain à Omaha.

— Le Nebraska, maintenant ! Il y a de quoi être fier, non ?

— Certainement.

— Tu as tout ce qu'un homme peut souhaiter.

— Oh ! oui ! Tout, fit Joe, lançant la pagaie sur le banc de nage. J'ai un fils en pension que je vois rarement. J'ai une fille obtuse qui ne pense qu'à embrasser une profession de canailles — pour ne pas dire pire. J'ai un autre fils qui a peut-être disparu de la surface de la terre...

— Non ! Rappelle-toi toutes ces petites choses qu'il nous envoie. Le cageot d'oranges en sucre...

— C'est à toi qu'il était adressé, pas à moi. Il y a aussi notre neveu, que nous avons définitivement perdu...

— Pauli n'a pas choisi de quitter la maison, c'est toi qui l'as chassé. Je dois constamment te le rappeler.

Ignorant la flambée de colère d'Ilsa, Joe continua :

— Si avec tout ça je suis un homme qui a tout ce qu'il peut souhaiter, je prie Dieu de ne jamais connaître le sort de celui qui n'a rien.

D'un geste rageur il ôta son canotier et essuya de sa manche son front ruisselant.

— Il fait trop chaud, ici. Rentrons.

Le mardi suivant, 26 avril, Joe partit pour Washington par la Baltimore & Ohio. Il avait réservé une couchette Pullman, mais quand le contrôleur lui demanda s'il désirait qu'on la lui prépare, il refusa d'un signe de tête. Il passa la nuit à regarder par la fenêtre, la lampe éteinte. La nuit qui défilait devant lui était aussi sombre et insondable que sa propre vie.

La pluie tombait quand Joe arriva dans la capitale. Il s'installa dans sa chambre au Willard, l'hôtel des généraux et des hommes politiques avant même l'époque de Lincoln. De là, il appela le bureau de Joe Cannon au Congrès — il lui avait annoncé son arrivée par télégramme. Les deux hommes se retrouvèrent devant une soupe aux haricots, du pain de seigle et de la bière dans la salle obscure et enfumée de l'Old Ebbitt Grill. L'Oncle Joe faisait plus paysan que jamais. Tandis qu'il avalait bruyamment sa soupe, Joe Crown lui demanda ce qu'il devenait.

— Très occupé, répondit Cannon. (Il gratta sa barbe broussailleuse sans en faire tomber les miettes de pain.) La présidence de la commission du budget, c'est un poste sacrément important, ces temps-ci. Tout de suite après m'avoir demandé quatre millions pour la Marine — que je lui ai obtenus —, le vieux Bill m'a rappelé. Un dimanche ! « Oncle Joe, j'ai besoin de cinquante millions immédiatement, au cas où nous entrerions vraiment en guerre. » Je suis un bon républicain, lui aussi, alors j'ai répondu : « Monsieur le président, considérez que c'est chose faite. » J'ai fait rédiger le décret dans l'heure et il a eu son argent.

— Oui, mais j'ai lu que tu n'avais pas consulté tous les membres de la commission et que certains étaient furieux.

— Et alors ? Je ne suis pas une potiche, je la *dirige*, ma commission. Si ça ne plaît pas aux autres, qu'ils aillent au diable.

Avant qu'ils ne se quittent sur une ferme poignée de main, l'Oncle Joe murmura :

— Je sais pourquoi tu es ici. J'ai glissé un mot au vieux Bill.

Joe Crown avait rendez-vous à la Maison-Blanche à vingt heures. En fin d'après-midi, sous une averse de printemps, il se faufila à travers la circulation de Pennsylvania Avenue pour rendre visite au jeune Roosevelt. Un mois plus tôt, Joe avait écrit au ministre de la Guerre, Russell Alger, pour proposer ses services. Il avait ensuite écrit à Roosevelt, à Oncle Joe et à Carl Schurz pour solliciter de chacun une lettre de soutien. L'un des secrétaires d'Alger avait renvoyé un mot courtois indiquant que le ministère avait reçu deux lettres — Oncle Joe ne s'était pas donné la peine d'écrire —, que l'offre de Mr. Crown était examinée avec attention, et qu'on lui accorderait un entretien.

Avant son arrivée, Joe avait également télégraphié à Roosevelt pour l'inviter à dîner. Le secrétaire adjoint à la Marine ne le fit attendre qu'une dizaine de minutes. L'averse s'était transformée en orage et les lampes électriques, qu'il avait fallu allumer, se reflétèrent dans les lunettes de Roosevelt quand il se leva de son fauteuil pour accueillir Joe.

— Joe, mon ami, bienvenue à Washington. (Ils se serrèrent la main.) Vous voyez le Président ce soir ?

— A vingt heures.

— Alors, dépêchons-nous d'aller dîner. Asseyez-vous, je liquide deux ou trois petites affaires et je suis à vous.

Roosevelt prit un porte-plume sur un lourd encrier, s'attaqua à une pile de notes, tantôt fronçant les sourcils, tantôt marmonnant un commentaire.

Joe promena son regard autour du bureau. Sur un mur, il s'attarda devant une grande carte de l'Asie — une grosse croix de Malte indiquait Hong-Kong et un cercle rouge entourait Manille, aux Philippines, autre possession espagnole. En décembre, le commandant George Dewey avait quitté San Francisco pour rejoindre l'escadre d'Asie, avec ordre, pensait-on, d'attaquer Manille en cas de guerre. On estimait que les Philippins, qui aspiraient eux aussi à se libérer de la domination espagnole, accueilleraient favorablement cette offensive.

Dans un coin, un chevalet soutenait une grande photographie d'un bâtiment de guerre. Remarquant que son visiteur la regardait, Roosevelt confirma :

— Oui, c'est le *Maine*. Je la garde pour ne jamais oublier l'infamie que les Espagnols nous ont fait subir.

— L'Espagne a beaucoup de comptes à nous rendre.

— Elle les rendra. Le commandant en chef des armées s'est enfin rangé à cette opinion. Je ne le surnomme plus Willie l'Hésitant... Bon, j'ai terminé, nous pouvons partir, mais il faut d'abord que je passe à la salle des Transmissions.

Joe attendait en écoutant le bruit mélancolique de la pluie. A son retour, Roosevelt avait le front plissé.

— Dewey est parti avec une mission hautement confidentielle. Cela fait des jours que nous n'avons aucune nouvelle de lui. Nous venons d'intercepter un rapport espagnol faisant état d'un engagement dans la baie de Manille et de lourdes pertes. Hearst et d'autres s'en réjouiront. Pas moi. Il faudra que je revienne ici dès que nous aurons fini de dîner.

La pluie fit place à une bruine fine et pénétrante. Pennsylvania Avenue demeurait embouteillée dans les deux sens par les voitures et les fiacres. Roosevelt marchait en tête, traversant d'un pas si rapide que Joe, bien qu'en parfaite condition physique, avait du mal à le suivre.

— Nous sommes en train de former un régiment de cavalerie composé de volontaires. Vous en avez entendu parler ? (Joe n'était pas au courant.) Des hommes de l'Ouest essentiellement. Bons cavaliers et bons tireurs. Je suis tout excité.

— Vous voulez dire que vous vous êtes engagé dans cette unité ?

Roosevelt eut un grand sourire.

— J'ai été nommé commandant en second auprès de Leonard Wood. Nous partirons de San Antonio. Mon patron, le secrétaire d'État à la Marine, ne voit pas ma décision d'un bon œil, mais pas question que je rate ça. Il y a trop d'enjeux. Je ne parle même pas de l'occasion diablement opportune de brandir le bâton en direction du pays où vous êtes né.

— L'Allemagne ? Pourquoi ?

— Parce que le Kaiser Bill, que j'aime beaucoup sur un plan personnel, n'est pas notre ami dans les Caraïbes. Ni en Asie, d'ailleurs.

En mangeant l'entrée — des petits pâtés de crabe finement haché et assaisonné —, Roosevelt expliqua à Joe ses craintes vis-à-vis de l'Allemagne. En novembre, pour répondre à l'assassinat de deux missionnaires allemands dans la province de Shantung, le Kaiser avait envoyé son escadre d'Asie sous le commandement de l'amiral von Diedrichs et fait débarquer cinq mille hommes en Chine.

— Le même mois, nous avons eu cet ennuyeux petit incident avec Herr Lüders, à Haïti. Ressortissant allemand, Lüders possédait une écurie de chevaux de louage à Port-au-Prince. Il a eu des démêlés avec le gouvernement local, qui l'a expulsé. Le ministre allemand des Affaires étrangères, von Schwerin — je ne peux pas le souffrir —, a exigé le retour de Lüders, plus une indemnité de vingt mille dollars. Pendant les tractations, deux navires du Kaiser sont venus mouiller dans le bassin de Port-au-Prince. La suite, je vous la livre en confiance : le président haïtien a cherché à savoir par les réseaux diplomatiques si la marine américaine pouvait lui venir en aide. On lui a répondu que non. La décision a été prise dans mon dos. Lüders est retourné à Haïti, il a touché l'indemnité, et je suis sûr que le Kaiser est très satisfait de sa petite démonstration de force. Un peu trop.

Roosevelt ôta ses lunettes pour mieux faire sentir qu'il parlait sérieusement.

— Franchement, notre ami Guillaume m'inquiète. Sa politique est expansionniste ; il rêve d'une flotte naviguant sur deux océans. J'ai pour théorie qu'il manœuvre dans cette partie du monde parce qu'il veut un port à charbon aux Antilles. Tôt ou tard, nous devrons montrer les crocs pour le démasquer. Cela risque de peiner d'honnêtes Germano-Américains dont l'attachement à leur pays d'origine est bien compréhensible. Des gens sans partis pris politiques. Des gens comme vous.

De sa plus belle démarche militaire, Joe pénétra dans la Maison-Blanche. Devant les hauts panneaux de verre Tiffany de l'entrée, il présenta son invitation à un garde.

— L'escalier sur votre gauche.

En haut, dans le couloir de l'aile ouest, un vieil huissier s'avança vers lui.

— Bonsoir, monsieur. Veuillez vous asseoir, le Président vous recevra dans un instant, dit l'homme en montrant une porte close. Là, dans la salle du Cabinet.

Il s'installa dans le corridor obscur bordé de bancs et de chaises, réservés sans doute aux demandeurs d'emplois et de faveurs qui affluaient chaque jour. Une porte s'ouvrit, un autre huissier fit signe à Joe.

— Mr. Crown ? S'il vous plaît...

Et Joseph Crown, immigrant naturalisé, se retrouva en présence de l'officier le plus élevé en grade du pays. Il en avait la tête qui tournait d'excitation.

La salle du Cabinet ressemblait au bureau du conseil d'administration d'une petite banque dans une ville de province. De vieux portraits d'hommes inconnus ornaient les murs; le mobilier était sombre, lourd, ordinaire. Sous un lustre de cuivre terni, William McKinley, vingt-cinquième président des États-Unis, était assis au bout de la table de réunion, devant des porte-plume et un encrier, un grand buvard taché, du papier à lettres.

Il se leva d'un mouvement rapide. Le Président était mieux au naturel que sur les photographies, qui accusaient son menton massif, ses joues épaisses. Il avait un air chaleureux, direct, des yeux gris vifs et un sourire qui semblait sincère. Il serra la main de Joe avec énergie.

— Soyez le bienvenu, Mr. Crown. Vos excellents produits sont bien connus ici, même chez ceux d'entre nous qui ne boivent pas d'alcool.

— Merci beaucoup, monsieur le président.

Joe sentit sa nervosité décroître. La situation n'était pas différente de celle du champ de bataille où, dans le feu du combat, on est bien trop occupé pour se soucier de la mort.

McKinley se tourna vers les deux hommes qui se tenaient derrière lui.

— Puis-je vous présenter Mr. Alger, le ministre de la Guerre, et le général Miles, commandant en chef de l'armée de terre. Mr. Joseph Crown, de Chicago.

Joe avait beaucoup entendu parler de Nelson Miles et peu du ministre. Robuste quinquagénaire, le général avait un visage rougeaud et une magnifique moustache recourbée comme les cornes d'un bouvillon texan. Bien qu'il ne fût pas diplômé de l'École militaire, il portait l'uniforme bleu depuis la guerre de Sécession et avait combattu victorieusement les Sudistes, les Comanches et les Apaches.

L'officier accueillit Joe avec chaleur, Alger, avec réserve. Un peu plus âgé que Miles, le ministre était un homme svelte à l'ossature délicate. Magnat du bois de construction, ancien gouverneur du Michigan, il portait une moustache et un bouc d'un blanc éclatant qui cachaient presque entièrement le bas de son visage. Ses yeux manquaient de chaleur. Il tenait à la main un dossier sur lequel Joe déchiffra son propre nom.

— Asseyons-nous et venons-en à ce qui nous occupe, proposa le Président. Nous avons moins de soixante jours pour mener à bien l'expédition militaire la plus massive de l'histoire du pays.

— Soixante jours avant que ne débute la saison des pluies et de la fièvre jaune, expliqua Miles à Joe.

McKinley se tourna vers Alger.

— Vous avez l'offre de service de Mr. Crown, Russell?

— Ici, monsieur le président.

Le ministre fit glisser le dossier sur la table; McKinley en sortit la lettre de Joe, la parcourut rapidement, étudia ensuite plusieurs fiches et feuillets agrafés ensemble. Joe reconnut son dossier médical, ses fiches de solde pendant la guerre, ainsi que les rapports de campagne qu'il avait rédigés.

— Admirable dossier, Mr. Crown.

— Merci, monsieur le président.

— Cinquième régiment de volontaires de l'Ohio. Les Gars de Cincinnati... fit McKinley en refermant le dossier. Qu'est-ce qui vous pousse à vouloir servir à nouveau votre pays ?

— Plusieurs raisons. J'ai l'expérience de la guerre ; ce pays s'est montré généreux avec moi depuis que j'y ai émigré, il y a de nombreuses années. Ma brasserie marche bien, je peux m'absenter sans problème. Il me semble également que j'ai certains qualités qui peuvent être utiles à mon pays. Par ailleurs, je crois que l'Amérique a le devoir d'aider les peuples moins puissants à se libérer d'une tyrannie étrangère. Et j'ai lu à plusieurs reprises qu'on avait besoin d'hommes.

— Dieu sait que c'est vrai, grommela Miles. Quand le Congrès a adopté sa résolution, nous disposions approximativement dans l'armée de terre de vingt-six mille soldats et d'un peu plus de deux mille officiers, cantonnés principalement dans l'Ouest. Vous imaginez la difficulté de procéder à une telle mobilisation en deux mois.

— Oui, je... commença Joe.

Alger l'interrompit :

— Êtes-vous apte à servir, Mr. Crown ? Vous avez cinquante-six ans... Pas de problèmes de santé ?

— Pas que je sache.

— Cuba est infesté de maladies en été. Il faudrait que vous passiez une visite médicale.

— Sur-le-champ, si c'est la seule chose qui vous empêche de prendre mon offre en considération.

— Ce n'est pas la seule. Pas tout à fait, dit Alger avec un petit sourire hautain.

— Nous y sommes tout à fait favorable, Mr. Crown, dit McKinley. Vous m'avez été chaudement recommandé par Mr. Cannon, représentant de l'Illinois, par le secrétaire adjoint à la Marine, ainsi que par le sénateur Carl Schurz. Mr. Schurz ne soutient pas l'action de notre gouvernement à Cuba...

Alger se toucha le nez d'un geste éloquent et dédaigneux.

— ... mais il a la plus haute estime pour vous et vos compétences, acheva McKinley.

Il lança un regard appuyé à Miles, qui enchaîna :

— Si votre état de santé est satisfaisant, vous avez de bonnes chances d'obtenir un commandement. Nous devons toutefois nous assurer d'un point capital : seriez-vous disposé à servir sous les ordres d'un ancien Confédéré ?

Joe fut si stupéfait qu'il se trouva incapable de répondre. Alger se pencha en arrière et croisa les bras, l'air amusé.

— Un Rebelle de l'Alabama, également prénommé Joe, précisa-t-il.

Agacé, Miles traduisit :

— Russell veut parler du parlementaire Joe Wheeler. Lui aussi désire servir son pays. Il sera général de division chez les volontaires.

— Vous connaissez ses antécédents, je présume, reprit Alger.

— Je sais qu'il a obtenu son diplôme à West Point mais qu'il a changé de camp. Il a commandé la cavalerie confédérée pendant toute la guerre.

— En effet. C'est lui qui a fait traverser les Carolines à Jeff Davis dans l'espoir de le conduire en lieu sûr. Mais Davis a été arrêté en Georgie, puis les troupes fédérales se sont emparées de Wheeler.

— J'ai personnellement signé l'ordre de l'emprisonner à Fort Delaware, fit Miles avec un rire ironique. Et nous voilà maintenant très heureux de le voir s'enrôler sous l'uniforme bleu de l'Union !

Alger posa ses mains jointes sur la table.

— La situation est la même pour notre consul général à Cuba, Fitzhugh Lee. Le neveu de Robert E. Lee.

— Je connais les liens familiaux de Mr. Lee, dit Joe, avec peut-être un peu de brusquerie — la condescendance d'Alger l'irritait.

Si le ministre remarqua cette sécheresse, il n'y réagit pas.

— Mr. Lee a également accepté un commandement comme général de division, chez les volontaires. Cela lui a été probablement plus facile que d'entrer au Département d'État et de travailler pour le frère du général Sherman.

McKinley prit le relais :

— Nous sommes au cœur de l'affaire, Mr. Crown. Voyez-vous, cette guerre nous offre davantage que l'occasion de rendre leur liberté à des Cubains opprimés et maltraités par les tyrans espagnols. Je ne minimise pas la valeur morale de cet aspect de la guerre, pas le moins du monde. Mais je vois aussi dans ce conflit une occasion de réunir les Américains comme ils ne l'ont pas été depuis trente-trois ans. Les bleus et les gris, ensemble. C'est pourquoi nous vous demandons d'interroger votre conscience. Vous vous êtes battu contre la Confédération. Êtes-vous aujourd'hui capable d'effacer tout reste de haine et de servir avec des hommes qui se sont rebellés contre l'Union ? Des hommes qui portent une responsabilité plus ou moins directe dans la mort de vos amis et camarades ?

Joe ne voulait pas paraître pompeux en répondant mais il tenait à laisser parler son cœur.

— Monsieur le président, j'ai combattu jadis pour la liberté, celle des Noirs. Ce serait pour moi un privilège de me battre maintenant pour la liberté des Cubains.

— Même sous les ordres de Joe Wheeler ? insista Alger.

— Joe Wheeler avait une réputation de battant. Je ne connais pas l'homme personnellement, mais je sais qu'on le tenait en haute estime. Il était à Shiloh, moi aussi. Après plus de trente ans, nous parviendrons sûrement...

— C'est oui ou c'est non, Mr. Crown ? coupa Alger.

Joe posa son chapeau sur la table. Le cœur battant, il répondit :

— C'est oui, monsieur le ministre. (Il se tourna aussitôt vers les deux autres, signifiant clairement qu'il en avait terminé avec Alger.)

Oui, général. Oui, monsieur le président. Ces réponses vont satisfont-elles ?

McKinley se leva pour une de ces vigoureuses poignées de main que les hommes politiques réservent à leurs électeurs privilégiés.

— A merveille, Mr. Crown. A merveille !

Le commandant George Dewey envoya enfin un message à Washington. Le matin du 1er mai, son escadre d'Asie avait pénétré dans la baie de Manille. Six bâtiments américains en ligne, commandés par Dewey de son navire amiral, le croiseur cuirassé *Olympia*, avaient coulé sept bateaux espagnols également en ligne. La bataille avait commencé à cinq heures quarante et une du matin, par un ordre qui, en vingt-quatre heures, catapulta le commandant Dewey vers la célébrité : « Vous pouvez faire feu quand vous voudrez, Gridley. »

La flotte américaine détruisit au total dix bâtiments espagnols et s'empara de l'arsenal maritime de Cavite sans qu'aucun navire américain soit gravement endommagé. Dewey devint le héros du jour ; les journaux publièrent son portrait en première page ; des musiciens se hâtèrent de composer des chansons en son honneur et les hommes politiques virent en lui l'étoffe d'un président. L'Amérique chevauchait la vague du triomphe.

Joe Crown aussi. Neuf jours après son retour de Washington, et après qu'on eut communiqué au ministère de la Guerre les résultats de la visite médicale faite à Chicago, il reçut une lettre du ministre Russell A. Alger l'informant qu'il était nommé général de brigade chez les volontaires.

86

Paul

Le ministère de la Guerre réclamait cent vingt-cinq mille soldats ; un million d'hommes voulurent s'engager et ce malgré la ruée vers l'or qui attirait des milliers de prospecteurs dans le Yukon.

La presse à sensation exultait. Drapeaux et bannières apparurent sur les édifices publics, ondulant au vent, brillant au soleil. Les orchestres remplacèrent les valses et les concertos par des marches militaires. Quelques téméraires opposés à la guerre se firent entendre, mais les protestataires furent vilipendés par la presse, voire menacés de lynchage. Quelle sorte de patriotisme pouvait-on attendre de professeurs de faculté socialistes ou de femmes aux cheveux courts approuvant l'amour libre ?

Un vent de panique souffla soudain sur la côte Est ; quelque part dans l'Atlantique rôdait l'escadre espagnole de l'amiral Cervera. Savannah et d'autres villes du littoral demandèrent à être protégées d'un débarquement. La Marine envoya quelques-uns de ses vieux bâtiments de surveillance à la coque grinçante, qui ressemblaient à celui qui avait affronté le *Merrimac*[1].

Quand Shadow informa Jimmy que Paul et lui partaient pour une zone de combat, le jeune homme devint écarlate mais n'explosa pas avant d'être seul avec Paul.

— Il dit que c'est toi qui as eu cette idée pourrie. T'es complètement branque ou quoi ?

— Ce sera une grande aventure. La plus grande de toute ta vie, peut-être.

— Pas si je me fais descendre par un métèque. Je m'en fous, j'y vais pas.

Mais Jimmy ne mit pas sa menace à exécution pour la raison que Shadow avait pressentie :

— J'ai parlé du voyage à Honey, elle a quasiment pissé dans sa

---

1. Cuirassés dont le prototype fut mis en service pendant la guerre de Sécession. *(N.d.T.)*

culotte. « Oooh ! la Floride, fit Daws, imitant la voix haut perchée de la jeune fille, la chaleur, les bains de mer ! » Je lui ai expliqué qu'on y allait pas pour traîner sur la plage, mais pour se faire tirer dessus à Cuba. Les balles ! Les batailles ! J'ai avoué que j'avais pas du tout envie d'y aller. Grosse erreur. Elle a dit qu'elle perdrait son respect pour moi si je me dérobais à mon devoir. Bon Dieu, il faut qu'elle ait du *respect pour moi* pour que je puisse la tringler. T'es vraiment un sale con, lança-t-il à Paul avec un regard mauvais.

Le 1ᵉʳ mai, un dimanche, Paul et Jimmy se préparèrent à partir pour Tampa, où se rassemblait l'armée de terre. Ils emballèrent caméra, trépied et réflecteurs dans deux caisses en bois. Le colonel les soupesa, et s'arracha les cheveux en imaginant le coût du transport. Quelle partie de ce matériel parviendraient-ils à transporter jusqu'à Cuba ? Paul n'aurait su le dire.

Shadow lui offrit un paquet de cinquante cartes de visite qu'il avait fait faire par l'imprimeur le meilleur marché qu'il ait pu trouver. Ce soir-là, dans la chambre des deux jeunes gens, Jimmy agita une des cartes sous le nez de Paul en grommelant :

— C'est quoi, cette connerie de « Chef opérateur » ?

— Ça ne vient pas de moi. Demande au colonel.

— Ouais, bonne idée. Si je trouve cinq minutes où t'es pas en train de lui lécher le cul.

Paul se retourna brusquement, le saisit par les épaules.

— Si cette carte ne te plaît pas, reste ici, bon Dieu !

Au lieu de lui expédier le coup de poing auquel Paul s'attendait, Jimmy laissa prendre sa mâchoire inférieure.

— Hé, lâche-moi, geignit-il avec un sourire veule. C'est la première fois que je te vois en colère, Fritz.

— Continue comme ça et tu m'y verras tout le temps.

Paul passa de l'autre côté du drap, le tira complètement sur le fil et s'allongea pour se reposer.

Se reposer ? Il était tendu comme une corde de violon. Il entendit Jimmy marmonner et se rappela brusquement, inopinément, la date de son anniversaire. Le 1ᵉʳ avril.

Le jour de Judas.

Le 3 mai, Shadow et Mary les conduisirent à la gare. Honey les accompagna aussi, ce qui atténua la mauvaise humeur de Jimmy. Paul avait belle allure dans sa veste à martingale. Il portait à l'épaule un sac en toile contenant un objectif de rechange et un magasin de pellicule vierge Eastman. Shadow n'avait pas voulu faire voyager un film coûteux dans un fourgon à bagages surchauffé — bien qu'il eût dû prendre ce risque pour des magasins supplémentaires envoyés en Floride de Rochester. Le colonel avait prévenu ses collaborateurs qu'il avait réservé pour eux les plus petites chambres disponibles au Tampa Bay Hotel, quartier général du corps expéditionnaire américain.

Il tira sur ses manchettes, pressa le bras de Paul et hurla presque pour se faire entendre dans le vacarme de la gare :

— Fritz, je compte sur toi et Jim pour me ramener un film du tonnerre de Dieu.

— Vous mettez pas sur la trajectoire des balles Mauser, cria Mary. Paraît qu'elles bourdonnent comme des abeilles.

Accrochée au bras de Jimmy, Honey Fail émit un petit couinement de frayeur. Il lui tapota la main avec un pâle sourire.

Shadow se tourna vers un reporter d'*Inter-Ocean* qu'il avait convaincu de venir couvrir le départ des seuls caméramen de Chicago se rendant en zone de combat. Avec sa redingote jaune, ses bottes en cuir repoussé et son sombrero, le colonel avait l'air d'un capitaine d'industrie. Jimmy et Honey, tête contre tête, échangeaient murmures et caresses. Deux hommes mûrs à l'ivresse conviviale passèrent près d'eux en chantant :

> *Dewey, Dewey, Dewey,*
> *C'est le héros du jour.*
> *Du Maine, du Maine, du Maine,*
> *On s' rappellera toujours.*

Mary profita de ce qu'ils accaparaient l'attention pour passer ses bras autour du cou de Paul, et pimenter son baiser d'adieu en lui fourrant la langue dans la bouche.

Le contrôleur lança son « En voiture ! ».

— Bon, faut y aller, murmura Jimmy.

Honey le serra contre lui. D'une voix que l'excitation rendait plus aiguë encore, elle s'exclama :

— Oh ! ce que tu es courageux ! Va les piétiner, ces sales métèques !

— Non, non, ils vont seulement les filmer, corrigea Shadow. Je veux un film, pas deux macchabées.

Le train à destination d'Atlanta partit une minute plus tard. Jimmy était déjà installé dans la voiture de deuxième classe ; Shadow courait près du marchepied en criant à Paul dans la vapeur tourbillonnante :

— Fais attention à l'argent des frais. Pour l'amour de Dieu, ne le gaspille pas, mais ne lésine pas non plus sur les télégrammes. Je veux des rapports réguliers.

— Bien, colonel.

Le train prit de la vitesse ; Shadow courut plus vite.

— J'ai confiance en toi, Fritz. Tu es le responsable. Garde un œil sur Jimmy. Garde la tête froide et ramène un chef-d'œuvre, un jour tu deviendras peut-être mon associé...

Il s'arrêta quand le train accéléra, leva la main droite. Paul l'entendit à peine crier un dernier mot :

— ... chance.

Il alla s'asseoir sur la mince banquette. A côté de lui, Jimmy dénoua sa cravate-plastron, qu'il n'avait mise que pour plaire à Honey, et la fourra dans sa poche.

Un vendeur ambulant passa avec un panier de fruits, de sachets de noisettes, de romans bon marché et de cartes à jouer. Jimmy acheta un Nick Carter et une pomme qu'il attaqua à coups de dents féroces.

Paul posa le sac en toile à ses pieds et tira le *Daily News* de sa poche. Un homme politique local avait pris la parole à l'Auditorium au cours d'un meeting en faveur de la guerre : « Avec cette noble croisade pour étendre notre influence et rendre leur précieuse liberté à nos frères latins qui souffrent, l'Amérique devient majeure et prend véritablement sa place dans le monde pour la première fois... »

« Je pourrais en dire autant », pensa Paul, exalté par l'excitation du départ et le mélange de peur et de fascination pour ce qui les attendait en Floride, et au-delà.

Ils dormirent ou tentèrent de dormir, assis sur la banquette. Ils descendaient du train pour avaler un sandwich dans un buffet de gare minable, remontaient parfois avec de grandes timbales de café fort. Jimmy ne cessait de se plaindre.

Le train traversa les plaines centrales, passa sur le pont suspendu enjambant l'Ohio à Cincinnati. Dans les prés à clôtures blanches du Kentucky, des juments et des étalons couraient le long du train, le dépassaient avant d'obliquer au galop vers la ferme. Ce fut ensuite le Tennessee, avec ses falaises calcaires, ses cascades de dentelle étincelant devant des grottes sombres, ses montagnes boisées vues du haut de pentes escarpées. Comme le train roulait en haletant dans la partie sud de l'État, Jimmy posa une question bizarre :

— Tu crois qu'on va se faire du fric pendant ce voyage ?

— Il ne s'agit pas de gagner de l'argent. Enfin, peut-être pour l'American Luxograph Company mais pas pour nous. Sauf si tu comptes ta paie.

— La compter ? La plupart du temps, j'arrive même pas à la trouver. J'ai l'intention de me faire quelques extras en Floride. Un gars du Levee m'a dit qu'il y a toujours plein de péquenots dans un camp militaire.

Jimmy se renversa en arrière, croisa les bras, et ajouta :

— Alors, j' te préviens, monsieur le chef opérateur, je serai pas toujours là quand t'auras besoin de moi.

— Attends un peu, nous avons pour mission...

— Ah ! arrête avec ces conneries. Je l' ferai, mon boulot. Mais je m'occuperai de mes petites affaires à côté. Tu gardes ça pour toi, hein ? (Jimmy lui donna une bourrade qu'il voulut amicale.) Sois sympa, quoi.

Agacé, Paul regarda par la fenêtre.

A l'aube, Paul s'éveilla en sursaut quand le train s'arrêta brusquement. Il avait somnolé la tête contre la vitre. Il sentit une odeur de matin frais, entendit des criquets et des grenouilles, vit une petite gare.

Il y eut des bruits de pas, des voix dures criant des ordres. Une lanterne accrochée au-dessus d'une pancarte éclairait le nom de la gare : Chickamauga.

Des soldats montèrent et s'entassèrent dans les wagons. C'étaient de jeunes recrues en vareuse bleue, un foulard rouge noué autour du cou, des guêtres propres aux pieds. Ils portaient des couvertures blanches roulées. Une vingtaine d'entre eux prirent place parmi les cinq ou six civils de la voiture de Paul et Jimmy. Un sergent rabougri, un carré de cuir sur l'œil gauche, commandait le groupe. Après avoir installé ses hommes, il s'assit et dormait déjà quand le train démarra.

Quelques heures plus tard, ils arrivèrent à Atlanta. Des rayons de soleil éclatants s'abattaient entre les quais couverts. Paul bâilla, gratta sa barbe naissante en remarquant des guirlandes tricolores enroulées autour des piliers de fer forgé du toit.

Il entendit une fanfare qui jouait *A Hot Time in the Old Town Tonight*. Une foule assez nombreuse s'était rassemblée pour voir passer le train des troupes. Une idée germa dans la tête de Paul, qui alla trouver le contrôleur.

— Combien de minutes d'arrêt ?

— Quarante-cinq.

Il retourna réveiller Jimmy.

— On va essayer de filmer ici. Attends-moi.

Il courut auprès du sergent, qui écouta sa requête et refusa aussitôt. Paul insista :

— Nous sommes de l'American National Luxograph Company. Vous avez sûrement entendu parler de la plus célèbre compagnie d'images animées ?

Le sous-officier n'osa pas répondre non.

— C'est pour l'effort de guerre, poursuivit Paul. Des centaines de milliers de personnes vous verront sur les écrans, vous et vos hommes. Vous serez tous très fiers.

Vingt minutes plus tard, Paul et Jimmy firent sensation en installant leur caméra sur le quai. Ils filmèrent les recrues arrivant au pas puis montant dans les voitures. Paul n'était pas sûr d'avoir une lumière suffisante, mais s'il obtenait des images, elles seraient formidables.

Jimmy grogna qu'il aurait préféré dormir.

Dans un centre de triage proche de la gare, les voitures furent accrochées à une locomotive du Florida's Plant System, le réseau Plant. Bientôt des paysages surprenants défilèrent devant la vitre. Grands chênes ornés d'une barbe de mousse espagnole, flancs de colline de terre rouge à vif ; paysans dépenaillés s'arrêtant derrière leur attelage de mules pour lever un regard las vers les soldats qui leur faisaient signe du train.

Une jeune recrue sortit un harmonica et commença à jouer *The Stars and Stripes Forever*. La musique ragaillardit Paul, lui fit oublier l'ennui de cet interminable voyage. « Ce sera une expérience unique. J'apprendrai beaucoup. Une fois de retour, si je rentre sain et sauf, je me soucierai de l'avenir. Pas avant. »

Comme il aurait voulu que Juliette fît partie de cet avenir ! Mais il l'avait perdue pour toujours. Il devait passer à autre chose. Comme d'habitude, les Allemands avaient un proverbe pour la situation : *Andere Städtchen, Andere Mädchen.*

Autres villes, autres filles.

Le train poursuivait lentement sa route, traçant dans le ciel une ligne de fumée noire. Les soldats se plaignaient des fusils qu'on leur distribuerait, de vieux Springfield utilisant de la poudre noire classique. Les Espagnols étaient équipés du Krag, une arme danoise conçue pour la nouvelle poudre sans fumée.

— C'est une condamnation à mort, conclut un soldat. Si y a pas de fumée qui sort de la pétoire d'un tireur embusqué, comment tu veux savoir où il est ? Il t'aura avant que t'aies eu le temps de dire ouf.

Dans une gare de Georgie, huit jeunes filles descendirent de bogheys ou de chariots et s'éparpillèrent dans les voitures en réclamant des souvenirs — boutons dorés, cartouches. Beaucoup de jeunes soldats leur donnèrent satisfaction.

En Floride, les hameaux devinrent plus rares, plus pauvres. Des cabanes en bois de récupération construites au bord même de la voie abritaient des familles entières de Noirs qui regardaient passer le train de leurs yeux sombres et mélancoliques. Du bétail à longues cornes broutait de mauvaises herbes sous un soleil implacable. Paul avait depuis longtemps enlevé sa veste. Il puait de ne pas s'être lavé ; toute la voiture puait.

Le sergent au bandeau de cuir avait réquisitionné une double banquette à l'avant. Avec l'aide du contrôleur, il trouva une planchette qu'il transforma en table de jeu. Il organisa une partie de poker, et entreprit de soulager ses hommes de leur argent de poche.

L'harmonica se remit à jouer. Un soldat à la puissante voix de baryton chanta d'un ton moqueur :

> *Juste avant la bataille, mère,*
> *C'est surtout à toi que je pense...*

C'était une chanson de Chicago, Paul s'en souvenait. Fritzi l'avait jouée au piano un des heureux soirs qui avaient suivi son arrivée, quand il était assis près de la cheminée. Oncle Joe avait précisé qu'un Chicagolais l'avait écrite pendant la guerre de Sécession quand lui-même chevauchait un hongre de la cavalerie et que des millions de garçons aussi jeunes que les soldats du train, aussi jeunes que lui, allaient à la mort.

D'autres voix se joignirent à celle du chanteur mais sans adopter son ton ironique.

Couchés autour de moi, de courageux camarades
Pensent à la maison et au Bon Dieu,
Car ils savent que demain
Certains d'entre eux dormiront sous la terre.

Jimmy se leva, se pencha par-dessus le dossier de la banquette.

— Hé, fermez-la qu'on soit un peu tranquilles !

— Assieds-toi, Jimmy, intervint Paul.

Les soldats s'interrompirent, deux d'entre eux se mirent debout.

— J'essaie de roupiller, moi, continua Jimmy. J'ai pas envie d'écouter des conneries sur la mort.

— Monsieur, surveillez votre langage, dit un représentant de l'autre côté de l'allée.

Le sergent borgne vint se planter devant Jimmy.

— Ces gars partent pour la guerre, ils ont le droit de brailler. J'en dirais pas autant pour toi, je vois pas ton uniforme.

— Je t'emmerde, bouseux.

Le sergent brandit le poing. Paul se glissa devant Jimmy, étendit les bras pour les séparer.

— Il fait chaud, tout le monde est fatigué, pas d'histoires.

Tous les soldats s'étaient levés, prêts à se battre. Jimmy blêmit en prenant conscience de la folie de son défi. Le sergent s'essuya la bouche de la main et dit à Paul :

— D'accord, mais qu'il se tienne tranquille.

Pointant le menton vers le visage de Jimmy, il lui lança :

— T'as entendu ? Ferme ta gueule ou tu pourrais bien quitter le train par la fenêtre, les fesses en premier.

Il s'éloigna en dispersant ses hommes. Quelques voyageurs civils fixaient Paul et Jimmy d'un regard méprisant.

— A moi de m'asseoir près de la fenêtre, maugréa Jimmy.

Paul ne discuta pas.

Tard dans la nuit, alors qu'on avait mis les lampes à huile en veilleuse et que Jimmy ronflait doucement dans la voiture silencieuse, quelque chose poussa Paul à chercher dans la poche de sa veste une de ses cartes de visite. En l'inclinant vers la lumière oscillante, il put lire :

PAUL « FRITZ » CROWN
Chef opérateur

Une fois de plus, il était un homme nouveau.

Une fois de plus, il filait vers des ténèbres dont il ignorait tout.

Une fois de plus il connaissait l'émerveillement et l'impatience, un sentiment d'inéluctabilité mêlé de peur. Les Américains avaient une expression pour désigner l'acte de partir à la guerre et d'en affronter les dangers. Aller voir l'éléphant, disaient-ils.

Il dormait par intermittence, tenant au creux de la main la carte qui faisait de lui un homme neuf. Une ou deux fois, quand il s'éveilla, il se rappela où il était, qui il était, et s'en étonna.

Fritz Crown.

Age : vingt ans — vingt et un le mois prochain.

Partir voir l'éléphant...

87

Ilsa

La veille du départ de Joe pour la guerre, Ilsa repassa les sous-vêtements de son mari dans une pièce sous les combles, spécialement réservée à cet usage. Normalement, les deux lingères qui venaient chaque samedi depuis des années se chargeaient du repassage de la semaine, mais cette fois, Ilsa s'était sentie tenue de le faire. Comme si à travers cet acte elle pouvait insuffler aux vêtements quelque magie protectrice.

L'après-midi même, elle s'était précipitée au grand magasin Elstree pour acheter les sous-vêtements — sept ensembles maillot et caleçon long en coton gris, avec de petites ouvertures pour l'aération. Le prix était élevé, mais le vendeur avait assuré que c'était les sous-vêtements pour messieurs les plus frais qu'on pût trouver. Il lui avait fait admirer les manchettes côtelées du maillot, le tour de cou en collerette et les petits boutons de nacre.

Ilsa craignait que son mari ne souffre de l'humidité des tropiques. Elle se sentait en partie responsable de son départ. Elle aurait fait n'importe quoi pour le protéger, pour le faire revenir sain et sauf.

La façade de granit d'Elstree était décorée de banderoles tricolores étoilées, comme la plupart des bâtiments commerciaux de State Street. D'un magasin voisin s'échappait une marche jouée au piano. Ilsa regarda par la vitrine, vit un homme en costume et gilet marteler le clavier de l'instrument sur une estrade. Une douzaine d'adultes et plusieurs enfants faisaient cercle autour de lui, tapant des mains et des pieds. Une bonne partie de Chicago — et du pays — s'enflammait de ferveur patriotique, comme si la guerre allait être une partie de plaisir. Même Joe gambadait quasiment dans la maison en fredonnant.

Tous les Américains ne se réjouissaient cependant pas des déclarations de Washington, des affiches de recrutement, des fanfares et des défilés — Joe avait pris part à l'un d'eux avec son unité de la Grande Armée de la République. Le mouvement belliciste était puissant dans le Middle West et le Far West, plus faible dans l'Est, où quelques professeurs, artistes, écrivains, journalistes commençaient à s'élever contre les va-t-en-guerre.

Ilsa était au courant de cette opposition parce son mari avait reçu une longue lettre de Carl Schurz à ce sujet. L'ami de Joe combattait vigoureusement l'intervention militaire, à Cuba ou ailleurs. Il s'efforçait d'organiser un mouvement d'opposition sous une forme ou une autre — ce qui dégoûtait Joe.

Miss Addams, l'amie d'Ilsa, était fort préoccupée par la guerre. Elle en avait discuté à Hull House la semaine précédente au cours d'un de ses thés sans cérémonie auxquels elle conviait Ilsa et d'autres femmes soutenant l'institution.

En 1896, avait-elle rappelé à ses amies, elle avait fait un de ses pèlerinages spirituels, cette fois dans une propriété nommée *Yasnaya Polyana*, située à quelques centaines de kilomètres de Moscou. C'est là que vivait le comte Tolstoï. Cet écrivain de génie avait abandonné le luxe et le confort du monde pour revêtir chaque matin des habits de paysan, travailler tout le jour dans ses propres champs et, par ce mode de vie spartiate, renforcer sa conception chrétienne d'un monde meilleur.

— Le comte Tolstoï est convaincu que l'État — tout forme d'État — est antichrétien, avait dit Jane Addams. Le vrai chrétien doit donc rejeter l'État et toute sa politique. Quand on suit la logique du comte jusqu'au bout, on en conclut inévitablement que la guerre contre l'Espagne est immorale.

Elle avait secoué tristement la tête avant de poursuivre :

— Le comte est un saint homme, peu de gens le nieront. Mais les saints peuvent avoir l'esprit trop élevé pour la réalité quotidienne. Les grands principes, les sermons ne suffisent pas toujours quand souffle le vent mauvais. Dans ce quartier, les discours des bellicistes ont une mauvaise influence sur les enfants. Auparavant, ils avaient des jeux simples ; maintenant ils jouent à la guerre. Ils ne « libèrent pas des Cubains », ils « tuent des Espagnols ». Le comte pourrait bien s'adresser à eux dans la rue, juché sur une caisse à savon, qu'ils ne l'écouteraient même pas. Et leurs parents continueraient d'acheter tous ces petits drapeaux. La guerre peut prendre un visage attrayant. Les gens se complaisent dans les passions qu'elle autorise. On le comprend aisément. C'est le côté prédateur de notre nature. Il gît sous la surface, prêt à jaillir, à semer la destruction...

Elle s'était interrompue. Les autres femmes avaient échangé des regards gênés.

— Carl Schurz, un ami de mon mari, essaie de créer un mouvement d'opposition, avait dit Ilsa. Si une telle organisation voyait le jour, je ne crois pas que je pourrais y adhérer, pour des raisons personnelles. Le pourriez-vous ?

Miss Addams avait paru tout à coup rapetisser.

— Je ne sais pas. J'ai déjà assez mauvaise réputation comme cela, et l'œuvre de Hull House doit se poursuivre. Mon adhésion au mouvement de Mr. Schurz pourrait engendrer une telle hostilité que les dons qui nous permettent d'exister pourraient être réduits à zéro.

Alors, je ne sais pas. J'ai tendance à penser que, comme vous, je m'abstiendrais.

Ilsa n'avait rien dit à Joe de cette discussion ; elle n'avait même pas laissé entendre qu'elle y avait pris part. S'opposer ouvertement à la guerre revenait à s'opposer à lui. A quoi bon le faire maintenant que la décision de Joe était prise, que les autorités militaires avaient signé les papiers ?

Son silence était lâche, elle le savait. Mais elle avait perdu son fils, elle avait perdu son neveu. Elle n'aurait pas supporté de perdre en plus l'amour de son mari.

Ilsa avait lavé les sous-vêtements et les avait mis à sécher pendant le dîner. Joe avait mangé à la hâte en invoquant la nécessité de passer en revue les affaires qu'il avait préparées pour sa valise. Elle avait marqué son approbation d'un signe de tête qu'il ne vit pas ; il avait déjà quitté la salle à manger.

Elle avait aidé Helga à faire la vaisselle, puis, avant de monter, elle s'était arrêtée dans la grande salle de séjour devant les étagères qui se trouvaient auparavant dans la chambre de Pauli. Elle les avait installées en bas et y avait posé quelques-uns des objets anonymes qui, elle en était sûre, provenaient de Joe Junior. Dans le cageot miniature, les petites oranges en sucre avaient légèrement bruni. Tout en haut, les cristaux de quartz de la demi-géode étincelaient comme les soleils et les planètes de quelque univers féerique.

« Où est-il ? s'était-elle demandé en caressant la cavité grenue. Mon Dieu, faites qu'il soit sain et sauf — heureux — même si je ne dois jamais plus le revoir. »

Ilsa avait commencé le repassage un peu après neuf heures et elle y était encore quand une horloge, en bas, sonna doucement dix heures. Il faisait dans la pièce une chaleur moite. Elle avait ouvert les deux lucarnes rondes mais aucun souffle d'air n'agitait la nuit de mai.

De la sueur coulait sur son menton ; de temps en temps, une goutte tombait. Ilsa repassait avec un zèle inlassable, pliant soigneusement chaque sous-vêtement. Bien qu'elle se rebellât parfois contre les devoirs que son éducation allemande imposait aux femmes, elle accomplissait ce soir ce travail fastidieux avec une énergie farouche.

« Pourquoi a-t-il choisi de partir ? » pensait-elle en faisant aller et venir le fer. Bien sûr, elle connaissait la réponse. C'était un patriote, un homme de principe. La guerre de Sécession avait marqué sa vie, il avait combattu pour un objectif moral élevé. Elle savait que le même genre de sentiment l'animait aujourd'hui.

Mais il avait aussi d'autres motivations. Ces dernières années, les élans de son cœur étaient entrés trop violemment en conflit avec sa passion germanique de l'ordre et de l'autorité — ce qui avait eu des conséquences désastreuses pour la famille. Et son sentiment de culpabilité devait être pour lui un fardeau terrible. Tous ces préparatifs militaires n'étaient peut-être qu'une tentative pour surmonter cette épreuve, pour retrouver le contrôle de son existence et prouver que son cher *Ordnung* n'était pas que destructeur.

Ilsa le devinait aussi déçu, lassé par le cours ordinaire de la vie à la maison — autrement dit par elle. Il avait du ressentiment à son égard, même s'il s'efforçait de le cacher. Elle avait trop souvent exprimé ses propres principes, ses propres opinions, en particulier au sujet de ses affaires.

Elle ne trouvait qu'une seule — mais bien mince — consolation à ce départ : mieux valait un uniforme bleu pour son cher Joe qu'une autre femme. Mais même cette pensée n'était pas vraiment rassurante. Joe ne partait pas pour quelque joyeuse excursion avec d'anciens combattants. Son Joe endossait l'uniforme pour une vraie guerre.

Il y aurait des fusillades, des morts. Des hommes mutilés à vie ou jetés hâtivement dans une fosse. Un hasard malheureux — se tenir au mauvais endroit au mauvais moment, tourner à droite plutôt qu'à gauche sur une piste de jungle —, n'importe quel acte fait dans la précipitation de la guerre pouvait attirer la balle fatale. Lui enlever Joe pour toujours. Causer la perte ultime, qui serait au-dessus de ses forces...

Et il n'y avait rien qu'elle pût y faire. Rien hormis s'asseoir sur un tabouret dans une pièce étouffante, et repasser ses sous-vêtements avec amour, avec une dévotion têtue.

HUITIÈME PARTIE

TAMPA

1898

A présent, sénateur, pouvons-nous avoir la guerre, s'il vous plaît ?

Theodore Roosevelt, secrétaire adjoint à la Marine, 1898.

COMMENT TROUVEZ-VOUS LA GUERRE DU *JOURNAL* ?

Titre du quotidien de Hearst, 1898.

88

Fritz

Il faisait presque noir quand le train entra lentement dans Tampa. De longues enfilades de méchantes bicoques bordaient des rues de sable creusées d'ornières. Çà et là, le feuillage de palmiers étiques s'agitait dans le vent humide soufflant de Tampa Bay. Paul ne cessait de bâiller. Il était exténué, affamé, et sale.

Le train s'arrêta au centre d'un quartier commerçant. Tous les soldats descendirent et Paul, en se penchant par la fenêtre, vit que les autres voitures se vidaient pareillement. Des hommes à cheval, des chariots de ravitaillement avançaient péniblement dans le sable tandis que tombait la nuit. Le contrôleur passa la tête par la portière.

— Prochain et dernier arrêt à l'hôtel. Dans cinq minutes.

Ils passèrent sur un pont de chemin de fer construit au-dessus d'une rivière, traversèrent des plantations de palmiers nains et une autre zone de maisons délabrées éclairées par la faible lumière de réverbères très éloignés l'un de l'autre.

— Bon Dieu, quelle ville minable ! grogna Jimmy.

Paul fut de son avis. La puissante armée des États-Unis se rassemblait aux confins de la civilisation, semblait-il.

Le train franchit ensuite des grilles de fer forgé pour s'engager sur une voie de garage. Jimmy se redressa avec un grand sourire ; Paul regarda au-dehors et eut la surprise de voir une illustration des Mille et Une Nuits devenir réalité.

Il contemplait le spectaculaire Tampa Bay Hotel.

Henry B. Plant, fondateur du réseau Plant de voies ferrées, de lignes maritimes et d'hôtels, avait fait construire cette magnifique villégiature d'hiver sur la rive occidentale de la rivière Hillsborough. L'établissement était situé sur une propriété de trois hectares où poussaient des palmiers, des cornouillers, des bougainvillées, des orangers, des citronniers et des bananiers.

Le bâtiment principal, long, rectangulaire, haut de quatre étages, était en brique rouge. Un énorme dôme argent en forme d'oignon s'élevait à chaque coin ; entre deux dômes se dressaient des minarets couronnés de demi-lunes. Des arcades mauresques encadraient les entrées ; d'autres, plus petites, ornaient les fenêtres du premier étage. Une véranda large comme une avenue, illuminée de lumière électrique, courait tout autour de l'édifice. Des couples se promenaient dans les jardins ; des hommes en uniforme prenaient l'air dans des fauteuils à bascule blancs. De la musique et des rires étouffés leur parvinrent par la fenêtre de la voiture. « Il faut que j'achète une carte postale de ce lieu, sinon personne ne croira qu'il existe » — telle fut la première pensée de Paul.

Jimmy était impressionné lui aussi.

— Y a combien de pièces, là-dedans ? demanda-t-il au contrôleur.

— Cinq cent onze. On dirait un palais de sultan, hein ? Attendez de le voir en plein jour. Ils ont une douzaine de paons apprivoisés qui se baladent en liberté.

— Des paons ? J'en ai encore jamais vu.

— Normalement, l'hôtel est fermé en cette saison, mais Mr. Plant, c'est un patriote ! Il l'a ouvert dès que Washington a dit qu'il en avait besoin. Ce que vous regardez, les gars, c'est le quartier général du 5ᵉ corps d'armée.

Comme ils portaient leurs sacs entre les rangées de banquettes, Paul s'arrêta pour poser une autre question.

— C'est grand, Tampa ?

— Quatorze ou quinze mille habitants en comptant les métèques — les Cubains — de West Tampa et Ybor City. Avec les soldats, la population a quasiment doublé. Ils campent un peu partout. Vous logez à l'hôtel ?

— Oui. Nous sommes opérateurs d'images animées.

— Ben, vous avez de la chance de crécher ici plutôt qu'à la belle étoile, avec les moustiques.

Paul pressa le pas pour rattraper Jimmy qui, ravi, était déjà descendu de voiture.

— Fritz, y a des femmes partout, nom de Dieu.

— On aura du temps pour ça plus tard. D'abord on récupère le matériel dans le fourgon.

— Oh ! c'est vrai, j'oubliais, c'est toi qui commandes, maintenant, répliqua Jimmy.

Paul fit volte-face.

— J'en ai assez de tes sarcasmes.

— Tant pis pour toi. T'as pas intérêt à me commander comme un Nègre dans un champ de coton, parce que sinon...

— Sinon quoi ?

— Je te le dis pas. Me pousse pas à bout, c'est tout. Fais pas l'andouille et ça se passera bien.

— J'essaierai de m'en souvenir.

Luttant contre sa colère, Paul alla au bout du train. Il se demanda ce qui le retenait d'acheter tout de suite un billet de retour à son prétendu assistant. Il se débrouillerait beaucoup mieux tout seul. Il avait déjà descendu deux des caisses du fourgon quand Jimmy arriva en sifflotant, sans se presser. Paul réprima une envie de le frapper.

Des porteurs noirs apportèrent des charrettes et mirent des étiquettes sur les caisses pour qu'elles soient transportées à l'hôtel. Paul leur donna un pourboire et demanda :

— Où doit-on s'inscrire sur le registre ?

— Là, monsieur, répondit l'un d'eux, indiquant des portes situées à l'extrémité la plus proche du bâtiment. L'entrée ouest est réservée aux passagers du train, l'autre est celle des attelages venant par le pont. Prenez le couloir jusqu'à la rotonde, vous trouverez la réception.

Ils gagnèrent la véranda par une allée de gravier, remarquèrent une multitude d'uniformes variés et de jolies jeunes femmes en robe du soir, à la peau basanée et aux magnifiques chevelures noires.

— Si c'est du sucre cubain, j'en veux, dit Jimmy.

— Pendant ton temps libre, lui rappela sèchement Paul.

A l'intérieur, le hall était meublé de hauts fauteuils en bois sculpté et décoré de jarres chinoises, de petites statues et de palmiers nains en pot. Des portes ouvertes — panneaux d'acajou tendus de satin — donnaient sur plusieurs salons. Dans l'un d'eux, des dames jouaient aux cartes ; un autre servait de bureau à des officiers.

Paul fut si impressionné par la rotonde qu'il ôta son chapeau de paille comme dans une cathédrale. Large de trente mètres environ, elle était brillamment éclairée par de la lumière électrique. Ses murs étaient ornés de tapisseries, de tableaux et de miroirs teintés. Des colonnes de granit soutenaient la galerie du premier étage.

Il y avait foule ; hommes et femmes en tenue de soirée, officiers de marine en blanc se mêlant à leurs collègues de l'armée de terre vêtus d'un bleu marine lourd qui eût mieux convenu à l'Alaska. Quelques autres portaient un uniforme kaki moins cérémonieux et des sombreros. Faisaient-ils partie du 1er régiment de volontaires de cavalerie, ce régiment de cow-boys, d'hommes du monde et de sportifs universitaires sur lequel Paul avait lu divers articles ? Il était commandé par le colonel Wood, vétéran des guerres contre les Indiens.

Paul remarqua deux officiers à la mine sévère qui émergeaient d'une porte portant l'inscription « Bureau du télégraphe ». Sur le tableau d'affichage qui occupait une partie du mur, l'un d'eux fixa une longue copie jaune de télégramme. Malgré ce détail, il régnait plus une atmosphère de fête que de guerre.

A la réception, Paul fit glisser sa carte sur le marbre vert. L'employé, la quarantaine, le ton brusque, répondit :

— La Luxograph Compagny. Vos chambres sont prêtes. Quatrième étage. Le premier et le deuxième sont réservés aux officiers supérieurs ou à ceux qui ont de la famille. Le tarif est de quatre dollars par jour, repas compris, mais sans les suppléments tels que les boissons alcoolisées. La lettre de réservation nous prie d'envoyer la note à votre compagnie, à Chicago.

— C'est exact, dit Paul en signant le registre.

Appuyé au comptoir de marbre, Jimmy lorgnait les femmes.

Certaines étaient boulottes, grisonnantes, accompagnées par des officiers âgés, mais un grand nombre semblaient disponibles. Quelques-unes, aux allures de matrone, portaient l'uniforme de l'Armée du Salut. Les plus jeunes étaient de celles qu'ils avaient vues dehors, de séduisantes jeunes filles de Tampa ou peut-être de Cuba même.

Paul donna un coup de coude à Jimmy, qui prit le porte-plume et parvint à éclabousser d'encre la page jusque-là sans tache.

— Vous trouverez la salle à manger par là, reprit l'employé, au bout du couloir est, après le solarium, à votre gauche. C'est trop tard pour y manger ce soir, on sert le dîner à six heures, mais vous pourrez vous restaurer en bas, au snack-bar, ou dans l'Annexe orientale. L'Annexe se trouve entre ce bâtiment et la remise à bateaux, au bord de la rivière. Pendant la journée, on démonte le plancher de l'Annexe pour permettre aux clients de se baigner dans notre piscine.

Jimmy lâcha un « Nom de Dieu ! » stupéfait. Choqué, l'employé fit tinter une cloche d'argent. Un porteur noir — il y en avait des dizaines, semblait-il — chargea leurs valises sur un diable et prit les clefs des chambres. L'homme avait une soixantaine d'années, des yeux marron fatigués.

— Par ici pour l'ascenseur, messieurs.

Ils passèrent devant un petit officier japonais en uniforme chamarré en grande discussion avec un civil en redingote qui prenait des notes. Tous deux fumaient des cigares — Paul fut surpris d'en aimer l'arôme. Le principal ascenseur se trouvait près du grand escalier — il y en avait un à chaque bout du couloir, leur apprit le porteur. Paul remarqua les courbes et les volutes dorées de la cage.

— Beau travail, apprécia-t-il.

— Otis, dit le Noir. Mr. Plant, il achète c' qu'y a de mieux.

La cabine les hissa au quatrième étage. Le porteur les précéda dans un long couloir et s'arrêta devant une porte close.

— Ici, c'est vot' salle de bains. Y en a une toutes les trois chambres. Vous trouverez pas un aut' hôtel de Floride aussi confortable.

Il alla à la porte suivante, l'ouvrit.

— Vot' chambre, monsieur, dit-il à Jimmy.

Même la plus petite chambre de Mr. Plant était pourvue d'un tapis d'Orient, d'un lit d'une personne aux draps blancs et d'une coiffeuse. Sur une table basse, un téléphone voisinait avec un éventail en papier portant le nom de l'hôtel. La pièce était éclairée par un plafonnier à trois ampoules électriques, équipée d'un radiateur et d'une petite cheminée, sans utilité ce soir-là.

— Pose le sac sur le lit, mon gars.

Le porteur fit ce que Jimmy lui ordonnait.

Paul lui demanda si le temps était toujours aussi chaud à Tampa et l'homme assura que non. La température et l'humidité étaient bien trop élevées pour un mois de mai, ça s'améliorerait. Paul présuma qu'il s'agissait de l'habituelle propagande optimiste d'une station balnéaire.

— D'ici là, on a le temps de frire, marmonna Jimmy en s'éventant.

Il suivit Paul jusqu'à sa chambre, qui était identique.

— Tenez, et merci, dit Paul au vieux Noir en lui donnant vingt-cinq cents.

L'homme sourit et le remercia chaleureusement.

— Ça m' ferait mal de refiler quelque chose à un moricaud pour le travail qu'il doit faire, dit Jimmy après le départ du porteur.

Paul lança son canotier sur le lit.

— Tu as faim ?

— Nan. J'ai plutôt envie de jeter un coup d'œil aux gonzesses d'en bas.

— Comme tu veux, fit Paul en déboutonnant sa chemise, collante de sueur et de crasse. Il faudra déballer les caisses demain matin de bonne heure pour commencer à filmer dès que possible.

— Ouais, d'accord. T'auras qu'à frapper à ma porte. Si c'est une femme qui répond, insiste pas.

N'obtenant pas de sourire de Paul, Jimmy ajouta :

— Pas trop tôt, hein ? Sept heures, sept heures et demie...

— Six heures.

— *Six* heures ? Tu seras peut-être debout mais pas moi.

Il sortit. Un moment plus tard, Paul l'entendit fermer sa porte à clef et descendre le couloir.

Après s'être lavé et changé, Paul descendit à son tour. Au kiosque à journaux, il prit une brochure gratuite sur l'hôtel, acheta une carte postale en couleurs du bâtiment principal et demanda au vendeur :

— Je voudrais essayer un bon cigare de Tampa.

— Je vous recommande ceux-ci, *Guerra y Diaz*. La fabrique est à Ybor City. Cinq cents pièce seulement, mais roulés avec d'excellentes feuilles de tabac cubain. Vous êtes fumeur de cigare ? (Paul répondit que non.) N'inhalez pas la fumée, gardez-la dans la bouche pour en apprécier la saveur, puis rejetez-la, vous trouverez ça très agréable.

Paul descendit au sous-sol où il découvrit le coiffeur, la masseuse, les bains d'eau minérale pour les dames, le cabinet du médecin de l'hôtel, et enfin l'endroit qu'il cherchait, le snack-bar. Pour y accéder, il fallait emprunter un long couloir, puis descendre un escalier menant directement à la salle. De la fumée et un cliquetis de boules de billard s'échappaient d'une arcade proche du bar.

Paul prit un menu, s'étonna d'y voir des saucisses de porc Armour. Le serveur du bar expliqua qu'Armour, Swift et Big V avaient tous des succursales en Floride. Celle de Vanderhoff se trouvait à Ocala.

Il commanda une bière blonde, des côtelettes d'agneau avec des tomates braisées et des haricots, et du *chowchow*, sorte de pickles américains qu'il avait appris à aimer.

— Pour finir, une glace au nougat et un café noir, s'il vous plaît.

— Installez-vous où vous voudrez. Le garçon viendra vous servir.

Il choisit une petite table dans un coin. La bière était correcte, mais elle ne valait pas la Crown. Même après avoir été banni par son oncle, il devait reconnaître que ce dernier brassait un breuvage supérieur.

Paul lut la brochure en mangeant. Il apprit que Plant avait ouvert l'hôtel en 1891, et que sa construction avait coûté deux millions de dollars. Cinq cent mille dollars de plus avaient été consacrés aux meubles « personnellement choisis par Mr. et Mrs. Plant au cours d'un long voyage en Europe ».

Il poussa la brochure pour s'intéresser à son *Guerra y Diaz*. Il demanda un coupe-cigare au garçon, décapita le havane, l'alluma. Préparé à une réaction déplaisante — toux, étranglement, nausée —, il aspira un peu de fumée, la fit rouler dans sa bouche en prenant garde de ne pas l'avaler puis l'exhala. Elle avait une odeur et une chaleur moelleuse tout à fait agréables.

Paul glissa le cigare entre ses dents, le mordit légèrement. En sortant, il lança un coup d'œil au miroir du bar et l'homme qu'il découvrit lui plut. Avec le cigare, cet homme avait *eine grosse Reife...* Une plus grande maturité. Sans aucun doute.

Il en achèterait d'autres demain.

Dehors l'air était doux mais d'une moiteur oppressante. Il se faisait tard, les allées étaient moins encombrées. Paul fit une promenade en direction de la remise à bateaux où, comme le disait la brochure, les clients pouvaient embarquer pour une croisière sur la rivière à bord d'« embarcations électriques ultra-modernes ».

Il passa devant des courts de tennis, fit halte devant l'Annexe orientale, grand pavillon brillamment éclairé où l'on jouait de la musique de danse. La valse lui rappela Juliette. Il s'éloigna, gagné par une soudaine tristesse.

Le lendemain matin, il frappa à la porte de Jimmy à six heures, n'obtint pas de réponse. Il frappa plus fort. Toujours rien. Très irrité, il descendit, acheta deux cigares, quitta l'hôtel et prit un trolleybus de l'autre côté du pont de Lafayette Street. Le matin était gris et humide. A la lumière du jour, la ville semblait encore plus sordide et primitive qu'à leur arrivée. Plus animée, aussi. Les rues principales, encombrées de chariots à quatre mules, étaient parfois traversées par des courriers lançant leur cheval au galop sans se soucier des piétons.

Des soldats marchaient de front sur les trottoirs en planches. La plupart portaient l'uniforme classique de lourde flanelle bleue. Certains étaient noirs, Paul le constata avec étonnement. Ces soldats de couleur restaient ensemble et se tenaient à l'écart des Blancs.

Dans un bar décoré de drapeaux américains et cubains, il prit un petit déjeuner rapide — bouillie de farine de maïs et café fort. Le barman, un type basané parlant avec un accent, prévenait deux clients d'une voix forte que les navires de guerre espagnols bombarderaient Tampa à la fin de la semaine, après quoi l'infanterie débarquerait et ravagerait la ville. L'un des clients rétorqua :

— Emilio, c'est seulement la dixième rumeur de débarquement en deux semaines. Quand je verrai un Espingouin courser ma bourgeoise le pantalon sur les chevilles, *là*, je décrocherai mon fusil.

En ressortant, Paul remarqua un peu de sable sur le pas de la porte. La Floride, c'était la chaleur, la moiteur, la végétation tropicale, mais c'était avant tout le sable. Pourtant, il aimait être là. C'était exactement ce dont il avait rêvé à Berlin, dans son enfance.

Il alluma un cigare en marchant. Presque toutes les vitrines arboraient une ou plusieurs pancartes criardes : « Achetez aux Tampans qui se rappellent le *Maine* ! » « Bienvenue aux soldats de la 5ᵉ armée ! » « Réductions spéciales pour nos courageux petits gars. »

Le reflet d'une silhouette glissait le long des vitres poussiéreuses au même pas que lui. Mr. Fritz Crown. Avec un cigare. Décidément, cette image lui plaisait de plus en plus.

Paul trouva le bureau du fret du réseau Plant au dépôt situé au coin de Polk et de Tampa. La caisse de pellicule Eastman l'y attendait. Il signa le bordereau, demanda à être livré à l'hôtel. Une demi-heure plus tard, il découvrit Jimmy dans un fauteuil à bascule sur la véranda, comme un vacancier sans souci. A sa gauche, une sentinelle assise près de l'entrée principale saluait mollement un officier sur trois. Le soldat avait manifestement besoin de se raser et ne cessait de bâiller.

Quand Paul lui demanda ce qu'il avait fait la veille, Jimmy cligna de l'œil et répondit en prenant un accent noir :

— J' suis pas obligé de tout raconter, hein, pat'on ?

A dix heures, quand la pellicule fut livrée, ils plantèrent la caméra sur la pelouse, devant l'hôtel. Le canotier rabattu sur les yeux, Paul marchait de long en large en imaginant son premier plan : une vue de la véranda.

La caméra attira des curieux, dont deux officiers. Le plus grand portait une vareuse ornée de décorations, un casque colonial et une badine. Il se présenta comme le capitaine Lee, attaché militaire de Sa Majesté la reine à Washington. L'autre portait de hautes bottes, un simple uniforme kaki et une casquette. Ornée d'un rond blanc entourant un point rouge. C'était le colonel Yermoloff, attaché de l'ambassade de la Russie impériale.

— Je m'appelle Fritz Crown, et voici mon collègue, Mr. Daws.

Yermoloff claqua des talons et s'inclina. Il avait une petite barbiche grisonnante et un air distant.

— Ravi, dit-il avec un accent lourd.

Il tira de la poche de sa veste un Kodak à soufflet et s'éloigna pour prendre en photo les paons de l'hôtel qui déployaient leur queue élégante sur la pelouse. Le capitaine Lee posa des questions sur la caméra. Paul lui répondit courtoisement tandis que Jimmy se tenait à proximité, fumant cigarette sur cigarette et reluquant toutes les femmes qui passaient.

Un homme en chemise de lin et pantalon de flanelle blanche

700 LA TERRE PROMISE

remonta à grands pas l'allée des courts de tennis, une raquette à la main. Les manches d'un sweater blanc étaient nouées autour de son cou. Il s'arrêta pour saluer l'attaché.

— Bien le bonjour, Arthur.

Sa façon de parler, forte et claire, ne laissait aucun doute sur sa nationalité américaine.

— Bonjour, Dickie. Bon match ?

— Oui. J'ai gagné.

— Je vais vous présenter un de ces techniciens du cinématographe, comme on dit maintenant. Mr. Crown, vous avez un moment ?

— Certainement.

Paul avait envie de rencontrer des gens, et le ton déférent du capitaine laissait supposer que l'homme à la raquette était quelqu'un d'important.

— Bon nombre de journalistes ont afflué à Tampa, mais voici sans doute le plus célèbre et le plus éminent, reprit l'officier anglais en s'adressant à Paul. (L'Américain partit d'un rire désapprobateur.) Permettez-moi de vous présenter Mr. Richard Harding Davis, qui représente ici Mr. William Randolph Hearst et son *New York Journal*. Vous connaissez probablement la signature de Mr. Davis et ses livres ?

— En effet. Je suis très honoré, Mr. Davis. *Soldiers of Fortune* est un roman merveilleux, passionnant. Je l'ai lu l'année dernière.

— Vous n'êtes pas le seul, dit le capitaine Lee avec un sourire. Ce jeune garçon s'appelle Fritz Crown. L'autre gentleman, son collègue, est monsieur... — je suis profondément navré, je n'ai pas...

— Daws, fit Jimmy d'un ton abrupt.

Agé de trente-cinq ans environ, d'une beauté frappante, Davis se montra tout à fait aimable, tant avec Jimmy qu'avec Paul. Sa poignée de main était ferme, puissante. D'un ton affable, il demanda :

— Vous, les gars des images animées, auriez-vous l'intention de nous mettre au chômage, nous les pauvres types de la plume et de l'encre ? Vous êtes déjà deux équipes dans l'hôtel, et je me suis laissé dire qu'on en attend au moins deux autres.

— Vous voulez dire qu'il y a une autre compagnie en plus de la nôtre ? s'alarma Paul.

— Exactement. Un nommé Bill Paley. Il est arrivé par bateau la semaine dernière. Il filme à Key West depuis un moment. C'est un type corpulent — une vraie barrique. Il ne passe pas inaperçu.

— Ses manières non plus, ajouta le capitaine Lee avec dédain. Il est d'une arrogance, ce Paley !

— Allons, Arthur, ne soyez pas trop dur avec lui. Il est de santé fragile, dit Davis. (Il se tourna vers Paul.) Si je connais votre concurrent, c'est parce que mon patron, Mr. Hearst, l'a personnelle-ment engagé. Paley et moi n'avons pas de liens officiels, mais nos paies sortent de la même poche. D'habitude, il fait des films pour l'Eden Musée de la Vingt-Troisième Rue, dans Manhattan.

— Et vous dites que deux compagnies supplémentaires doivent arriver ? Savez-vous lesquelles ?

— L'une est l'American Biograph, l'autre je ne la connais pas.
Vous comprendrez mon manque d'intérêt, Fritz. Je jongle toute la
journée avec les verbes et les adjectifs ; vous autres, vous vous
contentez de tourner votre manivelle.

Amusé, le capitaine Lee s'écarta pour observer les gesticulations
de l'attaché d'ambassade russe. Accroupi, Yermoloff courait derrière
les paons effrayés.

La raquette sur l'épaule, Davis demanda à Paul :

— Allemand, n'est-ce pas ? D'origine, je veux dire.

— Oui. J'ai débarqué à Ellis Island il y a six ans.

— Votre anglais est bon. Comment s'appelle votre compagnie ?

— L'American National Luxograph de Chicago.

— Et vous nous accompagnerez jusqu'à Cuba ?

— Je l'espère. J'ai l'intention de demander à l'état-major une euh...

— Une accréditation.

— Oui, merci, dit Paul à cet homme qui, décidément, lui plaisait.
Quelqu'un sait-il où l'armée attaquera les Espagnols ?

— Peut-être le général Shafter. Ou le général Miles, s'il finit par
se montrer. L'état-major ne prend pas la peine de nous informer de
ses plans. Nous en sommes réduits à regarder par les trous de
serrure et à surprendre les conversations dans les bars. Un jour,
j'apprends que l'objectif visé est Santagio, le lendemain, c'est Porto
Rico.

— Ils n'arrivent pas à se décider ?

— Pas encore, mon garçon, intervint le capitaine Lee, revenu
depuis un moment. Nous sommes à la merci de l'amiral Cervera et
de la flotte espagnole.

— Notre marine est à sa recherche, mais on n'arrive pas à le
localiser, expliqua Davis. Tant que nous ne saurons pas où il se
cache, aucun transport de troupes ne quittera ce port. Je pense
personnellement que — un instant, voici un gentleman que je dois
rencontrer.

— Qui est-ce, Dickie ?

— Crane. Là-bas sur la véranda. Si vous voulez bien m'excuser.
Ravi d'avoir fait votre connaissance, Fritz. Nous aurons l'occasion
de reparler plus tard, j'espère.

Le journaliste se dirigea vers l'hôtel d'un pas vif. Paul et l'officier
anglais le virent gravir le perron pour saluer un homme jeune en
long pardessus d'un blanc douteux — un homme qui paraissait aussi
apathique et négligé que Davis avait l'air élégant et dynamique.

— Il paraît que Dickie touche trois mille dollars par mois de
Hearst, fit le capitaine d'un ton vaguement envieux. Plus les frais,
bien sûr. A cela s'ajoutent ses articles pour le *Harper's Monthly*. Il
est beaucoup plus riche que ce drôle de type à qui il parle. Plus
civilisé, aussi. Mr. Crane est un non-conformiste. On pourrait même
dire un renégat.

— Je ne connais pas ce monsieur, je le crains.

— Stephen Crane ? Il a fait grand bruit avec son roman sur la
guerre de Sécession.

— Ce Mr. Crane là ! *La Conquête du courage* est un livre merveilleux.

— Je ne saurais vous dire, je lis peu de romans. Et jamais d'ouvrages obscènes. Son premier livre était une espèce de saleté sur les prostituées. Et dire qu'il y a des gens qui le qualifient de génie ! Moi je le trouve abominablement grossier, arrogant, et d'une malpropreté désespérante. Ne perdez donc pas votre temps avec lui, Mr. Crown. Bonne journée.

Cette conversation assommait Jimmy. Étendu à présent dans l'herbe, il fumait paresseusement une cigarette en observant les fenêtres des chambres.

— Jim, on se met au travail ? La lumière est bonne.

— Ouais, ouais.

Daws se leva en prenant son temps. Paul s'approcha de la caméra et remarqua que Jimmy promenait à nouveau son regard sur la rangée de fenêtres.

Les jours suivants, les deux hommes filmèrent des sujets dont Paul pensait qu'ils plairaient à Shadow et captiveraient le public. De l'eau jusqu'aux chevilles à Old Tampa Bay, ils tournèrent *Le 1er Régiment d'artillerie baigne ses chevaux*. Le colonel ajouterait un ou plusieurs points d'exclamation, à sa guise.

Sur une étendue de sable désolée, au nord-est de la ville, ils filmèrent *Le 2e Régiment d'infanterie à l'exercice*. Dans une pinède, par une chaleur accablante, ils filmèrent les manœuvres d'une colonne d'un millier de cavaliers — certains escadrons au trot, d'autres au galop, tous projetant du sable dans le visage des opérateurs. Sous un soleil brûlant qui se reflétait dans l'acier des sabres, Jimmy menaça une fois de plus de tout laisser tomber. Cela devenait une habitude, Paul n'y prêtait plus attention.

— J'ai une idée, aide-moi. Allez, bon sang !

Jimmy suivit Paul d'un pas traînant jusqu'à un endroit où quatre troncs de palmier jonchaient le sol. Ils les rapprochèrent, en croisèrent les extrémités pour construire une sorte de parapet bas derrière lequel Paul s'accroupit avec la caméra tandis qu'un détachement chargeait droit vers lui. Les cavaliers se séparèrent au dernier moment pour l'éviter. Agenouillé à deux mètres de Paul, Jimmy serrait les dents de terreur.

Les chevaux passèrent des deux côtés, tout près, mais c'étaient de bons cavaliers et il n'y eut pas d'accident. Paul leva la caméra, redressa le trépied.

— Si on développe cette pellicule sans l'abîmer, ce sera *sensationel !*

Jimmy tira un cigare de la poche de sa chemise.

— C'est tes funérailles qui auraient pu être sensationnelles. Ça commence à devenir dangereux.

— T'as déjà baisé une métèque ? demanda Jimmy ce soir-là au snack-bar tandis que, assis au comptoir, ils se penchaient sur une bière et une assiette de fromages.

— Je n'ai pas besoin de filles, répondit Paul. (Un mensonge, son envie devenait féroce.) J'ai besoin d'alligators.

— D'alligators ? Pour rien au monde je m'approcherais d'une de ces saloperies à peau de cuir. Qu'est-ce qui te prend ?

— Il y avait un télégramme pour nous sur le tableau quand nous sommes rentrés. Le colonel veut des images d'alligators de Floride. Il faut lui en trouver un.

Jimmy finit sa bière.

— Ben, va te coucher et pense aux alligators ; moi, j'ai quelqu'un qui attend de fumer mon cigare. A demain.

Chaque jour, des trains déversaient de nouveaux détachements. Paul et Jimmy parcouraient les camps en quête de sujets à tourner. Le premier bivouac avait été établi à Tampa Heights, un terrain broussailleux situé à deux kilomètres environ du centre de la ville, mais l'endroit s'était rempli très rapidement. L'armée installait maintenant des campements à DeSoto Park et Ybor City, Palmetto Beach et Port Tampa, à quinze kilomètres sur la baie. Certaines unités allaient même se perdre à Lakeland, à cinquante kilomètres à l'est.

Les civils affluaient aussi. La compagnie Plant fit venir tout son personnel de Sanford — Paul et Jimmy filmèrent l'arrivée au dépôt — et embaucha des hommes de peine noirs venant d'aussi loin qu'Ocala. Ou vit également arriver ceux qui pourvoyaient aux divertissements des soldats. Des tentes-saloons apparurent dans les quartiers les plus pauvres. La plupart proposaient des filles et des jeux d'argent. Les autorités intervenaient peu : à Tampa, les licences de débit de boissons étaient accordées avec la plus grande facilité.

Des files de wagons de marchandises s'étiraient au nord sur une cinquantaine de kilomètres ; les deux compagnies de chemin de fer desservant Tampa — le réseau Plant et la Florida Central & Peninsular — se livraient une concurrence acharnée. Plant n'acceptait pas que le fret de l'autre circule sur ses rails, or la compagnie possédait la seule voie reliant la ville au port d'Old Tampa Bay.

Les deux compagnies proposaient des excursions à travers l'État, pour huit dollars. Comment, pour si peu, ne pas aller admirer les braves petits gars s'entraîner à la guerre ? En un seul week-end, les deux compagnies promenaient plus de vingt mille curieux. Paul et Jimmy filmèrent certains d'entre eux descendant des voitures décorées de drapeaux.

Paul se tenait au courant des nouvelles et trouvait des idées de sujet en feuilletant le *Tampa Times* dans la chaleur insupportable de sa chambre. Le journal lui apprit par exemple que les services municipaux étaient débordés, qu'il fallait faire venir de l'eau de puits privés locaux. Les habitants de Tampa oubliaient cependant les inconvénients de cette affluence car le commerce n'avait jamais été aussi florissant.

Il n'y eut pas de problèmes entre les soldats et les habitants jusqu'à ce que les volontaires arrivent en grand nombre. Le *Tampa Times* souligna que les troupes régulières se comportaient correctement, alors que certains volontaires étaient portés à la bamboche et aux bagarres.

Une dizaine de jours après l'arrivée de Paul et Jimmy, le célèbre évangéliste Dwight L. Moody revint à Tampa où il avait tenu un *revival*[1] quelques semaines plus tôt. Il était accompagné d'Ira Sankey, organiste réputé. Dans un jardin public, Moody, Sankey et un troisième porte-flambeau de la foi, Oliver O. Howard, le général devenu prédicateur, célébraient la messe jour et nuit. L'équipe de la Luxograph y planta sa caméra un après-midi.

Quand Paul et Jimmy arrivèrent, Howard lisait les Saintes Écritures. Ancien combattant émérite de la guerre de Sécession, Howard avait perdu son bras droit à Fair Oaks, mais il était resté en service actif jusqu'à la capitulation. On lui avait décerné la médaille d'honneur — c'est du moins ce que raconta à Paul un dessinateur de presse nommé Remington, homme de forte carrure aux épaisses jambes courtes, qui, au premier abord, avait l'air d'une sorte d'aimable Falstaff.

Remington faisait le portrait de Howard au dernier rang de l'assemblée. Paul remarqua que la plupart des fidèles étaient des soldats nordistes ; il demanda à l'artiste pourquoi les gens du coin ne venaient pas à la messe.

— Après la guerre, Howard a dirigé le Bureau des affranchis. Il a ouvert une université pour les gens de couleur à Washington. Il a beau brandir la Bible, prêcher la paix et la fraternité, ici, il restera toujours un foutu Yankee, un ami des Nègres.

Le service se termina alors que le soleil disparaissait derrière les palmiers. Mr. Remington referma son carnet de croquis et vint examiner la caméra. Nullement impressionné, il qualifia les images animées de « business pour chiffonniers et autres Youpins de New York ».

Paul protesta que le colonel Shadow n'était pas plus juif que Mr. Edison — et d'ailleurs, quelle importance qu'ils le soient ou pas ? Remington prit un air offensé, et s'éloigna. A dater de ce jour, chaque fois qu'ils se croisaient dans l'hôtel, le dessinateur se contentait de saluer Paul d'un hochement de tête, sans sourire.

Ayant rarement le temps de faire un vrai repas, Paul se nourrissait de bière et de saucisses au snack-bar. Il quittait parfois sa chambre avant l'aube, sans se raser. De toute façon, l'atmosphère lourde et humide lui donnait toujours l'air sale. Le soir, il vidait une chope ou deux avant de se mettre au lit, titubant de fatigue. Il avait à présent

---

1. Réunion de nature religieuse pour faire « revivre » la foi. *(N.d.T.)*

conscience de la rigidité de la hiérarchie parmi les journalistes. Tout en bas de l'échelle, il y avait les opérateurs tels que lui ou William Paley, dont Richard Harding Davis lui avait parlé. Paul l'avait aperçu de loin à plusieurs reprises, mais n'avait jamais eu l'occasion de lier connaissance.

Juste au-dessus de ces vils représentants d'un moyen d'information mal défini et peu estimé venaient les reporters de presse, dont le renom s'arrêtait à la porte de leur salle de rédaction. Un échelon plus haut se trouvaient ceux dont la signature avait un rayonnement national : John Fox, Frederick Palmer, George Kennan, ou E. F. Knight du *London Times*. Ou encore le dessinateur du *Century* et de *Harper's*, ce Frederic Remington que Paul n'aimait pas. Au sommet de la pyramide trônaient ceux qui avaient acquis par leurs écrits une célébrité internationale, Mr. Davis et Mr. Crane, par exemple.

Tous deux étaient des journalistes renommés. La ressemblance s'arrêtait là. Comme le capitaine Lee l'avait fait remarquer à Paul, Davis représentait la haute société et les salons, Crane la rue et les taudis. Crane frayait avec ses confrères et avec les simples soldats ; Davis fréquentait les généraux et les amiraux.

Un soir, Paul sortit du snack-bar et se traîna jusqu'à la rotonde. L'endroit était calme ; seuls quelques couples passaient, et deux lieutenants examinaient les messages du tableau. Prenant la direction de l'ascenseur est, Paul entra dans le solarium, vaste pièce avec de hautes fenêtres, des fauteuils en rotin blancs et des plantes tropicales en pot. Un homme y était assis seul et lisait le *Tampa Times*. Paley, de l'Eden Musée.

Malgré sa fatigue, Paul jugea le moment opportun pour se présenter. Il s'approcha. Au bout de quelques secondes, Paley referma son journal et daigna le remarquer. Vu de près, il avait le teint jaunâtre, les yeux enfoncés.

— Mr. William Paley ? Cela fait un moment que je cherche à vous rencontrer. Paul Crown. Je suis opérateur de caméra, comme vous.

— Oh ! oui, j'ai entendu dire qu'il y en avait un autre dans l'hôtel. Pour qui travaillez-vous ?

— L'American National Luxograph Compagny, de Chicago, dirigée par le colonel Sidney Shadow.

— Jamais entendu parler de lui.

Paley éructa sans se couvrir la bouche. Son haleine empestait.

— Mais il est sous licence Edison.

— Comme l'Eden Musée, jeune homme. Comme des dizaines d'autres. Si c'est tout ce que vous aviez...

— Non, attendez, s'il vous plaît. J'aimerais vous offrir une bière en bas. Nous pourrions échanger des idées. Je sais que vous avez une grande expérience.

Paley lança son journal sur une table en rotin.

— Je n'ai pas le temps de faire cours aux novices et je doute sincèrement qu'ils puissent m'apprendre quoi que ce soit. Bonsoir.

Paley sortit du solarium d'un pas chancelant. Manifestement, il était malade — mais la rebuffade resta sur le cœur de Paul.

Le lendemain, il s'éveilla avant l'aube, comme d'habitude. Sa chambre se trouvait du côté ensoleillé de l'hôtel et, à la fin de la journée, la température atteignait les quarante degrés. Il se rasa, s'habilla, prit le petit déjeuner dans l'immense salle surmontée d'un dôme de trente mètres. A sept heures et demie, il réussit à tirer Daws du sommeil en frappant à sa porte à coups redoublés. Pendant que Jimmy mangeait, Paul chargea le matériel sur un chariot loué. Avant neuf heures, ils roulaient le long d'une route de sable menant à la baie afin de filmer à nouveau des troupes à l'exercice.

Jimmy tendit soudain le bras.

— Sacré bon Dieu ! Regarde !

L'alligator réclamé par Shadow prenait un bain de soleil au bord de la lagune couverte de détritus, près de la route. C'était un spécimen de grande taille — douze ou quatorze pieds de la gueule à la queue.

— Enfin, fit Paul à mi-voix. Il est parfait.

Il arrêta le chariot. Fixant l'animal d'un regard nerveux, Jimmy attacha le cheval à un arbuste ; Paul s'approcha silencieusement de la lagune avec la caméra. Il déplia le trépied, le planta dans le sable sans un bruit. Après un coup d'œil au compteur, il commença à tourner la manivelle.

Sentant les intrus, l'alligator se souleva, écarta ses longues mâchoires hérissées de dents pointues et avança.

Vers la caméra.

Jimmy courut se mettre à l'abri derrière le palmier le plus proche.

— Fritz, fous le camp, il va te bouffer tout cru !

Paul continuait à tourner, mais son cœur bondissait dans sa poitrine. Le saurien approchait avec lenteur, presque avec majesté, traînant son ventre blanchâtre dans le sable et les aiguilles de pin.

Paul inclina le trépied d'une main pour garder l'animal dans le cadre. L'alligator poursuivait sa progression.

Paul lâcha la manivelle. Sautillant sur un pied, il parvint à ôter une de ses chaussures, la lança. Elle rebondit sur la tête de la bête, qui s'immobilisa.

Ses deux petits yeux fixaient Paul d'un regard sinistre. Doucement, Paul souleva le trépied, recula d'un pas. D'un second. D'un troisième.

L'alligator ouvrit grande la gueule...

Puis il fit demi-tour, fila vers la lagune, et plongea dans l'eau.

— C'était moins une, dit Jimmy, transpirant d'abondance. T'as des couilles, j' dois le reconnaître. Si ce machin avait braqué ses loupiotes sur moi, j'aurais pissé dans mon froc.

— Une minute de plus, et moi aussi, avoua Paul.

Ils éclatèrent de rire tous deux, dans un rare moment.de camaraderie.

Plus tard, chaussé d'une paire de chaussures neuves portées au compte de la compagnie, Paul traversa le pont de Lafayette Bridge, une petite caisse en bois sous le bras : les premières bobines de pellicule impressionnée. Après les avoir expédiées par le train, il se rendit au bureau de la Western Union, prit un formulaire de télégramme, écrivit le nom et l'adresse de Shadow puis le message suivant :

Envoie métrage sensationnel par exprès.

De la langue, il humecta la mine du crayon, hésita un moment et signa : *Fritz.*

Paul apprit bientôt à reconnaître les officiers les plus importants qui résidaient à l'hôtel. Il remarqua notamment un vieil homme frêle qui se déplaçait toujours au petit trot. Le général Joe Wheeler était l'un des anciens Confédérés qui avaient choisi de porter à nouveau l'uniforme bleu. Le général Fitzhugh Lee, ancien consul américain à La Havane, sorte de gros père Noël jouissant — comme Wheeler — de la sympathie générale, en était un autre.

Si le commandant en chef du corps expéditionnaire, le général William Rufus Shafter, était respecté de tous, peu de gens, en revanche, l'appréciaient sur le plan personnel. On le surnommait Pecos Bill. Il s'était distingué pendant la guerre de Sécession et les luttes contre les Indiens, mais les journalistes notaient qu'il avait beaucoup changé depuis cette époque. Agé maintenant de soixante-trois ans, il pesait environ cent cinquante kilos. Son uniforme, large comme une tente, lui seyait mal ; ses cheveux et sa moustache de phoque grisonnant semblaient négligés. Il respirait bruyamment et ses collaborateurs ne le quittaient pas d'un pas, comme s'il risquait à tout moment d'être terrassé par une crise cardiaque. Les journalistes le trouvaient trop vieux et trop gros pour les fatigues d'une campagne d'été sous des latitudes aussi chaudes.

Un soir où Jimmy était de nouveau en chasse, Paul descendit au snack-bar, dont il était devenu un habitué. Il aimait l'endroit parce qu'il attirait pas mal de monde. Lieutenants et capitaines venaient y boire un verre, parfois un major s'y aventurait, mais les plus gradés préféraient les réceptions privées ou passaient leurs soirées en réunions. Jusqu'alors, Paul n'avait jamais vu de général ni même de colonel en bas.

Ce soir-là, il eut la surprise de se trouver près d'un colonel dont le visage lui parut familier. Assis devant une tasse de café, l'officier se plaignait à ses deux compagnons plus jeunes :

— C'est encore une conspiration du gouvernement. On m'a expédié en Floride pour me punir de mes convictions politiques.

Paul finit sa bière et sortit faire une promenade quand soudain le nom de l'officier lui revint en mémoire. Son énorme tête léonine avait couvert les murs de Chicago sur les affiches démocrates deux ans plus tôt.

Il se renseigna le lendemain. On lui confirma qu'en effet le colonel

William Jennings Bryan servait dans un régiment de « soldats argent » du Nebraska.

Bryan était quasiment invisible dans l'hôtel, contrairement à un flamboyant lieutenant-colonel nommé Roosevelt, du 1er régiment de volontaires de cavalerie. Le commandant, Leonard Wood, était un officier de carrière aguerri, mais c'était son second qui retenait l'attention.

Un matin, Paul plaçait sa caméra pour filmer des flamants dans un bassin quand Roosevelt s'avança vers lui à grandes enjambées, vêtu d'un uniforme kaki et d'un foulard bleu à pois. Paul avait vu des foulards semblables autour du cou d'autres soldats du régiment que les journalistes surnommaient tantôt les Cavaliers sauvages, tantôt les Cow-Boys fous ou encore les Terreurs de Teddy.

Le lieutenant-colonel salua Paul d'une voix sonore avec un sourire éclatant et s'arrêta pour le regarder régler son trépied. Jimmy était parti chercher un magasin de pellicule. Après avoir lu le nom inscrit sur la caméra, Roosevelt demanda :

— C'est vous, l'American Luxograph ?

— Oui.

— Je m'y connais un peu en images animées. L'Américain Biograph m'a contacté il y a deux ans, peu après avoir filmé le président McKinley à Canton.

— Je sais, colonel. Vous, ils vous ont filmé dans votre propriété de New York. J'ai vu le film.

— Fascinantes, ces images. Elles touchent et influencent tant de gens ! Du moins, elles en ont le pouvoir. Dommage qu'elles aient si peu de moralité.

— Colonel, si je peux me permettre, c'est une impression fausse. J'admets que jusqu'à maintenant, la plupart des sujets sont... excusez-moi, j'ai encore des problèmes avec mon anglais — en allemand, on dirait *alltäglich*. Est-ce que le mot « trivial » existe ?

— Certainement.

— Les sujets sont encore souvent triviaux, mais cela va changer. Des films sérieux, des films sur des événements réels comme cette guerre modifieront l'opinion des gens sur les images animées.

— J'aime les optimistes. Et vous avez peut-être raison. Après tout, le cinématographe, comme on dit, a aidé Bill McKinley à gagner les élections. (L'air songeur, Roosevelt essuya ses lunettes à sa manche.) Quel est votre nom, mon garçon ?

— Paul Crown. Tout le monde m'appelle Fritz.

— Eh bien, Fritz Crown, venez me voir si je puis vous être utile. En quoi que ce soit.

Ils se serrèrent la main et Paul le regarda s'éloigner, sceptique ; on murmurait au snack-bar que le lieutenant-colonel avait de grandes ambitions politiques et cherchait à se faire de la publicité.

« Quel cynique je suis devenu à l'âge vénérable de presque vingt et un ans ! » songea-t-il en grimaçant un sourire.

Malgré la musique, la danse et la gaieté des soirées, il y avait des problèmes, de terribles problèmes dont les officiers discutaient toute la journée.

Les wagons de marchandises bloquaient à présent les voies ferrées sur quatre-vingts kilomètres vers le nord. Ils contenaient des armes, des munitions et des vivres. Mais l'intendance ne pouvait les décharger rapidement dans les entrepôts adéquats parce que ce service n'avait aucun moyen de déterminer si le fret était destiné aux vivres, au matériel, etc. Il n'y avait ni bordereau d'expédition ni document d'aucune sorte, juste une inscription peinte sur tous les wagons : « Ravitaillement militaire — Urgent ! » Pour trier et acheminer le matériel, il fallait d'abord inventorier chaque wagon, ce qui requérait des milliers d'heures de travail.

Paul avait aussi entendu des plaintes concernant la qualité exécrable des aliments livrés par les fournisseurs de l'armée, et l'incompétence des acheteurs du ministère de la Guerre qui envoyaient des vêtements plus adaptés à la ruée vers l'or du Yukon qu'à une campagne militaire sous les tropiques. Un soir, dans un des salons du rez-de-chaussée, Roosevelt disserta sur ce thème devant une petite assemblée d'officiers et de civils.

— Un crime, voilà ce que c'est ! (Le coup qu'il assena à une table fragile faillit faire tomber une statuette en porcelaine.) Au 1er régiment de volontaires, nous avons refusé ces chemises bleues en crin. Nous nous sommes procuré des uniformes kaki à nos propres frais. Si cela ne plaît pas à Alger, le ministre, qu'il nous traduise en cour martiale ! Mais je lui ferai d'abord avaler ses dents, à ce sale avorton, vous pouvez me croire.

Il y eut des applaudissements, des hourras. Roosevelt savait enflammer un auditoire.

Le ministère de la Guerre se montrait incapable dans de nombreux domaines. Ainsi, il avait consacré les derniers crédits de cinquante millions de dollars à l'achat d'un armement caduc au lieu d'acquérir des fusils modernes — les fameux Krag-Jorgensen à nouvelle poudre sans fumée, par exemple.

Port Tampa, où Paul et Jimmy se rendirent un jour pour explorer les possibilités de film, constituait un autre désastre en puissance. D'une gare de marchandises située au bout d'une voie unique appartenant au réseau Plant, deux épis conduisaient à deux jetées jumelles en bois s'avançant sur un millier de mètres dans Old Tampa Bay. La jetée sud comptait trois voies, celle du nord une seule. La compagnie Plant affirmait que ces jetées pouvaient accueillir vingt-quatre bâtiments en même temps. L'attaché militaire britannique, le capitaine Lee, confia à Paul que le nombre douze était plus réaliste. Or trente à trente-cinq navires seraient nécessaires pour l'expédition. En outre, le chenal était de navigation difficile ; il était étroit, et n'avait pas plus de vingt-trois pieds de fond, alors que les plus gros bateaux tiraient dix-huit pieds d'eau. Il n'y avait que quatre pilotes possédant assez d'expérience pour manœuvrer ces bâtiments dans les eaux locales.

Quatre régiments de troupes régulières noires avaient été envoyés à Tampa : les 24ᵉ et 25ᵉ d'infanterie, et les plus pittoresques 9ᵉ et 10ᵉ de cavalerie, les célèbres *Buffalo Soldiers* qui pacifiaient les plaines et protégeaient les colons blancs depuis la guerre de Sécession.

Les volontaires des États du Sud et la majorité des citoyens de Tampa n'aimaient pas les Noirs. Il y eut des échanges d'insultes et même quelques rixes à coups de poing ou de pierre. A Lakeland, où bivouaquait le 10ᵉ de cavalerie, un soldat demanda à se faire couper les cheveux chez un coiffeur qui refusa. Le Noir protesta, argumenta ; il fut chassé du salon sous les injures du propriétaire et les menaces de plusieurs clients.

Peu après, une bande de soldats du même régiment descendirent la rue principale en tirant des coups de feu et brisèrent la vitrine du coiffeur. Avant qu'ils ne soient désarmés et emmenés sous bonne garde, la fusillade fit un mort parmi les passants blancs.

— Et il faisait que regarder, s'indigna Jimmy, qui épousait la cause des habitants.

Un jour en fin d'après-midi, lui et Paul s'accordèrent une brève pause dans les fauteuils à bascule de la véranda après une journée de vaines recherches de sujets captivants. Jimmy, qui lisait le *Tampa Times*, régala Paul d'extraits de l'éditorial en massacrant la plupart des mots difficiles : « Les soldats noirs se conduisent de manière intolérable envers des citoyens de Tampa. Ils exigent d'être traités comme des Blancs et affichent une insolence déplacée quand ils n'obtiennent pas satisfaction. Les officiers blancs responsables des Noirs n'ont rien fait pour mettre un terme à cette conduite arrogante. »

— En plein dans le mille, non ? fit Daws, abaissant le journal.

— Non. Pourquoi le fait que des Noirs servent loyalement leur pays devrait-il susciter une telle rage ?

— Mon pauvre Fritz, tu ne comprendras jamais rien à l'Amérique. Les Nègres sont à peine plus évolués que les singes. Une race d'esclaves.

— Vraiment ? Ils étaient esclaves avant votre guerre de Sécession. Tout le monde les traitait en créatures inférieures, tout juste capables de faire des hommes de peine et des femmes de chambre. Malgré la victoire du Nord, les gens continuent à avoir la même opinion des Noirs ? C'est stupide. Ils n'ont pas choisi de porter des chaînes et d'accomplir des tâches serviles. De toute façon, mon oncle dit que la guerre les a libérés et placés sur un pied d'égalité avec...

— Uh-uh, oublie ça. Libre, peut-être, mais l'égal d'un Blanc ? Jamais. Un Nègre est même pas digne de se tenir dans l'ombre d'un Blanc.

— Mais les soldats noirs sont américains ! Ils portent le même uniforme, ils courent les mêmes risques. Ils devraient avoir droit aux mêmes égards.

— Répète ça un peu plus fort et les Blancs de Floride t'offriront un pardessus en goudron ou une belle cravate de chanvre.

— Allons, c'est ridicule, dit Paul. (Il se balança un moment en réfléchissant.) Nous devrions filmer ces cavaliers noirs, ils feraient un sujet intéressant.

— C'est ça ! Et à la première projection au Pflaum, la racaille d'Irlande et d'Europe centrale cassera les fauteuils et foutra le feu à la salle. Personne n'a envie de voir des troufions noirs, bon Dieu. Il paraît que l'armée a quasiment dû menacer des officiers blancs de cour martiale pour qu'ils acceptent de commander ces unités. On devrait mettre ces foutus Nègres en première ligne pour épargner les Blancs.

— Comment peux-tu dire une chose pareille ?

— J' le dit parce que je suis blanc, et que je tiens à ma vie.

Ce soir-là, Paul sirotait une bière au snack-bar quand un jeune homme trapu coiffé d'une casquette à carreaux l'aborda.

— Excusez-moi, vous êtes Crown, non ?

— C'est exact.

L'inconnu lui tendit sa carte.

— Billy Bitzer, de l'American Biograph, New York. J'ai pensé que venir vous saluer était la moindre des choses.

Bitzer devait avoir quatre ou cinq ans de plus que Paul. La mise soignée, il avait un visage carré, sympathique.

— Une bière ? C'est ma tournée. (Il posa sa casquette sur le comptoir, fit signe au barman.) Il est bien possible qu'on ait besoin l'un de l'autre à Cuba. En tout cas, les gars des journaux ne nous aideront pas, ils n'ont pas très bonne opinion de nous.

— Je m'en suis aperçu, encore que Mr. Davis soit très amical.

— Vous êtes d'origine allemande, dit Bitzer quand la bière arriva. Moi aussi. (Il souffla sur le faux col pour chasser une partie de la mousse, but une longue gorgée.) Il paraît que le vieux Paley vous a snobé.

— Comment le savez-vous ?

Bitzer se recula, posa les renforts en cuir de ses coudes sur le magnifique acajou du bar.

— Je l'ai entendu raconter qu'un jeune blanc-bec l'avait abordé de manière prétentieuse. Connaissant Paley, ça veut dire que vous avez été poli et qu'il s'est montré aussi arrogant que d'habitude. C'est un con. Espérons qu'il tombera malade et qu'il rentrera chez lui.

— Il a déjà l'air dans un triste état.

— Il a été vendeur et démonstrateur d'appareils à rayons X. Il prétend que sa maladie vient de là. J'ai tendance à être charitable quand un gars n'a pas eu de chance, mais pas s'il est hargneux à ce point-là. Une autre bière ?

— C'est moi qui l'offre, cette fois.

— Comment c'est votre prénom ?

— On m'appelle Fritz.

— Serre-m'en cinq, Fritz, dit Bitzer en lui tendant la main. Union des copains contre les cons comme Paley. On dirait une devise maçonnique. Ça s'arrose.

Ils arrosèrent. Et arrosèrent encore, éprouvant l'un pour l'autre une sympathie immédiate.

Ils parlèrent de filles ; Bitzer préférait celles de New York, Paul trouvait les Cubaines de Tampa ardentes et désirables. Ils parlèrent de bière, estimant d'un commun accord que la bibine locale devait être consommée pour ses effets, sûrement pas pour sa qualité. Ils parlèrent de caméras. Bitzer enviait celle de Paul, car la sienne présentait un inconvénient qui annulait ses nombreux avantages :

— Elle fonctionne sur batteries. Ça pèse une tonne, ces trucs. J'ai râlé, à New York, mais on m'a répondu : « Billy, si tu ne veux pas y aller, on prendra quelqu'un d'autre. » Alors je reste des heures sur mon popotin à attendre qu'un conducteur de chariot veuille bien charger toutes ces caisses. Ta Luxographe a l'air d'un petit bijou. Je devrais te la piquer.

Bitzer cligna de l'œil, commanda d'un geste une autre tournée. Les deux hommes se quittèrent peu après en échangeant des serments d'amitié et des promesses de futures agapes.

Avec quatre chopes d'Extra Pale de Floride clapotant dans son estomac, Paul vacillait plus qu'un peu dans l'ascenseur qui le hissait au quatrième étage. Comme les autres soirs, sortir de la cabine lui donna l'impression de quitter un petit placard étouffant pour entrer dans un grand four brûlant. Il avait pris l'habitude de suer dehors toute la journée, et toute la nuit à l'hôtel.

Paul fit plusieurs vaines tentatives pour glisser sa clef dans la serrure. Une porte s'ouvrit au bout du couloir, un homme surgit d'une chambre proche de l'escalier, posa un chapeau melon sur sa tête. De la fumée s'élevait de la cigarette qu'il tenait dans l'autre main.

Grand, mince, élégant, la barbe bien taillée, il inspecta le couloir, avisa Paul et tourna vivement en direction de l'escalier.

Paul avait laissé tomber sa clef sans s'en rendre compte. Était-il ivre ? Certainement. Fou ? Certes pas. Le visage de l'homme s'était détaché avec une netteté frappante. Les yeux sombres et vifs, les lunettes cerclées d'or aux verres pas plus grands qu'un sou... Il aurait reconnu n'importe où le personnage dont il avait fait la connaissance à la gare de Berlin.

Mais l'homme qui s'était si prestement éclipsé portait la barbe, il était bien habillé et *propre* !

Laissant sa clef sur le tapis, Paul courut dans le couloir, nota au passage le numéro de la chambre dont l'homme était sorti et se lança dans l'escalier à sa poursuite. A chaque étage, des effluves attisaient son impatience. Eau de Cologne, talc... Mikhail Rhoukov dégageait des odeurs, certes, mais pas de ce genre.

Au rez-de-chaussée, il ne trouva pas trace du barbu. Filant devant deux marins interloqués, il alla droit à la rotonde. L'employé de nuit avait un air endormi et bougon.

— Je suis Paul Crown, chambre 411. Pouvez-vous me dire qui occupe la chambre 436 ? C'est très important.

Comme l'employé ouvrait la bouche pour dire non, Paul fit glisser un dollar sur le marbre vert. L'homme le couvrit de la main, le glissa dans sa poche, puis fit tourner de cent quatre-vingts degrés le registre relié de maroquin. Il feuilleta lentement les pages, jeta un coup d'œil à un casier, mit un nom sur un numéro.

— C'est la femme d'un officier dont le campement se trouve à Tampa Heights.

— Merci. Encore une question. Là-haut, j'ai cru apercevoir un ami. Il loge peut-être ici. C'est un Russe, il s'appelle Mikhail Rhoukov.

— Vous m'épelez ?

Paul fit de son mieux ; l'employé tourna à nouveau les pages.

— Nous n'avons personne de ce nom.

— Vous êtes sûr ? Il parle anglais avec un accent plus prononcé que le mien. Vous devriez vous souvenir de lui.

— Je devrais peut-être, mais je ne m'en souviens pas.

— Je l'ai vu, il ne peut pas y avoir d'erreur. Mikhail Rhoukov...

— Nous n'avons pas de Rhoukov de Russie, de Roumanie, de Bulgarie, de Suisse, ni de quelque autre pays d'Europe, c'est tout ce que je peux vous dire. Cet hôtel protège la vie privée de ses clients. Beaucoup de célébrités descendent chez nous pour la saison d'hiver.

Paul s'éloigna en se demandant s'il n'avait pas vu l'équivalent humain d'un mirage dans le désert.

Non, absolument pas, il n'était pas ivre à ce point. C'était Rhoukov. Récuré, barbu, élégamment vêtu — mais *Rhoukov*.

Si un officier laissait sa femme à l'hôtel pour retourner chaque soir au camp avec ses hommes, Paul imaginait aisément pourquoi Rhoukov avait déguerpi en toute hâte. Mais cela ne répondait à aucune des autres questions qui se bousculaient dans sa tête.

D'où venait-il ? Où était-il passé ? Où se trouvait-il à présent ?

Quel prodige diabolique l'avait ainsi transformé ?

A partir de ce jour, Paul consacra ses rares moments de loisir à éclaircir ce mystère, qui demeura irrésolu. Aucun des employés qu'il interrogea ne reconnut le nom ou le signalement de Rhoukov, mais cela ne prouvait rien ; il avait déjà constaté que le personnel n'était pas enclin à parler des clients.

La description de l'homme rappela quelque chose à plusieurs journalistes, mais ils se révélèrent incapables de l'identifier. Ils furent cependant unanimes sur un point : il n'était pas russe. L'un d'eux voulait à tout prix qu'il fût anglais ; un autre soutenait qu'il était canadien ; un troisième déclara que, quelle que soit sa nationalité, il n'avait passé qu'un jour ou deux à l'hôtel.

Paul téléphona à des hôtels meilleur marché situés de l'autre côté de la rivière. Sans résultat. Un jour où lui et Jimmy étaient partis filmer, la femme qui occupait la chambre 436 régla sa note et un jeune enseigne de vaisseau lui succéda.

C'était l'impasse. Le Roukhov propre avait disparu aussi soudainement et inexplicablement que le pouilleux d'autant.

Mai toucha à sa fin. Plusieurs fois, des chevaux ou des mules de l'armée s'échappèrent de leur enclos et traversèrent le centre de la ville au galop, terrorisant les habitants. Paul et Jimmy ne furent jamais là au bon moment pour filmer l'un de ces coups de sang équestres. Ils tournèrent à la place *Un bleu qu'on fait sauter en l'air avec une couverture* ou *Des Cubains attendent la distribution de rations*. Des centaines de réfugiés cubains étaient venus à Tampa via Key West.

Ils filmèrent ensuite *Des ennemis cordiaux*, un match de base-ball entre une équipe de Tampa et les Irlandais du 69e régiment de volontaires de New York. Assis dans les gradins, Crane proférait des commentaires obscènes ou sarcastiques chaque fois qu'un camp commettait une erreur.

Si l'homme était un génie, il n'en avait pas l'apparence. De taille moyenne, il avait des cheveux blond paille, un teint brouillé, une grosse moustache. Son large pantalon de coutil et sa chemise blanche étaient crasseux. Il fumait la pipe et, à chaque tour de batte ou presque, il quittait son siège pour aller boire une cannette de bière. Vers la fin de la partie, alors que les Irlandais menaient par quatorze à un devant l'équipe locale, Paul et Jimmy déplacèrent la caméra pour prendre quelques plans de Mr. Crane, l'amateur de base-ball. Les spectateurs assis à côté de lui se demandèrent la raison de cette attention — il avait l'air d'un vagabond malpropre. Lorsque l'écrivain découvrit la caméra, et Paul actionnant la manivelle, il souleva son canotier de façon ironique, tira la langue et partit d'un rire tonitruant. Paul soupçonna que Shadow n'aimerait pas ce métrage, quelle que soit la notoriété du sujet.

Comme il fallait du temps pour organiser les troupes et le convoi, les sujets de film se firent plus rares et, de l'avis de Paul, plus ennuyeux. Ils en furent réduits à tourner une *Promenade en trolleybus dans Tampa* et la *Toilette matinale du 1er régiment de volontaires de Floride*. Cet État avait mobilisé vingt compagnies, mais le règlement de l'armée stipulant qu'un régiment ne pouvait en compter que douze, il avait fallu en renvoyer huit dans leurs foyers. Paul regrettait qu'on ne les eût pas renvoyées toutes. Jimmy et lui filmèrent les *Escambia Rifles* de Pensacola, une bande d'immondes braillards qui se moquèrent ouvertement de l'accent de Paul. Pour une fois, c'est Paul qui était prêt à se battre et Jimmy qui l'en empêcha. « On faisait pas le poids », argua Daws plus tard. A juste titre : les compagnies de Floride comptaient bon nombre de fermiers costauds, à la nuque brûlée par le soleil et aux bras puissants.

Ce soir-là à l'hôtel, Paul eut deux autres chocs. Il reçut le premier alors qu'il descendait manger et boire une bière.

L'ascenseur bondé s'arrêtait à chaque étage. Au premier, un officier étranger monta. Il portait un uniforme kaki et, sur sa casquette, la rondelle à point rouge ; c'était un attaché militaire que Paul n'avait pas encore vu.

Un frisson lui parcourut l'échine. « Si, je l'ai déjà vu ! »

Il n'avait fait qu'entrevoir le visage de l'homme qui lui tournait maintenant le dos — pourtant, il était presque sûr de l'avoir reconnu. Quand la porte s'ouvrit, au rez-de-chaussée, il resta immobile. L'attaché fit un pas de côté, se présenta de profil. Oui ! Les yeux gris qui rendaient glaciale une figure par ailleurs ordinaire. La cicatrice de duel en forme de crochet sur la joue gauche. Paul n'avait pas oublié le lieutenant à l'étui à cigarettes en or dans la gare de Berlin.

Un reporter qu'il connaissait de vue sortit de la cabine en même temps que lui.

— Vous connaissez cet officier ? lui demanda Paul.

L'attaché s'inclinait pour baiser la main gantée de la femme d'un officier américain.

— Bien sûr. Capitaine von Rike. Ambassade d'Allemagne, Washington.

Le passé semblait envelopper Paul. Il avait l'impression que ces signes annonçaient un événement crucial — quelque chose qui le concernait, lui, bien au-delà de la guerre et du rôle insignifiant qu'il y jouait. Il sentait se lever des forces invisibles qu'il ne pouvait ni identifier ni comprendre. Elles l'entraînaient inexorablement *zu einem Wirbel*, vers un tourbillon. Et une fin inconnue.

Il éprouva le second choc au snack-bar, peu après y avoir découvert Mr. Crane en grande discussion avec un autre journaliste. La chemise tachée et sans col, les cheveux sur le front, le romancier avait aligné six cannettes vides devant lui.

Son interlocuteur était un nommé Sylvanus Peterman, qui travaillait pour le *New York Journal*. On ne le voyait jamais en compagnie de Davis, la star du quotidien, et rarement avec les autres collaborateurs — deux ou trois douzaines — que Mr. Hearst avait envoyés à Tampa pour se charger des tâches subalternes : recevoir les instructions de la rédaction, écrire des articles mineurs, exécuter des dessins, transmettre la copie, régler les notes. Paul avait entendu dire que la facture quotidienne de télégrammes pour l'équipe de Hearst dépassait souvent mille dollars.

Peterman était replet, pâle, bien vêtu. Il portait des lunettes à monture d'écaille et sentait l'eau de toilette. Bien qu'il ne fût pas plus âgé que Crane, il avait déjà un début de calvitie et coiffait sur le côté ses cheveux pommadés pour cacher son crâne nu. La plupart des reporters ne l'aimaient pas, et l'écrivain semblait avoir envie de l'étrangler.

Paul s'approcha discrètement d'eux.

— Kipling l'a admirablement dit, déclarait Peterman d'un ton sentencieux. « Reprends le fardeau de l'homme blanc, envoie le meilleur de ta progéniture... »

— Oh ! pas cette connerie, grommela Crane à travers la fumée de la cigarette qui pendait à sa lèvre. Freddy, une autre bière.

— « Va, condamne tes fils à l'exil... »

— Conneries, conneries ! Freddy, dépêche-toi, je ne peux pas supporter d'entendre ça à jeun.

— Crane, si nous ne civilisons pas les peuples de couleur, qui le fera ? Nous devons investir ces nouveaux marchés — occuper de nouvelles terres, au besoin. Nous sommes les leaders du monde, à présent. Nous sommes une race de conquérants !

La cannette arriva ; Crane posa sa cigarette sur le comptoir et but longuement. Il leva la bouteille.

— Je te salue... (Une toux grasse le fit se voûter un moment.) Je te salue, frère Peterman — ou dois-je dire frère Hearst ?

— Tu peux ricaner, je suis fier de travailler pour un vrai visionnaire américain qui...

— Arrête tes discours et réponds à la question que je t'ai posée il y a cinq minutes. Comment toi et Bill le Farouche allez accomplir cette magnifique conquête si les intéressés n'en veulent pas ?

— Quel hypocrite tu fais, alors ! Comment peux-tu toucher l'argent du *World* ?

— Facile. Je n'envoie au journal aucune copie complaisante.

— C'est très noble. Mais tu oublies que Mr. Pulitzer et Mr. Hearst croient la même chose que moi.

— Foutaises. Ces messieurs ne croient à rien d'autre qu'aux chiffres du tirage. Maintenant, réponds-moi. Comment vas-tu répandre et imposer ton évangile américain ? Avec des fouets et des chaînes, en faisant péter des fusées bleu-blanc-rouge ?

— Tu es répugnant.

— Les patriotards de ton espèce me donnent envie de gerber.

Crane jeta son mégot vers le crachoir le plus proche, le manqua.

— Pharisien ! rétorqua Peterman. Pour qui te prends-tu avec tes romans dégoûtants, ton arrogance ! Tu railles les valeurs traditionnelles, tu les piétines comme un païen. Mais les Américains respectables les défendront jusqu'au bout — et nous sommes la majorité !

— Alors que Dieu tout-puissant nous vienne en aide, frère Peterman, parce que personne d'autre ne le fera. J'ai eu ma dose de propagande pour ce soir. Sors d'ici avant que je te mette K.O. en te pétant dans le nez — ça suffirait largement.

Le romancier tourna le dos.

Sylvanus Peterman parcourut le comptoir des yeux, passant de Paul à d'autres journalistes, à une paire de lieutenants contenant leur colère. Il se dirigea vers l'escalier avec un air de martyr.

— Une autre, Freddy ! beugla Crane en agitant sa bouteille vide.

Elle lui glissa des mains, se fracassa derrière le bar.

— Mr. Crane, vous avez peut-être trop bu.

— Trop n'est jamais assez. L'argent de Joe Pulitzer ne vaut rien dans ce trou à rats ?

— Vous devriez manger quelque chose...

— Absolument. Demain ou après-demain. On a tout le temps.

Une quinte de toux le fit à nouveau se plier en deux et il agrippa le comptoir à deux mains jusqu'à ce que le spasme se calme. Avec un soupir, le barman posa une autre cannette devant l'écrivain, entreprit de ramasser les débris de verre. Appuyé sur les coudes, Crane roulait la tête d'un côté à l'autre. Il remarqua Paul, qui se tenait à sa gauche.

— Je te connais, toi. Le jeunot à la caméra. Tu m'as filmé pour la postérité, au stade.

— Vous avez bien fait, Fritz, intervint Freddy. A ce rythme-là, il traînera pas longtemps.

— Je t'emmerde, lança joyeusement Stephen Crane. Comment tu t'appelles, môme caméra ?

— Fritz Crown. De l'American Luxograph Company, Chicago.

— Graphe par-ci, graphe par-là... Ça ne prendra jamais, vos trucs.

Crane mit une cigarette dans sa bouche, du moins il essaya. A la première tentative, il en écrasa le bout contre sa joue.

— Je t'offre une bière ?

— Je veux bien, merci.

Freddy tira une Extra Pale ; Crane leva sa cannette, Paul fit de même avec sa chope.

— Buvons aux amours perdues. T'as un amour perdu, toi, Fritz ?

— Oui, murmura le jeune homme.

— Mmm. Le mien, c'est Miss Cora Stewart, propriétaire de l'hôtel de Dream à Jacksonville. S'il existe un bordel plus paradisiaque en Amérique, je ne le connais pas. Santé. A Cora.

— *Prosit*. A Cora.

Ils burent.

— Pas grand-chose à faire dans le coin, hein ? reprit Crane. Pas grand-chose comme sujet d'article non plus. Je m'emmerde royalement. Je me suis mis à une autre nouvelle.

— J'admire beaucoup ce que vous écrivez. Je ne connais pas *Maggy*, votre premier roman, mais j'ai lu *La Conquête du courage* — vous pourriez ne plus rien écrire que vous auriez de toute façon laissé votre marque.

— Merci. Merci beaucoup, fit Crane, qui parut soudain las.

— Je peux vous poser une question sur un autre sujet ?

— Désolé, je ne sais rien des petites amies de Joe Pulitzer ni de ses habitudes défécatoires.

Quel homme étrange, fascinant, pensa Paul. Mais autodestructeur. La cigarette pendant au coin des lèvres, Crane plissait les yeux dans la fumée en fixant le vide.

— Non, rien de ce genre, dit Paul. Récemment, dans cet hôtel, j'ai cru voir une vieille connaissance. Je l'ai aperçu de loin, j'ai voulu l'appeler, mais il a filé. Je n'arrive pas à le retrouver. Il s'appelle Mikhail Rhoukov, il est journaliste comme vous.

Crane secoua la tête.

— Peut-être que si tu me le décrivais...

— Grand, très mince. Avec une barbe. Quand il sourit, ses dents paraissent plus blanches que des touches de piano. (Crane se redressa, cligna des yeux.) Il a de toutes petites lunettes avec des verres pas plus grands que ça. (Paul fit un cercle du pouce et de l'index.) Il ne mâche pas ses mots.

L'auteur de *Maggy* laissa tomber sa cigarette par terre, l'écrasa.

— Tu dis qu'il s'appelle comment ?

— Mikhail Rhoukov.

— Alors, il a un jumeau. C'est Michael Radcliffe que tu viens de décrire. Il est bien journaliste. Mais anglais.

— *Anglais* ?

— Tu as l'ouïe déficiente ? L'homme que tu me décris est Michael Radcliffe. Un type de la haute, de la très haute société. S'il n'est pas né à Blighty et n'a pas fait ses études à Oxford, je te donne mille dollars. Dès que je les aurai gagnés.

— Un journaliste britannique — comment est-ce possible ?

— Je sais pas, petit, mais c'est comme ça.

— J'en ai parlé à plusieurs de vos confrères. Quelques-uns se souvenaient de lui mais aucun ne connaissait son nom.

— Il n'est resté ici que deux nuits. On a bu le champagne ensemble à ce comptoir puis on a continué à l'une des tables. On a parlé pendant des heures. J'ai cru tout ce qu'il m'a raconté sur lui mais en même temps, il y avait une voix dans ma tête qui criait attention ! Ce type était exactement ce qu'il disait être, mais il était quelque chose de plus. Tu as entendu parler d'Otto Hartstein, lord Yorke ?

— Non.

— C'est l'un des deux magnats de la presse anglaise. Michael Radcliffe est correspondant itinérant du *London Light* de Hartstein. Il est marié à la fille unique de lord Yorke, Cecily Hartstein. Voilà une bonne assurance-carrière.

— Savez-vous pourquoi il a quitté l'hôtel, Mr. Crane ?

— Une affaire de cœur. Ou de chambre à coucher, du moins. Avec une dame qu'on a vue régulièrement dans la salle à manger pendant plusieurs jours. Elle portait à la main gauche une bague et une alliance de prix.

— Mr. Crane, je dois trouver cet homme. Il faut que je sache si c'est Rhoukov.

— Tu dis que tu es son ami.

— Oui, absolument.

— Je te mets une raclée si j'apprends que tu mens, menaça Crane. Il m'a téléphoné juste avant de partir, à trois heures du matin. Le lendemain après-midi, il a rappelé et j'ai fait suivre ses bagages. Je surveille le tableau d'affichage pour lui : messages télégraphiques, instructions, petits mots affectueux de sa femme. Courtoisie entre confrères. Je suis sûr qu'il ferait la même chose pour...

— S'il vous plaît, où est-il ?

Les deux hommes se fixèrent et le regard dur de Crane mit Paul au supplice.

— Dans une chambre minable d'Ybor City. Je te donnerai l'adresse. Freddy, un morceau de papier. Et une autre bière. En vitesse.

89

Le général

Joe Crown rencontra son supérieur immédiat une heure après être descendu d'un Pullman de la compagnie Plant. Un message l'attendait à la réception pour l'informer que l'entretien aurait lieu non pas au quartier général de la division de cavalerie (distant de quinze cents mètres), mais dans un salon de l'établissement. Il posa ses bagages dans sa petite suite de deux pièces au deuxième étage, s'aspergea le visage et redescendit par l'escalier central. Il était en grand uniforme : lourde redingote bleue avec une étoile de général de brigade sur l'épaulette et un sabre d'apparat.

L'opulence de l'hôtel le stupéfia. Dans la rotonde animée, près d'un bronze du Petit Chaperon rouge et du loup, il demanda à un groom où se trouvait le salon.

Au bureau du télégraphe, il envoya un mot à Ilsa pour lui dire qu'il était bien arrivé, puis il se rendit à son rendez-vous d'un pas pressé. Devant le salon, il passa une main nerveuse sur ses cheveux et son impériale et frappa ; une voix douce le pria d'entrer.

Mr. Plant avait dépensé sans compter pour décorer cette petite pièce : cheminée magnifiquement sculptée, cabinet de laque japonais incrusté de fleurs et de papillons en nacre. Derrière une table recouverte d'un drap vert, le général de division Joseph Wheeler le regardait.

Joe fut étonné quand il se leva pour l'accueillir — un supérieur reste généralement assis. Joe présuma que Wheeler manifestait par là une courtoisie typiquement sudiste. Il passait pour un parfait gentleman, sans arrogance.

— Général Crown, je suis ravi de vous voir ici. J'étais impatient de faire votre connaissance.

— Moi de même, général Wheeler.

Ils échangèrent une poignée de main.

Wheeler était un petit homme vif pesant moins de cinquante kilos. La soixantaine, il avait une moustache en pointe, une barbe blanche.

Sa vareuse semblait trop grande pour lui et ses poches étaient bourrées de paperasse.

— Asseyez-vous, je vous en prie. Je ne puis vous offrir autre chose que de l'eau. Au moins, elle est en bouteille.

— Merci, je n'ai pas soif.

Joe demanda la permission d'allumer un de ses longs havanes et Wheeler répondit par un aimable « Bien entendu ». Quelle apparence trompeuse, pensa Joe en craquant une allumette. Joe le Battant avait l'air d'un planteur à la retraite, ou d'un maître d'école vivant confortablement d'un héritage. Pas du tout d'un homme qui s'était battu au Congrès pendant près de vingt années. Tous les deux ans, il était réélu dans son district de l'Alabama sans rencontrer la moindre opposition.

— Je suis heureux de vous avoir dans la division, dit Wheeler. Comme vous le savez, vous commanderez la 2e brigade, constituée des 1er et 10e régiments de troupes régulières et de l'assortiment singulier de volontaires du colonel Leonard Wood. Pensez-vous pouvoir vous débrouiller avec des troupes régulières ?

— Je l'ai fait lors du dernier Désagrément[1]. Enfin, elles étaient devenues régulières quand la guerre s'est terminée.

— C'est ce qui s'est passé des deux côtés, n'est-ce pas ? dit Wheeler avec un sourire mélancolique. Ma question était de pure forme. Vous ne porteriez pas cet uniforme — ou du moins vous ne seriez pas dans ma division — si je ne vous en jugeais pas digne. Vous avez été remarquable pendant la guerre.

— Merci, général. Je dois vous retourner le compliment. Vous êtes une légende.

Wheeler eut un geste modeste mais ses joues avaient rosi.

— Le 5e de cavalerie de l'Ohio, dit-il. Moi je commandais le 19e d'infanterie de l'Alabama.

Joe Crown hocha la tête.

— Je sais. Nous nous sommes peut-être rencontrés à Shiloh, mais nous n'avons pas été présentés.

— Non, dit Wheeler en riant. Notre camp aurait pu revendiquer la victoire si nous avions gardé le terrain conquis le premier jour. Mes pauvres gars ont livré quatre batailles avant la tombée de la nuit. Ils avaient du cran, mais ils n'étaient pas en granit. Premier engagement au Hornet's Nest, face à l'infanterie de Prentiss, l'artillerie de Hickenlooper... Ceux qui ont survécu étaient épuisés. Ils avaient le courage de continuer à se battre, pas la force. Le lendemain, vous les Yankees avez reçu du renfort : Crittenden, Nelson, Lew Wallace... Le surlendemain, notre retraite s'est transformée en déroute. Nous avons reculé quasiment jusqu'à Corinth, dans le Mississippi.

Joe se sentit tout à coup transporté. Il entendait battre les tambours, sonner les bugles. Il voyait les étendards criblés de balles chanceler, se redresser dans d'autres mains...

---

1. Euphémisme pour la guerre de Sécession. *(N.d.T.)*

— J'ai eu moi-même quelques mésaventures au Mississippi.

— Ah ! mais ne fut-ce pas un moment exaltant, général Crown ? Et une expérience sans pareille ?

— La guerre est une meilleure expérience en souvenir qu'en réalité, j'en suis venu à cette conclusion. Mais vous avez raison, rien dans ma vie n'a jamais égalé ces moments.

— La fin a été abominable. Jeff Davis mis aux fers et couvert d'injures. Moi, on m'a jeté dans cet infâme Fort Delaware, dans une cellule située à cinq pieds sous le niveau de la rivière. On avait les pieds dans l'eau. Nous mangions des épluchures et des détritus. Seuls vingt hommes pouvaient aller aux latrines à la fois, et seulement la nuit. Nous étions parfois cinq cents à faire la queue. Inhumain.

— Comme à Libby et Andersonville[1], j'imagine, dit Joe, à qui Wheeler lança un regard courroucé. Et comme nos propres camps de prisonniers dans le Nord.

— J'ai eu de la chance, on m'a libéré sur parole au bout de deux mois. Juillet 1865. J'avais décidé de survivre aussi longtemps qu'il le faudrait. Je crois que je m'en suis tiré en me disant : S'ils s'imaginent que je vais me laisser mettre dans la tombe par l'infecte nourriture yankee, la vermine yankee et la discourtoisie yankee ! — excusez-moi.

— Je n'ai pas été emprisonné, mais j'ai essayé d'avoir la même attitude, dit Joe. Cela m'a aidé à l'époque, cela m'a aidé plus tard dans le civil. (Il marqua une pause.) Puis-je me permettre une question que vous devez être las d'entendre ? J'aimerais savoir quelle impression cela vous fait de retrouver le bleu fédéral. Étrange ?

— Non, Joe — puis-je vous appeler Joe ?

— Je vous en prie.

Avec des yeux pétillant d'adolescent, Wheeler poursuivit :

— Vous savez, c'est comme si je revenais sous les drapeaux après une permission de trois semaines, ragaillardi et prêt à servir. Je suis fier d'être ici. Après ma libération, quand le sentiment d'échec a commencé à s'atténuer, je me suis rendu compte que nous devions reconstruire ce pays, aussi bien au Sud qu'au Nord. C'est à cela que j'ai œuvré au Congrès. J'ai dit au Sud de cesser de ruminer son amertume et de se mettre au travail pour reconstruire les voies ferrées et les usines. Beaucoup se sont opposés à moi, quelques-uns m'ont insulté, un ou deux m'ont même tiré dessus, mais j'avais raison. J'ai un fils dans cette armée, le capitaine Joe Wheeler Junior. Je suis fier qu'il soit avec moi, avec nous, sous le vieux drapeau. Tout comme je suis fier que vous soyez ici. Bleus et gris ensemble, peut-être parviendrons-nous à mettre un peu d'ordre dans la gabegie dont Alger et ses scribouillards nous ont fait cadeau. Général, je vous ai retenu trop longtemps. S'il n'y a rien d'autre qui...

— Une seule chose. Je voudrais connaître dès que possible les ressources de la brigade, en détail. Nombre d'hommes, de chariots,

---

1. Prisons sudistes. *(N.d.T.)*

de chevaux, de mules. Inventaire des armes, munitions, vivres. Chiffres exacts.

— Vous aurez tout cela pour demain après-midi. J'aime les hommes précis.

— Je ne connais pas d'autre façon de vivre, général. Ni de réussir, quelle que soit l'entreprise.

Joe trouva le snack-bar et commanda une bière locale. Sa présence modifia brusquement l'atmosphère dans la longue pièce aux lambris sombres. Les rires s'arrêtèrent, les conversations baissèrent d'un ton. En buvant lentement sa chope, il nota le grade des officiers présents : pas un seul au-dessus de capitaine.

C'était donc ça ; les officiers supérieurs ne fréquentaient pas cet endroit. Il comprenait : la bière était une pâle bibine. Il laissa les trois quarts de la sienne et, au rez-de-chaussée, en chassa le goût avec un verre de thé glacé pris à une table dont les pichets étaient continuellement remplis.

Il sortit ensuite écouter la fin du concert qui avait lieu près de l'extrémité ouest de la véranda. Un lieutenant lui dit que la fanfare était celle du 33e régiment de volontaires du Michigan.

Le regard de Joe tomba sur l'une des auditrices, une séduisante Cubaine honteusement jeune pour retenir l'attention d'un homme de son âge. Il supposa que c'était une réfugiée fortunée — aucune autre catégorie de Cubains ne pouvait loger à l'hôtel de Plant.

La jeune femme était bien en chair — ronde, auraient dit certains. Elle portait une robe blanche ajustée et un long châle à franges. Sa poitrine, forte et rebondie, lui rappelait celle d'Ilsa dans sa jeunesse. Un haut peigne incrusté de nacre était fiché dans sa chevelure noire lustrée qu'elle avait relevée en chignon.

Elle dut se sentir observée car elle se retourna brusquement. Cramoisi, Joe sourit. Elle lui rendit son sourire puis détourna les yeux. A la fin du concert, elle regagna l'hôtel au bras d'un homme élancé portant l'uniforme des forces rebelles cubaines.

A l'hôtel, le clairon était remplacé par des ordonnances qui venaient frapper aux portes des officiers à cinq heures du matin. Les premiers jours, Joe crut que se lever aussi tôt l'épuiserait, vu les longues journées de travail qu'il s'imposa d'emblée — il devait rencontrer les officiers placés sous ses ordres, participer aux réunions avec Shafter, Wheeler et les autres généraux, se familiariser avec la paperasse et le fonctionnement du Q.G. de la division, étudier et mémoriser l'inventaire qu'il avait réclamé. Mais il se sentit bientôt plus alerte et vigoureux qu'il ne l'avait été depuis longtemps.

Dès qu'il en eut l'occasion, Joe fourra un ballot sous son bras et s'esquiva entre deux réunions. Il faisait moite et étouffant dehors ; il cuisait comme un homard dans son uniforme. Empruntant l'itinéraire que lui avait indiqué un employé de la réception, il prit d'abord le trolleybus puis parcourut les rues sablonneuses de West Tampa jusqu'à une grande tente blanche surmontée d'une enseigne en bois :

BROCANTE DES RÉFUGIÉS
Tous dons acceptés

La tente était vide, personne ne flânait entre les étagères grossières remplies de vêtements, chaussures et ustensiles usagés. Une femme robuste à la belle peau olivâtre l'accueillit dans un anglais sommaire. Il posa le ballot sur le comptoir en planches et dit :

— J'en fais cadeau. Sept ensembles de sous-vêtements d'été. Très beau coton. Jamais porté.

Joe trouvait certains de ses collègues sympathiques, d'autres obtus ou obsédés par le règlement, très peu étaient franchement déplaisants. C'était à peu près la même chose que trente-cinq ans plus tôt. L'aide de camp qu'on lui avait affecté, le lieutenant Tyree Bates, était placide et intelligent. Neuf ans d'ancienneté. Joe présumait que Bates avait pour principale tâche de compenser, si possible, les insuffisances ou l'ignorance d'un général dont la nomination était politique. Toutefois, le lieutenant lui montrait en toute occasion le respect et la courtoisie de rigueur. Quand Joe posait une question, Bates connaissait la réponse ou l'obtenait en quelques minutes, sans jamais insinuer par son comportement que Joe aurait dû la connaître.

Le personnage le plus intéressant à étudier était peut-être le commandant en chef, le général William Rufus Shafter.

Bien que du même âge que Wheeler, il n'avait rien de sa vigueur et haletait dès qu'il marchait. Sa tignasse grise semblait rebelle à tout peigne ; sa moustache de phoque avait toujours besoin d'être taillée. Il était maladroit, négligé, et se fichait éperdument des amabilités d'usage en société. Peut-être avait-il passé trop d'années dans les forts solitaires des déserts du Sud-Ouest.

La corpulence de Shafter posait des problèmes pratiques. Il lui fallait un siège spécial pour les réunions d'état-major, par exemple. Joe doutait de ses capacités à endurer les rigueurs d'une bataille sous les tropiques.

En revanche, Shafter était un commandant au caractère fort, pour ne pas dire entier. Peu de ses subordonnés discutaient son point de vue ou se permettaient d'exprimer le moindre désaccord. On aurait pu voir un signe de faiblesse dans son menton fuyant, mais il n'y avait rien de faible dans la flamme de ses yeux bleus, capable de réduire un homme à néant en quelques secondes. Lorsqu'il était mécontent, ce qui arrivait souvent, il recourait au vocabulaire de la Frontière.

Joe le constata quand, avec le lieutenant Bates, d'autres généraux et quelques attachés, il accompagna Shafter lors d'une inspection des lamentables installations de Port Tampa. Ils parcoururent quinze kilomètres dans un wagon tiré par une locomotive de manœuvre puis firent le reste du trajet à pied.

A l'origine, Plant n'avait creusé qu'un chenal peu profond destiné à de petits caboteurs. Dans la baie, sur une eau d'un gris graisseux, parmi des nuées de mouettes faisant la chasse aux détritus, Joe compta vingt-deux navires marchands, dont plusieurs de gros tonnage. Le gouvernement ne possédait aucun transport de troupes ; tous les bâtiments avaient été loués à des compagnies privées qui les avaient « éviscérés » avant d'installer des couchettes et des stalles aux niveaux inférieurs et de débarrasser le pont supérieur de la plupart des aménagements destinés aux passagers.

Sur les jetées jumelles, de bruyantes équipes d'ouvriers posaient des rails supplémentaires à côté des quatre voies d'origine mais cela ne servirait pas à grand-chose. Il n'y avait ni grues ni treuils pour charger les cargaisons. Le génie militaire avait estimé que chaque jetée ne pourrait recevoir plus de deux gros bâtiments à la fois, et le chenal pas plus de six ou sept. Tout le monde craignait que l'embarquement ne tourne au chaos.

Un certain nombre de tentes-saloons étaient plantées le long des jetées, assommoirs prêts à soulager les soldats en partance de quelques derniers dollars. Ce tableau consternant ne tarda pas à mettre Shafter d'humeur orageuse. Pantelant, il dut s'asseoir sur une caisse et s'éventer.

— Foutu Plant ! A quoi pensait cet abruti quand il a fait poser ses voies au milieu de la jetée et non près de l'eau ? Les dockers auront à porter chaque putain de sac sur quinze mètres de plus pour charger les navires. Du travail inutile, du temps perdu — messieurs, je pense parfois qu'il faudrait dynamiter le ministère de la Guerre pour le ramener dans le monde réel.

— Général, ne vous énervez pas, lui murmura un de ses aides de camp.

— Laissez-moi tranquille, je vais bien, aidez-moi seulement à me lever. Partons, messieurs, je ne peux pas supporter de voir ce bordel une minute de plus.

L'attaché militaire allemand, qui se tenait à côté de Joe, roula des yeux. Depuis qu'ils avaient été présentés l'un à l'autre, quelques jours plus tôt, le capitaine von Rike recherchait constamment la compagnie de Joe pour parler allemand avec un *Landsmann*, un compatriote, ou faire étalage de son excellent anglais. L'attaché était un Prussien de taille moyenne qui devait avoir vingt-cinq ans de moins que Joe. Tiré à quatre épingles, il avait des yeux gris très écartés, des taches de rousseur sur les joues. Une cicatrice en forme de crochet marquait sa joue gauche, conséquence d'un duel d'étudiants, avait-il fièrement précisé. Joe ne parvenait pas à décider si l'homme lui plaisait ou non.

Le lendemain soir, von Rike apparut sur la véranda, où Joe fumait un cigare en écoutant la fanfare du 11e d'infanterie. Joe avait l'intention de faire une promenade après la fin du concert dans l'espoir de revoir la jeune Cubaine, et il fut agacé quand l'attaché, impeccable dans son pantalon blanc et ses bottes noires, s'assit dans le fauteuil à bascule voisin. Le Prussien essuya son monocle à sa manche avant d'attaquer :

— J'ai inspecté plusieurs régiments aujourd'hui. Jamais je n'ai vu un tel laxisme. Où sont la rigueur, la discipline ? demanda-t-il en ajustant le monocle à son œil droit.

— Les Américains ont tendance à réserver la discipline pour le combat, répondit Joe.

— Vraiment ? Ils la découvrent par magie quand la fusillade commence ? Pardonnez-moi, général, mais j'en doute. La victoire se construit sur une discipline inculquée par des mois, voire des années d'instruction.

Von Rike prit une cigarette dans son étui plat en or. Il fumait sans arrêt, la main retournée, la cigarette entre le pouce et l'index.

— Et cet hôtel ! poursuivit-il. Un quartier général avec menu gastronomique, paons et courts de tennis ? Danse tous les soirs ? Je trouve cela contraire aux règles de l'armée.

Satisfait de lui-même, il inhala de la fumée.

Joe Crown décida que finalement von Rike ne lui plaisait pas.

— Capitaine, voulez-vous dire que vous aimez souffrir aussi *avant* la bataille ? Je peux arranger ça.

— Oh ! fit le Prussien, incapable de saisir une raillerie subtile.

— Permettez-moi de vous offrir plusieurs boîtes de nos nouvelles rations, celles que le ministère de la Guerre qualifie de « bœuf frais en conserve ». Infect. Un fournisseur malin a fourgué des tonnes de cette saleté à Washington.

Ne comprenant toujours pas le sarcasme, von Rike plissa le front.

— *Was bedeutet* « fourgué » ?

— Il a persuadé le gouvernement de l'acheter. En l'abusant, ou en versant quelques pots-de-vin.

— Ah ! *Bestechungsgeld.* Pot-de-vin. Je vois !

— Capitaine, je plaisante. La chose est immangeable.

— Mais bonne pour former le caractère, *ja* ? Nous autres Allemands — vrais Allemands (Joe encaissa la pointe, chassa une bouffée d'agacement) — nous avalerions n'importe quoi en silence.

— Alors, vous ne ferez jamais un Américain, j'en ai peur.

— Certainement pas. Ce n'est pas mon désir.

Sous les sourires, l'échange était devenu tendu, désagréable. Joe se leva.

— Il est tard. Si vous voulez bien m'excuser.

— Je vous en prie, général. Nous parlerons une autre fois

« Pas avant longtemps, j'espère. »

Joe se dirigea d'un pas rapide vers la porte la plus proche pour rentrer dans l'hôtel. Il sentait le regard de von Rike lui brûler le dos.

A une table de thé glacé, il se servit un grand verre, l'emporta dehors en ressortant par une autre porte et se tint dans l'ombre, fumant et buvant lentement. La conversation avec von Rike avait gâché sa soirée, et la fanfare n'arrangeait rien en terminant le concert par un arrangement de *Vesti la giubba*. Joe détestait l'opéra italien, qu'il considérait comme une insulte au génie de Richard Wagner.

C'est alors qu'il la vit. Elle portait la même toilette — peut-être n'avait-elle quitté Cuba qu'avec quelques affaires. Cette époustou-flante robe blanche épousait étroitement ses seins qui s'arrondis-saient, bruns et fermes, au-dessus du décolleté rond. Elle était à nouveau au bras de l'homme des forces rebelles. Déception.

Un civil à qui Joe avait été présenté se tenait un peu en retrait sur sa gauche et griffonnait sur un bloc-notes. Récemment venu de la base navale de Key West, il exerçait le métier de journaliste mais était aussi en contact avec Miss Barton, de la Croix-Rouge, que Joe avait vue à l'hôtel. Son navire-hôpital, le *State of Texas*, était ancré dans Old Tampa Bay.

— Pardon, Kennan, connaissez-vous cette jeune femme, là-bas, sur la véranda ? Celle en blanc ?

— Vaguement. C'est une réfugiée, elle s'appelle Estella Rivera. Séduisante, n'est-ce pas ?

— Très.

Joe hésita avant de poser la question suivante :

— C'est son mari ?

— Son frère. Il est dans les forces rebelles. Il paraît que leur père est resté à La Havane. C'est un vieux monsieur qui pense que les Espagnols ont parfaitement raison de...

Joe n'en entendit pas plus. La tête bourdonnante, il tira quelques bouffées nerveuses de son cigare. « Tu es trop vieux. En outre, tu es marié », dit la voix intérieure qu'il en était venu à détester. Il ne l'écouta pas.

Après avoir pris congé de Kennan, il s'avança sur la véranda, enfouit son cigare dans une urne de sable et lissa le devant boutonné de sa redingote croisée bleu foncé. Il se présenterait à la jeune femme, il l'inviterait à danser dans l'Annexe orientale. Il sentait une force en lui qui l'exigeait. Il n'était pas trop vieux.

Au bras du svelte officier, la jeune Cubaine se dirigea vers l'entrée en arcade de l'hôtel. Joe jura, si fort que l'attaché militaire qui passait à proximité le regarda avec réprobation. Estella Ribera s'arrêta, se tourna légèrement. Par-dessus son épaule, elle chercha le regard de Joe.

Et sourit.

L'instant d'après, elle avait disparu.

Elle savait qu'il était là. Elle avait cherché à le revoir, elle aussi. Transporté, Joe avait l'impression d'avoir à nouveau vingt ans. Il se sentait capable de danser la moitié de la nuit sans fatigue.

90

Fritz

Pour aller à Ybor City, il revêtit les meilleurs habits de sa garde-robe, agrémentés de quelques éléments nouveaux. L'homme qu'il allait voir n'était plus le Rhoukov crasseux et dépenaillé d'antan.

Paul avait un mode de vie frugal à Tampa — une nécessité vu les vingt cents par jour que Shadow lui accordait (de mauvaise grâce) pour les imprévus. Mais il était une sorte de journaliste, et en tant que groupe, les journalistes laissaient beaucoup d'argent dans les caisses enregistreuses de Tampa. Paul puisa dans ses indemnités journalières soigneusement accumulées, et s'acheta une chemise de coton bleue — un dollar chez Davis Brothers, le meilleur magasin pour hommes de la ville. A cela il ajouta des bretelles élastiques à boucles nickelées, assorties à son pantalon de coutil d'une couleur à la mode, feuille-morte. Dernière extravagance, il choisit une cravate lavable de madras à sept cents. Avec son canotier, l'ensemble lui donna l'impression d'être présentable, voire d'une élégance désinvolte.

Il trouva l'endroit sans problème. Un numéro en fer-blanc était fixé au mur en bas d'un escalier, sur le côté aveugle d'un bâtiment d'angle de la Quatorzième Avenue. Le rez-de-chaussée était occupé par la *Mantiquería Estefan*, une crémerie.

Un homme en tablier balayait avec soin un trottoir de bois qui semblait déjà propre. Ses cheveux noirs crépus et sa bouche lourde se mariaient curieusement à sa peau couleur sable. Il y avait beaucoup d'Afro-Cubains à Tampa, Paul l'avait constaté. L'homme sourit et le salua en espagnol, Paul répondit en anglais. Quelqu'un cria, l'homme lâcha son balai et se rua à l'intérieur.

— *Al instante, Señor Estefan !*

Paul se dirigea vers l'escalier, qui se trouvait dans l'ombre. Lorsqu'il ôta son chapeau de paille, le vent chaud redonna à ses cheveux leur habituel aspect en bataille. Le bouton de son col de chemise était défait, la cravate de madras de travers.

Il monta les marches jusqu'à une porte massive en bois brut. Il frappa. A l'intérieur un homme grommela. Paul fut surpris d'entendre aussi une voix de femme.

— Crane ? fit l'homme. C'est toi ? L'heure est mal choisie pour une visite.

C'était bien la voix de Rhoukov. Mais comme tout le monde à l'hôtel l'avait soutenu, l'accent était à coup sûr anglais.

— Bon sang, Crane, tu réponds ?

— Ce n'est pas Mr. Crane, c'est Paul Crown, de Chicago. Je cherche Mr. Michael Radcliffe.

Il entendit des voix étouffées, puis des pieds nus approcher de la porte. Un verrou coulissa, la porte s'ouvrit ; Mikhail Rhoukov apparut, nu et blanc comme un poisson.

— Dieu nous préserve ! C'est toi. Entre, vieux. Entre donc.

L'appartement se réduisait à une unique grande pièce sommairement meublée et dotée d'un évier et d'une petite glacière. Une alcôve abritait un lit dans lequel était couchée une mince jeune femme qui avait couvert la partie inférieure de son corps avec le drap, laissant exposés ses tétons ronds et bruns.

— Comment allez-vous ? bredouilla Paul, ahuri.

— On ne peut mieux. Stevie Crane t'a manifestement fait assez confiance pour te révéler cette adresse temporaire. Assieds-toi.

Rhoukov indiqua une chaise près d'une table en pin, devant une fenêtre ouverte dont les rideaux de voile s'agitaient, puis saisit un pantalon de coutil blanc dans lequel il se glissa.

— Je suis absolument stupéfait, Paul. Qu'est-ce que tu fais à Tampa ? Seigneur Dieu, tu n'es pas dans l'armée, j'espère ?

— Non, je suis photographe.

— Tu veux dire journaliste, comme moi ?

— En quelque sorte. Je fais marcher une caméra. Je filme des images animées pour des salles du Nord.

— Opérateur de caméra ! Bien sûr. Magnifique solution ! applaudit Rhoukov.

Paul ne comprit pas ce que son ami voulait dire.

— Tu continues à dessiner ! Seulement, ce n'est plus un gribouillis mal proportionné — je suppose que tes images sont reconnaissables.

Paul s'esclaffa.

— Je l'espère. Excusez-moi, je ne sais pas trop comment vous appeler.

— Radcliffe. Dorénavant et à jamais, je suis Michael Radcliffe. J'ai trouvé ce nom dans un livre du British Museum. C'est le nom de famille des comtes du Sussex. On ne fait pas plus anglais... Mais je manque à tous mes devoirs. Puis-je t'offrir une limonade, un soda ?

— Une bière, si vous en avez.

Michael ouvrit la glacière, en tira une cannette avec une étiquette espagnole, puis se servit un grand verre de limonade.

— Pourquoi me regardes-tu comme cela ?

— Parce que vous êtes transformé, Mr. Radcliffe.

— Michael.

— D'accord — Michael. Je n'arrive pas à y croire.

— Crois-le, je t'en prie, dit l'ex-Rhoukov. (Il tendit la main gauche pour montrer une grosse alliance en or.) Marié, en plus.

— Oui, on m'a dit ça, fit Paul, sans pouvoir retenir un coup d'œil au lit.

— Luisa ? Juste une amie chère. J'ai un besoin puissant et fréquent du genre d'amitié que dispense Luisa. Si un jour tu éprouves le même, je t'assure que c'est une professionnelle accomplie. (La fille basanée sourit.) Le métis qui travaille pour Estefan sait toujours où la trouver. Tu téléphones à l'épicerie, tu demandes Tomaso.

Radcliffe s'approcha du lit, s'assit près de Luisa et lui parla en espagnol en lui caressant doucement le sein droit. Elle répondit par un hochement de tête et un sourire.

— Je lui ai demandé d'aller prendre un peu l'air. Nous avons à parler, tous les deux.

La fille bondit du lit, exposant un large buisson noir tandis qu'elle repêchait ses vêtements sous le lit. Elle embrassa Radcliffe, lui ébouriffa les cheveux, puis se pencha vers Paul et déposa un chaste baiser sur son front.

Après son départ, Radcliffe ouvrit une commode, en sortit un verre contenant des cigares.

— On les fabrique au bout de la rue. Une merveille — tu veux goûter ?

— Je veux bien, merci.

Radcliffe eut un petit rire.

— Le galopin a grandi, on dirait.

— C'est vrai. A de nombreux égards j'ai changé. J'ai un surnom, maintenant.

— Voyez-vous ça ! Lequel ?

— Fritz.

— Pas très original. Mais adapté.

— J'ai envie de vous poser une question, moi aussi. Comment en êtes-vous arrivé là ? Je ne parle pas de la Floride, mais de vos vêtements élégants, de votre anglais...

Radcliffe agita son cigare, laissant dans l'air des nervures bleues.

— C'est tout simple, à vrai dire. J'en ai eu assez de la pauvreté. Être pauvre finit par lasser. Être pauvre signifie que personne ne vous prend au sérieux. Personne ne vous invite à dîner, ne vous présente des personnages importants. Je le savais depuis longtemps, mais un jour à Londres, il y a quatre ans, ma tolérance à l'égard de la pauvreté s'est épuisée. Je continuais à développer mes habituels points de vue amers, mais les rédacteurs en chef étaient de plus en plus rares à les accepter. J'ai pris conscience que je n'étais plus un jeune homme. Je sombrais peu à peu. Une nuit, il faisait un temps épouvantable, j'ai eu une révélation. Je dormais sous un pont de Londres, seul logement que je pouvais m'offrir. Il tombait des trombes, j'étais fiévreux — autodiagnostic, je n'avais pas les moyens de consulter un médecin. J'ai été réveillé par un *bobby* qui agitait sa lanterne sous mon nez. « File », m'a-t-il crié en me donnant un coup

de botte. Filer ? Oui, mais où ? Au Savoy ? Au château de Windsor ?
Je n'avais pas un sou. Fleet Street[1] avait refusé mes quatre derniers
articles. Trop malsains, trop grossiers pour être lus par les gens
respectables. En un éclair, j'ai compris que je ne pouvais *filer* que
vers une seule destination : la mort. La fin. La Tamise s'offrait à
moi. Je pouvais aussi gagner la gare la plus proche et me transformer
en chair à pâté sous les roues d'une locomotive. Quel choix ! Mais il
me restait des années à vivre. J'avais envie d'autres femmes ! J'avais
fini par adorer le *fish and chips*[2] ! J'ai quitté le pont de Londres et
cette nuit-là, alors que j'errais, trempé et malade, dans des lieux
dont je n'ai gardé aucun souvenir, les cieux se sont ouverts pour me
donner, en plus de la pluie, la réponse que je cherchais. Je devais
liquider mon fonds de commerce.

Gonflé de fierté et d'allégresse, il abattit son poing sur la table.

— Et c'est ce que j'ai fait ! A partir de ce jour, j'ai orienté ma vie
dans une direction nouvelle. J'ai commencé sur-le-champ à m'anoblir.
Je me suis procuré un rasoir et du savon à l'Armée du Salut ; j'ai
cambriolé une boutique de fripier au cadenas déficient et je me suis
constitué une nouvelle garde-robe sans bourse délier. Je chapardais
des journaux — en courant plus vite que les vieilles tiges qui les
vendaient aux coins des rues — et grâce aux petites annonces, j'ai
trouvé un emploi. Plongeur de nuit au Claridge. Mon anglais était
correct pour ce qui est du vocabulaire et de la grammaire — mais
l'accent ? Inacceptable ! Grâce à mon travail au Claridge, j'ai réussi
à y remédier. Deux fois par semaine, je prenais des leçons avec un
pauvre vieil acteur qui traînait dans les *pubs* de Covent Garden.
C'était un maître de la langue, mais il buvait trop pour continuer à
obtenir des rôles. Moi-même je ne buvais que de l'eau froide ou du
thé brûlant, et je ne gaspillais pas mon salaire avec les prostituées
— c'était soit la marchandise gratuite soit l'abstinence.

Il soupira.

— Il y a eu des moments difficiles, je ne crains pas de le dire,
mais j'ai fini par quitter l'asile de nuit où j'avais vécu pendant des
mois. J'ai loué un garni minable dans un quartier mal famé — mais
c'était chez moi tant que je payais le loyer. Je me suis mis à écrire
un roman dans le style de Walter Scott, sans y prendre vraiment
intérêt, en espérant simplement que ça me rapporterait de l'argent.
Ne me demande pas de le lire, j'ai brûlé le manuscrit quand la
déesse Prospérité m'a souri. Deux ans approximativement après mon
réveil sous le pont de Londres.

— Vous avez épousé la fille d'un magnat de la presse, paraît-il.

— En effet. C'est le journal de mon beau-père qui m'a envoyé ici
traîner derrière le capitaine Lee, écrire sur lui et sur cette noble
guerre — si elle se déclare jamais ! Comme tu l'as sans doute
remarqué, pour le moment on nage dans la confusion, la chaleur et

---

1. Rue des journaux londoniens. *(N.d.T.)*
2. Poisson frit et frites. *(N.d.T.)*

l'ennui. On ne peut envoyer que des articles décrivant les orangers de Floride.

Radcliffe tira une bouffée de son cigare.

— Il y une chose que je ne comprends toujours pas. Comment m'as-tu repéré ?

Paul raconta l'épisode du couloir.

— Ah ! J'étais pressé de partir. Tu l'as peut-être deviné, je rendais visite à une dame.

— Mariée, dit Paul avec un sourire.

— Mariée, oui. Au point culminant de nos ébats, le téléphone a sonné. Son imbécile de mari était dans une gargote de West Tampa. Plein de vinasse métèque, il a trouvé épatant de faire un saut à l'hôtel pour exercer ses droits maritaux avant de retourner au camp. Je n'avais aucune envie de le rencontrer, je l'avais aperçu une ou deux fois — une cervelle de moustique, mais la stature d'un grand singe. Et, à la ceinture, une arme comme ça.

Il figura des deux mains un long canon de pistolet.

— Comme l'attaché militaire de Sa Majesté que je suis chargé de suivre ne faisait guère autre chose que jouer au tennis ou infliger ses assommantes descriptions de Sandhurst aux personnes assez stupides pour l'écouter, j'ai estimé que je pouvais filer à l'anglaise sans provoquer une colère indue chez mon rédacteur en chef. J'ai baisé la main de ma damoiselle, et comme elle semblait répugner à recevoir les attentions de son époux, je lui ai conseillé d'invoquer une crise de neurasthénie, maladie très répandue chez le beau sexe. J'espère sincèrement que cette stratégie a opéré. En tout cas, je ne rencontrerai pas le mari de cette chère Margo à Cuba, tu peux en être sûr. Tu ne me verras nulle part *près* des combats. L'imagination a le pouvoir de créer des batailles encore plus saisissantes que les vraies. Mr. Crane l'a prouvé, pourquoi pas ton humble serviteur ?

Paul ne put retenir un rire.

— Vous n'avez pas changé, pas du tout.

— Ne révèle pas mon secret, mon cher garçon.

— Je n'en reviens pas. Comment tout cela a-t-il pu arriver ? On dirait un conte de fées où le crapaud se change en prince.

Le mince rideau se souleva. Un marchand de sodas passa dans la rue, cria en espagnol puis en anglais. Radcliffe regarda pensivement le bout de son cigare avant de répondre.

— Tu as peut-être raison. Mais ce n'est pas un baiser qui a transformé le crapaud, c'est un billet gratuit.

— Tout à fait par hasard, dit Radcliffe. Une connaissance de mon professeur de diction avait une place de théâtre qu'elle ne pouvait utiliser. Elle ne pouvait pas la vendre non plus parce que c'était une place réservée pour une série de matinées spéciales à l'Independent Theatre Club. On n'y joue pas les niaiseries habituelles du West End mais des pièces à contenu. Des œuvres provocantes — ce qu'on appelle le théâtre d'idées. Les représentations du club sont données au Royalty, une splendide petite salle de Dean Street, à Soho. Elles ont toujours lieu le dimanche après-midi pour que les gens de théâtre puissent y assister. Bien sûr, la plupart des spectateurs sont des abonnés. Ma voisine, qui en faisait partie, a fait une remarque sur l'absence de l'occupante habituelle de ma place. Je lui ai répondu qu'elle était souffrante et me suis présenté : Michael. Elle s'est présentée : Cecily. C'était loin d'être une beauté.

» Timide, elle a rougi quand je l'ai invitée à m'accompagner au bar à l'entracte. Après le spectacle, nous avons fait un bout de chemin ensemble. Au moment de la quitter, je l'ai invitée, sur une impulsion, à prendre un rafraîchissement au salon de thé J. Lyons de Piccadilly. Je me sentais solitaire. Non, je souffrais ! Je n'avais pas eu de compagnie féminine depuis quatre ou cinq jours.

» Ma seconde invitation n'a pas suscité de fausse pudeur. Elle est venue, sans hésiter. J'aurais préféré l'emmener au Café Royal mais j'avais juste de quoi payer une théière de Lapsang Souchong et une assiette de *scones*[1]. Nous avons longuement parlé de théâtre, de livres, de politique. Elle était manifestement cultivée, et de commerce fort agréable, en fait. En sortant du Lyons, mû par une autre impulsion, je l'ai invitée dans mon garni de Brompton Road.

» Là encore, elle a accepté. Très volontiers même. En un clin d'œil, elle avait enlevé sa culotte et vers sept heures et demie, je lui ai ravi sa vertu. Trente et un ans et toujours pucelle, tu te rends compte ?

» Après nous être fait plaisir une seconde fois, nous nous sommes rhabillés et je l'ai accompagnée en bas pour lui trouver un fiacre. Elle m'a pris dans ses bras et m'a révélé son nom complet. Cecily Hartstein.

» Pas *le* Hartstein ? Oh ! si, lui-même. J'ai caché ma stupeur et ma terreur du mieux que j'ai pu, je l'ai mise dans la voiture en me disant que je n'avais plus qu'à fuir le pays.

» Je n'ai pas été assez diligent. Le lendemain matin, un messager m'apportait une lettre de son père m'ordonnant sèchement de venir le voir à huit heures ce soir-là. Un cocher passerait me prendre. Avec menottes et autres instruments de persuasion au cas où je rechignerais, sans nul doute. La pauvre idiote reconnaissante avait tout raconté à papa.

» J'ai vraiment songé à déguerpir illico, mais il était trop tard. Le père, j'en étais sûr, faisait surveiller les gares par des légions de sbires pour déjouer toute tentative dans ce sens. J'étais dans un tel état que j'ai oublié de prévenir le Claridge que la vaisselle de ce lundi soir devrait être lavée par d'autres. C'est la fin de Rhoukov, me suis-je dit.

» Bien entendu, il s'est avéré que non.

» Otto Hartstein... Otto Hartstein est un Juif de Dublin — en voilà une minorité ! Son père était chiffonnier, du vrai Dickens. Mais fouiller dans les poubelles, c'était bon pour les personnages de roman, pas pour le petit Otto. Le petit Otto voulait mieux. J'imagine

---

1. Petit pain au lait et aux raisins secs. *(N.d.T.)*

que c'était un garçon solitaire, avec pour seuls compagnons les livres qu'il pouvait emprunter ou voler. Il a quitté l'entreprise familiale à l'âge le plus tendre, il a traversé la mer d'Irlande et s'est embauché comme balayeur dans quelque journal de province de la Région des lacs. Neuf ans plus tard, il en était propriétaire. Il avait vingt-deux ans. Le reste, comme on dit, appartient à l'histoire de Fleet Street.

» Les laquais de lord Yorke sont arrivés à l'heure juste. Pas d'armes en vue. Ils m'ont très courtoisement sorti du West End pour m'amener à dix ou douze kilomètres de là, dans une magnifique résidence aux grilles de fer forgé surmontées d'une couronne. Claddagh House. *Claddagh* signifie amitié en gaélique. De l'amitié, on ne m'en prodiguerait guère, pensai-je. Plutôt un tisonnier brûlant dans le fondement, suivi d'une immersion dans l'étang dans un sac lesté de plomb.

» On m'a conduit dans une grande salle sombre et humide éclairée uniquement par les flammes d'un âtre dans lequel six personnes auraient pu coucher. Après que le maître d'hôtel s'est retiré, Sa Seigneurie m'a considéré longuement puis m'a proposé :

» — Cognac ?

» A ma grande surprise, je me suis entendu répondre :

» — Avec plaisir.

» Le verre m'a redonné de l'aplomb et a remis mon esprit — du moins ce qu'il en restait — sur le chemin de la raison. Vu la situation, trois solutions s'offraient au papa. Un, il pouvait me tuer, me faire tuer ou, peut-être pire, me mutiler à vie. Mais il n'avait pas l'air d'avoir perdu la tête, j'en ai donc conclu qu'il rejetterait cette solution.

» Deux, il pouvait m'acheter. Ce qu'il a essayé de faire. La somme était sidérante. Mais en repensant aux ardents grognements de plaisir de Cecily dans mon humble petit nid d'amour, j'ai fixé le vieillard dans son œil torve — j'ignorais alors quel était le bon, j'ai découvert plus tard que j'avais choisi le mauvais — et je lui ai déclaré :

» — Lord Yorke, il n'y a pas assez de livres sterling en circulation dans ce pays pour me réduire à une conduite aussi basse. Je refuse votre proposition indécente. Vous ne l'avez pas prononcée, je ne l'ai pas entendue.

» — Vous êtes étranger, m'a-t-il dit. Juif, comme moi ?

» — Non. Russe d'origine, mais j'ai écrit pour des journaux et des magazines du monde entier. Qu'est-ce que cela change ?

» A partir de ce moment-là, je le tenais. Hartstein était un vieux birbe féroce, mais pas un imbécile. Personne jusque-là ne lui avait pris son enfant, et il avait devant lui quelqu'un qui risquait de le faire. Un journaliste, en plus !

» Voilà. Il pouvait me tuer, m'acheter ou m'introduire au sein de sa famille.

» Il m'a introduit.

» Cela a parfaitement marché. Cecily a un visage ingrat mais des formes épanouies, ce que j'ai toujours aimé chez une femme, et une vive intelligence. Elle est tendre, excellente maîtresse de maison, et indulgente. Avec un homme comme moi, l'indulgence, c'est essentiel.

» Naturellement, le pater m'a posé quelques conditions. Pas de batifolages à Londres. Tenue soignée. Usage moins fréquent de ce qu'il qualifie de langage indécent. Et surtout un nouveau nom, aux consonances anglo-saxonnes.

» Sa Seigneurie dépose quarante mille livres par an sur mon compte personnel. Je travaille pour son principal journal. J'ai un poste de reporter, mais je suis traité comme un prince. De temps à autre, je ponds encore un article à la Rhoukov, plein de fiel et de soufre, mais à présent on le lit avec attention. Les comtes et les marquis, leurs maîtresses parfumées, les écrivaillons de White Hall et leurs femmes sinistres, les diplomates qui reçoivent les honneurs et leurs employés qui font le travail — j'ai découvert que tout ce joli monde ne s'enfuit pas à toutes jambes si vous savez parler, si vous savez danser, si vous avez la femme qu'il faut avec les relations qu'il faut. Ils vous lisent ! Ils vous entraînent dans leur bureau pour boire un cognac en tête à tête, derrière une porte fermée. Ils vous demandent votre opinion sur les armements, les tarifs douaniers, le candidat de l'opposition. Qui tient qui. Qui couche avec qui. Qui négocie en secret, et est-ce que le pays va entrer en guerre. J'ai liquidé le vieux Rhoukov pour toutes ces choses.

» Et j'adore ça.

» Les portes s'ouvrent sans que j'y touche. J'entrevois des possibilités d'avenir étourdissantes. La direction de mon propre journal. De nombreux journaux ! Mais sous le satin de ma redingote — tu as juré le secret, Fritz —, je suis toujours le même saligaud sarcastique et méfiant. N'est-ce pas un arrangement merveilleux ?

» Ne me juge pas trop sévèrement. Tu n'es pas innocent toi-même. Tu fumes le cigare, tu travailles dans une branche qui a mauvaise réputation. Et j'ai vu la façon dont tu lorgnais l'adorable cul nu de Luisa.

Après que Radcliffe eut terminé et passé une chemise, il demanda à Paul de faire à son tour le récit de ce qui lui était arrivé depuis l'Exposition. Paul ne cacha rien. Il s'efforça de parler calmement, sans émotion, mais c'était difficile. Il avait vécu tant de déceptions. L'oncle Joe qui l'avait banni, Juliette qu'il avait perdue...

— Mais tu penses rester quand même en Amérique ?

Paul leva les yeux, accepta un autre cigare, craqua une allumette sur sa semelle. La fumée à l'arôme puissant lui procurait, semblait-il, une sorte de détachement. C'était la première fois qu'on lui posait la question.

— Je ne sais pas. J'ai appris en Amérique un métier merveilleux, un métier que j'aime. Mais je lis les journaux je sais que les images animées se développent dans beaucoup de pays. J'espère que fabriquer des films me permettra un jour de parcourir le monde entier. Je pourrais vivre dans des endroits très différents.

C'était une pensée qu'il n'avait jamais formulée.

— Même dans ta patrie.

— Oui, pourquoi pas ? Ce ne sera probablement pas mieux, mais plus familier. Sincèrement, je n'y ai pas beaucoup réfléchi jusqu'à maintenant.

Mais il savait qu'il y penserait, désormais. Dans le plus improbable des lieux — Ybor City, au crépuscule —, une graine avait été plantée dans son esprit.

Paul se leva.

— Il faut que j'y aille.

— Oui, Luisa est certainement fâchée contre moi. Je lui ai demandé de m'attendre à la *cantina* Flores, au bout de la rue. D'un autre côté, elle a peut-être gagné quelques dollars dans l'intervalle, c'est une fille entreprenante.

Il enfila des espadrilles, prit dans le coin d'une armoire une grosse canne au lourd pommeau.

— Je te raccompagne un bout de chemin. Luisa m'a appris qu'il est parfois risqué de se promener seul le soir dans Ybor.

Toutes les lumières électriques brillaient dans la crémerie du coin de la rue. Tomaso balayait à nouveau le trottoir dépourvu de poussière. Il adressa aux deux hommes un salut auquel Radcliffe répondit de sa canne. Un chien tavelé tournait en rond sur la chaussée à la poursuite des plaies de sa queue.

— Je suis heureux de t'avoir retrouvé, Pauli — Fritz, pardonne-moi. Je n'oublierai plus ton nom, je te le promets. Et nous nous reverrons, j'en suis sûr. Crane téléphone à la crémerie quand il a un message à me transmettre et un de ces jours, je me glisserai furtivement dans l'hôtel pour me rendre compte par moi-même de ce qui se passe. Je ne peux priver trop longtemps mon rédacteur en chef d'articles. Nous pourrons avoir toi et moi une conversation sérieuse sur le sens de cette guerre — si tant est qu'elle en ait un.

A un coin de rue obscur, il tendit à Paul sa main blanche aux ongles manucurés.

— Je te laisse ici.

— Je suis heureux pour vous, Michael. J'aime le nouveau personnage que vous êtes devenu. Mais quel choc, ces retrouvailles !

— Attends-toi à en avoir un autre, dit Radcliffe. Tu connais les officiers supérieurs américains ?

— J'ai vu le général Shafter, le général Wheeler — mais je ne les connais pas tous. Je ne les ai pas encore filmés, ils sont toujours en réunion. De plus, je ne sais pas trop comment faire un film intéressant avec eux.

— J'ai étudié la liste complète de l'état-major. Mon ami, permets-moi de t'apprendre qu'il y a ici un général de Chicago qui loge probablement à l'hôtel. Il s'est porté volontaire, comme Wheeler. Crane m'a dit que c'est un brasseur. Il s'appelle Joseph E. Crown.

91

Le général

Comme tout lui revenait vite ! Le salut, le protocole, les sonneries familières du bugle... L'*Ordnung* — l'essence même de son âme allemande.

Le désordre qui régnait à Tampa le rendait furieux. Certes, il était en grande partie dû à Washington, mais ses conséquences se faisaient cruellement sentir pour ceux qui tentaient d'organiser la plus grande expédition militaire jamais lancée depuis les États-Unis.

L'immobilisation des wagons demeurait un immense casse-tête. Il fallait retrouver les éléments qui composaient la ration individuelle d'un soldat — viande en conserve, biscuit, pain — dans différents wagons parfois distants de plusieurs dizaines de kilomètres. Joe, ainsi que tous les membres de l'état-major, en était venu à haïr la seule inscription qui ornait les wagons : « Ravitaillement militaire — Urgent ! »

Les compagnies maritimes qui louaient des bateaux pour le transport des troupes au ministère de la Guerre réclamaient des milliers de dollars pour dépouiller leurs navires de leurs aménagements. Les armateurs arguaient que c'était nécessaire pour réduire le coût des réparations et de la remise en état une fois la guerre terminée. Les collaborateurs du ministre, Alger, s'étaient chargés de passer les contrats, mais c'était l'armée qui devait négocier avec les capitaines de bateau.

La stratégie du général Shafter se résumait en un mot : « Vite. » Il voulait fondre sur Cuba, prendre autant de positions espagnoles que possible avant que les pluies et la fièvre jaune ne rendent les opérations beaucoup plus difficiles. Alger semblait tout faire pour réduire cette stratégie à néant. Chaque jour, un télégramme de Washington modifiait les ordres.

D'abord, il fut question que l'armée débarque à Cap Tunas, sur la côte sud de Cuba, pour ravitailler les forces rebelles du général Maximo Gomez. On abandonna rapidement cette option en faveur d'un débarquement en masse à Mariel ayant pour objectif de prendre

La Havane. C'est alors que l'escadre volante du commandant Winfield Schley trouva la flottille de l'amiral Cervera dans le port de Santiago de Cuba. Schley signala que trois croiseurs cuirassés, trois destroyers lance-torpilles et le navire amiral *Cristobal Colon* étaient bloqués à leur mouillage. La nouvelle fit arriver d'autres télégrammes : nouvel objectif, le port de Santiago, ses forts, et la ville. L'assaut de La Havane était reporté à l'automne. L'état-major de l'armée fut ensuite confronté à un problème pratique. Il s'avéra que le ministère n'avait pas loué assez de navires : on ne pouvait transporter que vingt mille hommes, au lieu des vingt-cinq mille prévus

— Savez-vous ce que cela signifie ? fulmina Wheeler en communiquant la nouvelle à Joe. On fera voyager les mules pour les chariots, les chevaux pour les caissons d'artillerie, et assez de montures pour les officiers. Mais les hommes de notre division devront combattre à pied. Roosevelt vient de sortir d'ici, il était dans une rage folle !

— Quelle pagaille ! fit Joe en secouant la tête.

— Remerciez-en les maudits Yankees des services d'approvisionnement d'Alger. Ce sont des experts, ça oui. En stupidité.

Les derniers jours de mai furent consacrés à des réunions de plus en plus agitées. Les ordres n'étaient pas plutôt transmis qu'ils se voyaient annulés, des télégrammes qui contredisaient les télégrammes de la veille — contredisant eux-mêmes ceux du jour précédent — furent apposés chaque soir au tableau de la rotonde.

Cette activité fébrile et souvent vaine épuisa bientôt Joe et le mit de mauvaise humeur. Il avalait un repas dans la salle à manger quand sa journée de travail se terminait avant huit heures, mais la plupart du temps, il se faisait servir un sandwich et une bouteille de l'abominable bière locale.

Il évitait les salles où les officiers se rassemblaient pour boire et discuter. L'attaché d'ambassade allemand, une véritable sangsue, essayait sans cesse de le coincer pour lui débiter le dernier évangile de la chancellerie de Wilhelmstrasse, à Berlin. « Napoléon nous a donné une grande leçon. Une nation fière d'elle-même est une nation conquérante. » « La création d'une Allemagne unie est l'événement politique du siècle. » « Avant, la patrie n'était qu'un décor. Elle est devenue l'acteur principal. » Etc.

Un jour qu'il se rendait à cheval au camp du 1er régiment de volontaires de cavalerie, Joe avisa près de l'entrée un homme penché sur une de ces nouvelles caméras. Il filmait une escouade s'exerçant au maniement d'armes — assez maladroitement, d'ailleurs.

Joe s'approcha, arrêta son cheval.

— Vous, là-bas, lança-t-il à l'homme. Comment vous appelez-vous ?

Le cameraman se retourna. Il était jeune, coiffé d'une casquette à carreaux avec la visière sur la nuque. Joe ne l'avait jamais vu. Tirant une carte de sa poche, il répondit :

— Billy Bitzer. De l'American Biograph, New York.

Du haut de sa selle, Joe tendit le bras, prit la carte.

— Bitzer, cette zone est le camp du régiment du colonel Wood. Il a donné des ordres stricts : pas de caméra pour filmer ses hommes. Cela gêne l'exercice.

— C'est ce que j'ai entendu dire. Ça me plaît pas trop, fit Bitzer avec un sourire insolent.

— Tant pis pour vous. Circulez, Mr. Bitzer.

Joe fit tourner son cheval et remonta au trot la route sablonneuse. L'armée n'avait pas besoin qu'on fasse étalage de ses déficiences sur les écrans de salles de bas étage. Les choses allaient déjà assez mal comme ça.

Joe était maintenant à Tampa depuis deux semaines. L'excitation initiale de retrouver l'uniforme avait quelque peu faibli, bien qu'il continuât à prendre plaisir à s'entendre appeler « général ». La sonorité du mot avait quelque chose d'impressionnant qui lui plaisait.

Il redécouvrit aussi des aspects de l'armée que l'éclat de souvenirs plus heureux lui avait fait oublier — la raideur militaire, par exemple. Il s'y heurta en la personne d'un officier de l'état-major de Shafter, le major Rollinson Gilyard. C'était un militaire de carrière qui avait servi dans les Plaines. Il n'était pas passé par WestPoint et ses collègues murmuraient derrière son dos que cela le poussait à se montrer excessif.

L'ordonnance de Joe, le caporal Willie Terrill, l'avait mis en garde : « Mon général, vous frottez pas au major Gilyard. C'est un maniaque du règlement. » Willie était un soldat à la peau hâlée né d'une mère cherokee.

De taille moyenne, le major Gilyard avait des joues rondes, une peau rose pâle, des yeux inquisiteurs grossis par d'épais verres de lunettes. Il se plaignait des saluts négligents, des foulards à pois que portaient les *Rough Riders*, les cavaliers sauvages du colonel Wood, au lieu du foulard rouge réglementaire, du pare-poussière de lin que Joe Wheeler préférait à la redingote bleue — de tout. Suivant les conseils du caporal Terrill, Joe l'évitait le plus possible. Mais il n'y parvenait pas toujours.

Le 1er juin, jour où le général Miles arriva enfin de Washington, Joe reçut un rapport d'inspection concernant le *Percival*, le cargo de la compagnie White Arrow qui devait transporter la moitié du 9e de cavalerie. Le document lui avait été transmis par Gilyard, dont il portait le paraphe. Joe alla aussitôt le trouver.

— Major, ce rapport est tout à fait défavorable.

— Je crains que nous n'y puissions rien, général, dit le major, dont les yeux semblaient nager tels de grands poissons pâles derrière les culs de bouteille de ses lunettes. Le contrat avec la White Arrow a été rédigé et approuvé à Washington.

— Je m'en moque. Ce rapport dit que les hommes du 9e seront transportés dans la cale aménagée du cargo.

— Oui, général. Séparés des fantassins blancs qui se trouveront aussi à bord. Les Noirs feront l'exercice sur le pont principal, à bâbord, les Blancs à tribord. Une ligne de démarcation sera peinte sur le pont pour séparer...

— Je parle des cales. Si nos soldats sont parqués en bas comme des porcs, qu'ils aient au moins de l'air et de la lumière. D'après ce rapport, la coque du *Percival* a été repeinte, hublots compris. Autrement dit, ces hublots ont été condamnés. Il faut changer cela. Je vais en parler au capitaine du *Percival*.

— Sauf votre respect, général, en cas de rapport défavorable, le règlement exige qu'on rédige d'abord une plainte officielle par écrit, avec copies aux services idoines du ministère. Ensuite seulement...

Furieux, Joe s'écria :

— Si nous recevons l'ordre d'embarquer demain, vous me trouverez un article du règlement qui explique pourquoi nous laissons stupidement de telles choses se produire ? Bien le bonjour, major.

— Général, je vous conjure respectueusement de ne pas...

Joe claqua la porte pour ne pas entendre le reste.

De sa valise rangée sous le lit, il sortit son vieux revolver du temps de la guerre, qu'il avait soigneusement entretenu pendant toutes ces années. Le cuir du ceinturon était fendillé, mais il demeurait bon pour le service. Il chargea le Colt, l'attacha sous sa redingote ; les capitaines de la marine marchande étaient des hommes rudes, parfois querelleurs.

Joe fit à cheval les quinze kilomètres le séparant du port, attacha sa monture, monta sur un petit cotre à vapeur. Le bateau traversa la baie pour le conduire au *Percival*. Le capitaine, un nommé Squires, l'accueillit à la passerelle avec une mine renfrognée.

Agé d'une quarantaine d'années, l'homme n'avait pas utilisé de rasoir depuis plusieurs jours. Il portait un pantalon de marin et un maillot de corps troué. Il conduisit Joe dans une cabine malpropre empestant les draps sales et le gin.

— Je ne peux pas dire que vous êtes le bienvenu, général, nous sommes plutôt débordés, par ici. On peut faire vite ?

— Certainement, capitaine, si vous coopérez. Je désire voir les couchettes installées dans la cale.

Squires gratta sa barbe de ses ongles cassés.

— Il y a quelque chose qui cloche ?

— J'ai reçu un rapport défavorable sur les conditions dans lesquelles nos hommes seraient logés. Pour être plus précis, je crois savoir que les hublots sont condamnés.

— On n'y peut rien, le bateau vient d'être repeint.

— J'aimerais m'en rendre compte par moi-même.

Squires toisa son visiteur en faisant rouler sa langue sous sa lèvre inférieure.

— Mon second aura peut-être le temps de...

— Venez me montrer ça vous-même, capitaine.

Squires prit une lanterne à batterie et les deux hommes descendirent à la cale par un escalier en fer. Joe toussa et se couvrit la bouche et le nez : les odeurs de peinture et de désinfectant auraient suffi à asphyxier une mule.

— Levez votre lanterne, s'il vous plaît.

Squires s'exécuta en grommelant. La lumière révéla des rangées de quatre couchettes superposées. Les planches de pin étaient neuves, pleines d'échardes, mal ajustées.

— Lamentable, lâcha Joe.

— Qu'est-ce que ça peut faire ? Il s'agit de faire dormir une bande de Négros...

— Excusez-moi, ce sont des soldats américains.

Joe descendit l'allée jusqu'à la coque, où les cercles des hublots étaient à peine visibles, comme une succession de pleines lunes par une nuit de brouillard. Il tenta d'en ouvrir un, mais il était rouillé à l'intérieur et peint à l'extérieur.

— Capitaine, veillez à ce que ces hublots soient ouverts et débarrassés de leur peinture. Tous.

Dans l'allée sombre, Squires avait l'air d'un troll malpropre au fond d'une grotte.

— Impossible. J'ai ni le temps ni les hommes nécessaires. Et d'ailleurs, dans le contrat, y a pas un mot sur les hublots.

Joe se tourna à nouveau vers la coque, déboutonna sa redingote et dégaina son Colt. Il le leva à hauteur d'épaule, tendit le bras, se figea et tira trois coups. Le hublot vola en éclats. Les détonations se répercutèrent dans la cale, où flotta une odeur de poudre.

Dehors, le soleil étincelait sur les vagues. Ils entendirent des matelots courir sur le pont en poussant des cris. Joe tint le pistolet brûlant loin de son corps en revenant vers Squires.

— Voilà, capitaine, j'en ai ouvert un. Vous vous chargez des autres. Sinon, je reviendrai, et la discussion que nous aurons ne sera pas aussi amicale.

— Espèce de vieux salaud, si tu crois que je vais...

Joe glissa la main gauche derrière la nuque du capitaine, la tira sèchement en avant. Le canon du revolver toucha la pointe du menton de Squires.

— Oh ! si je crois que vous allez le faire, capitaine. Promptement et proprement. Maintenant, éclairez le chemin de l'escalier, ça pue, ici.

Debout à l'arrière du petit cotre qui s'éloignait du *Percival*, Joe se sentait merveilleusement bien. Plein de jeunesse et de confiance en lui. Il avait violé les limites imposées par le règlement. Il s'était conduit comme le jeune volontaire ardent et courageux de jadis... avant qu'il ne voie l'éléphant.

Son chapeau sous le bras, il laissa le vent chaud ébouriffer ses cheveux argent. Tandis que le cotre filait vers la jetée, il prit sa décision : demain soir, samedi, il parlerait à la señorita Rivera.

92

Jimmy

La lumière rouge du crépuscule flamboyait dans les boules de cuivre qui pendaient à une tige unique, symbole familier accroché à l'extrémité d'une enseigne peinte :

I. MELNICK
Vente - Achat - Prêts

Fumant un long et mince panatella de fabrication locale, Jimmy appuyait la semelle de son soulier gauche contre le mur du bâtiment commercial d'en face. Un avocat métèque en costume et chapeau melon sortit du cabinet juridique du rez-de-chaussée. En fermant la porte à clef, il regarda Jimmy, qui lui rendit son regard. L'homme s'empressa de déguerpir.

La boutique sise de l'autre côté de Nassau Street était étroite, avec une seule vitrine et, dans un renfoncement, une porte vitrée protégée par un grillage. Jimmy était venu à West Tampa quelques jours plus tôt. Il avait repéré la boutique, puis l'objet dans la vitrine qui ferait un chouette cadeau pour Honey. Un délicat collier en or, ou plus vraisemblablement en plaqué. Onze dollars, annonçait le petit carton placé à côté. Il manquait pas d'air, le Youtre ; ça ne valait sûrement pas la moitié. Tous les mêmes, ces Juifs, des suceurs de sang.

Il était revenu deux fois épier les habitudes du prêteur sur gages. Elles ne variaient jamais. Lorsque le quartier se vidait, Melnick, petit homme frêle, couvrait toute la marchandise de la vitrine d'un drap et baissait le store. Le lendemain, Jimmy avait apporté un pied-de-biche. Après le départ de Melnick, il s'était glissé dans la ruelle déserte située derrière la boutique. La porte n'avait pas cédé. Jimmy en avait fracturé assez pour connaître l'explication : à l'intérieur, une barre de fer était logée dans des crochets flanquant la porte. Pour entrer par là, il lui aurait fallu une hache. Ce qui était hors de question, à cause du bruit.

Le soleil s'enfonça un peu plus, teintant les nuages, projetant des rayons rouges le long de Nassau Street mais laissant les boutiques et les bureaux dans l'ombre. Jimmy écrasa un moustique qui lui piquait le cou, cracha avec dégoût en voyant la tache sanglante sur ses doigts. Il s'essuya au stuc clair du mur, derrière lui. Il en avait marre de cette ville pleine de bestioles et d'officiers prétentieux. Marre de ce trou du Sud puant, poisseux, et de ses habitants qui parlaient comme s'ils avaient de la bouillie dans la bouche. Marre de son boulot, de son collègue — de tout.

Il ne pouvait pas nier que sur le plan financier, il se débrouillait plutôt bien. Il avait fait plusieurs petites incursions dans l'hôtel et, par deux fois, avait été joliment récompensé de sa hardiesse. Il avait revendu une partie de son butin dans une autre boutique de ce genre, à Ybor City, et dépensé l'argent avec des prostituées — elles grouillaient en ville. Ce n'était pas la même chose que sa belle petite catholique de Chicago. Fallait vraiment qu'il soit con pour être mordu comme ça, mais il avait entendu dire que ça arrivait.

Dès que cette guerre idiote serait finie, il obtiendrait ce qu'il voulait de Miss Honoria Fail — sans l'épouser, ça, c'était exclu. Tout ce qu'il avait à faire d'ici là, c'était rester en un seul morceau. Laisser son abruti de collègue prendre les risques, attendre et jouer les héros quand il serait de retour à Chicago.

Il se redressa brusquement. Dans la boutique, le Juif se penchait pour couvrir la marchandise de la vitrine. On le distinguait à peine, il avait déjà éteint la lumière, suivant exactement la routine quotidienne.

Dans quelques secondes, il serait devant la porte avec ses clefs. Jimmy jeta son cigare, ôta son chapeau de paille, passa la médaille et la longue chaîne par-dessus sa tête et les glissa dans la poche de sa veste.

Quand la porte de la boutique s'ouvrit, Jimmy traversait déjà la chaussée, inspectant la rue dans les deux sens. Hormis deux ivrognes qui mugissaient devant une *cantina*, plus bas, tout était calme. Tournant le dos à la rue, le prêteur sur gages fermait la porte dans le renfoncement sombre.

Il avait des problèmes avec sa clef. Marmonnant, il n'entendit pas l'approche furtive de Jimmy. Celui-ci accorda un bref coup d'œil à la curieuse calotte en crochet qu'une épingle maintenait sur la tête du petit homme, puis il lui tapota l'épaule.

— Excusez-moi...

Le prêteur sur gages sursauta, se retourna. Il avait un visage triangulaire, des yeux soupçonneux.

— Vous êtes ouvert ?

— Pourquoi, on dirait ? Je suis fermé, revenez dimanche.

— Mais y a un bijou qu'il faut absolument que j'achète pour ma copine. Demain, c'est son anniversaire.

— Fermé ! répéta l'homme. *Shabbat*. Revenez dimanche matin, ce sera ouvert.

— Mince, j' regrette d'être venu si tard, fit Daws avec douceur en reculant.

Melnick glissa nerveusement la clef dans la serrure de la porte, encore entrouverte. Jimmy s'élança, plaqua les mains contre le dos du prêteur.

L'homme heurta la porte, qui s'ouvrit toute grande. Jimmy se précipita à l'intérieur. La boutique sentait la sciure et la poussière.

— S'il vous plaît, monsieur, bredouilla Melnick, les bras tendus. Ne me faites pas mal, je vous ai rien fait.

— Je sais, mais je veux quelque chose.

— Quoi ?

— Un collier en or. Il était en vitrine.

— Je l'ai mis dans un écrin. Je vais le chercher. Je vous le donnerai si vous ne me faites pas de mal.

— V'là que tu deviens malin. Mais si t'allais parler aux flics, après ?

— Je leur dirai rien, je le jure.

— Bon, alors, va le chercher.

Melnick se dirigea en vacillant vers la vitrine fantomatique couverte d'un drap. Jimmy le vit tourner légèrement la tête vers le fond de la boutique. Sur ses gardes, il plongea sa main dans sa poche pour saisir la médaille et la chaîne. Plus tôt qu'il ne le prévoyait, Melnick se rua vers la porte de derrière.

— Sale Youpin, grogna Jimmy en tirant la chaîne de sa poche.

Le prêteur regarda par-dessus son épaule et trébucha. Tombé à genoux, il entendit Jimmy approcher et cria :

— Au secours ! Non !

Daws fit passer la chaîne autour du cou de l'homme, enfonça un genou dans son dos, tira.

— T'aurais pas dû essayer de me doubler, dit-il en tirant de toutes ses forces. Tu l'as cherché, t'entends ?

La tête du prêteur roula en avant, son corps commença à peser sur la chaîne. Le petit homme ne pouvait plus entendre. Jimmy continua à l'étrangler puis le lâcha. Et sourit. Au fond de lui, il devait reconnaître que laisser le Juif en vie après avoir volé le collier l'aurait rendu nerveux. Secrètement, c'était l'issue qu'il avait souhaitée. Le sentiment de puissance qu'il éprouvait lui tournait presque la tête.

Il jeta un coup d'œil à la porte de devant. Tout était calme. Il abandonna le prêteur étendu les bras en croix dans la sciure et se mordilla un moment la lèvre. Il ferma la porte de devant et baissa le store avant d'allumer la lumière.

Melnick constituait un spectacle écœurant avec ses yeux grands ouverts et son pantalon souillé. Rapidement Jimmy souleva le drap qui recouvrait la vitrine. Il trouva le collier, couché dans une longue boîte doublée de velours rouge. Quelques secondes plus tard, l'écrin était dans sa poche, la lumière à nouveau éteinte. Il ôta la barre de fer des crochets et sortit par-derrière en remettant chaîne et médaille sous sa chemise.

93

Le général

Assise seule à l'une des petites tables blanches, elle savait qu'il la regardait, qu'il ne l'avait pas quittée des yeux en faisant plusieurs fois le tour de la piste de danse.

La musique et la chaleur de l'Annexe étourdissaient un peu Joe. Comme elle était ravissante dans sa robe blanche moulante ! Elle l'attendait...

Un soudain sentiment de culpabilité le fit s'arrêter près de l'entrée. « Tu ne dois pas faire ça. Tu ne dois pas trahir Ilsa. »

Il chassa cette pensée. Des facteurs plus puissants — la guerre imminente, l'éloignement de Chicago, sa confiance renouvelée dans sa propre vigueur, la beauté de cette femme — submergèrent sa conscience. Il lissa le devant de sa veste d'uniforme et se dirigea vers elle d'un pas décidé.

— Bonsoir, général. Vous allez bien ?

La voix le fit sursauter. Il n'avait pas remarqué le major Gilyard, assis seul lui aussi. Ses yeux grossis par les verres de ses lunettes considéraient Joe avec une expression vaguement soupçonneuse.

— Tout à fait, major. Pourquoi me posez-vous cette question ?

— Parce que vous êtes pâle, si je puis me permettre.

— Pas bien dormi, c'est tout. Cet hôtel est peut-être agréable en hiver, mais en cette saison les chambres sont étouffantes.

— Je ne prétendrai pas le contraire. J'espère que vous dormirez mieux cette nuit.

— J'en suis sûr, merci de votre sollicitude, dit Joe avant de s'éloigner rapidement.

Elle le regarda approcher de ses yeux sombres, magnifiques. Parvenu à sa table, il s'inclina comme l'eût fait un jeune soupirant maladroit. Son regard se posa par hasard sur le profond sillon de la poitrine, au-dessus du décolleté de la robe. Il se sentit rougir.

— Señorita Rivera, permettez-moi de me présenter — je suis le général Joe Crown.

— Bonsoir, général, je sais qui vous êtes, répondit-elle en souriant.

Son anglais, bien que marqué d'un accent savoureux, était parfait. Soudain, il se sentit à nouveau submergé de honte ; elle ne pouvait avoir plus de vingt-cinq ans.

— Voulez-vous vous asseoir ?

— Je suis venu vous demander de me faire l'honneur de m'accorder cette danse.

— Désolée, je ne puis accepter.

— Señorita, pardonnez-moi si je vous ai offensée...

— Pas du tout. Quand je me suis enfuie de La Havane, l'année dernière, j'ai fait vœu de ne plus chanter ni danser avant que la révolution ne chasse à jamais les Espagnols de mon pays.

— Eh bien... commença Joe. (Combien de personnes dans la salle les épiaient ? cancanaient ? Elle était si jolie que cela n'avait pas d'importance.) Aimeriez-vous faire une promenade dans le jardin ?

Le sourire revint sur la belle bouche rouge et pleine.

— Très agréable suggestion.

En se levant, elle effleura par inadvertance le bras de Joe avec sa poitrine. Il se sentit comme une planète qui tombe de son orbite et sombre dans l'espace.

Dans le jardin où d'autres couples se promenaient le long des allées obscures, elle lui prit le bras.

— Votre frère n'est pas là, ce soir, fit-il remarquer.

— Une réunion spéciale convoquée par le général Shafter. Un problème concernant les forces rebelles. Almovar était encore embusqué dans les montagnes le mois dernier. Il fait partie de l'état-major du général Calixto Garcia.

Il s'ensuivit un silence qui devint de plus en plus gênant à mesure qu'il se prolongeait.

— Il y a longtemps que je désirais faire votre connaissance, señorita, dit enfin Joe. Celle de votre frère aussi, bien sûr, ajouta-t-il précipitamment.

— Bien sûr, répéta-t-elle avec une ironie à peine perceptible.

— Vous dites que vous avez quitté La Havane...

— Après une âpre dispute familiale. Les Rivera sont établis à Cuba depuis plus d'un siècle. Notre père est importateur de xérès, de rioja et autres vins fins d'Espagne. Il croit en la reine et en Weyler — bref, en la suprématie espagnole. C'est dans l'ordre des choses — il est castillan et il a soixante-dix ans. L'âge, la fortune et la naissance composent un puissant breuvage. L'homme qui le boit devient presque à coup sûr *conservativo*. Ce mot vous est-il familier ?

— Intimement, répondit Joe, un peu surpris par sa propre ironie, qui échappa à la jeune femme. Vous êtes donc brouillée avec votre père ?

— Oui. Almovar et moi nous sommes gravement querellés avec lui à propos de cette guerre, et de notre frère aîné, Ernesto. Il a abandonné ses études il y a deux ans pour combattre avec les rebelles. Il est mort sur la *trocha* — une fin effroyable.

— Cette fois, excusez-moi ; je ne connais pas ce mot.

— La *trocha*. C'est une bande de terrain creusée dans la jungle, une sorte de fossé peu profond. Deux cents mètres de large, quatre-vingts kilomètres de long. La *trocha* est une barrière destinée à contenir les rebelles. Tracée à l'origine pendant la guerre de Dix Ans, elle allait de Moron à Jucara. Elle fut un moment abandonnée. A son arrivée, Weyler la fit remettre en état et en creusa une seconde, légèrement à l'ouest de La Havane, sur la côte nord, à Majana.

La señorita expliqua ensuite que la *trocha* n'était pas une simple tranchée mais une barricade fortifiée. Les arbres abattus lors du défrichage étaient empilés de chaque côté.

— Une barrière de troncs et de racines plus large qu'un boulevard, et bien plus haute que vous, général. Environ tous les kilomètres, de petits fortins et des miradors permettent de surveiller la jungle des deux côtés. Mais partout où la *trocha* n'est pas occupée par des troupes, on a planté des pieux pointus reliés par des barbelés. Sur la *trocha* ouest, Weyler le Boucher a installé de l'artillerie légère et la lumière électrique. Ce n'est pas tout. Il a fait miner le terrain. Chaque mine est placée au centre d'une toile d'araignée de fils tendus. Ernesto s'est pris le pied dans un de ces fils en traversant la *trocha* avec un message du général Antonio Maceo. Les mines se fragmentent et criblent leur victime de petits morceaux de fer. Blessé, Ernesto a offert un festin aux *cangrejos*. Les crabes terrestres. Ils vivent près des eaux côtières et cherchent leur nourriture dans l'obscurité. Mais ils affrontent la lumière quand ils sentent la viande saignante. Ils sont grands comme une soucoupe, parfois même aussi grands que ça.

A la lueur des lampes de la véranda, ses mains montrèrent la largeur d'une assiette.

— Horribles créatures, poursuivit-elle. Elles font claquer leurs pinces et ne laissent rien sur les os. Il vaut mieux ne jamais rencontrer de *cangrejos*, général. Ils dévorent la chair de leur victime encore vivante quand elle est incapable de se défendre. Ernesto en était incapable.

— *Mein Gott*, murmura Joe. *Das ist schrecklich*. Horrible. Comment l'avez-vous appris ?

— Un lieutenant est passé par là sur son cheval peu après le lever du soleil. Ernesto n'était pas encore mort mais il n'avait aucune chance de survivre. Les crabes festoyaient encore. Le lieutenant les a fait fuir à coups de pistolet, puis il a tiré une balle charitable dans ce qu'il restait de notre pauvre frère. Ernesto portait sur lui des documents qui l'identifiaient. Plus correct que beaucoup, le lieute-nant a écrit à notre père. La mort d'Ernesto a déclenché notre querelle.

— Comment cela ?

— Pour notre père, la tragédie était entièrement la faute d'Ernesto, parce qu'il avait placé la liberté au-dessus de sa propre vie. Almovar et moi n'avons pu le supporter. Nous avons fait nos bagages et nous avons quitté la maison paternelle le lendemain, conclut Estella Rivera d'une voix basse et amère.

Joe était frappé par la similitude de ce qu'elle venait de lui raconter avec les événements survenus dans sa propre famille. A un tournant de l'allée où le massif d'arbustes s'épaississait, la señorita fit halte. Les minarets et les dômes inondés de lumière brillaient au-dessus d'eux, mais dans le jardin, Joe et la jeune femme étaient protégés par la pénombre. Le mouchoir blanc d'Estella la troua d'une tache blanche quand elle en tamponna sa lèvre supérieure.

— Maintenant, général...

— Je vous en prie, appelez-moi Joseph, ou Joe.

— Joseph, donc. Je me suis assez étendue sur mon histoire, parlez-moi un peu de la vôtre.

L'obscurité, la légère odeur sucrée de la jeune Cubaine, mi-amandes, mi-fleurs tropicales, le troublaient. D'une voix rauque, il répondit :

— Voici ce que j'ai à vous dire : vous êtes la jeune femme la plus belle, la plus désirable que j'aie jamais vue.

Sa main gauche saisit l'épaule droite d'Estella, l'autre chercha maladroitement sa poitrine. Il se pencha en avant pour l'embrasser, elle tourna la tête et ses lèvres ne touchèrent que le coin de sa bouche.

— Arrêtez, vous nous feriez honte à tous deux. A vous, pour cette tentative ; à moi, pour l'avoir désirée.

Déconcerté, humilié par la stupidité de sa conduite — conscient de son âge —, Joe recula, laissa ses mains retomber le long de son corps. Une fois de plus, elle le stupéfia :

— Venez dans ma chambre, nous y aurons plus d'intimité. Numéro 325. Dans dix minutes.

Elle tourna sur elle-même et disparut dans le noir.

Dans l'Annexe, l'orchestre jouait *Animal Fair*, soutenu par de bruyants battements de main. Joe s'approcha lentement d'un banc, s'y laissa tomber. Était-il rejeté ou invité ? Il n'en savait rien.

Il se glissa dans le couloir du troisième étage comme un voleur. Entendant un couple qui montait l'escalier principal, il se réfugia dans une encoignure, s'aplatit contre le mur. Les voix s'éloignèrent, une clef tinta, une porte se referma.

Joe inspecta le couloir. Désert. Il le longea d'un pas rapide, trouva la porte. Un seul coup discret et Estella le fit entrer. Elle portait un déshabillé de soie rouge au col montant.

Elle n'avait qu'une chambre, plus petite que celle de Joe et tout aussi étouffante.

— Asseyez-vous, je vous prie, Joseph, dit-elle en indiquant l'unique chaise. Vous seriez peut-être plus à l'aise sans votre veste ? (Pendant qu'il l'ôtait, elle ouvrit le placard.) J'ai une bouteille d'un excellent vin espagnol. La dernière de celles que j'ai emportées de la maison. Voulez-vous le goûter ?

— Avec plaisir. D'habitude je dois plutôt de la bière. Je suis brasseur à Chicago... mais oui, du vin, c'est très bien.

Elle remplit généreusement un verre de l'hôtel, ne prit rien elle-même, s'assit sur le lit et croisa les jambes avec grâce. Elle avait beaucoup d'assurance et de calme pour une femme aussi jeune. Bonne éducation, manifestement ; et une beauté à fendre l'âme...

— Nous serons mieux ici pour parler, dit-elle.

Bien que le ton fût amical, elle fixait clairement les limites. Cette intimité n'était destinée qu'à la conversation ; le lit ne servirait qu'à s'asseoir. Il ne la désira que plus ardemment.

— Parler ? Oui, j'aimerais en savoir plus sur vous, mais je dois d'abord vous avouer quelque chose. J'ai songé à vous le cacher, or je m'aperçois que j'en suis incapable. (Il fit tourner son alliance.) Je suis un homme marié.

— Voyons, je le sais depuis la première fois que vous m'avez regardée. Je l'ai su avant de remarquer votre alliance. Mais je vous remercie de votre franchise. Elle me confirme dans mon impression que vous êtes un homme honorable. Maintenant, que voudriez-vous savoir ?

— Racontez-moi votre vie avant notre rencontre. La Havane...

— J'y suis née et j'y ai été élevée, d'abord dans un couvent puis dans une institution privée.

— Cela a dû être dur de partir, pour vous et votre frère.

— Étant donné les circonstances, non.

— Mais vous avez quitté votre père.

— C'était notre devoir de nous opposer au gouvernement. Il s'y refusait.

— Quel est votre sentiment à son égard, à présent ? S'il est resté loyaliste, cela ne fait-il pas de lui une sorte de traître ?

— Envers mon frère et moi ? Joseph, Joseph, il y a de la sagesse dans vos traits. N'est-ce qu'un masque ? Le sang coule plus fort que le plus puissant des fleuves, toujours. Nous nous sommes brouillés avec notre père, Almovar et moi, mais cette querelle concerne son attitude ridicule, pas son âme. On ne renie pas le mot « père », on ne renie pas tout ce qu'il signifie parce qu'on rejette le manteau dans lequel il se drape à un moment particulier. Les mots d'ordre qu'il proclame. L'erreur dans laquelle il tombe. Nous retournerons auprès de lui quand la guerre sera gagnée et Cuba libéré. Il haïra sans nul doute le nouveau régime. Il nous haïra peut-être, Almovar et moi — il est vieux et têtu. Nous ne le ferons certainement jamais changer d'avis sur Ernesto. Mais nous l'aimerons quand même. Qui abandonnerait à jamais un père ou un enfant parce qu'il nourrit des opinions erronées ? Parce qu'il s'est fourvoyé, parce qu'il a commis une erreur humaine...

La main de Joe devint moite autour du verre de rioja.

— Moi je l'ai fait.

— Vous ? Oh ! Joseph !

— J'ai renié mon fils aîné, continua-t-il, soudain incapable de s'arrêter. Et en plus j'ai chassé mon neveu parce qu'il avait soutenu mon fils.

— Pas étonnant qu'il y ait de la tristesse dans vos yeux. Est-ce pour cette raison que vous vous êtes réfugié dans la guerre ?

— Non, absolument pas, je...

Il s'éclaircit la voix, murmura :

— Peut-être. Après cette période abominable, mes rapports avec ma femme... C'est une femme merveilleuse, vous comprenez, mais entre nous, les choses se sont... détériorées. (Il baissa le menton, ses épaules s'affaissèrent.) Oui, peut-être que j'ai fui.

Elle quitta le lit pour s'agenouiller près de lui. Sa poitrine pressa la jambe de Joe mais cette fois, le contact ne l'excita pas. Elle tendit le bras pour caresser son front humide d'une main étonnamment fraîche et sèche.

— Les catholiques se confessent régulièrement. Cela purifie le cœur et calme l'esprit, qui peut ainsi trouver des voies nouvelles. Ce soir, j'entendrai votre confession, Joseph.

— Je suis protestant, Estella.

— Pas ce soir, pas ici avec moi. Je vois des loups s'entre-déchirer dans ces beaux yeux. Je ne le permettrai pas. Dites-moi tout.

A genoux telle une suppliante, elle pressa la main de Joe qui, étrangement, tremblait. C'était lui qui se sentait en position de suppliant. Elle prit le verre de vin et le posa sur la coiffeuse.

— Tout, répéta-t-elle.

De minuit jusqu'au petit matin, il demeura assis sur la chaise, débitant un long monologue sur son enfance, Aalen, Cincinnati et Chicago. Il parla d'Ilsa, de la guerre, de son combat pour bâtir la brasserie Crown. De ses enfants — qu'il aimait et qui se rebellaient. Même la chère Fritzi avec son idée stupide d'embrasser la profession dépravée de comédienne.

Il parla en détail de Joe Junior, qui s'était enfui, et de son neveu Pauli, banni peu après.

— Dans notre famille, j'ai établi certaines règles...

— Vous avez banni votre fils parce qu'il a enfreint vos règles ?

— Estella, vous ne comprenez pas. Dans une entreprise, il est indispensable d'établir des règles.

— Votre famille n'est pas une entreprise. La vie n'est pas une entreprise.

— Ne me regardez pas de cette façon. Je suis un être humain. J'ai mes convictions — des convictions profondes.

— Je présume qu'on peut en dire autant de votre fils. On peut le dire de mon père. De n'importe qui.

— Vous me troublez. Ma vie, toute ma vie, s'est édifiée sur le principe de l'ordre. *Ordnung*, disons-nous en allemand. C'est avec mes mains et ce principe que j'ai construit ma réussite. Une fortune...

— Fondée sur ces règles auxquelles tous doivent se plier sous peine de perdre votre amour ?

— Arrêtez, pour l'amour du Ciel. Arrêtez !

Estella se leva du lit où elle était retournée s'asseoir, lui caressa la nuque de ses mains fraîches. Elle versa un peu de rioja dans le verre à moitié vide. Il but sans la regarder, reprit sa confession.

Il parla de son besoin d'offrir à nouveau ses services à l'armée, quels que soient les risques, parce qu'il croyait en l'Amérique et en sa cause, mais aussi parce qu'il se sentait étouffer à Chicago. Il raconta les disputes avec Ilsa, devenues plus fréquentes après le départ de Joe Junior et de Pauli.

— En plus, elle a pour amies toutes ces féministes que je déteste ; elle a épousé leurs idées.

— Des idées fausses, selon vous.

— Absolument. Elle ne s'en rend pas compte. Elle prétend que c'est moi qui ai tort.

— Ah ! C'est une femme de caractère. Une femme qui dit ce qu'elle pense. Encore une règle violée. Je l'imagine très bien, cette femme. Elle n'est pas docile. Si elle était plus jeune — si, par exemple, elle ne supportait plus les idées politiques de son père —, impossible de dire ce qu'elle serait capable de faire. S'exiler temporairement dans un pays étranger, peut-être.

Il lui lança un regard noir ; elle lui pressa doucement la main.

— Racontez-moi le reste.

Il décrivit la mort de l'homme tombé du toit, son ressentiment croissant envers Ilsa parce que, croyait-il, elle le tenait responsable de tous leurs malheurs. Responsable de cette mort, de la perte de leur fils et de leur neveu. Estella écoutait attentivement, murmurait de temps à autre un mot ou deux, en anglais ou en espagnol, il n'aurait su le dire. Assis sous les trois ampoules électriques, il laissait se déverser des mots, des pensées, des sentiments qu'il n'avait jamais partagés avec personne.

A la fin, épuisé, il s'affaissa sur sa chaise.

— Remarquable histoire, Joseph. J'y ai entendu beaucoup de belles choses. Je crois que vous comprenez maintenant — si ce n'était déjà fait — qui a eu tort quand votre fils est parti, puis votre neveu. Ce n'est pas à moi de vous donner des conseils. Je le ferai néanmoins parce que j'ai pris cette habitude chez les nonnes qui m'ont éduquée. D'excellentes femmes, mais enclines à l'autoritarisme. (Estella sourit.) Réparez le mal qui a été fait dans votre couple dès votre retour. Réparez-le aussi pour votre fils et votre neveu.

— C'est trop tard, ils sont partis.

— Non, tant qu'ils sont en vie quelque part, vous en avez la possibilité. Trouvez-la. Saisissez-la ou vous ne redeviendrez jamais tout à fait vous-même. Vous chercherez une autre guerre, une autre raison de fuir votre femme, votre foyer et vous continuerez à vous ronger de remords.

Joe fixa ses mains aux veines apparentes. Il vit ses erreurs, sa folie, ses excès. Il détestait cette image de lui-même qu'elle le forçait à affronter... Ses yeux exploraient, adoraient silencieusement le visage de la jeune femme.

Immobile, elle acceptait ce regard scrutateur. Un puissant courant passait entre eux. Ils avaient conscience du désir physique partagé, de l'intimité de cette chambre d'hôtel au milieu de la nuit. Inexplicablement, Joe avait l'impression de l'avoir déjà prise.

Ce n'était pas assez.

— Je veux t'aimer, Estella. Là, sur ce lit.

— Moi aussi, Joseph. Mais nous n'en ferons rien.

— Tu te refuses à moi ?

— Le cœur brisé, mais, oui — ce soir, je te dis non.

— Et si je l'exigeais ?

— Joseph, ne fais pas semblant. Tu n'es pas ce genre d'homme. De plus, tu ne peux pas définir les règles pour tout.

Il ramassa sa veste en murmurant :

— Alors, il vaut mieux que je parte.

— Je le crois aussi. Il est presque cinq heures.

Elle lui prit le bras, l'accompagna à la porte ; elle le toucha de son corps, sa bouche était à quelques centimètres de la sienne, elle exhalait encore ce mélange exotique de parfums.

— Je veux te faire ma propre confession avant que tu ne partes, dit-elle. Si tu n'étais pas marié, je t'aimerais là, sur ce lit, tout de suite, longtemps.

Ses lèvres rouges se rapprochèrent, chaudes et douces, pour un long baiser d'adieu.

— Tu es un homme bon, Joe Crown. Nous ne nous reverrons plus.

Le lendemain, il remit un mot à l'employé de la réception.

— Pour la señorita Rivera.

— Rivera, Rivera... (L'homme feuilleta ses fiches.) Je crains qu'elle ne soit partie, général. Pour Key West, a-t-elle dit.

— Elle a laissé une adresse ?

— Non, désolé. Vous pouvez demander à son frère.

Mais Joe ne demanderait pas. « Elle savait, pensa-t-il, profondément triste et reconnaissant à la fois. Elle savait hier soir que si nous restions l'un près de l'autre, nous serions en danger. Elle nous a sauvés de nous-mêmes, et de la honte.

Mais ce n'est pas la seule façon dont elle m'a sauvé. »

94

Elstree

Aux heures les plus sombres de cette même nuit, à des centaines de kilomètres de là, à New York, Elstree, assis dans un fauteuil en peluche, étira les jambes. Le siège faisait partie des quelques bons meubles qu'il avait achetés quand il avait tiré Rose de la Dix-Huitième Rue pour l'installer dans un meilleur appartement.

Jaunes et rouges, les enseignes électriques de la Sixième Avenue teintaient le papier mural entre des zones d'ombre. Il entendit bruisser les jupons de taffetas de Rose, frou-frou qu'il trouvait naguère excitant. Pas ce soir. Et elle ne pouvait se défaire de certaines habitudes. Acheter du parfum bon marché, par exemple. Cette odeur l'écœurait.

Une locomotive du métro aérien siffla quelque part au nord. L'ombre de la main gantée de Rose apparut sur le mur, se tendit vers l'interrupteur.

— N'allume pas. Tu m'as donné un mal de tête effroyable.

— Tu m'en vois désolée. Qu'est-ce que je suis censée faire ? répondit-elle, entre le défi et les larmes.

— Rose, s'il te plaît, tais-toi une minute, laisse-moi réfléchir.

— Tu te prends pour qui à me donner des ordres comme ça ? rétorqua-t-elle, le ton moins dur que les mots.

Elle se laissa tomber sur le lit grinçant, ôta ses gants de suède puis son petit chapeau de paille orné de violettes artificielles, d'un nœud de satin et d'une voilette à pois. Elle cherchait toujours à être élégante et n'y parvenait jamais. Personne ne lui avait inculqué le bon goût quand elle était enfant, or ce n'était pas quelque chose qu'elle possédait naturellement.

Juliette avait du goût. Tous les gens du milieu d'Elstree en avaient. C'était de rigueur. En témoignaient les vêtements qu'il avait choisis pour la soirée. Bottines de cuir à boutons, modèle bas pour l'été. Guêtres de lin et chaussettes à baguettes. Habit de soirée bleu nuit avec nœud papillon assorti. Gilet de piqué blanc. Tout était classique, élégant, et coûteux.

Ils étaient rentrés en fiacre d'un souper au Delmonico. Rose chantait de nouveau chez Tony Pastor, en troisième position sur l'affiche. « Rose French, la chanteuse internationale. » Il l'avait vue trop souvent et en était venu à détester sa voix de troisième ordre. Son physique l'avait attiré un temps, mais il ne pouvait s'expliquer comment ce charme vulgaire l'avait retenu aussi longtemps. Il s'entichait parfois de femmes inférieures à lui à tous égards, sauf dans le domaine de l'appétit sexuel. Celui de Rose était gargantuesque.

Le métro passa devant l'appartement, la lumière des voitures balayant les murs et le plafond. Elstree sentit une escarbille dans ses cheveux et tendit le bras pour fermer la fenêtre.

— Bon Dieu, cet endroit est toujours crasseux.

— Qui c'est qui l'a loué ? Pas moi, Billy.

— Ne m'appelle pas Billy !

Il frappa le plancher du bout ferré de son élégante canne en jonc à lourde poignée. Rose lui jeta un regard méfiant, dénoua les lacets de sa cape.

— Parlons de cette petite surprise que tu viens de me faire, Rose. Comment sais-tu qu'il est de moi ?

— J'ai été avec personne d'autre — personne. Et tu fais pas toujours très attention.

La canne se pointa vers elle, accusatrice.

— *Nous*, tu veux dire. Je ne suis pas le seul coupable. Si tant est qu'il faille parler de culpabilité.

— Essaie pas de me rabaisser avec des mots que je comprends pas.

— Culpabilité. Responsabilité. C'est assez clair pour ta petite cervelle obtuse ?

— Écoute-moi, salaud. De la *culpabilité*, y en a plein, là-dedans. Touche mon ventre.

— Tu es dégoûtante.

Elstree était en rage. Il voulait un héritier, mais pas avec une grue. Il réprima son envie d'étrangler la misérable créature, de la punir de son ironie haineuse.

— Ça te plaît, pourtant, de me toucher quand on baise. Je te le répète, Bill, c'est pour de vrai. Je le sais, j'y suis déjà passée.

— Il était de qui ? De ce gros tas de lard de Dresser ?

— Non, de quelqu'un d'autre, mais de toute façon ça ne change rien. Et arrête d'insulter mes amis.

Elstree soupira.

— Bah, ça ne devrait pas m'étonner, au fond. Avant que je t'envoie des fleurs la première fois, je soupçonnais que tu n'étais pas exactement une pure vierge de music-hall. Mais il faut croire que j'ai appris à aimer les choses qui ont déjà servi. Ton répertoire de salope. Bien plus intéressant que ton répertoire de chansons.

Il entonna quelques mesures de *Maryland, My Maryland* d'une voix de fausset.

— Bon Dieu, ce que tu peux être cruel !

Il s'esclaffa, lissa ses cheveux. Dans la lueur chaude des enseignes électriques, une pierre étincela à son annulaire.

— Un jour, je m'en souviens, tu m'as dit que tu aimais la cruauté à certains moments.

— J'ai dit des tas de choses. Toi aussi.

Elstree abattit à nouveau le bout de sa canne. Dans l'appartement au-dessous, quelqu'un se plaignit.

— Bon, qu'est-ce que tu veux ?

— Je veux que tu m'aides. Tu m'as mise dans le pétrin. Il va falloir que je renonce à ma carrière pour un bon moment.

— Ce ne sera pas une perte, surtout pour le public. Je paierai ce qu'il faudra pour que tu t'en débarrasses, mais pas un sou de plus.

— Et... et si je ne veux pas ?

D'un ton logique, il répondit :

— Si je suis le père, c'est à moi de décider. Je ne veux pas de ce petit gueux.

Rose marcha jusqu'à la fenêtre, revint au lit.

— Je peux pas faire ça. La première fois, je l'ai perdu sans rien faire, au bout de sept semaines. Mais j'avais déjà trouvé un de ces ignobles types aux ongles sales. Finalement, j'ai pas eu besoin de lui. Mais l'année dernière, une de mes copines, une danseuse de chez Tony, est allée chez ce bonhomme pour en faire passer un. Elle est morte vidée de son sang. (Elle se frotta nerveusement les bras.) Je ne veux pas que ça m'arrive. Je ne veux pas.

Elstree craqua une allumette sur sa chaussure. Dans le jaillissement de lumière, son visage paraissait calme, ordinaire, mis à part le monocle de l'œil droit. On eût dit un trou dans son crâne, la porte ouverte d'une chaudière où un feu faisait rage. Il souffla sur l'allumette ; la flamme s'éteignit.

— Toi et ton amie avez mal choisi votre homme.

— De toute façon, je veux pas. J'aurai le bébé, et tu me donneras cinq, non, dix mille dollars pour vivre jusqu'à ce que je retrouve ma silhouette et ma carrière.

— T'étendre sur le dos et écarter les jambes, la voilà ta vraie carrière, Rose. C'est la carrière à laquelle toutes les femmes sont destinées.

— J'ai connu pas mal de fumiers, mais t'es vraiment le pire.

Elstree se leva, sortit de sa poche une pince à billets en argent massif avec un petit diamant incrusté. Il en détacha deux billets de cent dollars, les laissa tomber sur le lit.

— Pour les frais, dit-il. Fais-le sauter et ne viens plus m'embêter.

— C'est tout ? Tu me balances comme ça ?

— Je préférerais qu'on se quitte en bons termes, mais ça dépend de toi.

— Bill, tu fais peut-être ça avec les putes et les dames de la bonne société, mais pas avec moi. Je provoquerai un scandale.

Il sentit la chaleur lui monter au visage.

— Je ne te le conseille pas.

— Je t'emmerde. Je prendrai des avocats, je traînerai ton nom dans la boue. J'irai à Long lsland trouver ta petite femme si pure et...

Il la frappa violemment avec sa canne. Elle tituba en arrière, heurta du genou le montant du lit. Lâchant le jonc, il la fit tomber sur la courtepointe, sauta sur elle, la maintint de la main droite et lui martela le visage de la gauche. Sa bague entailla sa joue. Il continua à frapper, frapper...

Quand il s'arrêta enfin, Rose avait la figure en sang. Il lui avait fait sauter deux dents. Elle roula sur elle-même en pleurant et en gémissant doucement. Il récupéra sa canne, son haut-de-forme, alluma la lampe du plafond. Devant le miroir, il s'aperçut que son écharpe blanche, une magnifique soie chinoise, était tachée de sang. Elle était fichue.

Furieux, il la défit de son cou, s'en servit pour essuyer ses jointures écorchées. A nouveau présentable, il jeta l'écharpe sur le tapis.

Il regarda Rose étendue sur le lit, le visage maculé de morve et de sang, ses yeux haineux braqués sur lui. Elle était couchée sur le flanc, recroquevillée comme une enfant sous les coups d'un parent brutal. Comment avait-il pu être assez stupide pour avoir eu une liaison avec elle !

Elle offrait cependant un tableau si pathétique qu'il lui inspira une certaine pitié. Il ressortit la pince ornée d'un diamant, ajouta un autre billet de cent aux deux premiers

— Adieu, Rose. Ne cherche jamais à me revoir.

Il pivota, tendit le bras et éteignit la lumière du bout de sa canne.

95

Joe Junior

Ils mangèrent peu et en silence, ce dimanche soir. Non parce que la nourriture manquait ou qu'elle était mauvaise. Ehling Sieberson, le scieur de bardeaux infirme, sa fille Anna, devenue veuve, et le fils de celle-ci, Thorvold, ne manquaient de rien. La table d'Anna était bonne. Joe Junior l'avait constaté à maintes reprises depuis deux mois. Il couchait dans le grenier de la petite maison de Rucker Hill, à Everett, et se chargeait de divers travaux — tâches que seul un homme ayant ses dix doigts pouvait effectuer — en échange du gîte et de la nourriture.

Ce soir-là, Anna leur avait servi du hareng saur et de fines tranches de saumon fumé, un gratin de pommes de terre, un plat fumant de panais, son croustillant *flatbrod*, du fromage de tête, des petits gâteaux à la graine de cardamome, du café fort et de l'*akvavit* au carvi. Tout le monde buvait du café à l'exception d'Ehling, qui avalait l'alcool comme s'il s'agissait de l'eau du puits.

L'humeur était sombre, l'atmosphère lourde d'inquiétude. Le lendemain, Joe Junior, son ami Julius Rahn et quelques autres présenteraient à la fabrique de bardeaux une courte liste de revendications au directeur général, Mr. Grover, puis débraieraient et feraient le piquet de grève jusqu'à ce qu'ils obtiennent satisfaction — ou soient jetés en prison. Ce qu'ils s'apprêtaient à faire était dangereux. C'est pourquoi personne n'en parla avant que Thorvold, âgé de dix ans, n'aborde le sujet. C'était un garçon robuste aux yeux si bleus qu'il aurait pu être le fils de Joe Junior.

— A quelle heure vous partez, demain ? demanda Thor.

Joe posa sa fourchette, lissa sa barbe d'un air songeur.

— Ma foi, à l'heure habituelle, je suppose. Six heures et demie. Julius passera ici dans un moment pour en discuter.

— Je peux venir avec vous pour regarder ?

— Non, tu ne peux pas. Finis ton dîner, intervint sa mère.

Anna Sieberson était une Norvégienne au teint pâle et aux yeux bleus, de sept ans plus âgée que Joe. La poitrine forte, les bras puissants, elle avait une petite bouche aux lèvres minces qui déparaient un visage par ailleurs joli. Mais la minceur de ses lèvres n'enlevait rien à la chaleur de sa bouche, comme Joe l'avait découvert.

Dans ses rares moments de bonne humeur, Ehling aimait comparer sa fille aux rhododendrons vigoureux et splendides qui poussaient tout autour de la maison, sur le flanc de la colline :

— Il n'y a que les plantes fortes qui survivent ici. Brouillard, humidité, tempête — le rhododendron résiste à tout ça. Anna est pareille.

Le mari d'Anna, Lars Prestrude, avait travaillé à la fabrique de bardeaux Smiley, l'une de celles qui bordaient les quais. Un soir, deux ans plus tôt, il était tombé de son fauteuil juste avant d'aller se coucher — crise cardiaque. Anna avait repris son nom de jeune fille après l'enterrement de Lars, qu'elle avait payé avec les cinq dollars envoyés par Grover. Si Lars Prestrude était mort d'un accident du travail, Grover n'aurait pas envoyé un sou ni même un mot de condoléance. Selon le raisonnement des patrons, accorder une aide, même minime, à la famille d'un ouvrier mort d'un accident du travail revenait à reconnaître leur responsabilité. Or ils s'y refusaient — c'était d'ailleurs un des motifs de la grève projetée.

Anna et Joe Junior échangèrent un regard. Dans celui de Joe, il y avait de l'affection, dans celui d'Anna une supplique. Elle l'aimait, et il savait qu'elle aurait voulu qu'il l'épouse. Malgré ses sentiments pour elle, il ne pouvait s'y résoudre, bien qu'une part de lui-même eût aimé s'établir avec elle, jouir de ses qualités et de l'ardeur qu'il avait découverte la première fois qu'elle s'était furtivement glissée dans son lit, au grenier. Le vieil Ehling, qui devenait sourd, n'avait pas entendu, ni cette nuit-là, ni celles qui suivirent, les grincements de la couchette.

Mais se mettre en ménage avec Anna signifiait capituler devant les patrons, ce qu'ils représentaient, ce qu'ils faisaient à leurs ouvriers — ou ne faisaient pas pour eux, dans le cas des scieurs de bardeaux. Ce serait tourner le dos à sa conscience, à son idéal. Or, même s'il rencontrait malheureusement trop souvent l'échec, il n'en devait pas moins persévérer.

Insatisfait de la réponse de sa mère, Thor s'adressa à Joe.

— Vous croyez que ça va barder, demain ? Y aura la police ?

— Julius pense que le chef de la police et ses hommes seront là avant midi, répondit Joe Junior. Plus tard, nous aurons peut-être la visite de la racaille de bistrot que Grover embauche pour mettre au pas tous ceux qui posent des problèmes.

— C'est des types comme ça qui ont tué Daniel Ivars, dit Anna. Je t'ai raconté ce qu'ils lui ont fait.

— Bien sûr que ça va barder, fit le père avec un reniflement de mépris. Je l'ai répété toute ma vie, scier des bardeaux, c'est pas un métier, c'est un combat.

Âgé de cinquante-trois ans, Ehling Sieberson en paraissait dix ou quinze de plus. Son visage avait ce teint pâle et terreux que Joe associait aux scieurs de bardeaux. C'était l'insigne de leur métier dangereux. Cette pâleur et leurs mains. Sur la main gauche d'Ehling, il ne restait que la moitié d'un pouce et des moignons de doigts. La main droite n'avait plus que le pouce, l'index et trois moignons. Ehling Sieberson était un homme amer et vaincu qui ne pouvait plus exercer son métier. Il survivait dans un confort modeste uniquement parce que son défunt gendre, Prestrude, avait fait un petit héritage d'un oncle du Wisconsin.

Les propos d'Ehling firent à nouveau tomber le silence autour de la table et on parla très peu durant le reste du repas. Quand il eut terminé, il emporta son *akvavit* au salon. Il savait porter un verre avec les deux doigts de sa main droite. D'un ton bougon, Anna envoya Thor à ses livres de classe.

— Je vais t'aider à faire la vaisselle, proposa Joe Junior.

Elle lui tourna le dos.

— Va dehors fumer ta pipe. Le soir est doux, profites-en.

Elle se retourna brusquement et lui lança :

— Nous pourrions être si heureux ensemble. Tu vas tout gâcher.

— Anna... (Il la toucha, elle recula.) Ce n'est pas que je n'aie pas de sentiments pour toi, mais il faut que j'y aille, demain. Je dois lutter avec les autres.

— Toi et ta fichue conscience ! Va fumer, Joey, laisse-moi seule.

Elle plongea les mains dans la bassine, la lumière du crépuscule se prenant dans les larmes qui coulaient sur ses joues rondes.

Everett, dans l'État de Washington, était une bourgade d'un peu plus de six mille habitants, dont la plupart travaillaient dans l'industrie du bois. Il y avait neuf fabriques de bardeaux, sept scieries et une usine de pâte à papier. Si la ville avait l'électricité et le téléphone, l'électricité n'avait pas encore atteint la colline, et les Sieberson n'avaient pas les moyens de s'offrir le téléphone. A Everett, on pouvait compter sur deux choses au moins : les vents d'ouest et la plainte incessante des scies qui tournaient la nuit comme le jour.

La petite maison des Sieberson, d'une propreté impeccable, était isolée sur les hauteurs de Rucker Hill, à quelque distance de la ville. Un jour viendrait peut-être où les riches souhaiteraient y vivre, à cause de la splendeur de la vue. Pour le moment, l'habitation la plus proche était une pauvre cabane distante de quatre cents mètres.

Jolie, la maison avait un toit et des murs faits de différentes sortes de bardeaux. Certains provenaient de la Smiley Shingle Company, dont Joe Junior pouvait aisément voir la grande fabrique, en bas, au bord de l'eau. Anna avait donné quelque douceur à ce lieu solitaire à flanc de colline. Elle y avait planté des spirées, qui fleurissaient en ce moment ; des massifs de rhododendrons dont les fleurs cannelées, roses et blanches, venaient d'éclore dans leur gloire printanière. Au bord de la route qui montait du pied de la colline, la famille avait planté un érable dont les feuilles étaient d'un rouge spectaculaire.

Joe Junior s'appuya à la balustrade de l'étroite véranda surplombant les massifs de rhododendron, la ville, la baie de Port Gardner, dans le Puget Sound, et la longue île de Whidbey où se dressaient les monts Olympiques, cachant le Pacifique à l'ouest. « Comment tant de cupidité et de souffrance peuvent-elles régner dans un aussi beau pays ? » pensa-t-il. C'était comme les fermes céréalières et les orangeraies. C'était comme Pullman dans un cadre digne du plus grand des paysagistes.

La soirée était claire et fraîche. L'air devenait plus vif tandis que le soleil sombrait et que le détroit virait du gris ardoise à l'indigo dans la lumière changeante. Trois chalutiers avaient mis le cap au nord pour rentrer. Au sud, un remorqueur haletait en tirant deux gros radeaux sur lesquels des chaînes maintenaient une précieuse cargaison de bois neuf.

Joe Junior avait appris à aimer les beautés particulières de cette côte. Le matin, à son réveil, par la lucarne du grenier, il pouvait découvrir à l'est les pics enneigés de la chaîne des Cascades, observer la lente transformation des forêts de pins et de sapins de Douglas — la couleur d'encre de la nuit s'estompant peu à peu pour révéler leur vert profond. Sur la côte, dans les zones marécageuses où poussaient les zostères, l'eau clapotante semblait parfois rouge comme du vin. Lors d'une promenade dominicale, Thor lui avait montré un morceau de cette algue rouge qu'on appelait la rose de mer. On n'en trouvait nulle part ailleurs, d'après le petit garçon.

Joe se délectait des odeurs du pays. Le sel et les algues, la créosote des piliers des docks, le bois fraîchement coupé, la fumée des usines où l'on brûlait sciure et copeaux.

Seattle se trouvait à cinquante kilomètres au sud. Un dimanche ensoleillé d'avril, Joe y avait fêté son vingt-deuxième anniversaire. Il avait passé plusieurs heures assis sur un quai à regarder les pilotes de remorqueur conduire leurs radeaux à une jetée équipée d'une voie ferrée.

Il n'aimait pas Seattle. La découverte d'or dans le Yukon avait transformé la ville en asile de fous, l'année précédente. Chaque jour les trains de la Northern Pacific déversaient de nouveaux arrivants dans les rues déjà bondées. Il n'y avait plus une seule chambre à louer, quel que soit le prix. N'importe quel rafiot de la côte Pacifique était présenté comme un navire rapide et confortable pour se rendre en Alaska. Les prix grimpaient plus haut que les montagnes.

A Seattle comme presque partout dans l'Ouest, la guerre contre l'Espagne suscitait un tel enthousiasme que Joe Junior avait pris l'habitude de parler de la côte Chauvine. La fièvre belliciste s'était répandue malgré un puissant courant populiste. En 1896, l'État de Washington avait voté pour Bryan et la libre frappe de l'argent. Bien entendu, les barons du bois avaient vitupéré le « Popocrate » comme s'il était Sàtan lui-même. Joe tenait ces faits de son ami Julius Rahn, scieur de bardeaux de trente-deux ans qui n'avait perdu jusque-là qu'une phalange du petit doigt gauche.

Détestant l'avidité et le vacarme de Seattle, n'ayant aucune envie de risquer la mort dans une montagne enneigée pour aller chercher de l'or dans les rivières de l'Alaska, Joe Junior était monté jusqu'à Everett, chef-lieu du comté de Snohomish. La ville avait été fondée une trentaine d'années plus tôt, et selon Julius Rahn, John D. Rockefeller avait des intérêts dans la société immobilière qui avait assuré une grande partie de son développement. Il y avait une Rockefeller Street dans le centre.

Joe bourra sa pipe, l'alluma, aspira la fumée douceâtre du tabac parfumé au rhum. Bien qu'il eût appris à vivre sans aucun contact avec sa famille, elle lui manquait. Cela faisait trop longtemps qu'il n'avait rien envoyé à sa mère. Il le ferait bientôt. Thor lui avait donné l'idée parfaite : une pépite grosse comme un épi de maïs. C'était en fait de la pyrite de fer, vendue dans les boutiques de souvenirs. L'or des imbéciles, comme on disait. Mais c'était joli.

Il pensa à sa sœur et à ses mimiques, au petit Carl dont la maladresse pataude le faisait sourire, au cousin Paul — était-il encore en Amérique, ou avait-il préféré rentrer en Allemagne, désillusionné comme tant d'autres immigrants ?

Parfois, même son père lui manquait. Au cours de ses voyages, il avait fini par se rendre compte que, comparé à d'autres patrons, Joe Crown était loin d'être le pire. Qu'il se montrait même plus généreux et plus juste avec les ouvriers que la plupart des autres. Joe Junior se demandait s'il aurait un jour le courage de reconnaître que les paroles dures qu'il avait prononcées autrefois étaient erronées.

Vaines spéculations étant donné la situation présente. Dans moins de douze heures le soleil se lèverait et il se tiendrait aux côtés des autres ouvriers de la fabrique.

C'était peut-être parce que cette région de l'Amérique était si belle, si pure, que l'appât du gain et la répression l'affligeaient plus encore que d'habitude. Il connaissait bien le système. Les patrons tenaient les maires et les conseils municipaux ; les gouverneurs, les juges, les députés étaient à leur solde. Ils arrondissaient les salaires du shérif et de ses adjoints, qui obéissaient à leurs ordres. Ils avaient tout pouvoir sur la presse et l'Église. Ils défendaient leur droit à former des consortiums dans leur propre intérêt, mais refusaient aux ouvriers le droit de s'organiser pour défendre le leur.

Joe avait traversé une grande partie du pays, il avait rencontré beaucoup d'Américains. La plupart des pauvres étaient bons, excepté ceux — rares — qui se retournaient contre les autres, les volaient ou les tuaient, par rage et désespoir. La plupart des riches étaient mauvais, parce qu'ils se préoccupaient avant tout de leurs affaires, de leurs comptes en banque, de leurs *biens*... toujours avec les mêmes conséquences pour les travailleurs. On rognait leurs salaires, on les escroquait dans les magasins des compagnies, on les renvoyait s'ils protestaient. On les arrêtait, on les battait, on les mutilait s'ils essayaient de s'organiser.

Les ouvriers de la région connaissaient Gene Debs, socialiste respecté, mais la thèse qu'il prônait — lutte pacifique et négociation — n'était pas populaire.

— C'est un boulot sacrément dangereux de scier des bardeaux, avait dit Julius Rahn alors qu'ils préparaient l'action du lendemain. On peut pas être doux quand on travaille dix heures par jour sur ces putains de scies. On n'a pas la patience de passer des semaines autour d'une table à parler, parler et encore parler. Ça les a menés où de parler, les ouvriers ? Nulle part. Frapper vite et fort, c'est le mot d'ordre, par ici.

Ils choisirent donc la grève.

La « côte du bois » avait connu une brève période d'agitation syndicale environ dix ans auparavant, avait expliqué Julius à Joe. Les *Knights of Labor* — grande organisation idéaliste fondée en 1869 dans le dessein d'unir tous les travailleurs d'Amérique — étaient apparus dans la région au milieu des années 1880. Un des objectifs des *Knights* — les Chevaliers — était la réduction de la journée de travail de douze à dix heures.

On s'attendait à une confrontation sanglante mais à la stupeur et à la fureur des autres patrons, un magnat du bois, Cyrus Walker, de la Puget Mill Company, accorda presque aussitôt la journée de dix heures à ses ouvriers pour éviter une grève longue et ruineuse. En moins d'un an, après quelques grèves courtes et relativement calmes, tout le consortium de la côte Pacifique céda et instaura la journée de dix heures.

Après avoir remporté cette bataille, les Chevaliers de l'État de Washington connurent une série de luttes internes pour le pouvoir qui causa leur disparition. Lorsque survint la crise de 1893, la production chuta, des usines fermèrent, les emplois se firent rares, les ouvriers acceptèrent n'importe quel salaire. Ces deux ou trois dernières années, toutefois, l'industrie du bois commençait à renaître, offrant à nouveau quantité d'emplois.

Mais les conditions de travail ne s'étaient pas améliorées. Joe Junior le découvrit quand, répondant à une petite annonce, il fut embauché comme homme à tout faire à la Smiley Shingle Company au tarif d'un dollar cinq cents par journée de dix heures. Avec la semaine de six jours, son salaire mensuel s'élevait à la somme mirobolante de vingt-cinq dollars et vingt cents. Même un scieur qualifié comme Julius ne touchait qu'un dollar quarante par jour, soit un peu plus de trente-trois dollars par mois. Parmi les revendications qui seraient soumises au patron le lendemain figurait une augmentation journalière de dix cents. Autre revendication, la notification à l'avance des périodes de licenciement temporaire qui, présentement, prenaient effet sans avertissement, dès l'instant où l'ordre tombait.

Abel Grover, le directeur qui avait reçu Joe Junior, n'avait pas parlé de ces périodes de chômage. Il avait présenté la paie journalière d'un dollar et cinq cents comme s'il s'agissait d'une fortune. Bourru et profondément croyant, Grover avait un petit laïus tout prêt pour chaque nouvel employé :

— Je vais vous dire quel genre d'hommes nous aimons ici. Les hommes sérieux, économes, travailleurs, les hommes raisonnables qui comprennent que nous nous efforçons d'améliorer les conditions de travail dans la mesure où notre bilan nous le permet. Mais nous ne voulons pas de syndicat. Les fainéants qui ne pensent qu'à attaquer les compagnies et le capital n'ont pas leur place ici.

Grover répondit à l'unique question de Joe Junior — oui, il existait bien un Mr. Smiley; James Lincoln Smiley II, le patron de la fabrique, vivait à San Francisco, comme bon nombre de barons du bois de la côte Pacifique. Smiley habitait une résidence princière dans le quartier de Nob Hill et venait à la scierie une ou deux fois par an. Joe apprit plus tard que lorsque Smiley remontait le Puget Sound avec son yacht et accostait à Everett, il rencontrait uniquement Grover et les contremaîtres, jamais les ouvriers. Julius Rahn l'avait souvent vu en dix ans, mais n'avait jamais échangé un mot avec lui.

— Ça m'étonne pas, avait dit le scieur peu après avoir fait la connaissance de Joe Junior. Ici, on parle du prix de la main-d'œuvre comme on parle du prix des bardeaux ou du prix d'un bœuf. On n'est pas des êtres humains, on est des choses.

La tâche principale de Joe consistait à ramasser et à porter sur le lieu de brûlage l'incroyable quantité de sciure de cèdre produite chaque jour. Ce qu'il vit, en particulier à l'étage supérieur où travaillaient les scieurs, dépassait l'imagination. La première fois qu'il monta là-haut et découvrit, bouche bée, l'enfer de la sciure tourbillonnante et des scies d'acier, il crut s'être aventuré dans quelque chambre de torture conçue par des barbares.

Chaque scieur était assis devant deux scies circulaires montées sur une table de métal. Un système de plan incliné amenait d'énormes tronçons de cèdre sur le côté gauche de la table. L'ouvrier poussait le tronçon contre la scie avec sa main gauche et les dents découpaient un bardeau grossier. Dans certaines fabriques, disait Julius, le scieur avait un quota de cinquante bardeaux par minute. Chez Smiley, il était de cinquante-cinq. Des contremaîtres ne cessaient de faire le tour de l'étage en comptant les bardeaux débités.

Dès que le bardeau se détachait, l'ouvrier tendait le bras par-dessus la scie de gauche pour saisir le reste du tronçon. Il le faisait automatiquement, sans jamais regarder, parce que, en même temps, sa main droite présentait le bardeau à la scie de droite pour l'égaliser et éliminer les nœuds. Cela fait, il jetait le bardeau fini sur un autre plan incliné, à droite de la table. Le bardeau glissait jusqu'aux postes d'emballage, au rez-de-chaussée. Les mains du scieur volaient au-dessus des lames, chacune d'elles effectuant une tâche distincte cinquante-cinq fois par minute. L'ouvrier travaillait dans un nuage constant de sciure crachée par les lames et n'avait pour se protéger qu'une éponge imbibée d'eau maintenue contre ses narines par un élastique.

— Si c'est pas la scie qui finit par avoir ta peau, c'est l'asthme du cèdre, disait Julius Rahn.

Le quatrième jour, alors que Joe balayait le rez-de-chaussée, il entendit un cri en haut. Seul un ou deux emballeurs levèrent les yeux de leur travail. Joe vit un bardeau éclaboussé de sang glisser sur le toboggan puis, traçant une ligne sanglante, un index sectionné à la seconde phalange. Un des emballeurs le saisit, le jeta dans la poubelle de Joe Junior et reprit son travail.

Bourrant à nouveau sa pipe dans l'air frais du soir, Joe entendit Thor interroger sa mère sur un problème de mathématique. Elle lui répondit avec une dureté inhabituelle chez elle. Il aperçut une tache claire sur la route de la colline. Julius Rahn disait que ses cheveux étaient devenus blancs au cours de sa première année à la fabrique.

Il monta les marches de la véranda, rejoignit Joe à la balustrade.

— Ça va, Joey ?

— Oui. Et toi ?

— C'est pire que ce qu'on pensait. Matilda est toute retournée. Je l'ai laissée en larmes.

— Qu'est-ce que tu veux dire par pire ?

— Vers trois heures, cet après-midi, Abel Grover est passé chez moi.

— Ça, alors ! Pour quoi faire ?

— Pour nous convaincre de renoncer à la grève.

— Il est au courant ?

— Il a des espions partout, qu'est-ce que tu crois ? Grover m'a offert deux cents dollars. Je les ai refusés. C'est pas faute d'en avoir besoin, ajouta Rahn avec un soupir.

— Pourquoi le directeur essaie de...

— Tu connais Weyerhaeuser ?

— De nom. C'est un émigré allemand, comme mon père. Il occupe une place importante dans le secteur du bois de construction du Midwest, non ?

— Importante ? Fred Weyerhaeuser est au bois ce que le vieux Carnegie est à l'acier ou Rockefeller au pétrole. Ça fait des mois qu'il renifle par ici, à ce que j'ai entendu dire. Il cherche à s'étendre et, de Saint Paul, il ne peut le faire que dans deux directions : au nord et au nord-ouest. Paraît qu'il a horreur de la chaleur, des raclées flanquées aux Nègres et des manières arriérées du Sud, alors, il ira pas là-bas. Autre chose : il y a une nouvelle firme en ville, la Coast Lumber Company. Je crois que Weyerhaeuser est derrière. Il a des hommes qui cherchent des fabriques de bardeaux à acheter — la Bell-Nelson, la nôtre aussi.

Julius Rahn leva vers Joe ses yeux pâles.

— Grover m'a fait tout un discours de grands mots, cet après-midi. Après son départ, j'ai noté ce dont je me souvenais. J'ai pensé qu'avant de se mettre en grève tout le monde devait savoir ce qu'il a dit.

Le scieur tira de sa poche un morceau de papier froissé, le lut péniblement à la lumière déclinante.

— Il a dit que Mr. Smiley « veut à tout prix préserver une apparence d'harmonie sociale... » (il inclina la feuille, plissa les yeux)

... parce qu'il faut pas « susciter une impression négative dans l'esprit d'un acheteur éventuel. Nous serons donc particulièrement intraitables avec les agitateurs. Qu'ils soient prévenus. »

Joe Junior entendit un hoquet et se retourna. Anna se tenait dans le rectangle de lumière, derrière la porte à demi ouverte.

— C'est le message, Joey, dit Rahn en remettant le papier dans sa poche. « Qu'ils soient prévenus. » Je fais le tour de tous les autres.

« Tous les autres » pouvait sembler impressionnant, mais ils n'étaient en fait que neuf, Julius compris.

— Je leur dis : vous êtes pas obligés d'y aller, reprit-il. Je veux pas qu'il y ait de mort.

— C'est bien de ta part, Julius. Je serai là quand même.

— J'espérais que tu dirais ça. Si on reste pas solidaires, on se fera toujours écraser. Bon, faut que j'y aille, je passe chez Erickson, maintenant. (Rahn tira de sa poche une casquette qu'il posa sur ses cheveux blancs.) Le vent est froid, hein ? Ce foutu vent d'ouest faiblit jamais. Comme les patrons.

Il avait prononcé ces derniers mots sans sourire. Joe Junior pressa l'épaule de son ami.

— Ne t'en fais pas.

— Moi, je m'en fais jamais. A demain matin.

— A demain. Essaie de dormir un peu.

Joe rentra, ferma la porte. Les lampes à gaz étaient en veilleuse, la cuisine propre et rangée. Ehling était allé se coucher. La maison était si calme qu'on entendait la faible plainte du vent. Joe monta lentement l'escalier, ne vit pas de lumière sous la porte close de la chambre d'Anna.

Elle n'était pas dans sa chambre mais au grenier, sur l'étroite couchette de Joe, nue sous un édredon et une couverture de laine. Elle tourna la clef de cuivre pour éteindre la lampe à pétrole dont il se servait pour lire. Pas un mot ne fut échangé avant qu'ils fassent l'amour.

Anna avait des jambes puissantes qu'elle serra autour de la poitrine de Joe avec une force, une urgence entièrement nouvelles. Se mordant la lèvre, elle se projetait contre lui sur un rythme de plus en plus rapide, comme pour lui montrer ce à quoi il renonçait en décidant de se joindre aux protestataires.

Ses cheveux blonds dénoués se trouvèrent pris entre leurs bouches quand elles se joignirent. Le visage d'Anna était mouillé de larmes. Il en but le sel en embrassant ses yeux. Elle jouit longuement, poussant des plaintes animales, comme en proie à une douleur magnifique.

Quand la fièvre de leurs corps retomba et qu'ils se blottirent l'un contre l'autre, le bras musclé de Joe autour de ses épaules, la tête d'Anna nichée au creux de son cou, elle fit une dernière tentative, comme Abel Grover avec Julius.

— Joey, je t'aime, ne va pas là-bas demain matin. Je t'ai parlé de Daniel Ivars, l'un des meneurs du dernier mouvement. Ils l'ont battu à coups de poing, à coups de pied, ils l'ont soulevé au-dessus d'une lame de scie et ils l'ont fait redescendre dessus. Ils savaient comment s'y prendre pour le faire souffrir le plus possible. Pendant tout le reste de la journée, il est resté là à perdre son sang et à crier, sans que personne n'ose s'arrêter pour l'aider, ou aller chercher le docteur. Grover l'avait interdit. Aucun médecin ne pouvait pénétrer sur le terrain de la compagnie sans sa permission. Daniel Ivars est mort vidé de son sang vers quatre heures de l'après-midi. Évidemment, sa veuve n'a pas touché un sou.

Anna tenait le visage de Joe dans ses mains et chacune de ses caresses était une supplique.

— Ils sont capables de te faire subir quelque chose d'aussi horrible. N'y va pas.

— Je dois y aller, Anna. Il le faut.

— Oh ! mon Dieu ! mon Dieu ! Je t'aime tellement, espèce d'imbécile.

Elle dormit avec lui jusqu'à trois heures du matin. L'un et l'autre eurent un sommeil agité. De temps à autre, elle l'enlaçait et le serrait contre elle. C'était une femme admirable, et Joe aurait voulu l'aimer autant qu'un homme doit aimer sa femme. Mais il aimait davantage son travail. Ou il en avait *besoin* davantage — le mot convenait peut-être mieux.

Elle sortit du grenier à pas de loup alors qu'il faisait encore nuit pour que ni le vieil Ehling ni Thor ne découvrent sa faute — s'ils ne la soupçonnaient déjà. A six heures et quart, chaudement vêtu d'un court manteau écossais noir et vert, coiffé d'un bonnet de laine grise, Joe sortit silencieusement de la maison.

Il descendit le perron, marcha jusqu'à l'érable et prit une profonde inspiration avant de s'engager sur la route. Le soleil était encore caché derrière les montagnes, mais il faisait assez clair pour distinguer le tracé de la ville. Assez clair pour qu'il trouve le chemin de la Smiley Shingle Company.

96

Fritz

Le dernier lundi de mai, le 30, tout l'hôtel parlait du prêteur sur gages juif retrouvé assassiné dans sa boutique. Le *Tampa Times* soupçonnait que le crime avait été commis par « quelqu'un appartenant à la faune des tripots qui a suivi l'armée dans notre ville comme l'une des plaies de la Bible. Il se peut aussi que le coupable fasse partie de certains éléments pernicieux de l'armée elle-même, notamment parmi les soldats de couleur. »

En fin de matinée, Paul laissa Jimmy paresser à l'hôtel et traversa à nouveau la rivière avec une petite caisse en bois contenant deux magasins de pellicule. Il craignait que le colonel ne trouve la plupart des films assommants. On y voyait les scènes désormais familières de troupes à l'exercice, de soldats jouant au base-ball, plantant des tentes, récurant les gamelles. Le reste était constitué pour l'essentiel de scènes locales. Voiliers dans la baie. Palmiers se balançant dans la brise marine. Beautés locales — qui n'étaient pas si belles — se lançant un ballon sur la plage et gambadant dans des costumes de bain qui les couvraient du cou aux chevilles. Il y avait toutefois une séquence que Paul trouvait originale et intéressante : la démonstration d'une des quatre mitrailleuses Gatling qui seraient emmenées à Cuba.

Plusieurs correspondants étaient venus sur la plage pour assister aux essais, notamment Sylvanus Peterman, le belliciste sans humour que Crane avait surnommé « le pire de Hearst[1] ». Crane lui-même était arrivé quelques minutes plus tard, l'air somnolent dans son jean et sa chemise de soie rouge imprégnée de sueur. Il salua Paul avec la vivacité d'un grand malade.

Billy Bitzer s'installa à quelques mètres de Paul et de Jimmy. William Paley et son assistant se trouvaient de l'autre côté, à égale

---

1. « *The worst of Hearst* ». En anglais, les deux mots riment. *(N.d.T.)*

distance. Torse nu, Bitzer gratifia Paul d'un sourire et d'un geste de la main. Vêtu d'un costume noir de croque-mort, Paley ne parut même pas remarquer la présence de ses confrères. La sueur ruisselait sur son visage hagard.

Michael Radcliffe remportait la palme de l'élégance. Malgré la canicule, il donnait une impression de fraîcheur avec son costume de lin blanc immaculé, sa cravate rayée aux couleurs vives et son feutre blanc. Il coinça sa canne à pommeau sous un bras pour serrer la main de Paul puis celle de Jimmy quand Paul le lui présenta.

— Chouette costard, fit Daws. Il a coûté cher ?

— Assez, répondit Radcliffe, manifestant envers Jimmy une antipathie immédiate que Paul remarqua.

Tandis que les deux jeunes gens préparaient leur caméra, la mitrailleuse Gatling arriva, tirée par des chevaux d'artillerie. L'arme était constituée de dix canons de fusil assemblés en cercle autour d'un axe, et pourvue d'une manivelle. La mire, la manivelle, l'auget étaient protégés par un bouclier de fer au-dessus de l'affût et, au-dessous, par un tablier plus petit de même métal.

— Avez-vous déjà vu un de ces engins ? demanda Michael. (Ils répondirent que non.) Il a été mis au point par les collaborateurs de Mr. Lincoln pendant la guerre de Sécession. Bien sûr, vous connaissez le ministère de la Guerre. Ils réagissent avec une rapidité de mastodonte. Il leur faut toujours un siècle pour décider si une arme est utile et s'il faut l'adopter.

Jimmy s'éloigna pour ajuster le trépied de la Luxographe. Radcliffe poursuivit :

— Tu te souviens que je t'ai raconté que j'avais fait l'expérience des décharges électriques, au Prater, à Vienne ? J'ai cru sentir l'apocalypse dans mes mains, ce jour-là. Eh bien, j'ai eu une réaction tout aussi forte la première fois que j'ai vu fonctionner une de ces armes. La science promet hypocritement de remplir notre corne d'abondance au cours du prochain siècle, mais je vais te dire ce qu'elle fait en réalité. Elle ouvre les portes de l'enfer.

Avec un sourire triste, Radcliffe gagna lentement un coin d'ombre.

Des sous-officiers éloignèrent les chevaux, défirent les chaînes fixant l'affût à la voiturette puis braquèrent la mitrailleuse vers le nord. Un cocotier planté juste au bord de la ligne de marée haute servirait de cible. Il s'inclinait vers l'eau, ses palmes effleuraient presque les vagues.

Les reporters et les trois caméras formaient un demi-cercle autour de l'arme, côté plage. Un jeune officier s'avança vers le groupe.

— Messieurs, permettez-moi de me présenter. Lieutenant John Henry Parker, du 13e d'infanterie. Le général Shafter m'a confié le commandement du détachement de mitrailleuses Gatling envoyé à Cuba, sans doute parce qu'on m'a inculqué quelques notions d'artillerie à West Point.

Il haussa les sourcils, esquissa un sourire modeste.

— Plusieurs modifications ont été apportées à cet engin depuis son invention par R. J. Gatling, un médecin, en 1862. Cette arme que vous voyez est le modèle 1895, le dernier. Tant que la manivelle tourne, que l'auget est alimenté et que la mitrailleuse ne s'enraie pas, le tir est continu. La cadence recommandée est de six cents coups par minute, encore qu'elle soit capable de cadences plus rapides encore.

Jimmy émit un long sifflement sur deux notes.

— La Gatling est équipée d'un système d'alimentation par gravité du type Bruce. Pendant la démonstration, vous verrez les balles passer directement de la caisse à l'auget. Je dois également vous faire remarquer cette pinnule à fils, à gauche de la bouche, et ce levier de pointage grâce auxquels les mitrailleurs commandent avec précision la hausse et la direction du tir. Messieurs, vous pouvez faire tourner vos caméras, nous sommes prêts à commencer.

Paul actionnait déjà sa manivelle. Paley avait un problème qui causa un retard de cinq minutes. Bitzer alluma une cigarette ; Paul tira un cigare de la poche de sa chemise et le savoura jusqu'à ce que Paley se déclare prêt. Le lieutenant Parker lança des ordres à ses hommes, qui réagirent avec promptitude, arrachant les couvercles des caisses, les vidant de leur contenu, tournant la manivelle. Les canons dépassant du bouclier commencèrent à tourner et à crépiter.

Le bruit était assourdissant. Le bouclier présentait une ouverture assez large pour permettre à la mitrailleuse de décrire un arc de cercle horizontal d'une quinzaine de degrés. Les balles déchiquetaient le tronc du palmier de gauche à droite, de droite à gauche, projetant des morceaux d'écorce et des éclats de bois en tous sens. Quelques secondes seulement s'écoulèrent, sembla-t-il, avant que Parker ne crie : « Cessez le feu ! » L'arme arrêta aussitôt sa salve de mort. Le silence s'abattit sur les spectateurs. Puis il y eut un craquement quand le cocotier bascula vers l'eau bleue et s'y écrasa dans un grand éclaboussement. Du tronc cisaillé à un mètre de hauteur, il ne restait qu'un moignon fumant.

— Putain, c'est quelque chose, ça ! fit Jimmy derrière Paul. Un seul type pourrait faucher tout un bataillon avec ce truc.

— Messieurs, la démonstration est terminée, annonça Parker. Si vous avez des questions, je me ferai un plaisir d'y répondre.

Paul jeta un coup d'œil au compteur de la caméra, recouvrit l'objectif. Michael s'approcha en balançant sa canne.

— Voilà, vieux. C'est ça l'avenir. La guerre n'est plus une partie de cricket entre de braves garçons bien élevés par leur maman.

Sylvanus Peterman courut le long de la plage, écarta avec rudesse un autre reporter et s'accroupit près de l'arbre abattu. Il caressa l'extrémité fendue du tronc, les yeux brillant d'excitation. Jimmy le rejoignit pour admirer lui aussi les dégâts causés par la Gatling.

— Deux beaux crétins assoiffés de sang, Peterman et ton ami, murmura Radcliffe.

— Jim est mon assistant, corrigea Paul. Pas mon ami.

Paul ressortait de la gare après avoir expédié ses bobines quand

Paley, de l'Eden Musée, descendit de son chariot avec une caisse semblable à la sienne. Paul le salua ; Paley se contenta de lui lancer un regard hostile en se dirigeant vers la gare.

Paul sentait s'accumuler en lui une tension familière. Il savait qu'il aurait pu s'en libérer en téléphonant à la crémerie d'Ybor City pour demander Luisa. Mais malgré la chaleur, il décida de marcher un peu dans l'espoir de calmer ses ardeurs.

Dans Franklin Street, il vit Dick Davis sortir de la boutique Maas Brothers, coûteuse et à la mode. En dépit du temps, Davis portait sa plus belle tenue professionnelle — veste bleu foncé, culotte de cheval grise fourrée dans de hautes bottes de cuir noir. Son feutre mou était muni d'un voile blanc pour protéger la nuque. Un étui à jumelles pendait à son épaule droite et il portait un paquet enveloppé de papier cadeau. En route pour quelque sauterie chic, supposa Paul. Davis prit cependant le temps de s'arrêter et de dire avec un sourire :

— Hello, Fritz. Vous parvenez à survivre dans cette fichue ville ?

— A peine, Mr. Davis.

— Nous en sommes tous là. C'est le pire endroit que j'aie jamais vu. Des orangers, des puces, des maisons à l'abandon dans un océan de sable. Les gens d'ici n'aimeront pas l'article que je suis en train d'écrire à ce sujet.

— On y parle de départ ?

— Non. Et le cinématographe, comment ça va ?

— J'ai usé Tampa jusqu'à la corde. Je suis prêt pour Cuba.

— Comme nous tous. Portez-vous bien.

Il sauta dans la voiture qui l'attendait ; le cocher noir fit claquer son long fouet sur les flancs du cheval et l'attelage démarra. La note de frais du célèbre R.H.D. devait être très lourde.

Paul erra dans les rues sans but précis. Il se retrouva bientôt dans Pierce, remonta vers le nord en marchant sur le trottoir ombragé. Il n'y faisait pas plus frais. Il acheta un gobelet de limonade puisée dans le seau d'un des nombreux marchands ambulants. On eût dit de la soupe sucrée réchauffée sur une cuisinière. Seigneur ! quand sortiraient-ils de ce trou ?

Une douzaine de rues plus loin, il tourna à droite, dans un quartier encore plus pauvre. Il coupa l'extrémité d'un cigare avec ses dents en pensant sérieusement à téléphoner à Luisa. Il fut tiré de ses réflexions par des rires provenant d'une ruelle située entre une quincaillerie et une pharmacie-drugstore. Une jument alezane portant une selle de l'armée était attachée, tête baissée, au poteau du drugstore ; devant la quincaillerie, des outils piqués de rouille se dressaient dans des tonneaux sans couvercle.

Dans l'ombre de la ruelle, quatre soldats vêtus de chemises bleues en lançaient un cinquième en l'air à l'aide d'une couverture. Paul avait filmé ce genre de scène dans les camps. Il y voyait une forme de brimade stupide mais inoffensive envers les nouvelles recrues. Mais une ruelle était un curieux endroit pour...

Les soldats écartèrent la couverture au dernier moment pour laisser leur victime tomber par terre. C'était un Noir, dont la gaine de revolver était vide. Des taches de sang maculaient son treillis.

Il poussa un cri en heurtant durement le sol, tenta de se relever en s'aidant de ses mains. Un sergent obèse — blanc, comme les trois autres — le frappa du pied.

— Hé, laissez-le tranquille ! cria Paul en se précipitant dans la ruelle.

Les trois simples soldats avaient l'air de jeunes paysans mal nourris. Le sergent, plus âgé, avait un double menton, un visage rond et blanc comme une tarte à la crème. Il dégaina son arme.

— Te mêle pas de ça, mon gars, dit-il. (Il pointa le revolver au niveau des yeux de Paul.) T'entends ?

— Ce Négro a voulu s'asseoir à côté d'une Blanche au comptoir du drugstore, expliqua l'un des autres.

— Et c'est pour ça que vous le traitez comme ça ? répliqua Paul, dont le cerveau évaluait rapidement les risques.

— Hé, c'est un étranger, Cheat, fit un troisième soldat. Un Boche, ou un truc comme ça.

Le sergent Cheat releva le chien de son Colt.

— J' vais peut-être te faire ravaler ton accent, moi, menaça-t-il. Tu sais qui on est ? On est de l'infanterie légère de Jacksonville, du 1er régiment de Floride. C'est notre État, ici. Notre territoire. Viens pas nous faire chier.

Des volontaires. Paul aurait dû s'en douter. Il était tendu à l'extrême. Il ne voulait pas prendre une balle dans la tête, mais il ne voulait pas fuir non plus. Derrière ses quatre agresseurs, le soldat noir se relevait à moitié sonné. Quand il comprit la situation, il saisit une des bottes du sergent et tira.

Le sous-officier tomba face contre terre ; un coup de feu éclata tel un coup de tonnerre dans la ruelle étroite. Paul s'était déjà jeté sur le côté.

La balle s'enfonça dans la terre battue en soulevant une petite gerbe de poussière. Paul heurta le mur de la quincaillerie avec une telle force qu'il se mordit la langue. Un goût de sang emplit sa bouche. Il retourna dans la rue, tira d'un tonneau une pelle au long manche de bois, la tint à deux mains comme un bâton et se rua à nouveau dans la ruelle. Du sang coulait au coin de sa lèvre.

Le sergent Cheat, à genoux, disputait le revolver au soldat noir. Du trottoir quelqu'un s'exclama :

— Qu'est-ce qui se passe ?

Un des soldats de Jacksonville passa derrière le Noir, lui enfonça sa botte dans les reins. Paul fonça dans le tas, la pelle en avant. Deux des volontaires s'écroulèrent.

Cheat parvint à s'emparer de l'arme et, la tenant par le canon, l'abattit sur le crâne du Noir. L'homme bascula en avant, inconscient.

— Cheat, on va se retrouver en cabane si on file pas d'ici, haleta l'un des soldats.

Le sergent regarda Paul, armé de sa pelle, puis les gens qui s'attroupaient à l'entrée de la ruelle. Il cracha vers Paul et disparut avec les trois autres derrière une clôture.

Une femme coiffée d'un bonnet s'avança, plaça une main en visière au-dessus de ses yeux.

— Oh ! c'est juste un Noir, fit-elle, entraînant l'homme qui l'accompagnait.

La foule se dispersa ; le cœur de Paul commença à battre moins vite.

Le soldat noir gisait par terre, les yeux clos, la joue saignant dans la poussière. Il n'était pas particulièrement beau avec sa mâchoire saillante, son nez déformé, son front fuyant. Paul s'agenouilla pour s'assurer qu'il respirait, puis il alla remettre la pelle dans le tonneau et entra dans la quincaillerie. Il demanda où il pouvait téléphoner.

— Au drugstore, répondit le commerçant en évitant son regard.

Paul traversa. La fontaine de soda du drugstore se trouvait près de l'entrée, et ses quatre hauts tabourets étaient libres. Des odeurs médicinales s'échappaient de pots blancs d'apothicaire. Dans le fond, un petit homme brun frottait énergiquement une grosse larme de verre contenant un liquide rouge vif.

— Il y a un soldat blessé, dehors. Pouvez-vous téléphoner aux autorités pour qu'on vienne le secourir ?

Le pharmacien continua à astiquer la larme sur son support argenté.

— Le téléphone est en dérangement, répondit le pharmacien, l'air gêné.

Paul comprit et retourna dehors, dégoûté. Dans la ruelle, il s'accroupit, souleva le blessé qui gémit mais ne reprit pas connaissance. Bien que svelte, le soldat était lourd. Paul le chargea sur son dos, partit en titubant et le déposa en travers de la selle de la jument.

Il détacha l'animal, l'emmena à travers la ville jusqu'à Tampa Heights, au camp des 24e et 25e régiments d'infanterie, les unités noires les plus proches. De temps en temps, il tâtait le pouls du blessé, écoutait sa respiration. Dans le camp net et bien tenu, des rangées de tentes blanches étaient plantées le long d'allées sablonneuses. Un homme de troupe lui indiqua l'infirmerie.

Paul raconta l'incident à un infirmier noir, qui allongea le blessé sur un lit de camp et rabattit une sorte de moustiquaire. Puis il alla chercher un médecin.

Le docteur, un Blanc, examina le soldat et ne lui trouva rien de plus grave que des contusions et des écorchures. Il nota le nom et l'adresse de Paul, le remercia. Paul quitta le camp, dépensa cinq cents pour revenir dans le centre en trolleybus. Bien qu'il fût couvert de poussière, le contrôleur le laissa tranquille ; comme les autres passagers qui montaient ou descendaient aux divers arrêts, Paul était blanc.

Le lendemain matin, des coups à la porte l'éveillèrent un peu avant six heures. Il enfila un pantalon et découvrit avec surprise un officier blanc dans le couloir. Un homme grand et mince d'une trentaine d'années, avec des yeux bleus, des sourcils broussailleux et une bouche sévère. Il se tenait si droit dans son uniforme impeccable, ses bottes immaculées, que Paul se dit aussitôt : « Si j'étais soldat, je n'aimerais pas servir sous ses ordres, il doit être trop exigeant. »

— Crown ?

— Oui.

— Lieutenant Pershing, 10e de cavalerie. Puis-je entrer ?

Paul se frotta les yeux, recula. L'officier referma la porte derrière lui, défit la jugulaire de son képi, l'ôta. Paul ébaucha un geste en direction de la chaise, s'aperçut que du linge sale y était empilé. Une chemise bleue traînait par terre près de la coiffeuse, et presque toutes les surfaces étaient occupées par des spécimens de sa collection de souvenirs. Les yeux bleus de Pershing promenèrent sur le désordre un regard désapprobateur.

— Je ne prendrai que quelques instants de votre temps, promit-il.

Il avait des traits énergiques, un nez proéminent, de grandes oreilles collées au crâne. Les talons légèrement écartés, comme dans la position réglementaire du repos, il poursuivit :

— Le docteur Long, du 24e, m'a transmis votre nom. Il paraît que vous avez secouru un de mes hommes, hier.

— Si c'est du Noir que vous parlez, en effet.

— Je suis venu vous remercier. Le caporal Person fait partie des troupes que je commande. Le régiment a été avisé de son état hier soir. D'après le docteur, Person sera sur pied aujourd'hui même. J'ai pris le train de quatre heures ce matin à Lakeland et je viens de le voir. Nous recherchons les hommes qui l'ont battu. L'un d'eux s'appelait Cheat, c'est ce que vous avez déclaré, n'est-ce pas ?

Paul passa une main dans ses cheveux bruns emmêlés.

— C'est le nom que j'ai entendu. Sergent Cheat. Il s'est vanté d'appartenir à l'infanterie légère de Jacksonville.

— Il me fallait juste cette confirmation. Nous les ferons arrêter dans l'heure. Les Noirs des troupes régulières ont beaucoup de problèmes avec ces volontaires de la campagne. Je suis furieux de ce qui est arrivé à Person, c'est un excellent élément. Je serais furieux si cela arrivait à n'importe quel soldat de mon régiment. J'ai appris à respecter et à admirer nos troupes noires. Ces hommes font plus d'efforts que beaucoup d'autres parce que l'armée représente pour eux l'accès à une vie décente.

Pershing marqua une pause pendant laquelle il observa la réaction de Paul.

— Ce n'est pas ce que vous vous attendiez à entendre, n'est-ce pas ? reprit-il. J'ai bien conscience que mon opinion reste très minoritaire. J'ai récemment passé quelques mois à l'École militaire, où j'ai enseigné la tactique aux cadets. Quand j'ai fait part à mes cadets de ma haute estime pour les troupes de couleur, ils se sont mis à m'appeler Nigger Jack. Derrière mon dos, le plus souvent. Parfois, ils édulcoraient ça en Black Jack. Ce surnom-là ne me dérange pas. A présent, Mr. Crown, une requête. Si vous le pouvez, rendez-vous à Tampa Heights avant ce soir, s'il vous plaît. Le caporal Person tient à vous présenter ses remerciements.

— Je pense que je pourrai. Je fixe moi-même mon emploi du temps.

— Êtes-vous correspondant d'un journal ?

— Opérateur de caméra pour l'American Luxograph Compagny de Chicago.

A nouveau, le regard de l'officier se fit vaguement désapprobateur.

— Je devine à votre accent que vous êtes allemand.

— Oui, je suis originaire de Souabe, mais je vivais à Berlin.

— J'ai moi-même des racines allemandes. Le nom de ma famille était Pfoershing au XVIIIᵉ siècle, dit le lieutenant en tendant la main. Vous êtes quelqu'un de bien. Merci encore d'avoir aidé un de mes hommes.

Après qu'ils se furent serré la main, Pershing remit son képi avec raideur, reboutonna la jugulaire. Il parcourut à nouveau des yeux le bric-à-brac de souvenirs, le linge sale, ouvrit la bouche pour faire un commentaire, se ravisa et sortit en marchant au pas.

Dans la lumière jaune de l'après-midi finissant, Paul prit à nouveau le trolleybus pour se rendre au camp. Les cuisiniers s'occupaient de leurs marmites sur des feux de bois. Les soldats noirs étaient étendus sous leur tente ou lisaient à l'ombre de gros chariots de l'armée. Sur un losange de sable, plusieurs d'entre eux disputaient une bruyante partie de base-ball. Les officiers blancs disposaient d'une petite enclave, avec des chaises pliantes placées sous un grand chêne vert enguirlandé de mousse espagnole. Une table faite de caisses en bois supportait des journaux new-yorkais et des magazines populaires. Un officier lisant le *Harper's Weekly* retira sa pipe de ses lèvres et considéra Paul avec curiosité.

Il trouva Person sur le lit de camp où on l'avait allongé. Derrière la moustiquaire, le caporal faisait une réussite près d'un exemplaire de la *Police Gazette*. Sur la couchette voisine, un soldat plus ambre que noir gigotait et geignait.

Un drap recouvrait la partie inférieure du corps de Person, dont la poitrine musclée luisait de sueur. Des cheveux gris apparaissaient entre ses oreilles et la bande qui entourait son crâne. Une cicatrice d'une dizaine de centimètres courait de sa joue gauche à sa mâchoire. Lorsqu'il vit Paul, son visage s'éclaira. Il avait de grandes dents, un sourire éclatant.

— Je parie que vous êtes cet Allemand qui m'a évité de finir en chair à saucisse.

— Je vous ai ramené ici, si c'est ce que vous voulez dire. Mon nom est Crown. Tout le monde m'appelle Fritz.

— En me réveillant ce matin, j'ai pensé à vous. Comme je connaissais pas votre nom, je vous en ai donné un : Heine. J'ai entendu un Allemand se faire appeler comme ça, un jour. Ça avait pas l'air de lui déplaire.

— Appelez-moi Heine si ça vous fait plaisir.

— D'accord. Tout le monde a besoin d'un ou deux surnoms. Le seul type que je connaisse qui en a pas, c'est le sergent Leander, là. (Person désigna son voisin.) Le sergent, il a chopé la courante de Tampa.

— Vous avez un surnom, vous ?

— Ott. Diminutif d'Othello. Mon frère, c'est Duff, pour MacDuff, ma sœur Félie, pour Ophélie. Notre père était porteur dans les wagons-lits, voyez. Il manquait pas de temps pour lire, la nuit. Il était porté sur la poésie, Shakespeare, en particulier. Après que le président Lincoln et le général Grant ont libéré les Noirs, et que le père a eu le droit d'apprendre à lire, on pouvait plus l'arrêter. Il disait qu'un homme est jamais seul avec un livre dans sa poche. Les livres, ça vous donne dix mille amis. Moi, je suis pas aussi intelligent que mon père, mais je lis quand même beaucoup. Hé, j'oublie les bonnes manières ! Prenez ce tabouret, asseyez-vous.

Dans l'allée, une file de cavaliers passa au pas. Leur lieutenant, comme Pershing, était blanc.

— Comment vous êtes-vous retrouvé dans ce fichu pétrin, hier, caporal ?

— Appelez-moi Ott, d'accord ? Je propose même qu'on se tutoie.

— D'accord.

Ott Person avait l'air d'un homme paisible, accommodant, doté pourtant d'une ténacité indéniable. Sous son bras gauche, le long des côtes, Paul remarqua une autre cicatrice, longue balafre horizontale faite par une balle ou une flèche d'Indien.

— Le 10e de cavalerie a son camp tout là-bas à Lakeland et on m'avait envoyé porter des dépêches au général Shafter, à l'hôtel. J'ai fait les cinquante kilomètres à cheval, j'ai remis la sacoche et j'ai pensé qu'un verre de soda me ferait pas de mal. J'ai pas voulu le prendre à l'hôtel, cet endroit me fout mal à l'aise. Trop chic. Je suis allé à Tampa, j'ai repéré le drugstore. Je suis entré, j'ai dit « 'Scusez-moi » à une gentille dame et je me suis assis à côté d'elle. Là-dessus, les gars de Floride sont arrivés.

Le sourire de Person s'évanouit.

— Ça leur a pas plu de me voir à côté d'une Blanche. C'est souvent comme ça ici. Pour dire la vérité, c'est souvent comme ça partout.

Les deux hommes se racontèrent un peu leur vie. Ott avait grandi à Philadelphie, traîné dans les rues jusqu'à ce qu'il soit assez âgé pour s'engager. Paul raconta qu'il avait fait la même chose dans les rues de Berlin.

— C'est pour ça que tu m'as plu tout de suite, dit le caporal avec un grand sourire.

— Et l'armée, ça te plaît ?

— Et comment ! Puisque je suis américain depuis plus longtemps que toi, laisse-moi t'expliquer quelque chose. Dans ce pays, on a l'égalité, mais y en a qui sont plus égaux que d'autres. Dans l'armée, c'est un peu mieux. On voyage, on peut se respecter soi-même et y a même du danger de temps en temps pour montrer ce qu'on vaut. Mon frère Duff, il pense que je suis dingue. Quand je suis retourné chez moi en permission, le mois dernier, il m'a dit qu'il ferait jamais la guerre pour une fiche bande de Blancs. « J'ai pas de pays pour lequel me battre, il a dit. J'ai aucun droit, ici. » J'y ai répondu : « Duff, tu te trompes, t'es bête comme une mule. Des droits, on en a. Pas assez, mais plus que papa avant l'affranchissement, et moi, j'essaie tout le temps d'en obtenir des nouveaux. » C'est pour ça que je suis entré dans ce drugstore, hier. Je savais que c'était un endroit pour les Blancs.

» En tout cas, Heine, moi je veux continuer à croire en ce pays malgré tout le mal qu'il fait aux personnes de couleur. Je connais pas de meilleur pays, et j'ai lu des tas de trucs sur la question. Les choses s'améliorent. Très lentement, mais elles s'améliorent. Y a cent ans, notre famille avait même pas de nom. Les Person courbaient le dos dans un champ de coton du comté de Chatham, en Georgie, avec une douzaine d'autres types dont les grands-pères avaient été arrachés à l'Afrique. Je pense que les choses sont obligées de changer. Si j'y croyais pas, je ferais un tas avec tous mes uniformes et j'y flanquerais le feu.

Paul consulta sa montre, annonça qu'il devait partir. Ott Person balança ses pieds nus hors du lit de camp en gardant le drap sur son ventre.

— Le docteur dit que je pourrai rejoindre mon unité demain matin. Nous finirons bien par aller à Cuba. Je te verrai peut-être pas là-bas si ça chauffe trop. Mais si on se retrouve et si tu as des ennuis, n'oublie pas ça : j'ai une dette envers toi. Je paie toujours ce que je dois, tu n'auras pas à me le demander deux fois.

— Merci, Ott. Espérons que ça ne sera pas nécessaire. Au revoir.

— Au revoir, Heine.

Troublé, Paul remontait à pas lents une rue sablonneuse sous des réverbères largement espacés. Quel était donc ce pays qui demandait à un homme de porter l'uniforme puis lui crachait dessus ? L'Amérique se vantait d'être le pays de la liberté et de la justice. La liberté et la justice étaient-elles réservées à une élite de Blancs ? Apparemment, oui.

A la grille de l'hôtel, il s'arrêta pour écouter une fanfare jouer *After the Ball*. La musique parvenait jusqu'au jardin obscur où des couples se promenaient. Paul entendit des rires qui l'emplirent soudain de tristesse.

— Juliette, murmura-t-il. Juliette...

« N'y pense plus, c'est fini. Tu ne la reverras jamais. »

Il se rendit compte qu'il avait saisi un des barreaux de la grille et qu'il le serrait à s'en faire mal. Il ne pouvait supporter le célibat plus longtemps, il allait devoir téléphoner à Tomaso.

La fragilité du corps humain l'en empêcha ; il attrapa la courante de Tampa à cause de la nourriture, de l'eau, de la tente où il avait rendu visite à Ott Person — allez savoir.

Jamais il ne s'était senti aussi misérable et désespéré. Il ruminait des pensées noires : il n'était qu'une particule d'argile dépourvue de signification dans l'immensité de l'univers. Ses désirs, ses espoirs ne comptaient pour rien.

Jimmy fut assez aimable pour venir le voir une ou deux fois par jour, en faisant toutefois force plaisanteries de mauvais goût sur son état. Lorsqu'il lui rendit visite, le deuxième jour, il montrait une jovialité inhabituelle. Paul lui demanda s'il avait filmé quelque chose.

— Ah ! j'ai pas pu. La manivelle est coincée. A cause du sable, peut-être. Je l'ai apportée chez un photographe, elle sera réparée ce matin au plus tard.

C'était un mensonge — qui, à Tampa, aurait su réparer une caméra comme la leur ? — mais Paul n'avait ni l'énergie ni les preuves nécessaires pour accuser Jimmy.

Le lundi 6 juin, il descendit au snack-bar vers midi, s'immobilisa en bas des marches pour jeter son coup d'œil habituel sur la clientèle. Il était résolu à ne pas rencontrer l'oncle Joe s'il pouvait l'éviter.

Bitzer, qui finissait de déjeuner à une table, lui lança :

— Hé, Fritz, content que tu ailles mieux. T'as filmé quelque chose de bon ?

— Il n'y a pas grand-chose à filmer dans ma chambre, j'en ai peur.

— Il n'y a pas grand-chose de plus dehors. Bon Dieu, ce que j'aimerais qu'on foute le camp !

Paul approuva, laissa l'opérateur de la Biograph saucer son assiette et surprit le barman en commandant un thé glacé dans un grand verre. Il le sirotait quand Crane fit son entrée, plus mal en point que jamais.

— Salut, Fritz. Il paraît que tu as la chiasse ?

— Je l'ai eue, mais ça va mieux, maintenant. Un cigare ?

L'écrivain secoua la tête, commanda un whisky et bourra sa pipe.

— Il y a eu un autre cambriolage, cette nuit, tu es au courant ? Le voleur s'est introduit dans la chambre d'un major du Michigan. Il a pris une quarantaine de dollars et une chaîne de montre en or. Je présume que c'est le même gars entreprenant qui exerce dans l'établissement depuis une semaine environ.

— Il y a eu d'autres vols dans l'hôtel ?

— Quatre.

— Je n'ai rien entendu à ce sujet.

— Tu étais malade. En outre, tu n'es pas censé en entendre parler. Le directeur ne tient pas à ce qu'on sache que le palais des plaisirs de Henry Plant loge des rats d'hôtel. Moi je l'ai appris au lit, avec une de ces savoureuses filles de couleur qui font les chambres.

Crane vida son whisky avant de reprendre :

— Petit, on dirait qu'une guêpe vient de te piquer. Ça t'étonne, ces cambriolages ? Rassemble des centaines de militaires bien payés pour une grande et noble croisade comme celle-ci, les voleurs suivent fatalement avec les putains, les tenanciers de bistrot et autres praticiens de la libre entreprise.

— Oui, vous avez sans doute raison, fit Paul d'une voix tendue.

Il dînait seul dans un coin du snack-bar quand Jimmy entra et se dirigea vers le comptoir. Malgré une forte répugnance, Paul lui fit signe d'approcher.

Daws le rejoignit, l'air guilleret, accrocha son melon à une patère et s'assit. Le couvre-chef était brun doré, avec un élégant bandeau de soie. Très distingué.

Flambant neuf.

— Alors, t'es de nouveau sur tes deux cannes, hein ?

— Oui, merci. Tu as l'air heureux.

— Ça marche au poil.

— Je t'ai cherché tout l'après-midi. J'ai examiné la caméra. Elle a l'air en parfait état.

— Ouais, le photographe l'a réparée, elle est comme neuve.

« Facile, puisqu'elle n'avait rien. »

— Nous n'avons pas tourné grand-chose, fit remarquer Paul.

— Ben, t'étais au lit.

— Et toi, tu étais où ?

— Par-ci par-là, répondit Jimmy avec un haussement d'épaules. (Paul le regarda fixement.) Tu sais bien, quoi. Je coursais les souris du coin. Elles sont salement chaudes, Fritz, tu devrais essayer, j'arrête pas de te le dire.

Paul posa sa petite fourchette d'argent sur son assiette d'huîtres. Son appétit revenu s'était brusquement évanoui. La bonne humeur de Daws avait, soupçonnait-il, une autre cause que les femmes. Dans le train qui les amenait en Floride, n'avait-il pas dit qu'il comptait se faire de l'argent pendant l'expédition ?

Paul se leva brusquement.

— Hé, v'là que ça te reprend ? s'écria Jimmy.

— Oui !

Paul fila dans la salle de billard. Il s'en était fallu de peu : l'oncle Joe descendait les dernières marches de l'escalier en causant avec un major et un capitaine.

Mardi, la tension avait atteint un niveau insupportable. En fin de matinée, Paul téléphona à la crémerie et demanda Tomaso. Luisa entra dans sa chambre vers huit heures et demie, jeta un coup d'œil et s'écria :

— *Ay, Dios mio ! Qué cuarto de cochinos. ¡ Incréible !*

— Qu'est-ce que tu dis ?

— Je dis que c'est incroyable. Cette chambre est une porch — euh, une écurie. (Elle gloussa.) *¡ Semejante junco !* Quel bazar. Où on va faire l'amour ? Au plafond ?

Mortifié, Paul saisit son chapeau de paille et une paire de guêtres neuves en toile brune, qu'il avait achetée pour se protéger des araignées et des serpents, nombreux à Cuba, disait-on. Il ne trouva aucun endroit où les poser. Par politesse, Luisa porta la main à sa jolie bouche mais ne put retenir son rire.

— Dieu nous garde, qu'est-ce que c'est que tout ça ?

— Des souvenirs. J'aime rapporter des choses des endroits où je suis allé.

— Là, tu t'es surpassé, dit-elle, les mains sur les hanches.

La remarque le contraignit à voir tout ce qu'il avait accumulé à Tampa. Cartes postales de la plage, de crevettiers, de l'intérieur de l'hôtel et de sa façade. Trois dollars en sable et une étoile de mer desséchée. Des coquillages. Un bébé alligator empaillé. Quatre noix de coco, dont deux sculptées en tête d'Indien. Un cageot miniature rempli de bonbons ronds et orange. Six morceaux de bois de formes diverses et présumées intéressantes...

Et naturellement, sur la coiffeuse, le drapeau en papier et la carte de la statue de la Liberté.

— J'ai jamais vu un pareil — comment on dit ? — *museo ?*

— Musée ?

— Oui, un pareil musée dans une aussi petite pièce. Qu'est-ce que tu vas faire de tout ça, *querido* ?

— Je vais emballer les plus belles pièces et les envoyer à Chicago.

Luisa entreprit de défaire sa robe de soie jaune vif.

— Tu vis comme ça, chez toi ?

— C'est ici, chez moi. Cette chambre ou n'importe quelle autre.

Luisa se figea, la robe au-dessus de ses beaux seins bruns. Elle portait une culotte de mousseline blanche ornée de dentelle qui descendait jusqu'aux genoux, rien d'autre.

— Tu vis à l'hôtel ?

— Hôtels, garnis — peu importe.

— Tu es différent, Paulo, dit-elle d'une voix douce. Je n'ai jamais rencontré de type comme toi.

— Il me suffit d'une pièce avec une porte, une fenêtre, une lampe et un lit. Le plus important, c'est le lit...

Luisa fut tour à tour ardente, tendre et amusante, mais elle garda un œil sur l'heure. Elle partit vers dix heures, glissant l'argent de Paul dans le corsage de sa robe jaune avant de l'embrasser.

— Je t'aime bien, Paulo. Rentre de Cuba sain et sauf.

La porte se referma doucement. Il se laissa tomber sur le lit, noua les mains derrière sa nuque, les yeux au plafond. Il ne voulait plus voir sa pitoyable collection de saletés — des saletés bon marché

780 LA TERRE PROMISE

rassemblées dans l'espoir stupide de se persuader qu'il avait des affaires personnelles, et donc une place à lui quelque part. Il n'en avait pas. Sa recherche d'un foyer était une idiotie. Sans le vouloir, Luisa l'avait forcé à regarder en face une vérité qu'il s'était longtemps efforcé de cacher.

« C'est ici, chez moi. Cette chambre ou n'importe quelle autre. »

Il s'endormit. Une demi-heure plus tard, il fut tiré de son sommeil par des bruits dans le couloir. Des portes claquaient, des gens couraient. Y avait-il le feu ?

Il sauta du lit, enfila un caleçon, ouvrit la porte. Soldats et civils se hâtaient dans le couloir avec des valises ou des sacs de toile. Crane surgit de sa chambre, quelques portes plus loin, portant une valise d'une main, des livres de l'autre.

— Stephen ! Qu'est-ce qui se passe ?

— Ordre d'embarquer. Transmis il y a quelques minutes. L'amiral Sampson a pulvérisé les défenses de Santiago avec ses canons, et Washington envoie Shafter à Cuba. Dépêche-toi de faire tes bagages et de descendre, sinon tu passeras la nuit à attendre de pouvoir régler ta note.

Le romancier se dirigea d'un pas vif vers l'escalier principal. Paul passa à la hâte une chemise et un pantalon, se précipita à la porte de Jimmy, frappa, appela. Pas de réponse.

Il tourna la poignée. La porte s'ouvrit. Il alluma la lumière.

La pièce était étouffante, la fenêtre fermée, le lit non défait.

Avec un juron, Paul retourna faire sa valise.

Crane avait raison, c'était l'enfer pour quitter l'hôtel. En plus de la queue qu'il fit à la caisse, il dut trouver un porteur, s'entendre avec lui, lui donner quatre dollars et l'adresse de Shadow. L'homme promit d'emballer et d'expédier la collection de souvenirs. Paul n'emporta que le drapeau en papier et la carte de la statue de la Liberté. Il se doutait à moitié que ses souvenirs finiraient dans une poubelle quelconque, mais quelle importance ? Luisa lui avait révélé la vérité. Il y aurait de nombreuses autres chambres d'hôtel, de nombreux autres endroits où entasser des souvenirs. C'était sa vie, à présent. La vie d'un bohémien qui n'avait pas de foyer et n'en aurait jamais.

97

Ilsa

Jour et nuit Ilsa vivait dans l'inquiétude.

Inquiétude pour Pauli, qui l'avait surprise en lui envoyant quelques semaines plus tôt une carte postale postée dans quelque hameau de Georgie, et montrant un bosquet de pêchers. Que diable faisait-il en Georgie ?

Inquiétude pour son fils. Cela ferait bientôt un an qu'elle avait reçu le petit cageot aux bonbons orange, placé avec la géode devant le miroir de son chiffonnier. Rien depuis.

Elle priait pour avoir des nouvelles de son cher Joe Junior. Bien qu'elle n'en eût jamais soufflé mot à Fritzi ou à Carl, pour qui son amour n'était pas moins grand, elle éprouvait pour l'aîné quelque chose de spécial, de mystique — c'est une vérité que toutes les mères connaissent. Elle priait pour pouvoir un jour le serrer à nouveau dans ses bras.

Inquiétude pour Joe, surtout. Sa présence physique lui manquait. Jamais ils n'avaient été séparés aussi longtemps. Elle craignait désespérément pour sa vie. Les combats commenceraient bientôt, disaient les journaux. Et elle connaissait le caractère de son mari. Quand les Américains débarqueraient à Cuba, Joe marcherait ou chevaucherait au premier rang, à la tête de ses hommes. C'était pour elle une source d'orgueil mais aussi de peur.

Outre les dangers physiques, elle redoutait aussi les plaisirs de la guerre, en particulier l'excitation sexuelle qu'elle ne suscitait plus en lui. Au soir de la vie, un certain calme tombait sur les meilleurs couples, toutes ses amies l'affirmaient. Ilsa et Joe en avaient discuté un soir au lit, et il s'était révolté contre cette idée. Il avait usé de mots forts pour qualifier le genre d'existence dont il ne voulait pas. *Geistlos*, terne *Langweilig*, ennuyeuse. Peu après cette discussion, il avait commencé à envoyer des lettres à Carl Schurz et à d'autres pour offrir ses services à l'armée.

Ilsa était donc en proie à une peur mal définie mais puissante. Les dépêches des journaux parlaient de Cubaines belles et raffinées vivant en exil à Tampa. Le soir, elle scrutait le miroir ovale de sa chambre et discernait des dizaines de rides nouvelles.

A son arrivée en Floride, il lui avait envoyé un télégramme. Elle avait reçu ensuite un mot de cinq lignes écrit sur le papier à lettres de l'hôtel. Depuis, plus rien. Quelle activité — ou quelle personne — l'occupait autant ?

Dernière source d'inquiétude, la méfiance croissante qu'elle éprouvait vis-à-vis de la guerre elle-même. Bien qu'elle ne l'eût jamais clairement déclaré à Joe, elle n'approuvait pas ce conflit.

C'était dans l'Ouest et le Midwest que la population soutenait le plus la guerre. Dans l'Est, où vivaient davantage de démocrates et de libres penseurs, la résistance se durcissait. On y dénonçait l'impérialisme commercial caché sous des mots d'ordre patriotiques. Ilsa avait lu que l'éminent président de Harvard, Charles Eliot Norton, projetait de tenir un juin un meeting dans une salle de Boston appelée Faneuil Hall, en vue d'organiser une sorte de ligue anti-impérialiste. Non pour s'opposer carrément à la guerre, mais pour préserver son caractère de guerre de libération par opposition à une opération visant à conquérir de nouveaux territoires et ouvrir ainsi de nouveaux marchés aux entreprises américaines.

Des personnalités de renom soutenaient cette initiative : l'ex-président Cleveland, le philosophe William James, le dirigeant syndicat Samuel Gompers. Andrew Carnegie, qui avait gagné plus d'argent qu'il n'aurait pu en dépenser en dix vies, était devenu un apôtre de la paix et avait rejoint le mouvement.

Miss Addams, l'amie d'Ilsa, continuait à ne pas engager son nom et son soutien pour les raisons qu'elle avait expliquées.

Dans l'autre camp, il y avait des millions d'Américains qui ne voyaient rien de mal à conquérir des territoires et à étendre l'influence des États-Unis. L'un d'eux était un jeune avocat de l'Indiana, Mr. Beveridge, qui passait pour être aussi bon orateur que Bryan. Beveridge avait commencé à sillonner le pays pour répandre son message sur le devoir et le destin de l'Amérique. De longs extraits de ses discours remplissaient les pages des journaux de Chicago : « Le commerce mondial doit nous appartenir et il nous appartiendra... La loi et l'ordre américains, la civilisation américaine s'implanteront sur des rivages jusque-là arriérés, plongés dans le sang et les ténèbres. »

— Quelles niaiseries ! dit Miss Addams un après-midi pluvieux et lugubre à Hull House. Ce jeune homme fait profession de s'envelopper dans le drapeau.

— Certes, approuva Ilsa. Et cela ne lui nuit en rien. Ses discours lui ont valu la faveur du parlement de l'Indiana. Il sera probablement élu au Sénat.

— Ce sont des niaiseries quand même. Comment ose-t-il suggérer que nous apportions la lumière aux autres populations de couleur alors que nous ne savons même pas nous occuper de la nôtre ? Nous avons pourtant eu plus de trente ans pour le faire.

— Pensez-vous que Mr. Beveridge croie vraiment à ce qu'il dit ?

— Pourquoi pas ? Ceux qui abusent les autres commencent par s'abuser eux-mêmes.

Cette nuit-là, tandis qu'un orage d'été se déchaînait au-dehors, Ilsa s'assit à son bureau et rédigea un chèque de cent dollars sur le compte des dépenses de la maison. Elle le glissa dans une enveloppe adressée à Hull House, avec un mot priant Jane Addams de faire parvenir l'argent aux gens de Boston, anonymement.

Elle s'agenouilla ensuite près de son lit et, tandis que la pluie criblait la maison solitaire et silencieuse, elle joignit les mains et courba la tête.

Elle pria Dieu de lui ramener Joe, indemne de corps et fidèle de cœur. Elle pria pour être libérée du sentiment de culpabilité qu'elle éprouvait à cause de sa haine de la guerre. La rébellion pouvait satisfaire une militante mais non apaiser une *Hausfrau*. Elle avait été élevée pour être soumise et discrète. Pourrait-elle jamais parler à Joe de ce don de cent dollars ?

Dans sa chambre obscure, elle serrait ses mains jointes à se faire mal et s'adressait maintenant à une autre personne.

« Joe, j'ignore si cette guerre est juste ou injuste. Peut-elle être les deux ? Sait-on jamais ce genre de choses.

Je ne suis sûre que de ceci : je mourrai s'il t'arrive quelque chose. Tu peux bien rester chauvin toute ta vie si tu me reviens. »

98

Fritz

Paul arriva à Port Tampa en milieu de matinée avec le matériel mis en caisse. Trois vaisseaux de fer gris étaient amarrés au quai ; d'autres attendaient dans le chenal. Sur chaque jetée, des canons de siège gardaient l'accès du port. Des locomotives de manœuvre dirigeaient des wagons de bétail ou de charbon vers les épis des embarcadères. Des soldats en descendaient, l'uniforme couvert de poussière de charbon ou de bouse de vache. Chargés d'un sac de couchage blanc et de fusils Springfield désuets, ils formaient les rangs dans la chaleur torride pour attendre leur bateau.

— Ne perdez pas ces caisses de vue, je vous donnerai dix dollars de plus quand elles seront à bord, promit Paul au haquetier noir qu'il avait chipé à un autre client de l'hôtel en lui offrant trente dollars — dix de plus que ce qu'il réclamait.

— C'est lequel, vot' rafiot ?

— Les civils sont censés partir avec le *Segurança*, le navire de l'état-major, mais il y aura trop de monde, je veux en prendre un autre.

C'était en fait parce que ce « monde » réunirait une grande partie des généraux, dont son oncle.

Il fallait maintenant qu'il retrouve Jimmy. Paul plongea dans la foule de la jetée. Wagons, caissons d'artillerie, chevaux, fanfares, civils criant et agitant la main aux fenêtres de quatre voitures d'excursionnistes — la pagaille était incroyable. Au beau milieu, col déboutonné et bajoues ruisselantes de sueur, le général Shafter, assis devant un bureau de fortune, hurlait alternativement des ordres et des obscénités à ses aides de camp.

Bloqué par une clique jouant *The Girl I Left Behind Me*, Paul se glissa entre les musiciens en marmonnant : « Pardon, laissez-moi passer, il faut que je passe. » Dans la bousculade, il mit le pied dans du crottin de cheval.

Il sautilla sur une jambe, sa chaussure crottée à la main, perdit l'équilibre et heurta un homme en bottes de cavalier et uniforme de coutil blanc immaculé. Avant qu'il pût s'excuser, l'officier lança sèchement :

— Vous pourriez faire attention, *mein Herr* ! Vous m'avez fait rater ma photo.

Il était en train de photographier l'un des transports de troupes amarrés au quai. Paul le reconnut, bien sûr.

— Je suis infiniment désolé, lieutenant...

— Capitaine. Capitaine von Rike. Attaché militaire de l'ambassade de Sa Majesté l'empereur Guillaume II.

Il ajusta sa casquette noire ornée de la cocarde à point rouge.

— Et vous, monsieur ?

Après un instant d'hésitation :

— Fritz Crown.

— Crown ? Il y a un général du même nom dans l'état-major du général Wheeler.

— Vraiment ? Aucun lien.

— Vous êtes correspondant ?

— Quelque chose comme ça. Si j'ai endommagé votre appareil photo, je paierai la réparation.

La courtoisie de l'offre étonna et amadoua von Rike. Manifestement, il ne gardait aucun souvenir de leur précédente rencontre, à Berlin. Ce fut d'un ton un peu plus cordial qu'il ajouta :

— Ce ne sera pas nécessaire. Je n'ai gâché qu'une photo. Vous êtes allemand ?

— Oui. Ma famille est souabe.

— Moi, je suis prussien, dit l'officier. Je suis toujours heureux de rencontrer un compatriote. Si cette *verdamnt* expédition ne sombre pas dans la pire débâcle, nous aurons peut-être l'occasion de nous revoir et de parler du pays. Grandes perspectives à l'horizon pour l'Empire allemand. *Guten Tag, mein junger Freund.*

Von Rike claqua des talons et s'éloigna. A sa démarche, on aurait dit qu'il possédait le monde.

Cinq minutes plus tard, Paul dénicha Jimmy. Par hasard. Il passait devant un bâtiment de pin jaune dans la rue qu'on appelait Last Chance Street, la rue de la Dernière Chance. Militaires et civils formaient une queue qui serpentait jusqu'à la porte de l'édifice. Jimmy sortit par une porte latérale, ajusta son melon sur sa tête.

— Ah ! te voilà ! s'exclama Paul en courant vers lui.

— Si tu veux un verre ou une fille avant d'embarquer, mets-toi dans la queue.

— Pas le temps, nous devons trouver un bateau. Viens.

Ils se mirent en route, Jimmy grommelant derrière comme à l'accoutumée.

— J'espère que tringler Honey, ça vaudra vraiment le coup, parce que... Hé, attends, j'ai faim.

Il s'arrêta devant trois Noires installées sous de grandes ombrelles, qui faisaient frire des morceaux de poulet. Jimmy acheta un pilon qu'une des femmes enveloppa dans du papier brun.

— Merci, mammy. T'en veux, Fritz ?

— Non, merci.

— Merde, t'es pas marrant, ce matin.

— J'ai trimé toute la nuit pour emballer le matériel et le faire venir jusqu'ici. Où tu étais, toi ?

— Ben, je prenais du bon temps. Tu devrais essayer un jour. Vous, les Boches, c' que vous pouvez être raides !

La proue d'un cargo délabré se profilait au bout du quai. Il faisait au moins cent trente mètres de long. Paul, dans son ombre, regardait le nom peint sur la coque. *Yucatan.*

— Crown ? Fritz Crown ? Par ici !

Le lieutenant-colonel Roosevelt sauta de la passerelle pour éviter de se faire renverser par les dockers. Comme des fourmis, ces derniers gravissaient le plan incliné, courbant leur dos nu sous un tonneau ou une caisse...

L'uniforme de Roosevelt était trempé de sueur, ses lunettes, embuées. Une poussière noire encrassait les rides de son front et de sa gorge.

— Vous avez l'air un peu perdu, dit-il à Paul. Je peux vous aider ?

— J'ai besoin de deux places sur un bateau.

— Les correspondants sont assignés au bâtiment de l'état-major.

Paul réfléchit à toute vitesse.

— J'ai filmé tous les officiers. Maintenant, je voudrais prendre de simples soldats pendant la traversée.

— De simples soldats. Ah. Bonne idée. Très démocratique. Vous êtes deux ?

— Plus notre matériel.

— Montez-le à bord.

— Vous avez de la place ?

— Non, nous serons entassés comme des sardines, mais deux de plus ou de moins, ça ne changera pas grand-chose. Avez-vous déjà vu une telle pagaille ? Le général Shafter est un imbécile. D'une négligence criminelle, selon moi. Certains régiments sont assignés à trois bateaux différents, d'autres à aucun. Les voitures destinées à nos troupes ne sont jamais venues, alors nous avons sauté dans des wagons de charbon. Ce bateau était au port quand nous sommes arrivés. Je me le suis approprié et je l'ai gardé en repoussant tous les abordages. Les commandants du 2ᵉ d'infanterie et du 71ᵉ de New York prétendaient qu'il leur revenait. Ils m'étaient supérieurs en grade, mais j'ai bloqué la passerelle et j'ai poliment refusé. Ils étaient furieux, ils ont juré de me traîner en cour martiale. Ha ! Qu'ils essaient. Ils devront attendre la fin de la guerre. Allez chercher votre matériel et votre collègue, Mr. Crown. L'armada s'ébranlera dès que la marée sera favorable. Nous partons en guerre, mon garçon.

Jubilant, il décocha une grande tape dans le dos de Paul et répéta :

— En guerre !

Paul retrouva Jimmy et le haquetier. A eux trois, ils montèrent les caisses de matériel à bord du *Yucatan*.

— Ce sera pas une croisière d'agrément, c'est sûr, dit Jimmy, s'éventant avec son melon neuf.

Pour une fois, Paul était de son avis. Des ondes de chaleur miroitaient dans l'air ; le pont de métal gris du navire grésillait presque, irradiant la chaleur comme un gril. D'une écoutille ouverte montaient les hennissements des chevaux des officiers et une forte odeur de crottin. Sur la jetée, le général Shafter allait et venait, la chemise défaite, son gros ventre suant à travers son maillot de corps tandis qu'il houspillait et secouait les dockers pour les faire aller plus vite.

Vingt minutes avant l'heure à laquelle le *Yucatan* devait quitter la jetée pour laisser place à un autre navire, Paul découvrit qu'il n'avait plus de cigares. Il redescendit la passerelle, retourna rue de la Dernière Chance où il en acheta une petite boîte au triple du prix normal. Comme il reprenait le chemin du bateau, quelqu'un le héla : Michael Radcliffe, impeccable dans son costume blanc. Il avait remplacé son jonc par une canne d'ébène à poignée d'or filigranée, et semblait imperméable au désordre, à la saleté de Port Tampa.

— Tu as trouvé ton navire ? demanda-t-il à Paul.

— Oui, il est juste là derrière.

— Tu n'embarques pas sur le *Segurança* avec le reste de la presse ?

— Je veux filmer les Cavaliers sauvages en mer. Ils sont à bord du *Yucatan*.

— Le colonel Roosevelt sera ravi, il adore la publicité. (Radcliffe fit un bout de chemin avec Paul en balançant sa canne.) J'ai réfléchi à ta situation. Aux déceptions que tu as connues dans ce pays. Et toi, as-tu poussé la réflexion sur le sujet ?

— Non. Pas eu le temps.

— Moi, j'ai eu une idée. Tu pourrais envisager la possibilité de vivre ailleurs, à Londres par exemple. En dépit de ce qu'une habile propagande veut faire accroire, tous les génies ne résident pas en Amérique. Il y a quelques jours, je me suis tout à coup rappelé un gentleman qui est en train de devenir célèbre en Grande-Bretagne. Un Paul, lui aussi. Robert W. Paul, de Hatton Garden. Il était ingénieur, je crois, ou artisan, avant de se passionner pour ce même gadget qui t'a fasciné. Robert Paul a inventé un projecteur appelé le Theatrograph. Il produit et projette des films comme ceux que tu tournes pour ton patron de Chicago. Comme lui il emploie un opérateur et il lui en faudra sans doute bientôt un deuxième ; son affaire marche bien, elle se développe rapidement. En outre, la concurrence commence à être sévère. Même lord Yorke, mon estimé beau-père, se montre intéressé par les images animées. Et laisse-moi te dire qu'il ne perd pas de temps à spéculer sur des entreprises non lucratives. Je suis sûr qu'avec ton expérience tu n'aurais aucun mal à te faire une place là-bas. Je me ferais un plaisir de t'aider en te mettant en contact avec quelques personnes. Tu exercerais un travail que tu aimes et tu pourrais vivre n'importe où. Dans ton pays d'origine, si cela te chante. Pourquoi pas ? Un endroit en vaut un autre. Je le sais, je les ai tous vus. Je crois que, au fond, tu es un nomade, comme moi. Je l'ai senti le jour de notre rencontre. Dieu sait que ce n'est pas ton talent artistique qui m'a impressionné !

Paul s'esclaffa mais ne sut que dire ; l'idée de Radcliffe était trop neuve, trop déconcertante.

Ils étaient parvenus à la passerelle du *Yucatan*. En haut, des soldats se poussaient contre le bastingage. Jimmy, coincé parmi eux, fit signe à Paul de se dépêcher. Des matelots couraient sur le pont, préparant l'appareillage. La sirène mugit.

Michael posa sa canne élégante sur l'épaule de Fritz.

— Réfléchis-y ! Cela pourrait résoudre une partie de tes problèmes. Te donner un nouveau départ. Si cela t'intéresse, j'enverrai un câble ou deux — à supposer que nous revenions en vie de cette foutue jungle cubaine.

Il s'éloigna en balançant sa canne dont la poignée d'or brillait au soleil comme une pépite.

On largua les amarres du *Yucatan*, on mit les machines en marche. Le bateau s'écarta de la jetée, manœuvrant lentement jusqu'au chenal, puis se mit à l'ancre en attendant l'ordre de former le convoi.

Prévu pour transporter six cents hommes, le bâtiment en accueillait près d'un millier — tous les Cavaliers sauvages ainsi que les deux compagnies du 2e d'infanterie et leur fanfare, qui avaient réussi à franchir la barrière de Roosevelt.

Jimmy et Paul descendirent inspecter leurs quartiers, deux couchettes parmi des centaines d'autres. L'odeur de pétrole, de crottin de cheval et de corps en sueur était insupportable.

— Je dors pas dans ce trou à rats, décida Daws.

— Ça ne me plaît pas non plus. Il paraît qu'on peut s'installer sur le pont si on trouve de la place.

— Allons-y. Si y a pas de place, j'en ferai. Suffit de passer un ou deux bouseux par-dessus bord.

Ce ne fut pas nécessaire. Le pont se remplissait rapidement d'hommes qui y étendaient leur couverture, mais les deux cameramen de la Luxograph parvinrent à se caser près de l'aussière de l'ancre. Cela rappela à Paul les nuits à bord du *Rheinland*.

L'odeur devint encore plus infecte quand on servit les rations du soir : biscuit, haricots en conserve, tomates en conserve et le fameux « bœuf frais en conserve » fourgué à l'armée. Ce menu suscita des protestations bruyantes, grossières, et nombre de rations finirent dans la baie.

Au coucher du soleil, l'humeur s'améliora. La fanfare du 2e d'infanterie s'installa sur le panneau de bois d'une écoutille et joua

The Star Spangled Banner. La baie étincelait de rehauts argent ; des nuages duveteux de teinte orange paressaient à l'ouest.

Jimmy s'éloigna dans l'espoir de trouver des partenaires pour une partie de dés. Paul, appuyé au bastingage de teck, contemplait le ciel en ruminant la proposition de Radcliffe. Surprenante, mais loin d'être absurde.

« Réfléchis-y »

Il n'y manquerait pas.

Quand la nuit tomba et que les étoiles se mirent à briller, Paul s'allongea sur sa couverture, la tête sur sa valise. Il pensait dormir quand le convoi appareillerait.

Le soleil le réveilla. Près de lui, Jimmy ronflait. Le bateau était parfaitement immobile.

Il se fraya un chemin parmi les hommes endormis jusqu'à ce qu'il eût trouvé un officier accoudé au bastingage, qui promenait un regard morne sur les eaux de Tampa Bay couvertes de détritus.

L'officier lui expliqua que pendant la nuit, l'ordre d'appareiller avait été annulé. Washington avait appris que deux navires de guerre avaient été repérés dans le détroit Nicolas, au large de la côte nord de Cuba. Ces bâtiments battaient pavillon espagnol. Le convoi serait certes protégé par une escorte de la Marine pendant la dernière partie du trajet, mais le ministre de la Guerre se refusait à courir le risque d'une attaque de transports de troupes désarmées. Les bateaux resteraient dans la baie jusqu'à ce que Washington juge le danger écarté.

Tandis que le *Yucatan* demeurait à l'ancre, le colonel Wood imposait une stricte discipline à son régiment : inspections quotidiennes à sept heures et à dix-sept heures ; interdiction du jeu. Jimmy parvenait néanmoins à trouver tous les soirs une partie de passe anglaise ou d'euchre et à gagner quelque argent.

Un soir que Paul fumait un cigare sur le pont, Jimmy vint le rejoindre, tout excité : il avait gagné quatorze dollars.

— Dis donc, y a quelque chose que je veux te montrer. (Il se pencha, ouvrit son sac, en tira une longue boîte plate.) Braque tes loupiotes là-dessus, mon pote.

Il leva le couvercle, révélant une doublure de velours et un collier plaqué or auquel pendaient de fausses pierres.

— Magnifique, mentit Paul. Tu l'as trouvé à Tampa ?

— Ouais. Ça m'a coûté onze dollars. C'est la première fois que Jimmy Daws plaide coupable de connerie pour une fille. Si y avait pas Honey, j'aurais pris un billet de retour longtemps avant qu'on arrive à Atlanta.

Il referma l'étui, le rangea dans le sac et s'appuya au bastingage.

— Ce sera ma première et ma dernière guerre, déclara-t-il. Je rentre et je m'établis à mon compte.

— Pour faire quoi ?

— Gagner de l'argent. Je me suis déjà pas mal débrouillé, ici. Mieux que je pensais.

— Tu as gagné de l'argent à Tampa ? Comment ?

— Oh ! les cartes, les dés. Tu vois ?

« Oui, pensa Paul, je crois que je vois. » Mais il ne traita pas Daws de menteur. Il aurait besoin de son aide à Cuba, même si c'était un voleur.

Paul n'aurait pu imaginer un assortiment d'individus plus intéressant que le 1er régiment de volontaires de cavalerie. Il réunissait entre autres des cow-boys de l'Ouest sauvage et de grands sportifs des meilleures universités de l'Est. Roosevelt lui apprit que le sergent Ham Fish, universitaire faisant partie de l'équipe d'aviron de Columbia, était le petit-fils du secrétaire d'État du président Grant. Le soldat de première classe Charlie Younger avait pour père Bob Younger, qui avait appartenu à la bande de Jesse James. Le commandant de la compagnie A, le capitaine Bucky O'Neill, était l'actuel maire de Prescott, en Arizona.

Les officiers supérieurs étaient visiblement fiers de ce curieux mélange. En revanche, le régiment ne disposerait pas de chevaux pour les simples soldats. Un soir, Roosevelt dit d'un ton facétieux qu'il venait d'entendre le nouveau surnom du régiment : les Marcheurs fatigués de Wood.

Paul éclata de rire mais le colonel reprit son sérieux en regardant les bâtiments à l'ancre.

— C'est une gigantesque expédition, Fritz. Je suis heureux et excité d'y participer. Si nous réussissons, nous remporterons la première grande victoire de la démocratie dans le monde.

Paul garda le silence. Il ne s'était pas encore fait une opinion claire sur cet homme vigoureux et surprenant. Roosevelt aimait les grandes envolées, il recherchait la publicité personnelle. Il semblait cependant sincère, et pas du tout snob. Lequel de ces divers personnages était le vrai Roosevelt ?

Le colonel ôta ses lunettes et les essuya avec son foulard à pois.

— Puisque nous avons un moment, permettez-moi de vous poser une question qui me turlupine.

Paul devina laquelle et fut instantanément sur ses gardes.

— Avez-vous un lien de parenté quelconque avec le général Crown, de l'état-major de la division ? Que deux hommes portent le même nom, il n'y a là rien d'extraordinaire. Mais quand ces deux hommes viennent de Chicago et ont les mêmes origines allemandes, la coïncidence devient troublante.

Paul regarda un goéland raser les vaguelettes. Le silence se prolongeait.

— Eh bien, Fritz ?

— Colonel, je vais vous dire la vérité. C'est mon oncle, mais nous sommes brouillés. Je ne lui ai pas dit que j'étais du voyage et je crois qu'il l'ignore. Que cela reste un secret entre nous, s'il vous plaît.

— Je ne me mêle pas de querelles familiales. Pourtant, je déplore particulièrement celle-ci. Vous et votre oncle êtes des types remarquables. Mais n'ayez crainte, je respecterai votre désir. Votre secret sera bien gardé.

Dans la journée, la température atteignait facilement les trentehuit degrés. Les soldats grognaient, se bousculaient sur les échelles, en venaient presque à échanger des coups pour des broutilles.

Le samedi, peu après l'inspection de dix-sept heures, Paul lisait un journal assis sur un coin brûlant du pont quand un cri le fit sursauter.

— Fais gaffe, il est chargé !

Il se leva d'un bond, découvrit un fantassin titubant à l'ombre de la passerelle qui faisait décrire un arc hésitant au revolver qu'il tenait.

— Il est complètement bourré, où est-ce qu'il a trouvé la gnôle ? demanda quelqu'un.

Personne ne répondit à la question. La demi-douzaine d'hommes qui se trouvaient près du soldat commença à reculer. Jeune, les cheveux filasse, il était nu jusqu'à la taille et couvert de sueur. Derrière Paul, un caporal murmura :

— Préparez-vous à vous jeter sur le pont.

Un des soldats changea légèrement de position, ce qui fit hurler l'homme aux cheveux filasse :

— Bougez pas ! Le premier qui bouge, je lui tire dessus !

Des bottes claquèrent soudain sur le pont ; le colonel Roosevelt passa devant Jimmy et Paul, fendit le petit groupe et s'arrêta à trois mètres de l'ivrogne.

— Que se passe-t-il, soldat ?

— J'en peux plus de rester là, il fait si chaud qu'on a la cervelle qui frit. Je vais sauter par-dessus le bastingage, et je tuerai le premier connard qui m'en empêchera.

— Calme-toi, calme-toi. Quel est ton nom ? (Silence.) Soldat, c'est un ordre !

— T — Tom Strawbridge, 2e régiment. Qu'est-ce que ça peut faire ?

— Beaucoup, Tom. Pour toi, pour moi, et pour tous tes camarades. Je veux que tu prennes ce revolver par le canon et que tu le poses dans ma main. Je vais m'avancer, tendre le bras...

— Va te faire foutre, binoclard !

Roosevelt se raidit, mais ce fut sa seule manifestation de colère.

— Tom, écoute-moi. Je vais m'approcher et prendre cette arme. Tu ne tireras pas. Tu sais quelles seraient les conséquences d'un tel acte. La prison pour le reste de tes jours.

Le colonel fit un pas.

— Donne-moi cette arme et il n'y aura pas de suites, tu as ma parole. Tout le monde est énervé par la chaleur. Personne ne te punira si tu me donnes ce revolver.

Il continua à avancer lentement en parlant. Quand il fut à moins d'un mètre, la main de Tom Strawbridge se mit à trembler dangereusement. Soudain, l'homme grimaça, serra la crosse à deux mains et braqua l'arme sur la tête de Roosevelt.

Derrière, les soldats se jetèrent de côté mais le colonel fit un dernier pas, long et rapide, détourna le canon vers le ciel de la main gauche et prit le pistolet à Strawbridge de la droite.

L'officier et le soldat se regardèrent dans les yeux.

— Butez-le, ce dingue ! cria un volontaire.

— Non ! J'ai donné ma parole. Ramenez-le à sa couchette. Donnez-lui du café et laissez-le dessoûler. Et qu'il ne touche plus à ce joujou, conclut Roosevelt en posant le revolver dans la paume du soldat le plus proche.

Trois hommes entourèrent Strawbridge. Le soldat craqua brusquement et se mit à pleurer.

Cet incident dissipa les doutes de Paul au sujet du colonel. C'était peut-être un homme avide de publicité, mais il avait la tête froide, et un grand courage.

Le dimanche après-midi, Roosevelt organisa une démonstration pour la Luxograph. Il fit venir un volontaire que Paul avait déjà remarqué à bord, un quadragénaire qui essayait de se rajeunir en passant ses cheveux bouclés au cirage noir. Grand, filiforme, il avait un visage banal mais des yeux verts étonnants. Il balançait une corde au bout de son bras.

— Fritz, je vous présente le sergent Hugh Johnson. Nous avons cent soixante vrais cow-boys parmi nos effectifs, et il en fait partie. Il vient de Riverside, en Californie. Il est prêt à vous montrer quelques tours avec son lasso.

Johnson parla peu, mais le numéro qu'il exécuta pour la caméra fut exceptionnel. Il fit tourner la corde, la fit monter et descendre de sa tête à ses chevilles, sauta dans la boucle et en ressortit. Même Jimmy fut impressionné. Pendant les deux minutes du tournage, Roosevelt s'arrangea pour rester dans le champ, souriant, agitant son chapeau derrière le cow-boy.

— On verra les Cavaliers sauvages sur une quarantaine d'écrans du Middle West, colonel, dit Paul quand il eut terminé.

— Alors vous venez de rendre au régiment un inestimable service. Voici un gage de notre reconnaissance.

Roosevelt lui remit un foulard à pois.

— Colonel, sergent, merci beaucoup, fit Paul avec un grand sourire.

— Mettez-le, suggéra le sergent Johnson.

— Non, non, je le garde comme souvenir. Il aura peut-être de la valeur un jour.

Fritz plia le foulard et le glissa dans sa poche tandis que Roosevelt et le sergent échangeaient un regard perplexe.

La fanfare du 2ᵉ jouait chaque jour au crépuscule. Les soldats qui se rassemblaient pour le concert réclamaient sans arrêt un air que Paul était fatigué d'entendre, et qui le poursuivit un dimanche soir qu'il se promenait vers la proue.

> *Je suis allé à la foire aux animaux,*
> *J'y ai vu toutes sortes de bêtes et d'oiseaux.*
> *Le grand babouin au clair de lune*
> *Peignait ses cheveux auburn...*

Les hommes de troupe braillaient en chœur, tandis que Paul, accoudé au bastingage, repensait aux propos de Radcliffe sur la jetée.

« Je suis sûr qu'avec ton expérience, tu n'aurais aucun mal à te faire une place là-bas... Pourquoi pas ? Un endroit en vaut un autre.. Réfléchis-y ! »

Laisser Michael l'aider, s'installer à Londres et voyager partout où son métier d'opérateur l'enverrait reviendrait à reconnaître que le boulanger de la Wuppertal avait dit vrai : l'Amérique n'était pas le pays de rêve qu'il imaginait, il s'en rendrait compte et repartirait. Mais plus qu'une désillusion générale, c'était le rejet de sa famille qui incitait Paul à écouter Michael. Sans parler de la perte de Juliette...

Tampa Bay avait ce soir-là un aspect étrange, presque sinistre. Au nord-ouest se formait un rempart de nuages noirs. La ligne brisée d'un éclair tomba sur l'horizon, où le ciel avait pris une inquiétante couleur vert sombre. Le vent fraîchissait.

> *Le singe, bourré jusqu'aux dents,*
> *S'est assis sur l'éléphant.*

Sur un remorqueur passant d'un navire à l'autre, un officier de marine criait dans un porte-voix quelque chose que Paul ne pouvait entendre.

> *L'éléphant a éternué, est tombé à genoux,*
> *Ç'a été la fin pour le sapajou*
> *Le sapajou...*

Le remorqueur se dirigea vers un bâtiment ancré derrière le *Yucatan*. Le vent soulevait des vagues énormes. Le tonnerre gronda au loin. Le remorqueur passa devant le navire par tribord puis poursuivit vers le *Yucatan*.

Soudain une pluie tropicale se mit à tomber à verse et le concert s'acheva dans une cacophonie de notes aigrelettes. Les hommes coururent s'abriter. Paul pouvait à présent lire le nom du remorqueur — *Lizzie C* — qui tanguait si fortement que des marins s'étaient armés de gaffes pour l'empêcher de se fracasser contre la coque de fer du *Yucatan*.

L'officier au mégaphone appelait la passerelle. Trempés, Wood et

Roosevelt se penchèrent pour l'entendre. Les mains autour de la bouche, Wood cria :

— Quoi ? Qu'est-ce que vous dites ?

— Il y a nouvel ordre. Préparez-vous à appareiller.

Tôt dans la matinée du mardi 14 juin, des colonnes de fumée noire montèrent des cheminées de tous les transports de troupes. Après une semaine de retard, ils étaient enfin prêts à appareiller. Le beau temps était revenu : soleil éclatant, mer indigo, vent faible.

Paul scrutait la côte avec des jumelles empruntées. Sur les jetées quasiment désertes, quelques enfants noirs en haillons jouaient à chat en attendant le départ des bateaux. Parmi les tas de détritus et de verre brisé, un dernier tenancier de saloon et deux de ses filles chargeaient une tente sur leur chariot. Des mètres de papier crépon tricolore flottaient sur l'eau, perdant leurs couleurs.

Paul et Jimmy installèrent la caméra à l'avant du *Yucatan*, prirent une vue panoramique du port au moment où les signaux lumineux clignotaient, où des marins munis de pavillons rouge et blanc échangeaient des messages d'un bateau à l'autre, où vedettes et cotres apportaient à bord un complément de dernière minute en hommes et en vivres.

L'armada appareilla ce jour-là. Elle comprenait plus de huit cents officiers et environ quinze mille hommes. Il y avait à bord quatre cents dockers, conducteurs de chariots et gratte-papier, neuf cent cinquante chevaux et mille trois cents mules ; des munitions, des vivres, des chariots démontés ; de l'artillerie — des obusiers, des canons, des mortiers, et les quatre Gatling. La plus grande expédition militaire jamais partie des États-Unis quittait les côtes de Floride sous un ciel serein. Son objectif était clair.

Celui de Paul aussi, peut-être.

« Réfléchis-y... »

Il se sentait libéré d'un fardeau et imaginait aisément la réaction de l'oncle Joe quand il apprendrait le départ pour Londres de son neveu. « Les Allemands sont terriblement rancuniers, vous savez. »

Il se tenait à nouveau à l'avant, un vent chaud caressait son visage, agitait ses cheveux emmêlés. Du fond de son sac, il avait tiré sa vieille carte de la statue de la Liberté, tout écornée à présent. Il se souvint du moment où, avant de quitter Berlin, il avait déchiré la carte postale du Kaiser et de sa famille et l'avait abandonnée sur son lit. C'était sa façon de laisser le passé derrière lui et de saluer l'avenir. Paul sentit qu'il était parvenu à une croisée semblable en retrouvant un Mikhail Rhoukov transfiguré, en écoutant ses encouragements et ses offres d'aide.

Il examina les deux vues montrant le port et la statue de la Liberté levant haut sa torche. Que d'espoirs cette photo avait représentés ! Que d'espoirs et d'amères défaites ! Parmi les plus amères de sa vie.

Joe Junior lui avait un jour reproché sa naïveté à l'égard de l'Amérique. Naïf, il était. Grâce à Wex et à Shadow, l'Amérique lui avait donné une merveilleuse profession, qui lui permettrait de découvrir tous ces endroits qu'il voulait voir depuis son enfance. Mais cela ne compenserait jamais la perte de sa famille, et de la femme qu'il aimait.

A présent autre chose l'appelait. Pas un nouveau foyer, il en avait fini avec ce stupide rêve de gosse, il n'avait pas trouvé de foyer. A la place, il deviendrait un cameraman itinérant et trouverait une base en Europe qui l'aiderait à oublier ce qu'il avait tant désiré et perdu. L'oublier en partie ; la douleur ne disparaîtrait jamais tout à fait.

Paul tenait la carte délicatement entre ses mains.

« Réfléchis-y ! »

Il la déchira en deux, lâcha la moitié droite. Un courant ascendant la saisit, la fit tourbillonner quelques secondes puis la projeta vers l'eau. Paul glissa l'autre moitié dans la poche de sa chemise. Ce n'était plus un symbole, juste un souvenir.

Tournant le dos au vent, il alluma un cigare. Si la vie était loin d'être parfaite, si l'angoisse de son échec en Amérique et la douleur d'avoir perdu Juliette ne le quitteraient jamais, il pouvait néanmoins commencer à regarder de nouveau vers l'avenir.

« A supposer — dixit Radcliffe — que nous revenions en vie de cette foutue jungle cubaine. »

NEUVIÈME PARTIE

LA GUERRE

1898

Notre guerre humanitaire s'est révélée
être une guerre pour des ports à charbon,
et nous garderons notre butin pour punir
l'Espagne de nous avoir fait prendre la peine
d'user de violence en la dépouillant.

> William Dean Howells, écrivain et critique, 1898.

Cela a été une magnifique petite guerre,
commencée dans les plus nobles desseins,
menée avec une intelligence et un moral
remarquables, favorisée par cette fortune qui
sourit aux audacieux.

> John Hay, ambassadeur des États-Unis en Angleterre, 1899.

99

Le général

Trente-deux transports de troupes faisaient route vers Cuba, séparés l'un de l'autre d'un kilomètre, sur trois longues files. La traversée devait durer trois jours, mais il apparut très vite qu'il en faudrait cinq, voire plus, car les bâtiments les moins rapides — des bateaux remorquant des barges à plusieurs ponts et une goélette transportant de grandes citernes d'eau — ralentissaient l'allure de tout le convoi.

En définitive, Joe Crown ne voyagea pas à bord du *Segurança*, le navire de l'état-major, mais sur un bateau plus petit, l'*Allegheny*, affecté au commandement de la division de cavalerie de Wheeler.

Irrité d'être isolé de l'état-major, Wheeler se plaignait bruyamment et fréquemment du fait que lui et ses officiers ignoraient tout de leur objectif, bien que l'on pariât le plus souvent sur Santiago, le port fortifié de la côte sud-est de l'île. Une grande partie du corps expéditionnaire était restée en Georgie et en Floride pour poursuivre l'instruction pendant l'été. Ces unités donneraient sans doute l'assaut à La Havane plus tard, mais personne n'avait de certitude.

A bord du *Segurança*, on avait installé des tables en sapin dans le salon de première classe, et deux machines à écrire crépitaient à longueur de journée, tapant des listes de matériel et des ordres de débarquement. Sur les ponts avant et arrière, les hommes de troupe s'étendaient paresseusement au soleil tropical. Ils avaient tendu des cordes à linge sur lesquelles de lourdes toiles de tente et des chemises kaki claquaient au vent de l'Océan.

Pour les officiers comme pour la troupe, les rations se composaient de biscuits de l'armée, de bacon, de tomates en conserve, de haricots, et de cet infâme « bœuf frais en conserve » que Wheeler, Joe Crown et la plupart des autres refusaient de manger. Seul le café fort du matin avait bon goût.

Mercredi, juste avant le crépuscule, une bande de terre apparut à bâbord. Le caporal Willie Terrill, l'ordonnance de Joe, l'identifia à l'aide d'une des cartes achetées à Tampa.

— Cap Romano, général. Nous devrions doubler les Keys demain et faire route vers l'est au-dessus de Cuba.

Le lendemain matin, Joe découvrit en s'éveillant qu'ils avaient été rejoints par les quatorze bâtiments de guerre envoyés de Key West pour entourer et protéger le convoi. La file des transports s'étirait maintenant sur vingt ou vingt-cinq kilomètres. Toute la journée, des vedettes filaient de l'un à l'autre sur une mer calme pour transmettre des ordres aux commandants.

En fin d'après-midi, le pont de l'*Allegheny* se remplit de soldats qui montraient le sud avec excitation. Joe posa son premier regard sur une mince ligne de terre où le ciel et l'Océan se rejoignaient. C'était Cuba.

Un peu avant minuit, Joe et Wheeler, qui se promenaient ensemble sur le pont, remarquèrent des points lumineux qui apparaissaient de temps à autre sur la côte cubaine.

— Des signaux, dit Wheeler.

— Ce ne sont pas des phares ?

— Non. Le gouvernement maintient bien des phares le long de la côte, mais mon adjudant a noté leur emplacement sur la carte — ils sont tous éteints. Ce qui signifie que l'ennemi se prépare à nous recevoir.

— Pensez-vous que ce sera une guerre longue et coûteuse ?

— Longue, je l'ignore. Mais toute guerre coûte cher en hommes. Il suffit d'une toute petite balle, vous savez, pour coucher un homme pour l'éternité. (Wheeler bâilla.) Je suis mûr pour le lit, je crois. Le bercement de la mer m'assoupit. Profitez-en, Joe, nous n'aurons probablement pas souvent l'occasion de nous reposer à terre. Bonne nuit.

L'armada doubla le cap Maisi, situé à l'extrémité est de Cuba, le dimanche en fin de journée. L'allure fut de nouveau ralentie. A la tombée de la nuit, les projecteurs des navires de guerre commencèrent à balayer la côte. Un cotre transporta Wheeler à bord du *Segurança* pour une réunion avec Shafter. De retour à dix heures et demie, il fit son compte rendu à ses officiers dans le salon de première classe.

— Le général Calixto Garcia a quitté la côte avec une escorte armée pour participer à la réunion. Différentes stratégies ont été évoquées. L'amiral Sampson préconise de s'emparer directement de Santiago, le port et la ville. Mais c'est un objectif bigrement difficile.

L'un des aides de camp de Wheeler déroula une carte de la côte sud-est.

— Vous remarquerez que la ville se trouve à l'intérieur des terres, à près de huit kilomètres de l'entrée du port. On dit que Santiago est l'un des trois lieux où Christophe Colomb aurait débarqué quand il croyait avoir atteint les Indes. Un débarquement qui ressemble à une partie de plaisir comparé à celui qui nous attend.

Le général tapota la carte et continua :

— L'accès du port est protégé des deux côtés. Ici, par une puissante batterie installée dans la forteresse d'El Morro ; là, par une autre batterie qui se cache dans les hauteurs de Socapa. Comme si cela ne suffisait pas, nos espions cubains nous signalent que le chenal est truffé de mines reliées à des systèmes de mise à feu à l'intérieur d'El Morro. Le général Shafter s'oppose résolument à une attaque directe. Il a lu dans un livre qu'une offensive britannique contre ce même lieu il y a cent ans s'est soldée par un massacre. Shafter ne veut pas entendre parler de cet assaut — nous nous trouvons au pied de falaises hautes de soixante mètres — et je ne saurais le désapprouver. Sampson et lui rencontreront Garcia à terre demain pour poursuivre la discussion.

— Général, avons-nous notre mot à dire dans ces plans ?

— Pas pour le moment. Cela ne me plaît pas trop, mais c'est à Shafter de jouer. Espérons qu'il sera à la hauteur.

Le mardi 21 juin, le convoi se traînait encore vers l'est au large de la côte sud de Cuba. L'*Allegheny* passa devant l'entrée de la baie de Guantanamo, dont six cent cinquante hommes du 1er régiment d'infanterie de marine s'étaient emparés dix jours plus tôt. Quelque part dans la baie, la bannière étoilée flottait.

Santiago se trouvait maintenant à une soixantaine de kilomètres. Avec une lunette, Joe scruta une côte belle à couper le souffle. Au-dessus des vagues blanches soulevées par un vent de plus en plus fort se dressaient des falaises calcaires à pic et, derrière, des collines de forêts s'élevaient plus haut encore pour former une chaîne montagneuse saisissante, la Sierra Maestra. Des nuages gris brumeux cernaient les pics. Dessous, la forêt vert sombre semblait dense, humide. C'était un paysage splendide et désolé. Un lieu difficile pour débarquer, marcher, combattre.

Et les Espagnols ? Douze mille d'entre eux, estimait-on, avaient été affectés à la défense de la côte sud-est. Où se cachaient-ils ? Ils pouvaient être tapis quelque part à portée de sa lunette, embusqués dans la jungle luxuriante. On pouvait aussi présumer qu'ils étaient bien mieux préparés aux combats sous les tropiques que des cowboys de l'Arizona, des coureurs à pied de Harvard ou des Noirs venant des Grandes Plaines sans arbres. Joe ne parvenait pas à chasser de son esprit la remarque de Wheeler.

« Il suffit d'une toute petite balle... »

Le convoi jeta l'ancre assez loin de la côte tandis que la mer devenait mauvaise. Plus loin encore, les navires de guerre se déployaient pour préparer le bombardement. Dans l'après-midi, Wheeler arpenta le pont avec impatience et colère, car il avait découvert qu'une autre réunion du haut commandement se déroulait sans lui, cette fois à Palma, petit village à l'intérieur des terres.

Vers quatre heures, une vigie traduisit un message des pavillons de signalisation du bâtiment de l'état-major. Wheeler mit son pare-poussière de lin, son sabre d'apparat et son vieux chapeau noir.

— On nous demande à bord du *Segurança*, messieurs. L'heure a peut-être sonné.

Un cotre amena Wheeler, Joe Crown, les officiers supérieurs et leurs aides de camp sur le navire peint en noir. Le général Shafter tint la réunion dans le grand salon. Il avait ôté sa veste bleue, révélant une chemise grande comme une tente, et des bretelles tendues sur son énorme panse. Il semblait plus éléphantesque que jamais, pâle et las dans son fauteuil spécial tandis que ses aides de camp installaient une carte sur un support.

Joe prit place au dernier rang, dans le nuage de fumée de cigarette de l'attaché d'ambassade allemand. L'homme était devenu assommant avec son arrogance prussienne et ses vantardises au sujet d'un plan de guerre allemand. Ce « plan Schlieffen » avait été si soigneusement conçu, selon lui, qu'aucune puissance militaire, pas même les plus redoutables — la Russie, l'Angleterre, la France —, ne pourrait y résister dans l'éventualité d'une guerre. Joe s'efforça de dissimuler son irritation et d'être cordial avec son voisin. Pour sa part, von Rike eut la courtoisie de faire passer sa cigarette dans son autre main.

Pendant qu'ils attendaient, Joe lui demanda :

— Êtes-vous allé à la réunion à terre ?

— *Jawohl*. A dos de mulet ! fit le capitaine en roulant des yeux mais en parlant à voix basse. Elle s'est déroulée dans une hutte en chaume gardée par quelques soldats cubains. Ils avaient des fusils mais pas de chaussures. Des moricauds — des *Negerin* et des mulâtres —, je n'ai pas vu un seul visage blanc. Quand notre groupe est arrivé, ils ont éclaté de rire en voyant le commandant en chef. Vous auriez dû le voir descendre de selle. Une grue n'aurait pas été de trop. (Il jeta sa cigarette sur le sol, l'écrasa du talon de sa botte.) On se demande s'il survivra à la chaleur et au terrain.

Shafter détacha son bouton de col métallique, le laissa tomber sur le petit bureau de campagne installé près de son fauteuil et se mit debout en haletant sous l'effort.

— Messieurs, demain matin à l'aube, nous débarquerons à Cuba.

Un murmure d'approbation parcourut l'assistance. D'un pas lourd, le général s'approcha de la carte. Il ressemblait davantage à un tavernier mal peigné qu'à un militaire. Il prit la règle en bois que lui tendait son principal aide de camp, le lieutenant Miley.

— Cet après-midi à Palma, au cours d'une réunion avec l'amiral Sampson et le général Garcia, j'ai défini les grandes lignes de la seule stratégie que je juge acceptable. Nous devons prendre Santiago, mais pas en l'attaquant frontalement. Les falaises qui entourent le port constituent un argument puissant contre l'assaut frontal. Nous sommes loin, très loin, de la guerre de Sécession. L'opinion publique ne s'attend pas à de lourdes pertes et, selon moi, ne les tolérerait pas. Je propose donc de prendre position *autour* de Santiago. (La règle indiqua des hachures sur la côte nord-est de la baie.) L'objectif est de percer les défenses ennemies, d'enfoncer la ligne de fortins espagnols qui protègent la ville, et de maintenir notre pression pour obtenir une reddition rapide. S'il faut résumer cette stratégie d'un mot, je dirais : célérité ! Les soldats américains ne sont pas plus capables de mener une longue campagne sous ce climat que de mettre leur main dans le feu sans se brûler.

Tel un bison en colère, Shafter baissa sa tête hirsute et fixa son état-major par-dessous ses sourcils broussailleux avant d'énumérer les lieux possibles de débarquement. Il existait trois brèches naturelles perçant la barrière des falaises. Il indiqua le ravin d'Aguadores, à sept kilomètres à l'est de Santiago ; le hameau de Siboney, dix-huit kilomètres plus loin ; et à onze kilomètres de celui-ci, un lieu portant le nom de Daiquiri.

— Demain, messieurs, une partie de nos troupes débarquera à Daiquiri. (Il frappa la carte avec la règle, faillit faire tomber le support.) Le lieutenant Miley a préparé quelques notes sur ce que nous pouvons nous attendre à trouver. John ?

Le jeune officier ouvrit un carnet et expliqua que Daiquiri (qui tirait son nom d'une rivière proche) avait été le siège de l'Iron Company, une société minière hispano-américaine. La guerre avait interrompu ses activités et les ingénieurs américains étaient partis.

— Nous trouverons là-bas des huttes en zinc, des bungalows au toit de palmes, des ateliers et une rotonde au bout d'un épi de voie ferrée qui conduit à l'intérieur des terres. Si la ligne est encore en état, nous pourrons l'utiliser pour transporter hommes et chevaux à Siboney.

— De là, enchaîna Shafter qui s'était rassis, nous attaquerons au nord-ouest, nous investirons et prendrons la ville.

— John... fit la voix péremptoire du général Sumner, l'homologue de Joe à la tête de la 1re brigade.

— Sam ?

— Y a-t-il une plage où débarquer ?

Miley parut mal à l'aise.

— Oui, mais elle est petite. Nous espérons qu'elle conviendra à une opération de cette ampleur. Par chance il existe une longue jetée, qui servait à transvaser les wagonnets de minerai dans les péniches. La jetée se trouve largement au-dessus de l'eau — dix mètres ou plus.

Joe entendit des grognements. Sam Sumner n'était pas satisfait.

— Les vents sont violents sur cette côte. Plus la journée avance, plus les vagues sont hautes. Ça ne manque jamais.

— Nous devons courir le risque, général, intervint Shafter. Les ordres seront tapés et distribués d'ici à deux heures. Le débarquement se déroulera de la façon suivante : d'abord le général Lawton avec la 2e division et les quatre Gatling. Le général Bates suivra avec sa brigade indépendante, puis viendra la cavalerie du général Wheeler.

Joe le Battant ne chercha pas à masquer son mécontentement d'être le dernier.

— Peu après l'aurore, la flotte de l'amiral Sampson effectuera des bombardements de diversion sur une trentaine de kilomètres de côte. Chaque soldat devra emporter sa couverture, sa gourde, des rations de campagne pour trois jours, et cent cartouches. Une fois tous les hommes à terre, nous débarquerons les mules et les chevaux.

Le colonel Leonard Wood, du 1er régiment de volontaires de cavalerie, se leva. Sensiblement du même âge que Roosevelt, c'était un médecin diplômé de Harvard qui s'était engagé comme chirurgien militaire plusieurs années auparavant. Il avait des cheveux blonds coupés court, des yeux bleus, de larges épaules et des mains calleuses. Joe doutait de ses qualités de combattant, comme de celles de tant d'autres dans cette expédition. Y compris lui-même.

— Y a-t-il un treuil ou une grue sur la jetée ? demanda Wood.

— Non, colonel.

— Alors comment débarquerons-nous les bêtes ?

— Nous les ferons descendre des bateaux avec des ventrières et nous les laisserons nager jusqu'à la plage.

Wood pâlit. Joe entendit à nouveau des murmures désapprobateurs. Le débarquement promettait d'être dangereusement improvisé.

Joe Wheeler se leva, tira sur sa barbe blanche.

— Général ! (Shafter lui donna la parole.) Savons-nous à quoi nous devons nous attendre en matière de résistance ?

Les pouces glissés sous ses bretelles, Shafter lança à l'auditoire un regard nerveux.

— Les éclaireurs du général Garcia nous ont fourni de bonnes informations. Nous savons qu'il existe des remblais, des parapets, des tranchées, des trous individuels de tirailleur. Ainsi qu'un blockhaus sur les hauteurs.

— Mais combien d'hommes nous attendent ?

D'un ton morne, Shafter répondit :

— Nous n'en savons rien.

Mercredi 22 juin. On sonna la diane à trois heures et demie du matin. Joe avait préparé son sac après le dîner, l'avait remis au caporal Willie Terrill, s'était promené quelques minutes sur le pont puis s'était allongé sur sa couchette, où il avait passé la nuit à se retourner et à se morfondre.

Vers cinq heures, avant l'aube, le pont de l'*Allegheny* était bondé de soldats. Une brume épaisse recouvrait les montagnes. Le village de Daiquiri — ce qu'on en voyait — paraissait aussi mort qu'un cimetière. Dans sa lunette, Joe observa un chien jaune et galeux qui courait sur la plage étroite. Une file de wagonnets vides était restée sur la jetée. Un filet de fumée s'élevait devant un bungalow.

Un vent fort soufflait déjà vers la côte, formait de petites crêtes d'eau blanche. Pour débarquer les troupes, on utiliserait cent cinquante embarcations, des vedettes à vapeur tirant chacune plusieurs chaloupes. Les vedettes commencèrent à prendre position autour des navires quand le ciel s'éclaircit et que la brume des montagnes se leva. Joe étouffait dans sa veste bleue. Il ne se rappelait pas avoir eu aussi chaud.

Au loin, vers Santiago, une série d'explosions fit monter des hourras du pont. L'escadre de Sampson avait commencé son bombardement de diversion. Les navires de guerre affectés au débarquement se mirent en ligne — *Wasp, Hornet, Scorpion, Vixen* et *New Orleans*. Peu après neuf heures trente, le premier canon gronda et cracha une fumée blanche. Sur le flanc d'une colline, au-dessus de Daiquiri, jaillit un geyser de terre et de débris. La deuxième salve détruisit un bungalow proche de la plage. Nouveaux cris de joie...

Les bombardements se poursuivirent pendant une demi-heure. Wheeler faisait les cent pas devant Joe en marmonnant des jurons — ce qui ne lui ressemblait pas. Il n'aimait pas les hautes vagues qui se brisaient en rugissant sur l'étroite bande de sable, s'écrasaient contre les piliers en fer de la jetée. Il suffisait de jeter un coup d'œil aux chaloupes qui s'élevaient sur la crête d'une vague, puis retombaient comme une cabine d'ascenseur dont le câble rompt, pour savoir que la mer était dangereuse.

Des cris excités attirèrent l'attention de Joe vers la côte. Un homme, torse nu, cheveux noirs, courait sur la jetée en agitant une perche à laquelle était attaché un carré de tissu blanc. Des cavaliers à chapeau de paille galopèrent à travers le village, brandissant un drapeau cubain et saluant les navires.

— Sacré bon sang, fit Wheeler, les Espagnols ont dû battre en retraite pendant la nuit. Ces gars-là sont de notre côté.

Le bombardement cessa. Dans le village, les huttes en feu dégageaient une fumée noire. Un vaste bâtiment circulaire — la rotonde ? — brûlait lui aussi, mêlant sa fumée à la brume des montagnes.

Des panneaux s'ouvrirent dans la coque des transports, près de la ligne de flottaison. On déroula des échelles de corde. A dix heures et demie, les premiers soldats prirent place à bord des chaloupes. Tendu, Joe vit un homme glisser sur le bord d'une embarcation et basculer dans l'eau. Alourdi par son fusil, son ceinturon de balles et sa couverture, il coula. Il refit surface en criant et on le hissa dans le canot.

L'une après l'autre, les vedettes tiraient leurs cordons de chaloupes jusqu'à la jetée. Quand une vague soulevait un ou deux bateaux suffisamment haut, les hommes sautaient directement sur la jetée. Vers midi, deux soldats noirs du 10e de cavalerie manquèrent la jetée et tombèrent à l'eau. Du pont de l'*Allegheny*, Joe pouvait entendre leurs cris de terreur. Un officier des Cavaliers sauvages plongea à leur secours — inutilement. Les soldats furent pris au piège lorsque les vagues projetèrent la chaloupe contre la jetée, puis la rejetèrent en arrière. Joe vit des taches de sang sur le pilier, un chapeau flottant sur l'eau.

Les soldats noirs furent les deux premières victimes de l'expédition. Ceux que les chaloupes amenèrent près de la côte et qui pataugèrent pour gagner la plage encoururent moins de danger.

Dans l'après-midi, les eaux résonnèrent du hennissement des

chevaux et du braiment des mules qu'on descendait le long des coques au moyen de ventrières suspendues à un bossoir. La plupart parvinrent à nager jusqu'à la côte mais un certain nombre n'en eurent pas la force ou furent trop effrayés. Gagnant lui-même enfin le rivage, Joe compta neuf animaux morts flottant sur l'eau. Sur la jetée, Roosevelt braillait en agitant son chapeau. Avait-il perdu une monture ?

Les abords de la plage grouillaient d'hommes, dont quelques civils. L'un d'eux, coiffé d'un canotier, marchait dans l'eau à grandes enjambées, une caméra et un trépied sur l'épaule. Un autre civil portant un melon peinait derrière lui avec un gros sac de toile. D'aussi loin, Joe ne put les identifier, mais il présuma que l'un d'eux était l'opérateur dont il avait fait la connaissance, Bitzer.

Secoué par un vent violent, le convoi de chaloupes de Joe se rangea le long de la jetée. Wheeler, fort agile, n'eut aucune peine à sauter du bateau.

— A votre tour, général, dit le caporal Willie Terrill quand la chaloupe redescendit.

Joe se hissa sur le banc de nage ; l'embarcation remonta lentement.

— Maintenant, général !

Joe sauta. Son pied droit se posa fermement sur la jetée mais il glissa. Tournoyant des bras, il tomba en arrière vers le bateau encore au sommet de la vague. Il entendit le caporal crier, sentit ses grosses mains dures se plaquer contre ses reins et le pousser. Il atterrit sur la poitrine, les jambes pendant dans le vide, la joue égratignée. Il rampa en avant, se mit à quatre pattes, le cœur battant.

Joe se releva, épousseta de la main son uniforme, fort embarrassé d'avoir débarqué en terre ennemie d'une façon si peu digne et si peu militaire.

Six mille hommes débarquèrent à Daiquiri avant la fin de la journée. Comme Wheeler et son état-major devaient attendre leurs chevaux, ils firent à pied le tour du village bombardé. Le général avait déjà annoncé son intention d'effectuer personnellement une reconnaissance à cheval avant la nuit.

Daiquiri n'était plus qu'un amas de huttes fumantes. Les officiers se dirigèrent vers la rotonde. La fumée grasse s'échappant d'une des fenêtres brisées piquait les yeux et provoqua chez Joe une quinte de toux. La moitié du toit s'était effondré. Un groupe d'une cinquantaine de soldats cubains courut vers eux en criant : « *Viva los Americanos !* » Deux des officiers brandirent leur épée en répondant : « *Viva Cuba libre !* » Joe ne se joignit pas à eux ; il n'était pas impressionné par les rebelles, sans souliers, sans chemise, dont plusieurs tendirent la main pour mendier de l'argent. Un homme tira sur une des épaulettes de Joe comme s'il voulait la prendre en souvenir. Joe le repoussa ; le Cubain jura en espagnol et fila.

Wheeler se dirigeait déjà de l'autre côté du bâtiment. Joe et le reste de l'état-major lui emboîtèrent le pas et découvrirent la voie ferrée qui s'enfonçait dans la jungle. Joe en avait souvent vu de pareilles lorsqu'il avait traversé la Georgie et la Caroline, des années plus tôt : traverses brisées, rails tordus comme des épingles à cheveux.

Wheeler se frappa la jambe de son vieux chapeau noir.

— Inutilisable ! Joe, allez voir où ils en sont avec ces fichus chevaux. Je veux faire un tour à l'intérieur des terres avant que Shafter ne me l'interdise.

Accompagné de son aide de camp, Tyree Bates, Joe traversa rapidement le village. Ils repérèrent leurs montures sur la plage et Joe criait aux cow-boys de les mener jusqu'au village quand soudain il se figea, étonné.

Deux hommes qui semblaient épuisés déchargeaient une caméra et un trépied d'une chaloupe. L'embarcation suivante contenait trois grosses caisses en bois et flottait beaucoup plus bas sur l'eau.

Le lieutenant Bates s'arrêta lui aussi.

— Quelque chose ne va pas, mon général ?

Joe entendit un insecte bourdonner à son oreille. Il l'écrasa d'une gifle, débarrassa ses doigts des restes sanglants du moustique.

— J'ai juste une question à poser à l'un de ces types. Je vous rejoindrai.

Bates s'éloigna ; Joe s'avança dans les vagues au moment où les deux hommes soulevaient leur caméra pour la porter à terre. Elle était deux fois plus volumineuse que celle qu'il avait vue une heure plus tôt. Le jeune opérateur qui donnait les ordres portait une casquette pied-de-poule, une veste élégante mais trempée. Joe le connaissait.

— Bonjour, Bitzer. J'ai cru vous voir débarquer il y a un moment déjà.

— Ce n'était pas nous, dit l'opérateur d'un ton de regret. Shafter n'a laissé aucun civil descendre du bâtiment de l'état-major avant maintenant. Davis a envie de l'étrangler. Vous avez peut-être vu l'équipe de Paley, ou celle qui se trouvait à bord du *Yucatan*.

— D'où sont-ils ?

— Paley vient de New York, envoyé par Edison. L'autre travaille pour l'American Luxograph de Chicago. Ils sont deux. L'assistant ne me plaît pas du tout, mais le chef opérateur est un sacré bon gars.

— Comment s'appelle-t-il ?

Le regard de Bitzer prit une curieuse expression évasive. Son collègue remarqua qu'il hésitait, comme si la mémoire lui faisait défaut.

— Crown, dit l'assistant. Paul de son prénom, je crois, mais tout le monde l'appelle Fritz.

100

Rose

L'après-midi précédant le débarquement à Daiquiri, dans la boutique d'un prêteur sur gages de la Quatorzième Rue, Rose tendit le bras vers une vitrine.

— Faites voir celui-là.

Le commerçant, un Irlandais jovial aux cheveux roux et aux mains délicates semées de taches de rousseur, ouvrit le fond de la vitrine et y prit un petit pistolet plaqué argent avec deux canons superposés et une jolie crosse en noyer quadrillée. Il posa l'arme sur sa paume gauche, la présenta avec un geste théâtral.

— Très belle pièce, jeune fille. C'est pour vous ?

— Oui, répondit Rose.

Son œil gauche était encore gonflé ; des hématomes jaunes et violets marquaient son visage. Elle vit que le boutiquier la considérait d'un air songeur.

— Je me suis fait agresser en plein jour, se hâta-t-elle d'expliquer. Agresser et voler.

— C'est ce que je vois, fit l'Irlandais, avec un claquement de langue compatissant.

Rose soupesa le pistolet. Léger.

— C'est de la bonne qualité ?

— Remington est l'une des meilleures marques.

— Il est puissant ?

L'homme se pencha vers la vitrine et désigna un pistolet encore plus petit.

— Le Vest Pocket calibre 22 est généralement l'arme préférée des dames. Mais je ne dirais pas qu'il est puissant comparé à celui que vous avez en main, un deux-coups, calibre 41. Dangereux à quinze mètres. Entre trois et six mètres, il terrasse n'importe quel agresseur, même une brute qui prend des femmes pour victimes. Tirez dans le visage d'un type à bout portant, sa sainte mère ne le reconnaîtra pas.

— Bien, fit Rose avec un sourire pensif. C'est parfait, je le prends.

101

Fritz

A cinq heures de l'après-midi, le général Wheeler envoya des hommes au blockhaus abandonné avec un drapeau américain.

Paul chercha Jimmy, ne le trouva nulle part — c'était la deuxième fois qu'il disparaissait depuis qu'ils avaient débarqué. Il laissa tomber son sac, posa la caméra et regarda le compteur. Il restait quinze mètres de pellicule. Une chance ! En plus de sa propre petite valise, Daws portait le sac en toile contenant la pellicule.

Paul s'agenouilla dans la boue pour régler le trépied. Les soldats apparurent sur le blockhaus. Il examina l'objectif, essuya la buée qui le recouvrait avec le foulard à pois des Cavaliers sauvages. Il était temps : la bannière étoilée montait au mât. Il se mit à tourner la manivelle. Cela ferait un finale grandiose pour le film sur les chaloupes, les soldats pataugeant dans l'eau, les ruines fumantes de Daiquiri.

Une immense clameur salua le drapeau. Au large, une sirène mugit, puis une autre, puis tout un chœur. Pensif, Paul songea qu'il avait longtemps espéré que ce drapeau deviendrait le sien. Peut-être n'était-ce qu'un de ces rêves naïfs dont son cousin Joe se moquait.

Jimmy surgit soudain, sa valise et le sac en toile dans la main gauche. Dans la droite, il tenait une machette.

— Où as-tu trouvé ça ? demanda Paul.

— T'occupe.

Gardant son calme, Paul reprit :

— Il faut trouver un endroit où camper. Cherchons le régiment du colonel Wood, je l'ai vu se diriger vers l'intérieur des terres.

Il chargea la caméra et le trépied sur son épaule, souleva son sac de l'autre main. Les efforts de la journée avaient endolori ses mollets et ses cuisses.

— Quand nous serons installés, il faudra que je me mette à la recherche d'un ami. Je veux m'assurer qu'il n'est pas l'un des deux hommes qui se sont noyés.

— C'était des Nègres, fit Daws, médusé.

— Des Noirs. Oui. Il faut aussi que je recharge la caméra avec un nouveau magasin.

— Si tu veux mon avis, tu perds ton temps. La pellicule a sûrement fondu avec cette chaleur.

Paul avait la même crainte.

Derrière Daiquiri, une sorte de plateau couvert d'herbe haute s'étirait vers un mur luxuriant de jungle. Le 1er régiment de volontaires de cavalerie y avait établi son camp pour la nuit. En approchant, Paul et Jimmy découvrirent à droite un lagon d'eau saumâtre. Un peu plus loin à gauche, ils trouvèrent un endroit où décharger leur matériel. Il n'y avait qu'un seul tapis de sol en caoutchouc dans le sac de toile, et Paul savait que Jimmy l'exigerait. Il n'avait pas l'intention de discuter.

A la tente du Q.G., il rencontra Roosevelt, auprès duquel il s'enquit du 10e de cavalerie. Le colonel lui répondit que le régiment avait commencé à progresser en direction de Siboney, village distant de onze kilomètres.

— Je pars à la recherche de mon ami, dit Paul à Jimmy. Toi, va voir si le régiment peut nous donner un peu de biscuits et de haricots. Il nous faudrait aussi de l'eau. J'ai entendu dire qu'il y en a dans les réservoirs de la compagnie minière. Remplis la gourde pendant que je serai parti. Je reviens.

Jimmy le fixa en balançant négligemment la machette.

— Grouille-toi, je sais pas comment j' ferais sans tes conseils et tes ordres.

« Quand est-ce que ça va exploser ? » se demanda Paul en s'éloignant. La réponse, craignait-il, était « bientôt ».

La route de Siboney n'était en fait qu'une piste serpentant entre les falaises le long de la côte et de la voie ferrée que les Espagnols avaient détruite. Elle avait été taillée dans une forêt tropicale de cactus, de buissons épineux et de cocotiers. Étroite, elle permettait à peine le passage de chariots tirés par six chevaux. Des milliers de plantes grimpantes rendaient la forêt environnante quasi impénétrable.

La progression des hommes et des bêtes était lente. Lorsque Paul retrouva les soldats noirs, ils faisaient une halte pour fumer une cigarette et se reposer. Paul aborda un lieutenant avec une barbe de deux jours et une chemise trempée de sueur.

— Ott Person ? répondit sèchement l'officier. Bien sûr qu'il est vivant, pourquoi il ne le serait pas ? Il est là-bas quelque part dans la colonne.

Paul remonta la file sur huit cents mètres environ en enjambant les corps allongés quand tout à coup il repéra le visage disgracieux du caporal.

— Ott, tu n'as rien ! s'écria-t-il en se mettant à courir.

Le soldat noir se leva.

— Hé, Heine, qu'est-ce que tu fais là ?

— J'ai appris que deux hommes de ton régiment se sont noyés en débarquant. J'avais peur...

— Que ce soit le vieil Ott ? J' suis trop mauvais et rouspéteur pour partir comme ça. Tu te faisais de la bile pour moi, hein ?

— Je m'en fais toujours pour mes amis.

— Content de savoir que j'en fais partie. T'es mon ami aussi. Assieds-toi, repose-toi un peu. (De la poche de sa chemise, Ott tira un paquet de tabac et des feuilles.) Tiens, roule-toi-z'en une.

— Merci, j'ai un cigare.

C'était le dernier de ceux qu'il avait achetés à Tampa. Il en coupa l'extrémité avec son canif, se pencha vers l'allumette que Person lui tendait. Plus loin, un soldat noir se mit à jouer *The Stars and Stripes Forever* à l'harmonica sur un tempo lent, presque mélancolique.

— Ça me plaît pas ici, dit le caporal. J' suis pressé de rentrer en Amérique. Qu'est-ce que tu penses faire quand la guerre sera finie ?

— Rapporter mes films à Chicago. Ensuite, je crois que j'irai chercher du travail en Angleterre.

— Houla, c'est carrément de l'autre côté de l'Océan, ça, non ? Qu'est-ce qu'y a ? T'aimes pas les États-Unis d'Amérique ?

— Il y a de bonnes choses en Amérique, mais je crois que j'en attendais trop. Quand j'ai débarqué à Ellis Island, j'espérais que les États-Unis deviendraient mon pays à tout jamais. Je n'y ai pas trouvé ma place. Alors j'ai décidé d'aller voir ailleurs.

— Heine, fais pas ça. T'es un type bien. Notre pays a besoin de gars comme toi. Laisse pas la place aux fumiers, au sergent de Tampa et autres salopards. Ils sont déjà bien trop nombreux. Y a rien qui pourrait te faire rester ?

— Il y avait une fille. Je voulais fonder un foyer avec elle. Mais elle en a préféré un autre.

— Des chouettes jeunes filles, c'est pas ça qui manque en Amérique. Y en a plein qui pourraient te rendre heureux.

— Je ne crois pas, Ott. Mais merci de tes paroles gentilles. il faut que j'y aille, maintenant. Prends soin de toi, Ott.

— Toi aussi, Heine. Et pars pas trop tôt, j'ai une dette à rembourser.

L'harmonica continuait à jouer tristement quand Paul agita la main et reprit la piste en direction de Daiquiri.

Une lune en forme de faucille jetait sur le camp une pâle lumière. Paul donna le tapis de sol à Jimmy, se pelotonna dans l'herbe humide, rabattit son chapeau de paille sur ses yeux et fit le vœu de dormir malgré tout ce qui l'en empêchait.

Il y avait d'abord la lueur rougeâtre qui palpitait dans le ciel au-dessus de Daiquiri où les ateliers de la compagnie minière brûlaient encore. Au large, les navires de guerre braquaient leurs projecteurs sur le village bombardé, la jungle, les montagnes escarpées s'élevant à sept ou huit kilomètres à l'intérieur des terres. Au loin, les troupes rebelles du général Demetrio Castillo chantaient en espagnol. Plus près, des sentinelles lançaient régulièrement leur « Qui va là ? ». Des insectes bourdonnaient. Et le ventre même de Paul faisait du bruit — il crevait de faim. Jimmy avait rapporté une gourde d'eau, une maigre ration de haricots en boîte et de biscuits qu'ils s'étaient partagée.

Malgré la lumière et le bruit, la chaleur et l'humidité, Paul finit par s'assoupir. Il s'éveilla en sursaut quand Jimmy hurla :

— Bon Dieu, qu'est-ce que c'est que ça ?

Paul se leva d'un bond. A la clarté de la lune, il vit Daws étendu sur le dos, frappant quelque chose sur sa poitrine. Quelque chose de rond comme une soucoupe, avec des appendices qui s'agitaient.

Paul sentit une bête grimper le long de sa jambe. Il baissa les yeux et poussa un cri. Une autre de ces créatures remontait vers son ventre, là où sa chemise déboutonnée laissait la peau à nu. Dans l'herbe, tout autour de lui, il entendit des bruissements, des claquements.

Paul fit tomber le crabe de sa jambe. C'était un animal hideux, avec deux longues pinces articulées, deux yeux ronds pédonculés, une sorte de bouche qui ressemblait à un bec de corne. En les regardant s'ouvrir et se refermer, Paul fut saisi d'une terreur paralysante.

Il tremblait, incapable de bouger. Un autre crabe grimpa sur sa cuisse. Autour de ses bottes, une demi-douzaine de ces horribles bestioles faisaient claquer leurs pinces. Jimmy continuait à crier et à bondir d'un pied sur l'autre, bien qu'il eût fait tomber l'animal qui l'avait réveillé. De semblables remue-ménage éclatèrent dans les tentes du régiment.

Jimmy s'approcha de Paul, entreprit de piétiner les crabes, dont la carapace craquait sous ses bottes. Ils émettaient de faibles bruits qui faisaient étrangement songer à des plaintes. Un sergent courut vers eux au moment où Paul se levait en titubant. Il reconnut le Cavalier sauvage efflanqué de Californie — Johnson.

— C'est des crabes terrestres ! s'exclama-t-il. Y en a toute une armée.

— J' me suis réveillé en en sentant un se balader sur ma figure, bon Dieu, gémit Daws.

— Le colonel Wood dit qu'ils ne sont pas vraiment dangereux, dit Johnson. Sauf quand on est blessé. Ce qu'ils cherchent, c'est de la viande saignante.

Il écrasa un crabe et partit prévenir quelqu'un d'autre.

— Aide-moi à porter le matériel, dit Paul, qui s'était ressaisi. On change de place.

— A quoi ça sert ? Y en a partout. J'aurais dû me tirer avant, tiens. Ou j'aurais mieux fait de pas venir du tout. Je vais peut-être te donner mon congé maintenant.

— Jim, il faut que nous continuions. Nous avons un boulot à faire. Me laisser tomber comme ça, ce serait lâche.

— Non mais dis donc, tu me traites de lâche ? Fais gaffe à ce que tu dis ou je te coupe la tête.

Daws saisit la machette, tourna sur lui-même, décapita quelques hautes touffes d'herbe dont les tiges tombèrent sur les carapaces brisées des crabes.

— Jim, du calme. Je ne t'ai pas injurié. J'ai juste dit que *si* tu me laissais tomber maintenant...

— Ferme-la, je t'ai entendu.

Ils restèrent un moment immobiles à se mesurer du regard au clair de lune. Soudain la fatigue eut raison de chacun d'eux en même temps.

— Bon, soupira Paul. C'est la trêve. Viens, on va s'installer ailleurs.

Jimmy ramassa le tapis de sol et ils portèrent leur matériel quelque deux cents mètres plus loin. Mais à chaque fois qu'ils s'allongeaient, le bruit des crabes les faisait se relever et s'agiter dans l'herbe, Paul s'aidant de son chapeau, Jimmy de sa machette, pour faire fuir les crustacés. Des cris s'échappaient aussi des tentes des Cavaliers sauvages, qui n'offraient qu'une mince protection contre les envahisseurs. Pour tous ceux qui campèrent sur le plateau cette nuit-là, le sommeil fut difficile à trouver.

Au matin, rompus de fatigue, ils mangèrent du biscuit et burent un gobelet de café tiède, puis ils se mirent en route pour Siboney. Devant eux s'étendait onze kilomètres de purgatoire vert.

La piste était engorgée de soldats lourdement chargés, de conducteurs de chariot luttant pour monter et descendre les pentes, de files de mules portant des sacs de vivres, des tonneaux d'eau, des caisses de munitions, des pièces démontées de canon Hotchkiss. Des lianes faisaient sans cesse tomber le chapeau de Paul ou se prenaient dans les pieds de la caméra. A deux reprises, la piste se déroba sous ses pieds et il tomba. Chaque fois, il eut le réflexe de protéger la caméra.

Ils arrivèrent derrière un gros chariot où s'empilaient des caisses portant toutes la même inscription : « Propriété de l'American Biograph Co. New York USA. » Le véhicule était embourbé. Reconnaissant la casquette pied-de-poule du conducteur, Paul cria :

— Billy !

— Salut, messieurs. Je suis dans de sales draps.

La roue avant droite était enfoncée jusqu'à la moitié du rayon. Les manches retroussées, Billy Bitzer fouettait ses deux mules tandis que Len, son assistant, tirait sur leur têtière.

— Je vous emmène volontiers si on arrive à se tirer de là, dit Bitzer.

Paul et Jimmy se mirent au travail, s'efforçant de soulever la roue embourbée. Bitzer maniait le fouet et Len tirait devant. En sueur, Paul cria :

— Ça vient, encore un peu, on y est presque...

La roue se dégagea brusquement, le chariot fit une embardée, se retrouva en terrain ferme.

— Beau boulot, fit Bitzer, enchanté. Chargez tout votre matériel et allons-y.

Paul posa sa caméra sur celle, beaucoup plus volumineuse, de la compagnie Biograph, entre les caisses de batteries. Il monta à côté de Bitzer tandis que Jimmy choisissait de marcher devant avec Len. La progression était lente, mais Paul fut content de se faire transporter un moment.

— Au fait, j'ai quelque chose à t'apprendre qui ne te plaira pas, marmonna Bitzer. Ton oncle, le général — il sait que tu es ici.

— Comment... ?

— Je l'ai rencontré sur la plage, on s'était croisés à Tampa. Il m'a interrogé sur les différentes équipes de tournage. Moi, je n'ai rien dit, mais... (Bitzer désigna son assistant d'un mouvement de tête) Len a lâché le morceau. Il ne savait pas qu'il faisait une bourde.

— Il ne pouvait pas savoir, dit Paul, l'air abattu. Mais maintenant, je vais devoir affronter mon oncle, c'est inévitable. Je ne peux pas me cacher et faire mon boulot en même temps.

Cinq cents mètres plus loin, ils tombèrent sur un autre chariot enlisé, dont deux roues étaient complètement sorties de la piste. Le véhicule penchait dangereusement. Agitant frénétiquement les bras, son conducteur s'écria :

— Les gars ! Salut ! Vous allez m'aider, hein ?

— Bon sang, c'est Paley, dit Bitzer.

Il tira sur les rênes. Paul et lui descendirent.

L'opérateur de l'Eden Musée était dans un état épouvantable. Son beau pantalon à rayures était taché et déchiré ; sa chemise de lin blanc, trouée à l'épaule, collait à son corps comme une loque mouillée. Il se traîna vers eux.

— Les copains, je suis malade. J'ai une fièvre terrible. Et l'essieu arrière est fendu. Vous allez m'aider, n'est-ce pas ? Nous faisons le même métier, hein ?

— *Aujourd'hui*, nous faisons le même métier, marmonna Bitzer à Paul. (A Paley, il lança :) Pousse-toi que je regarde.

Il s'agenouilla derrière le chariot, glissa une main dessous pour palper l'essieu. Paley oscillait sur place, l'air perdu.

— On peut le réparer ?

— Il est drôlement endommagé. Attends, je regarde encore.

La main de Bitzer disparut à nouveau sous le chariot. Il y eut un craquement soudain ; les roues arrière se couchèrent et le châssis du chariot s'effondra. Bitzer avait retiré sa main juste à temps.

— Il n'est pas fendu, il est cassé en plein milieu. Pas de chance.

— Pour l'amour du Ciel, les gars, il faut que j'aille au front ! Il y a de la place dans votre chariot ?

— Non, j'en ai peur.

— Alors, vous voulez bien trouver quelqu'un pour m'aider ?

Bitzer s'éventa avec sa casquette.

— Désolé, Paley, je n'ai pas beaucoup d'influence, je suis un moins-que-rien, tu te rappelles ? Fritz Crown, c'est pareil. Mais si nous tombons sur Shafter ou sur Wheeler, nous leur demanderons d'envoyer une escouade à ton secours. Salut.

Ils abandonnèrent Paley près de son chariot ; il semblait au bord des larmes. Paul n'avait pas envie de rire des malheurs d'un confrère mais quelque chose en lui se réjouissait de voir l'arrogance punie.

— Billy, dit-il quand ils furent suffisamment loin, tu es une sale vache. C'est toi qui as cassé l'essieu, hein ?

— Moi ? J'y ai à peine touché ! Ce sale prétentieux peut chialer, ça m'est bien égal. C'est un concurrent. C'est la guerre.

Peu après midi, le chariot descendit une colline près du village de Siboney. Au bord de la piste, Paul vit deux crabes terrestres dévorant les restes d'un rat. Leur carapace, tachetée de noir, d'orange et de jaune clair, ressemblait à une orchidée. Agitant leurs pinces, ils tournèrent leurs petits yeux pédonculés vers le chariot bruyant. Les mules, qui ne les aimaient pas non plus, s'étaient mises à braire.

Paul n'avait jamais rien rencontré qui l'emplît d'une peur aussi totale. Il continua à frissonner longtemps après que le chariot fut passé en grinçant devant les affreuses bêtes.

Bitzer le laissa à la lisière de Siboney. La rivalité professionnelle reprenait ses droits. L'équipe de la Biograph voulait poursuivre seule. Parfait — Paul aussi. Il remercia son confrère, lui serra la main et agita le bras quand le chariot repartit.

Siboney était un peu plus grand que Daiquiri, mais tout aussi misérable. Des huttes, des maisons branlantes s'éparpillaient sur les flancs d'un ravin courant jusqu'à la côte. Tout au bout d'une plage incurvée, des bateaux de pêche étaient amarrés à une jetée délabrée. Les transports de troupes ancrés au large continuaient à dégorger leurs soldats en longs chapelets de canots. Il restait au moins six mille hommes à débarquer.

Sur la plage, des soldats nus nageaient et s'ébrouaient dans l'eau. Leur vue arracha à Daws un de ses rares sourires.

— On installe la caméra, dit-il. Ça plaira aux filles de Chicago, toutes ces queues à l'air, hein ?

— Je ne crois pas qu'Iz Pflaum apprécierait.

Fatigué, Paul posa son matériel et s'assit sur un sac de noix de coco abandonné. Il tendit la main.

— Tu me la prêtes ?

Jimmy lui tendit sa machette à contrecœur. Paul fendit une noix de coco, en aspira le lait. C'était douceâtre, il n'aimait pas trop ce goût, mais ça valait largement l'eau croupie qu'ils buvaient.

Ils trouvèrent un endroit où camper parmi les centaines de soldats qui avaient planté leur tente ou s'étaient simplement installés à même le sol. Le lieu était exposé au vent, les coquillages brisés rendaient le sable piquant, mais Paul espérait que cela empêcherait les crabes terrestres d'envahir le campement.

Il voulut se promener un moment sur la plage, mais ses pieds étaient couverts d'ampoules et ses jambes lui faisaient mal ; son dos était douloureux d'avoir porté la caméra ; le trépied avait mis la chair de ses deux épaules à vif. Il défit sa chemise, serra les dents et lava les écorchures à l'eau salée.

Jimmy avait disparu pour une autre de ses mystérieuses excursions. « Qu'il vole ce qu'il veut, je m'en fiche », pensa Paul avec lassitude. Il trouva un première classe qui se chauffait au soleil en lisant une revue, lui donna cinquante cents pour surveiller son matériel et prit la direction du centre du village.

Siboney grouillait d'Américains prêts à se battre. Toutes les deux minutes, Paul devait faire un bond de côté pour laisser passer un courrier à cheval lancé au galop. Il parla à plusieurs sous-officiers et officiers, mais aucun d'eux ne savait quand les troupes se mettraient en marche. Découragé, il se tourna face au soleil. Portant la main à son front, il recula dans l'ombre d'une baraque. Quand il baissa le bras, Michael Radcliffe était devant lui, apparu comme par magie.

Le journaliste balançait la canne à lourd pommeau qu'il arborait à Ybor City. Une fois de plus, il offrait l'image même de la fraîcheur et de la propreté avec son élégant costume de flanelle blanche, son canotier, ses chaussures pointues en cuir noir rehaussé d'empeignes de toile blanche. Seule concession à la chaleur, il avait laissé le col de sa chemise ouvert, et ne portait pas de cravate.

— Comment vas-tu, mon ami ? Tu as l'air complètement perdu.

— Comme tout le monde. Sauriez-vous quand la campagne doit commencer ?

— Absolument pas. Cela ne me dérange d'ailleurs pas vraiment. J'ai trouvé mon Q.G. ; je décrirai tous les combats de la table de cette *cantina*, là-bas.

Paul allait répondre quand un bruit de sabots attira son attention. Un groupe d'officiers quittait le village au trot en direction de Santiago. Il reconnut la barbe blanche de Wheeler et se raidit en découvrant le cavalier qui suivait juste derrière. Observant sa réaction, Radcliffe demanda :

— Lequel est ton oncle ?

— Le deuxième.

— Je l'ai déjà vu. C'est un coriace, on dirait.

— Tout à fait.

— Mais tu ne veux pas qu'il te voie, c'est bien cela ? Tu ne veux pas lui parler.

Bien qu'une part de lui-même mourût d'envie de se réconcilier avec son oncle, Paul répondit :

— Je n'ai aucune raison de vouloir lui parler.

Michael réfléchit un instant.

— Étant donné la façon dont il t'a chassé de sa maison, je te comprends. Je ne te parlerai plus de lui. Veux-tu m'accompagner à la *cantina* pour boire un verre ?

En chemin, Paul demanda à Michael s'il avait rencontré von Rike, l'attaché militaire allemand, et s'il l'avait reconnu.

— Je devrais ?

— Il était à la gare de Berlin, il y a sept ans, quand vous avez surgi de nulle part pour railler mes dessins. Il faisait partie du groupe d'officiers qui observait le déchargement du train de Buffalo Bill. Il était lieutenant à l'époque.

— Et il n'est que capitaine maintenant ? L'avancement n'est pas rapide en temps de paix. Les gens prétendent haïr la guerre mais en réalité ils l'adorent en secret. Elle présente tant d'avantages ! Promotions sur le champ de bataille. Contrats juteux. Occasions de coucher avec de charmantes créatures qui brûlent de montrer leur admiration aux braves gars en uniforme... Von Rike, hein ?

— Oui. Il ne me plaît pas plus aujourd'hui qu'autrefois.

— Autant t'habituer à ce genre de types. Lui et ses congénères de l'armée forment la nouvelle Allemagne, avec la marine allemande et le Kaiser. Drôle de Sainte-Trinité.

La *cantina* était petite, mais relativement propre. Son tenancier bedonnant vendit à Paul une demi-douzaine de cigares pour quelques pesos. La bière qu'on servait ne pouvait rivaliser avec la Crown mais elle était fraîche et il avait soif. Michael déclara son gin « à peine buvable », puis demanda au propriétaire si l'on pouvait trouver des femmes à Siboney. Absolument, répondit l'homme, qui se déclara prêt à s'en occuper.

— Plus tard, fit Radcliffe en le congédiant d'un geste. Pourquoi me regardes-tu comme ça ? dit-il à Paul.

— Simple curiosité. Vous ne craignez pas que votre femme se conduise comme vous quand vous êtes absent ?

Radcliffe ne fut pas offensé par la question — amusé, plutôt.

— Cecily ? Jamais de la vie. C'est une femme honorable. Il y a d'ailleurs quelqu'un qui l'accompagne régulièrement au théâtre, aux soirées...

— Un homme ?

— Certainement. Anthony Albert Parsons. C'est un comédien. Il possède le plus beau, le plus viril des visages qu'on puisse trouver. Si j'avais son physique, les femmes feraient la queue au pied de mon lit. Mais il se trouve qu'Anthony préfère son propre sexe. En termes vulgaires, c'est un pédé. Cecily l'adore et je l'aime beaucoup moi aussi. (Radcliffe soupira en posant sa canne sur la table.) Réussir amollit. Fut un temps où j'abhorrais toute créature vivante.

— Je crois m'en souvenir, dit Paul.

Ils rirent tous deux. Après un silence, Paul reprit :

— Michael...

— Cher monsieur ?

— J'ai décidé d'accepter votre offre d'aide en Angleterre.

— Magnifique ! J'envoie sur-le-champ un télégramme à mon beau-père. Je le glisserai avec les articles qui partent de Key West. On est en train de poser des câbles reliant Cuba aux États-Unis mais si j'ai bien compris, l'usage en sera réservé aux bavardages militaires. Le roi de la presse à sensation, Mr. Hearst, envoie quant à lui son yacht personnel et une flottille de vedettes pour transporter la copie.

Il se renversa en arrière, se frotta le menton.

— Je suis positivement ravi que tu aies abandonné ta vision paradisiaque de l'Amérique. Tu as franchi les portes de la sagesse. Félicitations, Fritz !

Un moment plus tard, les demi-portes de la *cantina* grincèrent. Crane entra d'un pas nonchalant, une sacoche sur l'épaule. Un carnet gonflait la poche de sa veste de chasse couverte de poussière. Bien que son sourire fût aimable, Paul eut à nouveau la même impression : les yeux de l'écrivain recelaient trop de tristesse pour un homme de moins de trente ans.

— Stephen, assieds-toi, dit Radcliffe. Tu en sais toujours plus que nous tous — Dieu sait comment, puisque je ne te rencontre jamais que dans des endroits comme celui-ci.

Crane prit place à la table, commanda un bourbon du Kentucky.

— *Cubano whisky unico, señor*, répondit le tenancier ventru. *No americano, yo sentiro.*

— Alors, la production locale fera l'affaire, soupira Crane. (Il ouvrit la sacoche, jeta quelques feuilles jaunies sur la table.) Journaux, messieurs ? Voici la moitié d'un *Tampa Times*, un torchon hebdomadaire de deux pages publié à Key West, et un *New York World* vieux de dix jours. Je les ai ramassés sur la plage.

Radcliffe prit le journal new-yorkais et s'exclama :

— Pouah ! Qu'est-ce que c'est que cette tache dégoûtante ? Du sang ?

Amusé, le romancier répondit :

— Un pauvre type avait une boîte de soupe à la tomate dans son barda. Il y a eu une sorte d'altercation pour se l'approprier. J'en ai profité pour piquer les journaux.

Radcliffe laissa retomber le *World* avec dédain.

— Confie-nous ce que tu sais, Stephen. Je paierai la tournée.

— Tu fais peut-être une mauvaise affaire, mais j'accepte.

Le tenancier apporta le whisky ; Crane se lécha les lèvres en regardant le verre.

— Voici les informations que je possède pour le moment. Là-haut dans les collines, les Espagnols tiennent un carrefour stratégique. Des fantassins du général Castillo s'y sont aventurés. Ils ont été sérieusement accrochés et ont détalé. Il faut s'emparer du carrefour, c'est le seul moyen d'atteindre Santiago. Au-delà, sur une plaine, se trouve un petit bourg nommé Sevilla. Les éclaireurs de Castillo affirment que ce serait le meilleur campement, sinon le seul, entre ici et l'objectif. Je crois savoir que Wheeler remonte la route pour reconnaître les positions espagnoles.

— Nous l'avons vu partir, confirma Paul.

— Ça ne me surprend pas, ce type aime le feu. Il a râlé toute la journée parce que Shafter maintenait la cavalerie à l'arrière, derrière les troupes régulières de Lawton et les volontaires de Bates. Mais je crois qu'en plus le vieux Joe a une idée en tête. Le pachyderme flotte encore sur l'Océan. Jusqu'à ce qu'il débarque, Wheeler est l'officier le plus élevé en grade à terre. S'il fait vite, il pourra obtenir ce qu'il veut.

Radcliffe se pencha par-dessus la table.

— Tu veux dire un peu de sport ?

— Exactement, répondit Crane. (Il goûta le whisky.) Seigneur, quelle rinçure ! gémit-il, avant d'en avaler néanmoins une bonne gorgée. Alors, Fritz, tu as fait quelque chose de bon avec ta caméra ?

— Hier, j'ai tourné des scènes de débarquement. J'ai aussi filmé à bord du bateau. On voit beaucoup le colonel Roosevelt.

— Toujours prêt à prendre la pose, Teddy. Sans le savoir, tu participes peut-être déjà à la campagne pour l'élection du nouveau gouverneur de New York.

— Ce que je veux surtout, ce sont des scènes de combat.

— Alors, suis Joe Wheeler. A part les deux messieurs de couleur qui sont allés rejoindre leur Créateur hier, cette guerre a été diablement gentillette, jusqu'ici. Je crois qu'à partir de maintenant, nous allons voir du sang.

Crane avait raison quand il disait que Wheeler pressait le mouvement pour profiter de sa supériorité temporaire. A la nuit tombée, alors que les projecteurs des navires ratissaient la plage et que des centaines de soldats se baignaient nus dans la lumière — c'était l'une des scènes les plus improbables que Paul ait pu voir, et il la tourna sans espérer que Shadow la distribuerait —, l'ordre fut transmis de se mettre en marche le lendemain matin. Objectif : la ligne de défense espagnole barrant la route de Santiago, au croisement d'une voie de moindre importance menant à un village abandonné, Las Guasimas, du nom d'une espèce d'arbre locale. Les Espagnols étaient retranchés sur les collines surplombant la route. Les généraux Wheeler, Young et Crown avanceraient par la route principale avec huit unités de troupes régulières : quatre du 1er régiment d'infanterie, quatre du 10e de cavalerie à pied. Empruntant une piste courant entre les collines plus proches de la côte, les Cavaliers sauvages de Wood feraient route vers le même objectif, le carrefour de Las Guasimas.

Les troupes de l'oncle Joe prenant la route de Santiago, Paul décida d'accompagner les Cavaliers — à supposer qu'on le lui permette. Il cherchait toujours à éviter son oncle. Il ignorait la façon dont il réagirait, ce qu'il dirait s'ils se rencontraient. Son envie de blesser Joe Crown en lui annonçant son départ pour Londres était passée ; prendre la décision et en informer Michael l'en avait en quelque sorte délivré. Il devrait cependant prévenir la famille à son retour en Amérique. Il leur devait cet égard, en particulier à tante Ilsa.

Il se lava et fit sa lessive dans l'Océan. Un peu partout sur la plage flamboyaient de grands feux de bois. Agenouillés au bord de l'eau, des hommes nus frottaient leur linge. D'autres dansaient une sarabande autour des flammes en criant et chantant.

De temps à autre, des bandes de cavaliers cubains faisaient galoper leurs chevaux faméliques sur la plage. Ils tiraient des coups de feu en l'air que les Espagnols ne pouvaient manquer d'entendre de leurs fortifications, situées à moins de cinq kilomètres de là. Certains faisaient sauter leur monture par-dessus les Américains allongés, qui ne goûtaient pas la plaisanterie. Les faisceaux des projecteurs allaient et venaient, éclairant les eaux pour les canots bondés qui rejoignaient la côte sur les rouleaux à crête blanche. Avant que les embarcations n'accostent, plus d'un soldat sautait tout habillé dans l'eau peu profonde, éclaboussait ses camarades ou renversait sur sa tête son chapeau plein d'eau. On avait peine à imaginer spectacle plus bizarre, et Paul y voyait une sorte de *Walpurgisnacht* militaire.

Il étendit ses habits lavés près du feu dans l'espoir qu'ils seraient secs le lendemain et qu'il pourrait les ranger dans son sac, qu'il avait l'intention de laisser à la *cantina*. Il lui restait une chemise et un pantalon secs, qui dégagèrent une odeur de moisi quand il les sortit du sac.

Assis devant le feu, Jimmy passait et repassait la lame de la machette sur son pouce, qu'il humectait de temps à autre avec sa langue.

— Alors, c'est demain qu'on se fait tirer dessus ?

— C'est demain que nous filmons des combats, si nous avons de la chance. Je vais demander l'autorisation d'accompagner les Cavaliers sauvages.

— Je pleurerai pas si on t'envoie balader.

Paul se rendit au bivouac du régiment de Wood, arrivé de Siboney en fin d'après-midi. La première personne qu'il reconnut fut Hugh Johnson, le Californien à la peau tannée et aux yeux verts.

— Qu'est-ce que vous voulez, Fritz ?

— J'aimerais me joindre à votre unité si Wood et Roosevelt sont d'accord.

— Adressez-vous plutôt à Wood, Teddy est de mauvais poil depuis que son cheval, Rain-in-the-Face, s'est noyé à Daiquiri. Bonne chance.

Paul se dirigeait vers la tente du colonel quand de grosses gouttes chaudes s'écrasèrent sur lui. Tandis qu'il attendait dehors, la pluie se mit à tomber à verse, faisant monter du sol des nuages de vapeur. Quand vint son tour, il fut surpris par l'aspect physique de Wood. Le vigoureux colonel du 1er régiment semblait épuisé. Les coudes appuyés sur un bureau en caisses d'emballage, il passa lentement les doigts sur ses tempes tandis que Paul formulait sa requête. A la fin, il fronça les sourcils et Paul craignit un refus. L'homme était un militaire de carrière rigoureux que ses troupes avaient surnommé la Glacière.

— Davis vient avec nous, dit-il, ainsi que Mr. Marshall, du *New York Journal*. Il n'y a pas de raison pour que je vous refuse, à Mr. Bitzer et à vous, ce que je leur accorde. Paley est à l'hôpital. Dieu sait comment Bitzer arrivera à suivre avec toutes ses batteries. Vous avez beaucoup de matériel, vous aussi ?

— Mon collègue et moi pouvons le porter facilement.

— Bon, permission accordée. Mais vous devrez rester à l'arrière. Et dégager immédiatement la piste si on vous l'ordonne. Sinon, nous vous passerons dessus.

— Compris.

— Je vous répète ce que j'ai dit à Davis et à Marshall. Demain, ce ne sera pas une promenade dominicale dans un parc d'attractions. Vous sentirez la poudre avant la fin de la journée. Des hommes mourront probablement. Vous pourriez en faire partie.

— Je veux quand même venir.

— Alors, soyez prêts à trois heures du matin. Prévenez Bitzer si vous le voyez.

Paul remercia Wood et partit. Il chercha vainement Bitzer pendant une demi-heure, puis renonça. Ce ne serait pas difficile d'être prêt à trois heures ; avec la pluie chaude qui tombait, personne ne dormirait sur la plage de Siboney.

Vendredi 24 juin, cinq heures et demie du matin. Les troupes de Wood se rassemblèrent à l'entrée de la piste.

Seuls quelques hommes avaient des chevaux — Davis et Marshall, les correspondants, deux aides de camp de Wheeler, le colonel Wood, le major Alex Brodie, un vieux briscard qui commandait le 2e escadron, et le lieutenant-colonel Roosevelt, placé à la tête du 1er. Il montait Little Texas, la deuxième des deux bêtes qu'il avait emmenées.

La plupart des hommes avaient bon moral, même s'ils avaient passé la nuit sous la pluie et frissonnaient à présent dans leurs vêtements mouillés. Comme à son habitude, Richard Harding Davis était impeccable avec son costume bleu foncé, son col haut, sa cravate et son feutre muni d'un voile pour lui protéger la nuque. Il présenta Paul et Jimmy à l'autre journaliste, Marshall, dont le long pare-poussière blanc était immaculé. Comment les reporters faisaient-ils pour rester propres ? Paul n'en avait pas la moindre idée. Jimmy et lui ressemblaient à une paire d'épouvantails crottés.

Ils attendirent à l'arrière de la colonne avec la caméra et le sac de toile, entamèrent la conversation avec un premier classe aux jambes arquées. Il s'appelait Jerry Pruitt et venait du Texas, où il travaillait comme cow-boy dans un vaste ranch portant le nom de Main Chance [1].

Les Cavaliers sauvages discutaient beaucoup des armes qui manquaient au régiment. Un canon à dynamite et deux mitrailleuses avaient été égarés dans le chaos du débarquement. Cette perte créait

---

1. Voir *California Saga*, du même auteur. *(N.d.T.)*

une certaine appréhension, de même que les spéculations sur l'armement des Espagnols — des fusils Mauser, avec de la poudre sans fumée.

— Paraît que les balles de Mauser s'enfoncent de vingt centimètres de plus dans un bloc de sapin que les munitions Krag qu'on nous a fourguées, fit Jerry Pruitt d'une voix plaintive.

A cinq heures quarante-cinq, la colonne se mit en marche, en rangs par quatre. Paul chargea la caméra sur son épaule, Jimmy souleva le sac — il avait laissé sa veste et sa valise à la *cantina*, avec les affaires de Paul. La machette pendait à sa ceinture.

Au moment où la colonne s'ébranlait, Bitzer et Len, son assistant, arrivèrent avec une charrette transportant leur encombrante caméra et plusieurs batteries. Comme il n'y avait pas de place pour eux dans le véhicule, les deux hommes de la Biograph marchaient de chaque côté de la mule. Paul se laissa distancer pour les accueillir.

— Alors, on t'a prévenu. Je suis content. Je t'ai cherché hier soir, sans te trouver.

— Merci, fit Bitzer. (Il examina la piste.) Avec ce chargement, nous aurons de la chance si nous réussissons à suivre. Bonne chance, en tout cas.

— A toi aussi, Billy.

La première heure de marche fut pénible. La piste escarpée montait entre les collines. Très vite, elle se rétrécit, ramenant les rangs de quatre hommes à une file indienne. Les Cavaliers sauvages avançaient aussi vite que le terrain le permettait, sautant par-dessus des ornières remplies d'eau ou de grosses plantes rampantes. Chaque pas laissait une empreinte dans la terre meuble. Malgré l'épais feuillage des arbres, Paul savait que le soleil était levé ; il en sentait la chaleur.

La densité de la jungle empêchait d'envoyer des flancs-gardes, ce qui exacerbait l'impression de danger, de vulnérabilité. La charrette de Bitzer ne tarda pas à être distancée. De temps à autre, Paul se retournait pour estimer son retard. La quatrième fois, elle avait disparu derrière une bosse de la piste. Il était désolé pour l'équipe de la Biograph — mais pas mécontent de devancer son concurrent.

La colonne franchit enfin la dernière crête et descendit vers un terrain plus plat. Après un passage relativement escarpé, la piste sinua entre des petites buttes rondes ; la progression devint plus facile.

Sous un ciel bleu vif, sans nuages, la marche faisait déjà ses premières victimes. Paul compta plus d'une douzaine d'hommes étendus ou assis dans l'herbe, terrassés par la chaleur. Honteux de leur défaillance, ils évitaient le regard de ceux qui passaient.

Sur la gauche, des prés d'herbe jaune ondulaient, délimités par des barbelés. Des brèches avaient été ouvertes dans la clôture, sans doute par les Espagnols, supposa Paul. A droite, le sol descendait doucement vers la route invisible où l'oncle Joe et les autres officiers supérieurs avançaient avec leurs unités. Si la colonne de Paul était encore trop loin pour distinguer nettement les fortifications espagnoles, on apercevait quelques petits blockhaus sur les hauteurs, au-dessus du carrefour.

Entre la piste et la route, le sol était couvert d'herbe haute, d'épais fourrés de ronces et de bosquets épars de cocotiers au tronc penché. Ici ou là miroitait un lagon. Deux buses au bec crochu, aux lourdes ailes de cuir, tournoyaient au-dessus d'eux.

Vers sept heures et demie, les hommes suaient abondamment et maugréaient contre la chaleur. Le colonel Wood ordonna une halte et transmit l'ordre suivant : « Chargez vos armes et cessez de parler. » Les soldats armèrent leurs fusils Krag-Jorgensen. A la différence des autres unités, les Cavaliers sauvages avaient reçu des cartouches à poudre sans fumée. Wood, Roosevelt et Brodie l'avaient exigé.

Jimmy s'assit sur une couverture pour fumer une cigarette. Paul alluma un de ses petits cigares, remarqua que la marche et l'humidité avaient craquelé la pointe de ses bottes. La main au-dessus des yeux, il inspecta à nouveau le terrain entre la piste et les fortifications ennemies. Il avait étudié une photo d'uniformes espagnols : le chapeau de paille était courant sous les tropiques. Il n'en vit aucun. Il n'entendit aucun coup de feu. Il en fit la remarque au soldat Pruitt, qui haussa les épaules.

— Y sont peut-être déjà partis.

Paul en doutait.

L'air lourd vibrait de bourdonnements d'insectes. Le calme le rendait nerveux, il ne cessait de scruter les collines, où il n'y avait pas trace de l'ennemi.

Jerry Pruitt tendit sa gourde aux deux hommes ; Jimmy s'en empara, but avidement. Quand il la passa enfin à Paul, il ne restait plus grand-chose. Jimmy recracha sur un mouchoir l'eau qu'il avait gardée dans la bouche pour s'essuyer le cou et les joues.

La marche reprit un rythme lent donné par les hommes de tête. Les troupes du général Wheeler progressaient sans doute de la même manière sur la route. A huit heures quinze, une détonation soudaine fit sursauter tout le monde.

— Canon Hotchkiss, dit un officier. Ça doit être Wheeler.

Plus haut, en direction de la route, un nuage de fumée blanche s'éleva. Paul planta son trépied dans l'herbe mais avant qu'il pût tourner la manivelle, la fumée se dissipa. On entendit alors une salve de coups de feu provenant non de la route mais d'un point situé juste au-dessus — en tête de la colonne, constituée par les éclaireurs cubains et des hommes de la compagnie L. Les Krag-Jorgensen ripostèrent. Le cœur de Paul se mit à battre la chamade.

— Nous y voilà.

— Jésus-Marie, murmura Jimmy d'une voix tremblante.

Pâle comme un ventre de poisson, il se signa.

Le tir devint bientôt ininterrompu, aussi bien sur la route lointaine que sur la piste. Mêlé aux détonations des fusils, Paul distingua un crépitement qu'il attribua aux mitrailleuses. Il monta de quelques mètres sur le flanc d'une colline d'où il vit l'escadron de Roosevelt obliquer vers la route, probablement dans le but d'opérer la liaison avec Wheeler. A la machette et au sabre, les hommes de Teddy taillaient la jungle devant eux. L'escadron du major Brodie continuait à avancer sur la piste, sans doute pour surprendre l'ennemi de biais au carrefour de Las Guasimas.

Paul redescendit, souleva le trépied, le posa sur son épaule. Le poids tortura la chair à vif sous sa chemise. Ce matin, la blessure avait suppuré.

— Jimmy, on y va.

Assis par terre, Daws lorgna son collègue par-dessous le bord de son melon.

— Jim, qu'est-ce qu'il y a ?

— Y a rien. C'est ici que j'arrête. J'ai pas envie de choper une balle métèque ce matin.

— Je ne peux pas porter la caméra et le sac.

— T'as pas besoin du sac, t'as suffisamment de pellicule. Je serai là quand tu reviendras.

Épuisé, accablé par la chaleur, et plus qu'effrayé par le bruit des combats, Paul perdit patience :

— Je suis sûr qu'Honoria Fail sera fière de ton héroïsme.

Jimmy saisit la machette restée dans l'herbe et fit mine de se lever.

— Reste assis et ferme-la ! cria Paul. Toi et moi, nous ne faisons plus équipe.

— On fait plus équipe depuis longtemps, sale Boche prétentieux ! Fous le camp, va te faire trouer la peau !

Écarlate, Paul fit volte-face et partit avec la caméra. Dans le fracas d'un feu nourri, il suivit les étendards du 2e escadron à travers les collines basses jusqu'à la lisière d'une étendue plate. A l'autre bout se dressaient des bâtiments de couleur sable, avec des toits de tuiles rouges et des murs percés de plusieurs gros trous irréguliers. Était-ce un ranch abandonné ? A en juger par la façon dont les premiers rangs mitraillaient le lieu, des troupes espagnoles devaient y être retranchées, balayant l'espace découvert de leurs tirs. Aucun panache de fumée ne révélait leur position.

Les Américains avançaient avec une régularité opiniâtre, toujours de la même manière. Quelques soldats de la première ligne se levaient, couraient sur deux ou trois mètres, se jetaient à terre et tiraient. D'autres les dépassaient en courant, établissant une nouvelle première ligne. Des hommes s'effondraient dans un cri avec une soudaineté terrifiante. Pourtant la ligne avançait, Wood et Brodie devant, menant leurs hommes.

Sur le flanc droit, les lignes de l'escadron de Roosevelt progressaient de la même façon parmi les palmiers et les cocotiers en direction de la route invisible. Paul aperçut le colonel sur son cheval, brandissant son sabre. Au-delà, on distinguait à peine les défenses espagnoles — des bastions de pierres plates empilées en haut des crêtes, et au moins deux petits blockhaus. Une couronne de chapeaux de paille apparaissait au-dessus des fortifications.

Paul porta la caméra près de l'arrière des lignes américaines, planta le trépied dans l'herbe et se prépara à tourner la manivelle quand il entendit une sorte de ronflement près de son oreille. Il se baissa par réflexe. Des balles de Mauser...

Son regard balaya les alentours et tomba sur Pruitt. Comme si ce regard avait provoqué une tragédie, les mains du cow-boy s'élevèrent brusquement, son fusil tomba à ses pieds. Son corps parut se replier tel un chiffon qu'on jette. Baissant la tête, Paul s'élança à découvert pour rejoindre le Texan.

Jerry Pruitt se redressa, pressa de ses deux mains le devant de sa chemise kaki. Du sang coula entre ses doigts, sur ses poignets. Malgré son regard vitreux, il reconnut Paul, tenta de parler à travers ses dents serrées. Paul secoua la tête pour montrer qu'il ne comprenait pas.

Pruitt ferma les yeux, une expression paisible détendit ses traits. Très lentement, il bascula en arrière, s'étendit dans l'herbe. Le soleil jouait sur sa joue gauche bien rasée, où une grosse mouche bleue se posa.

Paul se leva. Malgré le vacarme de la fusillade, il entendit un autre bruit tout à fait distinct dans l'herbe haute, derrière Pruitt. Un bruissement, un claquement...

— Brancardier ! cria-t-il. Où est le médecin ?

Mais ni les brancardiers, ni le lieutenant Church, médecin du régiment, n'étaient à portée de voix.

Au moment où le premier crabe apparaissait, Paul sentit les intestins de Pruitt qui se vidaient. Sur le visage du soldat mort grouillaient maintenant des centaines de mouches, formant un tapis noir.

Debout dans cet espace découvert, un cadavre à ses pieds, des balles sifflant autour de lui, Paul connut un moment étrange et intemporel. La prise de conscience de sa propre mortalité le bouleversa.

Il ôta son chapeau de paille, essuya de sa manche son front ruisselant. Le soleil l'aveuglait. Paul changea à cet instant, il entra dans un état entièrement inconnu. Il sentit descendre sur lui un énorme fardeau, dont il devinait qu'il ne pourrait jamais se délivrer. La transformation était achevée. Le jeune Pauli Kroner avait disparu à tout jamais.

Il se détourna de la lumière cuisante du soleil et reprit conscience de la réalité.

Paul s'empressa de déplacer la caméra et parvint à filmer brièvement Mr. Marshall, le journaliste, griffonnant sur son genou tandis que les Cavaliers sauvages accentuaient leur pression en mitraillant les bâtiments. Quelqu'un s'écria :

— Brodie est touché ! Il est tombé !

Roosevelt revint au galop, sauta de son cheval et courut vers les soldats qui entouraient le commandant blessé. Marshall, qui suivait le colonel, vacilla tout à coup et tomba à genoux. Il s'affala sur ses notes, une tache de sang dans le dos de son pare-poussière blanc.

Paul avança encore sa caméra, se demanda combien de temps ses jambes tiendraient. Il découvrit quatre corps gisants, en identifia deux. Le sergent Ham Fish et le capitaine Capron, commandant de la compagnie L.

Les Cavaliers sauvages continuaient à progresser et à tirer. Paul contemplait les cadavres ; l'instinct professionnel lui soufflait de filmer tant qu'il en avait la possibilité.

« Es-tu idiot ? Shadow n'aimera pas ça. Pflaum ne le passera jamais dans sa salle. Crois-tu sérieusement que des boutiquiers de l'Illinois, des veuves de l'Ohio accepteront de donner un seul sou pour voir des cadavres sanglants couverts de mouches ? »

Dans sa tête, une seconde voix argua :

« Peut-être que personne n'a envie de voir ça, mais c'est la vérité. »

Roosevelt agitait son chapeau, criait des encouragements aux premières lignes, où il avait remplacé Brodie. Un autre balle de Mauser passa près de Paul avec un ronflement sourd qui sembla le railler, lui dire qu'elle l'avait épargné mais que la prochaine ne le ferait peut-être pas. L'image de Wex Rooney, immense, surgit dans son esprit. « Dis la vérité. Rien d'autre ne compte. »

Il inclina la caméra, actionna la manivelle, et filma les morts de la compagnie L.

Des soldats déboulèrent de l'arrière des bâtiments, chapeaux de paille et uniformes de coton à rayures bleues. Paul tournait fébrilement la manivelle tandis que les Espagnols s'élançaient l'un après l'autre au-dehors, jetaient leur fusil et s'enfuyaient. Un porte-drapeau laissa tomber la bannière rouge et jaune de l'Espagne. Il ne retourna pas sur ses pas pour la ramasser ; d'autres la piétinaient déjà. Tandis que la ligne kaki se lançait à leur poursuite, dépassant ses blessés, dépassant ses morts, Paul continuait à tourner.

Les Cavaliers sauvages avaient envahi tous les bâtiments. Il y eut encore quelques coups de feu. Un officier au bras cassé d'où saillait un os blanc arriva du flanc droit et se dirigea vers l'arrière. Paul cessa de filmer pour lui demander :

— Que se passe-t-il ?

Le lieutenant grimaça — il était bien jeune pour avoir tant de dents en or.

— Les Espagnols tiennent leurs positions, là en bas. Wheeler a dépêché un courrier, il demande que Lawton lui envoie un régiment d'infanterie.

L'officier repartit en titubant. L'image de son hideux sourire s'attarda dans l'esprit de Paul, qui mit un moment à se ressaisir.

Tendant la main vers la manivelle, il vérifia le compteur, jura. Plus que deux mètres de pellicule. Il fallait retourner à l'arrière, trouver Jimmy, ou le sac de toile si Jimmy l'avait abandonné. Paul laissa sur place la caméra et plus de soixante mètres de pellicule impressionnée : la bataille, les cadavres, l'herbe piétinée et couverte d'un sang qui paraîtrait noir sur l'écran.

Il marcha cinq cents mètres, et s'arrêta pour aider un Cavalier sauvage qui tentait de garrotter lui-même son bras gauche avec un bâton et un mouchoir.

Il passa devant un éclaireur cubain mort, la chemise blanche percée d'au moins cinq trous, le visage déjà ravagé par une demi-douzaine de crabes terrestres. Comme tant d'autres rebelles, c'était un adolescent de quatorze, quinze ans, tout au plus. Paul ramassa une pierre, la lança avec force, brisa la carapace jaune d'une de ces ignobles créatures, dispersa les autres. Dès qu'il s'éloigna, elles revinrent à la charge.

Paul commit l'erreur de se retourner. Il vit un crabe détacher de sa pince le globe oculaire gauche du garçon et l'écraser comme une olive pâle. Il eut un haut-le-cœur, se plia en deux et vomit le peu de nourriture qu'il avait dans l'estomac.

Il entendit Jimmy avant de le voir. Il l'entendit grogner de façon étrange, comme s'il fournissait un gros effort. Paul se glissa dans une brèche du fil barbelé courant le long de la piste. Jimmy était là dans l'herbe haute, torse nu, agenouillé sur un corps. Près de lui, le sac en toile. Dans sa main droite, la machette ensanglantée.

Paul reconnut le lieutenant blessé. Il était mort, à présent. Il lui manquait la moitié de ses dents en or, qui étincelaient dans l'herbe, à côté de son oreille.

Jimmy tourna la tête. Voyant l'expression de Paul, il eut un curieux sourire honteux, comme pour l'amadouer. La chaîne perdue à son cou brillait au soleil.

— J' me fais un peu de fric avant de partir.

— Tu l'as tué, il était juste blessé au bras.

— Hé, qu'est-ce que ça peut te foutre ?

Paul se jeta sur lui avec un cri de rage.

102

Juliette

La pluie tombait sur Bel-Océan, lavait la terrasse de marbre et criblait les bassins du jardin. C'était une averse de fin d'après-midi d'été, chaude, mélancolique.

Elle convenait à l'humeur de Juliette. Malgré sa résistance, l'obscurité se glissait à pas de loup dans les recoins de son âme. Cette obscurité familière qui amenait l'apathie, le chagrin et la conduisait au lit.

Dans le salon de musique, elle chercha parmi les cylindres du gramophone Victor qu'avait achetés son mari. *Sidewalks of New York, Anvil Chorus, Home Sweet Home...* Elle choisit une valse de Strauss, *An der schönen blauen Donau*, jouée par le Germania Philharmonik. L'air lui rappelait Paul. Elle pensait presque constamment à lui, ces derniers temps.

En regardant par les hautes fenêtres ruisselantes, elle trouva étrange de se sentir si triste, accablée par un sentiment d'échec, alors qu'elle venait de faire ses premiers pas chancelants vers la liberté.

Pendant tout l'hiver, à Chicago, elle avait réfléchi à sa situation. Il fallait d'abord qu'elle se libère de Bill, et ensuite elle partirait à la recherche de Paul. Elle mettrait peut-être des années à le retrouver. Sa vie même. Mais peu lui importait.

Elle avait soigneusement élaboré son plan, dans le plus grand secret. Elle n'en avait soufflé mot à personne, pas même à son oncle Ike. Elle comptait sur le fait que Bill se rendrait à Saratoga en août pour les courses de chevaux, comme il le faisait d'ordinaire. Quand il le lui avait confirmé, elle était allée seule à New York sous prétexte de consulter un spécialiste des maladies féminines.

A New York, elle avait trouvé un garni proche de Madison Square et avait payé six mois de loyer. En liquide. Bill lui donnait de l'argent pour ses dépenses personnelles et elle pouvait en disposer sans rendre de comptes. Elle se présenta à la logeuse comme Mrs. Jesse

Vernon, veuve de fraîche date, et dit qu'elle emménagerait dès qu'elle aurait vendu sa maison de Long Island.

Revigorée par son audace — par ce courage que Paul et tante Willis percevaient en elle —, Juliette était allée s'asseoir dans Madison Square pour réfléchir à la suite de son plan.

Elle quitterait Southampton quand Bill serait parti. Elle ne lui dirait pas adieu, elle disparaîtrait simplement de sa vie et couperait tout contact avec les gens qu'elle connaissait. Elle avait décidé de ne plus voir sa mère pendant un an au moins, d'abord pour ne pas risquer de mettre Bill sur sa trace, ensuite parce qu'elle ne voulait pas donner à Nell l'occasion de fondre en larmes, de prédire sa propre mort et de l'accabler de culpabilité.

Ce plan n'était peut-être pas très intelligent mais c'était le seul qu'elle avait pu imaginer, le seul qu'elle se sentît capable de mettre en œuvre.

Elle leva les yeux, sentant une présence. Quelqu'un traversait la terrasse. Une femme. Elle portait des gants, une cape ordinaire et un bonnet qui dissimulait son visage. Juliette crut d'abord que c'était une bonne d'une maison voisine. Mais les domestiques n'avaient aucune raison de pénétrer dans la résidence par l'entrée située côté mer.

La femme regarda par une des portes-fenêtres, passa à la suivante et découvrit Juliette, qui s'était levée et se tenait derrière sa chaise. Elle frappa au carreau.

« C'est quelqu'un qui s'est perdu et qui veut demander son chemin », pensa Juliette. Elle alla ouvrir.

— Puis-je vous aider ?

La femme entra brusquement dans le salon. Elle saisit le ruban noué sous son menton et défit son bonnet. Juliette porta une main à sa bouche. Le visage de l'inconnue n'était que bleus, lacérations, cicatrices encore rouges et boursouflées. Ses vêtements dégageaient une odeur de renfermé.

Jeune et brune, elle avait sans aucun doute possédé un certain charme — assez vulgaire — avant d'être ainsi battue. Une sirène d'alarme retentit dans la tête de Juliette. Elle se rappela le cordon de la sonnette, sur le mur derrière elle.

La valse était terminée ; le pavillon du gramophone n'émettait plus qu'un grattement amplifié, sans cesse répété. Avant que Juliette pût lui demander son nom, l'intruse déclara :

— Je suis Rose. Vous êtes la femme de Bill ?

La familiarité du prénom accrut l'inquiétude de Juliette.

— Mrs. Elstree, oui. Je ne comprends pas pourquoi vous forcez ainsi ma porte. Pourriez-vous avoir la bonté de...

— Je veux le voir, coupa Rose.

— Pour quelle raison ? Qui êtes-vous ?

— Qui je suis ? L'amie de Bill. Il m'a entretenue un moment. A New York. Et quand il en a eu assez, il m'a laissée tomber. Je menais une carrière d'artiste, jugez vous-même de mes chances de la poursuivre. Certaines de ces cicatrices ne disparaîtront jamais. Vous croyez que ça le tracasse ? C'est lui qui me les a faites.

Juliette recula. Les mots pleins de haine de la jeune femme l'atteignaient comme des coups. Elle avait pris son parti de l'infidélité de Bill, mais se retrouver face à l'une de ses maîtresses avait quelque chose d'étrange, et d'effrayant. Elle n'aimait pas la lueur sauvage qu'elle discernait dans le regard de Rose.

— Je suis peut-être le déchet dont il ne veut plus, Mrs. Elstree. Mais il y a une chose dont je suis certaine. Je suis la mère de son enfant.

Juliette sentit un nœud dans sa poitrine qui l'empêchait de respirer. Et le cylindre du gramophone qui continuait à remplir la pièce sombre de son grattement.

— Vous... Vous accusez mon mari de vous avoir mise enceinte puis battue ?

— Rien de moins, Mrs. Elstree. Quand Bill a appris mon état, il a décidé de me quitter. Quand j'ai répondu « pas question », il m'a tabassée. Une chance qu'il n'ait pas tué le bébé.

Serrant plus fermement le petit sac qu'elle portait, Rose ajouta :

— Bon, assez parlé. Où est-il ?

« Qu'est-ce qu'elle veut ? se demanda Juliette. De l'argent ? »

L'expression anxieuse de la jeune femme, ses propos violents indiquaient qu'elle voulait plus que cela. Juliette sentait quelque chose de physique, de menaçant. Comme c'eût été facile de lui livrer Bill ! Si la moitié de ce que cette femme affirmait était vrai, il méritait ce qui l'attendait. Comme c'eût été facile de dire : « Il est en haut, il se change pour le dîner », de tirer sur le cordon de la sonnette pour demander à un domestique d'aller le chercher...

— Il n'est pas là.

— Menteuse. J'ai vu sa voiture arriver il y a dix minutes, j'étais cachée dans l'allée. J'ai dépensé mon dernier dollar pour venir de Manhattan, je ne repartirai pas bredouille. Asseyez-vous, on va l'attendre. Il dîne avec vous, non ?

— Non, il a d'autres projets — une partie de bridge à son club.

Juliette avait répondu trop précipitamment, le mensonge était évident.

— Ah ! bon ? On va quand même l'attendre. (Rose ouvrit son sac, en sortit un pistolet à canons superposés.) Arrêtez cette satanée machine parlante, ça me tape sur les nerfs. Marchez doucement, hein ?

Juliette obéit. Le gramophone se tut.

— Revenez vous asseoir.

Elles prirent place sur des chaises recouvertes de brocart, de part et d'autre d'un tapis d'Orient. Le soleil qui essayait de percer projetait entre elles des ombres mouvantes. Rose tenait son arme hors de vue, sous son sac.

Juliette sentait une sueur froide recouvrir ses mains. Malgré tout ce que Bill lui avait fait, elle ne pouvait laisser cette femme l'abattre froidement sous ses yeux.

— Rose, soyez raisonnable. Rangez cette arme. Nous pouvons parler.

— Sûrement pas. Sûrement pas, espèce de garce !

— Je vous en prie, il y a du cognac dans la pièce à côté. Un verre vous calmerait, vous aiderait à réfléchir...

— Fermez-la, on vient.

Juliette entendit les bruits de pas, pria pour que ce soit un domestique, mais elle ne connaissait que trop le pas de Bill. La poignée de la porte du salon de musique s'abaissa, il entra.

— Juliette ?

— Bill, elle a un pistolet !

— Rose, dit-il, nullement impressionné. Qu'est-ce que tu fais chez moi ? C'est une grave erreur que tu commets là.

Il obliqua vers la gauche, tendit la main vers le cordon à franges. Juliette bondit de sa chaise pour se jeter devant son mari, lui servir de bouclier, mais sa pantoufle se prit dans le tapis et elle trébucha. Bill saisit le cordon, Rose tira.

Il baissa les yeux vers le plastron de sa chemise. Il s'était habillé, c'était son habitude même quand il dînait à la maison avec Juliette. Entre le deuxième et le troisième bouton en diamant, une fleur rouge s'épanouissait. L'air irrité, il tira sur le cordon trois, quatre, cinq fois, jusqu'à ce que le bandeau de tapisserie tombe dans une pluie de poussière de plâtre.

Rose s'élança, s'arrêta à un mètre de lui, leva le pistolet en le tenant à deux mains.

— *Non !* cria Juliette.

Rose tira une deuxième balle qui pénétra dans le cou d'Elstree et ressortit de l'autre côté, tachant le mur de sang.

— Mon Dieu, murmura le millionnaire d'une voix lasse.

Il s'assit maladroitement, glissant le long du mur. Ses yeux se fermèrent, sa tête roula sur son épaule, son torse s'affaissa et il tomba en avant sur un autre tapis d'Orient.

Une odeur de poudre flottait dans l'air humide. Rose jeta le pistolet vide. Juliette entendit des domestiques accourir, et se rua vers la porte. Rose s'agenouilla auprès de son amant et, chose incroyable, se mit à pleurer.

— Bill, Bill. Oh ! mon chéri !

Elle caressa ses cheveux, embrassa ses joues poudrées, couvrant de sang ses gants et ses manches.

Juliette ouvrit la porte.

— Par ici, vite !

Rose se releva, se précipita vers la porte-fenêtre la plus proche et disparut au bout de la terrasse. Des domestiques envahirent la pièce, allumèrent le lustre électrique, poussèrent des exclamations à la vue de leur maître perdant son sang sur le tapis.

— J'ai essayé de le sauver, balbutia Juliette.

Elle éclata en sanglots elle aussi. En état de choc, elle ne parvenait qu'à répéter :

— J'ai essayé, j'ai essayé.

Un agent de police appréhenda Rose French au moment où elle quittait Southampton à pied. Ce soir-là, dans la petite prison, le gardien accourut en réponse aux cris de la jeune femme et la trouva gisant dans le sang. Elle avait perdu son bébé.

William Vann Elstree III avait déjà été transporté à la morgue.

103

Fritz

Paul tomba durement sur Jimmy, enfonçant ses genoux dans ses côtes. Jimmy se souleva, le projeta sur le côté. Tous deux étaient étourdis

Ils se relevèrent presque en même temps, séparés par trois mètres d'herbe piétinée.

— Donne-moi ça, dit Paul.

Les deux mains sur la poignée de la machette, Daws répondit « Voilà » et porta un coup féroce à la tête de Paul.

Paul se jeta de côté, entendit et sentit la lame frôler sa joue. Profitant de ce que Jimmy était emporté par son élan, Paul lui décocha un coup de genou dans le bas-ventre. Avec un grognement de douleur, Daws laissa tomber la machette.

Les deux hommes se baissèrent pour récupérer l'arme. Paul fut le plus rapide, il saisit le manche moite de sueur, fit tourner la machette au-dessus de sa tête et l'expédia au loin. Mais il tourna ainsi le dos à Jimmy, qui abattit son poing sur sa nuque. Paul vacilla. Jimmy le prit par les épaules et le poussa. Déséquilibré, Paul tomba.

Sa tête heurta le sol près des dents en or ensanglantées. Jimmy lui donna un coup de pied dans le flanc ; Paul roula sur le dos, se tortilla. Daws se laissa tomber sur lui, saisit le sac en toile et le pressa sur son visage. Paul se débattit, suffoquant ; Jimmy tint bon. Paul sentit qu'il allait mourir s'il ne parvenait pas à se libérer. Il frappait des deux poings au hasard dans l'espoir d'atteindre la tête de Daws. Il la manqua plusieurs fois, puis sa main gauche empoigna les cheveux de Jimmy et il tira.

Daws s'affala avec le sac. Le soleil tropical aveugla Paul. Il se couvrit les yeux et aspira l'air dans ses poumons. La douleur assaillait son corps là où Jimmy l'avait frappé, du poing ou du pied.

Tandis que, pantelant, il s'efforçait de reprendre des forces, Daws ramassa les dents en or, les fourra dans sa poche. Puis il souleva le sac en toile et sauta par la trouée dans les fils barbelés. Paul roula sur le côté, le vit traverser la piste, s'enfoncer dans la brousse : il filait stupidement vers l'intérieur des terres, où les troupes régulières échangeaient encore des coups de feu avec l'ennemi. Peut-être le combat l'avait-il désorienté.

« Mais pourquoi a-t-il emporté le sac de bobines vierges ? » se demandait Paul en se relevant péniblement. Elles n'avaient aucune valeur. Si, elles en avaient ! Jimmy savait à quel point elles en avaient pour Paul. Il ne se priverait pas de la satisfaction de détruire son bien le plus précieux. Paul s'élança dans la brèche à sa poursuite.

De l'autre côté de la piste, l'herbe descendait vers des palmiers disséminés parmi les buissons épineux. Paul se mit à courir. Deux fois il entendit bourdonner tout près de lui des balles de Mauser. Des nuages de fumée noire flottaient au-dessus de la route de Santiago mais il n'y en avait pas autour des fortifications de la crête. Aucun indice ne révélait la position des tireurs espagnols.

Plus Paul se rapprochait de la route, plus les détonations s'amplifiaient. Se faufilant entre les arbres, il perdit Jimmy de vue puis entendit un cri, un craquement dans les fourrés. « Il est tombé ! » se dit-il.

Paul courut plus vite, déboucha sur la berge pentue d'un des lagons. Jimmy avait glissé dans la boue. Paul le rejoignit au moment où il se relevait, les mains et la chemise pleines de boue.

Daws vit Paul et jeta le sac vers lui. Paul se baissa, le sac chut dans l'herbe haute. Jimmy s'enfuit vers la droite, le long de la rive. A nouveau, le sol se déroba sous lui. Il cria, atterrit sur le postérieur dans l'eau peu profonde.

Ses yeux brillaient d'une lueur bestiale. Comment le monde avait-il pu engendrer un être aussi obtus, vénal, cruel ? Un moment, Paul eut envie de descendre la berge pour l'achever. Mais il resta immobile, les poings tremblants. Un sourire s'ébaucha sur le visage sale de Jimmy.

— Allez, viens, qu'est-ce que t'attends ? T'as les foies, hein ? ricana Daws.

Avec un bruit sourd, une balle de Mauser frappa un palmier derrière Paul. C'étaient ses scrupules qui le retenaient, et Jimmy le savait.

En haut de la crête, il aperçut un chapeau de paille qui disparut aussitôt. Paul se dirigea d'un pas chancelant vers le sac de toile, le ramassa et s'agenouilla. Il avait récupéré la pellicule, il n'avait plus aucune raison de se battre. Il entreprit de dénouer la ficelle.

Jimmy surgit, poignets croisés, tenant à deux mains la chaîne de sa médaille. Avant que Paul ait le temps de réagir, il lui passa la chaîne autour du cou et serra.

— Là, grommela-t-il, la sueur coulant sur son visage. Je t'ai, maintenant. Mon vieux était plus malin que le tien. C'était pas un monsieur, mais il m'a appris à me battre. Pas vrai, fils de pute ?

Surpris à genoux, Paul ne pouvait se lever. Il tira vainement sur la chaîne qui l'étranglait, dont les maillons entamaient la chair de son cou. Jimmy poussa un grognement et serra plus fort, le visage tordu par la haine. Il avait le dessus, aucune ruse ne parviendrait à le vaincre. Les forces de Paul s'épuisaient, tout s'obscurcissait autour de lui.

Jimmy grognait comme un homme éprouvant un plaisir sexuel. « *Hunh, hunh* », faisait-il, tirant sauvagement sur la chaîne à chaque petit cri. Paul sentit que Jimmy allait le tuer.

Non, il s'y refusait. Pas ici, pas de cette façon. Il saisit la ceinture de Jimmy à deux mains, tira violemment. Daws tomba sur lui et ils roulèrent en bas de la pente, dans l'eau.

Paul expédia son poing dans le ventre de son adversaire, qui chancela sur le côté en battant des bras. Des insectes détalèrent à la surface de l'eau. Paul frappa à nouveau. Jimmy lâcha la chaîne, dont Paul se saisit.

Étourdi, pris de nausée, Paul parvint à se relever. Il fit un pas sur la rive, un deuxième, jeta la chaîne par terre et la piétina jusqu'à ce qu'elle disparût dans la boue. Jimmy l'observait tel un animal blessé. Il se traîna hors de l'eau, tendit les bras comme pour étrangler à nouveau son ennemi. Paul se tourna de côté, attendit. Quand Jimmy se rapprocha, il lui expédia à nouveau sa botte dans l'entrejambe.

Le regard de Daws devint vitreux. Paul mit toute la force qu'il lui restait dans un direct du droit qui souleva Jimmy et le renvoya de nouveau dans le lagon, dans un grand éclaboussement.

Jimmy ne montrait aucun signe de vouloir se lever. Il semblait vidé, mais Paul ne prit aucun plaisir à le constater. « Cherche le sac, se dit-il, regarde si la pellicule n'a rien. » Il se retourna, fit quelques pas le long de la rive. Il entendit le bourdonnement de la balle juste avant de la sentir frapper son dos.

Quand il reprit connaissance, son nez reposait dans la boue. Il avait été touché au milieu du dos, à droite, entre les côtes. La souffrance était terrible.

Il vit Jimmy remonter sur la berge, un sourire mauvais sur son visage crotté.

— J'ai comme l'impression que c'est moi qui ai du pot, ce coup-ci, non ? Y a quelque chose que tu veux que je dise de ta part à Shadow ? Non ? Bon, j'y vais. Amusez-vous bien, toi et tes copains.

Daws empoigna les cheveux de Paul, lui souleva la tête.

— J'espère qu'ils mettront des heures à te tuer, sale Boche. Une éternité...

Il poussa le visage de Paul dans la boue, se renversa en arrière et éclata de rire puis disparut en direction de la piste, si heureux qu'il en oublia le sac de toile.

Par-dessus les coups de feu, les ordres criés sous le voile de fumée, le rire odieux de Daws cascadait derrière lui. Quand il s'estompa, Paul entendit un autre bruit. Ses yeux s'agrandirent.

Il tenta de se lever, n'y parvint pas. Il gisait dans la boue, perdant son sang et fixant l'herbe haute qui poussait le long de la rive. L'herbe haute qui bruissait et cliquetait...

Le premier crabe terrestre apparut, pinces agitées, petits yeux ronds clignant dans l'air. Sa bouche de corne s'ouvrait et se fermait. Un autre suivit, puis un troisième et d'autres encore.

Le plus gros, le plus proche s'arrêta un moment. Paul crut voir dans les yeux pédonculés quelque démon cruel et affamé savourant le festin à venir. Il enfonça ses doigts dans la boue, se souleva et, trop faible, retomba.

Remuant ses mandibules, agitant ses pinces, le crabe se posta près de la joue de Paul.

Grimpa sur son visage.

Dans un concert de claquements, les autres suivirent. Deux d'entre eux lui pincèrent la tête. Il en sentit monter sur ses bras nus, sur ses jambes, son bas-ventre. Il ferma les yeux, se mordit la lèvre inférieure. « Ils vont me tuer, me tailler en pièces. » Il n'avait plus de courage, il était complètement épuisé par la bagarre avec Daws, la blessure, et maintenant ces...

Une pince entama sa joue un centimètre sous l'œil gauche. Il cria.

Les crabes semblaient sentir sa faiblesse, son impuissance. Ils s'attaquèrent à son visage, à ses mains. La douleur n'était pas vraiment forte. Juste une piqûre, comme un bec d'oiseau, mais ce qu'elle signifiait l'anéantissait. Il se mit à pleurer.

Il n'avait pas honte de sa terreur, il n'en avait même plus conscience. Du sang coulant de sa pommette se mêlait à la salive qui s'échappait de sa bouche. Peu à peu ses sanglots s'apaisèrent et il murmura :

— Finissez-en, finissez-en, *finissez-en.*

Il entendit un autre bruit dans l'herbe. *Mein Gott*, quoi encore... ?

— Seigneur ! Roy, regarde ces foutues bestioles.

— Fais-les partir au lieu de rester planté là, elles sont sur le point de lui bouffer les yeux.

Une crosse de fusil fit tomber un crabe du visage de Paul, la pince lui entailla le nez quand l'animal lâcha prise. La crosse de fusil allait et venait, comme un balai. Dans le ciel aveuglant, Paul vit flotter un ballon noir.

Un ballon rond, luisant de sueur.

Il vit un chapeau, une chemise bleue, un foulard écarlate. D'où étaient-ils venus ? De l'arrière, pour porter secours aux troupes de Wood ? Le premier soldat noir brailla :

— Hé, les moricauds, v'nez un peu par ici m'aider, ce gars est en train de se vider de son sang. Il est peut-être déjà crevé.

Un deuxième visage noir apparut puis un troisième, d'une laideur incroyable.

— Laisse-moi le soulever, je vais le porter à l'arrière.

— Tu peux pas, Ott, t'as la fièvre.

— Tirez-vous de là ! J'ai dit que je l' porterai et je l' ferai.

La vue de Paul se troubla, le soleil s'obscurcit et ce fut la fin.

104

Le général

Quartier général de la 2ᵉ brigade de cavalerie
des États-Unis
Camp près de Santiago de Cuba, le 25 juin 1898

A l'adjudant général de la division de cavalerie :
Sur instruction du général commandant la division de cavalerie,
j'ai l'honneur de vous soumettre le rapport suivant concernant
l'engagement d'une partie de cette brigade contre l'ennemi à Las
Guasimas, Cuba, le 24 courant. Ce rapport est accompagné de rapports
détaillés du commandant du régiment et de divers officiers, ainsi que
d'une liste des morts et des blessés...
Deux routes, ou plus exactement deux pistes partent de Siboney,
l'une vers l'est, l'autre vers l'ouest...
Après avoir soigneusement étudié la position de l'ennemi, j'ai donné
l'ordre de placer les Hotchkiss et de les mettre en batterie à neuf
cents mètres environ. L'escouade de Bell a été déployée, celle de
Norvell suivait en soutien.
Les forces espagnoles occupaient une chaîne de hautes collines
formant un angle obtus, le saillant étant dirigé vers Siboney. Après
avoir découvert l'ennemi, j'ai envoyé un guide cubain prévenir le
colonel Wood. Sachant que sa colonne empruntait un chemin plus
difficile et mettrait plus de temps à atteindre la position, j'ai
retardé l'attaque pour faire en sorte que les deux flancs se déploient
simultanément. Dans l'intervalle, le général Wheeler est arrivé, a pris
connaissance de mes dispositions, de mon plan d'attaque et de mes
intentions. Après qu'il les eut approuvés, j'ai ordonné l'assaut. Il a
été mené, tant par les soldats que par les officiers, d'une façon qui a
suscité l'admiration du commandant de la division et de tous ceux
qui en ont été témoins.
Nos troupes ne pouvaient rester en contact sur tout le front. Seuls
le bruit et la direction du feu de l'ennemi permettaient d'estimer sa
position. Les combats sur le flanc gauche furent remarquables et,

selon moi, sans précédent pour des troupes de volontaires. Le colonel Wood et le lieutenant-colonel Roosevelt ont tous deux refusé de se mettre à l'abri du feu de l'ennemi tant que leurs hommes y restaient exposés — décision contestable mais empreinte d'héroïsme.

Les principaux résultats de cette action contre les Espagnols sont : une évaluation de la valeur des forces ennemies ; le sentiment de notre supériorité, qui est déterminant pour la confiance de nos troupes ; l'ouverture de la route de Santiago de Cuba et la prise d'un lieu stratégiquement idéal pour faire camper notre armée, sur les hauteurs dominant cette ville — qui pourra désormais être facilement conquise.

Très respectueusement,

Joseph Crown,
Général de brigade, Volontaires des États-Unis.

105

Willis

Ce même samedi 25 juin, le navire de la Croix-Rouge *State of Texas* était ancré dans la baie de Guantanamo. Il transportait des rations alimentaires, des couvertures, des médicaments et du matériel médical. Clara Barton et les infirmières bénévoles qui l'accompagnaient s'apprêtaient à décharger la cargaison à terre.

On les informa toutefois que c'était impossible parce que les Espagnols tenaient encore l'entrée de la baie.

Vers midi parvint la nouvelle du combat de Las Guasimas. La veille, les troupes du général Wheeler avaient vaincu une unité espagnole, contrainte de battre en retraite vers Santiago. Comme toutes les victoires, elle avait son prix : seize tués et cinquante-deux blessés américains.

Miss Barton réunit rapidement ses bénévoles puis parla au commandant du navire : il y avait des blessés à moins de quarante milles à l'ouest. A deux heures de l'après-midi, le *State of Texas* fit route pour Siboney.

Au crépuscule, le navire de la Croix-Rouge mouillait parmi les bâtiments de guerre, les transports de troupes, les cotres à vapeur et les barges éparpillés autour de Siboney sous une énorme demi-lune.

Pendant le trajet, Willis avait appris que Siboney n'avait ni véritable port ni jetée assez large pour accueillir de gros bateaux. Elle le constatait à présent de ses propres yeux, fumant au bastingage sa vingtième cigarette roulée à la main de la journée. Le tabac cubain de Tampa était fort et probablement mauvais pour elle, comme un millier d'autres choses allant des pâtisseries bourrées de crème aux liaisons avec des hommes plus jeunes qui partaient toujours pour des raisons parfaitement logiques quand ils ne lui étaient pas ravis par le destin. Jusqu'ici, elle avait survécu à tout cela. Et elle continuerait. Mais avec l'âge, cela devenait plus dur.

A quelque distance de Willis, Clara Barton regardait une chaloupe s'éloigner difficilement d'une jetée provisoire construite par les sapeurs de l'armée. D'un commun accord, Clara et Willis ne s'approchaient pas quand cette dernière voulait fumer. Elles étaient amies mais Clara avait horreur du tabac.

Quoique Clara Barton mesurât à peine un mètre soixante, sa forte personnalité la faisait paraître plus grande. Elle déployait une énergie incroyable pour une femme de soixante-dix-sept ans. Elle était capable de travailler dix-huit ou vingt heures d'affilée sans une plainte, sans un bâillement, sans rien avaler d'autre qu'une tasse de thé fort. Elle avait un visage aquilin, des yeux marron auxquels rien n'échappait. Ses cheveux, tirés en un chignon de grand-mère, ne grisonnaient absolument pas. Elle voyageait avec une série de robes de calicot et de tabliers quasi identiques pour, disait-elle, ne pas gaspiller de temps à choisir entre deux toilettes.

La chaloupe finit par s'élancer dans les vagues fortes. Ne se faisant pas d'illusions sur le comportement des hommes, Clara avait choisi de ne pas descendre à terre la première, préférant envoyer son médecin-chef, le docteur Anton Lesser, pour discuter avec les officiers de santé de l'armée. Le docteur Lesser était allé proposer l'aide des bénévoles du bateau de la Croix-Rouge — des médecins, cinq infirmières et deux aides, Willis et une veuve, Mrs. Olive Shay.

Luttant contre le vent, la chaloupe mit une demi-heure pour rejoindre le bateau. Haletant, suffoquant de chaleur dans son pare-poussière jaune, son chapeau de planteur acheté à Tampa, Lesser rejoignit Clara Barton sur le pont, devant la timonerie. Willis jeta sa cigarette par-dessus bord et se hâta de les rejoindre.

— Vous voyez ces deux maisons, là-bas sur la plage ? dit le médecin en tendant le bras.

Les deux masures, délabrées, étaient séparées par une quinzaine de mètres de sable. Clara hocha la tête.

— Laquelle appartient aux Américains ?

— La plus proche de la jetée. L'autre est pleine de Cubains. Toutes deux sont de vraies porcheries — personne ne les a nettoyées. Il n'y a ni couvertures ni oreillers ; les blessés sont allongés à même le sol. J'ai marché sur des cafards, des mouches mortes — et c'est censé être un hôpital !

— Nous nettoierons, Anton, dit Willis.

— Vous leur avez dit que nous avons tout ce qu'il faut ? demanda Clara au docteur. Des balais et des seaux, des brosses, du désinfectant — et plus d'une centaine de lits pliants ?

Mrs. Shay rejoignit le groupe avec l'une des infirmières.

— Je le leur ai dit, confirma Lesser. J'ai parlé personnellement au major chargé des blessés américains, le docteur Francis Winter. Nous ne nous sommes pas du tout entendus. Je connais ce genre d'individu. Le règlement lui plaît tellement qu'il le connaît par cœur. Mesdames, il m'a répondu qu'on n'avait pas besoin de notre aide et qu'elle ne serait pas acceptée.

Clara Barton se balança sur ses talons.

— Vous plaisantez ?

— Malheureusement non.

Mrs. Shay, une femme menue aux cheveux roux, était indignée.

— Il a refusé l'aide de la Croix-Rouge ?

— Tout net.

— Comment diable peut-on être aussi stupide ? s'interrogea Willis.

— Il a cité le règlement de l'armée. Les femmes n'ont pas leur place dans les zones de combat. Elles ne sont pas aussi qualifiées que les médecins et les infirmiers, elles feraient mieux de rester chez elles — ce ne sont là que quelques exemples de ses inepties.

— Dire que cela vient du général Sternberg, chef du Service de santé à Washington, soupira Clara Barton. Sternberg soutient qu'on ne peut faire confiance aux infirmières sur le champ de bataille. Il nous taxe de « frivolité », d'« étourderie ». Le Service de santé nous a chanté la même antienne ridicule pendant la guerre de Sécession. Grands dieux ! Trente ans après, nous luttons encore pour nous faire accepter.

Lesser hocha la tête d'un air sombre.

— Vous avez raison, Winter ne fait que refléter le point de vue de ses supérieurs. Mais sur la plage, c'est lui qui commande.

Willis assena une claque au bastingage.

— Laissez-moi aller lui parler, à ce saligaud, je le remettrai à sa place.

— Oh ! non, Miss Fishburne ! s'exclama le médecin. Je ne crois pas que ce soit une bonne idée. Vous êtes d'une franchise revigorante, mais Winter est extrêmement vaniteux. La franchise ne ferait qu'aggraver les choses, j'en ai peur.

— Eh bien, dit Clara Barton, si les docteurs américains refusent notre aide, les Cubains l'accepteront peut-être.

— C'est une possibilité, approuva Lesser.

— Alors, nous débarquerons demain dès qu'il fera jour et nous leur proposerons nos services. En même temps, Anton, nous nous adresserons vous et moi au chef du service de santé de l'expédition, par-dessus la tête de ce Winter. Je ne puis croire que tous les chirurgiens-majors du général Shafter soient des imbéciles.

Willis n'aurait pas parié trois sous là-dessus mais elle n'abstint de le dire.

106

Fritz

Il reprit connaissance dans une maison sale et mal éclairée d'où l'on entendait le bruit des vagues.

Étendu sur un sol dur, il n'avait jamais autant souffert. C'était comme si tout son corps avait connu le châtiment des verges, en particulier le dos, à mi-chemin entre l'épaule et la hanche, du côté droit. A chaque inspiration, une douleur atroce le poignardait.

Sur sa gauche, éclairés par des lampes à pétrole, deux hommes en blouse tachée de sang s'occupaient d'un soldat allongé sur une table. L'un d'eux recousait la cuisse du blessé. Paul était fasciné par le miroitement de la grosse aiguille courbée en demi-lune. Le médecin enfonça la pointe dans la chair et tira, faisant ressortir un fil sanglant. Le blessé hurla.

— De l'éther ! réclama le chirurgien, qui suait abondamment.

De la pièce voisine, quelqu'un répondit :

— Il n'y en a plus. On ne peut plus rien débarquer avant que le vent ne tombe. Demain matin, peut-être.

— De tous les prétendus hôpitaux...

L'autre docteur tendit le bras pour calmer le premier.

— Nous devons finir, avec ou sans éther.

Paul regarda l'aiguille brillante s'élever. Le soldat cria à nouveau.

Ses pensées se clarifiaient un peu. Il revit Jimmy. La chaîne autour de son cou. La balle. Et les crabes terrestres. Il les sentait encore sur lui. Il frissonna, gémit ; les médecins le regardèrent.

Il se rappela des visages sombres flottant dans le ciel ; l'un d'eux était celui d'Ott Person...

Il perdit à nouveau connaissance. Plus tard, un autre docteur apparut, vêtu d'une blouse plus propre. C'était un homme âgé, corpulent, aux cheveux clairsemés. Il avait le visage rose comme une côtelette, l'air suffisant.

— Je suis le docteur Winter, médecin-chef de cet hôpital. Comment ça va, mon garçon ?

Cette fausse bonhomie irrita Paul.

— Je n'ai jamais souffert comme ça.

— Vous avez quand même beaucoup de chance. La balle vous a traversé de part en part sans endommager aucun organe vital. Deux côtes cassées, c'est ce que vous avez de plus grave. Mais nous sommes intrigués par ces marques autour de votre cou...

Paul se souleva sur les coudes.

— Mon assistant m'a agressé et s'est enfui. Je ne sais pas ce qu'il est devenu.

— Je ne puis vous le dire.

— Quel jour sommes-nous ?

— Samedi matin, répondit Winter. (Il tira de sa poche une montre en or, inclina le cadran vers les lampes à pétrole.) Juste un peu plus de trois heures du matin. Reposez-vous, je vous prie. Votre blessure a été soignée, vos côtes bandées, mais vous devrez récupérer pendant une semaine au moins.

— Impossible ! Il faut que je travaille. Je suis ici pour filmer la guerre.

— C'est ce que nous a dit celui qui vous a amené ici. Qui êtes-vous ?

— Paul Crown. American Luxograph Compagny.

— Votre nom me suffit, fit sèchement le médecin.

— Où sommes-nous, docteur ?

— A Siboney.

— C'est dans les collines que j'ai été blessé.

— Je sais. Le soldat dont je parlais vous a porté jusqu'ici sur son dos. Un grand costaud de Nègre. J'ignore son nom — de toute façon, pour moi, ils se ressemblent tous. Mais j'insiste, vous devez rester allongé et vous reposer.

Le docteur Winter s'éloigna, permettant à nouveau à Paul de voir l'éclair argenté de l'aiguille, inévitablement suivi par un hurlement.

Quelques heures plus tard, un civil au visage familier entra. Il parcourut la pièce du regard, repéra Paul, approcha un tabouret. Sa veste et sa casquette pied-de-poule étaient d'une saleté indicible. Paul eut un sourire endormi.

— Billy...

— Salut, vieux, dit Bitzer. J'ai appris qu'on t'avait amené ici. Comment tu te sens ?

— Je vais m'en tirer.

— J'espère bien ! J'ai une ou deux choses importantes à te dire. D'abord, ta caméra n'a rien. Des soldats l'ont retrouvée abandonnée près du ranch de Las Guasimas. Ils me l'ont rapportée, je l'ai confiée aux prévôts du 5e corps d'armée.

Pris de panique, Paul se souvint du sac en toile qu'il avait laissé dans les fourrés. Y était-il encore ? La chaleur et la pluie avaient-elles endommagé la pellicule ? Il se redressa.

— Il faut que je sorte d'ici...

— Nan, rien ne presse. (Bitzer prit une cigarette dans un paquet, en offrit une à Paul, qui secoua la tête.) Pour le moment, on attend des renforts en hommes et en vivres. Ça prendra six ou sept jours, peut-être plus.

— Tu es sûr que ma caméra n'a rien ?

— Absolument, je l'ai vérifiée. L'objectif est en bon état, le mécanisme de la manivelle aussi. Elle n'a pas reçu une seule goutte de pluie non plus, je crois. Tu as eu une sacrée veine.

— C'est chic de ta part de t'en être occupé. Nous sommes concurrents, après tout.

Bill Bitzer eut un sourire à la fois dur et chaleureux.

— Ouais, mais tu ne t'appelles pas Paley. L'autre nouvelle justement est que Paley est rentré, il était trop malade pour travailler. Il n'a même pas filmé une seule scène de bataille ; il est parti pour Key West hier. Personne ne le regrette.

Il remit sa casquette, pressa l'épaule de Paul.

— Remets-toi vite, l'ami.

— Merci, Billy. Pour tout.

— N'en parlons plus. Rendez-vous dans les tranchées.

Plus tard dans la journée, Paul somnolait quand il sentit qu'on le secouait.

— Non, protesta-t-il, faisant rouler sa tête d'un côté à l'autre sans ouvrir les yeux.

Il voulait dormir. La main insista.

— Allez, Heine, réveille-toi. J'ai pas beaucoup de temps.

Paul leva les yeux vers le visage disgracieux du caporal Ott Person. Le Noir s'accroupit, inspecta la pièce, où sept hommes gisaient maintenant sur des grabats. Des mouches bourdonnaient, des cafards couraient sur les murs.

— Quelle horreur ! Des cochons n'entreraient pas là-dedans, marmonna-t-il. Ils peuvent pas mettre de lits de camp ?

— Je suppose que non, répondit Paul en s'appuyant sur un coude. (Sous l'épaisse couche de pansements, un rasoir invisible découpa une longue entaille dans son flanc.) Il paraît qu'on manque d'équipement, de médecins — de tout. C'est toi qui m'as porté jusqu'ici, m'a-t-on dit, Ott.

— Je te devais bien ça.

— Comment m'as-tu trouvé ?

— Je te cherchais pas, c'est sûr. Je savais même pas que t'étais sur le front. On a envoyé deux unités du 10e pour relever les troupes de Wood, et mon escouade est passée par là par hasard, tout simplement.

— Il faudra que je trouve un moyen de te rembourser quand je serai sorti d'ici.

— Heine, laisse tomber. J' te l'ai dit, c'est moi qui avais une dette envers toi. Si tu veux vraiment faire quelque chose pour moi, reste en Amérique une fois la guerre finie. Deviens américain.

Paul inspira lentement. Même en s'y prenant avec précaution, il avait atrocement mal.

— Ott, je ne peux pas. J'ai une occasion en Angleterre et je vais la saisir. Toute ma vie, j'ai cherché un foyer. Tu sais ce que c'est mon foyer ici ? Une chambre meublée. Un hôtel. Une valise.

Person se tamponna les joues avec son foulard rouge ; il était en sueur.

— Y a pire, dit-il. Moi, mon premier foyer, c'était une cabane au sol d'argile rouge dont le toit fuyait. Je sais que tu vois les choses comme ça à cause de la fille que tu aimais. Mais il existe pas un endroit au monde qui te décevra pas un jour ou l'autre. Heine, l'Amérique est peut-être un chariot qui a une roue faussée, mais elle conduit des tas de gens plus loin qu'ils auraient jamais pensé aller. Elle l'a fait pour moi à l'armée. Elle l'a fait pour toi aussi — elle t'a appris à te servir d'une caméra. Lui tourne pas le dos, Heine. Fais pas ça, s'il te plaît.

Paul secoua la tête. Ott devait comprendre, c'était fini.

Le caporal se leva, projetant une longue ombre sur le mur. Les deux hommes se regardèrent.

— Bon, j'ai fait mon laïus, faut qu' j'y aille, maintenant, dit Person. (Il s'essuya la nuque, le visage.) Seigneur, c'est une vraie fournaise, là-dedans.

Paul fut surpris : le vent soufflant de l'Océan rafraîchissait la pièce et chassait l'air vicié. Pourtant, Ott était couvert de sueur.

— Salut, Heine. Viens me voir dès que tu seras sorti d'ici. On reparlera de ton avenir — j'abandonne pas facilement.

Le lendemain, le docteur Winter amena un jeune officier auprès de Paul.

— Voici le lieutenant Criswell. Il souhaite vous poser quelques questions.

— Frank Criswell, dit le lieutenant, se baissant pour serrer la main du blessé.

Paul se redressa sur un coude ; la douleur, cette fois, fut moins forte. Winter claqua des doigts, un infirmier se précipita avec un tabouret pour Criswell, qui s'assit après le départ du médecin.

— Mr. Crown, je suis l'aide de camp du major Groesbeck, rapporteur devant le tribunal militaire du 5e corps d'armée. Vous êtes chef opérateur de la compagnie American Luxograph ?

Paul acquiesça avec une certaine appréhension.

— Vous aviez un assistant, un nommé James Daws ? (Paul hocha la tête.) Pouvez-vous me le décrire ? Moralement, je veux dire. Quel genre de type était-ce ?

« Aviez ? »

— Il peut être très agréable, mais il y a — comment dire ? — un côté noir en lui. Dans son enfance, il a connu la misère, il veut à tout prix devenir riche. Je crois qu'il préfère la voie facile au droit chemin. J'ai essayé de m'entendre avec lui mais il ne m'a jamais beaucoup plu, je l'avoue.

— Vous êtes-vous disputés le jour de l'accrochage à Las Guasimas ?

— Oui, répondit Paul, étonné.

— Racontez-moi ce qui s'est passé, s'il vous plaît.

Paul fit le récit des événements et ajouta :

— Pourquoi me demandez-vous ça ?

Criswell tira de sa poche un petit carnet.

— Daws a traîné à Siboney dans l'après-midi. En fin de journée, il est monté à bord d'un des bateaux de pêche amarrés le long de la jetée — une barque à moteur.

Paul se rappela avoir observé ces bateaux à l'arrivée du convoi.

— Daws a voulu louer cette barque pour aller à Key West. Comme il offrait un bon prix, le capitaine a accepté. Mais vous savez que nous laissons une sentinelle sur la jetée, or l'homme de faction ce soir-là, le caporal Bray, a surpris la conversation entre les deux hommes. Il a rappelé au capitaine que les bateaux de pêche étaient temporairement placés sous le commandement de l'amiral Sampson et ne pouvaient servir qu'à des fins militaires. Daws n'a rien voulu entendre. Bray lui a ordonné de quitter le bateau sous peine d'arrestation. Daws lui a enfoncé son couteau dans le ventre et l'a jeté à l'eau. Il faisait presque nuit, personne n'avait remarqué l'incident jusqu'à ce que Bray se mette à crier.

— Que s'est-il passé ensuite ?

— Des soldats sur la plage ont entendu ses cris et ils l'ont tiré de l'eau. Dans la confusion, le bateau est parti — Daws a dû terroriser le capitaine. Bray a raconté son histoire aux médecins, mais il est mort avant d'avoir pu déposer sous serment. Si bien que, légalement, nous n'avons rien contre Daws.

— Il s'est échappé ?

Le lieutenant sourit enfin.

— Dieu merci, non. Nous avions alerté Key West. Quand le bateau de pêche a accosté et que Daws est descendu à terre, on l'a arrêté. Le capitaine en a profité pour déguerpir, nous n'arrivons pas à le retrouver. Je suis donc venu vous demander de faire une déposition, Mr. Crown. Si vous portez plainte pour tentative de meurtre, nous pourrons expédier Daws en prison, comme il le mérite. Vous êtes notre seule chance de rendre justice à Bray et à sa famille.

— J'accepte, naturellement. Jim était vraiment un vilain coco — c'est bien comme ça qu'on dit ?

Criswell hocha la tête et se leva.

— Venez nous voir dès que vous serez rétabli. N'importe qui vous dira où nous trouver. Et merci.

— Je n'y manquerai pas, lieutenant.

Paul s'allongea de nouveau, réconforté par l'idée que son témoignage conduirait Jim Daws en prison. Il y avait quand même parfois un peu de justice dans le monde, finalement.

L'après-midi, le docteur Winter lui amena un autre visiteur à travers le dédale de corps étendus sur le sol.

— Vous êtes très demandé, Crown, dit le médecin d'un ton pincé. Le voici, Mr. Radcliffe.

Le journaliste tira un mouchoir sale de sa poche de poitrine et l'agita sous son nez.

— Quelle puanteur ! C'est l'odeur des blessures ou de l'incompétence médicale ?

Il avait parlé assez fort pour que Winter, qui s'éloignait, pût l'entendre. Le médecin claqua la porte de la pièce adjacente, qui restait normalement ouverte.

— Alors, te voilà, dit Radcliffe, appuyé sur sa canne.

Son visage, qui avait d'ordinaire la pâleur du porridge, était écarlate et pelait. Un journal jaunissant dépassait d'une des poches de sa veste.

— J'en ai mis du temps à te trouver ! Je n'aurais jamais pensé à venir ici. J'avais le sinistre pressentiment que tu t'étais fait tuer pendant la sale petite échauffourée de vendredi. Tu as du cran, Paul, mais tu prends trop de risques. Moi j'ai rédigé un article tout à fait satisfaisant sur Las Guasimas sans quitter ma *cantina*.

L'aspect de Radcliffe s'était considérablement détérioré depuis jeudi — il rappelait un peu le Rhoukov d'autrefois. Son costume de flanelle blanche était taché ; la boue avait sali les empeignes de ses magnifiques chaussures. Même ses lunettes n'avaient pas été épargnées puisqu'une des branches était tordue. Et le beau chapeau de paille avait disparu. Paul l'interrogea à ce sujet.

— Les catins suivent les guerres, répondit Michael, et les premières sont parfois aussi violentes que les secondes. Ne me demande pas d'être plus explicite, je t'en prie.

Paul s'esclaffa.

— Vous n'êtes pas du tout allé sur le front, Michael ?

— Hier, j'ai fait deux ou trois kilomètres sur la route. Quel ennui ! Mais j'ai quelque chose de plus excitant à te raconter : comme promis, j'ai envoyé un message à Londres. J'ai mis tes qualités en valeur et Sa Majesté de l'Encre m'a répondu qu'elle désirait effectivement fonder une compagnie d'images animées. Quand tu seras à Londres, le cher Papa Otto te recevra en personne. D'ici là, tiens-toi à l'écart des hommes blancs ou basanés qui tirent des balles dans le dos des honnêtes citoyens.

Radcliffe partit peu de temps après en déclarant que les odeurs du lieu lui rappelaient de manière insupportable sa vie de vagabond. Parvenu près de la porte, il s'arrêta.

— J'oubliais. Tu veux ça ? (Il tira le journal de sa poche, l'agita.) Le torchon new-yorkais de Mr. Hearst. Vieux de deux semaines.

— On y parle d'autre chose que de la guerre ?

— Juste le lot habituel d'articles larmoyants, sensationnels et écœurants. Deux jeunes enfants innocents brûlés vifs dans un taudis. Une nouvelle déclaration agressive de Kaiser Bill. Un type de la haute société expédié en enfer par la créature qu'il entretenait. Soldes au grand magasin R.H. Macy...

— Merci, mais je n'ai pas tellement envie de lire des nouvelles éventées.

— Bon, je le garde. Salut.

Paul était ravi de la réponse d'Otto Harstein. Malgré la souffrance, la chaleur et les cris incessants des blessés, il se sentait beaucoup mieux. Il avait eu deux surprises depuis qu'il avait repris connaissance — d'abord Criswell, puis Radcliffe. Il n'en aurait certainement pas d'autres.

Ce n'était pas la première fois qu'il se trompait.

107

Juliette

Ce même dimanche après-midi, sur la terrasse de Bel-Océan, Juliette affrontait sa mère autour de la table en fer vert.

— Tu as scandalisé tout le monde en refusant d'assister aux funérailles, Juliette.

— Le scandale a commencé *avant*, maman. Tu n'as pas réussi à cacher que Bill a été tué par une femme de mauvaise vie qu'il entretenait en ville. Il n'était mon mari que de nom. Il a abusé de moi la nuit même de nos noces.

— Tu ne m'en as jamais parlé.

— M'aurais-tu écoutée ? M'aurais-tu crue ?

Nell but une gorgée de thé de sa tasse en porcelaine. Elle semblait amère, hostile même.

Elle était arrivée de Chicago par un après-midi particulièrement frais pour la fin juin, élégante, comme toujours, dans une austère robe à ceinture de satin. Dans le hall, elle avait ôté un feutre chic orné de plumes d'autruche et l'avait remis à la femme de chambre avec son ombrelle. La robe, la ceinture, les plumes, l'ombrelle — tout était noir. Juliette portait une jupe de lin blanc et un chemisier de soie blanc à pois bleu marine — tenue très estivale et très gaie.

— Laisse-moi te dire que je trouve ta toilette aussi scandaleuse que ta conduite, ajouta Nell. Tu pourrais au moins porter un crêpe noir.

L'air parfaitement maîtresse d'elle-même, Juliette regarda sa mère. « Ne la laisse surtout pas deviner ce que tu ressens... »

— Pourquoi le ferais-je ? Je ne pleure pas Bill, c'était un homme mauvais.

— Tu avais sûrement quand même un peu d'amour pour...

— Pas un atome. C'est Paul que j'aime. Le neveu de Mr. Crown — celui que papa a fait jeter en prison. Je n'ai jamais aimé que lui.

Nell reposa brutalement sa tasse ; Juliette entendit la porcelaine se fêler. Aucune importance, il y avait de l'argent pour en racheter une autre. Dix mille autres. Dans sa suffisance masculine, Elstree n'avait pas modifié son testament, malgré l'hostilité croissante et non dissimulée de son épouse. Il l'eût peut-être fait si elle lui avait donné un héritier, mais ce n'était pas arrivé. En conséquence, elle héritait de toute se fortune.

— Je n'approuve pas ta conduite, fit Nell, élevant la voix.

— J'en suis navrée, maman, mais je crains que tu n'aies plus rien à dire à ce sujet.

Assise au fond de son fauteuil de fer, Nell en agrippa les bras. Tendue, Juliette l'observait, attendant l'assaut suivant. Curieusement, il prit la forme d'une tendre retraite. Nell se leva, fit le tour de la table, caressa de la main les cheveux de sa fille. La jeune femme inclina la tête pour fuir ce contact et les joues de sa mère s'empourprèrent soudain.

— Qu'as-tu fait à tes cheveux ? Ils sont ternes. Tu ne t'en occupes pas comme il faudrait.

— Il y a des choses plus importantes...

— Que la beauté féminine ? Quelle erreur ! (La main reprit sa caresse.) Reviens à la maison. Reviens à Chicago. Je saurais leur rendre leur lustre.

Des oiseaux terrifiés battaient des ailes dans la poitrine de Juliette. « Sois forte, sois forte ! » Tante Willis avait de nouveau tenté de lui insuffler du courage quand elle lui avait rendu visite à Chicago, en mars dernier. Dès qu'il avait fait la connaissance de Willis, Elstree l'avait détestée, exactement comme son père. Juliette avait avoué à sa tante que son mariage était un cauchemar et que Paul était le seul homme qu'elle aimerait jamais. Par sa simple présence, la tante Willis lui avait redonné des forces, et c'était dans ces forces qu'elle puisait maintenant.

— Juliette, mon bébé — reviens, j'insiste. Tu sais que je ne suis pas bien. En ce moment même, je me sens oppressée...

— Maman... (Juliette prit le poignet de sa mère avec douceur mais fermeté, écarta la main de ses cheveux.) J'ai failli détruire ma vie en te cédant. Je crois en avoir assez fait pour ta santé. Il est temps que je pense à la mienne.

— Juliette !

La main baguée de Nell chercha à tâtons le bord de la table. Elle vacilla mais trouva le fauteuil en fer avec une précision fort étrange. « Quelle actrice consommée, se dit Juliette, qui n'avait jamais pensé à sa mère en ces termes. Il faudra qu'elle trouve un nouveau rôle, cette pièce est terminée. »

Elle s'efforça cependant de garder un ton empreint de sollicitude :

— Je suis désolée que tu ne te portes pas bien, maman. Nous avons un excellent médecin au village, le docteur Lohman. Je l'appelle tout de suite.

Juliette se dirigea vers les portes-fenêtres ; Nell se tortilla sur son siège, une expression horrifiée dans le regard.

— Ce n'est pas un médecin qu'il me faut, c'est une fille obéissante.

Juliette s'arrêta, se retourna, secoua la tête.

— J'appelle le docteur. Reste là, maman, repose-toi.

Le médecin arriva dans l'heure en cabriolet. Mais Nell avait déjà réclamé sa voiture, ses bagages, et était partie sur cette dernière réplique :

— Tu es devenue mauvaise. Je ne sais pas ce qui t'est arrivé. Je t'ai tout donné. Mon expérience, mon amour. J'ai enduré la souffrance intolérable de mettre un enfant au monde, et voilà comment cet enfant me récompense. Tu as succombé à l'influence de traînées telles que ma sœur. Je te renie. Ma porte t'est fermée pour toujours. Tu ne me reverras jamais.

108

Fritz

Le lundi, à la tombée de la nuit, Paul s'éveilla avec le sentiment d'une présence. En ouvrant les yeux, il découvrit l'éclat d'une étoile d'or sur une épaulette.

Le visage surmonté de cheveux argent coiffés en arrière était exactement le même que celui qu'il avait vu lorsqu'il avait franchi la porte de la maison de Michigan Avenue — bien que le soleil en eût rougi la peau. La moustache et l'impériale étaient, comme à l'accoutumée, soigneusement taillées, mais les yeux marron recelaient une nervosité inhabituelle.

— Paul. *Mein lieber Neffe !* Mon cher neveu.

— Oncle Joe...

— Me permettras-tu une courte visite ?

— Bien sûr, mon oncle, dit Paul, sans être certain que ce soit une réponse avisée.

Des sentiments violents s'agitaient en lui. C'était le moment qu'il avait tant appelé de ses vœux et en même temps tant redouté.

— Ma présence ici ne te surprend pas trop ?

— Non. Je savais que vous étiez affecté à l'état-major du général Wheeler. Je vous ai vu de loin, à Tampa.

— Et tu as préféré ne pas te montrer.

— Oncle Joe — s'il vous plaît — asseyez-vous. Vous trouverez un tabouret là-bas, près du mur.

Les huit blessés soignés dans la pièce étaient, comme Paul, allongés par terre. Deux d'entre eux écoutaient ouvertement la conversation.

— Es-tu capable de marcher ? demanda Joe à son neveu.

— Si je vais lentement. Ce matin, je suis resté une demi-heure assis près de la fenêtre à regarder la baie.

— Alors viens, nous serons mieux dehors pour parler. J'ai remarqué un banc. Prends ma main.

Paul se leva avec l'aide de son oncle.

— Appuie-toi sur moi. Passe ton bras autour de mon épaule.

Paul faillit sourire en entendant le ton impérieux d'autrefois mais il obéit sans discuter.

— Il fait bon, ce soir, dit oncle Joe quand ils quittèrent la maison malodorante. Par ici...

L'instant d'après, Paul était assis sur le banc, les pieds nus dans le sable. Le soleil couchant flamboyait sur l'Océan. Par les fenêtres ouvertes d'une maison voisine, on pouvait voir des femmes aller et venir avec des balais et des bassines. Dehors, une autre femme, mince et âgée, étendait des draps mouillés sur une corde à linge. On avait dit à Paul que c'étaient des Américaines, des bénévoles de la Croix-Rouge dirigées par Miss Clara Barton, très célèbre aux États-Unis. Le docteur Winter et les autres médecins refusaient d'expliquer pourquoi cette aide bénévole était réservée aux Cubains.

Soulevant le fourreau de son sabre, le général Joe Crown s'assit près de son neveu.

— Comment m'avez-vous trouvé ? demanda Paul.

— Depuis le débarquement, je ne sais plus où donner de la tête, tu t'en doutes. Ce n'est que cet après-midi que j'ai eu le temps de jeter un coup d'œil à la liste des blessés. J'y ai découvert le nom de Paul Crown, assorti d'un « Fritz » entre parenthèses.

— C'est comme ça qu'on m'appelle le plus souvent, maintenant.

— Tu travailles dans les images animées, m'a-t-on dit. Comme ce Mr. Bitzer, de New York.

— Oui. J'appartiens à une compagnie de Chicago.

— Je veux que tu m'en parles. Je veux savoir tout ce qui t'est arrivé. Mais d'abord, Paul, j'ai une chose à te dire. J'ai commis une terrible erreur. J'ai eu tort de te chasser. Je l'ai compris à travers une expérience personnelle. Je tenterai de t'expliquer, si tu le souhaites, mais auparavant...

Il s'interrompit, raide sur sa chaise, les épaules en arrière, l'image même du parfait militaire — mis à part les larmes qu'il ne pouvait retenir.

— Je te demande de m'accorder ton pardon. Je ne serais pas surpris que tu me le refuses.

Les yeux baissés sur ses mains, Paul répondit :

— Longtemps après mon départ, j'ai éprouvé un sentiment de colère (« et je l'éprouve encore un peu », pensa-t-il), mais je n'ai jamais renié les liens du sang qui nous unissent ; je n'ai jamais oublié les bontés que vous m'avez prodiguées. J'ai commis des erreurs, moi aussi. Nous devons nous pardonner mutuellement, je crois.

Joe pressa la main de son neveu, lui-même au bord des larmes.

— Merci, murmura-t-il. *Merci.*

Le vent salé soufflant de la mer était revigorant après les odeurs fétides de l'« hôpital ». Joe se ressaisit.

— Ces images animées, reprit-il, je me rappelle t'avoir entendu en parler. Explique-moi ce que c'est.

— C'est un métier que j'ai appris à aimer. Et pour lequel il semblerait que je sois doué. Je n'ai jamais pu en dire autant pour quoi que ce soit d'autre. Je voulais dessiner, être un artiste, et d'une certaine manière, je réalise mon vœu à travers mes images.

Aussi brièvement qu'il le put, Paul décrivit ses expériences avec Wex Rooney puis le colonel R. Sidney Shadow III.

— J'ai entendu parler de ces images animées, bien sûr, dit Joe en se caressant la barbe. Mais je n'en ai jamais vu.

— C'est compréhensible, les gens respectables ne vont pas les voir. Je suis convaincu que cela changera. Les images animées peuvent faire bien plus que distraire. Elles peuvent éduquer. Montrer le monde entier à des gens qui n'ont pas la possibilité de voyager. Rendre compte de la réalité de grands événements tels que cette guerre. Vendredi, avant d'être blessé, j'ai filmé des scènes de combat près de Las Guasimas. Je ne suis pas sûr que la pellicule résistera à la chaleur et à l'humidité, mais si c'est le cas, le film sera projeté au music-hall Pflaum de Chicago. (Paul regarda son oncle.) J'aimerais que vous veniez le voir. Peut-être changerez-vous d'avis.

— Je viendrai, dit Joe, pressant à nouveau la main de son neveu. Je te le promets.

Ils continuèrent à bavarder tandis que le crépuscule faisait place à la nuit. Des milliers d'étoiles se mirent à briller dans le ciel. Paul posa beaucoup de question à son oncle.

— Comment vont Fritzi et Carl ?

— Fritzi tient plus que jamais à faire une carrière d'actrice. Carl a des résultats relativement bons· dans une école privée proche de New York.

— Et le cousin Joe ? Savez-vous où il est ?

— Hélas non ! De temps à autre, ta tante reçoit par la poste de curieux objets d'un expéditeur anonyme. Elle pense que c'est Joe Junior qui les lui envoie pour lui dire qu'il va bien. Mais le dernier remonte à plusieurs mois et elle craint qu'il ne lui soit arrivé quelque chose. Elle ne s'est jamais remise du départ de Joe Junior, et j'en porte la responsabilité.

— Vous savez, mon oncle, Joe ne s'est pas révolté contre vous pour vous faire du mal. Il voulait juste être comme vous. Indépendant. Fort. Son propre maître.

La voix du général se fit tranchante :

— Il n'était pas comme moi, Paul. C'était un extrémiste.

— Mais il vous aimait sincèrement, vous et tante Ilsa. Il a juste été en contact avec des gens et des idées pernicieuses.

Après une hésitation, Paul ajouta :

— Vous ne vous êtes jamais trompé, vous ? Pas une seule fois ?

— Oh ! si, souvent ! Je m'en suis finalement rendu compte à Tampa. Tu m'étonnes, Paul. Tu étais un enfant quand tu es arrivé chez nous, le jour de cette terrible tempête. A présent, tu parles comme un homme.

Paul sourit.

— J'ai eu vingt et un ans le 15 de ce mois. Cela fait un moment que je suis un homme.

Après un silence, Paul reprit :

— Vous avez parlé d'une expérience personnelle à Tampa...

— Oui. J'ai beaucoup appris d'une personne que tu ne rencontreras jamais. Une femme. En très peu de temps, elle a vu plus clair en moi que je n'avais été capable de le faire depuis des années. Je lui ai parlé de toi, de Joe Junior ; elle m'a expliqué que c'était moi qui avais provoqué ces ruptures en essayant de jouer à Dieu. Je... j'ai trop tenu à exercer mon autorité. A décider de tout. Cette femme que tu ne rencontreras jamais — et dont ta tante ne connaîtra jamais l'existence, bien qu'il ne se soit rien passé d'inconvenant entre nous —, cette femme m'a aidé à voir que j'avais détruit notre famille, que je m'étais détruit moi-même en exigeant sans cesse quelque chose qu'on ne peut obtenir au sein d'un foyer. Je crois que je suis devenu comme ça à cause de ce que j'ai vu pendant la guerre de Sécession. Un horrible chaos. La mort, la souffrance qui frappent au hasard. J'ai nié cet aspect de l'existence humaine en essayant de le chasser de ma propre vie. Mais des raisons ne sont pas des excuses. A la poursuite de quelque ordre rationnel, je suis allé trop loin. Je ne puis esquiver mes responsabilités en arguant que cette passion de l'ordre est un défaut commun aux Allemands, même si c'est vrai. Je dois accepter la pleine responsabilité de mes fautes et de leurs conséquences. Je le dois. Je le fais.

Paul garda le silence ; son oncle s'éclaircit la voix.

— Tu reviendras à Chicago après la guerre, Paul ?

— Oui.

— Ta tante sera folle de joie. Ton cousin et ta cousine aussi. Nous t'accueillerons de nouveau au sein de notre famille, si tu nous le permets. J'userais de mes relations pour t'aider dans ton nouveau métier. Je connais pas mal d'hommes influents...

— Je ne resterai pas à Chicago, mon oncle, coupa Paul.

En quelques phrases, il résuma l'offre de Radcliffe.

— Londres ? Tu as l'intention de travailler là-bas ?

— Si je peux.

— Tu quitterais l'Amérique ?

— Mon métier me permet de vivre n'importe où.

— Mais l'Amérique est ton pays, maintenant ! Tu as fait ce choix.

Sentant la colère de Paul resurgir, Joe ajouta :

— Si c'est à cause de moi, je te supplie une fois de plus de me pardonner. Je ferai tout ce qui est en mon pouvoir pour réparer le mal...

— Ce qui s'est passé entre nous n'est pas la cause principale de ma décision. J'ai perdu ce à quoi je tenais le plus en Amérique.

— La fille Vanderhoff.

— Oui. Je voulais fonder un foyer avec elle, mais elle a épousé ce millionnaire. Il est temps que j'explore d'autres lieux. D'autres pays.

— Que pourrais-je faire pour que tu changes d'avis ?

— Rien, répondit Paul.

Il n'y avait qu'une infime tension dans les mots qu'il prononça ensuite :

— C'est à moi qu'il appartient de décider.

Le général resta coi. Fatigué, torturé par sa blessure, Paul murmura :

— Je crois que je devrais rentrer, mon oncle.

— Certainement. Je t'ai retenu trop longtemps.

Joe aida son neveu à marcher jusqu'au perron de la maison.

— Je quitterai bientôt cet endroit, dit Paul. Je dois filmer d'autres batailles.

— Tu peux te reposer quelques jours de plus, nous en sommes encore à acheminer hommes et matériel vers des positions avancées. Je reviendrai te voir, mais si mes devoirs m'en empêchent, je te chercherai sur le champ de bataille.

— Je ferai de même, mon oncle.

Le général posa les mains sur les épaules du jeune homme.

— Sois prudent.

Il le serra contre lui dans une étreinte maladroite mais chaleureuse et s'éloigna rapidement, remontant la plage d'un pas ferme et précis d'Allemand. Paul le suivit des yeux jusqu'à ce qu'il disparût dans l'obscurité.

109

Willis

Une yole les conduisit à terre sur une mer houleuse le dimanche matin. Le médecin surmené chargé de la maison cubaine les accueillit avec chaleur. Il pleura presque, en fait, quand, par le truchement d'un interprète, Clara Barton fit l'inventaire des médicaments et du matériel disponibles à bord et déclara qu'elle-même et les bénévoles étaient prêtes à travailler sans relâche jusqu'à ce que l'« hôpital » soit propre et sain.

L'endroit avait désespérément besoin de leurs soins. De petits tas de sable et de détritus s'élevaient dans les coins des pièces insalubres. Des moustiques voletaient dans un air où flottaient des odeurs de pus, de sang, d'urine et de fèces. Deux douzaines de soldats cubains étaient soignés dans la maison. Quelques-uns avaient la chance d'être allongés sur des lambeaux de couverture, des oreillers crasseux. Les autres étaient étendus à même le sol. Willis en avisa trois qui agonisaient en gémissant, des chiffons malpropres en guise de pansement. Paradoxalement, Willis était incroyablement heureuse de se trouver là. Enfin l'unité de la Croix-Rouge remplissait sa mission. Elle se mit à genoux avec un seau d'eau savonneuse et commença à frotter le plancher avec l'autre bénévole, Olive Shay.

Miss Barton traversa la maison tel un général en campagne, suivie du médecin reconnaissant et de l'interprète.

— Nous avons des lampes à pétrole, nous les utiliserons pour éclairer ces pièces, dit-elle. Nous avons des moustiquaires, nous en couvrirons les fenêtres pour nous débarrasser de tous ces insectes.

Deux infirmiers, des jeunes garçons en haillons, s'apprêtaient à mettre un blessé sur une civière de toile. Le soldat délirait ; sa peau avait la couleur du safran.

— Cet homme est à l'agonie, intervint-elle. Pourquoi le déplacez-vous ?

A mi-voix, le docteur expliqua :

— *Fiebre amarilla.*

Il murmura quelques phrases en espagnol et Willis, qui nettoyait la pièce voisine, reconnut au passage les mots *vomito negro*, qu'elle avait déjà entendus.

— Fièvre jaune, traduisit l'interprète. Il a vomi du sang cette nuit. C'est un signe infaillible. Il faut le conduire au camp de quarantaine, dans les collines, il ne peut pas rester ici.

Clara Barton examina rapidement le jeune homme, hocha tristement la tête. D'un geste, elle fit signe aux infirmiers de l'emporter.

De l'endroit où elle était agenouillée, près d'une fenêtre, Willis vit les deux jeunes gens s'éloigner avec leur fardeau en direction du campement invisible. Le camp de la mort.

Elle releva une mèche de cheveux grisonnants qui lui tombait sur les yeux, plongea la brosse dans le seau, et se mit à frotter comme si tous les diables de l'enfer étaient assis à califourchon sur son dos courbé.

Willis dormit quatre heures dans la nuit du dimanche. Les bénévoles se reposaient par roulement sur trois lits de camp installés dans ce qui avait dû être un cellier ou une remise. A son réveil, elle lava les murs, puis elle changea les pansements imprégnés de pus jaune et de sang marron. Elle apporta le bassin ou la cuvette aux blessés, les aida à se soulager, se tint près du petit poêle en fer, dans une chaleur d'enfer, pour préparer une bouillie de farine de maïs qu'elle accommoda avec un mélange spécial de pommes et de prunes cuites. Quand elle assista à l'amputation du pied écrasé d'un soldat, elle n'eut envie de vomir qu'une seule fois, pendant quelques secondes seulement.

Malgré la chaleur, les insectes, la puanteur et les cris poignants des jeunes Cubains, le fait d'être utile avait quelque chose d'exaltant, donnait à sa vie un sens qui lui manquait. Même les hommes ne lui procuraient pas un plaisir comparable. Pour connaître le bonheur parfait, pensa-t-elle tristement, elle aurait dû naître dans un univers de catastrophes et de souffrances.

Lundi, peu après midi, le docteur Lesser arriva en compagnie d'un homme mince en uniforme taché. Sur les épaulettes de sa chemise bleue, il portait de petites croix de métal, insigne du Service de santé de Washington.

— Voici une de nos bénévoles, Miss Willis Fishburne, dit Lesser en faisant le tour des lits de camp. Willis, je vous présente le major Lagarde, médecin à Siboney.

Lagarde lui serra la main avec raideur.

— Enchanté, Miss Fishburne. C'est étonnant tout ce que vous avez réussi à faire ici en si peu de temps.

Willis tira de son tablier une blague à tabac et un carnet de feuilles.

— Dommage que vos confrères ne nous croient pas capables d'apporter la même aide aux soldats américains.

Le docteur Lesser roula des yeux derrière le major, qui répondit d'un ton d'excuse :

— Oui... enfin euh... il se peut que des mesures soient prises pour corriger cette erreur.

« Quand les poules auront des dents », pensa-t-elle en sortant fumer une cigarette. Elle fut stupéfaite lorsque Clara Barton arriva vers cinq heures, tout excitée.

— Mesdames, demain, nous commençons à nettoyer l'« hôpital » des Américains. Le major Lagarde vient d'en donner l'ordre. Le docteur Winter nous présentera ses excuses par écrit.

Le mardi 28 juin, Clara Barton et ses femmes envahirent la maison des soldats américains. Elles y accomplirent les mêmes gestes : balayer, poser des moustiquaires, laver les murs, frotter les planchers, installer des lits de camp, brûler les couvertures infectées, faire la cuisine, filtrer l'eau de boisson. Elles eurent plus de temps à consacrer à ces corvées parce que les chirurgiens de l'armée se chargeaient des soins médicaux, avec l'aide des infirmiers. Willis remarqua que les hommes gardaient jalousement leurs attributions, laissant les travaux les plus sales aux infirmières et aux bénévoles. Cela l'irritait énormément mais comme Clara ne protestait pas, elle ne dit rien non plus.

Le docteur Winter, gros bonhomme à bajoues, avait tendance à s'adresser aux femmes sur un ton sec et cassant. Il avait été vertement réprimandé pour avoir refusé leur aide et s'en était offensé, comme il s'offensait de leur présence dans son domaine réservé. Il ne tentait cependant pas de faire obstacle à leur travail mais se montrait coléreux, discourtois et imbu de sa personne à tout moment.

Pendant la journée, les officiers et sous-officiers qui entraient et sortaient leur apportaient des nouvelles du front. La marche vers Santiago s'enlisait. Hommes et matériel avançaient péniblement sur une seule route creusée d'ornières qui avait autrefois porté l'orgueilleux nom de Camino Real. A Siboney, le climat était presque à la légèreté : on se vantait de la victoire de Las Guasimas comme si on y avait gagné la guerre.

Le mardi soir, après trois jours de labeur acharné, Willis était épuisée. Elle voyait double par moments, avait de fortes douleurs dans les jointures des mains, les genoux et le dos. Elle résolut quand même de se familiariser avec les noms des blessés. Jusqu'alors, ils n'étaient pour elle que des visages.

— Celui-ci est un civil ? demanda-t-elle en étudiant la liste.

Hester Huff, l'une des infirmières, répondit :

— Oui, il est opérateur de caméra. Il y en a plusieurs qui suivent la campagne, si j'ai bien compris.

— Qu'est-ce donc qu'un opérateur de caméra ?

— Un homme qui filme ces images animées qu'on montre dans les music-halls. Vous n'en avez jamais vu ?

— Une fois, au Hammerstein's de New York. Plutôt trivial, comme spectacle. C'est une nouveauté, ça ne durera pas. (Hester Huff approuva.) Qu'est-il arrivé à ce jeune homme ?

— Une balle de Mauser dans le dos. Le docteur Winter dit qu'il a eu de la chance : elle est ressortie en ne cassant que deux côtes. Il veut déjà partir.

Willis jeta un coup d'œil sur le jeune homme étendu sur le flanc, une épaule nue dépassant du drap. Bien bâti, il avait une tignasse de cheveux châtains emmêlés.

— J'ai remarqué qu'il a eu pas mal de visiteurs, dont ce général barbu, dit Willis. (Elle inclina la liste vers la flamme vacillante d'une lampe.) Quel est son nom ? Je n'arrive pas à le lire.

— Paul Crown. C'est le neveu du général Joe Crown.

Mercredi, au petit matin, il s'éveilla et réclama à boire. Willis avait attendu ce moment toute la nuit, l'estomac noué par la nervosité. Elle avait roulé et fumé trop de cigarettes en arpentant la plage, incapable de se détendre, encore moins d'envisager de dormir. C'était sûrement lui. Il ne pouvait s'agir d'une coïncidence. Un médecin, le docteur Burmeister, lui avait confirmé que le général Crown venait de Chicago.

— Voilà, jeune homme, dit-elle en tendant le gobelet au blessé.

De l'autre côté de l'allée, un Cavalier sauvage pleurait dans son sommeil. La lampe à pétrole posée sur une caisse, près de la porte, était en veilleuse, et il faisait sombre dans la pièce.

Le jeune homme poussa un petit grognement en se soulevant sur un coude pour boire. Par-dessus le bord du gobelet, ses yeux bleus, curieux, passèrent du visage de Willis au tabouret sur lequel elle s'était assise. Elle ne dit rien. Il vida le gobelet, le lui rendit.

— Merci beaucoup.

Cet accent allemand... Mon Dieu, il ne pouvait y avoir de doute...

— Je suis Miss Fishburne. Je crois savoir que vous êtes Paul Crown.

— C'est exact.

Tous deux parlaient à voix basse.

— D'où êtes-vous, Paul ?

— La compagnie pour laquelle je travaille a son siège à Chicago. J'y habite depuis que j'ai émigré de Berlin.

Willis passa la langue sur ses lèvres, d'une sécheresse inattendue.

— Seriez-vous par hasard apparenté à un brasseur nommé Joseph Crown ?

Une lueur méfiante apparut dans le regard du blessé.

— Oui, il est ici, d'ailleurs. Je suis son neveu. Vous le connaissez ?

— Pas personnellement. Mais vous, je vous connais. C'est vous. C'est vous.

— Que voulez-vous dire ? (Paul se redressa comme si, en se rapprochant de cette femme, il comprendrait mieux.) Je suis sûr que je ne vous ai jamais rencontrée auparavant.

— C'est vrai. Restez allongé, dit-elle en le poussant doucement en arrière. J'ai des choses à vous dire. Vous connaissez Juliette Vanderhoff, n'est-ce pas ?

— Oui. Enfin, je la connaissais.

— C'est ma nièce. Je me prénomme Willis.

Il ouvrit la bouche de stupeur.

— Elle m'a souvent parlé de vous, dit-il. Elle vous aime beauc... *aoh !*

Il s'était à nouveau redressé et la douleur le fit retomber sur le dos, pantelant. Willis passa la main sur son front, le trouva froid et moite.

— Écoutez-moi, fit-elle à voix basse. Vous savez que Juliette s'est mariée, avec Elstree, l'héritier des grands magasins. C'est sa mère, ma chère sœur, qui l'y a forcée. Juliette déteste son mari — à juste titre. Quand je lui ai rendu visite à Chicago, en mars, j'ai fait sa connaissance et j'ai tout de suite eu envie d'arracher Juliette à ses griffes. C'est un propre-à-rien, un arrogant. Coureur de jupons notoire, qui plus est. Je le sais parce que j'ai fait faire une enquête par une agence de détectives privés quand je suis rentrée à New York. Mr. Elstree passe son temps avec des prostituées et entretient des femmes aussi naturellement que vous et moi nous lavons les dents. Juliette pourrait réunir assez de preuves pour divorcer, mais elle ne l'a pas encore fait. Pourquoi ? Je n'en sais rien.

Trop sidéré pour parler, Paul laissa Willis prendre une longue inspiration.

— Voilà l'histoire, Paul. Juliette est malheureuse. C'est vous qu'elle aime, personne d'autre. Elle me l'a dit à Chicago. Je suis certaine qu'elle quitterait Elstree sur-le-champ si vous le lui demandiez. Dès que vous serez de retour aux États-Unis, allez la voir. Enlevez-la à ce salopard immoral, et au diable la législation sur le divorce ! Je vous en conjure, allez la voir. Si vous ne le faites pas, vous le regretterez tous les deux le reste de votre vie.

A la lueur de la lampe à pétrole, les yeux bleus du blessé avaient un éclat fiévreux.

— Où puis-je la trouver, Miss Willis ?

— Elle passe l'été à Long Island. Elstree a une grande propriété à Southampton. Bel-Océan...

110

Fritz

Le cinquième jour après la bataille de Las Guasimas — le mercredi 29 juin 1898 —, Paul quitta l'hôpital peu après l'aube. Au pied du perron fraîchement lavé, Miss Fishburne le serra contre sa poitrine plate, l'embrassa sur la joue et lui recommanda une fois de plus d'aller voir Juliette dès que possible. Il lui en fit la promesse.

Le docteur Winter apparut sur le seuil, lui répéta qu'il n'était pas rétabli et qu'il passait outre aux avis médicaux à ses risques et périls. Fatigué de sa suffisance, Paul répliqua :

— Oui, docteur, si je meurs, je m'en souviendrai. Merci de vos bons soins.

Il s'éloigna en boitillant, le dos encore douloureux. Ce qu'il avait appris étendu sur son lit de camp lui faisait tourner la tête. Juliette... Pouvait-il croire qu'il lui restait une chance ?

Pas encore. Il n'en avait parlé à personne. Ni à l'oncle Joe ni à Radcliffe. Il suivrait les conseils de Miss Fishburne et irait voir Juliette dès son retour. Mais il n'osait espérer une issue heureuse, bien qu'il la désirât ardemment. Il ne supporterait pas d'avoir à nouveau le cœur brisé.

Paul se rendit à la *cantina*. Oui, son sac était toujours là. Il remit au tenancier un deuxième dollar pour continuer à le garder, se donna des forces avec une *cerveza* et partit pour le lagon où il s'était battu avec Jimmy. Il lui faudrait marcher deux ou trois heures pour y parvenir, dure épreuve dans son état de faiblesse, mais pas un instant il n'envisagea de ne pas y aller.

La route de Santiago était embouteillée par des chariots à six mules apportant du ravitaillement aux soldats qui marchaient sur Sevilla. Les averses quotidiennes avaient grossi plusieurs gués et transformé le Camino Real en fondrière. Un conducteur embourbé lui apprit que les convois de ravitaillement montaient et redescendaient de Siboney depuis samedi. Paul commença à compter les chariots abandonnés à cause d'une roue ou d'un essieu cassé, mais il se fatigua de ce jeu quand il parvint à vingt-cinq. Finalement, il arriva à l'endroit où Jimmy avait failli le tuer.

La vue du lagon et le souvenir de ce qui lui était arrivé firent courir de violents frissons le long de son dos. Il se mit à explorer l'herbe, trouva presque aussitôt le sac de toile.

Il était couvert de moisissures, et des insectes s'étaient glissés dedans. Très probablement, la pellicule impressionnée ne valait plus rien, mais il pouvait au moins la rapporter pour prouver à Shadow qu'il avait travaillé. Il chargea le sac sur son épaule, se mit en quête du campement du 10e régiment de cavalerie.

Le sergent de la compagnie d'Ott Person lui dit d'un ton sec :

— Ott, il est plus là. Il est malade. Avant-hier soir, on l'a emmené au camp de la fièvre jaune.

Une voie de l'ancienne ligne ferroviaire de Santiago montait dans les contreforts de la Sierra Maestra. Le camp avait été établi au bout de l'épi parce qu'il était commode d'y expédier les malades sur des wagons plateaux tirés par une petite locomotive de manœuvre. Le mercredi soir, tout épuisé qu'il fût par sa marche, Paul grimpa dans le train pour le camp.

Assis au bord de la plate-forme, les jambes pendant à côté des boggies, il était le seul passager — le reste de la compagnie se réduisant à huit cercueils en pin maintenus par des chaînes. Dans la jungle, de chaque côté de la voie ferrée, des oiseaux sifflaient et croassaient. Il faisait presque noir ; l'air était lourd d'humidité. Paul ne cessait d'écraser des insectes. Son pansement, devenu épais comme une carpette, commençait à sentir. Miss Fishburne lui avait promis de le changer demain.

En fin d'après-midi, il avait parlé avec elle de la fièvre jaune. Il n'y avait aucun moyen de prévenir cette maladie, avait-elle expliqué. On l'attrapait ou pas. Elle en avait décrit les symptômes : langue chargée, constipation, parfois nausées et vomissements et, toujours, fièvre forte et soudaine. Paul revit Ott essuyer son visage en sueur le soir de sa visite, malgré la fraîcheur.

Prostration, mal de tête et douleurs musculaires étaient suivis par les derniers symptômes : urine trouble, teint jaunâtre, et ce que Miss Fishburne appelait l'hématémèse.

— Dans le langage des soldats, c'est le vomi noir. Le sang qui remonte. A ce stade, quelques-uns en réchappent, mais la plupart succombent. Les docteurs n'ont aucune idée de la cause de la fièvre jaune.

Paul se demanda s'il mettait sa vie en danger en se rendant au camp. Aucune importance, il devait savoir comment allait son ami.

Le petit train ralentit. Une palme basse frôla la joue de Paul, telle la main de la mort. Il aperçut des lanternes, taches floues dans la nuit. Les roues motrices de la locomotive émirent une longue plainte quand le train arriva sur une plate-forme rouillée au bout de la voie.

Paul sauta, marcha vers les lanternes. L'une d'elles était accrochée en haut d'une guérite, les autres au-dessus de l'arche d'une entrée en bois brut. Au-delà, on voyait des tentes éclairées par des lampes. Çà et là une silhouette solitaire se faufilait entre elles.

En parvenant près de l'entrée, Paul put lire une inscription écrite en grandes lettres rouges :

ATTENTION
CAMP DE QUARANTAINE
Service de santé de l'armée des États-Unis
Accès interdit aux personnes non autorisées.

A l'intérieur, non loin de l'entrée, il avisa un chariot chargé de sacs blancs et comprit à leur taille et à leur forme que chacun d'eux contenait un cadavre.

Il s'approcha de la guérite, une sentinelle en sortit, la main sur la crosse du revolver. Paul ôta son chapeau de paille pour que la lanterne éclaire son visage mais avant qu'il ait pu parler, le soldat lui lança :

— C'est interdit aux civils, ici. Vous devez faire demi-tour.

— Je viens prendre des nouvelles d'un ami. Le caporal Person, du 10e régiment noir de cavalerie.

La sentinelle tendit la main dans la guérite, y prit une liasse de papiers maintenus par une pince, la feuilleta en la tournant vers la lumière.

— Othello Person. Vous arrivez un peu tard, il est mort ce matin. On l'a mis dans un des sacs, là-bas. Je peux pas vous laisser aller plus loin. Vous devez repartir, désolé.

Paul fit demi-tour, retourna en trébuchant à la locomotive. Les yeux d'Ott, son visage demeuraient gravés dans sa mémoire. Ses paroles aussi.

« Il existe pas un endroit au monde qui te décevra pas un jour ou l'autre, Heine.

» Je connais pas de meilleur pays, et j'ai lu des tas de trucs sur la question.

» Notre pays a besoin de gars comme toi. Laisse pas la place aux fumiers, au sergent de Tampa et autres salopards... »

Ivre de chagrin, de confusion et de fatigue, Paul laissa ses larmes couler sur son visage.

Cette nuit-là, il fit son lit dans le sable, contre le mur de la maison des blessés cubains, sous une couverture que Miss Fishburne lui avait apportée. En se réveillant, au matin, il fut étonné d'avoir dormi si profondément. Peut-être pour ne plus penser à Ott.

Ce jeudi était le dernier jour de juin. Siboney s'était transformé en camp fantôme. Depuis samedi, près de quinze mille hommes avaient été envoyés au-delà de Las Guasimas. Dans la tente où Paul attendait le lieutenant Criswell, un sergent bavard racontait que tant de chariots s'étaient embourbés qu'on avait finalement formé des convois de mules bâtées. Le général Shafter continuait de penser qu'il fallait ravitailler les troupes par n'importe quel moyen, même si cela coûtait un temps précieux. Un temps que les Espagnols pouvaient mettre à profit pour renforcer leurs défenses autour de Santiago.

— Paraît que les Espagnols ont envoyé une colonne de secours, dit le sergent. Près de quatre mille hommes sont partis de Manzanillo. Et chaque jour de perdu, c'est un jour de gagné pour la pluie et les fièvres. Pecos Bill est sacrément critiqué pour ce retard. Certains le traitent d'incapable. Alors, maintenant, il est pressé d'attaquer.

Le lieutenant entra dans la tente, rendant soudain le sous-officier moins loquace. Avec l'aide de Criswell, Paul fit sa déposition et la signa.

— Nous avons reçu un message de Key West. Le tribunal militaire a tenu audience hier. Daws sera renvoyé dans l'Illinois pour y être jugé. (L'officier tint la déposition devant lui.) Avec ça, il devrait aller en prison.

Le chapitre était clos, à la satisfaction de Paul. Il se leva trop rapidement, dut s'agripper à un poteau de la tente. Le vertige passa.

— Lieutenant, si nous en avons terminé...

— Oui, c'est fini. Qu'allez-vous faire, maintenant ?

— Charger ma caméra avec mon dernier magasin et monter au front.

— Pressez-vous. Le bruit court que l'assaut sera lancé demain matin. Après tout ce retard, Shafter veut attaquer partout en même temps — les hauteurs de San Juan et les fortifications du village d'El Caney, à l'intérieur des terres.

— Où se trouve son Q.G. ?

Criswell déroula une carte, indiqua un point juste au-dessus de la route, entre le village de Sevilla et une colline portant le nom d'El Poso.

— Ils ont transporté le général là-haut dans un fauteuil grand comme un trône — Dieu sait où ils l'ont trouvé. On y a fixé des poteaux et huit hommes l'ont chargé sur leurs épaules. Shafter avait l'air d'un maharadjah. Merci de votre aide, Fritz. Et bonne chance pour vos images animées.

Se rendre sur les positions avancées était ardu. Tout le monde empruntait la même route — infanterie, cavalerie, caissons d'artillerie tirés par des chevaux en sueur. Au loin, au-dessus des arbres, flottait un gros objet rond jaune vif, sous lequel était accrochée une nacelle en osier. C'était le ballon d'observation du corps des transmissions. Paul en avait entendu parler mais ne l'avait encore jamais vu.

Il lui restait un dernier magasin, cent trente mètres de pellicule qu'il avait soigneusement chargée dans la Luxographe en priant pour que le climat ne l'ait pas voilée.

Si les combats reprenaient, il devait oublier la mort d'Ott, oublier Juliette et l'oncle Joe, et filmer, filmer, filmer.

Il atteignit le quartier général vers une heure de l'après-midi. Des tables et des chaises étaient installées sous des arbres festonnés de mousse espagnole. Le va-et-vient des courriers arrivant ou partant à pied, à cheval, à dos de mule était incessant. Des officiers discutaient, penchés sur une carte. Paul supposa que la tente blanche la plus grande appartenait à Shafter.

Il déplia son trépied à cinq ou six mètres des tables, s'attira quelques regards mais personne n'intervint. Cinq minutes plus tard, un officier à la moustache broussailleuse s'avança vers lui d'un pas lourd. Il portait une chemise blanche aux manches maintenues par des élastiques.

— Je suis le major Gilyard. Qu'est-ce que c'est que ce machin ?

— Une caméra, répondit Paul, pris d'une antipathie instantanée pour l'homme. Vous n'en avez jamais vu ?

— Chez moi, je vais à la messe, jeune homme, je ne traîne pas dans les quartiers mal famés. Qu'est-ce que vous comptez faire avec ?

— Si j'ai bien compris, le général Shafter tiendra un conseil de guerre cet après-midi. J'aimerais en filmer une partie pour les spectateurs de...

Le sabre du major jaillit de son fourreau et, s'abattant de biais, entailla le trépied, fit tomber la caméra.

— *Was tun Sie, dümmster ?* s'écria Paul. Qu'est-ce que vous faites, imbécile ?

Comme il se baissait pour relever la Luxographe, Gilyard appuya la pointe de son sabre contre le cou de Paul.

— Écoute, je ne sais pas ce que tu as dit, mais fais attention. Le général souffre de prostration due à la chaleur. Il ne se laissera pas filmer. Alors, file, si tu ne veux pas te faire embrocher.

— Major !

Paul reconnut la voix de son oncle avant de se retourner. Joe Crown, en manches de chemise et bretelles, avait les joues rouges et luisantes de sueur.

— Rangez ce sabre. Il est intolérable de maltraiter les civils, et surtout les reporters.

— Mais il...

— Rangez ce sabre, Gilyard, ou je vous colle un rapport.

Le visage du major devint plus rouge encore que celui de l'oncle Joe. Il remit son sabre au fourreau et s'éloigna en marmonnant contre ces fichus volontaires.

Le général prit son neveu à part et lui expliqua à voix basse :

— Gilyard a raison, Shafter est d'une extrême susceptibilité en ce moment. Les critiques pleuvent sur lui ; Roosevelt l'a publiquement accusé de négligence criminelle. Je te conseille de ne pas risquer d'avoir des ennuis en restant ici. Va filmer ailleurs.

— D'accord, mon oncle. (Le regard de Paul se porta sur les officiers proches, dont la plupart, Gilyard excepté, ne leur prêtaient aucune attention.) Je crois savoir que l'attaque commencera demain, est-ce vrai ?

— Oui, demain matin. Très tôt. Ce n'est pas un secret. Nous marcherons en même temps sur El Caney et les hauteurs de San Juan. Il faut que j'y aille, maintenant, dit Joe, pressant le bras de Paul. Prends soin de toi.

— Oui, mon oncle. Merci.

Le général eut un sourire affectueux pour son neveu avant de retourner vers les tables.

Les troupes continuèrent à avancer toute la nuit. A trois heures et demie, un orage stoppa leur progression pendant une demi-heure. Paul s'abrita sous le châssis d'un chariot enlisé et défit sa chemise pour en envelopper la caméra. Il se mit bientôt à frissonner et à claquer des dents. Aucune importance, il devait filmer.

Le vendredi 1er juillet avant l'aube, une brume se forma dans les cuvettes situées sous les hauteurs fortifiées protégeant Santiago. Les Américains se trouvèrent au pied de ces montagnes qui s'élevaient au sud de la route principale, jusqu'au village d'El Caney, à six kilomètres au nord. Le village était défendu par un fort de pierre, El Viso. Des blockhaus et, on pouvait le supposer, des tranchées les attendaient sur les hauteurs de San Juan.

Aux premières lueurs de l'aube, la division du général Lawton déclencha l'attaque contre El Caney. Sa maigre batterie de vieux canons de campagne de trois pouces commença à pilonner les retranchements ennemis. A neuf heures, les troupes donnèrent l'assaut. Les Espagnols défendant le secteur jouissaient d'une meilleure visibilité, de la suprématie en matière d'artillerie, et d'un troisième avantage, la fumée révélatrice de chaque balle à poudre noire tirée par les hommes de Lawton.

Tandis que Lawton avançait, le flanc gauche exerçait sa pression tout le long de la route de Santiago. Ils arrivèrent sans trop de difficultés jusqu'à un gué peu profond de l'Aguadores, rivière portant le nom de San Juan sur les cartes américaines. Les artilleurs espagnols ne tardèrent pas à trouver la bonne distance et à crever le ballon d'observation jaune vif qui flottait au-dessus du gué. Il se dégonfla, tomba sur les arbres de la rive et s'y drapa mollement. Il fournit à l'artillerie ennemie une cible bien visible indiquant avec précision l'endroit où les troupes traversaient. En milieu de matinée, ce lieu avait mérité le nom de Gué Sanglant.

Paul avançait vers la rivière avec sa caméra parmi des cavaliers noirs allant à pied. Il croisa quelques blessés qui se retranchaient vers l'arrière. Le grondement de l'artillerie, le crépitement des coups de fusil étaient incessants. Une fumée lourde emplissait les poumons, piquait les yeux.

A proximité du gué, Paul avisa un civil efflanqué au visage de rapace, monté sur un cheval blanc, qui ne semblait pas remarquer les explosions d'obus. Il portait un cache-poussière noir et un sombrero blanc. Ses yeux bleus légèrement saillants et sans cesse en mouvement enregistraient tous les détails de la scène. Il fixa un moment la caméra de Paul puis eut un petit sourire glacial. Il y avait quelque chose de presque anormal dans le calme de cet homme. Comme si ni le danger ni les souffrances ne l'affectaient et qu'il ne s'intéressait qu'au spectacle de la guerre.

Paul s'approcha d'un officier blanc — celui qui était venu le voir dans sa chambre, à Tampa.

— Qui est ce civil à cheval, lieutenant ?

— Voyons, c'est un des messieurs qui ont prôné cette guerre, répondit Pershing. Son yacht est ancré à Siboney. C'est Hearst.

Au-dessus d'eux, une explosion projeta des éclats de shrapnel sur la route.

— Couchez-vous ! cria Pershing.

Deux de ses soldats noirs s'écroulèrent, gravement touchés. De la gorge ouverte de l'un, le sang jaillissait comme d'une fontaine. Accroupi, Paul entendit la mitraille cribler le feuillage. Un triangle de métal se planta dans le trépied de la caméra.

— Y a pas quelqu'un qui pourrait virer ce putain de ballon des arbres ? beugla un soldat.

— Silence, continuez à avancer, ordonna Pershing d'une voix ferme.

Autour de lui, Paul découvrait des visages terrifiés, des yeux écarquillés par la conscience de la mort. Elle était aussi palpable que l'artillerie tirant des hauteurs de San Juan ; aussi palpable que la pluie métallique d'éclats d'obus tombant sur la colonne en marche.

Il suivit Pershing et ses hommes jusqu'au Gué Sanglant.

L'eau de la rivière était brune, agitée de tourbillons encore plus sombres. Immédiatement à droite, en direction d'El Caney, un drapeau à croix rouge identifiait une infirmerie installée sur la berge. Au milieu de l'Aguadores, six officiers à cheval encourageaient leurs hommes de la voix et du geste.

— Pressez-vous ! Allez, les gars !

— Traversez, vous serez plus en sécurité de l'autre côté.

Le frêle Joe Wheeler et l'oncle Joe faisaient partie du groupe. Tous semblaient étonnamment calmes malgré la peur qu'ils éprouvaient sûrement, comme n'importe qui d'autre.

Le lieutenant Pershing sauta dans l'eau peu profonde. Chaque fois qu'un de ses soldats noirs arrivait au bord du gué, il l'encourageait d'un mot, d'une petite tape.

— Vas-y, Bob... A toi, Linc, tout droit. Vite, ne vous arrêtez pas.

Paul, qui se tenait sur la berge, leva les yeux en entendant un obus siffler alors que les premiers hommes de Pershing se trouvaient au milieu de la rivière. Un caporal trapu perdit pied, fit tomber son Springfield dans l'eau, crime impardonnable. D'un coup d'éperon, Joe Crown dirigea son cheval vers lui, se pencha sur sa selle et tendit la main au Noir.

L'homme la saisit à deux mains au moment où l'obus explosait. Un éclat s'enfonça dans la tête du caporal comme un couteau dans un melon. Il coula, encore agrippé au général, qu'il fit tomber de sa selle. Paul vit une tache rouge vif apparaître sur la cuisse gauche de son oncle. Le cheval s'effondra dans un éclaboussement puis se releva. Joe Crown était parvenu à dégager ses pieds des étriers.

— Tirez-le de là ! cria Paul. Sauvez-le !

Abandonnant sa caméra sur le bord de la route, il sauta dans l'eau. Trois soldats étaient tombés entre Paul et son oncle, lui barrant le chemin, de même que le lieutenant Pershing qui, furieux, tentait d'arrêter deux hommes affolés fuyant vers l'arrière.

Joe Crown réussit à toucher le fond de son bras tendu et à garder la tête hors de l'eau jusqu'à ce qu'un brancardier parvienne à le charger sur son épaule. Paul s'efforçait encore de contourner Pershing et les deux fuyards quand il vit la tête de son oncle rebondir sur le dos du brancardier. Joe avait les yeux clos, les cheveux ruisselants.

Le brancardier remonta le courant vers l'infirmerie. Une des jambes de Joe Crown traînait dans l'eau, perdant son sang. Paul ramassa sa caméra, se faufila dans les fourrés jusqu'à la tente dont un des côtés était relevé.

Quelques secondes avant l'arrivée de Paul, le brancardier avait étendu le général sur une civière. Au fond de la tente, un chirurgien sciait la jambe d'un soldat noir qui mordait un bâton de noyer tandis qu'un infirmier faisait couler du whisky entre ses lèvres. Un autre médecin, hagard, sondait une blessure béante dans la poitrine d'un soldat blanc étendu sur la table la plus proche. Le chirurgien lança à Paul :

— Fichez le camp d'ici si vous n'êtes pas blessé !

— Cet officier est mon oncle. Je veux savoir si son état est grave.

— Pour l'amour de Dieu, je suis en train de m'occuper de quelqu'un d'autre. Les galons ne donnent droit à aucun privilège, ici. Vous attendrez.

Paul regarda les soldats noirs de Pershing traverser le gué sous un feu incessant.

— Je ne peux pas attendre, dit-il. Je reviendrai.

La caméra sur l'épaule, il s'élança vers la rivière ensanglantée.

Au-delà de l'Aguadores, le terrain s'ouvrait sur une autre plaine herbeuse barrée çà et là par des clôtures de fil de fer barbelé. Cette plaine s'étendait jusqu'aux hauteurs de San Juan et, sur la droite, jusqu'à une colline plus basse, Kettle Hill. C'est là que le colonel Roosevelt lança une violente attaque peu après midi.

Les unités s'étaient mélangées, la droite de la cavalerie avec la gauche de l'infanterie. Des sergents braillards tentaient de regrouper leurs hommes, sans grand succès. Paul se retrouva au milieu de soldats du 6e régiment d'infanterie qui s'abritaient de leur mieux derrière des moignons de palmier. L'herbe était imbibée de sang, jonchée de cadavres. Sur les hauteurs, on ne distinguait pas l'ennemi, sauf de temps à autre un chapeau de paille conique montrant sa pointe près de quelque grand corps de ferme. Le feu provenant de là-haut était nourri, meurtrier, et ne laissait aucune trace de fumée.

A une heure quinze, un furieux ronflement sur la gauche fit sursauter Paul. C'était le détachement des Gatling qui avait enfin atteint l'autre côté du gué. Les Américains disposaient maintenant d'armes automatiques pour contrer l'artillerie des hauteurs.

Des officiers criaient un ordre ; des hommes se levaient, avançaient. Sur un large front, l'infanterie et la cavalerie chargeaient la colline de San Juan.

Les Espagnols faisaient pleuvoir un feu d'enfer ; des plaques de flamme semblaient jaillir des hauteurs. Des soldats du premier rang chancelaient ou trébuchaient puis tombaient, parfois avec une grâce étrange. Quelque part sur la gauche, cachées par la fumée et le terrain, les Gatling faisaient entendre leur crépitement infernal.

Plié en deux pour offrir une cible moins grande, l'un des attachés militaires courut jusqu'au niveau de Paul, inspecta la ligne avancée avec des jumelles. Paul le connaissait, c'était le major de Grandpré, un Français. Avec un haussement d'épaules, l'officier lâcha :

— Stupide. Mais plein de vaillance.

Paul installa le trépied, tendit la main vers la manivelle.

Il y eut une explosion soudaine, un cri perçant. Le souffle coupé, Paul se retourna et découvrit un nombre incroyable de morts et de blessés. Étourdi par la chaleur, l'épuisement, la douleur de sa blessure, il souleva sa caméra et courut quelques mètres encore, dans la fumée brûlante.

Les Gatling crépitaient ; le feu espagnol fauchait les Américains qui gravissaient la colline, fantassins et cavaliers, Blancs et Noirs mêlés dans le plus grand désordre mais continuant à avancer régulièrement, sans s'arrêter. Paul vit Roosevelt brandir un revolver au milieu de soldats noirs du 10e qu'il galvanisait par ses exhortations et ses gestes.

Il fallait qu'il filme là-haut. Une fois de plus, il chargea le trépied sur son épaule et courut vers les langues de feu qui indiquaient la crête.

Les soldats espagnols étaient de rudes combattants, qui ne renonçaient pas facilement. Ils accueillirent les premiers Américains qui atteignaient le sommet en les mitraillant à l'arme de poing. Roosevelt et plusieurs de ses Cavaliers sauvages, ainsi que quelques cavaliers noirs, furent contraints de s'abriter où ils le purent, et firent feu quand les Espagnols déclenchèrent une contre-attaque. Paul était étendu sur le ventre à l'arrière du groupe, étreignant son trépied, embrassant presque sa caméra, la main droite pressant son canotier sur sa tête comme s'il pouvait arrêter les balles.

Il entendit des cris effrayants, vit les Espagnols sortir de leurs tranchées pour tenter de repousser leurs assaillants. Roosevelt encourageait ses hommes, se montrait à découvert pour tirer. Un flot incessant d'Américains continuait à submerger la colline, et la supériorité en nombre, conjuguée au feu dévastateur du détachement des Gatling, fit la différence. Les Espagnols battirent en retraite vers les collines et les vallons situés entre les hauteurs et Santiago.

A quatre heures et demie environ, la fusillade cessa. Paul impressionnait ses derniers mètres de pellicule, la caméra penchée pour filmer l'intérieur des tranchées. La puanteur était terrible, la vue effroyable. Des dizaines de soldats en uniforme de coton ensanglanté gisaient là où ils avaient combattu. Un homme au front percé tenait son chapeau comme s'il se décoiffait devant une dame.

Le public du Pflaum détesterait sans doute les images de cadavres et de violence que Paul avait tournées. La lente montée finale de la ligne bleue et kaki, l'assaut pour cerner le blokhaus et les bâtiments de la ferme. Le drapeau espagnol déchiré. Il avait même filmé un major d'infanterie achevant de trois balles un Espagnol blessé.

Avant de recevoir la première, le soldat ennemi avait crié grâce. Cette scène ferait horreur aux Américains parce qu'elle déshonorait l'un des leurs. Paul la haïssait pour une autre raison. Elle était abjecte, inhumaine. Mais songeant à Wex, il se dit : « Les images disent la vérité, les gens doivent les voir. »

En se tournant vers le sud-ouest, on distinguait clairement les maisons aux tuiles rouges de Santiago, à deux kilomètres et demi. Les Espagnols, eux, voyaient sûrement le drapeau américain flotter au-dessus du blockhaus et se doutaient que la fin était proche.

La victoire n'était cependant pas encore assurée. Dans les vallons séparant la ville des hauteurs, des centaines de soldats espagnols reformaient leurs lignes, faisaient voler la poussière en creusant de nouvelles tranchées.

Un homme en imperméable blanc et canotier s'avança par le flanc exposé de la colline, passa devant un canon espagnol penché bizarrement, une de ses roues fracassée. C'était Crane.

Exténué, Paul se contenta de le saluer d'un hochement de tête. Dans la fumée mouvante, il continuait à tourner la manivelle avec un bras qu'il aurait voulu arracher tant il lui faisait mal. Il continuait à filmer la tranchée. Crane s'approcha, hors du champ de la caméra, baissa les yeux.

Il y eut un coup de feu, puis un autre. Le romancier ôta son chapeau, et scruta calmement les vallons d'où les coups étaient partis. Quelques soldats espagnols avaient commencé un tir de harcèlement.

Un officier d'infanterie accourut au pas de gymnastique en agitant son revolver dans leur direction.

— Hé, les civils, descendez de là, vous n'impressionnez personne.

Crane et Paul ne lui prêtèrent pas attention. D'autres coups de feu retentirent ; Paul entendit le bourdonnement familier des balles de Mauser.

Un coup d'œil au compteur lui apprit qu'il n'avait plus de pellicule. Il s'accroupit à côté du trépied et pensa tout à coup à l'oncle Joe. Il

devait descendre voir comment il allait. Mais il était incapable de
bouger. Il était à bout de forces.

— Incroyable, hein, Fritz ? Dans *La Conquête du courage*, je n'avais
fait qu'imaginer la guerre. La réalité est dix fois pire.

Paul hocha la tête d'un air hébété.

— Je me demande ce que ressent Dick Davis. Je me demande s'il
pense encore que nous sommes une race de gentlemen. Bon, il faut
que je continue. Que j'en voie autant que je peux. Sois prudent, petit.

— Vous aussi, Stephen.

Crane s'éloigna en griffonnant dans un carnet. Il s'arrêta au bord
d'une autre tranchée et secoua la tête avec une gravité étonnée.

111

Le général

Six colonnes de fumée, visibles à des kilomètres, s'élevèrent le lendemain du port de Santiago. La pression montait dans les chaudières des bateaux de l'escadre espagnole bloquée — deux destroyers et quatre gros croiseurs, dont l'*Infanta Maria Teresa*, le navire amiral. Pour les bâtiments américains ancrés au large, cette fumée ne pouvait signifier qu'une seule chose : l'amiral Cervera allait tenter une sortie.

Le matin du dimanche 3 juillet, le premier vaisseau espagnol sortit du port à huit heures et demie. Les autres suivirent à intervalles de dix minutes. Bientôt les gros canons de marine grondèrent, et la mer disparut sous un voile de fumée.

L'escadre de Cervera essaya de s'échapper vers l'ouest. Les Américains la prirent en chasse, manœuvrant pour tirer chaque fois que c'était possible. Le commandant Winfield Scott Schley dirigeait la bataille du *Brooklyn*, mais ce fut l'*Iowa* qui porta le premier coup fatal à la *Maria Teresa*. Le choc fit exploser les tuyaux, des marins espagnols moururent en hurlant, brûlés par la vapeur. L'*Iowa* toucha sa cible une deuxième puis une troisième fois. Le navire amiral était en flammes. Comprenant que tous les hommes à bord seraient condamnés à périr s'il maintenait son cap, Cervera ordonna de bifurquer vers la côte, où le vaisseau en feu s'échoua. Les matelots encore vivants sautèrent par-dessus bord pour échapper à l'incendie.

Un par un, les autres bateaux espagnols furent poussés vers la côte ou coulés. La bataille se termina quelques minutes après une heure. Près de cinq cents marins espagnols avaient péri, contre un seul Américain. La Navy captura mille sept cent cinquante survivants, en mer et sur la plage. L'amiral Cervera, qui en faisait partie, fut traité avec la dignité et les égards que son grade et les lois de la guerre exigeaient. Sa bravoure et le souci qu'il avait du sort de ses hommes firent l'admiration des Américains.

Joe Crown, engourdi par les pilules d'opium contre la douleur, écoutait le fracas de la bataille et regardait la fumée s'élever de la mer, étendu sur un lit de camp dans la tente d'un hôpital de campagne. Il se remettait d'une blessure à la cuisse gauche qui, selon les médecins, aurait pu le tuer si le docteur de l'infirmerie installée au bord de la rivière n'avait arrêté l'hémorragie à temps. La nouvelle de la victoire parvint à l'hôpital en fin d'après-midi, et tout faible qu'il fût, Joe se joignit aux acclamations.

Ce même dimanche, apprit-il plus tard, le général Shafter envoya un messager à Santiago sous la protection d'un drapeau blanc : il prévenait le haut commandement espagnol que lundi à dix heures, il bombarderait la ville, et demandait que les femmes, les enfants et les ressortissants étrangers la quittent avant qu'il n'ouvre le feu. L'exode commença au coucher du soleil. Quand les bombardements américains retentirent, le lendemain à dix heures précises, plusieurs milliers de civils s'étaient réfugiés dans des camps de fortune autour d'El Caney. L'armée américaine n'avait pas assez de rations pour les nourrir. La faim et la maladie firent bientôt des ravages.

Au cours des jours qui suivirent, les Espagnols qui défendaient Santiago contre-attaquèrent plusieurs fois, sans grand succès. Les Américains avaient construit des abris et creusé des tranchées dans lesquelles ils installèrent les Gatling, roues démontées. Protégés par leur feu meurtrier, ils gagnaient inexorablement du terrain. Les combats étaient sanglants, les pertes, lourdes des deux côtés, mais l'issue de la campagne ne faisait plus de doute.

Face à cette situation désespérée, le gouverneur militaire de Santiago, le général Arsenio Linares, ordonna au général José Toral d'entamer des négociations pour une capitulation dans l'honneur.

La première rencontre entre officiers américains et espagnols eut lieu le 13 juillet. Une fois que les conditions de la reddition firent l'objet d'un accord, il ne resta plus qu'à procéder au transfert des pouvoirs. On le fixa au dimanche 17 juillet à midi, moment où le général Shafter entrerait dans la ville.

Pendant ce temps, Joe Crown demeurait allongé à l'hôpital, où Paul lui rendait visite presque tous les jours. N'ayant plus de pellicule, il était impatient de quitter Cuba. Joe était fasciné par la passion du jeune homme pour son travail, bien qu'il n'y vît toujours qu'un métier peu recommandable et sans avenir.

A la fin de la semaine, Joe fut sur pied. Sa blessure le faisait encore terriblement souffrir, mais il parvenait à se déplacer en claudiquant à l'aide d'une canne à poignée en forme de L. Son ordonnance, le caporal Willie Terrill, l'avait taillée dans une branche de cieba au bois dur. Quand le défilé de la victoire se forma, le dimanche matin, Joe était présent en grand uniforme.

Il confia sa canne au caporal et, avec une grimace de douleur, mit le pied gauche à l'étrier. Comprenant la situation, l'ordonnance plaça les mains sous les fesses de son général et le poussa. Joe avait le visage livide, mais il était correctement assis sur sa selle.

Le général Shafter prit la tête des troupes sur un cheval immense dont le dos semblait cependant ployer sous l'énorme fardeau. Joe chevauchait à côté de Wheeler le Battant. La longue colonne d'officiers américains était suivie par une troupe de reporters à pied, à cheval ou à dos de mulet. Paul marchait en portant une valise couverte de poussière. Amaigri par le manque de nourriture, il avait noué son foulard à pois sur sa tête, à la manière des pirates, ce qui cachait au moins ses cheveux hirsutes.

Le défilé ne fut pas particulièrement joyeux. Les hommes parlaient peu, à voix basse ; beaucoup d'entre eux tenaient un mouchoir sur leur bouche. On avait jeté les morts espagnols dans des fosses communes peu profondes, à peine recouvertes de quelques centimètres de terre. Les charognards n'avaient pas eu de mal à atteindre les cadavres ; après les avoir dépecés, ils avaient laissé les carcasses pourrir au soleil. Des chevaux morts, encore sellés et grouillants d'asticots, se décomposaient au bord de la route.

Dans la ville, les Américains eurent la surprise de découvrir des compagnies entières de soldats espagnols dépenaillés se pressant sur les perrons, dans les entrées, sur les balcons pour voir leurs vainqueurs. Les visages exprimaient de la curiosité, parfois même une certaine sympathie. Joe ne vit guère d'hostilité ouverte.

Dans les rues pavées, des enfants au ventre gonflé couraient çà et là. Santiago avait faim. Cela confirma à Joe ce qu'il avait appris bien des années plus tôt au 5e régiment de volontaires de cavalerie de l'Ohio : la guerre pouvait susciter quelques exploits, de brèves célébrations. Mais de vraie joie, aucune.

Sur la vaste et belle place, une foule immense attendait. Il n'y eut ni acclamations ni cris quand les vainqueurs arrivèrent. Les sabots de la monture de Shafter, à la peine, firent résonner les pavés.

Tous les officiers américains descendirent de cheval, à l'exception du général en chef ; il avait prévenu le haut commandement espagnol qu'il resterait en selle pendant toute la cérémonie car, faute de son escabeau spécial, il ne réussirait jamais à remonter.

La cloche de la vieille cathédrale sonna douze coups. Une garde espagnole baissa le drapeau rouge et jaune de l'Espagne ; une garde américaine hissa la bannière étoilée bleu, blanc, rouge. Sans éprouver le moindre frisson de fierté, Joe regarda le drapeau monter en haut du mât où il pendit mollement ; il n'y avait pas de vent.

Derrière lui, une fanfare attaqua *The Stars and Stripes Forever*. Joe Crown se tenait parfaitement droit, comme il sied à un militaire. Mais en lui-même, il pleurait.

« Ilsa, je suis las de la guerre. Je veux revenir à la maison, vivre auprès de toi. Je veux ramener Paul parmi nous, prendre soin de notre famille, retrouver notre fils si c'est humainement possible.

Ilsa, je t'aime. J'ai commis tant d'erreurs, je suis si fatigué... »

112

Fritz

Entre la bataille du 1ᵉʳ juillet et l'entrée dans Santiago, seize jours plus tard, Paul prit plaisir à venir voir son oncle à l'hôpital de campagne. Joe Crown se rétablissait rapidement et était impatient de reprendre ses activités.

— Une fois par jour, il nous explique comment nous devrions faire marcher l'hôpital, confia un médecin à Paul hors de la tente. Puis il se reprend, se traite de vieil imbécile incurable et retire ce qu'il vient de dire — ou précise que ce n'était qu'une suggestion, une simple *suggestion*.

La blessure de Paul le faisait de moins en moins souffrir. Les docteurs insistaient pour changer son pansement quand il rendait visite à son oncle. Quelqu'un avait passé le mot : « C'est le neveu du général ». Cela l'amusait.

Il avait confié sa caméra à un capitaine d'intendance serviable qui avait vu des images animées à New York et avait aimé ça. Paul se rendit à Siboney en sautant dans un train de marchandises. Il alla prendre sa valise à la *cantina* et se mit à la recherche de Miss Fishburne.

Elle était partie. Le *State of Texas* mouillait au large de Santiago en attendant l'autorisation d'accoster avec des couvertures, des vêtements et des vivres pour les réfugiés civils. Mais Miss Fishburne ne se trouvait pas à bord. Juste après la bataille des hauteurs de San Juan, le général Shafter avait prié Miss Barton d'envoyer une partie de son personnel sur le front. Les bénévoles avaient établi un poste de secours dans la jungle, mais selon les rapports, elles l'avaient quitté. Il ne restait à Siboney que deux infirmières et l'autre volontaire civile, Mrs. Olive Shay, qui rapporta tous ces faits à Paul.

Du petit bureau utilisé par les correspondants, il envoya un câble à Shadow :

> *Rentre dès que possible avec scènes de guerre passionnantes si pellicule a résisté chaleur et humidité. Amitiés, Fritz.*

Paul avait du mal à ne pas penser à Juliette. Il ne devait pas entretenir de faux espoirs, il le savait, mais comment l'éviter ? La guerre était quasiment terminée, tout le monde le disait. Dans un mois, il rentrerait, verrait si sa pellicule était en bon état puis se lancerait à la recherche de Juliette.

Non, il la chercherait d'abord, le film attendrait.

A la *cantina*, il rencontra Billy Bitzer et discuta avec lui. Bitzer pensait que le laboratoire Biograph de New York pourrait développer la pellicule de Paul. Il promit d'envoyer un télégramme à la compagnie dès qu'il serait en Floride. Paul comptait bien embarquer sur le premier bateau transportant des civils. En Floride, il changerait son billet pour Chicago contre un billet pour New York. Il partirait pour Londres si ce que Miss Fishburne lui avait confié se révélait faux. Londres était son issue de secours.

Le soir de la cérémonie de reddition à Santiago, alors qu'il aspirait à un peu de confort et à une compagnie agréable, Paul rencontra Michael Radcliffe. Le costume du journaliste avait miraculeusement retrouvé sa blancheur. Il était nu-tête et hâlé par le soleil.

Souriant, il annonça qu'il avait découvert une *cantina* dont le propriétaire faisait fi de l'ordonnance de Dieu concernant le repos sacré du dimanche et gardait porte ouverte tant qu'il y avait des dollars américains à gagner. Il y emmena Paul. Situé dans une ruelle tortueuse, l'établissement était bondé.

Cinq minutes après l'arrivée des deux hommes, Crane entra. Cinq minutes plus tard, Sylvanus Peterman fit malheureusement de même. Les quatre hommes étaient assis à une table ronde où il restait deux chaises libres.

A peine venaient-ils de commander que des bottes traversèrent lourdement le plancher crasseux.

— Misère, grogna Crane à mi-voix.

L'attaché militaire allemand claqua des talons, s'inclina.

— *Liebe Herren.* Puis-je me joindre à vous ? Mon habituel compagnon de libations, le lieutenant Paschwitz, attaché de notre marine impériale, est indisposé.

Radcliffe s'absorba dans la contemplation du plafond ; Paul étudia les marques de couteau sur la table. Bien qu'à contrecœur, Crane se sentit obligé de lui indiquer un siège libre.

— *Vielen Dank.*

Von Rike tira la chaise à lui, se pencha pour épousseter la table avant d'y poser sa casquette et s'inclina une seconde fois.

— *Bier, bitte !* réclama-t-il avec un claquement de doigts. *Cerveza ! Schnell !*

La capitulation faisait régner une atmosphère survoltée dans la *cantina*. On criait, on chantait, on plaisantait beaucoup. Paul et ses compagnons se mirent à boire en quantité. Avant longtemps, ils furent tous soûls : Radcliffe, Peterman, Crane, Paul et l'attaché.

Ils étaient ivres de whisky cubain (« Il y a du poivre de Cayenne ou de la pisse de chat, là-dedans », disait Crane en avalant le breuvage le plus vite possible) ou de bière locale. Elle n'était pas mauvaise du tout, estimait Paul, si l'on en buvait assez et si l'on pardonnait aux Cubains de la baptiser *Cerveza tipo Pilsen* (bière blonde) alors qu'elle était couleur de mélasse.

— Nous sommes prêts à conquérir de nouveaux territoires, nous le méritons, déclara Peterman avec véhémence. (Il tendit le bras vers sa cannette, posée près d'une douzaine d'autres bouteilles vides.) Le monde nous appartient, à présent. Le temps, les événements — Dieu lui-même — nous confient la responsabilité de réformer, d'éduquer et de civiliser des sociétés arriérées. C'est une tâche immense, mais nous en sommes dignes. Vous avez entendu le colonel Roosevelt...

— Jusqu'à plus soif, glissa Radcliffe.

— Le siècle qui vient sera celui de l'Amérique.

— Je vous demande *pardon*, fit von Rike en tournant le dos à Peterman pour se faire couler de la bière dans le gosier comme un homme du peuple.

— Chauvin-chauvin-chauvin, chantonna Crane, agitant son verre vide en mesure.

Une main brune s'en saisit pour le remplir.

— Que pensez-vous de la guerre, Radcliffe ? demanda von Rike. En tant qu'Anglais.

— J'emmerde les Anglais, je parle en mon nom personnel. Je pense que cette guerre est barbare. Honteuse. Le nationalisme ambiant est dangereux — il ne l'a jamais été autant qu'aujourd'hui en Amérique. Mais ce n'est pas parce que je condamne les Américains que j'épargne les autres peuples. Donnez-leur n'importe quel prétexte et ils sombrent tous dans le patriotisme...

Von Rike prit un air offensé ; Paul buvait en souriant de l'irréprochable diction de Michael, aussi distinguée que celle d'un lord.

— Des vieillards à moitié séniles pétrissent la cervelle des jeunes gens pour en faire de la chair à canon au service de desseins cachés et corrompus. Vous ne me croyez pas ? Pourquoi sommes-nous ici, mes braves ? Pour couvrir une croisade patriotique !

— Je ne vous ai pas vu couvrir grand-chose sur le front, fit remarquer Peterman.

L'attaché militaire allemand eut un petit rire.

— La croisade des va-t-en-guerre, poursuivit Radcliffe sans relever la pique. Quelle absurdité ! Mais tous les pays sont les mêmes. Les hommes aussi. Ils n'apprennent jamais rien.

Crane lui porta un toast avec son whisky.

— Je savais bien que tu me plaisais.

— Avec votre permission, dit von Rike, je ne partage pas vos remarques cyniques et assez insultantes, Radcliffe. Il y a dans mon pays un nouveau climat moral inspiré par de nobles objectifs qui vous feraient sans doute ricaner.

— Je sais. L'Allemagne a déjà son plan pour la prochaine guerre. Nierez-vous l'existence du plan Schlieffen ?

— Nullement. Le comte von Schlieffen est le chef de notre état-major. C'est un homme intelligent et patriote qui ne reste pas inactif pendant que nos ennemis traditionnels conspirent contre nous.

— De qui il parle ? demanda Peterman à Paul.

— De la France et de la Russie, répondit Paul, d'une voix un peu forte.

— Exactement, dit l'attaché. Des ennemis unis par une très peu sainte alliance.

— Des ennemis que vous vous proposez de vaincre en attaquant d'abord la France. Quand vous l'aurez soumise, vous ferez traverser l'Allemagne à vos armées sur vos excellentes voies ferrées pour ouvrir un second front contre la Russie.

— Vous connaissez bien le plan Schlieffen, Mr. Radcliffe.

— Les Allemands n'en font pas un secret, capitaine.

— Des voies ferrées ? fit Paul, un peu en retard à cause de ce qu'il avait bu.

— Ce n'est pas pour rien qu'ils ont étudié avec soin le train de l'Ouest sauvage de Buffalo Bill, dit Radcliffe.

Von Rike parut étonné et intrigué.

— Écoutez, lui dit Crane, vous ne pouvez nier que l'Allemagne a des desseins mondiaux. Vous étudiez l'amiral Mahan, non ?

— Certes. *L'Influence de la puissance maritime sur l'histoire* est un ouvrage qui changera la carte du monde. Le Kaiser l'admire tellement qu'il en a fait distribuer un exemplaire à chaque officier de la marine impériale, ainsi qu'à certains officiers de l'armée de terre triés sur le volet, je suis fier de le dire. Pour atteindre ses objectifs, notre patrie doit posséder une flotte sillonnant les deux océans, les cuirassés à charbon les plus modernes, et un réseau mondial de ports pour les ravitailler.

— Quels sont les si nobles objectifs de votre patrie, capitaine ? demanda Crane.

— *Lebensraum*, entonna Radcliffe d'un ton moqueur. *Weltmacht.*

— Qu'est-ce qu'il raconte ? demanda Peterman en tirant le bras de Paul.

— Espace vital, traduisit Paul.

— Arraché à d'autres, ajouta Crane.

— Puissance mondiale.

— Hé, l'Oncle Sam aura peut-être une ou deux choses à dire là-dessus, fit Peterman.

— Alors, on peut s'attendre à une collision gigantesque, prédit Radcliffe.

— Apportez à boire, bon Dieu, beugla Crane.

— J'ai vu les navires en construction, reprit Radcliffe, j'ai vu le canon à âme rayée. C'est l'Armageddon à notre époque. « Et le nombre de troupes à cheval était de deux cent mille milliers. Et les nations se mirent en colère... Alors, il y eut des éclairs, du tonnerre, un tremblement de terre et une forte grêle. Et les cités des nations tombèrent... »

— Qu'est-ce que c'est que ce boniment ? fit von Rike.

— L'Apocalypse de saint Jean. (Autour de la table, des sourcils se haussèrent.) Vous êtes surpris qu'un vaurien comme moi connaisse la Bible ? Elle contient certaines des paroles les plus sages de toute l'histoire de l'humanité. Dommage qu'on n'en tienne aucun compte. Dites-moi, *mein Kapitän*, votre cher vieux pays a-t-il vraiment les couilles pour entreprendre ce que je viens de décrire ?

— Saint Jean, pff ! Fadaises. Nous tirons notre force de notre Kaiser...

— Répondez à ma question.

— ... dont vous savez peut-être qu'il est né par le siège. Après de longues heures de travail, il a fallu le sortir aux forceps, ce qui lui a endommagé le bras gauche.

— C'est la raison pour laquelle, sur les photos, il a toujours la main gauche sur la poignée de son sabre, expliqua Paul. Son bras gauche est plus court que le droit.

Il but un tiers de sa nouvelle cannette.

— Ce que bien des gens ne savent pas, reprit von Rike, c'est que cette déformation de naissance a privé le jeune prince héritier du sens de l'équilibre. Il ne pouvait pratiquer certains jeux et, surtout, il ne pouvait monter à cheval, or sa mère estimait indispensable qu'un monarque soit un cavalier accompli. Elle donna des instructions au précepteur de l'enfant. Il fallait mettre Sa Majesté sur un poney, au manège. Bien entendu, il tombait. On le remettait en selle, il tombait de nouveau. Et ainsi de suite, jusqu'à ce qu'il pleure de honte. Pendant des mois, on le mit sur ce poney malgré ses larmes, malgré ses souffrances. C'est de cette souffrance que sont nées sa fierté et sa force. Sa Majesté a appris à monter à cheval. Elle a aussi appris la puissance de la volonté. (L'attaché montra son poing serré.) La volonté vient à bout de tous les obstacles.

— Connerie, oui, grommela Crane. Le Kaiser et sa volonté ont mis à l'écart celui qui a créé votre putain d'empire.

— Bismarck, dit Paul à Peterman.

— Tu me prends pour un ignare ? répliqua le journaliste. Je le sais, ça.

— On peut soutenir qu'il fut l'homme le plus important de ce siècle sur la scène mondiale, dit Radcliffe, à l'exception peut-être de ce petit Corse qui a perdu la tête et les trois quarts de son armée quand il a tenté de conquérir ma patrie. Je suis né en Russie.

— Encore un Juif, sûrement, marmonna Peterman.

— Peterman, éructa Crane en se penchant au-dessus de la table, tu n'es qu'un sale merdeux. (Il faillit glisser de sa chaise.) Du whisky, bon Dieu !

— Il fallait chasser Bismarck, argua von Rike. Pendant des années, il a trompé ceux qu'il était censé servir. Il a poursuivi ses propres objectifs, imposé sa propre vision. Tandis que nos ennemis héréditaires bâtissaient de vastes empires coloniaux, Bismarck s'opposait à l'expansion de la souveraineté allemande. Lorsqu'il fut finalement contraint de renverser la vapeur, quelles colonies restait-il à conquérir ? Le Sud-Ouest africain. L'Afrique de l'Est. Le Togo. Une série de bleds sans valeur où l'homme ne peut habiter. En outre, Bismarck s'est toujours opposé au principe d'une flotte allemande naviguant sur les deux océans, alors que notre nouveau Kaiser en était partisan.

Ce vieux saligaud signait un pacte secret par-ci, un traité secret par-là — même avec ces traîtres visqueux de Russes...

— Je vous rappelle que je suis né en Russie, dit Radcliffe.

— ... et ces foutus *Englisch*.

— L'Angleterre est mon pays d'adoption.

Von Rike se leva brusquement.

— Alors, vous êtes doublement *ein dumm anmassender Schweinehund* !

— Ce qu'on peut traduire par « sale bâtard ricaneur », dit Radcliffe, se levant d'un bond lui aussi.

Il fit le tour de la table et, d'un coup à la mâchoire, renvoya l'attaché sur sa chaise. Von Rike se remit debout, empoigna par le col la cannette la plus proche, la brisa sur le bord de la table. Radcliffe recula, heurta une chaise libre de la table voisine et tomba en arrière. Les soldats qui y étaient assis ouvraient de grands yeux.

Radcliffe parvint à se relever mais il avait l'air un peu sonné. Le silence se fit brusquement dans la *cantina*.

— Je ne souffre pas les insultes à ma personne, dit von Rike en décrivant de petits cercles avec le tesson de sa bouteille. J'aurais préféré un sabre, mais ça ira. J'espère que vos proches vous reconnaîtront.

— Capitaine, arrêtez ! s'écria Paul, debout derrière l'attaché.

Du regard, il cherchait désespérément de l'aide. Crane était trop soûl pour intervenir, Peterman, trop effrayé. Les soldats et les officiers des tables voisines n'avaient pas encore bien saisi la nature de l'affrontement. Le patron de la *cantina* accourait de son comptoir avec un fusil de chasse, mais pas assez vite. Le bras en arrière, von Rike s'apprêtait à frapper Radcliffe. Paul se jeta sur lui par-derrière, le tint par les coudes.

— Prenez-lui la bouteille, Michael !

Le journaliste saisit le bras de von Rike à deux mains, l'abattit sur son genou. La bouteille tomba, roula par terre. Paul lâcha von Rike.

— Capitaine, je crois qu'il vaut mieux pour tout le monde que vous partiez. Nous ne sommes pas venus sur cette île pour nous battre les uns contre les autres.

— Oh ! moi j'y suis tout disposé maintenant que nous sommes à armes égales, dit Radcliffe. Vous venez faire un tour dehors, beau chevalier prussien ?

Redevenu maître de lui-même, von Rike se redressa, brossa de la main le devant de sa veste, prit sa casquette et se dirigea vers la porte d'un pas chancelant. Radcliffe releva sa chaise renversée et, se rasseyant, lança à ses compagnons :

— Messieurs, je crains que cet homme ne vienne de nous donner un aperçu de l'avenir. Pas très engageant, n'est-ce pas ?

Peterman s'enfonça dans son col haut sans rien dire ; Crane faisait une tête d'enterrement.

— Patron, brailla-t-il, rangez ce putain du fusil, on a soif, ici !

La *cantina* retrouva son animation. Paul refusa la bière qu'on lui proposait. Il gardait gravé dans son esprit le regard fanatique du capitaine von Rike, comme si à lui seul il incarnait l'esprit de la nouvelle Allemagne.

Le lundi de la dernière semaine de juillet, le général Nelson Miles fit débarquer cinq mille hommes à Porto Rico, deuxième bastion de la résistance espagnole. Quelques jours plus tard, Santiago apprit que Miles écrasait l'ennemi presque aussi vite que Shafter l'avait fait à Cuba.

Entre-temps, le *State of Texas* avait reçu l'autorisation d'accoster. Les réfugiés civils rentraient chez eux, certains pour trouver leur maison pillée par les troupes américaines. La pénurie de vivres se faisait cruellement sentir. L'équipe de Miss Barton débarqua avec de grandes quantités de rations alimentaires, et bientôt des cantines provisoires servirent du gruau, de la soupe et du pain. Le *State of Texas* reprit position au large pour protéger ceux qui étaient restés à bord. Des épidémies de fièvres ravageaient l'île.

Paul marchait le long des quais quand il aperçut la tante de Juliette. Elle se tenait devant une longue table à tréteaux installée d'un côté de la rue, sous une bâche. Derrière elle, deux femmes faisaient la cuisine sur des braseros à charbon de bois.

Miss Fishburne remplit les bols de trois hommes en guenilles et, voyant qu'elle n'avait plus personne à servir, recula pour s'essuyer le front avec son tablier. Paul fut frappé par son air hagard et maladif.

— Miss Fishburne !

— Paul ! (Elle se pencha par-dessus la table, le prit dans ses bras.) Dieu merci, vous vous en êtes sorti.

— J'étais en haut de la colline de San Juan avec la première charge. J'ai tourné des scènes formidables... si la pellicule a tenu le choc.

— Comment va votre blessure ?

— Elle guérit. Ça me fait encore mal, mais je suis trop occupé pour y penser. Je vous ai cherchée dans Siboney sans vous trouver.

— Nous sommes allées sur le front dans deux chariots réquisitionnés à l'armée. On avait besoin de nous à l'hôpital de la 1re division — trois pavillons de toile et quelques tentes de campagne qu'on surnomme niches à chien. Dieu, quel spectacle ! Huit cents blessés y étaient déjà entassés et il en arrivait sans cesse. On étendait des hommes nus dans l'herbe, faute de place. Clara était furieuse de voir ça — sans parler de la saleté, du manque de vivres et de médicaments. Le nombre des victimes est effarant. Elle estime que les officiers qui ont envoyé leurs hommes contre les mitrailleuses espagnoles sont des criminels.

— Nous en avions quatre nous aussi. Des armes terribles.

— Oui, je sais. Cela ne nous fait pas honneur. Nous avons installé nos bâches et nos braseros, déballé nos caisses de rations. La nuit, les chirurgiens opéraient au clair de lune pour ne pas se faire repérer par des tireurs embusqués. Une ou deux fois, ils ont allumé des bougies. Des centaines de bougies, brillant dans le noir, devant la mer. C'était beau, mais terrible aussi. Ce spectacle attristait Clara. Cela lui rappelait, disait-elle, le soir de la bataille d'Antietam, la plus sanglante de toute la guerre de Sécession. Cette nuit-là, les deux camps avaient allumé des bougies pour chercher leurs morts. Elle m'a pris la main et elle m'a dit : « Willis, c'est toujours la même histoire. Quels progrès y a-t-il eu en trente ans pour les femmes ou pour l'humanité ? »

Miss Fishburne eut une sorte de frisson en chassant ce souvenir.

— Je suis une vieille bavarde, se reprocha-t-elle. Parlons plutôt de vous. Avez-vous l'intention de chercher à revoir ma nièce ?

— Plus que l'intention. Je partirai par le premier bateau.

— Oh ! soyez béni, soyez béni !

Avisant une famille misérable qui s'approchait de la table, elle se redressa :

— Je dois retourner au travail. Nous avons des centaines de pauvres gens affamés à nourrir trois fois par jour.

Elle lui envoya un baiser, plongea sa louche dans la marmite. Quand elle s'adressa aux Cubains en espagnol, son sourire devint radieux. Les années parurent s'effacer et Paul entrevit la jolie jeune femme qu'elle avait dû être des années plus tôt.

Le dimanche 7 août, les États-Unis et l'Espagne négocièrent un protocole de paix permanent. Ce matin-là, de bonne heure, Paul et son oncle descendirent à pied l'Alameda, la promenade le long des quais de Santiago. Paul marchait lentement car Joe boitait encore et ne quittait pas sa canne à poignée en forme de L.

Les deux hommes parlaient de Bismarck, décédé le 30 juillet. Paul rapporta certains des propos de von Rike, qui provoquèrent une vive réaction chez le général.

— Et qui, après la défaite des Français en 1871, a maintenu la paix en Europe, d'après lui ? Bismarck était retors, mais pas de manière dangereuse. Le Kaiser est retors, et belliciste, de surcroît.

Devant eux, le transport de troupes *Miami* se balançait doucement sur ses amarres. Paul avait peine à contenir son excitation et à croire à sa chance extraordinaire. Le *Miami*, premier bateau à ramener des soldats américains de Cuba, appareillerait avec la marée du soir. Il n'irait pas en Floride mais directement à la pointe est de Long Island, à Montauk Point, où l'on construisait dans l'urgence un camp de quarantaine pour accueillir les troupes victimes de la fièvre jaune.

Quand Paul l'avait appris, il était aussitôt allé voir son oncle. Il lui avait expliqué qu'il devait absolument faire développer sa pellicule à Chicago le plus rapidement possible.

— Je n'ai pas besoin d'une couchette, je peux dormir n'importe où. Je suis impatient de savoir s'il y a quelque chose sur ces bobines ou si toutes les images sont voilées.

Paul n'avait parlé ni de Miss Fishburne ni de Juliette, car il ignorait ce que son oncle penserait de son intention de voler la femme d'un autre.

L'oncle Joe s'était adressé à Wheeler, qui avait l'intention d'embarquer sur le *Miami* pour rendre son rapport à Washington. La veille, Paul avait appris qu'il y aurait une place pour lui à bord. Au comble de la joie, il avait envoyé un câble :

> *Mrs. W. Elstree*
> *Bel-Océan — Southampton — Long Island — New York,*
> *États-Unis*
> *Dois vous voir d'urgence pour affaire ancienne. Arrive sous peu.*
> *P. Crown.*

Paul et son oncle approchaient du navire, devant lequel les Cavaliers sauvages faisaient déjà la queue. La plupart portaient des uniformes neufs — on brûlait ceux qu'ils avaient portés ainsi que leurs couvertures à la sortie de la ville. Il y avait des blessés parmi les soldats de Wood. Le Californien Hugh Johnson, touché à El Caney, avait eu le pied droit amputé. Paul l'avait vu à l'hôpital de campagne, alors qu'on lui faisait essayer une prothèse en liège.

— Pourrions-nous aller un peu plus lentement, Paul ?

— Certainement, mon oncle. Prenez mon bras.

Bientôt ils se tinrent dans l'ombre de la grande proue en fer du bateau.

— Mon neveu, il vaut mieux que je te quitte ici si tu veux prendre la queue. Tes affaires sont à bord ?

— Ma caméra et mon sac.

Joe Crown coinça sa canne sous son aisselle pour avoir les deux mains libres.

— Nous nous reverrons bientôt. J'envoie un message à ta tante, elle sera tellement heureuse ! J'avoue que je partage ce sentiment. (Il prit Paul dans ses bras.) *Wiedersehen, mein* — non, je ne peux plus t'appeler mon garçon, n'est-ce pas ? *Auf Wiedersehen, lieber Paul.*

— *Wiedersehen, Onkel.*

— A Chicago, dit Joe Crown.

— A Chicago.

Sowieso, für ein bisschen Zeit...

Pour combien de temps ?

Les prochaines semaines décideraient du reste de sa vie.

Accompagné par une fanfare retentissante, le *Miami* quitta le port de Santiago dans un coucher de soleil grandiose. Il flottait bas sur l'eau tant il était surchargé. La plupart des officiers, Roosevelt compris, avaient fait construire pour eux-mêmes de petites cabanes sur le pont. Paul quant à lui dormait recroquevillé sur les plaques de fer rivetées, sa caméra à côté de lui, le sac en toile en guise d'oreiller.

Le *Miami* accosta à Fort Pond Bay, sur la côte sud de Long Island, le lundi 15 août dans la matinée. Un officier de quarantaine avait retenu le navire au large toute la nuit pour une raison qui ne fut jamais éclaircie. Enfin, vers dix heures et demie, les machines s'étaient remises à gronder et le bateau avait gagné la jetée tandis que Paul regardait la foule en liesse qui agitait des chapeaux et des petits drapeaux américains sur les quais. A bord, la fanfare martela un victorieux *Rally Round the Flag, Boys*.

Le colonel Roosevelt et le frêle Joe Wheeler, qui se trouvaient sur la passerelle avec le commandant, saluaient tous deux la foule — le premier avec un entrain débordant, en souriant de toutes ses dents blanches. Sur le quai, un homme mit ses mains en porte-voix et cria :

— Hourra pour Teddy Roosevelt, notre prochain gouverneur ! Comment ça va, Teddy ?

Le colonel se pencha par-dessus le bastingage.

— J'ai passé un vache de bon moment, je me suis offert une vache de belle bataille. Je me sens fort comme un taureau.

Nouvelles acclamations.

Paul fut bousculé, poussé vers la passerelle par des soldats impatients. Bien que le temps fût beau, ensoleillé, et qu'une douce brise soufflât de l'Atlantique, le terrain qui s'étendait derrière le débarcadère — sablonneux, broussailleux — n'avait rien d'engageant. Paul demanda où l'on pouvait louer un boghey.

— Chez Bennett, lui répondit-on. Sur la route, à quinze cents mètres, environ.

Le trépied sur l'épaule, le sac et la valise à la main, Paul s'y dirigea d'un pas rapide.

Il loua une antique araignée qu'on n'avait pas repeinte depuis des lustres et dont la vieille jument avançait avec une lenteur désespérante. L'après-midi s'achevait quand Paul parvint au village de Southampton.

Tous les commerçants avaient décoré leur boutique de drapeaux pour célébrer la reddition que l'Espagne avait officiellement signée deux jours plus tôt.

Paul attacha sa voiture en face de la quincaillerie Denny Brothers, à l'intérieur de laquelle il avait aperçu une femme d'âge mûr maniant un balai. Il sauta par-dessus le poteau d'attache et se précipita dans le magasin.

— Madame, pourriez-vous m'indiquer la maison des Elstree ?

— Bel-Océan, dit la femme, tendant le bras. Vous prenez d'abord Neck Lane jusqu'à la côte, ensuite Dune Road à gauche. C'est la seule maison.

— Merci beaucoup.

Il sortait précipitamment quand la voix de la commerçante le rappela sur le trottoir en bois.

— Y a personne d'autre que le gardien, là-bas. Tous les domestiques sont repartis à Chicago.

— Je croyais que les Elstree restaient en villégiature jusqu'en septembre.

— Vous n'êtes pas du coin, hein ? Bill Elstree s'est fait tuer il y a quelques semaines.

« Terreur... »

— Par qui ?

— Une femme qu'il entretenait en ville.

« Soulagement. »

— Et sa veuve ? Où est-elle ?

La tension de la voix de Paul rendit la femme méfiante.

— Je sais pas si je dois dire ça à un inconnu...

— Je vous en prie, c'est très important. Je... (« Réfléchis. Vite ! ») J'ai un message à lui remettre. Il faut absolument que je trouve Mrs. Elstree. Vous pouvez avoir confiance en moi.

— Peut-être, fit la femme. (Elle tendit le bras vers le boghey.) C'est quoi, ce drôle de machin sur pattes ?

— Ma caméra. Je suis opérateur de caméra. Vous avez entendu parler des images animées ? (La quincaillière acquiesça.) On m'a envoyé filmer le colonel Roosevelt et ses Cavaliers sauvages. (Exact, mais à Tampa, et à Cuba) Je viens de quitter le quai où il a débarqué, maintenant, je dois remettre mon message à Mrs. Elstree.

— Les images animées, ça alors ! J'espère que vous avez fait du bon boulot avec Roosevelt, parce que pour votre message, c'est pas de chance. Mrs. Elstree est partie il y a une semaine.

— Pour Chicago ?

— Ça, elle est pas passée me le dire.

— Le gardien est là-bas ?

— Henry Prince, oui. Un Shinnecock.

— Je vous demande pardon ?

— C'est un Indien Shinnecock — de la tribu qui vit sur la côte. La propriété est déjà à vendre, lui cria-t-elle tandis qu'il sautait dans le boghey. Paraît que Mrs. Elstree reviendra plus jamais.

Il lança la jument sur la route de sable aussi vite qu'elle accepta d'aller, trouva la grande maison sans problème. Les roues du boghey tracèrent des sillons dans l'allée semi-circulaire de sable blanc et de coquilles d'huître concassées. Deux grosses urnes en marbre flanquant le large escalier de pierre avaient été recouvertes de voiles de crêpe noir. Lorsque la jument s'arrêta, on entendit claquer un sécateur.

Paul suivit le bruit, contourna la maison jusqu'à ce qu'il trouve un petit homme brun et trapu.

— Vous êtes Henry Prince ?

L'Indien abaissa son outil, jaugea le visiteur du regard.

— C'est moi.

— Je m'appelle Paul Crown, je suis un vieil ami de Mrs. Elstree.

Au village, on m'a appris qu'elle n'était plus ici. Pourriez-vous me dire où je peux la trouver ?

— Je voudrais bien, mais je n'en sais rien. Elle m'a montré des billets de bateau quelques jours avant son départ. On a parlé voyage — Paris, les îles grecques, l'Égypte...

— Elle a des parents, ils sont peut-être au courant.

— Non. Du moins, pas son oncle, Mr. I. W. Vanderhoff. Il téléphone tous les deux jours pour me demander si j'ai des nouvelles. Elle a bien une tante, mais c'est une femme qui voyage beaucoup.

Paul n'avait pas l'adresse de Willis Fishburne. Juliette la lui avait donnée à Chicago mais il l'avait jetée, jugeant qu'elle ne lui servait à rien. Bêtement, il n'avait pas pensé à la lui redemander à Cuba.

Après avoir jaugé Paul d'un regard pénétrant, le gardien ajouta :

— Si vous voulez mon avis, Mrs. Elstree a disparu parce qu'elle avait envie de disparaître. Elle a besoin de retrouver la paix de son âme. Je sais pas si elle y arrivera. C'est une des meilleures personnes que je connaisse, mais elle a été profondément blessée. Par lui, surtout.

— Son mari ?

L'homme hocha la tête, tapota le mur de la pointe de son sécateur.

— Y en a eu du chagrin dans cette maison. Ça l'a minée comme une maladie. Et sa mère ! Elle est venue ici une seule fois, mais j'ai tout de suite vu que c'était une femme méchante, pleine de mépris. Désolé de ne pas pouvoir vous aider plus.

Paul le remercia et partit. Son dernier espoir était maintenant Mrs. Vanderhoff, à Chicago.

A New York, il trouva un hôtel bon marché. Le lendemain, à la première heure, il se rendit au siège de l'American Biograph, 841 Broadway, cinquième étage, et se présenta comme un ami de Billy Bitzer. Ce dernier n'était pas encore rentré, mais il avait télégraphié, comme promis. Si leurs tarifs convenaient à Paul, les patrons se feraient un plaisir de développer son négatif et de tirer des copies. Paul envoya un télégramme à Shadow pour obtenir son accord et l'obtint.

Toutes les bobines étaient voilées, sauf la dernière. Ces cent trente mètres de pellicule étaient tachetés, rayés, il y avait des blancs soudains sur l'image, mais le film était extraordinaire. Assis dans le noir de la salle de projection, Paul décida qu'il fallait l'appeler *La Conquête de la colline de San Juan*. Wex Rooney l'admirerait peut-être.

— Formidable ! dit le projectionniste quand il émergea de sa cabine. C'est vous qui tourniez la manivelle ?

— Oui.

— Ça devait être sacrément dangereux.

— Oui.

L'homme hocha la tête d'un air envieux. Il avait approximativement l'âge de Paul.

Un employé des bureaux raccompagna Paul à la porte avec les négatifs voilés, l'unique bobine projetable et deux copies.

— Tommy trouve que c'est sensationnel, ce que vous avez tourné. Il y a peut-être une place pour vous à la Biograph. Billy était très élogieux à votre sujet dans son télégramme.

— Votre offre est généreuse, je l'apprécie. Mais je ne suis pas en mesure d'accepter un emploi à New York. Soit je reste avec le colonel Shadow, soit je quitte le pays. Merci de votre aide.

Il prit un train de nuit pour Chicago. Sa caméra se trouvait dans le fourgon à bagages mais il avait gardé le sac, posé entre ses pieds. C'était une voiture de seconde classe, malodorante et inconfortable. Paul regardait la nuit défiler sans rien voir. Il aurait pu s'offrir une couchette mais c'eût été du gaspillage : il savait qu'il ne pourrait pas dormir.

Le train pénétra lentement dans la gare de Dearborn Street à midi et demi. Paul prit un fiacre et se rendit directement à la résidence des Vanderhoff. Lorsqu'ils arrivèrent Prairie Avenue, le cocher demanda :

— Je vous attends, monsieur ?

Les sourcils froncés, Paul regardait la façade. Les rideaux étaient tirés à toutes les fenêtres de tous les étages.

— Je crois qu'il vaut mieux.

Le domestique au visage froid et anguleux qui vint ouvrir ne le laissa pas entrer. Paul tendit le cou pour regarder par-dessus son épaule, vit des housses recouvrant les meubles.

— Je voudrais parler à Mrs. Vanderhoff.

— Elle est en Californie pour raison de santé.

— A sa fille, alors. Mrs. William Elstree...

— Mrs. Elstree n'est pas ici. Nous ignorons totalement où elle se trouve. Mrs. Vanderhoff n'a plus de contacts avec elle. Au revoir, monsieur.

L'homme lui claqua la porte au nez.

D'un pas lent, Paul retourna sur le trottoir. Bon, c'était réglé. Il n'y avait plus rien à faire. Une part de lui-même savait que cela finirait ainsi. Il remettrait le film à Shadow et donnerait sa démission en même temps.

Paul grimpa l'escalier familier plein de savoureuses odeurs de cuisine, frappa à la porte et entra. Mary était au fourneau, le colonel à table, en maillot de corps, aspirant bruyamment une cuillerée de soupe aux choux.

— Oh ! mon Dieu, s'écria Mary, qui faillit se brûler la main.

— Petit ! s'exclama Shadow. (Il se leva, lâcha sa cuillère dans sa soupe, ouvrit grands les bras.) C'est toi ! Pose tes affaires. Viens boire de la soupe. Mary ! Un bol, une cuillère — regarde-le, il est maigre comme un clou. A manger !

— Tout de suite, Sid !

Paul posa le sac en toile sur la table.

— J'aimerais d'abord vous montrer le film. Le climat a endommagé toutes les bobines sauf une. Heureusement, elle est plutôt bonne.

— Si c'est seulement à moitié aussi bon que ce que tu nous as déjà envoyé, ils vont être fous, chez Pflaum. Tampa, les orangeraies, les cavaliers à l'exercice, l'alligator, cette espèce de moulin à café qui crache des balles sur la plage... Iz Pflaum voulait m'embrasser quand il a vu la queue devant sa caisse. Viens, on va regarder ça.

Dans la salle obscure, Shadow projeta le film. Des images silencieuses de mort et de destruction tremblotèrent sur l'écran, jetant des ombres mouvantes sur les visages stupéfaits du colonel et de Mary. A la fin du film, Shadow ralluma la lumière et dit :

— Petit, c'est sensationnel, y a pas d'autre mot.

— Merci.

— Ces hommes tiraient de vraies balles ? demanda Mary.

— Bien sûr !

— Et tu étais aussi près ? Tu aurais pu être blessé ! Pourquoi tu ne t'es pas mis à l'abri ?

— Si je m'étais mis à l'abri, comment aurais-je pu tourner ? (Paul passa la main dans ses cheveux qui, comme d'habitude, se dressaient dans plusieurs directions.) J'avoue que j'apprécierais un bon bol de soupe maintenant...

— Tout ce que tu voudras, fit le colonel, radieux.

— Ensuite, il faut que je vous parle de quelque chose d'important.

Shadow réagit mal. Il supplia Paul de ne pas le quitter. Il promit de l'augmenter. D'obtenir qu'Iz Pflaum mette son nom sur les affiches en qualité d'opérateur vedette de l'American National Luxograph.

— Petit, tu es un as. Tu t'en es tiré avec classe. Je me suis fait du souci après t'avoir envoyé là-bas, et je n'avais pas tort. (Paul leur avait raconté ses mésaventures avec Daws.) La police a ramené Jimmy en ville menottes aux poignets. Il est à la prison du comté de Cook en ce moment, en attendant d'être transféré à Joliet. Tu seras peut-être appelé à témoigner.

— S'il le faut, je le ferai.

Shadow jouait avec son bol de café.

— Je vais être franc avec toi. J'étais inquiet pour ta sécurité, mais en même temps j'étais furibard de tout cet argent que tu dépensais. Ces télégrammes ! Ces câbles ! C'était des romans que tu écrivais, pas des messages !

— Sid, murmura Mary.

— D'accord, d'accord, on oublie ça. C'est oublié ! Ce film est incroyable. Incroyable, vraiment. Tu as un sacré courage, dit Shadow qui, pour une fois, semblait sincère. Je veux que tu me racontes tout, en détail. Mary ! De la soupe. De la bière, du café — ce qu'il veut. N'importe quoi !

Ils parlèrent pendant plus de trois heures. A la fin, le colonel balaya la question de la démission de Paul en disant qu'ils en discuteraient après la première projection de *La Conquête de la colline de San Juan.*

— Tous les problèmes peuvent se régler, assura-t-il, l'argent a toujours tout arrangé.

Paul soupira. Il annonça qu'il devait absolument aller voir sa famille et dévala l'escalier.

Dans la grande maison de Michigan Avenue, toute la famille pleura quand Paul entra avec sa valise.

Les larmes aux yeux, Fritzi se laissa tomber sur le tapis du salon, tant elle était bouleversée. Carl eut quelques reniflements virils dignes d'un solide joueur de football. Tante Ilsa éclata en sanglots et Louise fondit en larmes dans la cuisine.

— Tu connais la bonne nouvelle ? dit Ilsa. Ton oncle rentre dans quelques jours. Il est à Tampa. Tous les volontaires rentrent chez eux. Il aura dix jours de permission avant d'aller à Washington faire son rapport et... Oh ! mon Dieu, c'est trop ! fit-elle, s'éventant avec son mouchoir. Assieds-toi, repose-toi. Le dîner sera bientôt prêt.

Elle disparut dans la cuisine, fit chauffer elle-même le *Sauerbraten* et les boulettes de pâte restant du *Mittagessen*, les apporta à table tandis que Louise la suivait avec des saucisses et du fromage. Paul se bourra littéralement et but deux chopes de Crown. Fritzi brûlait d'entendre ses récits de guerre, et quand il leur eut narré un ou deux épisodes, elle feignit de s'évanouir.

Plus tard, Ilsa le conduisit à son ancienne chambre et lui fit couler un bain. Après qu'il eut mariné dans l'eau, passé une chemise de nuit en flanelle, elle frappa, entra sur la pointe des pieds.

— Je peux m'asseoir un moment ?

— Bien sûr, répondit Paul en lui faisant une place sur le lit.

Une de ces délicieuses vagues de fraîcheur d'août baignait la ville, donnant à l'air un avant-goût d'automne.

— Oh ! Paul, mon cher Paul, *Willkommen.* (Elle le prit dans ses bras et le serra contre sa forte poitrine.) Tu as retrouvé mon Joe dans cette guerre étrange. Vous vous êtes « rabibochés », comme il dit dans son télégramme. C'est extraordinaire. Comme je suis heureuse ! Qu'est-ce que tu souhaites faire, maintenant ? Quand tu te seras reposé, tu vas te remettre à fabriquer des films, je suppose.

Il prit une longue inspiration, secoua la tête.

— J'ai donné ma démission au colonel Shadow cet après-midi. Je partirai pour Londres dès que possible. J'ai de bonnes chances de trouver du travail, là-bas.

Ilsa se pencha en arrière.

— Londres ? Mais pourquoi ? Ta place est ici. Sinon dans cette maison — ça, je peux le comprendre —, en tout cas en Amérique. L'Amérique est ton foyer, maintenant, Paul.

— *Nein, Tante Ilse. Mein zeitweiliges Heim nur.* C'était un foyer provisoire. Il aurait pu ne pas l'être si Juliette... mais elle est partie. Personne ne sait où.

— Quelle terrible tragédie que la mort de son mari ! Un beau scandale, aussi... Mais ne décide pas trop vite. Nous pouvons engager un détective privé pour la retrouver, comme nous l'avons fait pour Joe.

— Sans le retrouver.

— Non, murmura-t-elle, baissant la tête.

Il prit les mains d'Ilsa dans les siennes.

— Vous avez été merveilleusement bonne pour moi, ma tante. Nous resterons en contact, toujours. Mais je dois quitter ce pays. Le moment est venu.

Elle scruta longuement le visage de son neveu, vit sa détermination. Résignée, elle se leva, l'embrassa sur la joue, le borda et sortit en silence. Ce n'est qu'alors qu'il remarqua que, pas une fois, elle ne l'avait appelé Pauli.

113

Le général

Fin août. Mâchonnant un hareng mariné, il claudiqua de la cuisine trop chaude au hall d'entrée étouffant, appuyé sur sa canne en bois de cieba. Il avait retrouvé la tenue et la vie civiles sans difficulté, mais sa blessure à la cuisse continuait à le faire souffrir.

Il jeta un coup d'œil au verrou de l'entrée. Chaque soir, il vérifiait toutes les portes — on ne perd pas facilement les habitudes allemandes d'ordre et de méticulosité.

Il entendit un bruit de pas, vit sa fille passer la tête par la porte du salon de musique. Elle était en chemise de nuit, pieds nus. Agée de dix-sept ans maintenant, elle était toujours aussi plate et maigre, mais sa vivacité garçonnière n'avait fait que croître. Joe avait remarqué que cette vivacité attirait les regards les plus distraits. Elle la rendait même jolie, ou du moins tout à fait charmante sous certains éclairages.

— Papa, je peux te parler ?

— *Fritzchen*, il est dix heures et demie.

— Ce ne sera pas long. S'il te plaît...

Il la suivit dans le salon de musique, où elle se tourna vers lui d'un air grave.

— Le cousin Paul quitte vraiment le pays, c'est définitif ?

— Je le crois, oui.

— Tout le monde s'en va. (Elle s'assit bien droite sur sa chaise, et le regarda dans les yeux.) Papa, tu sais que je serai actrice.

— Tu voulais me dire que tu n'avais pas changé d'idée ?

— Oui, papa, c'est tout. Je ne veux pas que tu oublies.

Il soupira.

— Je ne peux pas prétendre que cela m'enchante, Fritzi, mais je dois me faire une raison, je suppose. J'ai pris quelques leçons pendant mon absence. Je ne t'empêcherai pas de suivre ta voie. Je t'aiderai financièrement, au besoin. Je... (Il s'éclaircit la voix.) Je te donnerai même mon consentement réticent. Si cela a quelque importance pour toi...

— Oh ! papa, oui, beaucoup ! Merci.

Elle se jeta dans ses bras, le serra contre elle puis s'écarta.

— Une dernière question. Est-ce que je dois t'appeler général, maintenant ?

Avec un sourire, il répondit :

— Tout le monde le fait. Il faut que j'y réfléchisse, *Liebling*.

— Papa, tu ne serais pas en train de me taquiner ?

— Te taquiner ? Moi, ton père ? Le général ?

Ils se regardèrent gravement quelques secondes, puis elle lut la vérité dans ses yeux et éclata de rire. Bras dessus, bras dessous, le père et la fille montèrent l'escalier dans la maison silencieuse.

Une demi-heure plus tard, il était allongé nu auprès d'Ilsa dans le lit familier. L'ardeur de Joe l'avait surprise.

La chambre était plongée dans le noir, toutes fenêtres ouvertes. Pas un souffle de vent, pas une étoile dans le ciel. Paul était retourné chez Shadow. Il n'avait passé que deux nuits à la maison, puis avait rapporté ses affaires dans le Levee avant que Joe ne rentre de Floride. Il était cependant venu dîner plusieurs fois, renouant avec sa famille des relations à peu près normales.

Dans le pays, la guerre alimentait encore toutes les conversations. L'Amérique s'enorgueillissait de sa victoire ; drapeaux et banderoles claquaient sur les façades des boutiques, des bureaux et des maisons. Les chauvins siégeant au Congrès et les rédactions de certains journaux de Chicago affirmaient que l'Amérique prendrait des territoires à l'ennemi vaincu : l'île de Porto Rico, peut-être même les Philippines. Les écoliers faisaient des rédactions sur « Notre nouvel empire démocratique » ou « L'Amérique, nouvelle puissance mondiale ». Quelle guerre formidable que celle qui avait accompli ces exploits ! Telle était du moins l'opinion de ceux qui ne s'étaient jamais sali ni les mains ni la mémoire dans une guerre. Joe en avait connu deux, cela lui suffisait amplement.

Le music-hall de Pflaum dépensait beaucoup d'argent pour annoncer la première de *La Conquête de la colline de San Juan*. Le nom de Paul figurait en bonne place dans les réclames publiées dans la presse. Ce matin encore, Joe en avait découpé une dans le *Tribune* :

En exclusivité au Pflaum !

LA CONQUÊTE DE LA COLLINE DE SAN JUAN

tournée par
l'as de la caméra de
l'AMERICAN NATIONAL LUXOGRAPH
PAUL « FRITZ » CROWN

Il a risqué sa vie pour ces scènes
fascinantes et authentiques montrant
nos courageux petits gars au combat !

TOUS LES PATRIOTES AMÉRICAINS
DOIVENT VOIR CE FILM !

Après la première, Paul quitterait l'Amérique à bord d'un vapeur à destination de Southampton. Il avait son billet, acheté avec l'argent envoyé par un ami de Londres — ce même journaliste qui lui faisait miroiter un emploi là-bas. Joe en avait discuté plus d'une fois avec son neveu ; il l'avait conjuré de donner à Chicago et à son pays d'adoption une dernière chance. Non, avait répondu Paul, poli mais inflexible. Joe s'attribuait une grande part de responsabilité dans cette décision.

En quête de réconfort, il roula sur le côté et embrassa Ilsa au creux du cou. Elle avait la peau moite d'avoir fait l'amour. Il continua à l'embrasser, posa la main sur le devant de sa chemise de nuit. Elle le surprit en gloussant.

— Joe, je me sens idiote. Nous sommes trop vieux.

— On n'est jamais trop vieux pour montrer à quelqu'un qu'on l'aime.

Elle glissa les doigts dans les cheveux de son mari, se tourna vers lui. Leurs haleines chaudes se mêlèrent. Elle l'embrassa et murmura :

— C'est vrai. Pour ça, il n'est jamais trop tard.

Laissant à nouveau son corps s'apaiser, il fixait l'obscurité, les mains sous la nuque.

— Ilsa...

— Oui ? fit-elle d'une voix somnolente.

— J'aimerais que nous recommencions à faire chercher Joe Junior.

— Je crois que c'est inutile. Nous n'avons reçu aucun signe de lui depuis des mois.

— Malgré tout, je voudrais le faire... Si tu y consens.

— D'accord. Il y a bien pire façon de dépenser son argent.

— Même si tu penses que c'est en vain ?

Elle caressa du bout des doigts son visage barbu, l'embrassa à nouveau, tendrement.

— Oui, mon amour. Même.

114

Fritz

Septembre. Pluie torrentielle. Gouttières débordantes. Fiacres impossibles à trouver. Malgré le temps épouvantable, tous les billets avaient été vendus pour la première de *La Conquête de la colline de San Juan*. Shadow avait harcelé Iz Pflaum jusqu'à ce qu'il multiplie par six ou sept son budget publicitaire, d'ordinaire modeste. Grâce à cette réclame, le colonel avait déjà signé avec quatre nouvelles salles dans différents États. Six clients potentiels étaient venus de loin — de Denver, pour l'un d'eux — pour assister à la première.

Devant le music-hall, attelages et cochers formaient un embouteillage tapageur et bougon. Chacun s'efforçait de passer devant l'autre et de déposer ses passagers devant la marquise dégoulinante de pluie.

Dans le hall, en redingote et col cassé trop étroit, Iz Pflaum accueillait les journalistes et les personnalités importantes avec une volubilité un peu zézéyante. Quand Paul était arrivé, une demi-heure plus tôt, Shadow lui avait confié que Pflaum avait déjà bu une demi-bouteille de bourbon. A chacune de ses remarques ou de ses plaisanteries, le propriétaire du music-hall glissait sans s'en rendre compte un doigt dans son col et tirait. Rien n'y faisait : son visage devenait à chaque instant plus cramoisi.

Shadow lui-même était d'une élégance raffinée avec sa redingote ambre toute neuve, son pantalon noir, ses hautes bottes et son grand sombrero blanc. Il plaisantait et parlait affaires dans le foyer du rez-de-chaussée dont les portes donnaient sur le hall d'une part et sur la salle de l'autre. A ses côtés, Mary, qui avait comprimé ses seins dans son corset le plus étroit et mis son corsage le plus décolleté, offrait le spectacle de sa chair rose et débordante à chaque visiteur.

Iz Pflaum avait programmé le film après les numéros de variétés, qui devaient commencer à huit heures. Nerveux, Paul se tenait à l'écart et tordait une casquette à carreaux achetée pour la circonstance, de même qu'un costume écossais — avec les conseils et l'argent de tante Ilsa, qui avait fait la sourde oreille à toutes ses protestations.

Les portes du hall ne cessaient de s'ouvrir pour laisser passer de nouveaux arrivants. Paul vit Nick Speers et la voiture des Crown sous la marquise. L'oncle Joe en sortit, aida Ilsa à descendre. Suivirent ensuite Fritzi et Carl. Dans le hall, Ilsa et Fritzi embrassèrent Paul, Carl lui serra la main. L'oncle Joe abrégea les salutations :

— Je crois que nous ferions bien de chercher nos places, il est presque huit heures. (En passant devant Paul, il lui pressa le bras.) J'espère que ce sera un grand succès.

Pflaum les avait placés au troisième rang, juste derrière Shadow et Mary. A huit heures cinq, alors que les derniers retardataires se hâtaient de gagner leurs fauteuils, le lustre électrique s'éteignit lentement. Le chef d'orchestre du Pflaum, le professeur Ludwig Teasdale, monta sur l'estrade de la fosse, pivota de manière théâtrale vers le public afin de recueillir ses applaudissements — qu'il obtint — et attaqua l'ouverture.

Personne n'avait envie de voir les variétés. Le jongleur se fit huer si grossièrement qu'il perdit le contrôle de ses quilles. L'une d'elles lui tomba sur la tête, les autres roulèrent sur la scène. Au balcon, on réclama bruyamment le crochet.

Les numéros suivants ne s'en sortirent guère mieux. Enfin, le programme de variétés s'acheva ; la lumière revint dans la salle tandis qu'on installait l'écran. Le rideau se releva sous les applaudissements.

Iz Pflaum avait programmé vingt minutes de projection avec des sujets que Paul avait tournés à Tampa : la cavalerie à l'exercice, l'alligator, la Gatling fauchant le palmier. Tous avaient déjà été projetés dans la salle peu après que Paul les eut envoyés de Floride.

Le rideau retomba, le silence se fit. La lumière se ralluma, montrant le professeur Teasdale levant sa baguette. L'orchestre commença à jouer *The Stars and Stripes Forever*, et le public se mit à claquer des mains et des pieds.

A la fin du morceau, un arc électrique projeta sur la scène un cercle de lumière blanche dans lequel Iz Pflaum, écarlate, s'avança pour présenter le colonel R. Sidney Shadow III.

Le colonel bondit sur scène en agitant son sombrero. Se plaçant sous le projecteur, il se lança dans un discours louant les vertus des images animées et de sa propre caméra, conçue et mise au point par ses soins. Il souligna l'intérêt des « documentaires » — ces films qui montrent des personnes et des événements réels — par opposition aux films de fiction. Dans la salle, le public s'était mis à grommeler, à tousser, à remuer les pieds. Shadow n'en tint pas compte et présenta son « as de la caméra ».

Comme convenu, Paul resta à sa place tandis que l'arc électrique le cherchait puis l'inondait d'une lumière blanche aveuglante. Il salua de la main, se rassit sous les applaudissements.

— Et maintenant, mesdames et messieurs, compatriotes de ce grand pays, de cette grande contrée...

— La suite, bon sang, réclama un spectateur, soutenu par des sifflets.

Imperturbable, Shadow s'inclina, balaya la scène de son sombrero.

— Préparez-vous à voir le film le plus remarquable, le plus fascinant et — oui, l'honnêteté me force à le dire — le plus déchirant qui ait jamais été projeté...

Le rideau commença à se lever sur l'écran.

— *La Conquête de la colline de San Juan !*

Sonnerie de trompette et roulement de tambour dans la fosse. Paul se recroquevilla sur son siège. L'écran s'anima avec les images rayées, tremblotantes, d'une guerre qu'il ne se rappelait que trop.

Pendant la dernière séquence, où l'on voyait les images poignantes des cadavres espagnols dans les tranchées, le trompette de l'orchestre joua la sonnerie aux morts. Les victimes appartenaient au camp ennemi, certes, mais elles n'en appartenaient pas moins à l'humanité. Il n'y eut aucun cri hostile contre les Espagnols ; la salle était plongée dans le silence le plus total.

Du coin de l'œil, Paul voyait le profil de son oncle passer de l'argent au noir selon les images. Immobile, Joe agrippait les bras de son fauteuil. Paul entendit tante Ilsa et Fritzi pleurer, puis le bruit sourd d'une femme tombant évanouie dans une des rangées de derrière.

Sur l'écran, il y eut une brusque coupure avant que n'apparaisse un grand drapeau américain dont les quarante-cinq étoiles flottaient au vent. Paul l'avait filmé sur le toit à la demande de Shadow et ajouté à la fin du métrage. L'image tira le public des horribles scènes de mort et le fit se lever pour une ovation retentissante. L'oncle Joe fut parmi les premiers à bondir de son siège.

Pendant la projection, Shadow avait discrètement repris sa place auprès de Mary. Il se leva lui aussi, se pencha pour prendre Paul dans ses bras et lui donna de grandes tapes dans le dos.

— Ils ont adoré ! Même les scènes macabres. (Il continuait à lui marteler le dos.) Bon sang, petit, c'est de l'or que tu as rapporté, tu es un foutu génie ! bredouilla-t-il en pleurant.

Le vil, le grossier, le malhonnête R. Sidney Shadow III pleurait !

Les allées s'emplirent de spectateurs transportés. Dans la famille Crown, tout le monde parlait en même temps.

— Paul, tu as couru de tels dangers, dit tante Ilsa, je n'en avais pas conscience.

— Chouette film, ajouta Carl. Drôlement excitant.

— J'ai cru mourir de frayeur. Oh ! nous sommes fiers de toi ! s'exclama Fritzi.

Et l'oncle Joe, accroché à son bras, ignorant ceux qui le bousculaient, avait l'air bouleversé.

— C'était si réel, dit-il. Je n'ai jamais rien vu d'aussi réel, excepté le champ de bataille lui-même. J'ai eu l'impression d'être à nouveau là-bas. De grimper la colline avec les hommes de Roosevelt. De sentir la fumée. D'entendre les coups de canon, les cris des blessés. De marcher parmi les morts. J'ai été profondément ému.

Il se détourna, tira de sa poche un mouchoir amidonné et le porta à son nez.

— Venez, Ilsa, les enfants...

Il resta à côté de son neveu tandis qu'ils remontaient lentement l'allée.

— Ça n'a rien à voir avec le spectacle vulgaire que j'imaginais, reconnut-il. C'est un travail honnête, important. L'Histoire vit dans ces images. Avant ton départ pour l'Europe, tu dois m'expliquer comment ça marche. Le mécanisme — tous les détails.

— Certainement, mon oncle, répondit Paul.

Ces éloges le rendirent euphorique, puis il éprouva soudain un surprenant remords à l'idée de quitter les Crown.

Mais il avait son billet. Lord Yorke l'attendait à Londres, le monde s'ouvrait à lui. Un monde qu'il n'avait jamais cru pouvoir découvrir.

Le mouvement lent de la foule amena Ilsa, Fritzi et Carl devant la porte. L'adolescente fit tomber son programme, bloqua tout le monde en se penchant pour le ramasser. Dehors, Iz Pflaum agitait les bras comme un sémaphore.

— Fritz, faites vite, il y a des journalistes qui veulent vous parler. Mr. Le Grand du *Tribune*, Mr. Wickwire, du *Daily News*, Mr...

Paul ne l'entendait pas distinctement dans le brouhaha. A sa gauche, dans la dernière rangée de la partie centrale, il ne restait qu'une personne assise. Une femme vêtue d'un manteau au col de fourrure noire, gantée, coiffée d'un grand chapeau à voilette grise. Au moment même où il la remarquait, elle se leva et souleva sa voilette.

— Paul...

Juliette tendit les bras vers lui.

Elle avait une vaste suite au Palmer House où Paul passa la nuit. Ils firent l'amour passionnément puis parlèrent.

Tous les rideaux étaient tirés sur la pluie battante et seule une lampe demeurait allumée dans le salon. Sa faible lumière pénétrait dans la chambre par une élégante arcade, leur permettant de se voir, de se repaître l'un de l'autre. Ils bavardaient, étendus en travers du lit, ou assis, les bras autour de leurs jambes repliées, nus et innocents comme des enfants.

Elle lui expliqua qu'elle avait quitté la propriété de Long Island pour un appartement qu'elle louait depuis quelque temps déjà à New York. Là, elle avait fait exactement la même chose que l'oncle et la tante de Paul, mais avec plus de succès. Elle avait engagé des détectives privés. Ils avaient enquêté dans le quartier des Crown, où personne n'avait vu Paul depuis pas mal de temps, et s'apprêtaient à prendre contact avec Ilsa Crown quand avait paru dans la presse l'une des nombreuses réclames pour la première du film. Le nom de Paul y figurait.

— J'avais loué cet appartement à Manhattan pour avoir un endroit où me cacher après avoir quitté Bill. Cela ne s'est pas passé comme je le prévoyais. Bill s'est fait tuer sous mes yeux. Je me suis ensuite querellée avec ma mère parce que je refusais de me plier à ses volontés. J'éprouvais un terrible sentiment de culpabilité. Mes troubles ont recommencé — je me sentais si triste que j'avais envie de me cacher pour toujours. Mais j'ai lutté. J'avais un but. Toi. Je sentais que tu étais vivant quelque part. Que je pouvais te retrouver si je te cherchais avec assez d'obstination, si j'y consacrais assez de temps, assez d'argent — Dieu sait que je n'en manque pas. Elstree était l'un des hommes les plus riches d'Amérique.

— Et tu as hérité de tout. Je n'en gagnerai jamais le dixième en travaillant toute ma vie.

— Cela ne deviendra pas un problème entre nous. J'y veillerai, tu peux compter sur moi.

Elle embrassa la bouche de Paul, caressa sa joue, promena les yeux sur son visage.

— Je ne pouvais laisser la maladie me vaincre — m'empêcher de partir à ta recherche. Je m'étais promis que si je te trouvais avec quelqu'un d'autre, je m'en irais. Mais pas sans t'avoir dit une fois de plus que je t'aime, que je n'aimerai jamais que toi.

Dehors, la pluie tabourinait derrière les rideaux. Paul prit Juliette dans ses bras, l'étendit avec douceur, avec joie, sur le lit.

Peu après l'aube, il s'éveilla en la sentant quitter le nid chaud des draps. Ses flancs luisaient à la lumière douce du salon.

Dans un coin obscur de la chambre, un tiroir s'ouvrit et se referma. Juliette revint avec quelque chose à la main.

Il était intrigué quand elle remonta sur le lit en désordre et s'agenouilla près de lui. Sa chevelure noire tombait en cascade jusqu'à sa taille, brillait à la lumière.

— Paul chéri, je me suis juré que si nous étions réunis, je te demanderais quelque chose. J'espère que cela ne te semblera pas trop étrange. C'est très important pour moi.

— Je le ferai, bien sûr. Tu le sais.

— Sans demander pourquoi ?

— Tu éveilles ma curiosité. Je te le demanderai peut-être un jour.

— D'accord.

Juliette leva la main. Il y eut un éclair métallique et Paul vit l'objet qu'elle avait pris dans le tiroir.

Elle se pencha vers son visage, ses seins pâles aux mamelons sombres effleurèrent sa poitrine. Elle l'embrassa doucement, avec ardeur, puis posa les ciseaux d'argent dans sa main.

— Coupe mes cheveux.

Tard dans la matinée, au bureau du télégraphe de l'hôtel, Paul envoya un câble à Michael Radcliffe, au *London Light*, Fleet Street.

Regrette de ne pouvoir venir à Londres. Situation complètement changée. Ai décidé de rester avec employeur actuel. Épouse jeune femme dont je vous avais parlé. Enverrai nouvelle adresse prochainement ainsi que remboursement du billet. Vous donnerai tous les détails quand travail m'amènera en Europe. Merci de votre gentillesse et générosité. Votre ami pour toujours,

Fritz.

DIXIÈME PARTIE

LE PAYS

1900-1901

Je suis le visage de la famille ;
La chair périt, je demeure,
Projetant traits et traces
A travers le temps,
Sautant de place en place
Au-delà de l'oubli.

Thomas Hardy, *Moments de vision*, 1917.

115

Fritz

Lundi 31 décembre 1900, veille du Jour de l'an que les Allemands appellent *Sylvesterabend*.

C'était aussi la veille du nouveau siècle. Comme les journaux le soulignaient pesamment, 1900 était la dernière année d'une décennie commencée en 1891. Le xxᵉ siècle débuterait donc le 1ᵉʳ janvier *1901* — le lendemain. Parmi les gens que Paul connaissait, les réactions étaient diverses. L'oncle Joe, avec sa passion des chiffres, avait tout de suite saisi et raillait ceux qui ne comprenaient pas. Le colonel Shadow s'irritait qu'on lui dise qu'il avait vécu pendant des années avec une idée fausse. Mary soutenait qu'elle avait déjà tenté de lui expliquer la chose au réveillon de l'année dernière, mais le colonel avait trop bu de champagne pour s'en souvenir.

Outre ces explications mathématiques, tous les journaux et magazines importants publiaient depuis des semaines les prédictions de voyants, réputés ou non. On parlait de trains à grande vitesse roulant sur un rail unique magnétisé ; de robes coupées à une hauteur indécente ; de trottoirs roulants souterrains pour mettre les piétons à l'abri des intempéries ; de diplômes décernés aux femmes ; de l'« expansionnisme commercial » allemand en Orient ; de la découverte par les masses du nouveau sport d'hiver appelé « ski » ; du percement d'un canal à travers le Panama, projet en discussion depuis des années ; de plusieurs tentatives d'assassinat de rois et présidents ; de villes surveillées par des policiers installés dans la nacelle de dirigeables ; de la montée du « péril jaune » pour la civilisation blanche ou, à l'inverse, du « recul de la barbarie » grâce à l'influence de l'Amérique.

Ces visions contradictoires du xxᵉ siècle rivalisaient avec les trivialités de la vie quotidienne reflétées dans les réclames illustrées pour des lessives, des savons de toilette, des cours pour développer la mémoire, des doublures de chapeau déodorantes (« Chassez l'odeur »), des machines permettant d'atteler des chiens à un moulin pour faire tourner une écrémeuse (« Énergie canine ! »), des ceintures électriques avec poches à piles (« Guérit rapidement tous les troubles nerveux et organiques, qu'ils proviennent de faiblesses naturelles, d'excès ou d'écarts de conduite ! »)...

Mais en ce dernier jour du siècle, le monde prenait le temps de souffler. La dernière édition du *Tribune* ne publiait guère que des faits divers. Un wagon-lit mis en quarantaine pour un cas de variole. Une bataille pour la garde d'un enfant à Kenosha, dans le Wisconsin. L'annonce d'une vague de froid, avec un ciel clair mais des températures inférieures à zéro. Il y avait aussi de gros pavés de réclame pour la période des fêtes : le grand magasin Elstree organisait une vente de porcelaine, de verrerie et de faïence fin-de-siècle.

Ce lundi après-midi, Paul, sa famille et ses amis se rendirent au tribunal.

Paul avait acheté pour l'occasion une jaquette à trois boutons dans laquelle il se sentait mal à l'aise. Il portait en outre un haut col et des manchettes en celluloïd, ainsi qu'un nœud papillon que Juliette avait noué pour lui avant qu'ils ne quittent la maison.

Elle avait également peigné les cheveux de Paul, sans grand résultat. Il savait qu'il était mal coiffé, mais cela n'avait aucune importance. Sa femme était éblouissante dans son tailleur gris tourterelle à revers de soie, sa cape assortie et son feutre gris tout simple orné d'un nœud de velours bleu roi.

Il l'aimait avec une passion qui ne faiblissait pas. Il aimait sa distinction, sa gentillesse innée, sa générosité. Elle était intelligente, d'humeur égale. Sa santé s'était améliorée et elle faisait au moins trois kilomètres de marche chaque jour.

Bien que toujours sujette à des crises de mélancolie, elle se libérait lentement de cette maladie et, sans rien perdre de sa féminité, elle acquérait peu à peu une indépendance que sa mère aurait détestée.

Paul avait vingt-trois ans et la confiance en soi d'un homme jeune. Il se jugeait plein d'expérience — non sans raison. Ce jour-là, cependant, il montrait une nervosité grandissante en attendant dans la salle du tribunal où le jour froid de la fin décembre tombait obliquement des fenêtres sales. L'audience était prévue à deux heures. La grosse horloge indiquait déjà deux heures dix. Dieu, comme il avait envie d'un cigare !

Tout un groupe de parents et d'amis accompagnait Paul et Juliette. Le général Joe Crown avait pris place au premier rang de la partie réservée au public, derrière la barrière. Tante Ilsa, Fritzi et Carl étaient assis à côté de lui.

Devenu un républicain modèle, l'oncle de Paul se réjouissait encore que McKinley et Roosevelt aient battu Jennings Bryan et le socialiste Gene Debs aux élections de novembre. Joe avait consacré une grande partie de son temps à faire campagne pour les candidats républicains et avait versé des sommes importantes au Parti. Il s'attendait à être invité à la table du Président en récompense de sa générosité et se félicitait que Paul ait fait la connaissance du vice-président Roosevelt pendant la guerre.

La tante Ilsa avait complètement cessé de s'insurger contre les alcools, le vin et la bière. Le changement était survenu lorsqu'elle avait découvert que son mari avait discrètement réembauché ses trois « représentants » et en avait engagé un quatrième. Après une violente altercation, c'était l'oncle Joe qui avait cédé cette fois, affectant définitivement Dolph Hix et les trois autres à la direction de succursales à Madison, Austin, Memphis et à Pierre, dans le Dakota du Sud.

Cette question étant réglée pour le moment, Ilsa avait épousé une nouvelle cause et lancé une collecte de fonds pour envoyer un observateur de Hull House à la première Conférence mondiale de la paix, en mai 1899, à La Haye. Tante Ilsa avait besoin de causes. Les enfants partis, elle passait des journées entières seule dans la grande maison. Paul et Juliette venaient dîner au moins une fois par semaine quand il n'était pas en voyage. Parfois Juliette y allait seule.

Carl était rentré de Princeton pour les fêtes. Ilsa avait réussi à venir à bout de la méfiance de son mari pour les gens et les institutions de l'Est, et l'avait convaincu qu'il ne pouvait y avoir meilleure éducation pour leur fils. Carl avait dix-huit ans, des épaules énormes convenant à un joueur de ce jeu violent, parfois mortel, qu'était le football.

Fritzi, qui aurait vingt ans dans cinq jours, avait demandé un bref congé à sa compagnie pour venir d'Albany, en Georgie. Elle était en tournée avec la Mortmain's Royal Shakespeare Combination, troupe fondée et dirigée par un acteur vieillissant qui se faisait appeler Ian Mortmain. De son vrai nom Ezra Cooler, il était né à Montgomery, en Alabama. Fritzi estimait que ce travail représentait surtout un bon « apprentissage » pour elle et elle espérait jouer bientôt dans de meilleures troupes.

Elle était figurante, assistante de la costumière, aide-cuisinière et, à l'occasion, actrice. Elle jouait l'une des sorcières dans la « pièce écossaise » (elle refusait, comme maints comédiens superstitieux, d'en prononcer le titre), mais son rôle le plus important était celui de Viola, dans *La Nuit des rois*. Oncle Joe et tante Ilsa étaient allés jusqu'à Owensboro, dans le Kentucky, pour la voir sur scène. Joe continuait à désapprouver ce métier, mais affirmait fièrement que sa fille était remarquable et avait recueilli le plus d'applaudissements au tomber du rideau.

Fritzi se disait « follement jalouse » de Paul parce qu'il était allé au théâtre dans le West End de Londres en attendant d'être autorisé par le ministère de la Guerre à partir pour l'Afrique du Sud en automne 1899. Au théâtre du Prince de Galles, il avait vu non pas une mais trois idoles de la scène anglaise, Mr. Forbes Robertson, Mr. Gerald du Maurier et Mrs. Patrick Campbell, dans une nouvelle comédie.

Les Crown étaient maintenant tous réunis dans la salle d'audience. Il ne manquait que Joe Junior, qui avait totalement disparu, et dont on parlait peu ; c'était un sujet trop triste, en particulier pour la tante Ilsa.

Les amis de Paul étaient disséminés çà et là. Le colonel Shadow, exhalant une agréable odeur de rhum et de cigare de luxe, et Mary Beezer, qui avait mis sa robe la plus voyante. Ils n'étaient toujours pas mariés, mais ils avaient quitté le Levee pour s'établir dans un quartier plus digne d'un nouveau prince du cinématographe. Ils occupaient une suite de six pièces au dernier étage de l'Allerton's Hotel, dans la partie chic de North Michigan.

Shadow était dans une période de transition. Moins intéressé par la fabrication et la location d'appareils de projection (pour quatre-vingts dollars par semaine), il souhaitait se consacrer davantage à la production et à la distribution des films eux-mêmes. Il n'avait toutefois pas renoncé au bricolage. Avant que Paul ne parte filmer la guerre entre l'Angleterre et les fermiers boers rebelles d'Afrique du Sud, Shadow lui avait fourni une Luxographe dernier modèle. Cette caméra était équipée d'un support pour changer d'objectif et d'une plate-forme à levier permettant de faire des mouvements panoramiques rapides et sans heurts. Ce nouveau modèle avait un inconvénient : il pesait seize kilos de plus que celui que Paul avait porté jusqu'au sommet de la colline de San Juan.

Près du colonel et de Mary était assis Ollie Hultgren, l'assistant qui avait remplacé Jim Daws et accompagnait Paul dans ses voyages professionnels depuis l'été 1899. D'origine suédoise, Ollie était un garçon de vingt ans aux hanches étroites et au long visage, avec des cheveux blonds frisés et des yeux d'un bleu tirant sur le violet. C'était un être doux, un ami loyal et un assistant intelligent qui avait toutes les qualités pour devenir lui-même un jour chef opérateur. Paul en avait déjà parlé à Shadow.

La femme la plus flamboyante de l'assistance était sans conteste la tante de Juliette. Sur son ample jupe, Miss Fishburne portait une veste courte et chaude d'un rouge vif — une veste d'automobile de Paris, disait-elle —, un chapeau à plume et un parapluie noirs. Elle avait jeté son coûteux manteau de phoque sur le fauteuil voisin.

Parmi les personnes présentes, l'une d'elles avait une importance particulière, du moins pour Paul : c'était Wexford Rooney. Wex avait voyagé en train toute la nuit en compagnie de sa robuste épouse à la mâchoire carrée, Lucille. L'ex-veuve Suggsworth de Charleston avait vendu sa pension de famille pour offrir à son mari un nouveau Temple de la Photographie à Lexington, dans le Kentucky. Wex assurait que son studio marchait fort — comment était-ce possible dans une région où le cheval était roi ? Paul ne parvenait pas à se l'expliquer. Et Wex n'avait pas non plus éclairé sa lanterne.

Son ami avait cependant l'air prospère dans son costume vert bien coupé. Les joues luisantes, le regard guilleret, il souriait comme un elfe à côté de Lucille, qui mesurait une tête de plus que lui et avait un tour de taille bien plus imposant que le sien. Jusqu'alors l'oncle Joe n'avait que très peu parlé à Wex, Shadow et consorts.

Paul se leva, ouvrit le portillon de la barrière, passa du côté du juge, regarda l'estrade vide puis l'horloge. Lorsqu'il retourna s'asseoir, Juliette posa une main gantée sur la sienne en murmurant :

— Il ne va pas tarder, ne t'en fais pas.

Il lui tapota doucement le bras pour la remercier. Elle était sa joie de vivre. La seule ombre au tableau était que son travail les séparait souvent.

Ils vivaient au rez-de-chaussée ensoleillé d'un immeuble d'un étage de Paulina Street, une artère bordée d'arbres dans l'agréable quartier de Ravenswood. Juliette avait vendu Bel-Océan ainsi que l'hôtel particulier d'Elstree. Elle n'avait gardé qu'une petite maison de campagne sur la rive est du lac Michigan, mais Paul voyageait tellement qu'il ne s'y était encore jamais rendu.

Il était fier de Juliette, qui distribuait lentement et de manière réfléchie les millions d'Elstree. Cela pourrait prendre des années — plusieurs dizaines, peut-être — car les énormes bénéfices des grands magasins s'ajoutaient chaque année au patrimoine.

En matière de philanthropie, Juliette était novice. Prenant son courage à deux mains, elle avait écrit à un Américain éminemment qualifié pour la guider dans ses dons : Andrew Carnegie. Sur son invitation, elle avait traversé l'Atlantique l'automne dernier (pendant que Paul tournait au Texas) et elle avait pris le train à Londres pour se rendre à la résidence préférée du millionnaire, le château de Skibo, situé au bord du golfe de Dornoch, dans le nord sauvage et magnifique de l'Écosse.

Le richissime propriétaire de Skibo avait passé deux jours entiers à la conseiller.

— Il est convaincu qu'un homme riche qui meurt avec tout son argent est un pécheur. Un mauvais citoyen de ce monde, avait-elle raconté à Paul. Carnegie soutient de nombreuses causes, mais les deux plus importantes sont le mouvement pour la paix mondiale et la construction de bibliothèques. Alors qu'il n'était qu'un jeune ouvrier, en Écosse, Carnegie et plusieurs de ses camarades ont reçu la permission d'utiliser la bibliothèque privée d'un châtelain. C'est là qu'il s'est pris de passion pour les livres. Lui et ses parents ont émigré en Amérique il y a près de cinquante ans, et regarde ce qu'il a fait de sa vie. Quand je suis partie, il m'a raccompagnée personnellement à la voiture, m'a baisé la main et m'a dit que j'étais une fille avertie. « Ce qui signifie ? » ai-je demandé. « Eh bien, en Écosse, c'est une fille sensée, fière... et indépendante. » Peut-être que j'ai enfin réussi à sortir du noir et à devenir une personne.

Paul lui avait assuré qu'elle y était parvenue.

Juliette n'avait pas revu sa mère ni reçu de nouvelles d'elle. Nell Vanderhoff était revenue de sa cure pour maladie nerveuse en Californie depuis plus d'un an. Peu après son retour, une lettre du notaire de la famille avait informé Juliette que sa mère l'avait rayée de son testament.

Wex avait entamé une discussion fort animée sur la photographie avec Shadow quand une porte s'ouvrit à droite de l'estrade. Paul se dressa ; un homme rondelet au nez rose en forme de navet entra, portant un dossier, un registre et une Bible. Son costume mal coupé et l'absence de robe noire indiquaient qu'il ne s'agissait que du greffier. Déçu, Paul se rassit.

L'homme posa le dossier sur le bureau du juge, s'installa à la table située en face, ouvrit le registre et trempa sa plume dans l'encre avant de daigner enfin s'adresser aux personnes assises de l'autre côté de la barrière.

— M'sieu dames, le juge Müller sera là d'un moment à l'autre. Il a été pris dans les embouteillages en revenant de déjeuner. Mr. Crown, où êtes-vous ?

— Ici, répondit Paul en se levant.

— Approchez, s'il vous plaît, dit le greffier avec un geste imposant. Il faut régler cette affaire rapidement...

— Après nous avoir fait attendre vingt minutes, grommela le général à Ilsa.

— Le tribunal ferme à quatre heures, à cause des fêtes.

Le greffier se rassit et, tapotant ses revers, savoura son autorité.

Paul se trouvait dans cette salle d'audience, en cet après-midi glacial, parce que Juliette était enceinte de trois mois.

Ils avaient essayé de faire un enfant dès leur nuit de noce, après une cérémonie civile célébrée deux ans plus tôt en octobre. Les départs soudains et fréquents de Paul, ses longues absences, ne leur avaient pas facilité la tâche. De plus, Juliette avait connu quelques problèmes depuis qu'elle avait perdu le seul enfant conçu avec son premier mari. Enfin, Paul et elle avaient réussi.

Un soir de neige de début décembre, assis devant le feu de la cheminée du salon, ils se tenaient par la main et parlaient à voix basse de la merveilleuse perspective de devenir parents. Quoique vaste, la pièce donnait une impression de chaleur douillette.

L'un des meubles les plus importants était une armoire en bois de rose dont les étagères accueillaient la collection de souvenirs de voyage de Paul. L'un d'eux occupait cependant une place à part, accroché au mur entre la cheminée et les étagères, où il attirait naturellement le regard. C'était la moitié gauche de la carte de la statue de la Liberté, que Juliette avait fait encadrer et offerte à Paul pour son vingt-troisième anniversaire, en juin.

Les flammes dansaient, consumant un bois de pommier odorant. Paul se sentait détendu après avoir bu deux Crown. Derrière eux, le gramophone Victor rapporté de Bel-Océan jouait l'un des airs préférés de Juliette, le thème du negro-spiritual doux et émouvant de la *Cinquième Symphonie* de Dvorak.

— Paul...

— Mmm ?

— Tu sais que je n'aime pas demander des choses, je ne le fais pas souvent.

— Non. La dernière fois, si j'ai bonne mémoire, il s'agissait d'une simple requête à satisfaire avec une paire de ciseaux.

— Celle-ci exigerait davantage de toi. Mais là encore, elle est importante pour moi.

— Tu n'as qu'à parler.

— Je connais tes sentiments. Je sais que l'offre de ce pair anglais te tente. Mais si nous devions rester ici, j'aimerais que notre fils ou notre fille ait des parents américains. Père et mère.

Laissant les propos de sa femme faire leur chemin en lui, Paul avait regardé l'image encadrée de la proue de navire et de la statue de la Liberté éclairant le monde...

A présent, il se trouvait dans la salle d'audience.

Le greffier se limait les ongles.

L'horloge tictaquait bruyamment.

Bras croisés, Carl laissait son regard errer en sifflotant *Ragtime Rose*, un morceau de piano qui connaissait un grand succès dans tout le pays.

— Arrête, s'il te plaît, je lis, protesta Fritzi, sans lever les yeux de son livre.

L'oncle Joe se plaignit à voix haute des gens qui manquaient de ponctualité.

— Et il est d'origine allemande ! Je le sais, il vit dans le *Nordseite*.

Tante Ilsa murmura quelques mots apaisants.

La température continuait à baisser dans la salle.

A quatorze heures trente-cinq, la porte du fond s'ouvrit et le président Jacob Müller entra en trombe en s'en prenant à la circulation chicagolaise.

Il s'assit dans son fauteuil à haut dossier entre le drapeau de l'Amérique, ceux de l'État et de la Ville et mit plus d'une minute pour ajuster les pans de sa robe. Paul se tenait devant l'estrade, raide d'anxiété, soudain hésitant sur le bien-fondé de sa décision.

« De la Müllerstrasse de Berlin à la chambre du juge Müller à Chicago. De Pauli à Fritz. Quel long voyage... »

Son mariage avec Juliette, leur installation dans leur appartement n'avaient pas tout à fait achevé cette pérégrination, contrairement à ce qu'il avait espéré. Il lui manquait encore un signe ; un de ceux dont la vieille Frau Flüsser lui avait parlé à Berlin. Il ne savait pas d'où il viendrait ni même comment il le reconnaîtrait. Mais il en avait besoin pour apaiser les tourments qui le hantaient depuis l'enfance.

Il n'osait en souffler mot à sa femme. Comprendrait-elle que malgré le bonheur sans faille qu'elle lui apportait, il continuait pourtant à se sentir dériver sur une mer violente, sans gouvernail, ni carte, ni boussole...

Sans un signe pour lui montrer où était sa vraie place.

Le juge Jacob Müller mit un pince-nez, ouvrit le dossier, examina la demande de Paul, puis le regarda du haut de son perchoir.

— Vous êtes Mr. Crown ?

— Oui, Votre Honneur.

— Je suis prêt à entendre votre déclaration. Greffier, s'il vous plaît.

L'homme au nez rose approcha avec le Livre saint.

— La main gauche sur la Bible, la main droite levée, je vous prie, dit le juge.

Paul obtempéra, déglutit plusieurs fois sans parvenir à chasser le nœud qui lui obstruait la gorge.

— Paul Crown, déclarez-vous sous serment devant cette Cour que vous avez sincèrement l'intention de devenir citoyen des États-Unis d'Amérique ?

— Oui.

— Un peu plus fort, s'il vous plaît.

— Oui. Oui !

— Déclarez-vous en outre renoncer pour toujours à toute allégeance à quelque prince, potentat ou souverain que ce soit — en l'occurrence à Sa Majesté le Kaiser Guillaume II, empereur d'Allemagne, dont vous êtes présentement le sujet ?

— Oui.

Le juge Müller fit gratter sa plume.

— Juré et consigné.

Il ôta son lorgnon, se leva de son fauteuil et se pencha pour serrer la main de Paul.

— Félicitations, Mr. Crown. Revenez dans deux ans, nous ratifierons cette déclaration.

Au cours des deux dernières années, la route de Paul jusqu'à ce tribunal avait été haute en couleur, sinueuse et parfois très dangereuse. Les films sur la guerre à Cuba n'avaient fait qu'aiguiser l'appétit de Shadow pour les « actualités ». Il avait compris que l'argent « dilapidé » pour envoyer une équipe de tournage dans des contrées lointaines pouvait rapporter gros. Depuis, Paul n'avait plus eu à justifier le moindre sou dépensé.

Chaque fois qu'il songeait aux multiples expériences qu'il avait accumulées à l'âge de vingt-trois ans, Paul était impressionné. La guerre contre l'Espagne à Cuba avait été le vrai point de départ de sa carrière. Quand l'amiral Dewey était rentré triomphalement en septembre 1899, Paul et Ollie avaient filmé son croiseur, l'*Olympia*, d'un remorqueur qui dansait sur les eaux du port de New York. Le même jour, lorsque l'amiral avait reçu un sabre d'apparat à l'Hôtel de Ville, Paul avait distribué des billets d'un dollar pour se frayer un chemin jusqu'au premier rang d'une foule énorme, où Ollie et lui avaient filmé la cérémonie. L'amiral lui avait plusieurs fois jeté un regard noir — Dewey détestait les photographes.

Avec leur concurrent Albert Smith, de la Vitagraph de New York, Paul et Ollie avaient pris le bateau pour l'Angleterre quand la guerre des Boers avait éclaté en automne 1899. Si la Grande-Bretagne et la République sud-africaine se disputaient depuis des années l'administration des affaires intérieures, le principal motif de la guerre résidait dans les riches gisements d'or de Johannesburg et des environs. La plupart des mines du Rand appartenaient aux Anglais.

Ce fut l'ultimatum du président Paul Kruger, exigeant le retrait de toutes les forces britanniques avant le 11 octobre 1899, qui précipita la guerre. L'Angleterre répondit en massant aussitôt des troupes à la frontière. L'ultimatum expira. Les premiers coups de feu furent échangés le 12 octobre.

C'est à Londres, où il attendait l'autorisation de partir pour l'Afrique du Sud, que Paul rencontra enfin le beau-père de Radcliffe. Michael se trouvait déjà en Afrique du Sud pour le *London Light*. Un sale tour du destin l'expédia à Mafeking, une misérable petite ville située à une douzaine de kilomètres de la frontière ouest du Transvaal. Il interviewa le colonel Robert S. S. Baden-Powell, qui commandait le régiment du protectorat du Bechuanaland, envoyé en toute hâte à Mafeking après l'ultimatum de Kruger. Lorsque les hostilités commencèrent cinq mille Boers assiégèrent la ville, prenant au piège Baden-Powell et Michael Radcliffe.

Paul apprit tous ces détails de lord Yorke, dans son immense bureau du dernier étage de l'immeuble du *Light*, dans Fleet Street. Le magnat lui expliqua que Mafeking avait soudain acquis une importance stratégique capitale car sa gare faisait la jonction avec la voie ferrée menant à Bulawayo, en Rhodésie, au nord. De grandes quantités de vivres et de matériel militaire y avaient été expédiées et stockées. Ainsi, cette petite ville de quinze cents Blancs et environ cinq mille Noirs devint la cible privilégiée des Boers. Michael avait la malchance de se trouver précisément là au mauvais moment. Lord Yorke relatait ces événements avec amertume et semblait désapprouver l'engagement de son pays dans cette guerre.

Changeant de sujet, il déclara à Paul que sa réputation l'avait précédé. Après l'avoir interrogé pendant une demi-heure, lord Yorke lui offrit un salaire très élevé pour venir à Londres créer une unité cinématographique. Le roi de la presse avait l'air d'un crapaud, mais il parlait d'une voix sonore de prédicateur qui jurait avec ses bajoues, ses yeux saillants et ses cheveux noirs huileux.

— Vous devez venir, insistait lord Yorke.

— Ma femme vit en Amérique. Ma place est auprès d'elle.

Malgré cette réponse, au fond de lui un doute subsistait. A son retour, il n'informa pas Shadow de la proposition londonienne. Quand il en parla à Juliette, elle lui demanda :

— As-tu envie de partir ?

— Une partie de moi le désire. Mais tu comptes davantage. Toi, et notre enfant.

— C'est ton bonheur qui compte pour moi, Paul.

Il sourit mais ne répondit pas. A cet instant encore, bien qu'il eût accepté de répondre au vœu de Juliette en faisant les démarches pour adopter la citoyenneté américaine, il demeurait incertain.

Après avoir été autorisés à pénétrer en zone de guerre sud-africaine, Paul et Ollie avaient retenu deux places à bord d'un petit cargo partant de Tilbury, sur la Tamise. Ils débarquèrent à Durban, en Afrique du Sud, le 12 décembre 1899. Le lendemain même, qui Paul vit-il arriver vers lui dans une rue jonchée de crottin, en culotte de cheval, veste bleue croisée et cravate, bottes soigneusement astiquées et casque colonial blanc ? Dick Davis. Le journaliste serra Paul dans ses bras et convia les deux opérateurs à dîner. Ollie était très impressionné et le fut encore plus quand Davis leur montra un civil à moustache attablé avec deux officiers.

— C'est le docteur Conan Doyle. Mr. Sherlock Holmes en personne. Il est à la fois chargé d'installer des hôpitaux et de rédiger des articles. J'en ai lu certains. A mon humble avis, il ferait mieux de s'en tenir au roman et à la médecine.

La circulation dans la zone de guerre était strictement contrôlée par l'armée, qui par ailleurs passait au crible et censurait tous les articles envoyés par les correspondants — il s'agissait de donner une impression favorable de la Couronne britannique et de son armée. Munis des autorisations nécessaires, Davis, Paul et Ollie louèrent un chariot couvert tiré par deux chevaux et engagèrent une paire de boys caffres — l'un pour faire la cuisine, l'autre pour s'occuper des bêtes.

Ils arrivèrent à Pietermaritzburg, base de ravitaillement du général Buller et, de là, progressèrent vers le nord-ouest, en direction de Colenso, à bord d'un train de munitions. Paul portait dans un étui de ceinture un pistolet Mauser acheté à Durban, sur le conseil de Davis.

Deux heures après le départ du train, une douzaine de Boers à cheval chargèrent du haut d'une colline pour attaquer le convoi. Davis se trouvait à l'avant dans l'unique voiture de voyageurs, qui transportait des officiers. Paul et Ollie jouaient aux cartes sur une malle dans le fourgon à bagages. Au premier coup de feu, Ollie fit coulisser la porte et maintint le trépied sur le plancher oscillant tandis que Paul tournait la manivelle. Un jeune Boer dirigeant sa monture avec les genoux galopait si près du train qu'on distinguait l'iris bleu ciel de ses yeux. Il tira droit sur la caméra. Par bonheur, le train cahotait et la balle passa en bourdonnant quelques centimètres au-dessus de la tête de Paul. Celui-ci dégaina son pistolet ; le jeune Boer vit l'arme et détala. Les officiers ripostèrent de la voiture avec des armes de poing et finirent par repousser l'assaut, qui avait fait deux morts.

Après avoir pris congé de Davis, Paul et Ollie continuèrent à cheval avec leur chariot et leurs boys. Ils filmèrent des combats à Spion Kop, la plus haute d'une chaîne de collines, quand Buller tenta de franchir en force le Tulega et fut repoussé. La bataille fut très confuse et les deux opérateurs s'esquivèrent avant la débâcle. Paul craignait de se faire confisquer son matériel pour avoir filmé les Britanniques en train de se faire battre.

Ils retrouvèrent Davis, qui rejoignait le front. Il leur expliqua où trouver un campement boer, établi à l'ouest. Les Boers se montraient amicaux envers les journalistes neutres, et curieux de connaître leur version du conflit. Davis était allé les voir et commençait à nuancer son opinion sur eux, à l'origine défavorable.

— Ce sont des hommes attachés à leur idéal. Durs, peut-être, mais pas plus que leurs ennemis. Ils vivent simplement et affirment ne vouloir qu'une chose : cesser de subir le joug de l'Empire anglais. Les censeurs n'apprécient pas trop ce que j'ai écrit sur les Boers, dernièrement. Qu'ils aillent au diable.

Paul, Ollie et les Caffres trouvèrent facilement le camp, qui réunissait une centaine d'hommes, environ deux cents chevaux, et deux ou trois canons de campagne. C'était l'une des nombreuses bandes boers qui opéraient de façon autonome, se déplaçant et frappant à son gré.

Son chef, le capitaine Christiaan Botha, était un homme de grande taille à la peau hâlée par le soleil, avec une longue barbe et un chapeau à large bord orné d'une plume. Son uniforme ne ressemblait à aucun de tous ceux que Paul avait vus. Il se composait de bottes couleur sable, d'un pantalon et d'une chemise d'un vert sombre et éteint, comme les feuilles d'une forêt sans pluie. Un coutelas pendait à sa ceinture dans un fourreau. Sur son lit de camp gisaient un fusil Mauser et deux cartouchières en cuir, pleines.

Botha partagea sa table avec les visiteurs et parla ensuite sans se faire prier, avec une certaine suffisance :

— Nous nous attendons à ce que Sa Majesté envoie cinq cent mille de ses meilleurs soldats dans ce petit pays. Notre communauté compte peut-être quatre-vingt mille hommes au total, mais nous ne pouvons en engager plus de la moitié en même temps sur le terrain. Comment un nombre aussi restreint de fermiers osent-ils défier l'empire le plus puissant du monde ? Je vais vous le dire. Un, nous luttons pour notre patrie. Deux, nous sommes nés et nous avons grandi à cheval. Nous nous déplaçons comme nous voulons sur ce terrain que nous connaissons bien. Tout ce que les troupes régulières de la reine savent faire, c'est marcher en formation et appliquer une tactique apprise par cœur à l'École militaire. Nous les avons battues tout l'hiver, partout. Nous continuerons — un peu comme les Américains ont repoussé une armée de tuniques rouges assez stupide pour monter en rangs à l'assaut de Bunker Hill, sous le feu des mousquets de rebelles exaltés par leur cause. Maintenant, aimeriez-vous visiter un kraal zoulou ?

Le capitaine Christiaan Botha les emmena lui-même à cheval,

accompagné d'un seul subalterne. Paul et Ollie furent plus qu'un peu terrifiés en voyant pour la première fois les guerriers zoulous, immenses et musclés, venir à leur rencontre armés de lances et de boucliers.

Botha mena les deux opérateurs à la hutte du chef. Il était quatre heures, et dans cette hutte, dont l'odeur n'avait rien d'agréable, le vieux chef leur montra fièrement un service à thé en argent posé sur un chariot.

— Dieu du ciel, murmura Ollie à Paul, je deviens fou ou quoi ?

Botha assura à Ollie qu'il était parfaitement sain d'esprit. Les Britanniques, désireux de civiliser les tribus zouloues, avaient envoyé les fils de certains chefs faire leurs études à Oxford. Nombre d'entre eux étaient rentrés avec une garde-robe anglaise, des livres anglais et des objets achetés dans les boutiques anglaises, mais le processus de civilisation en tant que tel avait échoué. Le fils du chef qui les accueillait faisait partie de ceux qui avaient fréquenté quelque temps l'université.

Les visiteurs prirent le thé assis par terre en tailleur. Le chef, coiffé d'un haut-de-forme qui eût mieux convenu à une soirée à l'Opéra, se révéla tout à fait aimable. Sur la demande de Paul, il ordonna à quelques-uns de ses jeunes guerriers de danser pour la caméra en frappant leur bouclier.

L'arrivée de renforts britanniques contraignit les Boers à lever le siège de Mafeking en mai 1900. Michael Radcliffe était fort mal vu du haut commandement et du ministère de la Guerre pour les articles critiques qu'il avait réussi à envoyer de la ville encerclée. Dès la fin du siège, il fut expulsé du pays. Il choisit d'aller à Paris — son beau-père l'avait prévenu qu'il risquait la prison s'il rentrait à Londres trop tôt. Tandis qu'Ollie reprenait le bateau pour l'Amérique avec la caméra et le matériel, Paul embarqua à bord d'un navire à destination de Marseille pour aller voir son ami.

L'Europe était en ébullition, secouée par les grèves violentes des métallurgistes de Vienne, des verriers de Belgique, des ouvriers agricoles de Bohême, des mineurs allemands et belges. Paul avait l'impression étrange qu'une centaine de fantômes de Benno Strauss hantaient le Vieux Continent et y attisaient la lutte des classes.

A Paris, il vit trois fois *Cendrillon*, le dernier film de Georges Méliès, ancien illusionniste et partenaire du grand Robert Houdin. Méliès créait maintenant des illusions pour l'écran. Avec ses cent trente mètres de pellicule et ses six mille quatre cents images, sa dernière œuvre était sans doute le film de fiction le plus long tourné à ce jour.

Les retrouvailles de Paul et Michael eurent à nouveau lieu dans le cadre d'une Exposition universelle, celle de Paris cette fois, pour laquelle on avait creusé les tunnels du Métropolitain. Deux des stands les plus vastes et les plus visités appartenaient à des usines d'armement. Creusot-Schneider exposait un canon à longue portée, Vicker-Maxim toute une gamme de mitrailleuses.

Une fois de plus, les deux amis visitèrent un Pavillon russe magnifique où ils découvrirent une maquette détaillée d'une voiture du Transsibérien, derrière laquelle des champs de blé baignés de soleil, de jolies cabanes de paysans défilaient sur une toile peinte en mouvement.

Comme à son habitude, Radcliffe discourait. Quand un employé lança sèchement qu'ils devaient laisser la place à ceux qui attendaient, le journaliste répliqua en russe :

— Presse ! Fermez cette satanée porte, et il continua à parler de Mafeking.

— Mafeking résume tout, dit Michael, l'échec des hommes, l'échec des organisations et des gouvernements. Mafeking est un vrai bled. Toits de tôle, rues sales, chaleur accablante, chiens et poulets pris de folie courant en tous sens. Nous y sommes restés prisonniers deux cent dix-sept jours, tu imagines ? Quand les bombardements ont faibli au bout de quelques semaines, les troupes boers qui nous encerclaient étaient passées de cinq mille à quinze cents hommes environ. Mais le noble commandant de la place n'a cessé d'en grossir le nombre dans ses rapports. Il en déclarait entre quinze et seize mille quand nous sommes sortis. Tu t'étonnes que Baden-Powell soit le héros chéri de l'Empire britannique ?

» Au début, il a réuni les journalistes pour leur exposer ce à quoi ils devaient s'attendre. Il lirait et censurerait personnellement tous les articles. Aucune critique de sa tactique ou de ses officiers ne serait tolérée. Pendant le siège, le télégraphe n'a jamais été coupé, je ne saurais dire pourquoi, si ce n'est que les Boers sont particulièrement civilisés.

» C'était un siège plutôt curieux. Les canons boers n'étaient ni très nombreux, ni très efficaces. Ils n'avaient qu'une seule grosse pièce de siège, Big Ben, et quelques vieux canons de bronze tout juste suffisants pour tirer de temps à autre afin de nous rappeler que nous étions coincés.

» Baden-Powell envoyait régulièrement les rapports les plus optimistes. "Tout va bien. Quatre heures de bombardement, un chien tué." Il était déterminé à se montrer ferme et à préserver le moral des troupes. Pendant toute la durée du siège, nous jouions au cricket le dimanche — un sacrilège pour les Boers, qui sont très pieux. Baden-Powell organisait aussi des tournois de billard, des concerts, des représentations de théâtre d'amateur. Il a joué lui-même dans plusieurs pièces. Et il remplissait aussi sa mission de stratège. Sacredieu, oui ! Il prenait un porte-voix et faisait le tour de la ville en beuglant de faux ordres à propos de fausses attaques de forces inexistantes. Les Boers auraient pu nous écraser n'importe quand, et je me demande pourquoi ils ne l'ont pas fait.

» Le mot "siège" évoque les pires privations, mais en réalité les officiers mangeaient bien au mess. Les civils aussi. Il y avait des caisses de vivres empilées à la gare, une vraie montagne. En revanche, les malheureux Nègres n'avaient rien. On ne leur *donnait* rien. Ils crevaient de faim.

» Baden-Powel avait instauré pour eux un système de rationnement. On leur vendait de la soupe de viande de cheval à trois *pence* le bol. Ils faisaient les poubelles de l'armée. Bien avant que Mafeking soit libérée, cinq ou six cents d'entre eux sont morts de faim.

» De temps en temps, les Tommies s'offraient quand même un vrai accrochage avec l'ennemi. Une petite tuerie pour maintenir l'ambiance. J'ai vu personnellement un groupe de nos braves piou-pious faire une sortie et s'emparer d'une tranchée boer. Victorieux, ils ont utilisé leurs baïonnettes et leurs sabres pour tailler en pièces et décapiter les Boers jusqu'au dernier, morts ou vifs. C'était tellement ignoble que j'ai vomi.

» Jusqu'à la fin, Baden-Powell a accordé ou refusé son imprimatur pour chaque mot que nous écrivions. Il suggérait parfois de petites améliorations. On avait droit à un sourire si on truffait les articles de références à "nos indomptables soldats", aux "qualités qui ont créé l'Empire britannique" et aux "combats pour la gloire ou la tombe". De la vraie merde ! Et les journalistes marchaient. Pas un n'osait évoquer les véritables motifs de la guerre — la défense des intérêts des propriétaires de mines anglais, des spéculateurs et des banques londoniennes. L'habituelle oligarchie secrète des vieux qui envoient les jeunes à la mort. Personne n'a écrit une ligne là-dessus. Toute la profession s'est déshonorée.

» Un profond dégoût mêlé d'ennui m'a conduit, fin février, à changer de méthode de travail. Chaque fois que je prenais la plume, j'écrivais deux articles, un pour Baden-Powell et un autre que je faisais sortir du pays par un boy caffre à qui je pouvais faire confiance. J'ai demandé à mon beau-père de ne publier que les seconds. Il l'a fait, avec courage, parce qu'il était opposé à la guerre. Lui et ma Cecily faisaient partie, avec Lloyd George et une petite bande d'hurluberlus lucides, du Comité contre la guerre. En tout, j'ai réussi à faire passer quatre articles défavorables qui m'ont valu d'être promptement reconduit à la frontière après la levée du siège.

» C'était tout à fait inutile, à vrai dire. Personne ne croyait aux critiques, la propagande gouvernementale était trop massive, trop efficace. Dans les music-halls, on projetait un film montrant une tente de la Croix-Rouge taillée en pièces par le feu ennemi tandis que les vaillants docteurs, les infirmiers et les ambulanciers soignaient les blessés. Des acteurs ! Tout était faux. La scène avait été filmée à Hampstead Heath.

» Dans mon existence, j'ai développé une profonde méfiance à la Dickens envers toute espèce de structure bureaucratique — armées, firmes, gouvernements. J'ai une foi inébranlable dans la vénalité et la cupidité fondamentales de ceux qui possèdent ou contrôlent ces structures. La guerre d'Afrique du Sud n'a fait que renforcer mes convictions.

» Ah ! Paul, pourquoi continuons-nous à nous abuser en prétendant élever la condition de nos frères et sœurs avec les merveilles scientifiques de l'ère nouvelle ? La vérité est que l'animal humain est une brute lâche et perverse. Imagine ce qui nous attend quand on disposera de quantités de mitrailleuses, de canons capables de projeter un obus à trente kilomètres, de dirigeables permettant de larguer des explosifs sur des populations civiles...

» Sombre époque que ce nouveau siècle. La bête rôde déjà. Elle flaire dans le vent une odeur de sang. Armageddon.

» Il n'y a rien d'autre à faire, je suppose, que prendre un verre, prendre une femme, essayer de survivre un jour de plus.

A son retour en Amérique, Paul découvrit que Bryan et Debs faisaient campagne pour les élections présidentielles de novembre et que son ami Stephen Crane avait péri à vingt-huit ans. Il était mort de tuberculose en juin, au *Kurpark* de Badenweiler, en Allemagne. Paul connaissait cette ville d'eau de réputation ; on y soignait les maladies respiratoires — sans succès, dans le cas de Crane.

Le film sur l'Afrique du Sud faisait jubiler Shadow.

— La bande de fumiers d'Edison a engagé deux cents clochards pour tourner la bataille de Spion Kop à West Orange, dans le New Jersey. Un coup de canon est parti trop tôt et deux faux soldats ont été blessés. Ça leur apprendra à essayer de tromper le public américain.

Shadow octroya une prime à Paul et réfléchit aux reportages suivants.

Les Philippines offraient une possibilité. Cadre exotique, combat dans la jungle. Le général Arthur MacArthur, gouverneur militaire de l'archipel, s'efforçait de soumettre les insurgés. Or ces derniers s'obstinaient à vouloir libérer le pays de toute domination étrangère — d'abord celle de l'Espagne puis celle des États-Unis, à qui le traité de paix de 1898 avait octroyé les Philippines. Mais le colonel n'avait pas encore réussi à former une deuxième équipe de tournage, et il rechignait à envoyer de nouveau Paul et Ollie à l'étranger pour une longue période.

Le samedi 8 septembre, la fureur des éléments leur fournit un sujet épique au Texas. L'île de Galveston, située au sud-est de Houston, avait été dévastée par un ouragan terrible qui avait fait des milliers de victimes. Paul et Ollie se débrouillèrent pour monter dans un train de secours spécial parrainé par le *Chicago American* de W. R. Hearst.

Le jeudi 13 septembre, ils arrivèrent à Texas City, où la tempête avait brisé comme des allumettes les ponts menant à Galveston. Les deux hommes fixaient les ruines d'un regard horrifié tandis que leur gabare bondée accostait à une jetée encore intacte devant la Douzième Rue.

Ils filmèrent des avenues fantomatiques où un pan de mur, un

meuble fracassé étaient tout ce qu'il restait des habitations. Ils virent
Miss Barton et d'autres femmes de la Croix-Rouge faire la cuisine
sous une tente.

Sur la plage, des bannières de fumée noire indiquaient les endroits
où l'on brûlait les cadavres sur des bûchers, où alternaient des
couches de chair et de bois arrosées de pétrole lampant. On avait
d'abord jeté les corps dans le golfe, mais des centaines avaient été
rejetés sur la côte.

L'odeur des brasiers était épouvantable, de même que celle de la
vase qui recouvrait tout. En deux jours, ils accumulèrent des scènes
qui rendirent les spectateurs muets de stupeur.

Ainsi Paul courait-il d'un bout du globe à l'autre, vivant des
expériences extraordinaires, exactement comme il l'avait rêvé dans
la petite soupente de Berlin. Chose incroyable, le rêve était devenu
réalité.

Mais sa vie de famille en faisait les frais. Demain, Jour de l'an,
Ollie et lui prendraient le train pour New York. On avait inauguré
le 17 décembre dernier le nouveau centre d'Ellis Island, reconstruit
après qu'un incendie désastreux eut détruit en 1897 les bâtiments
originaux en bois. Des millions d'immigrés affluaient en Amérique,
dont un grand nombre de Juifs d'Europe de l'Est. Ellis Island était
un sujet dans l'air, Shadow voulait en faire une « actualité ».

Le train partirait à dix heures et demie le lendemain, mais la nuit
appartenait à Paul — à Paul et à Juliette. L'oncle Joe invitait tous
leurs parents et amis à célébrer le nouveau siècle, et Paul avait
l'intention de devenir citoyen américain.

Le réveillon eut lieu dans le tout nouveau restaurant allemand de
la ville, *Zum Rothen Stern*, « l'Étoile rouge », dans North Clark
Street. Le propriétaire avait reconstitué le décor d'une taverne
bavaroise : boiseries sombres, fenêtres de verre cathédrale ornées
de couronnes teutoniques, lanternes de fer forgé, tables et chaises
de frêne blanc, têtes empaillées de cerf et de sanglier, chopes en
grès peint, longue carte de spécialités allemandes, serveurs joviaux
mais redoutablement efficaces en courte veste noire et long tablier
blanc.

Le patron, un immigré de Cologne d'une quarantaine d'années, les
accueillit à la porte.

— *Guten Abend, Herr General*, dit-il en s'inclinant.

— Bonsoir, Herr Gallauer, répondit Joe Crown en jetant un regard
alentour. Content de voir autant de monde. Votre restaurant est
devenu à la mode en peu de temps. Le salon particulier est prêt ?

— Mais bien sûr ! Suivez-moi.

Dans la grande salle bruyante, toutes les tables étaient occupées.
Le salon particulier donnait sur le fond de la salle et l'oncle Joe, qui
semblait d'humeur joyeuse, proposa de laisser les doubles portes

ouvertes. La suggestion plut à tous car elle permettait de profiter de l'ambiance de fête qui régnait dans le restaurant.

Joe Crown avait composé un menu pantagruélique et typiquement allemand. Pour commencer, des soupières fumantes de crème d'asperge et de queue de bœuf, suivies d'une spécialité de la maison, le *Leberklösse*. Manger une ou deux boulettes de foie de L'Étoile rouge était censé vous préparer l'estomac pour les plats de résistance — ce soir, rôti de porc, rôti de veau, ragoût de mouton, lapin, gibier, servis avec *Sauerbraten*, des légumes et des miches chaudes de pain bis et noir. Pour le dessert, un assortiment de puddings traditionnels et de fruits en compote. Le tout généreusement arrosé, non seulement de bière Crown et Heimat mais de champagne Mumm et de vin du Rhin en bouteilles vertes trapues et ovales.

— *Trocken !* Votre meilleur, exigea l'oncle Joe.

Sur la table en forme de U, de petits cartons préparés par tante Ilsa indiquaient la place de chacun. Dans la grande salle, un accordéoniste se promenait entre les tables en jouant *The Stars and Stripes Forever*, et les clients battaient la mesure en tapant des mains et des pieds. Le musicien pénétra dans le salon particulier, demanda ce qu'ils aimeraient entendre. Un air du folklore allemand, peut-être ?

— Jouez *Ragtime Rose*, répondit Carl, aussitôt approuvé par Mary Beezer et Willis.

Bien qu'il ne goutât pas spécialement cette musique, l'oncle Joe se surprit bientôt à taper du pied. A la fin du morceau, il donna à l'accordéoniste un pourboire princier.

— Deux dollars ? hoqueta Ilsa.

— Bah, une fois par siècle, argua Joe, qui se pencha pour l'embrasser sur la joue.

Trouvant l'idée excellente, Paul embrassa la joue de Juliette, qui lui caressa la nuque de la main en lui murmurant un mot doux.

Paul alluma un cigare, réclama le pichet de Crown et se servit un troisième grand verre. Dans la salle, les gens riaient, chantaient, criaient même. Il n'était pourtant que neuf heures et demie.

Le réveillon devint plus bruyant, plus convivial, et les convives quittèrent leur place entre les plats. Juliette mettait beaucoup d'ardeur à convaincre la tante Ilsa qu'elle devait absolument rencontrer un jour Mr. Carnegie, qui partageait sa passion pour la paix mondiale. Shadow fila dans la grande salle enfumée et revint avec l'accordéoniste.

— Joue-moi un *cake-walk*, s'exclama-t-il en repoussant les chaises pour faire de la place.

Le *cake-walk* était la danse à la mode, et le colonel tenait à montrer qu'il la connaissait.

— J'ai pas choisi pour rien c'te put... euh, ce fichu costume de *minstrel*. Allez, Mary, en piste.

Wex prit Paul à l'écart et l'interrogea sur ses voyages. Puis Paul demanda à son ami s'il faisait réellement de bonnes affaires et ne dilapidait pas tous les bénéfices dans les courses de chevaux du Kentucky.

— Tu parles sérieusement, mon garçon ? Regarde ma chère femme, là-bas. Elle est douée pour les chiffres. Elle tient les livres de comptes, gère les finances du studio et me donne une petite allocation hippique chaque mois. Quand j'ai tout dépensé, c'est fini. J'ai essayé de la filouter une fois, peu après notre installation à Lexington. Elle s'en est aperçue, elle m'a jeté par terre, elle s'est assise sur moi et elle m'a fait la leçon. Elle est douce comme un agneau, Lucille, mais elle a une volonté de fer et une carrure de lutteur. Dieu la bénisse, elle est exactement ce qui m'a manqué pendant des années. Elle a apprivoisé mes démons. Ou plutôt non, elle les a flanqués à la porte.

Un peu plus tard, Paul surprit les propos animés que Miss Fishburne échangeait avec la tante Ilsa. Il constata que le champagne donnait meilleure mine à Willis. La veille, à son arrivée, elle leur avait parue d'humeur plutôt sombre. Juliette en avait découvert la raison : sa tante se remettait d'une histoire d'amour brisée avec un jeune et beau Portugais, Fernando, capitaine d'un yacht mouillant à Monte-Carlo.

— Je n'arrive pas à me décider sur ce que je vais faire maintenant, ma chère Ilsa. Aller peindre en Provence ou partir pour les Hébrides. J'ai toujours eu envie d'aller au Japon pour voir le théâtre Kabuki — tous ces hommes qui jouent de fragiles geishas me fascinent. Je pourrais naturellement passer quelque temps à Spa pour finir *Guerre et Paix*, du comte Tolstoï. Je l'ai commencé neuf fois. En ce moment, j'ai de terribles difficultés avec un livre intitulé *L'Interprétation des rêves*. C'est un ouvrage très controversé, écrit par un docteur viennois dont personne n'a entendu parler...

Tante Ilsa écoutait, captivée. Ou peut-être submergée.

Paul vit ensuite Miss Fishburne parler à l'imposante Mrs. Rooney en agitant son verre de champagne pour appuyer ses dires.

— Lucille, écoutez ce conseil que vous n'avez pas sollicité. Soyez très gentille avec votre mari sinon on pourrait bien vous le chiper. Je le trouve absolument charmant. On dirait un lutin qui aurait de la cervelle.

Miss Fishburne retourna s'asseoir près de Juliette quand les serveurs apportèrent le café et les verres de schnaps.

— Tu es bien mieux sans ta mère, voilà mon avis, dit-elle à sa nièce quand elles abordèrent le sujet de Nell. Ma chère sœur n'a jamais été faite pour ce rôle.

Juliette eut à peine le temps d'approuver avant que Fritzi ne les rejoigne. Depuis qu'elles avaient fait connaissance, la jeune fille harcelait Willis pour qu'elle lui parle de tous les acteurs célèbres d'Amérique et d'Europe qu'elle avait vus. Henry Irving, Salvini, Ada

Rehan, Sarah Bernhardt. William Gillette, connu pour son envoûtante incarnation de Sherlock Holmes. Tyrone Power et Beerbohm Tree, Joe Jefferson et Ellen Terry, et une jeune beauté nommée Ethel Barrymore, apparentée à Mrs. John Drew.

Fritzi n'en revenait pas.

— Mrs. John Drew, c'est la seule que j'ai rencontrée.

— Ne vous en faites pas, vous les connaîtrez tous, assura Miss Fishburne.

— Tu deviendras aussi célèbre qu'eux, Fritzi, dit Juliette. Ce sont les autres qui auront envie de te connaître.

— Fritzi, fit Paul du bout de la table. J'ai une surprise pour toi. Je l'ai gardée pour ce soir.

— Une surprise pour moi ? Qu'est-ce que c'est ?

— Avant-hier, j'ai reçu une lettre de Michael. Il parle d'un de ses amis, Stanislavski, qui dirige à Moscou un nouveau théâtre extraordinaire avec un auteur dramatique réputé. Comme ils espèrent ouvrir leur propre école, Michael leur a écrit à ton sujet, il y a déjà quelque temps. Dans sa lettre, il me dit que dès qu'ils seront prêts à accueillir leurs premiers élèves, ils examineront volontiers ta candidature — dans la mesure où tu serais pécuniairement en mesure d'aller à Moscou.

— Oh... Oh !

Rouge d'excitation, Fritzi pressa ses mains sur ses joues et Paul crut qu'elle allait tomber en pâmoison.

— Oh ! fit-elle une troisième fois. Mais qu'est-ce qu'ils veulent dire par « pécuniairement » ?

— Ils veulent savoir si tu as l'argent pour le bateau et le train, expliqua l'oncle Joe d'un ton bougon. La nourriture, le logement — des petits détails de ce genre.

— Je l'aurai, déclara Fritzi. Cela te surprendra peut-être, papa, mais j'ai entendu parler de cette nouvelle troupe de Moscou. Tout le monde dit que c'est la plus intéressante et la plus originale qui existe.

— C'est ce que disent les gens que tu connais, rectifia Carl. Moi, je n'en ai jamais entendu parler.

— Bon, je présume que nous pourrions contribuer à financer le voyage le moment venu, annonça Joe Crown d'un ton détaché en tendant la main vers son schnaps.

Fritzi courut l'embrasser.

Paul alluma un troisième cigare. Jusqu'alors, l'oncle Joe n'avait guère parlé à Shadow, qu'il devait juger un peu vulgaire. Paul vit le colonel faire le tour de la table avec une chope et s'arrêter devant Joe.

— A votre santé, général. C'est la meilleure put..., euh, la bière la plus délectable que j'aie jamais bue. Je suis converti à la Crown pour toujours.

— Vraiment ? J'en suis ravi, colonel. Vous devriez me parler un peu de vos images animées. Asseyez-vous, je vous prie.

Shadow n'attendait que cette invitation pour s'installer et passer un bras autour des épaules de Joe Crown.

— Voyez-vous, général, je suis dans une période transitoire. Je veux passer à la production, élargir la distribution des films Luxograph. Créer d'autres équipes de tournage.

— Pourquoi cette nouvelle orientation, si je peux me permettre ?

— Dans la production, les chiffres sont meilleurs.

— Les chiffres. Ah. Vous pouvez me donner un exemple ?

Shadow tira un crayon de sa poche et se mit à griffonner sur un menu. Bientôt l'oncle Joe se pencha vers lui, et Paul eut un rire en voyant leurs têtes se toucher presque.

Quelques minutes plus tard, en revenant des toilettes, il découvrit son oncle dans une des allées de la grande salle, le visage écarlate, engagé dans une sorte d'altercation avec Hexhammer, le directeur de journal.

116

Le général

Hexhammer intercepta Joe alors qu'il se rendait aux toilettes. Le plus jeune des deux hommes était, comme toujours, vêtu avec recherche, et portait en outre ce soir-là autour du cou un large ruban rouge et noir auquel pendait une médaille frappée de l'aigle double de Prusse.

— *Herr General*, dit Hexhammer en s'inclinant. Je crois savoir qu'on vous appelle ainsi depuis la guerre contre l'Espagne.

— C'est exact, répondit Crown, ignorant le léger sarcasme.

— Vous réveillonnez avec votre famille, comme moi avec la mienne ?

— Oui. C'est une décoration que vous avez là, Mr. Hexhammer ?

— En effet. L'ordre de l'Aigle rouge, quatrième classe. Décerné par le Kaiser lui-même pour services rendus à la Ligue pangermanique. Nous sommes très actifs, ici et dans la patrie. A Berlin, la Ligue entreprend des recherches poussées pour établir scientifiquement et sans équivoque que l'Allemand de sang pur, homme ou femme, est différent de tout autre type racial sur le plan mental et physique.

— Différent et supérieur ?

— Les conclusions iront dans ce sens, j'en suis convaincu. Nous vivons des temps passionnants. A la requête de l'amiral von Tirpitz, et avec l'approbation totale de Sa Majesté, le Reichstag a autorisé le lancement d'un programme de construction sur vingt ans pour équiper l'Allemagne de...

— Trente-huit cuirassés de plus. Je lis les journaux.

« Mais pas le tien. »

— Les Germano-Américains loyaux font circuler une lettre de félicitations pour recueillir le plus de signatures possible. Elle sera adressée au siège de la Ligue à Berlin. Nous applaudissons la création d'une marine plus puissante, qui garantira à son tour la stabilité d'un empire colonial...

— Hexhammer, excusez-moi, je dois aller aux toilettes.

— Une seconde encore. Je suppose que vous n'avez pas envie d'apposer votre signature à cette lettre ?

— Vous supposez bien.

Un petit sourire flotta sur les lèvres de Hexhammer.

— Je voulais m'en assurer. Personne n'oubliera votre position, *Herr General*. Ni votre hostilité. Un jour vous regretterez votre attitude.

— Mr. Hexhammer, fit Joe, refrénant sa colère, vous rencontrer a toujours sur moi un effet néfaste. Vous mettez ma patience à dure épreuve et vous troublez ma digestion. Écartez-vous de mon chemin, je vous prie, avant que je ne fasse ce dont je vous ai un jour menacé dans mon bureau. Vous casser la figure.

Avant que le directeur de journal ait pu réagir, Joe ajouta :

— Bonne année à vous et aux vôtres, Oskar. C'est de l'américain, au cas où vous ne vous en seriez pas rendu compte.

Quelques minutes avant minuit, l'accordéoniste se mit à jouer un *Neujahrlied* familier dans la grande salle. Presque aussitôt, les clients se levèrent, titubant, et beuglèrent l'adieu sentimental à la vieille année.

> *Das alte Jahr vergangen ist,*
> *Das neue Jahr beginnt.*
> *Wir danken Gott zu dieser Frist,*
> *Wohl uns, dass wir noch sind !*

Remerciant Dieu de leur avoir accordé l'année passée et de leur permettre de célébrer la nouvelle...

Herr Gallauer et ses serveurs réclamèrent alors le silence. Le patron du restaurant saisit une cloche de marine qu'il fit sonner avec un maillet en gardant l'œil sur sa grosse montre de gousset. L'une après l'autre, on compta les dernières secondes de l'année. Au douzième coup, les gens lancèrent des serpentins et frappèrent sur les tables en criant : « *Glückliches neues Jahr !* » Bonne année ! Tous les convives, y compris les Crown et leurs invités, s'embrassèrent, s'enlacèrent en échangeant des vœux.

Mary Beezer fondit en larmes ; Willis fit signe à un garçon de lui apporter une autre coupe de champagne ; trouvant l'idée bonne, Wex Rooney leva deux doigts mais sa femme lui fit baisser la main.

Joe serra contre lui chacun de ses enfants puis Paul, la femme de Paul, et enfin Ilsa. Par-dessus l'épaule de son épouse, il observa son neveu. Le bras passé autour des épaules de Juliette, la tête penchée contre la sienne, il lui murmurait des mots doux auxquels elle répondait par un regard d'adoration. Jamais il n'avait eu l'air aussi heureux.

En apparence, Joe était heureux lui aussi — avec exubérance, même. Il buvait, poussait des cris de joie comme les autres. Mais cette joie était en partie feinte. Oskar Hexhammer avait jeté une ombre sur le réveillon. Joe ne se sentait pas personnellement menacé, même si c'était ce que Hexhammer aurait souhaité. En revanche, il sentait peser une réelle menace au niveau mondial. La fièvre du nationalisme montait et ses deux patries, l'ancienne et la nouvelle, empruntaient des routes étranges, inconnues. En 1842, l'année de la naissance de Joe, l'Allemagne n'était qu'un éparpillement de petits États qui se querellaient sans cesse ; l'Amérique était un pays agricole dont une grande partie des richesses restait à découvrir, dont le potentiel industriel demeurait inexploité. A présent, les deux nations étaient puissantes et fières, impatientes de montrer au monde leur force et leur importance. Joe priait pour que leurs routes ne les fassent jamais entrer en collision.

117

Ilsa

Ce fut le hasard qui voulut qu'Ilsa allât ouvrir quand on sonna à la porte, le matin du Jour de l'an.

Joe était parti à sept heures après un rapide *Frühstück* de café et de salami sur un petit pain dur. Bien qu'il se plaignît d'un mal de tête dû aux festivités de la veille, il se rendit à la brasserie pour liquider la paperasse qui encombrait son bureau. Il avait promis de rentrer de bonne heure pour le traditionnel dîner du Jour de l'an.

Fritzi et Carl étaient encore dans leurs chambres. Juliette viendrait dîner après avoir accompagné Paul à la gare. Ilsa aurait préféré garder son neveu auprès d'elle. Elle aimait réunir toute la famille autour de sa table les jours de fête, mais cela devenait de plus en plus difficile au fur et à mesure que les enfants grandissaient.

Normalement, c'est Manfred qui aurait dû ouvrir la porte, mais il était allé passer une semaine dans la famille de Helga à Saint Louis. C'était sa famille, maintenant, sa seule famille. Helga Blenkers était morte cet été d'une pneumonie.

Il flottait dans la maison une bonne odeur de poisson. Louise, trop vieille et trop faible pour préparer de grands repas, avait cependant tenu à servir la carpe traditionnelle du Jour de l'an. Les enfants n'y toucheraient probablement pas, gavés qu'ils seraient de *Glücks-schwein*, petits cochons porte-bonheur en massepain, et de ramoneurs en pâte à pain.

Au second coup de sonnette, Ilsa cria :

— Voilà, je viens.

Elle ouvrit la porte et découvrit un clochard appuyé sur une béquille. Le soleil d'hiver l'éblouissait, mais elle remarqua que l'homme était de stature plutôt frêle, malgré un ventre naissant. Ses cheveux bouclés tombaient sur son col ; une barbe épaisse cachait son menton et son cou. Il portait un manteau court rapiécé en tissu écossais noir et rouge, un pantalon à fines rayures et une casquette de drap projetant une ombre oblique sous son nez. La jambe droite de son pantalon était cousue juste au-dessus de la cheville, à laquelle manquait le pied droit.

On disait en Allemagne que la première personne rencontrée le Jour de l'an hors de la maison avait une signification particulière. Voir une vieille femme portait malheur, un homme jeune, le contraire. Que signifiait un clochard ? Ilsa n'en avait aucune idée.

Elle plaça une main au-dessus de ses yeux pour les protéger du soleil.

— Excusez-moi, dit-elle, entamant une litanie souvent répétée, nous ne donnons jamais de nourriture à la porte de devant.

— Maman...

— Si vous voulez bien aller à celle de derrière...

— Tu ne me reconnais pas ? Maman, c'est Joe.

118

Le général

Vers dix heures et demie, la brasserie Crown était plus silencieuse qu'une église. En manches de chemise, Joe s'était attaqué à ses comptes. Stefan Zwick était venu lui aussi de sa propre initiative et Joe entendit bientôt l'agréable cliquetis de la machine à écrire dans le bureau voisin. Le travail constituait un excellent antidote à la morosité engendrée la veille par les prédictions d'Oskar Hexhammer.

Le téléphone sonna ; Stefan répondit, passa la tête par la porte.

— C'est Mrs. Crown.

Agacé par cette interruption, Joe abandonna une colonne de chiffres pour tendre la main vers l'appareil.

— Oui, Ilsa ?

— Joe, j'ai des nouvelles.

Au ton de la voix d'Ilsa, il comprit qu'il était arrivé quelque chose.

— Dis-moi, fit-il, saisi de crainte.

Pendant de longues secondes, il n'entendit que le faible bourdonnement de la ligne. La nouvelle était-elle si terrible qu'Ilsa n'osait la lui apprendre ? Une douzaine d'hypothèses tragiques défilèrent dans l'esprit de Joe — sauf, bien entendu, la bonne.

— Joe Junior... Il est ici.

— Ici ?

— A la maison, oui. Il a sonné à la porte il y a une heure.

— Je viens immédiatement. Il faut que je lui parle.

— Joe, ne viens pas tout de suite. Laisse-moi lui parler d'abord.

Furieux, vaguement blessé, il s'exclama :

— C'est mon devoir, je suis son père.

— Rappelle-toi ce qu'a dit Carl Schurz : « On est parfois trop allemand. » Je vais d'abord parler avec lui, après tu pourras le voir. Je ne sais pas pourquoi notre fils est revenu, mais maintenant qu'il est à la maison, je veux qu'il y reste — s'il le désire bien entendu. Je veux panser les vieilles blessures, pas les rouvrir.

— Mais...

— Joe, reprit-elle d'un ton calme mais déterminé. C'est moi qui lui parlerai.

Jamais la voix d'Ilsa n'avait eu un tel tranchant, et c'est lui qui garda le silence. Elle avait changé ; le monde avait changé ; toute sa famille avait changé. « Et moi aussi », constata-t-il avec un mélange de perplexité, de stupeur et de tristesse.

— Très bien, Ilsa, je rentrerai plus tard.

— Pas trop tôt. Dans quelques heures. Merci, mon chéri.

Il raccrocha l'écouteur et appela d'une voix faible :

— Stefan ?

— Monsieur ?

— Fermez la porte, s'il vous plaît.

Peu accoutumé à des requêtes formulées si poliment, le secrétaire passa à nouveau la tête dans le bureau et, surpris par l'expression tendue de son patron, battit aussitôt en retraite. La porte se ferma avec un bruit à peine audible.

Joe entendait de jeunes garçons jouer et crier dehors dans l'air froid du matin. Figé sur son siège, il fixait le téléphone noir qui se dressait dans un rayon de soleil oblique. C'était un nouveau siècle, dans un monde tellement changé qu'il n'en reconnaissait parfois que quelques détails. Parfois, il avait l'impression d'être totalement étranger à ce nouveau monde, aussi étranger qu'il l'avait été lorsque, jeune émigré, il avait foulé pour la première fois le sol de l'Amérique, en 1857.

Eh bien, aucune importance, se dit-il. Les Crown ont survécu à tous les bouleversements. Il survivrait. Il puiserait sa force dans sa famille. Et il avait maintenant une raison de survivre plus puissante que toutes celles qu'il avait eues depuis longtemps. Son fils était rentré au bercail. Grâce aux leçons durement apprises, Joe l'y garderait.

119

Fritz

Le jeudi matin, 3 janvier, Paul laissa Ollie à l'hôtel pour descendre à pied la Sixième Avenue. Les États-Unis comptaient soixante-six millions d'habitants, dont la moitié, semblait-il, résidaient à New York. Et la moitié de ceux-ci étaient apparemment sortis ce matin malgré le froid mordant. On creusait un métro souterrain — comme celui qu'il avait pris à Paris — pour absorber une partie du flot de la circulation, mais Paul doutait du résultat.

Au-dessus de lui, le métro aérien grondait et projetait des escarbilles. Sur la chaussée, c'était une gigantesque cohue de tramways hippomobiles et de voitures à chevaux auxquels venaient se mêler — présence alarmante — des véhicules automobiles. Bien qu'ils devinssent courants, ces engins à vapeur ou à essence continuaient d'étonner Paul et d'effrayer tout ce qui marchait sur quatre pattes.

Juliette lui manquait terriblement, comme chaque fois qu'ils étaient séparés. Ce qui ne lui manquait pas du tout, c'était la jaquette et le col en celluloïd qu'il avait dû mettre pour le tribunal et le réveillon. Pour travailler, il portait les vêtements confortables qu'il affectionnait parce qu'ils le singularisaient. Chemise kaki, assortie à sa culotte de cheval. Bottes noires, long manteau de cuir noir doublé de flanelle rouge. Une casquette de golf à carreaux, cadeau de la tante Ilsa, et le foulard à pois des Cavaliers sauvages complétaient sa tenue de chef opérateur.

Au coin de la Dix-Septième Rue, il entra dans le grand magasin de la compagnie F. W. Woolworth. Hier, au cours de ses pérégrinations pour préparer le tournage de vendredi et samedi, il avait perdu ses gants d'hiver.

En pénétrant dans le magasin, il entendit un piano jouer. La musique provenait d'une haute estrade ronde installée près des portes d'entrée, et entourée de présentoirs pour partitions. Un pianiste roux acheva une marche, hocha la tête pour remercier de ses applaudissements polis un auditoire de huit clients. Il croisa ses doigts, fit craquer ses jointures, régla la hauteur de son tabouret et joua quelques arpèges pour introduire *Les Bleus et les Gris*, le dernier succès du célèbre Paul Dresser. D'une voix haute et claire de ténor, le pianiste chanta :

Le cadeau d'une mère à la patrie
Est une histoire jamais dite encore...
Elle avait trois fils, trois fils chéris,
Valant chacun leur pesant d'or.

Paul passa devant l'estrade en sifflotant l'air, trouva le rayon des gants et se mit à chercher dans les corbeilles.

Elle les a donnés à la guerre,
Le cœur déchiré.
A chaque fils qui partait, on l'entendait dire :
Il ne reviendra jamais...

Il trouva exactement ce qu'il voulait : une paire de gants de cuir noir, doublés de fourrure. La vendeuse prit son argent avec une cordialité inhabituelle et un regard appuyé. Paul se contenta de sourire. Elle plaça l'argent et la facture dans un panier métallique qu'elle accrocha à un fil tendu au-dessus de sa tête et tira sur un cordon qui pendait du plafond. Un système de poulies fit glisser le panier sur le fil jusqu'à une caissière installée sur la mezzanine. Quelques instants plus tard, le panier revint avec la monnaie et la facture portant le tampon « Payé ».

— Faut-il vous les envelopper, monsieur ?

— Non, merci, je vais les mettre tout de suite.

Elle lui tendit les gants avec une petite moue de déception. Paul se dirigea vers la sortie tandis que le pianiste attaquait le second couplet de la ballade d'une voix plaintive. La mère qui avait perdu ses trois fils à la guerre les retrouvait à la porte du Paradis, en grand uniforme. La chanson sentimentale eut droit aux applaudissements chaleureux du public — plus nombreux cette fois. Une silhouette de dos éveilla un écho dans la mémoire de Paul. Les cheveux noirs de l'homme se hérissaient en tous sens.

Paul fit un pas de côté pour le voir de profil. Il était jeune, vêtu d'un costume Prince Albert coûteux orné d'une cravate de soie marron à fines rayures grises. A son bras pendait un pardessus gris. Ses yeux d'un bleu vif brillaient d'intelligence. Paul le reconnut.

Le pianiste agita les doigts en l'air avant d'attaquer une autre rengaine à la mode, *Ragtime Rose*. Une demi-douzaine de présentoirs proposaient la partition du morceau, signée du nom du compositeur en grosses lettres tarabiscotées : Harry Poland.

Le jeune homme aux cheveux noirs battait la mesure de petits mouvements de la tête et du pied. Il souriait, perdu dans la musique. Lentement, Paul fit le tour de l'estrade. Impossible de s'y méprendre...

De l'autre côté, le jeune homme le remarqua. Paul attendit avec un sourire hésitant ; le jeune homme, fouillant manifestement dans sa mémoire, fronça les sourcils.

Ouvrit la bouche toute grande.

Ragtime Rose
- Piano Novelty -

COMPOSED BY
HARRY POLAND

Easy-going, wistfully, not too fast

HOWLEY, HAVILAND INC.   NEW YORK, NEW YORK.

Ragtime Rose

Trio

Paul ôta sa casquette, alla le rejoindre.

— Herschel ?

— *Pauli ?*

— Herschel Wolinski !

— Oui, c'est moi, Herschel, ton ami ! dit-il avec un accent étonnamment léger.

Il laissa tomber son pardessus pour prendre Paul dans ses bras, lui donner des tapes dans le dos en répétant : « Pauli ! Pauli ! » Agacé, le pianiste le fusilla du regard pour le faire taire mais Herschel lui lança :

— Me regarde pas comme ça, continue à jouer, c'est ma musique.

Il se pencha en arrière, les mains sur les épaules de Paul.

— C'est bien toi ?

— C'est moi, oui. Pauli — ou Paul, ou comme tu voudras. J'ai des tas de noms en Amérique. Et toi, comment faut-il que je t'appelle ? Herschel ou Harry ?

— Harry. Définitivement Harry.

— Il y a longtemps que tu es ici ?

— Cela fera quatre ans en mars. Ma mère est morte, mes sœurs ont choisi de rester là-bas. Je t'avais bien dit que je réussirais, non ? Je n'en ai jamais douté. J'ai un nouveau nom, comme tu l'as remarqué. Très américain, tu ne trouves pas ?

— Oui, il me plaît. Ça sonne bien.

Encore sous le coup de la surprise, Paul prit une partition, l'ouvrit, regarda les notes noires incompréhensibles.

— Alors, cette musique est de toi.

— Oui. En fait, je l'ai composée il y a quelques années, sur un tempo lent. Mais ça... ça ne collait pas. Un soir, dans un bar, j'ai entendu un Noir de Saint Louis qui improvisait sur ce tempo compliqué. Les Noirs appellent ça le « raggedy time », ou tout simplement le « rag ». J'ai recomposé le morceau sur ce tempo.

— C'est devenu un succès phénoménal, on l'entend partout.

— Je dois le reconnaître en toute modestie. A ce jour, on a vendu deux cent mille partitions et ça continue. Comme tu vois, c'est édité par Howley & Haviland, l'agence dont Paul Dresser fait partie. J'y ai débuté comme pianiste et on m'a rapidement intégré à l'équipe de compositeurs. Je me débrouille bien pour les marches, mais je ne suis pas encore très bon pour les ballades. *Ragtime Rose* est mon morceau préféré. Mr. Dresser le déteste, mais il sait reconnaître ce qui fait rapporter de l'argent. Mr. Dresser n'aime rien plus que l'argent.

— Herschel, je n'en reviens pas.

— Moi non plus, à vrai dire.

De sa main, Harry Poland fit un pistolet, releva le pouce et s'écria :

— Pan, pan !

Paul s'esclaffa, riposta. Trois spectateurs s'éloignèrent ; le pianiste, piqué de ne plus être au centre de l'attention, fit une série de fausses notes. Un chef de rayon s'approcha.

— Voyons, messieurs, vous ne pouvez pas...

Mais Herschel avait pris Paul par la main et, le faisant valser, l'entraînait déjà vers l'avenue. Il fourra une partition de la chanson dans la poche de son ami en lançant par-dessus son épaule :

— Je suis le compositeur, j'ai droit à des exemplaires gratuits.

Ils burent de la bière tout l'après-midi, allèrent ensuite au magnifique restaurant de Charles Rector où ils dînèrent de gibier arrosé de bordeaux. Au septième ou huitième verre, Paul lissa la partition, à présent tachée de vin.

— Tu mérites ce succès. Ton air est vraiment très joli.

— Joli, peut-être pas. Mais entraînant. Et cent pour cent américain.

— Qu'est-ce que tu t'es bien débrouillé, ici ! C'est formidable.

— Tu te souviens de ma détermination à venir en Amérique ? Eh bien, une fois ici, j'avais la même à ne pas échouer. J'ai eu de la chance. En plus de mon emploi chez Howley & Haviland, j'ai d'autres boulots. Je suis pianiste de répétition pour les spectacles de variétés, et quand mes horaires me le permettent, j'accompagne Miss Flavia Farrel sur scène.

— Le Rossignol irlandais.

Les joues de Herschel rosirent quand il ajouta :

— Miss Farrel est une femme exigeante, mais c'est un bonheur d'être à son service. J'apprends à faire des arrangements pour elle et je lui prodigue aussi certaines satisfactions physiques dont elle éprouve régulièrement le besoin. Je ne suis que trop heureux de l'obliger. Elle a vingt ans de plus que moi, mais c'est une femme ravissante et généreuse. Elle m'a appris beaucoup de choses. (Il rougit.) Ne me demande pas d'être plus précis...

Il remplit le verre de Paul et vida le fond de la bouteille dans le sien.

— Bien sûr, ce que je préfère, c'est composer pour moi. J'ai une formation musicale très insuffisante, alors je prends des cours du soir.

— Partons, dit soudain Paul. J'ai envie d'une bonne bière.

— Moi aussi.

Bientôt, Paul n'eut plus une idée très nette des endroits qu'ils visitèrent. Dans le Bowery, ils échangèrent leurs adresses. Agrippé à la main de son ami, Herschel promit de venir à Chicago pour faire la connaissance de Juliette. On les ramassa à deux heures et demie du matin, alors qu'ils titubaient dans la Cinquième Avenue, joyeusement ivres. Ils passèrent la nuit au poste, chantant et rechantant *Ragtime Rose* malgré les protestations et les menaces des occupants des autres cellules.

A sept heures du matin, la tête prête à éclater et les yeux en feu, Paul appela Ollie à l'hôtel.

— Apporte de l'argent pour la caution, je t'expliquerai. Tu as loué la vedette ? Bien. Emballe le matériel. Nous tournons à Ellis Island avant midi.

Herschel n'entendit rien de cette conversation. Demeuré dans la cellule, roulé en boule dans son beau costume Prince Albert, il ronflait.

— Tout est prêt ? s'enquit Paul.
— Prêt, répondit Ollie.
— Les voilà.

Ils avaient planté la Luxographe sur l'esplanade du nouveau centre d'immigration d'Ellis Island, bâtiment encore plus imposant que celui par lequel Pauli Kroner et le vieux Valter étaient passés. La construction était en solides briques rouges, rehaussées de pierres couleur sable. Le quai en forme de U servait de cale aux ferries. De l'autre côté, à l'ouest, on avait utilisé les déblais provenant du creusement des tunnels du métro pour agrandir l'île, où se dressait un nouvel hôpital à demi terminé. Paul avait eu une impression très étrange lorsqu'ils étaient arrivés dans leur vedette. Jamais il n'avait imaginé qu'il verrait Ellis Island une seconde fois.

Un ferry trapu, le *Weehawken*, se dirigeait vers la partie ouverte de la cale, les ponts bondés de passagers de troisième classe. Les nouveaux arrivants avaient voyagé à bord du *Karlsruhe*, un bateau de la Lloyd d'Allemagne du Nord. La traversée était rude en hiver et Paul imaginait l'émotion des émigrants qui avaient subi cette épreuve.

Le ferry s'engagea dans la cale, s'approcha de l'esplanade à vitesse réduite. La casquette à l'envers, Ollie était penché au-dessus de la caméra, l'objectif braqué vers les visages anxieux qui se pressaient derrière le bastingage.

— Je mouds le café, Fritz.
— Continue, c'est bon, ça.

Le côté bâbord du ferry heurta le quai, des matelots sautèrent à terre avec des amarres. Au premier rang de la foule qui attendait qu'on abaisse la passerelle, Paul remarqua un vieil homme aux moustaches d'officier de la Garde. Il tenait tous ses biens dans un gros balluchon, et semblait aussi ébahi qu'effrayé — comme tant d'autres.

Quand le ferry fut amarré, on descendit la passerelle ; un marin empressé ôta la corde, et recula. Le vieil homme s'élança sur la passerelle, de peur, probablement, de se faire renverser par des passagers plus jeunes, plus robustes. Un fonctionnaire en uniforme indiquait les portes principales de la salle des bagages.

— Par ici, pressons.

Des hommes et des femmes déboulèrent du ferry, poussant, criant, s'invectivant. Un passager bouscula le vieillard, qui vacilla. Paul le prit par le bras pour le retenir, l'entraîna à l'écart en le soutenant d'une main tout en ramassant son balluchon de l'autre.

Tout tremblant, l'émigrant n'avait même pas remarqué la caméra.

— Là, asseyez-vous, reprenez votre souffle, dit Paul.

Les joues ridées rougies par l'effort, l'homme se laissa tomber sur son balluchon.

— *Vielen Dank. Es ist so schwer. Die Reise war so lang und stürmisch.* — Merci beaucoup. C'est si dur. Le voyage a été long, agité.

Paul hocha la tête pour montrer qu'il comprenait. Recouvrant rapidement quelques forces, le vieil homme se leva pour lui serrer la main et dit, toujours en allemand :

— C'est un plaisir de faire votre connaissance. Vous êtes mon premier Américain...

— Je ne suis pas vraiment... commença Paul, mais quelque chose l'arrêta. Oui, soyez le bienvenu.

Le vieux tourna un regard craintif vers les portes derrière lesquelles les émigrants disparaissaient comme dans une caverne noire.

— Je dois entrer là-dedans ?

— Oui, mais n'ayez pas peur des fonctionnaires. Certains crient beaucoup parce qu'ils sont fatigués, mais la plupart sont de braves hommes.

— Votre allemand est excellent. Vous êtes un compatriote ?

— Je suis venu de Berlin. Il y a longtemps.

— Moi je suis souabe. Originaire d'une petite ville dont vous n'avez sûrement jamais entendu parler, Schwäbisch Gmünd.

— Je la connais bien. Ma famille est d'Aalen, juste à côté.

— Vous vous rendez compte ! Rencontrer un voisin à l'autre bout du monde !

Le vieil homme regarda de nouveau en direction des portes. Les émigrants du *Karlsruhe* se trouvaient à présent dans la salle du rez-de-chaussée, où les officiers d'immigration les dirigeaient en braillant. Le ferry s'apprêtait à repartir. Plus loin, une péniche attendait de prendre sa place avec une autre fournée de passagers et de bagages.

— Il faut que je me dépêche de trouver ma file...

— Vous avez le temps. Je vous aiderai à rejoindre votre groupe. (Paul prit le ticket du vieillard dans la poche de sa veste en velours.) Quatre-deux. Suivez-moi.

Relevant la tête pour changer de magasin, Ollie fut étonné de voir son collègue s'éloigner avec le vieil Allemand, qui lui tenait la main, comme un enfant.

— Je ne sais pas si j'ai bien fait d'entreprendre ce voyage, dit l'émigrant. J'ai soixante-huit ans. Je suis tisserand.

— Vous trouverez du travail. Les bons ouvriers sont toujours recherchés. Ce sont les paresseux qu'on ne garde pas longtemps.

— Je n'ai pas peur de vous le dire, j'ai entendu des histoires affreuses sur cette île. Il paraît qu'ils renvoient presque tout le monde.

— Non, non, ce n'est pas vrai. Si vous êtes en bonne santé et que vous avez l'air sûr de vous, pas de problème. Il y a quelqu'un pour vous accueillir ?

— Mon frère Reinhardt.

— Ça facilitera les choses.

Le vieillard ouvrit la bouche toute grande en découvrant la vaste salle grouillante d'émigrants épuisés et effrayés. Des rayons de soleil hivernal éclaboussaient de lumière la cage d'escalier, au centre. Les voix stridentes ravivèrent les souvenirs de Paul.

— Formulaire numéro deux, par ici ; *Zwei, hier!* Allez, avancez, avancez. Formulaire numéro quatre, par ici. Plus vite !

— Formulaire numéro quatre, c'est vous, dit Paul. Laissez passer ce monsieur, s'il vous plaît, il a fait une mauvaise chute en débarquant.

Ils se frayèrent un chemin vers l'endroit indiqué, puis Paul tapota l'épaule du tisserand.

— Restez avec votre groupe. Bonne chance.

— Merci encore, merci beaucoup. Désolé de vous avoir pris pour un Américain.

Paul le regarda. Enfin, il le reconnaissait. Le signe.

— Mais j'en suis un.

Le samedi matin fut plus chaud, des nuages bas venus de l'Atlantique moutonnaient au-dessus du port. De temps en temps, le soleil les illuminait et se reflétait dans l'eau — bel effet pour la caméra.

Après avoir amarré la vedette, ils déchargèrent leur matériel. Le miroitement occasionnel d'un rayon de soleil faisait chanter la couleur de la robe vert cuivre de la Liberté éclairant le monde.

— Où place-t-on la caméra ? demanda Ollie. Sur la galerie qui entoure la base de la statue ?

— Plus haut. Montons jusqu'à la torche. Il y a une coursive qui peut accueillir quatorze personnes.

Stupéfait, Ollie s'arrêta.

— Elle doit bien être à quatre-vingts mètres de haut, Fritz.

— Un peu plus de quatre-vingt-dix à l'extrémité du bras.

— Il y a un escalier ?

— Une échelle de fer, m'a-t-on dit.

— On ne peut pas porter une caméra aussi lourde en haut d'une échelle !

— Mais si. Il n'y a que quatorze mètres à grimper. Tu passes devant, tu la tires, et moi je la pousserai derrière. Comme ça, si tu glisses, tu pourras toujours te raccrocher.

— Pendant que toi, tu essaieras de rattraper la caméra ? fit Ollie, verdâtre.

— Allez, tout ira bien, c'est de la rigolade. Tu t'en souviendras toute ta vie.

— Ouais, si j'en réchappe.

A l'entrée, Paul montra son autorisation de tournage à l'un des gardiens, qui leur donna le choix entre un escalier en fer et un ascenseur à câble. Ils ne furent pas longs à se décider.

Tandis que la cabine montait lentement vers le premier niveau, Ollie, les yeux écarquillés, regardait la superstructure défiler devant eux. Bien qu'il s'efforçât de prendre l'air blasé, Paul trouvait lui aussi l'intérieur de la statue impressionnant et plus qu'étrange. Une sorte de toile d'araignée d'entretoises en fonte — l'armature —

soutenait la peau de la statue. Chaque entretoise était spécialement incurvée selon sa place, sa fonction particulières.

Il faisait froid dans l'ascenseur mais Ollie transpirait. Pour l'aider à se détendre, Paul lui montra les barres de contreventement que Gustave Eiffel avait fait placer aux quatre coins de la statue afin qu'elle puisse osciller de quelques centimètres dans n'importe quelle direction en cas de grand vent. Ollie n'écoutait pas. Paul lui fit remarquer les minces plaques de cuivre, semblables à celles d'un tatou, formant la peau de la Liberté. Chacune était montée de façon à s'incliner légèrement sous le souffle du vent.

— On dit que la statue bouge et respire. Sinon, elle ne résisterait pas à une tempête.

Ollie n'écoutait toujours pas et marmonnait pour lui-même. Une prière ? se demanda Paul.

La cabine s'arrêta au deuxième niveau, où un gardien examina à nouveau leur autorisation avant de leur désigner l'échelle de fer située derrière une entretoise courbe.

— Allez-y, les gars. La porte est basse là-haut, il faudra vous baisser. Il y a du vent, faites attention.

— Seigneur, gémit Ollie.

Il regarda le gardien puis Paul, renversa la tête vers le sommet de l'échelle, qui semblait devenir plus étroite, plus fragile, à mesure qu'elle montait dans le bras de la statue.

Ollie se glissa sous l'entretoise ; Paul passa la caméra par-dessus puis rejoignit son collègue. Ollie essuya ses mains à son pantalon, prit une inspiration et posa le pied sur le premier barreau, puis sur le deuxième. Il se pencha pour saisir la caméra de la main gauche tandis que Paul soulevait le trépied.

Ils montèrent, barreau après barreau. Paul appuyait la caméra contre l'échelle, la tenant d'une main, agrippant un barreau de l'autre, tandis qu'Ollie utilisait ses deux mains pour grimper puis tirait l'appareil derrière lui. Bientôt Paul sua autant que son assistant. Il baissa les yeux, ce qu'il regretta aussitôt : le garde du deuxième niveau n'était pas plus grand qu'une poupée. Dehors, le vent mugissait autour du bras de la Liberté.

— Ça va ? demanda-t-il quand ils en furent aux trois quarts.

Soudain, il sentit tout le poids de la caméra : Ollie l'avait lâchée.

Paul chancela, la main gauche coupée par le barreau, le trépied lui écrasant la poitrine tandis que la Luxographe menaçait de basculer par-dessus sa tête, de tomber...

Avec un juron, Ollie se pencha et saisit la caméra d'une main, son corps dangereusement incliné dans le vide.

Pendant une ou deux minutes, ils restèrent immobiles dans la pénombre pour reprendre haleine et laisser leur rythme cardiaque ralentir. Le reste de la montée se déroula sans incident. En haut, une série de lucarnes rondes percées dans la base de la torche laissait passer une faible lumière.

La porte de la coursive extérieure était étroite et faisait moins d'un mètre cinquante de haut. Ollie dut l'ouvrir en la poussant du dos. Au prix de multiples efforts et contorsions, Paul fit passer la caméra par l'ouverture, dans les mains d'Ollie, et monta à son tour sur la coursive.

Ils se trouvaient à quatre-vingt-treize mètres du sol.

Paul retenait sa casquette d'une main ; à cette hauteur, le vent était redoutable. Appuyé à la balustrade, il regarda en bas et trouva la perspective vertigineuse. L'idée lui vint que s'il tombait, il risquait de s'empaler sur une des pointes de la couronne.

Avec l'aide de son assistant, il porta la caméra à un endroit de la coursive d'où l'on découvrait le chenal du port. Il déplia le trépied.

— Bon sang, on a réussi, fit Ollie.

— Tu raconteras cette journée à tes petits-enfants.

— C'est quoi, déjà, le nom du bateau ?

— Le *Statendam*. Il vient d'Amsterdam.

— Il transporte des émigrants, hein ?

— Plein. J'ai pris contact avec les autorités locales pour m'en assurer.

— Il doit arriver quand ?

Paul ouvrit sa montre de gousset.

— Maintenant.

Mais le navire n'étant pas en vue, il s'approcha à nouveau de la balustrade et regarda autour de lui. L'ombre et la lumière jouaient à cache-cache sur New York, le port et le chenal. Des nuages de brume qu'un soleil jaune faisait briller flottaient près de la torche. Paul eut un haut-le-cœur en sentant la dame de cuivre osciller et s'agrippa à la balustrade des deux mains jusqu'à ce que le balancement cesse. Il se rappela le vieux Valter quand le *Rheinland* était passé devant la statue. Comme il était ému en lisant son petit guide au jeune Pauli.

Quel était le sens de ce voyage à travers le temps et l'espace qui lui avait fait connaître des centaines d'expériences et des milliers de gens sous des identités diverses — Pauli, Paul, Heine, Fritz ? Il croyait connaître la réponse. Il lui fallait la chercher dans son enfance, quand il errait dans Berlin en se demandant où était sa place — s'il y avait une place pour lui quelque part. Où était son foyer — s'il en avait un.

Hier, il avait reconnu le signe qu'il attendait. Sa place était auprès de Juliette, ici, en Amérique. Ici, on l'aimait. Ici, les hommes étaient libres. Libres de faire le bien ou le mal, mais libres. Certainement plus en tout cas que dans les autocraties répressives et décadentes du Vieux Monde, d'où affluaient encore des centaines de milliers d'hommes et de femmes, attirés par la promesse d'une liberté symbolisée par la torche dont les flammes de cuivre s'élevaient derrière lui.

Michael Radcliffe, qui vivait dans les brumes du pessimisme, prétendait qu'un nouveau danger menaçait le monde, une nouvelle poussée de la vieille fièvre nationaliste qui ferait des millions de victimes avant longtemps. Le Kaiser et sa clique d'officiers portaient les germes de la contagion, de même que certains Américains, comme le colonel Roosevelt, devenu vice-président. Paul lui-même était contaminé dans une certaine mesure. Cette statue, la vue qui s'offrait à lui et les sentiments qu'elles éveillaient dans son cœur en étaient la preuve.

Le pays qu'il avait choisi n'était pas parfait, mais l'Amérique lui avait donné un amour, une famille, un objectif. Et le moyen de l'atteindre. Les doutes, les questions, les mises en garde du boulanger de la Wuppertal, il les avait chassés de son esprit.

Une sirène mugit dans le chenal. De la brume émergea la proue du navire hollandais.

— Tu as raison, dit Ollie. Je les vois sur le pont, là en bas.

Un remorqueur de la taille d'un jouet fila vers le vapeur, un autre suivit. Le *Statendam* fit à nouveau entendre sa sirène, avec une telle force que Paul crut sentir la statue vibrer.

Il se pencha derrière la caméra, tourna la visière de sa casquette vers l'arrière.

— Je filme...

Il était chez lui.

Postface

Je pense que l'enthousiasme n'est pas un mauvais état d'esprit pour comprendre l'histoire, et pour la transmettre aux autres.

Amiral Mahan

Un jour du printemps 1991, pendant la rédaction de ce livre, je déjeunai avec un ami du département d'histoire de l'université de Caroline du Sud. Nous discutions de l'art et la manière de présenter l'histoire dans une classe ou dans un livre. Nous évoquâmes ces chercheurs qui écrivent dans le but d'exposer une théorie ou un point de vue personnels, escamotant des détails, se servant de textes pour valider leur interprétation d'une vie, d'un événement majeur ou d'une époque. Interprétation marxiste, peut-être, ou freudienne. Mon ami secoua la tête et dit : « Notre tâche consiste avant tout à raconter ce qui s'est passé. »

Il en est ainsi pour ce roman, et le cycle de ceux qui suivront. *La Terre promise* commence là où s'achèvent *The Kent Family Chronicles*, en 1891. Il a pour but d'introduire une nouvelle série de personnages — une nouvelle famille prenant place à côté des Kent, des Main, des Hazard, des descendants de Mack et Nellie Chance — et, à travers eux, de relater d'une manière attrayante une partie de l'histoire du XXᵉ siècle. « Raconter ce qui s'est passé. » Étant donné le rôle que l'Amérique a joué ces cent dernières années — certains parlent de « siècle américain » —, cela revient à s'attaquer à l'histoire du monde.

La Terre promise en constitue le premier volume. Je l'ai écrit et préparé grâce à l'aide généreuse des nombreuses personnes et institutions auxquelles j'ai fait appel. Avant de les remercier, il convient d'ajouter quelques notes à l'histoire elle-même.

La description de l'état de santé des femmes n'est pas exagérée. L'ignorance sévissait ; les traitements étaient empiriques, inappropriés ou tout simplement inexistants. Personne ne s'étonnait qu'une femme soit affligée de crises répétées de « neurasthénie » ; c'était presque dans l'ordre des choses. Les hommes s'arrogeaient la responsabilité de soigner le corps féminin sans autres compétences que celles de leur prétendu savoir, et les « nouvelles femmes » contribuèrent à faire la lumière sur la question.

Nous avons des descriptions de navires en carton « coulés » dans des citernes, devant une caméra, pour simuler le naufrage du *Maine*. Le petit film de Shadow est tiré de ces comptes rendus de l'époque. Le public d'il y a quatre-vingt-seize ans n'était pas réellement abusé par la supercherie, mais néanmoins captivé par la nouveauté de la technique.

Des pionniers comme Albert E. Smith et Billy Bitzer emportèrent une caméra à Cuba en 1898, de même que William Paley, de l'Eden Musée, qui avait la réputation d'être très antipathique. Certains des épisodes mettant Paul en scène sont inspirés des Mémoires de Smith et de Bitzer. Les cinéphiles reconnaîtront en ce dernier l'opérateur de *Naissance d'une nation* et de maints autres films de D. W. Griffith. Il fut pendant des années le bras droit du cinéaste.

Le rapport de Joe Crown après la bataille de Las Guasimas est une libre adaptation de ceux que rédigèrent le général S. B. M. Young et le colonel Leonard Wood.

Les scieurs de bardeaux du nord-ouest de la côte Pacifique parvinrent à créer leur premier syndicat en 1901, mais cela n'améliora que fort peu leurs terribles conditions de travail.

L'échelle de fer menant à la coursive de la torche de la statue de la Liberté fut fermée au public en 1916.

Voici les personnes et les institutions qui m'ont généreusement fait don de leur temps et de leurs connaissances. Je leur en suis profondément reconnaissant, mais je dois préciser qu'elles ne sont en aucune manière responsables du contenu de ce livre, de la façon dont ces matériaux de recherche ont été utilisés. Toute faute éventuelle, sur le plan créatif, m'incombe.

J'ai toujours eu un penchant marqué pour les bibliothèques et les bibliothécaires, pour une raison évidente. J'aime les livres. (Un de mes premiers emplois consistait à ranger les livres d'une annexe de la bibliothèque municipale de Chicago.) Les bibliothèques sont un des piliers de la société. L'insuffisance des crédits dans ce domaine aux États-Unis a selon moi une influence directe sur les problèmes d'illettrisme, de productivité, et sur notre incapacité à rester compétitifs dans le monde d'aujourd'hui.

Sur un plan plus personnel, les bibliothèques sont les lieux vers lesquels je me tourne pour mes recherches de base. Partant du plus près de chez moi, je remercie donc l'équipe, restreinte mais dévouée, de la bibliothèque de Hilton Head Island, en particulier Ruth Gaul, la directrice, Mike Bennett et son prédécesseur Sue Rainey, spécialistes des volumes les plus difficiles à trouver.

Mes remerciements vont aussi à Alan Amoine, directeur de la section des collections spéciales de la bibliothèque de l'Académie militaire de West Point; Paul Eugen Camp, de la section des collections spéciales de la bibliothèque de l'université du Sud de la Floride, Tampa; Peter Harrington, conservateur de la collection militaire Anne S. K. Brown de l'Université Brown; ma chère amie Joyce Miles, de la bibliothèque du comté de Dayton et Montgomery, Ohio; Barry Moreno, bibliothécaire du monument national de la statue de la Liberté; Eric L. Mundell, directeur du service Références de la Société d'histoire de l'État de l'Indiana, Indianapolis; mon ami Robert E. Schnare, délégué comme moi à la Conférence de la Maison-Blanche sur les bibliothèques et l'information, en 1991, qui m'a d'abord aidé pour la trilogie de *Nord et Sud*, lorsqu'il était directeur des collections spéciales de West Point et, cette fois, comme directeur de la bibliothèque de l'École de guerre de la marine, Newport; Jeff Thomas, archiviste à la bibliothèque de la Société d'histoire de l'Ohio, Columbus; Evelyn Walker, chargée des livres rares à la bibliothèque Rush Rhees, université de Rochester; Ray Wemmlinger, conservateur de la bibliothèque du théâtre Hampden-Booth, aux Players de New-York — ce club auquel je suis fier d'appartenir; et la bibliothèque de Westminster, Londres, Angleterre.

J'exprime ma gratitude au *Landesarchiv Berlin*, qui m'a fourni de nombreuses cartes et explications utiles sur la ville vers 1890. Grâce à son aide, mes promenades à pied dans Berlin se sont inscrites dans la perspective de l'époque.

J'ai effectué la plupart des recherches de base de ce livre à la bibliothèque Thomas Cooper de l'université de Caroline du Sud (U.S.C.), Columbia. Merci à tout le personnel, au doyen Arthur Young, et à George Terry, qui dirige les travaux de toutes les bibliothèques et collections de l'U.S.C.

L'homme à qui je dois cette étroite collaboration n'est plus là pour recevoir les remerciements qu'il mérite. En automne 1989, après que j'eus donné une conférence parrainée par le département d'histoire de l'U.S.C., le directeur de l'université, Tom Connelly, me proposa une bourse de recherche. Je sautai sur l'occasion parce qu'elle m'offrait non seulement la possibilité de travailler avec des chercheurs mais aussi les privilèges réservés aux professeurs dans les diverses bibliothèques de Caroline — ce qui ne représentait pas un mince avantage. Tom Connelly était un homme de Tennesse, grand et efflanqué, dont l'humour acerbe cachait une nature généreuse. C'était aussi un éminent spécialiste de la guerre de Sécession, doublé d'un grand écrivain. Ses recherches sur le véritable Robert E. Lee, caché derrière la légende — *The Marble Man* —, constituent un livre admirable. Miné par la maladie, il se montra courageux jusqu'au bout. Je ne l'ai connu que pendant un peu plus d'un an, mais je garde un souvenir émerveillé de notre coopération, et de sa gentillesse.

D'autres historiens de l'U.S.C. ont été aussi aimables et m'ont particulièrement aidé: Peter Becker, l'actuel directeur du département d'histoire, ainsi que deux amis chers, Lawrence Rowland, à Beaufort, et Tom Terrill à Columbia. Je dois également remercier Carol McGinnis Kay, doyenne de la faculté de sciences humaines et sociales, qui a soutenu et encouragé ma collaboration de plus en plus étroite avec l'université.

Franchissant les frontières entre les départements, j'adresse mes remerciements à Bert Dillon, directeur du département d'anglais, qui m'a prodigué aide et réponses quand j'en avais grand besoin.

J'ai pu effectuer un vrai travail de recherche à la statue de la Liberté et à Ellis Island, monuments nationaux du port de New York. Ann M. Belkov, la directrice d'Ellis Island, et son adjoint, Larry Steeler, m'ont facilité la tâche, et George Tonkin a été pour moi un guide précieux. Peter Stolz a fait preuve d'une connaissance impressionnante de la statue de la Liberté — plans, construction et histoire. Je les remercie tous de leur assistance et de leur hospitalité.

Parmi les autres personnes qui m'ont accordé une aide importante, citons Sarah Blackstone, de l'École d'art dramatique de l'université de l'État de Washington, Seattle, auteur d'une excellente et amusante étude sur les vicissitudes de la tournée du Buffalo Bill Wild West Show ; Philip L. Condax, conservateur en chef du département technologie du Musée international de la photographie, maison de George Eastman, Rochester, État de New York — c'est dans sa salle que ma femme et moi avons suivi, entre 1960 et 1965, un prodigieux enseignement cinématographique, à raison de cinquante cents la séance ; mon beau-frère Luther Erickson, du Grinnell College ; Paul Fees, conversateur du musée Buffalo Bill, Cody, Wyoming ; Robert Fisch, conservateur des Armes au musée de l'Académie militaire de West Point ; Peg Hamilton, de la faculté de Hilton Head Prep ; mes amis Carl et Denny Hattler ; mon fils J. Michael Jakes, de Washington D.C. ; Philip C. Katz, de l'Institut de la bière de Washington ; Robert Keene, président du musée historique de Southampton et historien de la ville ; Siegfried et Ilsa Kessler, de Hilton Head Island et Aalen, en Allemagne, qui m'ont permis de retrouver une famille perdue depuis longtemps et ont ainsi planté la graine de ce livre ; mon ami Mel Marvin, compositeur et natif de Caroline du Sud ; Charles Miller, de la section cartographique de la National Geographic Society ; mon gendre Michael H. Montgomery ; Jay Mundhenk, qui partage généreusement son érudition sur la guerre de Sécession chaque fois que je fais appel à lui ; Kate Parkin, mon merveilleux éditeur britannique qui me manquera cruellement à Harper Collins, à Londres ; Rosalind Ramsay, de l'agence Andrew Nurberg Associates, à Londres, qui me représente à l'étranger ; mon cousin Thomas Rätz, d'Aalen, et sa chère épouse Elfriede ; nos amis Richard et Barbara Spark ; Linda Wilson, du secrétariat du sénateur Strom Thurmond, à Washington, qui a fait tomber des centaines d'obstacles bureaucratiques pour répondre à mes questions sur les conditions de la naturalisation il y a cent ans ; et Lewis N. Wynne, directeur de la Société d'histoire de Floride.

Chaque fois que je me suis heurté à une question ou à un problème particuliers, j'ai fait appel aux talents de limier de David Follmer, qui connaît à fond sa ville natale de Chicago (seul défaut, il semble préférer l'équipe des White Sox à celle des Cubs) et à ceux de Dan Starer, de New York, expert toujours sûr en bibliothèques et banques de données.

Enfin, et son rôle fut très important, Kenan Heise, qui m'a fourni une véritable bibliothèque sur l'histoire de la ville en puisant dans ses Chicago Historical Bookworks, Evanston. Kenan m'a aussi prodigué de précieux conseils sur plusieurs points essentiels.

Chez Bantam Doubleday Dell, j'ai bénéficié du soutien et des encouragements inlassables de Jack Hoeft, actuel P.-D.G. du groupe ; de Steve Rubin, qui dirige Doubleday ; de Linda Grey, responsable de Bantam à l'époque où j'ai signé le contrat ; et de Lynn Fenwick, éditeur associé.

Mon avocat, Frank R. Curtis, m'a aidé à garder le moral durant une période particulièrement sombre avant que je ne m'attelle à ce livre. Ses conseils, sa bonne humeur ont été pour moi un appui constant.

J'ai naturellement une dette d'amour immense envers ma femme, Rachel, qui supporte, livre après livre, mes hauts et mes bas, avec courage, indulgence et affection. Mes amis aussi m'ont témoigné soutien et bienveillance lorsque je les ai contraints à écouter mes trop fréquentes jérémiades. Je me réfère en particulier à Carl et Denny Hattler, ainsi qu'à Bud et Doris Shay, de Hilton Head.

J'en viens maintenant à des remerciements tout à fait inédits dans mes romans — voire dans le roman historique en général. Le merveilleux ragtime dont la partition est reproduite pages 932-935 n'est bien sûr pas l'œuvre de Harry Poland, personnage fictif, mais a été composé à ma demande — avec enthousiasme — par un musicien qui étudie et adore le ragtime, ainsi que la période dans laquelle il est né. C'est une étoile internationalement reconnue au firmament des compositeurs de comédie musicale. L'un de ses plus grands succès fut écrit pour la comédie musicale *Rags*, titre à double tranchant[1] qui se réfère à la fois aux immigrants de l'époque du spectacle (qui est aussi celle du livre) et à la musique qu'ils découvrirent en Amérique. Musique recréée avec amour dans des mélodies originales et pleines de charme. Les critiques de Broadway enterrèrent rapidement — trop rapidement — ce spectacle, en grande partie à cause d'un livret un peu lourd. Il est cependant devenu une sorte de légende et on le joue encore. Certains le surnomment « la comédie musicale qui ne veut pas mourir ». Le compositeur de *Rags* et de *Ragtime Rose* est mon ami Charles Strouse. Charles, mes remerciements les plus sincères.

Enfin, que dire de mon soutien le plus ferme, mon éditeur et ami de longue date, Herman Gollob ? Je vais m'efforcer de trouver les mots adéquats, même s'ils sont impuissants à exprimer ma pensée.

Afin d'obtenir un bon livre, Herman a usé — pour reprendre la

---

1. Le mot signifie aussi haillons, guenilles. *(N.d.T.)*

formule d'un autre grand éditeur de mes romans, Howard Browne
— « de patience, de cajoleries et du knout ». Tel un psychiatre habile,
Herman m'a fait accoucher d'un livre dont j'ignorais que j'étais
porteur.

C'est ce qui fait la grandeur de l'éditeur.

En 1901, William Dean Howells écrivit cette mise en garde :
« Paradoxalement, notre vie est trop vaste pour que notre art le soit
aussi. En désespoir de cause, devant le champ immense et la diversité
du matériau que lui offre la civilisation des États-Unis, la fiction
américaine doit se spécialiser et, tournant le dos à la surabondance
de personnages, doit creuser profondément dans une âme ou deux. »

En d'autres termes, nous devrions nous satisfaire de miniatures
parce que nous ne pouvons peindre des fresques.

Nous pouvons en tout cas essayer.

Alors que je travaillais à ce livre, un des sondages politiques du
printemps 1992 mit en relief ce fait déprimant : plus de soixante
pour cent des personnes interrogées estiment que l'Amérique est un
pays en déclin. Des sondages ultérieurs font apparaître que les
Américains pensent que leurs enfants et petits-enfants vivront moins
bien que les générations qui les ont précédés.

Cela donne matière à réflexion. C'est peut-être de la folie d'écrire
un roman sur l'espoir dans une période de profonde confusion, voire
de désespoir sur le plan national, mais j'essaie de refléter la réalité
du passé que j'explore. « Raconter ce qui s'est passé. » A l'époque
où se déroule ce roman, les gens étaient portés par une vague
d'espoir. L'Amérique était le symbole de possibilités quasiment sans
limite. Dans ce pays, aucun problème n'était insurmontable. Dans
ce pays, les enfants et les petits-enfants prospéreraient et s'élèveraient
jusqu'à des hauteurs dépassant les rêves les plus extravagants de
leurs aïeux qui s'étaient battus pour faire le voyage jusqu'à ces rives.

L'espoir a fait venir mon grand-père en Amérique. Mon grand-père
et des millions d'autres. Certes, cet espoir était à certains égards
absurde, naïf, sentimental. Nanti d'une liberté aussi grande, l'Américain pouvait être aussi cruel, aussi dévoyé, vénal et peu scrupuleux
que quiconque. Voire davantage.

Certains s'en retournèrent, désillusionnés. Mais d'autres restèrent,
beaucoup plus nombreux. L'espoir flottait dans l'air.

J'espère que les Américains pourront redire la même chose un
jour.

John JAKES
Hilton Head Island, Caroline du Sud
Greenwich, Connecticut
Mai 1990-Octobre 1992

TABLE

TABLE   955

DU MÊME AUTEUR
DANS LA COLLECTION OMNIBUS :
TOUTE LA SAGA DE *NORD ET SUD*
EN UN VOLUME

Orry Main est le fils d'un planteur de Caroline du Sud, George Hazard l'héritier dè puissants maîtres de forges de Pennsylvanie.

Ils se rencontrent un jour de 1842 sur la route de West Point. L'histoire de leur amitié, de leurs amours, les destins entrecroisés de leurs familles que tout oppose forment la trame romanesque de cette trilogie qui prend ici toute son ampleur.

On y voit le Nord et le Sud avant qu'éclate le conflit, le Nord industriel et sûr de son libéralisme conquérant, le Sud agricole, esclavagiste, ancré dans ses traditions.

On y trouve le récit des années de guerre après la sécession du Sud, celui des hauts faits et des exploits héroïques, mais aussi les drames quotidiens, la boue des tranchées, les tueries inutiles, les profiteurs, les planqués, les lâches... Main et Hazard sont projetés dans des camps opposés.

1865. La guerre s'achève. Le Sud est exsangue, ruiné, humilié. Des bandes d'anciens esclaves errent le long des routes. Les partisans de la revanche du Nord et ceux de la réconciliation s'affrontent. Déçus, floués par la Reconstruction, certains choisissent de partir au loin, de s'engager dans une autre lutte — la conquête de nouveaux territoires sur les Indiens...

Au terme de cette immense fresque qui s'étend sur trois décennies, on comprend mieux pourquoi la guerre de Sécession demeure un des mythes fondateurs de l'histoire américaine, pourquoi elle tient une telle place dans la littérature et le cinéma (l'adaptation télévisée de *Nord et Sud* fut une des grandes réussites de ces dernières années), pourquoi enfin cet affrontement entre modernisme et tradition est une des premières tragédies modernes.